1001 EXERCICES CORRIGÉS DE MATHÉMATIQUES EXPERTES

POUR RÉUSSIR SON OPTION

1001 EXERCICES CORRIGÉS DE MATHÉMATIQUES EXPERTES

POUR RÉUSSIR SON OPTION

Tle

NOUVEAUX PROGRAMMES

Konrad Renard

Professeur de mathématiques
au lycée René Cassin de Gonesse

ellipses

ISBN 9782340-038530

32, rue Bargue 75740 Paris cedex 15

www.editions-ellipses.fr

Avant-propos

Tout en préparant les élèves de terminale à l'option de mathématiques expertes, cet ouvrage sera utile à tous ceux qui souhaitent approfondir leurs connaissances dans l'optique d'une poursuite d'études supérieures ayant une composante importante en mathématiques.

Cet ouvrage est un recueil d'exercices allant de la simple application du cours à des exercices difficiles. Il s'articule autour de 3 chapitres.

Dans chaque chapitre, vous trouverez :

• des sous-chapitres composés d'un bref résumé du cours, d'exercices d'application puis d'exercices d'approfondissement ;

• des exercices de synthèse, exercices issus des annales du baccalauréat et adaptés aux nouveaux programmes ;

• des exercices pour se préparer au supérieur, exercices issus de concours d'entrée en écoles d'ingénieurs, du concours général, ou abordant des thèmes qui ne sont plus au programme de terminale mais dont la maîtrise sera un atout pour la poursuite d'études. Ces exercices, pour certains très difficiles, ne pourront être abordés qu'après une parfaite maîtrise du chapitre.

Je remercie Anne LE VAN RA pour ses relectures attentives.

Table des matières

Chapitre 1

Nombres complexes

1.1 Point de vue algébrique

1.1.1 Point de cours

Définitions et propriétés : il existe un ensemble noté $\mathbb{C}$, appelé **ensemble des nombres complexes**, qui possède les propriétés suivantes :

1. L'ensemble des nombres réels $\mathbb{R}$ est inclus dans $\mathbb{C}$.
2. L'addition et la multiplication des nombres réels se prolongent aux nombres complexes et les règles de calcul sont les mêmes.
3. Il existe un nombre complexe, noté i, tel que $i^2 = -1$.
4. Tout nombre complexe s'écrit de manière unique sous la forme $a + ib$ avec a et b réels.

• L'écriture $z = a + ib$ avec a et b réels est la **forme algébrique** du nombre complexe z. a est la **partie réelle** de z, elle est notée $\Re e(z)$. b est la **partie imaginaire** de z, elle est notée $\Im m(z)$.
• Le nombre complexe $a - ib$ est appelé **conjugué de** z et noté $\overline{z}$.

Formule du binôme : Pour tous nombres complexes a et b et pour tout entier $n \geqslant 1$,

$$(a+b)^n = \sum_{k=0}^{n} \binom{n}{k} a^{n-k} b^k$$

1.1.2 Exercices d'application du cours

Exercice 1 **10 minutes**

Ecrire les expressions suivantes sous la forme algébrique :

1. $z = (2+5i) + (8+9i)$
2. $z = (9-3i) + (3+6i)$
3. $z = (2+5i) + (8i-9)$
4. $z = (2+5i) - (8+9i)$
5. $z = (-2-2i) - (3+4i)$
6. $z = (2+5i) - (8i-9)$
7. $z = (2+5i) + 3(8+9i)$
8. $z = 2(9-3i) + 5(3+6i)$
9. $z = 3(2-2i) - 2(3+4i)$
10. $z = 9(2+5i) - 5(8+9i)$
11. $z = (9-3i) - 3(3+6i)$
12. $z = -3(-2-2i) + (3+4i)$

EXERCICE 2 **5 minutes**

Déterminer le conjugué de chaque nombre complexe :

1. $z = 1 + i$
2. $z = -3 + 2i$
3. $z = \sqrt{3} - i$
4. $z = -3i$
5. $z = 2i(3 - 4i)$
6. $z = (2 - i)(1 + 2i)$
7. $z = -1 - i\sqrt{2}$
8. $z = 2$

EXERCICE 3 **10 minutes**

Calculer le produit $z\overline{z}$ dans les cas suivants :

1. $z = 1 + i$
2. $z = 1 - i$
3. $z = -1 + 3i$
4. $z = 4 - 3i$
5. $z = \sqrt{5}$
6. $z = 7i$
7. $z = 5i - 7$
8. $z = 6 + 8i$
9. $z = -3 - 6i$
10. $z = -i\sqrt{7}$
11. $z = -9$
12. $z = -\sqrt{19} - i\sqrt{6}$

EXERCICE 4 **15 minutes**

Donner la forme algébrique des nombres complexes suivants :

1. $z = (2 + 7i) - 2(8 + 2i)$
2. $z = (4 - i) + 5i(3 - 2i)$
3. $z = (2 + 4i)(3 - 2i)$
4. $z = \dfrac{1}{3 + 5i}$
5. $z = (2 + 3i)^2$
6. $z = (2 + i)^2 - (2 - i)^2$
7. $z = \dfrac{1}{i} + \dfrac{1}{i^2}$
8. $z = \dfrac{2 + 4i}{2 - 4i}$

EXERCICE 5 **15 minutes**

Ecrire les expressions suivantes sous leur forme algébrique :

1. $z = \dfrac{2 + 5i}{8 + 9i}$
2. $z = \dfrac{-2 - 2i}{3 + 4i}$
3. $z = \dfrac{1 + i}{1 - i}$
4. $z = \dfrac{\sqrt{3} - i}{1 + i}$
5. $z = \dfrac{\sqrt{2} + i\sqrt{2}}{\sqrt{2} - i\sqrt{2}}$
6. $z = \dfrac{(2 + 5i)(8 - 9i)}{2i(3 - 2i)}$

EXERCICE 6 **10 minutes**

1. Calculer i^2, i^3, i^4 et i^5.
2. Calculer i^n en fonction de n.
3. En déduire l'expression algébrique de $Z = 2i^{2020} - 3i^{2021}$

EXERCICE 7 **10 minutes**

Résoudre dans $\mathbb{C}$ les équations suivantes (on donnera les solutions sous forme algébrique) :

1. $z + 2 - 3i = 0.$
2. $3z + 8i - 2 = 0.$
3. $2 - 3i - 2z = 0.$
4. $2iz + 2 = 0.$
5. $iz + 2 - 3i = 0.$
6. $3iz + 4 = 4z - 2i.$

EXERCICE 8 **15 minutes**

En posant $z = a + ib$, avec a et b réels, résoudre dans $\mathbb{C}$ les équations suivantes :

1. $3iz + \overline{z} = 2 + i.$
2. $z + 2\overline{z} = 0.$
3. $2z - i\overline{z} = 3.$
4. $iz - 3\overline{z} = 5 + 2i$
5. $z + i\overline{z} = 6 + 2i$
6. $z + \overline{z} = 8.$

Exercice 9 **10 minutes**

Résoudre dans $\mathbb{C}$ les équations suivantes :

1. $2iz+3-4i=0$
2. $(3+2i)z+4-5i=0$
3. $3\overline{z}+6-12i=0$
4. $i\overline{z}+5-i=0$
5. $(2+3i)z+5\overline{z}=4$
6. $(1+i)z=(3-5i)\overline{z}$

Exercice 10 **5 minutes**

Résoudre, dans l'ensemble $\mathbb{C}$ des nombres complexes, l'équation : $\overline{z}-3iz-3+6i=0$.

Exercice 11 **10 minutes**

Soit $z_1=1-\sqrt{3}+i\left(1+\sqrt{3}\right)$ et $z_2=\sqrt{6}+i\sqrt{6}$.

Calculer z_1z_2 et $\dfrac{z_1}{z_2}$.

Exercice 12 **10 minutes**

Soit $z=2+3i$, et $Z=\dfrac{z^2+z+1}{z^4-1}$.

Calculer la partie réelle et la partie imaginaire de Z.

Exercice 13 **10 minutes**

En utilisant la formule du binôme, développer les expressions suivantes :

$A=(1+i)^7$, $B=(1-i)^8$

1.1.3 Exercices d'approfondissement

Exercice 14 **10 minutes**

Démontrer que deux nombres complexes sont égaux si et seulement si ils ont même partie réelle et même partie imaginaire.

Exercice 15 **10 minutes**

Soit z un nombre complexe et $\overline{z}$ son conjugué. Démontrer que :

1. $\overline{\overline{z}}=z$
2. $\overline{z+z'}=\overline{z}+\overline{z'}$
3. $\overline{zz'}=\overline{z}\,\overline{z'}$
4. $\overline{z^n}=\overline{z}^n$
5. $\overline{\left(\dfrac{1}{z}\right)}=\dfrac{1}{\overline{z}}$
6. $\overline{\left(\dfrac{z'}{z}\right)}=\dfrac{\overline{z'}}{\overline{z}}$

Exercice 16 **10 minutes**

Soit z un nombre complexe. Démontrer que :

1. $z=\overline{z}$ si et seulement si z est réel.
2. $z=-\overline{z}$ si et seulement si z est imaginaire pur.

Exercice 17 **10 minutes**

L'objectif de cet exercice est de déterminer les racines du nombre complexe $45-28i$.

1. Développer $(a+ib)^2$.
2. En déduire z tel que $z^2=45-28i$

EXERCICE 18 **10 minutes**

Déterminer les nombres complexes z tels que $z^2 = 10 - 4i\sqrt{6}$.

EXERCICE 19 **10 minutes**

Déterminer les nombres complexes z tels que $z^2 = 6 + \frac{5}{2}i$.

EXERCICE 20 **10 minutes**

Déterminer les nombres complexes z tels que $z^2 = 3 + 4i$.

EXERCICE 21 **10 minutes**

A tout point M d'affixe z du plan, on associe le point M' d'affixe z' par l'application f qui admet pour écriture complexe : $z' = \dfrac{(3+4\mathrm{i})z + 5\overline{z}}{6}$.

1. On pose $z = x + iy$ (avec x et y réels).
Déterminer la partie réelle et la partie imaginaire de z' en fonction de x et y.

2. Résoudre l'équation $z' = 0$.

EXERCICE 22 **10 minutes**

On considère les points A, B et C d'affixes respectives $z_\mathrm{A}, z_\mathrm{B}$ et z_C où $z_\mathrm{A} = 1 + 2i$, $z_\mathrm{B} = \overline{z_\mathrm{A}}$, et $z_\mathrm{C} = 1 + \sqrt{3} + i$.

Calculer $\dfrac{z_\mathrm{B} - z_\mathrm{C}}{z_\mathrm{A} - z_\mathrm{C}}$ et donner le résultat sous forme algébrique.

EXERCICE 23 **10 minutes**

1. Démontrer par récurrence que, quel que soit $n \in \mathbb{N}^\star$, $\displaystyle\sum_{k=1}^{n} k i^{k-1} = \frac{-(n+1)i^{n+1} - ni^n + i}{2}$.

2. En déduire que, quel que soit $k \in \mathbb{N}^\star$
$S_1 = 1 - 3 + 5 - 7 + \cdots + (2k+1)(-1)^k = (k+1)(-1)^k$
$S_2 = 2 - 4 + 6 - 8 + \cdots + 2k(-1)^{k-1} = \dfrac{1 - (2k+1)(-1)^k}{2}$

EXERCICE 24 **10 minutes**

Démonter la formule du binôme : Pour tous nombres complexes a et b et pour $n \in \mathbb{N}$,

$$(a+b)^n = \sum_{k=0}^{n} \binom{n}{k} a^{n-k} b^k$$

EXERCICE 25 **5 minutes**

Résoudre, dans $\mathbb{C}$, le système

$$\begin{cases} 2iz_1 - z_2 = 1 - 6i \\ z_1 + 2iz_2 = i \end{cases}$$

EXERCICE 26 **15 minutes**

1. Pour tous $z \in \mathbb{C}$ et $n \in \mathbb{N}^\star$, développer $(1+z)^n$.
2. En remplaçant z successivement par 1, -1, i et $-i$, calculer :

a. $S_1 = 1 + \binom{n}{1} + \binom{n}{2} + \binom{n}{3} + \cdots$.

b. $S_2 = 1 - \binom{n}{1} + \binom{n}{2} - \binom{n}{3} + \cdots$.

c. $S_3 = 1 - \binom{n}{2} + \binom{n}{4} - \binom{n}{6} + \cdots$.

d. $S_4 = \binom{n}{1} - \binom{n}{3} + \binom{n}{5} + \cdots$.

EXERCICE 27 **10 minutes**

1. Calculer $\left(\frac{1}{2} + i\sqrt{3}\right)^4$.
2. Déterminer les réels a et b tels que $(a+ib)^4 = \frac{73}{16} - i\frac{11\sqrt{3}}{2}$.

EXERCICE 28 **10 minutes**

1. Calculer $\left(1+i\sqrt{2}\right)^4$.
2. Déterminer les réels a et b tels que $(a+ib)^4 = -7-4i\sqrt{2}$.

EXERCICE 29 **20 minutes**

Soit (S_n) la suite définie pour tout n entier naturel par $S_n = 1 + j + j^2 + \cdots + j^n$ avec $j = -\frac{1}{2} + i\frac{\sqrt{3}}{2}$.

1. Calculer j^2, j^3, j^4, j^5 et j^6.
2. En déduire S_0, S_1, S_2, S_3, S_4, S_5 et S_6.
3. Démontrer que $\forall p \in \mathbb{N}$, $j^{3p} = 1$.
4. Calculer S_{3p}.
5. En déduire S_n en fonction de n.

EXERCICE 30 **10 minutes**

Déterminer l'ensemble $\mathcal{E}$ des nombres complexes z tels que $z + \overline{z} + z\overline{z} = 0$.

EXERCICE 31 **15 minutes**

1. Soit E l'ensemble des nombres complexes $z = x + iy$, où x et y sont des entiers relatifs.
   Est-ce que, quels que soient z et z' appartenant à E, $z' \neq 0$, il existe $z"$ appartenant à E tel que $z = z'z"$.
2. Soit F l'ensemble des nombres complexes $z = x + iy$, où x et y sont des nombres rationnels non nuls.
   Est-ce que, quels que soient z et z' appartenant à F, $z' \neq 0$, il existe $z"$ appartenant à F tel que $z = z'z"$.

EXERCICE 32 **10 minutes**

Soit f la fonction définie sur $\mathbb{C} \setminus \left\{1\right\}$ par $f(z) = \frac{z+1}{\overline{z}-1}$.
Soit M le point d'affixe z dans le plan complexe.

1. Déterminer l'ensemble, $\mathcal{M}_1$, des points M tels que $f(z)$ soit réel.
2. Déterminer l'ensemble, $\mathcal{M}_2$, des points M tels que $f(z)$ soit imaginaire pur.

EXERCICE 33 **10 minutes**

Soit f la fonction définie sur $\mathbb{C} \setminus \left\{-i\right\}$ par $f(z) = \dfrac{z-2}{z+i}$.
Soit M le point d'affixe z dans le plan complexe.

1. Déterminer l'ensemble, $\mathcal{M}_1$, des points M tels que $f(z)$ soit réel.
2. Déterminer l'ensemble, $\mathcal{M}_2$, des points M tels que $f(z)$ soit imaginaire pur.

1.2 Point de vue géométrique

1.2.1 Point de cours

Le plan est rapporté à un repère $\left(O, \vec{u}, \vec{v}\right)$, il est ainsi appelé **plan complexe**.
Le nombre complexe $z = a + ib$ (a et b réels) est représenté par le point $M(a;b)$. On dit que M est l'**image** de z et que z est l'**affixe** du point M ou du vecteur $\overrightarrow{OM}$.

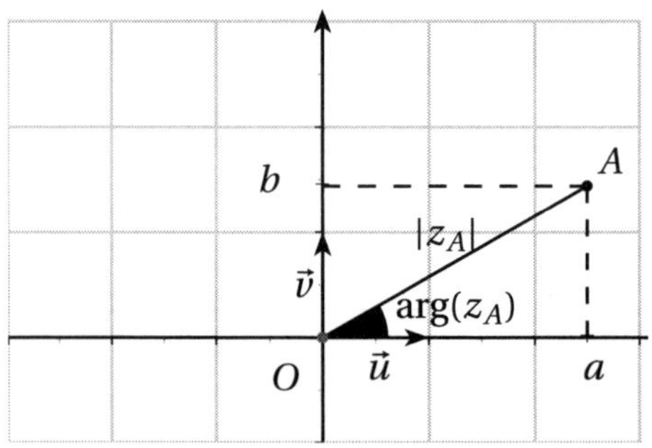

Propriétés : soit A et B deux points du plan complexe d'affixes z_A et z_B.
• Le vecteur $\overrightarrow{AB}$ a pour affixe $z_{\overrightarrow{AB}} = z_B - z_A$.
• Si I est le milieu de $[AB]$, $z_I = \dfrac{z_A + z_B}{2}$.

Module d'un nombre complexe : $|z| = \sqrt{a^2 + b^2} = \|\overrightarrow{OM}\|$.
• $AB = \|\overrightarrow{AB}\| = |z_B - z_A|$.

Définition : L'ensemble $\mathbb{U}$ est l'ensemble des nombres complexes de module 1.

Propriétés : Soient z et z' deux nombres complexes.
• $|z|^2 = z\overline{z}$ • $\left|z \times z'\right| = |z| \times \left|z'\right|$ • $\left|\dfrac{1}{z}\right| = \dfrac{1}{|z|}$

Argument d'un nombre complexe : $\arg z = \left(\vec{u}; \overrightarrow{OM}\right)$.

Propriétés : Soient z et z' deux nombres complexes.

• $arg(zz') = arg(z) + arg(z')\ [2\pi]$ • $arg\left(\frac{1}{z}\right) = -arg(z)\ [2\pi]$

Forme trigonométrique : l'écriture $z = r\cos\theta + ir\sin\theta$ est appelée forme trigonométrique de z, où r désigne **le module** du nombre complexe z et θ désigne **un argument** de z.

1.2.2 Exercices d'application de cours

EXERCICE 34 **10 minutes**

Le plan complexe est rapporté à un repère orthonormé $\left(O, \overrightarrow{u}, \overrightarrow{v}\right)$.

1. Lire les affixes des points A, B, C, D, E et F.
2. Placer les points G, H, P, Q et R d'affixes :
   $z_G = 3-2i$, $z_H = -1-3i$, $z_P = 3i$, $z_Q = -3$ et $z_R = -2+2i$

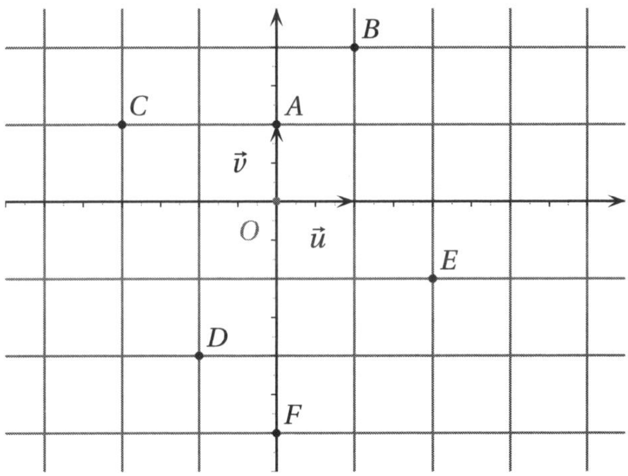

EXERCICE 35 **10 minutes**

Calculer le module de chacun des nombres complexes suivants :

1. $z = 1+i$
2. $z = 3-2i$
3. $z = \sqrt{2} + i\sqrt{3}$
4. $z = -2-5i$
5. $z = -4+5i$
6. $z = -\sqrt{5} - 2i\sqrt{3}$

EXERCICE 36 **10 minutes**

Dans le plan complexe rapporté à un repère orthonormé $\left(O, \overrightarrow{u}, \overrightarrow{v}\right)$, on considère les points A, B et C d'affixes $z_A = 3+2i$, $z_B = -i$ et $z_C = -2+i$.

1. Déterminer l'affixe du vecteur $\overrightarrow{AB}$.
2. Déterminer l'affixe du point D tel que $ABCD$ soit un parallélogramme.
3. Déterminer l'affixe du centre I du parallélogramme $ABCD$.

Exercice 37 **5 minutes**

Dans le plan complexe rapporté à un repère orthonormé $\left(O, \vec{u}, \vec{v}\right)$, on considère les points A, B, C et D d'affixes respectives : $z_A = 2+i$, $z_B = 1+3i$, $z_C = -2+2i$ et $z_D = -1$.

1. Calculer $z_{\overrightarrow{AB}}$ et $z_{\overrightarrow{DC}}$.
2. En déduire la nature du quadrilatère $ABCD$.

Exercice 38 **5 minutes**

Dans le plan complexe rapporté à un repère orthonormé $\left(O, \vec{u}, \vec{v}\right)$, on considère les points A, B et C d'affixes respectives : $z_A = 1+i$, $z_B = -2i$ et $z_C = -2$.

Soit $\mathcal{C}$ le cercle de centre A passant par B.

1. Calculer le rayon R du cercle $\mathcal{C}$.
2. Vérifier que le point C appartient au cercle $\mathcal{C}$.

Exercice 39 **10 minutes**

Dans le plan complexe rapporté à un repère orthonormé $\left(O, \vec{u}, \vec{v}\right)$, on considère les points A, B et C d'affixes respectives $z_A = 2-i$ et $z_B = 2i$.

1. Déterminer, de manière algébrique, l'ensemble des points M d'affixe z vérifiant l'équation $|z - z_A| = 3$.
2. Déterminer, de manière géométrique, l'ensemble des points M d'affixe z vérifiant l'équation $|z - z_A| = 3$.
3. Déterminer, de manière algébrique, l'ensemble des points M d'affixe z vérifiant l'équation $|z - z_A| = |z - z_B|$.
4. Déterminer, de manière géométrique, l'ensemble des points M d'affixe z vérifiant l'équation $|z - z_A| = |z - z_B|$.

Exercice 40 **10 minutes**

Résoudre dans $\mathbb{C}$ les équations par deux méthodes :

1. $|z-3+2i| = 5$
2. $|z+2+i| = 1$
3. $\left|2z+1-i\sqrt{3}\right| = 4$
4. $|z-3+2i| = |z-i|$
5. $|z+2+i| = |5+2i-z|$
6. $\left|2z+1-i\sqrt{3}\right| = 2\left|z+\sqrt{3}-i\right|$

Exercice 41 **10 minutes**

Démontrer les propriétés suivantes :

1. $|z|^2 = z\overline{z}$
2. $\left|\overline{z}\right| = |-z| = |z|$
3. $|z_1 z_2| = |z_1| \times |z_2|$
4. $\left|\dfrac{1}{z}\right| = \dfrac{1}{|z|}$
5. $|z^n| = |z|^n$
6. $\left|\dfrac{z_1}{z_2}\right| = \dfrac{|z_1|}{|z_2|}$

Exercice 42 **10 minutes**

Soient z_1 et z_2 deux éléments de $\mathbb{U}$ et n un entier naturel.

Démontrer que :

1. $z_1 z_2$ est un élément de $\mathbb{U}$.
2. z_1^n est un élément de $\mathbb{U}$.
3. Vérifier que $z_1 \neq 0$.
4. $\dfrac{1}{z_1}$ est un élément de $\mathbb{U}$.
5. $\dfrac{z_2}{z_1}$ est un élément de $\mathbb{U}$.
6. $\left(\dfrac{z_2}{z_1}\right)^n$ est un élément de $\mathbb{U}$.

EXERCICE 43 **10 minutes**

Déterminer le module des nombres complexes suivants :

1. $z = (1+i)(2-3i)$
2. $z = \dfrac{-1+3i}{2-3i}$
3. $z = (\sqrt{5}+i)^2$
4. $z = (5i-7)(2+7i)(2-i)$
5. $z = (6+8i)^2(8-6i)^3$
6. $z = \dfrac{-3-6i}{1+i}$

EXERCICE 44 **10 minutes**

Déterminer un argument des nombres complexes suivants :

1. $z = \dfrac{1}{2} + i\dfrac{\sqrt{3}}{2}$
2. $z = \dfrac{\sqrt{2}}{2} - i\dfrac{\sqrt{2}}{2}$
3. $z = -\dfrac{1}{2} + i\dfrac{\sqrt{3}}{2}$
4. $z = \sqrt{5}$
5. $z = 7i$
6. $z = -\dfrac{\sqrt{2}}{2} - i\dfrac{\sqrt{2}}{2}$
7. $z = \dfrac{1}{2} - i\dfrac{\sqrt{3}}{2}$
8. $z = -9$
9. $z = -2i$

EXERCICE 45 **10 minutes**

Calculer un argument de chacun des nombres complexes suivants :

1. $z = 1+i$
2. $z = \sqrt{3}+i$
3. $z = -\sqrt{2}+i\sqrt{2}$
4. $z = -1+i\sqrt{3}$
5. $z = -5-5i$
6. $z = -\sqrt{6}+i\sqrt{2}$

EXERCICE 46 **10 minutes**

Démontrer les propriétés suivantes :

1. $\arg(-z) = \arg(z) + \pi \ [2\pi]$
2. $\arg\left(\dfrac{1}{z}\right) = -\arg(z) \ [2\pi]$
3. $\arg(z_1 \times z_2) = \arg(z_1) + \arg(z_2) \ [2\pi]$
4. $\arg(\bar{z}) = -\arg(z) \ [2\pi]$
5. $\arg\left(\dfrac{z_1}{z_2}\right) = \arg(z_1) - \arg(z_2) \ [2\pi]$
6. $\arg(z^n) = n\arg(z) \ [2\pi]$

EXERCICE 47 **10 minutes**

Déterminer un argument des nombres complexes suivants :

1. $z = \left(\dfrac{1}{2} + i\dfrac{\sqrt{3}}{2}\right)^3$
2. $z = \left(\dfrac{\sqrt{2}}{2} - i\dfrac{\sqrt{2}}{2}\right)^7$
3. $z = \left(-\dfrac{1}{2} + i\dfrac{\sqrt{3}}{2}\right)\left(-\dfrac{1}{2} - i\dfrac{\sqrt{3}}{2}\right)$
4. $z = \left(\sqrt{5}\right)^4$
5. $z = (7i)^2$
6. $z = \left(-\dfrac{\sqrt{2}}{2} - i\dfrac{\sqrt{2}}{2}\right)\left(\dfrac{1}{2} - i\dfrac{\sqrt{3}}{2}\right)$
7. $z = \left(\dfrac{\sqrt{2}}{2} + i\dfrac{\sqrt{2}}{2}\right)^3$
8. $z = \left(-\dfrac{\sqrt{2}}{2} + i\dfrac{\sqrt{2}}{2}\right)^6$
9. $z = (-9)^7$
10. $z = (-2i)^9$

EXERCICE 48 **15 minutes**

Déterminer le module et un argument des nombres complexes suivants :

1. $z = 1 + i\sqrt{3}$
2. $z = 2 - 2i$
3. $z = -\dfrac{1}{5} + i\dfrac{\sqrt{3}}{5}$
4. $z = -\dfrac{3}{2} - i\dfrac{3\sqrt{3}}{2}$
5. $z = \sqrt{2}$
6. $z = \dfrac{3i}{7}$
7. $z = -3\sqrt{2} - 3i\sqrt{2}$
8. $z = \dfrac{5}{3} - i\dfrac{5\sqrt{3}}{3}$
9. $z = \dfrac{\sqrt{6}}{2} + i\dfrac{\sqrt{6}}{2}$
10. $z = -\sqrt{5} + i\sqrt{5}$
11. $z = -\dfrac{\sqrt{3}}{2}$
12. $z = -2i$

EXERCICE 49 **15 minutes**

Ecrire les expressions suivantes sous la forme trigonométrique :

1. $z = -2$
2. $z = 1 + i$
3. $z = 2\sqrt{3} - 2i$
4. $z = -\dfrac{1}{3}\left(1 - i\sqrt{3}\right)$
5. $z = -5i$
6. $z = i\sqrt{3}$
7. $z = \dfrac{\sqrt{2}}{5} + i\dfrac{\sqrt{2}}{5}$
8. $z = -4 + 4i$
9. $z = -5 - 5i$

EXERCICE 50 **15 minutes**

Ecrire les expressions suivantes sous la forme trigonométrique :

1. $z = -\dfrac{\sqrt{6}}{2} - i\dfrac{\sqrt{6}}{2}$
2. $z = -i\sqrt{5}$
3. $z = \sqrt{2}$
4. $z = -9$
5. $z = -2\left(\cos\left(\dfrac{\pi}{3}\right) + i\sin\left(\dfrac{\pi}{3}\right)\right)$
6. $z = \sin\theta + i\cos\theta$
7. $z = -2i$
8. $z = -3\,(\sin\theta + i\cos\theta)$
9. $z = -i\sqrt{3}\left(\cos\left(\dfrac{\pi}{6}\right) - i\sin\left(\dfrac{\pi}{6}\right)\right)$

EXERCICE 51 **10 minutes**

Ecrire les expressions suivantes sous la forme algébrique :

1. $z = 2\left(\cos\left(\dfrac{\pi}{4}\right) + i\sin\left(\dfrac{\pi}{4}\right)\right)$
2. $z = 6\left(\cos\left(\dfrac{5\pi}{6}\right) + i\sin\left(\dfrac{5\pi}{6}\right)\right)$
3. $z = \sqrt{5}\left(\cos\left(-\dfrac{2\pi}{3}\right) + i\sin\left(-\dfrac{2\pi}{3}\right)\right)$
4. $z = \dfrac{1}{2}\left(\cos\left(-\dfrac{\pi}{6}\right) + i\sin\left(-\dfrac{\pi}{6}\right)\right)$

1.2.3 Exercices d'approfondissement

EXERCICE 52 **10 minutes**

1. Pour tout $n \in \mathbb{N}^\star$, déterminer le module et un argument de $z = \left(\sqrt{3} + i\right)^n$.
2. En déduire les valeurs de n telles que :
   a. z est un réel.
   b. z est un imaginaire pur.

EXERCICE 53 **5 minutes**

Dans le plan complexe rapporté à un repère orthonormé $\left(\mathrm{O}, \overrightarrow{u}, \overrightarrow{v}\right)$, on considère les points A, B et C d'affixes respectives $z_A = \sqrt{2} + i\sqrt{2}$, $z_B = -\sqrt{3} + i$ et $z_C = \sqrt{3} - i$.
Démontrer que le triangle ABC est rectangle.

EXERCICE 54 **5 minutes**

Dans le plan complexe rapporté à un repère orthonormé $\left(O, \overrightarrow{u}, \overrightarrow{v}\right)$, on considère les points A, B et C d'affixes respectives $z_A = 3+3i\sqrt{3}$, $z_B = 12$ et $z_C = 3-3i\sqrt{3}$.
Démontrer que le triangle ABC est équilatétal.

EXERCICE 55 **20 minutes**

Soit $z = -\sqrt{2}+i\sqrt{2}$

1. Déterminer le module et un argument de z.
2. En déduire le module et un argument des racines carrées de z.

EXERCICE 56 **15 minutes**

Soit $\mathbb{U}$ l'ensemble des nombres complexes de module 1.

1. Comparer l'inverse et le conjugué d'un élément de $\mathbb{U}$.
2. Soit z_1 et z_2 deux éléments de $\mathbb{U}$ tels que $z_1z_2 \neq -1$.
   Démontrer que $Z = \dfrac{z_1+z_2}{1-z_1z_2}$ est un réel.

EXERCICE 57 **10 minutes**

Soit θ un réel tel que $0 \leqslant \theta \leqslant 2\pi$.
On considère le nombre complexe $z = -\sin(2\theta)+2i\cos^2\theta$.
Déterminer le module et un argument de z en fonction de θ.

EXERCICE 58 **10 minutes**

Déterminer dans chaque cas, l'ensemble des points M d'affixe z vérifiant :

1. $z+2\overline{z}$ est un imaginaire pur.
2. $z+\overline{z}$ est un réel.
3. $z-\overline{z}$ est un imaginaire pur.
4. $z-\overline{z}$ est un réel.
5. $\left|z-\overline{z}\right| = 6$.
6. $\left|\overline{z}-iz\right| = 2\sqrt{2}$.

EXERCICE 59 **10 minutes**

1. Démontrer que pour tous z_1 et z_2 appartenant à $\mathbb{C}$, $|z_1+z_2| \leqslant |z_1|+|z_2|$.
2. Dans quel cas y a-t-il égalité ?

EXERCICE 60 **15 minutes**

Soit le nombre complexe $z = \dfrac{1}{2}\left[\sin\varphi + i\left(1+\cos\varphi\right)\right]$, où φ désigne un nombre réel variable, différent de π, appartenant à l'intervalle $[0\,;\,2\pi]$.

1. Calculer, en fonction de φ, le module et un argument de z.
2. On désigne par M l'image de z dans le plan complexe de repère $\left(O, \overrightarrow{u}, \overrightarrow{v}\right)$. Déterminer l'ensemble Γ des points M lorsque φ varie.

EXERCICE 61 **15 minutes**

1. Soit z un nombre complexe de module ρ et d'argument θ.

a. Déterminer le module et un argument de z^2.

b. Déterminer le module et un argument de chacune des racines carrées de z.

2. Dans le plan complexe, on désigne par Δ la bissectrice de l'angle des axes réels et imaginaires.
Un point M, d'affixe z, parcourt Δ, on désigne par ρ la distance de M à O.

a. Exprimer, suivant la position de M sur Δ, le module et un argument de z.

b. Soit N le point d'affixe z^2. Quel est l'ensemble des points N?

c. Soit P_1 et P_2 les images des racines carrées de z. Quel est l'ensemble des points P_1 et P_2 ?

EXERCICE 62 **10 minutes**

Soit q un entier strictement supérieur à 2.
On considère les nombres complexes z, z_1, z_2 formant dans cet ordre une progression géométrique de raison q.

1. Que peut-on dire des arguments de z, z_1 et z_2 ?

2. On désigne par r, r_1, r_2 les modules respectifs de z, z_1, z_2.
Montrer qu'il existe une valeur de q telle que :
$z+z_1+z_2=\dfrac{21\left(5i-\sqrt{3}\right)}{2-i\sqrt{3}}$ et r, r_1, r_2 entiers.
Déterminer les valeurs correspondantes de z, z_1, z_2.

EXERCICE 63 **20 minutes**

On considère les nombres complexes suivants : $z_A=\sqrt{2}+i\sqrt{6}$, et $z_B=2-2i$.

On pose $z=\dfrac{z_A}{z_B}$.

1. Ecrire z sous forme algébrique.

2. a. Calculer le module et un argument de z_A et de z_B.

b. En déduire le module et un argument de z.

c. Ecrire z sous forme trigonométrique.

3. Déduire des résultats obtenus aux questions précédentes les valeurs exactes de $\cos\dfrac{7\pi}{12}$ et de $\sin\dfrac{7\pi}{12}$.

EXERCICE 64 **20 minutes**

On considère les nombres complexes $z_A=5-5i$ et z_B de module égal à $5\sqrt{2}$ et d'argument égal à $-\dfrac{7\pi}{12}$, d'images respectives A et B.

1. Calculer le module et un argument de z_A.

2. Vérifier que $z_B=z_A\left(\cos\left(-\dfrac{\pi}{3}\right)+i\sin\left(-\dfrac{\pi}{3}\right)\right)$.

3. Exprimer $\cos\left(-\frac{\pi}{3}\right) + i\sin\left(-\frac{\pi}{3}\right)$ sous forme algébrique.

4. Calculer z_B sous forme algébrique.

5. En déduire les valeurs exactes de $\cos\left(\frac{-7\pi}{12}\right)$ et $\sin\left(\frac{-7\pi}{12}\right)$.

EXERCICE 65 **15 minutes**

On pose $z_0 = 2$ et, pour tout entier naturel n, $z_{n+1} = \frac{1+i}{2} z_n$.

1. Calculer z_1, z_2, z_3, z_4 et vérifier que z_4 est un nombre réel.

2. Pour tout entier naturel n, on pose $u_n = |z_n|$. Justifier que la suite (u_n) est une suite géométrique puis établir que, pour tout entier naturel n, $u_n = 2\left(\frac{1}{\sqrt{2}}\right)^n$.

3. A partir de quel rang n_0, $\left|z_{n_0}\right| < 0,1$?

4. Etablir que, pour tout entier naturel n, $\frac{z_{n+1} - z_n}{z_{n+1}} = i$.

5. On note ℓ_n la longueur de la ligne brisée $A_0A_1A_2\dots A_{n-1}A_n$.
On a ainsi : $\ell_n = A_0A_1 + A_1A_2 + \dots + A_{n-1}A_n$. Exprimer ℓ_n, en fonction de n. Quelle est la limite de la suite (ℓ_n) ?

EXERCICE 66 **20 minutes**

Partie A. Restitution organisée de connaissances

Prérequis : on rappelle les deux résultats suivants :

i. Si z est un nombre complexe non nul, on a l'équivalence suivante :

$$\left\{\begin{array}{lcl} |z| & = & r \\ \arg z & = & \theta \text{ à } 2\pi \text{ près} \end{array}\right. \iff \left\{\begin{array}{lcl} z & = & r(\cos\theta + i\sin\theta) \\ r & > & 0 \end{array}\right.$$

ii. Pour tous nombres réels a et b :

$$\left\{\begin{array}{lcl} \cos(a+b) & = & \cos a\cos b - \sin a\sin b \\ \sin(a+b) & = & \sin a\cos b + \sin b\cos a \end{array}\right.$$

Soient z_1 et z_2 deux nombres complexes non nuls. Démontrer les relations :

$$|z_1z_2| = |z_1||z_2| \text{ et } \arg(z_1z_2) = \arg(z_1) + \arg(z_2) \text{ à } 2\pi \text{ près}$$

Partie B.

Pour chaque proposition, indiquer si elle est vraie ou fausse et justifier la réponse.

1. Si $z = -\frac{1}{2} + \frac{1}{2}i$, alors z^4 est un nombre réel.

2. Si $z + \overline{z} = 0$, alors $z = 0$.

3. Si $z + \frac{1}{z} = 0$, alors $z = i$ ou $z = -i$.

4. Si $|z| = 1$ et si $|z + z'| = 1$, alors $z' = 0$.

EXERCICE 67 **15 minutes**

Soit le nombre complexe $z = 1 + i\sqrt{3}$.

1. Calculer le module et un argument de z.
2. Montrer que les points d'affixes z, $-z$, z^2 et $\frac{2}{z}$ sont situés sur un même cercle.

EXERCICE 68 **20 minutes**

Soit M le point du plan complexe d'affixe $z \neq -i$

1. Calculer la partie réelle et la partie imaginaire du nombre complexe $Z = \frac{z-i}{z+i}$.
2. Déterminer l'ensemble des points M du plan tels que :
   - **a.** Z soit réel;
   - **b.** Z soit imaginaire pur;
   - **c.** $arg(Z) = -\frac{\pi}{2}$.

EXERCICE 69 **15 minutes**

Le plan complexe $\mathcal{P}$ est rapporté à un repère orthonormal.

1. Placer dans le plan $\mathcal{P}$ les points A, B, C et D ayant respectivement pour affixes : $a = 3i$, $b = -3i$, $c = 5+2i$ et $d = 5-2i$.
2. Déterminer l'affixe de l'isobarycentre G des points A, B, C, D, c'est-à-dire le point G vérifiant $\overrightarrow{GA} + \overrightarrow{GB} + \overrightarrow{GC} + \overrightarrow{GD} = \overrightarrow{0}$.
3. Déterminer l'ensemble $\mathcal{E}$ des points M de $\mathcal{P}$ tels que : $\left\|\overrightarrow{MA} + \overrightarrow{MB} + \overrightarrow{MC} + \overrightarrow{MD}\right\| = 10$.
   Tracer $\mathcal{E}$ sur la figure précédente.

EXERCICE 70 **15 minutes**

On note $\mathcal{P}$ le plan complexe et $\mathcal{P}^*$ ce plan privé du point A d'affixe $3-i$.
On note f l'application de $\mathcal{P}^*$ dans $\mathcal{P}$ qui à tout point M d'affixe z associe le point M' d'affixe z' définie par : $z' = \frac{2iz-4+2i}{z-3+i}$.

1. Calculer l'affixe du point P' image par f du point P d'affixe $1+i$.
2. Calculer l'affixe du point Q dont l'image est le point Q' d'affixe $1-i$.
3. Déterminer et représenter les ensembles de points M d'affixe z tels que :
   - **a.** z' soit réel,
   - **b.** z' soit imaginaire pur,
   - **c.** z' soit de module 2.

EXERCICE 71 **15 minutes**

Le plan complexe est rapporté à un repère orthonormé direct $\left(O, \overrightarrow{u}, \overrightarrow{v}\right)$.

A tout complexe z, distinct de 4, on associe le nombre $Z = \frac{iz-4}{z-4}$. On note A le point d'affixe 4 et on considère l'ensemble $\mathcal{C}$ des points M du plan, distincts de A, et d'affixe z telle que Z soit

un nombre réel.
On se propose de déterminer et de construire cet ensemble $\mathcal{C}$ par deux méthodes différentes.

1. *Méthode analytique*
   a. On pose $z = x + iy$ et $Z = X + iY$ avec x, y, X, Y réels.
   Exprimer X et Y en fonction de x et y.
   b. Ecrire une équation cartésienne de $\mathcal{C}$. Reconnaître la nature de $\mathcal{C}$ et caractériser cet ensemble. Construire $\mathcal{C}$.
2. *Méthode géométrique*
   On considère le point B d'affixe $-4i$.
   a. Vérifier que $\dfrac{iz-4}{z-4}$ est réel si et seulement si le nombre $\dfrac{z+4i}{z-4}$ est imaginaire pur.
   On pourra remarquer que : $iz - 4 = i(z+4i)$.
   b. Quelles sont les affixes des vecteurs $\overrightarrow{AM}$ et $\overrightarrow{BM}$?
   En interprétant géométriquement la condition ci-dessus, établir que M appartient à $\mathcal{C}$ si et seulement si $\overrightarrow{AM}$ et $\overrightarrow{BM}$ sont orthogonaux.
   En déduire la nature de $\mathcal{C}$ et caractériser cet ensemble.

EXERCICE 72 **20 minutes**

Le plan complexe est rapporté à un repère orthonormé direct $\left(\mathrm{O}, \overrightarrow{u}, \overrightarrow{v}\right)$.
On désigne par I, A et B les points d'affixes respectives $z_I = 1$, $z_A = 2i$ et $z_B = 3 + i$.

1. Faire une figure que l'on complétera au cours de l'exercice.
2. Calculer l'affixe z_C du point C image de A par la symétrie de centre I.
3. Ecrire sous forme algébrique le nombre complexe $Z = \dfrac{z_C - z_B}{z_A - z_B}$. En déduire le module et un argument de ce nombre.
4. Soit D le point d'affixe z_D tel que $z_D - z_C = z_A - z_B$. Montrer que ABCD est un carré.
5. Pour tout point M du plan, on considère le vecteur $\overrightarrow{u} = \overrightarrow{MA} + \overrightarrow{MB} + \overrightarrow{MC} + \overrightarrow{MD}$.
   a. Exprimer le vecteur $\overrightarrow{MA} + \overrightarrow{MB} + \overrightarrow{MC} + \overrightarrow{MD}$ en fonction du vecteur $\overrightarrow{MI}$.
   b. Montrer que le point K défini par $\overrightarrow{\mathrm{KA}} + \overrightarrow{\mathrm{KB}} + \overrightarrow{\mathrm{KC}} + \overrightarrow{\mathrm{KD}} = 2\overrightarrow{\mathrm{AB}}$ est le milieu du segment [AD].
   c. Déterminer, puis construire l'ensemble Γ des points M du plan tels que

$$\left\|\overrightarrow{\mathrm{MA}} + \overrightarrow{\mathrm{MB}} + \overrightarrow{\mathrm{MC}} + \overrightarrow{\mathrm{MD}}\right\| = \left\|2\overrightarrow{\mathrm{AB}}\right\|.$$

EXERCICE 73 **20 minutes**

Dans le plan complexe, rapporté à un repère orthonormé direct $\left(\mathrm{O}, \overrightarrow{u}, \overrightarrow{v}\right)$, on appelle A et B les points d'affixes respectives 2 et -2. A tout point M d'affixe z, z différent de 2, on associe le point N d'affixe $\overline{z}$ et M' d'affixe z' tel que $z' = \dfrac{2z-4}{\overline{z}-2}$.

1. Calculer z' et $\left|z'\right|$ lorsque $z = 5$ puis lorsque $z = 1 + i$.

2. a. Interpréter géométriquement $|z-2|$ et $|\overline{z}-2|$.
   b. Montrer que, pour tout z distinct de 2, $|z'| = 2$.
   En déduire une information sur la position de M'.
3. Déterminer l'ensemble $\mathcal{E}$ des points M d'affixe z ($z \neq 2$) tels que $M' = \mathrm{B}$.
4. On note $Z_{\overrightarrow{AM}}$ et $Z_{\overrightarrow{BM'}}$, les affixes respectives des vecteurs $\overrightarrow{AM}$ et $\overrightarrow{BM'}$. Montrer que, pour tout point M distinct de A et n'appartenant pas $\mathcal{E}$, le quotient $\dfrac{Z_{\overrightarrow{AM}}}{Z_{\overrightarrow{BM'}}}$ est un nombre réel.
   Interpréter géométriquement ce résultat.
5. Un point M distinct de A, n'appartenant pas à $\mathcal{E}$, étant donné, proposer une méthode géométrique pour construire le point M'. On illustrera par une figure.

EXERCICE 74 **20 minutes**

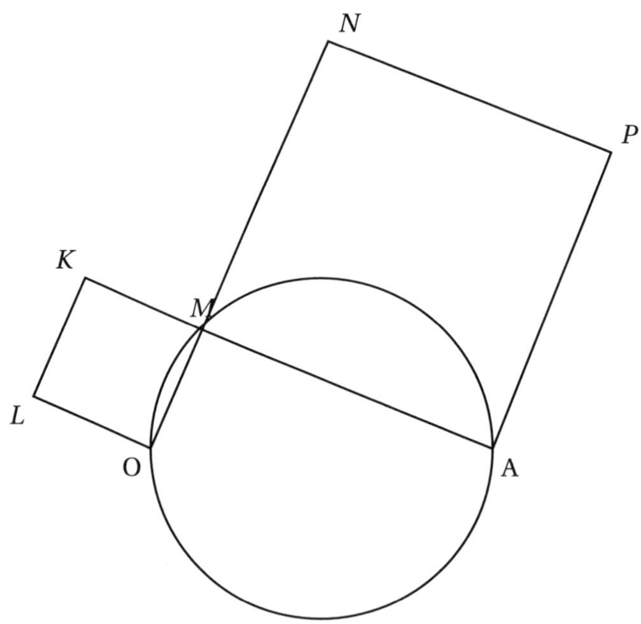

Dans le plan orienté, on considère les points O et A fixés et distincts, le cercle $\mathcal{C}$ de diamètre $[OA]$, un point M variable appartenant au cercle $\mathcal{C}$, et distinct des points O et A, ainsi que les carrés de sens direct $MAPN$ et $MKLO$. La figure est représentée ci-dessus. *Le but de l'exercice est de mettre en évidence quelques éléments invariants de la figure et de montrer que le point N appartient à un cercle à déterminer.* On munit le plan complexe d'un repère orthonormal direct de sorte que les affixes des points O et A soient respectivement 0 et 1.
On désigne par i le nombre complexe de module 1 et d'argument $\dfrac{\pi}{2}$. On note k, l, m, n et p les affixes respectives des points K, L, M, N et P.

1. Démontrer que, quel que soit le point M choisi sur le cercle $\mathcal{C}$, on a $\left|m-\dfrac{1}{2}\right| = \dfrac{1}{2}$.

2. Etablir les relations suivantes : $l = im$ et $p = -im + 1 + i$. On admettra que l'on a également $n = (1-i)m + i$ et $k = (1+i)m$.
3. a. Démontrer que le milieu Ω du segment $[PL]$ est un point indépendant de la position du point M sur le cercle $\mathcal{C}$.
   b. Démontrer que le point Ω appartient au cercle $\mathcal{C}$ et préciser sa position sur ce cercle.
4. a. Calculer la distance KN et démontrer que cette distance est constante.
   b. Quelle est la nature du triangle ΩNK ?
5. Démontrer que le point N appartient à un cercle fixe, indépendant du point M, dont on déterminera le centre et le rayon.

EXERCICE 75 **20 minutes**

Soit $\mathcal{P}$ le plan complexe rapporté au repère orthonormé $\left(O, \overrightarrow{u}, \overrightarrow{v}\right)$. Soit A le point d'affixe 1. On note f l'application de $\mathcal{P}$ privé de A dans $\mathcal{P}$ qui, à tout point M d'affixe z, associe le point M' d'affixe z' telle que $z' = \dfrac{1}{z-1}$.

1. a. Soit B le point d'affixe $b = 4 + i\sqrt{3}$. Déterminer la forme algébrique et la forme trigonométrique de l'affixe b' de B'.
   b. Déterminer les affixes des points ayant pour image par f leur symétrique par rapport à O.
2. a. Exprimer $|z'|$ et $\arg(z')$ en fonction de $|z-1|$ et $\arg(z-1)$.
   b. Soit $\mathcal{C}$ le cercle de centre A et de rayon r. On suppose que M est un point de $\mathcal{C}$.
   Déterminer $|z'|$. En déduire que M' appartient à un cercle $\mathcal{C}'$ dont on précisera le centre et le rayon.
   c. Placer un point M quelconque sur le cercle de centre A et de rayon $\dfrac{1}{2}$ et construire son image M' (on laissera les traits de construction).

EXERCICE 76 **10 minutes**

1. Déterminer les nombres complexes z tels que $z^2 = 21 + 20i$.
2. Déterminer le module et un argument du nombre complexe $z_1 = 21 + 20i$.
3. En déduire les modules et arguments des nombres complexes obtenus dans la question 1.

EXERCICE 77 **10 minutes**

Soit le nombre complexe $z = 1 + i$ et $\overline{z}$ son conjugué.

1. a. Mettre z et $\overline{z}$ sous forme trigonométrique.
   b. Soit n un entier naturel. On pose $S_n = z^n + \overline{z}^n$.
   Déduire de la question précédente que $S_n = \lambda_n \cos\left(n\dfrac{\pi}{4}\right)$ où λ_n est un réel à préciser en fonction de n.
   c. Pour quelles valeurs de n a-t-on $S_n = 0$?
   d. Prouver que si n est pair, S_n est un entier relatif.
2. On suppose que n est un entier naturel pair et on pose $n = 2m$.

a. Ecrire, par la formule du binôme, les développements de $(1+i)^{2m}$ et $(1-i)^{2m}$ à l'aide des puissances de i, puissances que l'on ne cherchera pas à simplifier dans cette question.

b. Pour p entier naturel, simplifier : $i^{2p+1}+(-i)^{2p+1}$ et $i^{2p}+(-i)^{2p}$.

c. Exemple $n=24$ (donc $m=12$). En utilisant les résultats de la question 1 et ce qui précède, montrer que : $\sum_{p=0}^{12}(-1)^p\binom{24}{2p}=2^{12}$.

EXERCICE 78 **10 minutes**

Soient a et α deux nombres réels.

Déterminer le module et un argument du nombre complexe $z=a\dfrac{(1+i\tan\alpha)^2}{1+\tan^2\alpha}$.

EXERCICE 79 **20 minutes**

Le plan $\mathcal{P}$ est rapporté à un repère orthonormé direct $\left(O\,;\,\vec{u}\,,\,\vec{v}\right)$. On désigne par A, B et M les points d'affixes respectives -1, -2, et z, où z représente un nombre complexe différent de -1 et de -2.

Posons $Z=\dfrac{z+2}{z+1}$, $|Z|$ désigne le module de Z et $arg(Z)$ désigne la mesure de l'argument de Z appartenant à $[-\pi\,;\,\pi[$.

1. Justifier que $|Z|=\dfrac{BM}{AM}$ et que $arg(Z)$ est une mesure, en radians de l'angle orienté $\left(\overrightarrow{MA}\,;\,\overrightarrow{MB}\right)$ en utilisant la définition et les propriétés du module et de l'argument d'un nombre complexe.
2. Utiliser le rappel ci-dessus pour déterminer géométriquement les ensembles suivants :
   E_1 est l'ensemble des points M dont l'affixe z est telle que Z est réel;
   E_2 est l'ensemble des points M dont l'affixe z est telle que Z est imaginaire pur;
   E_3 est l'ensemble des points M dont l'affixe z est telle que Z est réel strictement négatif;
   E_4 est l'ensemble des points M dont l'affixe z est telle que $arg(Z)=\dfrac{\pi}{2}$;
   E_5 est l'ensemble des points M dont l'affixe z est telle que $|Z|=1$.
3. Déterminer l'ensemble E_6 des points M dont l'affixe z est telle que $|Z|=2$.

EXERCICE 80 **10 minutes**

Soient a et b deux nombres complexes. Quelle relation doit lier a et b pour que les nombres complexes az et $\dfrac{\overline{z}}{b}$ aient, pour tout complexe z :

1. même module;
2. des arguments opposés;
3. lorsque ces deux conditions sont remplies simultanément que peut-on dire des nombres az et $\dfrac{\overline{z}}{b}$?
4. *Application :* Soit $a=1+i$. Déterminer b pour que les deux conditions ci-dessus soient vérifiées.

EXERCICE 81 **15 minutes**

Soit $z = x + iy$ un nombre complexe.

1. Déterminer en fonction de x et y le module et un argument des nombres complexes $z_1 = z - 4$ et $z_2 = z + 1$.
2. En déduire le module ρ et un argument θ du nombre complexe $Z = \dfrac{z-4}{z+1}$.
3. Déterminer, dans le plan complexe, l'ensemble des points M d'affixe z tels que :
   a. $\rho = \sqrt{2}$.
   b. $\theta = \dfrac{\pi}{4} + k\dfrac{\pi}{2}$ où $k \in \mathbb{Z}$.

EXERCICE 82 **20 minutes**

Soit n un entier naturel non nul, q un réel différent de 0, 1 et -1. On considère, dans le plan complexe, n points $A_0, A_1, \cdots, A_{n-1}$ d'affixes respectives $z_0, z_1, \cdots, z_{n-1}$.

1. Démontrer que le système de points pondérés $\left\{\left(A_k, q^k\right), 0 \leqslant k \leqslant n-1\right\}$ admet un barycentre G_n.
2. On donne

$$\begin{cases} z_0 &= 1 \\ z_1 &= \cos\dfrac{2\pi}{n} + i\sin\dfrac{2\pi}{n} \\ z_k &= (z_1)^k \quad \forall k \in \{1, 2, \cdots, n-1\} \end{cases}$$

   a. Déterminer l'affixe Z_n de G_n en fonction de q et z_1.
   b. Calculer la partie réelle X_n et la partie imaginaire Y_n de Z_n.
   ☞ On rappelle que $X_n = \dfrac{Z_n + \overline{Z_n}}{2}$ et $Y_n = \dfrac{Z_n - \overline{Z_n}}{2}$
3. a. Comment faut-il choisir n pour que Z_n soit réel ?
   b. Déterminer $\lim\limits_{n\to+\infty} X_n$ et $\lim\limits_{n\to+\infty} Y_n$.

1.3 Nombres complexes et trigonométrie

1.3.1 Point de cours

Définition : $e^{i\theta} = \cos\theta + i\sin\theta$.

Forme exponentielle : l'écriture $z = re^{i\theta}$ est appelée **forme exponentielle** du nombre complexe z où r désigne le module de z et θ un argument de z.

Formules d'Euler : $\cos\theta = \dfrac{e^{i\theta} + e^{-i\theta}}{2}$ et $\sin\theta = \dfrac{e^{i\theta} - e^{-i\theta}}{2i}$

Formule de Moivre : $\cos(n\theta) + i\sin(n\theta) = (\cos\theta + i\sin\theta)^n$.

Formules d'addition :

$\cos(a+b) = \cos a\cos b - \sin a\sin b$ $\cos(a-b) = \cos a\cos b + \sin a\sin b$

$\sin(a+b) = \sin a \cos b + \sin b \cos a$ $\qquad$ $\sin(a-b) = \sin a \cos b - \sin b \cos a$

Formules de duplication :
$\cos 2x = \cos^2 x - \sin^2 x = 1 - 2\sin^2 x = 2\cos^2 x - 1$ $\qquad$ $\sin 2x = 2\cos x \sin x$

1.3.2 Exercices d'application du cours

EXERCICE 83 **5 minutes**
Démontrer que quel que soit θ réel, $\left|e^{i\theta}\right| = 1$

EXERCICE 84 **10 minutes**
Ecrire les expressions suivantes sous la forme algébrique :

1. $z = 2e^{i\frac{\pi}{4}}$
2. $z = 6e^{\frac{5\pi}{6}}$
3. $z = 3e^{i\frac{2\pi}{3}}$
4. $z = \sqrt{2}e^{-\frac{3\pi}{4}}$
5. $z = \sqrt{2}e^{i\frac{3\pi}{4}}$
6. $z = \sqrt{3}e^{-i\frac{5\pi}{6}}$

EXERCICE 85 **15 minutes**
Ecrire les expressions suivantes sous la forme exponentielle :

1. $z = -2$
2. $z = 1 + i$
3. $z = 2\sqrt{3} - 2i$
4. $z = -\frac{1}{3}\left(1 - i\sqrt{3}\right)$
5. $z = -5i$
6. $z = i\sqrt{3}$
7. $z = \frac{\sqrt{2}}{5} + i\frac{\sqrt{2}}{5}$
8. $z = -4 + 4i$
9. $z = -5 - 5i$

EXERCICE 86 **15 minutes**
Ecrire les expressions suivantes sous la forme trigonométrique :

1. $z = -\frac{\sqrt{2}}{2} - i\frac{\sqrt{6}}{2}$
2. $z = -i\sqrt{5}$
3. $z = \sqrt{2}$
4. $z = ie^{i\frac{\pi}{3}}$
5. $z = -2\left(\cos\left(\frac{\pi}{3}\right) + i\sin\left(\frac{\pi}{3}\right)\right)$
6. $z = -9$
7. $z = -2i$
8. $z = -3e^{i\frac{\pi}{6}}$
9. $z = -i\sqrt{3}\left(\cos\left(\frac{\pi}{6}\right) - i\sin\left(\frac{\pi}{6}\right)\right)$

EXERCICE 87 **10 minutes**
Ecrire les expressions suivantes sous la forme exponentielle :

1. $z = i\left(3 + i\sqrt{3}\right)$
2. $z = -2\left(3 + i\sqrt{3}\right)$
3. $z = \sqrt{2}i\left(3 - i\sqrt{3}\right)$
4. $z = 2e^{i\frac{\pi}{4}} \times 3ie^{i\frac{\pi}{5}}$
5. $z = 2\left(\cos\left(\frac{\pi}{4}\right) + i\sin\left(\frac{\pi}{4}\right)\right)\left(\cos\left(\frac{-\pi}{3}\right) + i\sin\left(\frac{-\pi}{3}\right)\right)$
6. $z = -i\left(\cos\left(\frac{3\pi}{4}\right) + i\sin\left(\frac{3\pi}{4}\right)\right)\left(\cos\left(\frac{5\pi}{8}\right) + i\sin\left(\frac{5\pi}{8}\right)\right)$
7. $z = -2ie^{-i\frac{\pi}{5}} \times 3e^{i\frac{5\pi}{7}} \times \sqrt{3}e^{-i\pi}$

EXERCICE 88 **10 minutes**

1. Démontrer les formules d'Euler :

$$\cos\theta = \frac{e^{i\theta}+e^{-i\theta}}{2} \text{ et } \sin\theta = \frac{e^{i\theta}-e^{-i\theta}}{2i}.$$

2. Démontrer la formule de Moivre : $\cos(n\theta) + i\sin(n\theta) = (\cos\theta + i\sin\theta)^n$

EXERCICE 89 **10 minutes**

1. Développer et simplifier $\left(\frac{e^{ix}+e^{-ix}}{2}\right)^3$.
2. En déduire que $\cos^3 x = \frac{1}{4}\cos 3x + \frac{3}{8}\cos x$.
   ☞ On dira alors qu'on a linéarisé $\cos^3 x$.
3. Développer et simplifier $\left(\frac{e^{ix}-e^{-ix}}{2i}\right)^3$.
4. En déduire la linéarisation de $\sin^3 x$.

EXERCICE 90 **10 minutes**

Linéariser les expressions suivantes :

$f(x) = \cos x \sin^3 x$ $\quad$ $g(x) = \cos^2 5x \cos 7x$ $\quad$ $h(x) = \cos^3 x \sin^3 x$

EXERCICE 91 **10 minutes**

Soit le nombre complexe $z = 1 + i\sqrt{3}$.

Donner la valeur exacte de $(z)^{2022}$ sous forme exponentielle puis sous forme algébrique.

1.3.3 Exercices d'approfondissement

EXERCICE 92 **10 minutes**

On suppose que $0 < \varphi < \pi$ et $0 < \varphi' < \pi$.

Soit $z = \cos(2\varphi) + i\sin(2\varphi)$ et $z' = \cos(2\varphi') + i\sin(2\varphi')$

Déterminer le module et un argument du nombre complexe $\omega = \frac{1-z}{1-z'}$

EXERCICE 93 **10 minutes**

1. Développer $(\cos x + i\sin x)^5$.
2. En déduire une expression de $\cos(5x)$ en fonction de $\cos x$.

EXERCICE 94 **10 minutes**

On considère les points A et B d'affixes respectives : $z_A = 1 - i$ et $z_B = 2 + \sqrt{3} + i$.

1. Déterminer le module et un argument de z_A.
2. Ecrire $\frac{z_B}{z_A}$ sous forme algébrique.

3. Montrer que $\dfrac{z_B}{z_A} = \left(1+\sqrt{3}\right)e^{i\frac{\pi}{3}}$. En déduire la forme exponentielle de z_B.

EXERCICE 95 **15 minutes**

On appelle f l'application qui, à tout point d'affixe $z \neq 0$, associe le point d'affixe z' définie par : $z' = z + i - \dfrac{1}{z}$.

On considère les points A et B d'affixes respectives $a = \mathrm{i}$ et $b = e^{i\frac{\pi}{6}}$ et leurs images A′ et B′ par f d'affixes respectives a' et b'.

1. Calculer a' et b'.

2. Démontrer que $\dfrac{-b}{b'-b} = \dfrac{\sqrt{3}}{3}\mathrm{i}$.

3. Soit θ un réel. Démontrer que si $z = e^{i\theta}$ alors $z' = (2\sin\theta + 1)\,i$.

EXERCICE 96 **15 minutes**

Soit les nombres complexes $z_1 = e^{ia}$ et $z_2 = e^{ib}$ (a et b réels).

1. Donner la forme trigonométrique des nombres complexes z_1 et z_2.

2. En utilisant les résultats de la question précédente, calculer $z_1 z_2$.

3. Déterminer la forme exponentielle de $z_1 z_2$, puis en déduire sa forme trigonométrique.

4. En utilisant les questions précédentes, retrouver les formules d'addition de cosinus et sinus.

EXERCICE 97 **15 minutes**

Soit le nombre complexe $z_1 = 3\left(\cos\dfrac{\pi}{6} + \mathrm{i}\sin\dfrac{\pi}{6}\right)$. On pose $z_2 = \overline{z_1}$, où $\overline{z_1}$ désigne le nombre complexe conjugué de z_1, $z_3 = -z_1$, $z_4 = z_1 e^{\frac{2i\pi}{3}}$.

1. Déterminer la forme algébrique des nombres complexe z_1, z_2 et z_3.

2. Déterminer le module et un argument des nombres complexes z_2 et z_3.

3. Montrer que $z_4 = 3e^{\frac{5i\pi}{6}}$.

4. En déduire le module et un argument du nombre complexe z_4.

5. Quelle est la forme algébrique de z_4 ?

EXERCICE 98 **15 minutes**

Soit les nombres complexes : $z_1 = \sqrt{2} + \mathrm{i}\sqrt{6}$, , $z_2 = 2 + 2\mathrm{i}$ et $Z = \dfrac{z_1}{z_2}$.

1. Ecrire Z sous forme algébrique.

2. Donner les modules et arguments de z_1, z_2 et Z.

3. En déduire $\cos\dfrac{\pi}{12}$ et $\sin\dfrac{\pi}{12}$.

4. Ecrire sous forme algébrique le nombre complexe Z^{2016}.

EXERCICE 99 **15 minutes**

On considère les trois nombres complexes suivants :

$$z_1 = \sqrt{2}e^{\mathrm{i}\frac{\pi}{12}} \quad ; \quad z_2 = 1 - \mathrm{i} \quad ; \quad z_3 = \frac{z_1}{z_2}.$$

1. Ecrire z_2 sous forme exponentielle.

2. **a.** Ecrire z_3 sous forme exponentielle.
   b. En déduire que $z_3 = \frac{1}{2} + i\frac{\sqrt{3}}{2}$.
3. **a.** En remarquant que $z_1 = z_2 \times z_3$, donner l'écriture de z_1 sous forme algébrique.
   b. En déduire les valeurs exactes de $\cos\frac{\pi}{12}$ et $\sin\frac{\pi}{12}$.

Exercice 100 **20 minutes**

On considère les points A, B et C d'affixes respectives z_A, z_B, et z_C définies par :
$z_A = 2+2i$, $z_B = -2+2i$, $z_C = -\sqrt{3}+i$, où i désigne le nombre complexe de module 1 et d'argument $\frac{\pi}{2}$.

1. Déterminer le module et un argument de chacun des nombres complexes z_A, z_B et z_C.
2. Calculer $|z_A - z_B|^2$ et $|z_A - z_C|^2$.
3. On considère la transformation $f(z) = ze^{-i\frac{\pi}{3}}$.
   a. Soit $z'_A = f(z_A)$. Calculer sous forme exponentielle l'affixe z'_A.
   b. Préciser le module et un argument de z'_A.
   c. Déterminer la forme algébrique de z'_A.
   d. Déduire des questions **b** et **c** les valeurs exactes de $\cos\left(-\frac{\pi}{12}\right)$ et $\sin\left(-\frac{\pi}{12}\right)$.

Exercice 101 **10 minutes**

Soit $z = 1 + i\tan\varphi$ où φ est un réel tel que $0 < \varphi < \pi$ et $\varphi \neq \frac{\pi}{2}$.

1. Déterminer le module et un argument du nombre complexe $Z = \frac{z}{1-z}$.
2. Soit z_1 et z_2 sont les nombres complexes correspondants respectivement à $\varphi_1 = \frac{\pi}{6}$ et $\varphi_2 = \frac{5\pi}{6}$.
   Placer dans le plan complexe les points M_1 et M_2 d'affixe respective Z_1 et Z_2.

Exercice 102 **15 minutes**

Soit les réels θ et φ tels que $0 < \theta < \frac{\pi}{2}$ et $\frac{\pi}{2} < \varphi < \pi$.
On considère les nombres réels $z_1 = \cos 2\theta + i\sin 2\theta$ et $z_2 = \cos 2\varphi + i\sin 2\varphi$.

1. Calculer le module et un argument des nombres complexes $(1-z_1)$ et $(1+z_2)$.
2. En déduire le module et un argument du nombre complexe $Z = \frac{1-z_1}{1+z_2}$.

Exercice 103 **20 minutes**

Soient A, B et I les points d'affixes respectives $1+i$, $3-i$ et 2. A tout point M d'affixe z, on associe le point M' d'affixe z' telle que $z' = z^2 - 4z$. Le point M' est appelé l'image de M.

1. Calculer les affixes des points A' et B', images respectives des points A et B. Que remarque-t-on ?
2. Déterminer les points qui ont pour image le point d'affixe -5.

3. Vérifier que pour tout nombre complexe z, on a : $z' + 4 = (z-2)^2$.
4. En déduire une relation entre $\left|z'+4\right|$ et $|z-2|$ et, lorsque z est différent de 2, une relation entre $\arg\left(z'+4\right)$ et $\arg(z-2)$.
5. Soient E le point d'affixe $2+2e^{i\frac{\pi}{3}}$, J le point d'affixe -4 et E' l'image de E.
   a. Calculer $z_E - z_J$, donner la forme exponentielle, puis la forme algébrique.
   b. Calculer $z_{E'} - z_J$, donner la forme exponentielle, puis la forme algébrique.

EXERCICE 104 **15 minutes**

Soit $z = \dfrac{1+i\sqrt{3}}{1-i}$

1. Déterminer la forme exponentielle de z.
2. Déterminer les entiers naturels n ($n \neq 0$) tels que z^n soit réel.
   Calculer z^n pour la plus petite des valeurs de n obtenues.
3. Déterminer les entiers n tels que z^n soit imaginaire pur.

EXERCICE 105 **10 minutes**

1. Soit x un nombre réel différent de 2. Déterminer le module et un argument du nombre complexe
   $z = (x-2)\left(\cos\dfrac{\pi}{4} + i\sin\dfrac{\pi}{4}\right)$.
2. Démontrer que le nombre z^{2020} est réel et préciser son signe.

EXERCICE 106 **10 minutes**

Soit z un nombre complexe de module ρ et d'argument θ.
Calculer, en fonction de ρ et de θ, le module et un argument de $Z = z - \left(\cos\dfrac{\pi}{3} + i\sin\dfrac{\pi}{3}\right)\overline{z}$.

EXERCICE 107 **15 minutes**

Soit $z = \cos\dfrac{2\pi}{5} + i\sin\dfrac{2\pi}{5}$.

1. Calculer z^5.
2. On pose $u = z + z^4$ et $v = z^2 + z^3$.
   a. Calculer $u + v$ et uv.
   b. En déduire u et v.
3. Exprimer $\cos\dfrac{2\pi}{5}$ en fonction de u. En déduire la valeur de $\cos\dfrac{2\pi}{5}$.

EXERCICE 108 **10 minutes**

1. Linéariser $f(x) = sin^4 x$.
2. En déduire une primitive de $f(x)$.

EXERCICE 109 **10 minutes**

Soit α un réel, $\left(\alpha \neq \frac{\pi}{2} + k\pi,\ \ k \in \mathbb{Z}\right)$.

Exprimer en fonction $tan(\alpha)$ les nombres suivants :

$$A = \frac{e^{2i\alpha} - 1}{e^{2i\alpha} + 1} \qquad\qquad B = e^{4i\alpha} + 2e^{2i\alpha} + 1$$

EXERCICE 110 **15 minutes**

On pose $\omega = e^{i\frac{2\pi}{n}}$, pour n entier strictement positif.

1. Calculer ω^n.
2. En déduire la valeur des sommes :
   a. $S_C = 1 + \cos\frac{2\pi}{n} + \cos\frac{4\pi}{n} + \cdots + \cos\left(\frac{2(n-1)\pi}{n}\right)$;
   b. $S_S = \sin\frac{2\pi}{n} + \sin\frac{4\pi}{n} + \cdots + \sin\left(\frac{2(n-1)\pi}{n}\right)$;
3. Justifier l'égalité $\cos\frac{2\pi}{5} + \cos\frac{4\pi}{5} = -\frac{1}{2}$.

EXERCICE 111 **15 minutes**

Soit α et x deux réels, n un entier naturel strictement positif.

1. Calculer $A = \sum_{k=0}^{n} \cos(kx+\alpha)$ et $B = \sum_{k=0}^{n} \sin(kx+\alpha)$.
   ☞ Calculer $A + iB$.
2. En déduire $C = \sum_{k=1}^{n} k\cos(kx+\alpha)$ et $D = \sum_{k=1}^{n} k\sin(kx+\alpha)$.
   ☞ On pourra penser à une dérivée.

EXERCICE 112 **15 minutes**

Soit, pour tout entier $n \geqslant 2$, la somme $S_n = \sum_{k=1}^{n-1} \sin\frac{k\pi}{n}$

1. On pose $z = \cos\frac{\pi}{n} + i\sin\frac{\pi}{n}$.
   Simplifier l'expression $A = 1 + z + \cdots + z^{n-1}$.
2. Calculer la partie réelle et la partie imaginaire de A.
3. En déduire que $S_n = \dfrac{1}{tan\frac{2\pi}{n}}$.
4. Déterminer la limite de la suite de terme générale $\frac{S_n}{n}$.

EXERCICE 113 **10 minutes**

1. Linéariser $\cos^4 x$.
2. Calculer $I = \int_0^{\frac{\pi}{4}} \cos^4 x \, dx$ et $J = \int_0^{\frac{\pi}{4}} \cos^4 x \, \sin x \, dx$.

EXERCICE 114 **10 minutes**

1. Linéariser $\cos^7 x$.
2. En déduire $I = \int_0^{\frac{\pi}{2}} \cos^7 x \, dx$.

EXERCICE 115 **15 minutes**

1. Linéariser la fonction $f(x) = \cos^3 x + \sin^3 x$.
2. En déduire la primitive de f qui s'annule en 0.

EXERCICE 116 **15 minutes**

1. Linéariser $\sin^5 x$.
2. En déduire $I = \int_0^{\frac{\pi}{2}} \sin^5 x \, dx$.

EXERCICE 117 **15 minutes**

Soit $z = \cos\theta + i\sin\theta$, $\theta \in]0\,;\,2\pi[$.

1. Calculer $Z = \dfrac{1+z}{1-z}$ en fonction de $tan\dfrac{\theta}{2}$.
2. En déduire la forme exponentielle de Z en fonction de θ.

EXERCICE 118 **15 minutes**

Soit le nombre complexe z, de module 1, d'argument α appartenant à $[-\pi\,;\,\pi[$.

1. Calculer, en fonction de α, le module et un argument du nombre complexe $Z = 1 + z + z^2$.
2. On considère un deuxième nombre complexe, z', de module 1, d'argument β.

   Dans le cas où il est défini, montrer que le nombre complexe $\dfrac{z+z'}{1+zz'}$ est un nombre réel.

EXERCICE 119 **10 minutes**

Le plan P est rapporté à un repère orthonormé direct $\left(O; \vec{u}, \vec{v}\right)$. Soit A un point de P d'affixe a non nulle et soit ABC le triangle équilatéral inscrit dans le cercle de centre O, de rayon OA et tel que $\left(\overrightarrow{AB}, \overrightarrow{AC}\right)$ soit de mesure $\dfrac{\pi}{3}$.

1. Déterminer, en fonction de a, les affixes b et c des points B et C respectivement.
2. On désigne par M le point d'affixe $z = a^3$.

   Déterminer a pour que M soit le milieu de $[BC]$.

EXERCICE 120 **20 minutes**

Dans le plan complexe, on considère les quatre points A, B, C et D d'affixes respectives 1, i, -1 et $-i$.

Soit M un point d'affixe z.

1. Exprimer en fonction de z le nombre réel : $p = MA \times MB \times MC \times MD$.
2. On suppose que $z = re^{i\theta}$ avec $r > 0$, $0 \leqslant \theta \leqslant \dfrac{\pi}{2}$.

a. Donner une relation entre r et θ nécessaire et suffisante pour que $p = 1$.
b. Chercher les affixes des points M de l'axe des réels solutions de $p = 1$.
c. Donner sous forme trigonométrique les affixes des points M du cercle trigonométrique tels que $p = 1$.

1.4 Equations polynomiales

1.4.1 Point de cours

Propriété 1
Soit P le polynôme défini par $P(z) = az^2 + bz + c$, où a, b et c sont des nombres réels et $a \neq 0$, (E) l'équation $P(z) = 0$ de discriminant $\Delta = b^2 - 4ac$.

Signe de Δ	Racines de P	Factorisation de P
$\Delta > 0$	$z_1 = \dfrac{-b-\sqrt{\Delta}}{2a}$, $z_2 = \dfrac{-b+\sqrt{\Delta}}{2a}$ racines réelles distinctes	$P(z) = a(z - z_1)(z - z_2)$
$\Delta = 0$	$z_0 = \dfrac{-b}{2a}$ racine double	$P(z) = a(z - z_0)^2$
$\Delta < 0$	$z_1 = \dfrac{-b - i\sqrt{\lvert\Delta\rvert}}{2a}$ et $z_2 = \dfrac{-b + i\sqrt{\lvert\Delta\rvert}}{2a}$ racines complexes conjuguées	$P(z) = a(z - z_1)(z - z_2)$

Propriété 2 : Si P est un polynôme et $P(a) = 0$ alors P est factorisable par $z - a$.
Propriété 3 : Un polynôme de degré n admet admet au plus n racines.

1.4.2 Exercices d'application du cours

EXERCICE 121 **10 minutes**

Résoudre dans $\mathbb{C}$ les équations suivantes :

1. $z^2 + z + 1 = 0$
2. $z^2 - z + 1 = 0$
3. $z^2 + z + 4 = 0$
4. $z^2 - 4z + 10 = 0$

EXERCICE 122 **10 minutes**

Résoudre dans $\mathbb{C}$ les équations suivantes :

1. $z^2+2z+5=0$

2. $z^2-\sqrt{3}z+31=0$

3. $z^2+6z+10=0$

4. $z^2-6z+10=0$

EXERCICE 123 **10 minutes**

Résoudre dans $\mathbb{C}$ les équations suivantes :

1. $2z^2-6z+5=0$

2. $z^2-2z+3=0$

3. $3z^2+6z+1=0$

4. $2z^2-5z+9=0$

EXERCICE 124 **10 minutes**

Résoudre dans $\mathbb{C}$ les équations suivantes :

1. $z^2-2\left(1+\sqrt{2}\right)z+2\left(2+\sqrt{2}\right)=0$

2. $z^2-2(\cos\theta)z+1=0$

3. $z^2-2(\sin\theta)z+1=0$

EXERCICE 125 **10 minutes**

Résoudre dans $\mathbb{C}$ l'équation : $z^2+4z+8=0$.
On donnera les solutions sous forme algébrique, puis sous forme trigonométrique.

EXERCICE 126 **10 minutes**

Soit les nombres complexes $z=3+4i$ et $\omega=a+ib$ avec a et b deux réels.

1. Développer ω^2.

2. Déterminer $|z|$ et $|\omega|$.

3. En déduire trois relations entre a et b telles que $z=\omega^2$.

4. En déduire les racines de ω

EXERCICE 127 **15 minutes**

En utilisant la méthode de l'exercice précédent, déterminer les racines des nombres complexes suivants :

1. $z=1+i$

2. $z=2-i\sqrt{3}$

3. $z=-3+i\sqrt{2}$

4. $z=-2-i\sqrt{2}$

EXERCICE 128 **10 minutes**

Soit f la fonction définie sur $\mathbb{C}$ par $f(z)=2z-3i\overline{z}$.

1. Déterminer z tel que $f(z)=z$.

2. Déterminer les antécédentes de 7 et de $5i$ par f.

EXERCICE 129 **10 minutes**

Soit f la fonction définie sur $\mathbb{C}$ par $f(z)=3z^2+1$.

1. Déterminer z tel que $f(z)=z$.

2. Déterminer les antécédentes de -5 par f.

EXERCICE 130 **10 minutes**

Soit f la fonction définie sur $\mathbb{C}-\{i\}$ par $f(z)=\dfrac{2iz-1}{z+i}$.

1. Déterminer z tel que $f(z)=z$.
2. Déterminer les antécédentes de i par f.

EXERCICE 131 **10 minutes**

Démontrer la propriété donnant les solutions d'une équation du second degré dans le cas où le discriminant est strictement négatif.

EXERCICE 132 **5 minutes**

1. Résoudre dans $\mathbb{C}$ l'équation $\dfrac{z-4}{z}=i$.
2. Ecrire la solution sous forme exponentielle.

EXERCICE 133 **10 minutes**

1. Résoudre dans $\mathbb{C}$ l'équation $z^2-2z+4=0$.
2. Ecrire les solutions sous forme exponentielle.

EXERCICE 134 **10 minutes**

1. Développer le produit $\left(z^2+3z+4\right)\left(2z^2-z+1\right)$.
2. En déduire la résolution de l'équation (E) $2z^4+5z^3+6z^2-z+4=0$

EXERCICE 135 **10 minutes**

Soit (E) l'équation $z^4+10z^2+9=0$. En posant $Z=z^2$, résoudre (E) dans $\mathbb{C}$.

EXERCICE 136 **15 minutes**

1. Déterminer le nombre complexe α tel que $\left\{\begin{array}{lcl}\alpha(1+i) & = & 1+3i\\ i\alpha^2 & = & -4+3i\end{array}\right.$
2. Pour tout nombre complexe z, on pose $f(z)=z^2-(1+3i)z+(-4+3i)$.
   Vérifier que $f(z)$ s'écrit sous la forme $(z-\alpha)(z-i\alpha)$.
3. En déduire les solutions sous forme algébrique de l'équation $f(z)=0$.

1.4.3 Exercices d'approfondissement

EXERCICE 137 **10 minutes**

Soit f la fonction définie dans $\mathbb{C}$ par $f(z)=z^4-z^3\sqrt{2}-4z\sqrt{2}-16$.

1. Déterminer les réels a et b tels que pour tout $z\in\mathbb{C}$, $f(z)=\left(z^2+4\right)\left(z^2+az+b\right)$.
2. En déduire les solutions de l'équation $f(z)=0$.

EXERCICE 138 **10 minutes**

1. Résoudre dans $\mathbb{C}$ l'équation $z^2 - 2z + 2 = 0$.
2. Déterminer le module et un argument de chaque solution.
3. Résoudre dans $\mathbb{C}$ de l'équation : $(-iz + 3i + 3)^2 - 2(-iz + 3i + 3) + 2 = 0$.

EXERCICE 139 **15 minutes**

Dans le plan complexe muni d'un repère orthonormé $\left(O, \vec{u}, \vec{v}\right)$, déterminer l'ensemble des points M d'affixe z :

1. $(1+i)z - (1-i)\overline{z} + 2i = 0$.
2. $z^2 + \overline{z}$ réel.
3. $(1+z)\left(i+\overline{z}\right)$ réel.
4. $\dfrac{z+1+2i}{z-3-i}$ réel.
5. $\dfrac{z+1}{\overline{z}+3i}$ réel.
6. $(1-2i)z + (1+2i)\overline{z} = z\overline{z}$.
7. $(1+z)\left(i+\overline{z}\right)$ imaginaire pur.
8. $\dfrac{z+1-3i}{z-3+2i}$ imaginaire pur.

EXERCICE 140 **15 minutes**

1. Résoudre dans l'ensemble des nombres complexes l'équation : $z^2 - 2z + 4 = 0$.
   Les solutions seront notées z' et z'', z' désignant la solution dont la partie imaginaire est positive. Donner les solutions sous forme algébrique, puis sous forme exponentielle.
2. Donner la valeur exacte $(z')^{2017}$ sous forme exponentielle, puis sous forme algébrique.

EXERCICE 141 **15 minutes**

On considère dans l'ensemble des nombres complexes, l'équation suivante :

$$(E)\quad z^3 + 2z^2 - 16 = 0.$$

1. Montrer que 2 est solution de (E), puis que (E) peut s'écrire sous la forme :
   $(z-2)\left(az^2 + bz + c\right) = 0$, où a, b et c sont trois réels que l'on déterminera.
2. En déduire les solutions de l'équation (E) sous forme algébrique, puis sous forme exponentielle.

EXERCICE 142 **10 minutes**

1. Résoudre dans $\mathbb{C}$ l'équation : $z^2 - \left(1+\sqrt{2}\right)z + \sqrt{2} = 0$.
2. Résoudre dans $\mathbb{C}$ les équations : (1) $z + \dfrac{1}{z} = 1$ et (2) $z + \dfrac{1}{z} = \sqrt{2}$.
3. Soit $P(z)$ le polynôme de la variable complexe z tel que :

$$P(z) = z^4 - \left(1+\sqrt{2}\right)z^3 + \left(2+\sqrt{2}\right)z^2 - \left(1+\sqrt{2}\right)z + 1$$

   a. Vérifier que pour tout z non nul, on a : $\dfrac{P(z)}{z^2} = \left(z+\dfrac{1}{z}\right)^2 - \left(1+\sqrt{2}\right)\left(z+\dfrac{1}{z}\right) + \sqrt{2}$.

   b. En utilisant ce qui précède, résoudre l'équation $P(z) = 0$.

EXERCICE 143 **20 minutes**

1. Résoudre dans $\mathbb{C}$ l'équation $(z-2\mathrm{i})\left(z^2-2z+2\right)=0$.
   Donner les solutions sous forme algébrique et sous forme exponentielle.
2. Soient A, B et C les points d'affixes respectives $z_A = 1+i$, $z_B = 2i$ et $z_C = \frac{1}{2} - i\frac{3}{4}$.
   A tout complexe z différent de z_A on associe le complexe $z' = \frac{z-2i}{z-1-i}$.
   a. Calculer z'_B et z'_C les images de z_B et z_C.
   b. Déterminer l'ensemble des points M d'affixe z tels que z' soit imaginaire pur.

EXERCICE 144 **15 minutes**

1. Résoudre dans $\mathbb{C}$ l'équation : $z^2-2z\sqrt{2}+4=0$. On désignera par z_1 la solution dont la partie imaginaire est positive et par z_2 l'autre solution.
2. Déterminer le module et un argument de chacun des nombres z_1 et z_2.
3. Déterminer le module et un argument du nombre complexe $Z = \left(\frac{z_1}{z_2}\right)^2$.

EXERCICE 145 **10 minutes**

Résoudre dans $\mathbb{C}$, l'équation $z^4 - z^2\sqrt{2}+1=0$

EXERCICE 146 **15 minutes**

1. Déterminer le réel a pour que l'équation $z^3 - az^2 + 3az + 37 = 0$ admette pour solution -1.
2. Calculer alors , dans $\mathbb{C}$, les deux autres solutions z_1 et z_2.
3. Soit A, M_1 et M_2 les points d'affixes respectives -1, z_1 et z_2. Quelle est la nature du triangle AM_1M_2 ?

EXERCICE 147 **15 minutes**

On veut résoudre dans $\mathbb{C}$ l'équation (E) $\quad z^3+4z^2+2z-28=0$.

1. Déterminer deux réels a et b tels que l'équation (E) s'écrive : $(z-2)(z^2+az+b)=0$.
2. Résoudre (E).

EXERCICE 148 **15 minutes**

On considère l'équation : (E) $\quad z^3-(4+i)z^2+(13+4i)z-13i=0$ où z est un nombre complexe.

1. Démontrer que le nombre complexe i est solution de cette équation.
2. Déterminer les nombres réels a, b et c tels que, pour tout nombre complexe z on ait :

$$z^3-(4+i)z^2+(13+4i)z-13i=(z-i)\left(az^2+bz+c\right).$$

3. En déduire les solutions de l'équation (E).

EXERCICE 149 **10 minutes**

On considère dans l'ensemble des nombres complexes, l'équation (E) d'inconnue z suivante :

$$z^3 + (-8+i)z^2 + (17-8i)z + 17i = 0.$$

1. Montrer que $-i$ est solution de (E).
2. Déterminer les nombres réels $a,\ b,\ c$ tels que :

$$z^3 + (-8+i)z^2 + (17-8i)z + 17i = (z+i)\left(az^2 + bz + c\right).$$

3. Résoudre l'équation (E) dans l'ensemble des nombres complexes.

EXERCICE 150 **20 minutes**

1. Résoudre, dans l'ensemble des nombres complexes, l'équation : $z^2 - 4z + 16 = 0$.
2. Pour tout nombre complexe z, on pose $f(z) = z^2 + z\left(5 - i\sqrt{3}\right) + 4\left(1 - i\sqrt{3}\right)$.
   a. Vérifier que $f(-4) = 0$.
   b. Déterminer les nombres a et b tels que, $\forall z \in \mathbb{C},\ f(z) = (z+4)(az+b)$.
   c. Résoudre, dans $\mathbb{C}$, l'équation $f(z) = 0$.
3. Calculer le module des nombres complexes -4 et $-1 + \mathrm{i}\sqrt{3}$.

EXERCICE 151 **15 minutes**

On donne $P(z) = z^3 - 6z^2 + 18z - 27$ où z est un nombre complexe.

1. Calculer $P(3)$.
2. Déterminer les nombres réels a, b et c tels que pour tout nombre complexe z :

$$P(z) = (z-3)\left(az^2 + bz + c\right).$$

3. Résoudre dans $\mathbb{C}$ l'équation $z^2 - 3z + 9 = 0$ puis en déduire les solutions de $P(z) = 0$.
4. Donner la forme trigonométrique des solutions.

EXERCICE 152 **15 minutes**

Pour tout nombre complexe z, on considère $f(z) = z^4 - 10z^3 + 38z^2 - 90z + 261$.

1. Soit b un nombre réel. Exprimer en fonction de b les parties réelle et imaginaire de $f(\mathrm{i}b)$.
2. En déduire que l'équation $f(z) = 0$ admet deux nombres imaginaires purs comme solutions.
3. Montrer qu'il existe deux nombres réels α et β, que l'on déterminera, tels que, pour tout nombre complexe z, $f(z) = \left(z^2 + 9\right)\left(z^2 + \alpha z + \beta\right)$.
4. Résoudre dans l'ensemble des nombres complexes l'équation $f(z) = 0$.

EXERCICE 153 **15 minutes**

Soit (E) $z^2(1-i) - 10z + 13(1+i) = 0$.

1. Etablir une relation (E'), équivalente à (E), telle que le coefficient de z^2 soit 1.
2. Montrer que la relation (E') peut se mettre sous la forme $(z+\alpha)^2 - \beta^2 = 0$, α et β étant deux nombres complexes que l'on déterminera.
3. En déduire les solutions de (E).

EXERCICE 154 **25 minutes**

On considère dans l'ensemble des complexes les équations :

$$z^2-(1+3i)z-6+9i=0 \ (1) \quad \text{et} \quad z^2-(1+3i)z+4+4i=0 \ (2)$$

1. Montrer que l'équation (1) admet une solution réelle z_1, et l'équation (2) une solution imaginaire pure z_2.
2. Développer $(z-3)(z+2-3i)$, puis $(z-4i)(z-1+i)$.
3. En déduire les solutions de l'équation :

$$\left(z^2-(1+3i)z-6+9i\right)\left(z^2-(1+3i)z+4+4i\right)=0.$$

4. Soit z_0 la solution dont la partie imaginaire est strictement négative. Donner la forme trigonométrique de z_0.
5. Déterminer les entiers naturels n tels que les points M_n d'affixes z_0^n soient sur la droite d'équation $y=x$.
6. On appelle f l'application qui au point M, d'affixe z, associe le point M', d'affixe z' telle que : $z'=z^2-(1+3i)z-6+9i$.
   a. On pose $z=x+\mathrm{i}y$ et $z'=x'+iy'$. Exprimer x' et y' en fonction de x et y.
   b. Déterminer une équation de l'ensemble (H) des points M pour lesquels $f(M)$ appartient à l'axe des ordonnées.

EXERCICE 155 **15 minutes**

On considère le polynôme P de la variable complexe z, défini par :

$$P(z)=z^3+\left(14-i\sqrt{2}\right)z^2+\left(74-14i\sqrt{2}\right)z-74i\sqrt{2}.$$

1. Déterminer le réel y tel que iy soit solution de l'équation $P(z)=0$.
2. Trouver deux nombres réels a et b tels que, pour tout nombre complexe z, on ait :

$$P(z)=\left(z-i\sqrt{2}\right)\left(z^2+az+b\right).$$

3. Résoudre dans l'ensemble $\mathbb{C}$, l'équation $P(z)=0$.

EXERCICE 156 **15 minutes**

Pour tout nombre complexe z, on pose $P(z)=z^3-3z^2+3z+7$.

1. Calculer $P(-1)$.
2. Déterminer les réels a et b tels que pour tout nombre complexe z, on ait :

$$P(z)=(z+1)(z^2+az+b).$$

3. Résoudre dans $\mathbb{C}$ l'équation $P(z)=0$.

EXERCICE 157 **15 minutes**

On considère le polynôme P défini par : $P(z)=z^4-6z^3+24z^2-18z+63$.

1. Calculer $P(i\sqrt{3})$ et $P(-\ i\sqrt{3})$ puis montrer qu'il existe un polynôme Q du second degré à coefficients réels, que l'on déterminera, tel que, pour tout $z \in \mathbb{C}$, on ait $P(z) = (z^2+3)Q(z)$.
2. Résoudre dans $\mathbb{C}$ l'équation $P(z) = 0$.

Exercice 158 **15 minutes**

L'objectif de cet exercice est la résolution de l'équation du second degré à coefficients complexes : $z^2 + (2+i)z + 2i = 0$ (E).

1. Calculer le discriminant de (E), noté Δ.
2. Déterminer δ_1 et δ_2 les racines de Δ.
3. En déduire les solutions de (E).

Exercice 159 **25 minutes**

En utilisant la méthode de l'exercice précédent, résoudre dans $\mathbb{C}$ les équations suivantes :

1. $z^2 - 4(6+i)z + 3(63+16i) = 0$
2. $z^2 - (1+2i)z + 3(1+i) = 0$
3. $iz^2 - 2z - 4 - 4i = 0$
4. $z^2 - 2(1+i)z + \dfrac{1}{2} + i\left(2 + \dfrac{\sqrt{3}}{2}\right) = 0.$

Exercice 160 **30 minutes**

Dans l'ensemble $\mathbb{C}$ des nombres complexes, i désigne le nombre de module 1 et d'argument $\dfrac{\pi}{2}$.

1. Montrer que $(1+i)^6 = -8i$.
2. On considère l'équation (E) : $z^2 = -8i$.
   a. Déduire de **1.** une solution de l'équation (E).
   b. L'équation (E) posséde une autre solution, écrire cette solution sous forme algébrique.
3. Déduire également de **1.** une solution de l'équation (E') $z^3 = -8i$.
4. On considère le point A d'affixe $2i$ et l'application f définie par : $f(z) = ze^{i\frac{2\pi}{3}}$.
   a. Déterminer l'affixe b du point B, image de A par f, ainsi que l'affixe c du point C, image de B par f.
   b. Montrer que b et c sont solutions de (E').

Exercice 161 **20 minutes**

On considère dans $\mathbb{C}$, l'équation (E) : $z^4 - 6(1+i)z^3 + 27iz^2 + 27(1-i)z - 22 + 6i = 0$

1. Vérifier que les solutions de l'équation : $z^2 - (1+2i)z + 2i = 0$ sont aussi solutions de (E).
2. Achever la résolution de (E) en la mettant sous la forme :
   $\left(z^2 - (1+2i)z + 2i\right)\left(z^2 + az + b\right) = 0$, a et b étant deux éléments de $\mathbb{C}$.
3. Quel est le polygone formé par les images des quatre racines de (E) ?

EXERCICE 162 **15 minutes**

1. Résoudre dans $\mathbb{C}$ l'équation $\left(z^2-4z+5\right)-i\,(z+1)=0$.
2. Résoudre dans $\mathbb{C}$ l'équation $\left(z^2-4z+5\right)^2+(z+1)^2=0$.
3. En déduire qu'il existe des réels A, B, C et D que l'on déterminera tels que $\forall x\in\mathbb{R},\ \left(x^2+4x+5\right)^2+(x+1)^2=\left(x^2+Ax+B\right)\left(x^2+Cx+D\right)$.

EXERCICE 163 **15 minutes**

1. Résoudre dans $\mathbb{C}$ l'équation $z^2+\left(1-\sqrt{3}\right)z-\sqrt{3}=0$.
2. Résoudre dans $\mathbb{C}$ les équations :
   - **a.** $z+\dfrac{1}{z}=-1$, on notera α et α' les solutions;
   - **b.** $z+\dfrac{1}{z}=\sqrt{3}$, on notera β et β' les solutions.
3. Soit $f(z)=z^4+\left(1-\sqrt{3}\right)z^3+\left(2-\sqrt{3}\right)z^2+\left(1-\sqrt{3}\right)z+1$.
   Vérifier que, $\forall z\in\mathbb{C}^\star$, $\dfrac{f(z)}{z}=\left(z+\dfrac{1}{z}\right)^2+\left(1-\sqrt{3}\right)\left(z+\dfrac{1}{z}\right)-\sqrt{3}$.
4. En déduire que α, α', β, β' sont solutions de l'équation $f(z)=0$.

EXERCICE 164 **15 minutes**

On considère le polynôme P de la variable complexe z défini par :

$$P(z)=z^4+2\sqrt{3}z^3+8z^2+2\sqrt{3}z+7$$

1. **a.** Calculer $P(i)$ et $P(-i)$.
   b. Montrer qu'il existe un polynôme Q du second degré, que l'on déterminera, tel que :

$$\text{pour tout } z\in\mathbb{C},\ P(z)=\left(z^2+1\right)Q(z)$$

2. Résoudre, dans $\mathbb{C}$, l'équation $P(z)=0$.

EXERCICE 165 **10 minutes**

Montrer que l'équation $z^4+z^2+1=0$ a, dans $\mathbb{C}$, quatre solutions que l'on calculera.

EXERCICE 166 **10 minutes**

1. Montrer que le polynôme $P(z)=z^3-8z^2+25z-26$ est divisible par $z-2$.
2. En déduire les racines, réelles ou complexes, de P.

EXERCICE 167 **20 minutes**

1. On considère, dans $\mathbb{C}$, l'équation (E) $z^2+2z+2=0$.
   - **a.** Résoudre l'équation (E). On notera z_1 et z_2 les solutions.
   - **b.** Calculer $z_1^n+z_2^n$ pour n entier naturel non nul.
2. On considère, dans $\mathbb{C}$, l'équation (E') $\dfrac{z+1}{z-1}=1$.

a. Résoudre l'équation (E').

b. On pose $\mathbb{C}' = \mathbb{C} \setminus \{1\}$.

Démontrer que la fonction f définie sur $\mathbb{C}'$ par $f(z) = \dfrac{z+1}{z-1}$ est involutive, c'est-à-dire que $\forall x \in \mathbb{C}'$, $f \circ f(z) = z$.

3. Former une équation du second degré admettant $f(z_1)$ et $f(z_2)$ pour racines.

EXERCICE 168 **15 minutes**

1. z étant un nombre complexe, développer $(z+1)^3$.

2. Résoudre, dans $\mathbb{C}$, l'équation $z^3 + 3z^2 + 3z - 7 = 0$.

3. Construire les images des solutions obtenues.

EXERCICE 169 **10 minutes**

Résoudre dans $\mathbb{C}$, l'équation $z^6 + z^3 - 2 = 0$

EXERCICE 170 **10 minutes**

Résoudre, dans $\mathbb{C}$, l'équation $z^4 - 2z^2 \cos 2\alpha + 1 = 0$.

EXERCICE 171 **10 minutes**

1. Décomposer en produit de deux polynômes du second degré à coefficients réels le trinôme bicarré $P(x) = x^4 - 3x^2 + 9$.

2. Calculer , dans $\mathbb{C}$, les racines de P.

3. Donner la forme exponentielle des racines de P.

EXERCICE 172 **40 minutes**

1. Soit θ un angle réel donné. Montrer que l'équation $z^2 - 2z\cos\theta + 1 = 0$ admet en général deux solutions complexes conjuguées, que l'on notera z_1 et $\overline{z_1}$.

Donner leurs expressions en fonction de θ.

Quel est le module de z_1 ? Examiner le cas où θ est un multiple entier de π.

2. On appellera, de même, z_2 et $\overline{z_2}$ les solutions de l'équation $z^2 - 2z\cos\theta' + 1 = 0$, où θ' désigne un angle réel donné.

Calculer en fonction de $\cos\theta$ et $\cos\theta'$, les coefficients a, b, c et d pour que le polynôme $P(z) = z^4 + az^3 + bz^2 + cz + d$ soit égal au polynôme $Q(z) = (z - z_1)\left(z - \overline{z_1}\right)(z - z_2)\left(z - \overline{z_2}\right)$.

Montrer que l'on a, dans ces conditions, les relations (C) : $a = c$ et $d = 1$.

3. Inversement, on se donne *a priori* les coefficients a, b, c et d, satisfaisant aux conditions (C) et l'on cherche à déterminer des angles θ et θ' tel que $Q(z)$ soit égal à $P(z)$.

Montrer que $\cos\theta$ et $\cos\theta'$ sont solutions de l'équation $X^2 + \dfrac{a}{2}X + \dfrac{b-2}{4} = 0$.

Ecrire les inégalités (C') que doivent vérifier a et b pour qu'il existe des angles θ et θ' répondant à la question.

4. On se propose d'interpréter géométriquement les inégalités (C').

Pour cela, on considère, dans le plan rapporté à un repère orthonormé, le point M de coordonnées a et b.

Dans quelle région du plan faut-il choisir M pour que les relations (C') soient satisfaites ? On tracera soigneusement les courbes qui délimitent cette région.

5. Appliquer les résultats précédents à la recherche des racines de l'équation : $z^4 - 3z^3 + 4z^2 - 3z + 1 = 0$.

1.5 Utilisation des complexes en géométrie

1.5.1 Point de cours

Le plan est rapporté à un repère orthonormé $\left(O, \vec{u}, \vec{v}\right)$, il est ainsi appelé **plan complexe**.

Propriétés : soit A et B deux points du plan complexe d'affixes z_A et z_B

• $\arg(z_B - z_A) = \left(\vec{u}; \overrightarrow{AB}\right)$ • $\arg\left(\dfrac{z_D - z_C}{z_B - z_A}\right) = \left(\overrightarrow{AB}; \overrightarrow{CD}\right)$.

Racines n-ièmes de l'unité : on appelle racines n-ièmes de l'unité les solutions dans $\mathbb{C}$ de l'équation $z^n = 1$.
On note $\mathbb{U}_n$ l'ensemble des racines n-ièmes de l'unité.

1.5.2 Exercices d'application de cours

EXERCICE 173 **10 minutes**

Dans le plan complexe rapporté à un repère orthonormé $\left(O, \vec{u}, \vec{v}\right)$, on considère les points A, B, C et D d'affixes respectives z_A, z_B, z_C et z_D.

Démontrer que : • $\arg(z_B - z_A) = \left(\vec{u}; \overrightarrow{AB}\right)$ et • $\arg\left(\dfrac{z_D - z_C}{z_B - z_A}\right) = \left(\overrightarrow{AB}; \overrightarrow{CD}\right)$.

EXERCICE 174 **5 minutes**

Soit A, B et C les points du plan complexe d'affixes $z_A = 2$, $z_B = -1 + i\sqrt{3}$ et $z_C = -1 - i\sqrt{3}$. L'objectif de cet exercice est de démontrer que le triangle ABC est équilatéral par deux méthodes.

1. Calculer $|z_B - z_A|$, $|z_B - z_C|$ et $|z_C - z_A|$. Conclure.

2. Calculer $\left(\dfrac{z_C - z_A}{z_B - z_A}\right)$. Conclure.

EXERCICE 175 **5 minutes**

Dans le plan complexe rapporté à un repère orthonormé $\left(O, \vec{u}, \vec{v}\right)$, on considère les points A, B, C et D d'affixes respectives z_A, z_B, z_C et z_D.

1. Démontrer que les vecteurs $\overrightarrow{AB}$ et $\overrightarrow{CD}$ sont orthogonaux si et seulement si $Z = \left(\dfrac{z_D - z_C}{z_B - z_A}\right)$ est un imaginaire pur.

2. Démontrer que les vecteurs $\overrightarrow{AB}$ et $\overrightarrow{CD}$ sont colinéaires si et seulement si $Z = \left(\dfrac{z_D - z_C}{z_B - z_A}\right)$ est un réel.

Exercice 176 **10 minutes**

Dans le plan complexe rapporté à un repère orthonormé $\left(O, \vec{u}, \vec{v}\right)$, on considère le point M d'affixe $z = \sqrt{2} + i\sqrt{2}$, le point P d'affixe $z_1 = \dfrac{1}{z}$ et le point P', d'affixe z_2, symétrique de P par rapport à l'axe imaginaire.

1. Donner la forme algébrique et la forme exponentielle des nombres z, z_1 et z_2.
2. Soit Q le point d'affixe $z' = \dfrac{4}{3}(z_1 + z_2)$.
   Démontrer que les points M, P et Q sont alignés.

Exercice 177 **10 minutes**

Dans le plan complexe rapporté à un repère orthonormé $\left(O, \vec{u}, \vec{v}\right)$, on considère les points A, B, C et D d'affixes respectives $z_A = -1 + i$, $z_B = -1 - i$, $z_C = 2i$ et $z_D = 2 - 2i$.

1. Calculer les nombres complexes $\dfrac{z_C - z_A}{z_D - z_A}$ et $\dfrac{z_C - z_B}{z_D - z_B}$.
2. En déduire la nature des triangles ACD et BCD.
3. Montrer que les points A, B, C et D appartiennent à un même cercle dont on précisera le centre et le rayon.

Exercice 178 **15 minutes**

Dans le plan complexe rapporté à un repère orthonormé $\left(O, \vec{u}, \vec{v}\right)$, on considère les points A et B d'affixes $z_A = -2$ et $z_B = i$, et pour $z \neq i$, M et M' d'affixes z et z' avec $z' = \dfrac{z+2}{z-i}$.

Déterminer :

1. l'ensemble des points M tels que $OM' = 1$,
2. l'ensemble des points M tels que M' soit sur l'axe réel,
3. l'ensemble des points M tels que M' soit sur l'axe imaginaire.

Exercice 179 **10 minutes**

Déterminer l'ensemble des points M d'affixe z tels que $|z| = 2|z - i|$.

Exercice 180 **10 minutes**

Soit le nombre complexe $z = e^{i\theta}$

1. Démontrer que $z^5 = 1 \iff \theta = \dfrac{2k\pi}{5}$ avec $k \in \mathbb{Z}$.
2. En déduire les solutions de l'équation $z^5 = 1$.

Exercice 181 **10 minutes**

Soit le nombre complexe $z = e^{i\theta}$

1. Démontrer que $z^6 = -1 \iff \theta = \dfrac{\pi + 2k\pi}{6}$ avec $k \in \mathbb{Z}$.

2. En déduire les solutions de l'équation $z^6 = -1$.

EXERCICE 182 **10 minutes**

Soit le nombre complexe $z = e^{i\theta}$

1. Démontrer que $z^4 = \dfrac{1}{2} + i\dfrac{\sqrt{3}}{2} \iff \theta = \dfrac{\pi}{12} + \dfrac{k\pi}{2}$ avec $k \in \mathbb{Z}$.

2. En déduire les solutions de l'équation $z^4 = \dfrac{1}{2} + i\dfrac{\sqrt{3}}{2}$.

EXERCICE 183 **10 minutes**

Déterminer les nombres complexes z tels que $z^3 = i$.

EXERCICE 184 **10 minutes**

Soit ω et z deux nombres complexes de module 1, d'arguments respectifs ϕ et θ.

1. Démontrer que $\forall n \in \mathbb{N}^\star$, $z^n = \omega \iff \theta = \dfrac{\phi}{n} + \dfrac{2k\pi}{n}$.

2. Démontrer que le polygone de sommets M_k d'affixe $z_k = e^{i\left(\frac{\phi}{n} + \frac{2k\pi}{n}\right)}$, $k \in [\![0\ ;\ n-1]\!]$, est un polygone régulier , inscrit dans le cercle de centre O et de rayon 1.

EXERCICE 185 **10 minutes**

Soient $z_0, z_1, \cdots, z_{n-1}$ les n racines n-ièmes de l'unité.

Calculer, pour $p \in \mathbb{Z}$, $S_p = \sum\limits_{k=0}^{n-1} z_k^p$.

1.5.3 Exercices d'approfondissement

EXERCICE 186 **15 minutes**

Soit $\omega = 1 + i$ et $z = \rho e^{i\theta}$

1. Exprimer ω sous forme exponentielle.

2. Démontrer que $z^4 = \omega \iff \left(\rho = \sqrt[8]{2} \text{ et } \theta = \dfrac{\pi}{16} + \dfrac{k\pi}{2}\right)$.

3. En déduire sous forme exponentielle, puis algébrique, les 4 racines 4e de ω.

☞ On rappelle que $\cos^2 a = \dfrac{1}{2}(\cos 2a + 1)$.

EXERCICE 187 **10 minutes**

En utilisant la méthode de l'exercice précédent, résoudre l'équation $z^7 = -\sqrt{3} + i$.
On donnera les solutions sous forme trigonométrique.

EXERCICE 188 **15 minutes**

1. Calculer le module et un argument de chacune des solutions de l'équation $z^4 = i$.

2. Construire les images de ces solutions.
3. Calculer la somme et de produit de ces quatre solutions.

EXERCICE 189 **15 minutes**

1. Calculer le module et un argument de chacune des solutions de l'équation $z^4 = -i$.
2. Construire les images de ces solutions.
3. Calculer la somme et de produit de ces quatre solutions.

EXERCICE 190 **15 minutes**

1. Déterminer le module et un argument de chacun des nombres complexes $z_1 = \dfrac{\sqrt{6}-i\sqrt{2}}{2}$, $z_2 = 1-i$.
En déduire le module et un argument de $z = \dfrac{z_1}{z_2}$.
2. Utiliser les résultats précédents pour déterminer la valeur exacte de $\cos\dfrac{\pi}{12}$ et $\sin\dfrac{\pi}{12}$.
3. Résoudre l'équation $z^4 = \dfrac{1-i\sqrt{3}}{2}$.
Donner la forme algébrique des solutions.

EXERCICE 191 **15 minutes**

Soit le nombre complexe $\omega = -1-i$

1. Calculer le module et un argument de ω. En déduire la forme exponentielle de ω.
2. Déterminer les nombres complexes z tels que $z^3 = \omega$. Donner les résultats sous la forme algébrique.

EXERCICE 192 **10 minutes**

Soit le nombre complexe $\omega = 8\sqrt{2}(1-i)$.

1. Déterminer le module et un argument de ω.
2. En déduire les modules et arguments des nombres complexes z tels que $z^4 = \omega$.
Donner la forme algébrique de chaque solution.

EXERCICE 193 **10 minutes**

Soit le nombre complexe $\omega = 4\sqrt{2}(-1+i)$.

1. Déterminer le module et un argument de ω.
2. En déduire les modules et arguments des nombres complexes z tels que $z^3 = \omega$.
Donner la forme algébrique de chaque solution.

EXERCICE 194 **10 minutes**

1. Déterminer les racines cubiques du nombre 1.
2. Déterminer le cube du nombre $\omega = 1+i$.
3. Utiliser les résultats obtenus pour déterminer les racines cubiques du nombre $z = -2+2i$.

Exercice 195 **10 minutes**

Soit le nombre complexe $\omega = \dfrac{1+i\sqrt{3}}{1-i\sqrt{3}}$.

1. Déterminer le module et un argument de ω.

2. En déduire les modules et arguments des nombres complexes z tels que $z^3 = \omega$.
Donner la forme trigonométrique de chaque solution.

Exercice 196 **20 minutes**

Dans le plan complexe (P) muni d'un repère orthonormé direct $\left(\mathrm{O}, \overrightarrow{u}, \overrightarrow{v}\right)$, d'unités 2 cm, on considère les points A, B, C et D d'affixes respectives :

$$z_{\mathrm{A}} = -i\ ;\ z_{\mathrm{B}} = 3\ ;\ z_{\mathrm{C}} = 2+3i \quad \text{et} \quad z_{\mathrm{D}} = -1+2i.$$

1. Placer sur une figure les points A, B, C et D.

2. a. Interpréter géométriquement le module et l'argument du complexe $\dfrac{z_{\mathrm{C}}-z_{\mathrm{A}}}{z_{\mathrm{D}}-z_{\mathrm{B}}}$.

b. Calculer le complexe $\dfrac{z_{\mathrm{C}}-z_{\mathrm{A}}}{z_{\mathrm{D}}-z_{\mathrm{B}}}$.

c. Que pouvez-vous conclure concernant les segments [AC] et [BD] ?

3. a. Quelle est la nature du quadrilatère ABCD ? Justifier.

b. Calculer l'aire s_0 du quadrilatère ABCD.

Exercice 197 **20 minutes**

Dans le plan complexe P rapporté au repère orthonormé direct $\left(\mathrm{O}, \overrightarrow{u}, \overrightarrow{v}\right)$.
On considère les points A et B, d'affixes respectives $z_A = -1$ et $z_B = 3i$.
Soit la fonction f de P privée du point A dans P qui à tout point M d'affixe z associe le point M' d'affixe z' tel que : $z' = i\left(\dfrac{z-3i}{z+1}\right)$ (1).

1. Soit C le point d'affixe $z_C = 2-i$. Montrer qu'il existe un seul point D tel que $f(D) = C$.

2. Déterminer la nature du triangle ABC.

3. A l'aide de l'égalité (1), montrer que, pour tout M distinct de A et de B :

$$OM' = \frac{BM}{AM} \text{ et } \left(\overrightarrow{u}, \overrightarrow{OM'}\right) = \frac{\pi}{2} + \left(\overrightarrow{MA}, \overrightarrow{MB}\right) (\text{modulo } 2\pi).$$

4. En déduire et construire les ensembles de points suivants :

a. l'ensemble E des points M tels que l'image M' soit située sur le cercle (F) de centre O, de rayon 1,

b. l'ensemble F des points M tels que l'affixe de M' soit réelle.

Exercice 198 **25 minutes**

Le plan complexe est muni d'un repère orthonormé direct $\left(\mathrm{O}, \overrightarrow{u}, \overrightarrow{v}\right)$. Soit I le point d'affixe 1. On note $\mathcal{C}$ le cercle de diamètre $[OI]$ et on nomme son centre Ω.

Partie A

On pose $a_0 = \dfrac{1}{2} + \dfrac{1}{2}i$ et on note A_0 son image.

1. Montrer que le point A_0 appartient au cercle $\mathcal{C}$.

2. Soit B le point d'affixe b, avec $b = -1+2i$, et B' le point d'affixe b' telle que $b' = a_0 b$.

a. Calculer b'.

b. Démontrer que le triangle OBB' est rectangle en B'.

Partie B

Soit a un nombre complexe non nul et différent de 1, et A son image dans le plan complexe. A tout point M d'affixe z non nulle, on associe le point M' d'affixe z' telle que $z' = az$.

1. On se propose de déterminer l'ensemble des points A tels que le triangle OMM' soit rectangle en M'.

a. Interpréter géométriquement $\arg\left(\dfrac{a-1}{a}\right)$.

b. Montrer que $\left(\overrightarrow{M'O}, \overrightarrow{M'M}\right) = \arg\left(\dfrac{a-1}{a}\right) + 2k\pi \quad (\text{où } k \in \mathbb{Z})$.

c. En déduire que le triangle OMM' est rectangle en M' si et seulement si A appartient au cercle $\mathcal{C}$ privé de O et de I.

2. Dans cette question, M est un point de l'axe des abscisses, différent de O. On note x son affixe. On choisit a de manière que A soit un point de $\mathcal{C}$ différent de I et de O. Montrer que le point M' appartient à la droite (OA). En déduire que M' est le projeté orthogonal de M sur cette droite.

EXERCICE 199 **25 minutes**

Le plan complexe est rapporté à un repère orthonormé direct $\left(\mathrm{O}, \vec{u}, \vec{v}\right)$. On dit qu'un triangle équilatéral ABC est direct si et seulement si $\left(\overrightarrow{AB}, \overrightarrow{AC}\right) = \dfrac{\pi}{3} \quad [2\pi]$.

On pose $j = \mathrm{e}^{2i\frac{\pi}{3}}$.

1. a. Vérifier que 1, j et j^2 sont solutions de l'équation $z^3 = 1$.

b. Calculer $(1-j)(1+j+j^2)$. En déduire que $1+j+j^2 = 0$.

c. Vérifier que $\mathrm{e}^{i\frac{\pi}{3}} + j^2 = 0$.

2. Dans le plan complexe, on considère trois points A, B, C, deux à deux distincts, d'affixes respectives a, b, c.

a. Démontrer que le triangle ABC est équilatéral direct si et seulement si $\dfrac{c-a}{b-a} = \mathrm{e}^{i\frac{\pi}{3}}$.

b. En utilisant les résultats des questions précédentes, montrer que le triangle ABC est équilatéral direct si et seulement si : $a + bj + cj^2 = 0$.

3. A tout nombre complexe $z \neq 1$, on associe les points R, M et M' d'affixes respectives 1, z et $\overline{z}$.

a. Pour quelles valeurs de z les points M et M' sont-ils distincts ?

b. En supposant que la condition précédente est réalisée, montrer que l'ensemble (Δ) des points M d'affixe z tels que le triangle RMM' soit équilatéral direct est une droite privée d'un point.

EXERCICE 200 **30 minutes**

Le plan $\mathcal{P}$ est rapporté à un repère orthonormé direct $\left(O, \vec{u}, \vec{v}\right)$.

1. **a.** Soit E et F les points d'affixes $z_E = 3+i$ et $z_F = 1+3i$. Placer dans $\mathcal{P}$ les points E et F.
   b. Construire le point H tel que EHF soit un triangle rectangle isocèle direct de sommet H, c'est-à-dire tel que $\left(\overrightarrow{HF}\ ;\ \overrightarrow{HE}\right) = \frac{\pi}{2}\,[2\pi]$.
   c. On désigne par z_H l'affixe de H.
   Montrer que $\left|\frac{3+i-z_H}{1+3i-z_H}\right| = 1$ et que $\arg\left(\frac{3+i-z_H}{1+3i-z_H}\right) = \frac{\pi}{2}\quad[2\pi]$.
   En déduire que $z_H = 3+3i$.
2. A, B, C et D sont quatre points du plan $\mathcal{P}$.

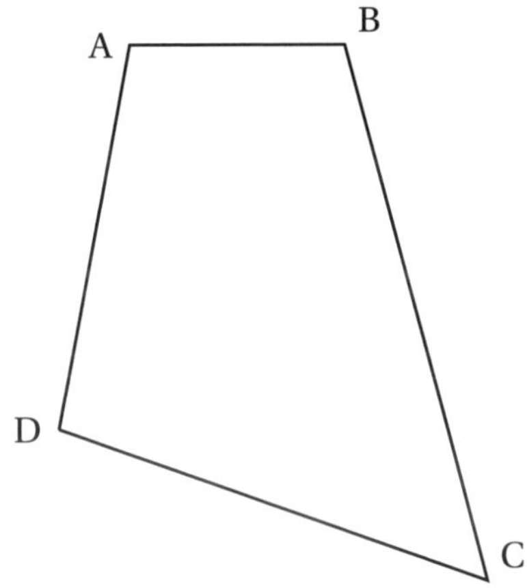

   a. Construire les triangles rectangles isocèles directs BIA, AJD, DKC et CLB d'angles droits respectifs $\widehat{BIA}$, $\widehat{AJD}$, $\widehat{DKC}$ et $\widehat{CLB}$.
   b. Conjecturer la position relative des droites (IK) et (LJ) et le rapport des longueurs des segments $[IK]$ et $[LJ]$.
3. **a.** On désigne par a, b et z_1 les affixes respectives des points A, B et I.
   Montrer que $\left|\frac{b-z_1}{a-z_1}\right| = 1$ et $\arg\left(\frac{b-z_1}{a-z_1}\right) = \frac{\pi}{2}$ $[2\pi]$. En déduire que $z_1 = \frac{ia-b}{i-1}$.
   b. Avec les points B, C et L d'affixes respectives b, c et z_L, exprimer sans démonstration z_L en fonction de b et c.
   c. Avec les points C, D et K d'affixes respectives c, d et z_K, exprimer de même z_K en fonction de c et d. Avec les points D, A et J d'affixes respectives d, a et z_J exprimer de même z_J en fonction de a et d.
   d. Montrer que $z_L - z_J = i\,(z_K - z_I)$. En déduire que les droites (JL) et (KI) sont perpendiculaires et que $JL = KI$.

EXERCICE 201 **30 minutes**

Le plan complexe est rapporté à un repère orthonormé direct $\left(O, \vec{u}, \vec{v}\right)$. On considère les points A et B d'affixes respectives i et $-i$. Soit f l'application qui à tout point M du plan d'affixe z distincte de $-i$ associe le point M' d'affixe z' telle que $z' = \dfrac{1+iz}{z+i}$.

1. Quelle est l'image par l'application f du point O?
2. Quel est le point qui a pour image par l'application f le point C d'affixe $1+i$?
3. Montrer que l'équation $\dfrac{1+iz}{z+i} = z$ admet deux solutions que l'on déterminera.
4. Vérifier que $z' = \dfrac{i(z-i)}{z+i}$.
   En déduire $OM' = \dfrac{AM}{BM}$ et $\left(\vec{u}, \overrightarrow{OM'}\right) = \left(\overrightarrow{MB}, \overrightarrow{MA}\right) + \dfrac{\pi}{2} + 2k\pi$ avec $k \in \mathbb{Z}$.
5. Montrer que tous les points de l'axe des abscisses ont leurs images par l'application f situées sur un même cercle $(\mathcal{C})$ que l'on précisera.
6. Soit M un point du cercle de diamètre $[AB]$ différent de A et de B, montrer que son image M' est située sur l'axe des abscisses.

EXERCICE 202 **30 minutes**

Le plan est rapporté à un repère orthonormé direct $\left(O, \vec{u}, \vec{v}\right)$, unité graphique 4 cm. Dans l'ensemble des nombres complexes $\mathbb{C}$, i désigne le nombre de module 1, et d'argument $\dfrac{\pi}{2}$. On appelle f l'application, qui, à tout nombre complexe z différent de $-2i$, associe

$$Z = f(z) = \frac{z-2+i}{z+2i}.$$

1. Si $z = x+iy$, x et y étant deux réels, exprimer la partie réelle et la partie imaginaire de Z en fonction de x et de y.
   On vérifiera que $\Re e(Z) = \dfrac{x^2+y^2-2x+3y+2}{x^2+(y+2)^2}$.
   En déduire la nature de :
   a. l'ensemble E des points M d'affixe z, tels que Z soit un réel;
   b. l'ensemble F des points M d'affixe z du plan, tels que Z soit un imaginaire pur éventuellement nul.
   c. Représenter ces deux ensembles.
2. On appelle A et B les points d'affixes respectives $z_A = 2-i$ et $z_B = -2i$. En remarquant que $Z = \dfrac{z-z_A}{z-z_B}$, retrouver les ensembles E et F par une méthode géométrique.
3. Calculer $|f(z)-1| \times |z+2i|$, et en déduire que les points M' d'affixe Z, lorsque le point M d'affixe z parcourt le cercle de centre B et de rayon $\sqrt{5}$, sont tous sur un même cercle dont on précisera le rayon et l'affixe du centre.

EXERCICE 203 **25 minutes**

Le plan est rapporté au repère orthonormé direct $\left(O, \vec{u}, \vec{v}\right)$ (unité graphique : 2 cm). On note z_M l'affixe d'un point M. Soit A le point d'affixe 4 et B le point d'affixe $4i$.

1. Soit θ un réel de $[0,2\pi[$ et r un réel strictement positif. On considère le point E d'affixe $re^{i\theta}$ et F le point tel que OEF est un triangle rectangle isocèle vérifiant $\left(\overrightarrow{OE}, \overrightarrow{OF}\right) = \frac{\pi}{2}$.
Quelle est, en fonction de r et θ, l'affixe de F?
2. Faire une figure et la compléter au fur et à mesure de l'exercice. On choisira, uniquement pour cette figure : $\theta = \frac{2\pi}{3}$ et $r = 3$.
3. On appelle P, Q, R, S les milieux respectifs des segments $[AB]$, $[BE]$, $[EF]$, $[FA]$.
   - **a.** Prouver que $PQRS$ est un parallélogramme.
   - **b.** On pose $Z = \frac{z_R - z_Q}{z_Q - z_P}$, déterminer le module et un argument de Z. En déduire que $PQRS$ est un carré.
4. **a.** Calculer, en fonction de r et θ, les affixes respectives des points P et Q.
   - **b.** Quelle est, en fonction de r et θ, l'aire du carré $PQRS$?
   - **c.** r étant fixé, pour quelle valeur de θ cette aire est-elle maximale? Quelle est alors l'affixe de E?

EXERCICE 204 **20 minutes**

Soit x et y deux réels. On pose
$x^6 - 15x^4y^2 + 15x^2y^4 - y^6 = f(x, y)$ et $6x^5y - 20x^3y^3 + 6xy^5 = g(x, y)$.

1. Résoudre le système
$$\begin{cases} f(x,y) = 1 \\ g(x,y) = 0 \end{cases}$$
☞ Commencer par factoriser $g(x, y)$ et discuter les cas.
2. Vérifier que $f(x, y) + ig(x, y) = (x + iy)^6$.
Démontrer que la résolution du système de la question précédente donne les solutions de l'équation $z^6 = 1$ lorsqu'on pose $x + iy = z$.
Résoudre cette équation, en posant $z = \rho(\cos\theta + i\sin\theta)$.

EXERCICE 205 **20 minutes**

1. Calculer le module et un argument de chacune des solutions de l'équation $z^5 + 1 = 0$.
2. En déduire que $z^5 + 1$ peut se mettre sous la forme d'un produit de cinq polynômes du premier degré en z, à coefficients réels ou complexes.
3. Démontrer qu'on peut écrire :
$$z^5 + 1 = (z+1)\left(z^2 - 2z\cos\frac{\pi}{5} + 1\right)\left(z^2 - 2z\cos\frac{3\pi}{5} + 1\right)$$
4. En déduire les valeurs de $\cos\frac{\pi}{5}$ et $\cos\frac{3\pi}{5}$.

EXERCICE 206 **10 minutes**

Résoudre, dans $\mathbb{C}$, l'équation $z^{2n} - 2z^n\cos(n\theta) + 1 = 0$, $n \in \mathbb{N}^\star$.

EXERCICE 207 **15 minutes**

Résoudre, dans $\mathbb{C}$, l'équation $\left(\dfrac{1-iz}{1+iz}\right)^n = \dfrac{1+i\sqrt{3}}{1-i\sqrt{3}}$, $n \in \mathbb{N}^\star$.

EXERCICE 208 **15 minutes**

1. Déterminer le module et un argument du nombre complexe $\dfrac{1+i}{\sqrt{3}-i}$.

2. En déduire les solutions de l'équation $z^8 = \dfrac{1+i}{\sqrt{3}-i}$.

EXERCICE 209 **10 minutes**

Résoudre, dans $\mathbb{C}$, l'équation $z^4 = \dfrac{1-\sqrt{3}}{3}$.

EXERCICE 210 **10 minutes**

On considère le nombre complexe $z = \dfrac{9\sqrt{3}}{2}\left(1-i\sqrt{3}\right)$.

1. Déterminer le module et un argument de z.

2. En déduire les racines cinquièmes de z.

EXERCICE 211 **15 minutes**

Dans le plan complexe rapporté à un repère orthonormé $\left(\text{O}, \vec{u}, \vec{v}\right)$, on considère les points A et B d'affixes $z_A = 1-i$ et $z_B = \sqrt{3}+i$.

Calculer l'affixe z des points C tels que le triangle ABC soit :

1. isocèle rectangle en B ;

2. isocèle rectangle en C.

EXERCICE 212 **10 minutes**

Résoudre, dans $\mathbb{C}$, l'équation $z^n = (-1)^n$, avec $n \in \mathbb{N}$

On distinguera deux cas, suivant la parité de n.

Déterminer le module et un argument de chaque solution de l'équation.

EXERCICE 213 **15 minutes**

Résoudre, dans $\mathbb{C}$, l'équation (E) $(z-1)^5 = (z+1)^5$.

☞ On remarquera que $z = 1$ n'est pas solution de l'équation (E) et on posera $Z = \dfrac{z+1}{z-1}$.

EXERCICE 214 **15 minutes**

On considère, dans $\mathbb{C}$, l'équation (E) : $z^3 - z^2 - (1+i)z - 2 + 2i = 0$.

1. Sachant que (E) admet une solution réelle, la déterminer puis résoudre l'équation dans $\mathbb{C}$.

2. Dans le plan complexe rapporté à un repère orthonormé $\left(\text{O}, \vec{u}, \vec{v}\right)$, les trois points dont les affixes sont les trois solutions de l'équation (E) définissent un triangle. Démontrer que ce triangle est isocèle rectangle.

EXERCICE 215 **15 minutes**

Soit u un nombre complexe différent de -1, de module 1 et d'argument θ.

1. Exprimer nombre complexe $\dfrac{1-u}{1+u}$ en fonction de θ.
2. En déduire le module et un argument du nombre complexe z tel que $\dfrac{2+iz}{2-iz}=u$.
3. Résoudre, dans $\mathbb{C}$, l'équation $(2+iz)^5=(2-iz)^5$

EXERCICE 216 **15 minutes**

Dans le plan complexe rapporté à un repère orthonormé $\left(O, \vec{u}, \vec{v}\right)$, on considère les n points $A_1, A_2, \cdots, A_n$ dont les affixes sont les solutions de l'équation (E) $z^n=1$ avec $n>2$.

On désigne par z_1 le nombre complexe $z_1=\cos\dfrac{2\pi}{n}+i\sin\dfrac{2\pi}{n}$.

1. Exprimer en fonction de z_1 les n solutions de l'équation (1).
   Déterminer l'isobarycentre des points $A_1, A_2, \cdots, A_n$.
2. Déterminer l'ensemble des points M du plan tels que $\left\|\overrightarrow{MA_1}+\overrightarrow{MA_2}+\cdots+\overrightarrow{MA_n}\right\|=n$.

EXERCICE 217 **15 minutes**

1. Résoudre, dans $\mathbb{C}$, l'équation $z^{12}=1$.
   Donner les solutions sous forme trigonométrique, puis sous forme algébrique.
2. Soit u un nombre complexe différent de 1. Exprimer en fonction de u et u^{n+1} la somme $S=1+u+u^2+\cdots+u^n$.
3. En utilisant les résultats précédents, résoudre, dans $\mathbb{C}$, l'équation $z^8+z^4+1=0$.

1.6 Exercices de synthèse

EXERCICE 218 **30 minutes**

Le plan complexe est muni d'un repère orthonormé direct $\left(O, \vec{u}, \vec{v}\right)$.

On considère le point A d'affixe $z_A=1$ et le point B d'affixe $z_B=i$.

A tout point M d'affixe $z_M=x+iy$, avec x et y deux réels tels que $y\neq 0$, on associe le point M' d'affixe $z_{M'}=-iz_M$. On désigne par I le milieu du segment $[AM]$.

Le but de l'exercice est de montrer que pour tout point M n'appartenant pas à (OA), la médiane (OI) du triangle OAM est aussi une hauteur du triangle OBM' (propriété 1) et que $BM'=2OI$ (propriété 2).

1. Dans cette question et uniquement dans cette question, on prend $z_M=2e^{-i\frac{\pi}{3}}$.
   a. Déterminer la forme algébrique de z_M.
   b. Montrer que $z_{M'}=-\sqrt{3}-i$. Déterminer le module et un argument de $z_{M'}$.
   c. Placer les points A, B, M, M' et I dans le repère $\left(O, \vec{u}, \vec{v}\right)$. Tracer la droite (OI) et vérifier rapidement les propriétés 1 et 2 à l'aide du graphique.
2. On revient au cas général en prenant $z_M=x+iy$ avec $y\neq 0$.

a. Déterminer l'affixe du point I en fonction de x et y.

b. Déterminer l'affixe du point M' en fonction de x et y.

c. Ecrire les coordonnées des points I, B et M'.

d. Montrer que la droite (OI) est une hauteur du triangle OBM'.

e. Montrer que $BM' = 2OI$.

EXERCICE 219 **30 minutes**

Le plan complexe est rapporté à un repère orthonormé $\left(O, \overrightarrow{u}, \overrightarrow{v}\right)$. A tout point M d'affixe z du plan, on associe le point M' d'affixe z' définie par : $z' = z^2 + 4z + 3$.

1. Un point M est dit invariant lorsqu'il est confondu avec le point M' associé. Démontrer qu'il existe deux points invariants. Donner l'affixe de chacun de ces points sous forme algébrique, puis sous forme exponentielle.
2. Soit A le point d'affixe $\dfrac{-3-i\sqrt{3}}{2}$ et B le point d'affixe $\dfrac{-3+i\sqrt{3}}{2}$. Montrer que OAB est un triangle équilatéral.
3. Déterminer l'ensemble $\mathcal{E}$ des points M d'affixe $z = x + iy$ où x et y sont réels, tels que le point M' associé soit sur l'axe des réels.
4. Représenter les points A et B ainsi que l'ensemble $\mathcal{E}$.

EXERCICE 220 **30 minutes**

1. Résoudre dans $\mathbb{C}$ l'équation $z^2 - 2z + 5 = 0$.
2. Le plan complexe est rapporté à un repère orthonormé direct $\left(O, \overrightarrow{u}, \overrightarrow{v}\right)$.
   On considère les points A, B, C et D d'affixes respectives z_A, z_B, z_C et z_D où :
   $$z_A = 1 + 2i, \quad z_B = \overline{z_A}, \quad z_C = 1 + \sqrt{3} + i, \quad z_D = \overline{z_C}.$$
   a. Placer les points A et B dans le repère $\left(O, \overrightarrow{u}, \overrightarrow{v}\right)$.
   b. Calculer $\dfrac{z_B - z_C}{z_A - z_C}$ et donner le résultat sous forme algébrique.
   c. En déduire la nature du triangle ABC.
3. Démontrer que les points A, B, C et D appartiennent à un même cercle Γ dont on précisera le centre et le rayon.
4. Construire les points C et D dans le repère $\left(O, \overrightarrow{u}, \overrightarrow{v}\right)$. Expliquer la construction proposée.

EXERCICE 221 **40 minutes**

Le plan complexe est rapporté à un repère orthonormé direct $\left(O, \overrightarrow{u}, \overrightarrow{v}\right)$.
On désigne par A, B et C les points d'affixes respectives $z_A = 2 - 3i$, $z_B = i$ et $z_C = 6 - i$. On réalisera une figure que l'on complétera au fur et à mesure des questions.

Partie A

1. Calculer $\dfrac{z_B - z_A}{z_C - z_A}$.
2. En déduire la nature du triangle ABC.

Partie B

On considère l'application f qui, à tout point M d'affixe z distincte de i, associe le point M' d'affixe z' telle que : $z' = \dfrac{i(z-2+3i)}{z-i}$

1. Soit D le point d'affixe $z_D = 1 - i$. Déterminer l'affixe du point D' image du point D par f.
2. **a.** Montrer qu'il existe un unique point, noté E, dont l'image par l'application f est le point d'affixe $2i$.
   b. Démontrer que E est un point de la droite (AB).
3. Démontrer que, pour tout point M distinct du point B, $OM' = \dfrac{AM}{BM}$.
4. Démontrer que, pour tout point M distinct du point A et du point B, on a l'égalité :

$$\left(\overrightarrow{u}, \overrightarrow{OM'}\right) = \left(\overrightarrow{BM}, \overrightarrow{AM}\right) + \frac{\pi}{2} \text{ à } 2\pi \text{ près.}$$

5. Démontrer que si le point M appartient à la médiatrice du segment $[AB]$ alors le point M' appartient à un cercle dont on précisera le centre et le rayon.
6. Démontrer que si le point M' appartient à l'axe des imaginaires purs, privé du point B, alors le point M appartient à la droite (AB).

EXERCICE 222 **45 minutes**

Le plan est muni du repère orthonormé direct $\left(O, \overrightarrow{u}, \overrightarrow{v}\right)$.

On donne le nombre complexe $j = -\dfrac{1}{2} + i\dfrac{\sqrt{3}}{2}$.

Le but de cet exercice est d'étudier quelques propriétés du nombre j et de mettre en évidence un lien de ce nombre avec les triangles équilatéraux.

Partie A : propriétés du nombre j

1. **a.** Résoudre dans l'ensemble $\mathbb{C}$ des nombres complexes l'équation $z^2 + z + 1 = 0$.
   b. Vérifier que le nombre complexe j est une solution de cette équation.
2. Déterminer le module et un argument du nombre complexe j, puis donner sa forme exponentielle.
3. Démontrer les égalités suivantes :
   a. $j^3 = 1$;
   b. $j^2 = -1 - j$.
4. On note P, Q, R les images respectives des nombres complexes 1, j et j^2 dans le plan. Quelle est la nature du triangle PQR ? Justifier la réponse.

Partie B

Soit a, b, c trois nombres complexes vérifiant l'égalité $a + jb + j^2c = 0$. On note A, B, C les images respectives des nombres a, b, c dans le plan.

1. En utilisant la question **A - 3. b**, démontrer l'égalité : $a - c = i(c - b)$.
2. En déduire que $AC = BC$.
3. Démontrer l'égalité : $a - b = j^2(b - c)$.
4. En déduire que le triangle ABC est équilatéral.

EXERCICE 223 **30 minutes**

Partie A

Dans le plan complexe muni d'un repère orthonormé $\left(\text{O}, \overrightarrow{u}, \overrightarrow{v}\right)$ on a placé un point M d'affixe z appartenant à $\mathbb{C}$, puis le point R intersection du cercle de centre O passant par M et du demi-axe $\left[\text{O}\,;\, \overrightarrow{u}\right)$.

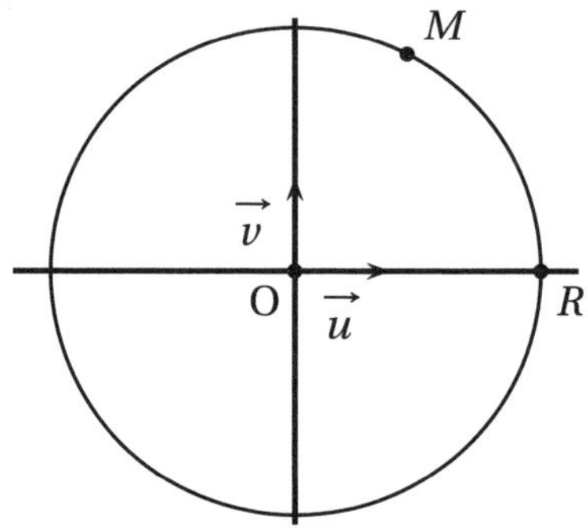

1. Exprimer l'affixe du point R en fonction de z.
2. Soit le point M' d'affixe z' définie par $z' = \frac{1}{2}\left(\frac{z + |z|}{2}\right)$. Construire le point M'.

Partie B

On définit la suite de nombres complexes (z_n) par un premier terme z_0 appartenant à $\mathbb{C}$ et, pour tout entier naturel n, par la relation de récurrence :

$$z_{n+1} = \frac{z_n + |z_n|}{4}.$$

Le but de cette partie est d'étudier si le comportement à l'infini de la suite $(|z_n|)$ dépend du choix de z_0.

1. Que peut-on dire du comportement à l'infini de la suite $(|z_n|)$ quand z_0 est un nombre réel négatif?
2. Que peut-on dire du comportement à l'infini de la suite $(|z_n|)$ quand z_0 est un nombre réel positif?
3. On suppose désormais que z_0 n'est pas un nombre réel.
   a. Quelle conjecture peut-on faire sur le comportement à l'infini de la suite $(|z_n|)$?
   b. Démontrer cette conjecture, puis conclure.

EXERCICE 224 **40 minutes**

Le plan complexe est muni d'un repère orthonormé $\left(O, \vec{u}, \vec{v}\right)$. Pour tout entier naturel n, on note A_n le point d'affixe z_n défini par : $z_0 = 1$ et $z_{n+1} = \left(\frac{3}{4} + \frac{\sqrt{3}}{4}i\right) z_n$. On définit la suite (r_n) par $r_n = |z_n|$ pour tout entier naturel n.

1. Donner la forme exponentielle du nombre complexe $\frac{3}{4} + \frac{\sqrt{3}}{4}\text{i}$.

2. a. Montrer que la suite (r_n) est géométrique de raison $\frac{\sqrt{3}}{2}$.

b. En déduire l'expression de r_n en fonction de n.

c. Que dire de la longueur OA_n lorsque n tend vers $+\infty$?

3. On considère l'algorithme suivant :

```
R ⟵ 1
n ⟵ 0
Tant que R > P
    n ⟵ n+1
    R ⟵ (√3/2) R
Fin tant que
```

a. Quelle sera la valeur de n à la fin de l'algorithme lorsque $P = 0,5$?

b. Pour $P = 0,01$ on obtient $n = 33$. Quel est le rôle de cet algorithme?

4. a. Démontrer que le triangle OA_nA_{n+1} est rectangle en A_{n+1}.

b. On admet que $z_n = r_n e^{i\frac{n\pi}{6}}$. Déterminer les valeurs de n pour lesquelles A_n est un point de l'axe des ordonnées.

c. Reproduire et compléter la figure ci-dessous, en représentant les points A_6, A_7, A_8 et A_9. Les traits de construction seront apparents.

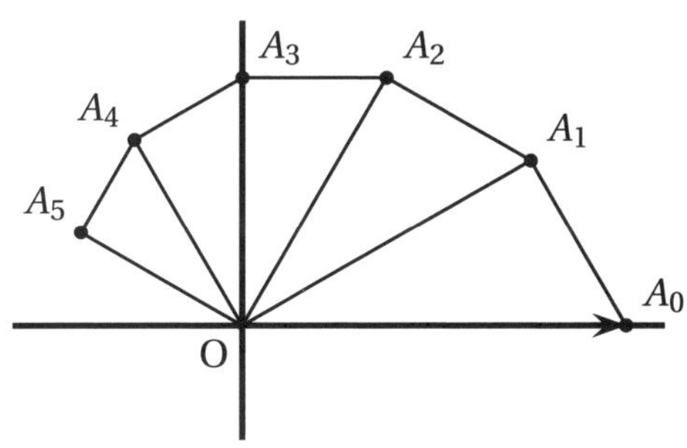

EXERCICE 225 **45 minutes**

1. Résoudre dans l'ensemble $\mathbb{C}$ des nombres complexes l'équation (E) d'inconnue z :

$$z^2 - 8z + 64 = 0.$$

Le plan complexe est muni d'un repère orthonormé direct $\left(O, \vec{u}, \vec{v}\right)$.

2. On considère les points A, B et C d'affixes respectives $a = 4+4i\sqrt{3}$, $b = 4-4i\sqrt{3}$ et $c = 8i$.

a. Calculer le module et un argument du nombre a.

b. Donner la forme exponentielle des nombres a et b.

c. Montrer que les points A, B et C sont sur un même cercle de centre O dont on déterminera le rayon.

d. Placer les points A, B et C dans le repère $\left(\text{O}, \vec{u}, \vec{v}\right)$.

Pour la suite de l'exercice, on pourra s'aider de la figure de la question **2. d** complétée au fur et à mesure de l'avancement des questions.

3. On considère les points A', B' et C' d'affixes respectives $a' = ae^{i\frac{\pi}{3}}$, $b' = be^{i\frac{\pi}{3}}$ et $c' = ce^{i\frac{\pi}{3}}$.

a. Montrer que $b' = 8$.

b. Calculer le module et un argument du nombre a'.

Pour la suite on admet que $a' = -4+4i\sqrt{3}$ et $c' = -4\sqrt{3}+4i$.

4. On admet que si M et N sont deux points du plan d'affixes respectives m et n alors le milieu I du segment $[MN]$ a pour affixe $\dfrac{m+n}{2}$ et la longueur MN est égale à $|n-m|$.

a. On note r, s et t les affixes des milieux respectifs R, S et T des segments $[A'B]$, $[B'C]$ et $[C'A]$. Calculer r et s.
On admet que $t = 2-2\sqrt{3}+i\left(2+2\sqrt{3}\right)$.

b. Quelle conjecture peut-on faire quant à la nature du triangle RST ? Justifier ce résultat.

Exercice 226 **20 minutes**

Pour chaque question, une seule réponse est exacte. On ne demande pas de justifier.

On pose $z = -\sqrt{2+\sqrt{2}} + i\sqrt{2-\sqrt{2}}$.

1. La forme algébrique de z^2 est :

A : $2\sqrt{2}$ B : $2\sqrt{2}-2i\sqrt{2}$
C : $2+\sqrt{2}+i\left(2-\sqrt{2}\right)$ D : $2\sqrt{2}+2i\sqrt{2}$

2. z^2 s'écrit sous forme exponentielle :

A : $4e^{i\frac{\pi}{4}}$ B : $4e^{-i\frac{\pi}{4}}$ C : $4e^{i\frac{3\pi}{4}}$ D : $4e^{-i\frac{3\pi}{4}}$

3. z s'écrit sous forme exponentielle :

A : $2e^{i\frac{7\pi}{8}}$ B : $2e^{i\frac{\pi}{8}}$ C : $2e^{i\frac{5\pi}{8}}$ D : $2e^{i\frac{3\pi}{8}}$

4. $\dfrac{\sqrt{2+\sqrt{2}}}{2}$ et $\dfrac{\sqrt{2-\sqrt{2}}}{2}$ sont les cosinus et sinus de :

A : $\dfrac{7\pi}{8}$ B : $\dfrac{5\pi}{8}$ C : $\dfrac{3\pi}{8}$ D : $\dfrac{\pi}{8}$

EXERCICE 227 **30 minutes**

On considère la suite de nombres complexes (z_n) définie par $z_0 = \sqrt{3} - i$ et pour tout entier naturel n :

$$z_{n+1} = (1+i)z_n.$$

Les parties A et B peuvent être traitées de façon indépendante.

Partie A

Pour tout entier naturel n, on pose $u_n = |z_n|$.

1. Calculer u_0.
2. Démontrer que (u_n) est la suite géométrique de raison $\sqrt{2}$ et de premier terme 2.
3. Pour tout entier naturel n, exprimer u_n en fonction de n.
4. Déterminer la limite de la suite (u_n).

Partie B

1. Déterminer la forme algébrique de z_1.
2. Déterminer la forme exponentielle de z_0 et de $1+i$. En déduire la forme exponentielle de z_1.
3. Déduire des questions précédentes la valeur exacte de $\cos\left(\frac{\pi}{12}\right)$.

EXERCICE 228 **40 minutes**

Le plan complexe est muni d'un repère orthonormé $\left(O, \vec{u}, \vec{v}\right)$. On prendra comme unité 2 cm sur chaque axe. Le graphique sera fait sur une feuille de papier millimétré et complété au fur et à mesure des questions.

On considère la fonction f qui à tout nombre complexe z associe $f(z) = z^2 + 2z + 9$.

1. Calculer l'image de $-1 + i\sqrt{3}$ par la fonction f.
2. Résoudre dans $\mathbb{C}$ l'équation $f(z) = 5$. Ecrire sous forme exponentielle les solutions de cette équation. Construire alors sur le graphique, à la règle et au compas, les points A et B dont l'affixe est solution de l'équation (A étant le point dont l'affixe a une partie imaginaire positive). On laissera les traits de construction apparents.
3. Soit λ un nombre réel. On considère l'équation $f(z) = \lambda$ d'inconnue z. Déterminer l'ensemble des valeurs de λ pour lesquelles l'équation $f(z) = \lambda$ admet deux solutions complexes conjuguées.
4. Soit (F) l'ensemble des points du plan complexe dont l'affixe z vérifie $\left|f(z) - 8\right| = 3$. Prouver que (F) est le cercle de centre $\Omega(-1\ ;\ 0)$ et de rayon $\sqrt{3}$. Tracer (F) sur le graphique.
5. Soit z un nombre complexe, tel que $z = x + \mathrm{i}y$ où x et y sont des nombres réels.
   a. Montrer $f(z) = x^2 - y^2 + 2x + 9 + i(2xy + 2y)$.
   b. On note (E) l'ensemble des points du plan complexe dont l'affixe z est telle que $f(z)$ soit un nombre réel. Montrer que (E) est la réunion de deux droites D_1 et D_2 dont on précisera les équations. Compléter le graphique en traçant ces droites.
6. Déterminer les coordonnées des points d'intersection des ensembles (E) et (F).

EXERCICE 229 **50 minutes**

On considère la suite (z_n) à termes complexes définie par $z_0 = 1 + i$ et, pour tout $n \in \mathbb{N}$, par

$$z_{n+1} = \frac{z_n + |z_n|}{3}.$$

On pose : $z_n = a_n + i b_n$, où a_n est la partie réelle de z_n et b_n est la partie imaginaire de z_n.

Le but de cet exercice est d'étudier la convergence des suites (a_n) et (b_n).

Partie A

1. Donner a_0 et b_0.

2. Calculer z_1, puis en déduire que $a_1 = \dfrac{1+\sqrt{2}}{3}$ et $b_1 = \dfrac{1}{3}$.

3. On considère l'algorithme suivant :

```
A ⟵ 1
B ⟵ 1
Pour K variant de 1 à N
    A ⟵ (A + √(A² + B²)) / 3
    B ⟵ B / 3
FinPour
```

a. On exécute cet algorithme en saisissant $N = 2$. Compléter le tableau ci-dessous contenant l'état des variables au cours de l'exécution de l'algorithme (on arrondira les valeurs calculées à 10^{-4} près).

K	A	B
1		
2		

b. Pour un nombre N donné, à quoi correspond la valeur de A en fin d'algorithme par rapport à la situation étudiée dans cet exercice ?

Partie B

1. Pour tout entier naturel n, exprimer z_{n+1} en fonction de a_n et b_n.
En déduire l'expression de a_{n+1} en fonction de a_n et b_n, et l'expression de b_{n+1} en fonction de a_n et b_n.

2. Quelle est la nature de la suite (b_n) ? En déduire l'expression de b_n en fonction de n, et déterminer la limite de (b_n).

3. a. On rappelle que pour tous nombres complexes z et z' :
$|z + z'| \leqslant |z| + |z'|$ (inégalité triangulaire). Montrer que pour tout entier naturel n,

$$|z_{n+1}| \leqslant \frac{2|z_n|}{3}.$$

b. Pour tout entier naturel n, on pose $u_n = |z_n|$.
Montrer par récurrence que, $\forall n \in \mathbb{N}$, $u_n \leqslant \left(\dfrac{2}{3}\right)^n \sqrt{2}$. En déduire que la suite (u_n) converge vers une limite que l'on déterminera.

c. Montrer que, pour tout entier naturel n, $|a_n| \leqslant u_n$. En déduire que la suite (a_n) converge vers une limite que l'on déterminera.

EXERCICE 230 **40 minutes**

On désigne par (E) l'équation $z^4 + 4z^2 + 16 = 0$ d'inconnue complexe z.

1. Résoudre dans $\mathbb{C}$ l'équation $Z^2 + 4Z + 16 = 0$. Ecrire les solutions de cette équation sous une forme exponentielle.
2. On désigne par a le nombre complexe dont le module est égal à 2 et dont un argument est égal à $\frac{\pi}{3}$. Calculer a^2 sous forme algébrique. En déduire les solutions dans $\mathbb{C}$ de l'équation $z^2 = -2 + 2i\sqrt{3}$. On écrira les solutions sous forme algébrique.
3. **Restitution organisée de connaissances** On suppose connu le fait que pour tout nombre complexe $z = x + iy$ où $x \in \mathbb{R}$ et $y \in R$, le conjugué de z est le nombre complexe z défini par $z = x - iy$.
   Démontrer que :
   — Pour tous nombres complexes z_1 et z_2, $\overline{z_1 z_2} = \overline{z_1} \cdot \overline{z_2}$.
   — Pour tout nombre complexe z et tout entier naturel non nul n : $\overline{z^n} = \left(\overline{z}\right)^n$.
4. Démontrer que si z est une solution de l'équation (E) alors son conjugué $\overline{z}$ est également une solution de (E). En déduire les solutions dans $\mathbb{C}$ de l'équation (E). On admettra que (E) admet au plus quatre solutions.

EXERCICE 231 **30 minutes**

On définit, pour tout entier naturel n, les nombres complexes z par :

$$\begin{cases} z_0 & = & 16 \\ z_{n+1} & = & \dfrac{1+i}{2} z_n, \text{ pour tout entier naturel } n. \end{cases}$$

On note r_n le module du nombre complexe z_n c'est-à-dire $r_n = |z_n|$.

Dans le plan muni d'un repère orthonormé direct d'origine O, on considère les points A_n d'affixes z_n.

1. **a.** Calculer z_1, z_2 et z_3.
   b. Ecrire le nombre complexe $\frac{1+i}{2}$ sous forme trigonométrique.
   c. Démontrer que le triangle OA_0A_1 est isocèle rectangle en A_1.
2. Démontrer que la suite (r_n) est géométrique, de raison $\frac{\sqrt{2}}{2}$. La suite (r_n) est-elle convergente? Interpréter géométriquement le résultat précédent. On note L_n la longueur de la ligne brisée qui relie le point A_0 au point A_n en passant successivement par les points A_1, A_2, A_3, etc.
   Ainsi $L_n = \sum_{i=0}^{n-1} A_i A_{i+1} = A_0A_1 + A_1A_2 + \ldots + A_{n-1}A_n$.

3. **a.** Démontrer que pour tout entier naturel n : $A_nA_{n+1} = r_{n+1}$.
   b. Donner une expression de L_n en fonction de n.
   c. Déterminer la limite éventuelle de la suite (L_n).

EXERCICE 232 **20 minutes**

Le plan est rapporté à un repère orthonormé direct $\left(O, \vec{u}, \vec{v}\right)$.
Pour chacune des propositions suivantes, dire si elle est vraie ou fausse en justifiant la réponse.

1. **Proposition** : pour tout entier naturel n : $(1+i)^{4n} = (-4)^n$.
2. Soit (E) l'équation $(z-4)\left(z^2-4z+8\right) = 0$ où z désigne un nombre complexe.
   Proposition : les points dont les affixes sont les solutions, dans $\mathbb{C}$, de (E) sont les sommets d'un triangle d'aire 8.
3. **Proposition** : pour tout nombre réel α, $1 + e^{2i\alpha} = 2e^{i\alpha}\cos(\alpha)$.
4. Soit A le point d'affixe $z_A = \dfrac{1}{2}(1+i)$ et M_n le point d'affixe $(z_A)^n$ où n désigne un entier naturel supérieur ou égal à 2.
   Proposition : si $n-1$ est divisible par 4, alors les points O, A et M_n sont alignés.
5. Soit j le nombre complexe de module 1 et d'argument $\dfrac{2\pi}{3}$.
   Proposition : $1 + j + j^2 = 0$.

EXERCICE 233 **40 minutes**

Le plan complexe est muni d'un repère orthonormé direct $\left(O, \vec{u}, \vec{v}\right)$ d'unité graphique $0,5\,cm$.
On considère l'équation (E) : $z^2 - 2z\sqrt{3} + 4 = 0$.

1. Résoudre l'équation (E) dans l'ensemble $\mathbb{C}$ des nombres complexes.
2. On considère la suite (M_n) des points d'affixes $z_n = 2^n e^{i(-1)^n\frac{\pi}{6}}$, définie pour $n \geqslant 1$.
   a. Vérifier que z_1 est une solution de (E).
   b. Ecrire z_2 et z_3 sous forme algébrique.
   c. Placer les points M_1, M_2, M_3 et M_4 dans le repère et tracer les segments $[M_1, M_2]$, $[M_2, M_3]$ et $[M_3, M_4]$.
3. Montrer que, pour tout entier $n \geqslant 1$, $z_n = 2^n\left(\dfrac{\sqrt{3}}{2} + \dfrac{(-1)^n i}{2}\right)$.
4. Calculer les longueurs M_1M_2 et M_2M_3. Pour la suite de l'exercice, on admet que, pour tout entier $n \geqslant 1$, $M_nM_{n+1} = 2^n\sqrt{3}$.
5. On note $\ell^n = M_1M_2 + M_2M_3 + \cdots + M_nM_{n+1}$.
   a. Montrer que, pour tout entier $n \geqslant 1$, $\ell^n = 2\sqrt{3}\,(2^n - 1)$.
   b. Déterminer le plus petit entier n tel que $\ell^n \geqslant 1000$.

EXERCICE 234 **40 minutes**

Le plan complexe est muni d'un repère orthonormé direct $\left(O, \vec{u}, \vec{v}\right)$. On rappelle que pour tout vecteur $\vec{w}$ non nul, d'affixe z, on a : $|z| = \|\vec{w}\|$ et $\arg(z) = \left(\vec{u}, \vec{w}\right)$ à 2π près.

Partie A : Restitution organisée de connaissances

Prérequis : on sait que si z et z' sont deux nombres complexes non nuls, alors :

$$\arg(zz') = \arg(z) + \arg(z').$$

Soient z et z' deux nombres complexes non nuls.
Démontrer que : $\arg\left(\dfrac{z}{z'}\right) = \arg(z) - \arg(z')$.

Partie B

On note A et B les points d'affixes respectives $-i$ et $3i$. On note f l'application qui, à tout point M du plan, d'affixe z, distinct de A, associe le point M' d'affixe z' telle que :

$$z' = \frac{iz+3}{z+i}.$$

1. Etude de quelques cas particuliers.
   a. Démontrer que f admet deux points invariants J et K appartenant au cercle de diamètre $[AB]$.
   b. On note C le point d'affixe $c = -2+i$. Démontrer que le point C', image de C par f, appartient à l'axe des abscisses.
2. Pour tout point M du plan distinct de A et B, démontrer que :
   $\arg\left(z'\right) = \left(\overrightarrow{MA}, \overrightarrow{MB}\right) + \dfrac{\pi}{2}$ à 2π près.
3. Etude de deux ensembles de points.
   a. Déterminer l'ensemble des points M d'affixe z tels que z' soit un nombre complexe imaginaire pur.
   b. Soit M d'affixe z un point du cercle de diamètre $[AB]$ privé des points A et B. A quel ensemble appartient le point M' ?

EXERCICE 235 **40 minutes**

Le plan complexe est muni du repère orthonormé direct $\left(O, \vec{u}, \vec{v}\right)$. On appelle A et B les points du plan d'affixes respectives $a = 1$ et $b = -1$. On considère l'application f qui, à tout point M différent du point B, d'affixe z, fait correspondre le point M' d'affixe z' définie par $z' = \dfrac{z-1}{z+1}$.
On fera une figure qui sera complétée tout au long de cet exercice.

1. Déterminer les points invariants de f c'est-à-dire les points M tels que $M = f(M)$.
2. a. Montrer que, pour tout nombre complexe z différent de -1, $\left(z'-1\right)(z+1) = -2$.
   b. En déduire une relation entre $\left|z'-1\right|$ et $|z+1|$, puis entre $\arg\left(z'-1\right)$ et $\arg(z+1)$, pour tout nombre complexe z différent de -1. Traduire ces deux relations en termes de distances et d'angles.

3. Montrer que si M appartient au cercle (C) de centre B et de rayon 2, alors M' appartient au cercle (C') de centre A et de rayon 1.
4. Soit le point P d'affixe $p = -2 + i\sqrt{3}$.
   - **a.** Déterminer la forme exponentielle de $(p+1)$.
   - **b.** Montrer que le point P appartient au cercle (C).
   - **c.** Soit Q le point d'affixe $q = -\overline{p}$ où $\overline{p}$ est le conjugué de p.
     Montrer que les points A, P' et Q sont alignés.
   - **d.** En utilisant les questions précédentes, proposer une construction de l'image P' du point P par l'application f.

EXERCICE 236 **40 minutes**

Le plan complexe est rapporté à un repère orthonormé direct $\left(O, \overrightarrow{u}, \overrightarrow{v}\right)$.
On considère l'application f du plan dans lui -même qui, à tout point M d'affixe z, associe le point M' d'affixe z' telle que : $z' = z^2$. On note Ω le point d'affixe 1.

1. Déterminer l'ensemble Γ_1 des points M du plan tels que $f(M) = M$.
2. Soit A le point d'affixe $a = \sqrt{2} - i\sqrt{2}$.
   - **a.** Exprimer a sous forme exponentielle.
   - **b.** En déduire les affixes des deux antécédents de A par f.
3. Déterminer l'ensemble Γ_2 des points M d'affixe z tels que l'affixe z' du point M' soit un nombre imaginaire pur.
4. Dans cette question, on souhaite déterminer l'ensemble Γ_3 des points M distincts de Ω pour lesquels le triangle $\Omega MM'$ est rectangle isocèle direct en Ω.
   - **a.** Montrer que M est un point de Γ_3 si et seulement si $z^2 - iz - 1 + i = 0$ et $z \neq 1$.
   - **b.** Montrer que $z^2 - iz - 1 + i = (z-1)(z+1-i)$.
   - **c.** En déduire l'ensemble Γ_3.
5. Soit M un point d'affixe z différente de 0 et de 1.
   - **a.** Exprimer $\left(\overrightarrow{OM}, \overrightarrow{OM'}\right)$ en fonction d'un argument de z.
   - **b.** En déduire l'ensemble Γ_4 des points M distincts de O et de Ω tels que O, M et M' soient alignés.

EXERCICE 237 **40 minutes**

Partie A : Restitution organisée de connaissances

Soit z un nombre complexe. On rappelle que $\overline{z}$ est le conjugué de z et que $|z|$ est le module de z. On admet l'égalité : $|z|^2 = z\overline{z}$.
Montrer que, si z_1 et z_2 sont deux nombres complexes, alors $|z_1 z_2| = |z_1|\,|z_2|$.

Partie B : Etude d'une transformation particulière

Dans le plan complexe rapporté au repère orthonormé direct $\left(O, \overrightarrow{u}, \overrightarrow{v}\right)$, on désigne par A et B les points d'affixes respectives 1 et -1. Soit f la transformation du plan qui à tout point M d'affixe $z \neq 1$, associe le point M' d'affixe z' tel que : $z' = \dfrac{1-z}{\overline{z}-1}$.

1. Soit C le point d'affixe $z_C = -2 + i$.
   a. Calculer l'affixe $z_{C'}$ du point C' image de C par la transformation f, et placer les points C et C' dans le repère ci-dessous.
   b. Montrer que le point C' appartient au cercle $\mathcal{C}$ de centre O et de rayon 1.
   c. Montrer que les points A, C et C' sont alignés.
2. Déterminer et représenter sur la figure l'ensemble Δ des points du plan qui ont le point A pour image par la transformation f.
3. Montrer que, pour tout point M distinct de A, le point M' appartient au cercle $\mathcal{C}$.
4. Montrer que, pour tout nombre complexe $z \neq 1$, $\dfrac{z'-1}{z-1}$ est réel.
   Que peut-on en déduire pour les points A, M et M' ?
5. On a placé un point D sur la figure. Construire son image D' par la transformation f.

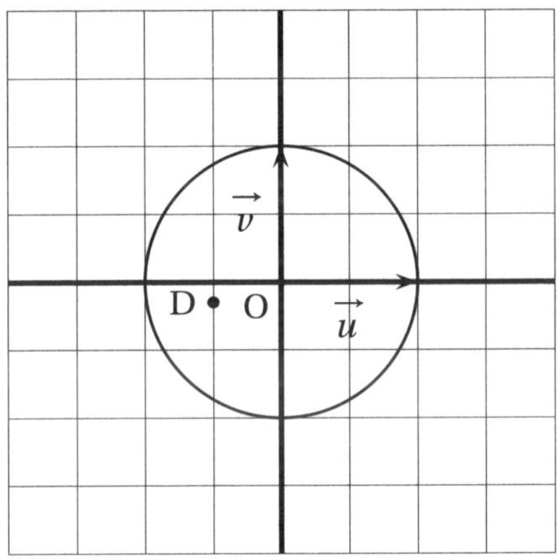

EXERCICE 238 **30 minutes**

Le plan complexe $\mathcal{P}$ est rapporté à un repère orthonormé direct $\left(O, \vec{u}, \vec{v}\right)$. L'unité graphique est 4 cm.

Soit A et B les points d'affixes respectives 1 et -1.

On désigne par $\mathcal{C}$ le cercle de centre A contenant le point O et par $\mathcal{C}^\star$ le cercle $\mathcal{C}$ privé du point O. A tout point M d'affixe z non nulle, on associe le point M' d'affixe z' telle que $z' = -\dfrac{1}{\overline{z}}$, où $\overline{z}$ désigne le nombre complexe conjugué de z.

1. a. Déterminer une relation entre les arguments de z et de z'.
   b. En déduire que les points O, M et M' sont alignés.
2. Démontrer que $\overline{z'+1} = \dfrac{1}{z}(z-1)$.
3. On suppose dans cette question que le point M appartient à $\mathcal{C}^\star$.
   a. Justifier l'égalité : $|z-1| = 1$.
      Démontrer que $\left|z'+1\right| = \left|z'\right|$. Interpréter géométriquement cette égalité.
   b. Déduire de ce qui précède une construction du point M' à partir du point M.

4. Le point M étant un point du plan, d'affixe z non réelle, on nomme M_1 son symétrique par rapport à l'axe des réels.

a. Calculer $\dfrac{z'+1}{z'-1}$ en fonction de $\overline{z}$.

Exprimer alors l'argument de $\dfrac{z'+1}{z'-1}$ en fonction de l'angle $\left(\overrightarrow{M_1A}\ ;\ \overrightarrow{M_1B}\right)$.

b. Comparer les angles $\left(\overrightarrow{M_1A}\ ;\ \overrightarrow{M_1B}\right)$ et $\left(\overrightarrow{MA}\ ;\ \overrightarrow{MB}\right)$

c. Démontrer que M' appartient au cercle circonscrit au triangle AMB.

EXERCICE 239 **15 minutes**

Soit α et $\overline{\alpha}$ les solutions de l'équation $z^2-2z+2=0$.

1. Pour quelles valeurs de n, entier naturel, α^n et $\overline{\alpha}^n$ sont-ils réels?
2. Calculer $\alpha^n+\overline{\alpha}^n$ pour $n=1$; $n=4$ et $n=8$.

EXERCICE 240 **20 minutes**

Le plan complexe $\mathcal{P}$ est rapporté à un repère orthonormé direct $\left(\mathrm{O},\ \overrightarrow{u},\ \overrightarrow{v}\right)$.
On considère, dans $\mathbb{C}$, la suite (z_n) définie par $z_0=1$ et $\forall n\in\mathbb{N},\ 2z_{n+1}=z_n+i$.

1. Démontrer que pour tout n non nul, le module r_n de z_n est inférieur à 1.
2. On pose $z_n=x_n+iy_n$ (x_n et y_n deux réels) et $u_n=z_n-i$.
   Etablir une relation entre u_{n+1} et u_n.
   En déduire que la suite de terme général x_n est une suite géométrique qui converge vers 0 et que les suites de termes généraux y_n et r_n convergent vers 1.
3. Déterminer le plus petit entier n_0 tel que, pour tout n supérieur ou égal à n_0 on ait

$$|z_n-i|<10^{-5}.$$

EXERCICE 241 **30 minutes**

On considère le polynôme $\mathrm{P}(z)=z^4+17z^2-28z+260$, où z est un nombre complexe.

1. Déterminer deux nombres réels a et b tels que : $\mathrm{P}(z)=\left(z^2+az+b\right)\left(z^2+4z+20\right)$.
2. Résoudre dans $\mathbb{C}$ l'équation $\mathrm{P}(z)=0$.
3. Placer dans un repère orthonormé direct $\left(\mathrm{O},\ \overrightarrow{u},\ \overrightarrow{v}\right)$, les images M, N, P et Q des nombres complexes respectifs $m=-2+4i$, $n=-2-4i$, $p=2+3i$ et $q=2-3i$.
4. **a.** Déterminer le nombre complexe z vérifiant $\dfrac{z-p}{z-m}=i$. Placer son image K.
   b. En déduire que le triangle MPK est isocèle rectangle en K.
5. **a.** Déterminer par le calcul l'affixe du point L, quatrième sommet du carré MKPL.
   b. Déterminer l'abscisse du point d'intersection R de la droite (KL) et de l'axe des abscisses.
   c. Montrer que M, N, P et Q sont sur un même cercle de centre R.

EXERCICE 242 **20 minutes**

On pose, pour tout $z \in \mathbb{C}$, $f(z) = z^4 + 4z^3 + 6z^2 + (6-2i)z + 3 - 2i$.

1. Montrer que le polynôme $f(z)$ possède une, et une seule, racine réelle z_0 que l'on déterminera.
   En déduire une factorisation de $f(z)$ sous la forme $(z - z_0)\,Q(z)$ où $Q(z)$ est un polynôme complexe de degré 3 que l'on précisera.
2. Vérifier que $Q(i) = 0$. En déduire les solutions de l'équation $f(z) = 0$.
3. Le plan complexe $\mathcal{P}$ est rapporté à un repère orthonormé direct $\left(\mathrm{O}, \vec{u}, \vec{v}\right)$.
   z_1, z_2 et z_3 désignant les solutions de l'équation $Q(z) = 0$, on appelle M_0, M_1, M_2 et M_3 les points d'affixes respectives z_0, z_1, z_2 et z_3.
   Montrer que $M_1M_2M_3$ est un triangle équilatéral dont le centre de gravité est M_0.

EXERCICE 243 **30 minutes**

Le plan complexe est rapporté au repère orthonormé direct $\left(\mathrm{O}, \vec{u}, \vec{v}\right)$.

On considère les points B, C, D, E définissant le carré de sens direct $BCDE$ d'affixes respectives :

$$b = 1 - i \quad ; \quad c = -1 - i \quad ; \quad d = -1 - 3i \quad ; \quad e = 1 - 3i$$

1. Calculer $|b|$, $|c|$, $|d|$ et $|e|$.
2. Soit Γ le cercle de centre O passant par B. Déterminer une équation du cercle Γ.

On considère Q un point de Γ distinct de B et C. L'affixe de Q est notée $q = x + iy$ (avec x et y réels).

3. Soient F et G les points du plan tels que $QBFG$ soit un carré de sens direct, c'est-à-dire tels que $\left(\overrightarrow{QB}, \overrightarrow{QG}\right) = +\dfrac{\pi}{2}$.
   On pose $Z = \dfrac{g-q}{b-q}$ où g est l'affixe du point G.
   Interpréter géométriquement le module et un argument de Z. En déduire Z.
4. Prouver que $g = (1 + x + y) + i(1 - x + y)$. En déduire $|g|$ en fonction de x et y.
5. En utilisant la question 2, exprimer $\left|g\right|$ en fonction de x et y.
6. A l'aide de considérations géométriques, prouver que : $\left|f\right| = \left|g\right|$, f étant l'affixe du point F.
7. Pour quelles valeurs de x et de y les points E, D, G et F sont-ils sur un cercle de centre O ? Préciser le rayon de ce cercle. En déduire alors la nature du triangle QBC.

EXERCICE 244 **20 minutes**

On considère, dans le plan complexe, un point M, d'affixe u et les points M' et M'' qui ont respectivement pour affixes les racines z' et z'' de l'équation $z^2 - 2(u+1)z + 2u^2 + 2u + 1 = 0$ où z est l'inconnue.

1. Résoudre cette équation dans $\mathbb{C}$.
2. Déterminer l'ensemble des points M tels que la distance $M'M''$ soit égale à 2. Quel est alors l'ensemble des points M' et M'' ?

EXERCICE 245 **40 minutes**

Le plan complexe est rapporté à un repère orthonormé $\left(\text{O}, \vec{u}, \vec{v}\right)$.
Dans tout l'exercice, z est un nombre complexe non nul.
A tout point M d'affixe z, on associe le point M' d'affixe $z' = -\dfrac{1}{z}$, puis le point I milieu du segment $[MM']$. L'affixe de I est donc $\dfrac{1}{2}\left(z - \dfrac{1}{z}\right)$.

Les questions **2, 3** et **4** sont largement indépendantes.

1. **a.** Donner une relation entre les modules de z et z'.
   Donner une relation entre leurs arguments.

   b. Sur la figure ci-dessous est placé le point M_1 d'affixe z_1 sur le cercle de centre O et de rayon 2.
   Expliquer comment on peut obtenir géométriquement le point M_1', puis le point I_1 milieu du segment $[M_1M_1']$. Effectuer cette construction.

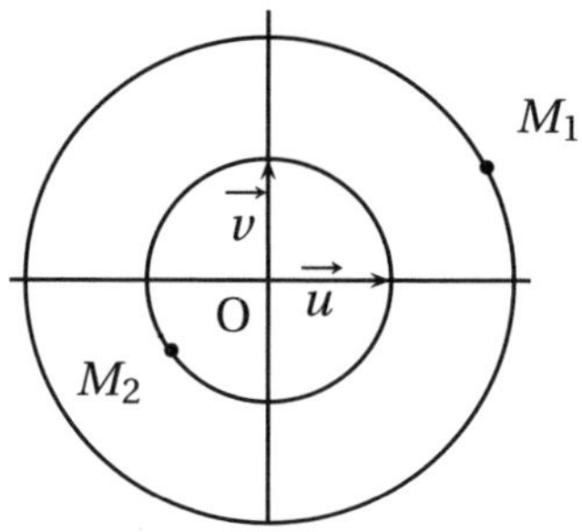

2. Pour cette question, θ est un réel et M est le point d'affixe $z = e^{i\theta}$.

   a. Calculer sous forme algébrique l'affixe de I.

   b. Sur la figure ci-dessus est placé le point M_2 d'affixe z_2 sur le cercle $\mathcal{C}$, de centre O et de rayon 1. Expliquer comment, en utilisant le résultat de la question **2 a**, on peut obtenir géométriquement le point I_2 milieu du segment $\left[M_2M_2'\right]$.
   Effectuer cette construction.
   Donner (sans justification) l'ensemble décrit par I lorsque M décrit $\mathcal{C}$.

3. Dans cette question, M est un point du plan, distinct de O.

   a. Déterminer les points M du plan complexe pour lesquels M et I sont confondus.

   b. Développer $(z-2i)^2 + 3$.
   Déterminer les points M du plan complexe pour lesquels l'affixe de I est $2i$.

4. Dans cette question, M est un point du plan, distinct de O, d'affixe $z = x + iy$ (x et y réels).

   a. Exprimer en fonction de x et y la partie réelle et la partie imaginaire de l'affixe de I.

   b. Déterminer l'ensemble A des points M du plan pour lesquels I appartient à l'axe des abscisses.

c. Déterminer l'ensemble B des points M du plan pour lesquels I appartient à l'axe des ordonnées.

EXERCICE 246 **20 minutes**

1. Résoudre dans $\mathbb{C}$ l'équation $z^2 - \left[2 + i\left(m - \sqrt{3}\right)\right] z + 1 + m\sqrt{3} + i\left(m - \sqrt{3}\right) = 0$ (E), où m est un paramètre réel.

2. Dans le plan complexe rapporté au repère orthonormé $\left(O, \vec{u}, \vec{v}\right)$, on désigne par M' et M'' les points dont les affixes z' et z'' sont les solutions de l'équation (E).

a. Déterminer m pour que le triangle $OM'M''$ soit rectangle en O.

b. Déterminer m pour que la distance $M'M''$ soit égale à un réel positif ou nul ℓ donné.

EXERCICE 247 **30 minutes**

1. On considère dans $\mathbb{C}$ l'équation (E) : $z^3 - 12z^2 + 48z - 128 = 0$.

a. Vérifier que 8 est solution de cette équation.

b. Déterminer les réels α, β et γ tels que, pour tout $z \in \mathbb{C}$:

$$z^3 - 12z^2 + 48z - 128 = (z - 8)\left(\alpha z^2 + \beta z + \gamma\right).$$

c. Résoudre l'équation (E).

2. Le plan complexe $\mathcal{P}$ est muni d'un repère orthonormé direct $\left(O, \vec{u}, \vec{v}\right)$.
On considère les points A, B et C d'affixes respectives $a = 2 - 2i\sqrt{3}$, $b = 2 + 2i\sqrt{3}$ et $c = 8$.

a. Déterminer le module et un argument de a.

b. Calculer le nombre complexe $q = \dfrac{a - c}{b - c}$, déterminer son module et un argument φ.
En déduire la nature du triangle ABC.

c. Déterminer le barycentre D des points pondérés $(A, |a|)$, $(B, |b|)$ et $(C, |c|)$.

d. Déterminer l'ensemble Γ des points M du plan tels que :

$$\left\| \overrightarrow{MA} + \overrightarrow{MB} + 2\overrightarrow{MC} \right\| = \left\| \overrightarrow{MA} + \overrightarrow{MB} - 2\overrightarrow{MC} \right\|.$$

EXERCICE 248 **30 minutes**

1. Déterminer les racines z_1 et z_2 de l'équation $z^2 - \dfrac{1}{5}z + \dfrac{1}{10} = 0$.
z_1 désignant la racine dont la partie imaginaire est positive.

2. Soit θ le nombre réel de l'intervalle $\left[0\,;\,\dfrac{\pi}{2}\right[$ tel que $\tan\theta = 3$.
Montrer que $z_1 = \dfrac{\cos\theta + i\sin\theta}{10\cos\theta}$ et $z_2 = \dfrac{\cos\theta - i\sin\theta}{10\cos\theta}$.

3. On pose, $\forall n \in \mathbb{N}$, $v_n = z_1^n + z_2^n$.
Montrer que v_n est un nombre réel que l'on calculera en fonction de n et θ.

4. Montrer que $10\cos\theta = \sqrt{10}$.
Majorer $|v_n|$, puis en déduire que la suite (v_n) est convergente et déterminer sa limite.

EXERCICE 249 **25 minutes**

Soit a un nombre complexe non nul. On considère le polynôme : $P_a(z) = z^3 - 6az^2 + 12a^2z - 7a^3$.

1. Résoudre dans $\mathbb{C}$ l'équation $P_1(z) = 0$.
2. Résoudre dans $\mathbb{C}$ l'équation $P_a(z) = 0$.
   ☞ On pourra poser $Z = \dfrac{z}{a}$.
3. Soit T_a le triangle dont les sommets ont pour affixes les racines de $P_a(z)$.
   Montrer que T_1 est équilatéral. En déduire que, pour tout a, T_a est équilatéral.

EXERCICE 250 **20 minutes**

r est un réel strictement positif et α un réel de $]-\pi\ ;\ \pi]$.

1. Résoudre dans $\mathbb{C}$ l'équation $z^2 - 2r\cos\alpha z + r^2 = 0$.
   On appellera z_1 et z_2 les solutions.
2. Déterminer le module et un argument de z_1 et z_2.
3. Calculer, pour tout $n \in \mathbb{N}^\star$, $z_1^n + z_2^n$ et déterminer $P_n = z_1^n + z_2^n$.
4. Soit $r = \dfrac{1}{2}$ et $\alpha = \dfrac{2\pi}{3}$.
   Etablir une relation, indépendante de n, entre P_n et P_{n+3}.
   Quelle est alors la limite de P_n lorsque n tend vers $+\infty$?

EXERCICE 251 **20 minutes**

Soit (z_n) la suite de nombres complexes définie par $z_0 = 2\sqrt{2}(-1+i)$
et $\forall n \in \mathbb{N}$, $arg(z_{n+1}) \in \left[\dfrac{\pi}{2}\ ;\ \pi\right]$ et $z_{n+1}^4 = z_n$.

1. Déterminer le module et un argument de z_1.
2. On pose $r_n = |z_n|$ et $v_n = \ln r_n$ où $\ln r_n$ désigne le logarithme népérien de r_n.
   Montrer que (v_n) est une suite géométrique.

EXERCICE 252 **25 minutes**

1. Expliciter, sous forme trigonométrique, les trois racines de chacune des deux équations :
   a. $u^3 = e^{i\frac{2\pi}{3}}$;
   b. $u^3 = e^{-i\frac{2\pi}{3}}$.
2. Etablir, pour tout $\alpha \in \mathbb{R}$, l'égalité $1 + e^{i\alpha} = 2e^{i\frac{\alpha}{2}}\cos\dfrac{\alpha}{2}$.
3. Résoudre, dans $\mathbb{C}$, l'équation $(z-1)^6 + (z-1)^3 + 1 = 0$.

1.7 Vers le supérieur

EXERCICE 253 **20 minutes**

1. Démontrer les formules d'Euler : $\cos\theta = \dfrac{e^{i\theta} + e^{-i\theta}}{2}$ *et* $\sin\theta = \dfrac{e^{i\theta} - e^{-i\theta}}{2i}$.
2. Démontrer la formule de Moivre : $(\cos\theta + i\sin\theta)^n = \cos(n\theta) + i\sin(n\theta)$.

3. L'objectif de la question est le calcul de $I = \int_0^{\frac{\pi}{4}} \cos^3 x \, \mathrm{d}x$ et $J = \int_0^{\frac{\pi}{4}} \sin^3 x \, \mathrm{d}x$

- **a.** Développer les expressions $(a+b)^3$ et $(a-b)^3$.
- **b.** En utilisant les formules précédentes, développer et simplifier $\cos^3 x$ et $\sin^3 x$.
- **c.** Démontrer alors que $\cos^3 x = \frac{1}{4}\cos(3x) + \frac{3}{4}\cos(x)$
  et $\sin^3 x = -\frac{1}{4}\sin(3x) + \frac{3}{4}\sin(x)$.
- **d.** En déduire la valeur exacte de I et de J.

4. Calculer $K = \int_0^{\frac{\pi}{3}} \cos^5 x \, \mathrm{d}x$.

EXERCICE 254 **15 minutes**

Ecrire sous forme trigonométrique les nombres complexes suivantes :

1. $Z = \dfrac{1+\cos\theta + i\sin\theta}{1-\cos\theta + i\sin\theta}$ **2.** $Z = \dfrac{1+\mathrm{e}^{i\theta}}{1-\mathrm{e}^{i\theta}}$.

EXERCICE 255 **20 minutes**

1. Résoudre dans $\mathbb{C}$ l'équation $z^4 - 1 = 0$.

2. Montrer que $\forall z \in \mathbb{C}$, $z^4 - 1 = (z-1)(z^3 + z^2 + z + 1)$.

3. Déduire des questions précédentes les solutions de l'équation (E) :

$$\left(\frac{z+i}{z-i}\right)^3 + \left(\frac{z+i}{z-i}\right)^2 + \left(\frac{z+i}{z-i}\right) + 1 = 0.$$

EXERCICE 256 **15 minutes**

Soit (E) l'équation : $(4+2i)z^2 + (i-7)z - 1 - 3i = 0$.

1. Calculer le discriminant de (E).

2. Soit $z = a + ib$ tel que $z^2 = 40 + 42i$.

- **a.** Calculer $|40 + 42i|$.
- **b.** Donner la valeur de $a^2 + b^2$.
- **c.** En développant z^2, établir deux nouvelles relations entre a et b.
- **d.** En déduire les valeurs de z.

3. En déduire les solutions de (E).

EXERCICE 257 **20 minutes**

1. Déterminer les nombres complexes $z = a + ib$ tel que $z^2 = 5 - 12i$.

2. Soit (E) l'équation $z^3 - (1+2i)z^2 + 3(1+i)z - 10(1+i) = 0$.

- **a.** Déterminer une solution imaginaire pure de l'équation (E). On notera z_0 cette solution.
- **b.** Déterminer a et b complexes tels que
  $z^3 - (1+2i)z^2 + 3(1+i)z - 10(1+i) = (z - z_0)(z^2 + az + b)$.
- **c.** En déduire les solutions de (E).

3. Quelles particularités a le triangle dont les sommets ont pour affixes les solutions de (E) ?

EXERCICE 258 **15 minutes**

Résoudre dans $\mathbb{C}$ les équations suivantes :

1. $z^2-(3+4i)z+7i-1=0$.
2. $2z^2+(5+i)z+2+2i=0$.
3. $z^2-(2\cos\theta)z+1=0$.

EXERCICE 259 **15 minutes**

1. Déterminer les nombres complexes z_1 et z_2 tels que $z_1^2=1+i$ et $z_2^2=1-i$.
2. Donner la forme exponentielle de $1+i$ et $1-i$.
3. On pose $z=re^{i\theta}$, donner la forme exponentielle et la forme trigonométrique de z^2.
4. En déduire les valeurs exactes de $\cos\left(\frac{\pi}{8}\right)$ et $\sin\left(\frac{\pi}{8}\right)$.

EXERCICE 260 **10 minutes**

1. En utilisant les formules de Moivre et du binôme, démontrer que, pour tout x réel,

$$\cos(3x)=\cos^3 x-3\cos x\sin^2 x.$$

2. Donner une expression de $\sin(3x)$ en fonction de $\cos x$ et $\sin x$.

EXERCICE 261 **15 minutes**

1. Exprimer $\sin(5x)$ et $\cos(5x)$ en fonction de $\cos x$ et $\sin x$.
☞ Utiliser les formules de Moivre et du binôme.
2. En déduire une expression de $\cos(5x)$ en fonction uniquement de $\cos x$ et une expression de $\sin(5x)$ en fonction uniquement de $\sin x$.

EXERCICE 262 **10 minutes**

Démontrer que , pour tout z appartenant à $\mathbb{U}$ et pour tout n entier naturel , $z^n+\frac{1}{z^n}$ est réel.

EXERCICE 263 **30 minutes**

Le plan est muni d'un repère orthonormé direct $\left(O, \vec{u}, \vec{v}\right)$. On prendra 2 cm pour unité graphique.

On considère l'application F du plan dans lui-même qui, à tout point M d'affixe z, associe le point M' d'affixe z' tel que : $z'=(1+i)z+2$.

1. Soit A le point d'affixe $-2+2i$.
Déterminer les affixes des points A' et B vérifiant respectivement
$A'=F(A)$ et $F(B)=A$.
2. Méthode de construction de l'image de M.
  a. Montrer qu'il existe un point confondu avec son image. On notera Ω ce point et ω son affixe.

b. Etablir que pour tout complexe z distinct de ω, $\dfrac{z'-z}{\omega-z}=-i$.

c. Soit M un point distinct de Ω.
Comparer MM' et $M\Omega$. Déterminer une mesure de l'angle $(\overrightarrow{M\Omega}, \overrightarrow{MM'})$.
En déduire une méthode de construction de M' à partir de M.

3. Etude de l'image d'un ensemble de points.

a. Donner la nature et les éléments caractéristiques de l'ensemble Γ, des points du plan dont l'affixe z vérifie $|z+2-2i|=\sqrt{2}$.

b. Vérifier que B est un point de Γ.

c. Démontrer que, pour tout z élément de $\mathbb{C}$: $z'+2=(1+i)(z+2-2i)$.

d. Démontrer que l'image par F de tout point de Γ appartient au cercle Γ' de centre A' et de rayon 2.

e. Placer O, A, B, A', Γ et Γ' sur une même figure.

EXERCICE 264 **15 minutes**

L'objectif de l'exercice est de résoudre dans $\mathbb{C}$ l'équation $(E)\quad z^6=64$.

1. Vérifier que $e^{2ik\pi}=1$ $(k\in\mathbb{Z})$.
2. On pose $z=re^{i\theta}$. Ecrire z^6 sous forme exponentielle.
3. Etablir deux équations et les résoudre.
4. En déduire les solutions de (E).

EXERCICE 265 **25 minutes**

Dans le plan complexe rapporté au repère orthonormé direct $\left(O, \overrightarrow{u}, \overrightarrow{v}\right)$ on considère les points A et B d'affixes respectives $z_A=1+i$ et $z_B=-\dfrac{1}{2}+\dfrac{1}{2}i$.
On désigne par $(\mathcal{C})$ le cercle de centre O et de rayon 1.

1. Donner la forme trigonométrique de z_A et celle de z_B.
2. Dans la suite de l'exercice, M désigne un point de $(\mathcal{C})$ d'affixe $e^{i\alpha}$, avec $\alpha\in[0\,;\,2\pi]$.
On considère l'application f qui à tout point M de $(\mathcal{C})$, associe $f(M)=MA\times MB$.

a. Montrer que, pour tout $\alpha\in\mathbb{R}$: $e^{2i\alpha}-1=2ie^{i\alpha}\sin\alpha$.

b. Montrer que $f(M)=\left|e^{2i\alpha}-1-\left(\dfrac{1}{2}+\dfrac{3}{2}i\right)e^{i\alpha}\right|$.

c. En déduire que : $f(M)=\sqrt{\dfrac{1}{4}+\left(-\dfrac{3}{2}+2\sin\alpha\right)^2}$.

3. a. En utilisant **2 c**, montrer qu'il existe deux points M de $(\mathcal{C})$, dont on donnera l'affixe, pour lesquels $f(M)$ est minimal. Donner cette valeur minimale.

b. En utilisant **2 c**, montrer qu'il existe un seul point M de $(\mathcal{C})$, dont on donnera l'affixe, pour lequel $f(M)$ est maximal. Donner cette valeur maximale.

EXERCICE 266 **25 minutes**

Le plan $\mathcal{P}$ est muni du repère orthonormé direct $\left(O, \overrightarrow{u}, \overrightarrow{v}\right)$ d'unité graphique : 4 cm. On note A, B et C les points d'affixes respectives $2i$, -1 et i.

On considère l'application f de $\mathcal{P}-\{A\}$ dans $\mathcal{P}$ qui, à tout point M d'affixe z différent de $2i$, associe le point M' d'affixe z' telle que : $z' = \dfrac{z+1}{z-2i}$.

1. **a.** Faire une figure que l'on complétera au cours de l'exercice.
   b. Déterminer l'affixe du point C' image de C par f. Quelle est la nature du quadrilatère $ACBC'$?
   c. Montrer que le point C admet un unique antécédent par f que l'on notera C_0.
2. Donner une interprétation géométrique de l'argument et du module de z'.
3. Déterminer, en utilisant la question précédente, les ensembles suivants :
   a. l'ensemble (E_1) des points M dont les images par f ont pour affixe un nombre réel strictement négatif,
   b. l'ensemble (E_2) des points M dont les images par f ont pour affixe un nombre imaginaire non nul,
   c. l'ensemble (E_3) des points M dont les images par f appartiennent au cercle trigonométrique.

EXERCICE 267 **25 minutes**

Le plan (P) est muni du repère orthonormé direct $\left(O, \overrightarrow{u}, \overrightarrow{v}\right)$ d'unité graphique : 2 cm.

A tout point M du plan (P) est associé le nombre complexe z, affixe du point M.

1. **a.** Déterminer le module et un argument de chacun des nombres complexes $z_1 = -1$, $z_2 = \dfrac{1-i\sqrt{3}}{2}$, $z_3 = -1-i\sqrt{3}$.
   b. Déterminer le module et un argument de chacun des cubes z_1^3, z_2^3, z_3^3 des complexes ci-dessus, puis la partie réelle et la partie imaginaire de z_1^3, de z_2^3 et de z_3^3.
2. **a.** Si $z = x+iy = \rho e^{i\theta}$ est un nombre complexe (avec , y et θ réels et ρ réel supérieur à zéro), déterminer la partie réelle et la partie imaginaire de z^3 en fonction de x et y, puis le module et un argument de z^3 en fonction de ρ et θ.
   b. Déterminer l'ensemble (E) des points M d'affixe z caractérisé par : z^3 est un nombre réel.
   c. Déterminer et tracer l'ensemble (E') des points M d'affixe z, caractérisé par : z^3 est un nombre réel et $1 \leqslant z^3 \leqslant 8$.

EXERCICE 268 **25 minutes**

Le plan complexe est rapporté à un repère orthonormé direct $\left(O, \overrightarrow{u}, \overrightarrow{v}\right)$.

1. Résoudre dans $\mathbb{C}$ l'équation : (E_1) $\dfrac{z-2}{z-1} = z$. On donnera l'écriture exponentielle de chaque solution.
2. Résoudre dans $\mathbb{C}$ l'équation : (E_2) $\dfrac{z-2}{z-1} = i$. On donnera la solution sous forme algébrique.

3. Soit M, A et B les points d'affixes respectives : z, 1 et 2. On suppose que M est distinct des points A et B.

a. Interpréter géométriquement le module et un argument de $\dfrac{z-2}{z-1}$.

b. Retrouver géométriquement la solution de l'équation (E_2).

4. a. Montrer, à l'aide d'une interprétation géométrique, que toute solution complexe de l'équation : $\left(\dfrac{z-2}{z-1}\right)^n = i$, où n désigne un entier naturel non nul donné, a pour partie réelle $\dfrac{3}{2}$.

b. Résoudre alors dans $\mathbb{C}$ l'équation (E_3) $\left(\dfrac{z-2}{z-1}\right)^2 = i$. On cherchera les solutions sous forme algébrique.

EXERCICE 269 **30 minutes**

1. Pour tout nombre Z, on pose $P(Z) = Z^4 - 1$.

a. Factoriser $P(Z)$.

b. En déduire les solutions dans l'ensemble $\mathbb{C}$ des nombres complexes de l'équation $P(Z) = 0$, d'inconnue Z.

c. Déduire de la question précédente les solutions dans $\mathbb{C}$ de l'équation d'inconnue z :

$$\left(\frac{2z+1}{z-1}\right)^4 = 1.$$

2. a. Le plan complexe (P) est rapporté à un repère orthonormé direct $\left(\text{O}, \vec{u}, \vec{v}\right)$.

Placer les points A, B et C d'affixes respectives : $a = -2$, $b = -\dfrac{1}{5} - \dfrac{3}{5}i$ et $c = -\dfrac{1}{5} + \dfrac{3}{5}i$.

b. Démontrer que les points O, A, B et C sont situés sur un cercle, que l'on déterminera.

3. Placer le point D d'affixe $d = -\dfrac{1}{2}$.

a. Exprimer sous forme trigonométrique le nombre complexe z' défini par : $z' = \dfrac{a-c}{d-c}$.

b. En déduire le rapport $\dfrac{\text{CA}}{\text{CD}}$.

c. Quelle autre conséquence géométrique peut-on tirer de l'expression de z' ?

EXERCICE 270 **30 minutes**

1. On note $\omega = \cos\dfrac{2\pi}{5} + i\sin\dfrac{2\pi}{5}$.

a. Montrer que ω est solution de l'équation $z^5 = 1$ et que $\omega + \dfrac{1}{\omega} = 2\cos\dfrac{2\pi}{5}$.

b. En remarquant que 1 est solution de l'équation $z^5 = 1$, factoriser $z^5 - 1$.
En déduire que ω est solution de l'équation (E) $\quad z^4 + z^3 + z^2 + z + 1 = 0$.

c. On pose $P(z) = z^4 + z^3 + z^2 + z + 1$.
Justifier que l'équation $P(z) = 0$ équivaut à $\dfrac{P(z)}{z^2} = 0$.

2. a. En posant $Z = z + \dfrac{1}{z}$, établir que $\dfrac{P(z)}{z^2} = Z^2 + Z - 1$.
   b. En déduire que $\alpha = 2\cos\dfrac{2\pi}{5}$ est solution de l'équation (E) : $Z^2 + Z - 1 = 0$.
   c. Résoudre l'équation (E).
   d. En déduire la valeur exacte de $\cos\dfrac{2\pi}{5}$.
3. Le plan complexe est rapporté à un repère orthonormé $\left(O, \overrightarrow{u}, \overrightarrow{v}\right)$. On note $\mathcal{C}$ le cercle de centre O et de rayon 1.
   On appelle A_0, A_1, A_2, A_3 et A_4 les points d'affixes respectives 1, ω, ω^2, ω^3 et ω^4.
   a. Soit H le point d'intersection de la droite (A_1A_4) avec l'axe réel. Déterminer l'affixe de H.
   b. Soit $\mathcal{C}'$ le cercle de centre O' d'affixe $-\dfrac{1}{2}$ et passant par J d'affixe i. Ce cercle coupe l'axe réel en P et Q (P étant le point dont la partie réelle de l'affixe est positive). Montrer que $O'P = O'Q = \dfrac{\sqrt{5}}{2}$ et que H est le milieu de $[OP]$.
   c. En déduire la construction du pentagone régulier inscrit dans le cercle $\mathcal{C}$ et dont un sommet est A_0.

EXERCICE 271 : TRANSLATION **15 minutes**

Dans le plan $\mathcal{P}$ muni d'un repère orthonormé $\left(O, \overrightarrow{u}, \overrightarrow{v}\right)$, soit M et M' les points d'affixes respectives z et z'.

Soit t la translation de vecteur $\overrightarrow{w}$, d'affixe β, M le point d'affixe z et M' d'affixe z'.

1. Démontrer que $M' = t(M) \iff z' = z + \beta$.
2. Soit A, B et C les points d'affixes respectives a, b, c, $\overrightarrow{w}$
   Déterminer les affixes des points A', B' et C' images des points A, B et C par t.
3. Démontrer que les triangles ABC et $A'B'C'$ sont semblables.
4. Quelle est l'image du cercle de centre A et de rayon R ?
5. Quelles propriétés peut-on en déduire pour t ?

EXERCICE 272 : TRANSLATION **15 minutes**

Soit $\mathcal{P}$ un plan complexe muni d'un repère orthonormé $\left(O, \overrightarrow{u}, \overrightarrow{v}\right)$.

A tout point M de $\mathcal{P}$, on associe son affixe p.

Soit 1, j et j^2 les racines cubiques de l'unité où $j = \cos\dfrac{2\pi}{3} + i\sin\dfrac{2\pi}{3}$.

On se propose d'étudier la propriété (E) suivante relative à un triplet (A, B, C) de points de $\mathcal{P}$

(E) : les affixes a, b et c des points A, B, C satisfont : $a + bj + cj^2 = 0$.

1. Soit $T_{\vec{u}}$ une translation de vecteur $\overrightarrow{u}$ définie dans $\mathcal{P}$.
   Montrer que si le triplet (A, B, C) a la propriété (E), il en est de même de $(T_{\vec{u}}(A), T_{\vec{u}}(B), T_{\vec{u}}(C))$.
2. Soit un triangle équilatéral dont les sommets A, B et C sont disposés de sorte que $\left(\overrightarrow{AB} ; \overrightarrow{AC}\right) = \dfrac{\pi}{3}$.
   Montrer que (A, B, C) a la propriété (E).

3. Caractériser géométriquement la propriété (E).

EXERCICE 273 : HOMOTHETIE **15 minutes**

Dans le plan $\mathcal{P}$ muni d'un repère orthonormé $\left(O, \overrightarrow{u}, \overrightarrow{v}\right)$, soit M et M' les points d'affixes respectives z et z'.

Soit h l'homothétie de centre Ω, d'affixe ω et de rapport k (k réel non nul).

1. Démontrer que $M' = h(M) \iff z' = kz + (1-k)\omega$.

2. Soit A, B et C les points d'affixes respectives a, b, c.
Déterminer les affixes des points A', B' et C' images des points A, B et C par h.

3. Démontrer que les triangles ABC et $A'B'C'$ sont semblables.

4. Quelle est l'image du cercle de centre Ω et de rayon R ?

5. L'image du cercle de centre A et de rayon R est-elle un cercle ?

6. Quelles propriétés peut-on en déduire pour h ?

EXERCICE 274 : HOMOTHETIE **10 minutes**

Dans le plan $\mathcal{P}$ muni d'un repère $\left(O, \overrightarrow{u}, \overrightarrow{v}\right)$, on considère un carré $ABCD$ direct de centre O.
Les points A, B, C et D sont d'affixes respectives $1+i$, $-1+i$, $-1-i$ et $1-i$.
Dans chaque cas, donner l'écriture complexe de l'homothétie h, puis les affixes des points A', B', C' et D' images respectives des points A, B, C et D par h.

1. h est la homothétie de centre O et de rapport $\sqrt{2}$.

2. h est la homothétie de centre O et de rapport $-\dfrac{\sqrt{2}}{2}$.

3. h est la homothétie de centre A et de rapport -1.

4. h est la homothétie de centre B et de rapport $-\dfrac{1}{2}$.

EXERCICE 275 : HOMOTHETIE **30 minutes**

Le plan complexe est muni d'un repère orthonormé direct $\left(O, \overrightarrow{u}, \overrightarrow{v}\right)$. On prendra pour unité graphique 1 cm.

1. On désigne par A, B et I les points d'affixes respectives :

$$z_A = 3+2i, \quad z_B = -3 \quad \text{et} \quad z_I = 1-2i.$$

a. Ecrire sous forme algébrique le nombre complexe $Z = \dfrac{z_I - z_A}{z_I - z_B}$.
Que peut-on en déduire sur la nature du triangle IAB ?

b. Calculer l'affixe z_C du point C image de I par l'homothétie de centre A et de rapport 2, c'est-à-dire le point vérifiant $\overrightarrow{AC} = 2\overrightarrow{AI}$

c. Soit D le barycentre du système $\left\{(A,\ 1)\ ;\ (B,\ -1)\ ;\ (C,\ 1)\right\}$. Calculer l'affixe z_D du point D.

d. Montrer que $ABCD$ est un carré.

2. Déterminer et construire l'ensemble Γ_1 des points M du plan tels que :

$$\left\|\overrightarrow{MA} - \overrightarrow{MB} + \overrightarrow{MC}\right\| = \frac{1}{2}\left\|\overrightarrow{MA} + \overrightarrow{MC}\right\|.$$

3. On considère l'ensemble Γ_2 des points M du plan tels que $\left\|\overrightarrow{MA}-\overrightarrow{MB}+\overrightarrow{MC}\right\|=4\sqrt{5}$.
   a. Montrer que B appartient à Γ_2.
   b. Déterminer l'ensemble Γ_2.

EXERCICE 276 : HOMOTHETIE **15 minutes**

Dans le plan $\mathcal{P}$ muni d'un repère orthonormé direct $\left(O, \overrightarrow{u}, \overrightarrow{v}\right)$, on considère h l'homothétie de centre Ω d'affixe ω et de rapport a (a réel non nul).

Soit $\mathcal{C}_1$ le cercle de centre Ω et de rayon 2, $\mathcal{C}_2$ le cercle de centre O et de rayon 2.

1. Déterminer l'image de $\mathcal{C}_1$ par h.
2. Déterminer l'image de $\mathcal{C}_2$ par h.
3. Que peut-on en conclure ?

EXERCICE 277 : HOMOTHETIE **25 minutes**

Dans le plan $\mathcal{P}$ muni d'un repère orthonormé direct $\left(O, \overrightarrow{u}, \overrightarrow{v}\right)$, on considère h_1 l'homothétie de centre Ω d'affixe ω et de rapport a (a réel non nul) et h_2 l'homothétie de centre A d'affixe ω et de rapport a (a réel non nul).

Soit A, B et C trois points d'affixes respectives z_A, z_B et z_C. On note A_1, B_1 et C_1 les images de A, B et C par h_1, A_2, B_2 et C_2 les images de A, B et C par h_2.

1. Déterminer les affixes des points A_1, B_1 et C_1, puis de A_2, B_2 et C_2.
2. Exprimer les longueurs des côtés du triangle $A_1B_1C_1$ et $A_2B_2C_2$ en fonction de la longueur des côtés du triangle ABC.
3. Exprimer les angles $\left(\overrightarrow{A_1B_1}\ ;\ \overrightarrow{A_1C_1}\right)$ et $\left(\overrightarrow{A_2B_2}\ ;\ \overrightarrow{A_2C_2}\right)$ en fonction de l'angle $\left(\overrightarrow{AB}\ ;\ \overrightarrow{AC}\right)$.
4. Que peut-on dire des triangles $A_1B_1C_1$ et $A_2B_2C_2$ si ABC est équilatéral ? rectangle ? isocèle ?
5. Que peut-on en conclure ?

EXERCICE 278 : ROTATION **15 minutes**

Dans le plan $\mathcal{P}$ muni d'un repère orthonormé directe $\left(O, \overrightarrow{u}, \overrightarrow{v}\right)$, soit M et M' les points d'affixes respectives z et z'.

Soit r la rotation de centre ω, d'affixe ω et d'angle de mesure θ.

1. Démontrer que $M'=r(M) \iff z'=ze^{i\theta}+\omega\left(1-e^{i\theta}\right)$.
2. Soit A, B et C les points d'affixes respectives a, b, c.
   Déterminer les affixes des points A', B' et C' images des points A, B et C par r.
3. Démontrer que les triangles ABC et $A'B'C'$ sont égaux.
4. Quelle est l'image du cercle de centre O et de rayon R ?
5. Quelle est l'image du cercle de centre A et de rayon R ?
6. Quelles propriétés peut-on en déduire pour r ?

EXERCICE 279 : ROTATION **10 minutes**

Dans le plan $\mathcal{P}$ muni d'un repère orthonormé direct $\left(O, \overrightarrow{u}, \overrightarrow{v}\right)$, on considère un carré $ABCD$ direct de centre O, r est une rotation. Les points A, B, C et D sont d'affixes respectives $1+i$, $-1+i$, $-1-i$ et $1-i$.

Dans chaque cas, donner l'écriture complexe de r, puis les affixes des points A', B', C' et D' images respectives des points A, B, C et D par r.

1. r est la rotation de centre O et d'angle $\frac{\pi}{2}$.
2. r est la rotation de centre O et d'angle $-\frac{\pi}{3}$.
3. r est la rotation de centre A et d'angle $\frac{\pi}{2}$.
4. r est la rotation de centre B et d'angle $-\frac{\pi}{4}$.

EXERCICE 280 : ROTATION **30 minutes**

Le plan complexe est rapporté à un repère orthonormé direct $\left(O, \vec{u}, \vec{v}\right)$.

1. Résoudre dans $\mathbb{C}$ l'équation : $z^2 - 2\sqrt{3}z + 4 = 0$.
   On pose $a = \sqrt{3} + i$ et $b = \sqrt{3} - i$. Ecrire a et b sous forme exponentielle et placer les points A et B d'affixes respectives a et b.
2. **a.** Soit r la rotation de centre O et d'angle $\frac{\pi}{3}$, l'image z' de z par r est définie par $z' = r(z) = ze^{i\frac{\pi}{3}}$.
   Calculer l'affixe a' du point A' image du point A par r. Ecrire a' sous forme algébrique et placer A' sur la figure précédente.
   b. Soit h l'homothétie de centre O et de rapport $-\frac{3}{2}$. L'image M' du point M par h vérifie $\overrightarrow{OM'} = 2\overrightarrow{OM}$
   Calculer l'affixe b' du point B' image du point B par h. Placer B' sur la figure précédente.
3. Soit C le centre du cercle circonscrit au triangle $OA'B'$ et R le rayon de ce cercle. On désigne par c l'affixe du point C.
   a. Justifier les égalités suivantes : $c\overline{c} = R^2$, $(c-2i)\left(\overline{c}+2i\right) = R^2$
   $\left(c + \frac{3\sqrt{3}}{2} - \frac{3}{2}i\right)\left(\overline{c} + \frac{3\sqrt{3}}{2} + \frac{3}{2}i\right) = R^2$.
   b. En déduire que $c - \overline{c} = 2i$ puis, que $c + \overline{c} = -\frac{4\sqrt{3}}{3}$.
   c. En déduire l'affixe du point C et la valeur de R.

EXERCICE 281 : ROTATION **30 minutes**

Le plan complexe est rapporté au repère orthonormé $\left(O, \vec{u}, \vec{v}\right)$.
Soit les points A, B et C d'affixes respectives : $z_A = \left(3\sqrt{3}-2\right) + i\left(3+2\sqrt{3}\right)$, $z_B = \left(-\sqrt{3}-1\right) + i\left(\sqrt{3}-1\right)$ et $z_C = \left(1-4\sqrt{3}\right) + i\left(-4-\sqrt{3}\right)$.

1. On se propose de placer les points A, B et C dans le repère $\left(O, \vec{u}, \vec{v}\right)$ à l'aide du compas.
   Pour cela on considère la rotation R de centre O et d'angle de mesure $-\frac{2\pi}{3}$. On admet que z', l'image de z par R, est obtenue par $z' = ze^{-i\frac{2\pi}{3}}$.

a. Vérifier que R transforme le point A en le point A_0 d'affixe : $4-6i$.
On admettra que R transforme les points B et C en les points B_0 et C_0 d'affixes respectives $2+2i$ et $-2+8i$.

b. Placer les points A_0, B_0, C_0 puis, à l'aide du compas, les points A, B, C. (La construction de A sera justifiée.)

2. a. Calculer $z_A - z_B + z_C$.

b. En déduire que le point O est le barycentre du système $\left\{(A,1);(B,-1);(C,1)\right\}$.

3. Soit l'ensemble $\mathcal{C}$ des points M du plan tels que :

$$\left\|\overrightarrow{MA}-\overrightarrow{MB}+\overrightarrow{MC}\right\|=\left\|\overrightarrow{MA}-2\overrightarrow{MB}+\overrightarrow{MC}\right\|.$$

a. Vérifier que B appartient à $\mathcal{C}$.

b. Déterminer puis tracer l'ensemble $\mathcal{C}$.

4. Déterminer puis tracer l'ensemble $\mathcal{D}$ des points M du plan tels que :

$$2\left\|\overrightarrow{MA}-\overrightarrow{MB}+\overrightarrow{MC}\right\|=\left\|\overrightarrow{MA}-3\overrightarrow{MB}\right\|.$$

EXERCICE 282 : ROTATION — 25 minutes

Le plan est rapporté à un repère orthonormé direct $\left(\mathrm{O}, \vec{u}, \vec{v}\right)$.
On considère les points A et C d'affixes respectives a et c. On suppose que les points O, A, C ne sont pas alignés.
On note B le point image de A par la rotation de centre O et d'angle $-\dfrac{\pi}{2}$ et D le point image de C par la rotation de centre O et d' angle $\dfrac{\pi}{2}$.

1. Dans cette question, on suppose que $a = 3+\dfrac{1}{4}\mathrm{i}$ et $c = \dfrac{1}{2}-\mathrm{i}\dfrac{\sqrt{3}}{2}$.
Placer sur une figure les points O, A, B, C, D (on justifiera la construction du point C).

Dans les questions suivantes, on revient au cas général.
On suppose que les points B et C sont distincts.

2. Calculer les affixes des vecteurs $\overrightarrow{AD}$ et $\overrightarrow{BC}$.
Comparer les longueurs AD et BC et démontrer que les droites (AD) et (BC) sont perpendiculaires.

3. On désigne par I le milieu du segment $[AC]$. En utilisant les affixes de deux vecteurs que l'on précisera, démontrer que la médiane (OI) du triangle OAC est une hauteur du triangle ODB et que $BD = 2OI$.

4. La médiane issue de O dans le triangle ODB est-elle une hauteur du triangle OAC ? Justifier la réponse.

EXERCICE 283 : ROTATION — 25 minutes

Dans le plan orienté, on considère quatre points E, F, G, H non alignés, tels que $EFGH$ soit un parallélogramme de centre O.

On désigne par A l'image de G par la rotation r de centre O et d'angle $-\frac{\pi}{2}$.
On désigne par B l'image de H par la rotation r' de centre O et d'angle $\frac{\pi}{2}$.
On note I le milieu du segment $[GH]$.

1. Placer ces différents éléments sur une figure.
L'objet de cet exercice est de démontrer que la médiane (OI) du triangle OGH est une hauteur du triangle OAB. A cet effet, on propose deux méthodes.

2. **Emploi des nombres complexes**
On rapporte le plan complexe à un repère orthonormé direct d'origine O, tel que l'affixe du point G est égale à 1. On note z l'affixe du point H.
   - **a.** Calculer les affixes des points I, A et B en fonction de z.
   - **b.** Prouver que les points O et I sont distincts ainsi que les points A et B.
   - **c.** Montrer que la droite (OI) est perpendiculaire à la droite (AB).

3. **Emploi de transformations**
On désigne par h l'homothétie de centre G et de rapport 2.
   - **a.** Déterminer les images par h des points O et I.
   - **b.** Déterminer l'image par r' du point E.
   - **c.** Conclure.

EXERCICE 284 : ROTATION **30 minutes**

Partie A

1. **a.** Résoudre dans $\mathbb{C}$ l'équation $z^2 - 6\cos\frac{\pi}{6}z + 9 = 0$.
On notera z_1 et z_2 les solutions trouvées, z_1 étant la solution de partie imaginaire positive.
   b. Déterminer le module et un argument de z_1 et de z_2 et donner l'écriture exponentielle de z_1 et de z_2.
2. Placer dans le plan $\mathcal{P}$ rapporté à un repère orthonormé direct $\left(O, \vec{u}, \vec{v}\right)$, les images M_1 et M_2 de z_1 et z_2.
Expliquer pourquoi M_1 et M_2 sont situés sur le cercle Γ de centre O et de rayon 3, que l'on tracera.

Partie B

On considère la transformation f du plan $\mathcal{P}$ qui à tout point M d'affixe z associe le point M' d'affixe z' tel que $z' = \left(-\frac{1}{2} + i\frac{\sqrt{3}}{2}\right)z$.

On considère les points A et B d'affixe $z_A = 3e^{i\frac{\pi}{6}}$ et $z_B = 3e^{-i\frac{\pi}{6}}$ et A' et B' leurs images par f.

1. Montrer que f est une rotation dont on précisera le centre et l'angle.

2. Déterminer sous forme exponentielle, les affixes $z_{A'}$ et $z_{B'}$, des points A' et B'.
   Placer les points A, B, A' et B' sur la figure.
   Expliquer pourquoi ces points sont sur le cercle Γ.
3. Calculer $arg\left(\frac{z_{A'}}{z_B}\right)$ et montrer que B et A' sont symétriques par rapport au point O.
   En déduire que le triangle ABA' est rectangle.

EXERCICE 285 : COMPOSÉES **10 minutes**

Dans le plan $\mathcal{P}$ muni d'un repère $\left(O, \overrightarrow{u}, \overrightarrow{v}\right)$, on considère un carré $ABCD$ direct de centre O, r est une rotation et h une homothétie. Les points A, B, C et D sont d'affixes respectives $1+i$, $-1+i$, $-1-i$ et $1-i$.
Dans chaque cas, donner l'écriture complexe de $f = r \circ h$, puis les affixes des points A', B', C' et D' images respectives des points A, B, C et D par f.

1. r est la rotation de centre O et d'angle $\frac{\pi}{2}$ et h l'homothétie de centre O et de rapport 2.
2. r est la rotation de centre O et d'angle $-\frac{\pi}{3}$ et h l'homothétie de centre O et de rapport $-\frac{1}{2}$.
3. r est la rotation de centre A et d'angle $\frac{\pi}{2}$ et h l'homothétie de centre A et de rapport $\frac{\sqrt{2}}{2}$.
4. r est la rotation de centre B et d'angle $-\frac{\pi}{4}$ et h l'homothétie de centre B et de rapport $-\sqrt{2}$.

EXERCICE 286 : SIMILITUDE **20 minutes**

Dans un plan $\mathcal{P}$ muni d'un repère orthonormé directe $\left(O, \overrightarrow{u}, \overrightarrow{v}\right)$, on appelle similitude directe toute transformation f définie par $f(z) = az+b$, où a, b deux nombres complexes avec $a = \rho e^{i\theta}$ et $\rho \neq 1$.

1. Montrer que f admet un unique point fixe Ω, d'affixe ω.
2. Donner l'image d'un complexe z par la rotation r de centre Ω et d'angle θ.
3. Donner l'image d'un complexe z par la l'homothétie h de centre Ω et de rapport ρ.
4. Donner l'image d'un complexe z par $r \circ h$ en fonction de a, b et z. Que peut-on en conclure?
5. Caractériser f lorsque $a = 1$ et $b = 0$.
6. Caractériser f lorsque $a = -1$ et $b = 0$.
7. Caractériser f lorsque a réel, $a \neq 1$ et $b = 0$.
8. Caractériser f lorsque $a = e^{i\theta}$ et $b = 0$.

EXERCICE 287 : SIMILITUDE **30 minutes**

Soit A_0 et B_0 deux points du plan orienté tels que $A_0B_0 = 8$.
Soit s la transformation qui à tout point M du plan, d'affixe z associe le point M' d'affixe
$z' = s(z) = \frac{1}{2}(z-a)\mathrm{e}^{i\frac{3\pi}{4}} + a$.

Complément de cours : Cette transformation s est la similitude de centre A_0, d'affixe a, de rapport $\frac{1}{2}$ et d'angle $\frac{3\pi}{4}$. C'est la composée de la rotation de centre A_0 et d'angle $\frac{3\pi}{4}$ et de l'homothétie de centre A_0 et de rapport $\frac{1}{2}$.

On définit une suite de points (B_n) de la façon suivante : $\forall n \in \mathbb{N},\ B_{n+1} = S(B_n)$.

1. Construire B_1, B_2, B_3 et B_4.
2. Montrer que, pour tout entier naturel n, les triangles $A_0B_nB_{n+1}$ et $A_0B_{n+1}B_{n+2}$ sont semblables.
3. On définit la suite (l_n) par : pour tout entier naturel n, $l_n = B_nB_{n+1}$.
   - **a.** Montrer que la suite (l_n) est une suite géométrique et préciser sa raison.
   - **b.** Exprimer l_n en fonction de n et de l_0.
   - **c.** On pose $S_n = l_0 + l_1 + \cdots + l_n$.
     Déterminer la limite de S_n lorsque n tend vers $+\infty$.
4. **a.** Résoudre l'équation $3x - 4y = 2$ où x et y sont deux entiers relatifs.
   - **b.** Soit Δ la droite perpendiculaire en A_0 à la droite (A_0B_0).
     Pour quelles valeurs de l'entier naturel n, B_n appartient-il à Δ ?

EXERCICE 288 **10 minutes**

Soit f la transformation du plan complexe qui, à tout point M d'affixe z associe le point d'affixe de $z' = -i\overline{z} + 1 + i$.

Soit g la transformation du plan complexe qui, à tout point M d'affixe z associe le point d'affixe de $z' = i\overline{z} - 1 + i$.

1. Déterminer les points fixes de f et les points fixes de g, c'est-à-dire les points M tels que $M' = M$.
   ☞ On posera $z = x + iy$.
2. Soit $h = f \circ g$, quelle est cette transformation ? Que peut-on dire de son centre ?

EXERCICE 289 : TRANSFORMATIONS **15 minutes**

On rappelle que $j = e^{i\frac{2\pi}{3}}$; $j^2 = \overline{j}$ et $j^3 = 1$.

Soit r une transformation du plan qui a un point M, d'affixe z associe le point $M' = r(M)$ d'affixe $z' = -j^2z + 1 + j^2$.

Soit s une transformation du plan qui a un point M d'affixe z associe le point $M' = s(M)$ d'affixe $z' = -j^2\overline{z} + 1 + j^2$.

1. Résoudre l'équation $z = -j^2z + 1 + j^2$. On appellera ω cette solution.
2. Démontrer qu'il existe un réel θ tel que $\forall z \neq \omega$, $\dfrac{z' - \omega}{z - \omega} = e^{i\theta}$.
3. En déduire que r est une rotation du plan dont on donnera l'affixe du centre Ω et l'angle de la rotation.
4. Montrer que Ω est un point fixe de s.
5. Déterminer les points fixes par s. En déduire que s est une réflexion.

6. Calculer l'affixe z'' du point $M'' = r \circ s(M)$, où M est un point d'affixe z. Que peut-on en déduire de $r \circ s$?

EXERCICE 290 : TRANSFORMATIONS **15 minutes**

Soit f la transformation du plan complexe muni d'un repère $\left(O, \overrightarrow{u}, \overrightarrow{v}\right)$ qui, à tout point M d'affixe z associe le point M' d'affixe $z' = \left(-1 + i\sqrt{3}\right) z - i\sqrt{3}$.

1. Résoudre l'équation $z = \left(-1 + i\sqrt{3}\right) z - i\sqrt{3}$. On appellera la solution ω.
2. Démontrer qu'il existe deux réels a et θ tels que $\dfrac{z' - \omega}{z - \omega} = ae^{i\theta}$.
3. En déduire que f est une similitude directe, dont on donnera le rapport, le centre et l'angle.
4. Montrer que f est la composée d'une homothétie de centre ω dont on donnera le rapport et d'une rotation, dont on donnera le centre et l'angle.

EXERCICE 291 : TRANSFORMATIONS **15 minutes**

Identifier la transformation géométrique f définie par l'écriture complexe proposée et préciser ses éléments caractéristiques (centre, rapport, angle, $\cdots$).

1. $z' = z + 3 - i$
2. $z' = -z + 4 - 2i$
3. $z' = 2z + i$
4. $z' = -iz$

EXERCICE 292 : TRANSFORMATIONS **15 minutes**

Identifier la transformation géométrique f définie par l'écriture complexe proposée et préciser ses éléments caractéristiques (centre, rapport, angle, $\cdots$).

1. $z' = \dfrac{\sqrt{3} + i}{2} z$
2. $z' = 2z + 1 - i$
3. $z' = \dfrac{\sqrt{2} - i\sqrt{2}}{2} z$
4. $z' = (3 + 4i)z - 4 - 8i$

EXERCICE 293 : TRANSFORMATIONS **10 minutes**

Soit α un réel tel que $0 < \alpha < \dfrac{\pi}{2}$.

Démontrer que la transformation complexe $z' = (1 + i \tan\alpha) z + \tan\alpha$ est une similitude directe et préciser l'affixe de son centre, son rapport et son angle en fonction de α.

EXERCICE 294 : TRANSFORMATIONS **10 minutes**

Dans le plan complexe $\mathcal{P}$ rapporté à un repère orthonormé $\left(O, \overrightarrow{u}, \overrightarrow{v}\right)$, on considère l'homothétie h de centre $A(-2\ ;\ 1)$ et de rapport 2, et la rotation r de centre $B(1\ ;\ 0)$ et d'angle $\dfrac{\pi}{2}$.

1. Quelle est l'écriture complexe de $S = r \circ h$?
2. Donner l'angle, le rapport et les coordonnées du centre de la similitude directe S.

EXERCICE 295 : TRANSFORMATIONS **25 minutes**

Dans le plan orienté, on considère la figure ci-dessous : ABC et DEF sont deux triangles équilatéraux directs et $\left(\overrightarrow{AB}\ ;\ \overrightarrow{AC}\right) = \left(\overrightarrow{DE}\ ;\ \overrightarrow{DF}\right) = \dfrac{\pi}{3}$.

On note G et H les points tels que $EDBG$ et $CDFH$ soient des parallélogrammes.

Le but de l'exercice est de démontrer de deux manières que le triangle AGH est équilatéral.

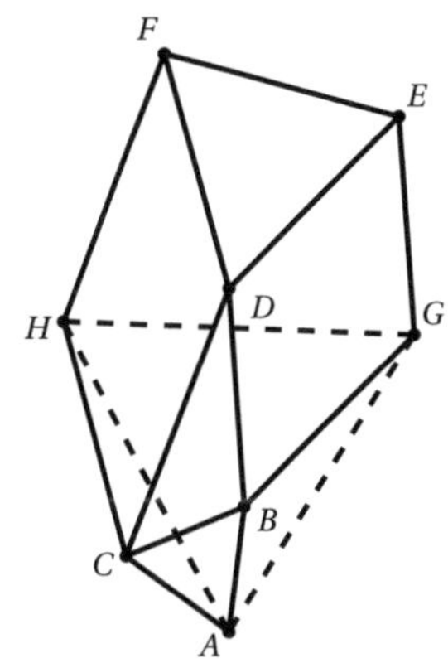

On note a, b, c, d, e, f, g, h les affixes respectives des points A, B, C, D, E, F, G, H.

1. Montrer que : $c-a=e^{i\frac{\pi}{3}}(b-a)$.

2. Exprimer $(f-d)$ en fonction de $(e-d)$.

3. Exprimer g en fonction de b, d, e et h en fonction de c, d, f.

4. Démontrer que $h-a=e^{i\frac{\pi}{3}}(g-a)$. En déduire que le triangle AGH est équilatéral.

EXERCICE 296 : TRANSFORMATIONS **20 minutes**

Dans le plan complexe $\mathcal{P}$ rapporté à un repère orthonormé $\left(O, \vec{u}, \vec{v}\right)$, on considère l'application F qui, à tout point M d'affixe z associe le point M' d'affixe $z'=u^2z+u-1$, où u est un nombre complexe.

1. Déterminer l'ensemble des nombres complexes u pour lesquels F est une translation. Caractériser F pour chaque valeur de u trouvée.

2. Déterminer l'ensemble des nombres complexes u pour lesquels F est une rotation d'angle $\theta=\dfrac{\pi}{2}$. Caractériser F pour chaque valeur de u trouvée.

3. Déterminer l'ensemble des nombres complexes u pour lesquels F est une homothétie de rapport -2. Caractériser F pour chaque valeur de u trouvée.

4. Caractériser F lorsque $u=1-i$.

EXERCICE 297 **30 minutes**

Le plan complexe $\mathcal{P}$ est rapporté à un repère orthonormé direct $\left(O, \vec{u}, \vec{v}\right)$. Les nombres complexes z_1, z_2, z_3, z_4, z_5 et z_6 que l'on va calculer dans cet exercice seront tous exprimés sous forme algébrique et sous forme exponentielle $\left(\rho e^{i\theta}\right)$.

1. Résoudre dans $\mathbb{C}$ l'équation : $z^2-z\sqrt{3}+1=0$.

2. On pose $z_1=\dfrac{\sqrt{3}+i}{2}$ et $z_2=\dfrac{\sqrt{3}-i}{2}$. Exprimer z_1 et z_2 sous forme exponentielle et placer les points M_1 et M_2 d'affixes respectives z_1 et z_2 dans le plan $\mathcal{P}$.

3. Soit r la rotation de centre O et d'angle $\dfrac{2\pi}{3}$.
Calculer l'affixe z_3 du point $M_3=r(M_2)$. Placer M_3 sur la figure précédente.

4. Soit t la translation dont le vecteur $\vec{w}$ a pour affixe $-\dfrac{\sqrt{3}+i}{2}$.
Calculer l'affixe z_4 du point $M_4=t(M_2)$. Placer M_4 sur la figure.

5. Soient $z_5=\dfrac{i}{2}(1+i\sqrt{3})$ et $z_6=\dfrac{2}{i-\sqrt{3}}$.
Exprimer z_5 et z_6 sous forme algébrique et sous forme exponentielle.

Placer les points M_5 et M_6 d'affixes respectives z_5 et z_6 sur la figure.

6. **a.** Calculer z_k^6 pour $k \in \{1, 2, 3, 4, 5, 6\}$.

b. Ecrire $z^6 + 1$ sous forme d'un produit de trois polynômes du second degré à coefficients réels. Justifier cette écriture.

Exercice 298 **15 minutes**

Dans le plan complexe $\mathcal{P}$ rapporté à un repère orthonormé direct $\left(O, \overrightarrow{u}, \overrightarrow{v}\right)$, on considère le nombre complexe $z = x + iy$ affixe du point M.

1. Déterminer l'ensemble des points M de $\mathcal{P}$ tels que $|(1+i)z - 2i| = 2$.
2. Etudier la transformation f de $\mathcal{P}$ qui, à chaque point M d'affixe z, fait correspondre le point M' d'affixe $z' = (1+i)z - 2i$.
   Déterminer en particulier le point fixe, c'est-à-dire z tel que $z' = z$.
3. En utilisant la transformation précédente, retrouver le résultat de la première question.

Exercice 299 **20 minutes**

On considère l'expression $f(z) = z^3 - (1+14i)z^2 - 2z(29-i) + 68i$ où z est un nombre complexe.

1. Montrer que l'équation $f(z) = 0$ admet une solution imaginaire pure que l'on notera a.
   Montrer qu'il existe des coefficients complexes b et c tels que $f(z) = (z-a)(z-b)(z-c)$.
   En déduire les autres solutions de l'équation. On notera b la solution dont la partie réelle est négative, c l'autre.
2. Soit A, B, C, les images des nombres complexes a,b, c.
   Déterminer les éléments géométriques de la similitude directe laissant A invariant et transformant B en C.

Exercice 300 **20 minutes**

Soit φ un nombre réel appartenant à l'intervalle $\left[0\,;\,\dfrac{\pi}{2}\right]$ et $p = \cos\varphi + i\sin\varphi$.

1. Déterminer le module et un argument de $p^2 - 1$.
2. Soit z_1 et z_2 les solutions complexes de l'équation $z^2 - 2pz + 1 = 0$
   a. Montrer que z_1 et z_2 sont les solutions de l'équation $(z-p)^2 = p^2 - 1$.

   b. Déterminer le module et un argument des complexes $z_1 - p$ et $z_2 - p$.

Exercice 301 **20 minutes**

Soit le nombre complexe $z = 1 + \cos\alpha - i\sin\alpha$ avec $0 < \alpha < \pi$.

1. Calculer le module et un argument de z.
2. Calculer, en fonction de α, les nombres réels p et q, sachant que z est solution de l'équation $z^2 + pz + q = 0$.
3. Réciproquement, étant donné une équation $z^2 + pz + q = 0$ (p et q réels), quelles conditions doivent vérifier p et q pour qu'on puisse trouver un réel α vérifiant $0 < \alpha < \pi$, tel que le nombre $1 + \cos\alpha - i\sin\alpha$ soit solution de cette équation ?

EXERCICE 302 **15 minutes**

On considère l'équation (E) $az^2 + b|z|^2 + ic = 0$, dans laquelle a, b et c sont des réels et z un nombre complexe de module $|z|$.

1. Quelles conditions doivent vérifier a, b et c pour que $z = 3 + 2i$ soit une solution de (E) ?
2. Calculer a, b et c sachant qu'ils appartiennent à $\mathbb{Z}$ et que $0 < a < 15$.

EXERCICE 303 **15 minutes**

1. Etant donné un réel u appartenant à l'intervalle $]-\pi\,;\,\pi[$, résoudre dans $\mathbb{C}$ l'équation

$$(E) \quad z^2 - 2z(\cos u + i\sin u) + 2i\sin u(\cos u + i\sin u) = 0$$

2. Déterminer, suivant la valeur de u, les modules ρ_1 et ρ_2 et les arguments θ_1 et θ_2, des solutions z_1 et z_2 de (E).

EXERCICE 304 **20 minutes**

On considère, dans $\mathbb{C}$, l'équation (E_1) $z^2 - (1+m)(1+i)z + i\left(m^2+1\right) = 0$.

1. En faisant le changement d'inconnue $z = (1+i)u$, dans (E_1), former une équation (E_2) dont u soit solution.
   Résoudre (E_2) dans $\mathbb{C}$.
2. Soit M_1 et M_2 les points du plan complexe d'affixes u_1 et u_2, solutions de (E_2).
   Montrer que M_2 se déduit de M_1 par une transformation ponctuelle simple dont on donnera les éléments géométriques.
3. Résoudre (E_1) dans $\mathbb{C}$.

EXERCICE 305 **15 minutes**

1. **a.** Déterminer les racines carrées du nombre complexe $3 + 4i$.
   b. Résoudre dans $\mathbb{C}$ l'équation $z^3 - (5+3i)z^2 + (5+8i)z - 1 - 5i = 0$
   dont on remarquera qu'elle admet une racine réelle, notée z_1
   On notera $z_2 = x_2 + iy_2$ et $z_3 = x_3 + iy_3$ avec $(x_2 < x_3)$ les deux autres solutions.
2. On considère, dans le plan complexe muni d'un repère orthonormé $\left(O, \overrightarrow{u}, \overrightarrow{v}\right)$, les points M_1, M_2 et M_3 d'affixes respectives z_1, z_2 et z_3.
   Calculer le rapport et donner une mesure en radian de l'angle de la similitude directe de centre M_1 transformant M_2 et M_3.

EXERCICE 306 **15 minutes**

1. Résoudre dans $\mathbb{C}$ l'équation d'inconnue z : $z^2 - \left(2^{\theta+1}\cos\theta\right)z + 2^{2\theta} = 0$, où θ est un réel appartenant à $[0\,;\,2\pi[$. Donner chaque solution sous sa forme trigonométrique.
2. Le plan étant rapporté à un repère orthonormé $\left(O, \overrightarrow{u}, \overrightarrow{v}\right)$, on considère les points A et B dont les affixes sont les solutions de l'équation précédente.
   Déterminer θ de manière à ce que OAB soit un triangle équilatéral.

EXERCICE 307 **15 minutes**

Soit ABC un triangle quelconque et M le milieu de $[BC]$. Les triangles ABB' et ACC' sont isocèles rectangles en A, les points B' et C' étant à l'extérieur de AC.
Démontrer que (AM) et $B'C')$ sont perpendiculaires et $B'C' = 2AM$.

EXERCICE 308 **15 minutes**

1. Linéariser $\sin^6 x$, x étant un réel.

2. En déduire $I = \int_0^{\frac{\pi}{4}} \left(\int_0^x \sin^5 t \cos t \, \mathrm{d}t \right) \mathrm{d}x$.

Chapitre 2

Arithmétique

2.1 Divisibilité

2.1.1 Point de cours

Définition : Soit a et b deux entiers relatifs non nuls.
On dit que b divise a si, et seulement si, il existe un entier relatif k tel que $a = kb$.
On le note $b|a$.
On dit aussi que b est un diviseur de a ou a un multiple de b.
On notera $D(a)$ l'ensemble des diviseurs de a.

Propriété 1 : Soit a, b et c trois entiers relatifs non nuls.
Si a divise b et b divise c alors a divise c.

Propriété 2 : Soit a, b et c trois entiers relatifs non nuls.
Si a divise b et a divise c alors a divise $ub + vc$ pour tous entiers relatifs u et v.

2.1.2 Exercices d'application de cours

EXERCICE 309 **10 minutes**

1. Donner la liste des diviseurs positifs de 36 et de 126.
2. Donner la liste des diviseurs dans $\mathbb{Z}$ de 36 et de 126.

EXERCICE 310 **10 minutes**
Déterminer la liste des diviseurs positifs de 3108.

EXERCICE 311 **10 minutes**
Déterminer la liste des diviseurs positifs de 2520.

EXERCICE 312 **10 minutes**

1. On appelle diviseur strict d'un entier naturel tout diviseur autre que le nombre lui-même. Déterminer les entiers naturels diviseurs stricts de 220.
2. On appelle nombres amiables deux entiers naturels tels que chacun d'eux soit égal à la somme des entiers naturels diviseurs stricts de l'autre. Vérifier que 220 et 284 sont amiables.

EXERCICE 313 **10 minutes**

Les affirmations suivantes sont-elles vraies ou fausses ? Justifier la réponse.

1. Le produit de deux entiers naturels consécutifs est toujours divisible par 2.
2. Le produit de trois entiers naturels consécutifs est toujours divisible par 3.

EXERCICE 314 **10 minutes**

Démontrer que, quel que soit $n \in \mathbb{N}$, $2^{2n} + 2$ est divisible par 3.

☞ On pourra raisonner par récurrence.

EXERCICE 315 **10 minutes**

Démontrer que, quel que soit $n \in \mathbb{N}^\star$, $2^{2n} + 15n - 1$ est un multiple de 9.

EXERCICE 316 **10 minutes**

Démontrer que, quel que soit $n \in \mathbb{N}^\star$, $3^n - 2n - 1$ est divisible par 4.

EXERCICE 317 **10 minutes**

Déterminer les entiers naturels non nuls, x et y tels que $x^2 - y^2 = 24$.

EXERCICE 318 **10 minutes**

1. Développer $(k+1)^5$.
2. On suppose $k = 12$. Ecrire le nombre 13^5 en base 12.

EXERCICE 319 **10 minutes**

Déterminer les entiers relatifs k tels que $k - 5$ divise $3k + 7$.

EXERCICE 320 **10 minutes**

Un entier naturel est un nombre parfait s'il est égal à la somme de ses diviseurs positifs autres que lui-même.

1. Vérifier que 6 est un nombre parfait.
2. Vérifier que 12 n'est pas un nombre parfait.
3. Parmi les entiers suivants, déterminer ceux qui sont parfaits : 28, 64, 256, 496.

EXERCICE 321 **15 minutes**

1. Existe-t-il un nombre qui soit multiple de 15 et diviseur de 100 ?
2. Trouver un entier naturel n ayant exactement n diviseurs.
3. Trouver un entier naturel n ayant exactement $2n$ diviseurs.

EXERCICE 322 **10 minutes**

Déterminer les entiers n tels que $n^2 - 3n + 6$ soit divisible par 5.

EXERCICE 323 **15 minutes**

1. Etablir la liste des diviseurs de 63.
2. Existe-t-il des points à coordonnées entières sur la courbe $\mathscr{C}$ d'équation $y = 3\sqrt{x^2+7}$

EXERCICE 324 **15 minutes**

1. Démontrer que la somme de trois entiers consécutifs est divisible par 3.
2. Démontrer que la somme de cinq entiers consécutifs est un multiple de 5.
3. Démontrer plus généralement que la somme de $2p+1$ entiers consécutifs est un multiple de $2p+1$ ($p > 0$).
4. Démontrer que la somme de trois cubes consécutifs est divisible par 9.

EXERCICE 325 **15 minutes**

Soit a, b et c trois entiers relatifs non nuls.
Démontrer les propriétés suivantes :

1. Si a divise b et b divise c alors a divise c.
2. Si a divise b et b divise a alors $a = b$ ou $a = -b$.
3. Si a divise b et a divise c alors a divise $ub + vc$ pour tous entiers relatifs u et v.

EXERCICE 326 **15 minutes**

1. Montrer que pour tout entier n, $n^3 - n$ est un multiple de 6.
2. Montrer que pour tout entier n, $n^2\left(n^4-1\right)$ divise 60.

EXERCICE 327 **10 minutes**

Montrer que, quel que soit $n > 1$, $n^7 - n$ est divisible par 42.

EXERCICE 328 **10 minutes**

Montrer que, quel que soit $n \in \mathbb{N}$, $n\left(n^2+5\right)$ est divisible par 6.

EXERCICE 329 **10 minutes**

1. Donner les critères de divisibilité par 2, 5 et 9.
2. Comment faut-il choisir l'entier naturel n pour que $n^2 - 1$ soit divisible par 5 ? par 9 ?

EXERCICE 330 **10 minutes**

Soit a et b deux entiers naturels.

1. Démontrer que si $a^2 + b^2$ est divisible par 2 alors $(a+b)^2$ est divisible par 2.
2. Démontrer que si $a^3 + b^3$ est divisible par 3 alors $(a+b)^3$ est divisible par 3.

2.1.3 Exercices d'approfondissement

EXERCICE 331 **15 minutes**

On considère l'entier naturel A qui s'écrit $\overline{1x416}$ dans le système de numération de base sept.

1. Déterminer x pour que

- **a.** A soit divisible par 6;
- **b.** A soit divisible par 5.
- **c.** En déduire qu'il existe x tel que A soit divisible par 30.

2. On donne à x la valeur 0.

- **a.** Déterminer l'écriture décimale de A.
- **b.** Quel est le nombre de diviseurs positifs de A?

EXERCICE 332 **15 minutes**

Définition : Ecriture d'un entier dans une base

Un entier $b > 1$ étant choisi, tout entier N peut s'écrire de manière unique :
$N = a_p b^p + a_{p-1} b^{p-1} + \cdots + a_1 b + a_0$ avec $0 \leqslant a_k < b$ pour tout $k \in \mathbb{N}$.
On le note alors : $N = \overline{a_p a_{p-1} \cdots a_1 a_0}$. C'est l'écriture de N en base b.

1. Donner l'écriture en base 2 du nombre $N = 12345$ en base 10.
2. Donner l'écriture décimale du nombre $N = \overline{10010101011}$ en base 2.
3. Etablir les tables d'addition et de multiplication en base 2.
4. Démontrer que si N s'écrit avec n chiffres en base b alors $b^{n-1} \leqslant N < b^n$.

EXERCICE 333 **10 minutes**

Soit $N = \overline{35y2x}$ en base 10.
Déterminer tous les couples $(x\,;\ y)$ pour lesquels N est divisible par 5 et par 7.

EXERCICE 334 **10 minutes**

Soit $N = \overline{x43y}$ en base 7.
Déterminer tous les couples $(x\,;\ y)$ pour lesquels N est divisible par 6.

EXERCICE 335 **10 minutes**

Soit $N = \overline{7x6y4}$ en base 9.
Déterminer tous les couples $(x\,;\ y)$ pour lesquels N est divisible par 7 et par 8.
☞ On pourra utiliser le système décimal comme intermédiaire.

EXERCICE 336 **10 minutes**

Un nombre s'écrit $\overline{11\ 0101\ 0011}$ dans le système binaire. Ecrire ce nombre dans le système de base 8.

EXERCICE 337 **15 minutes**

1. x, y et z sont trois entiers strictement inférieurs à 7. Trouver tous les triplets qui s'écrivent $\overline{xyz}$ en base 7 et $\overline{zyx}$ en base 11.
2. Un nombre s'écrit $\overline{abc}$ en base 9 et $\overline{abc0}$ en base 4. Comment s'écrit-il en base 10?

EXERCICE 338 **15 minutes**

1. Un entier naturel A s'écrit $\overline{55}$ en base x et $\overline{37}$ en base y.
   a. Quelles sont les valeurs possibles de x et y?
   b. Déterminer x et y sachant de plus qu'il existe un entier naturel B qui s'écrit $\overline{121}$ en base x et $\overline{59}$ en base y.
2. Ecrire A et B dans le système décimal.

EXERCICE 339 **15 minutes**

Soit N l'entier naturel dont l'écriture dans le système de numération de base 13 est : $N = \overline{25x3}$. Pour quelles valeurs de x :

1. N est-il divisible par 6?
2. N est-il divisible par 4?
3. N est-il divisible par 24? (on précise que 24 est écrit dans le système décimal).

EXERCICE 340 **15 minutes**

Dans le système de numération à base 5, l'entier naturel n s'écrit $n = \overline{3x4y0}$.

1. Quels sont les couples $(x\ ;\ y)$ tels que n soit divisible par quatre?
2. Quels sont les couples $(x\ ;\ y)$ tels que n soit divisible par six?
3. Quels sont les couples $(x\ ;\ y)$ tels que n soit divisible par douze? En déduire qu'il existe un seul n divisible par douze tel que x soit strictement inférieur à y. Donner son écriture dans le système décimal.

EXERCICE 341 **20 minutes**

1. Démontrer que pour tout entier relatif k, $k^3 - k$ est divisible par 3.
2. Démontrer que, si trois entiers relatifs, x, y et z sont tels que la somme $x^3 + y^3 + z^3$ est divisible par 3, alors la somme $x + y + z$ est aussi divisible par 3.
3. Démontrer que si $x^3 + y^3 + z^3$ est divisible par 9, alors l'un au moins des trois nombres x, y et z est divisible par 3.

EXERCICE 342 **20 minutes**

Les nombres x, y et z étant trois entiers naturels, on suppose que l'écriture en base x de y est $\overline{131}$, que l'écriture en base x de z est $\overline{101}$.

1. Montrer que l'on peut, sans connaître x, exprimer dans le système de base x, le produit xyz.
2. Sachant de plus, que la somme $x + y + z$ est égale, dans le système décimal, au nombre 50, déterminer, dans le système décimal, le nombre x et le produit xyz.

EXERCICE 343 **20 minutes**

Soit N un entier naturel, tel que, en numération décimale, N s'écrit $\overline{abcd}$ et que l'entier qui s'écrit $\overline{bcda}$ soit divisible par 7.

1. **a.** Montrer que, si $a = 0$ ou $a = 7$, alors N est divisible par 7.
   b. Montrer que $10N - 3a$ est multiple de 7. En déduire que si N est divisible par 7, alors $a = 0$ ou $a = 7$.
2. On suppose que $a = 7$, $b = d$ et $c = 0$. Déterminer N pour qu'il soit divisible par 3.

EXERCICE 344 **15 minutes**

Trouver les chiffres a et b tels que les nombres de la forme $\overline{1a1bab}$ écrits dans le système décimale soient divisibles par 63.

EXERCICE 345 **20 minutes**

1. Montrer par récurrence, que $\forall n \in \mathbb{N}$, $3^{n+3} - 4^{4n+2}$ est divisible par 11.
2. Montrer par récurrence, que $\forall n \in \mathbb{N}$, $3^{2n+1} + 2 \cdot 4^{3n+1}$ est divisible par 11.
3. Déterminer tous les entiers relatifs a tels que $\forall n \in \mathbb{N}$ $3^{2n+1} + a \cdot 4^{3n+1}$ soit divisible par 11.

EXERCICE 346 **20 minutes**

Démontrer que, quel que soit $n \geqslant 1$, $A = n^2\left(n^2 - 1\right)$ est divisible par 12.

EXERCICE 347 **20 minutes**

1. Soit a un entier relatif et n un entier naturel non nul. Montrer que $a\left(a^{2n} - 1\right)$ est divisible par 2 et par 3..
2. *Application :*
   $a_1, a_2, \cdots, a_p$ étant des entiers relatifs quelconques, montrer que :
   $A = a_1^{2n+1} + a_2^{2n+1} + \cdots + a_p^{2n+1}$ est divisible par 6 si, et seulement si, $B = a_1 + a_2 + \cdots + a_p$ est divisible par 6.

EXERCICE 348 **10 minutes**

Résoudre dans $\mathbb{N}$ l'équation $9y^2 - (x+1)^2 = 32$.

EXERCICE 349 **10 minutes**

Résoudre dans $\mathbb{Z}$ l'équation $x^2 - 4y^2 = 36$.

EXERCICE 350 **15 minutes**

1. Calculer et écrire dans le système de numération de base 7 la somme des multiples par 1, 2, 3, 4, 5 et 6 du nombre qui, dans ce système, s'écrit $\overline{1110}$.
2. Même question pour la somme des multiples par 1, 2, 3, 4, 5, 6 et 7 du nombre qui s'écrit $\overline{1110}$ dans la base 8.

EXERCICE 351 **10 minutes**

Déterminer les couples d'entiers relatifs $(a\,;\,b)$ tels que $a + b = ab$

EXERCICE 352 **10 minutes**

1. Développer $(\alpha+1)^4$.
2. Le nombre α étant un entier strictement supérieur à 6, en déduire l'écriture de $(\alpha+1)^4$ dans le système de numération de base α.

EXERCICE 353 **10 minutes**

1. Déterminer la base du système de numération dans lequel on a $\overline{46}+\overline{53}=\overline{132}$.
2. Effectuer, dans ce système, l'opération $\overline{46}\times\overline{53}$.

EXERCICE 354 **15 minutes**

Si a et b sont deux chiffres quelconques, on considère le nombre entier N qui s'écrit dans le système décimal : $N = ababab$.
L'ensemble E des nombres N comprend 100 éléments (par exemple $N = 23232323$ ou $N = 080808$.

1. Montrer que tous les nombres N appartenant à E admettent plusieurs diviseurs communs et, en particulier, qu'ils sont tous divisibles par 37.
2. Donner la liste complète des nombres entiers qui sont des diviseurs communs aux 100 éléments de E.

EXERCICE 355 **15 minutes**

1. Donner tous les diviseurs de 504.
2. Montrer qu'il existe un nombre inférieur à 504 et possédant autant de diviseurs que 504.
3. Déterminer **un** entier naturel n de telle manière que les racines de l'équation $x^2-2nx+504=0$ soient des entiers naturels.

EXERCICE 356 **10 minutes**

Trouver les nombres de deux chiffres qui s'écrivent ab dans la base 10 et ba dans la base 7.

EXERCICE 357 **10 minutes**

On forme des nombres en base dix en écrivant de gauche à droite quatre chiffres consécutifs dans l'ordre croissant, puis en permutant les deux premiers chiffres de gauche.
Montrer que tous les entiers naturels ainsi obtenus sont des multiples de 11. L'un d'eux est un carré parfait, déterminer N.

EXERCICE 358 **15 minutes**

Déterminer, dans le système décimal, le nombre n de trois chiffres, qui s'écrit $\overline{xyz}$ en base 7 et $\overline{zyx}$ en base 9.

EXERCICE 359 **10 minutes**

1. Déterminer l'ensemble des diviseurs du nombre 72.

2. Soit p un entier naturel, écrire le nombre $p^2-6p-63$ sous la forme d'une différence de deux entiers naturels, l'un d'eux étant un carré parfait, l'autre ne dépendant pas de p.
En déduire tous les couples $(p\ ;\ q)$ de $\mathbb{N}$, solutions de l'équation $p^2-6p-63=q^2$.

EXERCICE 360 **10 minutes**
On considère le nombre $N=3114$ en base dix. Existe-t-il une base dans laquelle N s'écrit $\overline{1976}$? Si oui, déterminer cette base.

EXERCICE 361 **15 minutes**

1. Quels sont les entiers relatifs dont le carré divise 468 ?
2. Résoudre, dans $\mathbb{N}$, l'équation $x^2(2x+1)=468$.
3. Existe-t-il un entier naturel b tel que le nombre qui s'écrit 941 en base 10 s'écrive $\overline{4205}$ en base b.

EXERCICE 362 **15 minutes**
Les nombres $a,\ b,\ c$ sont des entiers appartenant à l'ensemble $\{0,\ 1,\ 2,\ 3,\ 4\}$.
On représente par $\overline{abc}$ le nombre $5^2a+5b+c$.

1. Montrer que $\overline{abc}$ est divisible par 4 si, et seulement si, $a+b+c$ est divisible par 4.
2. Montrer que $\overline{abc}$ est divisible par 6 si, et seulement si, $a-b+c$ est divisible par 6.

2.2 Division euclidienne

2.2.1 Point de cours

Propriété 1 : Soit a et b deux entiers naturels ($b\neq 0$), alors il existe un unique couple d'entiers naturels $(q;r)$ tel que $a=bq+r$ avec $0\leqslant r<b$.

Propriété 2 : Soit a et b deux entiers relatifs ($b\neq 0$), alors il existe un unique couple $(q;r)$, avec $q\in\mathbb{Z}$ et $r\in\mathbb{N}$ tel que $a=bq+r$ avec $0\leqslant r<|b|$.

Définition : Effectuer la division euclidienne de a par b c'est déterminer le couple d'entiers $(q\ ;\ r)$ tel que : $a=bq+r$ avec $0\leqslant r<|b|$.

2.2.2 Exercices d'application de cours

EXERCICE 363 **10 minutes**
Effectuer la division euclidienne de a par b dans les cas suivants :

1. $a=273$ et $b=17$
2. $a=327$ et $b=19$
3. $a=17$ et $b=-4$
4. $a=-37$ et $b=-3$.

EXERCICE 364 **10 minutes**
On a $20511=314\times 65+101$.

En déduire les divisions euclidiennes de 20511 par 314 et par 65.

EXERCICE 365 **10 minutes**

Déterminer le reste de la division par 5 de 8^{2021}.

EXERCICE 366 **10 minutes**

1. Déterminer, suivant les valeurs de $n \in \mathbb{N}$, le reste de la division euclidienne de 5^n par 13.
2. En déduire que $2020^{2021} - 5$ est divisible par 13.

EXERCICE 367 **10 minutes**

1. Déterminer, suivant les valeurs de $n \in \mathbb{N}$, le reste de la division euclidienne de 5^n par 13.
2. En déduire que, quel que soit $n \in \mathbb{N}$, $18^{4n+1} - 44^{4n-1} - 3 \times 96^{4n+2}$ est divisible par 13.

EXERCICE 368 **10 minutes**

1. Quel est le reste de la division euclidienne de 3^{670} par 11 ?
2. Quel est le reste de la division euclidienne de 3^{670} par 61 ?
3. Quel est le reste de la division euclidienne de 3^{671} par 671 ?

EXERCICE 369 **10 minutes**

1. Déterminer, suivant les valeurs de $n \in \mathbb{N}$, le reste de la division euclidienne de 3^n par 8.
2. Quel est l'ensemble des entiers naturels n tels que le nombre $3^n \cdot n - 9n + 2$ soit divisible par 8 ?

EXERCICE 370 **10 minutes**

1. Donner, suivant les valeurs de $n \in \mathbb{N}$, le reste de la division euclidienne de 4^n par 7.
2. Un entier A s'écrit 13321 dans la base 4. Quel est le reste de la division de A par 7 ?

EXERCICE 371 **10 minutes**

Déterminer les entiers naturels n tels que $N = 2 \times 3^n + 3$ soit divisible par 11.

EXERCICE 372 **10 minutes**

1. Etudier les restes des divisions par 9 des puissances successives de 2.
2. Démontrer que, quel que soit $n \in \mathbb{N}$, le nombre $2^{2n}\left(2^{2n+1} - 1\right) - 1$ est divisible par 9.

EXERCICE 373 **10 minutes**

Soit n un entier naturel.

1. Déterminer les entiers n pour lesquels le reste de la division euclidienne de $(n+2)^3$ par n^2 est $12n + 8$.
2. Déterminer les entiers n pour lesquels le reste de la division euclidienne de $(n+1)^3$ par n^2 est $3n + 1$.

EXERCICE 374 **10 minutes**

Soit n un entier naturel non nul.

1. Quel est le reste de la division euclidienne de $(n+2)^2$ par $n+4$?
2. Quel est le reste de la division euclidienne de n^2+2 par $n+1$?

EXERCICE 375 **10 minutes**

1. Quels sont les restes possibles de la division euclidienne par 3 ?
2. En déduire que si p n'est pas divisible par 3 alors $2p^2+1$ est divisible par 3.

EXERCICE 376 **10 minutes**

Combien y a-t-il d'entiers naturels strictement inférieurs à 2018 dont le reste dans la division par 43 est 41 ?

EXERCICE 377 **5 minutes**

Si le reste de la division euclidienne de a par b est r et le reste de la division euclidienne de a' par b est r' quel est le reste de la division de $a+a'$ par b ?

EXERCICE 378 **5 minutes**

Soit a et b deux entiers naturels tels que $a=5b+7$. Déterminer le reste de la division euclidienne de a par b.

EXERCICE 379 **10 minutes**

Soit n un entier naturel non nul.

1. Quel est le reste de la division euclidienne de $(n+1)^2$ par $n+3$?
2. Quel est le reste de la division euclidienne de n^2+3 par $n+1$?

EXERCICE 380 **10 minutes**

Un entier a a pour reste 27 dans la division euclidienne par 37. Dans la division par 39, il a le même quotient et pour reste 13. Quel est ce nombre ?

EXERCICE 381 **10 minutes**

Sachant que $96842 = 256 \times 375 + 842$, déterminer sans calculatrice et sans faire la division, le quotient et le reste de la division de 96842 par 256.

2.2.3 Exercices d'approfondissement

EXERCICE 382 **15 minutes**

Démontrer la propriété 1.

EXERCICE 383 **10 minutes**

Déterminer un nombre n de quatre chiffres, tel que les restes des divisions de 21685 et 33509 par n soient respectivement 37 et 53.

EXERCICE 384 **10 minutes**

Déterminer le reste de la division du nombre 12^{1527} par 5.

EXERCICE 385 **10 minutes**

1. Etudier, suivant l'entier naturel n, le reste de la division euclidienne par 6 du nombre 5^n.
2. Pour quelles valeurs de n le nombre $A = 5^n + 5n + 1$ est-il divisible par 6?

EXERCICE 386 **10 minutes**

1. Déterminer les restes des nombres 2, 2^2, 2^3 et 2^4 dans la division par 5.
2. Démontrer que, quel que soit $n \in \mathbb{N}^\star$, le nombre $17^{4n+2} + 32^{4n-1} + 3$ est divisible par 5.

EXERCICE 387 **10 minutes**

1. Déterminer les restes des nombres 5, 5^2, 5^3 et 5^4 dans la division par 13.
2. Démontrer que, quel que soit $n \in \mathbb{N}^\star$, le nombre $31^{4n+1} + 18^{4n-1}$ est divisible par 13.

EXERCICE 388 **15 minutes**

1. Etudier suivant les valeurs de n, le reste de la division euclidienne de 7^n par 9.
2. Démontrer que, quel que soit $n \in \mathbb{N}$, $7^n + 12n - 1$ est divisible par 9.

EXERCICE 389 **10 minutes**

1. Déterminer le chiffre des unités des différentes puissances de 2, écrites dans le système décimal.
2. Déterminer le chiffre des unités des différentes puissances de 7, écrites dans le système décimal.
3. *Application :* Déterminer le chiffre des unités du nombre $N = 3548^9 \times 2537^{31}$.

EXERCICE 390 **15 minutes**

Soient a, b et c trois entiers naturels, b multiple de c.
Le reste de la division euclidienne de a par b est égale à r et le reste de la division euclidienne de a par c est r' avec $r' \geqslant r$.

1. Montrer que $r' - r$ est un multiple de c.
2. Donner un encadrement de $r - r'$. Conclure.

EXERCICE 391 **25 minutes**

1. Etudier, suivant les valeurs de $n \in \mathbb{N}$, le reste de la division euclidienne de 7^n par 10.
2. Dans le système de numération décimale déterminer, suivant les valeurs de l'entier naturel n, le chiffre des unités de $A(n) = 1 + 7 + 7^2 + \cdots + 7^n$.

EXERCICE 392 **15 minutes**

1. Etudier, suivant les valeurs de $n \in \mathbb{N}$, le reste de la division par 7 de $A = n^2 - n + 1$.

2. En déduire les entiers n tels que A soit divisible par 7.
3. Déterminer le reste de la division par 7 de $B = 2753^2 - 2753 + 1$.

EXERCICE 393 **15 minutes**

1. Démontrer l'équivalence : $n^2 + np + p^2$ pair $\iff$ n et p pairs.
2. En déduire les couples $(n\,;\,p)$ d'entiers naturels tels que $n^2 + np + p^2 = 28$

EXERCICE 394 **15 minutes**

Soit n un entier naturel.

1. Déterminer suivant les valeurs de n le reste de la division de 3^n par 7.
2. En déduire le reste de la division de 3^{123} par 7.
3. Déterminer le chiffre x des unités pour que $3^{123} + \overline{197x}$ soit divisible par 7.
   $\overline{197x}$ est l'écriture dans le système décimal d'un nombre de 4 chiffres.

EXERCICE 395 **10 minutes**

1. Déterminer l'ensemble (E) des entiers relatifs k pour lesquels le reste de la division euclidienne par 5 de $2k^2 - 3k + 4$ est égal à 3.
2. En déduire quel peut être le chiffre des unités de l'écriture en base 5, puis en base 10, des entiers naturels de (E).

EXERCICE 396 **10 minutes**

Déterminer le reste de la division par 8 du nombre $A = 13^{23} \times 27^{41}$

EXERCICE 397 **10 minutes**

1. Comment faut-il choisir l'entier naturel n pour que $A = 2^n - 1$ soit divisible par 9 ?
2. La condition précédente étant supposée réalisée, montrer que A est divisible par 7.
   Quel est le reste de la division de A par 21 ?

EXERCICE 398 **10 minutes**

Soit q et r le quotient et le reste de la division d'une entier a par un entier b.
Sachant que $a + b + r = 3\,025$ et $q = 50$, rétablir la division.

EXERCICE 399 **10 minutes**

Calculer le reste de la division euclidienne de l'entier naturel $N = 1\,952 \times 2\,341$ par 7.

EXERCICE 400 **15 minutes**

1. Déterminer le reste de la division de 2^n par 3, $n \in \mathbb{N}$.
2. Déterminer le reste de la division de $275\,423^n$ par 3.
3. Déterminer n pour que le nombre $N = 275\,423^n + 372\,121^n$ soit divisible par 3.

EXERCICE 401 **10 minutes**

Déterminer le reste de la division par 7 de 5^n et de 4^n, pour $n \in \mathbb{N}$.

Comment faut-il choisir n pour que le nombre $N = 5^n - 4^n$ soit divisible par 7?

EXERCICE 402 **15 minutes**

1. Calculer les restes dans la division par 13 des puissances successives de 6.
2. En déduire le reste dans la division par 13 de 2021^{2020}.
3. Pour quelles valeurs de l'entier naturel n, le nombre $6^{12n} + (2 \times 6^n) + 2$ est-il multiples de 13?

EXERCICE 403 **10 minutes**

Dans la division du nombre $a = 529\,565$ par un entier naturel b, les restes partiels successifs sont 246, 222 et 542.
Trouver b et le quotient de cette division.

EXERCICE 404 **10 minutes**

1. Déterminer les restes, dans la division par 7, des puissances successives de 5.
2. Pour quelles valeurs de l'entier naturel n, le nombre $A = 5^{6n} + 5^n + 2$ est-il un multiple de 7?

EXERCICE 405 **15 minutes**

Soit n un entier naturel tel que le reste de la division euclidienne de n par 7 est 6.
Quels sont les restes de la division par 7 de n^2? de n^3?

2.3 Congruence

2.3.1 Point de cours

Définition : soit a et b deux entiers relatifs. Soit n un entier naturel non nul, on dit que a et b sont congrus modulo n si, et seulement si, a et b ont le même reste dans la division euclidienne par n. On le note $a \equiv b\ [n]$.

Propriété 1 : pour tout $n \geqslant 2$ on a : $a \equiv b\ [n]$ si, et seulement si, n divise $a - b$.

Propriétés 2 : soit n un entier supérieur ou égal à 2, a, b, c, d quatre entiers relatifs.

Si $a \equiv b\ [n]$ et $c \equiv d\ [n]$ alors :

1. $a + c \equiv b + d\ [n]$,
2. Pour tout $k \in \mathbb{Z}$, $ka \equiv kb\ [n]$,
3. $ac \equiv bd\ [n]$,
4. Pour tout $p \in \mathbb{N}$, $a^p \equiv b^p\ [n]$.

2.3.2 Exercices d'application de cours

EXERCICE 406 **10 minutes**

En utilisant la théorie des congruences, trouver les restes de la division par 7 des nombres 5^3, 5^6, $5^{6n+1} + 5^{3n+2} - 2$, $n \in \mathbb{N}$.

EXERCICE 407 **10 minutes**

1. Déterminer le plus petit nombre entier naturel congru à 1 000 modulo 111.
2. Montrer que pour tout nombre entier naturel $n, 1000n$ est congru à n modulo 111.
3. En déduire que le nombre $10^8 + 10^4 + 1$ est divisible par 111.

EXERCICE 408 **10 minutes**

En utilisant la théorie des congruences, démontrer que, pour $n \geqslant 1$, le nombre $A = 3 \times 5^{2n-1} + 2^{3n-2}$ est divisible par 17.

EXERCICE 409 **10 minutes**

En utilisant la théorie des congruences, déterminer le reste dans la division par 7 du nombre 65^{346}.

EXERCICE 410 **10 minutes**

Montrer que, pour tout entier naturel n, on a $3^{3n+2} + 2^{n+4} \equiv 0\ [5]$.

EXERCICE 411 **10 minutes**

En utilisant la théorie des congruences, déterminer les entiers naturels n tels que $A = 5n^2 - 3n + 6$ soit divisible par 7.

EXERCICE 412 **10 minutes**

En utilisant la théorie des congruences, démontrer que, $\forall n \in \mathbb{N}$, $A = 3^{n+3} - 4^{4n+2}$ est divisible par 11.

EXERCICE 413 **10 minutes**

1. Démontrer que le carré d'un entier relatif est congru soit à 0, soit à 1, soit à 4 modulo 8.
2. Résoudre dans $\mathbb{Z}$ l'équation $(5x+3)^2 - 1 \equiv 0\ [8]$.

EXERCICE 414 **15 minutes**

Déterminer les entiers naturels s'écrivant $\overline{abca}$ dans le système décimal, divisibles par 7 et congrus à 1 modulo 99.

EXERCICE 415 **10 minutes**

Soit n un entier naturel. Quel est le reste de la division par 5 de la somme $1^n + 2^n + 3^n + 4^n$?

EXERCICE 416 **10 minutes**

Déterminer l'entier k tel que :

1. $2017 \equiv k[9]$ et $0 \leqslant k < 9$.
2. $876 \equiv k[19]$ et $0 \leqslant k < 19$.
3. $-1234 \equiv k[23]$ et $-23 < k \leqslant 0$.
4. $899 \equiv k[45]$ et $-45 < k \leqslant 0$.

EXERCICE 417 **10 minutes**

Soit n et p deux entiers naturels tels que $n \equiv 7[11]$ et $n \equiv 4[11]$.

Déterminer les reste de la division par 11 de :

1. $n + p$.
2. $3n + 2p$.
3. $5n - 9p$.
4. $n^2 + p^2$.
5. $n^2 - 3p^2$.
6. $3n^2 - 2p^2$.

EXERCICE 418 **10 minutes**

On pose $A_n = 2^n - 22^n + 23^n$ avec $n \in \mathbb{N}$.

1. Montrer que, pour tout n, A_{n+3} est congru à A_n modulo 7.
2. En déduire les entiers n tels que A_n soit divisible par 7.

EXERCICE 419 **10 minutes**

Déterminer le reste de la division par 8 de $A = 13^{23} \times 27^{41}$.

EXERCICE 420 **10 minutes**

$N = 5^{6n+1} + 2^{3n+1}$ est-il divisible par 5 ? par 7 ? pour tout $n \in \mathbb{N}$.

EXERCICE 421 **10 minutes**

Indiquer si l'affirmation est vraie ou fausse, en justifiant la réponse.

Affirmation : L'entier $N = 11^{2021}$ est congru à 2 modulo 7.

EXERCICE 422 **10 minutes**

On considère le système de congruences :

$$(S)\begin{cases} n & \equiv & 2 \quad \text{(modulo 3)} \\ n & \equiv & 1 \quad \text{(modulo 5)} \end{cases}, \text{ où } n \text{ désigne un entier relatif.}$$

1. Montrer que 11 est solution de (S).
2. Démontrer que si n est solution de (S) alors $n - 11$ est divisible par 3.
3. Montrer que les solutions de (S) sont tous les entiers de la forme $11 + 15k$, où k désigne un entier relatif.

EXERCICE 423 **10 minutes**

1. Calculer les restes dans la division par 13 des puissances successives de 6.
2. En déduire le reste dans la division par 13 de 2021^{2018}.
3. Pour quelles valeurs de l'entier naturel n, le nombre $6^{12n} + (2 \times 6^n) + 2$ est-il multiple de 13 ?

2.3.3 Exercices d'approfondissement

EXERCICE 424 **10 minutes**

Démontrer la propriété 1.

EXERCICE 425 **10 minutes**

Démontrer la propriété 2.

EXERCICE 426 **10 minutes**

1. Déterminer les restes de la division par 7 des sept premières puissances de 5 : $5, 5^2, \cdots, 5^7$.
2. En déduire les valeurs de n pour lesquels la division de 19^n par 7 donne pour reste 2.

EXERCICE 427 **5 minutes**

Démontrer que le carré de tout nombre impair est congru à 1 modulo 8.

EXERCICE 428 **5 minutes**

Démontrer que, $\forall n \in \mathbb{N},\ 17^{4n+1} + 3 \times 9^{2n} \equiv 0[5]$.

EXERCICE 429 **10 minutes**

1. En remarquant que $999 = 27 \times 37$, montrer que $\forall n \in \mathbb{N},\ 10^{3n} \equiv 1\ [37]$.
2. En déduire le reste de la division par 37 du nombre $N = 10^{10} + 10^{20} + 10^{30}$.

EXERCICE 430 **10 minutes**

Déterminer, selon les valeurs $n \in \mathbb{N}$, le reste de la division par 11 du nombre $A = 10^{2n+4} - 2 \times 10^{n+2} + 1$.

EXERCICE 431 **15 minutes**

1. Calculer les restes, dans la division par 7, des puissances successives de 5.
2. Pour quelles valeurs de l'entier naturel n, le nombre $5^{6n} + 5n + 2$ est-il un multiple de 7 ?

EXERCICE 432 **15 minutes**

1. Etudier, suivant la valeur de l'entier naturel n, le reste de la division euclidienne par 6 du nombre 5^n.
2. Pour quelles valeurs de n, le nombre $A = 5^n + 5n + 1$ est-il divisible par 6 ?

EXERCICE 433 **15 minutes**

1. Déterminer les restes de la division par 13 des quatre premières puissances de 5.
2. En déduire que, pour tout entier $n \geqslant 1$, le nombre $N = 31^{4n+1} + 18^{4n-1}$ est divisible par 13.

EXERCICE 434 **15 minutes**

1. Démontrer que le carré de tout nombre entier impair est congru à 1 modulo 8.
2. Résoudre dans $\mathbb{N} \times \mathbb{N}$ l'équation $y^2 = 8x + 1$.

EXERCICE 435 **15 minutes**

En remarquant que $10^3 - 1 = 9 \times 111$ et $10^3 + 1 = 7 \times 11 \times 13$:

1. Démontrer que $A = 10^{6n+2} + 10^{3n+1} + 1$ est divisible par 111 quel que soit $n \geqslant 0$ et qu'il est également divisible par 7 et 13 si n est impair.
2. Démontrer que $B = 10^{9n} + 10^{6n} + 10^{3n} + 1$ est divisible par 7, 11 et 13 si n est impair et, dans les autres cas, déterminer le reste de la division de ce nombre par 7, 11, 13 et 111.

EXERCICE 436 **25 minutes**

On considère la suite (u_n) d'entiers naturels définie par

$$\begin{cases} u_0 &= 14 \\ u_{n+1} &= 5u_n - 6 \text{ pour tout entier naturel } n \end{cases}$$

1. Calculer u_1, u_2, u_3 et u_4.
   Quelle conjecture peut-on émettre concernant les deux derniers chiffres de u_n ?
2. Montrer que, pour tout entier naturel n, $u_{n+2} \equiv u_n$ [4].
   En déduire que pour tout entier naturel k, $u_{2k} \equiv 2$ [4] et $u_{2k+1} \equiv 0[4]$.
3. **a.** Montrer par récurrence que, pour tout entier naturel n, $2u_n = 5^{n+2} + 3$.
   b. En déduire que, pour tout entier naturel n, $2u_n \equiv 28$ [100].
4. Déterminer les deux derniers chiffres de l'écriture décimale de u_n suivant les valeurs de n.

EXERCICE 437 **10 minutes**

Soit A un entier strictement positif.
Le reste de la division de A par 8 est égal à 5.
Le reste de la division de A par 11 est égal à 4.
Quel est le reste de la division de A par 88 ?
☞ On pourra s'inspirer de l'exercice 420.

EXERCICE 438 **25 minutes**

Rappel : Pour deux entiers relatifs a et b, on dit que a est congru à b modulo 7, et on écrit $a \equiv b$ [7] lorsqu'il existe un entier relatif k tel que $a = b + 7k$.

1. Pour $a = 2$ puis pour $a = 3$, déterminer un entier naturel n non nul tel que $a^n \equiv 1$ [7].
2. Soit a un entier naturel non divisible par 7.
   a. Montrer que : $a^6 \equiv 1$ [7].
   b. On appelle *ordre* de a [7], et on désigne par k, le plus petit entier naturel non nul tel que $a^k \equiv 1$ [7]. Montrer que le reste r de la division euclidienne de 6 par k vérifie $a^r \equiv 1$ [7].
   En déduire que k divise 6.
   Quelles sont les valeurs possibles de k ?
   c. Donner l'ordre modulo 7 de tous les entiers a compris entre 2 et 6.
3. A tout entier naturel n, on associe le nombre $A_n = 2^n + 3^n + 4^n + 5^n + 6^n$.
   Montrer que $A_{2006} \equiv 6$ [7].

EXERCICE 439 **15 minutes**

1. Calculer les restes des divisions euclidiennes par 7 des puissances successives de 5.
2. Quel est le reste de la division euclidienne de 1972^{57} par 7.
3. Déterminer l'ensemble des entiers naturels n tels que 1972^n soit congru à 4 modulo 7.

EXERCICE 440 **15 minutes**

Un nombre entier naturel N s'écrit $\overline{abc0}$ en base 5 et $\overline{abc}$ en base 12, où a, b et c sont des entiers tels que $0 < a < 5$, $0 \leqslant b < 5$, $0 \leqslant c < 5$.
Déterminer les entiers a, b, c et N.

EXERCICE 441 **10 minutes**

Utiliser les congruences pour calculer les restes de la division par 7 des nombres $A = 5^6$, $B = 5^{6p}$ ($p \in \mathbb{N}$) et $C = 33^{38}$.

EXERCICE 442 **15 minutes**

1. Etablir que, quel que soit $n \in \mathbb{N}$, $\left(24n^2 + 8n\right)$ est divisible par 16.
   En déduire que $(2n+1)^4 \equiv 1[16]$.
2. Montrer que, si $a \in \mathbb{N}$ alors a^4 est congru à 0 ou à 1, modulo 16.
   En déduire que, si le nombre $A = 16n + 15$ ($n \in \mathbb{N}$) est mis sous forme d'une somme de k puissances quatrièmes d'entiers, soit $A = x_1^4 + x_2^4 + \cdots + x_k^4$, alors, nécessairement, il faut que $k \geqslant 15$.

EXERCICE 443 **15 minutes**

1. Déterminer les entiers relatifs n tels que $n^3 + 1 \equiv 0$ [7].
2. Déterminer les entiers relatifs n tels que $n^3 - 1 \equiv 0$ [7].
3. Démontrer que, quel que soit $n \in \mathbb{Z}$, $n\left(n^3+1\right)\left(n^3-1\right)$ est divisible par 42.

EXERCICE 444 **15 minutes**

Soit $A_n = 2^n + 2^{2n} + 2^{3n}$, avec $n \in \mathbb{N}$

1. Démontrer que, pour tout $n \in \mathbb{N}$, A_{n+3} est congru à A_n modulo 7.
2. En déduire les entiers n tels que A_n soit divisible par 7.
3. Les nombres qui, dans le système binaire, s'écrivent $\overline{1110}$, $\overline{1010100}$, $\overline{1001001000}$ sont-ils divisibles par 7?

EXERCICE 445 **10 minutes**

On considère deux nombres entiers naturels a et b tels que : a est congru à 10 modulo 23 et b est congru à 15 modulo 23.

1. Déterminer le plus petit nombre entier naturel congru à $(a+b)$ modulo 23.
2. Déterminer le plus petit nombre entier naturel congru à ab modulo 23.

EXERCICE 446 **10 minutes**

Démontrer que a, b et c étant trois entiers naturels quelconques, on a l'implication :

$$a^3 + b^3 + c^3 \equiv 0\ [7] \implies a \cdot b \cdot c \equiv 0\ [7].$$

EXERCICE 447 **10 minutes**

Démontrer, au moyen des congruences, que si aucun des entiers a, b, c n'est multiple de 3, $a^2 + b^2 + c^2$ est multiple de 3.

EXERCICE 448 **20 minutes**

On note $\overline{abcd} = 1000a + 100b + 10c + d$ l'écriture d'un nombre en base dix dont les chiffres sont a, b, c et d.

1. **a.** Déterminer le reste de la division euclidienne de 100 par 11, puis de 1000 par 11.
   b. Montrer que si un nombre entier n vérifie $n \equiv 10 \ [11]$ alors on peut aussi écrire $n \equiv -1 \ [11]$.
   c. En déduire que si $\overline{abcd}$ est divisible par 11 alors $-a+b-c+d$ est aussi divisible par 11.
2. **a.** Les nombres du type $\overline{abba}$ sont-ils divisibles par 11 ?
   b. Pour quelle valeur de a, le nombre $\overline{11a}$ est-il divisible par 11 ?
   c. Pour quelle valeur de a, le nombre $\overline{99a}$ est- il divisible par 11 ?
3. A quelles conditions les nombres du type $\overline{aab}$ sont-ils divisibles par 11 ?

EXERCICE 449 **20 minutes**

Dans cet exercice on étudie la divisibilité par 11 en exploitant la congruence modulo 11 des puissances de 10.

1. **a.** Vérifier que $100 \equiv 1 \ [11]$. En déduire que $10^4 \equiv 1 \ [11]$.
   b. Vérifier que $10 \equiv -1 \ [11]$.
   En déduire que $10^3 \equiv -1 \ [11]$ et que $10^5 \equiv -1 \ [11]$.
2. **a.** En utilisant l'égalité $3\,729 = 37 \times 100 + 29$ et les résultats précédents, montrer que 3 729 est divisible par 11.
   b. En utilisant la méthode précédente, étudier la divisibilité de 9 240 par 11.
3. **a.** En utilisant l'égalité $3\,729 = 3 \times 10^3 + 7 \times 10^2 + 2 \times 10 + 9$ et les résultats précédents, montrer que 3 729 est divisible par 11.
   b. En utilisant cette méthode, étudier la divisibilité de 9 240 par 11.
4. Etudier la divisibilité de 197 277 par 11.

EXERCICE 450 **20 minutes**

Le 1er août 2002 sera un jeudi. Le but du problème est de déterminer les années comprises entre 2003 et 2029 pour lesquelles le 1er août tombera aussi un jeudi.
Pour ces années, une année bissextile est une année dont le millésime est divisible par 4. On rappelle qu'une année non bissextile compte 365 jours et une année bissextile 366 jours.

1. Donner la liste des années bissextiles comprises entre 2003 et 2029.
2. **a.** Démontrer que l'on a : $365 \equiv 1 \ [7]$ et $366 \equiv 2 \ [7]$.
   b. Prouver que le 1er août 2003 sera un vendredi et le 1er août 2004 un dimanche.
   c. Préciser le jour de la semaine correspondant au 1er août de chacune des années de 2005 à 2013.
3. Donner la liste des années de 2003 à 2029 pour lesquelles le 1er août sera un jeudi.

EXERCICE 451 **20 minutes**

On considère les nombres A= 8 387 592 115 et B = 9 276 312 516.

1. **a.** Montrer que 1 000 est divisible par 8.
   b. Montrer que A est congru à 3 modulo 8.
   c. Donner l'entier naturel b strictement inférieur à 8 tel que B soit congru à b modulo 8.

2. Déterminer les entiers naturels strictement inférieurs à 8 qui sont congrus respectivement à A+B et à AB.
3. a. Montrer que B^2 est divisible par 8.
   b. Montrer que A^2 n'est pas divisible par 8.
   c. Montrer que A^{100} n'est pas divisible par 8.

EXERCICE 452 **20 minutes**

Le but de l'exercice est de prouver pour les nombres à quatre chiffres, le critère de divisibilité : « Un nombre est divisible par 3 si et seulement si la somme de ses chiffres est elle-même divisible par 3 ».

1. Un exemple
   a. Pour un entier naturel n, que signifie La phrase « n est congru à 1 modulo 3 » ? Traduire à l'aide d'une congruence « n est divisible par 3 ».
   b. Pour chacun des nombres suivants, donner l'entier positif le plus petit auquel il est congru modulo 3 : 10, 100, 1 000, 10^p où p est un entier positif.
   c. Déterminer le plus petit entier, positif auquel est congru le nombre 4520 modulo 3. On remarquera que $4520 = 4 \times 1000 + 5 \times 100 + 2 \times 10$.
   d. En utilisant la **question b.** trouver le reste de la division de 5 112 par 3.
2. Quelques généralisations :
   On considère un entier N à quatre chiffres, quatre entiers a, b, c et d entre 0 et 9 tels que $a \neq 0$ et $N = 1000a + 100b + 10c + d$.
   Le chiffre des unités est d, celui des dizaines c, des centaines b et des milliers a.
   a. Montrer que $N \equiv a + b + c + d \quad [3]$.
   b. Justifier, pour les nombres à quatre chiffres, le critère de divisibilité par 3 énoncé au début de l'exercice.
   c. Enoncer un critère analogue de divisibilité par 9 et le démontrer pour les nombres à quatre chiffres.

EXERCICE 453 **20 minutes**

Le célèbre tableau de DAVID : « Le sacre de Napoléon » immortalise l'événement du 2 décembre 1804.
Sur la période considérée, toutes les années dont le millésime est multiple de 4 sont bissextiles, sauf l'année 1900.
Considérons le 2 décembre 1804 comme le jour de rang 1.

1. a. Combien y-a-t-il d'années dont le millésime est compris entre 1805 (inclus) et 2003 (inclus) ?
   b. Parmi ces années, montrer qu'il y a 48 années bissextiles.
2. Prouver que le rang du 1er janvier 2004 est 72 714.
3. Déterminer l'entier a compris entre 0 et 6 inclus tel que : $72714 \equiv a\ [7]$.
4. Sachant que le 1er janvier 2004 était un jeudi, compléter le tableau suivant où k désigne un nombre entier :

Rang du jour	$7k$	$7k+1$	$7k+2$	$7k+3$	$7k+4$	$7k+5$	$7k+6$
Jour de la semaine							

5. Quel jour de la semaine, Napoléon Ier a-t-il été sacré empereur?

Exercice 454 **20 minutes**

Une année bissextile compte 366 *jours et une année non bissextile* 365 *jours.*
Une année est bissextile si son « numéro » est divisible par 4 sauf s'il s'agit d'un siècle.
Les siècles, années dont le « numéro » se termine par deux zéros, ne sont, en général, pas bissextiles sauf si leur « numéro » est divisible par 400.
Quelque exemples : 1996 *était bissextile,* 1997 *ne l'était pas,* 1900 *non plus mais* 2400 *le sera.*

1. Trouver a et b entiers natuels inférieurs ou égaux à 6 tels que : $365 \equiv a\ [7]$ et $366 \equiv b\ [7]$.

2. **a.** En supposant que le premier janvier d'une année non bissextile soit un lundi, expliquer pourquoi le premier janvier de l'année suivante sera un mardi.

b. Si le premier janvier d'une année bissextile est un lundi, quel jour de la semaine sera le premier janvier de l'année suivante?

3. Une période de quatre années consécutives compte $N = 3 \times 365 + 1 \times 366$ jours.
Sans calculer N, justifier que $N \equiv 5\ [7]$.

4. En supposant que le premier janvier d'une année soit un lundi, quel jour de la semaine sera le premier janvier quatre ans plus tard? Expliquer la réponse.
Plus généralement, pour une date donnée, (par exemple le 1er janvier), *chaque période de* 4 *années produit un décalage de cinq jours dans le cycle des jours de la semaine.*

5. Compléter le tableau suivant. Aucune justification n'est demandée.

Nombre de périodes de quatre années	J = nombre de jours de décalage dans le cycle des jours de la semaine	Reste de la division de J par 7
0	0	0
1	5	5
2	10 .	3
3		
4		
5		
6		
7		

6. **a.** Expliquer pourquoi l'année 2004 est bissextile.

b. Sachant que le 29 février 2004 était un dimanche, quel jour de la semaine sera le 29 février 2008?
Quel jour de la semaine sera le 29 février 2012? Expliquer les réponses.

c. Quelle sera la prochaine année où le 29 février sera un dimanche? Expliquer la réponse.

EXERCICE 455 **20 minutes**

Tous les ouvrages publiés sont identifiés par un numéro ISBN (International Standard Book Number) qui indique la langue de publication, l'éditeur et la référence de l'ouvrage chez cet éditeur.

Un numéro ISBN est constitué de neuf chiffres (c'est-à-dire neuf entiers compris entre 0 et 9) suivis d'un espace et d'une clé. Cette clé est un chiffre ou la lettre X (le 10 en numération romaine).

Pour déterminer la clé d'un numéro ISBN dont les neuf premiers chiffres sont $abcdefghi$, on calcule le nombre $N = a+2b+3c+4d+5e+6f+7g+8h+9i$, puis on détermine le nombre r compris entre 0 et 10 qui est congru à N modulo 11. Si le nombre r est strictement inférieur à 10, la clé est égale à r ; si le nombre r est égal à 10, la clé est X.

1. Vérifier que la clé du numéro ISBN 190190340 0 est correcte.
2. Calculer la clé du numéro ISBN dont les 9 premiers chiffres sont : 103241052.
3. Le quatrième chiffre du numéro ISBN d'un ouvrage est illisible. On le note d. La clé de ce numéro est 4 et le numéro se présente ainsi : $329d12560$ 4.
   - **a.** Montrer que $4d \equiv 2$ [11].
   - **b.** En déduire le chiffre d.
4. Le premier chiffre et le neuvième chiffre du numéro ISBN d'un autre ouvrage sont illisibles. On les note a et i. La clé de ce numéro est 9 et le numéro se présente ainsi : $a3210050i$ 9.
   - **a.** Montrer que $a \equiv 2-9i$ [11].
   - **b.** Donner deux valeurs possibles du couple $(a\,;\,i)$.

EXERCICE 456 **20 minutes**

1. Justifier que $10^3 \equiv -1$ [13].
2. **a.** En déduire le reste de la division euclidienne de 10^6 par 13.
   b. Montrer que $10^9 \equiv -1$ [13] et que $10^{12} \equiv 1$ [13].
3. Soit l'entier N = 5 292 729 824 628.
   - **a.** En remarquant que N s'écrit : $N = 5\times 10^{12} + 292\times 10^9 + 729\times 10^6 + 824\times 10^3 + 628$ démontrer que N est congru à 246 modulo 13.
   - **b.** N est-il divisible par 13 ?
   - **c.** Démontrer que le nombre $10^{2010} + 12$ est divisible par 13.

EXERCICE 457 **20 minutes**

1. On considère l'algorithme suivant :

```
N ← A² − 3A + 6
Tant que N ⩾ 0
        N ← N − 4
afficher N
```

a. Quelle est la valeur affichée pour chacune des entrées suivantes :
$A = 5$, $A = 8$ et $A = 9$?

b. Modifier l'algorithme pour que, avec l'entier A pour entrée, la valeur affichée donne le reste de la division euclidienne de l'entier $A^2 - 3A + 6$ par 4.

2. On cherche l'ensemble (S) des entiers naturels A vérifiant la relation :

$$A^2 - 3A + 6 \equiv 0 \quad [4].$$

a. Soit A un entier naturel quelconque. Quels sont les restes possibles dans la division euclidienne de A par 4?

b.

- Si $A \equiv 0 \quad [4]$, quel est le reste de $A^2 - 3A + 6$ dans la division euclidienne par 4?
- Si $A \equiv 1 \quad [4]$, quel est le reste de $A^2 - 3A + 6$ dans la division euclidienne par 4?
- Si $A \equiv 2 \quad [4]$, quel est le reste de $A^2 - 3A + 6$ dans la division euclidienne par 4?
- Si $A \equiv 3 \quad [4]$, quel est le reste de $A^2 - 3A + 6$ dans la division euclidienne par 4?

c. On considère quatre familles de nombres qui s'écrivent respectivement de la manière suivante : $A = 4N$, $A = 4N + 1$, $A = 4N + 2$ et $A = 4N + 3$ où N est un entier naturel.
Parmi ces quatre familles, quelles sont celles qui appartiennent à l'ensemble (S)? On ne demande pas de justification.

EXERCICE 458 **25 minutes**

On rappelle la propriété, connue sous le nom de petit théorème de Fermat : « soit p un nombre premier et a un entier naturel premier avec p; alors $a^{p-1} - 1$ est divisible par p ».

1. Soit p un nombre premier impair.

a. Montrer qu'il existe un entier naturel k, non nul, tel que $2^k \equiv 1 \quad [p]$.

b. Soit k un entier naturel non nul tel que $2^k \equiv 1[p]$ et soit n un entier naturel. Montrer que, si k divise n, alors $2^n \equiv 1[p]$.

c. Soit b tel que $2^b \equiv 1[p]$, b étant le plus petit entier non nul vérifiant cette propriété.
Montrer, en utilisant la division euclidienne de n par b, que si $2^n \equiv 1[p]$, alors b divise n.

2. Soit q un nombre premier impair et le nombre $A = 2^q - 1$.
On prend pour p un facteur premier de A.

a. Justifier que $2^q \equiv 1[p]$.

b. Montrer que p est impair.

c. Soit b tel que $2^b \equiv 1[p]$, b étant le plus petit entier non nul vérifiant cette propriété.
Montrer, en utilisant **1.** que b divise q. En déduire que $b = q$.

d. Montrer que q divise $p - 1$, puis montrer que $p \equiv 1[2q]$.

3. Soit $A_1 = 2^{17} - 1$. Voici la liste des nombres premiers inférieurs à 400 et qui sont de la forme $34m + 1$, avec m entier non nul : 103, 137, 239, 307. En déduire que A_1 est premier.

EXERCICE 459 **20 minutes**

On appelle (E) l'ensemble des entiers naturels qui peuvent s'écrire sous la forme $9 + a^2$ où a est un entier naturel non nul; par exemple $10 = 9 + 1^2$; $13 = 9 + 2^2$ etc.

On se propose dans cet exercice d'étudier l'existence d'éléments de (E) qui sont des puissances de 2, 3 ou 5.

1. Etude de l'équation d'inconnue a : $a^2+9=2^n$ où $a \in \mathbb{N}$, $n \in \mathbb{N}$, $n \geqslant 4$.

- **a.** Montrer que si a existe, a est impair.
- **b.** En raisonnant modulo 4, montrer que l'équation proposée n'a pas de solution.

2. Etude de l'équation d'inconnue a : $a^2+9=3^n$ où $a \in \mathbb{N}$, $n \in \mathbb{N}$, $n \geqslant 3$.

- **a.** Montrer que si $n \geqslant 3$, 3^n est congru à 1 ou à 3 modulo 4.
- **b.** Montrer que si a existe, il est pair et en déduire que nécessairement n est pair.
- **c.** On pose $n=2p$ où p est un entier naturel, $p \geqslant 2$. Déduire d'une factorisation de 3^n-a^2, que l'équation proposée n'a pas de solution.

3. Etude de l'équation d'inconnue a : $a^2+9=5^n$ où $a \in \mathbb{N}$, $n \in \mathbb{N}$, $n \geqslant 2$.

- **a.** En raisonnant modulo 3, montrer que l'équation n'a pas de solution si n est impair.
- **b.** On pose $n=2p$, en s'inspirant de **2 c** démontrer qu'il existe un unique entier naturel a tel que a^2+9 soit une puissance entière de 5.

EXERCICE 460 **25 minutes**

1. a. Déterminer suivant les valeurs de l'entier naturel non nul n le reste dans la division euclidienne par 9 de 7^n.

b. Démontrer alors que $(2005)^{2005} \equiv 7\ [9]$.

2. a. Démontrer que pour tout entier naturel non nul n : $(10)^n \equiv 1\ [9]$.

b. On désigne par N un entier naturel écrit en base dix, on appelle S la somme de ses chiffres.
Démontrer la relation suivante : $N \equiv S\ [9]$.

c. En déduire que N est divisible par 9 si et seulement si S est divisible par 9.

3. On suppose que $A=(2005)^{2005}$; on désigne par :

— B la somme des chiffres de A ;
— C la somme des chiffres de B ;
— D la somme des chiffres de C.

- **a.** Démontrer la relation suivante : $A \equiv D\ [9]$.
- **b.** Sachant que $2005 < 10\,000$, démontrer que A s'écrit en numération décimale avec au plus 8 020 chiffres. En déduire que $B \leqslant 72\,180$.
- **c.** Démontrer que $C \leqslant 45$.
- **d.** En étudiant la liste des entiers inférieurs à 45, déterminer un majorant de D plus petit que 15.
- **e.** Démontrer que $D=7$.

EXERCICE 461 **25 minutes**

Dans tout l'exercice, n désigne un entier naturel non nul.

1. **a.** Pour $1 \leqslant n \leqslant 6$, calculer les restes de la division euclidienne de 3^n par 7.
   b. Démontrer que, pour tout n, $3^{n+6} - 3^n$ est divisible par 7. En déduire que 3^n et 3^{n+6} ont le même reste dans la division par 7.
   c. En déduire le reste de la division euclidienne de $3^{1\,000}$ par 7.
   d. De manière générale, comment peut-on calculer le reste de la division euclidienne de 3^n par 7, pour n quelconque ?
   e. En déduire que, pour tout entier naturel $n, 3^n$ n'est pas divisible par 7.
2. Soit $U_n = 1+3+3^2+\cdots+3^{n-1} = \sum_{i=0}^{n-1} 3^i$, où n est un entier naturel supérieur ou égal à 2.
   a. Montrer que si U_n est divisible par 7, alors $3^n - 1$ est divisible par 7.
   b. Réciproquement, montrer que si $3^n - 1$ est divisible par 7, alors U_n est divisible par 7. En déduire les valeurs de n telles que U_n soit divisible par 7.

EXERCICE 462 **20 minutes**

Un entier naturel N dont le nombre des dizaines est noté D et le chiffre des unités est noté u, s'écrit : $N = 10D + u$. On considère le nombre $N' = D + 2u$.

1. Montrer que N est divisible par 19 si, et seulement si, N' est divisible par 19.
2. En utilisant plusieurs fois de suite cette équivalence, étudier si le nombre 29431 est divisible par 19.
3. Dans cette question on ne considère que des entiers naturels N non divisibles par 19. Les nombres N et N' peuvent-ils être congrus, modulo 19 ?
   On note r et r' les restes respectifs des divisions de N et N' par 19, déterminer une relation entre r et r'.

2.4 Nombres premiers

2.4.1 Point de cours

Définition : Un entier naturel p est un **nombre premier** s'il possède exactement deux diviseurs positifs : 1 et lui-même.

Théorème 1 : Tout entier naturel supérieur ou égal à 2 admet au-moins un diviseur premier. Tout entier naturel $n \geqslant 2$, non premier, admet un diviseur premier p inférieur ou égal à $\sqrt{n}$.

Critère de primalité : Soit n un entier naturel supérieur ou égal à 2. Si n n'est divisible par aucun nombre premier inférieur ou égal à $\sqrt{n}$ alors n est un nombre premier.

Théorème 2 : Il existe une infinité de nombres premiers.

Théorème 3 : Tout entier naturel $n \geqslant 2$ peut s'écrire comme le produit de nombres premiers. C'est-à-dire qu'il existe k nombres premiers $p_1 < p_2 < \cdots < p_k$ et k entiers naturels non nuls $\alpha_1, \alpha_2, \cdots, \alpha_k$ tels que $n = p_1^{\alpha_1} \times p_2^{\alpha_2} \times \cdots \times p_k^{\alpha_k}$. Cette décomposition est unique à l'ordre

des facteurs près.
Le nombre de diviseurs de n est $(\alpha_1+1)\times(\alpha_2+1)\times\cdots\times(\alpha_k+1)$.

Petit théorème de Fermat : Soit p un nombre premier et a un entier non multiple de p alors $a^p \equiv a\ [p]$.

2.4.2 Exercices d'application de cours

EXERCICE 463 **5 minutes**
Les nombres 87; 113; 147; 183 sont-ils des nombres premiers?

EXERCICE 464 **5 minutes**
Déterminer les nombres premiers dans la liste suivante : 1, 19, 33, 41, 89 ,1234, 1357.

EXERCICE 465 **10 minutes**
Décomposer en produit de facteurs premiers les entiers : 45, 398 et 1600.

EXERCICE 466 **5 minutes**
Décomposer 12400 en produit de facteurs premiers.

EXERCICE 467 **10 minutes**
1. Décomposer en facteurs premiers les nombres 24, 76, 1785 et 3045.
2. En déduire la forme irréductible des fractions $\frac{24}{76}$ et $\frac{3045}{1785}$.

EXERCICE 468 **10 minutes**
En utilisant le crible d'Eratosthène, dresser la liste des nombres premiers inférieurs à 100.

EXERCICE 469 **5 minutes**
Les nombres premiers inférieurs à 50 sont : 2; 3; 5; 7; 11; 13; 17; 19; 23; 29; 31; 37; 41; 43.
Expliquer pourquoi 2017 est un nombre premier.

EXERCICE 470 **5 minutes**
Donner le nombre de diviseurs de $a = 2^3\times3^2\times7$ et de $b = 2\times5\times11^3$.

EXERCICE 471 **5 minutes**
1. Citer deux entiers consécutifs premiers.
2. Existe-t-il trois entiers consécutifs premiers? Justifier la réponse.

EXERCICE 472 **10 minutes**
1. On appelle nombre parfait un nombre égal à la somme de ses diviseurs stricts. Le nombre 28 est-il parfait?
   Déterminer un entier p premier tel que le nombre 2^4p soit parfait.
2. Plus généralement, soit n et p deux entiers naturels, p premier.
   Quelle doit être l'expression nécessaire de p en fonction de n pour que $2^n\cdot p$ soit parfait?
   Donner la liste des nombres parfaits de cette forme pour $n < 10$.

EXERCICE 473 **5 minutes**
La suite (u_n) définie par $u_n = 6n+5$ est-elle constituée uniquement de nombres premiers?

EXERCICE 474 **10 minutes**
Montrer que, quel que soit l'entier $n \geqslant 3$, le nombre n^2+2n-3 n'est jamais premier.

EXERCICE 475 **15 minutes**

1. Ecrire un algorithme simple, qui permette de tester si un nombre est premier ou non.
2. Le nombre 15485863 est-il premier?

EXERCICE 476 **10 minutes**
On remarque que $245+754 = 999$ et 245 754 est divisible par 999.
Est-ce une coïncidence?

EXERCICE 477 **10 minutes**

1. Décomposer $N = 10!$ en facteurs premiers.
2. Par combien de zéros se termine N?

EXERCICE 478 **15 minutes**

1. Vérifier l'identité dite « de Sophie Germain » : $n^4+4m^4 = \left(n^2+2m^2+2mn\right)\left(n^2+2m^2-2mn\right)$.
2. Pour quelles valeurs de n l'entier n^4+4 est-il premier?

EXERCICE 479 **10 minutes**
Indiquer si l'affirmation est vraie ou fausse et donner une justification de la réponse choisie.

Affirmation : « L'entier $n^2-3n-10$ n'est jamais un nombre premier ».

EXERCICE 480 **10 minutes**
Démontrer que pour tout entier n strictement positif, $30n+7$ n'est jamais la somme de deux nombres premiers.

EXERCICE 481 **10 minutes**
Trouver un nombre à trois chiffres qui soit un carré parfait divisible par 56.

EXERCICE 482 **10 minutes**
Trouver tous les diviseurs de 84, puis résoudre dans $\mathbb{N}$ l'équation $x(x+1)(2x+1) = 84$.

EXERCICE 483 **15 minutes**
Soit a et b deux entiers naturels et $n = 2^a 3^b$. Le nombre de diviseurs de n^2 est le triple du nombre de diviseurs de n.

1. Prouver que $(a-1)(b-1) = 3$.
2. En déduire n.

EXERCICE 484 **15 minutes**
Un entier n a cinq diviseurs et $n-16$ est le produit de deux nombres premiers.

1. Prouver que $n = p^4$ avec p premier.
2. Ecrire $n - 16$ sous forme d'un produit de trois facteurs dépendant de p.
3. En déduire la valeur de n.

EXERCICE 485 **10 minutes**

1. En utilisant la décomposition en facteurs premiers, trouver un dénominateur commun le plus petit simple possible pour les trois fractions : $\frac{1}{756}$; $\frac{1}{504}$ et $\frac{1}{468}$.
2. En déduire l'écriture de $\frac{1}{756} + \frac{1}{504} - \frac{1}{468}$ sous forme d'une fraction irréductible.

EXERCICE 486 **10 minutes**

1. En utilisant la décomposition en facteurs premiers, trouver un dénominateur commun le plus petit simple possible pour les trois fractions : $\frac{1}{120}$; $\frac{1}{140}$ et $\frac{1}{792}$.
2. En déduire l'écriture de $\frac{1}{792} - \frac{1}{120} + \frac{1}{140}$ sous forme d'une fraction irréductible.

EXERCICE 487 **10 minutes**

1. Montrer que $\forall a \in \mathbb{Z},\ a^{31} - a$ est divisible par 62.
2. Montrer que $\forall a \in \mathbb{Z}, \forall n \in \mathbb{N},\ a^{30+n} - a^n$ est divisible par 62.

EXERCICE 488 **10 minutes**

On considère deux entiers relatifs a et b et p un nombre premier.
Démontrer que $(a+b)^p \equiv a^p + b^p\ [p]$.

2.4.3 Exercices d'approfondissement

EXERCICE 489 **15 minutes**

1. Décomposer le nombre entier 469 en produit de facteurs premiers.
2. Trouver tous les couples $(x;\ y)$ d'entiers positifs tels que $x^3 - y^3 = 469$.

EXERCICE 490 **10 minutes**

Démontrer le théorème 1.

EXERCICE 491 **10 minutes**

Démontrer le théorème 2.

EXERCICE 492 **15 minutes**

1. Donner la liste des nombres premiers inférieurs à 50.
2. Le nombre 1517 est-il premier ?
3. Quels sont les entiers naturels a et b vérifiant la relation $a^2 = b^2 + 1517$?

EXERCICE 493 **10 minutes**

Démontrer que $4^{545} + 545^4$ n'est pas un nombre premier.

☞ On pourra utiliser l'exercice 478.

EXERCICE 494 **10 minutes**

« Le produit des âges de mes trois filles est 36, leur somme est le numéro de ma maison.
– Cela ne me suffit pas.
– L'aînée aime le chocolat.
– Alors je connais les âges de vos filles ». Quels sont-ils ?

EXERCICE 495 **10 minutes**

Pour n entier naturel, on pose $P = n^5 + n^4 + 1$.
Pour quelles valeurs de n, P est-il un nombre premier ?

☞ On pourra considérer $Q = n^2 + n + 1$.

EXERCICE 496 **15 minutes**

Les nombres de Fermat sont définis par $F_n = 2^{2^n} + 1$.
Montrer que F_1, F_2, F_3 et F_4 sont des nombres premiers. F_5 est-il un nombre premier ?

EXERCICE 497 **15 minutes**

1. Démontrer qu'un entier est un carré parfait si, et seulement si dans sa décomposition en facteurs premiers, tous les exposants sont pairs.
2. Soit x un réel, donner une condition nécessaire et suffisante sur la décomposition en facteurs premiers de x^2 pour que $x = a\sqrt{b}$ avec a et b entiers naturels supérieurs ou égaux à 2.

EXERCICE 498 **15 minutes**

Soit n un entier strictement positif, on considère les entiers de la forme $n^4 + 4$.

1. Décomposer, dans $\mathbb{R}$, le polynôme $x^4 + 4$ en produit de deux facteurs du second degré.
2. En déduire que 5 est le seul nombre premier de la forme $n^4 + 4$.
3. Montre que, si n n'est pas un multiple de 5, $n^4 + 4$ est un multiple de 5.

EXERCICE 499 **30 minutes**

Partie A

Soit N un entier naturel, impair non premier.

On suppose que $N = a^2 - b^2$ où a et b sont deux entiers naturels.

1. Montrer que a et b n'ont pas la même parité.
2. Montrer que N peut s'écrire comme produit de deux entiers naturels p et q.
3. Quelle est la parité de p et de q ?

Partie B

On admet que 250 507 n'est pas premier.

On se propose de chercher des couples d'entiers naturels $(a\ ;\ b)$ vérifiant la relation
(E) : $a^2 - 250\,507 = b^2$.

1. Soit X un entier naturel.

a. Donner dans un tableau, les restes possibles de X modulo 9; puis ceux de X^2 modulo 9.
b. Sachant que $a^2 - 250\,507 = b^2$, déterminer les restes possibles modulo 9 de $a^2 - 250\,507$; en déduire les restes possibles module 9 de a^2.
c. Montrer que les restes possibles modulo 9 de a sont 1 et 8.

2. a. Justifier que si le couple $(a\,;\,b)$ vérifie la relation (E), alors $a \geqslant 501$.
b. Montrer qu'il n'existe pas de solution du type $(501\,;\,b)$.

3. On suppose que le couple $(a\,;\,b)$ vérifie la relation (E).

a. Démontrer que a est congru à 503 ou à 505 modulo 9.
b. Déterminer le plus petit entier naturel k tel que le couple $(505+9k\,;\,b)$ soit solution de (E), puis donner le couple solution correspondant.

Partie C

1. Déduire des parties précédentes une écriture de 250 507 en un produit deux facteurs.
2. Les deux facteurs sont-ils premiers entre eux?
3. Cette écriture est-elle unique?

EXERCICE 500 **15 minutes**

1. Le nombre $2^{11}-1$ est-il premier?
2. p et q étant deux entiers naturels non nuls, quel est le reste de la division par 2^p-1 du nombre $2^{pq} = (2^p)^q$?
En déduire que $2^{pq}-1$ est divisible par (2^p-1) et $\left(2^q-1\right)$.
3. Démontrer que, si 2^n-1 est premier, alors n est premier.
La réciproque est-elle vraie?

EXERCICE 501 **15 minutes**

1. Calculer la somme $S = 1 - x + x^2 - \cdots + (-1)^p x^p$, pour x réel et p entier naturel.
2. Montrer que quels que soient les entiers naturels x et n, l'entier $x^{2n+1}+1$ est divisible par $x+1$.
3. En déduire que, quel que soit l'entier naturel p, $\left(2^{(2^p)}\right)^k + 1$ est divisible par $2^{(2^p)}+1$ si l'entier k est impair.
4. Démontrer qu'une condition nécessaire pour que 2^m+1 soit premier est que l'entier naturel m soit une puissance de 2. (On ne cherchera pas à étudier si cette condition est suffisante).

EXERCICE 502 **20 minutes**

Pour $n > 1$, le $n^{\text{ème}}$ nombre de Mersenne est le nombre $M_n = 2^n - 1$.

1. Quels sont les nombres premiers parmi les nombres de Mersenne M_n pour $n \leqslant 6$.
2. Montrer la factorisation standard $(n>1)$: $x^n - 1 = (x-1)\left(x^{n-1} + x^{n-2} + \cdots + x + 1\right)$.
3. Montrer que si n n'est pas premier alors le nombre de Mersenne M_n ne l'est pas non plus.
En déduire que si M_n est premier alors n est premier.
4. La réciproque est-elle vraie?

5. Soit a et n deux entiers tels que $a \geqslant 2$ et $n \geqslant 2$.
Montrer que, si $a^n - 1$ est premier, alors nécessairement $a = 2$ et n est premier.

Exercice 503 **15 minutes**

On appelle nombre parfait un nombre dont la somme des diviseurs stricts est égal à lui-même.

1. Exemple : Euclide donne la règle suivante pour trouver des nombres parfaits :
« Si un nombre a s'écrit $2^n\left(2^{n+1}-1\right)$ est si $2^{n+1}-1$ est premier, alors a est parfait ».
Trouver alors les quatre premiers nombres parfaits.

2. Démonstration. On pose $a = 2^n\left(2^{n+1}-1\right)$ et supposons que $2^{n+1}-1$ est premier.

- **a.** Quelle est la décomposition de a en facteurs premiers ?
- **b.** En déduire la liste des diviseurs de a.
- **c.** Démontrer alors que la somme des diviseurs stricts est égale à ce nombre a.

Exercice 504 **25 minutes**

On se propose d'étudier le problème suivant : « Les nombres dont l'écriture décimale n'utilise que le seul chiffre 1 peuvent-ils être premiers ? »
Pour tout entier naturel p, $p \geqslant 2$, on pose $N_p = 1\cdots 1$ où 1 apparaît p fois.
On remarque que $N_p = 10^{p-1} + 10^{p-2} + \cdots + 10^1 + 1$.

1. Les nombres $N_2 = 11, N_3 = 111$, $N_4 = 1\,111$ sont-ils premiers ?

2. Prouvez que $N_p = \dfrac{10^p - 1}{9}$.

3. On se propose de démontrer que si p n'est pas premier alors N_p n'est pas premier.

- **a.** On suppose que p est pair et on pose $p = 2q$, où q est un entier naturel strictement positif.
  Montrez que N_p est divisible par $N_2 = 11$.
- **b.** On suppose que p est multiple de 3 et on pose $p = 3q$, où q est un entier naturel strictement positif.
  Montrez que N_p est divisible par $N_3 = 111$.
- **c.** On suppose p entier non premier et on pose $p = kq$ où k et q sont des entiers naturels strictement positifs.
  En déduire que N_p est divisible par N_k.
- **d.** Enoncez une condition nécessaire pour que N_p soit premier.
  Cette condition est-elle suffisante ?

Exercice 505 **15 minutes**

1. Soit a un entier naturel et p un nombre premier. Démontrer que $(a+1)^p \equiv a^p + 1\ [p]$.

2. Démontrer par récurrence sur a le petit théorème de Fermat. A savoir « soit p un nombre premier et a un entier non multiple de p alors $a^p \equiv a\ [p]$ ».

3. Prouver que, pour tout $n \in \mathbb{N}$, 7 divise $3^{6n} - 1$.

Exercice 506 **15 minutes**

En arithmétique, un test de primalité courant pour un nombre impair n consiste à tester si n

divise $2^n - 1$: dans le cas contraire, en vertu de la contraposée du petit théorème de Fermat, on conclut que n n'est pas premier. Cependant il existe des nombres composés qui passent ce test avec succès : on les appelle **nombres de Poulet**, en l'honneur de Paul Poulet qui en a listé en 1926.
Soit n un entier impair strictement positif tel que $2^{n-1} \not\equiv 1\ [n]$.

1. Démontrer que n n'est pas premier.
2. Prouver que $2^{340} \equiv 1\ [341]$ mais que 340 n'est pas premier. Conclure.
3. En admettant que $m = 2\times73\times1103 = 161\,038$ est un nombre de Poulet, vérifier que 336 408 382 est un nombre de Poulet.
4. Un nombre **super-Poulet** est un nombre de Poulet, dont tous les diviseurs satisfont la relation de Fermat $2^{n-1} \equiv 1\ [n]$. Vérifier que 341 est un super-Poulet.

EXERCICE 507 **20 minutes**

1. Soit $P(a) = a^n - 1$ où a est un entier différent de 1 et n un entier supérieur ou égal à 1.
   a. Calculer $1 + a + a^2 + \cdots + a^{n-1}$.
   b. Montrer que $P(a)$ peut s'écrire sous la forme $k(a-1)$ avec k entier.
2. a. Montrer que $2^{2\times280} - 1 = k\left(a^2 - 1\right)$, avec k entier, puis que $a^{561} - a = k \times a\left(a^2 - 1\right)$.
   b. En utilisant les congruences modulo 3, montrer que $a^{561} - a$ est divisible par 3.
3. a. Montrer que $a^{561} - a = k' \times a\left(a^{10} - 1\right)$ avec k' entier.
   b. En utilisant les congruences modulo 11, montrer que $a^{561} - a$ est divisible par 11.
4. a. Montrer que $a^{561} - a = k" \times a\left(a^{16} - 1\right)$ avec $k"$ entier.
   b. En utilisant les congruences modulo 17, montrer que $a^{561} - a$ est divisible pae 17.
5. En déduire que $a^{561} \equiv a\ [561]$.

Un entier n non nul et différent de 1 *et qui n'est pas premier est appelé nombre de Carmichaël si, pour tout a entier, n divise $a^n - a$.* **6.** Pourquoi 561 est-il un nombre de Carmichaël ?

EXERCICE 508 **20 minutes**
Soit n un entier supérieur ou égal à 2, dont la décomposition en produit de facteurs premiers est $n = p_1^{\alpha_1} p_2^{\alpha_2} \cdots p_k^{\alpha_k}$.

1. Démontrer que l'ensemble des diviseurs naturels de n est l'ensemble des entiers naturels d s'écrivant sous la forme $d = p_1^{\beta_1} p_2^{\beta_2} \cdots p_k^{\beta_k}$, où $\beta_1,\ \beta_2, \cdots, \beta_k$ sont des entiers naturels tels que $\forall i \in [\![1\ ;\ k]\!], 0 \leqslant \beta_i \leqslant \alpha_i$.
2. Décomposer le nombre 504 en produit de facteurs premiers, en déduire l'ensemble des diviseurs de 504 dans $\mathbb{N}$.

2.5 PGCD - Nombres premiers entre eux

2.5.1 Point de cours

Soit a et b des entiers non nuls. On note $D(a\ ,\ b)$ l'ensemble des diviseurs communs positifs de a et b. On a ainsi $D(a\ ,\ b) = D(a) \cap D(b)$.

Définition 1 : Le plus grand élément de $D(a\ ,\ b)$ est appelé le **p**lus **g**rand **c**ommun **d**iviseur de a et b et on le note $PGCD(a\ ,\ b)$ ou $a \wedge b$.

Lemme d'Euclide : Soit a, b, q et r des entiers relatifs non nuls,
si $a = bq + r$ alors $PGCD(a,b) = PGCD(b,r)$.

Propriété 1 : Soit $k \in \mathbb{N}^\star$, $PGCD(ka\ ,\ kb) = kPGCD(a,b)$.

Définition 2 : Deux entiers a et b sont **premiers entre eux** si, et seulement si, $PGCD(a,b) = 1$.

Propriété 2 : $PGCD(a,b) = d$ si, et seulement si, il existe deux entiers relatifs non nuls a' et b' tels que $a = da'$ et $b = db'$ avec a' et b' premiers entre eux.

2.5.2 Exercices d'application de cours

Exercice 509 **10 minutes**
Déterminer le PGCD des nombres 6732 et 342 en utilisant la méthode des divisions successives.

Exercice 510 **10 minutes**
Déterminer le PGCD des nombres 18 459 et 3 809 en utilisant la méthode des divisions successives.

Exercice 511 **10 minutes**

1. Déterminer l'ensemble des diviseurs de 240.
2. Déterminer l'ensemble des diviseurs de 36.
3. En déduire le $PGCD$ de 240 et 36.

Exercice 512 **10 minutes**

1. Décomposer 5400 en facteurs premiers.
2. Décomposer 4200 en facteurs premiers.
3. En déduire le $PGCD$ de 5400 et 4200.

Exercice 513 **10 minutes**
En utilisant l'algorithme d'Euclide déterminer $PGCD(12345\ ;\ 567)$.

Exercice 514 **10 minutes**
Démontrer que 1234 et 56789 sont premiers entre eux.

EXERCICE 515 **10 minutes**

Montrer que, pour tout $n \in \mathbb{N}$, la fraction $\dfrac{n+1}{2n+3}$ est irréductible.

EXERCICE 516 **10 minutes**

Déterminer les entiers naturels a et b tels que $PGCD(a\ ,\ b) = 9$ et $a + b = 72$.

EXERCICE 517 **10 minutes**

Déterminer les entiers naturels a et b tels que $PGCD(a\ ,\ b) = 11$ et $ab = 10164$.

EXERCICE 518 **10 minutes**

Déterminer a et b deux entiers naturels, tels que $PGCD(a\ ;\ b) = 17$ et $a^2 - b^2 = 1445$.

EXERCICE 519 **10 minutes**

Démontrer le lemme d'Euclide.

EXERCICE 520 **10 minutes**

Démontrer la propriété 2.

2.5.3 Exercices d'approfondissement

EXERCICE 521 **15 minutes**

Soit n un entier naturel, on pose $a = 2n + 8$, $b = 3n + 15$. On désigne par d le $PGCD$ de a et b.

1. Démontrer que, pour tout $n \in \mathbb{N}$, d divise 6.
2. Déterminer l'ensemble des entiers naturels n pour lesquels $d = 6$, c'est-à-dire l'ensemble $S = \left\{n \in \mathbb{N} / PGCD(2n+8,\ 3n+15) = 6\right\}$.

EXERCICE 522 **10 minutes**

1. Déterminer l'ensemble des diviseurs de 5929.
2. Trouver les couples $(a\ ;\ b)$ d'entiers naturels dont le PGCD et le PPCM sont les solutions de l'équation $x^2 - 91x + 588 = 0$

EXERCICE 523 **15 minutes**

Soit $n \in \mathbb{Z}$, on considère les entiers relatifs a et b définis par $a = 3n^2 - 7n - 8$ et $b = n - 2$.

1. Démontrer que $PGCD(a\ ,\ b) = PGCD(b\ ,\ 10)$.
2. Déterminer les valeurs de n pour lesquelles $PGCD(a\ ,\ b) = 5$.
3. Déterminer les valeurs de n pour lesquelles a et b sont premiers entre eux.

EXERCICE 524 **15 minutes**

Définition : Si a et b sont deux entiers non nuls, alors ils possèdent un plus petit multiple commun, noté $PPCM(a\ ;\ b)$ ou $a \vee b$.

1. Dans chaque cas, déterminer $PGCD(a\ ;\ b)$, $PPCM(a\ ;\ b)$,
   puis calculer $ab - PPCM(a\ ;\ b) \times PGCD(a\ ;\ b)$. Etablir une conjecture.

- **a.** $a = 2$ et $b = 9$.
- **b.** $a = 15$ et $b = 21$.
- **c.** $a = 210$ et $b = 330$.
- **d.** $a = 2018$ et $b = 1009$.

2. Démontrer que pour tous entiers non nuls a et b on a $PGCD(a\,;\,b) \times PPCM(a\,;\,b) = ab$.

EXERCICE 525 **10 minutes**

Déterminer deux entiers naturels ayant pour somme 240 et pour PPCM 504.

EXERCICE 526 **10 minutes**

Trouver deux entiers ayant pour PGCD 21 et pour PPCM 420.

EXERCICE 527 **10 minutes**

Trouver deux entiers naturels dont la différence est 22932 et pour PPCM 98280.

EXERCICE 528 **10 minutes**

Trouver tous les couples d'entiers naturels $(a\,;\,b)$ tels que
$PGCD(a\,;\,b) = 5$ et $PPCM(a\,;\,b) = 81600$.

EXERCICE 529 **10 minutes**

Trouver tous les couples d'entiers naturels $(a\,;\,b)$, $a < b$, tels que
$PPCM(a\,;\,b) - PGCD(a\,;\,b) = 77$.

EXERCICE 530 **10 minutes**

Déterminer le PGCD et le PPCM de 500479 et 2690545.

EXERCICE 531 **10 minutes**

Déterminer le PGCD et le PPCM de 57715 et 29100.

EXERCICE 532 **15 minutes**

1. Quels sont les entiers naturels dont le carré est un diviseur de 1980?
2. Soit a et b des entiers naturels strictement positifs dont le $PGCD$ est noté d et le $PPCM$ est noté m. Déterminer a et b sachant que $m^2 - 5d^2 = 1980$.

EXERCICE 533 **20 minutes**

Pour tout entier naturel $n \geqslant 5$, on considère les nombres :
$a = n^3 - n^2 - 12n$ et $b = 2n^2 - 7n - 4$.

1. Montrer, après factorisation, que a et b sont des entiers naturels divisibles par $n - 4$.
2. On pose $\alpha = 2n + 1$ et $\beta = n + 3$. On note d le PGCD de α et β.
   - **a.** Etablir une relation entre α et β indépendante de n.
   - **b.** Démontrer que d est un diviseur de 5.
   - **c.** Démontrer que les nombres α et β sont multiples de 5 si et seulement si $n-2$ est multiple de 5.
3. Montrer que $2n + 1$ et n sont premiers entre eux.
4. **a.** Déterminer, suivant les valeurs de n et en fonction de n, le PGCD de a et b.
   b. Vérifier les résultats obtenus dans les cas particuliers $n = 11$ et $n = 12$.

EXERCICE 534 **20 minutes**

1. Soient a et b des entiers naturels non nuls tels que PGCD$(a+b\,;\, ab) = p$, où p est un nombre premier.
   a. Démontrer que p divise a^2 (On remarquera que $a^2 = a(a+b) - ab$).
   b. En déduire que p divise a.
   On constate donc, de même, que p divise b.
   c. Démontrer que $PGCD(a,\ b) = p$.
2. On désigne par a et b des entiers naturels tels que $a \leqslant b$.
   a. Résoudre le système $\begin{cases} PGCD(a,\ b) = 5 \\ PPCM(a,\ b) = 170 \end{cases}$
   b. En déduire les solutions du système : $\begin{cases} PGCD(a+b,\ ab) & = & 5 \\ PPCM(a,\ b) & = & 170 \end{cases}$

EXERCICE 535 **10 minutes**

Soit n un entier naturel non nul. On considère les nombres a et b tels que :
$a = 2n^3 + 5n^2 + 4n + 1$ et $b = 2n^2 + n$.

1. Montrer que $2n + 1$ divise a et b.
2. Un élève affirme que le $PGCD$ de a et b est $2n + 1$.
   Son affirmation est-elle vraie ou fausse? (*La réponse sera justifiée.*)

EXERCICE 536 **20 minutes**

1. Calculer le $PGCD$ de $4^5 - 1$ et de $4^6 - 1$.

Soit (u_n) la suite numérique définie par :
$u_0 = 0,\ u_1 = 1$ et, pour tout entier naturel n, $u_{n+2} = 5u_{n+1} - 4u_n$.

2. Calculer les termes $u_2,\ u_3$ et u_4 de la suite u.
3. a. Montrer que la suite (u_n) vérifie, pour tout entier naturel n, $u_{n+1} = 4u_n + 1$.
   b. Montrer que, pour tout entier naturel n, u_n est un entier naturel.
   c. En déduire, pour tout entier naturel n, le $PGCD$ de u_n et u_{n+1}.
4. Soit (v_n) la suite définie pour tout entier naturel n par $v_n = u_n + \dfrac{1}{3}$.
   a. Montrer que (v_n) est une suite géométrique dont on déterminera la raison et le premier terme v_0.
   b. Exprimer v_n puis u_n en fonction de n.
   c. Déterminer, pour tout entier naturel n, le $PGCD$ de $4^{n+1} - 1$ et de $4^n - 1$.

EXERCICE 537 **15 minutes**

n est un entier naturel supérieur ou égal à 2.

1. Montrer que n et $2n + 1$ sont premiers entre eux.
2. On pose $\alpha = n + 3$ et $\beta = 2n + 1$ et on note δ le $PGCD$ de α et β.

a. Calculer $2\alpha - \beta$ et en déduire les valeurs possibles de δ.
b. Démontrer que α et β sont multiples de 5 si et seulement si $(n-2)$ est multiple de 5.

3. On considère les nombres a et b définis par : $a = n^3 + 2n^2 - 3n$ et $b = 2n^2 - n - 1$.
Montrer, après factorisation, que a et b sont des entiers naturels divisibles par $(n-1)$.

4. a. On note d le $PGCD$ de $n(n+3)$ et de $(2n+1)$. Montrer que δ divise d, puis que $\delta = d$.
b. En déduire le $PGCD$, δ, de a et b en fonction de n.
c. Application : Déterminer δ pour $n = 2021$ puis pour $n = 2022$.

Exercice 538 **20 minutes**

On considère des entiers a, b, c tels que : $PGCD(a\,;\,b) = 3$ et $PGCD(b\,;\,c) = 4$ (1).

1. Montrer que a, b, c sont premiers entre eux dans leur ensemble.
2. On suppose dans cette question que a et c sont premiers entre eux. Montrer que l'on a la relation : $abc = PPCM(a;b;c) \times PGCD(a;b) \times PGCD(b;c) \times PGCD(c;a)$.
3. On suppose dans cette question que $abc = 12096$, a, b, c vérifiant (1).
Trouver tous les triplets (a, b, c).

Exercice 539 **5 minutes**

Déterminer tous les entiers naturels a tels que $PPCM(a\,;\,34) = 102$.

Exercice 540 **25 minutes**

Partie A

Soit x un nombre réel.

1. Vérifier que $x^4 + 4 = \left(x^2 + 2\right)^2 - 4x^2$.
2. En déduire que $x^4 + 4$ peut s'écrire comme produit de deux trinômes à coefficients réels.

Partie B

Soit n un entier naturel supérieur ou égal à 2.
On considère les entiers $A = n^2 - 2n + 2$ et $B = n^2 + 2n + 2$ et d leur $PGCD$.

1. Montrer que $n^4 + 4$ n'est pas premier.
2. Montrer que, tout diviseur de A qui divise n, divise 2.
3. Montrer que, tout diviseur commun de A et B, divise $4n$.
4. Dans cette question on suppose que n est impair.

a. Montrer que A et B sont impairs. En déduire que d est impair.
b. Montrer que d divise n.
c. En déduire que d divise 2, puis que A et B sont premiers entre eux.

5. On suppose maintenant que n est pair.

a. Montrer que 4 ne divise pas $n^2 - 2n + 2$.
b. Montrer que d est de la forme $d = 2p$, où p est impair.
c. Montrer que p divise n. En déduire que $d = 2$. (On pourra s'inspirer de la démonstration utilisée à la question **4**).

EXERCICE 541 **10 minutes**

1. Déterminer le PGCD, d des nombres $a = 4420$ et $b = 2772$.
2. Déterminer les restes dans la division par 5 des entiers naturels 12^a, 12^b et 12^d.

EXERCICE 542 **10 minutes**

Si d est le *PGCD* des entiers naturels a et b, quel est le *PGCD* des entiers $a' = 13a+5b$ et $b' = 5a+2b$?

EXERCICE 543 **20 minutes**

1. Etablir que quels que soient a, b et q entiers relatifs, $a \wedge b = b \wedge (a-bq)$.
2. Montrer que quel que soit $n \in \mathbb{Z}$, $(5n^3-n) \wedge (n+2) = (n+2) \wedge 38$.
3. Déterminer l'ensemble des entiers relatifs n tels que $n+2$ divise $5n^3-n$.
4. Quelles sont les valeurs possibles de $(5n^3-n) \wedge (n+2)$?
   En déduire l'ensemble des entiers relatifs n tels que $(5n^3-n) \wedge (n+2) = 19$

EXERCICE 544 **10 minutes**

Pour quelles valeurs de l'entier naturel n la fraction $\dfrac{2n-5}{n+2}$ est-elle réductible?
Cette fraction peut-elle être égale à un entier?

EXERCICE 545 **15 minutes**

1. Soit $n \in \mathbb{N}$, $n > 1$, déterminer le PGCD des entiers $n(n+1)$ et $(n-1)(n+2)$.
   ☞ On pourra, pour cela, former leur différence.
   Que peut-on en conclure pour les nombres $a = \dfrac{n(n+1)}{2}$ et $b = \dfrac{(n-1)(n+2)}{2}$?
2. Soit $n > 2$, on considère les nombres $b = \dfrac{(n-1)(n+2)}{2}$ et $c = \dfrac{(n-2)(n+3)}{2}$.
   Déterminer le PGCD de b et c, suivant la valeur du reste de la division de n par 4.

EXERCICE 546 **15 minutes**

Soit B un entier naturel strictement supérieur à 3. Tous les nombres de l'exercice seront exprimer en base B.

1. Montrer que $n = \overline{132}$ est divisible par $B+1$ et $B+2$.
   Pour quelles valeurs de B, n est-il divisible par six?
2. Montrer que $A = \overline{1320}$ est divisible par six/
3. On pose $C = \overline{1430}$. Déterminer le PGCD de A et C.

EXERCICE 547 **10 minutes**

Soit n un entier relatif. On considère les deux nombres $A = n-1$ et $B = n^2-3n+6$.

1. Montrer que le PGCD de A et B est égal au PGCD de A et 4.
2. Déterminer suivant les valeurs de n le PGCD de A et B.
3. Pour quelles valeurs de $n \in \mathbb{Z}$, le nombre $\dfrac{n^2-3n+6}{n-1}$ est-il un entier relatif?

EXERCICE 548 **10 minutes**

1. Trouver deux constantes a et b tels que l'ont ait $\forall k \in \mathbb{Z}$,
   $9k+4 = a(2k-1)+k+8$ et $2k-1 = b(k+8)-17$.
2. En déduire que :
   a. Si $k \equiv 9$ [17] alors $PGCD(9k+4\,;\,2k-1) = 17$.
   b. Si $k \not\equiv 9$ [17] alors $PGCD(9k+4\,;\,2k-1) = 1$.

2.6 Théorèmes fondamentaux de l'arithmétique

2.6.1 Point de cours

Soit A, b et c trois entiers non nuls.

Identité de Bézout : si $d = PGCD(a,b)$ alors il existe un couple d'entiers relatifs $(u\,;\,v)$ tel que $au+bv=d$.

Théorème de Bézout : $PGCD(a,b)=1$ si, et seulement si, il existe un couple d'entiers relatifs $(u\,;\,v)$ tel que $au+bv=1$.

Théorème de Gauss : si a divise bc et si a et b sont premiers entre eux alors a divise c.

Corollaire : si $PGCD(b,c)=1$ et si b et c divisent a alors bc divise a.

2.6.2 Exercices d'application de cours

EXERCICE 549 **5 minutes**

Dans chaque cas, justifier l'existence d'un couple $(u\,;\,v)$ vérifiant l'égalité donnée.

1. $2u+7v=1$.
2. $17u-29v=1$.
3. $19u+5v=1$.

EXERCICE 550 **5 minutes**

Déterminer, s'il existe, un couple $(x\,;\,y)$ vérifiant l'égalité donnée :

1. $8x-6y=5$.
2. $12x+9y=3$.
3. $8x+7y=9$.

EXERCICE 551 **10 minutes**

Déterminer tous les entiers m et n tels que :

1. $63m=45n$.
2. $19m=29n$.
3. $21m=19n$.

EXERCICE 552 **15 minutes**

1. Justifier qu'il existe des entiers x et y tels que $23x - 18y = 1$.
2. Trouver deux entiers x_0 et y_0 tels que $23x_0 - 18y_0 = 1$.
3. On veut en déduire tous les couples $(x\,;\,y)$ d'entiers relatifs solutions de l'équation

$$23x - 18y = 1$$

   a. Montrer que $(x\,;\,y)$ est solution de l'équation $23x - 18y = 1$ si, et seulement si $23(x - x_0) = 18(y - y_0)$.
   b. Justifier qu'il existe deux entiers k et k' tels que $x - x_0 = 18k$ et $y - y_0 = 23k'$.
   c. Réciproquement, démontrer qu'un couple $(x_0 + 18k\,;\,y_0 + 23k')$ est solution si $k = k'$.
   d. Conclure.

EXERCICE 553 **10 minutes**

Indiquer si l'affirmation est vraie ou fausse et donner une justification de la réponse choisie.

Soit a et b deux nombres entiers relatifs non nuls.

Affirmation : « S'il existe un couple de nombres entiers relatifs $(u\,;\,v)$ tel que $ua + vb = 3$, alors $\text{PGCD}(a,\,b) = 3$ ».

EXERCICE 554 **10 minutes**

1. Vérifier que le couple (4 ; 6) est une solution de l'équation (E) $\quad 11x - 5y = 14$.
2. Déterminer tous les couples d'entiers relatifs $(x\,;\,y)$ vérifiant l'équation (E).

EXERCICE 555 **10 minutes**

1. Déterminer un couple d'entiers relatifs $\left(x_0\,;\,y_0\right)$ tel que $37x_0 + 23y_0 = 1$.
2. En utilisant ce couple particulier, déterminer toutes les solutions dans $\mathbb{Z}$ de l'équation $37x + 23y = 1$.

EXERCICE 556 **10 minutes**

1. Déterminer un couple d'entiers relatifs $\left(x_0\,;\,y_0\right)$ tel que $5x_0 - 3y_0 = 7$.
2. En utilisant ce couple particulier, déterminer toutes les solutions dans $\mathbb{Z}$ de l'équation $5x - 3y = 7$.

EXERCICE 557 **10 minutes**

1. Déterminer un couple d'entiers relatifs $\left(x_0\,;\,y_0\right)$ tel que $13x_0 + 7y_0 = 5$.
2. En utilisant ce couple particulier, déterminer toutes les solutions dans $\mathbb{Z}$ de l'équation $13x + 7y = 5$.

EXERCICE 558 **15 minutes**

1. Déterminer un couple d'entiers relatifs $\left(x_0\,;\,y_0\right)$ tel que $143x_0 - 100y_0 = 1$.
2. En utilisant ce couple particulier, déterminer toutes les solutions dans $\mathbb{Z}$ de l'équation $143x - 100y = 1$.

EXERCICE 559 **10 minutes**

1. Déterminer les entiers naturels a et b, ayant 11 pour PGCD et 10164 pour produit.
2. Résoudre, dans $\mathbb{Z}$, l'équation $77x - 132y = 44$.
   On cherchera d'abord une solution particulière, puis on déterminera, dans $\mathbb{Z}$, tous les couples $(x\,;\,y)$ solutions de l'équation.

2.6.3 Exercices d'approfondissement

EXERCICE 560 **10 minutes**

Démontrer le théorème de Bézout : $PGCD(a, b) = 1$ si, et seulement si, il existe un couple d'entiers relatifs $(u\,;\,v)$ tel que $au + bv = 1$.

EXERCICE 561 **10 minutes**

Démontrer le théorème de Gauss : si a divise bc et si a et b sont premiers entre eux alors a divise c.

EXERCICE 562 **10 minutes**

Démontrer le corollaire : si $PGCD(b, c) = 1$ et si b et c divisent a alors bc divise a.

EXERCICE 563 **10 minutes**

1. Un nombre entier a divise le produit de deux nombres entiers b et c ; a est premier avec b. Montrer que a divise c.
2. Sachant que $x_0 = 5$ et $y_0 = 5$ est un couple solution de l'équation $4x - 3y = 5$, trouver la forme générale des entiers relatifs x et y vérifiant l'équation.

EXERCICE 564 **10 minutes**

1. Trouver tous les entiers relatifs u et v tels que $3u - 5v = 0$.
2. Trouver tous les entiers relatifs x et y tels que $3x - 5y = 18$.

EXERCICE 565 **10 minutes**

1. Résoudre dans $\mathbb{Z}$ l'équation $23x - 17y = 6$.
2. Déduire de la question précédente les entiers naturels A inférieurs à 1000 tels que dans la division euclidienne de A par 23, le reste soit 2, et dans celle de A par 17 le reste soit 8.

EXERCICE 566 **10 minutes**

1. Démontrer que si un nombre divise un produit de deux facteurs et s'il est premier avec l'un d'eux, il divise l'autre.
2. En déduire que si un nombre est divisible séparément par des nombres premiers entre eux deux à deux, il est divisible par leur produit.

EXERCICE 567 **15 minutes**

Déterminer tous les couples d'entiers relatifs $(a\,;\,b)$ vérifiant l'équation donnée :

1. $17a - 19b = 2$.
2. $17a - 19b = -2$.

EXERCICE 568 **20 minutes**

1. Déterminer le *PGCD* des nombres 1683 et 969.
2. En déduire tous les couples $(x\ ;\ y)$ d'entiers relatifs, solutions des équation suivantes :

   a. $969x - 1683y = 51$ (on vérifiera que le couple $(7\ ;\ 4)$ est une solution).
   b. $969x - 1683y = 102$.
   c. $969x - 1683y = 84$.

EXERCICE 569 **15 minutes**

On considère dans $\mathbb{Z}^2$ l'équation (1) : $11a + 7b = 1980$.

1. Montrer que, pour tout couple (a, b) solution de (1), b est divisible par 11.
2. En déduire l'ensemble des solutions de (1).

EXERCICE 570 **20 minutes**

1. Déterminer l'ensemble des couples $(x\ ;\ y)$ de nombres entiers relatifs, solution de l'équation (E) : $8x - 5y = 3$.
2. Soit m un nombre entier relatif tel qu'il existe un couple $(p\ ;\ q)$ de nombres entiers vérifiant $m = 8p + 1$ et $m = 5q + 4$.
3. Montrer que le couple $(p,\ q)$ est solution de l'équation (E) et en déduire que $m \equiv 9\ [40]$.

EXERCICE 571 **15 minutes**

Un soir dans une auberge s'arrêtent plusieurs diligences. Des hommes et des femmes, moins nombreuses, s'attablent. Chaque homme doit payer 19 sous et chaque femme 13 sous.
Sachant qu'à la fin du repas, l'aubergiste a récolté exactement 1000 sous, retrouver combien d'hommes et de femmes ont mangé à l'auberge ce soir-là.

EXERCICE 572 **15 minutes**

1. Déterminer l'ensemble des couples $(x,\ y)$ d'entiers relatifs qui vérifient : $3x - 7y = 23$ (1).
2. Soit k un élément de $\mathbb{Z}$, $k \neq 7$. Démontrer que $PGCD(3 + 7k\ ;\ -2 + 3k) = PGCD(k + 7\ ;\ 23)$.
3. En déduire l'ensemble des couples $(x,\ y)$ de $\left(\mathbb{Z}^{\star}\right)^2$ vérifiant (1) et tels que $PGCD(x\ ;\ y) \neq 1$.

EXERCICE 573 **15 minutes**

On considère l'équation suivante d'inconnues x et y entiers relatifs : $7x - 3y = 1$ (E)

1. Un algorithme incomplet est donné ci-dessous. Le compléter, en écrivant ses lignes manquantes (1) et (2) de manière à ce qu'il donne les solutions entières $(x\ ;\ y)$ de l'équation (E) vérifiant $-5 \leqslant x \leqslant 10$ et $-5 \leqslant y \leqslant 10$.

```
Pour X variant de −5 à 10
    (1) ..............
        (2) ..............
        Alors Afficher X et Y
        Fin Si
    Fin Pour
Fin Pour
```

2. a. Donner une solution particulière de l'équation (E).
   b. Déterminer l'ensemble des couples d'entiers relatifs solutions de l'équation (E).
   c. Déterminer l'ensemble des couples $(x\,;\,y)$ d'entiers relatifs solutions de l'équation (E) tels que $-5 \leqslant x \leqslant 10$ et $-5 \leqslant y \leqslant 10$.

EXERCICE 574 **20 minutes**

Un astronome a observé au jour J_0 le corps céleste A, qui apparaît périodiquement tous les 105 jours. Six jours plus tard (J_0+6), il observe le corps B, dont la période d'apparition est de 81 jours. On appelle J_1 le jour de la prochaine apparition simultanée des deux objets aux yeux de l'astronome.

Le but de cet exercice est de déterminer la date de ce jour J_1.

1. Soient u et v le nombre de périodes effectuées respectivement par A et B entre J_0 et J_1. Montrer que le couple $(u\,;\,v)$ est solution de l'équation (E_1) : $35x-27y=2$.
2. a. Déterminer un couple d'entiers relatifs $(x_0\,;\,y_0)$ solution particulière de l'équation (E_2) : $35x-27y=1$.
   b. En déduire une solution particulière $(u_0\,;\,v_0)$ de (E_1).
   c. Déterminer toutes les solutions de l'équation (E_1).
   d. Déterminer la solution $(u\,;\,v)$ permettant de déterminer J_1.
3. a. Combien de jours s'écouleront entre J_0 et J_1 ?
   b. Le jour J_0 était le mardi 7 décembre 1999, quelle est la date exacte du jour J_1 ? (L'année 2000 était bissextile.)
   c. Si l'astronome manque ce futur rendez-vous, combien de jours devra-t-il attendre jusqu'à la prochaine conjonction des deux astres?

EXERCICE 575 **20 minutes**

Les questions 1 et 2 sont indépendantes.

Soit n un entier naturel non nul.

1. On considère l'équation notée (E) : $3x+7y=10^{2n}$ où x et y sont des entiers relatifs.
   a. Déterminer un couple $(u\,;\,v)$ d'entiers relatifs tels que $3u+7v=1$.
      En déduire une solution particulière $\left(x_0\,;\,y_0\right)$ de l'équation (E).
   b. Déterminer l'ensemble des couples d'entiers relatifs $(x\,;\,y)$ solutions de (E).
2. On considère l'équation notée (G) $3x^2+7y^2=10^{2n}$ où x et y sont des entiers relatifs.
   a. Montrer que $100 \equiv 2$ [7].
      Démontrer que si $(x\,;\,y)$ est solution de (G) alors $3x^2 \equiv 2^n$ [7].

b. Reproduire et compléter le tableau suivant :

Reste de la division euclidienne de x par 7	0	1	2	3	4	5	6
Reste de la division euclidienne de $3x^2$ par 7.							

c. Démontrer que 2^n est congru à 1, 2 ou 4 modulo 7.
En déduire que l'équation (G) n'admet pas de solution.

EXERCICE 576 **15 minutes**

On considère, lorsque $n \in \mathbb{N}^\star$, les deux entiers $a = 11n+3$ et $b = 13n-1$.

1. Démontrer que tout diviseur de a et b est un diviseur de 50.
2. Résoudre dans $\mathbb{N}^\star$, l'équation : $50x - 11y = 3$.
En déduire les valeurs de n pour lesquelles $PGCD(a\,;\,b) = 50$.
3. Pour quelles valeurs de n a-t-on $PGCD(a\,;\,b) = 25$.

EXERCICE 577 **15 minutes**

1. Résoudre dans $\mathbb{Z}$, l'équation $661x - 991y = 1$.
☞ on pourra remarquer que $1982 = 2 \times 991$ et $1983 = 3 \times 661$.
2. On considère deux suites arithmétiques (u_n) et (v_n) définies par :
$\begin{cases} u_0 & = & 3 \\ u_{n+1} & = & u_n + 991 \end{cases}$ et $\begin{cases} v_0 & = & 2 \\ v_{n+1} & = & v_n + 661 \end{cases}$
Indiquer tous les couples $(p\,;\,q)$, avec p et q entiers naturels inférieurs à 2000, tels que $u_p = v_q$.

EXERCICE 578 **10 minutes**

On considère les entiers naturels a, b, c qui s'écrivent dans la base n

$$a = \overline{111}^n \qquad b = \overline{114}^n \qquad c = \overline{13054}^n$$

1. Sachant que $c = ab$, déterminer n, puis l'écriture de chacun des nombres a, b, c dans le système décimal.
2. Vérifier, en utilisant l'algorithme d'Euclide, que a et b sont premiers entre eux.
En déduire les solutions dans $\mathbb{Z}$ de l'équation $ax + by = 1$.

EXERCICE 579 **15 minutes**

1. Déterminer le PGCD des nombres 21 590 et 9 525.
2. Déterminer l'ensemble des entiers relatifs x pour lesquels on a $34x \equiv 2\ [15]$.
3. Résoudre, dans $\mathbb{Z}$, l'équation $21\,590x + 9\,525y = 1\,270$.

EXERCICE 580 **15 minutes**

1. Décomposer 319 en produit de facteurs premiers.
2. Démontrer que si x et y sont deux entiers naturels premiers entre eux, il en est de même pour $3x+5y$ et $x+2y$.
3. Résoudre dans $\mathbb{N}^\star$ le système
$\left\{\begin{array}{rcl}(3a+5b)(a+2b) & = & 1276 \\ ab & = & 2m\end{array}\right.$ où m désigne le plus petit multiple commun de a et b.

EXERCICE 581 **15 minutes**

1. Calculer le PGCD des nombres 5145, 4410 et 3675.
2. Résoudre dans $\mathbb{N}$ l'équation $3675x-5145y=4410$.

EXERCICE 582 **20 minutes**

1. On se propose, dans cette question, de déterminer tous les entiers relatifs N tels que
$\left\{\begin{array}{l}N \equiv 5\ [13] \\ N \equiv 1\ [17]\end{array}\right.$

   a. Vérifier que 239 est solution de ce système.
   b. Soit N un entier relatif solution de ce système.
   Démontrer que N peut s'écrire sous la forme $N=1+17x=5+13y$ où x et y sont deux entiers relatifs vérifiant la relation $17x-13y=4$.
   c. Résoudre l'équation $17x-13y=4$ où x et y sont des entiers relatifs.
   d. En déduire qu'il existe un entier relatif k tel que $N=18+221k$.
   e. Démontrer l'équivalence entre $N \equiv 18\ [221]$ et $\left\{\begin{array}{l}N \equiv 5\ [13] \\ N \equiv 1\ [17]\end{array}\right.$.

2. a. Existe-t-il un entier naturel k tel que $10^k \equiv 1\ [17]$?
   b. Existe-t-il un entier naturel l tel que $10^l \equiv 18\ [221]$?

EXERCICE 583 **20 minutes**

1. On considère l'équation $(\mathcal{E})$: $17x-24y=9$, où $(x\ ;\ y)$ est un couple d'entiers relatifs.

   a. Vérifier que le couple (9 ; 6) est solution de l'équation $(\mathcal{E})$.
   b. Résoudre l'équation $(\mathcal{E})$.

2. Dans une fête foraine, Jean s'installe dans un manège circulaire représenté par le schéma ci-dessous. Il peut s'installer sur l'un des huit points indiqués sur le cercle.

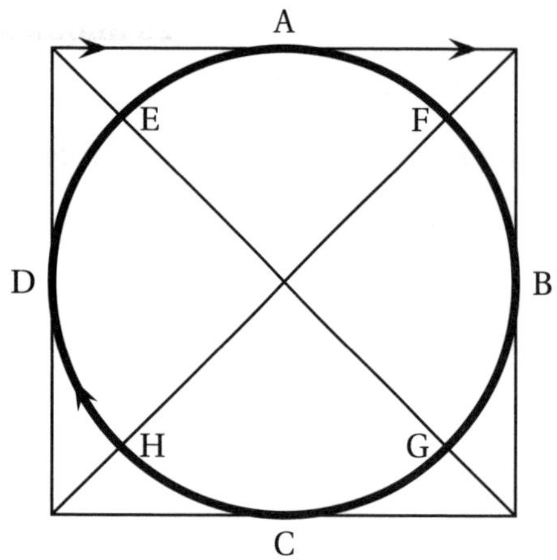

Le manège comporte un jeu qui consiste à attraper un pompon qui se déplace sur un câble formant un carré dans lequel est inscrit le cercle. Le manège tourne dans le sens des aiguilles d'une montre, à vitesse constante. Il fait un tour à vitesse constante. Il fait un tour en 24 secondes. Le pompon se déplace dans le même sens à vitesse constante. Il fait un tour en 17 secondes.

Pour gagner, Jean doit attraper le pompon, et il ne peut le faire qu'aux points de contact qui sont notés A, B, C et D sur le dessin.

A l'instant $t = 0$, Jean part du point H en même temps que le pompon part du point A.

a. On suppose qu'à un certain instant t Jean attrape le pompon en A. Jean a déjà pu passer un certain nombre de fois en A sans y trouver le pompon. A l'instant t, on note y le nombre de tours effectués depuis son premier passage en A et x le nombre de tours effectués par le pompon.
Montrer que $(x,\ y)$ est solution de l'équation $(\mathcal{E})$ de la question **1**.

b. Jean a payé pour 2 minutes. Aura-t-il le temps d'attraper le pompon ?

c. Montrer, qu'en fait, il n'est possible d'attraper le pompon qu'au point A.

d. Jean part maintenant du point E. Aura-t-il le temps d'attraper le pompon en A avant les deux minutes ?

EXERCICE 584 **25 minutes**

On se propose de déterminer l'ensemble $\mathcal{S}$ des entiers relatifs n vérifiant le système :

$$\begin{cases} n \equiv 9 \quad [17] \\ n \equiv 3 \quad [5] \end{cases}$$

1. Recherche d'un élément de $\mathcal{S}$.
On désigne par $(u\ ;\ v)$ un couple d'entiers relatifs tel que $17u + 5v = 1$.

a. Justifier l'existence d'un tel couple $(u\ ;\ v)$.

b. On pose $n_0 = 3 \times 17u + 9 \times 5v$. Démontrer que n_0 appartient à $\mathcal{S}$.

c. Donner un exemple d'entier n_0 appartenant à $\mathcal{S}$.

2. Caractérisation des éléments de $\mathcal{S}$.

a. Soit n un entier relatif appartenant à $\mathcal{S}$. Démontrer que $n - n_0 \equiv 0 \quad [85]$.

b. En déduire qu'un entier relatif n appartient à $\mathcal{S}$ si et seulement si il peut s'écrire sous la forme $n = 43 + 85k$ où k est un entier relatif.

3. Application : Zoé sait qu'elle a entre 300 et 400 jetons. Si elle fait des tas de 17 jetons, il lui en reste 9. Si elle fait des tas de 5 jetons, il lui en reste 3.
Combien a-t-elle de jetons ?

EXERCICE 585 **25 minutes**

1. On considère l'équation (1) d'inconnue $(n\ ;\ m)$ élément de $\mathbb{Z}^2$: $11n - 24m = 1$.
   a. Justifier, à l'aide de l'énoncé d'un théorème, que cette équation admet au moins une solution.
   b. En utilisant l'algorithme d'Euclide, déterminer une solution particulière de l'équation (1).
   c. Déterminer l'ensemble des solutions de l'équation (1).
2. Recherche du $PGCD$ de $10^{11} - 1$ et $10^{24} - 1$.
   a. Justifier que 9 divise $10^{11} - 1$ et $10^{24} - 1$.
   b. $(n,\ m)$ désignant un couple quelconque d'entiers naturels solutions de (1), montrer que l'on peut écrire $\left(10^{11n} - 1\right) - 10\left(10^{24m} - 1\right) = 9$.
   c. Montrer que $10^{11} - 1$ divise $10^{11n} - 1$.
   (On rappelle l'égalité $a^n - 1 = (a-1)\left(a^{n-1} + a^{n-2} + \cdots + a^0\right)$, valable pour tout entier naturel n non nul).
   Déduire de la question précédente l'existence de deux entiers N et M tels que :
   $\left(10^{11} - 1\right) N - \left(10^{24} - 1\right) M = 9$.
   d. Montrer que tout diviseur commun à $10^{24} - 1$ et $10^{11} - 1$ divise 9.
   e. Déduire des questions précédentes le $PGCD$ de $10^{24} - 1$ et $10^{11} - 1$.

EXERCICE 586 **30 minutes**

Pour coder un message, on procède de la manière suivante : à chacune des 26 lettres de l'alphabet, on commence par associer un entier n de l'ensemble
$\Omega = \{0\ ;\ 1\ ;\ 2\ ;\ \ldots\ ;\ 24\ ;\ 25\}$ selon le tableau ci-dessous :

A	B	C	D	E	F	G	H	I	J	K	L	M
0	1	2	3	4	5	6	7	8	9	10	11	12

N	O	P	Q	R	S	T	U	V	W	X	Y	Z
13	14	15	16	17	18	19	20	21	22	23	24	25

a et b étant deux entiers naturels donnés, on associe à tout entier n de Ω le reste de la division euclidienne de $(an + b)$ par 26; ce reste est alors associé à la lettre correspondante.

Exemple : pour coder la lettre P avec $a = 2$ et $b = 3$, on procède de la manière suivante :

Etape 1 : on lui associe l'entier $n = 15$.

Etape 2 : le reste de la division de $2 \times 15 + 3 = 33$ par 26 est 7.

Etape 3 : on associe 7 à H. Donc P est codé par la lettre H.

1. Que dire alors du codage obtenu lorsque l'on prend $a = 0$?
2. Montrer que les lettres A et C sont codées par la même lettre lorsque l'on choisit $a = 13$.
3. *Dans toute la suite de l'exercice*, on prend $a = 5$ et $b = 2$.
   a. On considère deux lettres de l'alphabet associées respectivement aux entiers n et p. Montrer, que si $5n + 2$ et $5p + 2$ ont le même reste dans la division par 26 alors $n - p$ est un multiple de 26. En déduire que $n = p$.

b. Coder le mot AMI.

4. On se propose de décoder la lettre E.

a. Montrer que décoder la lettre E revient à déterminer $n \in \Omega$ tel que $5n - 26y = 2$, où y est un entier.

b. On considère l'équation $5x - 26y = 2$, avec x et y entiers relatifs.

i. Donner une solution particulière de l'équation $5x - 26y = 2$.

ii. Résoudre alors l'équation $5x - 26y = 2$.

iii. En déduire qu'il existe un unique couple $(x\ ;\ y)$ solution de l'équation précédente, avec $0 \leqslant x \leqslant 25$.

c. Décoder alors la lettre E.

EXERCICE 587 : LEMME CHINOIS **20 minutes**

1. Démontrer la propriété suivante : Soient m et n deux entiers naturels premiers entre eux. $x \equiv a[m]$ et $x \equiv b[n] \iff x \equiv avn + bum[nm]$ où u et v sont deux entiers relatifs satisfaisant l'identité de Bézout $mu + nv = 1$.

2. Applications : déterminer les entiers relatifs x tels que

a. $x \equiv 5[7]$ et $x \equiv 2[4]$.

b. $x \equiv 2[9]$ et $x \equiv 5[7]$.

EXERCICE 588 **10 minutes**

Soit a et b deux entiers naturels donnés. On se propose de déterminer l'ensemble des solutions du système $\begin{cases} x & \in & \mathbb{Z} \\ x & \equiv & a\,[9] \\ x & \equiv & b\,[11] \end{cases}$

1. Démontrer que toutes les solutions sont congrues à un même nombre modulo 99.

2. Déterminer l'ensemble des solutions du système.

EXERCICE 589 **10 minutes**

Nathalie communique avec une amie en fabriquant des messages codés. Chaque lettre de l'alphabet est repérée par son rang x, $1 \leqslant x \leqslant 26$: 1 pour A, 2 pour B, etc.
La lettre de rang x est codée par la lettre de rang y tel que :

$$1 \leqslant y \leqslant 26 \quad \text{et} \quad y \equiv x + 10 \quad (\text{modulo} \quad 26).$$

Exemple : la lettre V a pour rang $x = 22$;
on a $1 \leqslant y \leqslant 26$ et $y \equiv 32$ (modulo 26), donc $y = 6$. La lettre V est codée par la lettre F.

1. Recopier et dresser le tableau ci-dessous pour toutes les lettres de l'alphabet.

Lettre	A	...	V	...
x	1		22	
y	11		6	
Codage	K		F	

2. Retrouver le codage du mot « ARITHMETIOUE ».
3. Décoder le mot « OEBY ».

EXERCICE 590 **10 minutes**

Le 1er août 2002 était un jeudi. Le but du problème est de déterminer les années comprises entre 2003 et 2029 pour lesquelles le 1er août tombera aussi un jeudi.
Pour ces années, une année bissextile est une année dont le millésime est divisible par 4. On rappelle qu'une année non bissextile compte 365 jours et une année bissextile 366 jours.

1. Donner la liste des années bissextiles comprises entre 2003 et 2029.
2. **a.** Démontrer que l'on a : $365 \equiv 1$ (modulo 7) et $366 \equiv 2$ (modulo 7).
   b. Prouver que le 1er août 2003 était un vendredi et le 1er août 2004 un dimanche.
   c. Préciser le jour de la semaine correspondant au 1er août de chacune des années de 2005 à 2013.
3. Donner la liste des années de 2003 à 2029 pour lesquelles le 1er août sera un jeudi.

2.7 Exercices de synthèse

EXERCICE 591 **30 minutes**

Le but de cet exercice est d'envisager plusieurs décompositions arithmétiques du nombre 40.

Partie A :

Les questions 1, 2 *et* 3 *sont indépendantes*

1. Sans justifier, donner deux nombres premiers x et y tels que $40 = x + y$.
2. On considère l'équation $20x + 19y = 40$, où x et y désignent deux, entiers relatifs.
   Résoudre cette équation.
3. Le nombre 40 est une somme de deux carrés puisque : $40 = 2^2 + 6^2$. On veut savoir si 40, est aussi différence de deux carrés, autrement dit s'intéresser à l'équation $x^2 - y^2 = 40$, où x et y désignent deux entiers naturels.
   a. Donner la décomposition de 40 en produit de facteurs premiers.
   b. Montrer que, si x et y désignent des entiers naturels, les nombres $x - y$ et $x + y$ ont la même parité.
   c. Déterminer toutes les solutions de l'équation $x^2 - y^2 = 40$ où x et y désignent deux entiers naturels.

Partie B : « sommes » de cubes

Les questions 1. *et* 2. *sont indépendantes.*

Certains nombres entiers peuvent se décomposer en somme ou différence de cubes d'entiers naturels.

Par exemple :

$$\begin{array}{rcl} 13 &=& 4^3+7^3+7^3-9^3-2^3 \\ 13 &=& -1^3-1^3-1^3+2^3+2^3 \\ 13 &=& 1^3+7^3+10^3-11^3 \end{array}$$

Dans tout ce qui suit, on écrira pour simplifier « sommes » de cubes à la place de « sommes ou différence de cubes d'entiers naturels ».

Les deux premiers exemples montrent que 13 peut se décomposer en « somme » de 5 cubes. Le troisième exemple montre que 13 peut se décomposer en « somme » de 4 cubes.

1. **a.** En utilisant l'égalité $13 = 1^3+7^3+10^3-11^3$, donner une décomposition de 40 en « somme » de 5 cubes.
   b. On admet que pour tout entier naturel n on a : $6n = (n+1)^3+(n-1)^3-n^3-n^3$
   En déduire une décomposition de 48 en « somme » de 4 cubes, puis une décomposition de 40 en « somme » de 5 cubes, différente de celle donnée en **1. a**.
2. Le nombre 40 est une « somme » de 4 cubes : $40 = 4^3-2^3-2^3-2^3$.
   On veut savoir si 40 peut être décomposé en « somme » de 3 cubes.
   a. Recopier et compléter sans justifier :

Reste de la division euclidienne de n par 9	0	1	2	3	4	5	6	7	8
Reste de la division euclidienne de n^3 par 9					1				

   b. On déduit du tableau précédent que, pour tout entier naturel n, l'entier naturel n^3 est congru modulo 9 soit à 0, soit à 1, soit à -1.
   Prouver que 40 ne peut pas être décomposé en « somme » de 3 cubes.

EXERCICE 592 **30 minutes**

On considère la suite (a_n) définie pour tout entier naturel n par $a_n = \dfrac{4^{2n+1}+1}{5}$.

1. Calculer a_2 et a_3.
2. Démontrer que, pour tout entier naturel n, $a_{n+1} = 16a_n - 3$.
3. Démontrer que, pour tout entier naturel n, a_n est un nombre entier naturel.
4. Dans cette question on utilise l'égalité de la question **2.** afin de démontrer plusieurs propriétés des termes de la suite (a_n).
   a. Pour tout entier naturel n, on note d_n le plus grand diviseur commun de a_n et a_{n+1}.
   Démontrer que, pour tout entier naturel n, d_n est égal à 1 ou à 3.
   b. Démontrer que, pour tout entier naturel n, $a_{n+1} \equiv a_n$ [3].
   c. Vérifier que $a_0 \equiv 1$ [3].
   En déduire que, pour tout entier naturel n, le nombre a_n n'est pas divisible par 3.
   d. Démontrer alors que, pour tout entier naturel n, a_n et a_{n+1} sont premiers entre eux.

5. L'objectif de cette question est de démontrer que, pour tout entier n supérieur ou égal à 2, le nombre a_n n'est pas premier.
On pose, pour tout entier naturel n, $b_n = 2^{n+1}(2^n - 1) + 1$ et $c_n = 2^{n+1}(2^n + 1) + 1$.
On admet que, pour tout entier n supérieur ou égal à 2, $5a_n = b_n c_n$.

a. Démontrer que, pour tout entier n supérieur ou égal à 2, 5 divise b_n ou 5 divise c_n.
b. Soit n un entier supérieur ou égal à 2. Démontrer que $b_n > 5$ et $c_n > 5$.
c. En déduire que a_n n'est pas un nombre premier.

EXERCICE 593 **30 minutes**

A toute lettre de l'alphabet on associe un nombre entier x compris entre 0 et 25 comme indiqué dans le tableau ci-dessous :

Lettre	A	B	C	D	E	F	G	H	I	J	K	L	M
x	0	1	2	3	4	5	6	7	8	9	10	11	12
Lettre	N	O	P	Q	R	S	T	U	V	W	X	Y	Z
x	13	14	15	16	17	18	19	20	21	22	23	24	25

Le « chiffre de RABIN » est un dispositif de cryptage asymétrique inventé en 1979 par l'informaticien Michael Rabin.

Alice veut communiquer de manière sécurisée en utilisant ce cryptosystème. Elle choisit deux nombres premiers distincts p et q. Ce couple de nombres est sa clé privée qu'elle garde secrète.

Elle calcule ensuite $n = p \times q$ et elle choisit un nombre entier naturel B tel que $0 \leqslant B \leqslant n-1$.

Si Bob veut envoyer un message secret à Alice, il le code lettre par lettre.

Le codage d'une lettre représentée par le nombre entier x est le nombre y tel que :

$$y \equiv x(x+B)\ [n] \text{ avec } 0 \leqslant y \leqslant n.$$

Dans tout l'exercice on prend $p = 3$, $q = 11$ donc $n = p \times q = 33$ et $B = 13$.

Partie A : Cryptage

Bob veut envoyer le mot « NO » à Alice.

1. Montrer que Bob code la lettre « N » avec le nombre 8.
2. Déterminer le nombre qui code la lettre « O ».

Partie B : Décryptage

Alice a reçu un message crypté qui commence par le nombre 3.

Pour décoder ce premier nombre, elle doit déterminer le nombre entier x tel que : $x(x+13) \equiv 3\ [33]$ avec $0 \leqslant x < 26$.

1. Montrer que $x(x+13) \equiv 3\ [33]$ équivaut à $(x+23)^2 \equiv 4\ [33]$.

2. a. Montrer que si $(x+23)^2 \equiv 4\ [33]$ alors le système d'équations $\begin{cases} (x+23)^2 \equiv 4\ [3] \\ (x+23)^2 \equiv 4\ [11] \end{cases}$ est vérifié.

b. Réciproquement, montrer que si $\begin{cases} (x+23)^2 & \equiv & 4\ [3] \\ (x+23)^2 & \equiv & 4\ [11] \end{cases}$ alors $(x+23)^2 \equiv 4\ [33]$.

c. En déduire que $x(x+13) \equiv 3\ [33] \iff \begin{cases} (x+23)^2 & \equiv & 1\ [3] \\ (x+23)^2 & \equiv & 4\ [11] \end{cases}$

3. a. Déterminer les nombres entiers naturels a tels que $0 \leqslant a < 3$ et $a^2 \equiv 1\ [3]$.

b. Déterminer les nombres entiers naturels b tels que $0 \leqslant b < 11$ et $b^2 \equiv 4\ [11]$.

4. a. En déduire que $x(x+13) \equiv 3 \quad [33]$ équivaut aux quatre systèmes suivants :

$$\begin{cases} x & \equiv & 2 & [3] \\ x & \equiv & 8 & [11] \end{cases} \text{ ou } \begin{cases} x & \equiv & 0 & [3] \\ x & \equiv & 1 & [11] \end{cases} \text{ ou } \begin{cases} x & \equiv & 2 & [3] \\ x & \equiv & 1 & [11] \end{cases} \text{ ou } \begin{cases} x & \equiv & 0 & [3] \\ x & \equiv & 8 & [11] \end{cases}$$

b. On admet que chacun de ces systèmes admet une unique solution entière x telle que $0 \leqslant x < 33$.

Déterminer, sans justification, chacune de ces solutions.

5. Compléter l'algorithme suivant pour qu'il affiche les quatre solutions trouvées dans la question précédente.

```
Pour ...... allant de ......à .......
  Si le reste de la division de ....... par ....... est égal à ....... alors
    Afficher .......
  Fin Si
Fin Pour
```

6. Alice peut-elle connaître la première lettre du message envoyé par Bob ?
Le « chiffre de RABIN » est-il utilisable pour décoder un message lettre par lettre ?

EXERCICE 594 **30 minutes**

Le but de cet exercice est d'envisager une méthode de cryptage à clé publique d'une information numérique, appelée système RSA, en l'honneur des mathématiciens Ronald Rivest, Adi Shamir et Leonard Adleman, qui ont inventé cette méthode de cryptage en 1977 et l'ont publiée en 1978.

Les questions 1 et 2 sont des questions préparatoires, la question 3 aborde le cryptage, la question 4 le décryptage.

1. Cette question envisage de calculer le reste dans la division euclidienne par 55 de certaines puissances de l'entier 8.

a. Vérifier que $8^7 \equiv 2 \mod 55$.
En déduire le reste dans la division euclidienne par 55 du nombre 8^{21}.

b. Vérifier que $8^2 \equiv 9 \mod 55$, puis déduire de la question a. le reste dans la division euclidienne par 55 de 8^{23}.

2. Dans cette question, on considère l'équation (E) $23x - 40y = 1$, dont les solutions sont des couples $(x\,;\,y)$ d'entiers relatifs.

a. Justifier le fait que l'équation (E) admet au moins un couple solution.
b. Donner un couple, solution particulière de l'équation (E).
c. Déterminer tous les couples d'entiers relatifs solutions de l'équation (E).
d. En déduire qu'il existe un unique entier d vérifiant les conditions $0 \leqslant d < 40$ et $23d \equiv 1 \mod 40$.

3. Cryptage dans le système RSA
Une personne A choisit deux nombres premiers p et q, puis calcule les produits $N = pq$ et $n = (p-1)(q-1)$. Elle choisit également un entier naturel c premier avec n.
La personne A publie le couple $(N\ ;\ c)$, qui est une clé publique permettant à quiconque de lui envoyer un nombre crypté.
Les messages sont numérisés et transformés en une suite d'entiers compris entre 0 et $N-1$.
Pour crypter un entier a de cette suite, on procède ainsi : on calcule le reste b dans la division euclidienne par N du nombre a^c, et le nombre crypté est l'entier b.
Dans la pratique, cette méthode est sûre si la personne A choisit des nombres premiers p et q très grands, s'écrivant avec plusieurs dizaines de chiffres.
On va l'envisager ici avec des nombres plus simples : $p = 5$ et $q = 11$.
La personne A choisit également $c = 23$.

a. Calculer les nombres N et n, puis justifier que la valeur de c vérifie la condition voulue.
b. Un émetteur souhaite envoyer à la personne A le nombre $a = 8$.
Déterminer la valeur du nombre crypté b.

4. Décryptage dans le système RSA
La personne A calcule dans un premier temps l'unique entier naturel d vérifiant les conditions $0 \leqslant d < n$ et $cd \equiv 1 \mod n$.
Elle garde secret ce nombre d qui lui permet, et à elle seule, de décrypter les nombres qui lui ont été envoyés cryptés avec sa clé publique.
Pour décrypter un nombre crypté b, la personne A calcule le reste a dans la division euclidienne par N du nombre b^d, et le nombre en clair – c'est-à-dire le nombre avant cryptage – est le nombre a.
On admet l'existence et l'unicité de l'entier d, et le fait que le décryptage fonctionne.
Les nombres choisis par A sont encore $p = 5$, $q = 11$ et $c = 23$.

a. Quelle est la valeur de d ?
b. En appliquant la règle de décryptage, retrouver le nombre en clair lorsque le nombre crypté est $b = 17$.

EXERCICE 595 **25 minutes**

Soit la suite (u_n) définie par $u_0 = 0$ et, pour tout entier naturel n, $u_{n+1} = 3u_n + 1$.
On admet que, pour tout entier naturel n, u_n est entier.

1. Démontrer que, pour tout entier naturel n non nul, u_n et u_{n+1} sont premiers entre eux.
2. Démontrer que les termes de la suite (u_n) sont alternativement pairs et impairs.
3. L'affirmation suivante est-elle vraie ? Justifier.
Affirmation : « Si p est un nombre premier impair, alors u_p est premier. »

4. **a.** Démontrer par récurrence que, pour tout entier naturel n, $2u_n = 3^n - 1$.
   b. Déterminer le plus petit entier naturel non nul n tel que 3^n est congru à 1 modulo 7.
   c. En déduire que u_{2022} est divisible par 7.
5. **a.** Calculer le reste de la division euclidienne par 5 de chacun des cinq premiers termes de la suite (u_n).
   b. Sans justification, recopier et compléter le tableau suivant :

Reste de la division euclidienne de m par 5	0	1	2	3	4
Reste de la division euclidienne de $3m+1$ par 5					

   c. En déduire que, pour tout entier naturel n, si u_n est congru à 4 modulo 5, alors u_{n+4} est congru à 4 modulo 5.
   d. Existe-t-il un entier naturel n tel que le reste de la division euclidienne de u_n par 5 soit égal à 2 ?

EXERCICE 596 **20 minutes**

Jambe-De-Bois et deux autres pirates veulent se partager entre 70 et 90 pièces d'or.
Quand ils les partagent en trois parts égales il reste 2 pièces d'or.
Quand ils les partagent en cinq parts égales, Jambe-De-Bois s'adjugeant 3 parts et les deux autres pirates une part chacun, il reste 3 pièces.
On se propose de déterminer le nombre x de pièces du trésor.

1. **a.** Quelle donnée de l'énoncé utilise-t-on quand on écrit $x \equiv 2 \quad [3]$?
   b. Quelle donnée de l'énoncé utilise-t-on quand on écrit $x \equiv 3 \quad [5]$?
2. On se propose de résoudre le système :

$$(S) \qquad \begin{cases} x & \equiv & 2 \quad [3] \\ x & \equiv & 3 \quad [5] \end{cases}$$

   a. Compléter le tableau suivant avec des entiers naturels strictement inférieurs à 5 :

$y \pmod 5$	0	1	2	3	4
$3y+2 \pmod 5$				1	

   b. En déduire les solutions de l'équation $3y+2 \equiv 3 \quad [5]$ puis qu'une solution x du système (S) est nécessairement de la forme $x = 15z+8$ avec z un entier.
   c. Réciproquement, démontrer que tout entier x de la forme $x = 15z+8$ avec z entier est une solution du système (S).

3. Combien y-a-t-il de pièces dans le trésor ?

EXERCICE 597 **20 minutes**

Une banque attribue à chacun de ses clients un numéro de compte à 7 chiffres. Les 6 premiers chiffres sont donnés. Le septième chiffre est une clé de contrôle, c'est-à-dire qu'il sert à déceler les éventuelles erreurs de saisie du numéro de compte.
Pour déterminer ce dernier chiffre on procède de la façon suivante :

- On effectue la division euclidienne du nombre constitué des 6 premiers chiffres par 12. On obtient un reste R.
- On exprime ce reste R en base 12 et on obtient le septième chiffre.

Remarque : Si $R = 10$, le dernier chiffre est A et si $R = 11$, le dernier chiffre est B.

1. Le nombre 1231309 est-il un numéro de compte possible ?
2. Déterminer la clé du numéro de compte dont les 6 premiers chiffres sont 425629.
3. Eric a fait une tache d'encre sur son numéro de compte. Elle cache le quatrième chiffre de ce numéro. On note a le chiffre manquant. Son numéro de compte est de la forme $124a55B$.

  a. Déterminer le reste de la division euclidienne de 55 par 12.
  b. Démontrer que $10^2 \equiv 4\ [12]$ et $10^3 \equiv 4\ [12]$.
  c. Déduire de la question b. les restes respectifs des divisions euclidiennes de 10^4 et 10^5 par 12.
  d. En utilisant les questions précédentes, démontrer que le chiffre a vérifie :
  $11 + 4a \equiv 11 \quad [12]$.
  e. Quelles sont les valeurs possibles de a ?

EXERCICE 598 **15 minutes**

Dans tout cet exercice, les nombres s'écrivent en base 10.

1. Le nombre n est un entier naturel. Que signifie n est congru à 3 modulo 10 ?
2. Démontrer que 347 est congru à 7 modulo 10.
On admet dans la suite de cet exercice que tout entier naturel n est congru à son chiffre des unités modulo 10.
3. On considère l'algorithme suivant :

```
u ⟵ n
Tant que u ⩾ 10
        u ⟵ u − 10
Afficher u.
```

  a. Quelle est la valeur affichée en sortie par cet algorithme pour $n = 11$?
  b. Quelle est la valeur affichée en sortie par cet algorithme pour $n = 35$?
  c. Pour un entier naturel n quelconque, quel est le nombre entier naturel affiché en sortie par cet algorithme ?

4. **a.** Déterminer le chiffre des unités de 11^{2011}.
  b. Déterminer le chiffre des unités de 9^{2011}.

EXERCICE 599 **20 minutes**

1. **a.** Montrer que, pour tout nombre entier naturel n, $10^n \equiv 1 \quad (\text{modulo } 9)$.

b. On considère quatre nombres entiers naturels a, b, c et d compris entre 0 et 9, a différent de 0. On pose $N = 1\,000a + 100b + 10c + d$.
Montrer que $N \equiv a+b+c+d \quad (\text{modulo } 9)$.

Dans la suite, on admettra que le résultat que l'on vient de montrer pour un nombre à quatre chiffres est valable pour tout nombre entier naturel, quel que soit son nombre de chiffres. Autrement dit, tout nombre entier naturel N est congru modulo 9 à la somme de ses chiffres.

2. En utilisant le résultat précédent, déterminer les restes dans les divisions par 9 des nombres 321 765 et 415 283.
3. En déduire le reste dans la division par 9 du produit $321\,765 \times 415\,283$.
4. Jules a posé la multiplication $321\,765 \times 415\,283$ et a obtenu 133 623 534 485.
Peut-on affirmer, sans effectuer l'opération, que le résultat n'est pas correct ? Justifier la réponse donnée.

EXERCICE 600 **10 minutes**

Dans cet exercice, on s'intéresse à la propriété « le nombre $3^{2n} - 2^n$ est divisible par 7 », où n est un nombre entier naturel.

1. a. Existe-t-il un nombre entier naturel n pour lequel cette propriété est vraie ? Justifier.
b. Quel est le reste de la division euclidienne de 3^2 par 7 ?
2. a. Montrer que, pour tout nombre entier naturel n, $9\left(3^{2n} - 2^n\right) + 7 \times 2^n = 3^{2(n+1)} - 2^{n+1}$.
b. En utilisant l'égalité précédente démontrer que, si pour un certain entier naturel n, $3^{2n} - 2^n$ est divisible par 7, alors $3^{2(n+1)} - 2^{n+1}$ est aussi divisible par 7.
3. Le nombre $3^{2n} - 2^n$ est-il toujours divisible par 7, quel que soit le nombre entier naturel n ?

EXERCICE 601 **25 minutes**

Le but de l'exercice est d'étudier quelques propriétés du nombre entier $3^{2\,008}$ dont certaines ne peuvent être obtenues à l'aide d'une calculatrice.

Partie A : Chiffre des unités de $3^{2\,008}$

1. Justifier que $3^8 \equiv 1 \mod 10$. En déduire que $3^{2008} \equiv 1 \mod 10$.
2. Quel est le chiffre des unités de $3^{2\,008}$?

Partie B : Nombre de chiffres de 3^{2008}

Dans cette partie, log désigne la fonction logarithme décimal.
On pourra utiliser les propriétés suivantes :

* $\log a^n = n \times \log a$, pour tout nombre réel a strictement positif et tout nombre entier n.
* $\log 10 = 1$
* La fonction log est strictement croissante sur $]0\,;\,+\infty[$.

1. Sachant que $0{,}477\,1 < \log 3 < 0{,}477\,2$, justifier l'encadrement $958 < \log\left(3^{2\,008}\right) < 959$.
2. Calculer $\log\left(10^{958}\right)$ et $\log\left(10^{959}\right)$.
3. Déduire des questions précédentes l'encadrement $10^{958} < 3^{2\,008} < 10^{959}$.

4. Expliquer comment on peut déduire de l'inégalité précédente le nombre de chiffres de l'écriture décimale du nombre entier $3^{2\,008}$.

EXERCICE 602 **25 minutes**

1. a. Déterminer le reste de la division euclidienne de 2^3 par 7.

b. 2^3 et 2^6 sont-ils congrus modulo 7 ? Justifier la réponse.

c. Démontrer que, pour tout entier naturel n, $2^{3n} \equiv 1\ [7]$. Que peut-on en déduire pour le reste de la division euclidienne de $2^{2\,007}$ par 7 ?

2. On considère l'algorithme suivant :

$u \longleftarrow n$.
Tant que $u \geqslant 7$
  $u \longleftarrow u - 7$.
Afficher u.

a. Faire fonctionner cet algorithme avec $n = 25$.

b. Proposer deux entiers naturels différents qui donnent le nombre 5 en sortie.

c. Peut-on obtenir le nombre 11 en sortie ? Justifier.

d. Qu'obtient-on en sortie si on fait fonctionner cet algorithme avec le nombre $2^{2\,007}$? Même question avec le nombre $2^{2\,008}$. Justifier.

e. On a fait fonctionner cet algorithme avec un nombre a et on a obtenu en sortie le nombre 3.
On a fait fonctionner cet algorithme avec un nombre b et on a obtenu en sortie le nombre 5.
Si on fait fonctionner cet algorithme avec le nombre $3 \times a + b$, qu'obtiendra-t-on en sortie ? Justifier.

EXERCICE 603 **25 minutes**

Une entreprise de recyclage récupère un lot de digicodes ayant tous un clavier identique à celui représenté ci-contre.
Chacun de ces digicodes a été programmé pour fonctionner avec **un code** constitué de deux signes choisis parmi les douze figurant sur ce clavier.
Par exemple A0, BB, 43 sont des codes possibles.
Pour remettre en état de fonctionnement un tel digicode, il faut retrouver **son code**.

0	1	2
3	4	5
6	7	8
9	A	B

Pour faciliter une telle recherche, a été inscrit sur le boîtier de chaque digicode un nombre R qui dépend du code. Ce nombre a été obtenu de la manière suivante :

- Le code est considéré comme un nombre écrit en base 12. A est le chiffre dix et B le chiffre 11.
- Le nombre R inscrit sur le boîtier est le reste de la division euclidienne du code, converti en base 10, par 53. R est donc un nombre écrit en base 10 et tel que $0 \leqslant R \leqslant 53$.

1. Combien y a-t-il de codes possibles?
2. On suppose que le code d'un digicode est AB.

   a. Ecrire en base 10 le nombre dont l'écriture en base 12 est $(AB)_{\text{douze}}$.
   b. Déterminer le nombre R inscrit sur le boîtier de ce digicode.

3. Sur le boîtier d'un digicode est inscrit le nombre R égal à 25. Démontrer que $(21)_{\text{douze}}$ peut être le code de ce digicode.
4. On considère l'algorithme suivant :

```
L liste vide
n = 0.
Tant que 53n + R ⩽ 143
    L ⟵ 53n + R
    n ⟵ n + 1.
Afficher L.
```

   a. Faire fonctionner cet algorithme pour R = 25.
   b. On suppose que le nombre R inscrit sur le boîtier d'un digicode est R 25. Quels sont les trois codes possibles de ce digicode?

5. Dire si l'affirmation suivante est vraie ou fausse. Si l'affirmation est considérée comme étant fausse, en apporter la preuve.
   Affirmation : quelle que soit la valeur de R l'algorithme permet de trouver trois codes parmi lesquels se trouve le code secret.

EXERCICE 604 **20 minutes**

On considère la suite (u_n) géométrique de premier terme $u_0 = 2$ et de raison 3.

1. a. Déterminer les termes u_1, u_2, u_3 et u_4.
   b. Donner l'écriture en base 7 de u_2.
   c. Montrer que l'écriture en base 7 de u_3 est $\overline{105}^7$.
   d. Pour obtenir l'écriture en base 7 de u_4, un élève a effectué la multiplication ci-dessous. Dire s'il a ou non raison et expliquer pourquoi.

$$\begin{array}{r} 1\ 0\ 5 \\ \times \quad\ \ 3 \\ \hline 3\ 1\ 5 \end{array}$$

2. a. Montrer que $u_5 = 486$.
   b. On considère l'agorithme suivant :

L liste vide
$x \longleftarrow a$
Tant que $x > 0$
$\quad r \longleftarrow x\%7$
$\quad L \longleftarrow r$
$\quad x \longleftarrow x//7$
Afficher L.

Faire fonctionner cet algorithme pour $a = 486$ et compléter le tableau suivant :

	r	L	x
Initialisation		vide	486
Fin étape 1			
Fin étape 2			
...			
...			
...			

Expliquer le lien entre les éléments de la liste L et l'écriture de u_5 en base 7.

3. On a divisé le terme u_{10} de la suite (u_n) par un certain entier. On obtient le quotient Q dont l'écriture décimale est $Q = 14{,}727\,272\,727\,272\,72\ldots$ écriture dans laquelle les chiffres 7 et 2 se répètent à l'infini.
On note (v_n) la suite géométrique de premier terme $0{,}72$ et de raison $0{,}01$.

a. Calculer $v_0 + v_1 + v_2$.

b. On pose $S_n = v_0 + v_1 + v_2 + \ldots + v_n$ où n est un entier naturel non nul.
Calculer S_n. En déduire $\lim\limits_{n \to +\infty} S_n$.

c. En déduire une écriture de $0{,}727\,272\ldots$ où les chiffres 7 et 2 se répètent à l'infini sous la forme du quotient de deux entiers.

d. Quel est le nombre par lequel on a divisé u_{10} ?

EXERCICE 605 **20 minutes**

Le but de cet exercice est de montrer, par deux méthodes différentes, que pour tout nombre entier naturel n, le nombre $n^3 + 5n$ est divisible par 6.

Première méthode

1. Montrer que tout nombre entier naturel n est congru, modulo 6, à 0, 1, 2, 3, 4 ou 5.

2. Recopier et compléter le tableau suivant avec des nombres entiers naturels inférieur ou égaux à 5.

$n \equiv \ldots \pmod 6$	0	1	2	3	4	5
$n^3 \equiv \ldots \pmod 6$						
$5n \equiv \ldots \pmod 6$						
$n^3 + 5n \equiv \ldots \pmod 6$						

3. En déduire que pour tout nombre entier naturel n, le nombre $n^3 + 5n$ est divisible par 6.

Deuxième méthode

1. Montrer que pour tout nombre entier naturel n, $n(n+1)$ est pair. En déduire que pour tout nombre entier naturel n, $3n(n+1)$ est divisible par 6.
2. On admet que $(n+1)^3 + 5(n+1) = (n^3 + 5n) + 3n(n+1) + 6$.
Montrer que si pour $n \in \mathbb{N}$, $n^3 + 5n$ est divisible par 6, alors $(n+1)^3 + 5(n+1)$ est divisible par 6.
3. Que reste-t-il à vérifier, pour en déduire que $n^3 + 5n$ est divisible par 6, pour tout nombre entier naturel n ?

EXERCICE 606 **25 minutes**

On admet qu'on obtient le même reste en divisant un nombre par 9 qu'en divisant la somme de ses chiffres par 9.
Par exemple :

$$8\,753 = 972 \times 9 + 5, \quad \text{le reste est donc 5.}$$
$$8 + 7 + 5 + 3 = 23 = 2 \times 9 + 5, \quad \text{le reste est également 5.}$$

Sur les billets de banque en euros figure un code de 11 chiffres précédé d'une lettre. On remplace la lettre par son rang dans l'alphabet habituel comportant 26 lettres. On obtient ainsi un nombre à 12 ou 13 chiffres et on cherche le reste de la division de ce nombre par 9. Ce reste est le même pour tous les billets authentiques et vaut 8.
Exemple :

Code :	s00212913862.
Rang dans l'alphabet de la lettre s :	19.
Nombre obtenu :	1900212913862.
Reste pour ce billet :	8

1. Le code u01308937097 figure sur un billet de banque.
   a. Donner le nombre à 13 chiffres correspondant à ce code.
   b. Calculer le reste de la division par 9 de la somme des 13 chiffres de ce nombre.
   c. Que peut-on dire de ce billet ?

2. Sur un billet authentique figure le code s0216644810x, x pour le dernier chiffre illisible.
Montrer que $x + 42$ est congru à 8 modulo 9.
En déduire x.
3. Sur un autre billet authentique la partie du code formé par les 11 chiffres est 16122340242, mais la lettre qui les précède est effacée. On appelle n le rang dans l'alphabet de la lettre effacée.
   a. Déterminer les valeurs possibles de n.
   b. Quelles sont les possibilités pour la lettre effacée ?

EXERCICE 607 **25 minutes**

Une horloge électronique a été programmée pour émettre un bip toutes les sept heures. Le premier bip est émis le 31 décembre 2004 à minuit.

1. **a.** A quelle heure est émis le dernier bip du 1erjanvier 2005?
   b. A quelle heure est émis le premier bip du 2 janvier 2005?
   c. A quelle heure est émis le dernier bip du 2 janvier 2005?
   d. A quelle heure est émis le premier bip du 3 janvier 2005?
   Expliquer les réponses.
2. **a.** Montrer que : $24 \equiv 3(\text{modulo}7)$.
   b. En déduire le reste de la division euclidienne de 2×24 par 7 et le reste de la division euclidienne de 3×24 par 7. Justifier les réponses.
   Compléter le tableau suivant :

n	1	2	3	4	5	6	7	8	9	10
Reste de la division euclidienne de $n \times 24$ par 7				5	1	4	0	3	6	2

   c. Expliquer pourquoi l'horloge émet un bip à minuit tous les 7 jours et tout les 7 jours seulement.
3. On rappelle que l'année 2005 est une année non bissextile et comporte donc 365 jours.
   a. Déterminer le plus petit entier naturel a tel que : $365 \equiv a$ [7]
   b. A quelle date l'horloge émettra-t-elle un bip à minuit pour la dernière fois en 2005? Expliquer la réponse.

EXERCICE 608 **15 minutes**

Arthur et Wilson sont deux jumeaux qui ont l'habitude de communiquer à l'aide de messages codés. Ils réalisent toujours leur cryptage de la façon suivante :
Chaque lettre de l'alphabet munie de son numéro d'ordre n est remplacée par la lettre de l'alphabet munie du numéro d'ordre p $(1 \leqslant p \leqslant 26)$ obtenu à l'aide de la formule

$$p \equiv 3 \times n + 7 \quad (\text{modulo } 26).$$

Par exemple la forme cryptée de L est Q car $3 \times 12 + 7 = 43$ et $43 \equiv 17 \quad [26]$.

1. Compléter la table de cryptage suivante :

lettre	A	B	C	D	E	F	G	H	I	J	K	L	M
n	1	2	3	4	5	6	7	8	9	10	11	12	13
p	10											17	
forme cryptée	J											Q	

lettre	N	O	P	Q	R	S	T	U	V	W	X	Y	Z
n	14	15	16	17	18	19	20	21	22	23	24	25	26
p											1		
forme cryptée											A		

2. Arthur a envoyé le message suivant à Wilson : MIJUZ CZRI OJ IVRLLHOV.
   Retrouver la forme décryptée du message.
3. Wilson désire lui répondre : MERCI.
   Donner la forme cryptée de ce message.

EXERCICE 609 **10 minutes**

Sophie et Marc s'envoient régulièrement des messages qu'ils codent afin de ne pas en révéler la teneur à n'importe qui. Sophie utilise le procédé suivant :

• Tout d'abord, à chaque lettre de l'alphabet, elle associe son rang dans l'alphabet (ainsi 1 est associé à A, 2 à B, etc.). A chaque lettre, elle associe donc un nombre entier x.

• Elle associe ensuite à x un nouveau nombre entier y, en posant :

$$y \equiv 3x+5 \quad \text{(modulo 26) avec } 0 \leqslant y \leqslant 25.$$

• Elle envoie enfin le message crypté sous forme d'une suite de lettres en associant de nouveau au nombre y la lettre qui lui correspond dans l'alphabet (à zéro elle associera la lettre Z, à 1 la lettre A, à 2 la lettre B, etc. et à 25 la lettre Y).

1. Vérifier qu'avec la méthode de Sophie :
   a. le nombre y associé à la lettre E est 20,
   b. la lettre P est codée par la lettre A.
2. Compléter le tableau suivant :

lettre	A	B	C	D	E	F	G	H	I	J	K	L	M
rang x dans l'alphabet	1	2	3	4	5								
nombre y associé					20								
lettre envoyée													

lettre	N	O	P	Q	R	S	T	U	V	W	X	Y	Z
rang x dans l'alphabet			16										
nombre y associé													
lettre envoyée			A										

3. Décrypter ensuite à l'aide de cette méthode le message :

S F S T O T J R H M C T R H M F D P T J.

EXERCICE 610 **55 minutes**

Le code barre à 13 chiffres ou EAN 13 (European Article Number) est un code constitué de 13 chiffres compris entre 0 et 9, utilisé pour classifier les produits de la grande distribution :

$$a_1 a_2 a_3 a_4 a_5 a_6 a_7 a_8 a_9 a_{10} a_{11} a_{12} a_{13}$$

On calcule $S = a_1 + 3a_2 + a_3 + 3a_4 + a_5 + 3a_6 + a_7 + 3a_8 + a_9 + 3a_{10} + a_{11} + 3a_{12} + a_{13}$.
Le code est accepté lorsque : $S \equiv 0 \;\; [10]$, il est refusé sinon.

1. En pratique
On considère le code $A = 97\ 80130\ 51518\ 6$.

a. Vérifier que A est accepté.

b. Au lieu du code A, on a saisi le code $B = 97\ 70130\ 51518\ 6$ en commettant une erreur sur le troisième chiffre.
Montrer que le code B est refusé.

c. Lors de la saisie du code A, deux chiffres voisins ont été permutés.
Le code $C = 97\ 80135\ 01518\ 6$ est-il accepté ou refusé ?
Le code $D = 97\ 80130\ 15518\ 6$ est-il accepté ou refusé ?

2. Effet d'une erreur de saisie sur le quatrième chiffre

a. On désigne par E le code $97\ 8n130\ 51518\ 6$ où n représente un chiffre. Si $n = 0$, on retrouve le code A donc E est accepté.
Déterminer toutes les valeurs de n pour lesquelles E est accepté.

b. En déduire qu'une erreur de saisie sur le quatrième chiffre du code A est toujours détectée.

EXERCICE 611 **20 minutes**

« *La lutte incessante entre concepteurs et briseurs de codes a permis une série de remarquables percées scientifiques. Les concepteurs ont cherché à élaborer des codes toujours plus sophistiqués pour protéger les communications, alors que les décrypteurs imaginaient perpétuellement des méthodes plus performantes pour les attaquer... Leur travail a accéléré le développement technologique, notamment dans le cas de l'ordinateur...*
L'art de la communication secrète, aussi appelé cryptographie, fournira à l'âge de l'information ses verrous et ses clefs. »

Histoire des codes secrets - Simon Singh

Le code ASCII (American Standards Code for Information Interchange) en informatique, permet d'associer à chaque caractère (lettre, signe de ponctuation, chiffre, ...) un nombre entier n, compris entre 0 et 255.
Le tableau ci-dessous donne les codes attribués aux lettres de l'alphabet :

lettre	A	B	C	D	E	F	G	H	I	J	K	L	M
code ASCII	65	66	67	68	69	70	71	72	73	74	75	76	77
lettre	N	O	P	Q	R	S	T	U	V	W	X	Y	Z
code ASCII	78	79	80	81	82	83	84	85	86	87	88	89	90

1. « Chiffrement » à clé utilisant l'arithmétique : le procédé suivant permet de masquer le mot initial. A chaque nombre n, du Code ASCII correspondant à une lettre donnée, on associe le reste de la division de $7n$ par 256.
   Exemple : lettre : B Code ASCII de la lettre B : 66
   Calcul du nouveau code de la lettre B : $7 \times 66 = 462$ $\quad 462 = 256 \times 1 + 206$.
   Nouveau code de la lettre B : 206
   Ainsi le mot BONJOUR sera codé :

MOT	B	O	N	J	O	U	R
Code ASCII	66	79	78	74	79	85	82
nouveau codage	206	41	34	6	41	83	62

   Codage du mot CLE :
   a. Code ASCII de C : 67.
   $7 \times 67 = 469$.
   Déterminer le reste de la division euclidienne de 469 par 256, en déduire le nouveau code de la lettre C.
   b. De la même façon, déterminer le nouveau code de la lettre L, puis de la lettre E, et en déduire le codage du mot CLE.
2. « Déchiffrement » : Soit x le nouveau code de la lettre à découvrir et n son code ASCII.
   a. Justifier que $x \equiv 7n \quad [256]$.
   b. En déduire que $183x \equiv n \quad [\text{modulo } 256]$.
   On admet que n est le reste de la division euclidienne de $183x$ par 256.
   c. Vérifier que pour $x = 206$ on a bien $n = 66$ qui correspond à la lettre B.
   d. Décoder le mot suivant :

206	199	213

EXERCICE 612 **20 minutes**

Le code d'identification d'un article est formé de sept chiffres entre 0 et 9. Les six premiers chiffres identifient l'article, le septième est une clé de contrôle destinée à déceler une erreur dans l'écriture des six premiers.
On notera $x_1x_2x_3x_4x_5x_6x_7$ un tel code. La clé de contrôle x_7 est le reste de la division euclidienne par 10 de la somme : $N = (x_1 + x_3 + x_5) + 7(x_2 + x_4 + x_6)$.

1. **a.** Vérifier que le code suivant est correct : 2 3 4 1 5 4 7.
   b. Calculer la clé du code suivant : 9 2 3 4 5 1 •.
   c. Un des chiffres du code suivant a été effacé : 1 1 2 • 7 7 4. Le calculer.

2. Dans cette question un des chiffres du code est erroné au lieu de saisir $x_1x_2x_3x_4x_5x_6x_7$, le dactylographe a frappé $x_1x_2x_3yx_5x_6x_7$.
   - a. Ecrire les sommes N_1 et N_2 associées respectivement aux deux codes précédents puis calculer la différence $N_1 - N_2$.
   - b. Montrer que l'équation $7a \equiv 0 \ [10]$ où a est un entier compris entre 0 et 9, a pour seule solution 0.
   - c. L'erreur de frappe sera-t-elle détectée?
3. Dans cette question, deux des chiffres du code ont été intervertis : au lieu de saisir $x_1x_2x_3x_4x_5x_6x_7$, le dactylographe a frappé $x_1x_3x_2x_4x_5x_6x_7$.
   - a. Ecrire les sommes N_1 et N_2 associées à ces deux codes, puis calculer $N_1 - N_2$.
   - b. Donner un exemple de valeurs de x_2 et x_3 pour lesquelles la clé de contrôle ne détecte pas l'erreur.

EXERCICE 613 **15 minutes**

Dans une entreprise de vente par correspondance, les références des articles sont composées de 6 chiffres et d'une lettre de contrôle afin d'éviter les erreurs de saisie. La position de la lettre dans l'alphabet correspondant au reste de la division de la référence numérique par 26.
Exemple : la référence numérique $123\,456 = 4\,748 \times 26 + 8$ et la 8 lettre de l'alphabet est H donc la référence de l'article avec sa clé de contrôle est 123456 H.

1. La référence numérique d'un article est 784 503, déterminer la lettre de contrôle correspondant à cette référence.
2. On considère la référence ·37 254 H où le 1er chiffre a été effacé.
   - a. On note n le chiffre manquant. Vérifier que le nombre $n37\,254 = n \times 100\,000 + 37\,254$.
   - b. Déterminer le reste de la division de 100 000 par 26, puis de 37 254 par 26.
   - c. En déduire que $4n + 22 \equiv 8 \quad$ (modulo 26).
   - d. Sachant que $1 \leqslant n \leqslant 9$, déterminer le chiffre manquant de la référence.

EXERCICE 614 **15 minutes**

Le numéro I.N.S.E.E est constitué de 15 chiffres. En lisant de gauche à droite :

— le premier chiffre est 1 s'il s'agit d'un homme et 2 s'il s'agit d'une femme;

— les deux chiffres suivants désignent les deux derniers chiffres de l'année de naissance;

— les deux chiffres suivants désignent le mois de naissance;

— les deux chiffres suivants désignent le département de naissance;

— les trois chiffres suivants désignent la commune de naissance;

— les trois chiffres suivants désignent le numéro d'inscription sur le registre d'état-civil;

— les deux chiffres suivants désignent la clé K, calculée de la manière suivante :

- soit A le nombre entier constitué par les 13 chiffres de gauche;
- soit r le reste de la division euclidienne de A par 97;

- alors $K = 97 - r$.

Les 13 premiers chiffres (sans la clé) du numéro I.N.S.E.E de Sophie sont 2 85 07 86 183 048. On note A ce nombre et r le reste de la division euclidienne de A par 97.

1. Donner le mois de l'année de naissance de Sophie.

2. **a.** Déterminer les deux entiers a et b tels que $A = a \times 10^6 + b$ avec $0 \leqslant b < 10^6$.

b. En utilisant le reste de 100 dans sa division euclidienne par 97, montrer que $10^6 \equiv 27\ [97]$.

c. En déduire le reste r de la division euclidienne de A par 97.

3. Déterminer la clé K du numéro I.N.S.E.E de Sophie.

4. Sophie, à qui l'on demande les treize premiers de son numéro I.N.S.E.E, inverse les deux derniers chiffre et répond 2 85 07 86 183 084 à la place de 2 85 07 86 183 048.
On note B la réponse de Sophie.

a. Calculer la différence $B - A$ et en déduire que le reste de la division euclidienne de B par 97 est égal à 21.

b. L'erreur faite par Sophie peut-elle être détectée ?

EXERCICE 615 **20 minutes**

Les clients habituels d'une entreprise de vente par internet se voient attribuer un numéro personnel formé de 7 chiffres (a b c d e f g) où chacune des lettres a, b, c, d, e, f, g représente un chiffre de 0 à 9. Les cinq premiers chiffres (a b c d e) sont un numéro d'identification du client, les deux derniers (f g) sont une clé de contrôle, automatiquement calculée à partir de (a b c d e).

1. Combien de clients habituels au maximum la société peut-elle identifier par ce système ?

2. La société emploie, pour calculer la clé de contrôle, la règle suivante : le nombre (f g) est égal au reste de (a b c d e) modulo 87.

a. Combien y a-t-il de valeurs possibles pour la clé de contrôle ?

b. Quelle est la clé du client dont le numéro d'identification est (1 2 3 4 5) ?

3. On propose à la société une nouvelle méthode de calcul de la clé de contrôle : le chiffre f est le reste de (a b c d e) modulo 9 le chiffre g est le reste de (a b c d e) modulo 8.

a. Combien y a-t-il de valeurs possibles pour la clé de contrôle ?

b. Quelle est la clé du client dont le numéro est (1 2 3 4 5) ?

4. Quel avantage voyez-vous, pour la société, à conserver le premier mode de calcul de la clé de contrôle ?

EXERCICE 616 **20 minutes**

On considère les nombres A= 8 387 592 115 et B = 9 276 312 516.

1. **a.** Montrer que 1 000 est divisible par 8.

b. Montrer que A est congru à 3 modulo 8.

c. Donner l'entier naturel b strictement inférieur à 8 tel que B soit congru à b modulo 8.

2. Déterminer les entiers naturels strictement inférieurs àă 8 qui sont congrus respectivement à A+B et à AB.
3. a. Montrer que B^2 est divisible par 8.
   b. Montrer que A^2 n'est pas divisible par 8.
   c. Montrer que A^{100} n'est pas divisible par 8.

EXERCICE 617 **15 minutes**

1. Déterminer les trois réels a, b et c tels que pour tout x réel :

$$8x^4+6x^2+2=\left(2x^2+x+1\right)\left(ax^2+bx+c\right)$$

2. En déduire, qu'en base 9, $\overline{80602}^9$ est divisible par $\overline{211}^9$ et écrire, dans cette base, le quotient du premier nombre par le second.

EXERCICE 618 **20 minutes**

1. Résoudre dans $\mathbb{C}$ l'équation $8x^4+3x^2+1=0$.
   Montrer que les solutions sont conjuguées deux à deux.
2. Ecrire le polynôme $4x^4+3x^2+1$ sous la forme d'un produit de deux trinômes du second degré à coefficients réels.
3. En déduire que tout système de numération de base b ($b \geqslant 5$), le nombre $\overline{40301}^b$ est multiple de $\overline{211}^b$.
   On prend $b=7$, écrire, dans cette base, le quotient de $\overline{40301}^b$ par $\overline{211}^b$.

EXERCICE 619 **35 minutes**

On appelle suite de Fibonacci la suite (u_n) définie par $u_0=0$, $u_1=1$ et, pour tout $n \in \mathbb{N}$,

$$u_{n+2}=u_{n+1}+u_n.$$

On admet que, pour tout entier naturel n, u_n est un entier naturel.
Les parties A *et* B *peuvent être traitées de façon indépendante.*

Partie A

1. a. Calculer les termes de la suite de Fibonacci jusqu'à u_{10}.
   b. Que peut-on conjecturer sur le PGCD de u_n et u_{n+1} pour tout entier naturel n?
2. On définit la suite (v_n) par $v_n=u_n^2-u_{n+1}\times u_{n-1}$ pour tout entier naturel n non nul.
   a. Démontrer que, pour tout entier naturel n non nul, $v_{n+1}=-v_n$.
   b. En déduire que, pour tout entier naturel n non nul, $u_n^2-u_{n+1}\times u_{n-1}=(-1)^{n-1}$.
   c. Démontrer alors la conjecture émise à la question **1. b**.

Partie B

On considère la matrice $F=\begin{pmatrix}1&1\\1&0\end{pmatrix}$.

1. Calculer F^2 et F^3. On pourra utiliser la calculatrice.

2. Démontrer par récurrence que, pour tout entier naturel n non nul, $F^n = \begin{pmatrix} u_{n+1} & u_n \\ u_n & u_{n-1} \end{pmatrix}$

3. **a.** Soit n un entier naturel non nul. En remarquant que $F^{2n+2} = F^{n+2} \times F^n$, démontrer que

$$u_{2n+2} = u_{n+2} \times u_{n+1} + u_{n+1} \times u_n.$$

   b. En déduire que, pour tout entier naturel n non nul, $u_{2n+2} = u_{n+2}^2 - u_n^2$.

4. On donne $u_{12} = 144$.
   Démontrer en utilisant la question **3.** qu'il existe un triangle rectangle dont les longueurs des côtés sont toutes des nombres entiers, l'une étant égale à 12.
   Donner la longueur des deux autres côtés.

Exercice 620 **35 minutes**

Pour tout entier naturel n , on note F_n le n-ième nombre de Fermat. Il est défini par $F_n = 2^{2^n} + 1$.

Partie A

Pierre de Fermat, leur inventeur, a conjecturé que : « Tous les nombres de Fermat sont premiers »

L'objectif est de tester cette conjecture.

1. **a.** Calculer F_0, F_1, F_2 et F_3.
   b. Peut-on en déduire que tous les nombres de Fermat sont premiers?
2. On considère l'algorithme ci-dessous :

```
F ← 2^(2^5) + 1
N ← 2
Tant que F%N ≠ 0
    N ← N + 1
Fin Tant que
Afficher N
```

$F\%N$ désigne le reste de la division euclidienne de F par N.

   La valeur affichée à la fin de l'exécution est 641. Que peut-on en déduire?

Partie B

L'objectif est de prouver que deux nombres de Fermat distincts sont toujours premiers entre eux.

1. Démontrer que pour tout entier naturel n non nul on a $F_n = (F_{n-1} - 1)^2 + 1$.
2. Pour tout entier naturel n on note : $\prod_{i=0}^{n} F_i = F_0 \times F_1 \times F_2 \times \ldots \times F_{n-1} \times F_n$.

   On a donc $\prod_{i=0}^{n} F_i = \left(\prod_{i=0}^{n-1} F_i\right) \times F_n$.

   Montrer par récurrence et en utilisant le résultat de la question précédente que pour tout entier naturel n non nul on a :

$$\prod_{i=0}^{n-1} F_i = F_n - 2.$$

3. Justifier que, pour tous entiers naturels n et m tels que $n > m$, il existe un entier naturel q tel que $F_n - qF_m = 2$.

4. En déduire que deux nombres de Fermat sont toujours premiers entre eux.

EXERCICE 621 **30 minutes**

Un numéro de carte bancaire est de la forme : $a_1 a_2 a_3 a_4 a_5 a_6 a_7 a_8 a_9 a_{10} a_{11} a_{12} a_{13} a_{14} a_{15} c$
où a_1, a_2, …, a_{15} et c sont des chiffres compris entre 0 et 9.
Les quinze premiers chiffres contiennent des informations sur le type de carte, la banque et le numéro de compte bancaire.
c est la clé de validation du numéro. Ce chiffre est calculé à partir des quinze autres.
L'algorithme suivant permet de valider la conformité d'un numéro de carte donné.

```
I ⟵ 0
  | P ⟵ 0
  | R ⟵ 0
Pour k allant de 0 à 7 :
R ⟵ reste de la division euclidienne de 2a_{2k+1} par 9
I ⟵ I + R
Fin Pour
Pour k allant de 1 à 7 :
  | P ⟵ P + a_{2k}
Fin Pour
S ⟵ I + P + c
Si S est un multiple de 10 alors :
  | Afficher « Le numéro de la carte est correct. »
Sinon :
  | Afficher « Le numéro de la carte n'est pas correct. »
Fin Si
```

1. On considère le numéro de carte suivant : 5635 4002 9561 3411.

a. Compléter le tableau permettant d'obtenir la valeur finale de la variable I.

k	0	1	2	3	4	5	6	7
a_{2k+1}								
$2a_{2k+1}$								
R								
I								

b. Justifier que le numéro de la carte 5635 4002 9561 3411 est correct.

c. On modifie le numéro de cette carte en changeant les deux premiers chiffres. Le premier chiffre (initialement 5) est changé en 6. Quel doit être le deuxième chiffre a pour que le numéro de carte obtenu $6a35\,4002\,9561\,3411$ reste correct ?

2. On connaît les quinze premiers chiffres du numéro d'une carte bancaire. Montrer qu'il existe une clé c rendant ce numéro de carte correct et que cette clé est unique.
3. Un numéro de carte dont les chiffres sont tous égaux peut-il être correct? Si oui, donner tous les numéros de carte possibles de ce type.
4. On effectue le test suivant : on intervertit deux chiffres consécutifs distincts dans un numéro de carte correct et on vérifie si le numéro obtenu reste correct.
On a trouvé une situation où ce n'est pas le cas, l'un des deux chiffres permutés valant 1. Peut-on déterminer l'autre chiffre permuté?

EXERCICE 622 **25 minutes**

Les parties A et B sont indépendantes.
Une personne a mis au point le procédé de cryptage suivant :

— A chaque lettre de l'alphabet, on associe un entier n comme indiqué ci-dessous :

A	B	C	D	E	F	G	H	I	J	K	L	M
0	1	2	3	4	5	6	7	8	9	10	11	12
N	O	P	Q	R	S	T	U	V	W	X	Y	Z
13	14	15	16	17	18	19	20	21	22	23	24	25

— On choisit deux entiers a et b compris entre 0 et 25.
— Tout nombre entier n compris entre 0 et 25 est codé par le reste de la division euclidienne de $an + b$ par 26.

Le tableau suivant donne les fréquences f en pourcentage des lettres utilisées dans un texte écrit en français.

Lettre	A	B	C	D	E	F	G	H	I	J	K	L	M
Fréquence	9,42	1,02	2,64	3,38	15,87	0,94	1,04	0,77	8?41	0,89	0,00	5,33	3,23
Lettre	N	O	P	Q	R	S	T	U	V	W	X	Y	Z
Fréquence	7,14	5,13	2,86	1,06	6,46	7,90	7,26	6,24	2,15	0,00	0,30	0,24	0,32

Partie A
Un texte écrit en français et suffisamment long a été codé selon ce procédé. L'analyse fréquentielle du texte codé a montré qu'il contient 15,9 % de O et 9,4 % de E.
On souhaite déterminer les nombres a et b qui ont permis le codage.

1. Quelles lettres ont été codées par les lettres O et E?
2. Montrer que les entiers a et b sont solutions du système $\begin{cases} 4a + b \equiv 14\ [26] \\ b \equiv 4\ [26]. \end{cases}$
3. Déterminer tous les couples d'entiers $(a\ ,\ b)$ ayant pu permettre le codage de ce texte.

Partie B

1. On choisit $a = 22$ et $b = 4$.

- **a.** Coder les lettres K et X.
- **b.** Ce codage est-il envisageable ?

2. On choisit $a = 9$ et $b = 4$.

- **a.** Montrer que pour tous entiers naturels n et m, on a :

$$m \equiv 9n + 4\ [26] \iff n \equiv 3m + 14\ [26]$$

- **b.** Décoder le mot AQ.

Exercice 623 **25 minutes**

On considère la suite définie par son premier terme $u_0 = 3$ et, pour tout entier naturel n, par $u_{n+1} = 2u_n + 6$.

1. Démontrer que, pour tout entier naturel n, $u_n = 9 \times 2^n - 6$.

2. Démontrer que, pour tout entier $n \geqslant 1$, u_n est divisible par 6.
On définit la suite d'entiers (v_n) par, pour tout entier naturel $n \geqslant 1$, $v_n = \dfrac{u_n}{6}$.

3. On considère l'affirmation : « pour tout entier naturel n non nul, v_n est un nombre premier ». Indiquer si cette affirmation est vraie ou fausse en justifiant la réponse.

4. a. Démontrer que, pour tout entier $n \geqslant 1$, $v_{n+1} - 2v_n = 1$.
- **b.** En déduire que, pour tout entier $n \geqslant 1$, v_n et v_{n+1} sont premiers entre eux.
- **c.** En déduire, pour tout entier $n \geqslant 1$, le PGCD de u_n et u_{n+1}.

5. a. Vérifier que $2^4 \equiv 1\ [5]$.
- **b.** En déduire que si n est de la forme $4k + 2$ avec k entier naturel, alors u_n est divisible par 5.
- **c.** Le nombre u_n est-il divisible par 5 pour les autres valeurs de l'entier naturel n ? Justifier.

Exercice 624 **40 minutes**

Pour tout couple d'entiers relatifs non nuls $(a,\ b)$, on note pgcd$(a,\ b)$ le plus grand diviseur commun de a et b.
Le plan est muni d'un repère $\left(\mathrm{O},\ \vec{\imath},\ \vec{\jmath}\right)$.

1. Exemple. Soit Δ_1 la droite d'équation $y = \dfrac{5}{4}x - \dfrac{2}{3}$.

- **a.** Montrer que si $(x,\ y)$ est un couple d'entiers relatifs alors l'entier $15x - 12y$ est divisible par 3.
- **b.** Existe-il au moins un point de la droite Δ_1 dont les coordonnées sont deux entiers relatifs ? Justifier.

Généralisation

On considère désormais une droite Δ d'équation (E) : $y = \dfrac{m}{n}x - \dfrac{p}{q}$ où m, n, p et q sont des entiers relatifs non nuls tels que $PGCD(m,\ n) = PGCD(p,\ q) = 1$.

Ainsi, les coefficients de l'équation (E) sont des fractions irréductibles et on dit que Δ est une droite rationnelle.

Le but de l'exercice est de déterminer une condition nécessaire et suffisante sur m, n, p et q pour qu'une droite rationnelle Δ comporte au moins un point dont les coordonnées sont deux entiers relatifs.

2. On suppose ici que la droite Δ comporte un point de coordonnées (x_0, y_0) où x_0 et y_0 sont des entiers relatifs.

  a. En remarquant que le nombre $ny_0 - mx_0$ est un entier relatif, démontrer que q divise le produit np.

  b. En déduire que q divise n.

3. Réciproquement, on suppose que q divise n, et on souhaite trouver un couple (x_0, y_0) d'entiers relatifs tels que $y_0 = \frac{m}{n}x_0 - \frac{p}{q}$.

  a. On pose $n = qr$, où r est un entier relatif non nul. Démontrer qu'on peut trouver deux entiers relatifs u et v tels que $qru - mv = 1$.

  b. En déduire qu'il existe un couple (x_0, y_0) d'entiers relatifs tels que $y_0 = \frac{m}{n}x_0 - \frac{p}{q}$.

4. Soit Δ la droite d'équation $y = \frac{3}{8}x - \frac{7}{4}$. Cette droite possède-t-elle un point dont les coordonnées sont des entiers relatifs ? Justifier.

5. On donne l'algorithme suivant :

```
Si Q divise N alors
 | X ⟵ 0
 | Tant que (M/N X − P/Q n'est pas entier) et (−M/N X − P/Q n'est pas entier) faire
 |  | X ⟵ X + 1
 | Fin tant que
 | Si M/N X − P/Q est entier alors
 |  | Afficher X, M/N X − P/Q
 | Sinon
 |  | Afficher −X, −M/N X − P/Q
 | Fin Si
Sinon
 | Afficher « Pas de solution »
Fin Si
```

  a. Justifier que cet algorithme se termine pour toute entrée de M, N, P, Q, entiers relatifs non nuls tels que $\text{pgcd}(M, N) = \text{pgcd}(P, Q) = 1$.

  b. Que permet-il d'obtenir ?

EXERCICE 625 **40 minutes**

Les entiers naturels 1, 11, 111, 1 111, ... sont des rep-units. On appelle ainsi les entiers naturels ne s'écrivant qu'avec des 1.

Pour tout entier naturel p non nul, on note N_p le rep-unit s'écrivant avec p fois le chiffre 1 :

$$N_p = \underbrace{11\ldots1}_{\substack{p \text{ répétitions} \\ \text{du chiffre 1}}} = \sum_{k=0}^{k=p-1} 10^k.$$

Dans tout l'exercice, p désigne un entier naturel non nul.
L'objet de cet exercice est d'étudier quelques propriétés des rep-units.

Partie A : divisibilité des rep-units dans quelques cas particuliers

1. Montrer que N_p n'est divisible ni par 2 ni par 5.

2. Dans cette question, on étudie la divisibilité de N_p par 3.

a. Prouver que, pour tout entier naturel j, $10^j \equiv 1 \bmod 3$.

b. En déduire que $N_p \equiv p \bmod 3$.

c. Déterminer une condition nécessaire et suffisante pour que le rep-unit N_p soit divisible par 3.

3. Dans cette question, on étudie la divisibilité de N_p par 7.

a. Recopier et compléter le tableau de congruences ci-dessous, où a est l'unique entier relatif appartenant à $\{-3\ ;\ -2\ ;\ -1\ ;\ 0\ ;\ 1\ ;\ 2\ ;\ 3\}$ tel que $10^m \equiv a \bmod 7$.
On ne demande pas de justification.

m	0	1	2	3	4	5	6
a							

b. Soit p un entier naturel non nul.
Montrer que $10^p \equiv 1 \bmod 7$ si et seulement si p est un multiple de 6.
On pourra utiliser la division euclidienne de p par 6.

c. Justifier que, pour tout entier nature p non nul, $N_p = \dfrac{10^p - 1}{9}$.

d. Démontrer que « 7 divise N_p » est équivalent à « 7 divise $9N_p$ ».

e. En déduire que N_p est divisible par 7 si et seulement si p est un multiple de 6.

Partie B : un rep-unit strictement supérieur à 1 n'est jamais un carré parfait

1. Soit n un entier naturel supérieur ou égal à 2.
On suppose que l'écriture décimale de n^2 se termine par le chiffre 1, c'est-à-dire $n^2 \equiv 1 \bmod 10$.

a. Recopier et compléter le tableau de congruences ci-dessous.

$n \equiv \ldots$ [10]	0	1	2	3	4	5	6	7	8	9
$n^2 \equiv \ldots$ [10]										

b. En déduire qu'il existe un entier naturel m tel que : $n = 10m + 1$ ou $n = 10m - 1$.

   c. Conclure que $n^2 \equiv 1 \mod 20$.

2. Soit p un entier naturel supérieur ou égal à 2.
Quel est le reste de la division euclidienne de N_p par 20?

3. En déduire que, pour p entier naturel supérieur ou égal à 2, le rep-unit N_p n'est pas le carré d'un entier.

Exercice 626 **30 minutes**

Les nombres de la forme $2^n - 1$ où n est un entier naturel non nul sont appelés **nombres de Mersenne**.

1. On désigne par a, b et c trois entiers naturels non nuls tels que $PGCD(b\ ;\ c) = 1$.
Prouver, à l'aide du théorème de Gauss, que :

si b divise a et c divise a alors le produit bc divise a.

2. On considère le nombre de Mersenne $2^{33} - 1$.
Un élève utilise sa calculatrice et obtient les résultats ci-dessous.

$\left(2^{33}-1\right) \div 3$	2863311530
$\left(2^{33}-1\right) \div 4$	2147483648
$\left(2^{33}-1\right) \div 12$	715827882,6

Il affirme que 3 divise $\left(2^{33}-1\right)$ et 4 divise $\left(2^{33}-1\right)$ et 12 ne divise pas $\left(2^{33}-1\right)$.

   a. En quoi cette affirmation contredit-elle le résultat démontré à la question **1** ?

   b. Justifier que, en réalité, 4 ne divise pas $\left(2^{33}-1\right)$.

   c. En remarquant que $2 \equiv -1 \quad [3]$, montrer que, en réalité, 3 ne divise pas $2^{33} - 1$.

   d. Calculer la somme $S = 1 + 2^3 + \left(2^3\right)^2 + \left(2^3\right)^3 + \cdots + \left(2^3\right)^{10}$.

   e. En déduire que 7 divise $2^{33} - 1$.

3. On considère le nombre de Mersenne $2^7 - 1$. Est-il premier? Justifier.

4. On donne l'algorithme suivant où MOD(N, k) représente le reste de la division euclidienne de N par k.

```
k ⟵ 2
Tant que MOD(2^n − 1, k) ≠ 0 et k ⩽ √(2^n − 1)
        k ⟵ k + 1
Fin de Tant que.
Afficher k.
Si k > √(2^n − 1)
        Afficher « CAS 1 »
Sinon
        Afficher « CAS 2 »
Fin de Si
```

a. Qu'affiche cet algorithme si on saisit $n = 33$? Et si on saisit $n = 7$?
b. Que représente le CAS 2 pour le nombre de Mersenne étudié ? Que représente alors le nombre k affiché pour le nombre de Mersenne étudié ?
c. Que représente le CAS 1 pour le nombre de Mersenne étudié ?

EXERCICE 627 **30 minutes**

On s'intéresse aux triplets d'entiers naturels non nuls $(x,\ y,\ z)$ tels que $x^2 + y^2 = z^2$.
Ces triplets seront nommés « triplets pythagoriciens » en référence aux triangles rectangles dont ils mesurent les côtés, et notés en abrégé « TP ».
Ainsi $(3,\ 4,\ 5)$ est un TP car $3^2 + 4^2 = 9 + 16 = 25 = 5^2$.

Partie A : généralités

1. Démontrer que, si $(x,\ y,\ z)$ est un TP, et p un entier naturel non nul, alors le triplet $(px,\ py,\ pz)$ est lui aussi un TP.
2. Démontrer que, si $(x,\ y,\ z)$ est un TP, alors les entiers naturels x, y et z ne peuvent pas être tous les trois impairs.
3. Pour cette question, on admet que tout entier naturel non nul n peut s'écrire d'une façon unique sous la forme du produit d'une puissance de 2 par un entier impair :
$n = 2^{\alpha} \times k$ où α est un entier naturel (éventuellement nul) et k un entier naturel impair.
L'écriture $n = 2^{\alpha} \times k$ est nommée *décomposition* de n.
Voici par exemple les *décompositions* des entiers 9 et 120 : $9 = 2^0 \times 9$,
$120 = 2^3 \times 15$.

   a. Donner la décomposition de l'entier 192.
   b. Soient x et z deux entiers naturels non nuls, dont les décompositions sont $x = 2^{\alpha} \times k$ et $z = 2^{\beta} \times m$.
   Ecrire la *décomposition* des entiers naturels $2x^2$ et z^2.
   c. En examinant l'exposant de 2 dans la *décomposition* de $2x^2$ et dans celle de z^2, montrer qu'il n'existe pas de couple d'entiers naturels non nuls $(x,\ z)$ tels que $2x^2 = z^2$.

   On admet que la question **A - 3.** permet d'établir que les trois entiers naturels x, y et z sont deux à deux distincts. Comme de plus les entiers naturels x, y jouent un rôle symétrique, dans la suite, pour tout TP $(x,\ y,\ z)$, les trois entiers naturels x, y et z seront rangés dans l'ordre suivant : $x < y < z$.

Partie B : recherche de triplets pythagoriciens contenant l'entier 2015

1. Décomposer en produit de facteurs premiers l'entier 2015 puis, en utilisant le TP donné dans le préambule, déterminer un TP de la forme $(x,\ y,\ 2015)$.
2. On admet que, pour tout entier naturel n, $(2n+1)^2 + \left(2n^2+2n\right)^2 = \left(2n^2+2n+1\right)^2$.
Déterminer un TP de la forme $(2015,\ y,\ z)$.
3. **a.** En remarquant que $403^2 = 169 \times 961$, déterminer un couple d'entiers naturels non nuls $(x,\ z)$ tels que : $z^2 - x^2 = 403^2$, avec $x < 403$.
   b. En déduire un TP de la forme $(x,\ 2015,\ z)$.

EXERCICE 628 **30 minutes**

Les parties A et B peuvent être traitées de façon indépendante.

Partie A

Pour deux entiers naturels non nuls a et b, on note $r(a,\ b)$ le reste dans la division euclidienne de a par b.

On considère l'algorithme suivant :

```
c ⟼ r(a, b)
Tant que c ≠ 0
    a ⟵ b
    b ⟵ c
    c ⟵ r(a, b)
Fin Tant que
```

1. Faire fonctionner cet algorithme avec $a = 26$ et $b = 9$ en indiquant les valeurs de a, b et c à chaque étape.
2. Cet algorithme donne en sortie le PGCD des entiers naturels non nuls a et b.
   Le modifier pour qu'il indique si deux entiers naturels non nuls a et b sont premiers entre eux ou non.

Partie B

A chaque lettre de l'alphabet on associe grâce au tableau ci-dessous un nombre entier compris entre 0 et 25.

A	B	C	D	E	F	G	H	I	J	K	L	M
0	1	2	3	4	5	6	7	8	9	10	11	12

N	O	P	Q	R	S	T	U	V	W	X	Y	Z
13	14	15	16	17	18	19	20	21	22	23	24	25

On définit un procédé de codage de la façon suivante :

Etape 1 : on choisit deux entiers naturels p et q compris entre 0 et 25.

Etape 2 : à la lettre que l'on veut coder, on associe l'entier x correspondant dans le tableau ci-dessus.

Etape 3 : on calcule l'entier x' défini par les relations $x' \equiv px + q \quad [26]$ et $0 \leqslant x' \leqslant 25$.

Etape 4 : à l'entier x', on associe la lettre correspondante dans le tableau.

1. Dans cette question, on choisit $p = 9$ et $q = 2$.
   - **a.** Démontrer que la lettre V est codée par la lettre J.
   - **b.** Citer le théorème qui permet d'affirmer l'existence de deux entiers relatifs u et v tels que $9u + 26v = 1$. Donner sans justifier un couple $(u,\ v)$ qui convient.
   - **c.** Démontrer que $x' \equiv 9x + 2 \quad [26]$ équivaut à $x \equiv 3x' + 20 \quad [26]$.
   - **d.** Décoder la lettre R.

2. Dans cette question, on choisit $q = 2$ et p est inconnu. On sait que J est codé par D. Déterminer la valeur de p (on admettra que p est unique).
3. Dans cette question, on choisit $p = 13$ et $q = 2$. Coder les lettres B et D. Que peut-on dire de ce codage ?

EXERCICE 629 **30 minutes**

Partie A

On considère l'équation (E) : $15x - 26k = m$ où x et k désignent des nombres entiers relatifs et m est un paramètre entier non nul.

1. Justifier, en énonçant un théorème, qu'il existe un couple d'entiers relatifs $(u\ ;\ v)$ tel que $15u - 26v = 1$.
   Trouver un tel couple.
2. En déduire une solution particulière $(x_0\ ;\ k_0)$ de l'équation (E).
3. Montrer que $(x\ ;\ k)$ est solution de l'équation (E) si et seulement si $15(x - x_0) - 26(k - k_0) = 0$.
4. Montrer que les solutions de l'équation (E) sont exactement les couples $(x\ ;\ k)$ d'entiers relatifs tels que :

$$\left\{\begin{array}{lll} x & = & 26q + 7m \\ k & = & 15q + 4m \end{array}\right. \text{ où } q \in \mathbb{Z}.$$

Partie B

On fait correspondre à chaque lettre de l'alphabet un nombre entier comme l'indique le tableau ci-dessous.

A	B	C	D	E	F	G	H	I	J	K	L	M
0	1	2	3	4	5	6	7	8	9	10	11	12
N	O	P	Q	R	S	T	U	V	W	X	Y	Z
13	14	15	16	17	18	19	20	21	22	23	24	25

On définit un système de codage :

— A chaque lettre de l'alphabet, on associe l'entier x correspondant.
— On associe ensuite à x l'entier y qui est le reste de la division euclidienne de $15x + 7$ par 26.
— On associe à y la lettre correspondante.

Ainsi, par cette méthode, la lettre E est associée à 4, 4 est transformé en 15 et 15 correspond à la lettre P et donc la lettre E est codée par la lettre P.

1. Coder le mot **MATHS**.
2. Soit x le nombre associé à une lettre de l'alphabet à l'aide du tableau initial et y le reste de la division euclidienne de $15x + 7$ par 26.

a. Montrer alors qu'il existe un entier relatif k tel que $15x - 26k = y - 7$.
b. En déduire que $x \equiv 7y + 3 \pmod{26}$.
c. En déduire une description du système de décodage associé au système de codage considéré.

3. Expliquer pourquoi la lettre W dans un message codé sera décodée par la lettre B. Décoder le mot WHL.

4. Montrer que, par ce système de codage, deux lettres différentes sont codées par deux lettres différentes.

EXERCICE 630 **25 minutes**

Partie A

On considère l'équation $51x - 26y = 1$ où x et y sont des nombres entiers relatifs.

1. Justifier, en énonçant un théorème du cours, que cette équation admet au moins un couple solution.

2. **a.** Donner un couple solution $(x_0 ; y_0)$ de cette équation.
b. Déterminer l'ensemble des couples solutions de cette équation.

Partie B

On fait correspondre à chaque lettre de l'alphabet un nombre entier comme l'indique le tableau ci-dessous :

A	B	C	D	E	F	G	H	I	J	K	L	M
0	1	2	3	4	5	6	7	8	9	10	11	12

N	O	P	Q	R	S	T	U	V	W	X	Y	Z
13	14	15	16	17	18	19	20	21	22	23	24	25

Afin de coder une lettre de l'alphabet, correspondant à un entier x compris entre 0 et 25, on définit une fonction de codage f par $f(x) = y$, où y est le reste de la division euclidienne de $51x + 2$ par 26.
La lettre de l'alphabet correspondant à l'entier x est ainsi codée par la lettre correspondant à l'entier y.

1. Coder la lettre N.

2. En utilisant la partie A, déterminer l'entier a tel que $0 \leqslant a \leqslant 25$ et $51a \equiv 1$ [26].

3. Démontrer que si la lettre correspondant à un entier x est codée par une lettre correspondant à un entier y, alors x est le reste de la division euclidienne de $ay + 2$ par 26.

4. Déterminer alors la lettre qui est codée par la lettre N.

5. On applique 100 fois de suite la fonction de codage f à un nombre x correspondant à une certaine lettre. Quelle lettre obtient-on ?

EXERCICE 631 **25 minutes**

Pour tout entier naturel n non nul, on appelle $S(n)$ le nombre égal à la somme des diviseurs positifs de n.

1. Vérifier que $S(6) = 12$ et calculer $S(7)$.
2. **a.** Démontrer que, pour tout entier naturel n supérieur ou égal à 2, $S(n) \geqslant 1 + n$.
   b. Quels sont les entiers naturels n tels que $S(n) = 1 + n$?
3. On suppose dans cette question que n s'écrit $p \times q$ où p et q sont des nombres premiers distincts.
   a. Démontrer que $S(n) = (1 + p)(1 + q)$.
   b. On considère la proposition suivante :
   « Pour tous entiers naturels n et m non nuls distincts,
   $S(n \times m) = S(n) \times S(m)$ ».
   Cette proposition est-elle vraie ou fausse ? Justifier.
4. On suppose dans cette question que l'entier n s'écrit p^k, où p est un nombre premier et k un nombre entier naturel non nul.
   a. Quels sont les diviseurs de n ?
   b. En déduire que $S(n) = \dfrac{1 - p^{k+1}}{1 - p}$.
5. On suppose dans cette question que n s'écrit $p^{13} \times q^7$, où p et q sont des nombres premiers distincts.
   a. Soit m un entier naturel.
   Démontrer que m divise n si, et seulement si, il existe deux nombres entiers s et t avec $0 \leqslant s \leqslant 13$ et $0 \leqslant t \leqslant 7$ tels que $m = p^s \times q^t$.
   b. Démontrer que $S(n) = \dfrac{1 - p^{14}}{1 - p} \times \dfrac{1 - q^8}{1 - q}$.

EXERCICE 632 **25 minutes**

Les parties A et B peuvent être traitées de manière indépendante.

Partie A

Afin de crypter un message, on utilise un chiffrement affine.

Chaque lettre de l'alphabet est associée à un nombre entier comme indiqué dans le tableau ci-dessous :

A	B	C	D	E	F	G	H	I	J	K	L	M	N	O	P	Q	R	S	T	U	V	W	X	Y	Z
0	1	2	3	4	5	6	7	8	9	10	11	12	13	14	15	16	17	18	19	20	21	22	23	24	25

Soit x le nombre associé à la lettre à coder. On détermine le reste y de la division euclidienne de $7x + 5$ par 26, puis on en déduit la lettre associée à y (c'est elle qui code la lettre d'origine).

Exemple :

M correspond à $x = 12$

$7 \times 12 + 5 = 89$

Or $89 \equiv 11\ [26]$ et 11 correspond à la lettre L, donc la lettre M est codée par la lettre L.

1. Coder la lettre L.
2. a. Soit k un entier relatif. Montrer que si $k \equiv 7x$ [26] alors $15k \equiv x$ [26].
   b. Démontrer la réciproque de l'implication précédente.
   c. En déduire que $y \equiv 7x+5$ [26] équivaut à $x \equiv 15y+3$ [26].
3. A l'aide de la question précédente décoder la lettre F.

Partie B

On considère les suites (a_n) et (b_n) telles que a_0 et b_0 sont des entiers compris entre 0 et 25 inclus et pour tout entier naturel n, $a_{n+1} = 7a_n + 5$ et $b_{n+1} = 15b_n + 3$.

Montrer que pour tout entier naturel n, $a_n = \left(a_0 + \dfrac{5}{6}\right) \times 7^n - \dfrac{5}{6}$.

On admet pour la suite du problème que pour tout entier naturel n,

$b_n = \left(b_0 + \dfrac{3}{14}\right) \times 15^n - \dfrac{3}{14}$.

Partie C

Déchiffrer un message codé avec un chiffrement affine ne pose pas de difficulté (on peut tester les 312 couples de coefficients possibles). Afin d'augmenter cette difficulté de décryptage, on propose d'utiliser une clé qui indiquera pour chaque lettre le nombre de fois où on lui applique le chiffrement affine de la partie A.

Par exemple pour coder le mot MATH avec la clé 2-2-5-6, on applique « 2 » fois le chiffrement affine à la lettre M (cela donne E), « 2 » fois le chiffrement à la lettre A, « 5 » fois le chiffrement à la lettre T et enfin « 6 » fois le chiffrement à la lettre H.

Dans cette partie, on utilisera la clé 2-2-5-6.

Décoder la lettre Q dans le mot IYYQ.

EXERCICE 633 **35 minutes**

Dans cet exercice, on appelle numéro du jour de naissance le rang de ce jour dans le mois et numéro du mois de naissance, le rang du mois dans l'année.

Par exemple, pour une personne née le 14 mai, le numéro du jour de naissance est 14 et le numéro du mois de naissance est 5.

Partie A

Lors d'une représentation, un magicien demande aux spectateurs d'effectuer le programme de calcul (A) suivant :

« Prenez le numéro de votre jour de naissance et multipliez-le par 12. Prenez le numéro de votre mois de naissance et multipliez-le par 37. Ajoutez les deux nombres obtenus. Je pourrai alors vous donner la date de votre anniversaire ».

Un spectateur annonce 308 et en quelques secondes, le magicien déclare : « Votre anniversaire tombe le 1er août ! ».

1. Vérifier que pour une personne née le 1er août, le programme de calcul (A) donne effectivement le nombre 308.
2. a. Pour un spectateur donné, on note j le numéro de son jour de naissance, m celui de son mois de naissance et z le résultat obtenu en appliquant le programme de calcul (A).
   Exprimer z en fonction de j et de m et démontrer que z et m sont congrus modulo 12.

b. Retrouver alors la date de l'anniversaire d'un spectateur ayant obtenu le nombre 474 en appliquant le programme de calcul (A).

Partie B

Lors d'une autre représentation, le magicien décide de changer son programme de calcul. Pour un spectateur dont le numéro du jour de naissance est j et le numéro du mois de naissance est m, le magicien demande de calculer le nombre z défini par $z = 12j + 31m$.

Dans les questions suivantes, on étudie différentes méthodes permettant de retrouver la date d'anniversaire du spectateur.

1. Première méthode :

On considère l'algorithme suivant :

```
Pour m allant de 1 à 12 faire :
  | Pour j allant de 1 à 31 faire :
  |   | z ⟵ 12j + 31m
  |   | Afficher z
  | Fin Pour
Fin Pour
```

Modifier cet algorithme afin qu'il affiche toutes les valeurs de j et de m telles que $12j + 31m = 503$.

2. Deuxième méthode :

a. Démontrer que $7m$ et z ont le même reste dans la division euclidienne par 12.

b. Pour m variant de 1 à 12, donner le reste de la division euclidienne de $7m$ par 12.

c. En déduire la date de l'anniversaire d'un spectateur ayant obtenu le nombre 503 avec le programme de calcul (B).

3. Troisième méthode :

a. Démontrer que le couple $(-2\ ;\ 17)$ est solution de l'équation $12x + 31y = 503$.

b. En déduire que si un couple d'entiers relatifs $(x\ ;\ y)$ est solution de l'équation $12x + 31y = 503$, alors $12(x+2) = 31(17-y)$.

c. Déterminer l'ensemble de tous les couples d'entiers relatifs $(x\ ;\ y)$, solutions de l'équation $12x + 31y = 503$.

d. Démontrer qu'il existe un unique couple d'entiers relatifs $(x\ ;\ y)$ tel que $1 \leqslant y \leqslant 12$. En déduire la date d'anniversaire d'un spectateur ayant obtenu le nombre 503 avec le programme de calcul (B).

EXERCICE 634 **35 minutes**

Partie A

Le but de celle partie est de démontrer que l'ensemble des nombres premiers est infini en raisonnant par l'absurde.

1. On suppose qu'il existe un nombre fini de nombres premiers notés $p_1, p_2, \ldots, p_n$.

On considère le nombre E produit de tous les nombres premiers augmenté de 1 :

$E = p_1 \times p_2 \times \cdots \times p_n + 1$.

Démontrer que E est un entier supérieur ou égal à 2, et que E est premier avec chacun des nombres $p_1, p_2, \dots, p_n$.

2. En utilisant le fait que E admet un diviseur premier conclure.

Partie B

Pour tout entier naturel $k \geqslant 2$, on pose $M_k = 2^k - 1$.
On dit que M_k est le k-ième nombre de Mersenne.

1. a. Reproduire et compléter le tableau suivant, qui donne quelques valeurs de M_k :

k	2	3	4	5	6	7	8	9	10
M_k	3								

b. D'après le tableau précédent, si k est un nombre premier, peut-on conjecturer que le nombre M_k est premier ?

2. Soient p et q deux entiers naturels non nuls.

a. Justifier l'égalité : $1 + 2^p + (2^p)^2 + (2^p)^3 + \cdots + (2^p)^{q-1} = \dfrac{(2^p)^q - 1}{2^p - 1}$.

b. En déduire que $2^{pq} - 1$ est divisible par $2^p - 1$.

c. En déduire que si un entier k supérieur ou égal à 2 n'est pas premier, alors M_k ne l'est pas non plus.

3. a. Prouver que le nombre de Mersenne M_{11} n'est pas premier.

b. Que peut-on en déduire concernant la conjecture de la question 1. b. ?

Partie C

Le test de Lucas-Lehmer permet de déterminer si un nombre de Mersenne donné est premier.
Ce test utilise la suite numérique (u_n) définie par $u_0 = 4$ et $\forall n \in \mathbb{N} : u_{n+1} = u_n^2 - 2$.
Si n est un entier naturel supérieur ou égal à 2, le test permet d'affirmer que le nombre M_n est premier si et seulement si $u_{n-2} \equiv 0 \quad \text{modulo} \quad M_n$. Cette propriété est admise dans la suite.

1. Utiliser le test de Lucas-Lehmer pour vérifier que le nombre de Mersenne M_5 est premier

2. Soit n un entier naturel supérieur ou égal à 3.
L'algorithme suivant, qui est incomplet, doit permettre de vérifier si le nombre de Mersenne M_n est premier, en utilisant le test de Lucas-Lehmer.

```
u ⟵ 4
M ⟵ ......
Pour i allant de 1 à ...
    u ⟵ ...
Fin Pour
Si M divise u alors afficher « M ......... »
sinon afficher « M ......... »
```

Recopier et compléter cet algorithme de façon à ce qu'il remplisse la condition voulue.

EXERCICE 635 **20 minutes**

En montagne, un randonneur a effectué des réservations dans deux types d'hébergements : L'hébergement A et l'hébergement B.
Une nuit en hébergement A coûte 24 € et une nuit en hébergement B coûte 45 €.
Il se rappelle que le coût total de sa réservation est de 438 €.
On souhaite retrouver les nombres x et y de nuitées passées respectivement en hébergement A et en hébergement B

1. **a.** Montrer que les nombres x et y sont respectivement inférieurs ou égaux à 18 et 9.
   b. Recopier et compléter les lignes (1), (2) et (3) de l'algorithme suivant afin qu'il affiche les couples $(x; y)$ possibles.

```
Pour x variant de 0 à ...     (1)
    Pour y variant de 0 à ... (2)
        Si ...        (3)
            Afficher x et y
        Fin Si
    Fin Pour
Fin Pour
```

2. Justifier que le coût total de la réservation est un multiple de 3.
3. **a.** Justifier que l'équation $8x + 15y = 1$ admet pour solution au moins un couple d'entiers relatifs.
   b. Déterminer une telle solution.
   c. Résoudre l'équation (E) : $8x + 15y = 146$ où x et y sont des nombres entiers relatifs.
4. Le randonneur se souvient avoir passé au maximum 13 nuits en hébergement A.
   Montrer alors qu'il peut retrouver le nombre exact de nuits passées en hébergement A et celui des nuits passées en hébergement B.
   Calculer ces nombres.

EXERCICE 636 **25 minutes**

On considère l'algorithme suivant, où A et B sont des entiers naturels tels que $A < B$:

```
D ⟵ B − A
Tant que D > 0
B ⟵ A
A ⟵ D
    Si B > A Alors
        D ⟵ B − A
    Sinon
        D ⟵ A − B
    Fin Si
Fin Tant que
```

1. On entre $A = 12$ et $B = 14$.
   En remplissant le tableau suivant, déterminer la valeur de A à la fin de l'algorithme.

A	B	D
12	14	
⋮	⋮	⋮

2. Cet algorithme calcule la valeur du PGCD des nombres A et B.
En entrant $A = 221$ et $B = 331$, l'algorithme affiche la valeur 1.

a. Justifier qu'il existe des couples $(x\ ;\ y)$ d'entiers relatifs solutions de l'équation

$$\text{(E)} \qquad 221x - 331y = 1.$$

b. Vérifier que le couple (3 ; 2) est une solution de l'équation (E).
En déduire l'ensemble des couples $(x\ ;\ y)$ d'entiers relatifs solutions de l'équation (E).

3. On considère les suites d'entiers naturels (u_n) et (v_n) définies pour tout entier naturel n par

$$u_n = 2 + 221n \quad \text{et} \quad \begin{cases} v_0 &= 3 \\ v_{n+1} &= v_n + 331 \end{cases}$$

a. Exprimer v_n en fonction de l'entier naturel n.
b. Déterminer tous les couples d'entiers naturels $(p\ ;\ q)$ tels que
$u_p = v_q, \quad 0 \leqslant p \leqslant 500 \quad \text{et} \quad 0 \leqslant q \leqslant 500.$

EXERCICE 637 **20 minutes**

On note E l'ensemble des vingt-sept nombres entiers compris entre 0 et 26.
On note A l'ensemble dont les éléments sont les vingt-six lettres de l'alphabet et un séparateur entre deux mots, noté « ⋆ » considéré comme un caractère.
Pour coder les éléments de A, on procède de la façon suivante :

• Premièrement : On associe à chacune des lettres de l'alphabet, rangées par ordre alphabétique, un nombre entier naturel compris entre 0 et 25, rangés par ordre croissant. On a donc $a \to 0$, $b \to 1, \dots z \to 25$.
On associe au séparateur « ⋆ » le nombre 26.

a	b	c	d	e	f	g	h	i	j	k	l	m	n
0	1	2	3	4	5	6	7	8	9	10	11	12	13

o	p	q	r	s	t	u	v	w	x	y	z	⋆
14	15	13	17	18	19	20	21	22	23	24	25	26

On dit que a a pour rang 0, b a pour rang 1, $\cdots$, z a pour rang 25 et le séparateur « ⋆ » a pour rang 26.
• Deuxièmement : à chaque élément x de E, l'application g associe le reste de la division euclidienne de $4x + 3$ par 27.

On remarquera que pour tout x de E, $g(x)$ appartient à E.
• Troisièmement : Le caractère initial est alors remplacé par le caractère de rang $g(x)$.
Exemple :
$s \to 18$, $g(18) = 21$ et $21 \to v$. Donc la lettre s est remplacée lors du codage par la lettre v.

1. Trouver tous les entiers x de E tels que $g(x) = x$ c'est-à-dire invariants par g.
   En déduire les caractères invariants dans ce codage.
2. Démontrer que, pour tout entier naturel x appartenant à E et tout entier naturel y appartenant à E, si $y \equiv 4x + 3$ modulo 27 alors $x \equiv 7y + 6$ modulo 27.
   En déduire que deux caractères distincts sont codés par deux caractères distincts.
3. Proposer une méthode de décodage.
4. Décoder le mot « $v f v$ ».

Exercice 638 **20 minutes**

1. On considère x et y des entiers relatifs et l'équation (E) $91x + 10y = 1$.
   a. Enoncer un théorème permettant de justifier l'existence d'une solution à l'équation (E).
   b. Déterminer une solution particulière de (E) et en déduire une solution particulière de l'équation (E') : $91x + 10y = 412$.
   c. Résoudre (E').
2. Montrer que les nombres entiers $A_n = 3^{2n} - 1$, où n est un entier naturel non nul, sont divisibles par 8. (Une des méthodes possibles est un raisonnement par récurrence).
3. On considère l'équation (E″) $A_3 x + A_2 y = 3\,296$.
   a. Déterminer les couples d'entiers relatifs $(x,\ y)$ solutions de l'équation (E″).
   b. Montrer que (E″) admet pour solution un couple unique d'entiers naturels.
      Le déterminer.

Exercice 639 **20 minutes**

Le but de l'exercice est de montrer qu'il existe un entier naturel n dont l'écriture décimale du cube se termine par 2 009, c'est-à-dire tel que $n^3 \equiv 2009 \mod 10000$.

Partie A

1. Déterminer le reste de la division euclidienne de 2009^2 par 16.
2. En déduire que $2009^{8001} \equiv 2009 \mod 16$.

Partie B

On considère la suite (u_n) définie sur $\mathbb{N}$ par :
$u_0 = 2009^2 - 1$ et, pour tout entier naturel n, $u_{n+1} = (u_n + 1)^5 - 1$.

1. a. Démontrer que u_0 est divisible par 5.
   b. Démontrer, en utilisant la formule du binôme de Newton, que $\forall n \in \mathbb{N}$,

$$u_{n+1} = u_n \left[{u_n}^4 + 5\left({u_n}^3 + 2{u_n}^2 + 2u_n + 1 \right) \right].$$

   c. Démontrer par récurrence que, pour tout entier naturel n, u_n est divisible par 5^{n+1}.

2. **a.** Vérifier que $u_3 = 2\,009^{250} - 1$ puis en déduire que $2\,009^{250} \equiv 1 \mod 625$.

   b. Démontrer alors que $2\,009^{8\,001} \equiv 2\,009 \mod 625$.

Partie C

1. En utilisant le théorème de Gauss et les résultats établis dans les questions précédentes, montrer que $2\,009^{8\,001} - 2\,009$ est divisible par $10\,000$.
2. Conclure, c'est-à-dire déterminer un entier naturel dont l'écriture décimale du cube se termine par 2 009.

EXERCICE 640 **25 minutes**

Partie A

On considère l'équation (E) : $11x - 26y = 1$, où x et y désignent deux nombres entiers relatifs.

1. Vérifier que le couple $(-7\,;\,-3)$ est solution de (E).
2. Résoudre alors l'équation (E).
3. En déduire le couple d'entiers relatifs $(u\,;\,v)$ solution de (E) tel que $0 \leqslant u \leqslant 25$.

Partie B

On assimile chaque lettre de l'alphabet à un nombre entier comme l'indique le tableau ci-dessous :

A	B	C	D	E	F	G	H	I	J	K	L	M
0	1	2	3	4	5	6	7	8	9	10	11	12

N	O	P	Q	R	S	T	U	V	W	X	Y	Z
13	14	15	16	17	18	19	20	21	22	23	24	25

On « code » tout nombre entier x compris entre 0 et 25 de la façon suivante :

— on calcule $11x + 8$

— on calcule le reste de la division euclidienne de $11x + 8$ par 26, que l'on appelle y.

x est alors « codé » par y.

Ainsi, par exemple, la lettre L est assimilée au nombre 11 ; $11 \times 11 + 8 = 129$ or $129 \equiv 25[26]$; 25 est le reste de la division euclidienne de 129 par 26. Au nombre 25 correspond la lettre Z.
La lettre L est donc codée par la lettre Z.

1. Coder la lettre W.
2. Le but de cette question est de déterminer la fonction de décodage.

   a. Montrer que pour tous nombres entiers relatifs x et j, on a :

$$11x \equiv j[26] \text{ équivaut à } x \equiv 19j[26].$$

   b. En déduire un procédé de décodage.

   c. Décoder la lettre W.

2.8 Vers le supérieur

EXERCICE 641 **10 minutes**

Déterminer la base d'un système de numération dans lequel les nombres $\overline{123}$, $\overline{140}$ et $\overline{156}$ sont en progression arithmétique.

EXERCICE 642 **25 minutes**

Soit l'équation $4x^3 + x^2 + x - 3 = 0 \qquad (1)$.

1. Montrer, en étudiant la fonction numérique f définie sur $\mathbb{R}$ par $f(x) = 4x^3 + x^2 + x - 3$ que l'équation (1) n'a qu'une solution réelle, qui de plus, appartient à l'intervalle $]0\,;\,1[$.
2. Montrer que si l'équation (1) a une solution rationnelle $\dfrac{p}{q}$, où p et q sont premiers entre eux, alors p divise 3 et q divise 4.
   Quels sont les rationnels vérifiant cette dernière condition?
3. Déterminer la solution rationnelle $\dfrac{p}{q}$ de l'équation (1) et, après avoir mis en facteur $(qx - p)$ dans l'expression de $f(x)$, achever la résolution de l'équation (1) dans $\mathbb{C}$.

EXERCICE 643 **25 minutes**

Le but de l'exercice est d'étudier certaines propriétés de divisibilité de l'entier $4^n - 1$, lorsque n est un entier naturel.

On rappelle la propriété connue sous le nom de petit théorème de Fermat : « si p est un nombre premier et a un entier naturel premier avec p, alors $a^{p-1} - 1 \equiv 0 \mod p$ ».

Partie A : Quelques exemples

1. Démontrer que, pour tout entier naturel n, 4^n est congru à 1 modulo 3.
2. Prouver à l'aide du petit théorème de Fermat, que $4^{28} - 1$ est divisible par 29.
3. Pour $1 \leqslant n \leqslant 4$, déterminer le reste de la division de 4^n par 17. En déduire que, pour tout entier k, le nombre $4^{4k} - 1$ est divisible par 17.
4. Pour quels entiers naturels n le nombre $4^n - 1$ est-il divisible par 5?
5. A l'aide des questions précédentes. déterminer quatre diviseurs premiers de $4^{28} - 1$.

Partie B : Divisibilité par un nombre premier

Soit p un nombre premier différent de 2.

1. Démontrer qu'il existe un entier $n \geqslant 1$ tel que $4^n \equiv 1 \mod p$.
2. Soit $n \geqslant 1$ un entier naturel tel que $4^n \equiv 1 \mod p$. On note b le plus petit entier strictement positif tel que $4^b \equiv 1 \mod p$ et r le reste de la division euclidienne de n par b.
   - **a.** Démontrer que $4^r \equiv 1 \mod p$. En déduire que $r = 0$.
   - **b.** Prouver L'équivalence : $4^n - 1$ est divisible par p si et seulement si n est multiple de b.
   - **c.** En déduire que b divise $p - 1$.

EXERCICE 644 **25 minutes**

Etant donné un entier naturel $n \geqslant 2$, on se propose d'étudier l'existence de trois entiers naturels x, y et z tels que $x^2 + y^2 + z^2 \equiv 2^n - 1$ modulo 2^n.

Partie A : Etude de deux cas particuliers

1. Dans cette question on suppose $n = 2$. Montrer que 1, 3 et 5 satisfont à la condition précédente.
2. Dans cette question, on suppose $n = 3$.
   a. Soit m un entier naturel. Compléter le tableau ci-dessous donnant le reste r de la division euclidienne de m par 8 et le reste R de la division euclidienne de m^2 par 8.

r	0	1	2	3	4	5	6	7
R								

   b. Peut-on trouver trois entiers naturels x, y et z tels que $x^2 + y^2 + z^2 \equiv 7$ modulo 8 ?

Partie B : Etude du cas général où $n \geqslant 3$

Supposons qu'il existe trois entiers naturels x, y et z tels que $x^2 + y^2 + z^2 \equiv 2^n - 1$ modulo 2^n.

1. Justifier le fait que les trois entiers naturels x, y et z sont tous impairs ou que deux d'entre eux sont pairs.
2. On suppose que x et y sont pairs et que z est impair. On pose alors $x = 2q$, $y = 2r$, $z = 2s + 1$ où q, r, s sont des entiers naturels.
   a. Montrer que $x^2 + y^2 + z^2 \equiv 1$ modulo 4.
   b. En déduire une contradiction.
3. On suppose que x, y, z sont impairs.
   a. Prouver que, pour tout entier naturel k non nul, $k^2 + k$ est divisible par 2.
   b. En déduire que $x^2 + y^2 + z^2 \equiv 3$ modulo 8.
   c. Conclure.

EXERCICE 645 **20 minutes**

1. **a.** Quel est le reste de la division euclidienne de 6^{10} par 11 ? Justifier.
   b. Quel est le reste de la division euclidienne de 6^4 par 5 ? Justifier.
   c. En déduire que $6^{40} \equiv 1\ [11]$ et que $6^{40} \equiv 1\ [5]$.
   d. Démontrer que $6^{40} - 1$ est divisible par 55.
2. Dans cette question x et y désignent des entiers relatifs.
   a. Montrer que l'équation (E) $\quad 65x - 40y = 1$ n'a pas de solution.
   b. Montrer que l'équation (E') $\quad 17x - 40y = 1$ admet au moins une solution.
   c. Déterminer à l'aide de l'algorithme d'Euclide un couple d'entiers relatifs solution de l'équation $\left(E'\right)$.

d. Résoudre l'équation (E').
En déduire qu'il existe un unique naturel x_0 inférieur à 40 tel que $17x_0 \equiv 1[40]$.

3. Pour tout entier naturel a, démontrer que si $a^{17} \equiv b[55]$ et si $a^{40} \equiv 1[55]$, alors $b^{33} \equiv a[55]$.

EXERCICE 646 **15 minutes**

L'espace est muni d'un repère orthonormal $\left(O, \vec{\imath}, \vec{\jmath}, \vec{k}\right)$.

1. Soient F le point de coordonnées $\left(0\ ;\ 0\ ;\ \frac{1}{4}\right)$ et P le plan d'équation $z = -\frac{1}{4}$.
On note $d(M, P)$ la distance d'un point M au plan P.
Montrer que l'ensemble (S) des points M de coordonnées $(x\ ;\ y\ ;\ z)$ qui vérifient $d(M, P) = M\mathrm{F}$ a pour équation $x^2 + y^2 = z$.

2. a. Quelle est la nature de l'intersection de l'ensemble (S) avec le plan d'équation $z = 2$?
b. Quelle est la nature de l'intersection de l'ensemble (S) avec le plan d'équation $x = 0$?

3. Dans cette question, x et y désignent des nombres entiers naturels.
a. Quels sont les restes possibles de la division euclidienne de x^2 par 7?
b. Démontrer que 7 divise $x^2 + y^2$ si et seulement si 7 divise x et 7 divise y.

4. Existe-t-il des points qui appartiennent à l'intersection de l'ensemble (S) et du plan d'équation $z = 98$ et dont toutes les coordonnées sont des entiers naturels? Si oui les déterminer.

EXERCICE 647 **25 minutes**

1. a. Montrer que, pour tout entier naturel n, $3n^3 - 11n + 48$ est divisible par $n + 3$.
b. Montrer que, pour tout entier naturel n, $3n^2 - 9n + 16$ est un entier naturel non nul.

2. Montrer que, pour tous les entiers naturels non nuls a, b et c, l'égalité suivante est vraie :

$$\mathrm{PGCD}(a\ ;\ b) = \mathrm{PGCD}(bc - a\ ;\ b).$$

3. Montrer que, pour tout entier naturel n, supérieur ou égal à 2, l'égalité suivante est vraie :

$$\mathrm{PGCD}\left(3n^3 - 11n\ ;\ n + 3\right) = \mathrm{PGCD}(48\ ;\ n + 3).$$

4. a. Déterminer l'ensemble des diviseurs entiers naturels de 48.
b. En déduire l'ensemble des entiers naturels n tels que $\dfrac{3n^3 - 11n}{n + 3}$ soit un entier naturel.

EXERCICE 648 **35 minutes**

Les suites d'entiers naturels (x_n) et (y_n) sont définies sur $\mathbb{N}$ par :

$$x_0 = 3 \quad \text{et} \quad x_{n+1} = 2x_n - 1$$
$$y_0 = 1 \quad \text{et} \quad y_{n+1} = 2y_n + 3.$$

1. Démontrer par récurrence que pour tout entier naturel n, $x_n = 2^{n+1} + 1$.

2. a. Calculer le *PGCD* de x_8 et x_9, puis celui de x_{2002} et x_{2003}. Que peut-on en déduire pour x_8 et x_9 d'une part, pour x_{2002} et x_{2003} d'autre part?

- **b.** x_n et x_{n+1} sont-ils premiers entre eux pour tout entier naturel n?

3. **a.** Démontrer que pour tout entier naturel n, $2x_n - y_n = 5$.

- **b.** Exprimer y_n en fonction de n.
- **c.** En utilisant les congruences modulo 5, étudier suivant les valeurs de l'entier naturel p le reste de la division euclidienne de 2^p par 5.
- **d.** On note d_n le $PGCD$ de x_n et y_n pour tout entier naturel n.
  Démontrer que l'on a $d_n = 1$ ou $d_n = 5$. En déduire l'ensemble des entiers naturels n tels que x_n et y_n soient premiers entre eux.

EXERCICE 649 **30 minutes**

Soit (E) l'ensemble des entiers naturels écrits, en base 10, sous la forme $\overline{abba}$ où a est un chiffre supérieur ou égal à 2 et b est un chiffre quelconque.
Exemples d'éléments de (E) : 2 002 ; 3 773 ; 9 119.
Les parties A et B peuvent être traitées séparément.

Partie A : Nombre d'éléments de (E) ayant 11 comme plus petit facteur premier.

1. **a.** Décomposer 1 001 en produit de facteurs premiers.

- **b.** Montrer que tout élément de (E) est divisible par 11.

2. **a.** Quel est le nombre d'éléments de (E) ?

- **b.** Quel est le nombre d'éléments de (E) qui ne sont ni divisibles par 2 ni par 5 ?

3. Soit n un élément de (E) s'écrivant sous la forme $\overline{abba}$.

- **a.** Montrer que : « n est divisible par 3 » équivaut à « $a+b$ est divisible par 3 ».
- **b.** Montrer que : « n est divisible par 7 » équivaut à « b est divisible par 7 ».

4. Déduire des questions précédentes le nombre d'éléments de (E) qui admettent 11 comme plus petit facteur premier.

Partie B : Etude des éléments de (E) correspondant à une année bissextile.

Soit (F) l'ensemble des éléments de (E) qui correspondent à une année bissextile.
On admet que pour tout élément n de (F), il existe des entiers naturels p et q tels que :

$$n = 2000 + 4p \quad \text{et} \quad n = 2002 + 11q.$$

1. On considère l'équation (e) : $4p - 11q = 2$ où p et q sont des entiers relatifs.
Vérifier que le couple (6, 2) est solution de l'équation (e) puis résoudre l'équation (e).

2. En déduire que tout entier n de (F) peut s'écrire sous la forme 2 024 + 44 k où k est un entier relatif.

3. A l'aide de la calculatrice déterminer les six plus petits éléments de (F).
N. B. : Liste des nombres premiers inférieurs à 40 : 2 ; 3 ; 5 ; 7 ; 11 ; 13 ; 17 ; 19 ; 23 ; 29 ; 31 ; 37.

EXERCICE 650 **30 minutes**

Soit a et b deux entiers naturels non nuls ; on appelle « réseau » associé aux entiers a et b l'ensemble des points du plan, muni d'un repère orthonormal, dont les coordonnées $(x\,;\,y)$ sont des entiers vérifiant les conditions : $0 \leqslant x \leqslant a$ et $0 \leqslant y \leqslant b$. On note $R_{a,\,b}$ ce réseau.

Le but de l'exercice est de relier certaines propriétés arithmétiques des entiers x et y à des propriétés géométriques des points correspondants du réseau.

A : Représentation graphique de quelques ensembles

Dans cette question, les réponses sont attendues sans explication, sous la forme d'un graphique qui sera dûment complété sur les graphiques ci-dessous.

Graphique 1

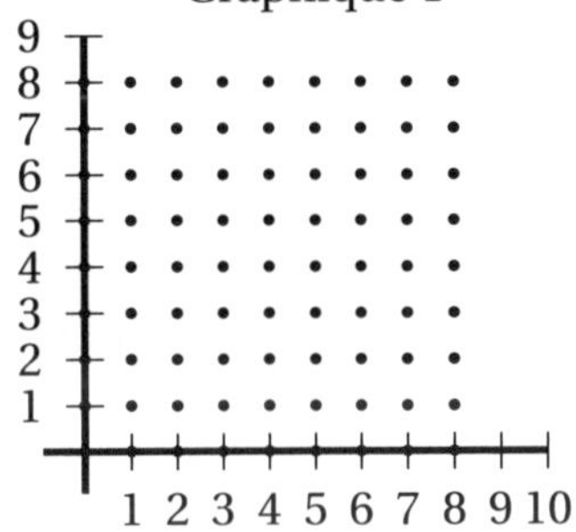

Graphique 2

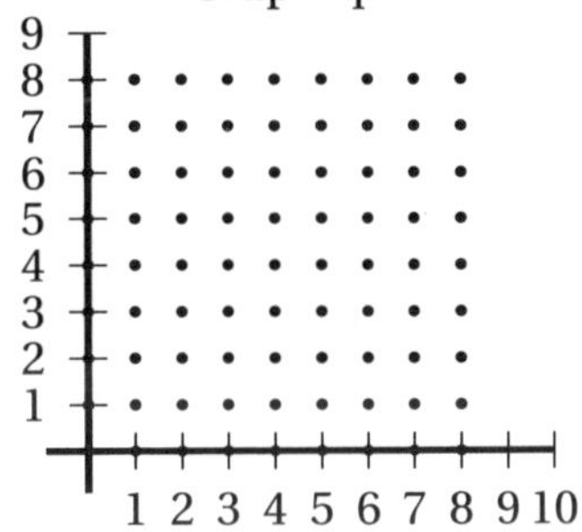

Graphique 3

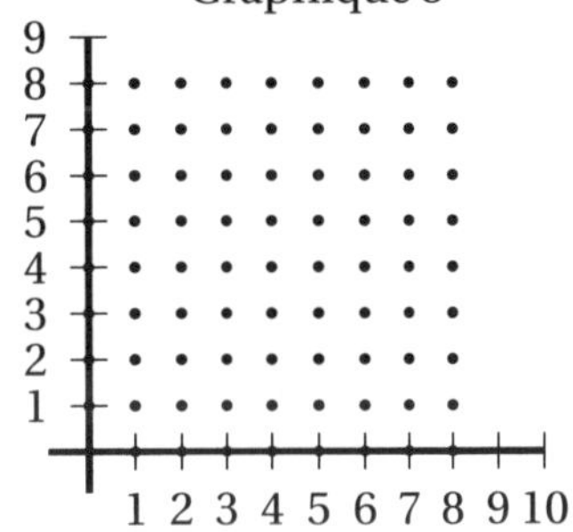

Représenter graphiquement les points $M(x\,;\,y)$ du réseau $R_{8,8}$ vérifiant :

1. $x \equiv 2 \quad$ (modulo 3) et $y \equiv 1 \quad$ (modulo 3), sur le graphique 1 ;
2. $x + y \equiv 1 \quad$ (modulo 3), sur le graphique 2 ;
3. $x \equiv y \quad$ (modulo 3), sur le graphique 3.

B : Résolution d'une équation

On considère l'équation (E) : $7x - 4y = 1$, où les inconnues x et y sont des entiers relatifs.

1. Déterminer un couple d'entiers relatifs $\left(x_0\,;\,y_0\right)$ solution de l'équation (E).
2. Déterminer l'ensemble des couples d'entiers relatifs solutions de l'équation (E).
3. Démontrer que l'équation (E) admet une unique solution $(x\,;\,y)$ pour laquelle le point $M(x\,;\,y)$ correspondant appartient au réseau $R_{4,7}$.

C : Une propriété des points situés sur la diagonale du réseau.

Si a et b sont deux entiers naturels non nuls, on considère la diagonale $[OA]$ du réseau $R_{a,\,b}$ avec $O(0\,;\,0)$ et $A(a\,;\,b)$.

1. Démontrer que les points du segment $[OA]$ sont caractérisés par les conditions :

$$0 \leqslant x \leqslant a\,;\, 0 \leqslant y \leqslant b\,;\, ay = bx.$$

2. Démontrer que si a et b sont premiers entre eux, alors les points O et A sont les seuls points du segment $[OA]$ appartenant au réseau $R_{a,\,b}$.

3. Démontrer que si a et b ne sont pas premiers entre eux, alors le segment $[OA]$ contient au moins un autre point du réseau.
(On pourra considérer $PGCD(a,b) = d$ et poser $a = da'$ et $b = db'$.)

EXERCICE 651 **30 minutes**

On note 0, 1, 2, ..., 9, α, β, les chiffres de l'écriture d'un nombre en base 12. Par exemple :

$$\overline{\beta\alpha 7}^{12} = \beta \times 12^2 + \alpha \times 12 + 7 = 11 \times 12^2 + 10 \times 12 + 7 = 1\,711 \text{ en base } 10$$

1. **a.** Soit N_1 le nombre s'écrivant en base 12 : $N_1 = \overline{\beta 1\alpha}^{12}$ Déterminer l'écriture de N_1 en base 10.
b. Soit N_2 le nombre s'écrivant en base 10 : $N_2 = 1\,131 = 1 \times 10^3 + 1 \times 10^2 + 3 \times 10 + 1$ Déterminer l'écriture de N_2 en base 12.

Dans la suite, un entier naturel N s'écrira de manière générale en base 12 : $N = \overline{a_n \cdots a_1 a_0}^{12}$

2. **a.** Démontrer que $N \equiv a_0 \quad (3)$. En déduire un critère de divisibilité par 3 d'un nombre écrit en base 12.
b. A l'aide de son écriture en base 12, déterminer si N_2 est divisible par 3. Confirmer avec son écriture en base 10.
3. **a.** Démontrer que $N \equiv a_n + \cdots + a_1 + a_0 \quad (11)$. En déduire un critère de divisibilité par 11 d'un nombre écrit en base 12.
b. A l'aide de son écriture en base 12, déterminer si N_1 est divisible par 11. Confirmer avec son écriture en base 10.
4. Un nombre N s'écrit $\overline{x4y}^{12}$. Déterminer les valeurs de x et de y pour lesquelles N est divisible par 33.

EXERCICE 652 **25 minutes**

1. On considère l'équation (E) : $109x - 226y = 1$ où x et y sont des entiers relatifs.
a. Déterminer le pgcd de 109 et 226. Que peut-on en conclure pour l'équation (E) ?
b. Montrer que l'ensemble de solutions de (E) est l'ensemble des couples de la forme $(141 + 226k,\ 68 + 109k)$, où k appartient à $\mathbb{Z}$.
En déduire qu'il existe un unique entier naturel non nul d inférieur ou égal à 226 et un unique entier naturel non nul e tels que $109d = 1 + 226e$. (On précisera les valeurs des entiers d et e.)

2. Démontrer que 227 est un nombre premier.
3. On note A l'ensemble des 227 entiers naturels a tels que $a \leqslant 226$.
On considère les deux fonctions f et g de A dans A définies de la manière suivante :

— à tout entier de A, f associe le reste de la division euclidienne de a^{109} par 227.
— à tout entier de A, g associe le reste de la division euclidienne de a^{141} par 227.

a. Vérifier que $g\left[f(0)\right] = 0$.
On rappelle le résultat suivant appelé petit théorème de Fermat :
Si p est un nombre premier et a un entier non divisible par p alors $a^{p-1} \equiv 1[p]$.

b. Montrer que, quel que soit l'entier non nul a de A, $a^{226} \equiv 1[227]$.

c. En utilisant **1. b**, en déduire que, quel que soit l'entier non nul a de A. $g\left[f(a)\right] = a$.
Que peut-on dire de $f\left[g(a)\right] = a$?

EXERCICE 653 **20 minutes**

On considère deux entiers naturels, non nuls, x et y premiers entre eux.
On pose $S = x + y$ et $P = xy$.

1. a. Démontrer que x et S sont premiers entre eux, de même que y et S.
b. En déduire que $S = x + y$ et $P = xy$ sont premiers entre eux.
c. Démontrer que les nombres S et P sont de parités différentes (l'un pair, l'autre impair).

2. Déterminer les diviseurs positifs de 84 et les ranger par ordre croissant.

3. Trouver les nombres premiers entre eux x et y tels que : $SP = 84$.

4. Déterminer les deux entiers naturels a et b vérifiant les conditions suivantes :

$$\left\{\begin{array}{lcl} a+b & = & 84 \\ ab & = & d^3 \end{array}\right. \text{ avec } d = PGCD(a;b)$$

(On pourra poser $a = dx$ et $b = dy$ avec x et y premiers entre eux)

EXERCICE 654 **25 minutes**

Dans cet exercice, on pourra utiliser le résultat suivant : « Etant donnés deux entiers naturels a et b non nuls, si PGCD(a ; b) = 1 alors PGCD(a^2 ; b^2) = 1 ».

Une suite (S_n) est définie pour $n > 0$ par $\mathrm{S}_n = \sum_{p=1}^{n} p^3$. On se propose de calculer, pour tout entier naturel non nul n, le plus grand commun diviseur de S_n et S_{n+1}.

1. Démontrer que, pour tout $n > 0$, on a : $\mathrm{S}_n = \left(\dfrac{n(n+1)}{2}\right)^2$.

2. Etude du cas où n est pair. Soit k l'entier naturel non nul tel que $n = 2k$.

a. Démontrer que $\mathrm{PGCD}(\mathrm{S}_{2k} ; \mathrm{S}_{2k+1}) = (2k+1)^2\mathrm{PGCD}\left(k^2 ; (k+1)^2\right)$.
b. Calculer PGCD $(k ; k+1)$.
c. Calculer $\mathrm{PGCD}(\mathrm{S}_{2k} ; \mathrm{S}_{2k+1})$.

3. Etude du cas où n est impair. Soit k l'entier naturel non nul tel que $n = 2k + 1$.

a. Démontrer que les entiers $2k + 1$ et $2k + 3$ sont premiers entre eux.
b. Calculer $\mathrm{PGCD}(\mathrm{S}_{2k+1} ; \mathrm{S}_{2k+2})$.

4. Déduire des questions précédentes qu'il existe une unique valeur de n, que l'on déterminera, pour laquelle S_n et S_{n+1} sont premiers entre eux.

EXERCICE 655 **25 minutes**

Soit l'équation (1) d'inconnue rationnelle x : $78x^3 + ux^2 + vx - 14 = 0$ où u et v sont des entiers relatifs.

1. On suppose dans cette question que $\dfrac{14}{39}$ est solution de l'équation (1)

  a. Prouver que les entiers relatifs u et v sont liés par la relation $14u + 39v = 1\,129$.

  b. Utiliser l'algorithme d'Euclide, en détaillant les diverses étapes du calcul, pour trouver un couple $(x\,;\,y)$ d'entiers relatifs vérifiant l'équation $14x + 39y = 1$.
  Vérifier que le couple $(-25\,;\,9)$ est solution de cette équation.

  c. En déduire un couple $(u_0\,;\,v_0)$ solution particulière de l'équation $14u + 39v = 1\,129$.
  Donner la solution générale de cette équation c'est-à-dire l'ensemble des couples $(u\,;\,v)$ d'entiers relatifs qui la vérifient.

  d. Déterminer, parmi les couples $(u\,;\,v)$ précédents, celui pour lequel le nombre u est l'entier naturel le plus petit possible.

2. a. Décomposer 78 et 14 en facteurs premiers.
  En déduire, dans $\mathbb{N}$, l'ensemble des diviseurs de 78 et l'ensemble des diviseurs de 14.

  b. Soit $\dfrac{P}{Q}$ une solution rationnelle de l'équation (1) d'inconnue x :
  $78x^3 + ux^2 + vx - 14 = 0$ où u et v sont des entiers relatifs.
  Montrer que si P et Q sont des entiers relatifs premiers entre eux, alors P divise 14 et Q divise 78.

  c. En déduire le nombre de rationnels, non entiers, pouvant être solutions de l'équation (1) et écrire, parmi ces rationnels, l'ensemble de ceux qui sont positifs.

EXERCICE 656 **20 minutes**

1. Montrer que, $\forall k \in \mathbb{N}^\star$ et $\forall x \in \mathbb{N}$: $(x-1)\left(1 + x + x^2 + \cdots + x^{k-1}\right) = x^k - 1$.

Dans toute la suite de l'exercice, on considère un nombre entier a supérieur ou égal à 2.

2. a. Soit n un entier naturel non nul et d un diviseur positif de n : $n = dk$.
  Montrer que $a^d - 1$ est un diviseur de $a^n - 1$.

  b. Déduire de la question précédente que $2^{2\,004} - 1$ est divisible par 7, par 63 puis par 9.

3. Soient m et n deux entiers naturels non nuls et d leur $PGCD$.

  a. On définit m' et n' par $m = dm'$ et $n = dn'$. En appliquant le théorème de Bézout à m' et n', montrer qu'il existe des entiers relatifs u et v tels que : $mu - nv = d$.

  b. On suppose u et v strictement positifs.
  Montrer que : $(a^{mu} - 1) - (a^{nv} - 1)\, a^d = a^d - 1$.
  Montrer ensuite que $a^d - 1$ est le $PGCD$ de $a^{mu} - 1$ et de $a^{nv} - 1$.

  c. Calculer, en utilisant le résultat précédent, le $PGCD$ de $2^{63} - 1$ et de $2^{60} - 1$.

EXERCICE 657 **25 minutes**

1. On considère l'équation (E) : $11x - 7y = 5$, où x et y sont des entiers relatifs.
   a. Justifier, en énonçant un théorème, qu'il existe un couple d'entiers relatifs $(u\ ;\ v)$ tels que $11u - 7v = 1$. Trouver un tel couple.
   b. En déduire une solution particulière de l'équation (E).
   c. Résoudre l'équation (E).
   d. Dans le plan rapporté à un repère orthonormé $\left(O, \vec{\imath}, \vec{\jmath}\right)$, on considère la droite D d'équation cartésienne $11x - 7y - 5 = 0$. On note $\mathcal{C}$ l'ensemble des points $M(x\ ;\ y)$ du plan tels que $0 \leqslant x \leqslant 50$ et $0 \leqslant y \leqslant 50$.
   Déterminer le nombre de points de la droite D appartenant à l'ensemble $\mathcal{C}$ et dont les coordonnées sont des nombres entiers.
2. On considère l'équation (F) : $11x^2 - 7y^2 = 5$, où x et y sont des entiers relatifs.
   a. Démontrer que si le couple $(x\ ;\ y)$ est solution de (F), alors $x^2 \equiv 2y^2\ [5]$.
   b. Soient x et y des entiers relatifs. Recopier et compléter les deux tableaux suivants :

Modulo 5, x est congru à	0	1	2	3	4
Modulo 5, x^2 est congru à					

Modulo 5, y est congru à	0	1	2	3	4
Modulo 5, $2y^2$ est congru à					

   Quelles sont les valeurs possibles du reste de la division euclidienne de x^2 et de $2y^2$ par 5 ?
   c. En déduire que si $(x\ ;\ y)$ est solution de (F), alors x et y sont des multiples de 5.
3. Démontrer que si x et y sont des multiples de 5, alors le couple $(x\ ;\ y)$ n'est pas solution de (F). Que peut-on en déduire pour l'équation (F) ?

EXERCICE 658 **15 minutes**

On désigne par p un nombre entier premier supérieur ou égal à 7.
Le but de l'exercice est de démontrer que l'entier naturel $n = p^4 - 1$ est divisible par 240, puis d'appliquer ce résultat.

1. Montrer que p est congru à -1 ou à 1 modulo 3. En déduire que n est divisible par 3.
2. En remarquant que p est impair, prouver qu'il existe un entier naturel k tel que $p^2 - 1 = 4k(k+1)$, puis que n est divisible par 16.
3. En considérant tous les restes possibles de la division euclidienne de p par 5, démontrer que 5 divise n.
4. a. Soient a, b et c trois entiers naturels. Démontrer que :
   si a divise c et b divise c, avec a et b premiers entre eux, alors ab divise c.
   b. Déduire de ce qui précède que 240 divise n.
5. Existe-t-il quinze nombres premiers $p_1, p_2, \ldots, p_{15}$ supérieurs ou égaux à 7 tels que l'entier $A = p_1^4 + p_2^4 + \ldots + p_{15}^4$ soit un nombre premier ?

EXERCICE 659 **25 minutes**

Soit p un nombre premier donné. On se propose d'étudier l'existence de couples $(x\,;\,y)$ d'entiers naturels strictement positifs vérifiant l'équation : $(E)\ : x^2 + y^2 = p^2$

1. On pose $p = 2$. Montrer que l'équation (E) est sans solution.

On suppose désormais $p \neq 2$ et que le couple $(x\,;\,y)$ est solution de l'équation (E).

2. Le but de cette question est de prouver que x et y sont premiers entre eux.

- **a.** Montrer que x et y sont de parités différentes.
- **b.** Montrer que x et y ne sont pas divisibles par p.
- **c.** En déduire que x et y sont premiers entre eux.

3. On suppose maintenant que p est une somme de deux carrés non nuls, c'est-à-dire : $p = u^2 + v^2$ où u et v sont deux entiers naturels strictement positifs.

- **a.** Vérifier qu'alors le couple $\left(\left|u^2 - v^2\right|\,;\,2uv\right)$ est solution de l'équation (E).
- **b.** Donner une solution de l'équation (E), lorsque $p = 5$ puis lorsque $p = 13$.

4. On se propose enfin de vérifier sur deux exemples, que l'équation (E) est impossible lorsque p n'est pas somme de deux carrés.

- **a.** $p = 3$ et $p = 7$ sont-ils somme de deux carrés ?
- **b.** Démontrer que les équations $x^2 + y^2 = 9$ et $x^2 + y^2 = 49$ n'admettent pas de solution en entiers naturels strictement positifs.

EXERCICE 660 **20 minutes**

1. a. Chercher le polynôme $P(x)$ à coefficients dans $\mathbb{N}$ de degré 2 tel que pour tout élément x de $\mathbb{N}$ l'égalité suivante soit vraie $x(x+1)(x+2)(x+3)+1 = P^2(x)$.

- **b.** En déduire pour $x > 3$ l'écriture en base x du nombre entier naturel N dont le carré est $A = 10 \times 11 \times 12 \times 13 + 1$.

2. Ecrire en base x (où $x > 3$) le carré et le cube de $\overline{11}^x$.

3. Quels sont les diviseurs du nombre $B = \overline{1320}^x$ dans n'importe quelle base x où x est supérieur strictement à 3,

EXERCICE 661 **15 minutes**

Les affirmations suivantes sont-elles vraies ou fausses ?

1. $\forall n \in \mathbb{N}$, 35 divise $3^{6n} - 2^{6n}$.

2. $\forall n \in \mathbb{N}$, 7 divise $3^{2n+1} + 2^{n+2}$.

3. $\forall n \in \mathbb{N}^\star$, n^2 divise $(n+1)^n - 1$.

EXERCICE 662 **10 minutes**

Déterminer le reste dans la division euclidienne de 3456^{789} par 7.

EXERCICE 663 **15 minutes**

Démontrer que $\forall n \in \mathbb{N}$:

1. 6 divise $5n^3 + n$.
2. 9 divise $n^3 + (n+1)^3 + (n+2)^3$.

EXERCICE 664 **15 minutes**

Soit $N = 4444^{4444}$, A la somme des chiffres de N, B la somme des chiffres de A et C la somme des chiffres de B.

1. Donner le chiffre des unités de N.
2. Justifier qu'un nombre n et la somme de ses chiffres $\varphi(n)$ sont toujours congrus modulo 9 et que si $n < 10^k$ alors $\varphi(n) \leqslant 9k$.
3. Trouver C.

EXERCICE 665 **15 minutes**

Soit $N = 111\,111\,111$ dans le système décimal.
Justifier que $N^2 = 12\,345\,678\,987\,654\,321$.

EXERCICE 666 **15 minutes**

Déterminer tous les entiers naturels x et y tels que $\overline{28x75y}^{10}$ est divisible par 3 et 11.

EXERCICE 667 **10 minutes**

Soit a, b, c, d et e des nombres premiers, deux à deux distincts. Soient x, y et z les entiers tels que : $x = ab^2c$, $y = a^2bd$ et $z = a^2b^2e$.

1. On désigne par $\circ$ et par $\star$ les opérations qui consistent à prendre respectivement le PGCD et le PPCM de deux nombres. Calculer les expressions suivantes :

$m = y \circ z$	$p = y \circ x$	$r = x \star z$	$t = r \circ s$	$v = x \star m$
$n = x \circ z$	$q = y \star z$	$s = y \star x$	$u = x \circ q$	$w = p \star n$

2. Vérifier que l'on a $v = t$ et $w = u$.
3. Quelles propriétés des opérations $\circ$ et $\star$ vient-on de vérifier ? (On ne demande pas de les démontrer dans le cas général.)

EXERCICE 668 **15 minutes**

Soient a et b deux entiers relatifs, n et p deux entiers naturels.
Démontrer que si p divise n alors $(a^p - b^p)$ divise $(a^n - b^n)$.

EXERCICE 669 **15 minutes**

Résoudre dans $\mathbb{Z}$ l'équation $\dfrac{1}{x} + \dfrac{1}{3y} = \dfrac{1}{6}$.

EXERCICE 670 **10 minutes**

Soit $n \geqslant 3$. Montrer qu'il n'existe aucun nombre premier entre $n!+2$ et $n!+n$.
En déduire 1 000 entiers naturels consécutifs sans aucun nombre premier.

EXERCICE 671 **15 minutes**

Montrer qu'il existe un multiple de 2019 dont l'écriture décimale ne comporte que des 3.
☞ Le nombre premier 673 divise 2019.

EXERCICE 672 **15 minutes**

1. On considère l'ensemble $\mathbb{Z}/5\mathbb{Z} = \{\dot{0},\ \dot{1},\ \dot{2},\ \dot{3},\ \dot{4}\}$, c'est-à-dire en simplifiant l'ensemble des restes de la division euclidienne par 5.
Résoudre dans cet ensemble le système $\begin{cases} \dot{3}x+\dot{2}y & = & \dot{0} \\ x+\dot{2}y & = & \dot{4} \end{cases}$

2. On considère l'ensemble $\mathbb{Z}/6\mathbb{Z} = \{\dot{0},\ \dot{1},\ \dot{2},\ \dot{3},\ \dot{4},\ \dot{5}\}$. Résoudre dans cet ensemble le système $\begin{cases} \dot{3}x+\dot{2}y & = & \dot{0} \\ x+\dot{2}y & = & \dot{4} \end{cases}$

EXERCICE 673 : FONCTION INDICATRICE D'EULER **30 minutes**

L'indicateur d'Euler d'un entier positif n, notée $\varphi(n)$ est définie comme étant le nombre d'entiers positifs inférieurs ou égaux à n et premiers avec n.

1. Calculer $\varphi(n)$ pour $1 \leqslant n \leqslant 11$.

2. Montrer que n premier si et seulement si $\varphi(n) = n-1$.

3. Soit n un nombre premier et α un entier strictement positif.

- **a.** Soit $k \in \mathbb{N}^\star$, montrer que k et n^α ne sont pas premiers entre eux si et seulement si n divise k.
- **b.** Dénombrer les multiples de n compris entre 0 et $n^\alpha - 1$.
- **c.** En déduire que $\varphi\left(n^\alpha\right) = n^{\alpha-1}(n-1)$.
- **d.** Calculer $\varphi(4096)$.

4. On admet que si $m \wedge n = 1$ alors $\varphi(nm) = \varphi(n)\varphi(m)$.
Soit $p_1, \cdots, p_r$ des nombres premiers, $\alpha_1, \cdots, \alpha_r$ des entiers naturels. et $n = \prod_{i=1}^{r} p_i^{\alpha_I}$.
Démontrer que $\varphi(n) = n \prod_{i=1}^{r}\left(1 - \frac{1}{p_i}\right)$.

5. Calculer $\varphi(1806)$, et $\varphi(2021)$.

Chapitre 3

Graphes et matrices

3.1 Matrices

3.1.1 Point de cours

Définition 1 : Soient m et n deux entiers naturels non nuls. Une matrice M, de format (ou de dimension) $m \times n$, est un tableau formé de m lignes et n colonnes.

$$M = \begin{pmatrix} a_{11} & a_{12} & \cdots & a_{1j} & \cdots & a_{1n} \\ \cdots & & & & & \cdots \\ a_{i1} & a_{i2} & \cdots & a_{ij} & \cdots & a_{in} \\ \cdots & & & & & \cdots \\ a_{m1} & a_{m2} & \cdots & a_{mj} & \cdots & a_{mn} \end{pmatrix}$$

Le coefficient a_{ij} est le nombre placé l'intersection de la $i^{ème}$ ligne et la $j^{ème}$ colonne.

Vocabulaire : 1. La matrice nulle est la matrice dont tous les coefficients sont nuls.
2. La matrice transposée de la matrice M est la matrice, notée ${}^tM$ dans laquelle on intervertit les lignes et les colonnes.
3. Une matrice carrée de format n est une matrice ayant n lignes et n colonnes.
4. La matrice identité, de format n et notée I_n est la matrice carrée dont tous les coefficients sont nuls sauf ceux situés sur la diagonale principale qui sont égaux à 1.

$$I_2 = \begin{pmatrix} 1 & 0 \\ 0 & 1 \end{pmatrix} \qquad I_3 = \begin{pmatrix} 1 & 0 & 0 \\ 0 & 1 & 0 \\ 0 & 0 & 1 \end{pmatrix}, \text{ plus généralement } I_n = \begin{pmatrix} 1 & 0 & \cdots & 0 \\ 0 & 1 & \ddots & 0 \\ \ldots & \ddots & \ddots & 0 \\ 0 & \ldots & 0 & 1 \end{pmatrix}.$$

Propriétés : Soient $A = (a_{ij})$, $B = (b_{ij})$ deux matrices de dimension $m \times n$ et λ un réel.
1. La somme des matrices A et B est une matrice C de même dimension : $A + B = (c_{ij})$ avec $c_{ij} = a_{ij} + b_{ij}$.
2. $\lambda A = (\lambda a_{ij})$.
3. $\lambda (A + B) = \lambda A + \lambda B$.

3.1.2 Exercices d'application de cours

EXERCICE 674 **5 minutes**

Expliciter les matrices I_4 et I_6

EXERCICE 675 **5 minutes**

Parmi les matrices suivantes, quelles sont les matrices carrées et les matrices symétriques?

$A=\begin{pmatrix} 1 & 2 & 3 \end{pmatrix}$,

$$B=\begin{pmatrix} 1 \\ 2 \\ 3 \end{pmatrix}, C=\begin{pmatrix} 1 & 2 & 3 \\ 6 & 5 & 4 \end{pmatrix}, D=\begin{pmatrix} 2 & 3 \\ 3 & -1 \end{pmatrix}, E=\begin{pmatrix} 1 & 2 & 3 \\ 2 & 3 & 4 \\ 3 & 4 & 5 \end{pmatrix}, F=\begin{pmatrix} 1 & -2 & 3 \\ 1 & 3 & 1 \\ 3 & -9 & 5 \end{pmatrix}.$$

EXERCICE 676 **5 minutes**

Ecrire la matrice de format 4×5 telle que les coefficients de chaque ligne soient égaux au numéro de leur ligne.

EXERCICE 677 **5 minutes**

Ecrire la matrice de format 3×2 telle que les coefficients de chaque colonne soient égaux au carré du numéro de leur colonne.

EXERCICE 678 **5 minutes**

Soient les matrices $A=\begin{pmatrix} 1 \\ 4 \\ 5 \end{pmatrix}, B=\begin{pmatrix} 1 & 3 & 5 \end{pmatrix}, C=\begin{pmatrix} 0 & 2 \\ 3 & -8 \\ 0 & 0 \end{pmatrix}$ et $D=\begin{pmatrix} 0 & 7 & 2 \\ -2 & 6 & 0 \end{pmatrix}$.

Déterminer le format de chaque matrice.

EXERCICE 679 **5 minutes**

Soient les matrices $A=\begin{pmatrix} 11 & 2 \\ 2 & -4 \\ 0 & 5 \end{pmatrix}, B=\begin{pmatrix} 1 & 3 \end{pmatrix}, C=\begin{pmatrix} 0 \\ 3 \\ 0 \end{pmatrix}$ et $D=\begin{pmatrix} -2 & 0 & 3 & -2 \\ 0 & -2 & 2 & 0 \\ 0 & 0 & 0 & 1 \end{pmatrix}$.

Déterminer le format de chaque matrice.

EXERCICE 680 **5 minutes**

Soit la matrice $A=\begin{pmatrix} 1 & 2 \\ 4 & 7 \\ -2 & 0 \end{pmatrix}$.

Déterminer les coefficients a_{12}, a_{31} et a_{21}.

EXERCICE 681 **5 minutes**

Soit la matrice $A=\begin{pmatrix} 1 & 2 & 3 \\ 4 & 7 & 9 \\ -2 & 0 & 5 \end{pmatrix}$.

Déterminer les coefficients a_{11}, a_{13}, a_{31}, a_{23} et a_{32}.

EXERCICE 682 **5 minutes**

Soit la matrice $A=\begin{pmatrix} 1 & 0 & -2 & 8 \\ 2 & -7 & 9 & 1 \\ 12 & 0 & -5 & 6 \end{pmatrix}$.

Déterminer les coefficients a_{14}, a_{32}, a_{31}, a_{23} et a_{13}.

EXERCICE 683 **5 minutes**

Ecrire la matrice A de dimension 3×5 dont tous les coefficients sont égaux à 1 sauf a_{14}, a_{21},a_{23} et a_{35} qui sont nuls.

EXERCICE 684 **5 minutes**

Soit $A=(a_{ij})$ une matrice carrée de dimension 3 telle que $a_{ij}=i-j$.
Ecrire la matrice A avec tous ses coefficients.

EXERCICE 685 **5 minutes**

Soit $A=(a_{ij})$ la matrice telle que $a_{ij}=i^2-j^2$ pour $1\leqslant i\leqslant 5$ et $1\leqslant j\leqslant 2$.

1. Quelle est la dimension de la matrice A?
2. Ecrire A avec tous ses coefficients.

EXERCICE 686 **5 minutes**

Soit $A=(a_{ij})$ la matrice telle que $a_{ij}=min(i\,;\,j)$ pour $1\leqslant i\leqslant 3$ et $1\leqslant j\leqslant 4$.

1. Quelle est la dimension de la matrice A?
2. Ecrire A avec tous ses coefficients.

EXERCICE 687 **5 minutes**

Soit A une matrice carrée , de format 4 telle que $a_{ij}=max(i\,;\,j)$.

1. Ecrire A avec tous ses coefficients.
2. La matrice A est-elle symétrique?

EXERCICE 688 **5 minutes**

Soient les matrices $A=\begin{pmatrix} 1 & 2 \\ 3 & 7 \end{pmatrix}$ et $B=\begin{pmatrix} 5 & -2 \\ -7 & 0 \end{pmatrix}$. Calculer $A+B$, $2A$, $3B$ et $3A-5B$.

EXERCICE 689 **5 minutes**

Soit la matrice $A=\begin{pmatrix} 1 & -2 \\ 1 & 8 \end{pmatrix}$. Déterminer la matrice B telle que $2A+B=I_2$.

EXERCICE 690 **5 minutes**

Soient les matrices $A=\begin{pmatrix} 1 & 2 & 3 \\ 4 & 5 & 6 \\ 7 & 8 & 9 \end{pmatrix}$ et $B=\begin{pmatrix} -1 & 5 & -2 \\ -7 & 0 & 3 \\ 9 & -2 & 0 \end{pmatrix}$. Calculer $A+B$, $A-B$ et $2A-3B$.

3.1.3 Exercices d'approfondissement

EXERCICE 691 **5 minutes**

La matrice transposée de la matrice A, notée ${}^tA$, est obtenue en échangeant les lignes et les colonnes de A.

Soient les matrices $A = \begin{pmatrix} 1 & 2 & 3 \\ 4 & 6 & 9 \end{pmatrix}$, $B = \begin{pmatrix} -1 & 3 \\ 2 & 7 \\ 3 & -9 \\ 6 & 5 \end{pmatrix}$ et $C = \begin{pmatrix} 1 \\ 3 \\ 5 \\ 7 \end{pmatrix}$

Déterminer ${}^tA$, ${}^tB$ et ${}^tC$. Donner la dimension de chaque matrice.

EXERCICE 692 **5 minutes**

On appelle trace d'une matrice carrée la somme des éléments de sa diagonale principale.
Calculer la trace des matrices suivantes :

$$A = \begin{pmatrix} 1 & 2 \\ 6 & -9 \end{pmatrix} \qquad B = \begin{pmatrix} 1 & 2 & 3 \\ 4 & 6 & 9 \\ 1 & 3 & -1 \end{pmatrix} \qquad C = \begin{pmatrix} 1 & 2 & 3 & 2 \\ 4 & 6 & 9 & 5 \\ -1 & 2 & 7 & 0 \\ 2 & 2 & 4 & -1 \end{pmatrix}$$

EXERCICE 693 **10 minutes**

Soit A_n une matrice carrée de format n ($n \geqslant 2$) dont les coefficients a_{ij} sont donnés par la relation $a_{ij} = \frac{1}{2}(i+j)$.

1. Expliciter A_2 puis calculer sa trace.
2. Expliciter A_3 puis calculer sa trace.
3. Expliciter A_4 puis calculer sa trace.
4. Exprimer la trace de A_n en fonction de n.

EXERCICE 694 **10 minutes**

Soient A est B deux matrices carrées de format n.

1. Démontrer que $Tr(\lambda A) = \lambda Tr(A)$.
2. Démontrer que $Tr(A+B) = Tr(A) + Tr(B)$.

EXERCICE 695 **10 minutes**

Soit A une matrice carrée de format 5 dont les coefficients a_{ij} sont donnés par les relations
$\begin{cases} a_{ij} = i & \text{si} \quad i \geqslant j \\ a_{ij} = 0 & \text{si} \quad i < j \end{cases}$

1. Expliciter A. Que remarque-t-on?
   ☞ A est dite triangulaire inférieure.
2. Déterminer ${}^tA$.
3. Calculer la trace de A et de ${}^tA$.

EXERCICE 696 **5 minutes**

Soit a un réel strictement positif et $A = \begin{pmatrix} \ln a & \ln a^3 & \ln a^{-1} \\ \ln a^4 & \ln a^2 & \ln a^{-2} \\ \ln a & \ln a^3 & \ln a^{-3} \end{pmatrix}$

Déterminer la matrice B telle que $A = \ln a \times B$.

EXERCICE 697 **10 minutes**

Soient les matrices $A = \begin{pmatrix} 1 & 18 & 0 \\ 2 & -1 & -2 \\ 6 & 0 & 1 \end{pmatrix}$ et $B = \begin{pmatrix} 1 & 27 & 0 \\ 3 & -2 & -3 \\ 9 & 0 & 1 \end{pmatrix}$.

Déterminer les réels a et b tels que $aA + bB = I_3$.

EXERCICE 698 **5 minutes**

Soit $A = \begin{pmatrix} 1 & 3 & 8 \\ -2 & 0 & 5 \\ 2 & -2 & 0 \end{pmatrix}$. Déterminer la matrice B telle que $A + B = I_3$.

EXERCICE 699 **5 minutes**

Soit $A = \begin{pmatrix} 1 & 3 & 8 \\ -2 & 0 & 5 \\ 2 & -2 & 0 \end{pmatrix}$. Déterminer la matrice B telle que $A + B = O_3$.

EXERCICE 700 **10 minutes**

Soit la matrice $A = \begin{pmatrix} 3 & 9 & -1 \\ 4 & 2 & 5 \\ 8 & 1 & 2 \end{pmatrix}$. Déterminer la matrice B telle que $A + 2B = I_3$.

EXERCICE 701 **10 minutes**

Soit A, B et C trois matrices de dimension $n \times p$.
Démontrer que :

1. $A + B = B + A$, on dit que la somme de matrices est **commutative**.
2. $(A + B) + C = A + (B + C)$, on dit que la somme de matrices est **associative**.

EXERCICE 702 **10 minutes**

Soit A et B les matrices $A = \begin{pmatrix} \alpha & 4 \\ -2 & 2\alpha \end{pmatrix}$ et $B = \begin{pmatrix} \beta & 5 \\ 0 & 3\beta \end{pmatrix}$

1. Déterminer α et β tels que $A + B = \begin{pmatrix} 2 & 9 \\ -2 & 3 \end{pmatrix}$.

2. Déterminer α et β tels que $A - 2B = \begin{pmatrix} 0 & -6 \\ -2 & 1 \end{pmatrix}$.

EXERCICE 703 **10 minutes**

Soit A et B les matrices $A = \begin{pmatrix} 1 & \alpha & 4 \\ \alpha & -2 & 2\alpha \end{pmatrix}$ et $B = \begin{pmatrix} \beta & 1 & 2 \\ 2\beta & 3\beta & 3 \end{pmatrix}$

1. Déterminer α et β tels que $A + B = \begin{pmatrix} 4 & 0 & 6 \\ 5 & 7 & 1 \end{pmatrix}$.

2. Déterminer α et β tels que $3A - 2B = \begin{pmatrix} 7 & 4 & 8 \\ 14 & 6 & 18 \end{pmatrix}$.

EXERCICE 704 **10 minutes**

Soient les matrices A, B et C définies par $A = \begin{pmatrix} 1 & -4 & 0 \\ 3 & 2 & 7 \end{pmatrix}$, $B = \begin{pmatrix} -2 & -2 & 8 \\ 0 & 1 & 1 \end{pmatrix}$ et $C = \begin{pmatrix} -4 & -14 & 24 \\ 6 & 7 & 17 \end{pmatrix}$

Déterminer les réels α et β tels que $\alpha A + \beta B = C$.

EXERCICE 705 **10 minutes**

Soient les matrices A, B et C définies par $A = \begin{pmatrix} 2 & -1 \\ -3 & 2 \\ 7 & -9 \end{pmatrix}$, $B = \begin{pmatrix} -2 & 1 \\ 5 & 1 \\ -1 & 2 \end{pmatrix}$ et $C = \begin{pmatrix} -4 & 2 \\ 16 & 11 \\ 16 & -17 \end{pmatrix}$

Déterminer les réels α et β tels que $\alpha A + \beta B = C$.

EXERCICE 706 **10 minutes**

La répartition des élèves de premières et terminales de deux lycées d'une ville est indiquée ci-dessous.

Lycée 1	1re	T^{le}
Général	90	78
Technologique	80	82

Lycée 2	1re	T^{le}
Général	120	103
Technologique	141	137

1. Résumer ces données sous la forme de deux matrices L_1 et L_2.

2. Calculer $L_1 + L_2$. Que représente cette matrice ?

3.2 Produit matriciel

3.2.1 Point de cours

Produit d'une matrice par une matrice colonne :

Soient les matrices $A = \begin{pmatrix} a & b \\ c & d \end{pmatrix}$ et $X = \begin{pmatrix} x \\ y \end{pmatrix}$. La matrice produit est $AX = \begin{pmatrix} ax + by \\ cx + dy \end{pmatrix}$.

Produit de deux matrices :

Soient les matrices $A = \begin{pmatrix} a & b \\ c & d \end{pmatrix}$ et $B = \begin{pmatrix} x & u \\ y & v \end{pmatrix}$.

La matrice produit est $AB = \begin{pmatrix} ax+by & au+bv \\ cx+dy & cu+dv \end{pmatrix}$.

Matrices et transformation du plan : dans un repère orthonormé direct $\left(O, \overrightarrow{\imath}, \overrightarrow{\jmath}\right)$ du plan, on définit la **matrice de transformation** $T = \begin{pmatrix} a & b \\ c & d \end{pmatrix}$ qui, à tout point $M(x;y)$ du plan, associe son image $M'(x';y')$ telle que $\begin{pmatrix} x' \\ y' \end{pmatrix} = \begin{pmatrix} a & b \\ c & d \end{pmatrix} \times \begin{pmatrix} x \\ y \end{pmatrix}$.

- Pour une symétrie d'axe (Ox), $T = \begin{pmatrix} 1 & 0 \\ 0 & -1 \end{pmatrix}$.
- Pour une symétrie d'axe (Oy), $T = \begin{pmatrix} -1 & 0 \\ 0 & 1 \end{pmatrix}$.
- Pour une rotation de centre O et d'angle θ, $T = \begin{pmatrix} \cos\theta & -\sin\theta \\ \sin\theta & \cos\theta \end{pmatrix}$.
- Pour une homothétie de centre O et de rapport k, $T = \begin{pmatrix} k & 0 \\ 0 & k \end{pmatrix}$.

3.2.2 Exercices d'application de cours

EXERCICE 707 **10 minutes**

Soient les matrices $A = \begin{pmatrix} 0 & 1 & 3 \\ 5 & 0 & 6 \end{pmatrix}$, $B = \begin{pmatrix} 1 & 3 & 8 \\ 2 & 0 & -1 \\ 2 & 3 & -1 \end{pmatrix}$, $C = \begin{pmatrix} -5 & 9 \\ 2 & -4 \\ 0 & 1 \end{pmatrix}$,

$D = \begin{pmatrix} 2 & -3 & 4 \end{pmatrix}$ et $E = \begin{pmatrix} 5 \\ -1 \\ 3 \end{pmatrix}$.

Calculer les produits de matrices possibles.

EXERCICE 708 **10 minutes**

Calculer lorsqu'ils sont définis les produits AB et BA dans les cas suivants :

1. $A = \begin{pmatrix} 1 & 0 \\ 0 & 0 \end{pmatrix}$ et $B = \begin{pmatrix} 0 & 0 \\ 0 & 1 \end{pmatrix}$.

2. $A = \begin{pmatrix} 1 & 2 & 1 \\ 1 & 1 & 0 \\ -1 & -2 & -1 \end{pmatrix}$ et $B = \begin{pmatrix} 2 & 0 & 1 \\ -2 & 1 & 2 \end{pmatrix}$.

3. $A = \begin{pmatrix} 1 & 2 \\ 1 & 3 \\ 0 & 2 \end{pmatrix}$ et $B = \begin{pmatrix} 1 & -1 & 0 \\ 2 & 3 & -1 \end{pmatrix}$.

EXERCICE 709 **10 minutes**

Soient les matrices $A=\begin{pmatrix}1&3\\5&6\end{pmatrix}$, $B=\begin{pmatrix}3&8\\2&-1\end{pmatrix}$ et $C=\begin{pmatrix}-5&9\\2&-4\end{pmatrix}$.

Calculer AB, BA, AC, CA et ABC.

EXERCICE 710 **5 minutes**

Soient les matrices $A=\begin{pmatrix}1&2&3\\4&5&6\end{pmatrix}$, $B=\begin{pmatrix}3\\8\\2\end{pmatrix}$ et $C=\begin{pmatrix}-5\\9\\-4\end{pmatrix}$. Calculer AB et AC.

EXERCICE 711 **5 minutes**

Soient les matrices $A=\begin{pmatrix}1&2&3\\4&5&6\end{pmatrix}$ et $B=\begin{pmatrix}3&-5\\8&9\\2&-4\end{pmatrix}$. Calculer le produit AB.

EXERCICE 712 **10 minutes**

Soient les matrices $A=\begin{pmatrix}1&2&3\\4&5&6\\7&8&9\end{pmatrix}$, $B=\begin{pmatrix}1&1&1\\1&1&1\\1&1&1\end{pmatrix}$ et $C=\begin{pmatrix}-2&1&2\\3&-3&2\\-4&1&3\end{pmatrix}$.

Calculer AB, BA, AC, CA et ABC.

EXERCICE 713 **5 minutes**

Soit $A=\begin{pmatrix}1\\2\\3\\4\end{pmatrix}$. Calculer ${}^tA\cdot A$ et $A\cdot {}^tA$.

EXERCICE 714 **10 minutes**

Soit $A=\begin{pmatrix}-2&4\\3&-6\end{pmatrix}$ et $B=\begin{pmatrix}2&2\\1&1\end{pmatrix}$.

1. Vérifier que $AB=0$ bien que $A\neq 0$ et $B\neq 0$.

2. Calculer BA et vérifier que $AB\neq BA$.

EXERCICE 715 **5 minutes**

Soit $A=\begin{pmatrix}0&4&2\\0&2&0\\2&-8&-4\end{pmatrix}$. En utilisant la calculatrice, calculer A^3+2A^2-12A.

EXERCICE 716 **5 minutes**

Soit a un nombre réel non nul.

On considère la matrice $M=\begin{pmatrix}1&0&a\\0&1&0\\0&1&0\end{pmatrix}$. Calculer M^2.

EXERCICE 717 **5 minutes**

L'affirmation suivante est-elle vraie ou fausse? Justifier la réponse.

Affirmation : Pour toutes matrices A et B carrées de dimension 2, on a $A \times B = B \times A$.

EXERCICE 718 **10 minutes**

Une imprimerie propose deux types de support de communication à ses clients : les flyers et les posters. Voici, dans le tableau de gauche, le bilan de ses ventes sur les deux premiers mois de l'année, et dans le tableau de droite, les prix actuels, en euros, ainsi qu'une modification de prix qu'elle envisage et dont elle souhaite connaître l'impact.

	Flyer	Poster
Janvier	3500	360
Février	2200	550

	Prix actuel	Prix modifié
Flyer	0,12	0,15
Poster	3,10	3

Utiliser un calcul matriciel pour déterminer le montant mensuel des ventes avec les prix actuels et avec les prix modifiés.

EXERCICE 719 **10 minutes**

Une usine fabrique 3 sortes d'articles : a_1, a_2 et a_3 à partir de 3 modules : m_1, m_2 et m_3.

On donne :

	a_1	a_2	a_3
m_1	3	9	5
m_2	4	0	9
m_3	4	8	6

	m_1	m_2	m_3
masse unitaire (kg)	5	6	3
Coût unitaire (€)	180	250	150

On lit par exemple que pour fabriquer un article a_2 il faut 9 modules m_1 et 8 modules m_2.

Un module m_1 pèse $5kg$ et coûte 180 €.

On note $A = \begin{pmatrix} 3 & 9 & 5 \\ 4 & 0 & 9 \\ 4 & 8 & 6 \end{pmatrix}$ et $M = \begin{pmatrix} 5 & 6 & 3 \\ 180 & 250 & 150 \end{pmatrix}$

1. **a.** Calculer le produit matriciel $M \times A$.
   b. Interpréter les termes $a_{1,1}$ et $a_{2,3}$ de cette matrice produit.
2. La semaine $n°1$, l'usine doit fournir 8 articles a_1, 12 articles a_2 et 13 articles a_3. Elle dispose en début de semaine d'un stock de 200 modules de chaque sorte.

   On note F la matrice : $F = \begin{pmatrix} 8 \\ 12 \\ 13 \end{pmatrix}$.

   a. Calculer le produit matriciel $A \times F$. Que représente-t-il?
   b. La demande (8 articles a_1, 12 articles a_2 et 13 articles a_3) peut-elle être satisfaite?
3. La semaine $n°2$, l'usine doit fournir 15 articles a_1, 25 articles a_2 et 30 articles a_3.

   a. De quelle quantité de chaque module doit disposer l'usine pour satisfaire la commande?
   b. Faire un calcul matriciel qui permet d'obtenir à la fois la masse et le coût de la production de la semaine $n°2$.

EXERCICE 720 **10 minutes**

Le plan est muni d'un repère orthonormé direct $\left(O, \overrightarrow{\imath}, \overrightarrow{\jmath}\right)$.

Pour chaque transformation, déterminer sa matrice associée puis les coordonnées du point M' image du point $M(x;y)$ par la transformation.

1. r_1 est la rotation de centre O et d'angle $\frac{\pi}{3}$.
2. r_2 est la rotation de centre O et d'angle $-\frac{\pi}{2}$.
3. h_1 est l'homothétie de centre O et de rapport $\sqrt{2}$.
4. h_2 est l'homothétie de centre O et de rapport -3.

EXERCICE 721 **10 minutes**

Le plan est muni d'un repère orthonormé direct $\left(O, \overrightarrow{\imath}, \overrightarrow{\jmath}\right)$. Soient r la rotation de centre O et d'angle π, s_a la symétrie par rapport à l'axe des abscisses et s_o la symétrie par rapport à l'axe des ordonnées.

1. Déterminer la matrice R associée à la transformation r.
2. Déterminer les coordonnées du point M' image par r du point $M(x;y)$.
3. Déterminer les matrices S_a et S_o des transformations s_a et s_o.
4. Déterminer les coordonnées des points M_a et M_o, images du point $M(x;y)$ par les symétries s_a et s_o.
5. Calculer le produit S_oS_a et S_aS_o. Que remarque-t-on?

EXERCICE 722 **10 minutes**

Le plan est muni d'un repère orthonormé $\left(O, \overrightarrow{\imath}, \overrightarrow{\jmath}\right)$.

Dans chaque cas donner la transformation associée à la matrice.

1. $M = \begin{pmatrix} \frac{1}{2} & -\frac{\sqrt{3}}{2} \\ \frac{\sqrt{3}}{2} & \frac{1}{2} \end{pmatrix}$ **2.** $M = \begin{pmatrix} \frac{1}{2} & 0 \\ 0 & \frac{1}{2} \end{pmatrix}$ **3.** $M = \begin{pmatrix} \frac{\sqrt{2}}{2} & \frac{\sqrt{2}}{2} \\ -\frac{\sqrt{2}}{2} & \frac{\sqrt{2}}{2} \end{pmatrix}$ **4.** $M = \begin{pmatrix} 3 & 0 \\ 0 & 3 \end{pmatrix}$

3.2.3 Exercices d'approfondissement

EXERCICE 723 **15 minutes**

Soit $A = \begin{pmatrix} 1 & 2 \\ 3 & 4 \end{pmatrix}$ et $B = \begin{pmatrix} 2 & -2 \\ 3 & 1 \end{pmatrix}$.

1. Calculer $(A+B)^2$.
2. Calculer $A^2 + 2AB + B^2$ et $A^2 + AB + BA + B^2$.
3. Quelle égalité peut-on en déduire?

EXERCICE 724 **10 minutes**

Soit la matrice $A = \begin{pmatrix} -1 & 0 & 0 \\ 0 & 1 & 0 \\ 0 & 0 & 2 \end{pmatrix}$.

1. Calculer A^2, A^3 et A^4.
2. En déduire A^n.

EXERCICE 725 **15 minutes**

Soient les matrices P, P', A et B par $P = \begin{pmatrix} \frac{4}{5} & \frac{6}{5} \\ -\frac{6}{5} & \frac{6}{5} \end{pmatrix}$, $P' = \begin{pmatrix} \frac{1}{2} & -\frac{1}{2} \\ \frac{1}{2} & \frac{1}{3} \end{pmatrix}$, $A = \begin{pmatrix} \frac{1}{2} & \frac{1}{2} \\ \frac{1}{3} & \frac{2}{3} \end{pmatrix}$ et $B = \begin{pmatrix} 1 & 0 \\ 0 & \frac{1}{6} \end{pmatrix}$.

1. Calculer le produit PP'.
2. Démontrer que $P'BP = A$.
3. Démontrer par récurrence que pour tout entier naturel n, $A^n = P'B^nP$.
4. Démontrer par récurrence que pour tout entier naturel n strictement positif, $B^n = \begin{pmatrix} 1 & 0 \\ 0 & \left(\frac{1}{6}\right)^n \end{pmatrix}$.
5. En déduire l'expression de la matrice A^n en fonction de n.

EXERCICE 726 **20 minutes**

Soient les matrices P, P', A et B par $P = \begin{pmatrix} 1 & 2 & 3 \\ 4 & 5 & 6 \\ 7 & 8 & 1 \end{pmatrix}$, $P' = \begin{pmatrix} -\frac{43}{24} & -\frac{11}{12} & -\frac{1}{8} \\ \frac{19}{12} & \frac{5}{6} & \frac{1}{4} \\ -\frac{1}{8} & \frac{1}{4} & -\frac{1}{8} \end{pmatrix}$

$A = \begin{pmatrix} -\frac{79}{8} & -\frac{59}{4} & -\frac{133}{8} \\ \frac{47}{4} & \frac{32}{2} & \frac{61}{4} \\ -\frac{31}{8} & -\frac{19}{4} & -\frac{21}{8} \end{pmatrix}$ et $B = \begin{pmatrix} 2 & 0 & 0 \\ 0 & -1 & 0 \\ 0 & 0 & 3 \end{pmatrix}$.

1. Calculer le produit PP'.
2. Calculer B^2, B^3.
3. Conjecturer, pour tout n strictement positif, l'expression de B^n. Démontrer par récurrence cette conjecture.
4. Démontrer que $P'BP = A$.
5. Démontrer par récurrence que pour tout entier naturel n, $A^n = P'B^nP$.
6. En déduire l'expression de la matrice A^n en fonction de n.

EXERCICE 727 **20 minutes**

Soient les matrices $A = \begin{pmatrix} 2 & 0 & 0 \\ 0 & 2 & 0 \\ 0 & 0 & 2 \end{pmatrix}$ et $B = \begin{pmatrix} 0 & 0 & 0 \\ 2 & 0 & 0 \\ 3 & 1 & 0 \end{pmatrix}$.

1. Calculer A^k et B^k pour tout entier naturel k.
2. Montrer que $AB = BA$.
3. Calculer $(A+B)^k$.

EXERCICE 728 **10 minutes**

Une matrice A est **nilpotente** s'il existe un entier k tel que $A^k = 0$.

Démontrer que $A = \begin{pmatrix} 0 & 1 & 1 & 1 \\ 0 & 0 & 2 & 1 \\ 0 & 0 & 0 & 2 \\ 0 & 0 & 0 & 0 \end{pmatrix}$ est nilpotente.

EXERCICE 729 **15 minutes**

Soient $A = \begin{pmatrix} 1 & 2 & 3 \\ 0 & 1 & 2 \\ 0 & 0 & 1 \end{pmatrix}$ et $N = A - I_3$.

1. Démontrer que la matrice N est nilpotente.
2. Calculer $(N + I_3)^p$, pour $p \in \mathbb{N}$.
3. En déduire l'expression de A^p.

EXERCICE 730 **5 minutes**

On considère la matrice carrée d'ordre 5 : $A = \begin{pmatrix} 0 & 1 & 0 & 1 & 1 \\ 0 & 0 & 0 & 0 & 0 \\ 1 & 0 & 0 & 1 & 0 \\ 0 & 1 & 0 & 0 & 0 \\ 0 & 0 & 0 & 0 & 0 \end{pmatrix}$

Compléter les matrices : $A^2 = \begin{pmatrix} 0 & 1 & 0 & 0 & 0 \\ 0 & 0 & 0 & 0 & 0 \\ - & - & - & - & - \\ 0 & 0 & 0 & 0 & 0 \\ 0 & 0 & 0 & 0 & 0 \end{pmatrix}$ et $A^4 = \begin{pmatrix} 0 & 0 & 0 & 0 & 0 \\ 0 & 0 & 0 & 0 & 0 \\ - & - & - & - & - \\ 0 & 0 & 0 & 0 & 0 \\ 0 & 0 & 0 & 0 & 0 \end{pmatrix}$.

EXERCICE 731 **10 minutes**

Soit la matrice $A = \begin{pmatrix} a & b \\ c & d \end{pmatrix}$. La **trace** d'une matrice A est la somme des coefficients de la diagonale de A, on la note $Tr(A)$.

1. Calculer $Tr(A)$.
2. Calculer $Tr\left(A \cdot {}^tA\right)$ et $Tr\left({}^tA \cdot A\right)$.

EXERCICE 732 **15 minutes**

Calculer A^{100}, avec $A = \begin{pmatrix} 5 & -4 \\ 4 & -3 \end{pmatrix}$.

☞ On pourra déterminer la matrice $B = A - I_2$ et s'inspirer de l'exercice 729.

EXERCICE 733 **10 minutes**

Soit $A = \begin{pmatrix} a & 0 \\ b & a \end{pmatrix}$.

1. Calculer A^2.
2. Montrer que $A^2 - 2aA + a^2 I_2 = O$.
3. Pour tout $n \in \mathbb{N}$, exprimer A^n en fonction de a, b et n.
4. Montrer qu'il existe $(a\,;\,b) \neq (0\,;\,0)$ tel que $A^2 = O$.

EXERCICE 734 **15 minutes**

Soit E l'ensemble des matrices carrées d'ordre deux de la forme $\begin{pmatrix} a & b \\ c & d \end{pmatrix}$, a, b, c et d étant des entiers relatifs vérifiant $ad - bc = 1$.

1. Vérifier que le produit de deux matrices appartenant à E est un élément de E.
2. Vérifier que I_2 est un élément de E.
3. Montrer que toute matrice M de E admet une matrice inverse M^{-1} appartenant à E.
4. Déterminer une matrice de E pour laquelle $a = 22$ et $b = 17$.
   ☞ On pourra utiliser l'algorithme d'Euclide.

EXERCICE 735 **20 minutes**

Soient les matrices $I = \begin{pmatrix} 1 & 0 \\ 0 & 1 \end{pmatrix}$ et $J = \begin{pmatrix} 0 & 1 \\ 0 & 0 \end{pmatrix}$.

On note $\mathcal{M}'$ l'ensemble des combinaisons linéaires $\alpha I + \beta J$ avec α et β réels.

1. Vérifier que le produit de deux éléments de $\mathcal{M}'$ est un élément de $\mathcal{M}'$.
2. Calculer J^n.
3. Soit $A = \alpha I + \beta J$, calculer A^n.
4. On considère la suite $(x_n\ ;\ y_n)$ définie par $(x_0\ ;\ y_0) = (1\ ;\ 1)$ et $\begin{pmatrix} x_n \\ y_n \end{pmatrix} = A\begin{pmatrix} x_{n-1} \\ y_{n-1} \end{pmatrix}$.
   a. Calculer x_n et y_n en fonction de n.
   b. Démontrer que, pour $|\alpha| < 1$, $\lim\limits_{n\to+\infty} x_n = 0$ et $\lim\limits_{n\to+\infty} y_n = 0$.

EXERCICE 736 **10 minutes**

Soient A et B deux matrices carrées d'ordre 2, ${}^tA$ et ${}^tB$ leurs matrices transposées.
Démontrer que ${}^t(AB) = {}^tB\,{}^tA$.

EXERCICE 737 **15 minutes**

Soit la matrice $A = \begin{pmatrix} 1 & -1 \\ -1 & 1 \end{pmatrix}$.

1. Calculer A^2, A^3.
2. Conjecturer l'expression de A^n, pour tout $n \geqslant 1$.
3. Démontrer par récurrence l'expression conjecturée.

EXERCICE 738 **10 minutes**

Soit la matrice $A = \begin{pmatrix} 1 & 1 \\ 0 & 2 \end{pmatrix}$. Calculer A^n pour tout $n \in \mathbb{N}^\star$.

☞ On pourra suivre la démarche de l'exercice précédent.

EXERCICE 739 **10 minutes**

Déterminer deux matrices carrées A et B, de format 2, telles que $AB = 0$ et $BA \neq 0$.

EXERCICE 740 **15 minutes**

Soient $A = \begin{pmatrix} 2 & a & 0 \\ 0 & 2 & b \\ 0 & 0 & 2 \end{pmatrix}$ et $B = \begin{pmatrix} 0 & a & 0 \\ 0 & 0 & b \\ 0 & 0 & 0 \end{pmatrix}$.

1. Déterminer le réel α tel que $A = \alpha I_3 + B$.
2. Calculer B^2, B^3 en déduire B^n pour $n \geqslant 3$.
3. En utilisant la formule du binôme, calculer A^n pour $n \in \mathbb{N}$.

EXERCICE 741 **15 minutes**

Soient a et b deux réels non nuls et $A = \begin{pmatrix} a & b \\ 0 & a \end{pmatrix}$.

Déterminer les matrices B qui commutent avec A, c'est-à-dire telles que $AB = BA$.

EXERCICE 742 **5 minutes**

Le plan est muni d'un repère orthonormé $\left(O, \vec{\imath}, \vec{\jmath}\right)$.

Soient r la rotation de centre O et d'angle θ et h l'homothétie de centre O et de rapport k.

1. Donner les matrices R et H associées aux transformations r et h.
2. Déterminer la matrice de la similitude de centre O, d'angle θ et de rapport k.

EXERCICE 743 **10 minutes**

Dans le plan est muni d'un repère orthonormé $\left(O, \vec{\imath}, \vec{\jmath}\right)$, on considère les points $A(2\,;\,2)$, $B(-2\,;\,2)$, $C(-2\,;\,-2)$ et $D(2\,;\,-2)$.

Soient r la rotation de centre O et d'angle $\frac{\pi}{6}$ et h l'homothétie de centre O et de rapport $\sqrt{3}$.

1. Donner les matrices R et H associées aux transformations r et h.
2. Déterminer la matrice de la similitude s de centre O, d'angle $\frac{\pi}{6}$ et de rapport $\sqrt{3}$.
3. Calculer les coordonnées des points $A' = s(A)$, $B' = s(B)$, $C' = s(C)$ et $D = s(D)$.

EXERCICE 744 **10 minutes**

Dans l'espace muni d'un repère orthonormé $\left(O, \vec{\imath}, \vec{\jmath}, \vec{k}\right)$, on définit une rotation r d'axe (Ox) et d'angle θ, une homothétie h de centre O et de rapport k.

Soient M le point de coordonnées $(x\,;\,y\,;\,z)$, M' son image par r et $M"$ son image par h.

1. Exprimer $\overrightarrow{OM"}$ en fonction de $\overrightarrow{OM}$, en déduire la matrice H.
2. Sachant que l'abscisse de M est invariante par r, donner la matrice R.
3. En prenant $\theta = \frac{\pi}{4}$, $k = 3$, donner les coordonnées des images par r et par h du point A de coordonnées $\left(2\,;\,-4\,;\,\sqrt{2}\right)$.

EXERCICE 745 **15 minutes**

Soit la matrice $A = \begin{pmatrix} 1 & 1 \\ 0 & 2 \end{pmatrix}$.

1. Calculer A^2, A^3 et A^4. En déduire l'expression de A^n en fonction de n.

2. Soit $B_n = I_2 + A + \frac{1}{2!}A^2 + \cdots + \frac{1}{n!}A^n$.

On pose $B_n = \begin{pmatrix} \alpha_n & \gamma_n \\ \beta_n & \delta_n \end{pmatrix}$.

a. Expliciter α_n, β_n, γ_n et δ_n.

b. Montrer que les suites (α_n), (β_n), (γ_n) et (δ_n) ont des limites, que l'on déterminera, lorsque n tend vers $+\infty$.

On admettra que pour $a \in \mathbb{N}^\star$, $\sum_{k=0}^{n} \frac{a^k}{k!}$ tend vers e^a lorsque n tend vers l'infini.

EXERCICE 746 **20 minutes**

On considère les matrices $A = \begin{pmatrix} 3 & -6 & -1 \\ 4 & -5 & -2 \\ 2 & -6 & 0 \end{pmatrix}$, $P = \begin{pmatrix} 1 & -3 & -2 \\ 0 & -2 & -1 \\ 2 & -3 & -2 \end{pmatrix}$ et $Q = \begin{pmatrix} -1 & 0 & 1 \\ 2 & -2 & -1 \\ -4 & 3 & 2 \end{pmatrix}$.

1. Vérifier que $Q = P^{-1}$.

2. Montrer qu'il existe une matrice $D = \begin{pmatrix} a & 0 & 0 \\ 0 & b & 0 \\ 0 & 0 & c \end{pmatrix}$ vérifiant l'égalité : $A = P \cdot D \cdot Q$.

3. Donner l'expression de D^n en fonction de n, n entier naturel.

4. Démontrer par récurrence que pour tout $n \in \mathbb{N}$: $A^n = P \cdot D^n \cdot Q$.

5. En déduire, pour tout entier naturel strictement positif, l'expression de A^n.

3.3 Graphes

3.3.1 Point de cours

Définitions :
• un **graphe** est un ensemble de **sommets** (des points) pouvant être reliés par des **arêtes** (des segments ou des arcs) ;
• un **graphe orienté** est un graphe dont les arêtes sont munis d'un sens de parcours;
• un **graphe pondéré** est un graphe dont les arêtes sont affectées d'un poids;
• l'**ordre** d'un graphe est le nombre total de ses sommets;
• le **degré** d'un sommet est le nombre d'arêtes.

Propriété : dans un graphe, la somme des degrés de tous les sommets est égale au double du nombre d'arêtes.

Définitions :
• deux sommets reliés par une arête sont dits **adjacents**;
• un graphe est **complet** si les sommets sont deux à deux adjacents.

Définitions :
• une **chaîne** est une liste ordonnée de sommets telle que chaque sommet de la liste soit adja-

cent au suivant;
• une **chaîne fermée** est une chaîne dont l'origine et l'extrémité sont les mêmes;
• un **cycle** est une chaîne fermée composée d'arêtes toutes distinctes;
• un graphe est **connexe** si on peut relier n'importe quelle paire de sommets par une chaîne;
• une **chaîne eulérienne** est une chaîne contenant toutes les arêtes du graphe une et une seule fois.

Théorème D'Euler : soit G un graphe connexe.
• G admet une chaîne eulérienne si, et seulement si, G admet exactement deux sommets de degré impair.
• G admet un cycle eulérien si, et seulement si, G ne possède que des sommets de degré pair.

Matrice d'adjacence : Soit G un graphe dont tous les sommets sont numérotés de 1 à n, rangés dans l'ordre croissant.
La **matrice d'adjacence** de G est une matrice carrée d'ordre n, dont le coefficient a_{ij} est égal au nombre d'arêtes partant du sommet i pour arriver au sommet j.

Propriété : Soient n et k deux entiers naturels non nuls et M la matrice d'adjacence d'un graphe G d'ordre n, dont les sommets sont numérotés de 1 à n et rangés dans l'ordre croissant.
Le terme à l'intersection de la i−ème ligne avec la j−ème colonne de la matrice M^k est égal au nombre de chemins de longueur k partant du sommet i et arrivant au sommet j.

3.3.2 Exercices d'application de cours

EXERCICE 747 **10 minutes**

On considère le graphe G ci-contre :
1. Quel est l'ordre de G?
2. Compléter le tableau suivant :

Sommet	A	B	C	D	E
Degré					

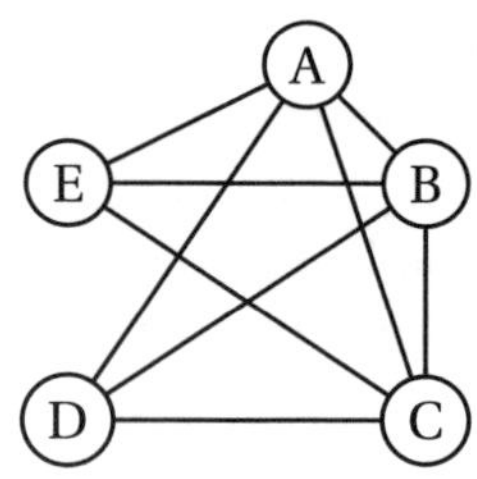

3. En déduire le nombre d'arêtes de G.
4. G est-il complet? Est-il connexe?
5. Citer une chaîne de longueur 5.
6. Le graphe admet-il une chaîne eulérienne? un cycle eulérien?

EXERCICE 748 **5 minutes**
Déterminer la matrice d'adjacence du graphe de l'exercice précédent, les sommets sont classés dans l'ordre alphabétique.

EXERCICE 749 **10 minutes**

On considère le graphe G ci-contre :

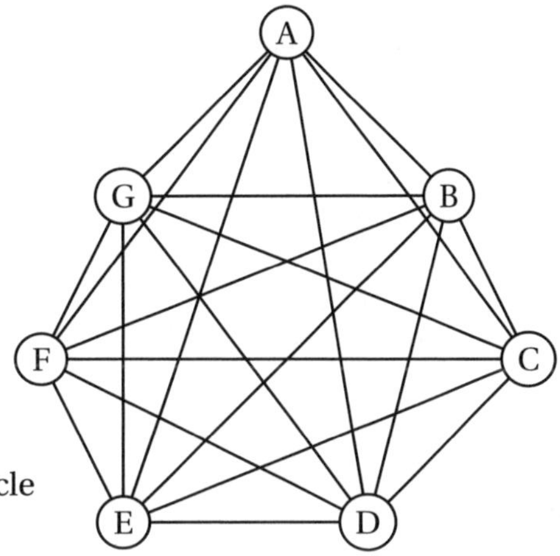

1. Quel est l'ordre de G?
2. Compléter le tableau suivant :

Sommet	A	B	C	D	E	F	G
Degré							

3. En déduire le nombre d'arêtes de G.
4. G est-il complet? Est-il connexe?
5. Citer une chaîne fermée de longueur 6.
6. Le graphe admet-il une chaîne eulérienne? un cycle eulérien?

EXERCICE 750 **5 minutes**

Déterminer la matrice d'adjacence du graphe de l'exercice précédent, les sommets sont classés dans l'ordre alphabétique.

EXERCICE 751 **10 minutes**

Construire un graphe composé des sommets A, B, C, D, E et F, dont la matrice d'adjacence obtenue en classant les sommets dans l'ordre alphabétique est :

$$M = \begin{pmatrix} 1 & 1 & 1 & 1 & 0 & 1 \\ 1 & 0 & 0 & 0 & 1 & 1 \\ 1 & 0 & 1 & 1 & 1 & 0 \\ 1 & 0 & 1 & 0 & 0 & 1 \\ 0 & 1 & 1 & 0 & 0 & 1 \\ 1 & 1 & 0 & 1 & 1 & 0 \end{pmatrix}.$$

EXERCICE 752 **5 minutes**

Pour chacun des exemples suivants, construire la matrice associée au graphe orienté donné :

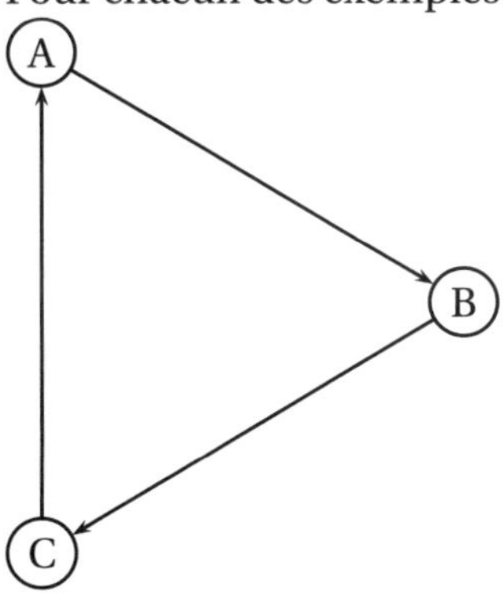

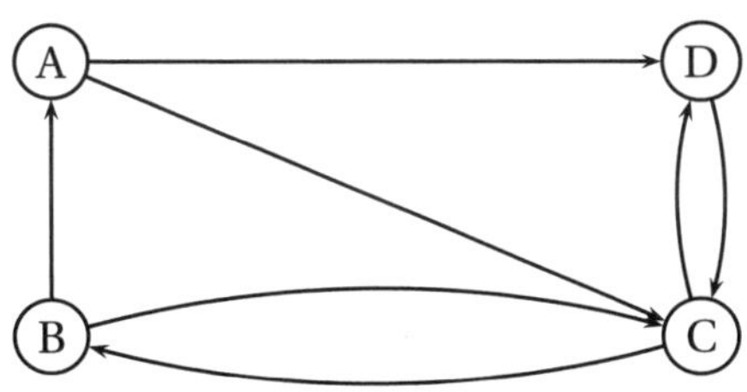

EXERCICE 753 **10 minutes**

Une personne souhaiterait inviter six amis que nous désignons par les lettres A, B, C, D, E et F. Malheureusement, certains de ces six amis ont des relations difficiles, ce sont celles recensées dans le tableau suivant :

	A	B	C	D	E	F
Relations difficiles	B	A,E,F	E	E	B,C,D,F	B,E

1. Représenter cette situation par un graphe d'ordre 6, dans lequel une relation difficile est représentée par une arête.
2. Préciser le degré de chaque sommet et en déduire le nombre d'arêtes.
3. Combien de personnes au maximum peuvent-elles être invitées sans risque d'ambiance difficile ? Lesquelles ?

EXERCICE 754 **10 minutes**

Le conseil général d'un département comprend sept commissions, qui obéissent aux règles suivantes :
• Règle 1 : tout conseiller général fait partie de deux commissions exactement.
• Règle 2 : deux commissions quelconques ont exactement un conseiller commun.

1. Représenter cette situation par un graphe, les commissions étant représentées par les sommets et les conseillers par les arêtes.
2. Préciser le degré de chaque sommet et en déduire le nombre d'arêtes.
3. Combien y a-t-il de conseillers généraux ? Combien y a-t-il de membres dans chaque commission ?

EXERCICE 755 **10 minutes**

M. et Mme Dupont assistent à une réunion. Il y a deux autres couples dans l'assistance et plusieurs poignées de mains sont échangées. On suppose que :
• personne ne serre sa propre main,
• les époux ne se serrent pas la main,
• deux personnes quelconques de l'assemblée se serrent la main au plus une fois.
M. Dupont constate que les cinq autres personnes ont échangé des poignées de main en nombres tous distincts.
On se propose de déterminer combien de poignées de main M. et Mme Dupont ont échangé avec les autres personnes présentes.
Pour cela, on convient de représenter la situation par un graphe dont les sommets représentent les six personnes présentent et les arêtes relient les personnes ayant échangé une poignée de main ; pour résoudre le problème posé, il faut trouver ces arêtes.

1. Expliquer pourquoi le constat fait par M. Dupont permet d'affirmer que les degrés des cinq sommets représentant les cinq autres personnes ont pour valeurs : 4, 3, 2, 1 et 0.

2. Notons S le sommet représentant M. Dupont et, pour $i = 0$ à 4, notons S_i le sommet de degré i (représentant la personne qui a échangé i poignées de main).
Déterminer successivement :

a. Les sommets adjacents à S_4 et le sommet qui représente le conjoint de S_4.
b. Les sommets adjacents à S_3 et le sommet qui représente le conjoint de S_3.

3. En déduire le graphe représentant la situation et conclure.

EXERCICE 756 **5 minutes**

Le graphe suivant schématise les chemins entre cinq points. On définit la matrice C ainsi : le coefficient c_{ij} est égal à 1 s'il existe un chemin pour aller de i à j et 0 sinon.

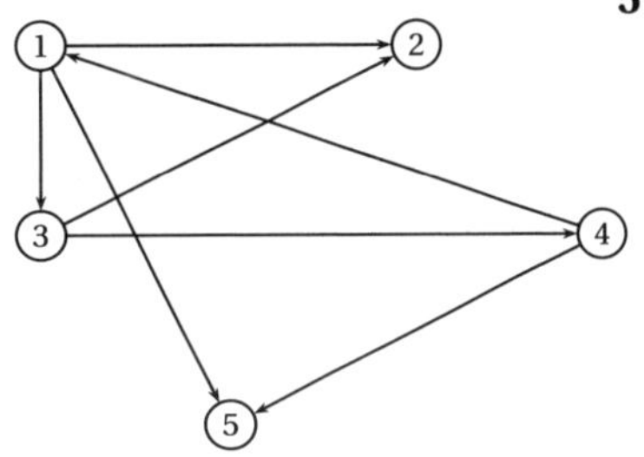

1. Donner la matrice A.
2. La matrice A est-elle symétrique ?

EXERCICE 757 **5 minutes**

Le graphe suivant schématise l'amitié entre cinq élèves de terminale. On définit la matrice A amitié ainsi : le coefficient a_{ij} est égal à 1 si l'élève i est ami avec l'élève j et 0 sinon.

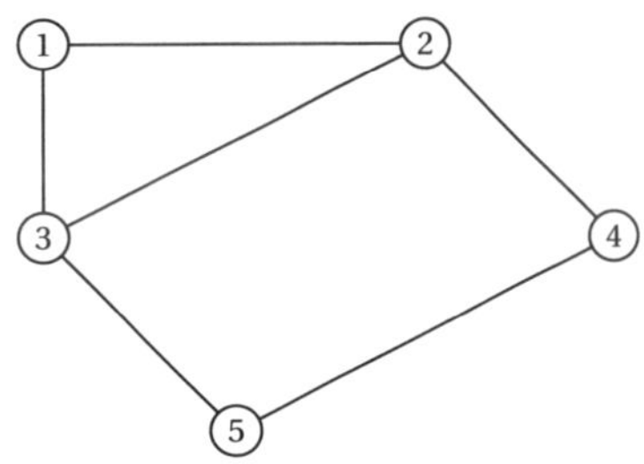

1. Donner la matrice A.
2. Justifier que A est symétrique, c'est-à-dire que pour tous i et j compris entre 1 et 5, $a_{ij} = a_{ji}$.

3.3.3 Exercices d'approfondissement

EXERCICE 758 **10 minutes**

Soit le graphe $\mathcal{G}$ constitué des sommets A, B, C, D, E, F et G.

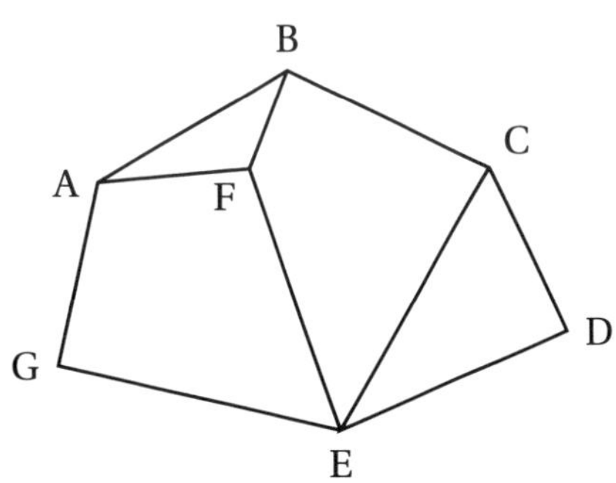

1. Quel est son ordre et le degré de chacun de ses sommets ?
2. Compléter le tableau des distances entre deux sommets de $\mathcal{G}$.
En déduire le diamètre de ce graphe, c'est-à-dire la plus grand distance entre deux sommets du graphe.

Distance	A	B	C	D	E	F	G
A	×						
B	×	×					
C	×	×	×				
D	×	×	×	×			
E	×	×	×	×	×		
F	×	×	×	×	×	×	
G	×	×	×	×	×	×	×

3. Donner un sous-graphe complet d'ordre 3 de $\mathcal{G}$.
4. Donner la matrice M associée à $\mathcal{G}$ (numéroter les lignes et les colonnes dans l'ordre alphabétique).
5. Calculer la matrice M^2 et déduire le nombre de chaînes de longueur 2 partant de A sans y revenir.

EXERCICE 759 **10 minutes**

Je suis un polygone convexe dont le nombre de diagonales est égal à 13 fois le nombre de côtés. Combien ai-je de côtés ?

EXERCICE 760 **10 minutes**

Pour accéder à un local d'une petite entreprise, les employés doivent choisir un code reconnu par l'automate suivant :

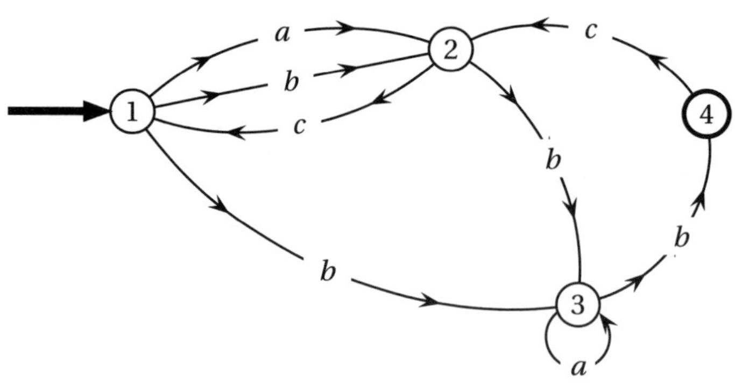

Une succession de lettres constitue un code possible si ces lettres se succèdent sur un chemin du graphe orienté ci-dessus, en partant du sommet (1) et en sortant au sommet (4).
Par exemple :

- le mot *bcbab* est un mot reconnu par cet automate, et correspond au chemin 121334 ;
- le mot *abac* n'est pas reconnu par cet automate.

1. Parmi les mots suivants, quels sont ceux qui sont reconnus par cet automate ?

$$abab,\ abc,\ abbcbb.$$

2. Recopier et compléter la matrice d'adjacence $M = \begin{pmatrix} 0 & 2 & 1 & 0 \\ \dots & \dots & \dots & \dots \\ \dots & \dots & \dots & \dots \\ \dots & \dots & \dots & \dots \end{pmatrix}$ associée au graphe orienté dans laquelle les sommets sont rangés dans l'ordre croissant.
3. Un logiciel de calcul formel donne

$$M^4 = \begin{pmatrix} 5 & 3 & 10 & 5 \\ 1 & 6 & 7 & 4 \\ 1 & 3 & 4 & 2 \\ 2 & 1 & 4 & 2 \end{pmatrix} \quad \text{et} \quad M^5 = \begin{pmatrix} 3 & 15 & 18 & 10 \\ 6 & 6 & 14 & 7 \\ 3 & 4 & 8 & 4 \\ 1 & 6 & 7 & 4 \end{pmatrix}$$

Combien de mots de 4 lettres sont reconnus par l'automate ? Justifier. Quels sont-ils ?

EXERCICE 761 **10 minutes**

Partie A

Le graphe suivant représente le plan d'une ville. Les arêtes du graphe représentent ses avenues commerçantes et les sommets du graphe les carrefours de ces avenues.

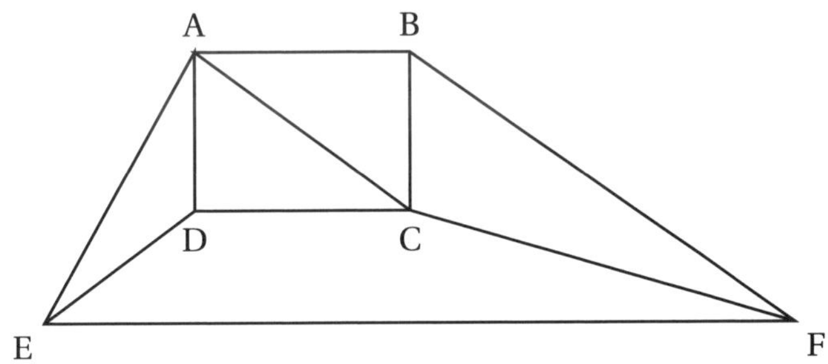

1. Donner l'ordre de ce graphe, puis le degré de chacun de ses sommets.
2. Un piéton peut-il parcourir toutes ces avenues sans emprunter plusieurs fois la même avenue ?

Partie B

Dans le graphe suivant, on a indiqué le sens de circulation dans les différentes avenues.

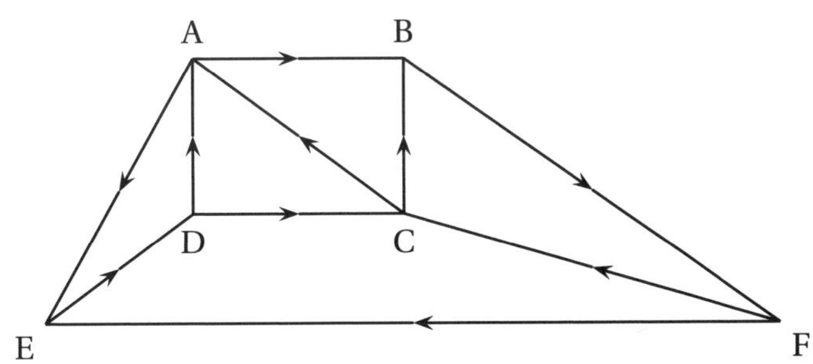

1. Ecrire la matrice M associée à ce graphe. (On rangera les sommets dans l'ordre alphabétique).
2. a. Quel est le nombre de trajets de longueur 2 reliant D à B?
   b. Comment pourrait-on obtenir ce résultat uniquement par le calcul à partir de la matrice M?

EXERCICE 762 **15 minutes**

1. A l'occasion d'une compétition internationale de football en Allemagne, une agence touristique organise des voyages en car à travers les différentes villes où se joueront les matchs d'une équipe nationale.
   Les routes empruntées par les cars sont représentées par le graphe ci-dessous. Le long de chaque arête figure la distance en kilomètres séparant les villes.
   Les lettres B, D, F, H, K, M, N et S représentent les villes Berlin, Dortmund, Francfort, Hambourg, Kaiserslautern, Munich, Nuremberg et Stuttgart.

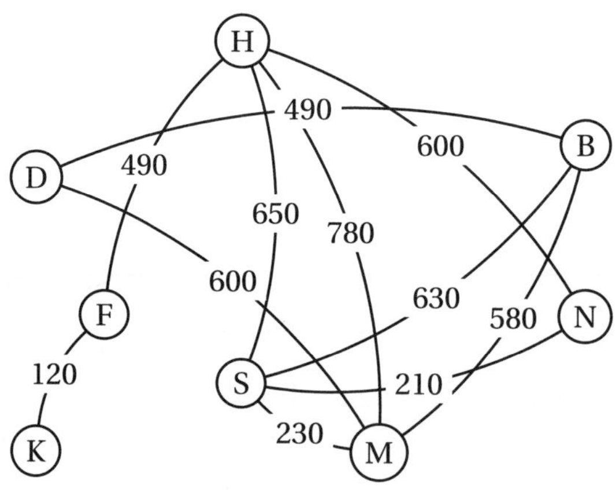

   Déterminer le plus court chemin possible pour aller de Kaiserslautern à Berlin en utilisant les cars de cette agence.
2. Pour des raisons de sécurité, les supporters de certaines équipes nationales participant à la compétition ne peuvent être logés dans le même hôtel.
   L'objectif de cette question consiste à rechercher une répartition des supporters afin d'utiliser le minimum d'hôtels.
   On donne ci-dessous le graphe d'incompatibilité entre les supporters de différentes équipes : par exemple, un supporter de l'équipe A ne peut être logé avec un supporter de l'équipe B.

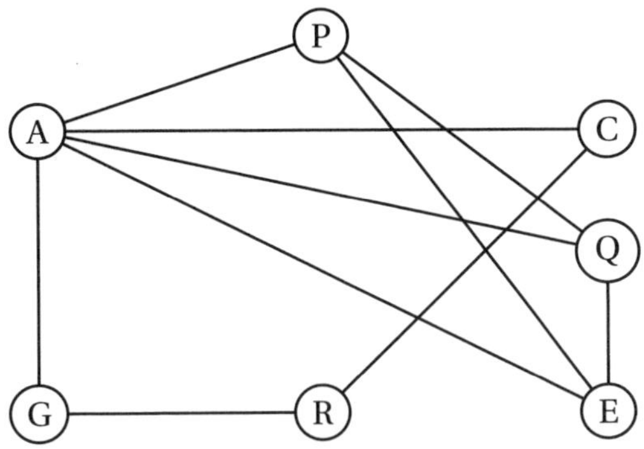

Proposer une répartition des supporters par hôtel en utilisant un nombre minimum d'hôtels.

EXERCICE 763 **10 minutes**

Voici le tableau décrivant les différentes tâches pour la préparation d'une tarte à la rhubarbe meringuée. Pour réaliser cette recette, on part du principe que certaines tâches peuvent être réalisées simultanément par plusieurs personnes.

Tâche	Description de la tâche	Temps en minutes	Tâches à réaliser auparavant
A	Eplucher et découper la rhubarbe en dés	8	
B	Mettre la rhubarbe dans un plat et verser le sucre	2	A
C	Préchauffer le four à 180 °C (thermostat 6)	8	
D	Préparer la pâte	8	
E	Laisser reposer la pâte	15	D
F	Etaler la pâte dans le moule beurré et saupoudrer de farine	4	E
G	Egoutter la rhubarbe et la verser sur la pâte	5	B et F
H	Enfourner	20	C et G
I	Préparer la garniture	4	
J	Sortir du four et ajouter la garniture sur la tarte	1	I et H
K	Enfourner à nouveau	10	J
L	Monter les blancs en neige	5	I
M	Incorporer aux blancs le sucre	2	L
N	Sortir du four et étaler le mélange sur la tarte	2	M et K
O	Mettre sous le grill	5	N
P	Sortir du four et laisser refroidir	30	O

1. Compléter le graphe ci-dessous pour respecter l'ordonnancement des tâches de cette recette. Indiquer au-dessus de chaque flèche le temps nécessaire à l'exécution de la tâche

d'origine.
Par exemple, sur le graphe suivant, la flèche allant de A vers B et pondérée par le nombre 8 indique que la tâche A dure 8 minutes et qu'elle doit se faire obligatoirement avant la tâche B.

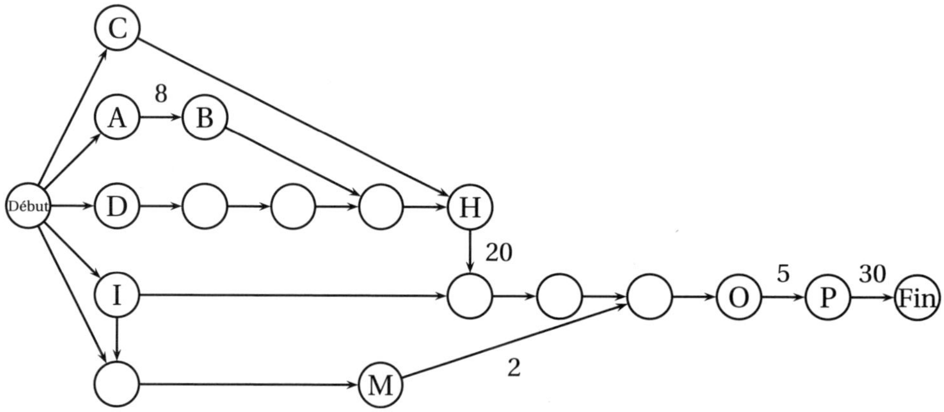

2. Quel est le temps minimum pour réaliser cette recette ? Expliquer.

EXERCICE 764 **10 minutes**

On a représenté sur le graphe ci-dessous 8 villes que l'on note A, B, C, D, E, F, G et H. Une arête symbolise une route entre deux villes sur laquelle est indiqué le temps moyen de parcours exprimé en minutes.
Par exemple, le temps moyen de parcours entre les villes A et B est de 7 minutes.

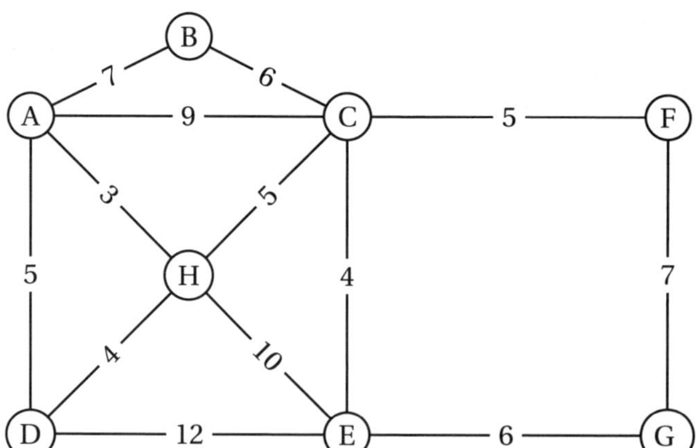

1. Proposer un chemin partant de A, passant une et une seule fois par chaque ville et se terminant en A.

2. Un livreur d'un service de livraison à domicile doit se rendre de la ville A à la ville G.
Déterminer, sans justification, le parcours le plus rapide, en précisant les villes par lesquelles il doit passer ainsi que le temps nécessaire.

EXERCICE 765 **10 minutes**

Un restaurateur prépare une pizza « quatre saisons ». Il compte la servir accompagnée d'une salade composée et d'un toast au fromage de chèvre. Le tableau suivant décrit les différentes tâches à réaliser pour la préparation de ce plat. On part du principe que certaines tâches peuvent être réalisées simultanément par plusieurs personnes.

Tâche	Description de la tâche	Temps en minutes	Tâches à réaliser auparavant
A	Préparer la pâte.	8	
B	Laisser reposer la pâte.	10	A
C	Préparer une boule avec la pâte et l'étaler.	5	B
D	Préparer la sauce tomate.	5	
E	Préparer les légumes (tomates fraîches, courgettes, oignons et champignons).	15	
F	Disposer la sauce, les légumes et le fromage sur la pâte.	5	C, D et E
G	Dresser la base de la salade dans une assiette.	3	E
H	Déposer une tranche de fromage de chèvre sur une rondelle de pain.	2	
I	Préchauffer le four à 280 °C.	20	
J	Enfourner la pizza et le toast au fromage de chèvre.	1	F, H et I
K	Après 3 minutes, sortir le toast du four et le déposer dans l'assiette avec la salade.	3	J et G
L	Au bout de 4 minutes de cuisson, sortir la pizza du four et la poser sur une assiette.	4	J
M	Disposer du basilic et un filet d'huile d'olive sur la pizza et la salade.	1	K et L
N	Servir le plat en salle.	3	M

1. Compléter le graphe ci-dessous, pour respecter l'ordonnancement des tâches de cette recette. Indiquer au-dessus de chaque flèche le temps nécessaire à l'exécution de la tâche d'origine.

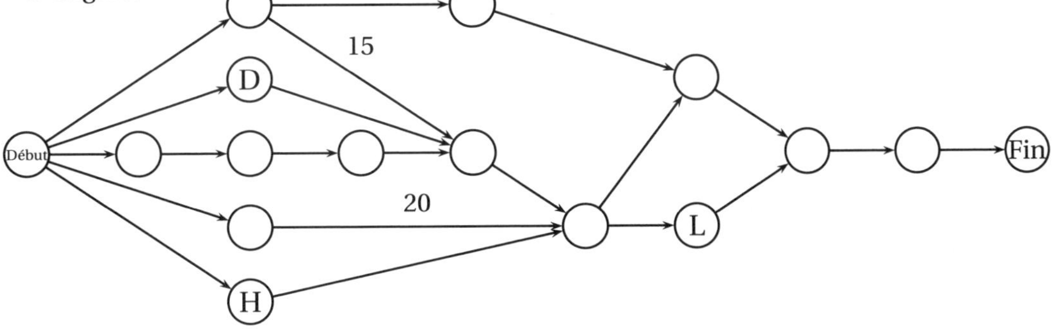

2. La commande a été passée à 19 heures 30. A quelle heure pourra-t-elle être servie au plus tôt ? Expliquer.

EXERCICE 766 **10 minutes**

Un des hôtels d'une ville fait appel à une guide pour réaliser un parcours touristique pour ses clients. Pour concevoir son parcours, la guide sélectionne un certain nombre de rues qui présentent un intérêt touristique et les schématise dans le graphe ci-dessous.

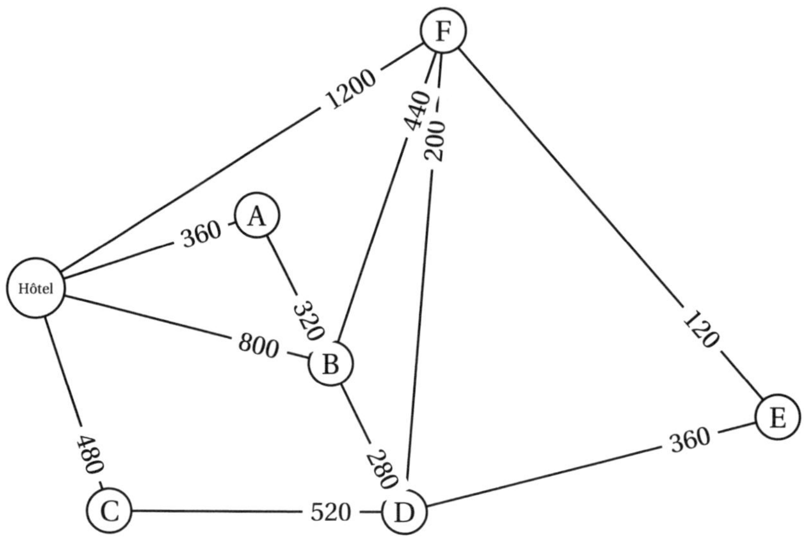

Chaque arête représente une rue et elle nomme chacune des intersections par les lettres A, B, C, D, E et F. De plus, elle indique sur chaque arête la longueur en mètres de la rue correspondante. Par exemple, la rue séparant les intersections B et F est d'une longueur de 440 mètres.

1. Pour faire son parcours, la guide souhaite passer une et une seule fois dans chacune des rues et il décide que son parcours suivra les étapes suivantes :
Hôtel → C → D → B → Hôtel → A → B→ ⋯ → ⋯ → ⋯ → ⋯ → Hôtel
Compléter le parcours ci-dessus, afin que les conditions soient remplies.

2. Un touriste ne s'intéresse qu'au site culturel qui se trouve à l'intersection E.
Déterminer le plus court chemin menant de l'hôtel au site E. On précisera la distance à parcourir.

EXERCICE 767 **10 minutes**

Voici le tableau décrivant les différentes tâches pour la préparation des macarons.
Pour réaliser cette recette, on part du principe que certaines tâches peuvent être réalisées simultanément par plusieurs personnes.

Tableau d'analyse des tâches			
Tâche		Durée (min)	Antécédents immédiats
Monter les blancs d'œuf en neige et ajouter le sucre.	A	15	
Dans un bol à part, verser la poudre d'amande et parsemer de sucre glace.	B		
Mélanger les blancs en neige et la poudre d'amande et placer le tout dans une poche à douille.	C		
Façonner les macarons et laisser reposer.	D		
Préchauffer le four, thermostat 7.	E	45	
Cuisson : mettre au four pendant 25 minutes, puis faire refroidir les macarons.	F	45	E et D
Faire fondre le chocolat au bain-marie.	G	5	
Ajouter la crème fraîche et placer le tout dans une poche à douille.	H	5	G
Mettre la crème au chocolat au réfrigérateur.	I	10	H
Souder par deux les macarons avec la crème au chocolat.	J	5	F et I

Par exemple, la tâche F désigne la cuisson, elle a une durée de 45 minutes et ne peut débuter qu'après l'exécution des tâches E et D.

1. En s'appuyant sur le graphe ci-dessous, compléter les cases grisées du tableau précédent.

2. Compléter le graphe suivant :

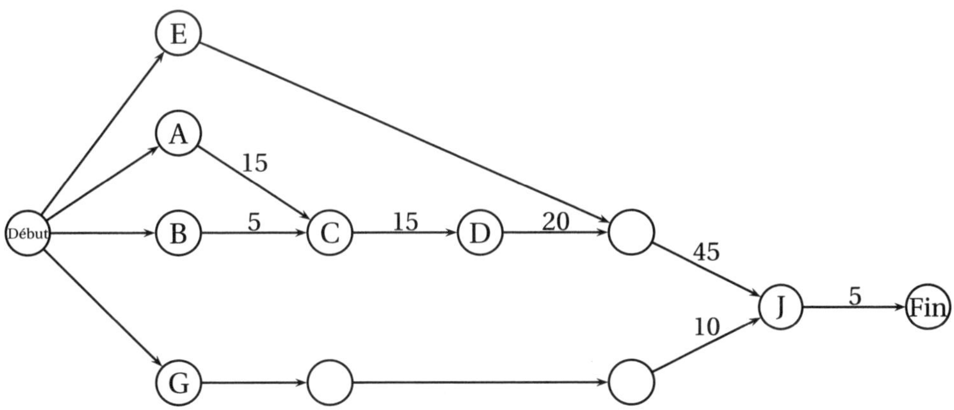

3. Quel est le temps incompressible de cette recette, c'est-à-dire le temps minimum nécessaire pour la réaliser ? Expliquez votre démarche.

EXERCICE 768 **15 minutes**

Une association organise un rallye sportif en VTT : six zones de regroupement sont déterminées et sont reliées par des chemins.
Ce parcours est modélisé par le graphe ci-dessous, où les sommets de A à F représentent les zones de regroupement, et les arêtes les chemins.
Les arêtes sont pondérées par les distances, exprimées en kilomètres, nécessaires pour parcourir ces chemins.
Les candidats sont positionnés initialement sur la zone A et doivent, après avoir parcouru tous les chemins, revenir à la zone initiale.
Chaque fois qu'un candidat emprunte pour la première fois un chemin il doit déposer, à un endroit précis, un jeton personnalisé, attestant son passage.

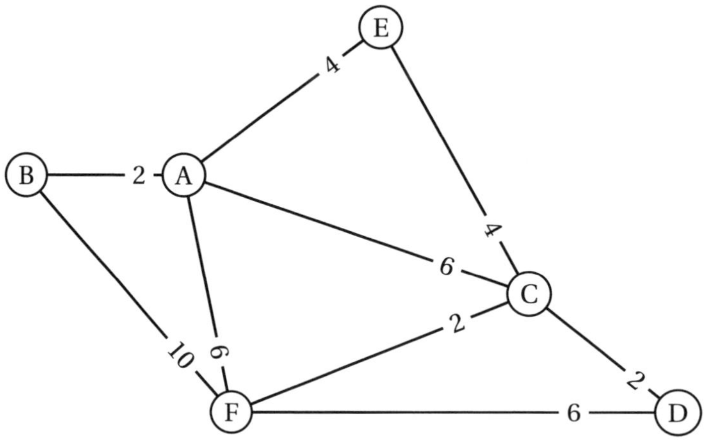

1. Quel nombre minimal de jetons est-il nécessaire de donner à chaque candidat ?
2. Un candidat souhaite faire le parcours, en empruntant tous les chemins une fois et une seule. Est-ce possible ?
3. Soit M la matrice associée au graphe G (on ordonne les sommets dans l'ordre alphabétique).
   a. Ecrire la matrice M.
   b. On donne les matrices $M^2 = \begin{pmatrix} 4 & 1 & 2 & 2 & 1 & 2 \\ 1 & 2 & 2 & 1 & 1 & 1 \\ 2 & 2 & 4 & 1 & 1 & 2 \\ 2 & 1 & 1 & 2 & 1 & 1 \\ 1 & 1 & 1 & 1 & 2 & 2 \\ 2 & 1 & 2 & 1 & 2 & 4 \end{pmatrix}$ et $M^3 = \begin{pmatrix} 6 & 6 & 9 & 4 & 6 & 9 \\ 6 & 2 & 4 & 3 & 3 & 6 \\ 9 & 4 & 6 & 6 & 6 & 9 \\ 4 & 3 & 6 & 2 & 3 & 6 \\ 6 & 3 & 6 & 3 & 2 & 4 \\ 9 & 6 & 9 & 6 & 4 & 6 \end{pmatrix}$

   Un candidat est actuellement au point de rendez-vous D et on lui signale qu'il a oublié son dossard au point B. Devant le récupérer, il souhaite emprunter au maximum trois chemins. Combien a-t-il de possibilités ?

   c. Donner, le trajet correspondant à la distance la plus courte lui permettant d'aller récupérer son dossard.

Exercice 769 **15 minutes**

Le graphe ci-dessous représente les autoroutes entre les principales villes du Sud de la France : Bordeaux (B), Clermont-Ferrand (C), Lyon (L), Marseille (M), Montpellier (P), Brive (R), Toulouse (T), Valence (V) et Biarritz (Z).

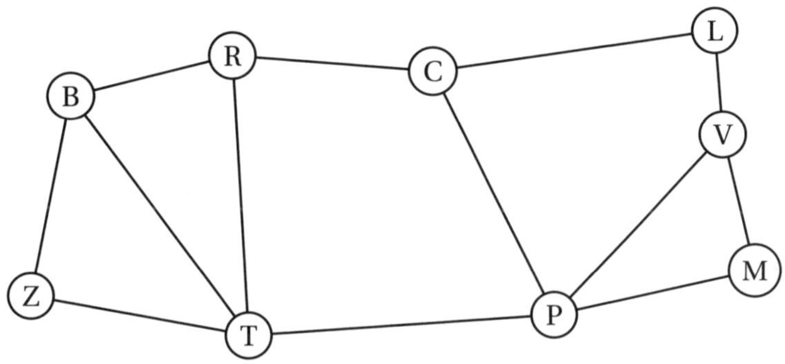

Pour cette question, on justifiera chaque réponse.

1. **a.** Déterminer l'ordre du graphe.
   b. Déterminer si le graphe est connexe.
   c. Déterminer si le graphe est complet.
2. Un touriste atterrit à l'aéroport de Lyon et loue une voiture.
   Déterminer, en justifiant, s'il pourra visiter toutes les villes en empruntant une et une seule fois chaque autoroute.
3. Il décide finalement d'aller seulement de Lyon à Biarritz.
   On note N la matrice associée au graphe, les sommets étant rangés dans l'ordre alphabétique : B, C, L, M, P, R, T, V, Z.
   Voici les matrices N et N^3 :

$$N = \begin{pmatrix} 0&0&0&0&0&1&1&0&1 \\ 0&0&1&0&1&1&0&0&0 \\ 0&1&0&0&0&0&0&1&0 \\ 0&0&0&0&1&0&0&1&0 \\ 0&1&0&1&0&0&1&1&0 \\ 1&1&0&0&0&0&1&0&0 \\ 1&0&0&0&1&1&0&0&1 \\ 0&0&1&1&1&0&0&0&0 \\ 1&0&0&0&0&0&1&0&0 \end{pmatrix} \text{ et } N^3 = \begin{pmatrix} 4&2&1&1&3&6&6&1&5 \\ 2&0&5&2&8&6&1&1&3 \\ 1&5&0&2&1&0&3&5&0 \\ 1&2&2&2&5&2&1&4&1 \\ 3&8&1&5&2&1&8&7&1 \\ 6&6&0&2&1&2&8&3&2 \\ 6&1&3&1&8&8&4&1&6 \\ 1&1&5&4&7&3&1&2&1 \\ 5&3&0&1&1&2&6&1&2 \end{pmatrix}$$

   a. En détaillant le calcul, déterminer le coefficient de la troisième ligne et dernière colonne de la matrice N^4.
   b. En donner une interprétation.

EXERCICE 770 **10 minutes**

On considère le graphe $\mathcal{G}$ ci-dessous

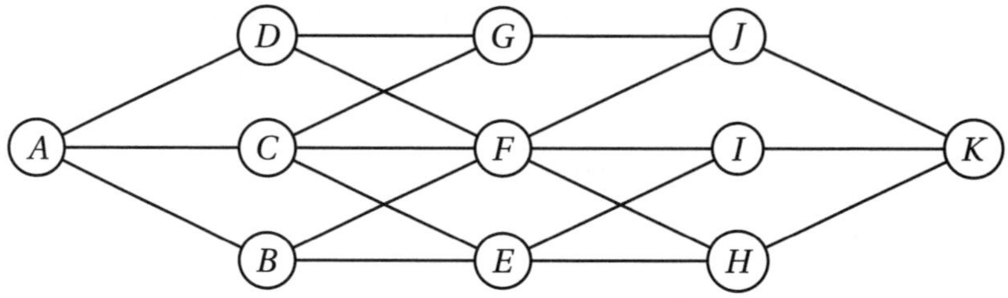

1. En justifiant la réponse, dire si ce graphe admet une chaîne eulérienne.
   Si oui, donner une telle chaîne.
2. On considère la matrice M ci-après (a, b, c et d sont des nombres réels).

$$M = \begin{pmatrix} 0 & 1 & 1 & 1 & 0 & 0 & 0 & 0 & 0 & 0 & 0 \\ 1 & 0 & 0 & 0 & 1 & 1 & 0 & 0 & 0 & 0 & 0 \\ 1 & 0 & 0 & a & 1 & 1 & 1 & 0 & 0 & 0 & 0 \\ 1 & 0 & 0 & 0 & 0 & 1 & b & 0 & 0 & 0 & 0 \\ 0 & 1 & 1 & 0 & 0 & 0 & 0 & 1 & 1 & 0 & 0 \\ 0 & 1 & 1 & 1 & 0 & 0 & 0 & 1 & 1 & 1 & 0 \\ 0 & 0 & 1 & 1 & 0 & 0 & 0 & 0 & 0 & 1 & 0 \\ 0 & 0 & 0 & 0 & 1 & 1 & 0 & 0 & 0 & 0 & 1 \\ 0 & 0 & 0 & 0 & c & 1 & 0 & 0 & 0 & 0 & 1 \\ 0 & 0 & 0 & 0 & 0 & 1 & 1 & 0 & 0 & 0 & 1 \\ 0 & 0 & 0 & 0 & d & 0 & 0 & 1 & 1 & 1 & 0 \end{pmatrix}$$

   a. Déterminer les réels a, b, c et d pour que la matrice M représente la matrice d'adjacence associée au graphe $\mathcal{G}$, les sommets étant pris dans l'ordre alphabétique.

   b. On donne

$$M^3 = \begin{pmatrix} 0 & 8 & 10 & 8 & 0 & 0 & 0 & 5 & 5 & 5 & 0 \\ 8 & 0 & 0 & 0 & 10 & 13 & 6 & 0 & 0 & 0 & 5 \\ 10 & 0 & 0 & 0 & 11 & 16 & 9 & 0 & 0 & 0 & 6 \\ 8 & 0 & 0 & 0 & 7 & 12 & 8 & 0 & 0 & 0 & 4 \\ 0 & 10 & 11 & 7 & 0 & 0 & 0 & 10 & 10 & 7 & 0 \\ 0 & 13 & 16 & 12 & 0 & 0 & 0 & 13 & 13 & 12 & 0 \\ 0 & 6 & 9 & 8 & 0 & 0 & 0 & 5 & 5 & 7 & 0 \\ 5 & 0 & 0 & 0 & 10 & 13 & 5 & 0 & 0 & 0 & 8 \\ 5 & 0 & 0 & 0 & 10 & 13 & 5 & 0 & 0 & 0 & 8 \\ 5 & 0 & 0 & 0 & 7 & 12 & 7 & 0 & 0 & 0 & 7 \\ 0 & 5 & 6 & 4 & 0 & 0 & 0 & 8 & 8 & 7 & 0 \end{pmatrix}$$

   Déterminer, en justifiant, le nombre de chemins de longueur 3 reliant A à J. Préciser ces chemins.

EXERCICE 771 **15 minutes**

Une grande ville a mis en place un système de location de bicyclettes en libre service. Un abonné peut ainsi louer une bicyclette dans une station puis la déposer dans n'importe quelle station de son choix. la ville comporte sept stations de location nommées A, B, C, D, E, F et G. Les stations sont reliées entre elles par une piste cyclable et les temps de parcours en minutes sont indiqués sur le graphe ci-contre.

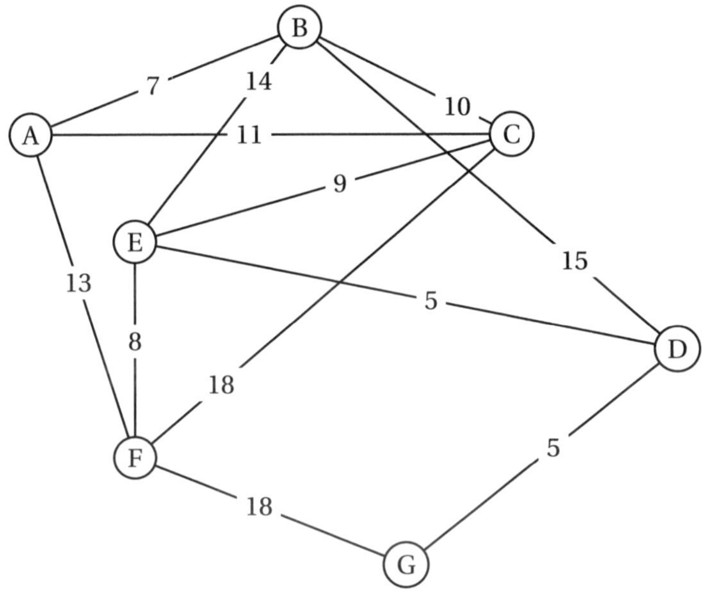

1. Philippe, cycliste très prudent, décide de visiter cette ville en n'empruntant que des pistes cyclables.
A-t-il la possibilité d'effectuer un parcours empruntant une fois et une seule toutes les pistes cyclables.
A la fin de ce parcours, pourra-t-il rendre sa bicyclette dans la station de départ ?

2. On appelle M la matrice associée à ce graphe. on donne deux matrices N et T :

$$N = \begin{pmatrix} 4 & 9 & 8 & 5 & 5 & 9 & 2 \\ 9 & 6 & 10 & 7 & 10 & 6 & 4 \\ 8 & 10 & 8 & 5 & 10 & 9 & 4 \\ 5 & 7 & 5 & 2 & 8 & 4 & 5 \\ 5 & 10 & 10 & 8 & 6 & 11 & 2 \\ 9 & 6 & 9 & 4 & 11 & 4 & 6 \\ 2 & 4 & 4 & 5 & 2 & 6 & 0 \end{pmatrix} \text{ et } T = \begin{pmatrix} 4 & 9 & 8 & 4 & 5 & 9 & 1 \\ 9 & 6 & 10 & 6 & 10 & 6 & 4 \\ 8 & 10 & 8 & 4 & 10 & 9 & 4 \\ 5 & 7 & 5 & 2 & 8 & 4 & 5 \\ 5 & 8 & 10 & 8 & 6 & 11 & 0 \\ 9 & 6 & 9 & 4 & 11 & 4 & 6 \\ 1 & 4 & 4 & 5 & 0 & 6 & 0 \end{pmatrix}$$

a. Une des deux matrices N ou T est la matrice M^3. Sans calcul, indiquer quelle est la matrice M^3. Justifier la réponse.

b. Philippe a loué une bicyclette à la station F et l'a rendue à la station E. Au cours de son déplacement, il est passé exactement deux fois devant une station. Combien de trajets différents a-t-il pu suivre ? Expliquer.

3. Le lendemain, il envisage de rejoindre le plus rapidement possible la station G en partant de la station A. Déterminer un tel parcours et donner le temps nécessaire pour l'effectuer.

EXERCICE 772 **10 minutes**

Un parc de loisirs décide d'ouvrir une nouvelle attraction pour les jeunes enfants : un parcours pédestre où chaque enfant doit recueillir, sur différents lieux, des indices pour résoudre une énigme. Le parcours est représenté par le graphe ci-dessous. Les sommets représentent des lieux où sont placés les indices; les arêtes représentent des chemins pédestres qui les relient.

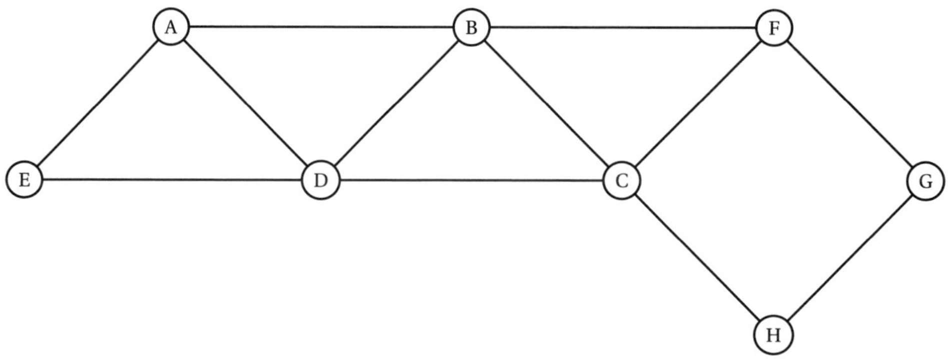

1. Un enfant pourra-t-il parcourir chaque chemin pédestre du circuit une fois et une seule? Si oui, indiquer un circuit possible et sinon expliquer pourquoi.

2. On note M la matrice d'adjacence associée à ce graphe (les sommets sont pris dans l'ordre alphabétique).

On donne la matrice $M^4 = \begin{pmatrix} 20 & 18 & 20 & 21 & 11 & 13 & 5 & 5 \\ 18 & 32 & 25 & 25 & 17 & 16 & 10 & 10 \\ 20 & 25 & 31 & 19 & 13 & 13 & 14 & 5 \\ 21 & 25 & 19 & 31 & 13 & 21 & 4 & 12 \\ 11 & 17 & 13 & 13 & 11 & 6 & 4 & 3 \\ 13 & 16 & 13 & 21 & 6 & 20 & 3 & 13 \\ 5 & 10 & 14 & 4 & 4 & 3 & 9 & 1 \\ 5 & 10 & 5 & 12 & 3 & 13 & 1 & 10 \end{pmatrix}$.

Déterminer le nombre de parcours allant de E à H en 4 chemins pédestres. Les citer tous.

EXERCICE 773 **10 minutes**

Un tournoi de volley-ball organisé pendant un week-end réunit sept équipes : *a priori* chaque équipe doit rencontrer les six autres. Mais, compte tenu des contraintes de terrain et du temps limité, cela s'avère impossible.

En utilisant un graphe, répondre aux questions suivantes :

1. Est-il possible de ne faire jouer à chaque équipe que cinq matchs?

2. Est-il possible de ne faire jouer à chaque équipe que quatre matchs?

EXERCICE 774 **10 minutes**

Dans le graphe ci-dessous, les sommets représentent différentes zones de résidence ou d'activités d'une municipalité. Une arête reliant deux de ces sommets indique l'existence d'une voie d'accès principale entre deux lieux correspondants.

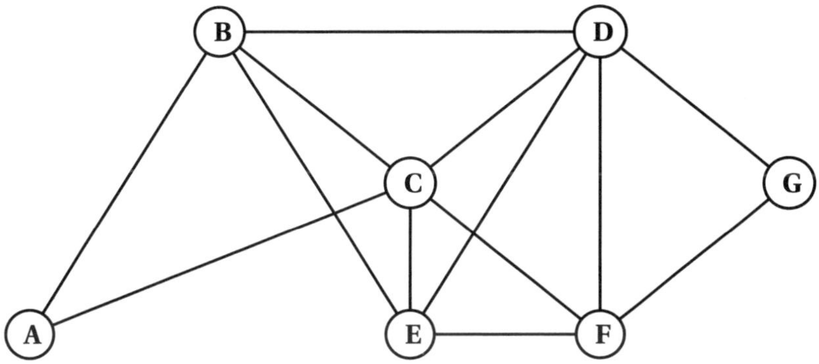

1. Donner, sans justifier, le degré de chacun des sommets (la réponse pourra être présentée sous forme de tableau où les sommets seront mis dans l'ordre alphabétique).
2. **a.** Donner la matrice M associée au graphe (les sommets seront mis dans l'ordre alphabétique).

   b. On donne la matrice $M^3 = \begin{pmatrix} 2 & 7 & 8 & 5 & 5 & 5 & 3 \\ 7 & 8 & 12 & 13 & 12 & 8 & 5 \\ 8 & 12 & 12 & 15 & 13 & 13 & 5 \\ 5 & 13 & 15 & 12 & 13 & 12 & 8 \\ 5 & 12 & 13 & 13 & 10 & 12 & 5 \\ 5 & 8 & 13 & 12 & 12 & 8 & 7 \\ 3 & 5 & 5 & 8 & 5 & 7 & 2 \end{pmatrix}$

   Déterminer, en justifiant, le nombre de chemins de longueur 3 reliant A et F puis donner leur liste.
3. Pour sa campagne électorale, un candidat souhaite parcourir toutes les voies d'accès principales de ce quartier sans emprunter plusieurs fois la même voie.
   Montrer qu'un tel parcours est possible.
4. Dans le graphe ci-dessous, les valeurs indiquent, en minutes, les durées moyennes des trajets entre les différents lieux via les transports en commun.

EXERCICE 775 **10 minutes**

Un groupe de lycéens musiciens a décidé d'organiser un concert. Ils décident de faire le tour de tous les lycées de la ville et de distribuer des prospectus sur le trajet pour faire de la publicité pour cette soirée. Les membres du groupe ont établi le graphe ci-contre. Les sommets représentent les différents lycées et les arêtes, les rues reliant les établissements. Les arêtes sont pondérées par les durées des trajets entre deux sommets consécutifs, exprimées en minutes.

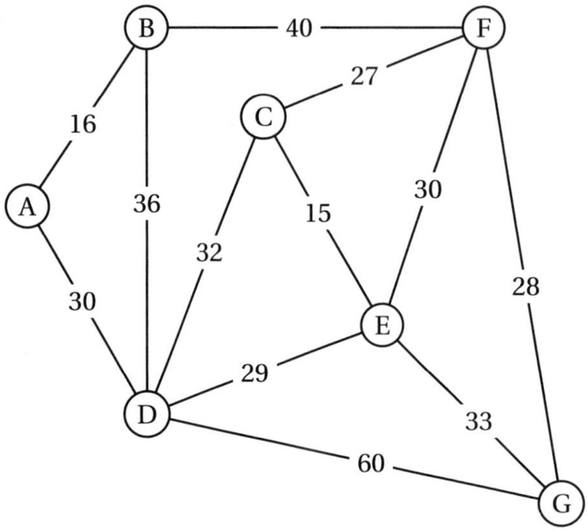

1. Existe-t-il un trajet d'un lycée à un autre permettant de parcourir toutes les rues une fois et une seule ?
   Si oui, donner un tel trajet, si non expliquer pourquoi.
2. Arrivé en retard au lycée A, un membre du groupe veut trouver le chemin le plus rapide pour rejoindre ses camarades au lycée G. Quel trajet peut-il prendre ? Quelle est alors la durée du parcours ?

EXERCICE 776 **10 minutes**

Une entreprise de produits cosmétiques fait réaliser une étude marketing sur une population donnée. L'étude marketing montre que certains produits ne sont jamais achetés simultanément. On représente les incompatibilités par le graphe suivant, où deux sommets reliés représentent deux produits qui ne sont jamais dans une même commande. Par exemple, les produits A et B, représentés par des sommets reliés, ne sont jamais dans une même commande.

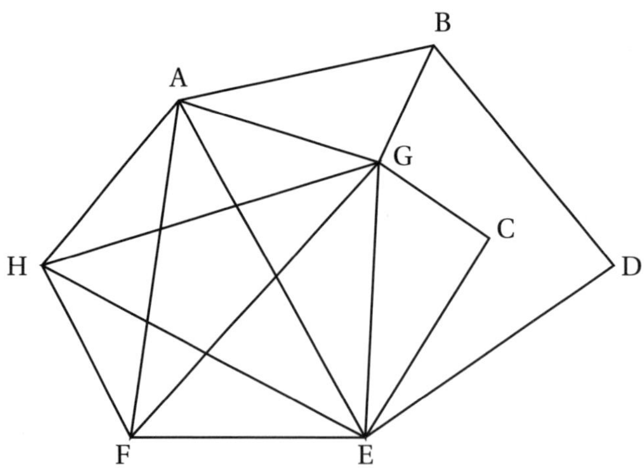

L'entreprise souhaite répartir les produits dans des lots constitués de produits ne présentant aucune incompatibilité d'achat. Combien de lots doit-elle prévoir au minimum ? Proposer une répartition des produits.

EXERCICE 777 **10 minutes**

Une compagnie aérienne a représenté à l'aide d'un graphe les différentes liaisons assurées par ses avions. Les sommets du graphe sont les initiales des aéroports desservis et les arêtes correspondent aux vols effectués par un avion de cette compagnie entre deux aéroports.
Sur le graphe ci-dessous sont indiqués les différents temps de vol en heure entre deux aéroports.

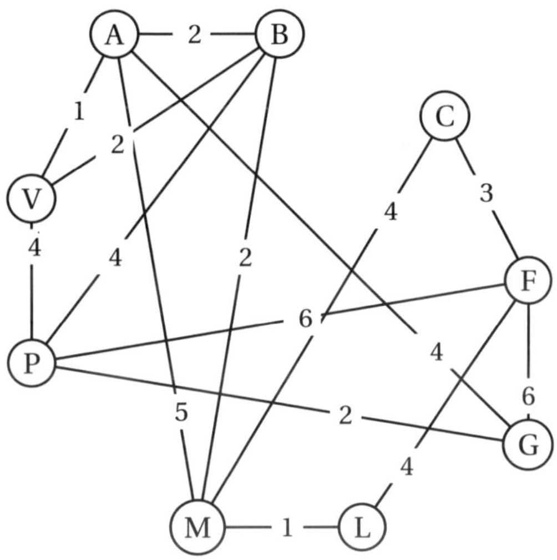

Un client souhaite utiliser une offre promotionnelle de cette compagnie pour voyager de l'aéroport V jusqu'à l'aéroport F. Combien d'heures de vol doit-il envisager au minimum ? Préciser le trajet.

EXERCICE 778 **15 minutes**

Pour accéder à sa messagerie, Antoine a choisi un code qui doit être reconnu par le graphe étiqueté suivant, de sommets 1, 2, 3 et 4 :

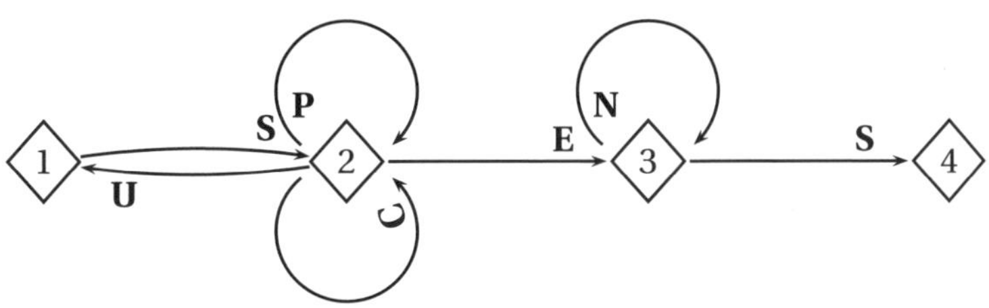

Une succession des lettres constitue un code possible si ces lettres se succèdent sur un chemin du graphe orienté ci-dessus, en partant du sommet 1 et en sortant au sommet 4. Les codes SES et SPPCES sont ainsi des codes possibles, contrairement aux codes SUN et SPEN.

1. Parmi les trois codes suivants, écrire sur votre copie le (ou les) code(s) reconnu(s) par le graphe.

SUCCES SCENES SUSPENS

2. Compléter la matrice d'adjacence A associée au graphe. On prendra les sommets dans l'ordre 1-2-3-4.

$$A = \begin{pmatrix} 0 & 1 & 0 & 0 \\ 1 & 2 & 1 & 0 \\ \dots & \dots & \dots & \dots \\ \dots & \dots & \dots & \dots \end{pmatrix}$$

3. Avec une calculatrice on a calculé : $A^4 = \begin{pmatrix} 5 & 12 & 8 & 3 \\ 12 & 29 & 20 & 8 \\ 0 & 0 & 1 & 1 \\ 0 & 0 & 0 & 0 \end{pmatrix}$.

En déduire le nombre de codes de 4 lettres reconnus par le graphe. Quels sont ces codes?

EXERCICE 779 **15 minutes**

Partie A : Etude d'un graphe

On considère le graphe $\mathcal{G}$ ci-dessous.

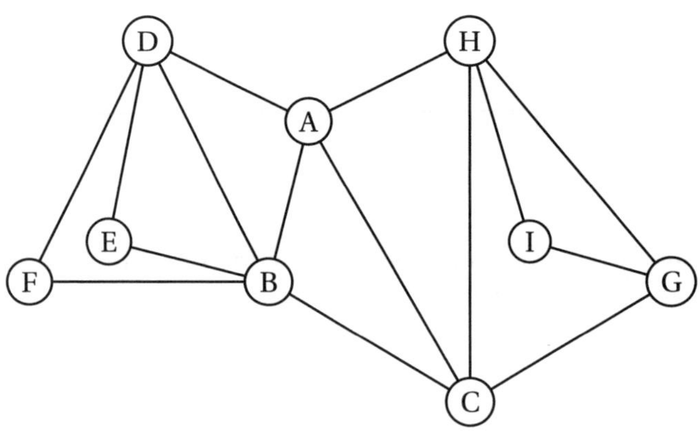

1. a. Déterminer en justifiant si le graphe $\mathcal{G}$ est complet.
   b. Déterminer en justifiant si le graphe $\mathcal{G}$ est connexe.
2. a. Donner le degré de chacun des sommets du graphe $\mathcal{G}$.
   b. Déterminer en justifiant si le graphe $\mathcal{G}$ admet un cycle eulérien ou une chaîne eulérienne.
3. a. Donner la matrice M associée au graphe $\mathcal{G}$ (les sommets seront rangés dans l'ordre alphabétique).

b. On donne : $M^2 = \begin{pmatrix} 4 & 2 & 2 & 1 & 2 & 2 & 2 & 1 & 1 \\ 2 & 5 & 1 & 3 & 1 & 1 & 1 & 2 & 0 \\ 2 & 1 & 4 & 2 & 1 & 1 & 1 & 2 & 2 \\ 1 & 3 & 2 & 4 & 1 & 1 & 0 & 1 & 0 \\ 2 & 1 & 1 & 1 & 2 & 2 & 0 & 0 & 0 \\ 2 & 1 & 1 & 1 & 2 & 2 & 0 & 0 & 0 \\ 2 & 1 & 1 & 0 & 0 & 0 & 3 & 2 & 1 \\ 1 & 2 & 2 & 1 & 0 & 0 & 2 & 4 & 1 \\ 1 & 0 & 2 & 0 & 0 & 0 & 1 & 1 & 2 \end{pmatrix}$.

Montrer, par le calcul, que le coefficient de la septième ligne et quatrième colonne de la matrice M^3 est égal à 3.

Partie B : Applications

Dans cette partie, on pourra justifier les réponses en s'aidant de la partie A

On donne ci-dessous le plan simplifié d'un lycée

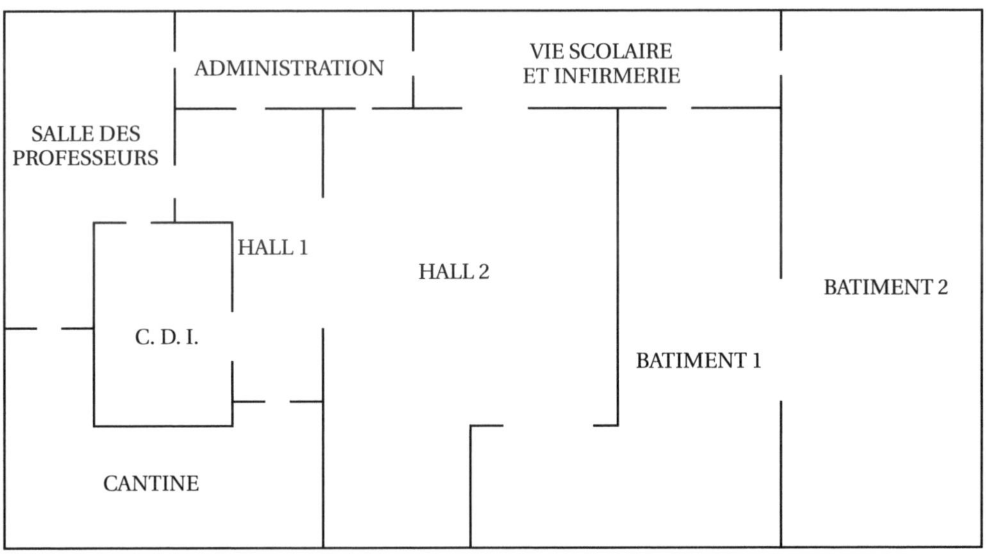

1. Le graphe $\mathcal{G}$ donné en partie A modélise cette situation.
Compléter le tableau suivant :

Sommet du graphe $\mathcal{G}$	A	B	C	D	E	F	G	H	I
Lieu correspondant dans le lycée									

2. Un élève a cours de mathématiques dans le bâtiment 1. A la fin du cours, il doit rejoindre la salle des professeurs pour un rendez vous avec ses parents.
Déterminer le nombre de chemins en trois étapes permettant à l'élève de rejoindre ses parents puis indiquer quels sont ces chemins.

EXERCICE 780 **15 minutes**

On considère le graphe Γ ci-dessous :

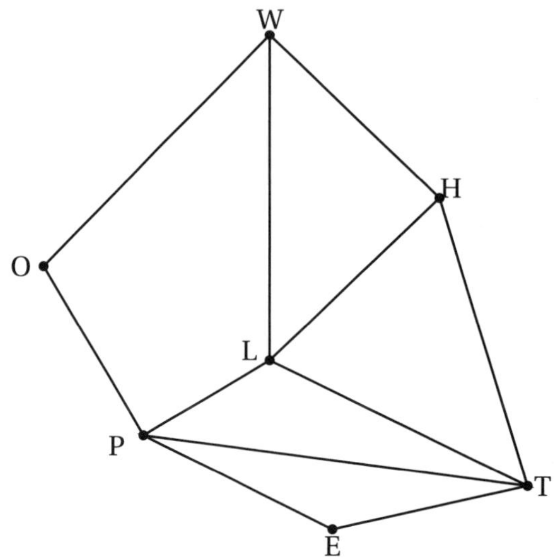

1. Ce graphe admet-il une chaîne eulérienne ? Si oui donner une telle chaîne.
2. Ce graphe admet-il un cycle eulérien ? Si oui donner un tel cycle.
3. Donner la matrice M associée au graphe Γ (les sommets seront pris dans l'ordre alphabétique : E ; H ; L ; O ; P ; T ; W).
4. En utilisant la calculatrice, déterminer M^2, M^3 et M^4.
5. Combien de chemins, de longueur strictement inférieure à 5 permettent d'aller de O à T.

EXERCICE 781 : ALGORITHME DE DIJKSTRA-MOORE **15 minutes**

Le sommet A désigne l'emplacement des services techniques.

Les sommets B, C, D, E, F et G désignent les emplacements de jardins publics. Une arête représente l'avenue reliant deux emplacements et est pondérée par le nombre de feux tricolores situés sur le trajet.

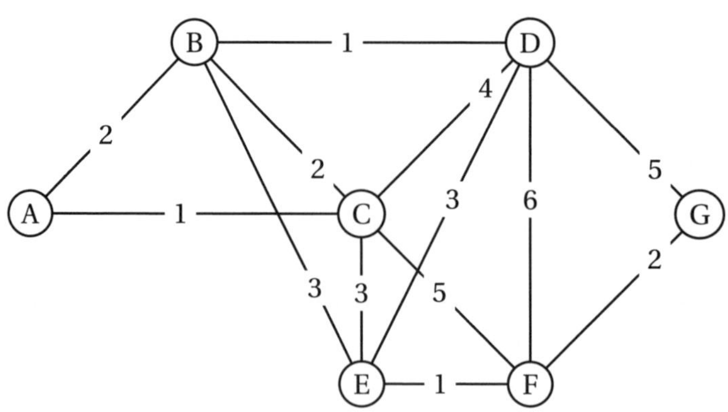

L'objectif est de déterminer le trajet comportant un minimum de feux tricolores reliant A à G.

Pour déterminer le plus court chemin, il pourra utiliser l'algorithme de Dijkstra-Moore.
• Etape 0 : On construit un tableau dont les en-têtes des colonnes sont les sommets du graphe Sur la première ligne, on affecte le poids 0 au sommet de départ (ici A) et ∞ à tous les autres sommets.
• Etape 1 : Sur la deuxième ligne, si un sommet est adjacent , on l'affecte de sa distance à A en indiquant entre parenthèses la provenance. Pour les sommets non adjacents, on reporte le contenu de la case au-dessus.
On « fixe » la plus petite valeur et on ferme sa colonne (on ne reviendra plus sur ce sommet).
• Etape 2 : On reprend l'étape 1 en se plaçant au sommet que l'on vient de fixer, en ajoutant le poids de l'arête à la valeur dernière valeur fixée en indiquant entre parenthèses la provenance. Si cette valeur est supérieure à celle de la case au-dessus, on reprend le contenu de la case au-dessus.
On continue ainsi jusqu'à avoir fixé le sommet d'arrivée (pour nous G).
La distance minimale sera la valeur obtenue dans la case que l'on vient de fixer (G).
Pour déterminer le chemin, il suffit de remonter la chaîne en partant du sommet d'arrivée, on lit son prédécesseur, puis le prédécesseur de celui-ci , $\cdots$ jusqu'à sommet de départ.
Le graphe ci-dessous représente le plan d'une ville.

1. Compléter le tableau suivant en appliquant l'algorithme de Dijkstra :

A	B	C	D	E	F	G
0	∞	∞	∞	∞	∞	∞
	$0+2=2$(A)	0+1 = 1(A)	∞	∞	∞	∞
	1+2=3>2 $\Longrightarrow$ 2(A)		1+4=5(C)	1+3=4(C)	1+5=6(C)	∞

2. Quel est le trajet ?
3. Combien y aura-t-il de feux sur ce trajet ?

EXERCICE 782 **15 minutes**

Une agence de voyages organise différentes excursions dans une région du monde et propose la visite de sites incontournables, nommés A, B, C, D, E et F.
Ces excursions sont résumées sur le graphe ci-dessous dont les sommets désignent les sites, les arêtes représentent les routes pouvant être empruntées pour relier deux sites et le poids des arêtes désigne le temps de transport (en heures) entre chaque site.

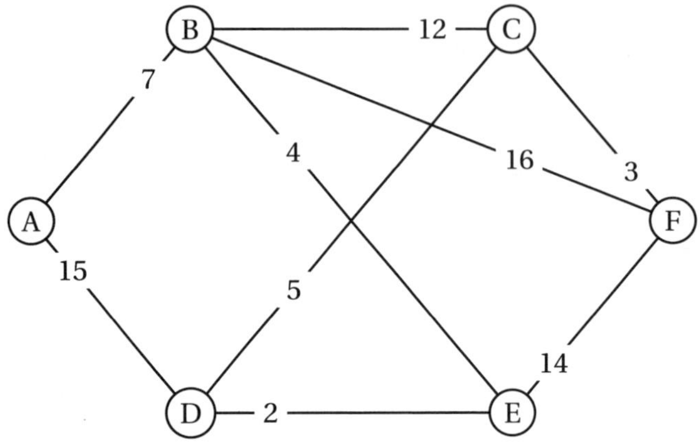

1. Justifier que ce graphe est connexe.
2. Un touriste désire aller du site A au site F en limitant au maximum les temps de transport.
   a. En utilisant un algorithme, déterminer la plus courte chaîne reliant le sommet A au sommet F.
   b. En déduire le temps de transport minimal pour aller du site A au site F.
3. Un touriste désirant apprécier un maximum de paysages souhaite suivre un parcours empruntant toutes les routes proposées une et une seule fois.
   Si ce parcours existe, le décrire sans justifier ; dans le cas contraire justifier qu'un tel parcours n'existe pas.

EXERCICE 783 **15 minutes**

Laurent s'occupe de distribuer le courrier dans les bureaux d'une grande entreprise.
Le graphe ci-dessous représente les différents parcours qu'il peut faire pour distribuer le courrier dans les bureaux A, B, C, D, E, F et G.
Le poids de chaque arête indique le nombre d'obstacles (portes, escaliers, machines à café…) qui nuisent à la distribution du courrier.

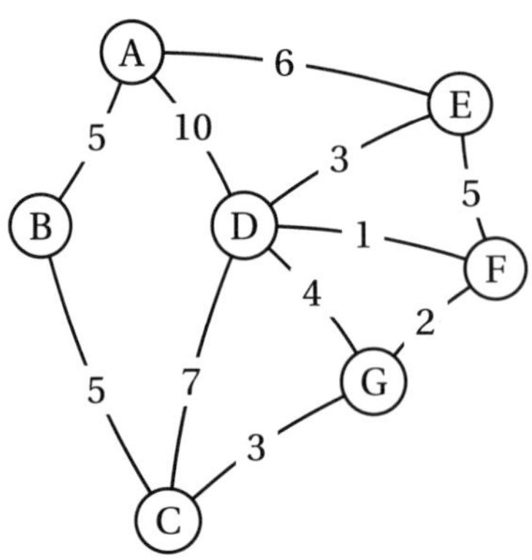

Laurent se voit confier par le bureau A un colis à livrer au bureau G.
Indiquer un parcours qui permette à Laurent de partir du bureau A pour arriver au bureau G en rencontrant le minimum d'obstacles.

EXERCICE 784 **20 minutes**

L'objet d'étude est le réseau des égouts d'une ville. Ce réseau est modélisé par le graphe ci-dessous : les sommets représentent les stations et les arêtes, les canalisations. Le graphe donne, en minutes, les durées des trajets existant entre les différentes stations du réseau des égouts.

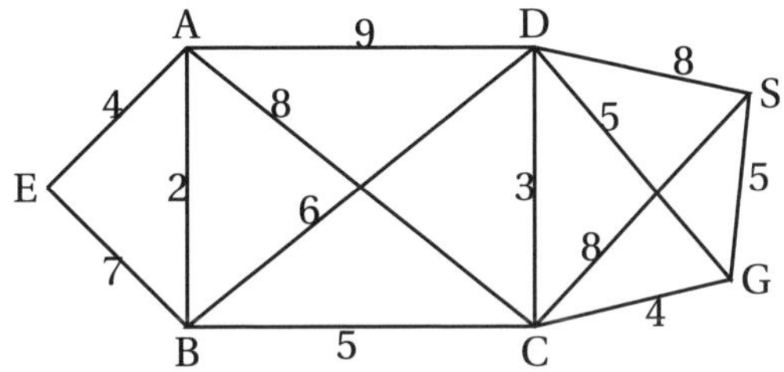

1. Un ouvrier doit se rendre par ce réseau de la station E à la station S. Déterminer, en utilisant un algorithme, le trajet le plus rapide pour aller de E à S et préciser sa durée.
2. Ayant choisi le trajet le plus rapide, l'ouvrier arrivant en C, apprend que les canalisations CG et CS sont fermées pour cause de travaux et qu'il ne peut les utiliser.
   a. Comment peut-il terminer, au plus vite, son trajet jusqu'à S ? Combien de temps le trajet entre E et S prendra-t-il dans ce cas ?
   b. S'il avait su dès le départ que les canalisations CG et CS étaient impraticables, quel trajet aurait choisi l'ouvrier pour se rendre, au plus vite de E à S ? Combien de temps ce trajet aurait-il pris ?

EXERCICE 785 **15 minutes**

Le directeur de l'entreprise E rend visite à ses fournisseurs, il se rend du fournisseur A au fournisseur H et souhaite effectuer le moins de kilomètres possible.
Son assistant dresse le graphe suivant qui schématise les trajets, en kilomètres, entre les six villes de la région, notées B ; C ; D ; E ; F et G et les deux sites, A et H.

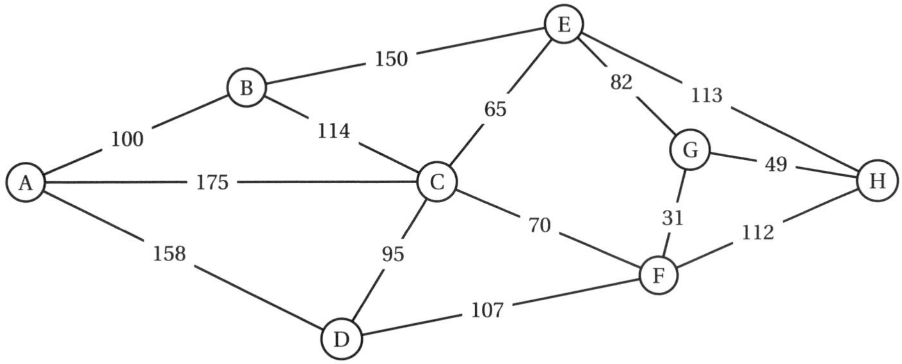

Déterminer l'itinéraire le plus court reliant les deux sites A et H et indiquer le nombre de kilomètres à effectuer. Justifier la réponse en utilisant l'algorithme de Dijkstra.

EXERCICE 786 **15 minutes**

Une partie du domaine skiable est représentée par le graphe ci-dessous.
Le sommet A représente le haut des pistes de ski et le sommet I en représente le bas.
Les sommets B, C, D, E, F, G et H représentent des points de passages.
Chacune des arêtes est pondérée par la distance, en centaine de mètres, entre deux sommets.

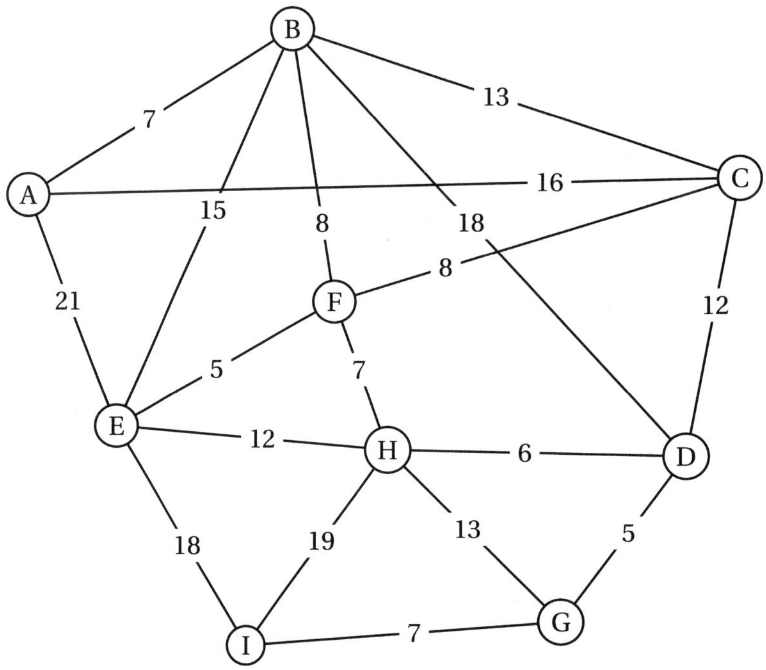

Déterminer, à l'aide de l'algorithme de Dijkstra, la distance minimale permettant de relier le sommet A au sommet I.

EXERCICE 787 **15 minutes**

Un orchestre doit effectuer une tournée passant par les villes A, B, C, D, E, F, G et H, en utilisant le réseau autoroutier.
Le graphe Γ ci-dessous représente les différentes villes de la tournée et les autoroutes reliant ces villes (une ville est représentée par un point, une autoroute par une arête). Les distances entre les villes sont indiquées sur le arêtes (en kilomètres).
Des contraintes de calendrier imposent en fait d'organiser un concert dans la ville F immédiatement après un concert dans la ville A.

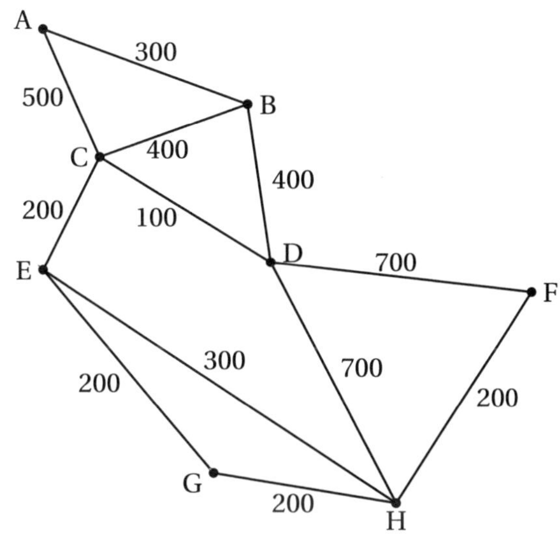

Déterminer, en utilisant un algorithme, le trajet autoroutier le plus court (en kilomètres) pour aller de A à F.
Préciser la longueur en kilomètres de ce trajet.

EXERCICE 788 **10 minutes**

Le graphe ci-dessous représente les autoroutes entre les principales villes du Sud de la France : Bordeaux (B), Clermont-Ferrand (C), Lyon (L), Marseille (M), Montpellier (P), Brive (R), Toulouse (T), Valence (V) et Biarritz (Z).
Sur les arêtes du graphe sont indiques les prix des péages en euro.

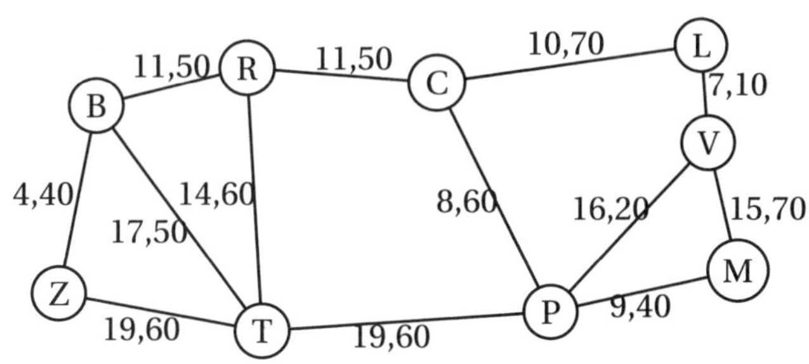

1. Déterminer le chemin que doit prendre le touriste pour minimiser le coût des péages de Lyon à Biarritz.
2. Déterminer le coût, en euro, de ce trajet.

EXERCICE 789 : COLORATION D'UN GRAPHE **15 minutes**

Soit le graphe G :

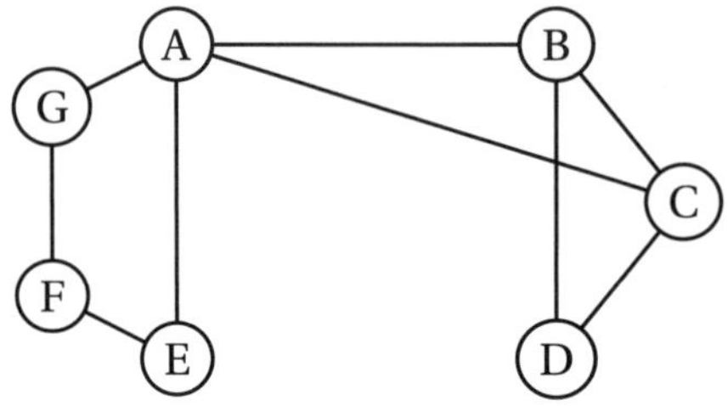

Point de cours

• **Colorer un graphe** G, c'est affecter une couleur à chaque sommet de G, de sorte que deux sommets adjacents ne portent pas la même couleur.

• Le **nombre chromatique**, noté χ, est le plus petit nombre de couleurs nécessaires pour colorer G.

• Un **sous-graphe** de G est un graphe G' composé de certains sommets de G et de toutes les arêtes reliant ces sommets.

1. Soit ω l'ordre du plus grand des sous-graphes complets de G et Δ le plus grand degré des sommets de G.
Prouver que $\omega \leqslant \chi \leqslant \Delta + 1$.

2. Déterminer ω et Δ, en déduire un encadrement de χ.

3. Pour colorer un graphe, on peut utiliser l'algorithme de Welsh-Powell :
• Etape 1 : lister les sommets par ordre de degré décroissant.
• Etape 2 : attribuer une couleur C_1 au premier sommet de la liste.
• Etape 3 : attribuer la couleur C_1 à tous les sommets qui ne sont pas adjacents avec le premier sommet et qui ne sont pas adjacents entre eux.
• Etape 4 : répéter les étapes 2 et 3 tant que tous les sommets ne sont pas colorés.

Appliquer cet algorithme afin de colorer G.

EXERCICE 790 **20 minutes**

Partie A : Etude d'un graphe

On considère le graphe suivant :

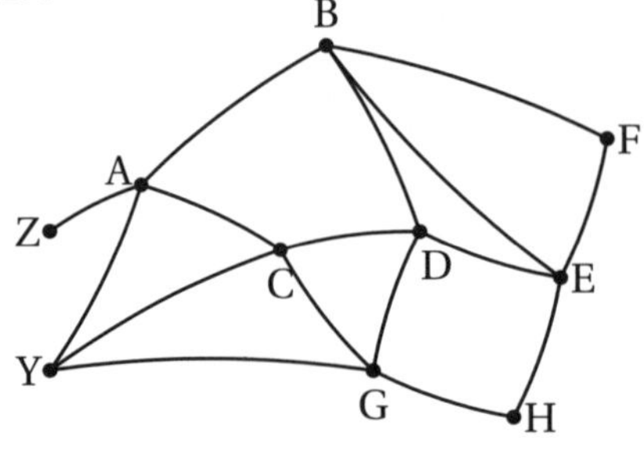

1. **a.** Ce graphe est-il connexe ?
   b. Déterminer le degré de chacun des sommets.
   On pourra donner le résultat sous forme de tableau.
   c. Justifier l'existence d'une chaîne eulérienne.
2. **a.** Déterminer un encadrement du nombre chromatique de ce graphe.
   b. Montrer que ce nombre chromatique est égal à 3.

Partie B : Visite d'un musée

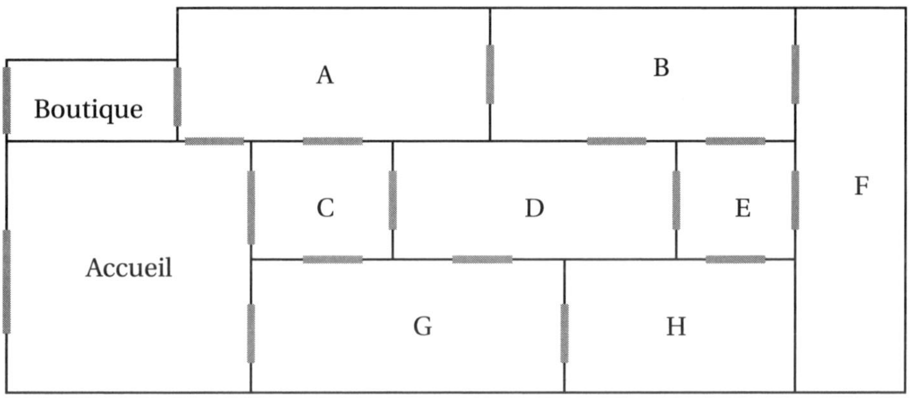

Voici le plan d'un musée : les parties grisées matérialisent les portes et les visiteurs partent de l'accueil, visitent le musée et doivent terminer leur visite la la boutique.

1. Représenter la situation à l'aide d'un graphe en précisant ce que représentent arêtes et sommets.
2. **a.** Pourquoi est-il possible de trouver un circuit où les visiteurs passent une fois et une seule par toutes les portes ?
   b. Donner un exemple d'un tel circuit.
3. Comment colorier les salles y compris l'accueil et la boutique, en utilisant un minimum de couleurs, pour que deux salles qui communiquent par une porte aient des couleurs différentes ?

EXERCICE 791 **15 minutes**

Joanne est éducatrice canin : elle donne des leçons d'éducation le samedi après-midi.
Neuf chiots sont présents : Allegro, Bronx, Chouchou, Delco, Euclide, Falbala, Galipette, Homére et Indigo.
Joanne souhaite réaliser des exercices d'apprentissage par petits groupes de deux ou trois chiens.
Falbala ne pense qu'à jouer si elle est trop proche de Bronx, Chouchou ou Euclide.
De même, Delco est très inattentif si Bronx ou Falbala sont à proximité !
Indigo ne supporte pas le caractère trop fougueux de Galipette.
Enfin le turbulent Allegro ne supporte la présence d'aucun autre chiot, sauf Euclide et Homére.

1. Représenter cette situation à l'aide d'un graphe G dont les sommets sont les noms des chiots et relier entre eux les chiots que l'on ne peut pas mettre ensemble pour ce travail de groupe.
2. Le graphe G est-il connexe ? Expliquer.
3. Déterminer un sous graphe complet d'ordre maximal du graphe G.
   Que peut-on en déduire pour le nombre chromatique du graphe G ?
4. Donner la valeur du nombre chromatique du graphe G.
5. Peut-on proposer une répartition des chiots en groupes de deux à trois chiots pouvant travailler ensemble ?

EXERCICE 792 **15 minutes**

Une île imaginaire, dont la carte est représenté ci-dessous, est composée de six provinces, notées A, B, C, D, E et F.

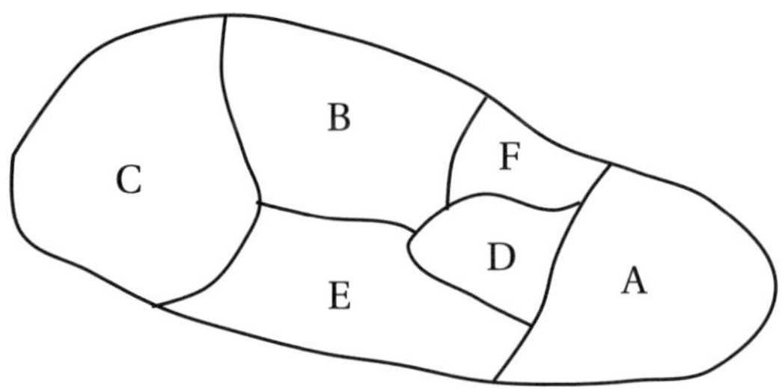

On s'intéresse aux frontières séparant ces provinces. On traduit cette situation par un graphe dont les sommets sont les provinces et où chaque arête représente une frontière entre deux provinces.

On admet que le graphe $\mathcal{G}$ ci-dessous représente cette situation :

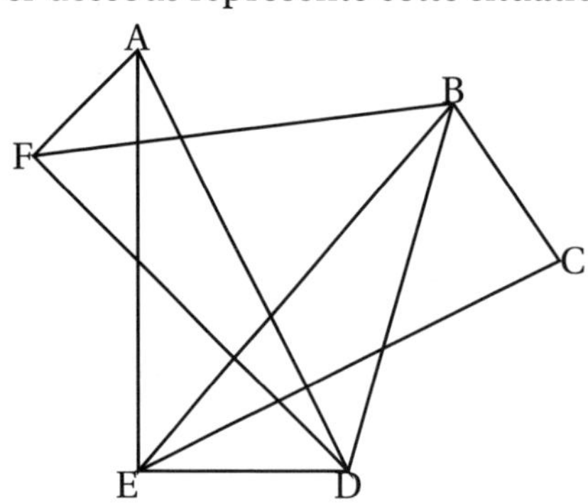

1. **a.** Donner l'ordre du graphe $\mathcal{G}$, puis le degré de chacun de ses sommets
   b. Peut-on visiter cette île en franchissant une et une seule fois chacune des dix frontières ? Justifier Si oui, proposer un parcours possible.
2. **a.** Le graphe $\mathcal{G}$ possède-t-il un sous-graphe complet d'ordre 3 ? Si oui, en citer un.
   Préciser, sans justification, si le graphe $\mathcal{G}$ possède un sous graphe complet d'ordre 4.
   Quelle conséquence cela a-t-il sur le nombre chromatique c du graphe $\mathcal{G}$?
   b. Proposer une coloration de la carte (ou du graphe) avec le minimum de couleurs afin que deux provinces qui ont une frontière commune aient des couleurs différentes.

EXERCICE 793 **15 minutes**

1. Dans un parc, il y a cinq bancs reliés entre eux par des allées.
On modélise les bancs par les sommets A, B, C, D, E et les allées par les arêtes du graphe G :

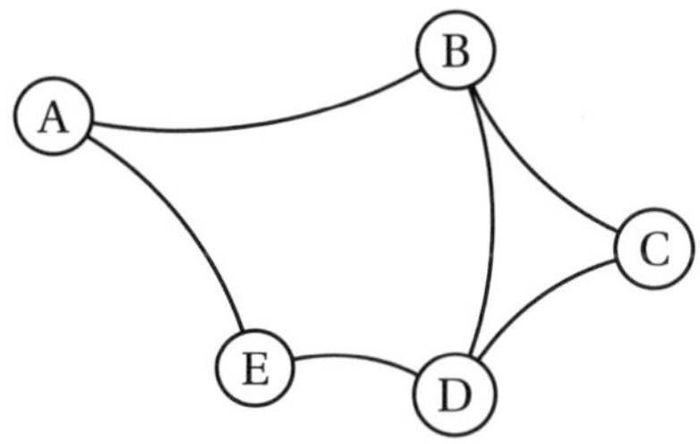

a. On désire peindre les bancs de façon que deux bancs reliés par une allée soient toujours de couleurs différentes.
Donner un encadrement du nombre minimal de couleurs nécessaires et justifier.
Déterminer ce nombre.

b. Est-il possible de parcourir toutes les allées de ce parc sans passer deux fois par la même allée ?

2. Une exposition est organisée dans le parc. La fréquentation devenant trop importante, on décide d'instaurer un plan de circulation : certaines allées deviennent à sens unique, d'autres restent à double sens. Par exemple la circulation dans l'allée située entre les bancs B et C pourra se faire de B vers C et de C vers B, alors que la circulation dans l'allée située entre les bancs A et B ne pourra se faire que de A vers B. Le graphe G′ ci-dessous modélise cette nouvelle situation :

Graphe G′

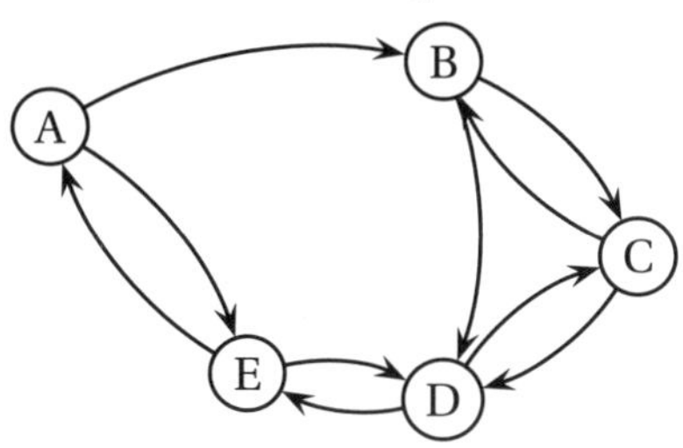

a. Donner la matrice M associée au graphe G′. (On ordonnera les sommets par ordre alphabétique).

b. On donne $M^5 = \begin{pmatrix} 1 & 6 & 9 & 6 & 10 \\ 4 & 5 & 7 & 11 & 5 \\ 4 & 6 & 6 & 11 & 5 \\ 1 & 5 & 10 & 6 & 10 \\ 6 & 5 & 5 & 14 & 2 \end{pmatrix}$

Combien y a-t-il de chemins de longueur 5 permettant de se rendre du sommet D au sommet B? Les donner tous.

c. Montrer qu'il existe un seul cycle de longueur 5 passant par le sommet A.
Quel est ce cycle?
En est-il de même pour le sommet B?

EXERCICE 794 **15 minutes**

Un jardinier doit décorer un jardin privatif en répartissant 10 variétés de fleurs notées V_1 à V_{10} dans différents parterres. Certaines de ces variétés ne peuvent pas être plantées ensemble pour des raisons diverses (tailles, couleurs, conditions climatiques, ...) et ces incompatibilités sont résumées dans le tableau ci-dessous (une croix indique qu'il y a incompatibilité entre deux variétés).

Fleur	V_1	V_2	V_3	V_4	V_5	V_6	V_7	V_8	V_9	V_{10}
V_1			×			×				×
V_2			×	×	×			×		
V_3	×	×		×		×				
V_4		×	×		×			×	×	
V_5		×		×			×	×		
V_6	×		×				×			
V_7					×	×				
V_8		×		×	×					
V_9				×						×
V_{10}	×								×	

1. Représenter par son graphe G la situation
2. **a.** Trouver un sous-graphe complet d'ordre 4 et le dessiner.
   b. Que peut-on en déduire pour la coloration du graphe G?
   Quel est le nombre minimum de parterres que le jardinier doit décorer?
3. **a.** Classer les sommets de G par ordre de degré décroissant.
   b. En déduire un encadrement de C, nombre chromatique de G.
4. **a.** Procéder à la coloration du graphe G.
   b. Que peut-on en déduire pour le nombre C? Justifier avec soin.
   c. Proposer un ensemble de parterres avec une répartition adaptée des variétés de fleurs.

EXERCICE 795 **15 minutes**

Une grande ville a créé un jardin pédagogique sur le thème de l'écologie, jardin qui doit être visité par la suite par la majorité des classes de cette ville.
Ce jardin comporte six zones distinctes correspondant aux thèmes :

A. Eau

B. Economie d'énergies

C. Plantations et cultures locales

D. Développement durable

E. Biotechnologies

F. Contes d'ici (et d'ailleurs)

Ces zones sont reliées par des passages (portes) où sont proposés des questionnaires.
Le jardin et les portes sont représentés par le graphe ci-dessous (chaque porte et donc chaque questionnaire est représenté par une arête).

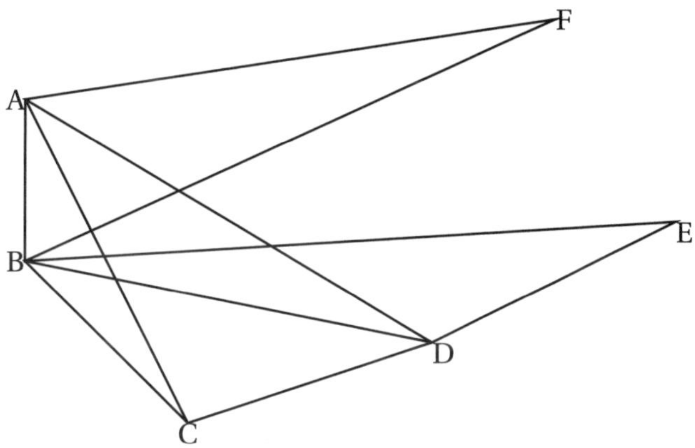

Question préliminaire :
Si un visiteur répond à tous les questionnaires, à combien de questionnaires aura-t-il répondu ?

Partie A

1. Donner la matrice G associée à ce graphe.
2. Le graphe est-il complet ? Est-il connexe ? Justifier.
3. Peut-on parcourir le jardin en répondant à tous les questionnaires et sans repasser deux fois devant le même questionnaire :
   - **a.** en commençant la visite par n'importe quelle zone ?
   - **b.** en commençant la visite par la zone C (plantations et cultures) ? Dans ce cas, si la réponse est positive, quelle sera la dernière zone visitée ?

Partie B

Pour illustrer chaque zone et présenter légendes et commentaires, les enfants ont décidé d'utiliser des supports de couleurs différentes. Pour limiter le nombre de couleurs, on utilise des couleurs différentes seulement si les zones sont limitrophes (avec un passage entre les deux).

1. Donner et justifier un encadrement du nombre chromatique de ce graphe.
2. Déterminer alors en utilisant un algorithme adapté le nombre chromatique de ce graphe et proposer une répartition des couleurs.

EXERCICE 796 **20 minutes**

Un groupe d'amis organise une randonnée dans les Alpes.

On a représenté par le graphe ci-dessous les sommets B, C, D, F, T, N par lesquels ils peuvent choisir de passer. Une arête entre deux sommets coïncide avec l'existence d'un chemin entre les deux sommets.

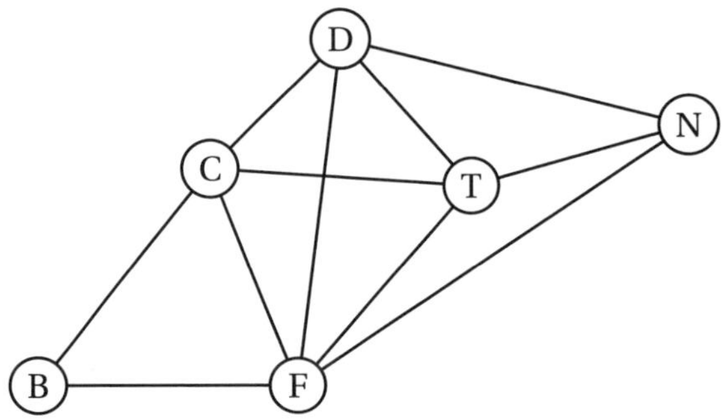

1. a. Compléter le tableau suivant :

Sommets	B	C	D	F	N	T
Degré des sommets du graphe						

   b. Justifier que le graphe est connexe.

2. Le groupe souhaite passer par les six sommets en passant une fois et une seule par chaque chemin.
   Démontrer que leur souhait est réalisable. Donner un exemple de trajet possible.

3. Le groupe souhaite associer chaque sommet à une couleur de sorte que les sommets reliés par un chemin n'ont pas la même couleur. On note n le nombre chromatique du graphe.

   a. Montrer que $4 \leqslant n \leqslant 6$.

   b. Proposer un coloriage du graphe permettant de déterminer son nombre chromatique.

4. Le groupe se trouve au sommet B et souhaite se rendre au sommet N. Les distances en kilomètres entre chaque sommet ont été ajoutées sur le graphe.

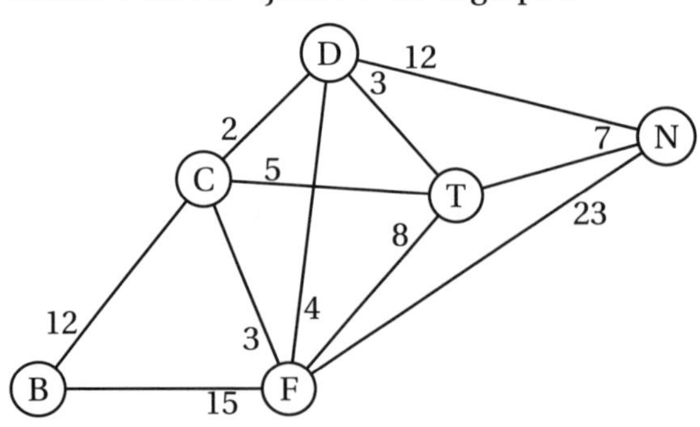

Indiquer une chaîne qui minimise la distance du trajet.

EXERCICE 797 **20 minutes**

On considère le graphe G suivant :

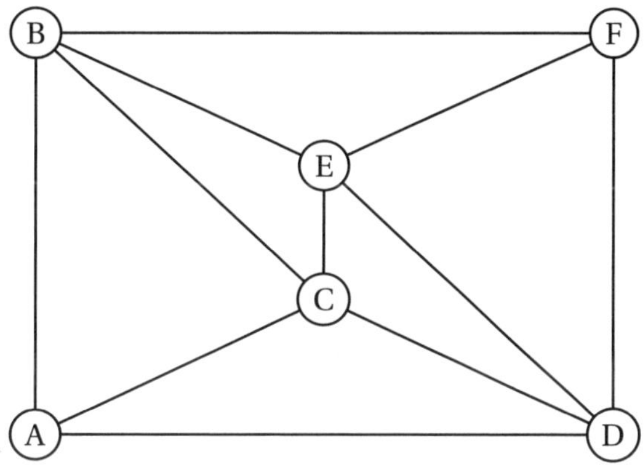

1. Le graphe G est-il connexe ? Expliquer la réponse.
2. Le graphe G admet-il des chaînes eulériennes ? Si oui, en préciser une.
3. Justifier la non-existence d'un cycle eulérien pour le graphe G. Quelle arête peut-on alors ajouter à ce graphe pour obtenir un graphe contenant un cycle eulérien ?
4. Déterminer un encadrement du nombre chromatique du graphe G. Justifier la réponse.
5. Déterminer alors ce nombre chromatique, en explicitant clairement la démarche.
6. Déterminer la matrice M associée à ce graphe (les sommets sont pris dans l'ordre alphabétique).
7. On donne $M^3 = \begin{pmatrix} 4 & 10 & 8 & 10 & 6 & 5 \\ 10 & 6 & 11 & 6 & 11 & 10 \\ 8 & 11 & 8 & 11 & 11 & 6 \\ 10 & 6 & 11 & 6 & 11 & 10 \\ 6 & 11 & 11 & 11 & 8 & 8 \\ 5 & 10 & 6 & 10 & 8 & 4 \end{pmatrix}$.

   Déterminer le nombre de chaînes de longueur 3 partant du sommet A et aboutissant au sommet F. Citer alors toutes ces chaînes.

EXERCICE 798 **20 minutes**

On considère un espace de jeu réservé à des enfants.

Les enfants peuvent se déplacer sur cinq plates-formes notées A, B, C, D et E.

Ces plates-formes sont reliées entre elles par un certain nombre de rampes, comme indiqué sur le schéma ci-dessous :

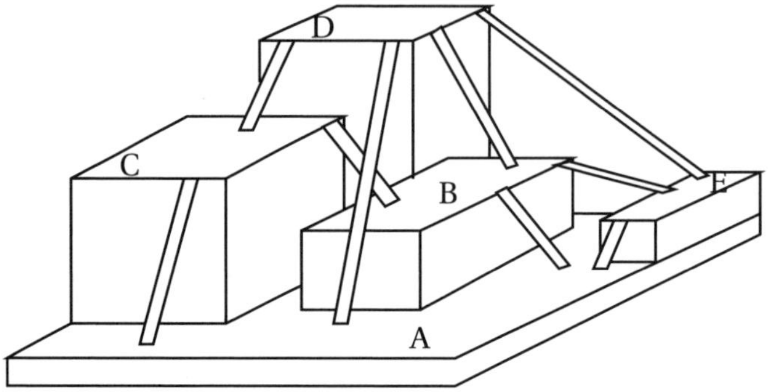

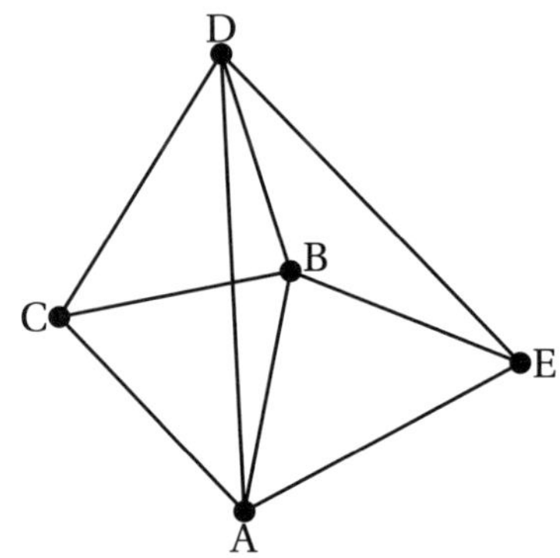

On représente cet espace de jeu par le graphe G ci-contre :
Une plate-forme est représentée par un sommet et une rampe est représentée par une arête.

Partie A

1. Donner un sous-graphe complet d'ordre 4 du graphe G.
2. En déduire un encadrement du nombre chromatique du graphe G.
3. Proposer une coloration du graphe G en expliquant la méthode utilisée.
4. En déduire la valeur du nombre chromatique du graphe G.

Partie B

1. Ce graphe est-il connexe ? Est-il complet ?
2. Ce graphe contient-il une chaîne eulérienne ?
3. Si on rajoute une arête à ce graphe, quels sommets peut-on alors relier pour que le graphe obtenu contienne un cycle eulérien ?

Partie C

On décide de peindre les surfaces des cinq plates-formes en attribuant des couleurs différentes à deux plates-formes reliées par une rampe.

1. Quel est le nombre minimum de couleurs nécessaire ? Justifier la réponse.
2. On propose aux enfants le jeu suivant : il s'agit de partir de la plateforme C et de rejoindre la plateforme E en utilisant toutes les rampes, et sans passer deux fois par la même rampe. Proposer un chemin remplissant les conditions exposées ci-dessus.
3. Pour faciliter le déplacement des enfants dans cet espace de jeu, on décide d'installer une nouvelle rampe. Où peut-on placer cette rampe pour obtenir l'existence d'un chemin qui, partant d'une plate-forme donnée, emprunte une et une seule fois chaque rampe pour revenir à la plate-forme initiale ?

EXERCICE 799 **20 minutes**

Une compagnie aérienne a représenté à l'aide d'un graphe les différentes liaisons assurées par ses avions. Les sommets du graphe sont les initiales des aéroports desservis et les arêtes correspondent aux vols effectués par un avion de cette compagnie entre deux aéroports.
Par exemple, l'arête entre A et G signifie qu'un avion effectue le vol entre les aéroports A et G, en partant de A vers G ou en partant de G vers A.

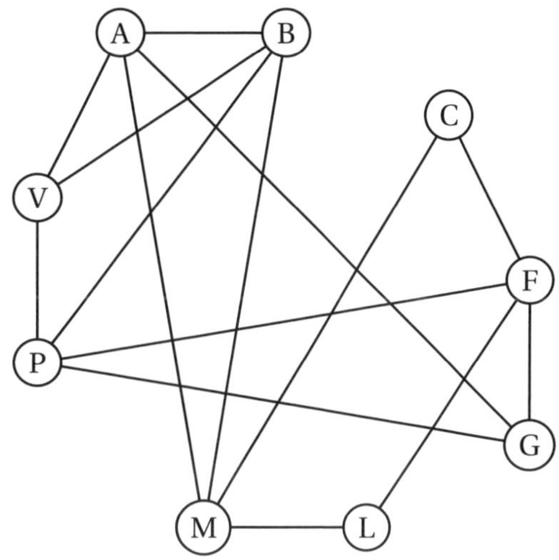

1. Le graphe est-il complet?
   Interpréter ce résultat dans le cadre de l'exercice.

2. On note M la matrice d'adjacence du graphe ci-dessus en classant les sommets par ordre alphabétique. Compléter les deux lignes manquantes de la matrice M

$$M = \begin{pmatrix} 0 & 1 & 0 & 0 & 1 & 0 & 1 & 0 & 1 \\ \cdots & \cdots & \cdots & \cdots & \cdots & \cdots & \cdots & \cdots & \cdots \\ \cdots & \cdots & \cdots & \cdots & \cdots & \cdots & \cdots & \cdots & \cdots \\ 0 & 0 & 1 & 0 & 1 & 1 & 0 & 1 & 0 \\ 1 & 0 & 0 & 1 & 0 & 0 & 0 & 1 & 0 \\ 0 & 0 & 0 & 1 & 0 & 0 & 1 & 0 & 0 \\ 1 & 1 & 1 & 0 & 0 & 1 & 0 & 0 & 0 \\ 0 & 1 & 0 & 1 & 1 & 0 & 0 & 0 & 1 \\ 1 & 1 & 0 & 0 & 0 & 0 & 0 & 1 & 0 \end{pmatrix}$$

3. La compagnie souhaite qu'un avion partant de l'aéroport F effectue 3 vols avant d'arriver à l'aéroport B. A l'aide de la matrice M^3 donnée en fin d'exercice, déterminer le nombre de trajets possibles.
4. L'entreprise souhaite qu'un même avion puisse parcourir successivement une fois et une seule chaque liaison.

   a. Justifier qu'un avion peut le faire et préciser les aéroports de départ et d'arrivée possibles.
   b. Lors de ce trajet, combien de fois cet avion doit-il se poser à l'aéroport P?
   Expliquer la réponse.

$$M^3 = \begin{pmatrix} 4 & 9 & 2 & 5 & 8 & 2 & 8 & 4 & 9 \\ 9 & 6 & 2 & 5 & 4 & 2 & 8 & 9 & 7 \\ 2 & 2 & 0 & 6 & 2 & 0 & 6 & 2 & 3 \\ 5 & 5 & 6 & 2 & 6 & 6 & 2 & 7 & 3 \\ 8 & 4 & 2 & 6 & 2 & 2 & 4 & 8 & 3 \\ 2 & 2 & 0 & 6 & 2 & 0 & 6 & 2 & 3 \\ 8 & 8 & 6 & 2 & 4 & 6 & 2 & 6 & 3 \\ 4 & 9 & 2 & 7 & 8 & 2 & 6 & 4 & 8 \\ 9 & 7 & 3 & 3 & 3 & 3 & 3 & 8 & 4 \end{pmatrix}$$

EXERCICE 800 **15 minutes**

Une compagnie aérienne propose des vols directs entre certaines villes, notées A, B, C, D, E, F et G. Cela conduit au graphe $\mathcal{G}$ suivant, dont les sommets sont les villes et les arêtes représentent les liaisons aériennes :

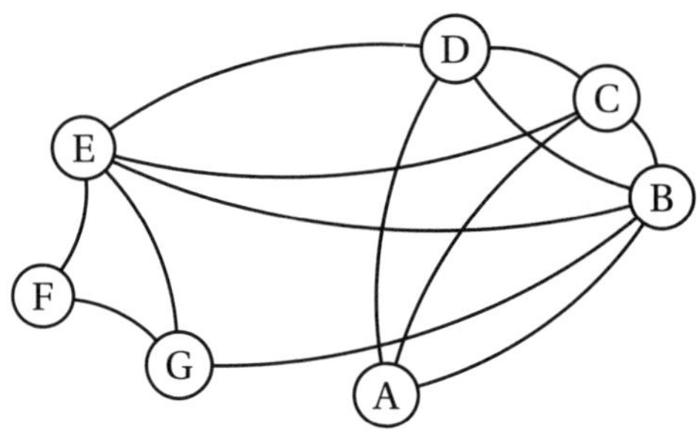

1. Le graphe $\mathcal{G}$ est-il complet ? Quel est l'ordre de $\mathcal{G}$?
2. a. Sur les cartes d'embarquement, la compagnie attribue à chaque aéroport une couleur, de sorte que deux aéroports liés par un vol direct aient des couleurs différentes. Proposer un coloriage adapté à cette condition.
   b. Que peut-on en déduire sur le nombre chromatique de $\mathcal{G}$?
3. a. Quelle est la nature du sous graphe formé par les sommets A, B, C et D ?
   b. Quel est le nombre minimal de couleurs que la compagnie doit utiliser pour pouvoir attribuer une couleur à chaque aéroport en respectant les conditions du 2. ?
4. a. En considérant les sommets dans l'ordre alphabétique, construire la matrice M associée à $\mathcal{G}$.
   b. On donne :

$$M^8 = \begin{pmatrix} 6945 & 9924 & 8764 & 8764 & 9358 & 3766 & 5786 \\ 9924 & 14345 & 12636 & 12636 & 13390 & 5486 & 8310 \\ 8764 & 12636 & 11178 & 11177 & 11807 & 4829 & 7369 \\ 8764 & 12636 & 11177 & 11178 & 11807 & 4829 & 7369 \\ 9358 & 13390 & 11807 & 11807 & 12634 & 5095 & 7807 \\ 3766 & 5486 & 4829 & 4829 & 5095 & 2116 & 3181 \\ 5786 & 8310 & 7369 & 7369 & 7807 & 3181 & 4890 \end{pmatrix}$$

Combien y a-t-il de chemins de longueurs 8 qui relient B à D?

5. a. Pourquoi est-il impossible pour un voyageur de construire un itinéraire qui utilise chaque liaison aérienne une et une seule fois?

b. Montrer qu'il est possible de construire un tel itinéraire en ajoutant une seule liaison qui n'existe pas déjà et que l'on précisera.

EXERCICE 801 **10 minutes**

Déterminer le nombre chromatique du graphe suivant :

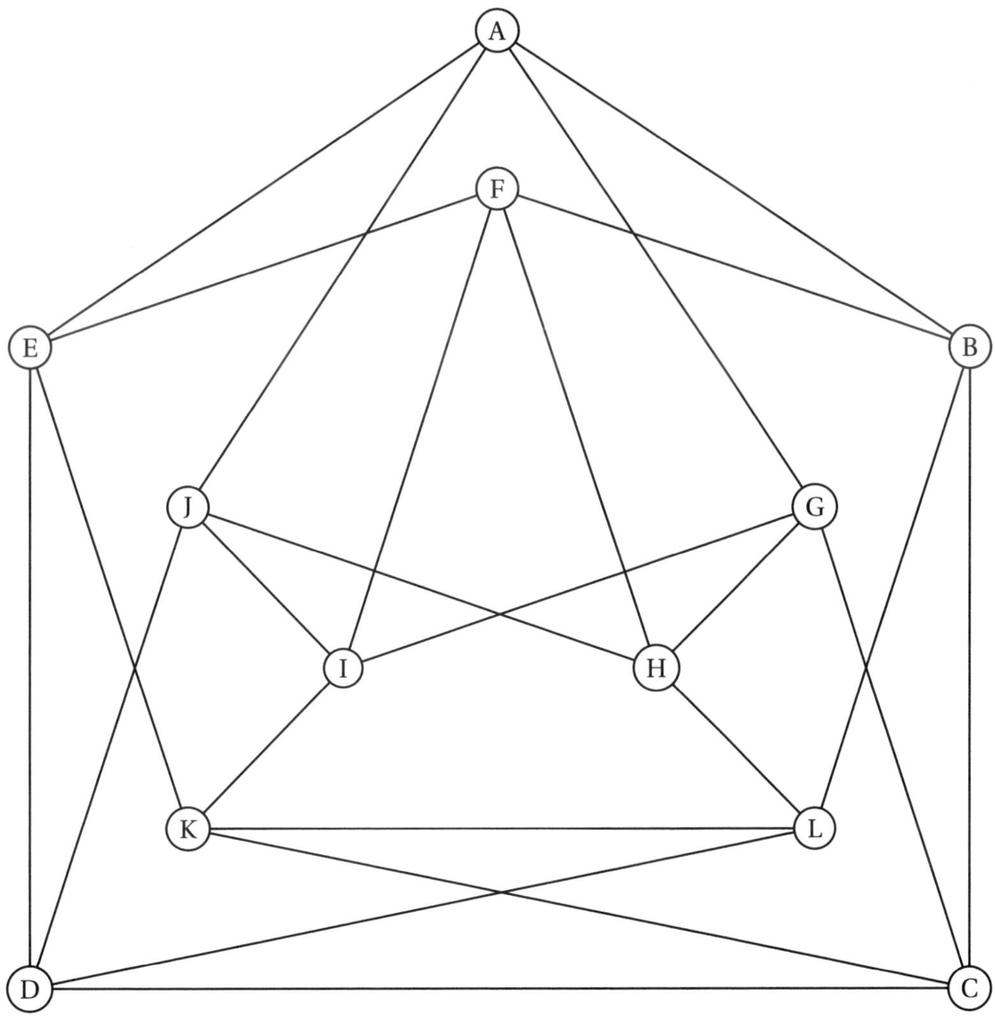

3.4 Inverse d'une matrice et application

3.4.1 Point de cours

Définition - Propriété 1 : soit A une matrice carrée de dimension n, $n \in \mathbb{N}^{\star}$.
On dit que A est **inversible** si, et seulement si, il existe une matrice carrée de dimension n notée A^{-1} telle que $A \times A^{-1} = A^{-1} \times A = I_n$.
La matrice A^{-1} est appelée la **matrice inverse** de A.

Définition - Propriété 2 : soit A une matrice carrée de dimension 2, $A = \begin{pmatrix} a & b \\ c & d \end{pmatrix}$.
Le déterminant de la matrice A est le nombre $det(A) = ad - bc$.
La matrice A est inversible si et seulement si $det(A) \neq 0$. On a alors $A^{-1} = \dfrac{1}{det(A)} \begin{pmatrix} d & -b \\ -c & a \end{pmatrix}$.

Propriété 3 : Résolution d'un système linéaire
Un système linéaire à n équations et n inconnues $x_1, x_2, \cdots, x_n$ peut s'écrire sous la forme matricielle $AX = Y$ où $A = (a_{ij})$ est une matrice carrée de dimension n, $X = (x_i)$ et $Y = (y_i)$ deux matrices colonnes à n lignes.
Si A est inversible, le système a alors une unique solution $X = A^{-1}Y$.

3.4.2 Exercices d'application de cours

EXERCICE 802 **5 minutes**
Calculer le déterminant des matrices suivantes :

$$A = \begin{pmatrix} 1 & 2 \\ 3 & 4 \end{pmatrix} \qquad B = \begin{pmatrix} 2 & -2 \\ 0 & 3 \end{pmatrix} \qquad C = \begin{pmatrix} 1 & -1 \\ 1 & 2 \end{pmatrix} \qquad D = \begin{pmatrix} \sqrt{2} & -1 \\ 1 & \sqrt{2} \end{pmatrix}$$

EXERCICE 803 **5 minutes**
Calculer le déterminant des matrices suivantes :

$$A = \begin{pmatrix} 1 & 2 \\ -3 & 7 \end{pmatrix} \qquad B = \begin{pmatrix} 2 & -2 \\ 5 & 4 \end{pmatrix} \qquad C\begin{pmatrix} 3 & 2 \\ 2 & -3 \end{pmatrix} \qquad D = \begin{pmatrix} -7 & -\sqrt{3} \\ \sqrt{3} & 4 \end{pmatrix}.$$

EXERCICE 804 **5 minutes**
Déterminer, si elle existe, la matrice inverse de chaque matrice :

$$A = \begin{pmatrix} 1 & 2 \\ -3 & 7 \end{pmatrix} \qquad B = \begin{pmatrix} 2 & -2 \\ 5 & 4 \end{pmatrix} \qquad C\begin{pmatrix} 3 & 2 \\ 2 & -3 \end{pmatrix} \qquad D = \begin{pmatrix} -7 & -\sqrt{3} \\ \sqrt{3} & 4 \end{pmatrix}.$$

EXERCICE 805 **10 minutes**

Les matrices suivantes sont-elles inversibles ? Si oui, déterminer la matrice inverse.

$$A=\begin{pmatrix} 2 & 4 \\ 2 & 1 \end{pmatrix},\quad B=\begin{pmatrix} 1 & 0 \\ 0 & 1 \end{pmatrix},\quad C=\begin{pmatrix} 1 & 1 \\ 1 & 1 \end{pmatrix},\quad D=\begin{pmatrix} \frac{\sqrt{2}}{2} & \frac{\sqrt{2}}{2} \\ \frac{\sqrt{2}}{2} & -\frac{\sqrt{2}}{2} \end{pmatrix},\quad E=\begin{pmatrix} -1 & 1 \\ 1 & 1 \end{pmatrix}.$$

EXERCICE 806 **10 minutes**

En utilisant la calculatrice, calculer le déterminant de chaque matrice puis déterminer sa matrice inverse si elle existe.

$$A=\begin{pmatrix} 1 & 2 & 1 \\ 2 & 3 & 2 \\ 1 & 3 & 1 \end{pmatrix},\quad B=\begin{pmatrix} 1 & 2 & 1 \\ -2 & 3 & 2 \\ 1 & 3 & 1 \end{pmatrix},\quad C=\begin{pmatrix} 1 & 0 & 1 \\ 0 & -1 & 0 \\ 1 & 0 & -1 \end{pmatrix}.$$

EXERCICE 807 **10 minutes**

Soit $A=\begin{pmatrix} 2 & 2 & -2 \\ 3 & 1 & 3 \\ -1 & 1 & 3 \end{pmatrix}$

1. Calculer A^2-2A.
2. En déduire que A est inversible et calculer A^{-1}.

EXERCICE 808 **10 minutes**

Soit $A=\begin{pmatrix} 0 & 4 & 2 \\ 0 & 2 & 0 \\ 2 & -8 & -4 \end{pmatrix}$

1. Vérifier que $A^3+2A^2-12A=-8I_3$.
2. En déduire que A est inversible et calculer A^{-1}.

EXERCICE 809 **10 minutes**

Dans cet exercice, on se propose de résoudre le système d'équations $(S)\begin{cases} 2x - 3y = 7 \\ 3x + y = 5 \end{cases}$ en utilisant les matrices.

1. Vérifier que le système (S) s'écrit $AX=B$ avec $A=\begin{pmatrix} 2 & -3 \\ 3 & 1 \end{pmatrix}$, $X=\begin{pmatrix} x \\ y \end{pmatrix}$ et $B=\begin{pmatrix} 7 \\ 5 \end{pmatrix}$.
2. Démontrer que $X=A^{-1}B$.
3. Calculer A^{-1} et $A^{-1}B$.
4. En déduire les solutions de (S).

EXERCICE 810 **15 minutes**

Résoudre, en utilisant la méthode de l'exercice précédent , les systèmes suivants :

$$(S_1)\begin{cases} 9x - 4y = 0 \\ 3x + 8y = 7 \end{cases}\qquad (S_2)\begin{cases} 8x - 5y = 0 \\ x + y = 13 \end{cases}$$

EXERCICE 811 **10 minutes**

Résoudre, en utilisant la méthode de l'exercice 809 , les systèmes suivants :

$$(S_1)\begin{cases} \sqrt{3}x - \sqrt{2}y = 0 \\ \sqrt{2}x + \sqrt{3}y = 7 \end{cases}\qquad (S_2)\begin{cases} 2x + 3y = -1 \\ -x + 4y = 17 \end{cases}$$

EXERCICE 812 **10 minutes**

1. A l'aide de la calculatrice vérifier que la matrice $A = \begin{pmatrix} 1 & 1 & 1 \\ 2 & -3 & 4 \\ 3 & 1 & -2 \end{pmatrix}$ est inversible et déterminer son inverse.

2. Résoudre le système $(S)\left\{\begin{array}{rcrcrcr} x & + & y & + & z & = & 6 \\ 2x & - & 3y & + & 4z & = & 8 \\ 3x & + & y & - & 2z & = & -1 \end{array}\right.$

EXERCICE 813 **10 minutes**

1. Résoudre, sans utiliser les matrices, le système $(S)\left\{\begin{array}{rcrcr} 3x & + & y & = & 2 \\ 6x & + & 2y & = & 4 \end{array}\right.$

2. Sans calcul, déterminer si la matrice $A = \begin{pmatrix} 3 & 1 \\ 6 & 2 \end{pmatrix}$ est inversible.

EXERCICE 814 **10 minutes**

Soit $A = \begin{pmatrix} a & b \\ c & d \end{pmatrix}$.

Démontrer que si $ad - bc \neq 0$, alors A est inversible et $A^{-1} = \dfrac{1}{ad-bc}\begin{pmatrix} d & -b \\ -c & a \end{pmatrix}$.

EXERCICE 815 **10 minutes**

Soit R la matrice associée à la rotation r de centre O et d'angle θ.

1. Rappeler l'expression de R, puis calculer $det(R)$.
2. Déterminer R^{-1}.
3. Quelle est la transformation réciproque de r ?

EXERCICE 816 **10 minutes**

Soit H la matrice associée à l'homothétie h de centre O et de rapport $k \neq 0$.

1. Rappeler l'expression de H, puis calculer $det(H)$.
2. Déterminer H^{-1}.
3. Quelle est la transformation réciproque de H ?

3.4.3 Exercices d'approfondissement

EXERCICE 817 **10 minutes**

Soit $A = \begin{pmatrix} -1 & 1 & 1 \\ 1 & -1 & 1 \\ 1 & 1 & -1 \end{pmatrix}$.

1. Montrer que $A^2 = 2I_3 - A$.
2. En déduire que A est inversible et calculer A^{-1}.

EXERCICE 818 **10 minutes**

Soit $A = \begin{pmatrix} 1 & 0 & 2 \\ 0 & -1 & 1 \\ 1 & -2 & 0 \end{pmatrix}$.

1. Calculer A^2 et A^3.
2. Montrer que $A^3 = A + 4I_3$.
3. En déduire que A est inversible et calculer A^{-1}.

EXERCICE 819 **10 minutes**

Soit $A = \begin{pmatrix} 0 & 1 & -1 \\ -1 & 2 & -1 \\ 1 & -1 & 2 \end{pmatrix}$.

1. Montrer que $A^2 = 3A - 2I_3$.
2. En déduire que A est inversible et calculer A^{-1}.

EXERCICE 820 **10 minutes**

Soit P une matrice carrée de dimension p inversible et A une matrice carrée de dimension p. Montrer par récurrence que $\forall n \in \mathbb{N}^\star$, $\left(P \times A \times P^{-1}\right)^n = P \times A^n \times P^{-1}$.

EXERCICE 821 **15 minutes**

Une entreprise assure la production de deux types de calculatrices C_1 et C_2 en quantités (hebdomadaires) respectives x et y.

Le coût des éléments installés et le nombre d'heures de travail sont donnés pour chaque calculatrice dans le tableau suivant :

	C_1	C_2
Coût des éléments (en €)	6	8
Nombre d'heures de travail	1	1,5

Un programme de production hebdomadaire peut se représenter par la matrice $X = \begin{pmatrix} x \\ y \end{pmatrix}$.

Cette production occasionne un coût c et un nombre t d'heures de travail. Ces deux éléments sont donnés dans la matrice $Y = \begin{pmatrix} c \\ t \end{pmatrix}$.

Enfin on appelle A la matrice issue du tableau : $A = \begin{pmatrix} 6 & 8 \\ 1 & 1{,}5 \end{pmatrix}$.

Partie A

1. Ecrire une égalité matricielle reliant A, X et Y qui traduit la production de l'entreprise.
2. Durant une semaine, l'entreprise a produit 200 calculatrices C_1 et 800 calculatrices C_2. Par un calcul matriciel, déterminer le coût total et le nombre d'heures de travail pour la production de cette semaine.

Partie B

On note B la matrice : $B = \begin{pmatrix} 1,5 & -8 \\ -1 & 6 \end{pmatrix}$

1. Effectuer le produit $B \times A$.
2. Montrer en transformant l'égalité $Y = A \times X$ que $B \times Y = X$.
3. Durant une autre semaine, l'entreprise fait face à un coût total de 8 400 € et 1 450 heures de travail.
   Déterminer par le calcul matriciel le nombre de calculatrices de chaque type fabriquées au cours de cette semaine.

EXERCICE 822 **10 minutes**

Soient a et b deux réels. Dans chaque cas, déterminer la valeur de a et b tels que :

1. $\begin{pmatrix} 5 & 2 \\ -1 & 3 \end{pmatrix} \cdot \begin{pmatrix} a \\ b \end{pmatrix} = \begin{pmatrix} 4 \\ -10 \end{pmatrix}$ **2.** $\begin{pmatrix} -1 & 3 \\ 2 & 1 \end{pmatrix} \cdot \begin{pmatrix} a \\ b \end{pmatrix} = \begin{pmatrix} -2 \\ 11 \end{pmatrix}$

EXERCICE 823 **10 minutes**

Soient a, b et c trois réels. Dans chaque cas, déterminer la valeur de a, b et c tels que :

1. $\begin{pmatrix} 3 & 1 & 4 \\ 2 & -1 & 0 \\ 1 & -1 & 1 \end{pmatrix} \cdot \begin{pmatrix} a \\ b \\ c \end{pmatrix} = \begin{pmatrix} 5 \\ 0 \\ -1 \end{pmatrix}$ **2.** $\begin{pmatrix} 2 & -1 & 1 \\ 3 & 1 & -1 \\ 1 & 1 & 1 \end{pmatrix} \cdot \begin{pmatrix} a \\ b \\ c \end{pmatrix} = \begin{pmatrix} 2 \\ 8 \\ 2 \end{pmatrix}$

EXERCICE 824 **15 minutes**

Soient les matrices $A = \begin{pmatrix} 0,95 & 0,01 \\ 0,05 & 0,99 \end{pmatrix}$, $P = \begin{pmatrix} 1 & -1 \\ 5 & 1 \end{pmatrix}$ et $Q = \begin{pmatrix} 1 & 1 \\ -5 & 1 \end{pmatrix}$.

1. Calculer PQ et QP. En déduire la matrice P^{-1} en fonction de Q.
2. Vérifier que la matrice $P^{-1}AP$ est une matrice diagonale D que l'on précisera.
3. Démontrer que pour tout entier naturel n supérieur ou égal à 1, $A^n = PD^nP^{-1}$.

EXERCICE 825 **15 minutes**

On considère les matrices $A = \begin{pmatrix} -2 & -1 & -3 \\ -7 & 4 & -9 \\ 1 & 1 & 2 \end{pmatrix}$, $P = \begin{pmatrix} 1 & -2 & -1 \\ -1 & -1 & 2 \\ -1 & 1 & 1 \end{pmatrix}$ et $Q = \begin{pmatrix} -3 & 1 & -5 \\ -1 & 0 & -1 \\ -2 & 1 & -3 \end{pmatrix}$.

1. Vérifier que $Q = P^{-1}$.
2. Montrer qu'il existe une matrice $D = \begin{pmatrix} a & 0 & 0 \\ 0 & b & 0 \\ 0 & 0 & c \end{pmatrix}$ vérifiant l'égalité : $A = P \cdot D \cdot Q$.
3. Donner l'expression de la matrice D^n en fonction de n, n entier naturel.
4. Démontrer par récurrence que pour tout $n \in \mathbb{N}$: $A^n = P \cdot D^n \cdot Q$.
5. En déduire, pour tout entier naturel strictement positif, l'expression de A^n.

EXERCICE 826 **15 minutes**

On donne les matrices $M = \begin{pmatrix} 1 & 1 & 1 \\ 1 & -1 & 1 \\ 4 & 2 & 1 \end{pmatrix}$ et $I = \begin{pmatrix} 1 & 0 & 0 \\ 0 & 1 & 0 \\ 0 & 0 & 1 \end{pmatrix}$.

1. Déterminer la matrice M^2. On donne $M^3 = \begin{pmatrix} 20 & 10 & 11 \\ 12 & 2 & 9 \\ 42 & 20 & 21 \end{pmatrix}$.

2. Vérifier que $M^3 = M^2 + 8M + 6I$.

3. En déduire que M est inversible et que $M^{-1} = \dfrac{1}{6}\left(M^2 - M - 8I\right)$.

EXERCICE 827 **15 minutes**

Calculer l'inverse de la matrice $A = \begin{pmatrix} 1 & -a & 0 \\ 0 & 1 & -a \\ 0 & 0 & 1 \end{pmatrix}$.

EXERCICE 828 **15 minutes**

1. On considère le système $\begin{cases} x+y+z &= a \\ 2x+y+3z &= b \\ x-y+2z &= c \end{cases}$ où x, y, z, a, b et c sont des réels.

Exprimer les réels x, y et z en fonction de a, b et c.

2. On considère la matrice $A = \begin{pmatrix} 1 & 1 & 1 \\ 2 & 1 & 3 \\ 1 & -1 & 2 \end{pmatrix}$.

Montrer que la matrice A est inversible et donner l'expression de A^{-1}.

EXERCICE 829 **15 minutes**

1. On considère le système $\begin{cases} x+y+z &= a \\ 3x-y+5z &= b \\ 2x-3y+2z &= c \end{cases}$ où x, y, z, a, b et c sont des réels.

Exprimer les réels x, y et z en fonction de a, b et c.

2. On considère la matrice $A = \begin{pmatrix} 1 & 1 & 1 \\ 3 & -1 & 5 \\ 2 & -3 & 2 \end{pmatrix}$.

Montrer que la matrice A est inversible et donner l'expression de A^{-1}.

EXERCICE 830 : PIVOT DE GAUSS **20 minutes**

Le pivot de Gauss est une méthode permettant entre autre de déterminer l'inverse d'une matrice inversible.

Cette méthode peut sembler lourde et inutile pour une matrice 2×2, elle va permettre mettre en œuvre la méthode qui pourra par la suite être appliquée à des matrices carrées de plus grande taille. L'idée est de faire apparaître une matrice triangulaire supérieure puis une matrice diagonale.

La méthode se fait par étapes, à chaque étape les opérations autorisées sont :

- échanger deux lignes de la matrice;
- multiplier une ligne de la matrice par un réel non nul;

• ajouter ou soustraire deux lignes de la matrice. Au départ on a la matrice A à inverser et à sa droite la matrice identité de même format.
A la fin on aura la matrice identité et à sa droite la matrice A^{-1}.
Toute opération effectuée sur les deux matrices simultanément.
Il est recommandé d'indiquer l'opération effectuée.

Exemple : $A = \begin{pmatrix} 2 & 3 \\ 1 & 5 \end{pmatrix}$ $det(A) = 7 \neq 0$, A est donc inversible.

$$\left(\begin{array}{cc|cc} 2 & 3 & 1 & 0 \\ 1 & 5 & 0 & 1 \end{array}\right)$$

On veut faire apparaître un « 0 » en bas à gauche :

$$2L_2 \longrightarrow L_2 \quad \left(\begin{array}{cc|cc} 2 & 3 & 1 & 0 \\ 2 & 10 & 0 & 2 \end{array}\right) \qquad L_2 - L_1 \longrightarrow L_2 \quad \left(\begin{array}{cc|cc} 2 & 3 & 1 & 0 \\ 0 & 7 & -1 & 2 \end{array}\right)$$

On veut un « 3 » en bas à droite :

$$\tfrac{3}{7}L_2 \longrightarrow L_2 \quad \left(\begin{array}{cc|cc} 2 & 3 & 1 & 0 \\ 0 & 3 & -\frac{3}{7} & \frac{6}{7} \end{array}\right)$$

On veut un « 0 » en haut à droite :

$$L_1 - L_2 \longrightarrow L_1 \quad \left(\begin{array}{cc|cc} 2 & 0 & \frac{10}{7} & -\frac{6}{7} \\ 0 & 3 & -\frac{3}{7} & \frac{6}{7} \end{array}\right)$$

On veut un « 1 » en haut à gauche et en bas à droite :

$$\begin{array}{l} \tfrac{1}{2}L_1 \longrightarrow L_1 \\ \tfrac{1}{3}L_2 \longrightarrow L_2 \end{array} \quad \left(\begin{array}{cc|cc} 1 & 0 & \frac{5}{7} & -\frac{3}{7} \\ 0 & 1 & -\frac{1}{7} & \frac{2}{7} \end{array}\right)$$

On obtient ainsi $A^{-1} = \begin{pmatrix} \frac{5}{7} & -\frac{3}{7} \\ -\frac{1}{7} & \frac{2}{7} \end{pmatrix}$

Appliquer cette technique pour déterminer l'inverse des matrices suivantes :

$A = \begin{pmatrix} 1 & 5 \\ 3 & 2 \end{pmatrix}$ $\qquad$ $A = \begin{pmatrix} 3 & -2 \\ 4 & 5 \end{pmatrix}$

☞ Ne pas brûler les étapes, trouver une erreur de calcul s'avère très fastidieux sans tout refaire.

EXERCICE 831 **10 minutes**

Soit $A = \begin{pmatrix} 1 & 2 & 3 \\ 2 & 5 & -2 \\ 0 & 1 & 1 \end{pmatrix}$. Appliquer le pivot de Gauss pour déterminer la matrice inverse de la matrice A.

☞ On commencera par faire apparaître des « 0 » pour la première valeur des lignes 2 et 3, puis pour la deuxième valeur de la ligne 3.

EXERCICE 832 **10 minutes**

Soit $A = \begin{pmatrix} 3 & 1 & 1 \\ 1 & 3 & 1 \\ 1 & 1 & 3 \end{pmatrix}$. Appliquer le pivot de Gauss pour déterminer la matrice inverse de la matrice A.

EXERCICE 833 **10 minutes**

Soit $A = \begin{pmatrix} 1 & 1 & 0 \\ 1 & 1 & 1 \\ 0 & -1 & 1 \end{pmatrix}$. Appliquer le pivot de Gauss pour déterminer la matrice inverse de la matrice A.

EXERCICE 834 **10 minutes**

Point cours : Soit $A = \begin{pmatrix} a_1 & b_1 & c_1 \\ a_2 & b_2 & c_2 \\ a_3 & b_3 & c_3 \end{pmatrix}$

$$det(A) = \begin{vmatrix} a_1 & b_1 & c_1 \\ a_2 & b_2 & c_2 \\ a_3 & b_3 & c_3 \end{vmatrix} = a_1 \begin{vmatrix} b_2 & c_2 \\ b_3 & c_3 \end{vmatrix} - a_2 \begin{vmatrix} b_1 & c_1 \\ b_3 & c_3 \end{vmatrix} + a_3 \begin{vmatrix} b_1 & c_1 \\ b_2 & c_2 \end{vmatrix}.$$

En utilisant cette méthode, calculer le déterminant des matrices suivantes :

$$A = \begin{pmatrix} 1 & 2 & 3 \\ 4 & 5 & 6 \\ 7 & 8 & 9 \end{pmatrix} \qquad B = \begin{pmatrix} -2 & 1 & 1 \\ 3 & 1 & 2 \\ 3 & 3 & 0 \end{pmatrix} \qquad C = \begin{pmatrix} 1 & 3 & 1 \\ 1 & 2 & 1 \\ 1 & 1 & 1 \end{pmatrix}$$

EXERCICE 835 **10 minutes**

On reprend la formule du déterminant donné à l'exercice précédent. Dans cette formule on dit qu'on a développé par rapport à la première colonne.

1. Démontrer qu'au lieu de développer par rapport à la première colonne, on obtient le même résultat :
   - **a.** en développant par rapport à la première ligne;
   - **b.** en développant par rapport à la troisième ligne.

   En d'autres termes, le déterminant ne change pas si on permute deux lignes ou deux colonnes.
2. En développant judicieusement, calculer le déterminant des matrices suivantes :

$$A = \begin{pmatrix} 1 & 2 & 3 \\ 2 & 3 & 0 \\ 0 & 0 & -2 \end{pmatrix} \qquad B = \begin{pmatrix} 0 & 0 & 9 \\ 25 & 2 & -9 \\ 1 & 1 & 2 \end{pmatrix} \qquad C = \begin{pmatrix} 1 & -1 & 1 \\ 1 & 2 & 0 \\ 1 & 1 & 0 \end{pmatrix}$$

EXERCICE 836 : SARRUS **10 minutes**

Soit $A = \begin{pmatrix} a_1 & b_1 & c_1 \\ a_2 & b_2 & c_2 \\ a_3 & b_3 & c_3 \end{pmatrix}$

La règle de Sarrus, est une méthode ne permettant de calculer que les déterminant des matrices carrées d'ordre 3.
$det(A) = a_1b_2c_3 + b_1c_2a_3 + a_2b_3c_1 - c_1b_2a_3 - b_1a_2c_3 - c_2b_3a_1.$

☞ Technique sans se souvenir de la formule :

$$\begin{vmatrix} a_1 & b_1 & c_1 & a_1 & b_1 \\ a_2 & b_2 & c_2 & a_2 & b_2 \\ a_3 & b_3 & c_3 & a_3 & b_3 \end{vmatrix}$$

On fait la somme des trois produits des « diagonales partant de a_1, b_1 et c_1 vers la droite » moins la somme des trois produits des « diagonales partant de c_1, a_1 et b_1 vers la gauche ».

En utilisant la règle de Sarrus, calculer le déterminant des matrices suivantes :

$$A = \begin{pmatrix} 1 & 2 & 3 \\ 4 & 5 & 6 \\ 7 & 8 & 9 \end{pmatrix} \qquad B = \begin{pmatrix} -2 & 1 & 1 \\ 3 & 1 & 2 \\ 3 & 3 & 0 \end{pmatrix} \qquad C = \begin{pmatrix} 1 & 3 & 1 \\ 1 & 2 & 1 \\ 1 & 1 & 1 \end{pmatrix}$$

EXERCICE 837 **5 minutes**

Point cours : dans le plan muni d'un repère orthonormé, l'aire du parallélogramme construit sur les vecteurs $\overrightarrow{u}\begin{pmatrix} a \\ b \end{pmatrix}$ et $\overrightarrow{v}\begin{pmatrix} c \\ d \end{pmatrix}$ est la valeur absolue du déterminant $\begin{vmatrix} a & c \\ b & d \end{vmatrix}$.

Soit $\overrightarrow{u}\begin{pmatrix} 1 \\ 3 \end{pmatrix}$ et $\overrightarrow{v}\begin{pmatrix} -2 \\ 7 \end{pmatrix}$ deux vecteurs du plan muni d'un repère orthonormé.

Déterminer l'aire du parallélogramme construit sur les vecteurs $\overrightarrow{u}$ et $\overrightarrow{v}$.

EXERCICE 838 **10 minutes**

Soient $A(1\,;\,2)$, $B(-2\,;\,6)$ et $D(3\,;\,-4)$ trois points du plan muni d'un repère orthonormé, d'unité graphique 1 cm.

1. Déterminer l'aire du parallélogramme $ABCD$.
2. En déduire l'aire du triangle ABD.

EXERCICE 839 **10 minutes**

Point cours : dans l'espace muni d'un repère orthonormé, le volume du parallélépipède construit sur les trois vecteurs est la valeur absolue du déterminant de la matrice formée des trois vecteurs.

1. Soient $\overrightarrow{u}\begin{pmatrix} 1 \\ 2 \\ 3 \end{pmatrix}$, $\overrightarrow{v}\begin{pmatrix} -2 \\ 7 \\ 4 \end{pmatrix}$ et $\overrightarrow{w}\begin{pmatrix} 0 \\ -1 \\ 1 \end{pmatrix}$.

   Déterminer le volume du parallélépipède construit sur les vecteurs $\overrightarrow{u}$, $\overrightarrow{v}$ et $\overrightarrow{w}$.

2. Justifier que si un volume est construit sur des vecteurs dont les coordonnées sont des entiers alors le volume sera un nombre entier.

EXERCICE 840 **10 minutes**

La courbe représentative d'une fonction f passe par les points de coordonnées $(-1\,;\,-1)$, $(0\,;\,1)$, $(1\,;\,0)$ et $(2\,;\,2)$.
On admet que f est une fonction de la forme $f(x) = ax^3 + bx^2 + cx + d$.

1. Traduire les informations de l'énoncé par un système de trois équations noté (S).
2. Déterminer les matrices A, X et B telles que (S) équivaut à $AX = B$.
3. Résoudre ce système et en déduire l'expression de f.

EXERCICE 841 **10 minutes**

La courbe représentative d'une fonction f passe par les points de coordonnées $(-3\,;\,0)$, $(0\,;\,2)$, $(1\,;\,0)$ et $(2\,;\,1)$.
On admet que f est une fonction de la forme $f(x) = ax^3 + bx^2 + cx + d$.

1. Traduire les informations de l'énoncé par un système de trois équations noté (S).
2. Déterminer les matrices A, X et B telles que (S) équivaut à $AX = B$.
3. Résoudre ce système et en déduire l'expression de f.

EXERCICE 842 **10 minutes**

La courbe représentative d'une fonction f passe par les points de coordonnées $(1\,;\,1)$, $(-2\,;\,-2)$, $(2\,;\,-1)$ et $(4\,;\,0)$.
On admet que f est une fonction de la forme $f(x) = ax^3 + bx^2 + cx + d$.

1. Traduire les informations de l'énoncé par un système de quatre équations noté (S).
2. Déterminer les matrices A, X et B telles que (S) équivaut à $AX = B$.
3. Résoudre ce système et en déduire l'expression de f.

EXERCICE 843 **25 minutes**

Un bit est un symbole informatique élémentaire valant soit 0, soit 1.
Une ligne de transmission transporte des bits de données selon le modèle suivant :

— elle transmet le bit de façon correcte avec une probabilité p ;
— elle transmet le bit de façon erronée (en changeant le 1 en 0 ou le 0 en 1) avec une probabilité $1 - p$.

On assemble bout à bout plusieurs lignes de ce type, et on suppose qu'elles introduisent des erreurs de façon indépendante les unes des autres.

On étudie la transmission d'un seul bit, ayant pour valeur 1 au début de la transmission.
Après avoir traversé n lignes de transmission, on note :

— p_n la probabilité que le bit reçu ait pour valeur 1 ;
— q_n la probabilité que le bit reçu ait pour valeur 0.

On a donc $p_0 = 1$ et $q_0 = 0$.

On définit les matrices suivantes : $A = \begin{pmatrix} p & 1-p \\ 1-p & p \end{pmatrix}$ $X_n = \begin{pmatrix} p_n \\ q_n \end{pmatrix}$ $P = \begin{pmatrix} 1 & 1 \\ 1 & -1 \end{pmatrix}$.

On admet que, pour tout entier n, on a : $X_{n+1} = AX_n$ et donc, $X_n = A^n X_0$.

1. **a.** Montrer que P est inversible et déterminer P^{-1}.

b. On pose : $D = \begin{pmatrix} 1 & 0 \\ 0 & 2p-1 \end{pmatrix}$.
Vérifier que : $A = PDP^{-1}$.

c. Montrer que, pour tout entier $n \geqslant 1$, $A^n = PD^nP^{-1}$.

d. En vous appuyant sur la copie d'écran d'un logiciel de calcul formel donnée ci-contre, déterminer l'expression de q_n en fonction de n.

2. On suppose dans cette question que p vaut 0,98. On rappelle que le bit avant transmission a pour valeur 1. On souhaite que la probabilité que le bit reçu ait pour valeur 0 soit inférieure ou égale à 0,25. Combien peut-on, au maximum, aligner de telles lignes de transmission?

1	$X0 := [[1], [0]]$	
	$\begin{bmatrix} 1 \\ 0 \end{bmatrix}$	M
2	$P := [[1, 1], [1, -1]]$	
	$\begin{bmatrix} 1 & 1 \\ 1 & -1 \end{bmatrix}$	M
3	$D := [[1, 0],[0,2*p-1]]$	
	$\begin{bmatrix} 1 & 0 \\ 0 & 2*p-1 \end{bmatrix}$	M
4	$P*(D\hat{}n)*P\hat{}(-1)*X0$	
	$\begin{bmatrix} \frac{(2*p-1)^n+1}{2} \\ \frac{-(2*p-1)^n+1}{2} \end{bmatrix}$	M

Exercice 844 **15 minutes**

On considère la matrice $A = \begin{pmatrix} 9 & 4 \\ 7 & 3 \end{pmatrix}$.

On utilisera le tableau suivant pour la correspondance entre les lettres et les nombres.

A	B	C	D	E	F	G	H	I	J	K	L	M
0	1	2	3	4	5	6	7	8	9	10	11	12

N	O	P	Q	R	S	T	U	V	W	X	Y	Z
13	14	15	16	17	18	19	20	21	22	23	24	25

1. En cryptant par la méthode donnée en fin d'exercice, le mot « PION », on obtient « LZWH ». En détaillant les étapes pour les lettres « ES », crypter le mot « ESPION ».

2. **Méthode de décryptage**

Notation : lorsqu'on manipule des matrices de nombres entiers relatifs, on peut utiliser la notation « ≡ »pour parler de congruence coefficient par coefficient. Par exemple, on peut écrire :

$$\begin{pmatrix} 108 \\ 84 \end{pmatrix} \equiv \begin{pmatrix} 4 \\ 6 \end{pmatrix} [26] \text{ car } 108 \equiv 4 [26] \text{ et } 84 \equiv 6 [26].$$

Soient a, b, x, y, x' et y' des nombres entiers relatifs.
On sait que si $x \equiv x'$ [26] et $y \equiv y'$ [26] alors :
$ax + by \equiv ax' + by$ [26].

Ce résultat permet d'écrire que, si A est une matrice 2×2, et B et C sont deux matrices colonne 2×1, alors $B \equiv C$ [26] implique $AB \equiv AC$ [26].

a. Etablir que la matrice A est inversible, et déterminer son inverse.

b. Décrypter le mot : XQGY.

Méthode de cryptage (pour un mot comportant un nombre pair de lettres)	**Exemple : avec le mot MATH**	
1. On regroupe les lettres par paires.	MA	TH
2. On remplace les lettres par les valeurs associées à l'aide du tableau précédent, et on place les couples de nombres obtenus dans des matrices colonne.	$C_1 = \begin{pmatrix} 12 \\ 0 \end{pmatrix}$	$C_2 = \begin{pmatrix} 19 \\ 7 \end{pmatrix}$
3. On multiplie les matrices colonne par la gauche par la matrice $A = \begin{pmatrix} 9 & 4 \\ 7 & 3 \end{pmatrix}$	$AC_1 = \begin{pmatrix} 108 \\ 84 \end{pmatrix}$	$AC_2 = \begin{pmatrix} 199 \\ 154 \end{pmatrix}$
4. On remplace chaque coefficient des matrices colonne obtenues par leur reste dans la division euclidienne par 26.	$108 = 4 \times 26 + 4$ $84 = 3 \times 26 + 6$ On obtient : $\begin{pmatrix} 4 \\ 6 \end{pmatrix}$	$\begin{pmatrix} 17 \\ 24 \end{pmatrix}$
5. On utilise le tableau de correspondance entre lettres et nombres pour obtenir le mot crypté.	EGRY	

3.5 Suites de matrices

3.5.1 Point de cours

Propriété 1 : soit (U_n) une suite de matrices colonnes de taille p telle que, pour tout entier naturel n : $U_{n+1} = AU_n$ où A est une matrice carrée d'ordre p.
Alors, pour tout $n \in \mathbb{N}$, $U_n = A^n U_0$.

Remarque : si (U_n) est une suite de matrices lignes de taille p, la relation s'écrira : $U_{n+1} = U_n B$ avec $B = {}^t A$.

Propriété 2 : soit (U_n) une suite de matrices colonnes de taille p telle que, pour tout entier naturel n : $U_{n+1} = AU_n + B$ où A est une matrice carrée d'ordre p et B une matrice colonne de

taille p.
S'il existe une matrice C telle que $C = AC + B$, alors, pour tout $n \in \mathbb{N}$, $U_n = A^n (U_0 - C) + C$.

Définition : une suite de matrices colonnes de taille p converge si, et seulement si, les p suites dont les termes sont les p coefficients de U_n sont convergentes.

Propriété 3 : soit une suite de matrices colonnes vérifiant $U_{n+1} = AU_n + B$. On suppose qu'il existe une matrice C telle que $C = AC + B$.

1. Si $U_0 = C$, la suite (U_n) converge vers C.
2. Si $U_0 \neq C$ et si la suite la suite (A^n) converge, alors la suite (U_n) converge.

3.5.2 Exercices d'application de cours

EXERCICE 845 **5 minutes**

Soit la suite de matrices colonnes (P_n) telle que $\forall n \in \mathbb{N}$, $P_n = \begin{pmatrix} n^3 - 4 \\ 2n+3 \end{pmatrix}$. Déterminer P_0, P_2 et P_5.

EXERCICE 846 **10 minutes**

Soit $A = \begin{pmatrix} 0,3 & 0,8 \\ 0,2 & 1,3 \end{pmatrix}$. Soit la suite de matrices colonnes (M_n) telle que $\forall n \in \mathbb{N}$, $M_{n+1} = AM_n$ et $M_0 = \begin{pmatrix} 1 \\ 3 \end{pmatrix}$. Calculer M_1, M_2 et M_3.

EXERCICE 847 **15 minutes**

Soient les suites (x_n) et (y_n) définies par $x_0 = 0$ et $y_0 = 1$ et $\forall n \in \mathbb{N}$, $\begin{cases} x_{n+1} = x_n + 0,5y_n \\ y_{n+1} = 2x_n + y_n \end{cases}$

1. On note $X_n = \begin{pmatrix} x_n \\ y_n \end{pmatrix}$. Déterminer la matrice A telle que $X_{n+1} = AX_n$.
2. Calculer A^2, A^3. Conjecturer l'expression de A^n.
3. Démontrer par récurrence la conjecture précédente.
4. En déduire l'expression de x_n et y_n en fonction de n.
5. Etudier la convergence de la suite de matrices (X_n).

EXERCICE 848 **10 minutes**

Soient la matrice $A = \begin{pmatrix} 0,2 & 0,6 \\ 0,9 & 0,3 \end{pmatrix}$ et la suite de matrices colonnes (X_n) telle que, pour tout entier naturel n, $X_{n+1} = AX_n$ et $X_0 = \begin{pmatrix} 3 \\ 5 \end{pmatrix}$.
Etudier la convergence de la suite de matrices (X_n).

EXERCICE 849 **15 minutes**

Soit la suite de matrices colonnes (X_n) telle que, pour tout entier naturel n, $X_{n+1} = AX_n + B$ avec $A = \begin{pmatrix} 0,3 & 0,5 \\ 0 & 0,7 \end{pmatrix}$, $B = \begin{pmatrix} 2 \\ 5 \end{pmatrix}$ et $X_0 = \begin{pmatrix} 1 \\ 1 \end{pmatrix}$.

1. Déterminer la suite constante vérifiant cette relation.

2. Montrer que $\forall n > 0$, $A^n = \begin{pmatrix} 0,3^n & 0,5\sum_{k=1}^{n} 0,3^{n-1-k}0,7^k \\ 0 & 0,7^n \end{pmatrix}$.

3. Etudier la convergence de la suite (X_n).

EXERCICE 850 **10 minutes**

Soient (u_n), (v_n) et (w_n) les trois suites définies par leur premier terme $u_0 = 1$, $v_0 = 0$, $w_0 = 0$ et les relations de récurrence $\begin{cases} u_{n+1} = 3u_n - v_n + w_n \\ v_{n+1} = u_n + 2v_n \\ w_{n+1} = v_n + w_n \end{cases}$. On pose $X_n = \begin{pmatrix} u_n \\ v_n \\ w_n \end{pmatrix}$.

1. Déterminer la matrice carrée A telle que $X_{n+1} = AX_n$.

2. En déduire l'expression de X_n en fonction de n, A et X_0.

3. Calculer, à l'aide de la calculatrice, X_3 et X_6.

EXERCICE 851 **10 minutes**

Soient (u_n), (v_n) et (w_n) les trois suites définies par leur premier terme $u_0 = -1$, $v_0 = 0$, $w_0 = 1$ et les relations de récurrence $\begin{cases} u_{n+1} = 2u_n + v_n - w_n \\ v_{n+1} = 3u_n - v_n \\ w_{n+1} = v_n + 2w_n \end{cases}$. On pose $X_n = \begin{pmatrix} u_n & v_n & w_n \end{pmatrix}$.

1. Déterminer la matrice carrée A telle que $X_{n+1} = X_nA$.

2. En déduire l'expression de X_n en fonction de n, A et X_0.

3. Calculer, à l'aide de la calculatrice, X_3 et X_6.

EXERCICE 852 **10 minutes**

Démontrer par récurrence la propriété 1.

EXERCICE 853 **10 minutes**

Démontrer la propriété 2.

EXERCICE 854 **15 minutes**

Soit la suite de matrices colonnes (X_n) définie par $X_0 = \begin{pmatrix} 1 \\ 0 \\ 2 \end{pmatrix}$ et pour tout entier naturel n, par la relation $X_{n+1} = AX_n$ avec $A = \begin{pmatrix} 0 & 1 & -1 \\ -\frac{1}{2} & \frac{3}{2} & \frac{1}{2} \\ -\frac{3}{2} & \frac{3}{2} & \frac{1}{2} \end{pmatrix}$. Soit la matrice $P = \begin{pmatrix} 1 & 1 & 0 \\ 1 & 0 & 1 \\ 0 & 1 & 1 \end{pmatrix}$.

1. Calculer la matrice inverse P^{-1}.

2. Calculer la matrice $D = P^{-1}AP$.

3. Calculer D^n, puis A^n.

4. En déduire l'expression de X_n en fonction de n.

5. Etudier la convergence de la suite (X_n).

EXERCICE 855 **15 minutes**

Soient les suites (u_n), (v_n) et (w_n) définies, par $u_0 = v_0 = w_0 = \dfrac{1}{3}$ et, pour tout $n \in \mathbb{N}$ par :

$$\begin{cases} u_{n+1} = 27u_n + v_n - 15w_n \\ v_{n+1} = u_n + 13v_n + 5w_n \\ w_{n+1} = 7u_n + v_n + 5w_n \end{cases}$$

1. Soit $X_n = \begin{pmatrix} u_n \\ v_n \\ w_n \end{pmatrix}$. Déterminer la matrice A telle que $X_{n+1} = AX_n$.

2. Soit la matrice $P = \begin{pmatrix} 1 & 2 & 1 \\ -2 & 1 & 3 \\ 1 & 1 & 1 \end{pmatrix}$. Calculer sa matrice inverse P^{-1}.

3. Calculer la matrice $D = P^{-1}AP$.

4. Calculer D^n, puis A^n.

5. En déduire l'expression de X_n en fonction de n.

6. Etudier la convergence de la suite (X_n).

EXERCICE 856 **15 minutes**

Soient les matrices $A = \begin{pmatrix} 0,4 & 0,3 \\ 0,05 & 0,35 \end{pmatrix}$ et $B = \begin{pmatrix} 1 \\ 1 \end{pmatrix}$.

Soit la suite de matrices colonnes (X_n) telle que $X_0 = \begin{pmatrix} 1 & 2 \end{pmatrix}$ et, pour tout entier naturel n : $X_{n+1} = AX_n + B$.

1. Soit la matrice $P = \begin{pmatrix} 2 & 3 \\ -1 & 1 \end{pmatrix}$. Calculer sa matrice inverse P^{-1}.

2. Calculer la matrice $D = P^{-1}AP$.

3. Calculer D^n, puis A^n.

4. Calculer la matrice C telle que $C = AC + B$.

5. Exprimer X_n en fonction de n.

6. Etudier la convergence de la suite (X_n).

3.5.3 Exercices d'approfondissement

EXERCICE 857 **15 minutes**

On considère la suite (u_n) définie par ses deux premiers termes u_0 et u_1 et $\forall n \in \mathbb{N}$,

$$u_{n+2} = \frac{3}{2}u_{n+1} - \frac{1}{2}u_n$$

On pose $U_n = \begin{pmatrix} u_n \\ u_{n+1} \end{pmatrix}$.

1. Déterminer la matrice carrée d'ordre 2, A telle que $\forall n \in \mathbb{N}$, $U_{n+1} = AU_n$.

2. Justifier que $\forall n \in \mathbb{N}$, $U_n = A^nU_0$.

3. **a.** Vérifier que $A = J + K$ avec $J = \begin{pmatrix} -1 & 2 \\ -1 & 2 \end{pmatrix}$ et $K = \begin{pmatrix} 1 & -1 \\ \frac{1}{2} & -\frac{1}{2} \end{pmatrix}$.

b. Calculer J^2, K^2, JK et KJ.

c. Démontrer que $\forall n \in \mathbb{N},\ A^n = J + \dfrac{1}{2^{n-1}}K$.

4. En déduire une expression de A^n en fonction de n, puis une expression de u_n en fonction de n, u_0 et u_1.

EXERCICE 858 **10 minutes**

Pour chacune des deux propositions, indiquer si elle est vraie ou fausse et justifier la réponse choisie.

Un mobile peut occuper deux positions A et B. A chaque étape, il peut soit rester dans la position dans laquelle il se trouve, soit en changer.

Pour tout entier naturel n, on note :

— A_n l'évènement « le mobile se trouve dans la position A à l'étape n » et a_n sa probabilité.

— B_n l'évènement « le mobile se trouve dans la position B à l'étape n » et b_n sa probabilité.

— X_n la matrice colonne $\begin{pmatrix} a_n \\ b_n \end{pmatrix}$.

On admet que, pour tout entier nature n, $X_{n+1} = M \times X_n$ avec $M = \begin{pmatrix} 0,55 & 0,3 \\ 0,45 & 0,7 \end{pmatrix}$.

Proposition 1

La probabilité $P_{A_n}(B_{n+1})$ vaut 0,45.

Proposition 2

Il existe un état initial $X_0 = \begin{pmatrix} a_0 \\ b_0 \end{pmatrix}$ tel que la probabilité d'être en B à l'étape 1 est trois fois plus grande que celle d'être en A à l'étape 1, autrement dit tel que $b_1 = 3a_1$.

EXERCICE 859 **25 minutes**

Le plan complexe est rapporté à un repère orthonormé $\left(\mathrm{O}, \vec{u}, \vec{v}\right)$.

On considère la droite $\mathcal{D}$ d'équation $7x - 3y - 1 = 0$.

On définie la suite (A_n) de points du plan de coordonnées $(x_n\ ;\ y_n)$ vérifiant pour tout n entier naturel :

$$\begin{cases} x_0 = 1 \\ y_0 = 2 \end{cases} \quad \text{et} \quad \begin{cases} x_{n+1} = -\frac{13}{2}x_n + 3y_n \\ y_{n+1} = -\frac{35}{2}x_n + 8y_n \end{cases}$$

1. On note M la matrice $\begin{pmatrix} \frac{-13}{2} & 3 \\ \frac{-35}{2} & 8 \end{pmatrix}$. Pour tout entier naturel n, on pose $X_n = \begin{pmatrix} x_n \\ y_n \end{pmatrix}$.

a. Montrer que, pour tout entier naturel n, $X_{n+1} = MX_n$.

b. Sans justifier, exprimer pour tout entier naturel n, X_n en fonction de M^n et X_0.

2. On considère la matrice $P = \begin{pmatrix} -2 & -3 \\ -5 & -7 \end{pmatrix}$ et on admet que la matrice inverse de P, notée P^{-1}, est définie par $P^{-1} = \begin{pmatrix} 7 & -3 \\ -5 & 2 \end{pmatrix}$.

- **a.** Vérifier que $P^{-1}MP$ est une matrice diagonale D que l'on précisera.
- **b.** Pour tout entier naturel n, donner D^n sans justification.
- **c.** Démontrer par récurrence que, pour tout entier naturel n, $M^n = PD^nP^{-1}$.

3. On admet que, pour tout entier naturel n, $M^n = \begin{pmatrix} -14 + \frac{15}{2^n} & 6 - \frac{6}{2^n} \\ -35 + \frac{35}{2^n} & 15 - \frac{14}{2^n} \end{pmatrix}$.

En déduire que, pour tout entier naturel n, une expression de x_n et y_n en fonction de n.

4. Montrer que, pour tout entier naturel n, le point A_n appartient à la droite $\mathcal{D}$.

EXERCICE 860 — 20 minutes

On définit les suites (u_n) et (v_n) par :

$$u_0 = v_0 = 1 \text{ et, pour tout entier naturel } n,\ u_{n+1} = 2u_n + 3v_n \text{ et } v_{n+1} = 2u_n + v_n.$$

On admettra que les termes de ces suites sont des entiers naturels non nuls.
Pour tout entier naturel n, on définit :

- la matrice colonne $X_n = \begin{pmatrix} u_n \\ v_n \end{pmatrix}$,
- les matrices carrées $P = \begin{pmatrix} 1 & 3 \\ -1 & 2 \end{pmatrix}$ et $Q_n = \begin{pmatrix} (-1)^n & 3 \times 2^{2n} \\ (-1)^{n+1} & 2^{2n+1} \end{pmatrix}$.

1. a. Montrer que la matrice $\frac{1}{5}\begin{pmatrix} 2 & -3 \\ 1 & 1 \end{pmatrix}$ est l'inverse de P.

b. On admet que, pour tout entier naturel n, on a $X_n = Q_nP^{-1}X_0$.

Démontrer que, pour tout entier naturel n, on a $\begin{cases} u_n = \dfrac{(-1)^{n+1} + 3 \times 2^{2n+1}}{5} \\ v_n = \dfrac{(-1)^n + 2^{2n+2}}{5} \end{cases}$

2. a. Vérifier que, pour tout entier naturel n, on a $\dfrac{u_n}{v_n} = \dfrac{\frac{(-1)^{n+1}}{2^{2n+1}} + 3}{\frac{(-1)^n}{2^{2n+1}} + 2}$.

b. En déduire la limite de la suite $\left(\dfrac{u_n}{v_n}\right)$.

EXERCICE 861 — 15 minutes

Une association gère des activités pour des enfants. Elle propose deux programmes d'activités, le programme A : cirque - éveil musical, et le programme B : théâtre - arts plastiques.
A sa création en 2014, l'association compte 150 enfants qui suivent tous le programme A. Pour chacune des années suivantes, le nombre d'enfants inscrits dans l'association reste égal à 150.

On dispose également des informations suivantes : Chaque enfant ne peut suivre qu'un seul programme : soit le programme A, soit le programme B.
D'une année à l'autre, 20 % des inscrits au programme A choisissent à nouveau le programme A, alors que 40 % choisissent le programme B. Les autres quittent l'association.
D'une année à l'autre, 60 % des inscrits au programme B choisissent à nouveau le programme B et les autres quittent l'association.
Les nouveaux inscrits, qui compensent les départs, suivent obligatoirement le programme A.

On modélise le nombre d'inscrits au programme A et le nombre d'inscrits au programme B durant l'année $2014 + n$ respectivement par deux suites (a_n) et (b_n) et on note U_n la matrice ligne $\begin{pmatrix} a_n & b_n \end{pmatrix}$. On a donc $U_0 = \begin{pmatrix} 150 & 0 \end{pmatrix}$.

1. Montrer que, pour tout entier naturel n, on a $U_{n+1} = U_n M$ où $M = \begin{pmatrix} 0,6 & 0,4 \\ 0,4 & 0,6 \end{pmatrix}$.
2. Montrer que, pour tout entier naturel n, $U_n = \begin{pmatrix} 75 + 75 \times 0,2^n & 75 - 75 \times 0,2^n \end{pmatrix}$.
3. En déduire la répartition des effectifs à long terme entre les deux programmes.

EXERCICE 862 **20 minutes**

On appelle « triangle rectangle presque isocèle », en abrégé TRPI, un triangle rectangle dont les côtés de l'angle droit ont pour longueurs x et $x + 1$, et dont l 'hypoténuse a pour longueur y, où x et y sont des entiers naturels.
Ainsi, un TRPI est un triangle rectangle dont les longueurs des côtés de l'angle droit sont deux nombres entiers consécutifs et dont la longueur de l'hypoténuse est un nombre entier.

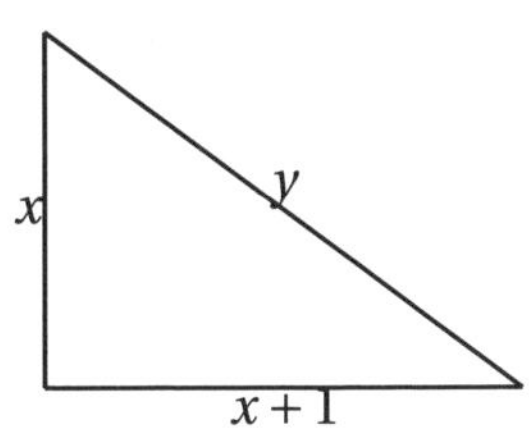

Si le triangle de côtés x, $x + 1$ et y, où y est la longueur de l'hypoténuse, est un TRPJ, on dira que le couple $(x\ ;\ y)$ définit un TRPI.

On note A la matrice carrée : $A = \begin{pmatrix} 3 & 2 \\ 4 & 3 \end{pmatrix}$, et B la matrice colonne : $B = \begin{pmatrix} 1 \\ 2 \end{pmatrix}$.
Soient x et y deux entiers naturels; on définit les entiers naturels x' et y' par la relation :

$$\begin{pmatrix} x' \\ y' \end{pmatrix} = A \begin{pmatrix} x \\ y \end{pmatrix} + B.$$

1. **a.** Exprimer x' et y' en fonction de x et y.
b. Montrer que : $y'^2 - 2x'(x' + 1) = y^2 - 2x(x + 1)$.
c. En déduire que si le couple $(x\ ;\ y)$ définit un TRPI, alors le couple $\left(x'\ ;\ y'\right)$ définit également un TRPI.

2. On considère les suites $(x_n)_{n\in\mathbb{N}}$ et $(y_n)_{n\in\mathbb{N}}$ d'entiers naturels, définies par

   $x_0 = 3$, $y_0 = 5$ et pour tout entier naturel n : $\begin{pmatrix} x_{n+1} \\ y_{n+1} \end{pmatrix} = A \begin{pmatrix} x_n \\ y_n \end{pmatrix} + B$.

   Montrer par récurrence que, pour tout entier naturel n, le couple $(x_n\,;\,y_n)$ définit un TRPI.
3. Déterminer, par la méthode de votre choix que vous préciserez, un TRPI dont les longueurs des côtés sont supérieures à 2017.

EXERCICE 863 **15 minutes**

Soient (a_n), (b_n) et (c_n) trois suites réelles telles que $a_0 = 1$, $b_0 = 2$, $c_0 = 7$ et pour tout $n \in \mathbb{N}$

$\begin{cases} a_{n+1} = 3a_n + b_n \\ b_{n+1} = 3b_n + c_n \\ c_{n+1} = 3c_n \end{cases}$ On considère la matrice $X_n = \begin{pmatrix} a_n \\ b_n \\ c_n \end{pmatrix}$.

1. Déterminer la matrice A telle que $X_{n+1} = AX_n$. En déduire l'expression de X_n en fonction de n, A et X_0.
2. Soit $N = \begin{pmatrix} 0 & 1 & 0 \\ 0 & 0 & 1 \\ 0 & 0 & 0 \end{pmatrix}$. Calculer N^2, N^3, puis N^p pour $p \geqslant 3$.
3. Montrer que $A^n = 3^n I_3 + 3^{n-1} nN + 3^{n-2} \dfrac{n(n-1)}{2} n^2$.
4. En déduire une expression de a_n, b_n et c_n en fonction de n.

EXERCICE 864 **30 minutes**

Un pisciculteur dispose de deux bassins A et B pour l'élevage de ses poissons. Tous les ans à la même période :

— il vide le bassin B et vend tous les poissons qu'il contenait et transfère tous les poissons du bassin A dans le bassin B;

— la vente de chaque poisson permet l'achat de deux petits poissons destinés au bassin A. Par ailleurs, le pisciculteur achète en plus 200 poissons pour le bassin A et 100 poissons pour le bassin B.

Pour tout entier naturel supérieur ou égal à 1, on note respectivement a_n et b_n les effectifs de poissons des bassins A et B au bout de n années.
En début de première année, le nombre de poissons du bassin A est $a_0 = 200$ et celui du bassin B est $b_0 = 100$.

1. Justifier que $a_1 = 400$ et $b_1 = 300$ puis calculer a_2 et b_2.
2. On désigne par A et B les matrices telles que $A = \begin{pmatrix} 0 & 2 \\ 1 & 0 \end{pmatrix}$ et $B = \begin{pmatrix} 200 \\ 100 \end{pmatrix}$ et pour tout entier naturel n, on pose $X_n = \begin{pmatrix} a_n \\ b_n \end{pmatrix}$.
   a. Expliquer pourquoi pour tout entier naturel n, $X_{n+1} = AX_n + B$.
   b. Déterminer les réels x et y tels que $\begin{pmatrix} x \\ y \end{pmatrix} = A \begin{pmatrix} x \\ y \end{pmatrix} + B$.

c. Pour tout entier naturel n, on pose $Y_n = \begin{pmatrix} a_n + 400 \\ b_n + 300 \end{pmatrix}$.
Démontrer que pour tout entier naturel n, $Y_{n+1} = AY_n$.

3. Pour tout entier naturel n, on pose $Z_n = Y_{2n}$.

a. Démontrer que pour tout entier naturel n, $Z_{n+1} = A^2 Z_n$. En déduire que pour tout entier naturel n, $Z_{n+1} = 2Z_n$.

b. On admet que cette relation de récurrence permet de conclure que pour tout entier naturel n,

$$Y_{2n} = 2^n Y_0.$$

En déduire que $Y_{2n+1} = 2^n Y_1$ puis démontrer que pour tout entier naturel n,

$$a_{2n} = 600 \times 2^n - 400 \quad \text{et} \quad a_{2n+1} = 800 \times 2^n - 400.$$

4. Le bassin A a une capacité limitée à 10 000 poissons.

a. On donne l'algorithme suivant.

```
Si p est pair
 | n ← p/2
 | a ← 600 × 2^n − 400.
Sinon
 | n ← (p − 1)/2
 | a ← 800 × 2^n − 400.
```

Que fait cet algorithme ? Justifier la réponse.

b. Ecrire un algorithme qui affiche le nombre d'années pendant lesquelles le pisciculteur pourra utiliser le bassin A.

EXERCICE 865 **30 minutes**

Dans le cadre d'une étude sur les interactions sociales entre des souris, des chercheurs enferment des souris de laboratoire dans une cage comportant deux compartiments A et B. La porte entre ces compartiments est ouverte pendant dix minutes tous les jours à midi.
On étudie la répartition des souris dans les deux compartiments. On estime que chaque jour :

— 20 % des souris présentes dans le compartiment A avant l'ouverture de la porte se trouvent dans le compartiment B après fermeture de la porte,

— 10 % des souris qui étaient dans le compartiment B avant l'ouverture de la porte se trouvent dans le compartiment A après fermeture de la porte.

On suppose qu'au départ, les deux compartiments A et B contiennent le même effectif de souris. On pose $a_0 = 0,5$ et $b_0 = 0,5$.

Pour tout entier naturel n supérieur ou égal à 1, on note a_n et b_n les proportions de souris présentes respectivement dans les compartiments A et B au bout de n jours, après fermeture de la porte. On désigne par U_n la matrice $\begin{pmatrix} a_n \\ b_n \end{pmatrix}$.

1. Soit n un entier naturel.

a. Justifier que $U_1 = \begin{pmatrix} 0,45 \\ 0,55 \end{pmatrix}$.

b. Exprimer a_{n+1} et b_{n+1} en fonction de a_n et b_n.

c. En déduire que $U_{n+1} = MU_n$ où M est une matrice que l'on précisera.
On admet sans démonstration que $U_n = M^n U_0$.

d. Déterminer la répartition des souris dans les compartiments A et B au bout de 3 jours.

2. Soit la matrice $P = \begin{pmatrix} 1 & 1 \\ 2 & -1 \end{pmatrix}$.

a. Calculer P^2. En déduire que P est inversible et $P^{-1} = \dfrac{1}{3}P$.

b. Vérifier que $P^{-1}MP$ est une matrice diagonale D que l'on précisera.

c. Démontrer que pour tout entier naturel n supérieur ou égal à 1,
$M^n = PD^nP^{-1}$.
A l'aide d'un logiciel de calcul formel, on obtient

$$M^n = \begin{pmatrix} \dfrac{1+2\times 0,7^n}{3} & \dfrac{1-0,7^n}{3} \\ \dfrac{2-2\times 0,7^n}{3} & \dfrac{2+0,7^n}{3} \end{pmatrix}.$$

3. En s'aidant des questions précédentes, que peut-on dire de la répartition à long terme des souris dans les compartiments A et B de la cage ?

EXERCICE 866 **30 minutes**

Un organisme propose un apprentissage de langues étrangères en ligne. Deux niveaux sont présentés : débutant ou avancé. Au début de chaque mois, un internaute peut s'inscrire, se désinscrire ou changer de niveau.

On souhaite étudier l'évolution sur le long terme, de la fréquentation du site à partir d'un mois noté 0.

Des relevés de la fréquentation du site ont conduit aux observations suivantes :

- Au début du mois 0, il y avait 300 internautes au niveau débutant et 450 au niveau avancé.
- Chaque mois, la moitié des débutants passe au niveau avancé, l'autre moitié reste au niveau débutant et la moitié des avancés ayant terminé leur formation, se désinscrit du site.
- Chaque mois, 100 nouveaux internautes s'inscrivent en débutant et 70 en avancé.

On modélise cette situation par deux suites de nombres réels (d_n) et (a_n). Pour tour entier naturel n, d_n et a_n sont respectivement des approximations du nombre de débutants et du nombre d'avancés au début du mois n.

Pour tout entier naturel n, on note U_n la matrice colonne $\begin{pmatrix} d_n \\ a_n \end{pmatrix}$.

On pose $d_0 = 300$, $a_0 = 450$ et, pour tout entier $n \geqslant 0$

$$\left\{\begin{array}{rcl} d_{n+1} & = & \frac{1}{2}d_n + 100 \\ a_{n+1} & = & \frac{1}{2}d_n + \frac{1}{2}a_n + 70 \end{array}\right.$$

1. a. Justifier l'égalité $a_{n+1} = \frac{1}{2}d_n + \frac{1}{2}a_n + 70$ dans le contexte de l'exercice.
   b. Déterminer les matrices A et B telles que pour tout entier naturel n, $U_{n+1} = AU_n + B$.
2. Démontrer par récurrence que pour tout entier naturel $n \geqslant 1$, on a

$$A^n = \left(\frac{1}{2}\right)^n (I_2 + nT) \quad \text{où } T = \begin{pmatrix} 0 & 0 \\ 1 & 0 \end{pmatrix} \quad \text{et } I_2 = \begin{pmatrix} 1 & 0 \\ 0 & 1 \end{pmatrix}.$$

3. a. Déterminer la matrice C qui vérifie l'égalité $C = AC + B$.
   b. Pour tout entier $n \geqslant 0$, on pose $V_n = U_n - \begin{pmatrix} 200 \\ 340 \end{pmatrix}$.
   Montrer que pour tout entier naturel n, $V_{n+1} = AV_n$.
   c. On admet que pour tout entier $n \geqslant 1$, $V_n = A^n V_0$.
   En déduire que pour tout entier naturel $n \geqslant 1$,

$$U_n = \begin{pmatrix} 100\left(\frac{1}{2}\right)^n + 200 \\ 100n\left(\frac{1}{2}\right)^n + 110\left(\frac{1}{2}\right)^n + 340 \end{pmatrix}$$

4. a. On admet que pour tout entier $n \geqslant 4$, $2^n \geqslant n^2$.
   En déduire que pour tout entier $n \geqslant 4$, $0 \leqslant 100n\left(\frac{1}{2}\right)^n \leqslant \frac{100}{n}$.
   b. En utilisant les questions précédentes, que peut-on prévoir pour l'évolution de la fréquentation du site sur le long terme ?

EXERCICE 867 **25 minutes**

On conserve dans une enceinte une population d'êtres unicellulaires qui ne peuvent se trouver que dans deux états physiologiques désignés par A et B.

On désigne par a_n et b_n les effectifs (exprimés en milliers d'individus) des deux sous-populations, correspondant à chacun des deux états A et B, à l'instant n.

Des observations menées sur une assez longue période permettent d'estimer que 95 % des unicellulaires se trouvant à l'instant n dans l'état A n'ont pas changé d'état à l?instant $n+1$, non

plus que 80 % de ceux se trouvant à l'instant n dans l'état B.
L'effectif total s'élève à 500 000 individus. Cet effectif reste constant durant le temps.

1. Traduire les données de l'énoncé par un système donnant a_{n+1} et b_{n+1} en fonction de a_n et b_n.

2. La population à l'instant 0 satisfait $a_0 = 375$.

- **a.** A l'aide d'un programme en Python, faire le calcul des effectifs a_n et b_n pour une valeur de n donnée.
  Déterminer a_n et b_n pour $n = 15$, $n = 20$ et $n = 30$.
- **b.** Peut-on faire une conjecture sur le comportement des suites (a_n) et (b_n) ?
- **c.** Modifier le programme pour qu'il effectue le calcul des effectifs a_n et b_n pour un effectif a_0 donné.
  Calculer a_{30} et b_{30} en prenant $a_0 = 450$ puis $a_0 = 50$.
- **d.** Quelle conjecture peut-on faire sur le comportement des suites (a_n) et (b_n) et de leurs valeurs initiales ?

3. On pose (U_n) la suite de matrice colonne telle que : $U_n = \begin{pmatrix} a_n \\ b_n \end{pmatrix}$.

- **a.** Traduire le système de la première question à l'aide d'une notation matricielle du type $U_{n+1} = AU_n$.
- **b.** En déduire U_n en fonction de U_0.

4.
- **a.** Démontrer par récurrence que pour tout $n \in \mathbb{N}$, $A^n = \dfrac{1}{5}\begin{pmatrix} 4+0,75^n & 4-4\times 0,75^n \\ 1-0,75^n & 1+4\times 0,75^n \end{pmatrix}$.
- **b.** En déduire une expression de a_n et b_n en fonction de n et a_0.
- **c.** Conclure.

EXERCICE 868 **30 minutes**

On estime que les patients admis dans un certain service d'un hôpital peuvent se trouver dans l'un des 4 états suivants : 1. Soins réguliers, 2. Chirurgie, 3. Soins intensifs, 4. Sortie.
Cette estimation est décrite par le tableau suivant, dans lequel sont indiquées les probabilités de passage d'un des états à un autre dans un intervalle de 24 heures (probabilités obtenues par modélisation des fréquences observées sur une longue période).

Tableau de circulation des malades entre les services :

	Soins réguliers	Chirurgie	Soins intensifs	Sortie
Soins réguliers	0,6	0,2	0	0,2
Chirurgie	0,1	0	0,8	0,1
Soins intensifs	0,5	0	0,33	0,17
Sortie	0	0	0	0

1. Etablir le graphe illustrant la situation.

2. Soit M la matrice associée au graphe précédent, $M = \begin{pmatrix} 0,6 & 0,2 & 0 & 0,2 \\ 0,1 & 0 & 0,8 & 0,1 \\ 0,5 & 0 & 0,33 & 0,17 \\ 0 & 0 & 0 & 0 \end{pmatrix}$.

En supposant que le jour j, la répartition des patients suivant les quatre états possibles s'écrive $X_j = \begin{pmatrix} 12 & 5 & 6 & 3 \end{pmatrix}$, quelle sera la répartition des patients le lendemain?

On suppose que le jour 0, dix patients sont admis en soins réguliers et qu'aucun patient n'est en cours de traitement. On note $X_0 = \begin{pmatrix} 0 & 10 & 0 & 0 \end{pmatrix}$ et X_n la répartition des malades le jour n. On suppose de plus que 10 patients sont admis chaque jour.

3. Soit X_n la répartition des patients le jour n, exprimer X_{n+1} en fonction de X_n.

4. A l'aide d'un programme utilisant comme variables des matrices, déterminer la matrice X_n des répartitions pour un jour n donné.
Déterminer X_n pour $n = 15$, $n = 35$ et $n = 50$. Que peut-on constater?

5. On admet que cette suite de matrice converge vers une répartition X.
Déterminer X à l'aide d'un calcul matriciel puis en donner une valeur approchée à l'aide de la calculatrice et retrouver ainsi le résultat de la question précédente.

EXERCICE 869 **15 minutes**

Soit (U_n) une suite de matrices lignes définie par son premier terme $U_0 = \begin{pmatrix} -1 & 4 & 3 \end{pmatrix}$ et la relation de récurrence $U_{n+1} = U_n A + B$ où $A = \begin{pmatrix} 2 & 0 & 0 \\ 0 & 3 & -1 \\ 0 & 0 & 2 \end{pmatrix}$ et $B = \begin{pmatrix} 2 & -6 & 1 \end{pmatrix}$.

1. Vérifier que $A - I_3$ est inversible en déterminant son inverse par le pivot de Gauss.

2. Démontrer par récurrence que, pour tout $n \in \mathbb{N}$, $A^n = \begin{pmatrix} 2^n & 0 & 0 \\ 0 & 3^n & 2^n - 3^n \\ 0 & 0 & 2^n \end{pmatrix}$.

3. En déduire une formule explicite de U_n en fonction de n.

EXERCICE 870 **30 minutes**

On définit les suite (u_n) et (v_n) sur l'ensemble $\mathbb{N}$ des entiers naturels par :

$$u_0 = 0\ ;\ v_0 = 1\ ,\ \text{et} \left\{ \begin{array}{lcl} u_{n+1} & = & \dfrac{u_n + v_n}{2} \\ v_{n+1} & = & \dfrac{u_n + 2v_n}{3} \end{array} \right.$$

Le but de cet exercice est d'étudier la convergence des suites (u_n) et (v_n).

1. Calculer u_1 et v_1.

2. On considère l'algorithme suivant :

```
u ⟵ 0
v ⟵ 1
Pour k variant de 1 à N
    w ⟵ u
    u ⟵ (w + v)/2
    v ⟵ (w + 2v)/3
```

a. On exécute cet algorithme en saisissant $N = 2$. Compléter le tableau donné ci-dessous contenant l'état des variables au cours de l'exécution de l'algorithme.

k	w	u	v
1			
2			

b. Pour un nombre N donné, à quoi correspondent les valeurs affichées par l'algorithme par rapport à la situation étudiée dans cet exercice?

3. Pour tout entier naturel n on définit le vecteur colonne X_n par $X_n = \begin{pmatrix} u_n \\ v_n \end{pmatrix}$ et la matrice A par $A = \begin{pmatrix} \frac{1}{2} & \frac{1}{2} \\ \frac{1}{3} & \frac{2}{3} \end{pmatrix}$.

a. Vérifier que, pour tout entier naturel n, $X_{n+1} = AX_n$.

b. Démontrer par récurrence que $X_n = A^n X_0$ pour tout entier naturel n.

4. On définit les matrices P, P' et B par $P = \begin{pmatrix} \frac{4}{5} & \frac{6}{5} \\ -\frac{6}{5} & \frac{6}{5} \end{pmatrix}$, $P' = \begin{pmatrix} \frac{1}{2} & -\frac{1}{2} \\ \frac{1}{2} & \frac{1}{3} \end{pmatrix}$ et $B = \begin{pmatrix} 1 & 0 \\ 0 & \frac{1}{6} \end{pmatrix}$.

a. Calculer le produit PP'.

On admet que $P'BP = A$.

Démontrer par récurrence que pour tout entier naturel n, $A^n = P'B^nP$.

b. On admet que pour tout entier naturel n, $B^n = \begin{pmatrix} 1 & 0 \\ 0 & \left(\frac{1}{6}\right)^n \end{pmatrix}$.

En déduire l'expression de la matrice A^n en fonction de n.

5. a. Montrer que $X_n = \begin{pmatrix} \frac{3}{5} - \frac{3}{5}\left(\frac{1}{6}\right)^n \\ \frac{3}{5} + \frac{2}{5}\left(\frac{1}{6}\right)^n \end{pmatrix}$ pour tout entier naturel n.

En déduire les expressions de u_n et v_n en fonction de n.

b. Déterminer alors les limites des suites (u_n) et (v_n).

EXERCICE 871 **30 minutes**

Une espèce d'oiseaux ne vit que sur deux îles A et B d'un archipel.

Au début de l'année 2013, 20 millions d'oiseaux de cette espèce sont présents sur l'île A et 10 millions sur l'île B.

Des observations sur plusieurs années ont permis aux ornithologues d'estimer que, compte tenu des naissances, décès, et migrations entre les deux îles, on retrouve au début de chaque année les proportions suivantes :

— sur l'île A : 80 % du nombre d'oiseaux présents sur l'île A au début de l'année précédente et 30 % du nombre d'oiseaux présents sur l'île B au début de l'année précédente ;

— sur l'île B : 20 % du nombre d'oiseaux présents sur l'île A au début de l'année précédente et 70 % du nombre d'oiseaux présents sur l'île B au début de l'année précédente.

Pour tout entier naturel n, on note a_n (respectivement b_n) le nombre d' oiseaux (en millions) présents sur l'île A (respectivement B) au début de l'année $(2013 + n)$.

Partie A - Algorithmique et conjectures

On donne ci-contre un algorithme qui doit afficher le nombre d'oiseaux vivant sur chacune des deux iles, pour chaque année comprise entre 2013 et une année choisie par l'utilisateur.

1. Cet algorithme comporte des oublis dans le traitement. Repérer ces oublis et les corriger.

```
Lire n
a ⟵ 20
b ⟵ 10
i ⟵ 2013
Afficher i, a, b
Tant que i < n faire
        c ⟵ (0,8a + 0,3b)
        b ⟵ (0,2a + 0,7b)
        a ⟵ c
Fin du Tant que
```

2. On donne ci-dessous une copie d'écran des résultats obtenus après avoir corrigé l'algorithme précédent dans un logiciel d'algorithmique, l'utilisateur avant choisi l'année 2020.

```
⋆ ⋆ ⋆ Algorithme lancé ⋆ ⋆ ⋆
En l'année 2013, a prend la valeur 20 et b prend la valeur 10
En l'année 2014, a prend la valeur 19 et b prend la valeur 11
En l'année 2015, a prend la valeur 18,5 et b prend la valeur 11,5
En l'année 2016, a prend la valeur 18,25 et b prend la valeur 11,75
En l'année 2017, a prend la valeur 18,125 et b prend la valeur 11,875
En l'année 2018. a prend la valeur 18,0425 et b prend la valeur 11,9375
En l'année 2019, a prend la valeur 18,03125 et b prend la valeur 11,96875
En l'année 2020, a prend la valeur 18,015625 et b prend la valeur 11,984375
⋆ ⋆ ⋆ Algorithme terminé ⋆ ⋆ ⋆
```

Au vu de ces résultats, émettre des conjectures concernant le sens de variation et la convergence des suites (a_n) et (b_n).

Partie B - Étude mathématique

On note U_n la matrice colonne $\begin{pmatrix} a_n \\ b_n \end{pmatrix}$.

1. Montrer que, pour tout entier naturel n, $U_{n+1} = MU_n$, où M est une matrice carrée d'ordre 2 que l'on déterminera.
   On admet alors que $U_n = M^n U_0$ pour tout entier naturel $n \geqslant 1$.
2. A l'aide d'un raisonnement par récurrence, justifier que, pour tout entier naturel $n \geqslant 1$:

$$M^n = \begin{pmatrix} 0,6+0,4\times 0,5^n & 0,6-0,6\times 0,5^n \\ 0,4-0,4\times 0,5^n & 0,4+0,6\times 0,5^n \end{pmatrix}.$$

   On ne détaillera le calcul que pour le premier des coefficients de la matrice M^n.
3. Exprimer a_n en fonction de n, pour tout entier naturel $n \geqslant 1$.
4. Avec ce modèle, peut-on dire qu'au bout d'un grand nombre d'années, le nombre d'oiseaux sur l'île A va se stabiliser? Si oui, préciser vers quelle valeur.

EXERCICE 872 **30 minutes**

On étudie la population d'une région imaginaire. Le 1er janvier 2013, cette région comptait 250 000 habitants dont 70 % résidaient à la campagne et 30 % en ville.
L'examen des données statistiques recueillies au cours de plusieurs années amène à choisir de modéliser l'évolution de la population pour les années à venir de la façon suivante :

- l'effectif de la population est globalement constant,
- chaque année, 5 % de ceux qui résident en ville décident d'aller s'installer à la campagne et 1 % de ceux qui résident à la campagne choisissent d'aller habiter en ville.

Pour tout entier naturel n, on note v_n le nombre d'habitants de cette région qui résident en ville au 1er janvier de l'année $(2013+n)$ et c_n le nombre de ceux qui habitent à la campagne à la même date.

1. Pour tout entier naturel n, exprimer v_{n+1} et c_{n+1} en fonction de v_n et c_n.
2. Soit la matrice $A = \begin{pmatrix} 0,95 & 0,01 \\ 0,05 & 0,99 \end{pmatrix}$.

   On pose $X = \begin{pmatrix} a \\ b \end{pmatrix}$ où a, b sont deux réels fixés et $Y = AX$.

   Déterminer, en fonction de a et b, les réels c et d tels que $Y = \begin{pmatrix} c \\ d \end{pmatrix}$.

Les résultats précédents permettent d'écrire que pour tout entier naturel n,
$X_{n+1} = AX_n$ où $X_n = \begin{pmatrix} v_n \\ c_n \end{pmatrix}$. On peut donc en déduire que pour tout entier naturel n, $X_n = A^n X_0$.

3. Soient les matrices $P = \begin{pmatrix} 1 & -1 \\ 5 & 1 \end{pmatrix}$ et $Q = \begin{pmatrix} 1 & 1 \\ -5 & 1 \end{pmatrix}$.

   a. Calculer PQ et QP. En déduire la matrice P^{-1} en fonction de Q.
   b. Vérifier que la matrice $P^{-1}AP$ est une matrice diagonale D que l'on précisera.

c. Démontrer que pour tout entier naturel n supérieur ou égal à 1, $A^n = PD^nP^{-1}$.

4. Les résultats des questions précédentes permettent d'établir que

$$v_n = \frac{1}{6}\left(1+5\times 0,94^n\right)v_0 + \frac{1}{6}\left(1-0,94^n\right)c_0.$$

Quelles informations peut-on en déduire pour la répartition de la population de cette région à long terme ?

EXERCICE 873 **30 minutes**

On définit la suite de réels (a_n) par :

$$\begin{cases} a_0 & = & 0 \\ a_1 & = & 1 \\ a_{n+1} & = & a_n + a_{n-1} \text{ pour } n \geqslant 1. \end{cases}$$

On appelle cette suite la suite de Fibonacci.

1. Compléter l'algorithme ci-dessous pour qu'à la fin de son exécution la variable A contienne le terme a_n.

```
A ← 0
B ← 1
Pour i allant de 1 à n :
    C ← A + B
    A ← ...
    B ← ...
Fin Pour
```

On obtient ainsi les premières valeurs de la suite a_n :

n	0	1	2	3	4	5	6	7	8	9	10
a_n	0	1	1	2	3	5	8	13	21	34	55

2. Soit la matrice $A = \begin{pmatrix} 1 & 1 \\ 1 & 0 \end{pmatrix}$.

Calculer A^2, A^3 et A^4.

Vérifier que $A^5 = \begin{pmatrix} 8 & 5 \\ 5 & 3 \end{pmatrix}$.

3. On peut démontrer, et nous admettrons, que pour tout entier naturel n non nul,

$$A^n = \begin{pmatrix} a_{n+1} & a_n \\ a_n & a_{n-1} \end{pmatrix}.$$

a. Soit p et q deux entiers naturels non nuls. Calculer le produit $A^p \times A^q$ et en déduire que

$$a_{p+q} = a_p \times a_{q+1} + a_{p-1} \times a_q.$$

b. En déduire que si un entier r divise les entiers a_p et a_q, alors r divise également a_{p+q}.

c. Soit p un entier naturel non nul.
Démontrer, en utilisant un raisonnement par récurrence sur n, que pour tout entier naturel n non nul, a_p divise a_{np}.

4. a. Soit n un entier supérieur ou égal à 5. Montrer que si n est un entier naturel qui n'est pas premier, alors a_n n'est pas un nombre premier.

b. On peut calculer $a_{19} = 4\,181 = 37 \times 113$.
Que penser de la réciproque de la propriété obtenue dans la question 4. a.?

EXERCICE 874 **30 minutes**

On considère la suite (u_n) définie par $u_0 = 3$, $u_1 = 8$ et, pour tout n supérieur ou égal à 0 :

$$u_{n+2} = 5u_{n+1} - 6u_n.$$

1. Calculer u_2 et u_3.

2. Pour tout entier naturel $n \geqslant 2$, on souhaite calculer u_n à l'aide de l'algorithme suivant :

```
a ⟵ 3
b ⟵ 8
Saisir n
Pour i variant de 2 à n faire
  | c ⟵ a
  | a ⟵ b
  | b ⟵ ...
Fin Pour
Afficher b
```

a. Compléter la ligne de cet algorithme comportant des pointillés.
On obtient avec cet algorithme le tableau de valeurs suivant :

n	7	8	9	10	11	12	13	14	15
u_n	4 502	13 378	39 878	119 122	356 342	1 066 978	3 196 838	9 582 322	28 730 582

b. Quelle conjecture peut-on émettre concernant la monotonie de la suite (u_n)?

3. Pour tout entier naturel n, on note C_n la matrice colonne $\begin{pmatrix} u_{n+1} \\ u_n \end{pmatrix}$.
On note A la matrice carrée d'ordre 2 telle que, pour tout entier naturel n, $C_{n+1} = AC_n$.
Déterminer A et prouver que, pour tout entier naturel n, $C_n = A^n C_0$.

4. Soient $P = \begin{pmatrix} 2 & 3 \\ 1 & 1 \end{pmatrix}$, $D = \begin{pmatrix} 2 & 0 \\ 0 & 3 \end{pmatrix}$ et $Q = \begin{pmatrix} -1 & 3 \\ 1 & -2 \end{pmatrix}$.
Calculer QP.
On admet que $A = PDQ$.
Démontrer par récurrence que, pour tout entier naturel non nul n, $A^n = PD^nQ$.

5. A l'aide des questions précédentes, on peut établir le résultat suivant, que l'on admet.
Pour tout entier naturel non nul n,

$$A^n = \begin{pmatrix} -2^{n+1}+3^{n+1} & 3\times 2^{n+1}-2\times 3^{n+1} \\ -2^n+3^n & 3\times 2^n - 2\times 3^n \end{pmatrix}.$$

En déduire une expression de u_n en fonction de n.
La suite (u_n) a-t-elle une limite?

EXERCICE 875 **20 minutes**

Soit $M = \begin{pmatrix} 2 & 1 & 1 \\ 1 & 2 & 1 \\ 1 & 1 & 2 \end{pmatrix}$.

1. On pose $J = M - I_3$.

a. Calculer J^2 en fonction de J.

b. Montrer par récurrence qu'il existe une suite (u_n) de réels telle que

$$\forall n \in \mathbb{N},\ \ M^n = I_3 + u_n J$$

c. Exprimer alors u_{n+1} en fonction de u_n.

d. Pour tout entier n, on pose $v_n = u_n + \frac{1}{3}$. Montrer que (v_n) est géométrique. En déduire u_n en fonction de n.

2. Ecrire M^n pour tout entier naturel n.

3.6 Marches aléatoires

3.6.1 Point de cours

Définition 1 : un **graphe probabiliste** est un graphe orienté pondéré par des réels appartenant à $]0\,;\,1[$ et dans lequel la somme des poids des arêtes issues de chaque sommet est égale à 1.

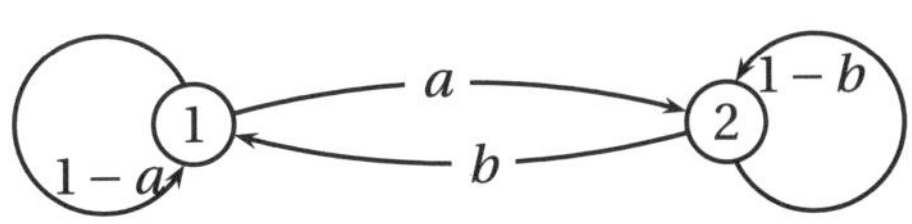

Définition 2 : on considère une suite de variables aléatoires (X_n) définies sur un même espace fini muni d'une probabilité. On dit que (X_n) est une chaîne de Markov à deux états a et b (respectivement à trois états a, b et c) si :

• pour tout $n \in \mathbb{N}$ et tout $x \in \{a,\ b\}$ (respectivement $x \in \{a,\ b,\ c\}$) $P(X_{n+1}) = x$ ne dépend que de

l'état du processus à l'instant n ;
• la probabilité de passer d'un état à un autre (éventuellement le même) de dépend pas de n.

Définition 3 : la **matrice de transition** associée à une chaîne de Markov à n états, $n \in \mathbb{N}^\star$, est la matrice carrée $T = \left(t_{ij}\right)$ d'ordre n dont le coefficient t_{ij} est le poids de l'arête allant du sommet i au sommet j (si l'arête n'existe pas alors $t_{ij} = 0$).

Propriétés : on considère une chaîne de Markov (X_n) de distribution initiale π_0 et de matrice de transition T.
• La matrice ligne donnant la distribution à l'étape$k+1$, $k \in \mathbb{N}$, est $\pi_{k+1} = \pi_k T$.
• La matrice ligne donnant la distribution à l'étape$k$, $k \in \mathbb{N}$, est $\pi_k = \pi_0 T^k$.

Définition 4 : on dit qu'une distribution π, représentée à l'aide d'une matrice ligne, est **stationnaire** pour une chaîne de Markov dont la matrice de transition est T si $\pi = \pi T$.

Propriété 2 : on considère une chaîne de Markov (X_n) de distribution initiale π_0 et de matrice de transition T. Si T ne contient aucun 0, alors la suite des matrices lignes (π_n) converge vers l'unique distribution invariante de la chaîne de Markov.

3.6.2 Exercices d'application de cours

EXERCICE 876 **5 minutes**

Compléter les graphes pondérés suivants afin qu'ils soient des graphes probabilistes.

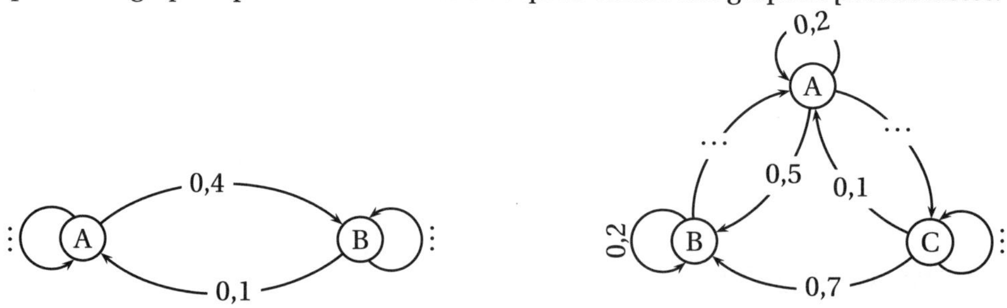

EXERCICE 877 **5 minutes**

Trouver x, y et z pour que le graphe probabiliste soit un graphe probabiliste. Donner la matrice de transition.

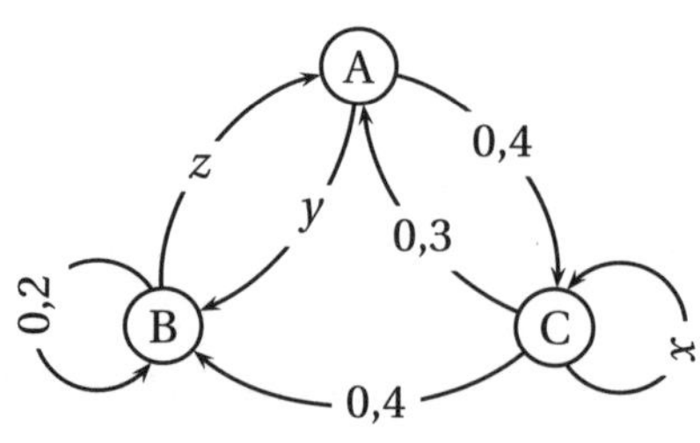

EXERCICE 878 **5 minutes**

T est la matrice de transition d'un graphe probabiliste et π_0 est la matrice ligne de l'état initial.
Déterminer l'état probabiliste après 5 évolutions.

$$T = \begin{pmatrix} 0,1 & 0,2 & 0,7 \\ 0,5 & 0 & 0,5 \\ 0,3 & 0,3 & 0,4 \end{pmatrix}$$

$$\pi_0 = \begin{pmatrix} 0,25 & 0,25 & 0,5 \end{pmatrix}$$

EXERCICE 879 **10 minutes**

On donne un graphe probabiliste et on note π_n la matrice de l'état probabiliste à l'étape n.
Calculer π_1, π_2 et π_5.

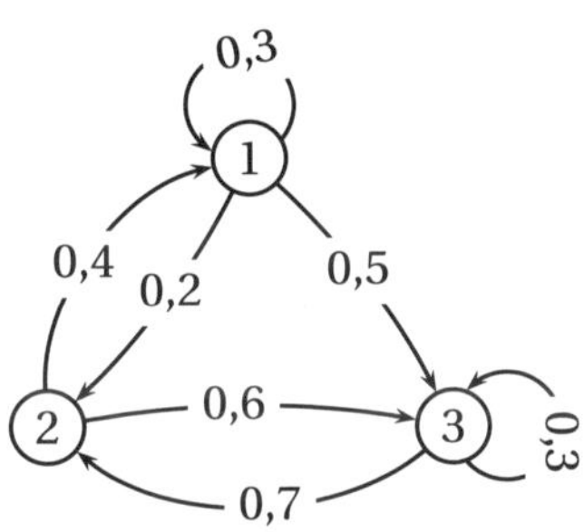

$\pi_0 = \begin{pmatrix} 1 & 0 & 0 \end{pmatrix}$

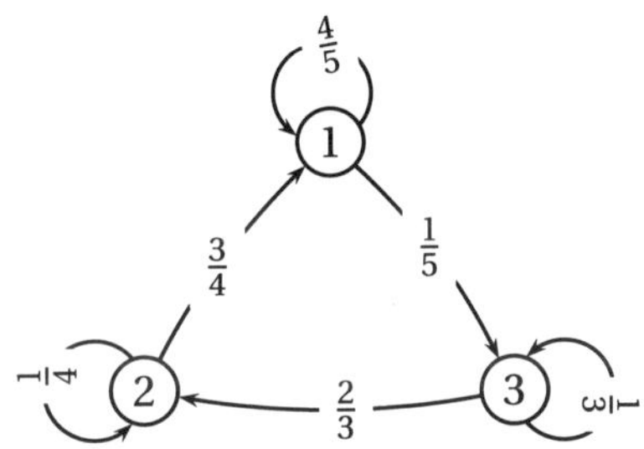

$\pi_0 = \begin{pmatrix} 0 & 0 & 1 \end{pmatrix}$

EXERCICE 880 **10 minutes**

Deux entreprises A et B possèdent l'ensemble des parts de marché de leur secteur.
Le comportement des clients d'une année sur l'autre est modélisé par le graphe probabiliste ci-dessous.

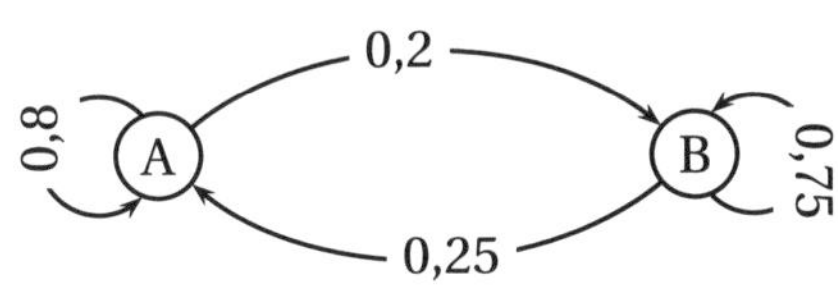

Au départ, l'entreprise A possédait 30% des parts de marché.

1. Déterminer l'état initial π_0.
2. Calculer l'état probabiliste au bout de 4 ans. Traduire le résultat obtenu.

EXERCICE 881 **10 minutes**

Lors d'une saison de rallye automobile, on a constaté, pour un pilote donné, les faits suivants :
- lorsqu'il gagnait une course, il gagnait la course suivante avec une probabilité de $0,7$;
- lorsqu'il perdait une course, il gagnait la course suivante avec une probabilité de $0,4$.

1. a. Représenter cette situation à l'aide d'un graphe probabiliste.

b. Déterminer la matrice de transition de ce graphe.

2. Sachant que le pilote a gagné la première course de la saison, quelle est la probabilité qu'il gagne la quatrième ?

EXERCICE 882 **10 minutes**

Les flux migratoires sur une île peuvent être modélisés de la façon suivante : chaque année , 10% des habitants de la ville A quittent celle-ci tandis que 30% des habitants du reste de l'île viennent y habiter.

1. Déterminer le graphe probabiliste associé à la situation ainsi que la matrice de transition M correspondante.

2. Vérifier que $\pi = \begin{pmatrix} 0,75 & 0,25 \end{pmatrix}$ est un état stable.

3. Interpréter ce résultat.

EXERCICE 883 **10 minutes**

Dans chaque cas, compléter le graphe probabiliste donné et déterminer la matrice de transition associée.

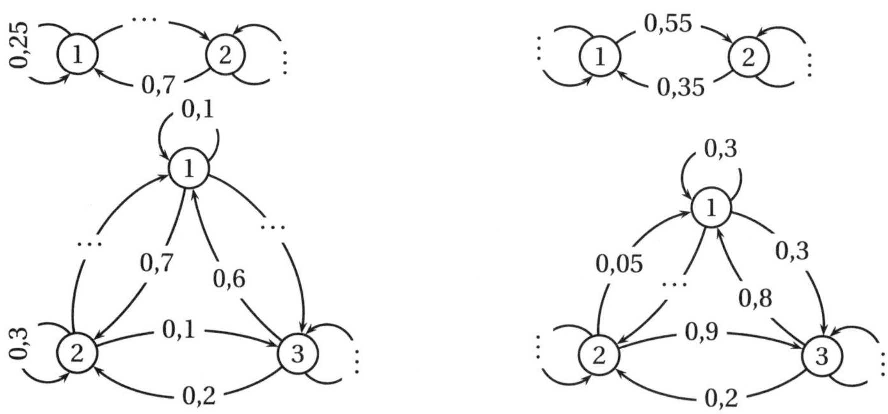

EXERCICE 884 **15 minutes**

La matrice de transition d'une marche aléatoire à deux états est $A = \begin{pmatrix} 0,2 & a \\ b & 0,7 \end{pmatrix}$.

1. Déterminer les réels a et b.

2. Quelle est la probabilité de transition de l'état 1 à l'état 2 ?

3. Quelle est la probabilité de transition de l'état 2 à l'état 1 ?

4. Représenter le graphe de cette marche aléatoire.

5. On part de l'état 1, c'est-à-dire que $P_0 = \begin{pmatrix} 1 & 0 \end{pmatrix}$. Déterminer P_1 et P_2.

6. Déterminer, s'il existe, l'état stable de cette marche aléatoire.

EXERCICE 885 **10 minutes**

Une puce saute d'un sommet d'un triangle équilatéral ABC à un autre sommet de ce triangle. La marche aléatoire est donnée par le graphe ci-contre :

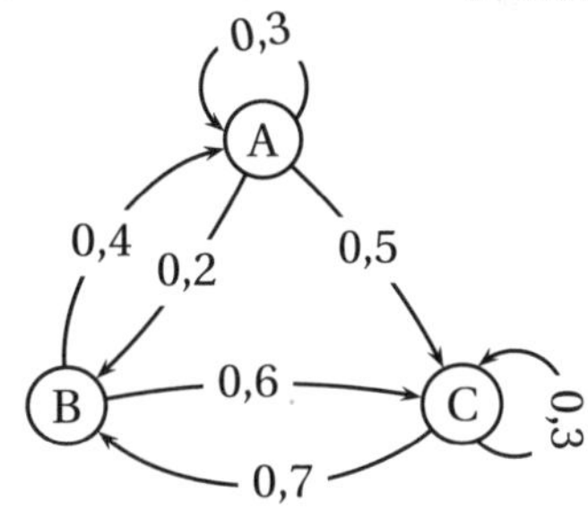

1. Ecrire la matrice de transition M, les sommets étant considérés dans l'ordre alphabétique.
2. La puce part du sommet A. Quelle est la probabilité qu'elle y revienne au bout de quatre sauts ? Six sauts ?

EXERCICE 886 **15 minutes**

La matrice de transition d'une marche aléatoire à trois états est $A = \begin{pmatrix} 0,2 & a & 0,4 \\ b & 0,7 & 0,1 \\ 0,8 & 0,2 & c \end{pmatrix}$.

1. Déterminer les réels a, b et c.
2. Quelle est la probabilité de transition de l'état 1 à l'état 3 ?
3. Quelle est la probabilité de transition de l'état 2 à l'état 1 ?
4. Représenter le graphe de cette marche aléatoire.
5. On part de l'état 1, c'est-à-dire que $P_0 = \begin{pmatrix} 1 & 0 & 0 \end{pmatrix}$. Déterminer P_1 et P_2.
6. Déterminer, s'il existe, l'état stable de cette marche aléatoire.

EXERCICE 887 **5 minutes**

Soit une marche aléatoire à deux états. Soit $M = \begin{pmatrix} 1-a & a \\ b & 1-b \end{pmatrix}$ sa matrice de transition.

Discuter les deux cas $a = b = 0$ et $a = b = 1$.

EXERCICE 888 **10 minutes**

Pour se rendre à son travail, Mathurin rencontre une succession d'intersections de feux tricolores dont le fonctionnement est décrit ci-dessous :

A chaque intersection :

— Si le feu est vert, il le sera à l'intersection suivante avec la probabilité $0,9$ ou sera rouge avec la probabilité $0,05$.

— Si le feu est orange, il le sera à l'intersection suivante avec la probabilité $0,1$ ou sera vert avec la probabilité $0,8$.

— Si le feu est rouge, il le sera à l'intersection suivante avec la probabilité $0,5$ ou sera orange avec la probabilité $0,05$.

n étant un entier naturel non nul, on note :

— V_n la probabilité que Mathurin rencontre un feu vert à la n-ième intersection,

— O_n la probabilité que Mathurin rencontre un feu orange a la n-ième intersection,

— R_n la probabilité que Mathurin rencontre un feu rouge à la n-ième intersection,

— $P_n = \begin{pmatrix} V_n & O_n & R_n \end{pmatrix}$ la matrice traduisant l'état probabiliste du n-ième feu tricolore.

1. a. Construire un graphe probabiliste pour décrire cette situation.
b. Donner la matrice de transition T complétée de ce graphe :

$$T = \begin{pmatrix} \dots & 0,05 & 0,05 \\ 0,8 & \dots & 0,1 \\ 0,45 & \dots & 0,5 \end{pmatrix}$$

2. a. Si le premier feu rencontré est vert, donner la matrice P_1 de l'état initial puis calculer P_2.
b. On donne $P_3 = \begin{pmatrix} 0,87 & 0,05 & 0,08 \end{pmatrix}$. Quelle est la probabilité que le quatrième feu soit vert ?

3. Si le premier feu rencontré est rouge, donner la matrice P_1 de l'état initial puis calculer P_2.

4. On remarque que, quelle que soit la couleur du premier feu rencontré, on obtient à partir d'un certain rang n : $P_n = \begin{pmatrix} 0,85 & 0,05 & 0,10 \end{pmatrix}$.
Donner une interprétation concrète de ce résultat.

EXERCICE 889 **10 minutes**

Au rugby, réussir une transformation consiste à faire passer le ballon entre deux poteaux verticaux et au dessus de la barre horizontale reliant ces deux poteaux.
Basile est un joueur de rugby, il envisage de devenir professionnel.
Ses différentes expériences en championnat conduisent aux résultats suivants :

— Lors d'un match, la probabilité que Basile réussisse la première transformation est égale à $0,5$.

— Si Basile réussit une transformation, la probabilité qu'il réussisse la transformation suivante est égale à $0,8$.

— Si Basile ne réussit pas une transformation, la probabilité qu'il réussisse la transformation suivante est égale à $0,6$.

Basile se prépare pour son match de sélection en tant que professionnel.
On considère que lors du match, n transformations sont tentées avec n entier naturel supérieur ou égal à 1.
On note T l'état : « Basile réussit sa transformation ».
Pour $n \geqslant 1$, on note :

— p_n la probabilité que Basile réussisse la n-ième transformation ;

— q_n la probabilité que Basile ne réussisse pas la n-ième transformation ;

— $P_n = \begin{pmatrix} p_n & q_n \end{pmatrix}$ la matrice ligne donnant l'état probabiliste lors de la n-ième transformation.

On a $P_1 = \begin{pmatrix} 0,5 & 0,5 \end{pmatrix}$.

1. Représenter la situation à l'aide d'un graphe probabiliste de sommets T et $\overline{\text{T}}$.
2. Donner la matrice de transition M de ce graphe probabiliste.
3. Déterminer les états probabilistes P_2 et P_3.
4. Exprimer P_n en fonction de n. En déduire P_8.

EXERCICE 890 **10 minutes**

Durant son trajet, un chauffeur est obligé de traverser Parme et ses très nombreux feux tricolores. Lorsque le feu est orange, le chauffeur se comporte comme lorsqu'il est rouge, il s'arrête. L'expérience lui a permis d'établir que s'il se présente à un feu, il se produit les évènements suivants :

- Arrivé au feu, celui-ci est au vert (V) : la probabilité que le suivant soit vert est de $0,85$.
- Arrivé au feu, celui-ci est orange ou rouge (R) : la probabilité que le suivant soit vert est de $0,30$.

1. Représenter la situation par un graphe probabiliste.
2. Indiquer la matrice de transition M du graphe, en considérant les sommets dans l'ordre (V, R) en ligne comme en colonne.
3. Le premier feu rencontré est vert. La matrice P_1 donnant l'état initial est donc $(1 \quad 0)$.
   a. Déterminer les matrices $P_2 = P_1 \times M$ et $P_3 = P_2 \times M$.
   b. Conclure quant à la probabilité p de l'évènement « Le chauffeur doit s'arrêter au troisième feu ».

3.6.3 Exercices d'approfondissement

EXERCICE 891 : PAGERANK **30 minutes**

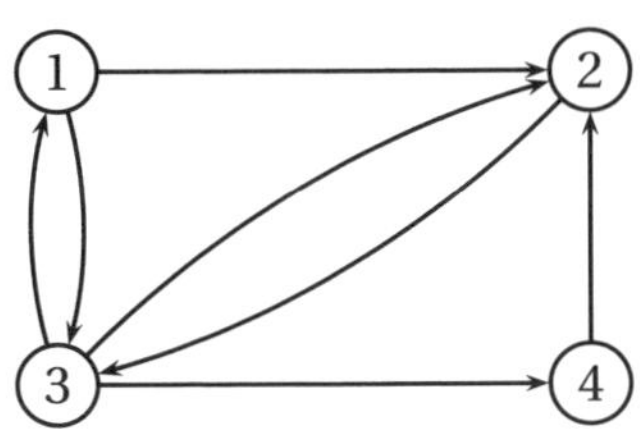

Une entreprise expérimente la mise en place d'un mini-réseau intranet pour son personnel. Pour l'instant, le réseau ne donne accès qu'à 4 pages numérotées 1, 2, 3 et 4. Ces pages comportent un ou plusieurs liens qui pointent chacun vers l'une des autres pages. L'organisation de cette « toile »miniature peut-être schématisée par le graphe ci-contre.

1. Un employé entre sur le réseau par la page 4. Sur quelle(s) page(s) peut-il se rendre en un seul clic? En exactement 2 clics?
2. On suppose dorénavant qu'un employé distrait explore le réseau au hasard : une fois qu'il est entré par l'une des pages, il clique au hasard sur un des liens figurant sur cette page, et il continue sa navigation de la sorte, sans se préoccuper de son parcours antérieur.
   Ecrire la matrice $T = (t_{ij})$ de transition associée à ce graphe probabiliste. Quelle est la valeur du coefficient t_{32}? A quelle probabilité correspond ce coefficient?

3. a. A l'aide d'une calculatrice, calculer T^3, T^4 et T^8. On donnera les coefficients en fraction (valeurs exactes).
   b. En déduire les probabilités qu'un employé se rende en cliquant au hasard :
      - de la page 2 à la page 3 en trois clics;
      - de la page 3 à la page 4 en quatre clics;
      - de la page 4 à la page 3 en huit clics.
4. On note Y_n, la variable aléatoire qui représente la page sur laquelle l'employé se trouve après n clics et X_n la matrice ligne représentant la loi de Y_n, c'est-à-dire

$$X_n = \begin{pmatrix} P(Y_n = 1) & P(Y_n = 2) & P(Y_n = 3) & P(Y_n = 4) \end{pmatrix}$$

   a. On admet que l'on a $X_{n+1} = X_n \times T$.
      Exprimer X_n en fonction de X_0 et de T.
   b. Calculer X_4 lorsque $X_0 = \begin{pmatrix} 0 & 1 & 0 & 0 \end{pmatrix}$.
   c. A l'aide d'une calculatrice, calculer T_{20}. On arrondira les coefficients au centième. Qu'observe-t-on?
   d. Vérifier que quelle que soit la matrice ligne X_0, X_n semble se stabiliser quand n devient grand autour de $X = \begin{pmatrix} \frac{2}{15} & \frac{1}{3} & \frac{2}{5} & \frac{2}{15} \end{pmatrix}$.
      Quel classement par indice de pertinence obtient-on pour les quatre pages? Cet indice de pertinence est ce qu'on appelle le Pagerank dû à Larry Page l'un des fondateur de Google.

EXERCICE 892 **20 minutes**

Un feu bicolore, lorsqu'il est rouge, passe au vert à l'instant suivant avec la probabilité p avec $0 < p < 1$ et, lorsqu'il est vert, passe au rouge avec la probabilité q avec $0 < q < 1$.
Pour tout n entier naturel, on note r_n la probabilité que ce feu soit rouge à l'instant n et v_n la probabilité qu'il soit vert à ce même instant.

1. Etablir une relation de récurrence entre r_{n+1}, v_{n+1} et r_n, v_n.
   ☞ On pourra s'aider d'un arbre de probabilités.
2. En déduire l'existence d'une matrice A telle que pour tout $n \in \mathbb{N}$, $\begin{pmatrix} r_{n+1} & v_{n+1} \end{pmatrix} = \begin{pmatrix} r_n & v_n \end{pmatrix} A$ puis montrer que pour tout $n \in \mathbb{N}$, $\begin{pmatrix} r_n & v_n \end{pmatrix} = \begin{pmatrix} r_0 & v_0 \end{pmatrix} A^n$.
3. a. Déterminer deux matrices B et C telles que $B + C = I$ et $B + (1 - p - q)C = A$.
   b. Calculer les produits BC, CB, B^2 et C^2.
   c. En déduire, pour tout $n \in \mathbb{N}$, l'expression de A^n.
4. Pour tout $n \in \mathbb{N}$, calculer les valeurs de r_n et v_n en fonction de n, r_0 et v_0 puis déterminer leurs limites éventuelles.

EXERCICE 893 **15 minutes**

A Mathville, trois quotidiens sont proposés en abonnement. Chaque année, 15% des abonnés au journal A et 20% des abonnés au journal C changent pour le journal B. 5% des abonnés au journal A et 10% des abonnés au journal B changent pour le journal C. 20% des abonnés au journal B et 30% des abonnés au journal C changent pour le journal A. Le nombre total d'abonnements reste constant. Au premier janvier 2017, les trois quotidiens avaient le même nombre d'abonnements.

1. Ecrire la matrice de transition M associée à cette marche aléatoire, les états étant pris dans l'ordre alphabétique.
2. Ecrire P_0.
3. Calculer P_1 et P_2.
4. Quel sera le pourcentage d'abonnements A au 1er janvier 2020 ?
5. Déterminer, s'il existe, l'état stable de la marche aléatoire. Interpréter le résultat obtenu.

EXERCICE 894 **25 minutes**

Un logiciel permet de transformer un élément rectangulaire d'une photographie. Ainsi, le rectangle initial OEFG est transformé en un rectangle OE′F′G′, appelé image de OEFG.

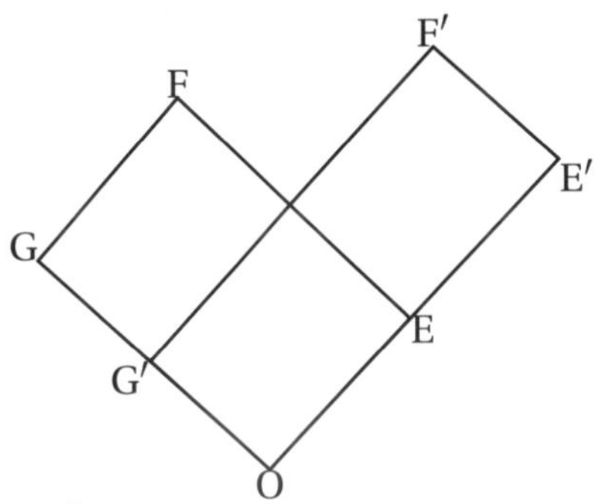

Figure 1

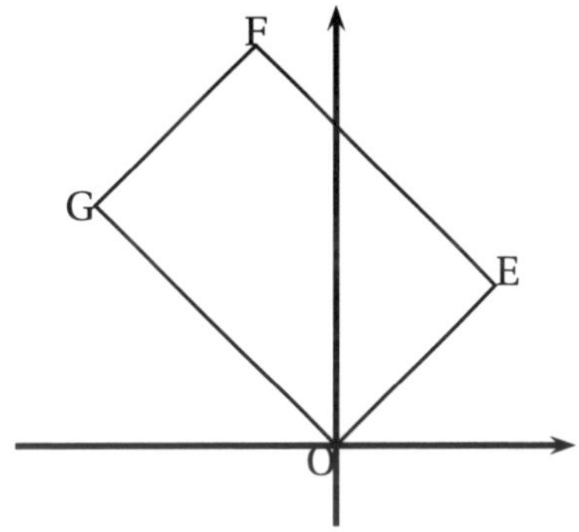

Figure 2

L'objet de cet exercice est d'étudier le rectangle obtenu après plusieurs transformations successives.

Partie A

Le plan est rapporté à un repère orthonormé $\left(O, \vec{\imath}, \vec{\jmath}\right)$. Les points E, F et G ont pour coordonnées respectives (2; 2), (−1 ; 5) et (−3 ; 3).

La transformation du logiciel associe à tout point $M(x\ ;\ y)$ du plan le point $M'(x'\ ;\ y')$, image du point M tel que :

$$\left\{\begin{array}{lcl} x' & = & \frac{5}{4}x + \frac{3}{4}y \\ y' & = & \frac{3}{4}x + \frac{5}{4}y \end{array}\right.$$

1. Calculer les coordonnées des points E′, F′ et G′, images des points E, F et G par cette transformation.
2. Comparer les longueurs OE et OE′ d'une part, OG et OG′ d'autre part.
3. Donner la matrice carrée d'ordre 2, notée A, telle que : $\begin{pmatrix} x' \\ y' \end{pmatrix} = A\begin{pmatrix} x \\ y \end{pmatrix}$.

Partie B

Dans cette partie, on étudie les coordonnées des images successives du sommet E du rectangle OEFG. On définit la suite des points $E_n\left(x_n\ ;\ y_n\right)$ du plan par $E_0 = \mathrm{E}$ et la relation de récurrence :

$$\begin{pmatrix} x_{n+1} \\ y_{n+1} \end{pmatrix} = A \begin{pmatrix} x_n \\ y_n \end{pmatrix},$$

où $\left(x_{n+1}\ ;\ y_{n+1}\right)$ désignent les coordonnées du point E_{n+1}. Ainsi $x_0 = 2$ et $y_0 = 2$.

1. On admet que, pour tout entier $n \geqslant 1$, la matrice A^n peut s'écrire sous la forme :
$A^n = \begin{pmatrix} \alpha_n & \beta_n \\ \beta_n & \alpha_n \end{pmatrix}$.

Démontrer par récurrence que, $\forall n \geqslant 1$, $\alpha_n = 2^{n-1} + \dfrac{1}{2^{n+1}}$ et $\beta_n = 2^{n-1} - \dfrac{1}{2^{n+1}}$.

2. a. Démontrer que, pour tout entier naturel n, le point E_n est situé sur la droite d'équation $y = x$.

On pourra utiliser que, pour tout entier naturel n, les coordonnées $\left(x_n\ ;\ y_n\right)$ du point E_n vérifient : $\begin{pmatrix} x_n \\ y_n \end{pmatrix} = A^n \begin{pmatrix} 2 \\ 2 \end{pmatrix}$.

b. Démontrer que la longueur $\mathrm{O}E_n$ tend vers $+\infty$ quand n tend vers $+\infty$.

EXERCICE 895 **15 minutes**

Un automate peut se trouver dans deux états A ou B. A chaque seconde il peut soit rester dans l'état où il se trouve, soit en changer, avec des probabilités données par le graphe probabiliste ci-dessous.

Pour tout entier naturel n, on note a_n la probabilité que l'automate se trouve dans l'état A après n secondes et b_n la probabilité que l'automate se trouve dans l'état B après n secondes. Au départ, l'automate est dans l'état B.

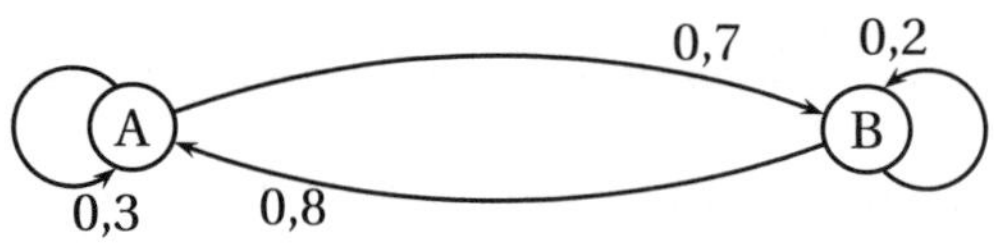

On considère l'algorithme suivant :

```
a ⟵ 0
b ⟵ 1
Pour k allant de 1 à 10
    a ⟵ 0,8a + 0,3b
    b ⟵ 1 − a
Fin Pour
Afficher a et b
```

Affirmation 1 : En sortie, cet algorithme affiche les valeurs de a_{10} et b_{10}.

Affirmation 2 : Après 4 secondes, l'automate a autant de chances d'être dans l'état A que d'être dans l'état B.

EXERCICE 896 **25 minutes**

Un volume constant de 2 200 m^3 d'eau est réparti entre deux bassins A et B.
Le bassin A refroidit une machine. Pour des raisons d'équilibre thermique on crée un courant d'eau entre les deux bassins à l'aide de deux pompes.
On modélise les échanges entre les deux bassins de la façon suivante :

- au départ, le bassin A contient 1 100 m^3 d'eau et le bassin B contient 1 100 m^3 d'eau ;
- tous les jours, 15 % du volume d'eau présent en début de journée dans le bassin B est transféré vers le bassin A ;
- tous les jours, 10 % du volume d'eau présent en début de journée dans le bassin du bassin A est transféré vers le bassin B, et pour des raisons de maintenance, on transfère également 5 m^3 du bassin A vers le bassin B.

Pour tout entier naturel n, on note :

- a_n le volume d'eau, exprimé en m^3, contenu dans le bassin A à la fin du n-ième jour de fonctionnement ;
- b_n le volume d'eau, exprimé en m^3, contenu dans le bassin B à la fin du n-ième jour de fonctionnement.

On a donc $a_0 = 1100$ et $b_0 = 1100$.

1. Traduire la conservation du volume total d'eau du circuit par une relation liant a_n et b_n.
   On considère les matrices $M = \begin{pmatrix} 0,9 & 0,15 \\ 0,1 & 0,85 \end{pmatrix}$, $R = \begin{pmatrix} -5 \\ 5 \end{pmatrix}$ et $X_n = \begin{pmatrix} a_n \\ b_n \end{pmatrix}$.
   On admet que, pour tout entier naturel n, $X_{n+1} = MX_n + R$.
2. On note $S = \begin{pmatrix} 1300 \\ 900 \end{pmatrix}$.
   Vérifier que $S = MS + R$.
   En déduire que, pour tout entier naturel n, $X_{n+1} - S = M(X_n - S)$.
   Dans la suite, on admettra que, pour tout entier naturel n, $X_n - S = M^n(X_0 - S)$ et que
   $M^n = \begin{pmatrix} 0,6 + 0,4 \times 0,75^n & 0,6 - 0,6 \times 0,75^n \\ 0,4 - 0,4 \times 0,75^n & 0,4 + 0,6 \times 0,75^n \end{pmatrix}$.
3. Montrer que, pour tout entier naturel n, $X_n = \begin{pmatrix} 1300 - 200 \times 0,75^n \\ 900 + 200 \times 0,75^n \end{pmatrix}$.
4. Etudier la monotonie et la convergence des suites (a_n) et (b_n).
5. On considère que le processus est stabilisé lorsque l'entier naturel n vérifie
   $1300 - a_n < 1,5 \quad \text{et} \quad b_n - 900 < 1,5$.
   Déterminer le premier jour pour lequel le processus est stabilisé.

EXERCICE 897 **35 minutes**

Un opérateur téléphonique A souhaite prévoir l'évolution de nombre de ses abonnés dans une grande ville par rapport à son principal concurrent B à partir de 2013.
En 2013, les opérateurs A et B ont chacun 300 milliers d'abonnés.

Pour tout entier naturel n, on note a_n le nombre d'abonnés, en milliers, de l'opérateur A la n-ième année après 2013, et b_n le nombre d'abonnés, en milliers, de l'opérateur B la n-ième année après 2013.
Ainsi, $a_0 = 300$ et $b_0 = 300$.

Des observations réalisées les années précédentes conduisent à modéliser la situation par la relation suivante :

pour tout entier naturel n, $\begin{cases} a_{n+1} = 0,7a_n + 0,2b_n + 60 \\ b_{n+1} = 0,1a_n + 0,6b_n + 70 \end{cases}$.

On considère les matrices $M = \begin{pmatrix} 0,7 & 0,2 \\ 0,1 & 0,6 \end{pmatrix}$ et $P = \begin{pmatrix} 60 \\ 70 \end{pmatrix}$.

Pour tout entier naturel n, on note $U_n = \begin{pmatrix} a_n \\ b_n \end{pmatrix}$.

1. **a.** Déterminer U_1.
   b. Vérifier que, pour tout entier naturel n, $U_{n+1} = M \times U_n + P$.
2. On note I la matrice $\begin{pmatrix} 1 & 0 \\ 0 & 1 \end{pmatrix}$.
   a. Calculer $(I - M) \times \begin{pmatrix} 4 & 2 \\ 1 & 3 \end{pmatrix}$.
   b. En déduire que la matrice $I - M$ est inversible et préciser son inverse.
   c. Déterminer la matrice U telle que $U = M \times U + P$.
3. Pour tout entier naturel, on pose $V_n = U_n - U$.
   a. Justifier que, pour tout entier naturel n, $V_{n+1} = M \times V_n$.
   b. En déduire que, pour tout entier naturel n, $V_n = M^n \times V_0$.
4. On admet que, pour tout entier naturel n,

$$V_n = \begin{pmatrix} \dfrac{-100}{3} \times 0,8^n - \dfrac{140}{3} \times 0,5^n \\ \dfrac{-50}{3} \times 0,8^n + \dfrac{140}{3} \times 0,5^n \end{pmatrix}$$

   a. Pour tout entier naturel n, exprimer U_n en fonction de n et en déduire la limite de la suite (a_n).
   b. Estimer le nombre d'abonnés de l'opérateur A à long terme.

EXERCICE 898 **20 minutes**

Un ciné-club qui projette des films français et étrangers dispose de deux salles. Les abonnés au ciné-club assistent systématiquement à une projection chaque lundi soir.

- La probabilité qu'un spectateur ayant vu un film français à une séance retourne voir un film français à la séance suivante est égale à 0,6.
- La probabilité qu'un spectateur ayant vu un film étranger à une séance aille voir un film français à la séance suivante est égale à 0,75.

Un lundi soir, un film français est projeté dans chacune des deux salles. Puis les semaines suivantes, le ciné-club propose dans une salle un film français et dans l'autre un film étranger.
On cherche à étudier l'évolution de la répartition des spectateurs entre les deux salles au cours des semaines suivantes, à partir de ce lundi.

1. On note A l'état : « le spectateur voit un film français ».
   On note B l'état : « le spectateur voit un film étranger ».

   a. Représenter la situation ci-dessus par un graphe probabiliste.
   b. On note M la matrice de transition de ce graphe en considérant les états dans l'ordre alphabétique. Déterminer M.

2. Soient A_n l'évènement : « Le spectateur voit un film français à la n-ième séance » et B_n l'évènement : « Le spectateur voit un film étranger à la n-ième séance ».
   L'état probabiliste de la répartition des abonnés dans les deux salles lors de la n-ième séance est donné par la matrice ligne $T_n = (a_n \quad b_n)$ ou $a_n = P(A_n)$, $b_n = P(B_n)$ et $a_n + b_n = 1$.
   L'état probabiliste initial est donc donné par $T_1 = (1 \quad 0)$.
   Déterminer les matrices T_2 et T_3. En donner une interprétation en termes de répartition des abonnés dans les deux salles.
3. Déterminer la valeur arrondie au centième des réels x et y définissant l'état limite $T = (x \quad y)$ vers lequel converge la suite (T_n). Interpréter le résultat.

EXERCICE 899 **20 minutes**

Deux fabricants de parfum lancent simultanément leur nouveau produit qu'ils nomment respectivement Aurore et Boréale.
Afin de promouvoir celui-ci, chacun organise une campagne de publicité.
L'un d'eux contrôle l'efficacité de sa campagne par des sondages hebdomadaires.
Chaque semaine, il interroge les mêmes personnes qui toutes se prononcent en faveur de l'un de ces deux produits.
Au début de la campagne, 20 % des personnes interrogées préfèrent Aurore et les autres préfèrent Boréale. Les arguments publicitaires font évoluer cette répartition : 10 % des personnes préférant Aurore et 15 % des personnes préférant Boréale changent d'avis d'une semaine sur l'autre.
La semaine du début de la campagne est notée semaine 0.

Pour tout $n \in \mathbb{N}$, l'état probabiliste de la semaine n est défini par la matrice ligne $P_n = (a_n \quad b_n)$, où a_n désigne la probabilité qu'une personne interrogée au hasard préfère Aurore la semaine n et b_n la probabilité que cette personne préfère Boréale la semaine n.

1. Déterminer la matrice ligne P_0 de l'état probabiliste initial.

2. Représenter la situation par un graphe probabiliste de sommets A et B, A pour Aurore et B pour Boréale.

3. a. Ecrire la matrice de transition M de ce graphe en respectant l'ordre alphabétique des sommets.

b. Montrer que la matrice ligne P_1 est égale à $(0{,}3 \quad 0{,}7)$.

4. a. Exprimer, pour tout entier naturel n, P_n en fonction de P_0 et de n.

b. En déduire la matrice ligne P_3. Interpréter ce résultat.

Dans la question suivante, toute trace de recherche même incomplète ou d'initiative même non fructueuse sera prise en compte dans l'évaluation.

5. Soit $P = (a \quad b)$ la matrice ligne de l'état probabiliste stable.

a. Déterminer a et b.

b. Le parfum Aurore finira-t-il par être préféré au parfum Boréale ? Justifier.

EXERCICE 900 **15 minutes**

Les joueurs d'un club de football sont partagés en deux équipes : une équipe A et une équipe B. L'entraîneur change la composition de ces équipes après chacun des matchs, suivant les performances des joueurs.

Une étude statistique menée au cours des saisons précédentes permet d'estimer que :

— si un joueur fait partie de l'équipe A, la probabilité qu'il reste dans cette équipe pour le match suivant est $0{,}6$;

— si un joueur fait partie de l'équipe B, la probabilité qu'il change d'équipe le match suivant est $0{,}2$.

1. Représenter les données précédentes par un graphe probabiliste G de sommets A et B et donner sa matrice de transition.

2. Pour un entier naturel n donné, on note $P_n = (a_n \quad b_n)$ la matrice ligne décrivant l'état probabiliste lors du match n.

Paul vient d'arriver dans le club et la probabilité a_0 qu'il joue dans l'équipe A pour le match de préparation (match 0) est $0{,}1$.

L'état probabiliste initial est donc $P_0 = (0{,}1 \quad 0{,}9)$.

a. Vérifier que $P_1 = (0{,}24 \quad 0{,}76)$ et calculer P_2.

b. Quelle est la probabilité que Paul joue dans l'équipe A lors du deuxième match de championnat (match 2) ? (on donnera la valeur approchée du résultat arrondie à 10^{-2} près)

3. On admet que, pour tout entier naturel n : $a_{n+1} = 0{,}4a_n + 0{,}2$. On pose, pour tout entier naturel n : $v_n = a_n - \dfrac{1}{3}$.

a. Démontrer que la suite (v_n) est géométrique de raison 0,4 et de premier terme $v_0 = -\frac{7}{30}$.

b. Exprimer v_n en fonction de n et en déduire que, $\forall n \in \mathbb{N} : a_n = \frac{1}{3}(1 - 0,7 \times 0,4^n)$

c. Déduire de ce qui précède la limite de la suite (a_n). Quel est l'état stable du graphe G?

EXERCICE 901 **20 minutes**

Les questions 1. et 2. peuvent être traitées de façon indépendante.

1. Dans une région, on considère trois types de temps : beau, variable, pluvieux.
On sait que :

— S'il fait beau un jour donné, la probabilité qu'il fasse beau le lendemain est $\frac{1}{3}$ et la probabilité qu'il pleuve est $\frac{1}{6}$.

— Si le temps est variable, la probabilité qu'il soit variable le lendemain est $\frac{1}{4}$ et la probabilité qu'il pleuve est $\frac{1}{2}$.

— S'il pleut, la probabilité qu'il pleuve le lendemain est $\frac{1}{4}$ et la probabilité qu'il fasse beau est $\frac{1}{2}$.

On note

— B : « le temps est beau »;

— V : « le temps est variable »;

— P : « le temps est pluvieux ».

a. Représenter la situation par un graphe probabiliste.

b. Donner la matrice de transition de ce graphe. Les sommets B, V, P seront rangés dans cet ordre.

c. Pour tout entier naturel n, l'état probabiliste dans n jours est défini par la matrice ligne $P_n = \begin{pmatrix} b_n & v_n & p_n \end{pmatrix}$ où b_n désigne la probabilité qu'il fasse beau dans n jours, v_n la probabilité que le temps soit variable dans n jours et p_n la probabilité qu'il pleuve dans n jours.
Aujourd'hui il fait beau, on a donc $P_0 \begin{pmatrix} 1 & 0 & 0 \end{pmatrix}$ matrice ligne décrivant l'état initial.
Déterminer la probabilité de chaque type de temps dans 2 jours.

2. Dans une autre région, on note B : « il fait beau » $\overline{B}$: « il ne fait pas beau ».
Les variations du temps sont représentées par le graphe suivant :

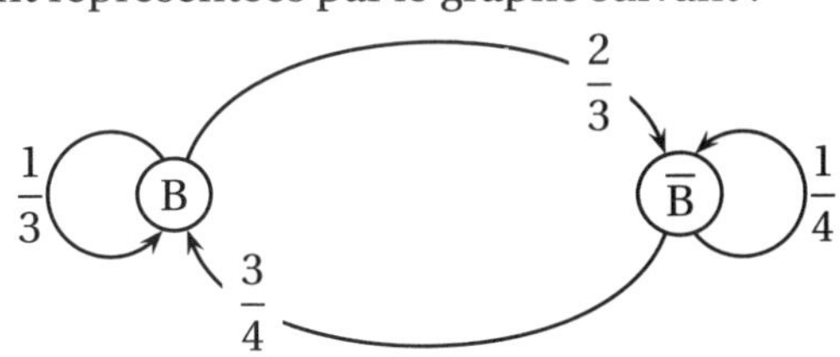

a. Donner la matrice de transition T de ce graphe.

b. Soit $Q = (x\ y)$ avec $x + y = 1$.
Déterminer x et y tels que $Q = QT$ et interpréter le résultat.

Exercice 902 **15 minutes**

Un site Internet, appelé site n° 1, propose un unique lien vers un site partenaire, appelé Site n° 2, sans retour possible. De même, le site n° 2 propose un unique lien vers un site n° 3, sans retour possible et ainsi de suite ... (voir le schéma ci-dessous) :
Site n° 1 $\longrightarrow$ Site n° 2 $\longrightarrow$ Site n° 3 $\longrightarrow$ ... $\longrightarrow$ Site n° n $\longrightarrow$ Site n° $n+1$ ...
Le site n° 1 vient d'être infecté par un virus informatique qui utilise les liens entre les sites pour essayer de se propager, les autres sites n'étant pas encore touchés.
Face à ce nouveau virus, les antivirus ne sont efficaces qu'à 80 %. On note :

— V l'état « le site est infecté par le virus »

— S l'état « le site est sain (non infecté par le virus) ».

On a dessiné ci-dessous le graphe probabiliste traduisant les risques de propagation du virus d'un site au suivant :

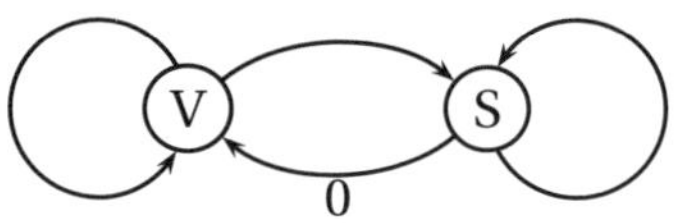

1. Justifier la valeur 0 indiquée sur le graphe probabiliste précédent, puis compléter ce graphe.

2. Préciser la matrice de transition M de ce graphe (première ligne pour V, deuxième ligne pour S).
Pour tout entier naturel non nul n, on note :
P_n la probabilité que le n-ième site soit infecté, Q_n la probabilité que le n-ième site soit sain et $X_n = (P_n \quad Q_n)$.
On a donc $X_1 = (1 \quad 0)$ (traduisant que le site n° 1 est infecté) et $X_{n+1} = X_n\ M$.

3. a. En utilisant la relation $X_{n+1} = X_n M$, montrer que $P_{n+1} = 0,2P_n$.

b. En déduire P_n en fonction de n.

c. Déterminer la limite de la suite (P_n) lorsque n tend vers plus l'infini.

Exercice 903 **15 minutes**

Chaque année, une association de cyclotourisme prépare de nouveaux circuits. Pour satisfaire ses nombreux membres, elle élabore des circuits de différents niveaux : « niveau facile », « niveau moyen » et « niveau difficile ».
Au premier janvier 2010, l'association a fait son bilan :

- 20 % de ses adhérents ont choisi le niveau facile, noté A;
- 70 % de ses adhérents ont choisi le niveau moyen, noté B;

- 10 % de ses adhérents ont choisi le niveau difficile, noté C.

Pour répondre aux attentes des adhérents et les fidéliser sur le long terme, une enquête est effectuée.
Il s'avère que, d'une année à l'autre :

- parmi les adhérents ayant choisi le niveau A, 40 % restent à ce niveau et 60 % passent au niveau B,
- parmi les adhérents ayant choisi le niveau B, 70 % restent à ce niveau et 20 % reviennent au niveau A et les autres passent au niveau C,
- parmi les adhérents ayant choisi le niveau C, 85 % restent à ce niveau et les autres reviennent au niveau B.

On note :

- A l'état « l'adhérent a choisi le niveau A »,
- B l'état « l'adhérent a choisi le niveau B »,
- C l'état « l'adhérent a choisi le niveau C ».

Pour n entier naturel positif ou nul, on note $P_n = (a_n \quad b_n \quad c_n)$ la matrice ligne donnant l'état probabiliste de la répartition dans les différents niveaux (indiqués dans l'ordre donné dans l'énoncé), au premier janvier de l'année $2010 + n$. Ainsi $P_0 = (0,2 \quad 0,7 \quad 0,1)$.
On se décide se baser uniquement sur ces résultats pour prévoir l'évolution de la répartition à partir du premier janvier 2010 (on néglige donc les nouveaux abonnés et les départs).

1. Représenter cette situation par un graphe probabiliste de sommets A, B et C.

2. Compléter la matrice de transition M de ce graphe probabiliste, en respectant l'ordre alphabétique des sommets.

$$M = \begin{pmatrix} \cdots & \cdots & 0 \\ 0,2 & \cdots & \cdots \\ \cdots & 0,15 & \cdots \end{pmatrix}$$

3. Une seule des trois matrices Q, R, T ci-dessous correspond à l'état probabiliste stable.

$$Q = \begin{pmatrix} \frac{1}{3} & \frac{1}{3} & \frac{1}{3} \end{pmatrix} \quad R = \begin{pmatrix} \frac{1}{6} & \frac{1}{2} & \frac{1}{3} \end{pmatrix} \quad T = \begin{pmatrix} \frac{1}{5} & \frac{4}{5} & 0 \end{pmatrix}$$

Le président de l'association affirme que 50 % des adhérents choisiront après un certain nombre d'années le niveau B. Cette affirmation est-elle correcte ?

EXERCICE 904 **15 minutes**

Dans cet exercice, les résultats seront arrondis à 10^{-2} près.
Cet exercice consiste à étudier la propagation d'une information d'une personne à l'autre, thème souvent abordé en sciences sociales. Cette information se transmet avec un risque d'erreur, c'est-à-dire avec une probabilité de propagation de l'information contraire.

Dans cet exercice, on considère l'information suivante, notée E : « Paul a réussi son examen ».

Partie A : Propagation symétrique (de type « neutre »)

Dans cette partie, on suppose que, pour une information reçue $\left(\text{E ou } \overline{\text{E}}\right)$, la probabilité de communiquer cette information à l'identique vaut $0,9$ et la probabilité de relayer l'information contraire vaut $0,1$.

On note p_n la probabilité de recevoir l'information E au bout de n étapes (n étant le nombre de personnes ayant transmis l'information) et on note q_n la probabilité de recevoir l'information $\overline{\text{E}}$ au bout de n étapes.

On suppose que Paul a réussi son examen, on pose $p_0 = 1$ et $q_0 = 0$.

1. Compléter le graphe probabiliste relatif à la propagation de l'information suivant :

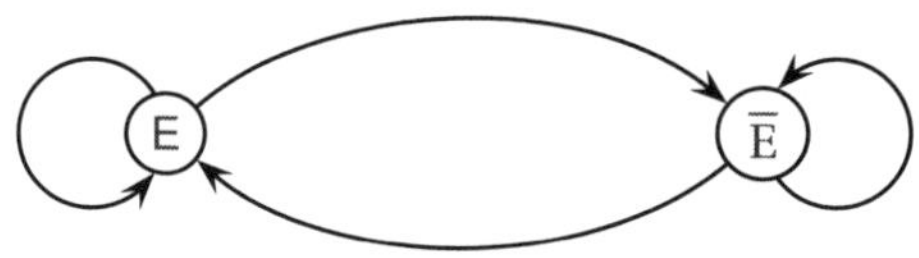

2. Préciser la matrice de transition M telle que $\begin{pmatrix} p_{n+1} & q_{n+1} \end{pmatrix} = \begin{pmatrix} p_n & q_n \end{pmatrix} \text{M}$.
3. A l'aide de la calculatrice, trouver le plus petit entier naturel n tel que $p_n < 0,8$.
4. Déterminer par le calcul, l'état stable.

Partie B : Propagation asymétrique (de type « rumeur »)

Dans cette partie, on suppose toujours que la probabilité de transmission correcte de l'information E est égale à 0,9. Toutefois, il circule la fausse rumeur $\overline{\text{E}}$. Dans ces conditions, on suppose que si l'information reçue est $\overline{\text{E}}$, la probabilité de transmettre cette information $\overline{\text{E}}$ est égale à 1. On suppose de nouveau que $p_0 = 1$ et $q_0 = 0$.

1. Représenter cette situation par un graphe probabiliste.
2. Préciser la matrice de transition N telle que $\begin{pmatrix} p_{n+1} & q_{n+1} \end{pmatrix} = \begin{pmatrix} p_n & q_n \end{pmatrix} \text{N}$.
3. Montrer que $p_{n+1} = 0,9 p_n$. Quelle est la nature de la suite (p_n) ?
4. Exprimer p_n en fonction de n.
5. Trouver par le calcul, le plus petit entier naturel n tel que $p_n < 0,5$.
6. Déterminer la limite de (p_n) lorsque n tend vers $+\infty$ puis interpréter le résultat obtenu.

EXERCICE 905 **20 minutes**

Une région se divise en deux zones :
- Une zone A à proximité d'une grande agglomération,
- Une zone B à proximité de la mer.

Chaque année, 20 % des habitants de la zone A partent habiter dans la zone B pour avoir un meilleur cadre de vie, et 5 % des habitants de la zone B partent habiter dans la zone A pour se rapprocher de leur lieu de travail.

On sait de plus qu'en 2020, 40 % de la population habitait en zone A.

On suppose que le nombre total d'habitants de la région reste constant au cours du temps. Pour tout entier naturel n, l'état probabiliste correspondant à l'année $2020+n$ est défini par la matrice ligne $P_n = (a_n \quad b_n)$, où a_n et b_n désignent respectivement les proportions d'habitants des zones A et B.

1. Déterminer la matrice ligne P_0 de l'état initial.
2. Représenter la situation par un graphe probabiliste de sommets A et B.
3. a. Ecrire la matrice de transition M de ce graphe en respectant l'ordre alphabétique des sommets.
  b. Donner la répartition de la population en 2022.
4. Dans la question suivante, on considère la matrice ligne $P = (a \quad b)$ où a et b sont deux nombres réels tels que $a+b=1$.

  a. Déterminer a et b pour que $P = PM$.
  b. Les infrastructures de la zone B permettent d'accueillir au maximum 75 % de la population. Lors d'un conseil municipal, le maire affirme qu'il va falloir prévoir de nouvelles infrastructures. A-t-il raison ?

EXERCICE 906 **20 minutes**

Le gestionnaire d'un site web, composé de trois pages web numérotées de 1 à 3 et reliées entre elles par des liens hypertextes, désire prévoir la fréquence de connexion sur chacune de ses pages web.

Des études statistiques lui ont permis de s'apercevoir que :

- Si un internaute est sur la page n° 1, alors il ira, soit sur la page n° 2 avec la probabilité $\frac{1}{4}$, soit sur la page n° 3 avec la probabilité $\frac{3}{4}$.
- Si un internaute est sur la page n° 2, alors, soit il ira sur la page n° 1 avec la probabilité $\frac{1}{2}$ soit il restera sur la page n° 2 avec la probabilité $\frac{1}{4}$, soit il ira sur la page n° 3 avec la probabilité $\frac{1}{4}$.
- Si un internaute est sur la page n° 3, alors, soit il ira sur la page n° 1 avec la probabilité $\frac{1}{2}$, soit il ira sur la page n° 2 avec la probabilité $\frac{1}{4}$,soit il restera sur la page n° 3 avec la probabilité $\frac{1}{4}$.

Pour tout entier naturel n, on définit les évènements et les probabilités suivants :

A_n : « Après la n-ième navigation, l'internaute est sur la page n° 1 » et on note $a_n = P(A_n)$.

B_n : « Après la n-ième navigation, l'internaute est sur la page n° 2 » et on note $b_n = P(B_n)$.

C_n : « Après la n-ième navigation, l'internaute est sur la page n° 3 » et on note $c_n = P(C_n)$.

1. Montrer que, pour tout entier naturel n, on a $a_{n+1} = \frac{1}{2}b_n + \frac{1}{2}c_n$.
  On admet que, de même, $b_{n+1} = \frac{1}{4}a_n + \frac{1}{4}b_n + \frac{1}{4}c_n$ et $c_{n+1} = \frac{3}{4}a_n + \frac{1}{4}b_n + \frac{1}{4}c_n$.

Ainsi :

$$\left\{\begin{array}{lcl} a_{n+1} & = & \dfrac{1}{2}b_n+\dfrac{1}{2}c_n \\ b_{n+1} & = & \dfrac{1}{4}a_n+\dfrac{1}{4}b_n+\dfrac{1}{4}c_n \\ c_{n+1} & = & \dfrac{3}{4}a_n+\dfrac{1}{4}b_n+\dfrac{1}{4}c_n \end{array}\right.$$

2. Pour tout entier naturel n, on pose $U_n=\begin{pmatrix}a_n\\b_n\\c_n\end{pmatrix}$.

$U_0=\begin{pmatrix}a_0\\b_0\\c_0\end{pmatrix}$ représente la situation initiale, avec $a_0+b_0+c_0=1$.

Montrer que, pour tout entier naturel n, $U_{n+1}=MU_n$ où M est une matrice 3×3 que l'on précisera.

En déduire que, pour tout entier naturel $n, U_n=M^nU_0$.

3. Montrer qu'il existe une seule matrice colonne $U=\begin{pmatrix}x\\y\\z\end{pmatrix}$ telle que : $x+y+z=1$ et $MU=U$.

4. Un logiciel de calcul formel a permis d'obtenir l'expression de M^n, n étant un entier naturel non nul :

$$M^n=\begin{pmatrix} \frac{1}{3}+\frac{\left(\frac{-1}{2}\right)^n\times 2}{3} & \frac{1}{3}+\frac{\left(\frac{-1}{2}\right)^n}{-3} & \frac{1}{3}+\frac{\left(\frac{-1}{2}\right)^n}{-3} \\ \frac{1}{4} & \frac{1}{4} & \frac{1}{4} \\ \frac{5}{12}+\frac{\left(-\left(\frac{-1}{2}\right)^n\right)\times 2}{3} & \frac{5}{12}+\frac{-\left(\frac{-1}{2}\right)^n}{-3} & \frac{5}{12}+\frac{-\left(\frac{-1}{2}\right)^n}{-3} \end{pmatrix}$$

Pour tout entier naturel n non nul, exprimer a_n, b_n et c_n en fonction de n. En déduire que les suites (a_n), (b_n) et (c_n) convergent vers des limites que l'on précisera.

5. Interpréter les résultats obtenus et donner une estimation des pourcentages de fréquentation du site à long terme.

EXERCICE 907 **20 minutes**

Les poules pondent des oeufs que l'on classe suivant 3 calibres A, B et C (petits, moyens et gros).

– Si une poule pond un oeuf de calibre A, l'oeuf qu'elle pondra ensuite sera de calibre A, B ou C avec des probabilités respectives de $\dfrac{1}{2}$, $\dfrac{1}{4}$ et $\dfrac{1}{4}$.

– Si une poule pond un oeuf de calibre B, l'oeuf qu'elle pondra ensuite sera de calibre A, B ou C avec des probabilités respectives de $\dfrac{1}{4}$, $\dfrac{1}{2}$ et $\dfrac{1}{4}$.

– Si une poule pond un oeuf de calibre C, l'oeuf qu'elle pondra ensuite sera de calibre A, B ou C avec des probabilités respectives de $\dfrac{1}{4}$, $\dfrac{1}{4}$ et $\dfrac{1}{2}$.

– Pour tout entier naturel non nul, on désigne par a_n, b_n et c_n les probabilités respectives pour

que le n−ième oeuf pondu par une poule soit de calibre A, B ou C.
On pose alors $X_n = \begin{pmatrix} a_n & b_n & c_n \end{pmatrix}$.

1. Calculer a_{n+1}, b_{n+1} et c_{n+1} en fonction de a_n, b_n et c_n. En déduire une matrice carrée U telle que, $\forall n \in \mathbb{N}$, $X_{n+1} = X_n U$.
2. Le premier œuf pondu par une poule est de calibre C. Quelle est la probabilité que le sixième œuf pondu par cette poule soit de calibre A? de calibre C?
3. La matrice U admet-elle un état stable?

EXERCICE 908 **25 minutes**

Les parties A et B peuvent être traitées indépendamment l'une de l'autre.

Dans un village imaginaire isolé, une nouvelle maladie contagieuse mais non mortelle a fait son apparition.

Rapidement les scientifiques ont découvert qu'un individu pouvait être dans l'un des trois états suivants :

S : « l'individu est sain, c'est-à-dire non malade et non infecté »,

I : « l'individu est porteur sain, c'est-à-dire non malade mais infecté »,

M : « l'individu est malade et infecté ».

Partie A

Les scientifiques estiment qu'un seul individu est à l'origine de la maladie sur les 100 personnes que compte la population et que, d'une semaine à la suivante, un individu change d'état suivant le processus suivant :

— parmi les individus sains, la proportion de ceux qui deviennent porteurs sains est égale à $\frac{1}{3}$ et la proportion de ceux qui deviennent malades est égale à $\frac{1}{3}$,

— parmi les individus porteurs sains, la proportion de ceux qui deviennent malades est égale à $\frac{1}{2}$.

La situation peut être représentée par un graphe probabiliste comme ci-dessous.

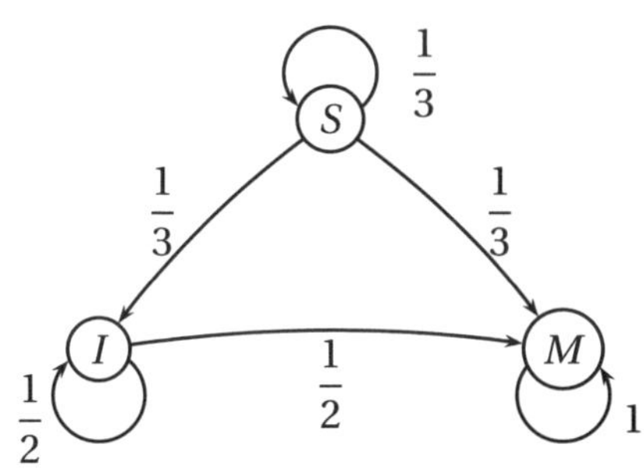

On note $P_n = (s_n \quad i_n \quad m_n)$ la matrice ligne donnant l'état probabiliste au bout de n semaines où s_n, i_n et $m_n$désignent respectivement la probabilité que l'individu soit sain, porteur sain ou malade la n-ième semaine.

On a alors $P_0 = (0{,}99 \quad 0 \quad 0{,}01)$ et pour tout entier naturel n,

$$\begin{cases} s_{n+1} & = & \dfrac{1}{3}s_n \\ i_{n+1} & = & \dfrac{1}{3}s_n + \dfrac{1}{2}i_n \\ m_{n+1} & = & \dfrac{1}{3}s_n + \dfrac{1}{2}i_n + m_n \end{cases}$$

1. Ecrire la matrice A appelée *matrice de transition*, telle que pour tout entier naturel n, $P_{n+1} = P_n \times A$.
2. Démontrer par récurrence que pour tout entier naturel n non nul, $P_n = P_0 \times A^n$.
3. Déterminer l'état probabiliste P_4 au bout de quatre semaines. On pourra arrondir les valeurs à 10^{-2}.
   Quelle est la probabilité qu'un individu soit sain au bout de quatre semaines ?

Partie B

La maladie n'évolue en réalité pas selon le modèle précédent puisqu'au bout de 4 semaines de recherche, les scientifiques découvrent un vaccin qui permet d'enrayer l'endémie et traitent immédiatement l'ensemble de la population.
L'évolution hebdomadaire de la maladie après vaccination est donnée par la matrice de transition :

$$B = \begin{pmatrix} \dfrac{5}{12} & \dfrac{1}{4} & \dfrac{1}{3} \\ \dfrac{5}{12} & \dfrac{1}{4} & \dfrac{1}{3} \\ \dfrac{1}{6} & \dfrac{1}{2} & \dfrac{1}{3} \end{pmatrix}.$$

On note Q_n la matrice ligne donnant l'état probabiliste au bout de n semaines après la mise en place de ces nouvelles mesures de vaccination. Ainsi, $Q_n = (S_n \quad I_n \quad M_n)$ où S_n, I_n et M_n désignent respectivement la probabilité que l'individu soit sain, porteur sain et malade la n-ième semaine après la vaccination.
Pour tout entier naturel n, on a alors $Q_{n+1} = Q_n \times B$.
D'après la partie A, $Q_0 = P_4$. Pour la suite, on prend $Q_0 = (0{,}01 \quad 0{,}10 \quad 0{,}89)$ où les coefficients ont été arrondis à 10^{-2}.

1. Exprimer S_{n+1}, I_{n+1} et M_{n+1} en fonction de S_n, I_n et M_n.
2. Déterminer la constante réelle k telle que $B^2 = kJ$ où J est la matrice carrée d'ordre 3 dont tous les coefficients sont égaux à 1.
   On en déduit que pour tout entier n supérieur ou égal à 2, $B^n = B^2$.
3. **a.** Démontrer que pour tout entier n supérieur ou égal à 2, $Q_n = \begin{pmatrix} \dfrac{1}{3} & \dfrac{1}{3} & \dfrac{1}{3} \end{pmatrix}$.
   b. Interpréter ce résultat en terme d'évolution de la maladie.
   Peut-on espérer éradiquer la maladie grâce au vaccin ?

EXERCICE 909 **30 minutes**

1. On considère l'équation (E) à résoudre dans $\mathbb{Z}$: $7x - 5y = 1$.
   a. Vérifier que le couple $(3; 4)$ est solution de (E).
   b. Montrer que le couple d'entiers $(x\ ;\ y)$ est solution de (E) si et seulement si
   $$7(x-3) = 5(y-4)$$
   c. Montrer que les solutions entières de l'équation (E) sont exactement les couples $(x\ ;\ y)$ d'entiers relatifs tels que :
   $$\left\{\begin{array}{lcl} x & = & 5k+3 \\ y & = & 7k+4 \end{array}\right. \text{ où } k \in \mathbb{Z}.$$
2. Une boîte contient 25 jetons, des rouges, des verts et des blancs. Sur les 25 jetons il y a x jetons rouges et y jetons verts. Sachant que $7x - 5y = 1$, quels peuvent être les nombres de jetons rouges, verts et blancs ?

Dans la suite, on supposera qu'il y a 3 jetons rouges et 4 jetons verts.

3. On considère la marche aléatoire suivante d'un pion sur un triangle ABC. A chaque étape, on tire au hasard un des jetons parmi les 25, puis on le remet dans la boîte.
   • Lorsqu'on est en A :
   Si le jeton tiré est rouge, le pion va en B. Si le jeton tiré est vert, le pion va en C. Si le jeton tiré est blanc, le pion reste en A.
   • Lorsqu'on est en B :
   Si le jeton tiré est rouge, le pion va en A. Si le jeton tiré est vert, le pion va en C. Si le jeton tiré est blanc, le pion reste en B.
   • Lorsqu'on est en C :
   Si le jeton tiré est rouge, le pion va en A. Si le jeton tiré est vert, le pion va en B. Si le jeton tiré est blanc, le pion reste en C.
   Au départ, le pion est sur le sommet A.
   Pour tout entier naturel n, on note a_n, b_n et c_n les probabilités que le pion soit respectivement sur les sommets A, B et C à l'étape n.
   On note X_n la matrice ligne $\begin{pmatrix} a_n & b_n & c_n \end{pmatrix}$ et T la matrice $\begin{pmatrix} 0,72 & 0,12 & 0,16 \\ 0,12 & 0,72 & 0,16 \\ 0,12 & 0,16 & 0,72 \end{pmatrix}$.
   Donner la matrice ligne X_0 et montrer que, pour tout entier naturel n, $X_{n+1} = X_n T$.
4. On admet que $T = PDP^{-1}$ où $P^{-1} = \begin{pmatrix} \frac{3}{10} & \frac{37}{110} & \frac{4}{11} \\ \frac{1}{10} & -\frac{1}{10} & 0 \\ 0 & \frac{1}{11} & -\frac{1}{11} \end{pmatrix}$ et $D = \begin{pmatrix} 1 & 0 & 0 \\ 0 & 0,6 & 0 \\ 0 & 0 & 0,56 \end{pmatrix}$.
   a. A l'aide de la calculatrice, donner les coefficients de la matrice P. On pourra remarquer qu'ils sont entiers.
   b. Montrer que $T^n = PD^nP^{-1}$.

c. Donner sans justification les coefficients de la matrice D^n.

On note $\alpha_n, \beta_n, \gamma_n$ les coefficients de la première ligne de la matrice T^n ainsi :

$$T^n = \begin{pmatrix} \alpha_n & \beta_n & \gamma_n \\ \dots & \dots & \dots \\ \dots & \dots & \dots \end{pmatrix}.$$

On admet que $\alpha_n = \dfrac{3}{10} + \dfrac{7}{10} \times 0,6^n$ et $\beta_n = \dfrac{37 - 77 \times 0,6^n + 40 \times 0,56^n}{110}$.

On ne cherchera pas à calculer les coefficients de la deuxième ligne ni ceux de la troisième ligne.

5. On rappelle que, pour tout entier naturel n, $X_n = X_0 T^n$.

a. Déterminer les nombres a_n, b_n, à l'aide des coefficients α_n et β_n. En déduire c_n.

b. Déterminer les limites des suites (a_n), (b_n) et (c_n).

c. Sur quel sommet a-t-on le plus de chance de se retrouver après un grand nombre d'itérations de cette marche aléatoire ?

EXERCICE 910 **20 minutes**

La mairie d'une ville propose une carte jeune annuelle donnant droit à des réductions sur les activités culturelles et de loisirs. La mairie espère que dans l'avenir, au moins 70 % de la population des 12-18 ans possèdent la carte et si oui, en quelle année cela se produirait.

Ces dernières années, lors du renouvellement de la carte, on a constaté que 10 % des possesseurs de la carte ne la rachètent pas. Dans le même temps, 30 % de la population des 12-18 ans qui ne la possédaient pas l'année précédente achètent la carte. On fait l'hypothèse que l'effectif de la population des 12-18 ans est constant et que l'évolution va rester la même pour les prochaines années.

En 2020, 80 % des jeunes de 12-18 ans ne possédaient pas la carte.

On note, pour tout entier naturel n, a_n la part de la population des 12-18 ans de la ville possédant la carte l'année $2020 + n$, et b_n la part de la population des 12-18 ans ne la possédant pas.

Partie A

1. Représenter cette situation par un graphe probabiliste de sommets A et B où le sommet A représente l'état « posséder une carte jeune » et B l'état « ne pas posséder une carte jeune ».

2. Déterminer la matrice de transition M de ce graphe en respectant l'ordre A puis B des sommets.

3. a. Vérifier que $a_2 = 0,552$ et $b_2 = 0,448$.

b. Interpréter le coefficient 0,552 dans le contexte de l'énoncé.

4. On note a et b les coefficients de la matrice P correspondant à l'état stable de ce graphe.

a. Montrer que les nombres a et b sont solutions du système $\begin{cases} -0,1a + 0,3b = 0 \\ a + b = 1 \end{cases}$

b. Justifier que la mairie peut espérer qu'à l'avenir au moins 70 % de la population des 12-18 ans possèdent la carte.

Partie B

On admet que pour tout entier naturel n, $a_{n+1} = 0,6a_n + 0,3$ et que la suite (a_n) est croissante.

1. On donne l'algorithme suivant dans lequel A est un nombre réel et N est un entier naturel.

```
A ← 0,2
N ← 0
Tant que ...... faire
  | A ←— ......
  | N ←— ......
```

Compléter les pointillés des lignes 3 à 5 de l'algorithme ci-dessus pour qu'il affiche le nombre d'années nécessaires à la mairie pour atteindre son objectif qu'au moins 70 % de la population des 12-18 ans possèdent la carte.

2. En quelle année l'objectif sera-t-il atteint ?

EXERCICE 911 **25 minutes**

Pour se rendre à l'université, Julie peut emprunter deux itinéraires, l'un passant par les routes départementales, l'autre par une voie rapide. Elle teste les deux itinéraires.

Lorsque Julie emprunte la voie rapide un jour, la probabilité qu'elle emprunte le même itinéraire le lendemain est de 0,6.

Lorsque Julie emprunte les routes départementales un jour, la probabilité qu'elle emprunte la voie rapide le lendemain est de 0,2.

Le premier jour, Julie emprunte la voie rapide.

On note :

- D l'évènement « Julie emprunte les routes départementales » ;
- R l'évènement « Julie emprunte la voie rapide ».

1. a. Traduire ces informations à l'aide d'un graphe probabiliste dont les sommets seront notés D et R.

b. Donner la matrice de transition M correspondant au graphe probabiliste. Les sommets du graphe seront rangés dans l'ordre alphabétique.

2. Pour tout entier n supérieur ou égal à 1, l'état probabiliste le n−ième jour est défini par la matrice $P_n = \begin{pmatrix} d_n & r_n \end{pmatrix}$ où d_n désigne la probabilité que Julie emprunte les routes départementales le n−ième jour et r_n la probabilité que Julie emprunte la voie rapide le n−ième jour.

a. Donner P_1.

b. Calculer M^2 et en déduire la probabilité que Julie emprunte les routes départementales le 3e jour.

3. a. Exprimer, pour tout entier naturel n non nul, P_{n+1} en fonction de P_n et en déduire les expressions de d_{n+1} et r_{n+1} en fonction de d_n et r_n.

b. Parmi les algorithmes suivants, lequel donne les termes d_3 et r_3 ?

Algorithme 1	Algorithme 2	Algorithme 3
$D \leftarrow 0$ $R \leftarrow 1$ Pour N allant de 1 à 3 $D \leftarrow 0,8D + 0,4R$ $R \leftarrow 0,2D + 0,6R$ Fin Pour	$D \leftarrow 0$ $R \leftarrow 1$ Pour N allant de 1 à 3 $D \leftarrow 0,8D + 0,4R$ $R \leftarrow 1 - D$ Fin Pour	$D \leftarrow 0$ $R \leftarrow 1$ Pour N allant de 2 à 3 $D \leftarrow 0,8D + 0,4R$ $R \leftarrow 1 - D$ Fin Pour

4. Montrer que, pour tout entier naturel n non nul, $r_{n+1} = 0,4r_n + 0,2$.

5. On définit la suite (v_n) par $v_n = r_n - \frac{1}{3}$ pour tout entier naturel n non nul.

a. Démontrer que (v_n) est une suite géométrique dont on précisera la raison et le premier terme v_1.

b. Exprimer v_n en fonction de n puis démontrer que, pour tout entier naturel n non nul : $v_n = \frac{1}{3} + \frac{2}{3} \times 0,4^{n-1} = \frac{1}{3} + \frac{5}{3} \times 0,4^n$.

c. Que peut-on prévoir à long terme ?

EXERCICE 912 **25 minutes**

Deux grossistes A et B se partagent la clientèle d'un liquide industriel.
On suppose que le nombre total de clients reste fixe d'une année sur l'autre.
En 2017, 45 % des clients se fournissaient chez le grossiste A et 55 % chez le grossiste B.
D'une année sur l'autre, 6 % des clients du grossiste A deviennent clients du grossiste B tandis que le grossiste B conserve 86 % de ses clients.
Chaque année, on choisit au hasard un client ayant acheté le liquide.
Pour tout entier naturel n on note :

- a_n la probabilité qu'il soit client du grossiste A en $(2017 + n)$,
- b_n la probabilité qu'il soit client du grossiste B en $(2017 + n)$.

Pour tout entier naturel n, on note $P_n = \begin{pmatrix} a_n & b_n \end{pmatrix}$ la matrice ligne représentant l'état probabiliste de l'année $(2017 + n)$. On rappelle que $a_n + b_n = 1$.
On a donc $P_0 = \begin{pmatrix} 0,45 & 0,55 \end{pmatrix}$.

1. Représenter cette situation par un graphe probabiliste dans lequel les sommets A et B correspondent aux noms des grossistes.

2. a. Donner la matrice de transition T associée à ce graphe (les sommets seront rangés par ordre alphabétique).

b. Quelle sera, exprimée en pourcentage, la répartition prévisible des ventes entre ces deux grossistes en 2020 ? Justifier la réponse. On arrondira les résultats à 0,1 % près.

3. On admet que pour tout entier naturel n, $a_{n+1} = 0,8a_n + 0,14$.

a. On pose pour tout naturel n : $u_n = a_n - 0,7$.
Démontrer que la suite (u_n) est une suite géométrique dont on précisera le premier terme et la raison.

b. En déduire que pour tout entier naturel n, $a_n = -0,25 \times 0,8^n + 0,7$.

c. Quelle part du marché, exprimée en pourcentage, le grossiste A peut-il espérer à long terme? Justifier la réponse.

d. A partir de quelle année le grossiste A détiendra t-il plus de 65 % du marché?

EXERCICE 913 **15 minutes**

En 2018, des vélos électriques ont été mis en location. Les clients ont donc eu le choix entre des vélos classiques et des vélos électriques. En 2018, seulement 10 % des clients ont loué des vélos électriques.

On admet que tous les clients louent un vélo et que :

- 85 % des clients ayant loué un vélo électrique une année en relouent un l'année suivante;
- 70 % des clients ayant loué un vélo classique une année en relouent un l'année suivante.

On suppose que le nombre de clients chaque été reste constant. On s'intéresse à la répartition des clients dans les années à venir.

On note pour tout entier naturel n :

- c_n la probabilité qu'un client pris au hasard choisisse un vélo classique l'année $2018 + n$;
- e_n la probabilité qu'un client pris au hasard choisisse un vélo électrique l'année $2018 + n$;
- $P_n = \begin{pmatrix} c_n & e_n \end{pmatrix}$ la matrice correspondant à l'état probabiliste l'année $2018 + n$.

1. Représenter la situation par un graphe probabiliste.
On notera C l'évènement « le client loue un vélo classique » et E l'évènement « le client loue un vélo électrique ».

2. Donner la matrice P_0 traduisant l'état probabiliste initial ainsi que la matrice de transition M en respectant l'ordre C puis E des sommets.

3. Calculer P_1.

4. Déterminer l'état stable du graphe probabiliste et interpréter le résultat obtenu dans le contexte de l'exercice.

EXERCICE 914 **20 minutes**

Léa est inscrite sur les réseaux sociaux et consulte régulièrement sa page.

On considère que :

- Si Léa s'est connectée un certain jour, la probabilité qu'elle se connecte le lendemain est égale à 0,9.
- Si Léa ne s'est pas connectée un certain jour, la probabilité qu'elle se connecte le lendemain est égale à 0,8.

Pour tout entier $n \geqslant 1$, on note a_n la probabilité que Léa se connecte le n−ième jour et b_n la probabilité qu'elle ne se connecte pas le n−ième jour.

On a donc : $a_n + b_n = 1$.

Le 1er jour, Léa ne s'est pas connectée, on a donc $a_1 = 0$.

1. **a.** Traduire les données par un graphe probabiliste.
   b. Préciser la matrice M de transition associée à ce graphe.
   c. Déterminer la probabilité que Léa se connecte le troisième jour.
2. Démontrer que, pour tout entier $n \geqslant 1$, on a : $a_{n+1} = 0,1a_n + 0,8$.
3. On considère la suite (u_n) définie, pour tout entier $n \geqslant 1$, par $u_n n = a_n - \dfrac{8}{9}$.
   a. Montrer que (u_n) est une suite géométrique, préciser sa raison et son premier terme.
   b. Exprimer u_n puis a_n en fonction de n.
4. **a.** Déterminer en justifiant la limite de (a_n).
   b. Interpréter ce résultat.

EXERCICE 915 **20 minutes**

Deux opérateurs Alpha et Bravo se partagent le marché de la téléphonie mobile dans un pays.
En 2015, l'opérateur Alpha possède 30 % du marché de téléphonie mobile. Le reste appartient à l'opérateur Bravo.
On étudie l'évolution dans le temps du choix des abonnés de 2015 pour l'un ou l'autre des opérateurs. Chaque abonné conserve un abonnement téléphonique, soit chez l'opérateur Alpha soit chez l'opérateur Bravo.
On estime que, chaque année :

- 12 % des abonnés de l'opérateur Alpha le quittent et souscrivent un abonnement chez l'opérateur Bravo.
- 86 % des abonnés de l'opérateur Bravo lui restent fidèles, les autres le quittent pour l'opérateur Alpha.

On modélise cette situation par un graphe probabiliste à deux sommets Alpha et Bravo :

- A est l'évènement : « l'abonné est chez l'opérateur Alpha » ;
- B est l'évènement : « l'abonné est chez l'opérateur Bravo ».

1. Dessiner ce graphe probabiliste.
   On admet que la matrice de transition de ce graphe probabiliste, en considérant les sommets dans l'ordre alphabétique, est : $M = \begin{pmatrix} 0,88 & 0,12 \\ 0,14 & 0,86 \end{pmatrix}$.
   On note pour tout entier naturel n :
   - a_n la probabilité qu'un abonné soit chez l'opérateur Alpha l'année $2015 + n$;
   - b_n la probabilité qu'un abonné soit chez l'opérateur Bravo l'année $2015 + n$.

   On note $P_n = \begin{pmatrix} a_n & b_n \end{pmatrix}$ la matrice ligne de l'état probabiliste pour l'année $2015 + n$.
2. Donner a_0 et b_0.
3. Montrer qu'en 2018, il y aura environ 44,2 % des abonnés chez l'opérateur Alpha.
4. Les deux opérateurs voudraient connaître la répartition de l'ensemble des abonnés sur le long terme. On note $P = \begin{pmatrix} x & y \end{pmatrix}$ l'état stable de la répartition des abonnés.

a. Montrer que les nombres x et y sont solutions du système $\begin{cases} 0,12x - 0,14y = 0 \\ x + y = 1 \end{cases}$

b. Résoudre le système précédent dans l'ensemble des réels.

c. Déterminer la répartition des abonnés entre les deux opérateurs au bout d'un grand nombre d'années. Arrondir les pourcentages à 0,1 %.

3.7 Exercices de synthèse

EXERCICE 916 **30 minutes**

L'arbre de Stern-Brocot a été découvert séparément par le mathématicien allemand Moritz Abraham Stern (1858) et par Achille Brocot (1861), horloger français qui l'a utilisé pour concevoir des systèmes d'engrenages avec un rapport entre rouages proche d'une valeur souhaitée. Cet exercice aborde la méthode avec des matrices carrées.

On considère les deux matrices $G = \begin{pmatrix} 1 & 0 \\ 1 & 1 \end{pmatrix}$ et $D = \begin{pmatrix} 1 & 1 \\ 0 & 1 \end{pmatrix}$.

On construit un arbre descendant à partir d'une matrice initiale, de la façon suivante : de chaque matrice carrée M de l'arbre partent deux nouvelles branches vers les deux autres matrices $M \times G$ (à gauche) et $M \times D$ (à droite). Ces deux nouvelles matrices sont appelées les matrices filles de M.

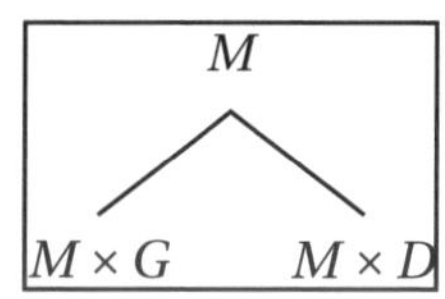

Dans la méthode considérée, on prend comme matrice initiale la matrice $I = \begin{pmatrix} 1 & 0 \\ 0 & 1 \end{pmatrix}$.

1. Déterminer les deux matrices manquantes A et B, dans la troisième ligne de l'arbre de Stern-Brocot ci-dessous.

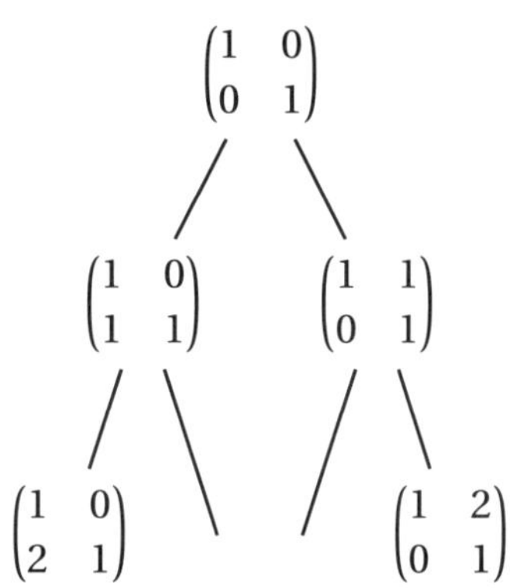

Dans la suite de l'exercice, on admet que pour toute matrice $M = \begin{pmatrix} a & c \\ b & d \end{pmatrix}$ de l'arbre de Stern-Brocot, les nombres a, b, c, d sont des entiers vérifiant : $b + d \neq 0$.

2. On associe à une matrice $M = \begin{pmatrix} a & c \\ b & d \end{pmatrix}$ de l'arbre de Stern-Brocot la fraction $\dfrac{a+c}{b+d}$. Montrer que, dans cette association, le trajet « gauche-droite-gauche » à partir de la matrice initiale dans l'arbre, aboutit à une matrice correspondant à la fraction $\dfrac{3}{5}$.

3. Soit $M = \begin{pmatrix} a & c \\ b & d \end{pmatrix}$ une matrice de l'arbre. On rappelle que a, b, c, d sont des entiers.
On note $\Delta_M = ad - bc$, la différence des produits diagonaux de cette matrice.

a. Montrer que si $ad - bc = 1$, alors $d(a+c) - c(b+d) = 1$.

b. En déduire que si $M = \begin{pmatrix} a & c \\ b & d \end{pmatrix}$ est une matrice de l'arbre de Stern-Brocot telle que $\Delta_M = ad - bc = 1$, alors $\Delta_{M\times G} = 1$, c'est-à-dire que la différence des produits diagonaux de la matrice $M \times G$ est aussi égale à 1.
On admet de même que $\Delta_{M\times D} = 1$, et que toutes les autres matrices N de l'arbre de Stern-Brocot vérifient l'égalité $\Delta_N = 1$.

4. Déduire de la question précédente que toute fraction associée à une matrice de l'arbre de Stern-Brocot est irréductible.

5. Soit m et n deux entiers naturels non nuls premiers entre eux. Ainsi la fraction $\dfrac{m}{n}$ est irréductible. On considère l'algorithme suivant

```
Tant que m ≠ n, faire
        Si m < n
                Afficher « Gauche »
                n ⟵ n − m
        Sinon
                Afficher « Droite »
                m ⟵ m − n
```

a. Compléter le tableau suivant, indiquer ce qu'affiche l'algorithme lorsqu'on le fait fonctionner avec les valeurs $m = 4$ et $n = 7$.

Affichage		...	...	...	...
m	4	...	...	...	...
n	7	...	...	...	...

b. Conjecturer le rôle de cet algorithme. Vérifier par un calcul matriciel le résultat fourni avec les valeurs $m = 4$ et $n = 7$.

EXERCICE 917 **30 minutes**

Partie A

On considère les matrices M de la forme $M = \begin{pmatrix} a & b \\ 5 & 3 \end{pmatrix}$ où a et b sont des nombres entiers.
Le nombre $3a - 5b$ est appelé le déterminant de M. On le note $det(M)$.
Ainsi $det(M) = 3a - 5b$.

1. Dans cette question on suppose que $det(M) \neq 0$ et on pose $N = \dfrac{1}{det(M)}\begin{pmatrix} 3 & -b \\ -5 & a \end{pmatrix}$.
Justifier que N est l'inverse de M.

2. On considère l'équation (E) : $\quad det(M) = 3$.
On souhaite déterminer tous les couples d'entiers $(a\,;\,b)$ solutions de l'équation (E).

a. Vérifier que le couple $(6\,;\,3)$ est une solution de (E).

b. Montrer que le couple d'entiers $(a\,;\,b)$ est solution de (E) si et seulement si $3(a-6) = 5(b-3)$.
En déduire l'ensemble des solutions de l'équation (E).

Partie B

1. On pose $Q = \begin{pmatrix} 6 & 3 \\ 5 & 3 \end{pmatrix}$.
En utilisant la partie A, déterminer la matrice inverse de Q.

2. *Codage avec la matrice Q*

Pour coder un mot de deux lettres à l'aide de la matrice $Q = \begin{pmatrix} 6 & 3 \\ 5 & 3 \end{pmatrix}$ on utilise la procédure ci-après :

Etape 1 : On associe au mot la matrice $X = \begin{pmatrix} x_1 \\ x_2 \end{pmatrix}$ où x_1 est l'entier correspondant à la première lettre du mot et x_2 l'entier correspondant à la deuxième lettre du mot selon le tableau de correspondance ci-dessous :

A	B	C	D	E	F	G	H	I	J	K	L	M
0	1	2	3	4	5	6	7	8	9	10	11	12

N	O	P	Q	R	S	T	U	V	W	X	Y	Z
13	14	15	16	17	18	19	20	21	22	23	24	25

Etape 2 : La matrice X est transformée en la matrice $Y = \begin{pmatrix} y_1 \\ y_2 \end{pmatrix}$ telle que $Y = QX$.

Etape 3 : La matrice Y est transformée en la matrice $R = \begin{pmatrix} r_1 \\ r_2 \end{pmatrix}$ telle que r_1 est le reste de la division euclidienne de y_1 par 26 et r_2 est le reste de la division euclidienne de y_2 par 26.

Etape 4 : A la matrice $R = \begin{pmatrix} r_1 \\ r_2 \end{pmatrix}$ on associe un mot de deux lettres selon le tableau de correspondance de l'étape 1.

$$\text{Exemple : JE} \to X = \begin{pmatrix} 9 \\ 4 \end{pmatrix} \to Y = \begin{pmatrix} 66 \\ 57 \end{pmatrix} \to R = \begin{pmatrix} 14 \\ 5 \end{pmatrix} \to \text{OF.}$$

Le mot JE est codé en le mot OF.
Coder le mot DO.

3. *Procédure de décodage*

On conserve les mêmes notations que pour le codage.
Lors du codage, la matrice X a été transformée en la matrice Y telle que $Y = QX$.

a. Démontrer que $3X = 3Q^{-1}Y$ puis que $\begin{cases} 3x_1 & = & 3r_1 - 3r_2 \quad [26] \\ 3x_2 & = & -5r_1 + 6r_2 \quad [26] \end{cases}$

b. En remarquant que $9 \times 3 \equiv 1 \quad [26]$, montrer que $\begin{cases} x_1 & \equiv & r_1 - r_2 \quad [26] \\ x_2 & \equiv & 7r_1 + 2r_2 \quad [26] \end{cases}$

c. Décoder le mot SG.

Exercice 918 **30 minutes**

On dispose de deux urnes U et V contenant chacune deux boules. Au départ, l'urne U contient deux boules blanches et l'urne V contient deux boules noires.
On effectue des tirages successifs dans ces urnes de la façon suivante : chaque tirage consiste à prendre au hasard, de manière simultanée, une boule dans chaque urne et à la mettre dans l'autre urne.
Pour tout entier naturel n non nul, on note X_n la variable aléatoire égale au nombre de boules blanches que contient l'urne U à la fin du n-ième tirage.

1. a. Traduire par une phrase la probabilité $P_{(X_n=1)}(X_{n+1} = 1)$ puis déterminer les probabilités conditionnelles suivantes :

$$P_{(X_n=0)}(X_{n+1} = 1), P_{(X_n=1)}(X_{n+1} = 1) \text{ et } P_{(X_n=2)}(X_{n+1} = 1).$$

b. Exprimer $P(X_{n+1} = 1)$ en fonction de $P(X_n = 0)$, $P(X_n = 1)$ et $P(X_n = 2)$.

2. Pour tout entier naturel n non nul, on note R_n la matrice ligne définie par :

$$R_n = \begin{pmatrix} P(X_n = 0) & P(X_n = 1) & P(X_n = 2) \end{pmatrix}$$

et on considère M la matrice $\begin{pmatrix} 0 & 1 & 0 \\ \frac{1}{4} & \frac{1}{2} & \frac{1}{4} \\ 0 & 1 & 0 \end{pmatrix}$.

On note R_0 la matrice ligne $\begin{pmatrix} 0 & 0 & 1 \end{pmatrix}$.
On admettra par la suite que, pour tout entier naturel n, $R_{n+1} = R_n \times M$.
Déterminer R_1 et justifier que, pour tout entier naturel n, $R_n = R_0 \times M^n$.

3. On admet que $M = P \times D \times P^{-1}$ avec :

$$P = \frac{1}{6}\begin{pmatrix} 2 & 3 & 1 \\ -1 & 0 & 1 \\ 2 & -3 & 1 \end{pmatrix}, D = \begin{pmatrix} -\frac{1}{2} & 0 & 0 \\ 0 & 0 & 0 \\ 0 & 0 & 1 \end{pmatrix} \text{ et } P^{-1} = \begin{pmatrix} 1 & -2 & 1 \\ 1 & 0 & -1 \\ 1 & 4 & 1 \end{pmatrix}.$$

Etablir que, pour tout entier naturel n, $M^n = P \times D^n \times P^{-1}$.

On admettra que, pour tout entier naturel n, $D^n = \begin{pmatrix} \left(-\frac{1}{2}\right)^n & 0 & 0 \\ 0 & 0 & 0 \\ 0 & 0 & 1 \end{pmatrix}$.

4. a. Calculer $D^n \times P^{-1}$ en fonction de n.

b. Sachant que $R_0 P = \begin{pmatrix} \frac{1}{3} & -\frac{1}{2} & \frac{1}{6} \end{pmatrix}$, déterminer les coefficients de R_n en fonction de n.

5. Déterminer $\lim\limits_{n\to+\infty} P(X_n = 0)$, $\lim\limits_{n\to+\infty} P(X_n = 1)$ et $\lim\limits_{n\to+\infty} P(X_n = 2)$.
Interpréter ces résultats.

EXERCICE 919 **40 minutes**

Le but de cet exercice est d'étudier, sur un exemple, une méthode de chiffrement publiée en 1929 par le mathématicien et cryptologue Lester Hill. Ce chiffrement repose sur la donnée d'une matrice A, connue uniquement de l'émetteur et du destinataire.

Dans tout l'exercice, on note A la matrice définie par : $A = \begin{pmatrix} 5 & 2 \\ 7 & 7 \end{pmatrix}$.

Partie A – Chiffrement de Hill

Voici les différentes étapes de chiffrement pour un mot comportant un nombre pair de lettres :

Etape 1	On divise le mot en blocs de deux lettres consécutives puis, pour chaque bloc, on effectue chacune des étapes suivantes.
Etape 2	On associe aux deux lettres du bloc les deux entiers x_1 et x_2 tous deux compris entre 0 et 25, qui correspondent aux deux lettres dans le même ordre, dans le tableau suivant : (voir tableau ci-dessous)
Etape 3	On transforme la matrice $X = \begin{pmatrix} x_1 \\ x_2 \end{pmatrix}$ en la matrice $Y = \begin{pmatrix} y_1 \\ y_2 \end{pmatrix}$ vérifiant $Y = AX$.
Etape 4	On transforme la matrice $Y = \begin{pmatrix} y_1 \\ y_2 \end{pmatrix}$ en la matrice $R = \begin{pmatrix} r_1 \\ r_2 \end{pmatrix}$, où r_1 est le reste de la division euclidienne de y_1 par 26 et r_2 celui de la division euclidienne de y_2 par 26.
Etape 5	On associe aux entiers r_1 et r_2 les deux lettres correspondantes du tableau de l'étape 2. Le bloc chiffré est le bloc obtenu en juxtaposant ces deux lettres.

Tableau de l'étape 2 :

A	B	C	D	E	F	G	H	I	J	K	L	M
0	1	2	3	4	5	6	7	8	9	10	11	12

N	O	P	Q	R	S	T	U	V	W	X	Y	Z
13	14	15	16	17	18	19	20	21	22	23	24	25

Question : utiliser la méthode de chiffrement exposée pour chiffrer le mot « HILL ».

Partie B - Quelques outils mathématiques nécessaires au déchiffrement

1. Soit a un entier relatif premier avec 26.
Démontrer qu'il existe un entier relatif u tel que $u \times a \equiv 1\ [26]$.

2. On considère l'algorithme suivant :

```
u ⟵ 0, et r ⟵ 0
Tant que r ≠ 1
    u ⟵ u + 1
    r ⟵ u × a[26]
Fin du Tant que
```

On entre la valeur $a = 21$ dans cet algorithme.

a. Compléter le tableau suivant, jusqu'à l'arrêt de l'algorithme.

u	0	1	2	...
r	0	21	...	...

b. En déduire que $5 \times 21 \equiv 1$ [26].

3. On rappelle que A est la matrice $A = \begin{pmatrix} 5 & 2 \\ 7 & 7 \end{pmatrix}$ et on note I la matrice : $I = \begin{pmatrix} 1 & 0 \\ 0 & 1 \end{pmatrix}$.

a. Calculer la matrice $12A - A^2$.
b. En déduire la matrice B telle que $BA = 21I$.
c. Démontrer que si $AX = Y$, alors $21X = BY$.

Partie C - Déchiffrement

On veut déchiffrer le mot VLUP.

On note $X = \begin{pmatrix} x_1 \\ x_2 \end{pmatrix}$ la matrice associée, selon le tableau de correspondance, à un bloc de deux lettres avant chiffrement, et $Y = \begin{pmatrix} y_1 \\ y_2 \end{pmatrix}$ la matrice définie par l'égalité : $Y = AX = \begin{pmatrix} 5 & 2 \\ 7 & 7 \end{pmatrix} X$.

Si r_1 et r_2 sont les restes respectifs de y_1 et y_2 dans la division euclidienne par 26, le bloc de deux lettres après chiffrement est associé à la matrice $R = \begin{pmatrix} r_1 \\ r_2 \end{pmatrix}$.

1. Démontrer que : $\left\{ \begin{array}{lcl} 21x_1 & = & 7y_1 - 2y_2 \\ 21x_2 & = & -7y_1 + 5y_2 \end{array} \right.$

2. En utilisant la question B .2., établir que : $\left\{ \begin{array}{lcl} x_1 & \equiv & 9r_1 + 16r_2 \ [26] \\ x_2 & \equiv & 17r_1 + 25r_2 \ [26] \end{array} \right.$

3. Déchiffrer le mot VLUP, associé aux matrices $\begin{pmatrix} 21 \\ 11 \end{pmatrix}$ et $\begin{pmatrix} 20 \\ 15 \end{pmatrix}$.

EXERCICE 920 **35 minutes**

Parmi les ordinateurs d'un parc informatique, 60 % présentent des failles de sécurité. Afin de pallier ce problème, on demande à un technicien d'intervenir chaque jour pour traiter les défaillances.

On estime que chaque jour, il remet en état 7 % des ordinateurs défaillants, tandis que de nouvelles failles apparaissent chez 3 % des ordinateurs sains. On suppose de plus que le nombre d'ordinateurs est constant sur la période étudiée.

Pour tout entier naturel n, on note a_n la proportion d'ordinateurs sains de ce parc informatique au bout de n jours d'intervention, et b_n la proportion d'ordinateurs défaillants au bout de n jours. Ainsi $a_0 = 0,4$ et $b_0 = 0,6$.

Partie A

1. Décrire la situation précédente à l'aide d'un graphe ou d'un arbre pondéré.
2. Déterminer a_1 et b_1.
3. Pour tout entier naturel n, exprimer a_{n+1} et b_{n+1} en fonction de a_n et b_n.
4. Soit la matrice $A = \begin{pmatrix} 0,97 & 0,07 \\ 0,03 & 0,93 \end{pmatrix}$. On pose $X_n = \begin{pmatrix} a_n \\ b_n \end{pmatrix}$.
   a. Justifier que pour tout entier naturel n, $X_{n+1} = AX_n$.
   b. Montrer, par récurrence, que pour tout entier naturel n, $X_n = A^n X_0$.
   c. Calculer, à l'aide de la calculatrice, X_{30}. En donner une interprétation concrète (les coefficients seront arrondis au millième).

Partie B

1. On pose $D = \begin{pmatrix} 0,9 & 0 \\ 0 & 0,9 \end{pmatrix}$ et $B = \begin{pmatrix} 0,07 \\ 0,03 \end{pmatrix}$.
   a. Justifier que, pour tout entier naturel n, $a_{n+1} + b_{n+1} = 1$.
   b. Montrer que, pour tout entier naturel n, $X_{n+1} = DX_n + B$.
2. On pose, pour tout entier naturel n, $Y_n = X_n - 10B$.
   a. Montrer que pour tout entier naturel n, $Y_{n+1} = DY_n$.
   b. On admet que pour tout entier naturel n, $Y_n = D^n Y_0$.
   En déduire que pour tout entier naturel n, $X_n = D^n (X_0 - 10B) + 10B$.
   c. Donner l'expression de D^n puis en déduire a_{n+1} et b_{n+1} en fonction de n.
3. Selon cette étude, que peut-on dire de la proportion d'ordinateurs défaillants sur le long terme?

EXERCICE 921 **30 minutes**

On observe la taille d'une colonie de fourmis tous les jours.
Pour tout entier naturel n non nul, on note u_n le nombre de fourmis, exprimé en milliers. dans cette population au bout du n-ième jour.
Au début de l'étude la colonie compte 5 000 fourmis et au bout d'un jour elle compte 5 100 fourmis. Ainsi, on a $u_0 = 5$ et $u_1 = 5,1$.
On suppose que l'accroissement de la taille de la colonie d'un jour sur l'autre diminue de 10 % chaque jour.
En d'autres termes, pour tout entier naturel n, $u_{n+2} - u_{n+1} = 0,9\,(u_{n+1} - u_n)$.

1. Démontrer, dans ces conditions, que $u_2 = 5,19$.
2. Pour tout entier naturel n, on pose $V_n = \begin{pmatrix} u_{n+1} \\ u_n \end{pmatrix}$ et $A = \begin{pmatrix} 1,9 & -0,9 \\ 1 & 0 \end{pmatrix}$.
   a. Démontrer que, pour tout entier naturel n, on a $V_{n+1} = AV_n$.
   On admet alors que, pour tout entier naturel n, $V_n = A^n V_0$.

b. On pose $P = \begin{pmatrix} 0,9 & 1 \\ 1 & 1 \end{pmatrix}$. On admet que la matrice P est inversible.

A l'aide de la calculatrice, déterminer la matrice P^{-1}.

En détaillant les calculs, déterminer la matrice D définie par $D = P^{-1}AP$.

c. Démontrer par récurrence que, pour tout entier naturel n, on a $A^n = PD^nP^{-1}$.

Pour tout entier naturel n, on admet que $A^n = \begin{pmatrix} -10 \times 0,9^{n+1} + 10 & 10 \times 0,9^{n+1} - 9 \\ -10 \times 0,9^n + 10 & 10 \times 0,9^n - 9 \end{pmatrix}$.

d. En déduire que, pour tout entier naturel n, $u_n = 6 - 0,9^n$.

3. Calculer la taille de la colonie au bout du 10e jour. On arrondira le résultat à une fourmi près.

4. Calculer la limite de la suite (u_n). Interpréter ce résultat dans le contexte.

EXERCICE 922 **40 minutes**

Un fumeur décide d'arrêter de fumer. On choisit d'utiliser la modélisation suivante :

- s'il ne fume pas un jour donné, il ne fume pas le jour suivant avec une probabilité de 0,9 ;
- s'il fume un jour donné, il fume le jour suivant avec une probabilité de 0,6.

On appelle p_n la probabilité de ne pas fumer le n-ième jour après sa décision d'arrêter de fumer et q_n, la probabilité de fumer le n-ième jour après sa décision d'arrêter de fumer.

On suppose que $p_0 = 0$ et $q_0 = 1$.

1. Calculer p_1 et q_1.

2. On utilise un tableur pour automatiser le calcul des termes successifs des suites (p_n) et (q_n).

Une copie d'écran de cette feuille de calcul est fournie ci-dessous :

	A	B	C	D
1	n	p_n	q_n	
2	0	0	1	
3	1			
4	2			
5	3			

Dans la colonne A figurent les valeurs de l'entier naturel n.

Quelles formules peut-on écrire dans les cellules B3 et C3 de façon qu'en les recopiant vers le bas, on obtienne respectivement dans les colonnes B et C les termes successifs des suites (p_n) et (q_n) ?

3. On définit les matrices M et, pour tout $n \in \mathbb{N}$, X_n par $M = \begin{pmatrix} 0,9 & 0,4 \\ 0,1 & 0,6 \end{pmatrix}$ et $X_n = \begin{pmatrix} p_n \\ q_n \end{pmatrix}$.

On admet que $X_{n+1} = M \times X_n$ et que, pour tout $n \in \mathbb{N}$, $X_n = M^n \times X_0$.

On définit les matrices A et B par $A = \begin{pmatrix} 0,8 & 0,8 \\ 0,2 & 0,2 \end{pmatrix}$ et $B = \begin{pmatrix} 0,2 & -0,8 \\ -0,2 & 0,8 \end{pmatrix}$.

a. Démontrer que $M = A + 0,5B$.

b. Vérifier que $A^2 = A$, et que $A \times B = B \times A = \begin{pmatrix} 0 & 0 \\ 0 & 0 \end{pmatrix}$.

On admet dans la suite que, pour tout $n \in \mathbb{N}^\star$, $A^n = A$ et $B^n = B$.

c. Démontrer que, pour tout entier naturel n, $M^n = A + 0,5^n B$.
d. En déduire que, pour tout entier naturel n, $p_n = 0,8 - 0,8 \times 0,5^n$.
e. A long terme, peut-on affirmer avec certitude que le fumeur arrêtera de fumer ?

EXERCICE 923 **30 minutes**

On considère la matrice $A = \begin{pmatrix} -4 & 6 \\ -3 & 5 \end{pmatrix}$

1. On appelle I la matrice identité d'ordre 2. Vérifier que $A^2 = A + 2I$.
2. En déduire une expression de A^3 et de A^4 sous la forme $\alpha A + \beta I$ où α et β sont des réels.
3. On considère les suites (r_n) et (s_n) définies par $r_0 = 0$ et $s_0 = 1$ et, pour tout entier naturel n,

$$\begin{cases} r_{n+1} = r_n + s_n \\ s_{n+1} = 2r_n \end{cases}$$

   Démontrer que, pour tout entier naturel n, $A^n = r_n A + s_n I$.
4. Démontrer que la suite (k_n) définie pour tout entier naturel n par $k_n = r_n - s_n$ est géométrique de raison -1.
   En déduire, pour tout entier naturel n, une expression explicite de k_n en fonction de n.
5. On admet que la suite (t_n) définie pour tout entier naturel n par
   $t_n = r_n + \dfrac{(-1)^n}{3}$ est géométrique de raison 2.
   En déduire, pour tout entier naturel n, une expression explicite de t_n en fonction de n.
6. Déduire des questions précédentes, pour tout entier naturel n, une expression explicite de r_n et s_n en fonction de n.
7. En déduire alors, pour tout $n \in \mathbb{N}$, une expression des coefficients de la matrice A^n.

EXERCICE 924 **40 minutes**

Dans un pays de population constante égale à 120 millions, les habitants vivent soit en zone rurale, soit en ville. Les mouvements de population peuvent être modélisés de la façon suivante :

- en 2010, la population compte 90 millions de ruraux et 30 millions de citadins ;
- chaque année, 10 % des ruraux émigrent à la ville ;
- chaque année, 5 % des citadins émigrent en zone rurale.

Pour tout entier naturel n, on note :

- R_n l'effectif de la population rurale, exprimé en millions d'habitants, en l'année $2010 + n$,
- C_n l'effectif de la population citadine, exprimé en millions d'habitants, en l'année $2010 + n$.

On a donc $R_0 = 90$ et $C_0 = 30$.

1. On considère les matrices $M = \begin{pmatrix} 0,9 & 0,05 \\ 0,1 & 0,95 \end{pmatrix}$ et, pour tout entier naturel n,
   $U_n = \begin{pmatrix} R_n \\ C_n \end{pmatrix}$.

a. Démontrer que, pour tout entier naturel n, $U_{n+1} = MU_n$.

b. Calculer U_1. En déduire le nombre de ruraux et le nombre de citadins en 2011.

2. Pour tout entier naturel n non nul, exprimer U_n en fonction de M^n et de U_0.

3. Soit la matrice $P = \begin{pmatrix} 1 & 1 \\ 2 & -1 \end{pmatrix}$. Montrer que la matrice $\begin{pmatrix} \frac{1}{3} & \frac{1}{3} \\ \frac{2}{3} & -\frac{1}{3} \end{pmatrix}$ est la matrice inverse de P et on la notera P^{-1}.

4. a. On pose $\Delta = P^{-1}MP$. Calculer Δ à l'aide de la calculatrice.

b. Démontrer que : $M = P\Delta P^{-1}$.

c. Démontrer par récurrence que, pour tout entier naturel n non nul : $M^n = P\Delta^n P^{-1}$.

5. a. On admet que le calcul matriciel précédent donne :

$$M^n = \begin{pmatrix} \frac{1}{3} + \frac{2}{3} \times 0,85^n & \frac{1}{3} - \frac{1}{3} \times 0,85^n \\ \frac{2}{3} - \frac{2}{3} \times 0,85^n & \frac{2}{3} + \frac{1}{3} \times 0,85^n \end{pmatrix}.$$

En déduire que, pour tout entier naturel n, $R_n = 50 \times 0,85^n + 40$ et déterminer l'expression de C_n en fonction de n.

b. Déterminer la limite de R_n et de C_n lorsque n tend vers $+\infty$.
Que peut-on en conclure pour la population étudiée ?

6. On admet que (R_n) est décroissante et que (C_n) est croissante.
Résoudre l'inéquation d'inconnue n, $50 \times 0,85^n + 40 < 80 - 50 \times 0,85^n$.
En déduire le nombre d'années au bout desquelles la population urbaine dépassera la population rurale.

EXERCICE 925 **30 minutes**

Chaque jeune parent utilise chaque mois une seule marque de petits pots pour bébé. Trois marques X, Y et Z se partagent le marché. Soit n un entier naturel.

On note : X_n l'évènement « la marque X est utilisée le mois n »,
Y_n l'évènement « la marque Y est utilisée le mois n »,
Z_n l'évènement « la marque Z est utilisée le mois n ».

Les probabilités des évènements X_n, Y_n, Z_n sont notées respectivement x_n, y_n, z_n.
La campagne publicitaire de chaque marque fait évoluer la répartition.
Un acheteur de la marque X le mois n, a le mois suivant :

50 % de chance de rester fidèle à cette marque,

40 % de chance d'acheter la marque Y,

10 % de chance d'acheter la marque Z.

Un acheteur de la marque Y le mois n, a le mois suivant :

30 % de chance de rester fidèle à cette marque,

50 % de chance d'acheter la marque X,

20 % de chance d'acheter la marque Z.

Un acheteur de la marque Z le mois n, a le mois suivant :

70 % de chance de rester fidèle à cette marque,

10 % de chance d'acheter la marque X,

20 % de chance d'acheter la marque Y.

1. a. Exprimer x_{n+1} en fonction de x_n, y_n et z_n.
On admet que : $y_{n+1} = 0,4x_n + 0,3y_n + 0,2z_n$ et que $z_{n+1} = 0,1x_n + 0,2y_n + 0,7z_n$.

b. Exprimer z_n en fonction de x_n et y_n. En déduire l'expression de x_{n+1} et y_{n+1} en fonction de x_n et y_n.

2.

On définit la suite (U_n) par $U_n = \begin{pmatrix} x_n \\ y_n \end{pmatrix}$ pour tout entier $n \in \mathbb{N}$.

On admet que, pour tout $n \in \mathbb{N}$, $U_{n+1} = A \times U_n + B$ où $A = \begin{pmatrix} 0,4 & 0,4 \\ 0,2 & 0,1 \end{pmatrix}$ et $B = \begin{pmatrix} 0,1 \\ 0,2 \end{pmatrix}$.

Au début de l'étude statistique (mois de janvier 2014 : $n = 0$), on estime que $U_0 = \begin{pmatrix} 0,5 \\ 0,3 \end{pmatrix}$.

On considère l'algorithme ci-contre :

```
i ← 0
A ← (0,4  0,4)
    (0,2  0,1)
B ← (0,1)
    (0,2)
U ← (0,5)
    (0,3)
Tant que i < n
   U ← A × U + B
   i ← i + 1
Fin de Tant que
```

a. Donner la valeur contenue dans n à la fin de l'exécution de cet algorithme pour $n = 1$ puis pour $n = 3$.

b. Quelle est la probabilité d'utiliser la marque X au mois d'avril?

Dans la suite de l'exercice, on cherche à déterminer une expression de U_n en fonction de n.

On note I la matrice $\begin{pmatrix} 1 & 0 \\ 0 & 1 \end{pmatrix}$ et N la matrice $I - A$.

3. On désigne par C une matrice colonne à deux lignes.

a. Démontrer que $C = A \times C + B$ équivaut à $N \times C = B$.

b. On admet que N est une matrice inversible et que $N^{-1} = \begin{pmatrix} \frac{45}{23} & \frac{20}{23} \\ \frac{10}{23} & \frac{30}{23} \end{pmatrix}$.

En déduire que $C = \begin{pmatrix} \frac{17}{46} \\ \frac{7}{23} \end{pmatrix}$.

4. On note V_n la matrice telle que $V_n = U_n - C$ pour tout entier naturel n.

a. Montrer que, pour tout entier naturel n, $V_{n+1} = A \times V_n$.

b. On admet que $U_n = A^n \times (U_0 - C) + C$.
Quelles sont les probabilités d'utiliser les marques X, Y et Z au mois de mai?

EXERCICE 926 **30 minutes**

Un laboratoire étudie la propagation d'une maladie sur une population.
Un *individu sain* est un individu n'ayant jamais été touché par la maladie.
Un *individu malade* est un individu qui a été touché par la maladie et non guéri.
Un *individu guéri* est un individu qui a été touché par la maladie et qui a guéri.
Une fois guéri, un individu est immunisé et ne peut plus tomber malade.
Les premières observations nous montrent que, d'un jour au jour suivant :

- 5 % des individus tombent malades ;
- 20 % des individus guérissent.

Pour tout entier naturel n, on note a_n la proportion d'individus sains n jours après le début de l'expérience, b_n la proportion d'individus malades n jours après le début de l'expérience, et c_n celle d'individus guéris n jours après le début de l'expérience.
On suppose qu'au début de l'expérience, tous les individus sont sains, c'est à dire que $a_0 = 1$, $b_0 = 0$ et $c_0 = 0$

1. Calculer a_1, b_1 et c_1.

2. a. Quelle est la proportion d'individus sains qui restent sains d'un jour au jour suivant ? En déduire a_{n+1} en fonction de a_n.

b. Exprimer b_{n+1} en fonction de a_n et de b_n.

On admet que $c_{n+1} = 0{,}2b_n + c_n$.

Pour tout entier naturel n, on définit $U_n = \begin{pmatrix} a_n \\ b_n \\ c_n \end{pmatrix}$

On définit les matrices $A = \begin{pmatrix} 0{,}95 & 0 & 0 \\ 0{,}05 & 0{,}8 & 0 \\ 0 & 0{,}2 & 1 \end{pmatrix}$ et $D = \begin{pmatrix} 0{,}95 & 0 & 0 \\ 0 & 0{,}8 & 0 \\ 0 & 0 & 1 \end{pmatrix}$

On admet qu'il existe une matrice inversible P telle que $D = P^{-1} \times A \times P$ et que, pour tout entier naturel n supérieur ou égal à 1, $A^n = P \times D^n \times P^{-1}$.

3. a. Vérifier que, pour tout entier naturel n, $U_{n+1} = A \times U_n$.

On admet que, pour tout entier naturel n, $U_n = A^n \times U_0$.

b. Démontrer par récurrence que, pour tout entier naturel n non nul, $D^n = \begin{pmatrix} 0{,}95^n & 0 & 0 \\ 0 & 0{,}8^n & 0 \\ 0 & 0 & 1 \end{pmatrix}$

On admet que $A^n = \begin{pmatrix} 0{,}95^n & 0 & 0 \\ \frac{1}{3}(0{,}95^n - 0{,}8^n) & 0{,}8^n & 0 \\ \frac{1}{3}(3 - 4 \times 0{,}95^n + 0{,}8^n) & 1 - 0{,}8^n & 1 \end{pmatrix}$

4. a. Vérifier que pour tout entier naturel n, $b_n = \frac{1}{3}(0{,}95^n - 0{,}8^n)$

b. Déterminer la limite de la suite (b_n).

c. On admet que la proportion d'individus malades croît pendant plusieurs jours, puis décroît.

On souhaite déterminer le pic épidémique, c'est à dire le moment où la proportion d'individus malades est à son maximum.
A cet effet, on utilise l'algorithme donné ci-dessous, dans lequel on compare les termes successifs de la suite (b_n).
Compléter l'algorithme de façon qu'il affiche le rang du jour où le pic épidémique est atteint et compléter le tableau.
Conclure.

```
b ⟵ 0 et b' ⟵ 0,05
k ⟵ 0
x ⟵ 0,95 et y ⟵ 0,8
Tant que b < b' faire :
    k ⟵ k+1
    b ⟵ b'
    x ⟵ 0,95x
    y ⟵ 0,80y
    b' ⟵ ......
Fin Tant que
```

	k	b	x	y	b'	Test : $b < b'$
Après le 7e passage dans la boucle Tant que	7	0,1628	0,6634	0,1678	0,1652	VRAI
Après le 8e passage éventuel dans la boucle Tant que						
Après le 9e passage éventuel dans la boucle Tant que						

EXERCICE 927 **35 minutes**

Partie A : préliminaires

1. a. Soient n et N deux entiers naturels supérieurs ou égaux à 2, tels que : $n^2 \equiv N-1 \quad [N]$.
Montrer que : $n \times n^3 \equiv 1 \quad$ modulo N.
   b. Déduire de la question précédente un entier k_1 tel que : $5k_1 \equiv 1 \quad [26]$.
On admettra que l'unique entier k tel que : $0 \leqslant k \leqslant 25$ et $5k \equiv 1 \quad [26]$ vaut 21.
2. On donne les matrices : $A = \begin{pmatrix} 4 & 1 \\ 3 & 2 \end{pmatrix}$, $B = \begin{pmatrix} 2 & -1 \\ -3 & 4 \end{pmatrix}$, $X = \begin{pmatrix} x_1 \\ x_2 \end{pmatrix}$ et $Y = \begin{pmatrix} y_1 \\ y_2 \end{pmatrix}$.
   a. Calculer la matrice $6A - A^2$.
   b. En déduire que A est inversible et que sa matrice inverse, notée A^{-1}, peut s'écrire sous la forme $A^{-1} = \alpha I + \beta A$, ou α et β sont deux réels que l'on déterminera.
   c. Vérifier que : $B = 5A^{-1}$.
   d. Démontrer que si $AX = Y$, alors $5X = BY$.

Partie B : procédure de codage

Coder le mot « ET », en utilisant la procédure de codage décrite ci-dessous.

- Le mot à coder est remplacé par la matrice $X = \begin{pmatrix} x_1 \\ x_2 \end{pmatrix}$, où x_1 est l'entier représentant la première lettre du mot et x_2 l'entier représentant la deuxième, selon le tableau de correspondance ci-dessous :

A	B	C	D	E	F	G	H	I	J	K	L	M
0	1	2	3	4	5	6	7	8	9	10	11	12

N	O	P	Q	R	S	T	U	V	W	X	Y	Z
13	14	15	16	17	18	19	20	21	22	23	24	25

- La matrice X est transformée en la matrice $Y = \begin{pmatrix} y_1 \\ y_2 \end{pmatrix}$ telle que : $Y = AX$.
- La matrice Y est transformée en la matrice $R = \begin{pmatrix} r_1 \\ r_2 \end{pmatrix}$, où r_1 est le reste de la division euclidienne de y_1 par 26 et r_2 le reste de la division euclidienne de y_2 par 26.
- Les entiers r_1 et r_2 donnent les lettres du mot codé, selon le tableau de correspondance ci-dessus.

Exemple : « OU »(mot à coder) $\rightarrow X\begin{pmatrix} 14 \\ 20 \end{pmatrix} \rightarrow Y = \begin{pmatrix} 76 \\ 82 \end{pmatrix} \rightarrow R = \begin{pmatrix} 24 \\ 4 \end{pmatrix} \rightarrow$ « YE » (mot codé).

Partie C : procédure de décodage (on conserve les mêmes notations que pour le codage)

Lors du codage, la matrice X a été transformée en la matrice $Y = \begin{pmatrix} y_1 \\ y_2 \end{pmatrix}$ telle que : $Y = AX$.

1. Démontrer que : $\begin{cases} 5x_1 & = & 2y_1 - y_2 \\ 5x_2 & = & -3y_1 + 4y_2 \end{cases}$

2. En utilisant la question **A.1. b**, établir que : $\begin{cases} x_1 & \equiv & 16y_1 + 5y_2 \\ x_2 & \equiv & 15y_1 + 6y_2 \end{cases} \quad [26].$

3. Décoder le mot « QP ».

Exercice 928 **35 minutes**

Dans une ville, une enseigne de banque nationale possède deux agences, appelées X et Y.

D'une année sur l'autre, une partie des fonds de l'agence X est transférée à l'agence Y, et réciproquement. De plus, chaque année, le siège de la banque transfère une certaine somme à chaque agence.

Soit n un entier naturel. On note x_n la quantité de fonds détenue par l'agence X, et y_n la quantité de fonds détenue par l'agence Y au 1er janvier de l'année $2014 + n$, exprimées en millions d'euros.

On note U_n la matrice $\begin{pmatrix} x_n \\ y_n \end{pmatrix}$ et on note $I = \begin{pmatrix} 1 & 0 \\ 0 & 1 \end{pmatrix}$.

On suppose que le 1er janvier de l'année 2014, l'agence X possède 50 millions d'euros et l'agence Y possède 10 millions d'euros. L'évolution de la quantité de fonds est régie par la relation suivante : $U_{n+1} = AU_n + B$, où $A = \begin{pmatrix} 0,6 & 0,15 \\ 0,2 & 0,4 \end{pmatrix}$ et $B = \begin{pmatrix} 1 \\ 3 \end{pmatrix}$.

1. Interpréter dans le contexte de l'exercice le coefficient 0,6 de la matrice A et le coefficient 3 de la matrice B.

2. Donner la matrice U_0 puis calculer la quantité de fonds détenue par chacune des agences X et Y en 2015, exprimée en millions d'euros.

3. On note $D = \begin{pmatrix} 0,3 & 0 \\ 0 & 0,7 \end{pmatrix}$, $P = \begin{pmatrix} 1 & 3 \\ -2 & 2 \end{pmatrix}$ et $Q = \begin{pmatrix} 0,25 & -0,375 \\ 0,25 & 0,125 \end{pmatrix}$.

a. Donner sans détailler le calcul, la matrice PDQ.

b. Expliciter le calcul du coefficient de la première ligne et de la deuxième colonne du produit matriciel QP. Dans la suite, on admettra que $QP = I$.

On admettra dans la suite de cet exercice que pour tout entier naturel non nul n, $A^n = PD^nQ$.

4. On pose pour tout entier naturel n, $V_n = U_n - \begin{pmatrix} 5 \\ 20/3 \end{pmatrix}$.

a. Démontrer que pour tout entier naturel n, $V_{n+1} = AV_n$.

b. Déterminer V_0 puis pour tout entier naturel n, donner l'expression de V_n en fonction de A, n et V_0.

5. Soit $n \in \mathbb{N}$. On admet que $A^n = \begin{pmatrix} 0,25 \times 0,3^n + 0,75 \times 0,7^n & 0,375\,(-0,3^n + 0,7^n) \\ 0,5\,(-0,3^n + 0,7^n) & 0,75 \times 0,3^n + 0,25 \times 0,7^n \end{pmatrix}$.

a. Déterminer le coefficient de la première ligne de la matrice V_n en détaillant les calculs.

b. En déduire l'expression de x_n en fonction de n.

c. Déterminer la limite de x_n quand n tend vers $+\infty$ et interpréter ce résultat dans le cadre du problème.

EXERCICE 929 **30 minutes**

Dans le cadre d'une étude sur les interactions sociales entre des souris, des chercheurs enferment des souris de laboratoire dans une cage comportant deux compartiments A et B. La porte entre ces compartiments est ouverte pendant dix minutes tous les jours à midi.
On étudie la répartition des souris dans les deux compartiments. On estime que chaque jour :

— 20 % des souris présentes dans le compartiment A avant l'ouverture de la porte se trouvent dans le compartiment B après fermeture de la porte,
— 10 % des souris qui étaient dans le compartiment B avant l'ouverture de la porte se trouvent dans le compartiment A après fermeture de la porte.

On suppose qu'au départ, les deux compartiments A et B contiennent le même effectif de souris. On pose $a_0 = 0,5$ et $b_0 = 0,5$.

Pour tout entier naturel n supérieur ou égal à 1, on note a_n et b_n les proportions de souris présentes respectivement dans les compartiments A et B au bout de n jours, après fermeture de la porte. On désigne par U_n la matrice $\begin{pmatrix} a_n \\ b_n \end{pmatrix}$.

1. Soit n un entier naturel.

a. Justifier que $U_1 = \begin{pmatrix} 0,45 \\ 0,55 \end{pmatrix}$.

b. Exprimer a_{n+1} et b_{n+1} en fonction de a_n et b_n.

c. En déduire que $U_{n+1} = MU_n$ où M est une matrice que l'on précisera.
On admet sans démonstration que $U_n = M^n U_0$.

d. Déterminer la répartition des souris dans les compartiments A et B au bout de 3 jours.

2. Soit la matrice $P = \begin{pmatrix} 1 & 1 \\ 2 & -1 \end{pmatrix}$.

a. Calculer P^2. En déduire que P est inversible et $P^{-1} = \dfrac{1}{3}P$.

b. Vérifier que $P^{-1}MP$ est une matrice diagonale D que l'on précisera.

c. Démontrer que pour tout entier naturel n supérieur ou égal à 1, $M^n = PD^nP^{-1}$.

A l'aide d'un logiciel de calcul formel, on obtient $M^n = \begin{pmatrix} \dfrac{1+2\times 0,7^n}{3} & \dfrac{1-0,7^n}{3} \\ \dfrac{2-2\times 0,7^n}{3} & \dfrac{2+0,7^n}{3} \end{pmatrix}$.

3. En s'aidant des questions précédentes, que peut-on dire de la répartition à long terme des souris dans les compartiments A et B de la cage ?

EXERCICE 930 **25 minutes**

Une ville possède un réseau de vélos en libre service dont deux stations A et B se situent en haut d'une colline. On admet qu'aucun vélo des autres stations n'arrive en direction des stations A et B.

On constate pour chaque heure n qu'en moyenne :

• 20 % des vélos présents à l'heure $n-1$ à la station A sont toujours à cette station.
60 % des vélos présents à l'heure $n-1$ à la station A sont à la station B et les autres sont dans d'autres stations du réseau ou en circulation.

• 10 % des vélos présents à l'heure $n-1$ à la station B sont à la station A, 30 % sont toujours à la station B et les autres sont dans d'autres stations du réseau ou en circulation.

• Au début de la journée, la station A comporte 50 vélos, la station B 60 vélos.

Partie A

Au bout de n heures, on note a_n le nombre moyen de vélos présents à la station A et b_n le nombre moyen de vélos présents à la station B. On note U_n la matrice colonne $\begin{pmatrix} a_n \\ b_n \end{pmatrix}$ et donc $U_0 = \begin{pmatrix} 50 \\ 60 \end{pmatrix}$.

1. Déterminer la matrice M telle que $U_{n+1} = M \times U_n$.

2. Déterminer U_1 et U_2.
3. Au bout de combien d'heures reste-t-il un seul vélo dans la station A?

Partie B

Le service décide d'étudier les effets d'un approvisionnement des stations A et B consistant à apporter après chaque heure de fonctionnement 30 vélos à la station A et 10 vélos à la station B.

Afin de conduire cette étude, il décide de modéliser la situation présente de la manière suivante :

Au bout de n heures, on note α_n le nombre moyen de vélos présents à la station A et β_n le nombre moyen de vélos présents à la station B. On note V_n la matrice colonne $\begin{pmatrix}\alpha_n\\\beta_n\end{pmatrix}$ et $V_0 = \begin{pmatrix}50\\60\end{pmatrix}$.

Dans ces conditions $V_{n+1} = M \times V_n + R$ avec $R = \begin{pmatrix}30\\10\end{pmatrix}$.

1. On note I la matrice $\begin{pmatrix}1&0\\0&1\end{pmatrix}$ et N la matrice $I - M$.

- **a.** On désigne par V une matrice colonne à deux lignes.
  Montrer que $V = M \times V + R$ équivaut à $N \times V = R$.
- **b.** On admet que N est une matrice inversible et que $N^{-1} = \begin{pmatrix}1,4&0,2\\1,2&1,6\end{pmatrix}$.
  En déduire que $V = \begin{pmatrix}44\\52\end{pmatrix}$

2. Pour tout entier naturel n, on pose $W_n = V_n - V$.

- **a.** Montrer que $W_{n+1} = M \times W_n$.
- **b.** On admet que : – pour tout entier naturel n, $W_n = M^n \times W_0$,
  – pour tout entier naturel $n \geqslant 1$, $M^n = \dfrac{1}{2^{n-1}}\begin{pmatrix}0,2&0,1\\0,6&0,3\end{pmatrix}$.
  Calculer, pour tout entier naturel $n \geqslant 1$, V_n en fonction de n.
- **c.** Le nombre moyen de vélos présents dans les stations A et B a-t-il tendance à se stabiliser?

EXERCICE 931 **25 minutes**

On étudie l'évolution dans le temps du nombre de jeunes et d'adultes dans une population d'animaux.

Pour tout entier naturel n, on note j_n le nombre d'animaux jeunes après n années d'observation et a_n le nombre d'animaux adultes après n années d'observation.

Il y a au début de la première année de l'étude, 200 animaux jeunes et 500 animaux adultes.
Ainsi $j_0 = 200$ et $a_0 = 500$.

On admet que pour tout entier naturel n on a : $\begin{cases} j_{n+1} &= 0,125 j_n + 0,525 a_n \\ a_{n+1} &= 0,625 j_n + 0,625 a_n \end{cases}$

On introduit les matrices suivantes : $A = \begin{pmatrix}0,125&0,525\\0,625&0,625\end{pmatrix}$ et, pour tout $n \in \mathbb{N}$, $U_n = \begin{pmatrix}j_n\\a_n\end{pmatrix}$.

1. **a.** Montrer que pour tout entier naturel $n, U_{n+1} = A \times U_n$.
   b. Calculer le nombre d'animaux jeunes et d'animaux adultes après un an d'observation puis après deux ans d'observation (résultats arrondis à l'unité près par défaut).
   c. Pour tout entier naturel n non nul, exprimer U_n en fonction de A^n et de U_0.
2. On introduit les matrices suivantes $Q = \begin{pmatrix} 7 & 3 \\ -5 & 5 \end{pmatrix}$ et $D = \begin{pmatrix} -0,25 & 0 \\ 0 & 1 \end{pmatrix}$.
   a. On admet que la matrice Q est inversible et que $Q^{-1} = \begin{pmatrix} 0,1 & -0,06 \\ 0,1 & 0,14 \end{pmatrix}$.
   Montrer que $Q \times D \times Q^{-1} = A$.
   b. Montrer par récurrence sur n que pour tout entier naturel n non nul : $A^n = Q \times D^n \times Q^{-1}$.
   c. Pour tout entier naturel n non nul, déterminer D^n en fonction de n.
3. On admet que pour tout entier naturel n non nul,

$$A^n = \begin{pmatrix} 0,3 + 0,7 \times (-0,25)^n & 0,42 - 0,42 \times (-0,25)^n \\ 0,5 - 0,5 \times (-0,25)^n & 0,7 \ + 0,3 \ \times (-0,25)^n \end{pmatrix}$$

   a. En déduire les expressions de j_n et a_n en fonction de n et déterminer les limites de ces deux suites.
   b. Que peut-on en conclure pour la population d'animaux étudiée ?

EXERCICE 932 **20 minutes**

Dans un jardin public, un artiste doit installer une œuvre aquatique commandée par la mairie. Cette œuvre sera constituée de deux bassins A et B ainsi que d'une réserve filtrante R.
Au départ, les deux bassins contiennent chacun 100 litres d'eau.
Un système de canalisations devra alors permettre de réaliser, toutes les heures et dans cet ordre, les transferts d'eau suivants :

— dans un premier temps, la moitié du bassin A se vide dans la réserve R;

— ensuite, les trois quarts du bassin B se vident dans le bassin A;

— enfin, on rajoute 200 litres d'eau dans le bassin A et 300 litres d'eau dans le bassin B.

Une étude de faisabilité du projet amène à étudier la contenance des deux bassins A et B qui est à prévoir pour éviter tout débordement.
On modélise les quantités d'eau des deux bassins A et B à l'aide de deux suites (a_n) et (b_n) : plus précisément pour tout entier naturel n, on note a_n et b_n les quantités d'eau en centaines de litres qui seront respectivement contenues dans les bassins A et B au bout de n heures. On suppose pour cette étude mathématique que les bassins sont a priori suffisamment grands pour qu'il n'y ait pas de débordement.

Pour tout entier naturel n, on note U_n la matrice colonne $U_n = \begin{pmatrix} a_n \\ b_n \end{pmatrix}$. Ainsi $U_0 = \begin{pmatrix} 1 \\ 1 \end{pmatrix}$.

1. Justifier que, pour tout entier naturel n, $U_{n+1} = MU_n + C$ où $M = \begin{pmatrix} 0,5 & 0,75 \\ 0 & 0,25 \end{pmatrix}$ et $C = \begin{pmatrix} 2 \\ 3 \end{pmatrix}$.

2. On considère la matrice $P = \begin{pmatrix} 1 & 3 \\ 0 & -1 \end{pmatrix}$.

a. Calculer P^2. En déduire que la matrice P est inversible et préciser sa matrice inverse.
b. Montrer que PMP est une matrice diagonale D que l'on précisera.
c. Calculer PDP.
d. Démontrer par récurrence que, pour tout entier naturel n, $M^n = PD^nP$.

On admet par la suite que pour tout entier naturel n, $M^n = \begin{pmatrix} 0,5^n & 3 \times 0,5^n - 3 \times 0,25^n \\ 0 & 0,25^n \end{pmatrix}$.

3. Montrer que la matrice $X = \begin{pmatrix} 10 \\ 4 \end{pmatrix}$ vérifie $X = MX + C$.

4. Pour tout entier naturel n, on définit la matrice V_n par $V_n = U_n - X$.

a. Montrer que tout entier naturel n, $V_{n+1} = MV_n$.
b. On admet que, pour tout entier naturel non nul n, $V_n = M^n V_0$.
Montrer que pour tout entier naturel non nul n, $U_n = \begin{pmatrix} -18 \times 0,5^n + 9 \times 0,25^n + 10 \\ -3 \times 0,25^n + 4 \end{pmatrix}$.

5. a. Montrer que la suite (b_n) est croissante et majorée. Déterminer sa limite.
b. Déterminer la limite de la suite (a_n).
c. On admet que la suite (a_n) est croissante. En déduire la contenance des deux bassins A et B qui est à prévoir pour la faisabilité du projet, c'est-à-dire pour éviter tout débordement.

EXERCICE 933 **20 minutes**

On étudie l'évolution quotidienne des conditions météorologiques d'un village sur une certaine période. On suppose que, pour un jour donné, il existe trois états météorologiques possibles : « ensoleillé », « nuageux sans pluie » et « pluvieux ».
On sait que :

- si le temps est ensoleillé un jour donné, la probabilité qu'il le soit encore le lendemain est $0,5$ et celle qu'il soit pluvieux est $0,1$;
- si le temps est nuageux sans pluie un jour donné, la probabilité qu'il le soit encore le lendemain est $0,2$ et celle qu'il soit pluvieux est $0,7$;
- si le temps est pluvieux un jour donné, la probabilité qu'il le soit encore le lendemain est $0,6$ et celle qu'il soit ensoleillé $0,2$.

Pour tout entier naturel n, on note les évènements :

- A_n : « le temps est ensoleillé au bout de n jours » ;
- B_n : « le temps est nuageux sans pluie au bout de n jours » ;
- C_n : « le temps est pluvieux au bout de n jours ».

Pour tout entier naturel n, on note respectivement a_n, b_n et c_n les probabilités des évènements A_n, B_n et C_n. Ainsi, pour tout entier naturel n, $a_n + b_n + c_n = 1$.
On suppose qu'initialement, le temps est ensoleillé.
On a donc $a_0 = 1$, $b_0 = 0$ et $c_0 = 0$.

1. **a.** Démontrer que, pour tout entier naturel n, $a_{n+1} = 0,5a_n + 0,1b_n + 0,2c_n$.
   b. Démontrer que, pour tout entier naturel n, $a_{n+1} = 0,3a_n - 0,1b_n + 0,2$.
   On admet que, pour tout entier naturel n, $b_{n+1} = 0,2a_n + 0,2$.
2. On considère les matrices

$$M = \begin{pmatrix} 0,3 & -0,1 \\ 0,2 & 0 \end{pmatrix}, \quad U = \begin{pmatrix} a_n \\ b_n \end{pmatrix}, \quad R\begin{pmatrix} 0,2 \\ 0,2 \end{pmatrix}.$$

   a. Justifier que pour tout entier naturel n, $U_{n+1} = MU_n + R$.
   b. Soit $Y = \begin{pmatrix} \alpha \\ \beta \end{pmatrix}$ tel que $Y = MY + R$. Démontrer que $\alpha = \beta = 0,25$.
3. Pour tout entier naturel n, on pose $V_n = U_n - Y$.
   a. En utilisant la question 2., vérifier que, pour tout entier naturel n, $V_{n+1} = MV_n$
   b. Démontrer par récurrence que, pour tout entier n strictement positif, $V_n = M^n V_0$.
4. On admet que, pour tout entier naturel strictement positif n,

$$M^n = \begin{pmatrix} 2\times 0,2^n - 0,1^n & 0,1^n - 0,2^n \\ 2\times 0,2^n - 2\times 0,1^n & 2\times 0,1^n - 0,2^n \end{pmatrix}.$$

   a. Déterminer l'expression de a_n en fonction de l'entier strictement positif n.
   b. Déterminer la limite de la suite (a_n).
   c. On admet que, pour tout entier naturel n, $c_n = 0,5 + 3\times 0,1^n - 3,5\times 0,2^n$.
   La probabilité que le temps soit pluvieux au bout de n jours peut-elle dépasser 0,5?

EXERCICE 934 **20 minutes**

On note r l'ensemble des matrices colonnes à 2 lignes, à coefficients entiers.
Soit $U = \begin{pmatrix} u_1 \\ u_2 \end{pmatrix}$ et $V = \begin{pmatrix} v_1 \\ v_2 \end{pmatrix}$ deux éléments de r. A U et V, on associe la matrice $A = \begin{pmatrix} u_1 & v_1 \\ u_2 & v_2 \end{pmatrix}$ et le nombre $d(A) = u_1v_2 - u_2v_1$.
On dit que $(U,\ V)$ est une base de r si et seulement si, pour tout élément X de r, il existe un unique couple d'entiers relatifs $(a\ ;\ b)$ tel que $X = aU + bV$.

1. Dans cette question, on pose $U = \begin{pmatrix} 2 \\ 1 \end{pmatrix}$, $V = \begin{pmatrix} 1 \\ 2 \end{pmatrix}$ et $X = \begin{pmatrix} 10 \\ 10 \end{pmatrix}$
   a. Montrer que X ne peut pas s'écrire $X = aU + bV$, avec a et b entiers relatifs.
   b. Le couple $(U,\ V)$ est-il une base de r?

Dans la suite de l'exercice, on souhaite illustrer sur un exemple la propriété : « si $d(A) = 1$, alors $(U,\ V)$ est une base de r ».

2. En posant $U = \begin{pmatrix} 6 \\ -11 \end{pmatrix}$ le but de cette question est de déterminer $V\begin{pmatrix} v_1 \\ v_2 \end{pmatrix}$ tel que $d(A) = 1$. On rappelle dans ce cas que la matrice A associée au couple $(U,\ V)$ s'écrit : $A = \begin{pmatrix} 6 & v_1 \\ -11 & v_2 \end{pmatrix}$.
   a. Exprimer la condition $d(A) = 1$ par une égalité reliant v_1 et v_2.

b. On considère l'équation (E) : $11x + 6y = 1$, où x et y sont des entiers relatifs.
Donner une solution particulière de l'équation (E).

c. Résoudre l'équation (E) dans l'ensemble des entiers relatifs.

d. Déterminer alors une matrice $V\begin{pmatrix} v_1 \\ v_2 \end{pmatrix}$ de r vérifiant d'une part l'égalité $d(A) = 1$ et, d' autre part, la condition $0 \leqslant v_1 \leqslant 10$.

3. Dans cette question, on pose $U = \begin{pmatrix} 6 \\ -11 \end{pmatrix}$ et $V = \begin{pmatrix} 5 \\ -9 \end{pmatrix}$. Ainsi $A = \begin{pmatrix} 6 & 5 \\ -11 & -9 \end{pmatrix}$.

a. Montrer que la matrice A est inversible et donner sa matrice inverse A^{-1}.

b. Soit X un élément de r.
Montrer que l'égalité $X = aU + bV$ s'écrit matriciellement $X = A\begin{pmatrix} a \\ b \end{pmatrix}$.

c. Déduire des questions précédentes qu'il existe un unique couple d'entiers relatifs $(a\,;\,b)$ tel que $X = aU + bV$, c'est-à-dire tel que $(U,\ V)$ est une base de r.

d. Déterminer ce couple $(a\,;\,b)$ lorsque $X = \begin{pmatrix} 2 \\ 3 \end{pmatrix}$.

EXERCICE 935 **20 minutes**

On considère la matrice $M = \begin{pmatrix} 2 & 3 \\ 1 & 2 \end{pmatrix}$ et les suites d'entiers naturels (u_n) et (v_n) définies par :

$u_0 = 1$, $v_0 = 0$, et pour tout entier naturel n, $\begin{pmatrix} u_{n+1} \\ v_{n+1} \end{pmatrix} = M\begin{pmatrix} u_n \\ v_n \end{pmatrix}$.

Les deux parties peuvent être traitées de façon indépendante.

Partie A

On a calculé les premiers termes de la suite (v_n) :

n	0	1	2	3	4	5	6	7	8	9	10	11	12
v_n	0	1	4	15	56	209	780	2 911	10 864	40 545	151 316	564 719	2 107 560

1. Conjecturer les valeurs possibles du chiffre des unités des termes de la suite (v_n).

2. On admet que pour tout entier naturel n, $\begin{pmatrix} u_{n+3} \\ v_{n+3} \end{pmatrix} = M^3\begin{pmatrix} u_n \\ v_n \end{pmatrix}$.

a. Justifier que pour tout entier naturel n, $\begin{cases} u_{n+3} &= 26u_n + 45v_n \\ v_{n+3} &= 15u_n + 26v_n \end{cases}$.

b. En déduire que pour tout entier naturel n : $v_{n+3} \equiv v_n\ [5]$.

3. Soit r un entier naturel fixé. Démontrer, à l'aide d'un raisonnement par récurrence, que, pour tout entier naturel q, $v_{3q+r} \equiv v_r\ [5]$.

4. En déduire que pour tout entier naturel n le terme v_n est congru à 0, à 1 ou à 4 modulo 5.

5. Conclure quant à l'ensemble des valeurs prises par le chiffre des unités des termes de la suite (v_n).

Partie B

L'objectif de cette partie est de démontrer que $\sqrt{3}$ n'est pas un nombre rationnel en utilisant la matrice M.

Pour cela, on effectue un raisonnement par l'absurde et on suppose que $\sqrt{3}$ est un nombre rationnel. Dans ce cas, $\sqrt{3}$ peut s'écrire sous la forme d'une fraction irréductible $\dfrac{p}{q}$ où p et q sont des entiers naturels non nuls, avec q le plus petit entier naturel possible.

1. Montrer que $q < p < 2q$.

2. On admet que la matrice M est inversible. Donner son inverse M^{-1} (aucune justification n'est attendue).

Soit le couple $(p'\ ;\ q')$ défini par $\begin{pmatrix} p' \\ q' \end{pmatrix} = M^{-1}\begin{pmatrix} p \\ q \end{pmatrix}$.

3. **a.** Vérifier que $p' = 2p - 3q$ et que $q' = -p + 2q$.

b. Justifier que $(p'\ ;\ q')$ est un couple d'entiers relatifs.

c. On rappelle que $p = q\sqrt{3}$. Montrer que $p' = q'\sqrt{3}$.

d. Montrer que $0 < q' < q$.

e. En déduire que $\sqrt{3}$ n'est pas un rationnel.

EXERCICE 936 **25 minutes**

On a divisé une population en deux catégories : « fumeurs » et « non-fumeurs ».

Une étude statistique a permis de constater que, d'une génération à l'autre,

- 60 % des descendants de fumeurs sont des fumeurs,
- 10 % des descendants de non-fumeurs sont des fumeurs.

On suppose que le taux de fécondité des fumeurs est le même que celui des non-fumeurs.

On désigne par :

- f_n le pourcentage de fumeurs à la génération de rang n,
- $g_n = 1 - f_n$ le pourcentage de non-fumeurs à la génération de rang n, où n est un entier naturel.

On considère qu'à la génération 0, il y a autant de fumeurs que de non-fumeurs.

On a donc $f_0 = g_0 = 0,5$.

1. Traduire les données de l'énoncé par un graphe probabiliste.

2. Justifier l'égalité matricielle :

$$\begin{pmatrix} f_{n+1} & g_{n+1} \end{pmatrix} = \begin{pmatrix} f_n & g_n \end{pmatrix} \times A \text{ où } A \text{ désigne la matrice : } \begin{pmatrix} 0,6 & 0,4 \\ 0,1 & 0,9 \end{pmatrix}$$

3. Déterminer le pourcentage de fumeurs à la génération de rang 2.

4. Déterminer l'état probabiliste stable et l'interpréter.

5. Montrer que : pour tout entier naturel n, $f_{n+1} = 0,5f_n + 0,1$.

6. On pose, pour tout entier naturel n, $u_n = f_n - 0,2$.

a. Montrer que la suite (u_n) est une suite géométrique dont on précisera le premier terme et la raison.

b. Donner l'expression de u_n en fonction de n.

c. En déduire que, pour tout entier naturel n, $f_n = 0,3 \times 0,5^n + 0,2$.

d. Déterminer la limite de la suite (f_n) lorsque n tend vers $+\infty$ et l'interpréter.

EXERCICE 937 **20 minutes**

Deux matrices colonnes $\begin{pmatrix} x \\ y \end{pmatrix}$ et $\begin{pmatrix} x' \\ y' \end{pmatrix}$ à coefficients entiers sont dites congrues modulo 5 si et seulement si $\begin{cases} x \equiv x' \ [5] \\ y \equiv y' \ [5] \end{cases}$.

Deux matrices carrées d'ordre 2 $\begin{pmatrix} a & c \\ b & d \end{pmatrix}$ et $\begin{pmatrix} a' & c' \\ b' & d' \end{pmatrix}$ à coefficients entiers sont dites congrues modulo 5 si et seulement si $\begin{cases} a \equiv a' \ [5] \\ b \equiv b' \ [5] \\ c \equiv c' \ [5] \\ d \equiv d' \ [5] \end{cases}$.

Alice et Bob veulent s'échanger des messages en utilisant la procédure décrite ci-dessous.

– Ils choisissent une matrice M carrée d'ordre 2, à coefficients entiers.
– Leur message initial est écrit en lettres majuscules sans accent.
– Chaque lettre de ce message est remplacée par une matrice colonne $\begin{pmatrix} x \\ y \end{pmatrix}$ déduite du tableau ci-contre : x est le chiffre situé en haut de la colonne et y est le chiffre situé à la gauche de la ligne; par exemple, la lettre T d'un message initial correspond à la matrice colonne $\begin{pmatrix} 4 \\ 3 \end{pmatrix}$.
– On calcule une nouvelle matrice $\begin{pmatrix} x' \\ y' \end{pmatrix}$ en multipliant $\begin{pmatrix} x \\ y \end{pmatrix}$ à gauche par la matrice M : $\begin{pmatrix} x' \\ y' \end{pmatrix} = \text{M}\begin{pmatrix} x \\ y \end{pmatrix}$.

	0	1	2	3	4
0	A	B	C	D	E
1	F	G	H	I	J
2	K	L	M	N	O
3	P	Q	R	S	T
4	U	V	X	Y	Z

Remarque : la lettre W est remplacée par les deux lettres accolées V.

– On calcule r' et t' les restes respectifs des divisions euclidiennes de x' et y' par 5.
– On utilise le tableau pour obtenir la nouvelle lettre correspondant à la matrice colonne $\begin{pmatrix} r' \\ t' \end{pmatrix}$.

1. Bob et Alice choisissent la matrice $\text{M} = \begin{pmatrix} 1 & 2 \\ 3 & 4 \end{pmatrix}$.

a. Montrer que la lettre « T » du message initial est codée par la lettre « U » puis coder le message « TE ».

b. On pose $\text{P} = \begin{pmatrix} 3 & 1 \\ 4 & 2 \end{pmatrix}$. Montrer que les matrices PM et $\text{I} = \begin{pmatrix} 1 & 0 \\ 0 & 1 \end{pmatrix}$ sont congrues modulo 5.

c. On considère A, A' deux matrices d'ordre 2 à coefficients entiers congrues modulo 5 et

$Z = \begin{pmatrix} x \\ y \end{pmatrix}$, $Z' = \begin{pmatrix} x' \\ y' \end{pmatrix}$ deux matrices colonnes à coefficients entiers congrues modulo 5.
Montrer alors que les matrices AZ et A'Z' sont congrues modulo 5.

Dans ce qui suit on admet que si A, A' sont deux matrices carrées d'ordre 2 à coefficients entiers congrues modulo 5 et si B, B' sont deux matrices carrées d'ordre 2 à coefficients entiers congrues modulo 5 alors les matrices produit AB et A'B' sont congrues modulo 5.

d. On note $X = \begin{pmatrix} x_1 \\ x_2 \end{pmatrix}$ et $Y = \begin{pmatrix} y_1 \\ y_2 \end{pmatrix}$ deux matrices colonnes à coefficients entiers. Déduire des questions précédentes que si MX et Y sont congrues modulo 5 alors les matrices X et PY sont congrues modulo 5; ce qui permet de « décoder » une lettre chiffrée par la procédure utilisée par Alice et Bob avec la matrice M choisie.

e. Décoder alors la lettre « D ».

2. On souhaite déterminer si la matrice $R = \begin{pmatrix} 1 & 2 \\ 4 & 3 \end{pmatrix}$ peut être utilisée pour coder un message.

a. On pose $S = \begin{pmatrix} 2 & 2 \\ 4 & 4 \end{pmatrix}$. Vérifier que la matrice RS et la matrice $\begin{pmatrix} 0 & 0 \\ 0 & 0 \end{pmatrix}$ sont congrues modulo 5.

b. On admet qu'un message codé par la matrice R peut être décodé s'il existe une matrice T telle que les matrices TR et I soient congrues modulo 5. Montrer que si c'est le cas alors les matrices TRS et S sont congrues modulo 5 (par la procédure expliquée en question **1. d.** pour le codage avec la matrice M).

c. En déduire qu'un message codé par la matrice R ne peut être décodé.

EXERCICE 938 **20 minutes**

Dans cet exercice, on étudie l'ensemble S des matrices qui s'écrivent sous la forme $A = \begin{pmatrix} a & b \\ c & d \end{pmatrix}$, où a, b, c et d appartiennent à l'ensemble $\mathbb{Z}$ et vérifient : $ad - bc = 1$.

On note I la matrice identité $I = \begin{pmatrix} 1 & 0 \\ 0 & 1 \end{pmatrix}$

Partie A

1. Vérifier que la matrice $A = \begin{pmatrix} 6 & 5 \\ -5 & -4 \end{pmatrix}$ appartient à l'ensemble S.

2. Montrer qu'il existe exactement quatre matrices de la forme $A = \begin{pmatrix} a & 2 \\ 3 & d \end{pmatrix}$ appartenant à l'ensemble S; les expliciter.

3. a. Résoudre dans Z l'équation $(E) : 5x - 2y = 1$.

b. En déduire qu'il existe une infinité de matrices de la forme $A = \begin{pmatrix} a & b \\ 2 & 5 \end{pmatrix}$ qui appartiennent à l'ensemble S. Décrire ces matrices.

Partie B

Dans cette partie, on note $A = \begin{pmatrix} a & b \\ c & d \end{pmatrix}$ une matrice appartenant à l'ensemble S. On rappelle que a, b, c et d sont des entiers relatifs tels que $ad - bc = 1$.

1. Montrer que les entiers a et b sont premiers entre eux.

2. Soit B la matrice : $B = \begin{pmatrix} d & -b \\ -c & a \end{pmatrix}$

- **a.** Calculer le produit AB. On admet que $AB = BA$.
- **b.** En déduire que la matrice A est inversible et donner sa matrice inverse A^{-1}.
- **c.** Montrer que A^{-1} appartient à l'ensemble S.

3. Soient x et y deux entiers relatifs. On note x' et y' les entiers relatifs tels que $\binom{x'}{y'} = A\binom{x}{y}$

- **a.** Montrer que $x = dx' - by'$ On admet de même que $y = ay' - cx'$
- **b.** On note D le PGCD de x et y et on note D' le PGCD de x' et y'. Montrer que $D = D'$.

4. On considère les suites d'entiers naturels (x_n) et (y_n) définies par : $x_0 = 2019$, $y_0 = 673$ et pour tout entier naturel n : $\begin{cases} x_{n+1} = 2x_n + 3y_n \\ y_{n+1} = x_n + 2y_n \end{cases}$

En utilisant la question précédente, déterminer, pour tout entier naturel n, le PGCD des entiers x_n et y_n.

EXERCICE 939 **20 minutes**

Une ville possède deux ports maritimes :

- un port de plaisance A;
- un port de commerce B.

Le port de plaisance A n'a pas d'accès direct à l'océan mais est relié au port de commerce B qui, lui, est ouvert sur l'océan. Un passant, installé en terrasse sur le port de plaisance A, jette une bouteille dans l'eau.

A l'instant 0, la bouteille se trouve dans le port A.

Soit n un entier naturel.

On admet que :

- quand la bouteille est dans le port A au bout de n heures, la probabilité qu'elle y soit encore l'heure suivante est $\frac{3}{5}$;
- quand la bouteille est dans le port B au bout de n heures, la probabilité qu'elle soit dans le port A l'heure suivante est $\frac{1}{10}$ et la probabilité qu'elle se trouve toujours dans le port B l'heure suivante est $\frac{1}{15}$;
- le port A n'ayant pas d'accès direct à l'océan, lorsque la bouteille est dans le port A, elle ne peut pas se trouver dans l'océan l'heure suivante;
- une fois dans l'océan, la bouteille ne revient jamais dans les ports.

Soient les évènements :

- A_n : « la bouteille se trouve dans le port A au bout de n heures » ;
- B_n : « la bouteille se trouve dans le port B au bout de n heures » ;
- C_n : « la bouteille se trouve dans l'océan au bout de n heures ».

On note $a_n,\ b_n$ et c_n les probabilités respectives de ces évènements.
Ainsi on a $a_0 = 1,\ b_0 = 0$ et $c_0 = 0$.

1. a. Compléter l'arbre suivant.

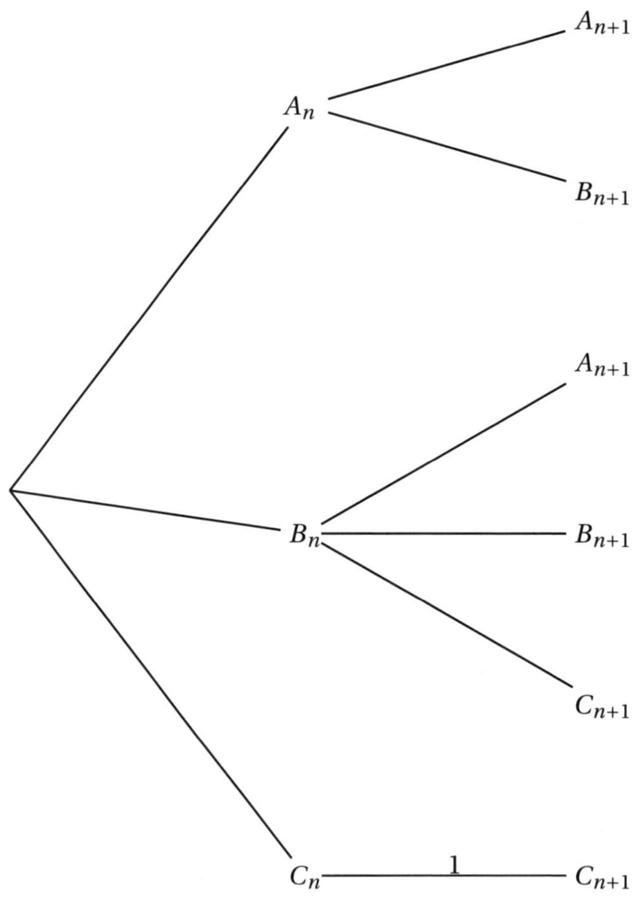

b. Démontrer que pour tout entier naturel n,

$$\begin{cases} a_{n+1} &= \dfrac{3}{5}a_n + \dfrac{1}{10}b_n \\ b_{n+1} &= \dfrac{2}{5}a_n + \dfrac{1}{15}b_n \end{cases}$$

Soient les matrices suivantes :

$$M = \frac{1}{30}\begin{pmatrix} 18 & 3 \\ 12 & 2 \end{pmatrix} \quad \text{et} \quad U_n = \begin{pmatrix} a_n \\ b_n \end{pmatrix}.$$

c. Démontrer que, pour tout entier strictement positif n, $U_n = M^n U_0$.

2. a. Donner U_0.

b. Calculer M^2 en détaillant les calculs de l'un des coefficients et en déduire qu'il existe un réel k tel que $M^2 = kM$.

c. Démontrer par récurrence que, pour tout entier n strictement positif, $M^n = \left(\frac{2}{3}\right)^{n-1} M$.

d. En déduire que, pour tout entier n strictement positif,

$$U_n = \begin{pmatrix} \frac{3}{5} \times \left(\frac{2}{3}\right)^{n-1} \\ \frac{2}{5} \times \left(\frac{2}{3}\right)^{n-1} \end{pmatrix}.$$

3. Soit n un entier strictement positif.

a. Démontrer que la probabilité que la bouteille soit dans l'océan au bout de n heures est égale à $1 - \left(\frac{2}{3}\right)^{n-1}$.

b. On considère l'algorithme ci-dessous :

```
n ← 1
Tant que 1 − (2/3)^(n−1) < 0,9
    n ← n + 1
Fin Tant que
```

Indiquer sans justification le nombre contenu dans la variable n de cet algorithme à la fin de son exécution.
Interpréter ce nombre dans le contexte de l'exercice.

EXERCICE 940 **20 minutes**

Les deux parties sont indépendantes.

Partie A

Un laboratoire étudie l'évolution d'une population d'insectes parasites de plantes.
Cette évolution comporte deux stades : un stade larvaire et un stade adulte qui est le seul au cours duquel les insectes peuvent se reproduire.
L'observation de l'évolution de cette population conduit à proposer le modèle suivant.
Chaque semaine :

— Chaque adulte donne naissance à 2 larves puis 75 % des adultes meurent.

— 25 % des larves meurent et 50 % des larves deviennent adultes.

Pour tout entier naturel n, on note ℓ_n le nombre de larves et a_n le nombre d'adultes au bout de n semaines.

Pour tout entier naturel n, on note X_n la matrice colonne définie par : $X_n = \begin{pmatrix} \ell_n \\ a_n \end{pmatrix}$

1. Montrer que, pour tout entier naturel n, $X_{n+1} = AX_n$ où A est la matrice :

$$A = \begin{pmatrix} 0,25 & 2 \\ 0,5 & 0,25 \end{pmatrix}.$$

2. On note U et V les matrices colonnes : $U = \begin{pmatrix} 2 \\ 1 \end{pmatrix}$ et $V = \begin{pmatrix} a \\ 1 \end{pmatrix}$, où a est un nombre réel.

- **a.** Montrer que $AU = 1,25U$.
- **b.** Déterminer le réel a tel que $AV = -0,75V$.

Dans les questions 3 et 4, le réel a est fixé de sorte qu'il est la solution de $AV = -0,75V$.

3. On admet qu'il existe deux nombres réels α et β tels que : $X_0 = \alpha U + \beta V$ et $\alpha > 0$.

- **a.** Montrer que, pour tout entier naturel n, $X_n = \alpha(1,25)^n U + \beta(-0,75)^n V$.
- **b.** En déduire que pour tout entier naturel n : $\begin{cases} \ell_n &= 2(1,25)^n \left(\alpha - \beta(-0,6)^n\right) \\ a_n &= (1,25)^n \left(\alpha + \beta(-0,6)^n\right). \end{cases}$

4. Montrer que $\lim\limits_{n \to +\infty} \dfrac{\ell_n}{a_n} = 2$. Interpréter ce résultat dans le contexte de l'exercice.

Partie B

1. On considère l'équation (E) : $19x - 6y = 1$. Déterminer le nombre de couples d'entiers $(x\,;\,y)$ solutions de l'équation (E) et vérifiant $2000 \leqslant x \leqslant 2100$.

2. Soit n un entier naturel. Montrer que les entiers $(2n+3)$ et $(n+3)$ sont premiers entre eux si et seulement si n n'est pas un multiple de 3.

EXERCICE 941 **20 minutes**

Partie A

Soient a et b deux entiers naturels tels que $a > b$.

1. Démontrer que $\text{PGCD}(a,\ b) = \text{PGCD}(a - b,\ b)$.

2. En utilisant l'égalité précédente, calculer $\text{PGCD}\left(4^3 - 1,\ 4^2 - 1\right)$.

3. Compléter l'algorithme fourni ci-dessous de telle sorte qu'après exécution, la variable A contienne $\text{PGCD}\left(4^3 - 1,\ 4^2 - 1\right)$.

```
A ← 4^3 − 1
B ← 4^2 − 1
Tant que ...... :
    Si A > B, alors :
        A ← ...
    Sinon :
        B ← ...
    Fin Si
Fin Tant que
```

Partie B

On considère la suite (u_n) définie par $u_0 = 0$, $u_1 = 1$ et pour tout entier naturel n par :

$$u_{n+2} = 5u_{n+1} - 4u_n.$$

On admettra que pour tout entier naturel n non nul, u_n est un entier naturel non nul.

On note $V_n = \begin{pmatrix} u_{n+1} \\ u_n \end{pmatrix}$.

1. Justifier que pour tout entier naturel n, $V_{n+1} = AV_n$ où A est une matrice carrée d'ordre 2 dont on précisera les coefficients.

2. On pose $P = \begin{pmatrix} 1 & 4 \\ 1 & 1 \end{pmatrix}$.

a. Justifier que P est inversible et donner P^{-1}.

b. Vérifier que $P^{-1}AP$ est la matrice diagonale $D = \begin{pmatrix} 1 & 0 \\ 0 & 4 \end{pmatrix}$.

3. Démontrer par récurrence que pour tout entier naturel n non nul, $A^n = PD^nP^{-1}$.

4. Soit un entier naturel n non nul. Calculer les coefficients de la matrice A^n.

5. On admettra que pour tout entier naturel n non nul, $V_n = A^nV_0$.

Justifier que pour tout entier naturel n, $u_n = -\dfrac{1}{3} + \dfrac{1}{3} \times 4^n$.

6. a. Vérifier que pour tout entier naturel n, $u_{n+1} = 4u_n + 1$.

b. En déduire $\text{PGCD}(u_{n+1},\ u_n)$ pour tout entier naturel n.

c. Déterminer pour tout entier naturel n, $\text{PGCD}\left(4^{n+1} - 1,\ 4^n - 1\right)$.

EXERCICE 942 **20 minutes**

Dans une région, on s'intéresse à la cohabitation de deux espèces animales : les campagnols et les renards, les renards étant les prédateurs des campagnols.

Au 1er juillet 2012, on estime qu'il y a dans cette région approximativement deux millions de campagnols et cent-vingt renards.

Soient u_n le nombre de campagnols et v_n le nombre de renards au 1er juillet de l'année $2012+n$.

Partie A - Un modèle simple

On modélise l'évolution des populations par les relations suivantes :

$$\begin{cases} u_{n+1} &= 1,1u_n - 2000v_n \\ v_{n+1} &= 2 \times 10^{-5}u_n + 0,6v_n \end{cases} \quad \text{pour tout entier } n \geqslant 0, \text{ avec } u_0 = 2000000 \text{ et } v_0 = 120.$$

1. a. On considère la matrice colonne $U_n = \begin{pmatrix} u_n \\ v_n \end{pmatrix}$ pour tout entier $n \geqslant 0$.

Déterminer la matrice A telle que $U_{n+1} = A \times U_n$ pour tout $n \in \mathbb{N}$ et donner la matrice U_0.

b. Calculer le nombre de campagnols et de renards estimés grâce à ce modèle au 1er juillet 2018.

2. Soit les matrices $P = \begin{pmatrix} 20000 & 5000 \\ 1 & 1 \end{pmatrix}$, $D = \begin{pmatrix} 1 & 0 \\ 0 & 0,7 \end{pmatrix}$ et $P^{-1} = \dfrac{1}{15000}\begin{pmatrix} 1 & -5000 \\ -1 & 20000 \end{pmatrix}$.

On admet que P^{-1} est la matrice inverse de la matrice P et que $A = P \times D \times P^{-1}$.

a. Montrer que pour tout entier naturel n, $U_n = P \times D^n \times P^{-1} \times U_0$.

b. Donner sans justification l'expression de la matrice D^n en fonction de n.

c. On admet que, pour tout entier naturel n :

$$\begin{cases} u_n = \dfrac{2,8 \times 10^7 + 2 \times 10^6 \times 0,7^n}{15} \\ v_n = \dfrac{1400 + 400 \times 0,7^n}{15} \end{cases}$$

Décrire l'évolution des deux populations.

Partie B - Un modèle plus conforme à la réalité

Dans la réalité, on observe que si le nombre de renards a suffisamment baissé, alors le nombre de campagnols augmente à nouveau, ce qui n'est pas le cas avec le modèle précédent.
On construit donc un autre modèle, plus précis, qui tient compte de ce type d'observations à l'aide des relations suivantes :

$$\begin{cases} u_{n+1} = 1,1u_n - 0,001u_n \times v_n \\ v_{n+1} = 2 \times 10^{-7}u_n \times v_n + 0,6v_n \end{cases}$$ pour tout entier $n \geqslant 0$, avec $u_0 = 2000000$ et $v_0 = 120$.

Le tableau ci-dessous présente ce nouveau modèle sur les 25 premières années en donnant les effectifs des populations arrondis à l'unité :

	A	B	C
1	n	u_n	v_n
2	0	2 000 000	120
3	1	1 960 000	120

1. Créer un tableau à l'aide d'un tableur sur l'ordinateur avec n dans la colonne A, u_n dans la B et v_n dans la C.
Entrer les formules en $A3$, $B3$ et $C3$ puis les tirer jusqu'à $n = 24$.
Quelles formules faut-il écrire dans les cellules A3, B3 et C3 et recopier vers le bas pour remplir les colonnes B et C ?

2. Avec le deuxième modèle, à partir de quelle année observe-t-on le phénomène décrit (baisse des renards et hausse des campagnols) ?

Partie C

Dans cette partie on utilise le modèle de la partie B.
Est - il possible de donner à u_0 et v_0 des valeurs afin que les deux populations restent stables d'une année sur l'autre, c'est-à-dire telles que pour tout entier naturel n on ait $u_{n+1} = u_n$ et $v_{n+1} = v_n$? (On parle alors d'état stable.)

EXERCICE 943 **20 minutes**

Le droit de pêche dans une réserve marine est réglementé : chaque pêcheur doit posséder une carte d'accréditation annuelle. Il existe deux types de cartes :

— une carte de pêche dite « libre » (le pêcheur n'est pas limité en nombre de poissons pêchés) ;

— une carte de pêche dite « avec quota » (le pêcheur ne doit pas dépasser une certaine quantité hebdomadaire de poisson).

On suppose que le nombre total de pêcheurs reste constant d'année en année.
On note, pour l'année $2017 + n$:

— ℓ_n la proportion de pêcheurs possédant la carte de pêche libre ;

— q_n la proportion de pêcheurs possédant la carte de pêche avec quota.

On observe que :

— chaque année, 65 % des possesseurs de la carte de pêche libres achètent de nouveau une carte de pêche libre l'année suivante ;

— Chaque année, 45 % des possesseurs de la carte de pêche avec quota achètent une carte de pêche libre l'année suivante ;

— En 2017, 40 % des pêcheurs ont acheté une carte de pêche libre. On a donc $\ell_0 = 0{,}4$ et $q_0 = 0{,}6$.

On note, pour tout entier naturel n, $P_n = \begin{pmatrix} \ell_n \\ q_n \end{pmatrix}$.

1. Démontrer que, pour tout entier naturel n, $P_{n+1} = MP_n$, où M est la matrice carrée $\begin{pmatrix} 0{,}65 & 0{,}45 \\ 0{,}35 & 0{,}55 \end{pmatrix}$.

2. Calculer la proportion de pêcheurs achetant une carte de pêche avec quota en 2019.

3. Un logiciel de calcul formel donne les résultats ci-dessous :

1 ○	$M := \{\{0{,}65, 0{,}45\}, \{0{,}35, 0{,}55\}\}$ $\checkmark\ M := \begin{pmatrix} 0,65 & 0,45 \\ 0,35 & 0,55 \end{pmatrix}$
2 ○	$P_0 := \{\{0,4\}, \{0,6\}\}$ $\checkmark\ P_0 := \begin{pmatrix} 0,4 \\ 0,6 \end{pmatrix}$
3 ○	$Q := \{\{9, 1\}, \{7, \text{-} 1\}\}$ $\checkmark\ Q := \begin{pmatrix} 9 & 1 \\ 7 & -1 \end{pmatrix}$
4 ○	$T := \{\{1/16, 1/16\}, \{7/16, -9/16\}\}$ $\checkmark\ T := \begin{pmatrix} \frac{1}{16} & \frac{1}{16} \\ \frac{7}{16} & -\frac{9}{16} \end{pmatrix}$

5 ○	TQ $\rightarrow \begin{pmatrix} 1 & 0 \\ 0 & 1 \end{pmatrix}$
6 ○	QT $\rightarrow \begin{pmatrix} 1 & 0 \\ 0 & 1 \end{pmatrix}$
7 ○	$D := TMQ$ $\rightarrow\ D := \begin{pmatrix} 1 & 0 \\ 0 & \frac{1}{5} \end{pmatrix}$

En vous appuyant sur les résultats précédents, répondre aux deux questions suivantes :

a. Justifier que Q est une matrice inversible et préciser sa matrice inverse.
On notera Q^{-1} la matrice inverse de Q.

b. Justifier que $M = QDQ^{-1}$ et démontrer que, pour tout entier naturel n non nul :

$$M^n = QD^nQ^{-1}.$$

4. On admet que, pour tout entier naturel n non nul,

$$M^n = \frac{1}{16}\begin{pmatrix} 9+7\times 0{,}2^n & 9-9\times 0{,}2^n \\ 7-7\times 0{,}2^n & 7+9\times 0{,}2^n \end{pmatrix}.$$

a. Démontrer que pour tout entier naturel n, $P_n = M^n P_0$.

b. Justifier que, pour tout entier naturel n :

$$\ell_n = \frac{9}{16} - \frac{13}{80} \times 0{,}2^n.$$

5. La proportion de pêcheurs achetant la carte de pêche libre dépassera-t-elle 60 % ?

Exercice 944 **20 minutes**

Un atome d'hydrogène peut se trouver dans deux états différents, l'état stable et l'état excité. A chaque nanoseconde, l'atome peut changer d'état.

Partie A - Etude d'un premier milieu

Dans cette partie, on se place dans un premier milieu (milieu 1) où, à chaque nanoseconde, la probabilité qu'un atome passe de l'état stable à l'état excité est $0,005$, et la probabilité qu'il passe de l'état excité à l'état stable est $0,6$.

On observe un atome d'hydrogène initialement à l'état stable.

On note a_n la probabilité que l'atome soit dans un état stable et b_n la probabilité qu'il se trouve dans un état excité, n nanosecondes après le début de l'observation.

On a donc $a_0 = 1$ et $b_0 = 0$.

On appelle X_n la matrice ligne $X_n = \begin{pmatrix} a_n & b_n \end{pmatrix}$.

L'objectif est de savoir dans quel état se trouvera l'atome d'hydrogène à long terme.

1. Calculer a_1 puis b_1 et montrer que $a_2 = 0{,}993\,025$ et $b_2 = 0{,}006\,975$.

2. Déterminer la matrice A telle que, pour tout entier naturel n, $X_{n+1} = X_n A$.
A est appelée matrice de transition dans le milieu 1.
On admet alors que, pour tout entier naturel n, $X_n = X_0 A^n$.

3. On définit la matrice P par $P = \begin{pmatrix} 1 & -1 \\ 1 & 120 \end{pmatrix}$.

On admet que P est inversible et que $P^{-1} = \frac{1}{121}\begin{pmatrix} 120 & 1 \\ -1 & 1 \end{pmatrix}$.

Déterminer la matrice D définie par $D = P^{-1}AP$.

4. Démontrer que, pour tout entier naturel n, $A^n = PD^nP^{-1}$.

5. On admet par la suite que, pour tout entier naturel n,

$$A^n = \frac{1}{121}\begin{pmatrix} 120+0,395^n & 1-0,395^n \\ 120(1-0,395^n) & 1+120\times 0,395^n \end{pmatrix}.$$

En déduire une expression de a_n en fonction de n.

6. Déterminer la limite de la suite (a_n). Conclure.

Partie B - Etude d'un second milieu

Dans cette partie, on se place dans un second milieu (milieu 2), dans lequel on ne connaît pas la probabilité que l'atome passe de l'état excité à l'état stable. On note a cette probabilité supposée constante. On sait, en revanche, qu'à chaque nanoseconde, la probabilité qu'un atome passe de l'état stable à l'état excité est 0,01.

1. Donner, en fonction de a, la matrice de transition M dans le milieu 2.

2. Après un temps très long, dans le milieu 2, la proportion d'atomes excités se stabilise autour de 2 %.

On admet qu'il existe un unique vecteur X, appelé état stationnaire, tel que $XM = X$, et que $X = \begin{pmatrix} 0,98 & 0,02 \end{pmatrix}$.

Déterminer la valeur de a.

EXERCICE 945 **20 minutes**

On s'intéresse à la figure suivante, dans laquelle a, b et c désignent les longueurs des hypoténuses des trois triangles rectangles en O dessinés ci-dessous.

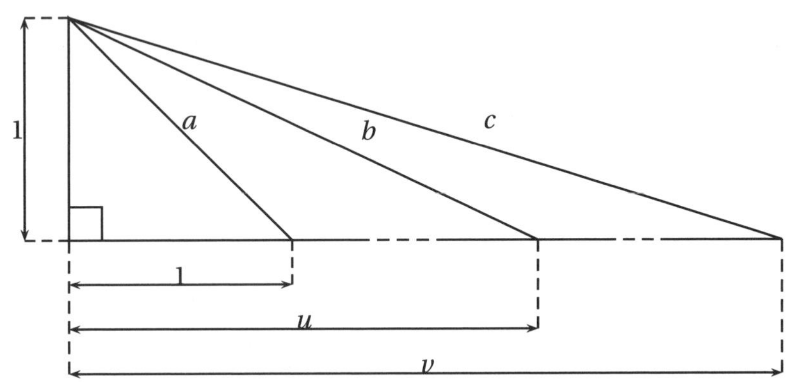

Problème : on cherche les couples de **nombres entiers naturels non nuls** $(u,\ v)$ tels que $ab = c$.

1. Modélisation

Démontrer que les solutions du problème sont des solutions de l'équation :

$$(E): \quad v^2 - 2u^2 = 1 \quad (v \text{ et } u \text{ étant des entiers naturels non nuls}).$$

2. Recherche systématique de solutions de l'équation (E)
Compléter l'algorithme suivant pour qu'il affiche au cours de son exécution tous les couples solutions de l'équation pour lesquels $1 \leqslant u \leqslant 1000$ et $1 \leqslant v \leqslant 1000$.

Pour u allant de 1 à ... faire
    Pour ...
        Si ...
            Afficher u et v
        Fin Si
    Fin Pour
Fin Pour
	Au cours de son exécution, l'algorithme affiche :
	2 3
	12 17
	70 99
	408 577

3. Analyse des solutions éventuelles de l'équation (E)
On suppose que le couple $(u,\ v)$ est une solution de l'équation (E).

a. Établir que $u < v$.
b. Démontrer que n et n^2 ont la même parité pour tout entier naturel n.
c. Démontrer que v est un nombre impair.
d. Établir que $2u^2 = (v-1)(v+1)$.
En déduire que u est un nombre pair.

4. Une famille de solutions
On assimile un couple de nombres entiers $(u,\ v)$ à la matrice colonne $X = \begin{pmatrix} u \\ v \end{pmatrix}$.

On définit également la matrice $A = \begin{pmatrix} 3 & 2 \\ 4 & 3 \end{pmatrix}$.

a. Démontrer que si une matrice colonne X est une solution de l'équation (E), alors AX est aussi une solution de l'équation (E).
b. Démontrer que si une matrice colonne X est une solution de l'équation (E), alors pour tout entier naturel n, $A^n X$ est aussi une solution de l'équation (E).
c. À l'aide de la calculatrice, donner un couple $(u,\ v)$ solution de l'équation (E) tel que $v > 10000$.

EXERCICE 946 **20 minutes**

Chaque question comporte trois affirmations repérées par les lettres a, b, c.
Indiquer pour chacune d'elles si elle est vraie ou fausse sans justification.

Dans une ville la circulation réglementée par des sens uniques est représentée par le graphe G ci-dessous dont les sommets illustrent les carrefours existant entre les rues.

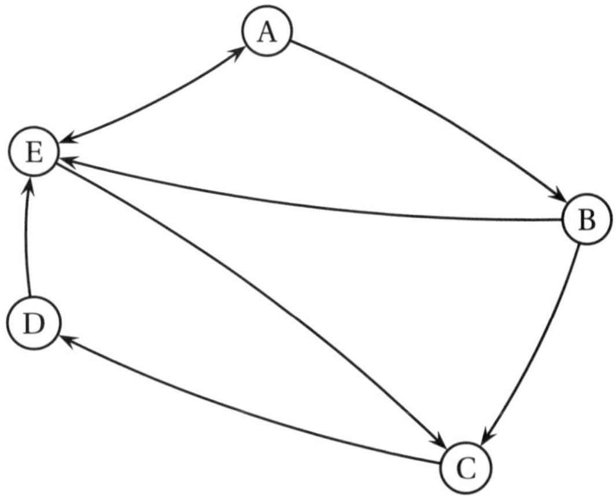

1. Les sommets étant classés dans l'ordre alphabétique,

   a. la matrice associée au graphe G est : $\begin{pmatrix} 0 & 1 & 0 & 0 & 1 \\ 1 & 0 & 1 & 0 & 1 \\ 0 & 1 & 0 & 1 & 1 \\ 0 & 0 & 1 & 0 & 1 \\ 1 & 1 & 1 & 1 & 0 \end{pmatrix}$

   b. la matrice associée au graphe G est : $\begin{pmatrix} 0 & 1 & 1 & 1 & 1 \\ 0 & 0 & 1 & 1 & 1 \\ 0 & 0 & 0 & 1 & 1 \\ 0 & 0 & 0 & 0 & 1 \\ 0 & 0 & 1 & 0 & 0 \end{pmatrix}$

   c. la matrice associée au graphe G est : $\begin{pmatrix} 0 & 1 & 0 & 0 & 1 \\ 0 & 0 & 1 & 0 & 1 \\ 0 & 0 & 0 & 1 & 0 \\ 0 & 0 & 0 & 0 & 1 \\ 1 & 0 & 1 & 0 & 0 \end{pmatrix}$

2. Le nombre de chaînes de longueur 3 qui vont du sommet A vers le sommet D du graphe G est :

   a. 3
   b. 2
   c. 4

3. Le graphe G est pondéré par la distance exprimée en mètres entre deux carrefours comme suit :

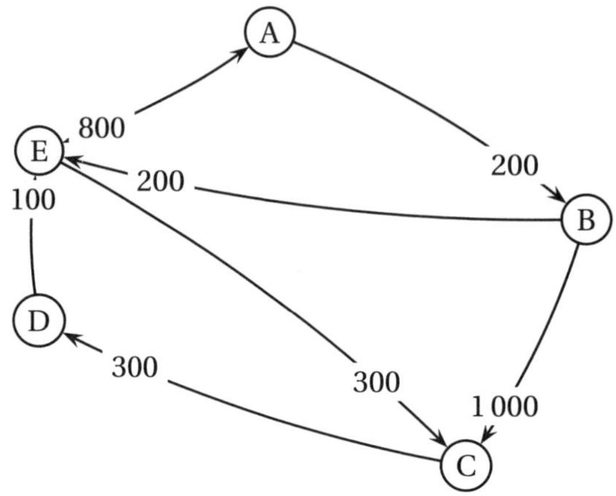

Un automobiliste est au carrefour A et cherche à rejoindre le carrefour D.
Le poids (minimum) en mètres de la plus courte chaîne reliant le sommet A au sommet D est :

a. 1 400
b. 1 000
c. 900

4. En tenant compte du sens de circulation la plus grande distance parcourue est :

a. de A vers D.
b. de B vers D.
c. de C vers B.

EXERCICE 947 **20 minutes**

Dans un territoire donné, on s'intéresse à l'évolution couplée de deux espèces : les buses (les prédateurs) et les campagnols (les proies).
Des scientifiques modélisent, pour tout entier naturel n, cette évolution par :

$$\left\{\begin{array}{rcr} b_0 & = & 1\,000 \\ c_0 & = & 1\,500 \\ b_{n+1} & = & 0,3b_n + 0,5c_n \\ c_{n+1} & = & -0,5b_n + 1,3c_n \end{array}\right.$$

où b_n représente approximativement le nombre de buses et c_n le nombre approximatif de campagnols le 1er juin de l'année $2000 + n$ (où n désigne un entier naturel).

1. On note A la matrice $\begin{pmatrix} 0,3 & 0,5 \\ -0,5 & 1,3 \end{pmatrix}$ et, pour tout entier naturel n, U_n la matrice colonne $\begin{pmatrix} b_n \\ c_n \end{pmatrix}$.

a. Vérifier que $U_1 = \begin{pmatrix} 1050 \\ 1450 \end{pmatrix}$ et calculer U_2.

b. Vérifier que, pour tout entier naturel n, $U_{n+1} = AU_n$.

On donne les matrices $P = \begin{pmatrix} 1 & 0 \\ 1 & 1 \end{pmatrix}$, $T = \begin{pmatrix} 0,8 & 0,5 \\ 0 & 0,8 \end{pmatrix}$ et $I = \begin{pmatrix} 1 & 0 \\ 0 & 1 \end{pmatrix}$.

2. On admet que P a pour inverse une matrice Q de la forme $\begin{pmatrix} 1 & 0 \\ a & 1 \end{pmatrix}$ où a est un réel.

a. Déterminer la valeur de a en justifiant.

b. On admet que $A = PTQ$.
Démontrer que, pour tout entier n non nul, on a $A^n = PT^nQ$.

c. Démontrer à l'aide d'un raisonnement par récurrence que, pour tout entier n non nul, $T^n = \begin{pmatrix} 0,8^n & 0,5n \times 0,8^{n-1} \\ 0 & 0,8^n \end{pmatrix}$.

3. Lucie exécute l'algorithme ci-dessous et obtient en sortie $N = 40$.
Quelle conclusion Lucie peut-elle énoncer pour les buses et les campagnols ?

```
Initialisation :  N prend la valeur 0
                  B prend la valeur 1 000
                  C prend la valeur 1 500
   Traitement :   Tant que B > 2 ou C > 2
                      N prend la valeur N + 1
                      R prend la valeur B
                      B prend la valeur   0,3R + 0,5C
                      C prend la valeur −0,5R + 1,3C
                  Fin Tant Que
       Sortie :   Afficher N
```

4. On admet que, pour tout entier naturel n non nul, on a

$$U_n = \begin{pmatrix} 1000 \times 0,8^n + \dfrac{625}{2} n \times 0,8^n \\ 1500 \times 0,8^n + \dfrac{625}{2} n \times 0,8^n \end{pmatrix}$$

et

$$n \leqslant 10 \times 1,1^n.$$

a. En déduire les limites des suites (b_n) et (c_n).

b. Des mesures effectuées dans des territoires comparables montrent que la population de campagnols reste toujours supérieure à au moins 50 individus.
A la lumière de ces informations, le modèle proposé dans l'exercice vous paraît-il cohérent ?

EXERCICE 948 **20 minutes**

Dans un jeu vidéo en ligne, les joueurs peuvent décider de rejoindre l'équipe A (statut noté A) ou l'équipe B (statut noté B) ou bien de n'en rejoindre aucune et rester ainsi solitaire (statut noté S). Chaque jour, chaque joueur peut changer de statut mais ne peut pas se retirer du jeu. Les données recueillies sur les premières semaines après le lancement du jeu ont permis de dégager les tendances suivantes :

- un joueur de l'équipe A y reste le jour suivant avec une probabilité de 0,6; il devient joueur solitaire avec une probabilité de 0,25. Sinon, il rejoint l'équipe B;
- un joueur de l'équipe B y reste le jour suivant avec une probabilité de 0,6; sinon, il devient joueur solitaire avec une probabilité identique à celle de rejoindre l'équipe A;
- un joueur solitaire garde ce statut le jour suivant avec une probabilité de $\frac{1}{7}$; il rejoint l'équipe B avec une probabilité 3 fois plus élevée que celle de rejoindre l'équipe A.

Au début du jeu, à la clôture des inscriptions, tous les joueurs sont solitaires.
On note $U_n = \begin{pmatrix} a_n & b_n & s_n \end{pmatrix}$ l'état probabiliste des statuts d'un joueur au bout de n jours. Ainsi a_n est la probabilité d'être dans l'équipe A, b_n celle d'être dans l'équipe B et s_n celle d'être un joueur solitaire, après n jours de jeu.
On a donc : $a_0 = 0$, $b_0 = 0$ et $s_0 = 1$.

1. On note p la probabilité qu'un joueur solitaire un jour donné passe dans l'équipe A le jour suivant. Justifier que $p = \frac{3}{14}$.

2. a. Compléter le graphe probabiliste ci-contre représentant la situation.

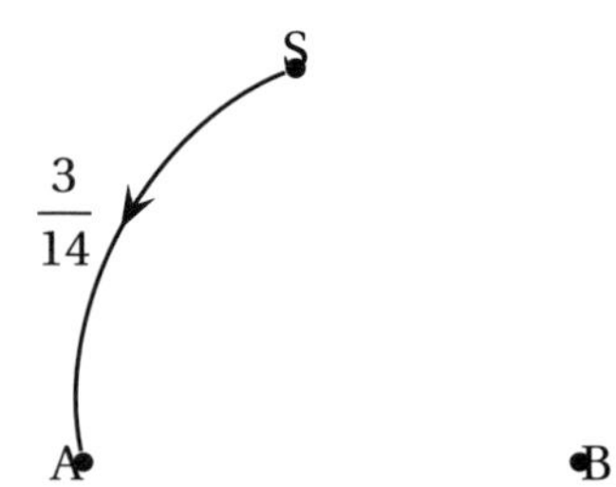

b. On admet que la matrice de transition est $T = \begin{pmatrix} \frac{3}{5} & \frac{3}{20} & \frac{1}{4} \\ \frac{1}{5} & \frac{3}{5} & \frac{1}{5} \\ \frac{3}{14} & \frac{9}{14} & \frac{1}{7} \end{pmatrix}$.

Pour tout entier naturel n, on a donc $U_{n+1} = U_n T$.
Montrer alors que, pour tout entier naturel n, on a $U_n = U_0 T^n$.

c. Déterminer l'état probabiliste au bout d'une semaine, en arrondissant au millième.

3. On pose $V = \begin{pmatrix} 300 & 405 & 182 \end{pmatrix}$.

a. Donner, sans détailler les calculs, le produit matriciel VT. Que constate-t-on?

b. En déduire un état probabiliste qui reste stable d'un jour sur l'autre.

4. On donne l'algorithme suivant, où la commande « $U[i]$ » renvoie le coefficient de la i-ème colonne d'une matrice ligne U.

U prend la valeur $\begin{pmatrix}0 & 0 & 1\end{pmatrix}$ T prend la valeur $\begin{pmatrix}\frac{3}{5} & \frac{3}{20} & \frac{1}{4} \\ \frac{1}{5} & \frac{3}{5} & \frac{1}{5} \\ \frac{3}{14} & \frac{9}{14} & \frac{1}{7}\end{pmatrix}$ Pour k allant de 1 à 7 U prend la valeur UT Fin Pour
Afficher $U[1]$

a. Quelle est la valeur numérique arrondie au millième de la sortie de cet algorithme ? L'interpréter dans le contexte de l'exercice.

b. Modifier cet algorithme pour qu'il affiche la fréquence de joueurs solitaires au bout de 13 jours.

EXERCICE 949 **20 minutes**

Partie A

Dans l'espace rapporté à un repère orthonormé $\left(O, \vec{\imath}, \vec{\jmath}, \vec{k}\right)$, on considère les points A(1 ; 5 ; −2), B(7 ; −1 ; 3) et C(−2 ; 7 ; −2) et on note P le plan (ABC).

On cherche une équation cartésienne du plan P sous la forme : $ax + by + cz = 73$, où a, b et c sont des nombres réels.

On note X et Y les matrices colonnes : $X = \begin{pmatrix}a \\ b \\ c\end{pmatrix}$ et $Y = \begin{pmatrix}1 \\ 1 \\ 1\end{pmatrix}$.

1. Montrer que X vérifie la relation : $MX = 73Y$, où M est la matrice

$$M = \begin{pmatrix}1 & 5 & -2 \\ 7 & -1 & 3 \\ -2 & 7 & -2\end{pmatrix}.$$

2. Soit N la matrice : $N = \begin{pmatrix}19 & 4 & -13 \\ -8 & 6 & 17 \\ -47 & 17 & 36\end{pmatrix}$.

A l'aide d'une calculatrice, on a calculé les produits $M \times N$ et $N \times M$, et on a obtenu les copies d'écran suivantes :

Pour $M \times N$:

Ans	1	2	3
1	73	0	0
2	0	73	0
3	0	0	73

Pour $N \times M$:

Ans	1	2	3
1	73	0	0
2	0	73	0
3	0	0	73

A l'aide de ces informations, justifier que la matrice M est inversible et exprimer sa matrice inverse M^{-1} en fonction de la matrice N.

3. Montrer alors que : $X = NY$.
En déduire que le plan P admet pour équation cartésienne : $10x + 15y + 6z = 73$.

Partie B

L'objectif de cette partie est l'étude des points à coordonnées entières du plan P ayant pour équation cartésienne : $10x + 15y + 6z = 73$.

1. Soit $M(x\ ;\ y\ ;\ z)$ un point appartenant au plan P et au plan d'équation $z = 3$. On suppose que les coordonnées x, y et z appartiennent à l'ensemble $\mathbb{Z}$ des entiers relatifs.

a. Montrer que les entiers x et y sont solutions de l'équation $(E) : 2x + 3y = 11$.

b. Justifier que le couple $(7\ ;\ -1)$ est une solution particulière de (E) puis résoudre l'équation (E) pour x et y appartenant à $\mathbb{Z}$.

c. Montrer qu'il existe exactement deux points appartenant au plan P et au plan d'équation $z = 3$ et dont les coordonnées appartiennent à l'ensemble $\mathbb{N}$ des entiers naturels. Déterminer les coordonnées de ces deux points.

2. Dans cette question, on se propose de déterminer tous les points $M(x\ ;\ y\ ;\ z)$ du plan P dont les coordonnées sont des entiers naturels.
Soient x, y et z des entiers naturels tels que $10x + 15y + 6z = 73$.

a. Montrer que y est impair.

b. Montrer que : $x \equiv 1 \quad [3]$. On admet que : $z \equiv 3 \quad [5]$.

c. On pose alors : $x = 1 + 3p$, $y = 1 + 2q$ et $z = 3 + 5r$, où p, q et r sont des entiers naturels. Montrer que le point $M(x\ ;\ y;\ z)$ appartient au plan P si et seulement si $p + q + r = 1$.

d. En déduire qu'il existe exactement trois points du plan P dont les coordonnées sont des entiers naturels. Déterminer les coordonnées de ces points.

EXERCICE 950 **20 minutes**

Partie A

Un groupe de touristes a réservé toutes les chambres d'un hôtel-restaurant à Venise qui propose tous les soirs à ses pensionnaires le choix entre un menu gastronomique et un menu traditionnel.

On considère, pour la modélisation, que chaque soir les clients choisissent un des deux menus et que le restaurant est réservé aux clients de l'hôtel.

Une étude sur les habitudes des clients montre que, si un soir donné, un client choisit le menu gastronomique, il choisit également le menu gastronomique le soir suivant dans 60 % des cas. Si le client choisit le menu traditionnel un soir donné, il choisit également le menu traditionnel le soir suivant dans 70 % des cas.

Afin de mieux prévoir ses commandes pour la saison estivale, le gérant souhaite connaître la proportion de clients choisissant le menu gastronomique ou le menu traditionnel à partir du 1er juin 2015. Ce soir-là, 55 % des clients ont choisi le menu gastronomique.

On note g_0 la probabilité qu'un client ait choisi le menu gastronomique le soir du 1er juin 2015 ; on a donc $g_0 = 0{,}55$.

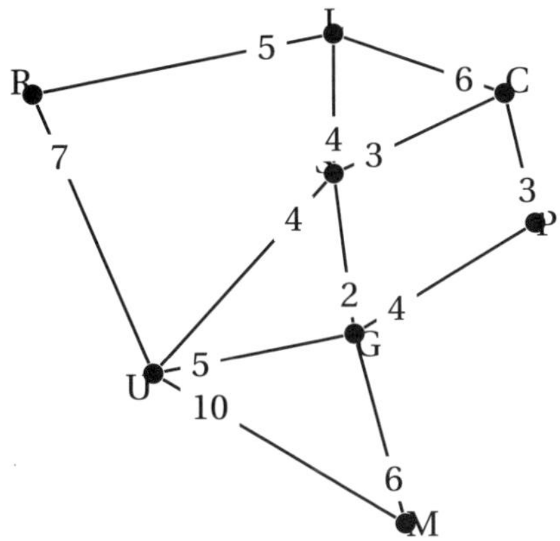

C : Ca'Pesaro
G : Palazzo Grimani di San Luca
L : Palazzo Labia
M : Piazza San Marco
P : Ponte Di Rialto
R : Piazzale Roma
S : Campo Di San Polo
U : Universita Ca'Foscari

Pour tout entier naturel n supérieur ou égal à 1, on note g_n la probabilité qu'un client choisi au hasard prenne le menu gastronomique le n–ième soir après le 1er juin 2015.
Ainsi, g_1 est la probabilité qu'un client ait choisi le menu gastronomique le soir du 2 juin 2015.
De la même façon, pour tout entier naturel n supérieur ou égal à 1, on note t_n la probabilité qu'un client, choisi au hasard, prenne le menu traditionnel le n–ième soir après le 1er juin 2015.
On note P_n la matrice $\begin{pmatrix} g_n & t_n \end{pmatrix}$ correspondant à l'état probabiliste au n–ième soir.
On note G l'état « le client choisit le menu gastronomique » et T l'état « le client choisit le menu traditionnel ».

1. Traduire les données de l'énoncé par un graphe probabiliste de sommets G et T.

Dans la suite de l'exercice, on admet que la matrice de transition M de ce graphe, en considérant les sommets dans l'ordre alphabétique, est $M = \begin{pmatrix} 0,6 & 0,4 \\ 0,3 & 0,7 \end{pmatrix}$.

2. a. Donner la matrice P_0 correspondant à l'état initial.

b. Calculer la probabilité qu'un client choisisse le menu gastronomique le 4 juin 2015. On arrondira le résultat au centième.

3. a. Déterminer la matrice $P = \begin{pmatrix} g & t \end{pmatrix}$ correspondant à l'état stable du graphe probabiliste.

b. Interpréter ce résultat dans le contexte de l'exercice.

Partie B

L'hôtel propose également à ses clients des balades en gondole sur les canaux de Venise.
Le graphe ci-dessous représente les principaux canaux de Venise empruntés par le gondolier.
Chaque arête représente un canal et chaque sommet un lieu de la ville.
Le poids de chaque arête représente la durée de parcours, exprimée en minutes, entre deux lieux de la ville en empruntant les canaux.
Le gondolier employé par l'hôtel inspecte régulièrement les canaux pour en vérifier la navigabilité.
Il souhaite optimiser son trajet en inspectant une fois et une seule chaque canal.

1. Justifier qu'un tel trajet est possible et indiquer quels sont les lieux possibles de départ et d'arrivée.
2. Déterminer la durée pour effectuer ce trajet.

EXERCICE 951 **20 minutes**

Les parties A et B peuvent être traitées indépendamment.

Partie A

Une course cyclosportive propose deux parcours : un grand de 130 kilomètres et un petit de 70 kilomètres.

L'étude ci-après porte sur les cyclistes fidèles qui participent tous les ans à cette épreuve.

En 2018, 42 % des cyclistes ont fait le grand parcours, les autres le petit.

Ces dernières années, les organisateurs ont constaté que :

- 90 % des cyclistes ayant fait le grand parcours une année se réinscrivent pour ce même parcours l'année suivante ; les autres s'inscrivent pour faire le petit parcours.
- 15 % des cyclistes ayant fait le petit parcours une année s'inscrivent sur le grand parcours l'année suivante ; les autres restent fidèles au petit parcours.

On note G l'état : « le cycliste fait le grand parcours », S l'état : « le cycliste fait le petit parcours » et $P_n = \begin{pmatrix} g_n & s_n \end{pmatrix}$ désigne la matrice ligne donnant la probabilité, pour un cycliste, de participer respectivement au grand et au petit parcours lors de la course de l'année $(2018 + n)$.

1. Représenter la situation à l'aide d'un graphe probabiliste de sommets G et S.
2. Déterminer la matrice de transition M de ce graphe en respectant l'ordre des sommets G puis S :
3. Déterminer l'état initial P_0 et l'état P_1.
   En déduire le pourcentage de cyclistes qui, selon ce modèle, participeront au grand parcours en 2019.
4. On note $P = \begin{pmatrix} x & y \end{pmatrix}$ la matrice associée à l'état stable de ce graphe.
   a. Calculer x et y en résolvant un système.
   b. Selon ce modèle, peut-on dire qu'à long terme le grand parcours aura plus de succès que le petit ?

Partie B

Au village départ de cette course cyclosportive, les différents stands présents sont :

- le stand des vélos de routes (R),
- le stand des VTT (T),
- le stand des BMX (B),
- le stand de l'habillement (H),
- le stand des compteurs et GPS (C),
- le stand des accessoires et pièces détachées (A).

Le graphe ci-dessous représente le plan du village départ : les sommets correspondent aux stands et les arêtes aux allées qui les relient.

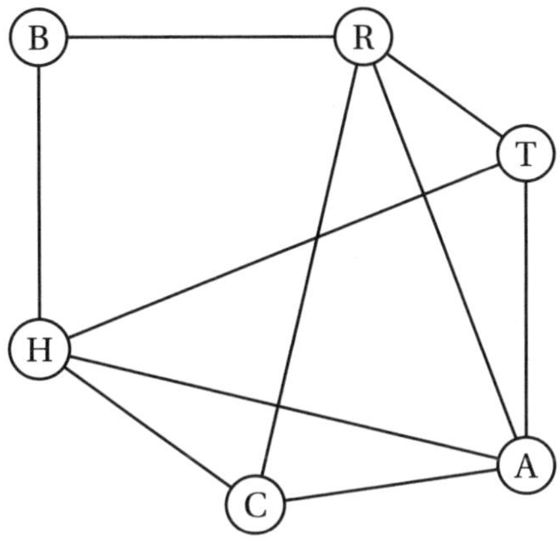

1. Ce graphe est-il complet ? Est-il connexe ? Justifier les réponses.
2. Un cycliste peut-il visiter tous les stands en empruntant une et une seule fois chacune des allées ? Justifier la réponse. Si oui, donner un trajet possible en précisant le stand de départ et celui d'arrivée.

EXERCICE 952 **20 minutes**

Deux amis, Louisa et Antoine, passent la journée dans un parc d'attraction.
Le plan du parc est donné par le graphe Γ ci-dessous. Les arêtes de ce graphe représentent les allées du parc et les sommets correspondent aux intersections de ces allées. On a pondéré les arêtes de ce graphe par les temps de parcours en minutes.

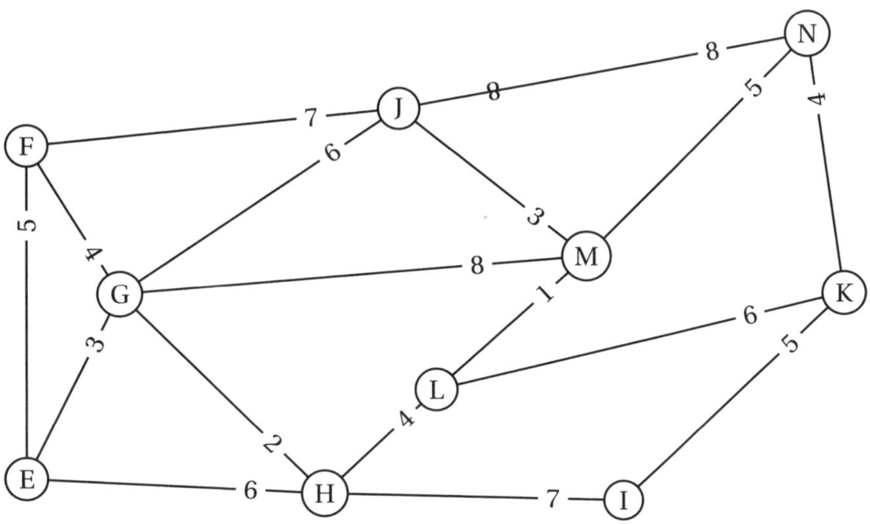

1. Le graphe est-il connexe ? Justifier.
2. Antoine prétend avoir trouvé un itinéraire permettant d'emprunter chaque allée une et une seule fois mais Louisa lui répond que c'est impossible.
Lequel des deux a raison ? Justifier la réponse.

3. On considère la matrice M ci-dessous (a, b et c sont des entiers).

$$M = \begin{pmatrix} 0 & 1 & 1 & 1 & a & 0 & 0 & 0 & 0 & 0 \\ 1 & 0 & 1 & 0 & 0 & 1 & 0 & 0 & 0 & 0 \\ 1 & 1 & 0 & 1 & 0 & 1 & 0 & 0 & 1 & 0 \\ 1 & 0 & 1 & 0 & 1 & 0 & 0 & 1 & 0 & 0 \\ 0 & 0 & 0 & 1 & 0 & 0 & c & 0 & 0 & 0 \\ 0 & 1 & 1 & 0 & 0 & 0 & 0 & 0 & 1 & 1 \\ 0 & 0 & 0 & 0 & b & 0 & 0 & 1 & 0 & 1 \\ 0 & 0 & 0 & 1 & 0 & 0 & 1 & 0 & 1 & 0 \\ 0 & 0 & 1 & 0 & 0 & 1 & 0 & 1 & 0 & 1 \\ 0 & 0 & 0 & 0 & 0 & 1 & 1 & 0 & 1 & 0 \end{pmatrix}.$$

a. Déterminer les entiers a, b et c pour que la matrice M représente la matrice d'adjacence associée au graphe Γ, les sommets étant pris dans l'ordre alphabétique.
Soit S la matrice définie par : $S = M + M^2 + M^3$.
On admet que :

$$M^3 = \begin{pmatrix} 4 & 7 & 8 & 7 & 1 & 4 & 2 & 2 & 5 & 3 \\ 7 & 4 & 9 & 3 & 2 & 8 & 1 & 4 & 4 & 3 \\ 8 & 9 & 8 & 10 & 1 & 10 & 5 & 2 & 11 & 3 \\ 7 & 3 & 10 & 2 & 6 & 5 & 0 & 8 & 2 & 5 \\ 1 & 2 & 1 & 6 & 0 & 2 & 5 & 0 & 4 & 0 \\ 4 & 8 & 10 & 5 & 2 & 6 & 2 & 4 & 8 & 7 \\ 2 & 1 & 5 & 0 & 5 & 2 & 0 & 7 & 1 & 6 \\ 2 & 4 & 2 & 8 & 0 & 4 & 7 & 0 & 8 & 1 \\ 5 & 4 & 11 & 2 & 4 & 8 & 1 & 8 & 4 & 8 \\ 3 & 3 & 3 & 5 & 0 & 7 & 6 & 1 & 8 & 2 \end{pmatrix} \quad \text{et } S = \begin{pmatrix} 7 & 9 & 11 & 9 & 2 & 6 & 2 & 3 & 6 & 3 \\ 9 & 7 & 12 & 5 & 2 & 10 & 1 & 4 & 6 & 4 \\ 11 & 12 & 13 & 12 & 2 & 13 & 5 & 4 & 13 & 5 \\ 9 & 5 & 12 & 6 & 7 & 6 & 2 & 9 & 4 & 5 \\ 2 & 2 & 2 & 7 & 2 & 2 & 6 & 2 & 4 & 1 \\ 6 & 10 & 13 & 6 & 2 & 10 & 3 & 5 & 11 & 9 \\ 2 & 1 & 5 & 2 & 6 & 3 & 3 & 8 & 3 & 7 \\ 3 & 4 & 4 & 9 & 2 & 5 & 8 & 3 & 9 & 3 \\ 6 & 6 & 13 & 4 & 4 & 11 & 3 & 9 & 8 & 10 \\ 3 & 4 & 5 & 5 & 1 & 9 & 7 & 3 & 10 & 5 \end{pmatrix}$$

b. Déterminer, en justifiant, le nombre de chemins de longueur 3 reliant F à L. Préciser ces chemins.

c. Déterminer, en justifiant, le nombre de chemins de longueur 3 partant de E.

d. Que signifie le coefficient à l'intersection de la première ligne et de la troisième colonne de S ?

4. Un défilé part tous les jours à 14 h du sommet N. Louisa et Antoine choisissent de déjeuner dans un restaurant situé au sommet E avant d'aller admirer le défilé.

a. Déterminer le chemin que doivent emprunter Louisa et Antoine pour se rendre du restaurant au départ du défilé le plus rapidement.

b. A quelle heure au plus tard doivent-ils quitter le restaurant pour assister au début du défilé ?

EXERCICE 953 **25 minutes**

Suite à des intempéries, un chasse-neige doit déblayer toutes les routes reliant les stations de son secteur. On modélise ce secteur par le graphe ci-dessous dont les sommets représentent les différentes stations désignées par des lettres. Les poids des arêtes sont les durées moyennes de parcours, en minute, du chasse-neige entre deux stations.

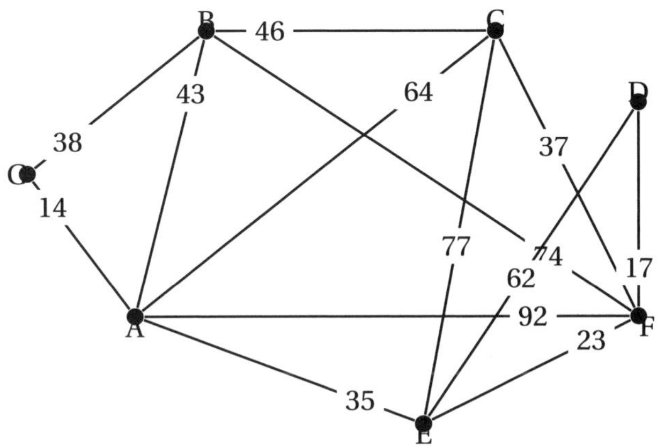

1. Le chasse-neige part de la station G. Peut-il partir de cette station et y revenir en parcourant une et une seule fois chacune des routes, matérialisées par les arêtes de ce graphe ?
2. Une saleuse doit de même parcourir l'ensemble des routes du secteur après déblaiement de la neige. Elle est garée à la station A et, après son travail, peut se garer dans n'importe quelle station.
   Peut-elle parcourir une et une seule fois chacune des routes pour traiter l'ensemble du secteur ?
3. On appelle M la matrice d'adjacence associée au graphe, les sommets étant rangés dans l'ordre alphabétique et on donne :
$$M^4 = \begin{pmatrix} 61 & 48 & 52 & 28 & 45 & 55 & 24 \\ 48 & 44 & 41 & 21 & 42 & 45 & 20 \\ 52 & 41 & 50 & 25 & 41 & 52 & 25 \\ 28 & 21 & 25 & 15 & 20 & 24 & 10 \\ 45 & 42 & 41 & 20 & 44 & 48 & 21 \\ 55 & 45 & 52 & 24 & 48 & 61 & 28 \\ 24 & 20 & 25 & \mathbf{10} & 21 & 28 & 15 \end{pmatrix}.$$
   Interpréter dans le contexte de l'exercice le nombre 10 figurant en caractère gras dans la matrice.
4. Déterminer, pour le chasse-neige, le chemin le plus rapide pour aller de la station G à la station D. On donnera le parcours trouvé ainsi que sa durée totale.
5. Le conducteur du chasse-neige part de la station G et va directement à la station A.
   Il apprend alors que la route allant de la station E à la station F est barrée.
   Comment peut-il terminer son parcours au plus vite jusqu'à la station D ? Préciser le temps qu'il mettrait alors pour finir son parcours.
   Aucune justification n'est attendue ici.

EXERCICE 954 **15 minutes**

Un restaurateur se fournit auprès de 5 producteurs locaux. Le graphe ci-dessous représente la situation géographique du restaurateur et de ses fournisseurs, les arêtes correspondant au réseau routier et les sommets aux producteurs :

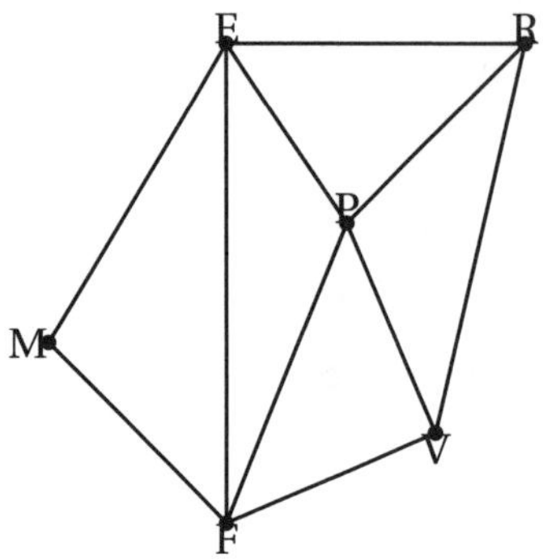

Légende :
E : éleveur
F : fromager
M : maraîcher
P : pisciculteur
R : **restaurateur**
V : vigneron

1. **a.** Le graphe est-il complet ? Justifier la réponse.
   b. Le graphe est-il connexe ? Justifier la réponse.
2. Est-il possible pour le restaurateur d'organiser une visite de tous ses producteurs en partant de son restaurant et en empruntant une fois et une seule chaque route ? Justifier la réponse. Si oui, préciser le point d'arrivée et proposer un tel parcours.
3. On appelle N la matrice d'adjacence associée à ce graphe, les sommets étant pris dans l'ordre alphabétique.
   a. Déterminer la matrice N.
   b. On donne la matrice $N^3 = \begin{pmatrix} 6 & 10 & 6 & 10 & 9 & 5 \\ 10 & 6 & 6 & 10 & 5 & 9 \\ 6 & 6 & 2 & 4 & 4 & 4 \\ 10 & 10 & 4 & 8 & 8 & 8 \\ 9 & 5 & 4 & 8 & 4 & 8 \\ 5 & 9 & 4 & 8 & 8 & 4 \end{pmatrix}$
   Déterminer, en justifiant la réponse, le nombre de chemins de longueur 3 reliant l'éleveur au vigneron.
4. Les arêtes du graphe sont pondérées par les distances, exprimées en kilomètre, entre les différents lieux :

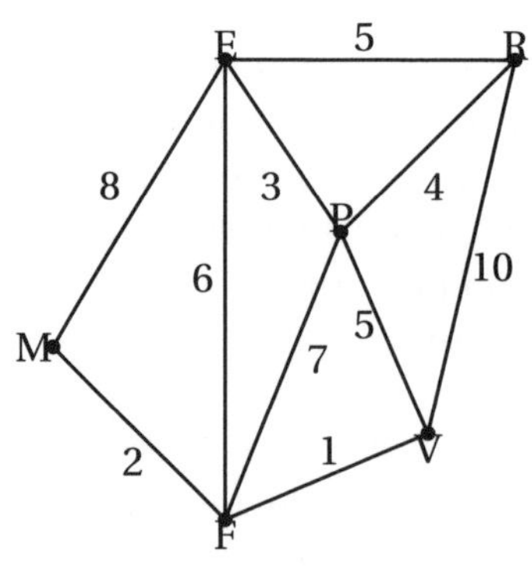

Le restaurateur doit se rendre chez le maraîcher en partant de chez lui. Quel est le plus court chemin pour effectuer ce trajet? Justifier la réponse à l'aide d'un algorithme.

EXERCICE 955 **15 minutes**

Partie A

Les clients d'un restaurant sont des habitués qui y déjeunent tous les jours.
En septembre 2018, le restaurateur propose trois nouveaux plats : plat A, plat B et plat C.
D'un jour à l'autre, il constate que :

- Parmi les clients ayant choisi le plat A : 30 % reprennent le plat A le lendemain, 50 % prennent le plat B le lendemain.
- Parmi les clients ayant choisi le plat B : 30 % reprennent le plat B le lendemain, 60 % prennent le plat A le lendemain.
- Parmi les clients ayant choisi le plat C : 35 % prennent le plat A le lendemain, 45 % prennent le plat B le lendemain.

On note pour tout entier n non nul :

- a_n la proportion de clients ayant choisi le plat A le n-ième jour;
- b_n la proportion de clients ayant choisi le plat B le n-ième jour;
- c_n la proportion de clients ayant choisi le plat C le n-ième jour.

Pour tout entier $n \geqslant 1$, on note $P_n = \begin{pmatrix} a_n \\ b_n \\ c_n \end{pmatrix}$ l'état probabiliste le n-ième jour.

1. Représenter cette situation par un graphe probabiliste.
2. Donner la matrice de transition M de ce graphe, en respectant l'ordre alphabétique des sommets.
3. Le restaurateur a noté que le premier jour 35,5 % des clients ont pris le plat A, 40,5 % ont pris le plat B et 24 % ont pris le plat C.
   Calculer P_2.
4. Le restaurateur affirme que le douzième jour, la proportion de clients qui choisiront le plat C sera à peu près la même que le treizième jour, soit environ 15,9 %.
   A-t-il raison? Justifier.

Partie B

Pour le dîner, le restaurateur décide de proposer des livraisons à domicile. Il fait un essai avec huit clients.
Sur le graphe ci-dessous, les sommets représentent les différents lieux d'habitation de ces huit clients. Les arêtes représentent les rues et les valeurs indiquent les durées moyennes des trajets exprimées en minutes.

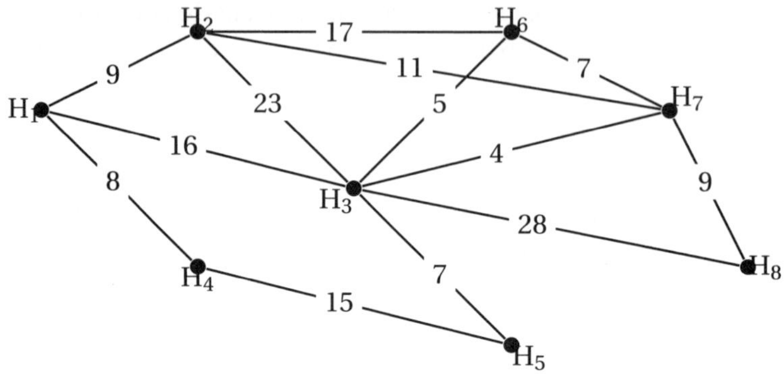

1. Répondre aux questions suivantes en justifiant.
   a. Existe-t-il un parcours qui emprunte toutes les rues une et une seule fois ?
   b. Un tel parcours peut-il partir de H_1 et y revenir ?
2. Déterminer le temps minimal pour aller de H_4 vers H_8. Préciser le trajet correspondant.

EXERCICE 956 **25 minutes**

Sur un marché où seul un produit A était présent, un nouveau produit B est mis en vente à partir de l'année 2015. Une enquête a montré que :

- la probabilité qu'un client de A, une année donnée, reste fidèle à A l'année suivante est 0,67 ;
- la probabilité qu'un client de B, une année donnée, choisisse A l'année suivante est 0,27 .

On suppose que la clientèle totale pour les deux produits ne change pas. On prend un client au hasard l'année $(2014 + n)$.

Notations :

— On appelle A l'état « acheter le produit A » ;
— On appelle B l'état « acheter le produit B » ;
— On note a_n la probabilité que ce client achète A pendant l'année $(2014 + n)$.
— On note b_n la probabilité que ce client achète B pendant l'année $(2014 + n)$.
— On a donc $a_0 = 1$ et $b_0 = 0$.

1. Traduire les données de l'énoncé par un graphe probabiliste de sommets A et B.
   La matrice M de ce graphe probabiliste, en considérant les sommets du graphe dans l'ordre A puis B, est donc :

$$M = \begin{pmatrix} 0,67 & 0,33 \\ 0,27 & 0,73 \end{pmatrix}$$

2. On appelle $P_n = \begin{pmatrix} a_n & b_n \end{pmatrix}$ la matrice décrivant l'état probabiliste de la clientèle l'année $(2014 + n)$.

a. Donner la relation matricielle liant l'état P_1 à l'état P_0. Calculer P_1 et traduire ce résultat par une phrase.

b. Calculer et traduire de même l'état P_2.

3. a. Exprimer P_{n+1} en fonction de P_n. En déduite que, pour tout entier n, on a :

$$a_{n+1} = 0,67a_n + 0,27b_n \quad \text{puis} \quad a_{n+1} = 0,4a_n + 0,27.$$

b. On définit la suite (u_n) par $u_n = a_n - 0,45$ pour tout entier n. Montrer que (u_n) est une suite géométrique dont on déterminera la raison et le premier terme.

c. Exprimer u_n puis a_n et b_n en fonction de n.

4. a. Quelles sont les limites respectives a et b des suites (a_n) et (b_n).
Exprimer ces résultats en termes de répartition sur le marché des produits A et B.

b. On pose $P = \begin{pmatrix} a & b \end{pmatrix}$.
Vérifier que $P = P \times M$.
Que représente l'état P ? Dépend-il de l'état initial P_0 ?

EXERCICE 957 **20 minutes**

Partie A

On note G le graphe représenté ci-dessous et M sa matrice obtenue en prenant les sommets dans l'ordre alphabétique. La matrice M^3 est également donnée.

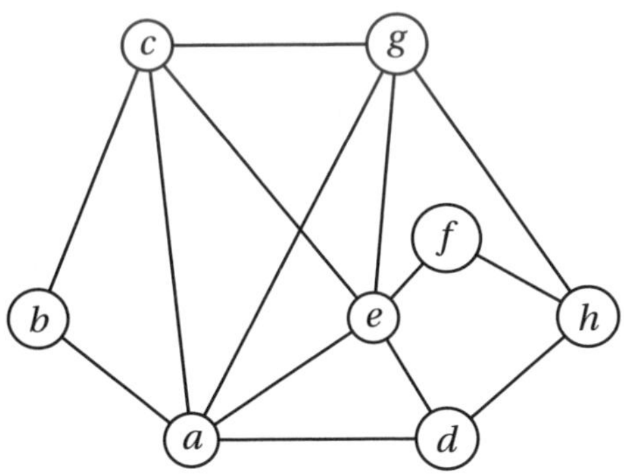

$$M^3 = \begin{pmatrix} 10 & 8 & 11 & 10 & 12 & 5 & 13 & 4 \\ 8 & 2 & 7 & 3 & 5 & 2 & 4 & 3 \\ 11 & 7 & 8 & 6 & 12 & 3 & 10 & 5 \\ 10 & 3 & 6 & 2 & 11 & 1 & 4 & 8 \\ 12 & 5 & 12 & 11 & 8 & 8 & 13 & 3 \\ 5 & 2 & 3 & 1 & 8 & 0 & 2 & 6 \\ 13 & 4 & 10 & 4 & 13 & 2 & 6 & 9 \\ 4 & 3 & 5 & 8 & 3 & 6 & 9 & 0 \end{pmatrix}$$

Dire, en justifiant votre réponse, si les affirmations suivantes sont vraies ou fausses :

1. L'ordre du graphe est égal au plus grand des degrés des sommets.
2. Le graphe G contient un sous-graphe complet d'ordre 3.
3. Les sommets de G peuvent être coloriés avec trois couleurs sans que deux sommets adjacents soient de même couleur.
4. Il est possible de parcourir ce graphe en passant une fois et une seule par chaque arête.
5. Il existe au moins un chemin de longueur 3 qui relie chaque sommet à chacun des sept autres sommets du graphe.

6. il y a 72 chemins de longueur 3 qui relient le sommet e à chacun des huit sommets du graphe.

Partie B

Le graphe précédent représente un réseau de lignes d'autobus. Les sommets du graphe désignent les arrêts. Les poids des arêtes sont les durées de parcours, en minutes, entre deux arrêts (correspondances comprises).

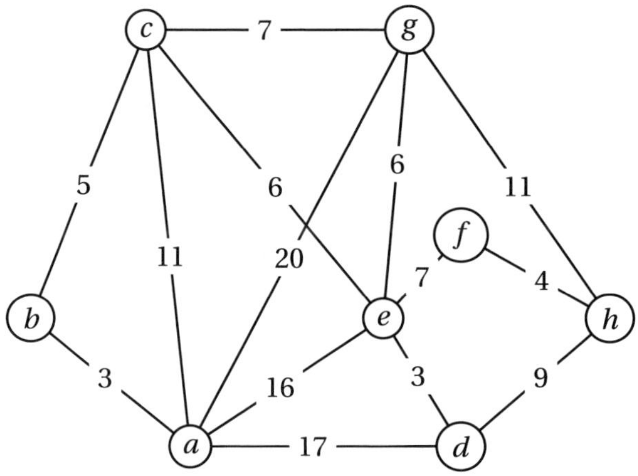

Déterminer la durée minimum pour aller de l'arrêt a à l'arrêt h et donner ce trajet.

EXERCICE 958 **25 minutes**

Un jardinier posséde un terrain bien ensoleillé avec une partie plus ombragée.
Il décide d'y organiser des parcelles où il plantera 8 variétés de légumes :
de l'ail (A), des courges (Co) des choux (Ch), des poireaux (Px), des pois (Po), des pommes de terre (Pt), des radis (R) et des tomates (T).
Il consulte un almanach où figurent des incompatibilités de plantes, données par les deux tableaux :

Expositions incompatibles de plantes	
Plantes d'ombre partielle	Plantes de plein soleil
pois radis	choux tomates courges
Par exemple : les pois sont incompatibles avec les choux, les tomates et les courges	

Associations incompatibles de plantes dans une même parcelle	
pois	ail, poireaux
pommes de terre	courges, radis et tomates
choux	tomates, ail poireaux et courges
courges	tomates
Par exemple : les pois sont incompatibles avec l'ail et les poireaux	

Pour tenir compte de ces incompatibilités le jardinier décide de modéliser la situation sous la forme d'un graphe de huit sommets, chaque sommet représentant un légume.

1. Construire le graphe mettant en évidence les incompatibilités d'exposition ou les associations incompatibles indiquées dans les deux tableaux ci-dessus.
2. Calculer la somme des degrés des sommets du graphe, en déduire le nombre de ses arêtes.
3. Rechercher un sous-graphe complet d'ordre 4, qu'en déduit-on pour le nombre chromatique du graphe ?
4. Donner le nombre chromatique du graphe et l'interpréter en nombre minimum de parcelles que le jardinier devra créer.
5. Donner une répartition des plantes par parcelle de façon à ce que chaque parcelle contienne exactement deux types de plantes et que le nombre de parcelles soit minimum.

3.8 Vers le supérieur

EXERCICE 959 **20 minutes**

Pour tout réel t, on pose $A(t) = \begin{pmatrix} 1+\dfrac{t^2}{2} & -\dfrac{t^2}{2} & t \\ \dfrac{t^2}{2} & 1-\dfrac{t^2}{2} & t \\ t & -t & 1 \end{pmatrix}$.

1. Calculer $A(s)A(t)$.
2. Calculer $\left(A(t) - I_3\right)^3$.
3. Trouver (α_n), (β_n), (γ_n) telles que : $\forall n \in \mathbb{N},\ A(t)^n = \alpha_n A(t)^2 + \beta_n A(t) + \gamma_n I_3$.

EXERCICE 960 **15 minutes**

Soit $A = \begin{pmatrix} 1 & 0 & 1 \\ 0 & 1 & 0 \\ 0 & 0 & 1 \end{pmatrix}$.

1. Montrer par récurrence que $\forall n \geqslant 1$, $A^n = \begin{pmatrix} 1 & 0 & n \\ 0 & 1 & 0 \\ 0 & 0 & 1 \end{pmatrix}$.
2. Calculer $S_n = \displaystyle\sum_{k=1}^{n} A^k$ en fonction de n.

EXERCICE 961 **15 minutes**

On se propose de déterminer les puissances successives de la matrice M définie par

$$M = \begin{pmatrix} 1 & 0 & 1 & 1 \\ 1 & 0 & 0 & 1 \\ 0 & 1 & 1 & 0 \\ 0 & 1 & 0 & 0 \end{pmatrix}.$$

1. Calculer M^2, M^3 et M^4. Etablir une relation simple entre M^4 et M^3.
2. On admet qu'il existe une suite numérique (a_n) telle que, pour tout $n \geqslant 3$, $M^n = a_n M^3$. Préciser la valeur de a_3 et a_4 et en calculant $M^{n+1} = M^n \times M$, montrer que la suite (a_n) est géométrique, donner sa raison.
3. En déduire l'expression de a_n en fonction de n.
4. En déduire que $\forall n \geqslant 3$, $M^n = 2^{n-3}\begin{pmatrix} 3 & 3 & 3 & 3 \\ 2 & 2 & 2 & 2 \\ 2 & 2 & 2 & 2 \\ 1 & 1 & 1 & 1 \end{pmatrix}$.

EXERCICE 962 **15 minutes**

On considère les matrices :

$$M = \begin{pmatrix} \alpha & 0 & 1 & 0 \\ 1 & \alpha & 0 & 0 \\ 0 & 0 & \alpha & 0 \\ 1 & 0 & 0 & \alpha \end{pmatrix} \quad ; \quad A = \begin{pmatrix} 0 & 0 & 1 & 0 \\ 1 & 0 & 0 & -1 \\ 0 & 0 & 0 & 0 \\ 1 & 0 & 0 & 0 \end{pmatrix} \quad \text{et} \quad I = \begin{pmatrix} 1 & 0 & 0 & 0 \\ 0 & 1 & 0 & 0 \\ 0 & 0 & 1 & 0 \\ 0 & 0 & 0 & 1 \end{pmatrix}$$

1. Déterminer la matrice M^2, puis la matrice $B = M^2 - A - I$.
2. Dans la suite on pose $\alpha = 1$.

   Montrer que la matrice B est la matrice $\begin{pmatrix} 0 & 0 & 1 & 0 \\ 1 & 0 & 1 & 1 \\ 0 & 0 & 0 & 0 \\ 1 & 0 & 1 & 0 \end{pmatrix}$
3. Déterminer la matrice B^2.

EXERCICE 963 **15 minutes**

Dans l'ensemble des matrices carrées d'ordre 3 on pose : $A = \begin{pmatrix} 0 & 1 & 1 \\ 0 & 1 & 0 \\ 1 & 1 & 1 \end{pmatrix}$ et $I = \begin{pmatrix} 1 & 0 & 0 \\ 0 & 1 & 0 \\ 0 & 0 & 1 \end{pmatrix}$.

1. Calculer les produits matriciels A^2 et A^3.
2. Vérifier que $A^3 = 2A^2 - I$.
3. En déduire que A est inversible et déterminer A^{-1}.

EXERCICE 964 **15 minutes**

Soient les matrices $A = \begin{pmatrix} 6 & 10 & 11 \\ 2 & 6 & 5 \\ -4 & -8 & -8 \end{pmatrix}$, $U = \begin{pmatrix} 2 \\ 1 \\ -2 \end{pmatrix}$ et $V = \begin{pmatrix} 3 \\ 1 \\ -2 \end{pmatrix}$.

1. Déterminer la matrice $A(A - 2I_3)^2$.
2. Déterminer AU et AV.

EXERCICE 965 **15 minutes**

Soient les matrices $D = \begin{pmatrix} 0 & 0 & 0 \\ 0 & 2 & 0 \\ 0 & 0 & 2 \end{pmatrix}$, $N = \begin{pmatrix} 0 & 0 & 0 \\ 0 & 0 & 1 \\ 0 & 0 & 0 \end{pmatrix}$ et $T = D + N$.

1. Calculer T.
2. Déterminer N^2 puis en utilisant la formule du binôme, montrer que pour tout entier naturel n non nul, on a $T^n = D^n + nD^{n-1}N$.
3. Expliciter, pour tout entier naturel n non nul, la matrice T^n en fonction de n.

EXERCICE 966 **20 minutes**

Soient les matrices $J = \begin{pmatrix} 0 & -1 & 0 & 0 \\ 1 & 0 & 0 & 0 \\ 0 & 0 & 0 & 1 \\ 0 & 0 & -1 & 0 \end{pmatrix}$, $K = \begin{pmatrix} 0 & 0 & -1 & 0 \\ 0 & 0 & 0 & -1 \\ 1 & 0 & 0 & 0 \\ 0 & 1 & 0 & 0 \end{pmatrix}$ et $L = \begin{pmatrix} 0 & 0 & 0 & 1 \\ 0 & 0 & -1 & 0 \\ 0 & 1 & 0 & 0 \\ -1 & 0 & 0 & 0 \end{pmatrix}$.

On pose $A = J + K$.

1. Exprimer JK, KL et LJ en fonction respectivement de L, J et K.
2. Calculer J^2, K^2 et L^2 puis en déduire que : $KJ = -L$, $LK = -J$ et $JL = -K$.
3. Calculer A^2. En déduire que A est inversible et exprimer A^{-1} en fonction de A.

EXERCICE 967 **20 minutes**

Soit $\mathcal{M}$ l'ensemble des matrices carrées d'ordre 2 à coefficients réels.

On note $I = \begin{pmatrix} 1 & 0 \\ 0 & 1 \end{pmatrix}$, $\theta = \begin{pmatrix} 0 & 0 \\ 0 & 0 \end{pmatrix}$ et $\mathcal{A} = \{A \in \mathcal{M} / A \neq \theta,\ A^2 = A\}$

Soit A un élément de $\mathcal{A}$ et E l'ensemble des matrices de la forme $aA + bI$, a et b étant des réels. Soit M, M_1, M_2 et M_3 des éléments de E.

1. Vérifier que I et θ sont deux éléments de E.
2. Démontrer que $M_1 + M_2$ est élément de E.
3. Démontrer que $M_1 \times M_2$ est élément de E.
4. Démontrer que $M_1 + M_2 = M_2 + M_1$ et $(M_1 + M_2) + M_3 = M_1 + (M_2 + M_3)$.
5. Démontrer que $M_1 \times (M_2 + M_3) = M_1 \times M_2 + M_1 \times M_3$.
   On peut démontrer de même que $(M_2 + M_3) \times M_1 = M_2 \times M_1 + M_3 \times M_1$.
6. Démontrer que toute matrice M élément de E admet une matrice opposée N élément de E telle que $M + N = \theta$.
   Exprimer N en fonction de M.
7. Démontrer que si $M = aA + bI$, alors $\forall n \in \mathbb{N}^\star$, $M^n = ((a+b)^n - b^n)A + b^n I$.

EXERCICE 968 **15 minutes**

On donne $A = \begin{pmatrix} 5 & 4 \\ -4 & -3 \end{pmatrix}$.

Soit E l'ensemble l'ensemble des matrices M de la forme $M = aA + bI$ où a et b sont des réels arbitraires.

1. Démontrer que $A^2 - 2A + I = O$ où O est la matrice nulle.
2. Etablir que A est une matrice inversible et que la matrice inverse A^{-1} appartient à E. Toute matrice M de E est-elle inversible ?
3. a. Résoudre dans E l'équation de la variable M : $M^2 = M$.
   b. Démontrer que si M n'est pas inversible, $M^2 = O$.
4. On pose $A^0 = I$, $A^1 = A$ et pour tout n entier, $n \geqslant 2$, $A^n = A^{n-1} \times A$.
   a. Calculer A^2, A^3, A^4 en fonction de A et de I.
   b. Démontrer par récurrence que $\forall n \in \mathbb{N}$, $A^n = a_n A + b_n I$, où a_n et b_n sont deux entiers relatifs que l'on déterminera.
   c. A l'entier naturel non nul, on associe la matrice $B_n = \sum_{i=1}^{n} A^i$.

      Exprimer B_n en fonction de n, A et I.

EXERCICE 969 **15 minutes**

Soit a une constante réelle, $A = \begin{pmatrix} -a & 1 \\ -a^2 & a \end{pmatrix}$

1. Déterminer les réels x et y tels que $A\begin{pmatrix} x \\ y \end{pmatrix} = \begin{pmatrix} 0 \\ 0 \end{pmatrix}$.
2. Calculer A^2.
3. I étant la matrice unité d'ordre 2, calculer pour tout $n \in \mathbb{N}$: $(aI + A)^n$. La formule du binôme de Newton est-elle applicable ?

EXERCICE 970 **20 minutes**

En utilisant le pivot de Gauss, déterminer, si elle existe, la matrice inverse de chaque matrice.

$$M_1 = \begin{pmatrix} 1 & 2 & 3 \\ 4 & 5 & 6 \\ 7 & 8 & 9 \end{pmatrix} \qquad M_2 = \begin{pmatrix} 0 & 1 & 2 \\ 1 & 1 & 2 \\ 2 & 2 & 2 \end{pmatrix}.$$

EXERCICE 971 **15 minutes**

En utilisant le pivot de Gauss, déterminer, si elle existe, la matrice inverse de la matrice A :

$$A = \begin{pmatrix} 1 & 2 & 3 & 0 \\ 0 & 1 & 2 & 3 \\ 3 & 0 & 1 & 2 \\ 2 & 3 & 0 & 1 \end{pmatrix}.$$

EXERCICE 972 **20 minutes**

Soit le système (S) $\begin{cases} 4x - y + z - 2t = 1 \\ x + 2y - t = 2 \\ 5x - 6y + 2z - t = 0 \\ -2y + 5z - t = 3 \end{cases}$

1. Déterminer les matrices A, X et B telles que (S) soit équivalent à $AX = B$.

2. Déterminer A^{-1}.
3. En déduire la résolution du système (S).

EXERCICE 973 **25 minutes**

Soit E l'ensemble des matrices carrées d'ordre 4 telles que $M = \begin{pmatrix} a & d & c & b \\ b & a & d & c \\ c & b & a & d \\ d & c & b & a \end{pmatrix}$ avec a, b, c et d réels.

1. Soit $A = \begin{pmatrix} 0 & 0 & 0 & 1 \\ 1 & 0 & 0 & 0 \\ 0 & 1 & 0 & 0 \\ 0 & 0 & 1 & 0 \end{pmatrix}$.
Calculer A^2, A^3 et A^4.
2. Montrer que toute matrice de E peut s'exprimer en fonction de A, A^2, A^3 et I_4.
3. Montrer que pour toutes matrices M et M' de E, $M \times M' \in E$
4. Calculer $\begin{pmatrix} 1 & 0 & 0 & 1 \\ 1 & 1 & 0 & 0 \\ 0 & 1 & 1 & 0 \\ 0 & 0 & 1 & 1 \end{pmatrix}^6$

EXERCICE 974 **15 minutes**

1. Pour $n \geqslant 2$, déterminer le reste de la division euclidienne de X^n par $X^2 - 3X + 2$.
2. Soit $A = \begin{pmatrix} 0 & 1 & -1 \\ -1 & 2 & -1 \\ 1 & -1 & 2 \end{pmatrix}$.
Déduire de la question précédente la valeur de A^n, pour $n \geqslant 2$.

EXERCICE 975 **15 minutes**

1. Pour $n \geqslant 2$, déterminer le reste de la division euclidienne de X^n par $X^2 - 2X - 3$.
2. Soit $A = \begin{pmatrix} 0 & 1 & 1 & 1 \\ 1 & 0 & 1 & 1 \\ 1 & 1 & 0 & 1 \\ 1 & 1 & 1 & 0 \end{pmatrix}$.
Calculer A^2 et en déduire une relation simple reliant A^2, A et I_4.
3. Déduire des questions précédentes la valeur de A^n, pour $n \geqslant 0$.

EXERCICE 976 **15 minutes**

Soit A une matrice carrée d'ordre n, nilpotente, c'est-à-dire qu'il existe $p \geqslant 1$ tel que $A^p = O$.

1. Calculer $(I_n - A)\left(I_n + A + \cdots + A^{p-1}\right)$.
2. En déduire que $I_n - A$ est inversible et donner son inverse.

EXERCICE 977 **10 minutes**

Soit E l'ensemble des matrices carrées d'ordre 3 de la forme $M = \begin{pmatrix} a & 0 & c \\ 0 & b & 0 \\ c & 0 & a \end{pmatrix}$ avec a, b et c trois réels.

1. Soit k un réel et M un élément de E. Montrer que kM est un élément de E.
2. Soit M_1 et M_2 deux éléments de E, montrer que $M_1 \times M_2$ est un élément de E.

EXERCICE 978 **15 minutes**

Soit Δ_n le déterminant de taille n :

$$\Delta_n = \begin{vmatrix} 3 & 1 & 0 & 0 & \cdots & \cdots & 0 \\ 2 & 3 & 1 & 0 & 0 & \cdots & 0 \\ 0 & 2 & 3 & 1 & 0 & \cdots & 0 \\ 0 & 0 & \ddots & \ddots & \ddots & 0 & \cdots \\ \vdots & \vdots & \ddots & \ddots & \ddots & \ddots & \ddots \\ \vdots & \cdots & \cdots & 0 & 2 & 3 & 1 \\ 0 & \cdots & \cdots & \cdots & \cdots & 2 & 3 \end{vmatrix}$$

1. Démontrer que, $\forall n \in \mathbb{N}^{\star}$, on a $\Delta_{n+2} = 3\Delta_{n+1} - 2\Delta_n$.
2. En déduire la valeur de Δ_n en fonction de n.

EXERCICE 979 **15 minutes**

Démontrer que les matrices ne sont pas inversibles :

$$A_1 = \begin{pmatrix} 3 & -2 & 0 \\ 0 & 1 & 0 \\ 1 & 0 & 0 \end{pmatrix} \qquad A_2 = \begin{pmatrix} 1 & -1 & 2 & -2 \\ 0 & 0 & 1 & -1 \\ 1 & -1 & 1 & 0 \\ 1 & -1 & 1 & 0 \end{pmatrix}$$

EXERCICE 980 **15 minutes**

Soit a un nombre réel et $M_a = \begin{pmatrix} 1-2a & a & a \\ a & 1-2a & a \\ a & a & 1-2a \end{pmatrix}$.

1. Calculer M_a^2.
2. Déterminer le réel non nul a_0 tel que $M_{a_0}^2 = M_{a_0}$.
3. On pose $P = M_{a_0}$ et $Q = I - P$. Montrer qu'il existe un réel α tel que $M_a = P + \alpha Q$.
4. Calculer P^2, Q^2, PQ et QP.
5. Calculer M_a^n.

EXERCICE 981 **30 minutes**

On s'intéresse à une mutation dynamique de l'information génétique au sein d'une lignée de

cellules. Pour simplifier les notations, on désigne par A, B et C les trois parties du génome touchées par la mutation.
On observe les résultats suivants :
– la mutation ne touche qu'une seule partie du génome de chaque cellule à chaque génération ;
– lorsque la mutation touche A alors elle touche B ou C à la génération suivante avec la même probabilité ;
– lorsque la mutation touche B alors elle touche A ou C à la génération suivante avec la même probabilité ;
– lorsque la mutation touche C alors elle continue de toucher C à la génération suivante.
Pour toute génération $n \in \mathbb{N}^\star$ et pour chaque lettre $X \in \left\{A,\ B,\ C\right\}$, on note X_n l'événement : « la mutation touche X à la n−ième génération »et x_n la probabilité de l'événement X_n. Enfin, on suppose que la mutation touche A à la première génération, c'est-à-dire $a_1 = 1$ et $b_1 = c_1 = 0$.

1. **a.** Déterminer a_2, b_2 et c_2.
   b. Montrer que $\forall n \in \mathbb{N}^\star$, $a_{n+1} = \dfrac{1}{2} b_n$ et obtenir une relation similaire pour b_{n+1}.
   c. Pour tout $n \in \mathbb{N}^\star$, exprimer c_{n+1} en fonction de a_n, b_n et c_n (sans justifier).
   d. Montrer que $\forall n \in \mathbb{N}^\star$, $\begin{pmatrix} a_{n+1} \\ b_{n+1} \\ c_{n+1} \end{pmatrix} = L \begin{pmatrix} a_n \\ b_n \\ c_n \end{pmatrix}$ où L est une matrice carrée d'ordre 3 qu'on exprimera en fonction de la matrice $M = \begin{pmatrix} 0 & 1 & 0 \\ 1 & 0 & 0 \\ 1 & 1 & 2 \end{pmatrix}$.
   e. Montrer que $\forall n \in \mathbb{N}^\star$, $\begin{pmatrix} a_n \\ b_n \\ c_n \end{pmatrix} = L^{n-1} \begin{pmatrix} a_1 \\ b_1 \\ c_1 \end{pmatrix}$.
2. **a.** Montrer que la matrice $P = \begin{pmatrix} 1 & 1 & 0 \\ -1 & 1 & 0 \\ 0 & 0 & 2 \end{pmatrix}$ est inversible et calculer son inverse.
   b. Montrer que $P^{-1}MP = D + N$ où $D = \begin{pmatrix} -1 & 0 & 0 \\ 0 & 1 & 0 \\ 0 & 0 & 2 \end{pmatrix}$ et N une matrice carré d'ordre 3 que l'on déterminera.
   c. Calculer les produits matriciels DN, ND et N^2.
   d. Montrer que $\forall n \in \mathbb{N}$, $(D + N)^n = D^n + (2^n - 1)\,N$.
   e. Pour exprimer les coefficients de M^n en fonction de n.
3. En déduire des expressions des probabilités a_n, b_n et c_n pour tout $n \in \mathbb{N}^\star$.
4. Déterminer la limite de a_n, b_n et c_n. Interpréter ce résultat.

EXERCICE 982 **15 minutes**

En s'inspirant de l'exercice 834, calculer le déterminant de la matrice carrée d'ordre 4 :

$$A=\begin{pmatrix}1&2&3&4\\2&3&4&5\\3&4&5&6\\4&5&6&7\end{pmatrix}$$

☞ Créer des sous-déterminants d'ordre 3 et penser à l'alternance des signes.

EXERCICE 983 : VALEURS PROPRES **25 minutes**

Point de cours : On appelle **polynôme caractéristique** de la matrice carrée A le déterminant de la matrice $A-XI$, où X est un réel (ou un complexe) et I la matrice identité.
Les racines du polynôme caractéristique sont les **valeurs propres** de la matrice A.
Déterminer le polynôme caractéristique, puis les valeurs propres des matrices suivantes :

$$A=\begin{pmatrix}1&2\\3&4\end{pmatrix}\qquad B=\begin{pmatrix}2&-1\\1&7\end{pmatrix}\qquad C=\begin{pmatrix}0&0&1\\1&0&0\\0&1&0\end{pmatrix}\qquad D=\begin{pmatrix}1&0&2\\0&2&0\\2&0&1\end{pmatrix}$$

EXERCICE 984 : VALEURS PROPRES **15 minutes**

Déterminer les valeurs propres des matrices suivantes :

$$A=\begin{pmatrix}3&0&-1\\2&4&2\\-1&0&3\end{pmatrix}\qquad B=\begin{pmatrix}1&1&1\\1&1&1\\1&1&1\end{pmatrix}\qquad C=\begin{pmatrix}3&0&-1&1\\2&4&2&-1\\-1&0&3&-2\\0&0&0&2\end{pmatrix}$$

EXERCICE 985 : ARBRE DE DÉCISION **10 minutes**

Les arbres de décision sont des classificateurs pour des données représentées par des ensembles attribut/valeur.
Un arbre est constitué :
• de noeuds qui testent les attributs;
• de branches qui représentent chacune une valeur de l'attribut testé dans le noeud dont elles sont issues;
• de feuilles (ce sont les noeuds terminaux de l'arbre) qui indiquent la classe résultante.
Le tableau suivant donne quelques maladies en fonctions de symptômes (fièvre, douleur, toux)

Fièvre	Douleur	Toux	Maladie
oui	abdomen	non	appendicite
non	abdomen	oui	appendicite
oui	gorge	non	rhume
oui	gorge	oui	rhume
non	gorge	oui	mal de gorge
oui	non	non	aucune
oui	non	oui	rhume
non	non	oui	refroidissement
non	non	non	aucune

Voici le début d'un arbre de décision, créé à partir des données contenu dans le tableau. Les attributs sont « fièvre », « douleur » et « toux ». La classe est « maladie ».

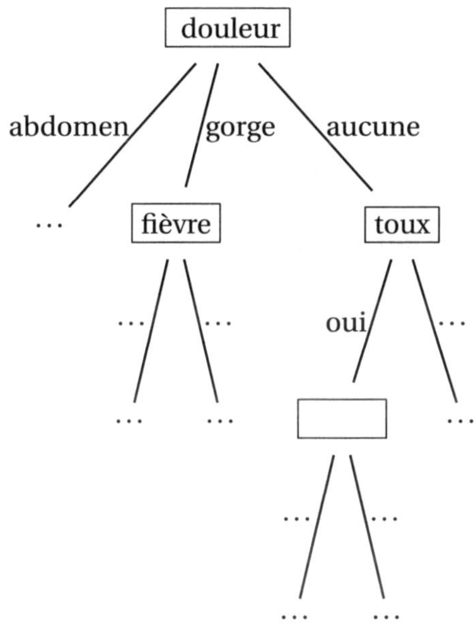

1. Compléter l'arbre précédent.
2. En utilisant l'arbre, déterminer la maladie de chaque patient :

  a. Marie ne tousse pas, a de la fièvre et mal à la gorge.
  b. Ali ne tousse pas, a de la fièvre et mal à l'abdomen.
  c. Tom tousse, a de la fièvre mais aucune douleur.

EXERCICE 986 **15 minutes**

Un restaurateur propose des burgers.

Voici le tableau décrivant les différentes tâches à réaliser pour la préparation des burgers.

Pour réaliser cette recette, on convient que certaines tâches peuvent être réalisées simultanément par plusieurs personnes.

Tâches		Durées (min)	Tâches immédiatement antérieures
Dans un saladier, mélanger la farine, la levure, le sucre et le sel.	A	2	
Dans une casserole, faire chauffer l'eau, le lait et le beurre.	B	5	
Mélanger les deux préparations.	C	5	A et B
Pétrir en ajoutant les jaunes d'œufs un à un.	D	15	C
Laisser pousser la pâte.	E	90	D
Préchauffer le four thermostat 7.	F	20	
Former des boules de pâte (pâtons) et les laisser reposer.	G	60	E
A l'aide d'un pinceau, badigeonner de lait les pâtons et les parsemer de graines de sésame.	H	5	G
Enfourner et cuire les pâtons.	I	11	F et H
Emincer les oignons.	J	7	
Faire caraméliser les oignons dans une poële.	K	15	J
Préparer la mayonnaise.	L	15	
Couper les pains en deux.	M	5	I
Faire cuire les steaks.	N	8	
Faire fondre du fromage sur chaque steak.	O	6	N
Garnir les pains.	P	7	M, L, K et O

Par exemple, la tâche I désigne la cuisson des pains. Elle a une durée de 11 minutes et ne peut débuter qu'après l'exécution des tâches F et H.

1. Etablir le graphe de cette recette.
2. Quel est le temps incompressible de cette recette, c'est-à-dire le temps minimum nécessaire pour la réaliser ? Expliquer la démarche.
3. Le restaurateur souhaite pouvoir servir les premiers burgers à 19h30. A quelle heure faut-il allumer le four ?

EXERCICE 987 **20 minutes**

Soit $\mathcal{M}$ l'ensemble des matrices carrées d'ordre 2 de la forme $A_\lambda = \begin{pmatrix} 1 & \lambda \\ -\dfrac{1}{\lambda} & -1 \end{pmatrix}$, où λ est un réel non nul.

1. **a.** Montrer que si A_λ et A_μ sont deux éléments de $\mathcal{M}$, on a $A_\lambda \cdot A_\mu = A_\mu \cdot A_\lambda$ si, et seulement si $\lambda = \mu$.
   b. Montrer que $A_\lambda \cdot A_\mu + A_\mu \cdot A_\lambda = h(\lambda\,;\,\mu)\,I_2$, où $h(\lambda\,;\,\mu)$ est un nombre réel et I_2 la matrice identité d'ordre 2.
   c. Montrer que $h(\lambda\,;\,\mu) = 0$ si, et seulement si $\lambda = \mu$.
   d. Que peut-on dire de A_λ^2 ?

e. Calculer $\left(A_\lambda + A_\mu\right)^2$.

2. a. Pour tout $n \in \mathbb{N}^\star$, montrer que $\left(A_\lambda + A_\mu\right)^{2n} = (-1)^n \dfrac{(\lambda-\mu)^{2n}}{(\lambda\mu)^n} I_2$.

b. Montrer que la matrice $(A_\lambda + A_{2\lambda})^{2n}$ ne dépend pas de λ.

EXERCICE 988 **15 minutes**

On considère la matrice A définit par $A = \begin{pmatrix} \dfrac{1}{2} & -\dfrac{\sqrt{3}}{2} \\ \dfrac{\sqrt{3}}{2} & \dfrac{1}{2} \end{pmatrix}$.

1. Déterminer A^2 et A^3. En déduire A^4, A^5, A^6 puis A^n.
2. A quelle est la transformation du plan est associée la matrice A? Retrouver les résultats de la question précédente en utilisant les transformations du plan.

EXERCICE 989 **30 minutes**

Soit E l'ensemble des matrices carrées d'ordre 2 de la forme $M = \begin{pmatrix} a+b & b \\ b & a-b \end{pmatrix}$.

On note respectivement O et I les matrices nulles et unité d'ordre 2; on pose $J = \begin{pmatrix} 1 & 1 \\ 1 & -1 \end{pmatrix}$.

1. Vérifier que toute matrice de E peut s'exprimer comme combinaison linéaire des matrices I et J.
   ☞ (I, J) est une base de E.
2. Calculer J^2. En déduire que la multiplication des matrices est une loi de composition interne dans E, c'est-à-dire que si M_1 et M_2 sont deux matrices de E alors $M_1 M_2$ est une matrice de E.
3. Soient M_1, M_2 et M_3 trois matrices de E.

   a. Démontrer que $M_1 + M_2$ est un élément de E.
   ☞ On dira alors que + est une loi de composition interne dans E.

   b. Vérifier que $(M_1 + M_2) + M_3 = M_1 + (M_2 + M_3)$.
   ☞ On dira que + est associative.

   c. Démontrer qu'il existe une unique matrice A de E telle que pour toute matrice M de E, $M + A = A + M = M$.
   ☞ On dira que la matrice obtenue est l'élément neutre de E pour +.

   d. Démontrer que tout matrice M de E admet une matrice opposée N telle que $M + N = O$.
   ☞ E muni de l'opération + a alors une structure de groupe.

   e. L'opération + est-elle commutative dans E?

4. Soient M_1, M_2 et M_3 trois matrices de E. $(E\ ;\ +)$ est un groupe commutatif.

   a. Vérifier que $(M_1 \times M_2) \times M_3 = M_1 \times (M_2 \times M_3)$.
   ☞ On dira que × est associative dans E.

   b. Vérifier que $M_1 \times (M_2 + M_3) = M_1 \times M_2 + M_1 \times M_3$ et $(M_2 + M_3) \times M_1 = M_2 \times M_1 + M_3 \times M_1$.
   ☞ On dira que × est distributive par rapport à + dans E.

c. Démontrer qu'il existe une unique matrice B de E telle que $M \times B = B \times M = M$.
☞ On dira que la matrice obtenue est l'élément neutre de E pour $\times$.
☞ E, muni des opérations + et $\times$ a une structure d'anneau.

d. Cet anneau est-il commutatif? En d'autres termes, a-t-on , pour toutes matrices M_1 et M_2 de E, $M_1 \times M_2 = M_2 \times M_1$?

EXERCICE 990 **25 minutes**

On considère les matrices :

$$I = \begin{pmatrix} 1 & 0 & 0 \\ 0 & 1 & 0 \\ 0 & 0 & 1 \end{pmatrix},\ A = \begin{pmatrix} 0 & 1 & 0 \\ 0 & 0 & 1 \\ 0 & 0 & 0 \end{pmatrix} \text{ et } O = \begin{pmatrix} 0 & 0 & 0 \\ 0 & 0 & 0 \\ 0 & 0 & 0 \end{pmatrix}$$

1. Calculer A^2 et A^3 ; en déduire pour tout entier $n > 3$, la valeur de A^n.

2. A tout nombre réel x, on associe la matrice notée $M(x)$ où
$M(x) = I + xA + \dfrac{x^2}{2}A^2 \quad (R1)$.

a. Déterminer $M(0)$ et $B = M(4)$.

b. x et y étant deux nombres réels quelconques, calculer en utilisant la relation $(R1)$, le produit $M(x) \times M(y)$.

c. Montrer l'égalité : $M(x) \times M(y) = M(x+y)$. $\quad (R2)$.

3. Vérifier que $M(x) = \begin{pmatrix} 1 & x & \frac{x^2}{2} \\ 0 & 1 & x \\ 0 & 0 & 1 \end{pmatrix}$.

4. En utilisant les résultats de la question **2**, déterminer le nombre réel x' tel que $M(x) \times M\left(x'\right) = I$.
En déduire une matrice B' telle que $B \times B' = I$.

EXERCICE 991 **20 minutes**

On considère les matrices $A = \begin{pmatrix} 1 & 0 & 1 \\ 1 & 1 & 1 \\ 0 & 0 & 1 \end{pmatrix}$ et $I = \begin{pmatrix} 1 & 0 & 0 \\ 0 & 1 & 0 \\ 0 & 0 & 1 \end{pmatrix}$

1. Déterminer la matrice $B = A - I$ puis calculer les matrices B^2 et B^3.

2. En déduire la matrice B^n pour tout entier n, $n \geqslant 3$.

3. La formule du binôme, appliquée au développement de $(B+I)^n$ permet d'écrire pour tout entier n, $n \geqslant 3$:

$$A^n = (I+B)^n = I + \binom{n}{1}.B + \binom{n}{2}.B^2 + \binom{n}{3}.B^3 + \ldots + \binom{n}{k}.B^k + + \cdots + \binom{n}{n-1}.B_{n-1} + B^n$$

où : $\dbinom{n}{k} = \dfrac{n!}{k!(n-k)!}$.

a. Vérifier que, pour $n \geqslant 3$: $A^n = I + \binom{n}{1}.B + \binom{n}{2}.B^2$

b. Montrer, à l'aide des résultats du **1** que pour tout entier n, $n \geqslant 3$: $A^n = \begin{pmatrix} 1 & 0 & n \\ n & 1 & \frac{n(n+1)}{2} \\ 0 & 0 & 1 \end{pmatrix}$.

EXERCICE 992 **20 minutes**

Calculer A^n, avec $A = \begin{pmatrix} 0 & 1 & -\sin\theta \\ -1 & 0 & \cos\theta \\ -\sin\theta & \cos\theta & 0 \end{pmatrix}$.

EXERCICE 993 **15 minutes**

On considère la matrice $M = \begin{pmatrix} 1 & 1 & 1 \\ 1 & 0 & 0 \\ 1 & 0 & 0 \end{pmatrix}$.

1. Déterminer deux réels α et β tels que $M^3 = \alpha M^2 + \beta M$.
2. Montrer qu'il existe deux suites réelles (a_n) et (b_n) telles que $\forall n \in \mathbb{N}^\star$, $M^n = a_n M^2 + b_n M$. On précisera les relations de récurrence vérifiées par les suites (a_n) et (b_n).
3. Démontrer que (a_n) est une suite récurrence d'ordre deux puis calculer a_n en fonction de n.
4. En déduire une expression de M^n en fonction de n, M et M^2.

EXERCICE 994 **20 minutes**

Soient a, b, c trois réels tels que $a^2 + b^2 + c^2 = 1$. Soit $M = \begin{pmatrix} a^2-1 & ab & ac \\ ab & b^2-1 & bc \\ ac & bc & c^2-1 \end{pmatrix}$.

Pour tout entier n strictement positif, calculer M^n.

EXERCICE 995 **15 minutes**

On considère $A = \begin{pmatrix} 1 & 1 & 1 & 1 \\ 1 & 1 & -1 & -1 \\ 1 & -1 & 1 & -1 \\ 1 & -1 & -1 & -1 \end{pmatrix}$. Calculer A^2 et A^3.

EXERCICE 996 **20 minutes**

Calculer A^n, avec $A = \begin{pmatrix} chx & shx \\ shx & chx \end{pmatrix}$. On rappelle que $chx = \dfrac{e^x + e^{-x}}{2}$ et $shx = \dfrac{e^x - e^{-x}}{2}$.

EXERCICE 997 **15 minutes**

On considère la matrice $Q = \begin{pmatrix} 1 & 1 & 1 \\ -2 & 4 & 0 \\ 1 & 1 & -1 \end{pmatrix}$.

1. Calculer Q^2 et Q^3 et vérifier qu'il existe deux réels a et b tels que $Q^3 = aQ^2 + bI_3$.
2. En déduire que la matrice Q est inversible, puis déterminer son inverse Q^{-1}.

EXERCICE 998 **15 minutes**

Calculer l'inverse de la matrice $A = \begin{pmatrix} 1 & -a & 0 & 0 \\ 0 & 1 & -a & 0 \\ 0 & 0 & 1 & -a \\ 0 & 0 & 0 & 1 \end{pmatrix}$.

EXERCICE 999 **20 minutes**

On pose $\omega = e^{\frac{2i\pi}{3}}$. Soient A et B deux matrices carrées de dimension 3 de termes généraux respectifs $a_{ij} = \omega^{(i-1)(j-1)}$ et $b_{ij} = \omega^{-(i-1)(j-1)}$.

1. Expliciter$A$ et B.

2. Calculer A^2, B^2, AB et BA.

3. Calculer A^{-1}.

EXERCICE 1000 **15 minutes**

La trace d'une matrice carrée A, notée $tr(A)$, est la somme des coefficients de sa diagonale. Soient A et B deux matrices carrées de dimension 3.

1. Démontrer que $tr(A) + tr(B) = tr(A+B)$ et $tr(AB) = tr(BA)$

2. En déduire que l'égalité $AB - BA = I_3$ est impossible.

EXERCICE 1001 **15 minutes**

Soit A une matrice carrée.
On suppose qu'il existe deux matrices U et V telles que $A^n = \lambda^n (U + nV)$ pour $n = 1, 2, 3$.
Montrer que l'égalité $A^n = \lambda^n (U + nV)$ est vraie pour tout $n \in \mathbb{N}^\star$.

Chapitre 4

Corrigés

4.1 Nombres complexes

Exercice 1

1. $z=(2+5i)+(8+9i)=10+14i.$
2. $z=(9-3i)+(3+6i)=12+3i.$
3. $z=(2+5i)+(8i-9)=-7+13i.$
4. $z=(2+5i)-(8+9i)=6-4i.$
5. $z=(-2-2i)-(3+4i)=-5-6i.$
6. $z=(2+5i)-(8i-9)=11-3i.$
7. $z=(2+5i)+3(8+9i)=26+32i.$
8. $z=2(9-3i)+5(3+6i)=33+24i.$
9. $z=3(2-2i)-2(3+4i)=-14i.$
10. $z=9(2+5i)-5(8+9i)=-22.$
11. $z=(9-3i)-3(3+6i)=-21i.$
12. $z=-3(-2-2i)+(3+4i)=9+10i.$

Exercice 2

1. $\overline{z}=1-i.$
2. $\overline{z}=-3-2i.$
3. $\overline{z}=\sqrt{3}+i.$
4. $\overline{z}=3i.$
5. $\overline{z}=-2i(3+4i).$
6. $\overline{z}=(2+i)(1-2i).$
7. $\overline{z}=-1+i\sqrt{2}.$
8. $\overline{z}=2.$

Exercice 3

1. $z\overline{z}=(1+i)(1-i)=1^2+1^2=2.$
2. $z\overline{z}=(1-i)(1+i)=2.$
3. $z\overline{z}=1^2+3^2=10.$
4. $z\overline{z}=4^2+3^2=25.$
5. $z\overline{z}=5.$
6. $z\overline{z}=7i\times(-7i)=49.$
7. $z\overline{z}=5^2+7^2=74.$
8. $z\overline{z}=6^2+8^2=100.$
9. $z\overline{z}=3^2+6^2=45.$
10. $z\overline{z}=-i\sqrt{7}\times\left(i\sqrt{7}\right)=7.$
11. $z\overline{z}=81.$
12. $z\overline{z}=25.$

Exercice 4

1. $z=(2+7i)-2(8+2i)=-14+3i$
2. $z=(4-i)+5i(3-2i)=14+14i$
3. $z=(2+4i)(3-2i)=14+8i$
4. $z=\dfrac{1}{3+5i}=\dfrac{3-5i}{(3+5i)(3-5i)}=\dfrac{1}{34}-i\dfrac{5}{34}$
5. $z=(2+3i)^2=-5+12i$
6. $z=(2+i)^2-(2-i)^2=8i$
7. $z=\dfrac{1}{i}+\dfrac{1}{i^2}=-1-i$
8. $z=\dfrac{2+4i}{2-4i}=\dfrac{(2+4i)^2}{(2-4i)(2+4i)}=-\dfrac{3}{5}+i\dfrac{4}{5}$

Exercice 5

1. $z=\dfrac{2+5i}{8+9i}=\dfrac{(2+5i)(8-9i)}{(8+9i)(8-9i)}=\dfrac{16-18i+40i+45}{64+81}$
$=\dfrac{61}{145}+i\dfrac{22}{145}.$
2. $z=\dfrac{-2-2i}{3+4i}=\dfrac{(-2-2i)(3-4i)}{(3+4i)(3-4i)}=\dfrac{-6+8i-6i-8}{9+16}$
$=-\dfrac{14}{25}+i\dfrac{2}{25}.$
3. $z=\dfrac{1+i}{1-i}=\dfrac{(1+i)^2}{(1-i)(1+i)}=\dfrac{2i}{2}=i.$
4. $z=\dfrac{\sqrt{3}-i}{1+i}=\dfrac{-1+\sqrt{3}}{2}-i\dfrac{1+\sqrt{3}}{2}.$

5. $z = \dfrac{\sqrt{2}+i\sqrt{2}}{\sqrt{2}-i\sqrt{2}} = \dfrac{1+i}{1-i} = i.$

6. $z = \dfrac{(2+5i)(8-9i)}{2i(3-2i)} = \dfrac{61+22i}{4+6i} = \dfrac{94}{13} - i\dfrac{139}{26}.$

EXERCICE 6

1. $i^2 = -1$, $i^3 = i^2 \times i = -i$, $i^4 = i^2 \times i^2 = 1$ et $i^5 = i \times i^4 = i.$

2. On remarque que si $n = 4p$, alors $i^n = \left(i^4\right)^p = 1.$

On en déduit $\begin{cases} \text{si} & n=4p & \text{alors} & i^n = 1 \\ \text{si} & n=4p+1 & \text{alors} & i^n = i \\ \text{si} & n=4p+2 & \text{alors} & i^n = -1 \\ \text{si} & n=4p+3 & \text{alors} & i^n = -i \end{cases}$

3. $2020 = 4 \times 505$ et $2021 = 4 \times 505 + 1$ d'où $Z = 2i^{2020} - 3i^{2021} = 2 - 3i.$

EXERCICE 7

1. $z = -2+3i.$

2. $z = \dfrac{2}{3} - \dfrac{8}{3}i.$

3. $2-3i-2z = 0 \implies 2z = 2-3i$ d'où $z = 1 - \dfrac{3i}{2}.$

4. $2iz+2 = 0 \implies z = -\dfrac{1}{i} = i.$

5. $iz+2-3i = 0 \implies iz = -2+3i$ d'où $z = \dfrac{-2+3i}{i} = 3+2i.$

6. $3iz+4 = 4z-2i \implies (3i-4)z = -4-2i$ d'où $z = \dfrac{-4-2i}{-4+3i} = \dfrac{2}{5} + \dfrac{4}{5}i.$

EXERCICE 8

1. On pose $z = a+ib$ avec a et b réels, l'équation s'écrit alors : $3i(a+ib)+a-ib = 2+i$

$\implies a-3b+i(3a-b) = 2+i$

$\implies \begin{cases} a-3b=2 \\ 3a-b=1 \end{cases} \implies \begin{cases} a=\frac{1}{8} \\ b=-\frac{5}{8} \end{cases}$ donc $z = \dfrac{1}{8} - i\dfrac{5}{8}.$

2. On pose $z = a+ib$ avec a et b réels, l'équation s'écrit alors :

$a+ib+2(a-ib) = 0 \implies 3a-ib = 0$

$\implies a = b = 0$ donc $z = 0.$

3. On pose $z = a+ib$ avec a et b réels, l'équation s'écrit alors : $2(a+ib)-i(a-ib) = 3$

$\implies 2a-b+i(-a+2b) = 3 \implies \begin{cases} 2a-b=3 \\ -a+2b=0 \end{cases}$

$\implies \begin{cases} a=2 \\ b=1 \end{cases}$ donc $z = 2+i.$

4. On pose $z = a+ib$ avec a et b réels, l'équation s'écrit alors $ai-b-3a+3ib = 5+2i$

$\implies (-3a-b)+i(a+3b) = 5+2i$

$\implies \begin{cases} -3a-b=5 \\ a+3b=2 \end{cases} \implies \begin{cases} a=-\frac{17}{8} \\ b=\frac{11}{8} \end{cases}$

donc $z = -\dfrac{17}{8} + i\dfrac{11}{8}.$

5. On pose $z = a+ib$ avec a et b réels, l'équation s'écrit alors :

$a+ib+i(a-ib) = 6+2i$

$\implies (a+b)+i(a+b) = 6+2i$

$\implies \begin{cases} a+b=6 \\ a+b=2 \end{cases}$, ce système n'admet pas de solution. Il n'existe donc aucun complexe z tel que $z+i\overline{z} = 5+2i.$

6. On pose $z = a+ib$ avec a et b réels, l'équation s'écrit alors :

$a+ib+a-ib = 8$

$\implies 2a = 8 \implies a = 4$ et $b \in \mathbb{R}$

donc $z = 4+ib$ avec b réel quelconque.

EXERCICE 9

1. $z = \dfrac{-3+4i}{2i} = 2+1,5i$

2. $z = \dfrac{-4+5i}{3+2i} = -\dfrac{2}{13} + \dfrac{23}{13}i$

3. $\overline{z} = -2+4i$ d'où $z = -2-4i$

4. $\overline{z} = 1+5i$ d'où $z = 1-5i$

5. On pose $z = a+ib$ avec a et b réels, l'équation s'écrit alors :

$(2+3i)(a+ib)+5(a-ib) = 0$

$\implies (7a-3b)+i(3a-3b) = 0$

$\implies \begin{cases} 7a-3b=4 \\ 3a-3b=0 \end{cases}$

$\implies \begin{cases} a=1 \\ b=1 \end{cases}$ donc $z = 1+i.$

6. On pose $z = a+ib$ avec a et b réels, l'équation s'écrit alors :

$(1+i)(a+ib) = (3-5i)(a-ib)$

$\implies (a-b)+i(a+b) = (3a-5b)+i(-5a-3b)$

$\implies \begin{cases} a-b=3a-5b \\ a+b=-5a-3b \end{cases}$

$\implies \begin{cases} a=0 \\ b=0 \end{cases}$ donc $z = 0.$

EXERCICE 10

On pose $z = a+ib$ avec a et b réels.

$\overline{z}-3iz-3+6i = 0 \implies a-ib-3i(a+ib)-3+6i = 0$

$\Longrightarrow \quad (a+3b)+i(-3a-b)=3-6i$

$\Longrightarrow \begin{cases} a-3b=3 \\ -3a-b=-6 \end{cases} \Longrightarrow \begin{cases} a=\frac{15}{8} \\ b=\frac{3}{8} \end{cases}$

donc $z=\dfrac{15}{8}+i\dfrac{3}{8}$.

EXERCICE 11

$z_1z_2=\left(1-\sqrt{3}+i\left(1+\sqrt{3}\right)\right)\left(\sqrt{6}+i\sqrt{6}\right)=-6\sqrt{2}+i2\sqrt{6}$

$\dfrac{z_1}{z_2}=\dfrac{1-\sqrt{3}+i\left(1+\sqrt{3}\right)}{\sqrt{6}+i\sqrt{6}}$

$=\dfrac{\left(1-\sqrt{3}+i\left(1+\sqrt{3}\right)\right)\left(\sqrt{6}-i\sqrt{6}\right)}{\left(\sqrt{6}+i\sqrt{6}\right)\left(\sqrt{6}-6\sqrt{6}\right)}$

$=\dfrac{2\sqrt{6}+i6\sqrt{2}}{12}=\dfrac{\sqrt{6}}{6}+i\dfrac{\sqrt{2}}{2}$.

EXERCICE 12

On a $z=2+3i$ donc $z^2=-5+12i$ et $z^4=-119-120i$

$Z=\dfrac{z^2+z+1}{z^4-1}=\dfrac{-2+15i}{-120-120i}=-\dfrac{13}{240}-\dfrac{17}{240}i$

$\Re e(Z)=-\dfrac{13}{240}$ et $\Im m(Z)=-\dfrac{17}{240}$.

EXERCICE 13

$A=(1+i)^7=i^7+7i^6+21i^5+35i^4+35i^3+21i^2+7i+1$

$=-i-7+21i+35-35i-21+7i+1=8-8i$

$B=(1-i)^8=i^8-8i^7+28i^6-56i^5+70i^4-56i^3+28i^2$
$-8i+1$

$=1+8i-28-56i+70+56i-28-8i+1=16$

EXERCICE 14

Soit $z=a+ib$ et $z'=a'+ib'$ avec a, a', b et b' réels

$z=z' \iff a+ib=a'+ib' \iff (a-a')+i(b-b')=0$

$\iff \left(a-a'\right)=0$ et $\left(b-b'\right)=0$

$\iff \left(a=a'\right)$ et $\left(b=b'\right)$

EXERCICE 15

Soit $z=a+ib$ et $z'=a'+ib'$ avec a, a', b et b' réels

1. $\overline{\overline{z}}=\overline{a-ib}=a+ib=z$
2. $\overline{z+z'}=\overline{a+ib+a'+ib'}=\overline{(a+a')+i(b+b')}$
   $=(a+a')-i(b+b')=(a-ib)+(a'-ib')$
   $=\overline{z}+\overline{z'}$
3. $\overline{zz'}=\overline{(a+ib)(a'+ib')}=\overline{(aa'-bb')+i(ab'+a'b)}$
   $\overline{zz'}=(aa'-bb')-i(ab'+a'b)$
   D'autre part $\overline{z}\,\overline{z'}=(a-ib)(a'-ib')$
   $=aa'-bb'-i(ab'+a'b)$
   On en déduit alors que $\overline{zz'}=\overline{z}\,\overline{z'}$
4. $\overline{z^n}=\overline{z}^n$ se démontre par récurrence en utilisant la propriété précédente.
5. $\overline{\left(\dfrac{1}{z}\right)}=\overline{\left(\dfrac{1}{a+ib}\right)}=\overline{\left(\dfrac{a-ib}{a^2+b^2}\right)}=\dfrac{a+ib}{a^2+b^2}$
   $=\dfrac{a+ib}{(a+ib)(a-ib)}=\dfrac{1}{a-ib}=\dfrac{1}{\overline{z}}$
6. $\overline{\left(\dfrac{z'}{z}\right)}=\overline{z'\times\left(\dfrac{1}{z}\right)}=\overline{z'}\times\overline{\left(\dfrac{1}{z}\right)}=\overline{z'}\times\dfrac{1}{\overline{z}}=\dfrac{\overline{z'}}{\overline{z}}$

EXERCICE 16

Soit $z=a+ib$ avec a et b réels

1. $z=\overline{z} \iff a+ib=a-ib$
   $\iff (a=a)$ et $(b=-b)$
   $\iff (a\in\mathbb{R}$ et $b=0)$
   c'est-à-dire z est réel.
2. $z=-\overline{z} \iff a+ib=-a+ib$
   $\iff (a=-a)$ et $(b=b)$
   $\iff (a=0$ et $b\in\mathbb{R})$
   c'est-à-dire z est imaginaire pur.

EXERCICE 17

1. $(a+ib)^2=a^2-b^2+2iab$.
2. Soit $z=a+ib$,
   $z^2=45-28i \iff \begin{cases} a^2-b^2 &= 45 \\ 2ab &= -28 \end{cases}$
   $\begin{cases} a^2-b^2 &= 45 \\ 2ab &= -28 \end{cases} \Longrightarrow \begin{cases} a^2-\left(\frac{-14}{a}\right)^2 &= 45 \\ b &= -\frac{14}{a} \end{cases}$
   L'équation de la première ligne s'écrit encore : $a^4-45a^2-196=0$
   On pose $a^2=X>0$,
   l'équation devient $X^2-45X-196=0$, cette équation admet deux solutions $X_1=49$ et $X_2=-4<0$ donc $a^2=49$.
   On en déduit alors que $a=7$ ou $a=-7$.
   D'après la seconde équation du système $b=-\dfrac{14}{a}$
   ainsi $a=7$ et $b=-2$ ou $a=-7$ et $b=2$.
   Les racines de $(45-28i)$ sont les nombres complexes $z_1=7-2i$ et $z_2=-7+2i$.

EXERCICE 18

On pose $z=a+ib$, en appliquant la méthode de l'exercice précédent, on obtient le système :

$\begin{cases} a^2-b^2 &= 10 \\ 2ab &= -4\sqrt{6} \end{cases}$

La résolution de ce système donne
$a = 2\sqrt{3}$ et $b = -\sqrt{2}$ ou $a = -2\sqrt{3}$ et $b = \sqrt{2}$
ainsi $z = 2\sqrt{3} - i\sqrt{2}$ ou $z = -2\sqrt{3} + i\sqrt{2}$.

EXERCICE 19

On pose $z = a + ib$, en appliquant la méthode de l'exercice précédent, on obtient le système :
$$\begin{cases} a^2 - b^2 & = & 6 \\ 2ab & = & \frac{5}{2} \end{cases}$$
La résolution de ce système donne
$a = \frac{5}{2}$ et $b = \frac{1}{2}$ ou $a = -\frac{5}{2}$ et $b = -\frac{1}{2}$
ainsi $z = \frac{5}{2} + i\frac{1}{2}$ ou $z = -\frac{5}{2} - i\frac{1}{2}$.

EXERCICE 20

On pose $z = a + ib$, en appliquant la méthode de l'exercice précédent, on obtient le système :
$$\begin{cases} a^2 - b^2 & = & 3 \\ ab & = & 2 \end{cases}$$
La résolution de ce système donne
$a = 2$ et $b = 1$ ou $a = -2$ et $b = -1$
ainsi $z = 2 + i$ ou $z = -2 - i$.

EXERCICE 21

1. $z' = \frac{4x - 2y}{3} + i\frac{2x - y}{3}$.
   $\Re e(z') = \frac{4x - 2y}{3}$ et $\Im m(z') = \frac{2x - y}{3}$.
2. $z' = 0 \iff \begin{cases} 4x - 2y & = & 0 \\ 2x - y & = & 0 \end{cases}$
   Les deux équations sont équivalentes à l'équation $y = 2x$, les solutions sont donc les points de la droite d'équation $y = 2x$.

EXERCICE 22

$$\frac{z_B - z_C}{z_A - z_C} = \frac{1 - 2i - 1 - \sqrt{3} - i}{1 + 2i - 1 - \sqrt{3} - i} = \frac{-\sqrt{3} - 3i}{-\sqrt{3} + i} = i\sqrt{3}.$$

EXERCICE 23

1. Soit $\mathcal{P}_n : \forall n \in \mathbb{N}^\star,\ \sum_{k=1}^{n} k i^{k-1} = \frac{-(n+1)i^{n+1} - n i^n + i}{2}$.
   Démontrons par récurrence cette propriété :
   - *Initialisation* : Pour $n = 1$, $\sum_{k=1}^{1} k i^{k-1} = 1$ et $\frac{-(n+1)i^{n+1} - n i^n + i}{2} = \frac{-2i^2 - i + i}{2} = 1$
   par conséquent la propriété est vraie pour $n = 1$.
   - *Hérédité :* Supposons que la propriété est vraie pour $n \geqslant 1$ fixé.
   Montrons que la propriété est encore vraie au rang $n + 1$.
   $$\begin{aligned}\sum_{k=1}^{n+1} k i^{k-1} &= \sum_{k=1}^{n} k i^{k-1} + (n+1)i^n \\ &= \frac{-(n+1)i^{n+1} - n i^n + i}{2} + (n+1)i^n \\ &= \frac{-(n+1)i^{n+1} - n i^n + i + 2(n+1)i^n}{2} \\ &= \frac{-(n+1)i^{n+1} + (n+2)i^n + i}{2} \\ &= \frac{-(n+1)i^{n+1} - i^2(n+2)i^n + i}{2} \\ &= \frac{-(n+1)i^{n+1} - (n+2)i^{n+2} + i}{2} \\ &= \frac{-(n+2)i^{n+2} - (n+1)i^{n+1} + i}{2}\end{aligned}$$
   Ainsi, la propriété est vérifiée au rang $n + 1$.
   - *Conclusion :* $\mathcal{P}_1$ est vraie et $\mathcal{P}_n$ est héréditaire, $\mathcal{P}_n$ est donc vraie pour tout $n \geqslant 1$.
2. On remarque que pour $n = 2k + 1$,
   on a $\sum_{k=1}^{n+1} k i^{k-1} = S_1 + iS_2$.
   D'autre part, si $n = 2k + 1$ alors :
   $$\begin{aligned}\frac{-(n+1)i^{n+1} - n i^n + i}{2} &= \frac{-(2k+2)i^{2k+2} - (2k+1)i^{2k+1} + i}{2} \\ &= \frac{(2k+2)i^{2k} - i(2k+1)i^{2k} + i}{2} \\ &= \frac{(2k+2)(-1)^k - i(2k+1)(-1)^k + i}{2} \\ &= (k+1)(-1)^k + i\frac{1 - (2k+1)(-1)^k}{2}\end{aligned}$$
   D'où par identification des parties réelles et imaginaires, on en déduit :
   $S_1 = 1 - 3 + 5 - 7 + \cdots + (2k+1)(-1)^k = (k+1)(-1)^k$
   $S_2 = 2 - 4 + 6 - 8 + \cdots + 2k(-1)^{k-1} = \frac{1 - (2k+1)(-1)^k}{2}$

EXERCICE 24

Soit a et b deux nombres complexes et $\mathcal{P}_n$ la propriété :
$\mathcal{P}_n : \forall n \in \mathbb{N},\ (a+b)^n = \sum_{k=0}^{n} \binom{n}{k} a^{n-k} b^k$.
Démontrons cette propriété par récurrence :
- *Initialisation :* Pour $n = 0$, on a $(a+b)^0 = 1$

D'autre part $\sum_{k=0}^{0}\binom{0}{k}a^k b^{0-k}=\binom{0}{0}a^0b^0=1$

$\mathcal{P}_0$ est donc vraie.

• *Hérédité :* Supposons que la propriété est vraie pour n fixé.

Montrons que la propriété est encore vraie au rang $n+1$.

$$\begin{aligned}(a+b)^{n+1} &= (a+b)\times(a+b)^n\\ &= (a+b)\times\sum_{k=0}^{n}\binom{n}{k}a^{n-k}b^k\\ &= \sum_{k=0}^{n}\binom{n}{k}a^{n-k+1}b^k+\sum_{k=0}^{n}\binom{n}{k}a^{n-k}b^{k+1}\\ &= \sum_{k=0}^{n}\binom{n}{k}a^{n-k+1}b^k+\sum_{k=1}^{n+1}\binom{n}{k-1}a^{n-(k-1)}b^{(k-1)+1}\\ &= \binom{0}{0}a^{n+1}b^0+\sum_{k=1}^{n}\binom{n}{k}a^{n+1-k}b^k+\binom{n}{n}a^0b^{n+1}\\ &\quad+\sum_{k=1}^{n}\binom{n}{k-1}a^{n+1-k}b^k\\ &= \binom{0}{0}a^{n+1}b^0+\binom{n+1}{n+1}a^0b^{n+1}+\sum_{k=1}^{n}\left(\binom{n}{k}\right.\\ &\quad\left.+\binom{n}{k-1}\right)a^{n+1-k}b^k\end{aligned}$$

or $\binom{n+1}{k}=\binom{n}{k}+\binom{n}{k-1}$ donc

$$\begin{aligned}(a+b)^{n+1} &= \binom{0}{0}a^{n+1}b^0+\binom{n+1}{n+1}a^0b^{n+1}\\ &\quad+\sum_{k=1}^{n}\binom{n+1}{k}a^{n+1-k}b^k\\ &= \binom{n+1}{k}a^{n+1-k}b^k\end{aligned}$$

Ainsi, la propriété est vérifiée au rang $n+1$.

• *Conclusion :* $\mathcal{P}_0$ est vraie et $\mathcal{P}_n$ est héréditaire, $\mathcal{P}_n$ est donc vraie pour tout $n\in\mathbb{N}$.

EXERCICE 25

$$\begin{cases}2iz_1 - z_2 = 1-6i\\ z_1 + 2iz_2 = i\end{cases}$$

En combinant les lignes, en notant L_1 la première ligne et L_2 la seconde :

$L_1-2i\times L_2$ donne $3z_2=3-6i$ donc $z_2=1-2i$

$2i\times L_1+L_2$ donne $-3z_1=12+3i$ donc $z_1=-4-i$.

EXERCICE 26

1. Pour tous $z\in\mathbb{C}$ et $n\in\mathbb{N}^\star$, $(1+z)^n=\sum_{k=0}^{n}\binom{k}{n}z^k$.

2. Si $z=1$ alors $2^n=\sum_{k=0}^{n}\binom{k}{n}=S_1$

Si $z=-1$ alors $0=\sum_{k=0}^{n}\binom{k}{n}(-1)^k=S_2$

Si $z=i$ alors

$$\begin{aligned}(1+i)^n &= \sum_{k=0}^{n}\binom{k}{n}(i)^k\\ &= \left[1-\binom{n}{2}+\binom{n}{4}-\binom{n}{6}+\cdots\right]\\ &\quad+i\left[\binom{n}{1}-\binom{n}{3}+\binom{n}{5}+\cdots\right]\\ &= S_3+iS_4\end{aligned}$$

Si $z=-i$ alors

$$\begin{aligned}(1-i)^n &= \sum_{k=0}^{n}\binom{k}{n}(-i)^k\\ &= \left[1-\binom{n}{2}+\binom{n}{4}-\binom{n}{6}+\cdots\right]\\ &\quad-i\left[\binom{n}{1}-\binom{n}{3}+\binom{n}{5}+\cdots\right]\\ &= S_3-iS_4\end{aligned}$$

On en déduit alors que :

a. $S_1=2^n$

b. $S_2=0$

c. $S_3=\dfrac{(1+i)^n+(1-i)^n}{2}$

d. $S_4=\dfrac{(1+i)^n-(1-i)^n}{2i}$

EXERCICE 27

1.
$$\begin{aligned}\left(\frac{1}{2}+i\sqrt{3}\right)^4 &= \left(\frac{1}{2}\right)^4+4i\left(\frac{1}{2}\right)^3\sqrt{3}+6i^2\left(\frac{1}{2}\right)^2(\sqrt{3})^2\\ &\quad+4i^3\frac{1}{2}(\sqrt{3})^3+i^4(\sqrt{3})^4\\ &= \frac{1}{16}+i\frac{\sqrt{3}}{2}-\frac{9}{2}-i6\sqrt{3}+9\\ &= \frac{73}{16}-i\frac{11\sqrt{3}}{2}.\end{aligned}$$

2. D'après la question $\left(\frac{1}{2}+i\sqrt{3}\right)^4=\frac{73}{16}-\left(\frac{11}{2}\sqrt{3}\right)i$.

D'autre part $(-1)^4=1$, $i^4=1$ et $(-i)^4=1$, on en déduit alors que les solutions de l'équation $(a+ib)^4=\frac{73}{16}-\left(\frac{11}{2}\sqrt{3}\right)i$ sont :

$z_1=\frac{1}{2}+i\sqrt{3}$, $z_2=-z_1=-\frac{1}{2}-i\sqrt{3}$

$z_3=iz_1=-\sqrt{3}+i\frac{1}{2}$ et $z_4=-iz_1=\sqrt{3}-i\frac{1}{2}$.

EXERCICE 28

1. $\left(1+i\sqrt{2}\right)^4=-7-4i\sqrt{2}$.

2. D'après la question $\left(1+i\sqrt{2}\right)^4 = -7-4i\sqrt{2}$.
D'autre part $(-1)^4 = 1$, $i^4 = 1$ et $(-i)^4 = 1$, on en déduit alors que les solutions de l'équation $(a+ib)^4 = -7-4i\sqrt{2}$ sont :
$z_1 = 1+i\sqrt{2}$, $z_2 = -z_1 = -1-i\sqrt{2}$
$z_3 = iz_1 = \sqrt{2}-i$ et $z_4 = -iz_1 = -\sqrt{2}-i$.

EXERCICE 29

1. $j^2 = -\dfrac{1}{2} - i\dfrac{\sqrt{3}}{2}$, $j^3 = 1$,
$j^4 = j \times j^3 = j$, $j^5 = j^2 \times j^3 = j^2$ et $j^6 = j^3 \times j^3 = 1$.
2. $S_0 = 1$, $S_1 = 1+j = \dfrac{1}{2} + i\dfrac{\sqrt{3}}{2}$,
$S_2 = S_1 + j^2 = 0$, $S_3 = S_2 + j^3 = 1$,
$S_4 = S_2 + j^3 + j^4 = \dfrac{1}{2} + i\dfrac{\sqrt{3}}{2}$,
$S_5 = S_2 + j^3 + j^4 + j^5 = 0$ et $S_6 = S_5 + j^6 = 1$.
3. $\forall p \in \mathbb{N}$, $j^{3p} = \left(j^3\right)^p = 1^p = 1$.
4. $S_{3p} = \left(1+j+j^2\right) + j^3\left(1+j+j^2\right) + \cdots + j^{3p-3}\left(1+j+j^2\right) + j^{3p} = j^{3p} = 1$
5. Si $n = 3p$ alors $S_n = 1$
Si $n = 3p+1$ alors
$S_n = 1 + j^{3p+1} = 1 + j = \dfrac{1}{2} + i\dfrac{\sqrt{3}}{2}$
Si $n = 3p+2$ alors
$S_n = 1 + j^{3p+1} + j^{3p+2} = 1 + j + j^2 = 0$.

EXERCICE 30

Soit $z = x+iy$

$$z + \overline{z} + z\overline{z} = 0 \Longrightarrow 2x + x^2 + y^2 = 0 \Longrightarrow (x+1)^2 + y^2 = 1$$

$\mathcal{E}$ est le cercle de centre Ω de coordonnées $(-1\,;\,0)$ et de rayon 1.

EXERCICE 31

1. Si $z = 2+3i$ et $z' = 1-i$, z et z' appartiennent à E et on a $z" = -\dfrac{1}{2} + i\dfrac{5}{2}$ donc $z"$ n'appartient pas à E.
2. Soit $z = x+iy$ et $z' = x'+iy'$, $z' \neq 0$ deux éléments de F

$$z = z'z" \iff z" = \frac{x+iy}{x'+iy'} = \frac{(x+iy)(x'-iy')}{(x'+iy')(x'-iy')} = \frac{xx'+yy'}{x'^2+y'^2} + i\frac{x'y-xy'}{x'^2+y'^2}$$

Si x, x', y, y' sont rationnels alors la somme et le produit de deux rationnels étant un rationnel, $xx'+yy'$, $x'y-xy'$ et x^2+y^2 sont rationnels, le quotient de deux rationnels étant un rationnel, on en déduit que $z" \in F$.

EXERCICE 32

Soit $z = x+iy$ avec x et y deux réels tels que $z \neq 1$.

$$f(z) = \frac{(x+1)+iy}{(x-1)-iy} = \frac{x^2-y^2-1}{(x-1)^2+y^2} + i\frac{2xy}{(x-1)^2+y^2}.$$

1. $f(z) \in \mathbb{R} \iff xy = 0 \iff \left(x = 0 \text{ ou } y = 0\right)$
$\mathcal{M}_1$ est la réunion des axes réels et imaginaires.
2. $f(z) \in i\mathbb{R} \iff x^2-y^2-1 = 0 \iff \left(y = \sqrt{x^2-1} \text{ ou } y = -\sqrt{x^2-1}\right)$.
$\mathcal{M}_2$ est la réunion des branches de paraboles d'équations $y = \sqrt{x^2-1}$ et $y = -\sqrt{x^2-1}$
avec $x \in \left]-\infty\,;\,-1\right] \cup \left[1\,;\,+\infty\right[$.

EXERCICE 33

Soit $z = x+iy$ avec x et y deux réels tels que $z \neq -i$.

$$f(z) = \frac{(x-2)+iy}{x+i(y+1)} = \frac{\left((x-1)^2 + \left(y+\frac{1}{2}\right)^2 - \frac{5}{4}\right)}{x^2+(y+1)^2} + i\frac{-x+2y+2}{x^2+(y+1)^2}.$$

1. $f(z) \in \mathbb{R} \iff -x+2y+2 = 0$
$\mathcal{M}_1$ est la droite d'équation $-x+2y+2 = 0$.
2. $f(z) \in i\mathbb{R} \iff (x-1)^2 + \left(y+\dfrac{1}{2}\right)^2 - \dfrac{5}{4} = 0$
$\mathcal{M}_2$ est le cercle de centre $\Omega\left(1\,;\,-\dfrac{1}{2}\right)$ et de rayon $R = \dfrac{\sqrt{5}}{2}$

EXERCICE 34

1. $z_A = i$
$z_B = 1+2i$
$z_C = -2+i$
$z_D = -1-2i$
$z_E = 2-i$
$z_F = -3i$
2.

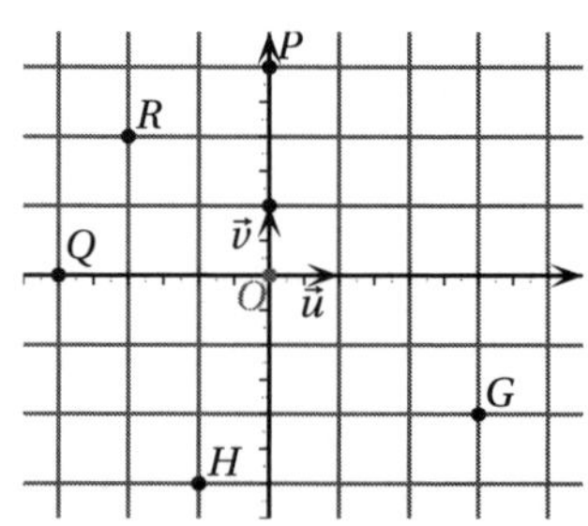

EXERCICE 35

1. $|z| = \sqrt{1^2+1^2} = \sqrt{2}$
2. $|z| = \sqrt{3^2+(-2)^2} = \sqrt{13}$
3. $|z| = \sqrt{\left(\sqrt{2}\right)^2 + \left(\sqrt{3}\right)^2} = \sqrt{5}$
4. $|z| = \sqrt{(-2)^2+(-5)^2} = \sqrt{29}$

5. $|z| = \sqrt{(-4)^2 + 5^2} = \sqrt{41}$
6. $|z| = \sqrt{\left(-\sqrt{5}\right)^2 + \left(2\sqrt{3}\right)^2} = \sqrt{17}$

EXERCICE 36

1. $z_{\overrightarrow{AB}} = z_B - z_A = -i - 3 - 2i = -3 - 3i.$
2. $ABCD$ est un parallélogramme si et seulement si
$z_{\overrightarrow{AB}} = z_{\overrightarrow{DC}} \iff -2 + i - z_D = -3 - 3i$
d'où $z_D = 1 + 4i.$
3. Le centre I du parallélogramme $ABCD$ est le milieu de $[AC]$ donc $z_I = \dfrac{z_A + z_C}{2} = \dfrac{1}{2} + i\dfrac{3}{2}.$

EXERCICE 37

1. $z_{\overrightarrow{AB}} = z_B - z_A = (1 + 3i) - (2 + i) = -1 + 2i$ et
$z_{\overrightarrow{DC}} = z_C - z_D = (-2 + 2i) - (-1) = -1 + 2i.$
2. $z_{\overrightarrow{AB}} = z_{\overrightarrow{DC}}$, les vecteurs $\overrightarrow{AB}$ et $\overrightarrow{DC}$ sont égaux donc $ABCD$ est un parallélogramme.

EXERCICE 38

1. $R = AB = |z_B - z_A| = |-1 - 3i| = \sqrt{10}.$
2. Le point C appartient au cercle $\mathcal{C}$ si $AC = \sqrt{10}.$
$AC = |z_C - z_A| = |-3 - i| = \sqrt{10}$ donc le point C est bien un point du cercle $\mathcal{C}$.

EXERCICE 39

1. Soit $z = x + iy$,
$|z - z_A| = 3 \iff |x + iy - 2 + i| = 3$
$\iff \sqrt{(x-2)^2 + (y+1)^2} = 3$
soit encore $(x-2)^2 + (y+1)^2 = 3^2$ donc M est sur le cercle de centre $A(2;-1)$ et de rayon 3.
2. $|z - z_A| = 3 \iff AM = 3$ donc M est sur le cercle de centre A et de rayon 3.
3. $|z - z_A| = |z - z_B| \iff |x + iy - 2 + i| = |x + iy - 2i|$
$\iff \sqrt{(x-2)^2 + (y+1)^2} = \sqrt{x^2 + (y-2)^2}$
$\iff (x-2)^2 + (y-1)^2 = x^2 + (y-2)^2$
Après développement et simplifications, nous obtenons $4x - 6y - 1 = 0$. Le point M appartient donc à la droite d'équation réduite $y = \dfrac{2}{3}x + \dfrac{1}{6}.$
4. $|z - z_A| = |z - z_B| \iff AM = BM$ donc M est sur la médiatrice du segment $[AB]$.

EXERCICE 40

1. *Méthode géométrique* :
Soit M et A les points d'affixes respectives z et $3 - 2i$.
$|z - 3 + 2i| = 5 \iff \left\|\overrightarrow{AM}\right\| = 5.$ M appartient au cercle de centre A et de rayon 5.
Méthode algébrique :
On pose $z = a + ib$, avec a et b réels.
$|z - 3 + 2i| = 5 \iff |a - 3 + i(b+2)| = 5$
$\iff (a-3)^2 + (b+2)^2 = 5^2.$
M appartient au cercle de centre $A(3;2)$ et de rayon 5.
2. *Méthode géométrique* :
Soit M le point d'affixe z et A le point d'affixe $-2 - i$.
$|z + 2 + i| = 1 \iff \left\|\overrightarrow{AM}\right\| = 1.$
M appartient au cercle de centre A et de rayon 1.
Méthode algébrique :
On pose $z = a + ib$, avec a et b réels.
$|z + 2 + i| = 5 \iff |a + 2 + i(b+1)| = 1$
$\iff (a+2)^2 + (b+1)^2 = 1.$
M appartient au cercle de centre $A(-2;-1)$ et de rayon 1.
3. *Méthode géométrique* :
Soit M et A les points d'affixes respectives z et $\dfrac{-1 + i\sqrt{3}}{2}$.
$|2z + 1 - i\sqrt{3}| = 4 \iff \left|z + \dfrac{1 - i\sqrt{3}}{2}\right| = 2$
$\iff \left\|\overrightarrow{AM}\right\| = 2.$
M appartient au cercle de centre A et de rayon 2.
Méthode algébrique :
On pose $z = a + ib$, avec a et b réels.
$|2z + 1 - i\sqrt{3}| = 4 \iff \left|z + \dfrac{1 - i\sqrt{3}}{2}\right| = 2$
$\iff \left|a + \dfrac{1}{2} + i\left(b - \dfrac{\sqrt{3}}{2}\right)\right| = 2$
$\iff \left(a + \dfrac{1}{2}\right)^2 + \left(b - \dfrac{\sqrt{3}}{2}\right)^2 = 2^2.$
M appartient au cercle de centre $A\left(-\dfrac{1}{2}; \dfrac{\sqrt{3}}{2}\right)$ et de rayon 2.
4. *Méthode géométrique* :
Soit M, A et B les points d'affixes respectives z, $3 - 2i$ et i.

$|z-3+2i| = |z-i| \iff \left\|\overrightarrow{AM}\right\| = \left\|\overrightarrow{BM}\right\|$.

M appartient à la médiatrice du segment $[AB]$.

Méthode algébrique :

On pose $z = a+ib$, avec a et b réels.

$|z-3+2i| = |z-i|$

$\iff |a-3+(b+2)i| = |a+(b-1)i|$

$\iff (a-3)^2+(b+2)^2 = a^2+(b-1)^2$

$\iff -6a+6b+3 = 0$

M appartient à la droite d'équation réduite $y = x+\dfrac{1}{2}$.

5. *Méthode géométrique* :

Soit M, A et B les points d'affixes respectives z, $-2-i$ et $2+5i$.

$|z+2+i| = |5+2i-z| \iff \left\|\overrightarrow{AM}\right\| = \left\|\overrightarrow{MB}\right\|$.

M appartient à la médiatrice du segment $[AB]$.

Méthode algébrique :

On pose $z = a+ib$, avec a et b réels.

$|z+2+i| = |5+2i-z|$

$\iff |a+2+(b+1)i| = |(5-a)+(2-b)i|$

$\iff (a+2)^2+(b+1)^2 = (5-a)^2+(2-b)^2$

$\iff 14a+6b-24 = 0$

M appartient à la droite d'équation réduite :

$y = -\dfrac{7}{3}x+4$.

6. *Méthode géométrique* :

Soit M, A et B les points d'affixes respectives z, $-\dfrac{1-i\sqrt{3}}{2}$ et $-\sqrt{3}+i$.

$\left|2z+1-i\sqrt{3}\right| = 2\left|z+\sqrt{3}-i\right|$

$\iff \left|z+\dfrac{1-i\sqrt{3}}{2}\right| = \left|z+\sqrt{3}-i\right|$

$\iff \left\|\overrightarrow{AM}\right\| = \left\|\overrightarrow{BM}\right\|$.

M appartient à la médiatrice du segment $[AB]$.

Méthode algébrique :

On pose $z = a+ib$, avec a et b réels.

$\left|2z+1-i\sqrt{3}\right| = 2\left|z+\sqrt{3}-i\right|$

$\iff \left|z+\dfrac{1-i\sqrt{3}}{2}\right| = \left|z+\sqrt{3}-i\right|$

$\iff \left|a+\dfrac{1}{2}+\left(b-\dfrac{\sqrt{3}}{2}\right)i\right| = \left|a+\dfrac{\sqrt{3}}{2}+(b-1)\,i\right|$

$\iff \left(a+\dfrac{1}{2}\right)^2+\left(b-\dfrac{\sqrt{3}}{2}\right)^2 = \left(a+\dfrac{\sqrt{3}}{2}\right)^2+(b-1)^2$

$\iff a\left(1-\sqrt{3}\right)+b\left(2-\sqrt{3}\right) = \dfrac{3}{4}$

M appartient à la droite d'équation cartésienne $\left(1-\sqrt{3}\right)x+\left(2-\sqrt{3}\right)y-\dfrac{3}{4} = 0$.

EXERCICE 41

1. Soit $z = x+iy$

$|z|^2 = x^2+y^2 = x^2-(iy)^2 = (x+iy)(x-iy) = z\overline{z}$

2. $|-z|^2 = -z\times\overline{(-z)} = z\overline{z} = |z|^2$, comme un module est positif, on obtient $|-z| = |z|$.

$|\overline{z}| = \overline{z}\,\overline{\overline{z}} = z\overline{z} = |z|$.

3. $|z_1\times z_2|^2 = z_1z_2\overline{z_1z_2} = z_1\overline{z_1}z_2\overline{z_2} = |z_1|^2\times|z_2|^2$ d'où $|z_1\times z_2| = |z_1|\times|z_2|$.

4. Pour tout $z\neq 0$, $zz^{-1} = 1$ donc en utilisant la question précédente on obtient $\left|zz^{-1}\right| = |z|\times\left|z^{-1}\right| = 1$ d'où $\left|\dfrac{1}{z}\right| = \dfrac{1}{|z|}$.

5. Démontrons par récurrence la propriété $\mathcal{P}_n$:

« $\forall n\in\mathbb{N} : |z^n| = |z|^n$ ».

• **Initialisation :**

On a $\left|z^0\right| = 1$ et $|z|^0 = 1$, donc la propriété $\mathcal{P}_0$ est vraie.

• **Hérédité :**

Soit n un entier naturel quelconque fixé.

Supposons que la propriété $\mathcal{P}_n$ est vraie, c'est-à-dire que $|z^n| = |z|^n$ alors

$\left|z^{n+1}\right| = \left|z^n\times z\right| = \left|z^n\right|\times|z|$

$= |z|^n\times|z| = |z|^{n+1}$

On a $\left|z^{n+1}\right| = |z|^{n+1}$ donc la propriété $\mathcal{P}_{n+1}$ est vraie.

• **Conclusion :**

La propriété $\mathcal{P}_n$ est vraie au rang 0 et est héréditaire, donc la propriété $\mathcal{P}_n$ est vraie pour tout $n\in\mathbb{N}$.

6. $\left|\dfrac{z_1}{z_2}\right| = \left|z_1\times\dfrac{1}{z_2}\right| = |z_1|\times\left|\dfrac{1}{z_2}\right| = |z_1|\times\dfrac{1}{|z_2|} = \dfrac{|z_1|}{|z_2|}$.

EXERCICE 42

z_1 et z_2 appartiennent à $\mathbb{U}$ donc $|z_1| = |z_2| = 1$.

1. $|z_1z_2| = |z_1|\times|z_2| = 1\times 1 = 1$ donc $z_1z_2\in\mathbb{U}$.
2. $\left|z_1^n\right| = |z_1|^n = 1^n = 1$ donc $z_1^n\in\mathbb{U}$.
3. Soit $z_1 = x+iy$, $z_1\in\mathbb{U}$ donc $\sqrt{x^2+y^2} = 1$ ce qui implique donc que x et y ne peuvent être simultanément nuls, donc $z_1\neq 0$.
4. $\left|\dfrac{1}{z_1}\right| = \dfrac{1}{|z_1|} = \dfrac{1}{1} = 1$ donc $\dfrac{1}{z_1}\in\mathbb{U}$.
5. $\left|\dfrac{z_1}{z_2}\right| = \dfrac{|z_2|}{|z_1|} = \dfrac{1}{1} = 1$ donc $\dfrac{z_2}{z_1}\in\mathbb{U}$.
6. $\left|\left(\dfrac{z_2}{z_1}\right)^n\right| = \dfrac{|z_2|^n}{|z_1|^n} = \dfrac{1}{1} = 1$ donc $\left(\dfrac{z_2}{z_1}\right)^n\in\mathbb{U}$.

EXERCICE 43

1. $|z| = |(1+i)(2-3i)| = |1+i|\times|2-3i|$

$|z| = \sqrt{2} \times \sqrt{13} = \sqrt{26}.$

2. $|z| = \left|\dfrac{-1+3i}{2-3i}\right| = \dfrac{|-1+3i|}{|2-3i|} = \dfrac{\sqrt{10}}{\sqrt{13}} = \dfrac{\sqrt{130}}{13}.$

3. $|z| = \left|(\sqrt{5}+i)^2\right| = |\sqrt{5}+i|^2 = (\sqrt{6})^2 = 6.$

4. $|z| = |(5i-7)(2+7i)(2-i)| = |5i-7| \times |2+7i| \times |2-i|$
$= \sqrt{74} \times \sqrt{53} \times \sqrt{5}$
$|z| = \sqrt{19610}.$

5. $|z| = \left|(6+8i)^2(8-6i)^3\right| = |6+8i|^2 \times |8-6i|^3$
$= 10^2 \times 10^3 = 100000.$

6. $|z| = \left|\dfrac{-3-6i}{1+i}\right| = \dfrac{|-3-6i|}{|1+i|} = \dfrac{\sqrt{45}}{\sqrt{2}} = \dfrac{3\sqrt{10}}{2}.$

EXERCICE 44

Soit $z = a + ib$, déterminer un argument de z revient à déterminer un angle θ vérifiant :

$$\begin{cases} \cos\theta &= \dfrac{a}{|z|} \\ \sin\theta &= \dfrac{b}{|z|} \end{cases}$$

1. $|z| = 1$ nous avons $\begin{cases} \cos\theta = \frac{1}{2} \\ \sin\theta = \frac{\sqrt{3}}{2} \end{cases}$
d'où $arg(z) = \dfrac{\pi}{3}.$

2. $|z|-1$ nous avons $\begin{cases} \cos\theta = \frac{\sqrt{2}}{2} \\ \sin\theta = -\frac{\sqrt{2}}{2} \end{cases}$ d'où $arg(z) = -\dfrac{\pi}{4}.$

3. $|z| = 1$ nous avons $\begin{cases} \cos\theta = -\frac{1}{2} \\ \sin\theta = \frac{\sqrt{3}}{2} \end{cases}$ d'où $arg(z) = \dfrac{2\pi}{3}.$

4. $|z| = \sqrt{5}$ nous avons $\begin{cases} \cos\theta = 1 \\ \sin\theta = 0 \end{cases}$ d'où $arg(z) = 0.$

5. $|z| = 7$ nous avons $\begin{cases} \cos\theta = 0 \\ \sin\theta = 1 \end{cases}$ d'où $arg(z) = \dfrac{\pi}{2}.$

6. $|z| = 1$ nous avons $\begin{cases} \cos\theta = -\frac{\sqrt{2}}{2} \\ \sin\theta = -\frac{\sqrt{2}}{2} \end{cases}$
d'où $arg(z) = -\dfrac{3\pi}{4}.$

7. $|z| = 1$ nous avons $\begin{cases} \cos\theta = \frac{1}{2} \\ \sin\theta = -\frac{\sqrt{3}}{2} \end{cases}$
d'où $arg(z) = -\dfrac{\pi}{3}.$

8. $|z| = 9$ nous avons $\begin{cases} \cos\theta = -1 \\ \sin\theta = 0 \end{cases}$ d'où $arg(z) = \pi.$

9. $|z| = 2$ nous avons $\begin{cases} \cos\theta = 0 \\ \sin\theta = -2 \end{cases}$ d'où $arg(z) = -\dfrac{\pi}{2}.$

EXERCICE 45

1. $|z| = \sqrt{2}$ nous avons $\begin{cases} \cos\theta = \frac{1}{\sqrt{2}} \\ \sin\theta = \frac{1}{\sqrt{2}} \end{cases}$
d'où $arg(z) = \dfrac{\pi}{4}.$

2. $|z| = 2$ nous avons $\begin{cases} \cos\theta = \frac{\sqrt{3}}{2} \\ \sin\theta = \frac{1}{2} \end{cases}$
d'où $arg(z) = \dfrac{\pi}{6}.$

3. $|z| = \sqrt{2}$ nous avons $\begin{cases} \cos\theta = -\frac{1}{\sqrt{2}} \\ \sin\theta = \frac{1}{\sqrt{2}} \end{cases}$
d'où $arg(z) = \dfrac{3\pi}{4}.$

4. $|z| = 2$ nous avons $\begin{cases} \cos\theta = -\frac{1}{2} \\ \sin\theta = \frac{\sqrt{3}}{2} \end{cases}$
d'où $arg(z) = \dfrac{2\pi}{3}.$

5. $|z| = 2\sqrt{5}$ nous avons $\begin{cases} \cos\theta = -\frac{1}{\sqrt{2}} \\ \sin\theta = -\frac{1}{\sqrt{2}} \end{cases}$
d'où $arg(z) = -\dfrac{3\pi}{4}.$

6. $|z| = 2\sqrt{2}$ nous avons $\begin{cases} \cos\theta = -\frac{\sqrt{3}}{2} \\ \sin\theta = \frac{1}{2} \end{cases}$
d'où $arg(z) = \dfrac{5\pi}{6}.$

EXERCICE 46

On pose $z = r(\cos\theta + i\sin\theta)$,

1. $-z = -r(\cos\theta + i\sin\theta) = r(-\cos\theta - i\sin\theta)$
$= r(\cos(\theta+\pi) + i\sin(\theta+\pi))$ d'où
$\arg(-z) = \arg(z) + \pi \mod 2\pi.$

2. $\dfrac{1}{z} = \dfrac{1}{r(\cos\theta + i\sin\theta)} = \dfrac{1}{r}\dfrac{\cos\theta - i\sin\theta}{\cos^2\theta + \sin^2\theta}$
$= \dfrac{1}{r}(\cos\theta - i\sin\theta)$

$\dfrac{1}{z} = \dfrac{1}{r}(\cos(-\theta) + i\sin(-\theta))$ d'où $\arg\left(\dfrac{1}{z}\right) = -\arg(z)$ mod 2π.

3. $z_1 \times z_2 = r_1 r_2 (\cos\theta_1 + i\sin\theta_1)(\cos\theta_2 + i\sin\theta_2)$
$z_1 \times z_2 = r_1 r_2 (\cos(\theta_1+\theta_2) + i\sin(\theta_1+\theta_2))$
d'où $\arg(z_1 \times z_2) = \arg(z_1) + \arg(z_2) \mod 2\pi.$

4. $\overline{z} = r(\cos\theta - i\sin\theta) = r(\cos(-\theta) + i\sin(-\theta))$ d'où
$\arg(\overline{z}) = -\arg(z) \mod 2\pi.$

5. $\arg\left(\dfrac{z_1}{z_2}\right) = \arg\left(z_1 \times \dfrac{1}{z_2}\right) = \arg(z_1) + \arg\left(\dfrac{1}{z_2}\right)$
$= \arg(z_1) - \arg(z_2) \mod 2\pi.$

6. Démontrons par récurrence la propriété $\mathcal{P}_n$:
« $\forall n \in \mathbb{N} : \arg(z^n) = n\arg(z) \mod 2\pi$ ».

• Initialisation :

On a $\arg(z^0) = \arg(1) = 0 \mod 2\pi$ donc la propriété $\mathcal{P}_0$ est vraie.

• Hérédité :

Soit n un entier naturel quelconque fixé.

Supposons que la propriété $\mathcal{P}_n$ est vraie, c'est-à-dire que $\arg(z^n) = n\arg(z) \mod 2\pi$

alors
$$\begin{aligned}\arg\left(z^{n+1}\right) &= \arg(z^n \times z)\\ &= \arg(z^n) + \arg(z) \mod 2\pi\\ &= n\arg(z) + \arg(z)\\ &= (n+1)\arg(z) \mod 2\pi,\end{aligned}$$

on a $\arg\left(z^{n+1}\right) = (n+1)\arg(z) \mod 2\pi$ donc la propriété $\mathcal{P}_{n+1}$ est vraie.

• Conclusion :

La propriété $\mathcal{P}_n$ est vraie au rang 0 et est héréditaire, donc la propriété $\mathcal{P}_n$ est vraie pour tout $n \in \mathbb{N}$.

Exercice 47

1. $\arg\left(\frac{1}{2} + i\frac{\sqrt{3}}{2}\right) = \frac{\pi}{3}$ d'où $\arg(z) = 3 \times \frac{\pi}{3} = \pi$.
2. $\arg\left(\frac{\sqrt{2}}{2} - i\frac{\sqrt{2}}{2}\right) = -\frac{\pi}{4}$ d'où $\arg(z) = -\frac{7\pi}{4}$ ou $\frac{\pi}{4}$.
3. $\arg\left(-\frac{1}{2} + i\frac{\sqrt{3}}{2}\right) = \frac{2\pi}{3}$ et $\arg\left(-\frac{1}{2} - i\frac{\sqrt{3}}{2}\right) = -\frac{2\pi}{3}$ d'où $\arg z = 0$.
4. $\arg\left(\sqrt{5}\right) = 0$ d'où $\arg z = 0$.
5. $\arg(7i) = \frac{\pi}{2}$ d'où $\arg z = 2 \times \frac{\pi}{2} = \pi$.
6. $\arg\left(-\frac{\sqrt{2}}{2} - i\frac{\sqrt{2}}{2}\right) = -\frac{3\pi}{4}$ et $\arg\left(\frac{1}{2} - i\frac{\sqrt{3}}{2}\right) = -\frac{\pi}{3}$ d'où $\arg z = -\frac{\pi}{4} - \frac{\pi}{3} = -\frac{7\pi}{12}$ ou $\frac{5\pi}{12}$.
7. $\arg\left(\frac{\sqrt{2}}{2} + i\frac{\sqrt{2}}{2}\right) = \frac{\pi}{4}$ d'où $\arg(z) = 3 \times \frac{\pi}{4} = \frac{3\pi}{4}$.
8. $\arg\left(-\frac{\sqrt{2}}{2} + i\frac{\sqrt{2}}{2}\right) = \frac{3\pi}{4}$ et $6 \times \frac{3\pi}{4} = \frac{9\pi}{2} = \frac{\pi}{2} + 2 \times 2\pi$ d'où $\arg z = \frac{\pi}{2}$.
9. $\arg(-9) = \pi$ et $7 \times \pi = \pi + 3 \times 2\pi$ d'où $\arg(z) = \pi$.
10. $\arg(-2i) = -\frac{\pi}{2}$ et $9 \times \left(-\frac{\pi}{2}\right) = -\frac{\pi}{2} - 4 \times 2\pi$ d'où $\arg(z) = -\frac{\pi}{2}$.

Exercice 48

1. $|z| = \sqrt{1+3} = 2$ d'où $z = 2\left(\frac{1}{2} + i\frac{\sqrt{3}}{2}\right)$
$= 2\left(\cos\left(\frac{\pi}{3}\right) + i\sin\left(\frac{\pi}{3}\right)\right)$ donc $\arg(z) = \frac{\pi}{3}$.
2. $|z| = \sqrt{2^2+2^2} = 2\sqrt{2}$ d'où $z = 2\sqrt{2}\left(\frac{1}{\sqrt{2}} - i\frac{1}{\sqrt{2}}\right)$
$= 2\sqrt{2}\left(\cos\left(-\frac{\pi}{4}\right) + i\sin\left(-\frac{\pi}{4}\right)\right)$
donc $\arg(z) = -\frac{\pi}{4}$.
3. $|z| = \sqrt{\frac{1}{25} + \frac{3}{25}} = \frac{2}{5}$ d'où $z = \frac{2}{5}\left(-\frac{1}{2} + i\frac{\sqrt{3}}{2}\right)$
$= \frac{2}{5}\left(\cos\left(\frac{2\pi}{3}\right) + i\sin\left(\frac{2\pi}{3}\right)\right)$ donc $\arg(z) = \frac{2\pi}{3}$.
4. $|z| = \sqrt{\frac{9}{4} + \frac{27}{4}} = 3$ d'où $z = 3\left(-\frac{1}{2} - i\frac{\sqrt{3}}{2}\right)$
$= 3\left(\cos\left(-\frac{2\pi}{3}\right) + i\sin\left(-\frac{2\pi}{3}\right)\right)$ donc $\arg(z) = -\frac{2\pi}{3}$.
5. $|z| = \sqrt{2}$ et $\arg(z) = 0$.
6. $|z| = \frac{3}{7}$ et $\arg(z) = \frac{\pi}{2}$.
7. $|z| = \sqrt{18+18} = 6$ d'où $z = 6\left(-\frac{1}{\sqrt{2}} - i\frac{1}{\sqrt{2}}\right)$
$= 6\left(\cos\left(-\frac{3\pi}{4}\right) + i\sin\left(-\frac{3\pi}{4}\right)\right)$ donc $\arg(z) = -\frac{3\pi}{4}$.
8. $|z| = \sqrt{\frac{25}{9} + \frac{75}{9}} = \frac{10}{3}$ d'où $z = \frac{10}{3}\left(\frac{1}{2} - i\frac{\sqrt{3}}{2}\right)$
$= \frac{10}{3}\left(\cos\left(-\frac{\pi}{3}\right) + i\sin\left(-\frac{\pi}{3}\right)\right)$ donc $\arg(z) = -\frac{\pi}{3}$.
9. $|z| = \sqrt{\frac{6}{4} + \frac{6}{4}} = \sqrt{3}$ d'où $z = \sqrt{3}\left(\frac{\sqrt{2}}{2} + i\frac{\sqrt{2}}{2}\right)$
$= \sqrt{3}\left(\cos\left(\frac{\pi}{4}\right) + i\sin\left(\frac{\pi}{4}\right)\right)$ donc $\arg(z) = \frac{\pi}{4}$.
10. $|z| = \sqrt{5+5} = 2\sqrt{5}$ d'où $z = 2\sqrt{5}\left(-\frac{1}{\sqrt{2}} + i\frac{1}{\sqrt{2}}\right)$
$= 2\left(\cos\left(\frac{3\pi}{4}\right) + i\sin\left(\frac{3\pi}{4}\right)\right)$ donc $\arg(z) = \frac{3\pi}{4}$.
11. $|z| = \frac{\sqrt{3}}{2}$ et $\arg(z) = \pi$.
12. $|z| = 2$ et $\arg(z) = -\frac{\pi}{2}$.

Exercice 49

1. $z = 2(\cos(\pi) + i\sin(\pi))$
2. $z = \sqrt{2}\left(\frac{\sqrt{2}}{2} + i\frac{\sqrt{2}}{2}\right) = \sqrt{2}\left(\cos\left(\frac{\pi}{4}\right) + i\sin\left(\frac{\pi}{4}\right)\right)$
3. $z = 4\left(\frac{\sqrt{3}}{2} - i\frac{1}{2}\right) = 4\left(\cos\left(-\frac{\pi}{6}\right) + i\sin\left(-\frac{\pi}{6}\right)\right)$
4. $z = \frac{2}{3}\left(-\frac{1}{2} + i\frac{\sqrt{3}}{2}\right) = \frac{2}{3}\left(\cos\left(\frac{2\pi}{3}\right) + i\sin\left(\frac{2\pi}{3}\right)\right)$

5. $z=5\left(\cos\left(-\frac{\pi}{2}\right)+i\sin\left(-\frac{\pi}{2}\right)\right)$.

6. $z=\sqrt{3}\left(\cos\left(\frac{\pi}{2}\right)+i\sin\left(\frac{\pi}{2}\right)\right)$.

7. $z=\frac{1}{10}\left(\frac{\sqrt{2}}{2}-i\frac{\sqrt{2}}{2}\right)=\frac{1}{10}\left(\cos\left(\frac{\pi}{4}\right)+i\sin\left(\frac{\pi}{4}\right)\right)$

8. $z=-4+4i=4\sqrt{2}\left(-\frac{\sqrt{2}}{2}+i\frac{\sqrt{2}}{2}\right)$
$=4\sqrt{2}\left(\cos\left(\frac{3\pi}{4}\right)+i\sin\left(\frac{3\pi}{4}\right)\right)$

9. $z=-5-5i=5\sqrt{2}\left(-\frac{\sqrt{2}}{2}-i\frac{\sqrt{2}}{2}\right)$
$=5\sqrt{2}\left(\cos\left(-\frac{3\pi}{4}\right)+i\sin\left(-\frac{3\pi}{4}\right)\right)$

Exercice 50

1. $z=-\frac{\sqrt{6}}{2}-i\frac{\sqrt{6}}{2}=\sqrt{3}\left(-\frac{\sqrt{2}}{2}-i\frac{\sqrt{2}}{2}\right)$
$=\sqrt{3}\left(\cos\left(-\frac{3\pi}{4}\right)+i\sin\left(-\frac{3\pi}{4}\right)\right)$.

2. $z=-i\sqrt{5}=\sqrt{5}\left(\cos\left(-\frac{\pi}{2}\right)+i\sin\left(-\frac{\pi}{2}\right)\right)$.

3. $z=\sqrt{2}=\sqrt{2}\left(\cos(2\pi)+i\sin(2\pi)\right)$.

4. $z=9\left(\cos(\pi)+i\sin(\pi)\right)$.

5. $z=2\left(-\cos\left(\frac{\pi}{3}\right)-i\sin\left(\frac{\pi}{3}\right)\right)$
$=2\left(\cos\left(\frac{4\pi}{3}\right)+i\sin\left(\frac{4\pi}{3}\right)\right)$.

6. $z=\cos\left(\frac{\pi}{2}-\theta\right)+i\sin\left(\frac{\pi}{2}-\theta\right)$.

7. $z=\cos\left(-\frac{\pi}{2}\right)+i\sin\left(-\frac{\pi}{2}\right)$.

8. $z=3\left(\sin(\theta+\pi)+i\cos(\theta+\pi)\right)$
$=3\left(\cos\left(\frac{\pi}{2}-\theta-\pi\right)+i\sin\left(\frac{\pi}{2}-\theta-\pi\right)\right)$
$=3\left(\cos\left(-\theta-\frac{\pi}{2}\right)+i\sin\left(-\theta-\frac{\pi}{2}\right)\right)$.

9. $z=\sqrt{3}\left(\cos\left(-\frac{\pi}{2}-\frac{\pi}{6}\right)+i\sin\left(-\frac{\pi}{2}-\frac{\pi}{6}\right)\right)$
$=\sqrt{3}\left(\cos\left(-\frac{2\pi}{3}\right)+i\sin\left(-\frac{2\pi}{3}\right)\right)$.

Exercice 51

1. $z=2\left(\frac{\sqrt{2}}{2}+i\frac{\sqrt{2}}{2}\right)=\sqrt{2}+i\sqrt{2}$.

2. $z=6\left(-\frac{\sqrt{3}}{2}+i\frac{1}{2}\right)=-3\sqrt{3}+3i$.

3. $z=\sqrt{5}\left(\frac{1}{2}-i\frac{\sqrt{3}}{2}\right)=-\frac{5}{2}-i\frac{5\sqrt{3}}{2}$.

4. $z=\frac{1}{2}\left(\frac{\sqrt{3}}{2}-\frac{1}{2}\right)=\frac{\sqrt{3}}{4}-i\frac{1}{4}$.

Exercice 52

1. On a $\sqrt{3}+i=2\left(\frac{\sqrt{3}}{2}+i\frac{1}{2}\right)=2\left(\cos\frac{\pi}{6}+i\sin\frac{\pi}{6}\right)$.
On en déduit que $|z|=2^n$ et $arg(z)=\frac{n\pi}{6} \mod (2\pi)$.

2. **a.** z est un réel si et seulement si $\frac{n\pi}{6}=k\pi$ avec $k\in\mathbb{Z}$ donc z est réel si et seulement si $n=6k$ avec $k\in\mathbb{Z}$.
b. z est un imaginaire pur si et seulement si $\frac{n\pi}{6}=\frac{\pi}{2}+k\pi$ avec $k\in\mathbb{Z}$
donc z est un imaginaire pur si et seulement si $n=3+6k$ avec $k\in\mathbb{Z}$.

Exercice 53

$$\frac{z_B-z_A}{z_C-z_A}=\frac{(-\sqrt{3}-\sqrt{2})+i(1-\sqrt{2})}{(\sqrt{3}-\sqrt{2})-i(1+\sqrt{2})}=\frac{-2i\sqrt{2}(1+\sqrt{3})}{(\sqrt{3}-\sqrt{2})^2+(1+\sqrt{2})^2}$$

$\frac{z_B-z_A}{z_C-z_A}$ est un imaginaire pur donc $\left(\overrightarrow{AC};\overrightarrow{AB}\right)=-\frac{\pi}{2}$; le triangle ABC est donc rectangle en A.

☞ On aurait pu calculer les modules et utiliser le théorème de Pythagore.

Exercice 54

$AB=|z_B-z_A|=|9-3i\sqrt{3}|=\sqrt{108}=6\sqrt{3}$
$AC=|z_C-z_A|=|-6i\sqrt{3}|=6\sqrt{3}$
$BC=|z_C-z_B|=|-9-3i\sqrt{3}|=\sqrt{108}=6\sqrt{3}$
$AB=AC=BC$, le triangle ABC est donc équilatétal.

Exercice 55

1. $|z|=2$ et $arg(z)=\frac{3\pi}{4} \mod (2\pi)$.

2. Soit z_1 et z_2 les racines de z
$|z_1|=|z_2|=\sqrt{2}$
Les arguments des racines de z vérifient $\frac{1}{2}\left(\frac{3\pi}{4}+2k\pi\right)=\frac{3\pi}{8}+k\pi$
d'où $arg(z_1)=\frac{3\pi}{8}\ mod(2\pi)$ et $z_2=-\frac{5\pi}{8}\ mod(2\pi)$.

EXERCICE 56

1. $z \in \mathbb{U} \iff |z| = 1 \iff |z|^2 = 1$
$\iff z\overline{z} = 1 \iff \overline{z} = \dfrac{1}{z}.$
ainsi l'inverse et le conjugué d'un élément de $\mathbb{U}$ sont égaux.
2. Soit z_1 et z_2 deux éléments de $\mathbb{U}$ tels que $z_1 z_2 \neq -1$.

$$\overline{Z} = \frac{\overline{z_1} + \overline{z_2}}{1 - \overline{z_1 z_2}} = \frac{\frac{1}{z_1} + \frac{1}{z_2}}{1 - \frac{1}{z_1} \cdot \frac{1}{z_2}} = \frac{z_1 + z_2}{z_1 z_2 - 1} = -Z$$

On a donc $Z + \overline{Z} = 0$, on en déduit alors que Z est un réel.

EXERCICE 57

$z = -2\cos\theta\sin\theta + 2i\cos^2\theta$

• Si $0 \leqslant \theta \leqslant \dfrac{\pi}{2}$ ou $\dfrac{3\pi}{2} \leqslant \theta \leqslant 2\pi$ alors $\cos\theta \geqslant 0$

$z = 2\cos\theta\left(\cos\left(\theta + \dfrac{\pi}{2}\right) + i\sin\left(\theta + \dfrac{\pi}{2}\right)\right)$

ainsi $|z| = 2\cos\theta$ et $arg(z) = \theta + \dfrac{\pi}{2}$.

• Si $\dfrac{\pi}{2} \leqslant \theta \leqslant \dfrac{3\pi}{2}$ alors $\cos\theta \leqslant 0$

$z = 2|\cos\theta|\left(-\cos\left(\theta + \dfrac{\pi}{2}\right) - i\sin\left(\theta + \dfrac{\pi}{2}\right)\right)$

$= 2|\cos\theta|\left(\cos\left(\theta - \dfrac{\pi}{2}\right) + i\sin\left(\theta - \dfrac{\pi}{2}\right)\right)$

ainsi $|z| = 2|\cos\theta|$ et $arg(z) = \theta - \dfrac{\pi}{2}$.

EXERCICE 58

Soit M le point d'affixe $z = x + iy$

1. $z + 2\overline{z} = 3x - iy$ est un imaginaire pur si et seulement si $x = 0$, c'est-à-dire z est un imaginaire pur.
2. $z + \overline{z} = 2x$ est un réel, ce qui est toujours vrai, donc tous les points du plan complexe vérifient cette égalité.
3. $z - \overline{z} - 2iy$ est un imaginaire pur, ce qui est vrai si $y \neq 0$, donc tous les points du plan complexe, excepté l'axe réel, vérifient cette égalité.
4. $z - \overline{z} = iy$ est un réel si et seulement si $y = 0$, c'est-à-dire que z est un réel.
5. $|z - \overline{z}| = 6 \implies |y| = 3$,
donc $z = x + 3i$ ou $z = x - 3i$ avec x réel.
6. $|\overline{z} - iz| = 2\sqrt{2} \implies |(x+y) - i(x+y)| = 2\sqrt{2}$
ce qui implique que $|x+y| = 2$. L'ensemble des points M est la réunion des droites d'équations $x + y = 2$ et $x + y = -2$.

EXERCICE 59

1. Soit $z_1 = r_1(\cos\theta_1 + i\sin\theta_1)$ et
$z_2 = r_2(\cos\theta_2 + i\sin\theta_2)$,
$|z_1 + z_2| = |r_1(\cos\theta_1 + i\sin\theta_1) + r_2(\cos\theta_2 + i\sin\theta_2)|$
$= |\cos\theta_1 + i\sin\theta_1|$
$\times |r_1 + r_2(\cos(\theta_2 - \theta_1) + i\sin(\theta_2 - \theta_1))|$
Pour alléger l'écriture, posons $\theta_2 - \theta_1 = \alpha$, de plus $|\cos\theta_1 + i\sin\theta_1| = 1$ d'où
$|z_1 + z_2| = |r_1 + r_2\cos\alpha + ir_2\sin\alpha|$
$|z_1 + z_2|^2 = (r_1 + r_2\cos\alpha)^2 + (r_2\sin\alpha)^2$
$= r_1^2 + r_2^2(\cos^2\alpha + \sin^2\alpha) + 2r_1r_2\cos\alpha$
$= r_1^2 + r_2^2 + 2r_1r_2\cos\alpha \leqslant r_1^2 + r_2^2 + 2r_1r_2$
car $\forall\alpha \in \mathbb{R}$, $\cos\alpha \leqslant 1$
ainsi $|z_1 + z_2|^2 \leqslant (r_1 + r_2)^2 = (|z_1| + |z_2|)^2$
Comme $0 \leqslant |z_1 + z_2|^2 \leqslant (|z_1| + |z_2|)^2$
par croissance de la fonction racine carrée
$|z_1 + z_2| \leqslant ||z_1| + |z_2||$
soit $|z_1 + z_2| \leqslant |z_1| + |z_2|$.
2. Il y a égalité si $\cos\alpha = 1$ ou $r_2 = 0$
$r_2 = 0 \implies z_2 = 0$
$\cos\alpha = 1 \implies \alpha = 0 \mod (2\pi) \implies \theta_2 = \theta_1 \mod 2\pi$
$\implies z_2 = kz_1$ avec $k \in \mathbb{R}^+$.

EXERCICE 60

1. $|z|^2 = \dfrac{1}{2}(1 + \cos\varphi) = \cos^2\varphi$.
• Si $0 \leqslant \varphi < \pi$
$z = \cos\dfrac{\varphi}{2}\left(\sin\dfrac{\varphi}{2} + i\cos\dfrac{\varphi}{2}\right)$
$= \cos\dfrac{\varphi}{2}\left(\cos\left(\dfrac{\pi}{2} - \dfrac{\varphi}{2}\right) + i(\cos\left(\dfrac{\pi}{2} - \dfrac{\varphi}{2}\right)\right)$.
$|z| = \cos\dfrac{\varphi}{2}$ et $arg z = \dfrac{\pi}{2} - \dfrac{\varphi}{2}$.
• Si $\pi < \varphi \leqslant 2\pi$
$z = -\cos\dfrac{\varphi}{2}\left(-\sin\dfrac{\varphi}{2} - i\cos\dfrac{\varphi}{2}\right)$
$= -\cos\dfrac{\varphi}{2}\left(-\cos\left(\dfrac{\pi}{2} - \dfrac{\varphi}{2}\right) - i(\cos\left(\dfrac{\pi}{2} - \dfrac{\varphi}{2}\right)\right)$.
$= -\cos\dfrac{\varphi}{2}\left(\cos\left(-\dfrac{\pi}{2} - \dfrac{\varphi}{2}\right) + i(\cos\left(-\dfrac{\pi}{2} - \dfrac{\varphi}{2}\right)\right)$.
$|z| = -\cos\dfrac{\varphi}{2}$ et $arg z = -\dfrac{\pi}{2} - \dfrac{\varphi}{2}$.
2. $x^2 + \left(y - \dfrac{1}{2}\right)^2 = \dfrac{1}{4}\sin^2\varphi + \dfrac{1}{4}\cos^2\varphi = \dfrac{1}{4}$.
Γ est le cercle de centre Ω de coordonnées $\left(0\,;\,\dfrac{1}{2}\right)$ et de rayon $\dfrac{1}{2}$.

EXERCICE 61

1. Soit z un nombre complexe de module ρ et d'argument θ.

a. $|z^2| = \rho^2$ et $arg(z^2) = 2\arg(z) = 2\theta$.

b. Soit z_1 et z_2 les racines carrées de z.

$|z_1| = |z_2| = \sqrt{\rho}$.

$arg(z_1) = \frac{1}{2}\left(arg(z) + 2k\pi\right) = \frac{1}{2}\theta + k\pi,\ k \in \mathbb{Z}$

On en déduit alors $arg(z_1) = \frac{1}{2}\theta$ et $arg(z_2) = \frac{1}{2}\theta + \pi$

2. a. Le point M parcourt Δ, donc $|z| = \rho$ et $arg(z) = \frac{\pi}{4} + k\pi$ avec $k \in \mathbb{Z}$.

b. D'après les questions précédentes :

$|z^2| = \rho^2$ et $arg(z) = \frac{\pi}{2} + 2k\pi$ avec $k \in \mathbb{Z}$

donc l'ensemble des points N est la partie de l'axe imaginaire telle que $\Im m(z_N) \geqslant 0$.

c. Soit z_1 et z_2 les racines carrées de z, d'après les questions précédentes : $|z_1| = |z_2| = \sqrt{\rho}$,

$arg(z_1) = \frac{\pi}{8}$ et $arg(z_2) = \frac{9\pi}{8}$

Les points P_1 et P_2 , d'affixes z_1 et z_2 appartiennent à la bissectrice de Δ et de l'axe réel.

EXERCICE 62

1. D'après l'énoncé, on a $z_1 = qz$ et $z_2 = q^2 z$ avec q entier et $q > 2$

donc $arg(z_1) = arg(z) = arg(z_2)$.

2. $z + z_1 + z_2 = \dfrac{21\left(5i - \sqrt{3}\right)}{2 - i\sqrt{3}}$

$\iff z\left(1 + q + q^2\right) = 21\left(-\sqrt{3} + i\right)$

$\left|-\sqrt{3} + i\right| = 2$ donc r entier si

$z = -\sqrt{3} + i$ ou $z = -\frac{\sqrt{3}}{2} + i\frac{1}{2}$.

si $z = -\sqrt{3} + i$ alors $1 + q + q^2 = 21$ ou encore $q^2 + q - 20 = 0$, cette équation admet deux solutions : -5 et 4

si $z = -\frac{\sqrt{3}}{2} + i\frac{1}{2}$ alors $1 + q + q^2 = 42$ ou encore $q^2 + q - 41 = 0$, cette équation admet deux solutions : $\frac{-1 - \sqrt{165}}{2}$ et $\frac{-1 + \sqrt{165}}{2}$.

Une seule des quatre solutions en un entier strictement supérieur à 2.

On en déduit alors que $q = 4$ et $z = -\sqrt{3} + i$ alors $z_1 = -4\sqrt{3} + 4i$ et $z_2 = -16\sqrt{3} + 16i$.

EXERCICE 63

1. $$z = \frac{\sqrt{2} + i\sqrt{6}}{2 - 2i} = \frac{\left(\sqrt{2} + i\sqrt{6}\right)(2 + 2i)}{(2 - 2i)(2 + 2i)} = \frac{\sqrt{2} - \sqrt{6}}{4} + i\frac{\sqrt{2} + \sqrt{6}}{4}.$$

2. a. $|z_A| = 2\sqrt{2}$, $z_A = 2\sqrt{2}\left(\frac{1}{2} + i\frac{\sqrt{3}}{2}\right)$ donc

$\arg(z_A) = \frac{\pi}{3}$

$|z_B| = 2\sqrt{2}$ et $\arg(z_B) = -\frac{\pi}{4}$.

b. $|z| = \frac{|z_A|}{|z_B|} = 1$ et

$\arg(z) = \arg(z_A) - \arg(z_B) = \frac{7\pi}{12}$.

c. $z = 2\sqrt{2}\left(\cos\left(\frac{7\pi}{12}\right) + i\sin\left(\frac{7\pi}{12}\right)\right)$.

3. D'après les questions précédentes :

$\cos\left(\frac{7\pi}{12}\right) = \frac{\sqrt{2} - \sqrt{6}}{4}$ et $\sin\left(\frac{7\pi}{12}\right) = \frac{\sqrt{2} + \sqrt{6}}{4}$.

EXERCICE 64

1. $|z_A| = 5\sqrt{2}$ et $\arg(z_A) = -\frac{\pi}{4}$.

2. $$\begin{aligned} & z_A\left(\cos\left(-\frac{\pi}{3}\right) + i\sin\left(-\frac{\pi}{3}\right)\right) \\ &= 5\sqrt{2}\left(\cos\left(-\frac{\pi}{4}\right) + i\sin\left(-\frac{\pi}{4}\right)\right)\left(\cos\left(-\frac{\pi}{3}\right) + i\sin\left(-\frac{\pi}{3}\right)\right) \\ &= 5\sqrt{2}\left[\left(\cos\left(-\frac{\pi}{4}\right)\cos\left(-\frac{\pi}{3}\right) - \sin\left(-\frac{\pi}{4}\right)\sin\left(-\frac{\pi}{3}\right)\right)\right. \\ &\qquad \left. + i\left(\cos\left(-\frac{\pi}{4}\right)\sin\left(-\frac{\pi}{3}\right) + \cos\left(-\frac{\pi}{3}\right)\sin\left(-\frac{\pi}{4}\right)\right)\right] \\ &= 5\sqrt{2}\left(\cos\left(-\frac{7\pi}{12}\right) + i\sin\left(-\frac{7\pi}{12}\right)\right) \\ &= z_B \end{aligned}$$

3. $\cos\left(-\frac{\pi}{3}\right) + i\sin\left(-\frac{\pi}{3}\right) = \frac{1}{2} - i\frac{\sqrt{3}}{2}$.

4. $z_B = (5 - 5i)\left(\frac{1}{2} - i\frac{\sqrt{3}}{2}\right) = \frac{5 - 5\sqrt{3}}{2} + i\frac{-5 - 5\sqrt{3}}{2}$.

5. D'après les questions précédentes :

$\cos\left(\frac{-7\pi}{12}\right) = \frac{5 - 5\sqrt{3}}{10\sqrt{2}} = \frac{\sqrt{2} - \sqrt{6}}{4}$ et

$\sin\left(\frac{-7\pi}{12}\right) = \frac{-5 - 5\sqrt{3}}{10\sqrt{2}} = \frac{-\sqrt{2} - \sqrt{6}}{4}$.

EXERCICE 65

1. $z_1 = 1 + i$, $z_2 = \frac{1}{2}(1 + i)^2 = i$, $z_3 = \frac{-1 + i}{2}$ et

$z_4 = \frac{(1 + i)(1 - i)}{4} = \frac{1}{2}$. z_4 est un nombre réel.

2. $u_{n+1} = |z_{n+1}| = \left|\frac{1 + i}{2}\right||z_n| = \frac{\sqrt{2}}{2}|z_n| = \frac{\sqrt{2}}{2}u_n$ donc

(u_n) est une suite géométrique de raison $q = \frac{\sqrt{2}}{2}$ et de premier terme $u_0 = 2$.

Pour tout $n \in \mathbb{N}$, $u_n = u_0 q^n = 2\left(\frac{\sqrt{2}}{2}\right)^n = 2\left(\frac{1}{\sqrt{2}}\right)^n$.

3. $$\left|z_{n_0}\right| < 0,1 \iff \left(\frac{1}{\sqrt{2}}\right)^{n_0} < 0,05$$
$$\iff n_0 \ln\left(\frac{1}{\sqrt{2}}\right) < \ln(0,05)$$
$$\iff n_0 > \frac{\ln(0,05)}{-\ln(\sqrt{2})} \text{ donc } n_0 = 9.$$

4. $\dfrac{z_{n+1} - z_n}{z_{n+1}} = \dfrac{(1+i)z_n - 2z_n}{(1+i)z_n} = \dfrac{-1+i}{1+i} = i.$

5. D'après les questions précédentes, nous pouvons écrire :

$A_{k-1}A_k = \left|z_k - z_{k-1}\right| = \left|z_k\right| = u_k$.

$$\text{Ainsi } \ell_n = \sum_{k=0}^{n} u_k = 2\frac{1-\left(\frac{1}{\sqrt{2}}\right)^{n+1}}{1-\frac{1}{\sqrt{2}}}$$
$$= (4+2\sqrt{2})\left(1-\left(\frac{1}{\sqrt{2}}\right)^{n+1}\right)$$

$\lim\limits_{n\to+\infty}\left(\frac{1}{\sqrt{2}}\right)^{n+1} = 0$ donc $\lim\limits_{n\to+\infty} \ell_n = 4+2\sqrt{2}$.

EXERCICE 66

Partie A

Soient $z_1 = r_1(\cos\theta_1 + i\sin\theta_1)$ et

$z_2 = r_2(\cos\theta_2 + i\sin\theta_2)$ deux nombres complexes non nuls, on a alors

$z_1 z_2 = r_1(\cos\theta_1 + i\sin\theta_1) \times r_2(\cos\theta_2 + i\sin\theta_2)$

$z_1 z_2 = r_1 r_2(\cos\theta_1 + i\sin\theta_1)(\cos\theta_2 + i\sin\theta_2)$

$z_1 z_2 = r_1 r_2\big((\cos\theta_1\cos\theta_2 - \sin\theta_1\sin\theta_2)$
$\quad + i((\cos\theta_1\sin\theta_2 + \sin\theta_1\cos\theta_2)\big)$

$z_1 z_2 = r_1 r_2(\cos(\theta_1+\theta_2) + i\sin(\theta_1+\theta_2))$

d'où les relations : $|z_1 z_2| = |z_1||z_2|$ et

$\arg(z_1 z_2) = \arg(z_1) + \arg(z_2)$ à 2π près.

Partie B

1. Vrai, en effet
$arg(z) = \dfrac{3\pi}{4}$ alors $arg\left(z^4\right) = 4 \times \dfrac{3\pi}{4} = 3\pi$.

2. Faux, en effet si $z = 2i$ alors $z + \overline{z} = 2i - 2i = 0$.
Plus généralement si $z = ib$ avec b réel, alors
$z + \overline{z} = ib - ib = 0$.

3. Vrai, en effet si $z + \dfrac{1}{z} = 0 \implies z^2 + 1 = 0$
$\implies (z = i \text{ ou } z = -i)$.

4. Vrai, en effet l'inégalité triangulaire permet d'écrire $|z+z'| \leqslant |z| + |z'|$ donc si $|z| = 1$ et $|z+z'| = 1$ alors $|z'| = 0$
donc $z' = 0$.

EXERCICE 67

1. $z = 2\left(\dfrac{1}{2} + i\dfrac{\sqrt{3}}{2}\right)$ donc $|z| = 2$ et $arg(z) = \dfrac{\pi}{3}$.

2. Soit A, B, C et D les points d'affixes respectives z, $-z$, z^2 et $\dfrac{2}{z}$

$AB = |2z| = 4$,

$AC = \left|z^2 - z\right| = \left|-3 + i\sqrt{3}\right| = \sqrt{12}$

$BC = \left|-1 + 3i\sqrt{3}\right| = \sqrt{28}$

$CD = \left|\dfrac{5}{2} - i\dfrac{5\sqrt{3}}{2}\right| = 5$

$BD = \left|\dfrac{3}{2} + i\dfrac{\sqrt{3}}{2}\right| = \sqrt{3}$

On a $BC^2 = AB^2 + AC^2$ et $BC^2 = CD^2 + BD^2$ donc d'après la réciproque du théorème de Pythagore, les triangles ABC et ABD sont rectangles d'hypoténuse BC. Les quatre points sont donc sur le cercle de diamètre BC.

EXERCICE 68

1. Soit $z = x + iy$ et $z \neq i$ alors

$Z = \dfrac{z-i}{z+i} = \dfrac{x^2+y^2-1}{x^2+(y+1)^2} - i\dfrac{2x}{x^2+(y+1)^2}$

$\Re e(Z) = \dfrac{x^2+y^2-1}{x^2+(y+1)^2}$

$\Im m(Z) = \dfrac{2x}{x^2+(y+1)^2}$

2. a. $Z \in \mathbb{R} \iff x = 0$

Les points M sont sur l'axe imaginaire.

b. $Z \in i\mathbb{R} \iff x^2 + y^2 = 1$

Les points M sont sur le cercle de centre $O(0\ ;\ 0)$ et de rayon 1.

c. $arg(Z) = -\dfrac{\pi}{2} \iff \left(x^2+y^2 = 1 \text{ et } -2x < 0\right)$.

Les points sont les points du cercle de centre $O(0\ ;\ 0)$ et de rayon 1, d'abscisse strictement positive.

EXERCICE 69

1. Graphique en fin d'exercice.

2. Soit z_G l'affixe de l'isobarycentre G, la relation vectorielle permet d'écire $10 - 4z_G = 0$ d'où
$z_G = \dfrac{5}{2}$.

3. En utilisant la relation de Chasles, on peut écrire :

$$\overrightarrow{MA} + \overrightarrow{MB} + \overrightarrow{MC} + \overrightarrow{MD}$$
$$= 4\overrightarrow{MG} + \overrightarrow{GA} + \overrightarrow{GB} + \overrightarrow{GC} + \overrightarrow{GD}$$
$$= 4\overrightarrow{MG},$$

ainsi l'ensemble des points M vérifie : $\left\|\overrightarrow{MG}\right\| = \frac{5}{2}$.
$\mathcal{E}$ est donc le cercle de centre G et de rayon $\frac{5}{2}$.

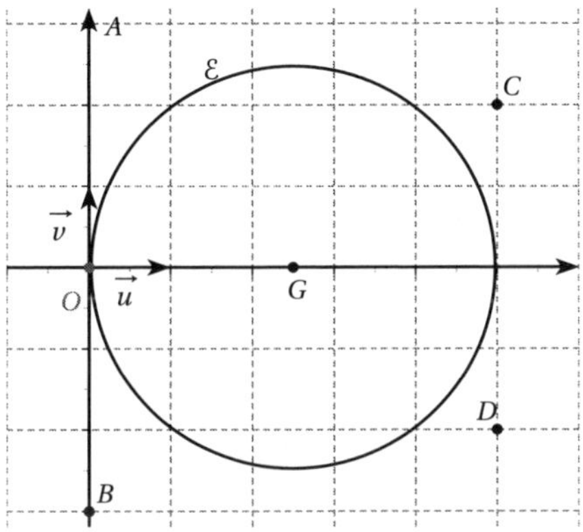

Exercice 70

1. $p' = f(1+i) = \frac{-6+4i}{-2+2i} = \frac{5}{2} + \frac{1}{2}i$.
2. $q' = f(1-i) = \frac{-2+4i}{-2} = 1-2i$.
3. Pour la suite de l'exercice, on peut remarquer que : $z' = \frac{2iz-4+2i}{z-3+i} = 2i\frac{z+1+2i}{z-3+i} = 2i\frac{z-z_B}{z-z_A}$ en posant $z_B = -1-2i$.

   a. $z' \in \mathbb{R} \Longleftrightarrow \frac{z-z_B}{z-z_A} \in i\mathbb{R}$ soit $\left(\overrightarrow{MA};\overrightarrow{MB}\right) = \pm\frac{\pi}{2}$, M appartient au cercle de diamètre $[AB]$ privé des points A et B.

   b. $z' \in i\mathbb{R} \Longleftrightarrow \frac{z-z_B}{z-z_A} \in \mathbb{R}$ soit $\left(\overrightarrow{MA};\overrightarrow{MB}\right) = k\pi$, M appartient à la droite (AB) privé du point A.

   c. $|z'| = 2 \Longleftrightarrow \left|\frac{z-z_B}{z-z_A}\right| = 1$ soit $MA = MB$, M appartient à la médiatrice du segment $[AB]$.

Exercice 71

1. *Méthode analytique*

   a. $Z = X + iY = \frac{ix-y-4}{x+iy-4}$
   $= \frac{-4x+4y+16}{(x-4)^2+y^2} + i\frac{x^2-4x+y^2+4y}{(x-4)^2+y^2}$
   Ainsi $X = \frac{-4x+4y+16}{(x-4)^2+y^2}$ et $Y = \frac{x^2-4x+y^2+4y}{(x-4)^2+y^2}$.

   b. $M \in \mathcal{C} \Longleftrightarrow Y = x^2-4x+y^2+4y = 0$
   $x^2-4x+y^2+4y = (x-2)^2+(y+2)^2-8$.
   On en déduit une équation de $\mathcal{C}$:
   $(x-2)^2+(y+2)^2 = 8$. $\mathcal{C}$ est le cercle de centre Ω d'affixe $\omega = 2-2i$ et de rayon $2\sqrt{2}$ privé des points d'affixes $-4i$ et 4.

2. *Méthode géométrique*

   On considère le point B d'affixe $-4i$.

   a. $\frac{iz-4}{z-4} = \frac{i(z+4i)}{z-4} = i\frac{z+4i}{z-4}$ on en déduit donc que $\frac{iz-4}{z-4}$ est réel si et seulement si le nombre $\frac{z+4i}{z-4}$ est imaginaire pur.

   b. $z_{\overrightarrow{AM}} = z-4$ et $z_{\overrightarrow{BM}} = z+4i$.
   $\frac{z+4i}{z-4} = \frac{z_B-z}{z_A-z} \in i\mathbb{R} \Longleftrightarrow arg\frac{z_B-z}{z_A-z} = \pm\frac{\pi}{2}$ c'est-à-dire
   $\left(\overrightarrow{MA};\overrightarrow{MB}\right) = \pm\frac{\pi}{2}$.
   $\mathcal{C}$ est le cercle de diamètre $[AB]$ privé des points A et B.

Exercice 72

1. 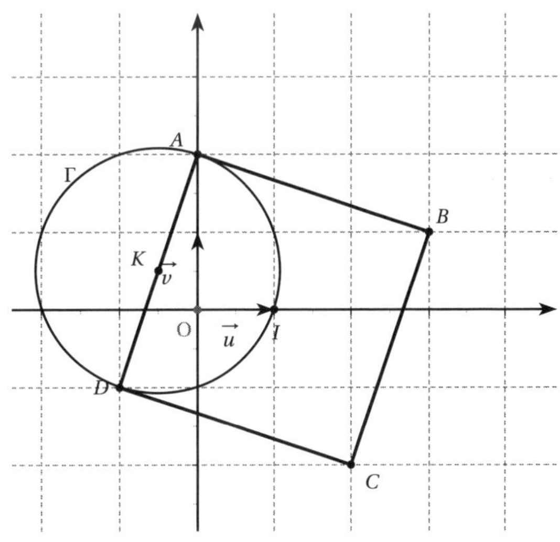

2. Le point C est l'image de A par la symétrie de centre I, son affixe z_C vérifie la relation $z_I = \frac{z_A+z_C}{2}$ soit après simplification : $z_C = 2-2i$.
3. $Z = \frac{z_C-z_B}{z_A-z_B} = \frac{-1-3i}{-3+i} = i$.
   Ainsi $|Z| = 1$ et $arg(Z) = \frac{\pi}{2}$.
4. $z_D - z_C = z_A - z_B$ donc $\overrightarrow{CD} = \overrightarrow{BA}$, on en déduit que le quadrilatère $ABCD$ est un parallélogramme.

D'après la question précédente le triangle ABC est isocèle rectangle en B. $ABCD$ est un parallèlogramme ayant deux côtés adjacents perpendiculaires et de même longueur, $ABCD$ est donc un carré.

5. a. $\overrightarrow{MA}+\overrightarrow{MB}+\overrightarrow{MC}+\overrightarrow{MD}$

$=4\overrightarrow{MI}+\overrightarrow{IA}+\overrightarrow{IB}+\overrightarrow{IC}+\overrightarrow{ID}$

$=4\overrightarrow{MI}$ car I milieu du carré $ABCD$

donc $\overrightarrow{IA}+\overrightarrow{IB}+\overrightarrow{IC}+\overrightarrow{ID}=\overrightarrow{0}$.

b. $\overrightarrow{KA}+\overrightarrow{KB}+\overrightarrow{KC}+\overrightarrow{KD}=2\overrightarrow{AB}$

$\iff 2\overrightarrow{KA}+\overrightarrow{AB}+2\overrightarrow{KD}+\overrightarrow{DC}=2\overrightarrow{AB}$

or $\overrightarrow{DC}=\overrightarrow{AB}$, ainsi le point K vérifie l'égalité :

$$\overrightarrow{KA}+\overrightarrow{KD}=\overrightarrow{0}$$

Le point K est le milieu du segment $[AD]$.

c. $\left\|\overrightarrow{MA}+\overrightarrow{MB}+\overrightarrow{MC}+\overrightarrow{MD}\right\|=\left\|2\overrightarrow{AB}\right\|$

$\iff \left\|\overrightarrow{MI}\right\|=\frac{1}{2}\left\|\overrightarrow{AB}\right\|=\left\|\overrightarrow{AK}\right\|$.

Γ est le cercle de centre K et de rayon AK.

EXERCICE 73

1. Lorsque $z=5$, $z'=2$ et $|z'|=2$.

Lorsque $z=1+i$, $z'=\dfrac{-2+2i}{-1-i}=-2i$ et $|z'|=2$

2. a. $|z-2|=AM$ et $|\overline{z}-2|=AM'$.

b. Pour tout z distinct de 2,

$|z'|=2\dfrac{|z-2|}{|z-2|}=2\dfrac{|z-2|}{|z-2|}=2.$

$OM'=2$, le point M' appartient au cercle de centre O et de rayon 2, privé du point A.

3. $z'=-2 \iff 2z-4=-2\overline{z}+4$ ce qui après simplifications s'écrit $z+\overline{z}=4$ on en déduit que $z=2+iy$ avec $y\in\mathbb{R}^*$.

L'ensemble $\mathcal{E}$ des points M est la droite d'équation $x=2$ privée du point A.

4. $\dfrac{Z_{\overrightarrow{AM}}}{Z_{\overrightarrow{BM'}}}=\dfrac{z-2}{z'+2}=\dfrac{z\overline{z}-2\left(z+\overline{z}\right)+4}{z+\overline{z}-4}$ est un nombre réel, car $z\overline{z}$ et $z+\overline{z}$ sont réels.

Les vecteurs $\overrightarrow{AM}$ et $\overrightarrow{BM'}$ sont colinéaires.

5. Le point M' est le point d'intersection du cercle de centre O et de rayon 2 et de la droite parallèle à la droite (BM) passant par A.

EXERCICE 74

1. Soit I le centre du cercle $\mathcal{C}$, son affixe est donc $\frac{1}{2}$.

Si M appartient au cercle $\mathcal{C}$ alors $IM=\frac{1}{2}OA$, d'où $\left|m-\frac{1}{2}\right|=\frac{1}{2}$.

2. $OMKL$ est un carré, on a donc $\dfrac{z_L-z_O}{z_M-z_O}=i$ d'où $l=im$.

$APNM$ est un carré, on a donc $\dfrac{z_M-z_A}{z_P-z_A}=i$ soit $\dfrac{m-1}{p-1}=i$ d'où $p=-im+1+i$.

3. a. Soit ω l'affixe du point Ω,

$\omega=\frac{1}{2}(p+l)=\frac{1}{2}(1+i)$, le point Ω est indépendant du point M.

b. $I\Omega=\left|\frac{1}{2}i\right|=\frac{1}{2}$ ce qui prouve que Ω appartient au cercle $\mathcal{C}$. $\Re e(\omega)=z_I$, Ω est donc le point , de partie imaginaire positive, intersection du cercle $\mathcal{C}$ et de la médiatrice du segment $[OA]$.

4. a. $KN=|n-k|=|i(1-2m)|=\frac{1}{2}\left|m-\frac{1}{2}\right|=\frac{1}{4}$.

b. $\dfrac{k-\omega}{n-\omega}=\dfrac{(m-\frac{1}{2})+i(m-\frac{1}{2})}{(m-\frac{1}{2})-i(m-\frac{1}{2})}=\dfrac{1+i}{1-i}=i$, le triangle ΩNK est donc isocèle rectangle en Ω.

5. $\Omega N=\left|\left(m-\frac{1}{2}\right)(1+i)\right|=\left|m-\frac{1}{2}\right|\left|1+i\right|=\frac{\sqrt{2}}{2}$, le point N appartient au cercle de centre Ω et de rayon $\frac{\sqrt{2}}{2}$.

EXERCICE 75

1. a. $b'=\dfrac{1}{3+i\sqrt{3}}=\dfrac{1}{4}-i\dfrac{\sqrt{3}}{4}=\dfrac{1}{2}\left(\cos\left(-\frac{\pi}{3}\right)+i\sin\left(-\frac{\pi}{3}\right)\right)$.

b. Les affixes des points ayant pour image par f leur symétrique par rapport à O vérifient l'équation $-z=\dfrac{1}{z-1}$ soit après simplifications $z^2-z+1=0$, cette équation a deux solutions complexes conjuguées $z_1=\frac{1}{2}+i\frac{\sqrt{3}}{2}$ et $z_2=\frac{1}{2}-i\frac{\sqrt{3}}{2}$.

2. a. $|z'|=\left|\dfrac{1}{z-1}\right|=\dfrac{1}{|z-1|}$ et

$\arg(z')=\arg\left(\dfrac{1}{z-1}\right)=-\arg(z-1)$.

b. $|z'|=\dfrac{1}{|z-1|}=\dfrac{1}{r}$, M' appartient au cercle de centre O et de rayon $\frac{1}{r}$.

c. On trace les cercles $\mathcal{C}$ et $\mathcal{C}'$, on place un point M sur le cercle $\mathcal{C}$ puis M_1 son symétrique par rapport à l'axe des réels. Le point M' est le point d'intersection de la demi-droite $[OM_1)$ et du cercle $\mathcal{C}'$.

EXERCICE 76

1. Soit $z = x + iy$,

$z^2 = 21 + 20i \iff x^2 - y^2 + 2xy = 21 + 20i$

$\iff \left(x^2 - y^2\right) = 21$ et $xy = 10$

La résolution de ce système donne

$z = 5 + 2i$ et $z' = -5 - 2i$.

2. $|z_1| = 29$, $arg(z_1) \approx 0,76$ rad.

3. On en déduit alors que $|z| = |z'| = \sqrt{29}$

$arg(z) = \dfrac{1}{2} arg(z_1) \approx 0,38$ rad ;

$arg(z') = \dfrac{1}{2} arg(z_1) + \pi \approx 0,38 + \pi$ rad ;

EXERCICE 77

1. a. $z = \sqrt{2}\left(\cos\dfrac{\pi}{4} + i\sin\dfrac{\pi}{4}\right)$

$\overline{z} = \sqrt{2}\left(\cos\left(-\dfrac{\pi}{4}\right) + i\sin\left(-\dfrac{\pi}{4}\right)\right)$

b. D'après la formule de Moivre

$$\begin{aligned} S_n &= z^n + \overline{z}^n \\ &= \left[\left(\sqrt{2}\right)^n \left(\cos\left(\frac{n\pi}{4}\right) + i\sin\left(\frac{n\pi}{4}\right)\right.\right. \\ &\qquad \left.\left. + \cos\left(-\frac{n\pi}{4}\right) + i\sin\left(-\frac{n\pi}{4}\right)\right)\right] \\ &= 2\left(\sqrt{2}\right)^n \cos\left(\frac{n\pi}{4}\right). \end{aligned}$$

c. $S_n = 0 \iff n\dfrac{\pi}{4} = \dfrac{\pi}{2} + k\pi \iff n = 2 + 4k,\ k \in \mathbb{Z}$.

d. Si n est pair alors il existe $p \in \mathbb{N}$ tel que $n = 4p$ ou $n = 4p + 2$

• Si $n = 4p$

$$\begin{aligned} S_n &= 2\left(\sqrt{2}\right)^{4p} \cos\left(\frac{4p\pi}{4}\right) \\ &= 2^{2p+1}\cos(p\pi) = 2^{2p+1}(-1)^p \end{aligned}$$

• Si $n = 4p + 2$

$$\begin{aligned} S_n &= 2\left(\sqrt{2}\right)^{4p+2} \cos\left(\frac{(4p+2)\pi}{4}\right) \\ &= 2^{p+2}\cos\left(\frac{\pi}{2} + p\pi\right) = 0 \end{aligned}$$

Dans les cas S_n est un entier relatif.

2. a. $(1+i)^{2m} = \displaystyle\sum_{k=0}^{m} \binom{2m}{k} i^k$

$(1-i)^{2m} = \displaystyle\sum_{k=0}^{m} \binom{2m}{k} (-i)^k$

b. $i^{2p+1} + (-i)^{2p+1} = 0$ et $i^{2p} + (-i)^{2p} = 2 \times (-1)^p$.

c. $n = 24$ (donc $m = 12$).

D'après la question 1,

$S_{24} = (1+i)^{24} + (1-i)^{24} = 2^{13}\cos(6\pi) = 2^{13}$

D'après la question précédente,

$$\begin{aligned} (1+i)^{24} + (1-i)^{24} &= \sum_{p=0}^{12} \binom{24}{p} \left(i^p + (-i)^p\right) \\ &= \sum_{p=0}^{12} \binom{24}{p} 2(-1)^p \end{aligned}$$

On en déduit alors que $\displaystyle\sum_{p=0}^{12} (-1)^p \binom{24}{2p} = 2^{12}$.

EXERCICE 78

$$\begin{aligned} z &= a\frac{(1 + i\tan\alpha)^2}{1 + \tan^2\alpha} \\ &= a\left(\frac{1 - \tan^2\alpha}{1 + \tan^2\alpha} + i\frac{2\tan\alpha}{1 + \tan^2\alpha}\right) \\ &= a\left(\frac{\cos^2\alpha - \sin^2\alpha}{\cos^2\alpha + \sin^2\alpha} + i\frac{2\cos\alpha\sin\alpha}{\cos^2\alpha + \sin^2\alpha}\right) \\ &= a(\cos 2\alpha + i\sin 2\alpha) \end{aligned}$$

• Si $a \geqslant 0$, $|z| = a$ et $arg(z) = 2\alpha$

• Si $a < 0$ alors $z = -a(\cos(2\alpha + \pi) + i\sin(2\alpha + \pi))$

$|z| = -a$ et $arg(z) = 2\alpha + \pi$.

EXERCICE 79

1. $|Z| = \left|\dfrac{z - z_B}{z - z_A}\right| = \dfrac{|z - z_B|}{|z - z_A|} = \dfrac{BM}{AM}$

$$\begin{aligned} arg(Z) &= arg\left(\frac{z_B - z}{z_A - z}\right) = arg(z_B - z) - arg(z_A - z) \\ &= \left(\vec{u}\ ;\ \overrightarrow{MB}\right) - \left(\vec{u}\ ;\ \overrightarrow{MA}\right) = \left(\overrightarrow{MA}\ ;\ \overrightarrow{MB}\right) \end{aligned}$$

2. • $Z \in \mathbb{R} \iff arg(Z) = k\pi \iff \left(\overrightarrow{MA}\ ;\ \overrightarrow{MB}\right) = k\pi$

Les points A, B et M sont alignés, donc $E_1 = (AB)$

• $Z \in i\mathbb{R} \iff arg(Z) = \dfrac{\pi}{2} + k\pi$

$\iff \left(\overrightarrow{MA}\ ;\ \overrightarrow{MB}\right) = \dfrac{\pi}{2} + k\pi$

M appartient au cercle de diamètre $[AB]$ privé des points A et B.

Donc E_2 est le cercle de diamètre $[AB]$ privé des points A et B.

• $Z \in \mathbb{R}_-^\star \iff arg(Z) = \pi \iff \left(\overrightarrow{MA}\ ;\ \overrightarrow{MB}\right) = \pi$

donc $E_3 =]AB[$

• $arg(Z) = \dfrac{\pi}{2} \iff \left(\overrightarrow{MA}\ ;\ \overrightarrow{MB}\right) = \dfrac{\pi}{2}$

E_4 est l'ensemble des points de E_2 d'ordonnée négative.

• $|Z| = 1 \iff MA = MB$

E_5 est la médiatrice du segment $[AB]$.

3. $|Z| = 2 \iff (x+2)^2 + y^2 = 4\left((x+1)^2 + y^2\right)$

$$\begin{aligned} &\iff 3x^2 + 4x + 3y^2 = 0 \\ &\iff x^2 + \frac{4}{3}x + y^2 = 0 \\ &\iff \left(x + \frac{2}{3}\right)^2 + y^2 = \frac{4}{9} \end{aligned}$$

E_6 est le cercle de centre $\Omega\left(-\frac{2}{3}\,;\,0\right)$ et de rayon $\frac{2}{3}$.

EXERCICE 80

1. $|az| = \left|\frac{\overline{z}}{b}\right| \iff |a|\times|z| = \frac{|z|}{|b|}$

$\iff |a| = \frac{1}{|b|}$.

2. $arg(az) = -arg\left(\frac{\overline{z}}{b}\right)$

$\iff arg(z)+arg(a) = -arg\left(\overline{z}\right)+arg(b)+2k\pi$

$\iff arg(z)+arg(a) = arg(z)+arg(b)+2k\pi$

$\iff arg(a) = arg(b)+2k\pi\ (k\in\mathbb{Z})$.

3. Lorsque ces deux conditions sont remplies simultanément :

$$az = |az|\,(\cos\theta + i\sin\theta)$$
$$= \left|\frac{\overline{z}}{b}\right|(-\cos(\theta+\pi) - i\sin(\theta+\pi))$$
$$= -\frac{\overline{z}}{b}.$$

4. *Application :* $a = 1+i = \sqrt{2}\left(\cos\frac{\pi}{4} + i\sin\frac{\pi}{4}\right)$.
D'après les questions précédentes,
$b = \frac{1}{\sqrt{2}}\left(\cos\frac{\pi}{4} + i\sin\frac{\pi}{4}\right)$
donc $b = \frac{1}{2} + i\frac{1}{2}$.

EXERCICE 81

1. • $z_1 = z-4 = (x-4)+iy$, $|z_1| = \sqrt{(x-4)^2+y^2}$
$arg(z_1) = \theta_1$ avec $\cos\theta_1 = \frac{x-4}{|z_1|}$ et $\sin\theta_1 = \frac{y}{|z_1|}$
• $z_2 = z+1 = (x+1)+iy$, $|z_2| = \sqrt{(x+1)^2+y^2}$
$arg(z_2) = \theta_2$ avec $\cos\theta_2 = \frac{x+1}{|z_2|}$ et $\sin\theta_1 = \frac{y}{|z_2|}$

2. $|Z| = \rho\frac{|z_1|}{|z_2|} = \sqrt{\frac{(x-4)^2+y^2}{(x+1)^2+y^2}}$
$arg(Z) = \theta = \theta_1 - \theta_2$.

3. a. $\rho = \sqrt{2} \iff (x-4)^2+y^2 = 2(x+1)^2+2y^2$

$\iff x^2+12x+y^2-14 = 0$

$\iff (x+6)^2+y^2 = 50$

M décrit le cercle de centre $\Omega(-6\,;\,0)$ et de rayon $5\sqrt{2}$.

b. $\theta = -\frac{\pi}{4}+k\pi \iff \theta_1-\theta_2 = -\frac{\pi}{4}+k\pi$.

$$\sin(\theta_1-\theta_2) = \sin\theta_1\cos\theta_2 - \cos\theta_1\sin\theta_2$$

donc

$$\frac{y(x+1)}{\sqrt{(x+1)^2+y^2}\sqrt{(x-4)^2+y^2}} - \frac{y(x-4)}{\sqrt{(x+1)^2+y^2}\sqrt{(x-4)^2+y^2}} = -\frac{\sqrt{2}}{2}$$

$\iff 10y = -\sqrt{2}\sqrt{(x+1)^2+y^2}\sqrt{(x-4)^2+y^2}$

$\iff 50y^2 = \left((x+1)^2+y^2\right)\left((x-4)^2+y^2\right)$

$\iff \left(x^2-3x+y^2-5y-4\right)\left(x^2-3x+y^2+5y-4\right) = 0$

$\iff \left(\left(x-\frac{3}{2}\right)^2+\left(y-\frac{5}{2}\right)^2-\frac{50}{4}\right)$
$\left(\left(x-\frac{3}{2}\right)^2+\left(y+\frac{5}{2}\right)^2-\frac{50}{4}\right) = 0$

L'ensemble des points M est la réunion des cercles de centres $A\left(\frac{3}{2}\,;\,\frac{5}{3}\right)$ et $B\left(\frac{3}{2}\,;\,-\frac{5}{2}\right)$ et de rayon $\frac{5\sqrt{2}}{2}$.

EXERCICE 82

1. $\sum_{k=0}^{n-1} q^k = \frac{q^n-1}{q-1} \neq 0$ car q différent de 1 et de -1. le système de points pondérés $\left\{\left(A_k,\ q^k\right),\ 0\leqslant k\leqslant n-1\right\}$ admet donc un barycentre G_n.

2. a. $Z_n = \frac{\sum_{k=0}^{n-1}(qz_1)^k}{\sum_{k=0}^{n-1}q^k} = \frac{q-1}{q^n-1}\times\frac{(qz_1)^n-1}{qz_1-1}$

ou encore $Z_n = \frac{q-1}{qz_1-1}\times\frac{(qz_1)^n-1}{q^n-1}$.

b. $X_n = \frac{Z_n+\overline{Z_n}}{2}$

$$= \frac{1}{2}\times\frac{q-1}{q^n-1}\times\left(\frac{q^nz_1^n-1}{qz_1-1}+\frac{q^n\overline{z}^n-1}{q\overline{z_1}-1}\right)$$
$$= \frac{1}{2}\times\frac{q-1}{q^n-1}\times\left(\frac{q^{n+1}z_1\overline{z_1}\left(z_1^{n-1}+\overline{z_1}^{n-1}\right)-q^n\left(z_1^n+\overline{z_1}^n\right)-q\left(z_1+\overline{z_1}\right)+2}{q^2z_1\overline{z_1}-q\left(z_1+\overline{z_1}\right)+1}\right)$$
$$= \frac{1}{2}\times\frac{q-1}{q^n-1}\times\left(\frac{2q^{n+1}\cos\left(\frac{2(n-1)\pi}{n}\right)-2q^n\cos(2\pi)-2q\cos\frac{2\pi}{n}+2}{q^2-2q\cos\frac{2\pi}{n}+1}\right)$$
$$= \frac{q-1}{q^n-1}\times\left(\frac{q^{n+1}\cos\left(\frac{2\pi}{n}\right)-q^n-q\cos\frac{2\pi}{n}+1}{q^2-2q\cos\frac{2\pi}{n}+1}\right)$$
$$= \frac{q-1}{q^n-1}\times\left(\frac{\left(q^n-1\right)\left(q\cos\left(\frac{2\pi}{n}-1\right)\right)}{q^2-2q\cos\frac{2\pi}{n}+1}\right)$$
$$= \frac{(q-1)\left(q\cos\left(\frac{2\pi}{n}\right)-1\right)}{q^2-2q\cos\frac{2\pi}{n}+1}$$

$$Y_n = \frac{Z_n-\overline{Z_n}}{2} = \frac{1}{2}\times\frac{q-1}{q^n-1}\times\left(\frac{q^nz_1^n-1}{qz_1-1}-\frac{q^n\overline{z}^n-1}{q\overline{z_1}-1}\right)$$
$$= \frac{1}{2}\times\frac{q-1}{q^n-1}\times\left(\frac{q^{n+1}z_1\overline{z_1}\left(z_1^{n-1}-\overline{z_1}^{n-1}\right)-q^n\left(z_1^n+\overline{z_1}^n\right)-q\left(z_1-\overline{z_1}\right)+2}{q^2z_1\overline{z_1}-q\left(z_1+\overline{z_1}\right)+1}\right)$$

$$= \frac{1}{2} \times \frac{q-1}{q^n-1} \times \left(\frac{2iq^{n+1}\sin\left(\frac{2(n-1)\pi}{n}\right) - 2iq^n \sin(2\pi) - 2iq\sin\frac{2\pi}{n}}{q^2-2q\cos\frac{2\pi}{n}+1} \right)$$

$$= \frac{q-1}{q^n-1} \times \left(\frac{-q^{n+1} i\sin\left(\frac{2\pi}{n}\right) + qi\sin\frac{2\pi}{n}}{q^2-2q\cos\frac{2\pi}{n}+1} \right)$$

$$= \frac{q-1}{q^n-1} \times \left(\frac{(q^n-1)\left(-q\sin\left(\frac{2\pi}{n}\right)\right)}{q^2-2q\cos\frac{2\pi}{n}+1} \right)$$

$$= \frac{(q-1)\left(-iq\sin\left(\frac{2\pi}{n}\right)\right)}{q^2-2q\cos\frac{2\pi}{n}+1}$$

3. a. $Z_n \in \mathbb{R} \iff \sin\frac{2\pi}{n} = 0 \iff \frac{2\pi}{n} = k\pi$ avec $k \in \mathbb{Z}$

$\iff n = \frac{2}{k}$ avec $k \in \mathbb{Z}$

$n \in \mathbb{N}\star$ donc $k = 1$ ou $k = 2$ ainsi $n = 2$ ou $n = 1$.

b. $\lim\limits_{n\to+\infty} \left(\frac{2\pi}{n}\right) = 0$ donc par composition des limites

$\lim\limits_{n\to+\infty} \cos\left(\frac{2\pi}{n}\right) = 1$ et $\lim\limits_{n\to+\infty} \sin\left(\frac{2\pi}{n}\right) = 0$

On en déduit alors que $\lim\limits_{n\to+\infty} X_n = \frac{(q-1)^2}{(q-1)^2} = 1$

$\lim\limits_{n\to+\infty} Y_n = 0$.

EXERCICE 83

$$\left|e^{i\theta}\right| = |\cos\theta + \sin\theta|$$
$$= \sqrt{\cos^2\theta + i\sin^2\theta} = \sqrt{1} = 1.$$

EXERCICE 84

1. $z = 2\left(\frac{\sqrt{2}}{2} + i\frac{\sqrt{2}}{2}\right) = \sqrt{2} + i\sqrt{2}$.

2. $z = 6\left(-\frac{\sqrt{3}}{2} + i\frac{1}{2}\right) = -3\sqrt{3} + 3i$.

3. $z = 3\left(-\frac{1}{2} + i\frac{\sqrt{3}}{2}\right) = -\frac{3}{2} + i\frac{3\sqrt{3}}{2}$.

4. $z = \sqrt{2}\left(-\frac{\sqrt{2}}{2} - i\frac{\sqrt{2}}{2}\right) = -1 - i$.

5. $z = \sqrt{2}\left(-\frac{\sqrt{2}}{2} + i\frac{\sqrt{2}}{2}\right) = -1 + i$.

6. $z = \sqrt{3}\left(-\frac{\sqrt{3}}{2} - i\frac{1}{2}\right) = -\frac{3}{2} - \frac{\sqrt{3}}{2}$.

EXERCICE 85

1. $z = 2(\cos(\pi) + i\sin(\pi)) = 2e^{i\pi}$.

2. $z = \sqrt{2}\left(\frac{\sqrt{2}}{2} + i\frac{\sqrt{2}}{2}\right) = \sqrt{2}\left(\cos\left(\frac{\pi}{4}\right) + i\sin\left(\frac{\pi}{4}\right)\right)$
$= \sqrt{2}e^{i\frac{\pi}{4}}$.

3. $z = 4\left(\frac{\sqrt{3}}{2} - i\frac{1}{2}\right) = 4\left(\cos\left(-\frac{\pi}{6}\right) + i\sin\left(-\frac{\pi}{6}\right)\right) = 6e^{-i\frac{\pi}{6}}$.

4. $z = \frac{2}{3}\left(-\frac{1}{2} + i\frac{\sqrt{3}}{2}\right) = \frac{2}{3}\left(\cos\left(\frac{2\pi}{3}\right) + i\sin\left(\frac{2\pi}{3}\right)\right)$
$= \frac{2}{3}e^{i\frac{2\pi}{3}}$.

5. $z = 5\left(\cos\left(-\frac{\pi}{2}\right) + i\sin\left(-\frac{\pi}{2}\right)\right) = 5e^{-i\frac{\pi}{2}}$.

6. $z = \sqrt{3}\left(\cos\left(\frac{\pi}{2}\right) + i\sin\left(\frac{\pi}{2}\right)\right) = \sqrt{3}e^{i\frac{\pi}{2}}$.

7. $z = \frac{1}{10}\left(\frac{\sqrt{2}}{2} + i\frac{\sqrt{2}}{2}\right) = \frac{1}{10}\left(\cos\left(\frac{\pi}{4}\right) + i\sin\left(\frac{\pi}{4}\right)\right)$
$= \frac{1}{10}e^{i\frac{\pi}{4}}$.

8. $z = -4 + 4i = 4\sqrt{2}\left(-\frac{\sqrt{2}}{2} + i\frac{\sqrt{2}}{2}\right)$
$= 4\sqrt{2}\left(\cos\left(\frac{3\pi}{4}\right) + i\sin\left(\frac{3\pi}{4}\right)\right) = 4\sqrt{2}e^{3i\frac{\pi}{4}}$.

9. $z = -5 - 5i = 5\sqrt{2}\left(-\frac{\sqrt{2}}{2} - i\frac{\sqrt{2}}{2}\right)$
$= 5\sqrt{2}\left(\cos\left(-\frac{3\pi}{4}\right) + i\sin\left(-\frac{3\pi}{4}\right)\right) = 5\sqrt{2}e^{-i\frac{3\pi}{4}}$.

EXERCICE 86

1. $z = -\frac{\sqrt{2}}{2} - i\frac{\sqrt{6}}{2} = \sqrt{2}\left(-\frac{1}{2} - i\frac{\sqrt{3}}{2}\right)$
$= \sqrt{2}\left(\cos\left(-\frac{2\pi}{3}\right) + i\sin\left(-\frac{2\pi}{3}\right)\right)$.

2. $z = -i\sqrt{5} = \sqrt{5}\left(\cos\left(-\frac{\pi}{2}\right) + i\sin\left(-\frac{\pi}{2}\right)\right)$.

3. $z = \sqrt{2} = \sqrt{2}\left(\cos(2\pi) + i\sin(2\pi)\right)$.

4. $z = e^{i\left(\frac{\pi}{2} + \frac{\pi}{3}\right)} = \cos\left(\frac{5\pi}{6}\right) + i\sin\left(\frac{5\pi}{6}\right)$.

5. $z = 2\left(-\cos\left(\frac{\pi}{3}\right) + i\sin\left(-\frac{\pi}{3}\right)\right)$
$= 2\left(\cos\left(\frac{4\pi}{3}\right) + i\sin\left(\frac{4\pi}{3}\right)\right)$.

6. $z = 9\left(\cos(\pi) + i\sin(\pi)\right)$.

7. $z = 2\left(\cos\left(-\frac{\pi}{2}\right) + i\sin\left(-\frac{\pi}{2}\right)\right)$.

8. $z = 3e^{i\frac{7\pi}{6}} = 3\left(\cos\left(\frac{7\pi}{6}\right) + i\sin\left(\frac{7\pi}{6}\right)\right)$.

9. $z = \sqrt{3}e^{-\frac{\pi}{2}}\left(\cos\left(-\frac{\pi}{6}\right) + i\sin\left(-\frac{\pi}{6}\right)\right) = \sqrt{3}e^{-i\frac{\pi}{2} - i\frac{\pi}{6}}$
$= \sqrt{3}\left(\cos\left(-\frac{2\pi}{3}\right) + i\sin\left(-\frac{2\pi}{3}\right)\right)$.

EXERCICE 87

1. $z = 2\sqrt{3}i\left(\frac{\sqrt{3}}{2} + i\frac{1}{2}\right) = 2\sqrt{3}e^{i\frac{\pi}{2}} \times e^{i\frac{\pi}{6}} = 2\sqrt{3}e^{i\frac{2\pi}{3}}$.

2. $z = 4\sqrt{3}\left(-\frac{\sqrt{3}}{2} - i\frac{1}{2}\right) = 4e^{-i\frac{5\pi}{6}}$.

3. $z = 2\sqrt{6}i\left(\frac{\sqrt{3}}{2} - i\frac{1}{2}\right) = 2\sqrt{6}e^{i\frac{\pi}{2}}e^{-i\frac{\pi}{6}} = 2\sqrt{6}e^{i\frac{\pi}{3}}$.

4. $z = 2e^{i\frac{\pi}{4}} \times 3e^{i\frac{\pi}{2}}e^{i\frac{\pi}{5}} = 6e^{i\frac{19\pi}{20}}$.

5. $z = 2e^{i\frac{\pi}{4}} \times e^{-i\frac{\pi}{3}} = 2e^{-i\frac{\pi}{12}}$.

6. $z = e^{-i\frac{\pi}{2}} \times e^{i\frac{3\pi}{4}} \times e^{i\frac{5\pi}{8}} = e^{i\frac{7\pi}{8}}$.

7. $z = 6\sqrt{3}e^{-i\frac{\pi}{2}} \times e^{-i\frac{\pi}{5}} \times e^{i\frac{5\pi}{7}} \times e^{-i\pi} = 6\sqrt{3}e^{-i\frac{69}{70}}$.

EXERCICE 88

1. Par définition $e^{i\theta} = \cos\theta + i\sin\theta$
d'où $e^{-i\theta} = \cos(-\theta) + i\sin(-\theta) = \cos\theta - i\sin\theta$.
On en déduit alors
$e^{i\theta} + e^{-i\theta} = 2\cos\theta$ et $e^{i\theta} - e^{-i\theta} = 2i\sin\theta$
d'où $\cos\theta = \dfrac{e^{i\theta} + e^{-i\theta}}{2}$ et $\sin\theta = \dfrac{e^{i\theta} - e^{-i\theta}}{2i}$.

2. $\cos(n\theta) + i\sin(n\theta) = e^{in\theta} = \left(e^{i\theta}\right)^n = (\cos\theta + i\sin\theta)^n$

EXERCICE 89

1. $\left(\dfrac{e^{ix} + e^{-ix}}{2}\right)^3 = \dfrac{1}{8}\left(e^{3ix} + 3e^{ix} + 3e^{-ix} + e^{-3ix}\right)$

2.
$$\cos^3 x = \left(\frac{e^{ix} + e^{-ix}}{2}\right)^3 = \frac{1}{4}\left(\frac{e^{3ix} + e^{-3ix}}{2} + 3\frac{e^{ix} + e^{-ix}}{2}\right) = \frac{1}{4}\cos 3x + \frac{3}{4}\cos x.$$

3. $\left(\dfrac{e^{ix} - e^{-ix}}{2}\right)^3 = \dfrac{1}{8}\left(e^{3ix} - 3e^{ix} + 3e^{-ix} - e^{-3ix}\right)$

4.
$$\sin^3 x = \left(\frac{e^{ix} - e^{-ix}}{2i}\right)^3 = \frac{1}{4}\left(\frac{e^{3ix} - e^{-3ix}}{2i} - 3\frac{e^{ix} - e^{-ix}}{2i}\right) = -\frac{1}{4}\sin 3x + \frac{3}{4}\sin x$$

EXERCICE 90

$$f(x) = \cos x \sin^3 x = \frac{e^{ix} + e^{-ix}}{2} \times \left(\frac{e^{ix} - e^{-ix}}{2i}\right)^3$$
$$= -\frac{1}{16i}\left(e^{ix} + e^{-ix}\right)\left(e^{3ix} - 3e^{ix} + 3e^{-ix} - e^{-3ix}\right)$$
$$= -\frac{1}{8}\left(\frac{e^{4ix} - e^{-4ix}}{2i} - 2\frac{e^{2ix} - e^{-2ix}}{2i}\right)$$
$$= -\frac{1}{8}\sin(4x) + \frac{1}{4}\sin(2x)$$

$$g(x) = \cos^2 5x \cos 7x = \left(\frac{e^{5ix} - e^{-5ix}}{2}\right)^2 \times \frac{e^{7ix} + e^{-7ix}}{2}$$
$$= \frac{1}{4}\left(\frac{e^{17ix} + e^{-17ix}}{2} + 2\frac{e^{7ix} + e^{-7ix}}{2} + \frac{e^{3ix} + e^{-3ix}}{2}\right)$$
$$= \frac{1}{4}\cos(17x) + \frac{1}{2}\cos(7x) + \frac{1}{4}\cos(3x)$$

$$h(x) = \cos^3 x \sin^3 x = \left(\frac{e^{ix} + e^{-ix}}{2}\right)^3\left(\frac{e^{ix} - e^{-ix}}{2i}\right)^3$$
$$= -\frac{1}{64i}\left(e^{3ix} + 3e^{ix} + 3e^{-ix} + e^{-3ix}\right) \times \left(e^{3ix} - 3e^{ix} + 3e^{-ix} - e^{-3ix}\right)$$
$$= -\frac{1}{32}\left(\frac{e^{6ix} - e^{-6ix}}{2i} - 3\frac{e^{2ix} - e^{-2ix}}{2i}\right)$$
$$= -\frac{1}{32}\sin(6x) + \frac{3}{32}\sin(2x)$$

EXERCICE 91

$z = 1 + i\sqrt{3} = 2\left(\frac{1}{2} + i\frac{\sqrt{3}}{2}\right) = 2e^{i\frac{\pi}{3}}$,

$\dfrac{2022\pi}{3} = 336 \times 2\pi + \pi$

On en déduit alors $z^{2022} = 2^{2022}e^{i\pi} = -2^{2022}$

EXERCICE 92

$$\omega = \frac{1 - e^{2i\varphi}}{1 - e^{2i\varphi'}} = \frac{e^{i\varphi}\left(e^{-i\varphi} - e^{i\varphi}\right)}{e^{i\varphi'}\left(e^{-i\varphi'} - e^{i\varphi'}\right)}$$
$$= e^{i(\varphi-\varphi')}\left(\frac{e^{-i\varphi} - e^{i\varphi}}{e^{-i\varphi'} - e^{i\varphi'}}\right)$$
$$= e^{i(\varphi-\varphi')}\frac{\sin\varphi}{\sin\varphi'}$$

donc $|\omega| = \dfrac{\sin\varphi}{\sin\varphi'}$ et $arg(\omega) = \varphi - \varphi'$.

EXERCICE 93

1. $(\cos x + i\sin x)^5 = \cos^5 x + 5i\cos^4 x\sin x - 10\cos^3 x\sin^2 x - 10i\cos^2 x\sin^3 x + 5\cos x\sin^4 x + i\sin^5 x$.

2. D'après la formule de Moivre
$(\cos x + i\sin x)^5 = \cos(5x) + i\sin(5x)$
On en déduit alors que
$$\cos(5x) = \cos^5 x - 10\cos^3 x\sin^2 x + 5\cos x\sin^4 x$$
$$= \cos^5 x - 10\cos^3 x\left(1 - \cos^2 x\right) + 5\cos x\left(1 - \cos^2 x\right)^2$$
$$= 16\cos^5 x - 20\cos^3 x + 5\cos x.$$

EXERCICE 94

1. $|z_A| = \sqrt{2}$, $z_A = \sqrt{2}\left(\frac{\sqrt{2}}{2} - i\frac{\sqrt{2}}{2}\right)$

$= \sqrt{2}\left(\cos\left(-\frac{\pi}{4}\right) + i\sin\left(-\frac{\pi}{4}\right)\right)$ donc $\arg(z) = -\frac{\pi}{4}$.

2. $\frac{z_B}{z_A} = \frac{2+\sqrt{3}+i}{1-i} = \frac{1+\sqrt{3}}{2} + i\frac{3+\sqrt{3}}{2}$.

3. $\frac{z_B}{z_A} = (1+\sqrt{3})\left(\frac{1}{2} + i\frac{\sqrt{3}}{2}\right) = (1+\sqrt{3})e^{i\frac{\pi}{3}}$.

On a alors : $z_B = z_A \times (1+\sqrt{3})e^{i\frac{\pi}{3}}$

$z_B = \sqrt{2}(1+\sqrt{3})e^{i(-\frac{\pi}{4}+\frac{\pi}{3})} = (\sqrt{2}+\sqrt{6})e^{i\frac{\pi}{12}}$.

Exercice 95

1. $a' = a + i - \frac{1}{a} = i + i - \frac{1}{i} = 3i$

$b' = b + i - \frac{1}{b} = e^{i\frac{\pi}{6}} + i - e^{-i\frac{\pi}{6}} = \frac{\sqrt{3}}{2} + \frac{i}{2} + i - \frac{\sqrt{3}}{2} + \frac{i}{2}$

$= 2i$.

2. $\frac{-b}{b'-b} = \frac{-\frac{\sqrt{3}}{2} - \frac{i}{2}}{2i - \frac{\sqrt{3}}{2} - \frac{i}{2}} = \frac{\sqrt{3}+i}{\sqrt{3}-3i} = \frac{(\sqrt{3}+i)(\sqrt{3}+3i)}{12}$

$= \frac{\sqrt{3}}{3}i$.

3. $z' = e^{i\theta} + i - e^{-i\theta} = \cos\theta + i\sin\theta + i - \cos\theta + i\sin\theta$

$= (2\sin\theta + 1)\, i$.

Exercice 96

1. $z_1 = \cos a + i\sin a$ et $z_2 = \cos b + i\sin b$.

2. $z_1 z_2 = (\cos a + i\sin a)(\cos b + i\sin b)$

$= (\cos a\cos b - \sin a\sin b) + i(\cos a\sin b + \sin a\cos b)$.

3. $z_1 z_2 = e^{ia}e^{ib} = e^{i(a+b)} = \cos(a+b) + i\sin(a+b)$.

4. En utilisant les questions précédentes, nous obtenons :

$\cos(a+b) = \cos a\cos b - \sin a\sin b$

$\sin(a+b) = \cos a\sin b + \sin a\cos b$.

Exercice 97

1. $z_1 = 3\frac{\sqrt{3}}{2} + i\frac{3}{2}$, $z_2 = \overline{z_1} = 3\frac{\sqrt{3}}{2} - i\frac{3}{2}$

$z_3 = -z_1 = -3\frac{\sqrt{3}}{2} - i\frac{3}{2}$.

2. $|z_2| = |z_3| = |z_1| = 3$

$\arg(z_2) = -\arg(z_1) = -\frac{\pi}{6}$ et

$\arg(z_3) = \arg(z_1) - \pi = -\frac{5\pi}{6}$.

3. $z_4 = z_1 e^{\frac{2i\pi}{3}} = 3e^{i\frac{\pi}{6}}e^{i\frac{2\pi}{3}} = 3e^{\frac{5i\pi}{6}}$.

4. D'après la question précédente : $|z_4| = 3$ et $\arg(z_4) = \frac{5\pi}{6}$.

5. $z_4 = 3\left(\cos\left(\frac{5\pi}{6}\right) + i\sin\left(\frac{5\pi}{6}\right)\right) = -\frac{3\sqrt{3}}{2} - i\frac{3}{2}$.

Exercice 98

1. $Z = \frac{\sqrt{2}+i\sqrt{6}}{2+2i} = \frac{(\sqrt{2}+i\sqrt{6})(2-2i)}{(2+2i)(2-2i)}$

$= \frac{\sqrt{2}+\sqrt{6}}{4} + i\frac{-\sqrt{2}+\sqrt{6}}{4}$.

2. $|z_1| = \sqrt{8} = 2\sqrt{2}$, $|z_2| = 2\sqrt{2}$ donc $|Z| = 1$,

$z_1 = 2\sqrt{2}\left(\frac{1}{2} + i\frac{\sqrt{3}}{2}\right)$ donc $\arg(z_1) = \frac{\pi}{3}$,

$z_2 = 2\sqrt{2}\left(\frac{\sqrt{2}}{2} + \frac{\sqrt{2}}{2}\right)$ donc $\arg(z_2) = \frac{\pi}{4}$,

$\arg(Z) = \arg(z_1) - \arg(z_2) = \frac{\pi}{12}$

3. D'après les questions précédentes,

$Z = \cos\frac{\pi}{12} + i\sin\frac{\pi}{12} = \frac{\sqrt{2}+\sqrt{6}}{4} + i\frac{-\sqrt{2}+\sqrt{6}}{4}$

donc $\cos\frac{\pi}{12} = \frac{\sqrt{2}+\sqrt{6}}{4}$ et $\sin\frac{\pi}{12} = \frac{-\sqrt{2}+\sqrt{6}}{4}$.

4. $\frac{2016\pi}{12} = 84 \times 2\pi$ d'où $Z^{2016} = e^{i\frac{2016\pi}{12}} = 1$.

Exercice 99

1. $z_2 = \sqrt{2}\left(\frac{\sqrt{2}}{2} - i\frac{\sqrt{2}}{2}\right) = \sqrt{2}e^{-i\frac{\pi}{4}}$.

2. a. $z_3 = \frac{\sqrt{2}e^{i\frac{\pi}{12}}}{\sqrt{2}e^{-i\frac{\pi}{4}}} = e^{i\frac{\pi}{3}}$.

b. D'après la question précédente :

$z_3 = \cos\left(\frac{\pi}{3}\right) + i\sin\left(\frac{\pi}{3}\right) = \frac{1}{2} + i\frac{\sqrt{3}}{2}$.

3. a. $z_1 = z_2 \times z_3 = (1-i) \times \left(\frac{1}{2} + i\frac{\sqrt{3}}{2}\right)$

$= \frac{1+\sqrt{3}}{2} + i\frac{\sqrt{3}-1}{2}$.

b. D'après les questions précédentes :

$z_1 = \sqrt{2}\left(\cos\left(\frac{\pi}{12}\right) + i\sin\left(\frac{\pi}{12}\right)\right)$

$= \frac{1+\sqrt{3}}{2} + i\frac{-1+\sqrt{3}}{2}$

donc $\cos\left(\frac{\pi}{12}\right) = \frac{1+\sqrt{3}}{2\sqrt{2}} = \frac{\sqrt{2}+\sqrt{6}}{4}$

et $\sin\left(\frac{\pi}{12}\right) = \frac{-1+\sqrt{3}}{2\sqrt{2}} = \frac{-\sqrt{2}+\sqrt{6}}{4}$.

Exercice 100

1. $|z_A| = 2\sqrt{2}$ et $\arg(z_1) = \frac{\pi}{4}$,

$|z_B| = 2\sqrt{2}$ et $\arg(z_2) = \frac{3\pi}{4}$,

$|z_C| = 2$ et $\arg(z_3) = \frac{5\pi}{6}$.

2. $|z_A - z_B|^2 = 4^2 = 16$ et

$|z_A - z_C|^2 = (2+\sqrt{3})^2 + 1 = 8 + 4\sqrt{3}$.

3. a. $z'_A = 2\sqrt{2}e^{i\frac{\pi}{4}}e^{-i\frac{\pi}{3}} = 2\sqrt{2}e^{-\frac{\pi}{12}}$.

b. $\left|z'_A\right| = 2\sqrt{2}$ et $\arg(z'_A) = -\dfrac{\pi}{12}$.

c. $z'_A = (2+2i)\left(-\dfrac{1}{2} - i\dfrac{\sqrt{3}}{2}\right) = \left(1+\sqrt{3}\right) + i\left(1-\sqrt{3}\right)$.

d. D'après les questions précédentes :

$$z'_A = 2\sqrt{2}\left(\cos\left(-\frac{\pi}{12}\right)\right) + i\left(\sin\left(-\frac{\pi}{12}\right)\right)$$
$$= \left(1+\sqrt{3}\right) + i\left(1-\sqrt{3}\right)$$

d'où $\cos\left(-\dfrac{\pi}{12}\right) = \dfrac{1+\sqrt{3}}{2\sqrt{2}} = \dfrac{\sqrt{2}+\sqrt{6}}{4}$

$\sin\left(-\dfrac{\pi}{12}\right) = \dfrac{1-\sqrt{3}}{2\sqrt{2}} = \dfrac{\sqrt{2}-\sqrt{6}}{4}$.

EXERCICE 101

1. $Z = \dfrac{z}{1-z} = \dfrac{1+i\tan\varphi}{-i\tan\varphi} = -1 + i\dfrac{1}{\tan\varphi}$

$= \dfrac{i}{\sin\varphi}(\cos\varphi + i\sin\varphi) = \dfrac{1}{\sin\varphi}e^{i(\varphi+\frac{\pi}{2})}$

$0 < \varphi < \pi$ donc $|Z| = \dfrac{1}{\sin\varphi}$ et $arg(Z) = \varphi + \dfrac{\pi}{2}$.

2. $|Z_1| = 2$ et $arg(Z_1) = \dfrac{2\pi}{3}$

$|Z_2| = 2$ et $arg(Z_2) = \dfrac{4\pi}{3}$

EXERCICE 102

1. $1 - z_1 = 1 - e^{2i\theta} = 2ie^{i\theta}\left(\dfrac{e^{-i\theta} - e^{i\theta}}{2i}\right)$

$= -2i\sin\theta e^{i\theta} = 2\sin\theta e^{i(\theta-\frac{\pi}{2})}$

$0 < \theta < \dfrac{\pi}{2}$ donc $\sin\theta > 0$, on en déduit alors que :

$|1 - z_1| = 2\sin\theta$ et $arg(1 - z_1) = \theta - \dfrac{\pi}{2}$

$1 + z_2 = 1 + e^{2i\varphi} = 2e^{i\varphi}\left(\dfrac{e^{-i\varphi} + e^{i\varphi}}{2}\right)$

$= 2\cos\varphi e^{i\varphi}$

$\dfrac{\pi}{2} < \varphi < \pi$ donc $\cos\varphi < 0$ alors

$1 + z_2 = 2\left|\cos\varphi\right| e^{i(\theta-\pi)}$

On en déduit alors que :

$|1 + z_2| = 2\left|\cos\varphi\right|$ et $arg(1 + z_2) = \varphi - \pi$

2. D'après la question précédente, $Z = \dfrac{\sin\theta}{\left|\cos\varphi\right|}e^{i(\theta-\varphi+\frac{\pi}{2})}$

donc $|Z| = \dfrac{\sin\theta}{\left|\cos\varphi\right|}$ et $arg(Z) = \theta - \varphi + \dfrac{\pi}{2}$.

EXERCICE 103

1. $z_{A'} = (1+i)^2 - 4(1+i) = -4-2i$

et $z_{B'} = (3-i)^2 - 4(3-i) = -4-2i$,

les points A' et B' sont confondus.

2. Les points qui ont pour image le point d'affixe -5 vérifient l'équation : $z^2 - 4z + 5 = 0$

$\Delta = -4$, l'équation admet deux solutions complexes conjuguées :

$z_1 = \dfrac{4+2i}{2} = 2+i$ et $z_2 = 2-i$.

3. $z' + 4 = z^2 - 4z + 4 = (z-2)^2$.

4. $z' + 4 = (z-2)^2$ donc $\left|z'+4\right| = |z-2|^2$ et, lorsque z est différent de 2, $\arg\left(z'+4\right) = 2\arg(z-2)$.

5. **a.** $z_E - z_I = 2e^{i\frac{\pi}{3}} = 1 + i\sqrt{3}$.

b. $z_{E'} - z_J = z_{E'} + 4 = (z_E - 2)^2 = 4e^{i\frac{2\pi}{3}}$

$z_{E'} - z_J = -4 + 4i\sqrt{3}$.

EXERCICE 104

1. $z = \dfrac{2e^{i\frac{\pi}{3}}}{\sqrt{2}e^{-i\frac{\pi}{4}}} = \sqrt{2}e^{i\frac{7\pi}{12}}$.

2. $z^n \in \mathbb{R} \iff \dfrac{7n\pi}{12} = k\pi$ avec $k \in \mathbb{N}^\star$

$\iff n = \dfrac{12k}{7}$

Posons $k = 7p$ alors $n = 12p$, avec $p \in \mathbb{N}^\star$

$z^{12} = \left(\sqrt{2}\right)^{12} e^{i7\pi} = -64$.

3. $z^n \in i\mathbb{R} \iff \dfrac{7n\pi}{12} = \dfrac{\pi}{2} + k\pi$ avec $k \in \mathbb{N}$

$\iff n = \dfrac{6+12k}{7}$

Posons $k = 3 + 7p$ alors $n = 6 + 12p$ avec $p \in \mathbb{N}$.

EXERCICE 105

1. $z = (x-2)\left(\cos\dfrac{\pi}{4} + i\sin\dfrac{\pi}{4}\right) = (x-2)e^{-\frac{\pi}{4}}$

• Si $x < 2$ alors $x - 2 < 0$

$z = -(2-x)e^{i\frac{\pi}{4}} = (2-x)e^{i\left(\frac{\pi}{4}-\pi\right)} = (2-x)e^{-i\dfrac{3\pi}{4}}$

ainsi $|z| = (2-x)$ et $arg(z) = -\dfrac{3\pi}{4}$

• Si $x > 2$ alors $x - 2 > 0$

$z = (x-2)e^{i\frac{\pi}{4}}$

ainsi $|z| = (x-2)$ et $arg(z) = \dfrac{\pi}{4}$

2. • Si $x < 2$,

$z^{2020} = (2-x)^{2020}e^{-1515\pi} = (2-x)^{2020}e^{-i\pi}$

$= -(2-x)^{2020} < 0$

• Si $x > 2$,

$z^{2020} = (x-2)^{2020}e^{i505\pi} = (x-2)^{2020}e^{i\pi}$

$= -(x-2)^{2020} < 0$

donc quel que soit $x \in \mathbb{R}$, $z^{2020} = -(x-2)^{2020} < 0$.

EXERCICE 106

$Z=\rho e^{i\theta}-\rho e^{i(\frac{\pi}{3}-\theta)}=\rho e^{i\frac{\pi}{6}}\left(e^{i(-\frac{\pi}{6}+\theta)}-e^{i(\frac{\pi}{6}-\theta)}\right)$

$=2\rho i\sin\left(\theta-\frac{\pi}{6}\right)e^{i\frac{\pi}{6}}=2\rho\sin\left(\theta-\frac{\pi}{6}\right)e^{i(\frac{\pi}{6}+\frac{\pi}{2})}$

$=2\rho\sin\left(\theta-\frac{\pi}{6}\right)e^{i\frac{2\pi}{3}}$

• Si $0\leqslant\theta-\frac{\pi}{6}\leqslant\pi$ c'est-à-dire $\frac{\pi}{6}\leqslant\theta\leqslant\frac{7\pi}{6}$ alors $\sin\left(\theta-\frac{\pi}{6}\right)\geqslant 0$

$Z=2\rho\sin\left(\theta-\frac{\pi}{6}\right)e^{i\frac{2\pi}{3}}$ donc $|Z|=2\rho\sin\left(\theta-\frac{\pi}{6}\right)$ et $arg(Z)=\frac{2\pi}{3}$

• Si $\pi<\theta-\frac{\pi}{6}<2\pi$ c'est-à-dire $\frac{7\pi}{6}<\theta<\frac{13\pi}{6}$ alors $\sin\left(\theta-\frac{\pi}{6}\right)<0$

$Z=-2\rho\sin\left(\theta-\frac{\pi}{6}\right)e^{i(\frac{2\pi}{3}-\pi)}=-2\rho\sin\left(\theta-\frac{\pi}{6}\right)e^{-i\frac{\pi}{3}}$

donc $|Z|=-2\rho\sin\left(\theta-\frac{\pi}{6}\right)$ et $arg(Z)=-\frac{\pi}{3}$.

EXERCICE 107

1. $z^5=\left(e^{i\frac{2\pi}{5}}\right)^5=e^{2i\pi}=1.$
2. On pose $u=z+z^4$ et $v=z^2+z^3$

   a. $u+v=z+z^2+z^3+z^4=\sum_{k=0}^{4}z^k-1$

   $=\frac{z^5-1}{z-1}-1=0-1=-1$

   $uv=z^3+z^4+z^6+z^7=z^3+z^4+z+z^2=-1$

   b. $\begin{cases}u+v&=&-1\\ uv&=&-1\end{cases}\Longrightarrow\begin{cases}u^2+u-1&=&0\\ v&=&-\frac{1}{u}\end{cases}$

   L'équation $u^2+u-1=0$ admet deux solutions $\frac{-1+\sqrt{5}}{2}$ et $\frac{-1-\sqrt{5}}{2}$

   d'autre part

   $u=z+z^4=e^{\frac{2i\pi}{5}}+e^{\frac{8i\pi}{5}}=e^{\frac{2i\pi}{5}}+e^{-\frac{2i\pi}{5}}$

   $=2\cos\frac{2\pi}{5}>0$

   donc $u=\frac{-1+\sqrt{5}}{2}$ et $v=-\frac{1}{u}=\frac{-1-\sqrt{5}}{2}$.
3. D'après la question précédente

   $\cos\frac{2\pi}{5}=\frac{u}{2}=\frac{-1+\sqrt{5}}{4}.$

EXERCICE 108

1. $\sin^4 x=\left(\frac{e^{ix}-e^{-ix}}{2i}\right)^4$

   $=\frac{1}{16}\left(e^{4ix}-4e^{2ix}+6-4e^{-2ix}+e^{-4ix}\right)$

   $=\frac{1}{8}\left(\frac{e^{4ix}+e^{-4ix}}{2}-4\frac{e^{2ix}+e^{-2ix}}{2}+3\right)$

   $\sin^4 x=\frac{1}{8}\cos(4x)-\frac{1}{2}\cos(2x)+\frac{3}{8}.$
2. $F(x)=\frac{1}{32}\sin(4x)-\frac{1}{4}\sin(2x)+\frac{3}{8}x.$

EXERCICE 109

$A=\frac{e^{i\alpha}-e^{-i\alpha}}{e^{i\alpha}+e^{i\alpha}}=i\tan\alpha$

$B=\left(e^{2i\alpha}+1\right)^2=(1+\cos 2\alpha+i\sin 2\alpha)^2$

$=\left(2\cos^2\alpha+2i\cos\alpha\sin\alpha\right)^2$

$=4\cos^4\alpha\,(1+i\tan\alpha)^2$

$=\frac{4}{\left(1+\tan^2\alpha\right)}\left(1-\tan^2\alpha+2i\tan\alpha\right).$

EXERCICE 110

1. $\omega^n=e^{2i\pi}=1.$
2. Si $n\neq 1$, $S_C+iS_S=\sum_{k=0}^{n-1}=\frac{\omega^n-1}{\omega-1}=0$

   Si $n=1$, $S_C+iS_S=1$

   On en déduit alors que :

   • si $n=1$ alors $S_C=1$ et $S_S=0$

   • si $n\neq 1$:

   a. $S_C=1+\cos\frac{2\pi}{n}+\cos\frac{4\pi}{n}+\cdots+\cos\left(\frac{2(n-1)\pi}{n}\right)=0$

   b. $S_S=\sin\frac{2\pi}{n}+\sin\frac{4\pi}{n}+\cdots+\sin\left(\frac{2(n-1)\pi}{n}\right)=0.$
3. Si $n=5$, $1+\cos\frac{2\pi}{5}+\cos\frac{4\pi}{5}+\cos\frac{6\pi}{5}+\cos\frac{8\pi}{5}=0$

   D'autre part $\cos\frac{6\pi}{5}=\cos\left(-\frac{4\pi}{5}\right)=\cos\frac{4\pi}{5}$

   $\cos\frac{8\pi}{5}=\cos\left(-\frac{2\pi}{5}\right)=\cos\frac{2\pi}{5}$

   d'où $1+2\cos\frac{2\pi}{5}+2\cos\frac{4\pi}{5}=0$

   soit $\cos\frac{2\pi}{5}+\cos\frac{4\pi}{5}=-\frac{1}{2}.$

EXERCICE 111

1. $A+iB=e^{i\alpha}\sum_{k=0}^{n}$

   • Si $n=2k\pi$ alors $A+iB=(n+1)\cos\alpha+i(n+1)\sin\alpha$

   donc $A=(n+1)\cos\alpha$ et $B=(n+1)\sin\alpha$

   • Si $n\neq 2k\pi$ alors

   $A+iB=e^{i\alpha}\frac{e^{(n+1)x}-1}{e^{ix}-1}$

   $=e^{i\alpha}\times\frac{e^{i(n+1)\frac{x}{2}}}{e^{i\frac{x}{2}}}\times\frac{e^{i(n+1)\frac{x}{2}}-e^{-i(n+1)\frac{x}{2}}}{e^{i\frac{x}{2}}-e^{-i\frac{x}{2}}}$

   $=e^{i(\frac{nx}{2}+\alpha)}\frac{\sin\left((n+1)\frac{x}{2}\right)}{\sin\frac{x}{2}}$

donc $A = \dfrac{\cos\left(\frac{nx}{2}+\alpha\right)\sin\left((n+1)\frac{x}{2}\right)}{\sin\frac{x}{2}}$

$B = \dfrac{\sin\left(\frac{nx}{2}+\alpha\right)\sin\left((n+1)\frac{x}{2}\right)}{\sin\frac{x}{2}}$

2. On remarque que $C(x) = B'(x)$ et $D(x) = -A'(x)$ d'où

$$D = \frac{-\frac{n}{2}\sin\left(\frac{nx}{2}+\alpha\right)\sin\left((n+1)\frac{x}{2}\right)\sin\left(\frac{x}{2}\right)}{\sin^2\left(\frac{x}{2}\right)}. + \frac{\frac{n+1}{2}\cos\left(\frac{nx}{2}+\alpha\right)\cos\left((n+1)\frac{x}{2}\right)\sin\left(\frac{x}{2}\right)}{\sin^2\left(\frac{x}{2}\right)}. - \frac{\frac{1}{2}\cos\left(\frac{x}{2}\right)\cos\left(\frac{nx}{2}+\alpha\right)\sin\left((n+1)\frac{x}{2}\right)}{\sin^2\left(\frac{x}{2}\right)}.$$

$$C = \frac{\frac{n}{2}\cos\left(\frac{nx}{2}+\alpha\right)\sin\left((n+1)\frac{x}{2}\right)\sin\left(\frac{x}{2}\right)}{\sin^2\left(\frac{x}{2}\right)} + \frac{\frac{n+1}{2}\sin\left(\frac{nx}{2}+\alpha\right)\cos\left((n+1)\frac{x}{2}\right)\sin\left(\frac{x}{2}\right)}{\sin^2\left(\frac{x}{2}\right)} - \frac{\frac{1}{2}\cos\left(\frac{x}{2}\right)\sin\left(\frac{nx}{2}+\alpha\right)\sin\left((n+1)\frac{x}{2}\right)}{\sin^2\left(\frac{x}{2}\right)}.$$

EXERCICE 112

1. $A = 1+z+\cdots+z^{n-1} = \dfrac{z^n-1}{z-1} = \dfrac{-2}{z-1}$ car $z = e^{i\frac{\pi}{n}} \neq 1$.

2. $A = \dfrac{e^{i\pi}-1}{e^{i\frac{\pi}{n}}-1} = \dfrac{-2}{e^{i\frac{\pi}{2n}}\left(e^{i\frac{\pi}{2n}}-e^{-i\frac{\pi}{2n}}\right)}$

$= \dfrac{-e^{-\frac{\pi}{2n}}}{i\sin\frac{\pi}{2n}} = 1+i\dfrac{\cos\frac{\pi}{2n}}{\sin\frac{\pi}{2n}}$.

$\Re e(A) = 1$ et $\Im m(A) = \dfrac{1}{tan\dfrac{2\pi}{n}}$.

3. On remarque que $S_n = \Im m(A) = \dfrac{1}{tan\dfrac{2\pi}{n}}$.

4. $\dfrac{S_n}{n} = \dfrac{\frac{\pi}{2n}}{\sin\frac{\pi}{2n}} \times \dfrac{\cos\frac{\pi}{2n}}{\frac{\pi}{2}}$

$\lim\limits_{n\to+\infty}\dfrac{\pi}{2n} = 0$ et $\lim\limits_{u\to 0}\dfrac{\sin u}{u} = 1$

donc $\lim\limits_{n\to+\infty}\dfrac{S_n}{n} = \dfrac{2}{\pi}$.

EXERCICE 113

1. $\cos^4 x = \left(\dfrac{e^{ix}+e^{-ix}}{2}\right)^4$

$= \dfrac{1}{16}\left(e^{4ix}+4e^{2ix}+6+4e^{-2ix}+e^{-4ix}\right)$

$= \dfrac{1}{8}\left(\dfrac{e^{4ix}+e^{-4ix}}{2}+4\dfrac{e^{2ix}+e^{-2ix}}{2}+3\right)$

$= \dfrac{1}{8}\cos 4x+\dfrac{1}{2}\cos 2x+\dfrac{3}{8}$

2. $I = \displaystyle\int_0^{\frac{\pi}{4}}\left(\frac{1}{8}\cos 4x+\frac{1}{2}\cos 2x+\frac{3}{8}\right)\mathrm{d}x$

$= \left[\dfrac{1}{32}\sin 4x+\dfrac{1}{4}\sin 2x+\dfrac{3}{8}x\right]_0^{\frac{\pi}{4}}$

$= \dfrac{1}{4}+\dfrac{3\pi}{32}$

$J = \left[-\dfrac{1}{5}\cos^5 x\right]_0^{\frac{\pi}{4}} = \dfrac{8-\sqrt{2}}{40}$

EXERCICE 114

1. $\cos^7 x = \left(\dfrac{e^{ix}+e^{-ix}}{2}\right)^7$

$= \dfrac{1}{64}\left(\dfrac{e^{7ix}+e^{-7ix}}{2}+7\dfrac{e^{5ix}+e^{-5ix}}{2} +21\dfrac{e^{3ix}+e^{3ix}}{2}+35\dfrac{e^{ix}+e^{-ix}}{2}\right)$

$= \dfrac{1}{64}(\cos 7x+7\cos 5x+21\cos 3x+35\cos x)$.

2. $J = \dfrac{1}{64}\left[\dfrac{1}{7}\sin 7x+\dfrac{7}{5}\sin 5x+7\sin 3x+35\sin x\right]_0^{\frac{\pi}{2}} = \dfrac{16}{35}$

EXERCICE 115

1. $f(x) = \left(\dfrac{e^{ix}+e^{-ix}}{2}\right)^3+\left(\dfrac{e^{ix}-e^{-ix}}{2i}\right)^3$

$= \dfrac{1}{4}\left(\dfrac{e^{3ix}+e^{-3ix}}{2}+3\dfrac{e^{ix}+e^{-ix}}{2} -\dfrac{e^{3ix}-e^{-3ix}}{2i}+3\dfrac{e^{ix}-e^{-ix}}{2i}\right)$

$f(x) = \dfrac{1}{4}\cos 3x+\dfrac{3}{4}\cos x-\dfrac{1}{4}\sin 3x+\dfrac{3}{4}\sin x$.

2. $F(x) = \dfrac{1}{12}\sin 3x+\dfrac{3}{4}\sin x+\dfrac{1}{12}\cos 3x-\dfrac{3}{4}\cos x+k$

$F(0) = 0 \Longrightarrow \dfrac{1}{12}-\dfrac{3}{4}+k = 0 \Longrightarrow k = \dfrac{2}{3}$

ainsi

$F(x) = \dfrac{1}{12}\sin 3x+\dfrac{3}{4}\sin x+\dfrac{1}{12}\cos 3x-\dfrac{3}{4}\cos x+\dfrac{2}{3}$.

EXERCICE 116

1. $\sin^5 x = \left(\dfrac{e^{ix}-e^{-ix}}{2i}\right)$

$= \dfrac{1}{16}\left(\dfrac{e^{5ix}-e^{-5ix}}{2i} -5\dfrac{e^{3ix}-e^{-3ix}}{2i}+10\dfrac{e^{ix}-e^{-ix}}{2i}\right)$

$= \dfrac{1}{16}(\sin 5x-5\sin 3x+10\sin x)$.

2. $I = \dfrac{1}{16}\left[-\dfrac{1}{5}\cos 5x+\dfrac{5}{3}\cos 3x-10\cos x\right]_0^{\frac{\pi}{2}} = \dfrac{8}{15}$

Exercice 117

1. $Z = \dfrac{1+e^{i\theta}}{1-e^{i\theta}} = \dfrac{e^{-i\frac{\theta}{2}}+e^{i\frac{\theta}{2}}}{e^{-i\frac{\theta}{2}}-e^{i\frac{\theta}{2}}} = \dfrac{i}{\tan\frac{\theta}{2}}$.
2. Dans l'intervalle $]0\,;\,2\pi[$
   • $\tan\dfrac{\theta}{2} > 0 \iff \left(0 < \dfrac{\theta}{2} < \dfrac{\pi}{2} \text{ ou } \pi < \dfrac{\theta}{2} < \dfrac{3\pi}{2}\right)$

   $\iff (0 < \theta < \pi \text{ ou } 2\pi < \theta < 3\pi)$

   Donc si $0 < \theta < \pi$, $Z = \tan\dfrac{\theta}{2} e^{i\frac{\pi}{2}}$.

   • $\tan\dfrac{\theta}{2} < 0 \iff \left(\dfrac{\pi}{2} < \dfrac{\theta}{2} < \pi \text{ ou } \dfrac{3\pi}{2} < \dfrac{\theta}{2} < 2\pi\right)$

   $\iff (\pi < \theta < 2\pi \text{ ou } 3\pi < \theta < 4\pi)$

   Donc si $\pi < \theta < 2\pi$, $Z = \tan\dfrac{\theta}{2} e^{i\frac{3\pi}{2}}$.

Exercice 118

1. $Z = 1+z+z^2 = 1+e^{i\alpha}+e^{2i\alpha} = e^{i\alpha}\left(1+e^{i\alpha}+e^{-i\alpha}\right)$
   $= (1+2\cos\alpha)\,e^{i\alpha}$.
   • Si $-\dfrac{2\pi}{3} \leqslant \alpha \leqslant \dfrac{2\pi}{3}$ alors $1+2\cos\alpha \geqslant 0$
   donc $|Z| = 1+2\cos\alpha$ et $arg(Z) = \alpha$
   • si $-\pi \leqslant \alpha < -\dfrac{2\pi}{3}$ ou $\dfrac{2\pi}{3} < \alpha < \pi$ alors $1+2\cos\alpha < 0$
   alors $|Z| = |1+2\cos\alpha|$ et $arg(Z) = \alpha+\pi$.

2. $\dfrac{z+z'}{1+zz'} = \dfrac{e^{i\alpha}+e^{i\beta}}{1+e^{i(\alpha+\beta)}} = \dfrac{e^{i\frac{\alpha-\beta}{2}}+e^{-i\frac{\alpha-\beta}{2}}}{e^{i\frac{\alpha+\beta}{2}}+e^{-i\frac{\alpha+\beta}{2}}}$
   $= \dfrac{\cos\frac{\alpha-\beta}{2}}{\cos\frac{\alpha+\beta}{2}}$.
   donc $\dfrac{z+z'}{1+zz'}$ est réel.

Exercice 119

1. ABC est un triangle équilatéral inscrit dans le cercle de centre O
   donc $\left(\overrightarrow{OA}\,;\,\overrightarrow{OB}\right) = \dfrac{2\pi}{3}$ et $\left(\overrightarrow{OA}\,;\,\overrightarrow{OC}\right) = -\dfrac{2\pi}{3}$
   d'où $b = ae^{i\frac{2i\pi}{3}}$ et $c = ae^{-\frac{2i\pi}{3}}$.
2. M est le milieu de $[BC]$ si et seulement si $\dfrac{b+c}{2} = a^3$
   donc $a^2 = \dfrac{e^{\frac{2i\pi}{3}}+e^{-\frac{2i\pi}{3}}}{2} = \cos\dfrac{2\pi}{3} = -\dfrac{1}{2}$
   On en déduit alors que $a = -i\dfrac{\sqrt{2}}{2}$ ou $a = -i\dfrac{\sqrt{2}}{2}$.

Exercice 120

1. $p = |z^4-1|$.
2. **a.** $p = \left|r^4e^{4i\theta}-1\right| = \sqrt{\left(r^4\cos4\theta-1\right)^2+r^4\sin^2 4\theta}$
   $= \sqrt{r^4\left(r^4-2\cos4\theta\right)+1}$
   $p = 1 \iff r^4-2\cos4\theta = 0$ car $r > 0$.
   b. D'après la question précédente, il faut que $r^4 = 2\cos4\theta$ et $\cos4\theta > 0$
   • $\cos4\theta > 0 \iff 0 < 4\theta < \dfrac{\pi}{2}$ ou $\dfrac{3\pi}{2} < \theta < 2\pi$
   $\iff 0 < \theta < \dfrac{\pi}{8}$ ou $\dfrac{3\pi}{8} < \theta < \dfrac{\pi}{2}$
   Si $\theta \in \left]0\,;\,\dfrac{\pi}{8}\right[\cup \left]\dfrac{3\pi}{8}\,;\,\dfrac{\pi}{2}\right[$ alors $r = (2\cos4\theta)^{\frac{1}{4}}$
   et $z = (2\cos4\theta)^{\frac{1}{4}}\,e^{i\theta}$.
   c. M appartient au cercle trigonométrique et $p = 1$ donc $2\cos4\theta = 1$ avec $\theta \in \left]0\,;\,\dfrac{\pi}{8}\right[\cup \left]\dfrac{3\pi}{8}\,;\,\dfrac{\pi}{2}\right[$
   Dans ces conditions,
   $\cos4\theta = \dfrac{1}{2} \implies 4\theta = \dfrac{\pi}{3}$ ou $4\theta = \dfrac{5\pi}{3}$
   $\implies \theta = \dfrac{\pi}{12}$ ou $\theta = \dfrac{5\pi}{12}$
   Il y a donc deux solutions :
   $z_1 = \cos\dfrac{\pi}{12}+i\sin\dfrac{\pi}{12}$ et $z_2 = \cos\dfrac{5\pi}{12}+i\sin\dfrac{5\pi}{12}$

Exercice 121

1. $z^2+z+1 = 0$, $\Delta = -3$, l'équation admet deux solutions complexes conjuguées
   $z_1 = -\dfrac{1}{2}+i\dfrac{\sqrt{3}}{2}$ et $z_2 = \overline{z_1} = -\dfrac{1}{2}-i\dfrac{\sqrt{3}}{2}$.
2. $z^2-z+1 = 0$, $\Delta = -3$, l'équation admet deux solutions complexes conjuguées
   $z_1 = \dfrac{1}{2}+i\dfrac{\sqrt{3}}{2}$ et $z_2 = \overline{z_1} = \dfrac{1}{2}-i\dfrac{\sqrt{3}}{2}$.
3. $z^2+z+4 = 0$, $\Delta = -15$, l'équation admet deux solutions complexes conjuguées
   $z_1 = -\dfrac{1}{2}+i\dfrac{\sqrt{15}}{2}$ et $z_2 = \overline{z_1} = -\dfrac{1}{2}-i\dfrac{\sqrt{15}}{2}$.
4. $z^2-4z+10 = 0$, $\Delta = -24$, l'équation admet deux solutions complexes conjuguées
   $z_1 = 2+i\sqrt{6}$ et $z_2 = \overline{z_1} = 2-i\sqrt{6}$.

Exercice 122

1. $z^2+2z+5 = 0$, $\Delta = -16$, l'équation admet deux solutions complexes conjuguées
   $z_1 = -1+2i$ et $z_2 = \overline{z_1} = -1-2i$.

2. $z^2-\sqrt{3}z+31=0$, $\Delta=-121$, l'équation admet deux solutions complexes conjuguées
$z_1=\frac{\sqrt{3}}{2}+i\frac{11}{2}$ et $z_2=\overline{z_1}=\frac{\sqrt{3}}{2}-i\frac{11}{2}$.
3. $z^2+6z+10=0$, $\Delta=-4$, l'équation admet deux solutions complexes conjuguées
$z_1=-3+i$ et $z_2=\overline{z_1}=-3-i$.
4. $z^2-6z+10=0$, $\Delta=-4$, l'équation admet deux solutions complexes conjuguées
$z_1=3+i$ et $z_2=\overline{z_1}=3-i$.

Exercice 123

1. $2z^2-6z+5=0$, $\Delta=-4$, l'équation admet deux solutions complexes conjuguées
$z_1=\frac{3}{2}+i\frac{1}{2}$ et $z_2=\overline{z_1}=\frac{3}{2}-i\frac{1}{2}$.
2. $z^2-2z+3=0$, $\Delta=-8$, l'équation admet deux solutions complexes conjuguées
$z_1=1+i\sqrt{2}$ et $z_2=\overline{z_1}=1-i\sqrt{2}$.
3. $3z^2+6z+1=0$, $\Delta=24$, l'équation admet deux solutions réelles
$z_1=\frac{-3+\sqrt{6}}{3}$ et $z_2=-\frac{-3-\sqrt{6}}{3}$.
4. $2z^2-5z+9=0$, $\Delta=-47$, l'équation admet deux solutions complexes conjuguées
$z_1=\frac{5}{4}+i\frac{\sqrt{47}}{4}$ et $z_2=\overline{z_1}=\frac{5}{4}-i\frac{\sqrt{47}}{4}$

Exercice 124

1. $z^2-2\left(1+\sqrt{2}\right)z+2\left(2+\sqrt{2}\right)=0$, $\Delta=-4$, l'équation admet deux solutions complexes conjuguées
$z_1=1+\sqrt{2}+i$ et $z_2=\overline{z_1}=1+\sqrt{2}-i$.
2. $z^2-2(\cos\theta)z+1=0$, $\Delta=-4\sin^2\theta$, l'équation admet deux solutions complexes conjuguées
$z_1=\cos\theta+i\sin\theta$ et $z_2=\overline{z_1}=\cos\theta-i\sin\theta$.
3. $z^2-2(\sin\theta)z+1=0$, $\Delta=-4\cos^2\theta$, l'équation admet deux solutions complexes conjuguées
$z_1=\sin\theta+i\cos\theta$ et $z_2=\overline{z_1}=\sin\theta-i\cos\theta$.

Exercice 125

Résolvons l'équation : $z^2+4z+8=0$ $\Delta=-16$

L'équation admet deux solutions complexes conjuguées :

$z_1=\frac{-4+4i}{2}=-2+2i$ et $z_2=-2-2i$.

$|z_1|=2\sqrt{2}$, et $\arg(z_1)=\theta_A$ vérifie $\begin{cases}\cos\theta_1=-\frac{\sqrt{2}}{2}\\ \sin\theta_1=\frac{\sqrt{2}}{2}\end{cases}$ donc $\theta_1=\frac{3\pi}{4}$

ainsi $z_1=\frac{\sqrt{2}}{2}\left(\cos\frac{3\pi}{4}+i\sin\frac{3\pi}{4}\right)$ et

$z_2=\overline{z_1}=\frac{\sqrt{2}}{2}\left(\cos\frac{-3\pi}{4}+i\sin\frac{-3\pi}{4}\right)$

Exercice 126

1. $\omega^2=a^2-b^2+2iab$.
2. $|z|=5$ et $|\omega|=\sqrt{a^2+b^2}$.
3. $z=\omega^2\implies|z|=|\omega|^2$
On en déduit alors que $\begin{cases}a^2+b^2&=&5\\a^2-b^2&=&3\\ab&=&2\end{cases}$
4. $\begin{cases}a^2+b^2&=&5\\a^2-b^2&=&3\\ab&=&2\end{cases}\implies\begin{cases}a^2&=&4\\b^2&=&1\\ab&>&0\end{cases}$
$\implies\begin{cases}a&=&2\\b&=&1\end{cases}$ ou $\begin{cases}a&=&-2\\b&=&-1\end{cases}$
Les racines de z sont donc $\omega_1=2+i$ et $\omega_2=-2-i$

Exercice 127

1. $z=1+i=(a+ib)^2\implies\begin{cases}a^2+b^2&=&\sqrt{2}\\a^2-b^2&=&1\\ab&>&0\end{cases}$
On en déduit alors que $\omega_1=\sqrt{\frac{\sqrt{2}+1}{2}}+i\sqrt{\frac{\sqrt{2}-1}{2}}$ et $\omega_2=-\sqrt{\frac{\sqrt{2}+1}{2}}-i\sqrt{\frac{\sqrt{2}-1}{2}}$
2. $z=2-i\sqrt{3}=(a+ib)^2\implies\begin{cases}a^2+b^2&=&\sqrt{7}\\a^2-b^2&=&2\\ab&<&0\end{cases}$
On en déduit alors que $\omega_1=\sqrt{\frac{\sqrt{7}+2}{2}}-i\sqrt{\frac{\sqrt{7}-2}{2}}$ et $\omega_2=-\sqrt{\frac{\sqrt{7}+2}{2}}+i\sqrt{\frac{\sqrt{7}-2}{2}}$
3. $z=-3+i\sqrt{2}=(a+ib)^2\implies\begin{cases}a^2+b^2&=&\sqrt{11}\\a^2-b^2&=&-3\\ab&>&0\end{cases}$
On en déduit alors que $\omega_1=\sqrt{\frac{\sqrt{11}-3}{2}}+i\sqrt{\frac{\sqrt{11}+3}{2}}$

et $\omega_2 = -\sqrt{\dfrac{\sqrt{11}-3}{2}} - i\sqrt{\dfrac{\sqrt{11}+3}{2}}$

4. $z = -2 - i\sqrt{2} = (a+ib)^2 \Longrightarrow \begin{cases} a^2+b^2 & = & \sqrt{6} \\ a^2-b^2 & = & -2 \\ ab & < & 0 \end{cases}$

On en déduit alors que $\omega_1 = \sqrt{\dfrac{\sqrt{6}-2}{2}} - i\sqrt{\dfrac{\sqrt{6}+2}{2}}$

et $\omega_2 = -\sqrt{\dfrac{\sqrt{6}-2}{2}} + i\sqrt{\dfrac{\sqrt{6}+2}{2}}$

Exercice 128

1. $f(z) = z \Longrightarrow 2z - 3i\overline{z} = z \Longrightarrow z - 3i\overline{z} = 0$.

On pose $z = a+ib$ l'équation à résoudre s'écrit :

$a+ib-3ia-3b = 0 \Longrightarrow \begin{cases} a-3b=0 \\ -3a+b=0 \end{cases}$

$\Longrightarrow \begin{cases} a=0 \\ b=0 \end{cases}$ donc $z = 0$.

2. En posant $z = a+ib$ avec a et b réels, on obtient :

$f(z) = (2a-3b) + i(-3a+2b)$.

$f(z) = 7 \Longrightarrow \begin{cases} 2a-3b=7 \\ -3a+2b=0 \end{cases} \Longrightarrow \begin{cases} a = -\frac{14}{5} \\ b = -\frac{21}{5} \end{cases}$

L'antécédent de 7 est donc $z = -\dfrac{14}{5} - i\dfrac{21}{5}$.

$f(z) = 5i \Longrightarrow \begin{cases} 2a-3b=0 \\ -3a+2b=5 \end{cases} \Longrightarrow \begin{cases} a=-3 \\ b=-2 \end{cases}$

L'antécédent de $5i$ est donc $z = -3-2i$.

Exercice 129

1. $f(z) = z \Longrightarrow 3z^2 - z + 1 = 0 \qquad \Delta = -11$

Les solutions sont donc $z_1 = \dfrac{1-i\sqrt{11}}{6}$ et

$z_2 = \dfrac{1+i\sqrt{11}}{6}$.

2. $f(z) = -5 \Longrightarrow 3z^2+1 = -5 \Longrightarrow z^2 = -2$

Les antécédents de -5 sont donc $z_1 = i\sqrt{2}$ et $z_2 = -i\sqrt{2}$.

Exercice 130

1. $f(z) = z \Longrightarrow 2iz - 1 = z^2 + iz \Longrightarrow z^2 - iz + 1 = 0$.

$\Delta = -5$, les solutions sont $z_1 = \dfrac{1-\sqrt{5}}{2}i$ et

$z_2 = \dfrac{1+\sqrt{5}}{2}i$.

Remarque : les deux solutions ne sont pas conjuguées.

2. $f(z) = i \Longrightarrow 2iz - 1 = iz - 1 \Longrightarrow z = 0$.

Exercice 131

$$az^2+bz+c = a\left[\left(z+\frac{b}{2a}\right)^2 - \frac{b^2}{4a^2} + \frac{c}{a}\right]$$
$$= a\left[\left(z+\frac{b}{2a}\right)^2 - \frac{\Delta}{4a^2}\right].$$

Si $\Delta < 0$ alors $\Delta = (i\sqrt{|\Delta|})^2$

$$az^2+bz+c = a\left[\left(z+\frac{b}{2a}\right)^2 - \left(\frac{i^2|\Delta|}{4a^2}\right)\right]$$
$$= a\left(z+\frac{b+i\sqrt{|\Delta|}}{2a}\right)\left(z+\frac{b-i\sqrt{|\Delta|}}{2a}\right).$$

D'où les racines $z_1 = \dfrac{-b-i\sqrt{|\Delta|}}{2a}$ et $z_2 = \dfrac{-b+i\sqrt{|\Delta|}}{2a}$.

Exercice 132

1. $\dfrac{z-4}{z} = i \Longrightarrow z-4 = iz \Longrightarrow (1-i)z = 4$

$\Longrightarrow z = \dfrac{4}{1-i} = 2+2i$.

2. $z = 2\sqrt{2}e^{i\frac{\pi}{4}}$.

Exercice 133

1. $\Delta = -12$, l'équation a deux solutions complexes conjuguées :

$z_1 = \dfrac{2+2i\sqrt{3}}{2} = 1+i\sqrt{3}$ et $z_2 = 1-i\sqrt{3}$.

2. $|z_1| = |z_2| = 2$

donc $z_1 = 2\left(\dfrac{1}{2} + i\dfrac{\sqrt{3}}{2}\right) = 2e^{i\frac{\pi}{3}}$ et $z_2 = 2e^{-i\frac{\pi}{3}}$.

Exercice 134

1. $\left(z^2+3z+4\right)\left(2z^2-z+1\right)$

$= 2z^4 - z^3 + z^2 + 6z^3 - 3z^2 + 3z + 8z^2 - 4z + 4$

donc $\left(z^2+3z+4\right)\left(2z^2-z+1\right) = 2z^4+5z^3+6z^2-z+4$.

2. $2z^4+5z^3+6z^2-z+4 = 0 \Longleftrightarrow \left|\begin{array}{l} z^2+3z+4=0 \\ \text{ou} \\ 2z^2-z+1=0 \end{array}\right.$.

- Résolution de l'équation : $z^2+3z+4=0$

$\Delta = -7$, l'équation a deux solutions

$z_1 = \dfrac{-3+i\sqrt{7}}{2}$ et $z_2 = \dfrac{-3-i\sqrt{7}}{2}$.

- Résolution de l'équation : $2z^2-z+1=0$

$\Delta = -7$, l'équation a deux solutions

$z_3 = \dfrac{1+i\sqrt{7}}{4}$ et $z_4 = \dfrac{1-i\sqrt{7}}{4}$.

Les solutions de (E) sont donc :

$z_1 = \dfrac{-3+i\sqrt{7}}{2}$, $z_2 = \dfrac{-3-i\sqrt{7}}{2}$,
$z_3 = \dfrac{1+i\sqrt{7}}{4}$ et $z_4 = \dfrac{1-i\sqrt{7}}{4}$.

EXERCICE 135

Soit (E) l'équation $z^4+10z^2+9=0$.
En posant $Z=z^2$, l'équation (E) devient :
$Z^2+10Z+9=0$.
$\Delta=64$, l'équation a donc deux solutions réelles :
$Z_1=\dfrac{-10+8}{2}=-1$ et $Z_2=\dfrac{-10-8}{2}=-9$.
En revenant à l'inconnue de l'équation (E), nous avons donc $z_1^2=-1$ et $z_2^2=-9$
Les solutions de (E) sont donc : $z_1'=i$, $z_1''=-i$, $z_2'=3i$ et $z_2''=-3i$.

EXERCICE 136

1. $\alpha=\dfrac{1+i}{1+3i}=\dfrac{(1+3i)(1-i)}{2}=2+i$.
   On vérifie alors que $i(2+i)=-4+3i$.
2. $(z-\alpha)(z-i\alpha)=z^2-\alpha(1+i)z+i\alpha^2$
   $=z^2-(1+3i)z+(-4+3i)$.
3. D'après les questions précédentes :
   $f(z)=0 \iff (z-\alpha=0$ ou $z-i\alpha=0)$.
   Les solutions sont donc $z_1=\alpha=2+i$ et
   $z_2=i\alpha=-1+2i$.

EXERCICE 137

1. $f(z)=\left(z^4-16\right)-z\sqrt{2}\left(z^2+4\right)$
   $=\left(z^2+4\right)\left(z^2-4\right)-z\sqrt{2}\left(z^2+4\right)$
   $=\left(z^2+4\right)\left(z^2-z\sqrt{2}-4\right)$.
2. $f(z)=0 \iff z^2+4=0$ ou $z^2-z\sqrt{2}-4=0$.
   - $z^2+4=0 \iff z^2=-4 \iff z=2i$ ou $z=-2i$
   - $z^2-z\sqrt{2}-4=0$, $\Delta=18$, l'équation admet deux solutions réelles distinctes $z_1=\dfrac{\sqrt{2}+3\sqrt{2}}{2}=2\sqrt{2}$ et $z_1=\dfrac{\sqrt{2}-3\sqrt{2}}{2}=-\sqrt{2}$

   Les solutions de l'équation $f(z)=0$ sont donc
   $z_1=2\sqrt{2}$, $z_1=-\sqrt{2}$, $z_3=2i$ et $z_4=-2i$

EXERCICE 138

1. $z^2-2z+2=0$, $\Delta=-4$, l'équation admet deux solutions complexes conjuguées
   $z_1=1+i$ et $z_2=1-i$.
2. $z_1=\sqrt{2}\left(\dfrac{\sqrt{2}}{2}+i\dfrac{\sqrt{2}}{2}\right)=\sqrt{2}e^{i\frac{\pi}{4}}$, $z_2=\sqrt{2}e^{-i\frac{\pi}{4}}$
   ainsi $|z_1|=|z_2|=\sqrt{2}$ et $arg(z_1)=\dfrac{\pi}{4}$, $arg(z_2)=-\dfrac{\pi}{4}$.
3. On pose $Z=-iz+3i+3$,
   l'équation $(-iz+3i+3)z^2-2(-iz+3i+3)+2=0$
   s'écrit alors $Z^2-2Z+2=0$
   D'après la question 1, cette équation admet deux solutions $Z_1=1+i$ et $Z_2=1-i$
   $Z=-iz+3i+3 \iff z=iZ+3-3i$
   On en déduit alors $Z=1+i \iff z=2-2i$,
   et $Z=1-i \iff z=4-2i$
   L'équation admet deux solutions complexes
   $z_1=2-2i$ et $z_2=4-2i$.

EXERCICE 139

On pose $z=x+iy$ avec x et y réels.

1. $(1+i)z-(1-i)\overline{z}+2i=0$
   $\iff (1+i)(x+iy)-(1-i)(x-iy)+2i=0$
   $\implies x+y+1=0$
   donc M appartient à la droite d'équation
   $y=-x-1$.
2. $z^2+\overline{z}=x^2+2ixy-y^2+x-iy=(x^2-y^2+x)+iy(2x-1)$
   $z^2+\overline{z}$ réel si et seulement si $y(x-1)=0$ donc si et seulement si $y=0$ ou $x=1$.
   L'ensemble des points M est l'ensemble des points d'affixe $z=x$ et des points d'affixe $z=1+iy$
3. $(1+z)(i+\overline{z})=(1+x+iy)(i+x-iy)$
   $=i+x-iy+ix+x^2-ixy-y+ixy+y^2$
   $=(x-y+x^2+y^2)+i(x-y+1)$,
   $(1+z)(i+\overline{z})$ réel si et seulement si $x-y+1=0$.
   Donc M appartient à la droite d'équation
   $y=x+1$.
4. Soit A le point d'affixe $z_A=-1-2i$ et B le point d'affixe $z_B=3+i$.
   $\dfrac{z+1+2i}{z-3-i}=\dfrac{z-z_A}{z-z_B}\in\mathbb{R}$ si et seulement si $\left(\overrightarrow{MB};\overrightarrow{MA}\right)=k\pi$.
   Donc M appartient à la droite (AB) privée du point B.
5. $\dfrac{z+1}{\overline{z}+3i}=\dfrac{x+1+iy}{x+i(3-y)}$
   $=\dfrac{(x^2+x+3y-y^2)+i(2xy-3x-3+y)}{x^2+(3-y)^2}$ est réel si et seulement si $2xy-3x-3+y=0$ donc M appartient

à l'hyperbole d'équation $y=\dfrac{3x+3}{2x+1}$.

6. $(1-2i)z+(1+2i)\overline{z}=z\overline{z}$

$\Longleftrightarrow$

$(1-2i)(x+iy)+(1+2i)(x-iy)=(x+iy)(x-iy)$

En développant et en simplifiant on obtient

$x^2-2x+y^2-4y=0$ soit encore $(x-1)^2+(y-2)^2=5$

donc M appartient au cercle de centre Ω d'affixe $\omega=1+2i$ et de rayon $\sqrt{5}$.

7. D'après la question **3.** $(1+z)\left(i+\overline{z}\right)\in i\mathbb{R}$ si et seulement si $x-y+x^2+y^2=0$, ce qui s'écrit encore $\left(x+\dfrac{1}{2}\right)^2+\left(y-\dfrac{1}{2}\right)^2=\dfrac{1}{2}$.

M appartient au cercle de centre Ω d'affixe $\omega=-\dfrac{1}{2}+i\dfrac{1}{2}$ et de rayon $\dfrac{\sqrt{2}}{2}$.

8. Soit A et B les points d'affixes respectives $z_A=-1+3i$ et $z_B=3-2i$.

$\dfrac{z+1-3i}{z-3+2i}=\dfrac{z-z_A}{z-z_B}$ donc $\dfrac{z-1}{z-3+2i}$ est imaginaire pur si et seulement si $\left(\overrightarrow{MB};\overrightarrow{MA}\right)=\dfrac{\pi}{2}+k\pi$.

Donc M appartient au cercle de diamètre $[AB]$ privé des points A et B.

EXERCICE 140

1. $\Delta=-12$, l'équation admet deux solutions complexes conjuguées :

$z'=\dfrac{2+2i\sqrt{3}}{2}=1+i\sqrt{3}$ et $z''=1-i\sqrt{3}$. $|z'|=2$,

$z'=2\left(\dfrac{1}{2}+i\dfrac{\sqrt{3}}{2}\right)=2e^{i\frac{\pi}{3}}$ et $z''=2e^{-i\frac{\pi}{3}}$.

2. $(z')^{2017}=2^{2017}e^{i\frac{2017\pi}{3}}=2^{2017}e^{i\frac{\pi}{3}}$
$=2^{2016}\left(1+i\sqrt{3}\right)$.

EXERCICE 141

1. $2^3+2\times 2^2-16=8+8-16=0$ donc 2 est solution de (E) et (E) peut s'écrire sous la forme :

$(z-2)\left(az^2+bz+c\right)=0$.

$(z-2)\left(az^2+bz+c\right)=az^3+(b-2a)z^2+(c-2b)z-2c$

Par identification des coefficients des termes de même degré, nous obtenons :

$$\begin{cases} a &= 1\\ b-2a &= 2\\ c-2b &= 0\\ -2c &= -16\end{cases} \Longrightarrow \begin{cases} a &= 1\\ b &= 4\\ c &= 8\end{cases}$$

donc $z^3+2z^2-16=(z-2)\left(z^2+4z+8\right)$.

2. D'après ce qui précède les solutions de l'équation (E) vérifient donc

$z=2$ ou $z^2+4z+8=0$.

Résolution de l'équation $z^2+4z+8=0$

$\Delta=-16$, l'équation a deux solutions complexes conjuguées : $z_1=-2-2i$ et $z_2=-2+2i$.

Les solutions de (E) sont donc $z_0=2=2e^{2i\pi}$,

$z_1=-2-2i=2\sqrt{2}e^{-i\frac{3\pi}{4}}$ et $z_2=-2+2i=2\sqrt{2}e^{i\frac{3\pi}{4}}$.

EXERCICE 142

1. $z^2-\left(1+\sqrt{2}\right)z+\sqrt{2}=0$, $\Delta=3-\sqrt{2}=\left(\sqrt{2}-1\right)^2$,

l'équation admet deux solutions réelles distinctes

$z_1=\sqrt{2}$ et $z_2=1$.

2. $z+\dfrac{1}{z}=1\Longleftrightarrow z^2-z+1=0$, $\Delta=-3$

L'équation (1) admet deux solutions complexes conjuguées

$z_1=\dfrac{1}{2}+i\dfrac{\sqrt{3}}{2}$ et $z_2=\overline{z_1}=\dfrac{1}{2}-i\dfrac{\sqrt{3}}{2}$

(2) $z+\dfrac{1}{z}=\sqrt{2}\Longleftrightarrow z^2-\sqrt{2}z+1=0$, $\Delta=-2$

L'équation (2) admet deux solutions complexes conjuguées

$z_3=\dfrac{\sqrt{2}}{2}+i\dfrac{\sqrt{2}}{2}$ et $z_4=\overline{z_1}=\dfrac{\sqrt{2}}{2}-i\dfrac{\sqrt{2}}{2}$.

3. a. Pour tout $z\neq 0$

$$\begin{aligned}\frac{P(z)}{z}&=z^2-\left(1+\sqrt{2}\right)z+\left(2+\sqrt{2}\right)-\left(1+\sqrt{2}\right)\frac{1}{z}+\frac{1}{z^2}\\ &=\left(z^2+2+\frac{1}{z^2}\right)-\left(1+\sqrt{2}\right)\left(z+\frac{1}{z}\right)+\sqrt{2}\\ &=\left(z+\frac{1}{z}\right)^2-\left(1+\sqrt{2}\right)\left(z+\frac{1}{z}\right)+\sqrt{2}.\end{aligned}$$

b. $P(z)=0\Longleftrightarrow\left(z+\dfrac{1}{z}\right)^2-\left(1+\sqrt{2}\right)\left(z+\dfrac{1}{z}\right)+\sqrt{2}=0$

En posant $Z=z+\dfrac{1}{z}$, on retrouve l'équation de la question 1, donc

$Z_1=1$ et $Z_2=\sqrt{2}$.

Donc d'après la question 2, on en déduit que les solutions de l'équation $P(z)=0$ sont :

$z_1=\dfrac{1}{2}+i\dfrac{\sqrt{3}}{2}$, $z_2=\overline{z_1}=\dfrac{1}{2}-i\dfrac{\sqrt{3}}{2}$

$z_3=\dfrac{\sqrt{2}}{2}+i\dfrac{\sqrt{2}}{2}$ et $z_4=\overline{z_1}=\dfrac{\sqrt{2}}{2}-i\dfrac{\sqrt{2}}{2}$.

EXERCICE 143

1. $(z-2\mathrm{i})\left(z^2-2z+2\right)=0\Longleftrightarrow\left|\begin{array}{l} z-2=0\\ \text{ou}\\ z^2-2z+2=0\end{array}\right.$.

- $z-2i=0\Longleftrightarrow z_1=2i$.

• Résolution de l'équation $z^2-2z+2=0$:
$\Delta=-4$, l'équation admet deux solutions complexes conjuguées
$z_2=1+i=\sqrt{2}e^{i\frac{\pi}{4}}$ et $z_3=1-i=\sqrt{2}e^{-i\frac{\pi}{4}}$.
Les solutions de (E) sont donc :
$z_1=2i=2e^{i\frac{\pi}{2}}$, $z_2=1+i=2e^{i\frac{\pi}{4}}$ et $z_3=2e^{-i\frac{\pi}{4}}$.

2. a. $z'_B=0$ et $z'_C=\dfrac{\frac{1}{2}-i\frac{3}{4}-2i}{\frac{1}{2}-i\frac{3}{4}-1-i}=\dfrac{2-11i}{-2-7i}=\dfrac{73+36i}{53}$.

b. $\dfrac{z-2i}{z-1-i}\in i\mathbb{R}$ donc $\left(\overrightarrow{MA};\overrightarrow{MB}\right)=\dfrac{\pi}{2}+k\pi$ où $k\in\mathbb{Z}$.
Donc M décrit le cercle de diamètre $[AB]$ privé des points A et B.

Exercice 144

1. Résolution dans $\mathbb{C}$ de l'équation : $z^2-2z\sqrt{2}+4=0$.
$\Delta=-8$, l'équation admet deux solutions complexes conjuguées :
$z_1=-\sqrt{2}+i\sqrt{2}$ et $z_2=-\sqrt{2}-i\sqrt{2}$.
2. $|z_1|=|z_2|=2$ on obtient alors
$z_1=2\left(\dfrac{\sqrt{2}}{2}+i\dfrac{\sqrt{2}}{2}\right)=2e^{i\frac{\pi}{4}}$
donc $\arg(z_1)=\dfrac{\pi}{4}$ et $\arg(z_2)=-\arg(z_1)=-\dfrac{\pi}{4}$.
3. $\left(\dfrac{z_1}{z_2}\right)^2=\left(\dfrac{2e^{i\frac{\pi}{4}}}{2e^{-i\frac{\pi}{4}}}\right)^2=e^{i\pi}$
donc $|Z|=1$ et $\arg(Z)=\pi$.

Exercice 145

Posons $Z=z^2$, l'équation s'écrit alors $Z^2-Z\sqrt{2}+1=0$
$\Delta=-2$, l'équation admet deux solutions complexes conjuguées :
$Z_1=\dfrac{\sqrt{2}}{2}+i\dfrac{\sqrt{2}}{2}$ et $Z_2=\dfrac{\sqrt{2}}{2}-i\dfrac{\sqrt{2}}{2}$

• $z^2=\dfrac{\sqrt{2}}{2}+i\dfrac{\sqrt{2}}{2}\iff\begin{cases}a^2+b^2&=&1\\a^2-b^2&=&\frac{\sqrt{2}}{2}\\ab&=&\frac{\sqrt{2}}{2}\end{cases}$

$\Longrightarrow\begin{cases}a^2&=&\frac{2+\sqrt{2}}{4}\\b^2&=&\frac{2-\sqrt{2}}{4}\\ab&>&0\end{cases}$

$\Longrightarrow\begin{cases}a&=&\frac{\sqrt{2+\sqrt{2}}}{2}\\b&=&\frac{\sqrt{2-\sqrt{2}}}{2}\end{cases}$ ou $\begin{cases}a&=&-\frac{\sqrt{2+\sqrt{2}}}{2}\\b&=&-\frac{\sqrt{2-\sqrt{2}}}{2}\end{cases}$

• $z^2=\dfrac{\sqrt{2}}{2}-i\dfrac{\sqrt{2}}{2}\iff\begin{cases}a^2+b^2&=&1\\a^2-b^2&=&\frac{\sqrt{2}}{2}\\ab&=&-\frac{\sqrt{2}}{2}\end{cases}$

$\Longrightarrow\begin{cases}a^2&=&\frac{2+\sqrt{2}}{4}\\b^2&=&\frac{2-\sqrt{2}}{4}\\ab&<&0\end{cases}$

$\Longrightarrow\begin{cases}a&=&\frac{\sqrt{2+\sqrt{2}}}{2}\\b&=&-\frac{\sqrt{2-\sqrt{2}}}{2}\end{cases}$ ou $\begin{cases}a&=&-\frac{\sqrt{2+\sqrt{2}}}{2}\\b&=&\frac{\sqrt{2-\sqrt{2}}}{2}\end{cases}$

Les solutions de l'équation sont donc
$z_1=\frac{\sqrt{2+\sqrt{2}}}{2}+i\frac{\sqrt{2-\sqrt{2}}}{2}$, $z_2=-\frac{\sqrt{2+\sqrt{2}}}{2}-i\frac{\sqrt{2-\sqrt{2}}}{2}$,
$z_3=\frac{\sqrt{2+\sqrt{2}}}{2}-i\frac{\sqrt{2-\sqrt{2}}}{2}$ et $z_4=-\frac{\sqrt{2+\sqrt{2}}}{2}+i\frac{\sqrt{2-\sqrt{2}}}{2}$,

Exercice 146

1. -1 est solution si et seulement si $-1-a-3a+37=0$ donc $a=-9$
2. L'équation devient $(z+1)\left(z^2-10z+37\right)=0$
$(z+1)\left(z^2-10z+37\right)=0$
$\iff\left(z+1=0 \text{ ou } z^2-10z+37=0\right)$
• Résolution de l'équation $z^2-10z+37=0$
$\Delta=-48$, l'équation admet deux solutions complexes conjuguées
$z_1=5+2i\sqrt{3}$ et $z_2=5-2i\sqrt{3}$.

3. $AM_1=\left|6+2i\sqrt{3}\right|=\sqrt{48}=4\sqrt{3}$
$AM_2=\left|6-2i\sqrt{3}\right|=\sqrt{48}=4\sqrt{3}$
$M_1M_2=\left|-4i\sqrt{3}\right|=4\sqrt{3}$
On a $AM_1=AM_2=M_1M_2$, le triangle AM_1M_2 est donc équilatéral.

Exercice 147

1. $(z-2)(z^2+az+b)=z^3+(a-2)z^2+(b-2a)z-2b$
$=z^3+4z^2+2z-28$
Par identification des coefficients des termes de même degré, nous obtenons $a=6$ et $b=14$.
2. $(z-2)(z^2+6z+14)=0\iff\left|\begin{array}{l}z-2=0\\ \text{ou}\\ z^2+6z+14=0\end{array}\right.$
• $z-2=0\iff z=2$
• Résolution de l'équation $z^2+6z+14=0$:
$\Delta=-20$, l'équation a deux solutions complexes conjuguées
$z_1=\dfrac{-6+2i\sqrt{5}}{2}=-3+i\sqrt{5}$ et $z_2=-3-i\sqrt{5}$.
Les solutions de (E) sont donc 2, $-3+i\sqrt{5}$ et $-3-i\sqrt{5}$.

EXERCICE 148

1. $i^3-(4+i)i^2+(13+4i)i-13i = -i+4+i+13i-4-13i$
$$=0$$
donc i est solution de l'équation (E).

2. $z^3-(4+\mathrm{i})z^2+(13+4i)z-13i = (z-i)\left(az^2+bz+c\right)$
$\Longrightarrow \quad z^3-(4+\mathrm{i})z^2+(13+4i)z-13i$
$$= az^3+(b-ia)z^2+(c-ib)z-ic$$
Par identification des coefficients des termes de même degré, nous obtenons $a=1$, $b=-4$ et $c=13$.
Ainsi (E) s'écrit $(z-i)(z^2-4z+13)=0$.

3. Résolution de l'équation $z^2-4z+13=0$:
$\Delta=-36$, l'équation a deux solutions complexes conjuguées : $z_1=\dfrac{4+6i}{2}=2+3i$ et $z_2=2-3i$.
Les solutions de l'équation (E) sont donc
i, $2+3i$ et $2-3i$.

EXERCICE 149

1. $(-i)^3+(-8+i)(-i)^2-i(17-8i)+17i$
$$= i+8-i-17i-8+17i=0$$
donc $-i$ est solution de (E).

2. $z^3+(-8+i)z^2+(17-8i)z+17i=(z+i)\left(az^2+bz+c\right)$
$\Longrightarrow z^3+(-8+i)z^2+(17-8i)z+17i$
$$= az^3+(b+ia)z^2+(c+ib)z+ic$$
Par identification des coefficients des termes de même degré, nous obtenons $a=1$, $b=-8$ et $c=17$.
Ainsi (E) s'écrit : $(z+i)(z^2-8z+17)=0$.

3. Résolution de l'équation $z^2-8z+17=0$,
$\Delta=-4$, l'équation admet deux solutions complexes conjuguées $z_1=\dfrac{8+2i}{2}=4+i$ et $z_2=4-i$.
Les solutions de l'équation (E) sont donc $-i$, $4+i$ et $4-i$.

EXERCICE 150

1. $\Delta=-48$, l'équation a deux solutions complexes conjuguées
$z_1=\dfrac{4+4i\sqrt{3}}{2}=2+2i\sqrt{3}$ et $z_2=2-2i\sqrt{3}$.

2. **a.** $f(-4)=(-4)^2-4\left(5-i\sqrt{3}\right)+4\left(1-i\sqrt{3}\right)$
$$=16-20+4i\sqrt{3}+4-4i\sqrt{3}=0.$$
b. $f(z)=(z+4)(az+b)=az^2+(4a+b)z+4b$ par identification nous obtenons $a=1$ et $b=1-i\sqrt{3}$.
c. $f(z)=0 \iff z+4=0$ ou $z+1-i\sqrt{3}$
$\iff z=-4$ ou $z=-1+i\sqrt{3}$.

3. $|-4|=4$ et $\left|-1+i\sqrt{3}\right|=2$.

EXERCICE 151

1. $P(3)=3^3-6\times3^2+18\times3-27$
$$=27-54+54-27=0.$$

2. $P(z)=(z-3)\left(az^2+bz+c\right)$
$$=az^3+(b-3a)z^2+(c-3b)z-3c$$
Par identification des coefficients des termes de même degré, nous obtenons $a=1$, $b=-3$ et $c=9$.
Ainsi $P(z)=(z-3)\left(z^2-3z+9\right)$.

3. $\Delta=-27$, l'équation a deux solutions complexes conjuguées :
$z_1=\dfrac{3+3i\sqrt{3}}{2}$ et $z_2=\dfrac{3-3i\sqrt{3}}{2}$.
$P(z)=0 \iff z-3=0$ ou $z^2-3z+9=0$.
Les solutions de l'équation $P(z)=0$ sont donc $z_0=3$, $z_1=\dfrac{3+3i\sqrt{3}}{2}$ et $z_2=\dfrac{3-3i\sqrt{3}}{2}$

4. $z_0=3(\cos 0+i\sin 0)$,
$z_1=3\left(\dfrac{1}{2}+i\dfrac{\sqrt{3}}{2}\right)=3\left(\cos\left(\dfrac{\pi}{3}\right)+i\sin\left(\dfrac{\pi}{3}\right)\right)$
et $z_2=3\left(\cos\left(-\dfrac{\pi}{3}\right)+i\sin\left(-\dfrac{\pi}{3}\right)\right)$.

EXERCICE 152

1. $f(ib)=(ib)^4-10(ib)^3+38(ib)^2-90ib+261$
$$=\left(b^4-38b^2+261\right)+i\left(10b^3-90b\right).$$

2. $f(z)=0 \iff b^4-38b^2+261=0$ et $10b^3-90b=0$.
• Résolution de l'équation $10b^3-90b=0$
$10b^3-90b=10b(b^2-9)=10b(b-3)(b+3)$
donc les solutions de l'équation $10b^3-90b=0$ sont $b=0$, $b=3$ et $b=-3$.
Si $b=0$ alors $b^4-38b^2+261=261$ donc $b=0$ n'est pas solution de l'équation $f(z)=0$.
Si $b=3$ alors $b^4-38b^2+261=3^4-38\times3^2-261$ $=81-342+261=0$ donc $b=3$ est solution de l'équation $f(z)=0$.
Si $b=-3$ alors $b^4-38b^2+261=3^4-38\times3^2-261=0$ donc $b=-3$ est solution de l'équation $f(z)=0$.
L'équation $f(z)=0$ admet donc deux solutions complexes conjuguées : $z_1=3i$ et $z_2=-3i$.

3. $f(z)=\left(z^2+9\right)\left(z^2+\alpha z+\beta\right)$
$$=z^4+\alpha z^3+(\beta+9)z^2+9\alpha z+9\beta$$
D'autre part $f(z)=z^4-10z^3+38z^2-90z+261$
par identification des coefficients des termes de

même degré, nous obtenons $\alpha = -10$ et $\beta = 29$.
Donc $f(z) = (z^2+9)(z^2-10z+29)$

4. Résolution de l'équation : $z^2 - 10z + 29 = 0$; $\Delta = -16$ l'équation admet deux solutions complexes conjuguées : $z_3 = \dfrac{10+4i}{2} = 5+2i$ et $z_4 = 5-2i$.
Les solutions de l'équation $f(z) = 0$ sont donc $3i$, $-3i$, $5+2i$ et $5-2i$.

Exercice 153

1. $z^2(1-i) - 10z + 13(1+i) = 0$
$\iff (1-i)\left(z^2 - \dfrac{10}{1-i}z + 13\dfrac{1+i}{1-i}\right) = 0$
$\iff z^2 - (5+5i)z + 13i = 0.$

2. $z^2 - (5+5i)z + 13i = 0$
$\iff \left(z - \dfrac{5+5i}{2}\right)^2 - \left(\dfrac{5+5i}{2}\right)^2 + 13i = 0$
$\iff \left(z - \dfrac{5+5i}{2}\right)^2 + \dfrac{1}{2}i = 0$
$\iff \left(z - \dfrac{5+5i}{2}\right)^2 - \left(\dfrac{1}{2} - \dfrac{1}{2}i\right)^2 = 0$

3. D'après les questions précédentes si z est solution de (E) alors z vérifie

$$\left(z - \frac{5+5i}{2} - \frac{1-i}{2}\right)\left(z - \frac{5+5i}{2} + \frac{1-i}{2}\right) = 0$$

soit en simplifiant $(z-(3+2i))\,(z-(2+3i)) = 0$
L'équation (E) admet donc deux solutions complexes $z_1 = 3+2i$ et $z_2 = 2+3i$.

Exercice 154

1. On remarque que :
$3^2 - 3(1+3i) - 6 + 9i = 9 - 3 - 9i - 6 + 9i = 0$ donc $z_1 = 3$ est une solution réelle de l'équation (1).
On remarque que :
$(4i)^2 - 4i(1+3i) + 4 + 4i = -16 - 4i + 12 + 4 + 4i = 0$ donc $z_2 = 4i$ est une solution imaginaire pure de l'équation (2).

2. $(z-3)(z+2-3i) = z^2 - 3z + (2-3i)z - 6 + 9i$
$= z^2 - (1+3i)z - 6 + 9i,$
$(z-4i)(z-1+i) = z^2 - 4iz + (-1+i)z + 4i + 4$
$= z^2 - (1+3i)z + 4 + 4i.$

3. $\left(z^2 - (1+3i)z - 6 + 9i\right)\left(z^2 - (1+3i)z + 4 + 4i\right) = 0$
$\iff (z-3)(z+2-3i)(z-4i)(z-1+i) = 0$
Les solutions de l'équation (E) sont donc $z_1 = 3$, $z_2 = 4i$, $z_3 = -2+3i$ et $z_4 = 1-i$.

4. $z_0 = 1 - i = \sqrt{2}\left(\dfrac{\sqrt{2}}{2} - i\dfrac{\sqrt{2}}{2}\right)$
$= \sqrt{2}\left(\cos\left(-\dfrac{\pi}{4}\right) + i\sin\left(-\dfrac{\pi}{4}\right)\right).$

5. Les points M_n sont sur la droite d'équation $y = x$ si et seulement si
$\left(\sqrt{2}\right)^n e^{-i\frac{n\pi}{4}} = \alpha e^{i\frac{\pi}{4}}$ ou $\left(\sqrt{2}\right)^n e^{-i\frac{n\pi}{4}} = \alpha e^{-i\frac{3\pi}{4}}$ avec α réel strictement positif.
$\left(\sqrt{2}\right)^n e^{-i\frac{n\pi}{4}} = \alpha e^{i\frac{\pi}{4}} \implies -n\dfrac{\pi}{4} = \dfrac{\pi}{4} + 2k\pi$
donc $n = -1 - 8k$ avec $k \in \mathbb{Z}$.
$\left(\sqrt{2}\right)^n e^{-i\frac{n\pi}{4}} = \alpha e^{-i\frac{3\pi}{4}} \implies -n\dfrac{\pi}{4} = -\dfrac{3\pi}{4} + 2k\pi$
donc $n = 3 - 8k$ avec $k \in \mathbb{Z}$.
Les points M_n ont donc pour affixe
$z_1 = \left(\sqrt{2}\right)^{-1-8k} e^{i\frac{\pi}{4}}$ et $z_2 = \left(\sqrt{2}\right)^{3-8k} e^{-i\frac{3\pi}{4}}$, $k \in \mathbb{Z}$.

6. **a.** $z' = (x+iy)^2 - (1+3i)(x+iy) - 6 + 9i$
$z' = (x^2 - y^2 - x + 3y - 6) + i(2xy - 3x - y + 9)$
soit $x' = x^2 - y^2 - x + 3y - 6$ et $y' = -3x - y + 2xy + 9$.

b. $f(M)$ appartient à l'axe des ordonnées si et seulement si $x^2 + y^2 - x + 3y - 6 = 0$.
Or $x^2 + y^2 - x + 3y - 6 = 0$
$\iff \left(x - \dfrac{1}{2}\right)^2 + \left(y + \dfrac{3}{2}\right)^2 = \dfrac{17}{2}.$
Donc (H) est le cercle de centre Ω d'affixe $\omega = \dfrac{1}{2} - i\dfrac{3}{2}$ et de rayon $R = \sqrt{\dfrac{17}{2}}$.

Exercice 155

1. iy est solution de l'équation $P(z) = 0$ si
$(iy)^3 + (iy)^2(14 - i\sqrt{2}) + iy\left(74 - 14i\sqrt{2}\right) - 74i\sqrt{2} = 0$
donc $14y\left(\sqrt{2} - y\right) + i\left(-y^3 + \sqrt{2}y^2 + 74y - 74\sqrt{2}\right) = 0$
$\implies \begin{cases} 14y\left(\sqrt{2} - y\right) = 0 \\ -y^3 + \sqrt{2}y^2 + 74y - 74\sqrt{2} = 0 \end{cases}$
Résolution de l'équation $14y\left(\sqrt{2} - y\right) = 0$:
l'équation admet deux solutions : $y = 0$ et $y = \sqrt{2}$.
On remarque que : $-2\sqrt{2} + 2\sqrt{2} + 74\sqrt{2} - 74\sqrt{2} = 0$ donc $\sqrt{2}$ est solution de l'équation
$-y^3 + \sqrt{2}y^2 + 74y - 74\sqrt{2} = 0.$
Ainsi $i\sqrt{2}$ est solution de l'équation $P(z) = 0$.

2. $P(z) = (z - i\sqrt{2})(z^2 + az + b)$
$= z^3 + (a - i\sqrt{2})z^2 + z(b - ia\sqrt{2}) - ib\sqrt{2}$, par identification des coefficients des termes de même degré, nous obtenons $a = 14$ et $b = 74$,
ainsi $P(z) = (z - i\sqrt{2})(z^2 + 14z + 74)$.

3. Résolution de l'équation $z^2+14z+74=0$:
$\Delta=-100$, l'équation admet deux solutions complexes conjuguées :
$z_1=\dfrac{-14+10i}{2}=-7+5i$ et $z_2=-7-5i$.
Les solutions de l'équation $P(z)=0$ sont donc
$z_0=i\sqrt{2}$, $z_1=-7+5i$ et $z_2=-7-5i$.

Exercice 156

1. $P(-1)=-1-3-3+7=0$ donc -1 est racine de P.
2. $P(z)=(z+1)(z^2+az+b)=z^3+(a+1)z^2+(b+a)z+b$
Par identification, nous obtenons $a=-4$ et $b=7$ d'où $P(z)=(z+1)(z^2-4z+7)$.
3. Résolution de l'équation $z^2-4z+7=0$,
$\Delta=-12$, l'équation admet deux solutions complexes conjuguées : $z_1=\dfrac{4+2i\sqrt{3}}{2}=2+i\sqrt{3}$ et $z_2=2-i\sqrt{3}$.
Les solutions de l'équation $P(z)=0$ sont donc
$z_0=-1$, $z_1=2+i\sqrt{3}$ et $z_2=2-i\sqrt{3}$.

Exercice 157

1. $P(i\sqrt{3})=9+18i\sqrt{3}-72-18i\sqrt{3}+63=0$
$P(-i\sqrt{3})=9-18i\sqrt{3}-72+18i\sqrt{3}+63=0$.
$i\sqrt{3}$ et $-i\sqrt{3}$ sont deux racines de P. Il existe donc un polynôme $Q(x)=ax^2+bx+c$ tel que, pour tout $z\in\mathbb{C}$, on ait $P(z)=\left(z^2+3\right)\left(z^2+az+b\right)$.
$$\begin{aligned}P(z)&=\left(z^2+3\right)\left(z^2+az+b\right)\\&=z^4+az^3+(b+3)z^2+3az+3b\end{aligned}$$
Par identification, nous obtenons $a=-6$ et $b=21$.
Ainsi $P(z)=(z^2+3)(z^2-6z+21)$.
2. Résolution de l'équation $z^2-6z+21=0$; $\Delta=-48$, l'équation admet deux solutions complexes conjuguées : $z_1=\dfrac{6+4i\sqrt{3}}{2}=3+2i\sqrt{3}$ et $z_2=3-2i\sqrt{3}$.
Les solutions de l'équation $P(z)=0$ sont donc
$z_1=3+2i\sqrt{3}$, $z_2=3-2i\sqrt{3}$, $z_3=i\sqrt{3}$ et $z_4=-i\sqrt{3}$.

Exercice 158

1. $\Delta=3-4i$.
2. Posons $\delta=a+ib$ tel que $\delta^2=\Delta$.
$$\delta^2=\Delta\Longrightarrow\left\{\begin{array}{rcl}a^2+b^2&=&5\\a^2-b^2&=&3\\ab&<&0\end{array}\right.$$
$$\Longrightarrow\left\{\begin{array}{rcl}a^2&=&4\\b^2&=&1\\ab&<&0\end{array}\right.$$
ainsi $\delta_1=2-i$ et $\delta_2=-2+i$.
3. Les solutions de l'équation (E) sont donc :
$z_1=\dfrac{-(2+i)-2+i}{2}=-2$
et $z_2=\dfrac{-(2+i)+2-i}{2}=-i$.
☞ On remarquera que les solutions ne sont pas conjuguées.

Exercice 159

1. $z^2-4(6+i)z+3(63+16i)=0$
$\Delta=-196=-14^2$, l'équation admet deux solutions complexes :
$z_1=12+9i$ et $z_2=12-5i$.
2. $z^2-(1+2i)z+3(1+i)=0$
$\Delta=-15-8i=(1-4i)^2$, l'équation admet deux solutions complexes :
$z_1=\dfrac{1+2i+1-4i}{2}=1-i$ et $z_2=\dfrac{1+2i-1+4i}{2}=3i$.
3. $iz^2-2z-4-4i=0$
$\Delta=-12+16i=(2+4i)^2$, l'équation admet deux solutions complexes :
$z_1=\dfrac{2+2+4i}{2i}=2-2i$ et $z_2=\dfrac{2-2-4i}{2i}=-2$.
4. $z^2-2(1+i)z+\dfrac{1}{2}+i\left(2+\dfrac{\sqrt{3}}{2}\right)=0$
$\Delta=-2-2i\sqrt{3}=\left(1-i\sqrt{3}\right)^2$, l'équation admet deux solutions complexes :
$z_1=\dfrac{3}{2}+i\dfrac{2-\sqrt{3}}{2}$ et $z_2=\dfrac{1}{2}+i\dfrac{2+\sqrt{3}}{2}$.

Exercice 160

1. $1+i=\sqrt{2}\left(\dfrac{\sqrt{2}}{2}+i\dfrac{\sqrt{2}}{2}\right)=\sqrt{2}e^{i\frac{\pi}{4}}$ d'où
$(1+i)^6=\left(\sqrt{2}\right)^6e^{\frac{3\pi}{2}}=-8i$.
2. **a.** D'après **1.** $z^2=\left[(1+i)^3\right]^2$ donc $(1+i)^3=-2+2i$ est une solution de l'équation (E).
b. D'après la question précédente $z=2-2i$ est aussi solution de (E).
3. D'après **1.** $z^3=\left[(1+i)^2\right]^3$ donc $(1+i)^2=-2i$ est une solution de l'équation (E').
4. **a.** $b=f(2i)=2ie^{i\frac{2\pi}{3}}=2i\left(-\dfrac{1}{2}+i\dfrac{\sqrt{3}}{2}\right)=-\sqrt{3}-i$,

$c = f(b) = (-\sqrt{3}-i)\left(-\frac{1}{2}+i\frac{\sqrt{3}}{2}\right) = \sqrt{3}-i.$

b. $b^3 = (-\sqrt{3}-i)^3 = -8i$ et $c^3 = (\sqrt{3}-i)^3 = -8i$ donc b et c sont solutions de (E').

EXERCICE 161

1. Résolution de l'équation $z^2-(1+2i)z+2i=0$

$\Delta = -3-4i = (1-2i)^2$, l'équation admet deux solutions

$z_1 = 1$ et $z_2 = 2i$.

$1^4-6(1+i)\times 1^3+27i\times 1^2+27(1-i)\times 1-22+6i$

$=1-6-6i+27i+27-27i-22+6i=0$

$(2i)^4-6(1+i)\times(2i)^3+27i\times(2i)z^2+27(1-i)\times(2i)$

$-22+6i = 16-48+48i-108i+54+54i-22+6i=0$

$z_1 = 1$ et $z_2 = 2i$ sont donc solutions de (E).

2. D'après la question précédente, il existe a et b complexes tels que :

$z^4-6(1+i)z^3+27iz^2+27(1-i)z-22+6i$

$=(z^2-(1+2i)z+2i)(z^2+az+b)$

$=(z^2-(1+2i)z+2i)(z^2+az+b) = z^4+(a-1-2i)z^3+(-a-2ia+b+2i)z^2+(2ia-b-2ib)z+2ib$

Par identification $a-1-2i=-6-6i$ et $2ib=-22+6i$ d'où $a=-5-4i$ et $b=3+11i$

$(z^2-(1+2i)z+2i)(z^2-(5+4i)z+3+11i) = 0 \iff (z^2-(1+2i)z+2i=0 \text{ ou } z^2-(5+4i)z+3+11i=0)$

Résolution de l'équation $z^2+(-5-4i)z+(3+11i)=0$

$\Delta = -3-4i = (1-2i)^2$,

l'équation admet deux solutions :

$z_3 = 2+3i$ et $z_4 = 3+i$

3. Soit M_1, M_2, M_3 et M_4 les points d'affixes respectives z_1, z_2, z_3 et z_4.

• $z_4-z_1 = z_3-z_2 = 2+i \iff \overrightarrow{M_1M_4} = \overrightarrow{M_2M_3}$ donc $M_1M_2M_3M_4$ est un parallélogramme.

• $|z_2-z_1| = |z_3-z_2| = \sqrt{5} \iff M_1M_2 = M_1M_4$

Deux côtés consécutif du parallélogramme ont même longueur donc $M_1M_2M_3M_4$ est un losange.

• $|z_2-z_4| = |z_3-z_1| = \sqrt{10} \iff M_1M_3 = M_2M_4$

Les diagonales du losange ont même longueur donc $M_1M_2M_3M_4$ est un carré.

EXERCICE 162

1. $(z^2-4z+5)-i(z+1)=0 \iff z^2-(4+i)z+5-i=0$

$\Delta = -5+12i = (2+3i)^2$, l'équation admet deux solutions complexes :

$z_1 = 3+2i$ et $z_2 = 1-i$.

2. $(z^2-4z+5)^2+(z+1)^2=0$

$\iff (z^2-4z+5)^2-(i(z+1))^2=0$

$\iff (z^2-4z+5-i(z+1))(z^2-4z+5+i(z+1))=0$

$\iff (z^2-(4+i)z+5-i)(z^2-(4-i)z+5+i)=0$

$\iff (z^2-(4+i)z+5-i)=0$

ou $(z^2-(4-i)z+5+i)=0$

On remarque que les coefficients de la seconde équation sont les conjugués des coefficients de la première équation, on en déduit alors que les solutions de la seconde équation sont

$z_3 = \overline{z_1} = 3-2i$ et $z_4 = \overline{z_2} = 1+i$.

Les solutions de l'équation initiale sont donc

$z_1 = 3+2i$, $z_2 = 1-i$, $z_3 = 3-2i$ et $z_4 = 1+i$.

3. D'après la question précédente :

$(x^2+4x+5)^2+(x+1)^2$

$=(x-z_1)(x-\overline{z_1})(x-z_2)(x-\overline{z_2})$

$=(x^2-(z_1+\overline{z_1})x+z_1\overline{z_1})(x^2-(z_2+\overline{z_2})x+z_2\overline{z_2})$

$=(x^2-6x+13)(x^2-2x+2)$

EXERCICE 163

1. $z^2+(1-\sqrt{3})z-\sqrt{3}=0$, $\Delta = 4+2\sqrt{3} = (1+\sqrt{3})^2$

L'équation admet deux solutions réelles

$z_1 = \sqrt{3}$ et $z_2 = -1$.

2. **a.** $z+\frac{1}{z} = -1 \iff z^2+z+1=0$

Cette équation admet deux solutions complexes conjuguées

$\alpha = -\frac{1}{2}+i\frac{\sqrt{3}}{2}$ et $\alpha' = -\frac{1}{2}+i\frac{\sqrt{3}}{2}$

b. $z+\frac{1}{z} = \sqrt{3} \iff z^2-\sqrt{3}z+1=0$,

Cette équation admet deux solutions complexes conjuguées

$\beta = \frac{\sqrt{3}}{2}+i\frac{1}{2}$ et $\beta' = \frac{\sqrt{3}}{2}-i\frac{1}{2}$

3. $\forall z \in \mathbb{C}^\star$,

$\frac{f(z)}{z} = z^2+(1-\sqrt{3})z+(2-\sqrt{3})+(1-\sqrt{3})\frac{1}{z}+\frac{1}{z^2}$

$=\left(z^2+2+\frac{1}{z^2}\right)+(1-\sqrt{3})\left(z+\frac{1}{z}\right)-\sqrt{3}$

$=\left(z+\frac{1}{z}\right)^2+(1-\sqrt{3})\left(z+\frac{1}{z}\right)-\sqrt{3}.$

4. Pour $z \neq 0$, on pose $Z = z+\frac{1}{z}$,

$f(z)=0 \iff \dfrac{f(z)}{z}=0 \iff Z^2+(1-\sqrt{3})Z-\sqrt{3}=0$

D'après la première question $Z=\sqrt{3}$ ou $Z=-1$

c'est-à-dire $z+\dfrac{1}{z}=\sqrt{3}$ ou $z+\dfrac{1}{z}=-1$

donc d'après la question 2, α, α', β, β' sont solutions de l'équation $f(z)=0$.

Exercice 164

1. **a.** $P(i)=0$ et $P(-i)=0$

   b. i et $-i$ sont racines du polynôme P donc il existe a et b réels tels que

   $P(z)=(z-i)(z+i)\left(z^2+az+b\right)$

   ou encore $P(z)=\left(z^2+1\right)\left(z^2+az+b\right)$

   En développant et en identifiant les coefficients des termes de même degré, on en déduit que

   $P(z)=\left(z^2+1\right)\left(z^2+2\sqrt{3}z+7\right)$.

2. $P(z)=0 \iff \left(z^2+1=0 \text{ ou } z^2+2\sqrt{3}z+7=0\right)$.

   Résolution de l'équation $z^2+2\sqrt{3}z+7=0$

   $\Delta=-16$, donc $z_1=-\sqrt{3}+2i$, $z_2=-\sqrt{3}-2i$.

   Les solutions de l'équation $P(z)=0$ sont donc

   $z_1=-\sqrt{3}+2i$, $z_2=-\sqrt{3}-2i$, $z_3=i$ et $z_4=-i$.

Exercice 165

On pose $Z=z^2$, l'équation s'écrit $Z^2+Z+1=0$.

Cette équation admet deux solutions complexes conjuguées :

$Z_1=-\dfrac{1}{2}+i\dfrac{\sqrt{3}}{2}$ et $Z_2=-\dfrac{1}{2}-i\dfrac{\sqrt{3}}{2}$

• $z^2=(a+ib)^2=-\dfrac{1}{2}+i\dfrac{\sqrt{3}}{2}$ donc

$$\begin{cases} a^2+b^2 &= 1\\ a^2-b^2 &= -\frac{1}{2}\\ ab &> 0\end{cases} \Longrightarrow \begin{cases} a^2 &= \frac{1}{4}\\ b^2 &= \frac{3}{4}\\ ab &> 0\end{cases}$$

On en déduit alors que $z_1=\dfrac{1}{2}+i\dfrac{\sqrt{3}}{2}$ et $z_1'=-\dfrac{1}{2}-i\dfrac{\sqrt{3}}{2}$

• $z^2=(a+ib)^2=-\dfrac{1}{2}-i\dfrac{\sqrt{3}}{2}$ donc

$$\begin{cases} a^2+b^2 &= 1\\ a^2-b^2 &= -\frac{1}{2}\\ ab &< 0\end{cases} \Longrightarrow \begin{cases} a^2 &= \frac{1}{4}\\ b^2 &= \frac{3}{4}\\ ab &< 0\end{cases}$$

On en déduit alors que $z_2=\dfrac{1}{2}-i\dfrac{\sqrt{3}}{2}$ et $z_2'=-\dfrac{1}{2}+i\dfrac{\sqrt{3}}{2}$.

Au final, l'équation $z^4+z^2+1=0$ admet quatre solutions : $z_1=\dfrac{1}{2}+i\dfrac{\sqrt{3}}{2}$, $z_1'=-\dfrac{1}{2}-i\dfrac{\sqrt{3}}{2}$, $z_2=\dfrac{1}{2}-i\dfrac{\sqrt{3}}{2}$ et $z_2'=-\dfrac{1}{2}+i\dfrac{\sqrt{3}}{2}$.

Exercice 166

1. $P(2)=0$ donc $P(z)=z^3-8z^2+25z-26$ est divisible par $z-2$. Il existe donc a et b réels tels que

   $P(z)=(z-2)\left(z^2+az+b\right)$

   En développant et en identifiant les coefficients des termes de même degré, on en déduit que

   $P(z)=(z-2)\left(z^2-6z+13\right)$.

2. Résolution de l'équation $z^2-6z+13=0$

   $\Delta=-16$, l'équation admet deux solutions complexes conjuguées :

   $z_1=3+2i$ et $z_2=3-2i$.

   Les racines de P sont $z_0=2$, $z_1=3+2i$ et $z_2=3-2i$.

Exercice 167

1. **a.** $z^2+2z+2=0$, $\Delta=-4$, l'équation admet deux solutions complexes conjuguées :

   $z_1=-1+i$ et $z_2=-1-i$.

   b. On a $z_1=\sqrt{2}e^{i\frac{3\pi}{4}}$ et $z_2=\sqrt{2}e^{-i\frac{3\pi}{4}}$ ainsi

   $$\begin{aligned} z_1^n+z_2^n &= \left(\sqrt{2}\right)^n\left(e^{i\frac{3n\pi}{4}}+e^{-i\frac{3n\pi}{4}}\right)\\ &= 2\left(\sqrt{2}\right)^n\cos\frac{3n\pi}{4}.\end{aligned}$$

2. **a.** Pour $z\neq 1$, $\dfrac{z+1}{z-1}=1 \iff z+1=z-1 \iff 1=-1$

   L'équation (E') n'a donc pas de solution.

   b. $\forall z\in\mathbb{C}'$, $f\circ f(z)=\dfrac{\frac{z+1}{z-1}+1}{\frac{z+1}{z-1}-1}=\dfrac{z+1+z-1}{z+1-z+1}=z$

   La fonction f est donc involutive.

3. On doit avoir $\left(f(z)\right)^2+2f(z)+2=0$

   soit après simplifications $5z^2-2z+1=0$.

Exercice 168

1. $(z+1)^3=z^3+3z^2+3z+1$.

2. $$\begin{aligned} z^3+3z^2+3z-7=0 &\iff (z+1)^3=8\\ &\iff (z+1)^3=8e^{2ik\pi} \text{ avec } k\in\mathbb{Z}\\ &\iff (z+1)^3=\left(2e^{i\frac{2k\pi}{3}}\right)^3\\ &\iff z=-1+2e^{i\frac{2k\pi}{3}}\end{aligned}$$

   Les solutions sont $z_0=1$, $z_1=-1+2e^{i\frac{2\pi}{3}}=-2+i\sqrt{3}$ et $z_2=-1+2e^{-i\frac{2\pi}{3}}=-2-i\sqrt{3}$.

3. L'affixe des trois points vérifie $|z+1|=2$, les points M_0, M_1 et M_2 d'affixes respectives z_0, z_1 et z_2 sont donc sur le cercle de centre d'affixe -1 et de rayon 2.

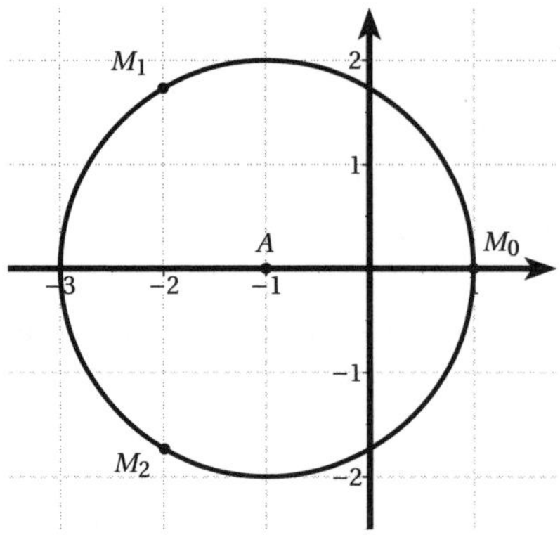

EXERCICE 169

On pose $Z = z^3$, l'équation s'écrit alors $Z^2 + Z - 2 = 0$

Cette équation admet deux solutions réelles 1 et -2

• $z^3 = 1 = e^{2ik\pi} \iff z = e^{i\frac{2k\pi}{3}}$ avec $k \in \mathbb{Z}$

• $z^3 = -2 = 2e^{i(\pi+2k\pi)} \iff z = \sqrt[3]{2}e^{i\frac{\pi+2k\pi}{3}}$ avec $k \in \mathbb{Z}$

Les solutions de l'équation $z^6 + z^3 - 2 = 0$ sont alors :

si $k = 0$, $z_1 = e^0 = 1$, $z_2 = \sqrt[3]{2}e^{i\frac{\pi}{3}} = \sqrt[3]{2}\left(\frac{1}{2} + i\frac{\sqrt{3}}{2}\right)$

si $k = 1$, $z_3 = e^{i\frac{2\pi}{3}} = -\frac{1}{2} + i\frac{\sqrt{3}}{2}$, $z_3 = \sqrt[3]{2}e^{i\pi} = -\sqrt[3]{2}$

si $k = -1$, $z_5 = e^{-i\frac{2\pi}{3}} = -\frac{1}{2} - i\frac{\sqrt{3}}{2}$,

$z_6 = \sqrt[3]{2}e^{-i\frac{\pi}{3}} = \sqrt[3]{2}\left(\frac{1}{2} - i\frac{\sqrt{3}}{2}\right)$

EXERCICE 170

On pose $Z = z^2$, l'équation s'écrit alors

$Z^2 - 2Z\cos 2\alpha + 1 = 0$

$\Delta = 4\cos^2 2\alpha - 4 = -4\sin^2 2\alpha$

L'équation admet deux solutions complexes conjuguées :

$Z_1 = \cos 2\alpha + i\sin 2\alpha$ et $Z_2 = \cos 2\alpha - i\sin 2\alpha$

• $z^2 = \cos 2\alpha + i\sin 2\alpha \iff z^2 = (\cos\alpha + i\sin\alpha)^2$ (Moivre)

donc $z = \cos\alpha + i\sin\alpha$ ou $z = -\cos\alpha - i\sin\alpha$

• $z^2 = \cos 2\alpha - i\sin 2\alpha \iff z^2 = (\cos\alpha - i\sin\alpha)^2$ (Moivre)

donc $z = \cos\alpha - i\sin\alpha$ ou $z = -\cos\alpha + i\sin\alpha$

L'équation $z^4 - 2z^2\cos 2\alpha + 1 = 0$ admet donc quatre solutions :

$z_1 = \cos\alpha + i\sin\alpha$, $z_2 = -\cos\alpha - i\sin\alpha$,

$z_3 = -\cos\alpha + i\sin\alpha$ et $z_4 = \cos\alpha - i\sin\alpha$

EXERCICE 171

1. $P(x) = x^4 - 3x^2 + 9 = \left(x^2 + ax + 3\right)\left(x^2 + bx + 3\right)$

   En développant partiellement et en identifiant les coefficients de même degré, on obtient deux relations entre a et b :

   $a + b = 0$ et $ab = -9$ on en déduit alors que $a = 3$ et $b = -3$, ainsi

   $P(x) = x^4 - 3x^2 + 9 = \left(x^2 + 3x + 3\right)\left(x^2 - 3x + 3\right)$

2. • Résolution de l'équation $x^2 + 3x + 3 = 0$

   $x_1 = -\frac{3}{2} + i\frac{\sqrt{3}}{2}$ et $x_2 = -\frac{3}{2} - i\frac{\sqrt{3}}{2}$

   • Résolution de l'équation $x^2 - 3x + 3 = 0$

   $x_3 = \frac{3}{2} + i\frac{\sqrt{3}}{2}$ et $x_4 = \frac{3}{2} - i\frac{\sqrt{3}}{2}$

   P a donc quatre racines : $x_1 = -\frac{3}{2} + i\frac{\sqrt{3}}{2}$,

   $x_2 = -\frac{3}{2} - i\frac{\sqrt{3}}{2}$, $x_3 = \frac{3}{2} + i\frac{\sqrt{3}}{2}$ et $x_4 = \frac{3}{2} - i\frac{\sqrt{3}}{2}$

3. $x_1 = -\frac{3}{2} + i\frac{\sqrt{3}}{2} = \sqrt{3}\left(-\frac{\sqrt{3}}{2} + i\frac{1}{2}\right) = \sqrt{3}e^{i\frac{5\pi}{6}}$,

   $x_2 = -\frac{3}{2} - i\frac{\sqrt{3}}{2} = \sqrt{3}e^{-i\frac{5\pi}{6}}$,

   $x_3 = \frac{3}{2} + i\frac{\sqrt{3}}{2} = \sqrt{3}e^{i\frac{\pi}{6}}$

   $x_4 = \frac{3}{2} - i\frac{\sqrt{3}}{2} = \sqrt{3}e^{-i\frac{\pi}{6}}$

EXERCICE 172

1. $z^2 - 2z\cos\theta + 1 = 0$, $\Delta = -4\sin^2\theta$

   L'équation admet deux solutions complexes conjuguées $z_1 = \cos\theta + i\sin\theta$ et $\overline{z_1} = \cos\theta - i\sin\theta$.

   $|z_1| = \sqrt{\cos^2\theta + \sin^2\theta} = 1$.

   Si $\theta = k\pi$ avec $k \in \mathbb{Z}$, $z_1 = \pm 1$ donc z_1 est réel.

2. $Q(z) = (z - z_1)\left(z - \overline{z_1}\right)(z - z_2)\left(z - \overline{z_2}\right)$.

   $= \left(z^2 - 2z\cos\theta + 1\right)\left(z^2 - 2z\cos\theta' + 1\right)$

   $= z^4 - 2\left(\cos\theta + \cos\theta'\right)z^3 + 2\left(1 + 2\cos\theta\cos\theta'\right)z^2 - 2\left(\cos\theta + \cos\theta'\right)z + 1$

   Par identification des coefficients des termes de même degré, $P(z) = Q(z)$ pour tout $z \in \mathbb{C}$ si et seulement si $a = c = -2\left(\cos\theta + \cos\theta'\right)$, $b = 2 + 4\cos\theta\cos\theta'$ et $d = 1$.

3. On vérifie que pour $X = \cos\theta$ et pour $X = \cos\theta'$, $X^2 - \left(\cos\theta + \cos\theta'\right)X + \cos\theta\cos\theta' = 0$

$\cos\theta$ et $\cos\theta'$ sont donc solutions de l'équation
$X^2 + \dfrac{a}{2}X + \dfrac{b-2}{4} = 0,$
avec $a = -2(\cos\theta + \cos\theta')$, $b = 2 + 4\cos\theta\cos\theta'$.
On sait que quelque soit les angles θ et θ',
$-1 \leqslant \cos\theta \leqslant 1$ et $-1 \leqslant \cos\theta' \leqslant 1$
donc $-4 \leqslant a \leqslant 4$ et $-2 \leqslant b \leqslant 6$
De plus $\Delta = \dfrac{a^2}{4} - b + 2 \geqslant 0$ donc $b \leqslant \dfrac{a^2}{4} + 2$.

4. Il faut choisir M dans la région hachurée pour que les relations (C') soient satisfaites

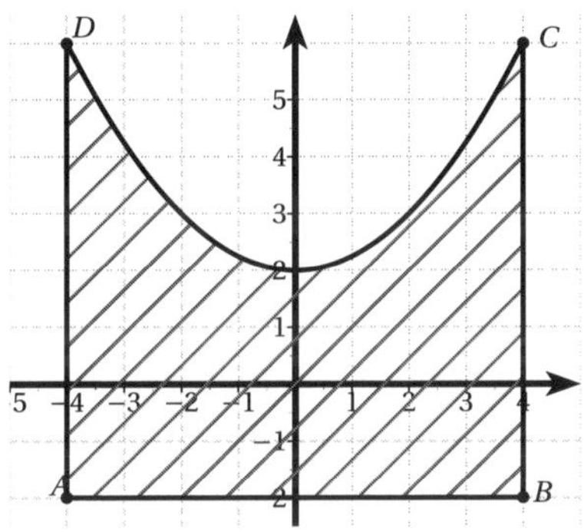

5. $z^4 - 3z^3 + 4z^2 - 3z + 1 = 0$
On vérifie que le point d'affixe $z = -3 + 4i$ est bien dans la zone hachurée.
$a = -3$ et $b = 4$ donc $\cos\theta$ et $\cos\theta'$ sont solutions de l'équation $X^2 - \dfrac{3}{2}X + \dfrac{1}{2} = 0$.
Cette équation admet deux solutions réelles $X_1 = 1$ et $X_2 = \dfrac{1}{2}$.
On en déduit alors que $\cos\theta = 1$ et $\cos\theta' = \dfrac{1}{2}$
d'où $z_1 = \overline{z_1} = 1$, $z_2 = \dfrac{1}{2} + i\dfrac{\sqrt{3}}{2}$ et $\overline{z_2} = \dfrac{1}{2} - i\dfrac{\sqrt{3}}{2}$.

Exercice 173

Par définition d'un argument :

- $\arg(z_B - z_A) = \arg\left(z_{\overrightarrow{AB}}\right) = \left(\vec{u}; \overrightarrow{AB}\right)$ et
- $\arg\left(\dfrac{z_D - z_C}{z_B - z_A}\right) = \arg(z_D - z_C) - \arg(z_B - z_A)$
$= \left(\vec{u}; \overrightarrow{CD}\right) - \left(\vec{u}; \overrightarrow{AB}\right) = \left(\overrightarrow{AB}; \overrightarrow{CD}\right).$

Exercice 174

1. $|z_B - z_A| = |-3 + i\sqrt{3}| = \sqrt{9+3} = 2\sqrt{3},$
$|z_B - z_C| = |2i\sqrt{3}| = 2\sqrt{3}$
$|z_C - z_A| = |-3 - i\sqrt{3}| = \sqrt{9+3} = 2\sqrt{3}.$
On en déduit que $AB = AC = BC$ donc le triangle ABC est équilatéral.

2. $\dfrac{z_C - z_A}{z_B - z_A} = \dfrac{-1 - i\sqrt{3} - 2}{-1 + i\sqrt{3} - 2} = \dfrac{-3 - i\sqrt{3}}{-3 + i\sqrt{3}} = \dfrac{6 + 6i\sqrt{3}}{12}$
$\dfrac{z_C - z_A}{z_B - z_A} = \dfrac{1}{2} + i\dfrac{\sqrt{3}}{2} = e^{i\frac{\pi}{3}}$ d'où $\arg\left(\dfrac{z_C - z_A}{z_B - z_A}\right) = \dfrac{\pi}{3}$ et
$|z_C - z_A| = |z_B - z_A|$
donc $\left(\overrightarrow{AB}; \overrightarrow{AC}\right) = \dfrac{\pi}{3}$ $[2\pi]$ et $AB = AC$. On en déduit donc que le triangle ABC est équilatéral.

Exercice 175

1. $\overrightarrow{AB} \perp \overrightarrow{CD} \iff Z = \left(\dfrac{z_D - z_C}{z_B - z_A}\right) = \alpha e^{\frac{\pi}{2} + k\pi} = i\beta$
(avec α réel strictement positif et β réel non nul) c'est-à-dire Z est un imaginaire pur.

2. $\overrightarrow{AB}$ et $\overrightarrow{CD}$ sont colinéaires si et seulement si $\arg\left(\dfrac{z_D - z_C}{z_B - z_A}\right) = \alpha e^{k\pi} = \beta$
(avec α réel strictement positif et β réel non nul) c'est-à-dire Z est un réel.

Exercice 176

1. $z = \sqrt{2} + i\sqrt{2} = 2e^{i\frac{\pi}{4}}$
$z_1 = \dfrac{1}{z} = \dfrac{1}{2}e^{-i\frac{\pi}{4}} = \dfrac{\sqrt{2}}{4} - i\dfrac{\sqrt{2}}{4}$
$z_2 = -\dfrac{\sqrt{2}}{4} - i\dfrac{\sqrt{2}}{4} = \dfrac{1}{2}e^{-i\frac{3\pi}{4}}.$

2. $z' = -i\dfrac{2\sqrt{2}}{3}$
$\dfrac{z - z_1}{z - z'} = \dfrac{\frac{3\sqrt{2}}{4} + i\frac{5\sqrt{2}}{4}}{\sqrt{2} + i\frac{5\sqrt{2}}{3}} = \dfrac{3}{4}$
On en déduit que $\left(\overrightarrow{MQ}\ ;\ \overrightarrow{MP}\right) = 0$, les points M, P et Q sont donc alignés.

Exercice 177

1. $\dfrac{z_C - z_A}{z_D - z_A} = \dfrac{1+i}{3-3i} = \dfrac{1}{3}i$
$\dfrac{z_C - z_B}{z_D - z_B} = \dfrac{1+3i}{3-i} = i.$

2. D'après la question précédente,
$arg\left(\dfrac{z_C - z_A}{z_D - z_A}\right) = \left(\overrightarrow{AD}; \overrightarrow{AC}\right) = \dfrac{\pi}{2}$, le triangle ACD est rectangle en D.
$\dfrac{z_C - z_B}{z_D - z_B} = \dfrac{1+3i}{3-i} = i$ donc $\left|\dfrac{z_C - z_B}{z_D - z_B}\right| = 1$ et
$arg\left(\dfrac{z_C - z_B}{z_D - z_B}\right) = \dfrac{\pi}{2}$
ainsi $BC = BD$ et $\left(\overrightarrow{BD}; \overrightarrow{BC}\right) = \dfrac{\pi}{2}$. Le triangle BCD est isocèle rectangle en B.

3. Les triangles ACD et BCD sont rectangles et d'hypoténuse $[CD]$, ces triangles sont donc inscrits dans le cercle de diamètre CD. Les points A, B, C et D appartiennent au cercle de centre Ω milieu de $[CD]$ d'affixe $\omega = \dfrac{z_C + z_D}{2} = 1$ et de rayon $R = |z_D - \omega| = \sqrt{5}$.

EXERCICE 178

On remarque que $z' = \dfrac{z+2}{z-i} = \dfrac{z-z_A}{z-z_B}$.

1. $OM' = 1 \iff \left|\dfrac{z-z_A}{z-z_B}\right| = 1 \iff MA = MB$.

M est sur la médiatrice du segment $[AB]$.

2. M' est sur l'axe réel $\iff arg\left(\dfrac{z-z_A}{z-z_B}\right) = k\pi$.

M est sur la droite (AB) privée du point B.

3. M' est sur l'axe imaginaire $\iff arg\left(\dfrac{z-z_A}{z-z_B}\right) = \pm\dfrac{\pi}{2}$.

M est sur le cercle de diamètre $[AB]$ privé des points A et B.

EXERCICE 179

Soit $z = x + iy$,

$$\begin{aligned}
|z| = 2|z-i| &\iff |x+iy| = 2|x+i(y-1)| \\
&\iff x^2+y^2 = 4x^2+4(y-1)^2 \\
&\iff 3x^2+3y^2-8y+4 = 0 \\
&\iff x^2+y^2-\frac{8}{3}y+\frac{4}{3} = 0 \\
&\iff x^2+\left(y-\frac{4}{3}\right)^2 = \frac{4}{9}
\end{aligned}$$

M décrit le cercle de centre Ω d'affixe $\dfrac{4}{3}i$ et de rayon $\dfrac{2}{3}$.

EXERCICE 180

1. On a $z^5 = e^{5i\theta}$ et $1 = e^{0i}$

$$\begin{aligned}
z^5 = 1 &\iff e^{5i\theta} = e^{2ik\pi} \\
&\iff 5\theta = 2k\pi \text{ avec } k \in \mathbb{Z} \\
&\iff \theta = \frac{2k\pi}{5} \text{ avec } k \in \mathbb{Z}.
\end{aligned}$$

2. Les solutions de l'équation $z^5 = 1$ sont donc :

$z_1 = e^0 = 1$, $z_2 = e^{i\frac{2\pi}{5}} = \cos\dfrac{2\pi}{5} + i\sin\dfrac{2\pi}{5}$,

$z_3 = e^{i\frac{4\pi}{5}} = \cos\dfrac{4\pi}{5} + i\sin\dfrac{5\pi}{5}$,

$z_4 = e^{-i\frac{2\pi}{5}} = \cos\dfrac{2\pi}{5} - i\sin\dfrac{2\pi}{5}$

$z_5 = e^{-i\frac{4\pi}{5}} = \cos\dfrac{4\pi}{5} - i\sin\dfrac{4\pi}{5}$

EXERCICE 181

1. On a $z^6 = e^{6i\theta}$ et $-1 = e^{i\pi}$

$$\begin{aligned}
z^6 = -1 &\iff e^{6i\theta} = e^{i\pi} \\
&\iff 6\theta = \pi + 2k\pi \text{ avec } k \in \mathbb{Z} \\
&\iff \theta = \frac{\pi+2k\pi}{6} \text{ avec } k \in \mathbb{Z}.
\end{aligned}$$

2. Les solutions de l'équation $z^6 = -1$ sont donc

$z_1 = e^{-i\frac{\pi}{6}} = \dfrac{\sqrt{3}}{2} - i\dfrac{1}{2}$, $z_2 = e^{i\frac{\pi}{2}} = i$,

$z_3 = e^{i\frac{5\pi}{6}} = -\dfrac{\sqrt{3}}{2} + i\dfrac{1}{2}$, $z_4 = e^{-i\frac{2\pi}{6}} = -\dfrac{\sqrt{3}}{2} - i\dfrac{1}{2}$,

$z_5 = e^{-i\frac{\pi}{2}} = -i$ et $z_6 = e^{i\frac{\pi}{6}} = \dfrac{\sqrt{3}}{2} + i\dfrac{1}{2}$.

EXERCICE 182

1. On a $z^4 = e^{4i\theta}$ et $\dfrac{1}{2} + i\dfrac{\sqrt{3}}{2} = e^{i\frac{\pi}{3}}$

$$\begin{aligned}
z^4 = \frac{1}{2} + i\frac{\sqrt{3}}{2} &\iff e^{4i\theta} = e^{i\frac{\pi}{3}} \\
&\iff 4\theta = \frac{\pi}{3} + 2k\pi \text{ avec } k \in \mathbb{Z} \\
&\iff \theta = \frac{\pi}{12} + \frac{k\pi}{2} \text{ avec } k \in \mathbb{Z}.
\end{aligned}$$

2. Les solutions de l'équation $z^4 = \dfrac{1}{2} + i\dfrac{\sqrt{3}}{2}$ sont donc

$z_1 = e^{i\frac{\pi}{12}}$, $z_2 = e^{i\frac{7\pi}{12}}$, $z_3 = e^{-i\frac{5\pi}{12}}$ et $z_4 = e^{-i\frac{11\pi}{12}}$

EXERCICE 183

Posons $z = e^{i\theta}$ alors $z^3 = i \iff e^{3i\theta} = e^{i\frac{\pi}{2}}$

$\iff \theta = \dfrac{\pi}{6} + \dfrac{2k\pi}{3}$ avec $k \in \mathbb{Z}$

Les solutions de l'équation $z^3 = i$ sont donc

$z_1 = e^{i\frac{\pi}{6}} = \dfrac{\sqrt{3}}{2} + i\dfrac{1}{2}$, $z_2 = e^{i\frac{5\pi}{6}} = -\dfrac{\sqrt{3}}{2} + i\dfrac{1}{2}$

et $z_3 = e^{-i\frac{\pi}{2}} = -i$.

EXERCICE 184

1. On a $z = e^{i\theta}$ et $\omega = e^{i\phi}$ donc $\forall n \in \mathbb{N}^\star$,

$$\begin{aligned}
z^n = \omega &\iff e^{in\theta} = e^{i\phi} \\
&\iff n\theta = \phi + 2k\pi \text{ avec } k \in \mathbb{Z} \\
&\iff \theta = \frac{\phi}{n} + \frac{2k\pi}{n}.
\end{aligned}$$

2. $\forall k \in [\![0\ ;\ n-1]\!]$, $|z_k| = 1$, les points M_k, d'affixe z_k sont donc sur le cercle de centre O et de rayon 1.

$M_kM_{k+1} = |z_{k+1} - z_k| = \left|e^{i\left(\frac{\phi}{n}+\frac{2k\pi}{n}\right)}\right| \times \left|e^{i\frac{2\pi}{n}} - 1\right|$

$\left|e^{i\left(\frac{\phi}{n}+\frac{2k\pi}{n}\right)}\right| = 1$ donc

$M_kM_{k+1} = \left|e^{i\frac{2\pi}{n}} - 1\right|$ valeur indépendante de k, le polygone de sommets M_k est un polygone régulier inscrit dans le cercle de centre O et de rayon 1.

EXERCICE 185

$$S_p = \sum_{k=0}^{n-1}\left(e^{i\frac{k\pi}{n}}\right)^p = \sum_{k=0}^{n-1}\left(e^{i\frac{p\pi}{n}}\right)^k$$
$$= \frac{e^{i\frac{np\pi}{n}}-1}{e^{i\frac{p\pi}{n}}-1} = \frac{e^{ip\pi}-1}{e^{i\frac{p\pi}{n}}-1} = \frac{(-1)^p-1}{e^{i\frac{p\pi}{n}}-1}$$

EXERCICE 186

1. $\omega = \sqrt{2}e^{i\frac{\pi}{4}}$.
2. On a $\omega = \sqrt{2}e^{i\frac{\pi}{4}}$ et $z^4 = \rho^4 e^{4i\theta}$ donc $z^4 = \omega \iff \left(\rho^4 = \sqrt{2} \text{ et } 4\theta = \frac{\pi}{4} + 2k\pi\right)$ avec $k \in \mathbb{Z}$
   $$\iff \left(\rho = \sqrt[8]{2} \text{ et } \theta = \frac{\pi}{16} + \frac{k\pi}{2}\right)$$
   En effet $\rho = \sqrt{2}^{\frac{1}{4}}$ et $\sqrt{2} = 2^{\frac{1}{2}}$ donc $\rho = 2^1 8 = \sqrt[8]{2}$.
3. Les 4 racines 4e de ω sont donc :
   $z_1 = \sqrt[8]{2}e^{i\frac{\pi}{16}}$, $z_2 = \sqrt[8]{2}e^{i\frac{9\pi}{16}}$, $z_3 = \sqrt[8]{2}e^{i\frac{17\pi}{16}}$
   et $z_4 = \sqrt[8]{2}e^{-i\frac{7\pi}{16}}$.
   D'après la formule de duplication et sachant que $0 < \frac{\pi}{16} < \frac{\pi}{8} < \frac{\pi}{2}$
   $$\cos\frac{\pi}{8} = \sqrt{\frac{\frac{\sqrt{2}}{2}+1}{2}} = \frac{\sqrt{2+\sqrt{2}}}{2}$$
   puis $\cos\frac{\pi}{16} = \sqrt{\frac{\frac{\sqrt{2+\sqrt{2}}}{2}+1}{2}} = \frac{\sqrt{2+\sqrt{2+\sqrt{2}}}}{2}$
   On en déduit alors que
   $$\sin^2\frac{\pi}{16} = 1-\cos^2\frac{\pi}{16} = \frac{2-\sqrt{2+\sqrt{2}}}{4}$$
   donc $\sin\frac{\pi}{16} = \frac{\sqrt{2-\sqrt{2+\sqrt{2}}}}{2}$.
   Les expressions algébriques des racines quatrièmes de $1+i$ sont donc :
   $$z_1 = \sqrt[8]{2}\left(\frac{\sqrt{2+\sqrt{2+\sqrt{2}}}}{2} + i\frac{\sqrt{2-\sqrt{2+\sqrt{2}}}}{2}\right)$$
   $$z_2 = \sqrt[8]{2}\left(-\frac{\sqrt{2-\sqrt{2+\sqrt{2}}}}{2} + i\frac{\sqrt{2+\sqrt{2+\sqrt{2}}}}{2}\right)$$
   $$z_3 = \sqrt[8]{2}\left(-\frac{\sqrt{2+\sqrt{2+\sqrt{2}}}}{2} - i\frac{\sqrt{2-\sqrt{2+\sqrt{2}}}}{2}\right)$$
   $$z_4 = \sqrt[8]{2}\left(\frac{\sqrt{2-\sqrt{2+\sqrt{2}}}}{2} - i\frac{\sqrt{2+\sqrt{2+\sqrt{2}}}}{2}\right)$$

EXERCICE 187

Posons $z = \rho e^{i\theta}$ alors $z^7 = \rho^7 e^{7i\theta}$,
de plus $-\sqrt{3}+i = 2e^{i\frac{2\pi}{3}}$ donc
$$z^7 = -\sqrt{3}+i \iff \left(\rho = \sqrt[7]{2} \text{ et } \theta = \frac{2\pi}{21} + \frac{2k\pi}{7}\right)$$
Les 7 solutions sont donc :
$$z_1 = \sqrt[7]{2}e^{i\frac{2\pi}{21}} = \sqrt[7]{2}\left(\cos\frac{2\pi}{21} + i\sin\frac{2\pi}{21}\right)$$
$$z_2 = \sqrt[7]{2}e^{i\frac{8\pi}{21}} = \sqrt[7]{2}\left(\cos\frac{8\pi}{21} + i\sin\frac{8\pi}{21}\right)$$
$$z_3 = \sqrt[7]{2}e^{i\frac{2\pi}{3}} = \sqrt[7]{2}\left(\cos\frac{2\pi}{3} + i\sin\frac{2\pi}{3}\right)$$
$$z_4 = \sqrt[7]{2}e^{i\frac{20\pi}{21}} = \sqrt[7]{2}\left(\cos\frac{20\pi}{21} + i\sin\frac{20\pi}{21}\right)$$
$$z_5 = \sqrt[7]{2}e^{i\frac{26\pi}{21}} = \sqrt[7]{2}\left(\cos\frac{26\pi}{21} + i\sin\frac{26\pi}{21}\right)$$
$$z_6 = \sqrt[7]{2}e^{i\frac{32\pi}{21}} = \sqrt[7]{2}\left(\cos\frac{32\pi}{21} + i\sin\frac{32\pi}{21}\right)$$
$$z_1 = \sqrt[7]{2}e^{i\frac{38\pi}{21}} = \sqrt[7]{2}\left(\cos\frac{38\pi}{21} + i\sin\frac{38\pi}{21}\right)$$

EXERCICE 188

1. Posons $z = \rho e^{i\theta}$ alors $z^4 = \rho^4 e^{4i\theta}$,
   d'autre part $i = e^{i\frac{\pi}{2}}$
   $$z^4 = i \iff \left(\rho = 1 \text{ et } \theta = \frac{\pi}{8} + \frac{k\pi}{2}\right)$$
   Les quatre solutions sont donc :
   $z_1 = e^{i\frac{\pi}{8}}$, $z_2 = e^{i\frac{5\pi}{8}}$, $z_3 = e^{i\frac{9\pi}{8}}$ et $z_4 = e^{i\frac{13\pi}{8}}$.
2. Les quatre points sont sur le cercle de centre O et de rayon 1, M_1 est le point d'intersection de la bissectrice de l'angle $\frac{\pi}{4}$ avec le cercle :

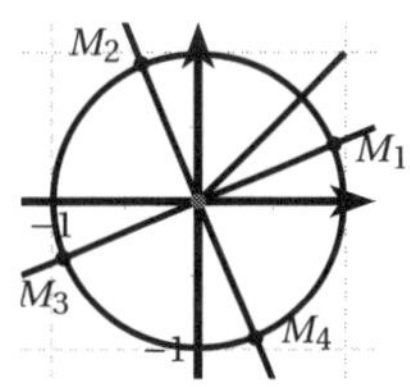

3. $S = z_1+z_2+z_3+z_4 = e^{i\frac{\pi}{8}}\left(1+e^{i\frac{\pi}{2}}+\left(e^{i\frac{\pi}{2}}\right)^2+\left(e^{i\frac{\pi}{2}}\right)^3\right)$
   $$= e^{i\frac{\pi}{8}}\frac{e^{i\frac{4\pi}{2}}-1}{e^{i\frac{\pi}{2}}-1} = 0$$
   $P = z_1z_2z_3z_4 = e^{i\frac{28\pi}{8}} = e^{-i\frac{\pi}{2}} = -i$.

EXERCICE 189

1. Posons $z = \rho e^{i\theta}$ alors $z^4 = \rho^4 e^{4i\theta}$,
   d'autre part $-i = e^{-i\frac{\pi}{2}}$
   $$z^4 = -i \iff \left(\rho = 1 \text{ et } \theta = -\frac{\pi}{8} + \frac{k\pi}{2}\right)$$
   Les quatre solutions sont donc :
   $z_1 = e^{-i\frac{\pi}{8}}$, $z_2 = e^{i\frac{3\pi}{8}}$, $z_3 = e^{i\frac{7\pi}{8}}$ et $z_4 = e^{i\frac{11\pi}{8}}$.
2. Les quatre points sont sur le cercle de centre O et de rayon 1, M_1 est le point d'intersection de la bissec-

trice de l'angle $-\dfrac{\pi}{4}$ avec le cercle :

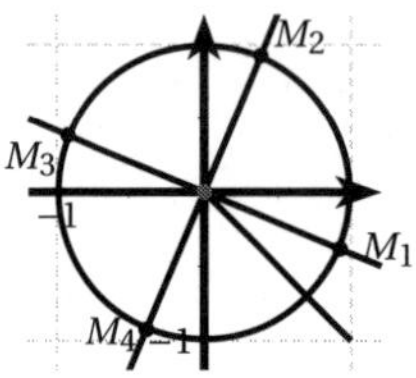

3. $S = z_1+z_2+z_3+z_4 = e^{-i\frac{\pi}{8}}\left(1+e^{i\frac{\pi}{2}}+\left(e^{i\frac{\pi}{2}}\right)^2+\left(e^{i\frac{\pi}{2}}\right)^3\right)$

$= e^{-i\frac{\pi}{8}}\dfrac{e^{i\frac{4\pi}{2}}-1}{e^{i\frac{\pi}{2}}-1} = 0$

$P = z_1z_2z_3z_4 = e^{i\frac{20\pi}{8}} = e^{i\frac{\pi}{2}} = i.$

EXERCICE 190

1. $z_1 = \sqrt{2}\left(\dfrac{\sqrt{3}}{2}-i\dfrac{1}{2}\right)$

donc $|z_1| = \sqrt{2}$ et $arg(z_1) = -\dfrac{\pi}{6}$

$z_2 = \sqrt{2}\left(\dfrac{\sqrt{2}}{2}-i\dfrac{\sqrt{2}}{2}\right)$

donc $|z_2| = \sqrt{2}$ et $arg(z_2) = -\dfrac{\pi}{4}$.

$z = \dfrac{z_1}{z_2} = e^{i\left(-\frac{\pi}{6}+\frac{\pi}{4}\right)} = e^{i\frac{\pi}{12}}$

donc $|z| = 1$ et $arg(z) = \dfrac{\pi}{12}$.

2. D'après la question précédente $z = \cos\dfrac{\pi}{12}+i\sin\dfrac{\pi}{12}$

D'autre part $z = \dfrac{\sqrt{6}-i\sqrt{2}}{2(1-i)} = \dfrac{\sqrt{6}+\sqrt{2}}{4}+i\dfrac{\sqrt{6}-\sqrt{2}}{4}$

On en déduit alors que

$\cos\dfrac{\pi}{12} = \dfrac{\sqrt{6}+\sqrt{2}}{4}$ et $\sin\dfrac{\pi}{12} = \dfrac{\sqrt{6}-\sqrt{2}}{4}$.

3. Posons $z = \rho e^{i\theta}$ alors $z^4 = \rho^4 e^{4i\theta}$,

d'autre part $\dfrac{1-i\sqrt{3}}{2} = e^{-i\frac{\pi}{3}}$

$z^4 = \dfrac{1-i\sqrt{3}}{2} \iff \left(\rho = 1 \text{ et } \theta = -\dfrac{\pi}{12}+\dfrac{k\pi}{2}\right)$

En utilisant les propriétés de cosinus et sinus et les résultats précédents, on en déduit les quatre solutions :

$z_1 = e^{-i\frac{\pi}{12}} = \dfrac{\sqrt{6}+\sqrt{2}}{4}-i\dfrac{\sqrt{6}-\sqrt{2}}{4}$,

$z_2 = e^{i\frac{5\pi}{12}} = \dfrac{\sqrt{6}-\sqrt{2}}{4}+i\dfrac{\sqrt{6}+\sqrt{2}}{4}$,

$z_3 = e^{i\frac{11\pi}{12}} = -\dfrac{\sqrt{6}+\sqrt{2}}{4}+i\dfrac{\sqrt{6}-\sqrt{2}}{4}$,

$z_4 = e^{i\frac{17\pi}{12}} = -\dfrac{\sqrt{6}-\sqrt{2}}{4}-i\dfrac{\sqrt{6}+\sqrt{2}}{4}$.

EXERCICE 191

1. $\omega = \sqrt{2}\left(-\dfrac{\sqrt{2}}{2}-i\dfrac{\sqrt{2}}{2}\right)$

donc $|\omega| = \sqrt{2}$ et $arg(\omega) = -\dfrac{3\pi}{4}$.

D'où $z = \sqrt{2}e^{-i\frac{3\pi}{4}}$.

2. Posons $z = \rho e^{i\theta}$ alors $z^3 = \rho^3 e^{3i\theta}$,

$z^3 = \omega \iff \left(\rho = \sqrt[6]{2} \text{ et } \theta = -\dfrac{\pi}{4}+\dfrac{2k\pi}{3}\right)$

Les solutions sont donc :

$z_1 = \sqrt[6]{2}e^{-i\frac{\pi}{4}} = \sqrt[6]{2}\left(\dfrac{\sqrt{2}}{2}-i\dfrac{\sqrt{2}}{2}\right)$

$z_2 = \sqrt[6]{2}e^{i\frac{5\pi}{12}} = \sqrt[6]{2}\left(\dfrac{\sqrt{2}}{2}-i\dfrac{\sqrt{2}}{2}\right)\times\left(-\dfrac{1}{2}+i\dfrac{\sqrt{3}}{2}\right)$

$= \sqrt[6]{2}\left(\dfrac{\sqrt{6}-\sqrt{2}}{4}+i\dfrac{\sqrt{6}+\sqrt{2}}{4}\right)$,

$z_3 = \sqrt[6]{2}e^{i\frac{13\pi}{12}}$

$= \sqrt[6]{2}\left(\dfrac{\sqrt{6}-\sqrt{2}}{4}+i\dfrac{\sqrt{6}+\sqrt{2}}{4}\right)\times\left(-\dfrac{1}{2}+i\dfrac{\sqrt{3}}{2}\right)$

$= \sqrt[6]{2}\left(-\dfrac{\sqrt{6}+\sqrt{2}}{4}-i\dfrac{\sqrt{6}-\sqrt{2}}{4}\right)$.

EXERCICE 192

1. $\omega = 16\left(\dfrac{\sqrt{2}}{2}-i\dfrac{\sqrt{2}}{2}\right)$

donc $|\omega| = 16$ et $arg(\omega) = -\dfrac{\pi}{4}$.

2. Posons $z = \rho e^{i\theta}$ alors $z^4 = \rho^4 e^{4i\theta}$,

$z^4 = \omega \iff \left(\rho = 2 \text{ et } \theta = -\dfrac{\pi}{16}+\dfrac{k\pi}{2}\right)$

Les solutions sont donc :

$z_1 = 2e^{-i\frac{\pi}{16}} = \sqrt{2+\sqrt{2+\sqrt{2}}}-i\sqrt{2-\sqrt{2+\sqrt{2}}}$

(exercice 186)

$z_2 = 2e^{i\frac{5\pi}{16}} = \sqrt{2-\sqrt{2+\sqrt{2}}}+i\sqrt{2+\sqrt{2+\sqrt{2}}}$

$z_3 = 2e^{i\frac{15\pi}{16}} = -\sqrt{2+\sqrt{2+\sqrt{2}}}+i\sqrt{2-\sqrt{2+\sqrt{2}}}$

$z_4 = 2e^{i\frac{23\pi}{16}} = -\sqrt{2-\sqrt{2+\sqrt{2}}}-i\sqrt{2+\sqrt{2+\sqrt{2}}}$

EXERCICE 193

1. $\omega = 8\left(-\dfrac{\sqrt{2}}{2}+i\dfrac{\sqrt{2}}{2}\right)$

donc $|\omega| = 8$ et $arg(\omega) = \dfrac{3\pi}{4}$.

2. Posons $z = \rho e^{i\theta}$ alors $z^3 = \rho^3 e^{3i\theta}$,

$z^3 = \omega \iff \left(\rho = 2 \text{ et } \theta = \dfrac{\pi}{4}+\dfrac{2k\pi}{3}\right)$

Les solutions sont donc :

$z_1 = 2e^{i\frac{\pi}{4}} = \sqrt{2}+i\sqrt{2}$

$$z_2 = 2e^{i\frac{11\pi}{12}} = \left(\sqrt{2}+i\sqrt{2}\right)\times\left(-\frac{1}{2}+i\frac{\sqrt{3}}{2}\right)$$
$$= -\frac{\sqrt{6}+\sqrt{2}}{2}+i\frac{\sqrt{6}-\sqrt{2}}{2},$$
$$z_3 = 2e^{i\frac{19\pi}{12}} = \left(-\frac{\sqrt{6}+\sqrt{2}}{2}+i\frac{\sqrt{6}-\sqrt{2}}{2}\right)\times\left(-\frac{1}{2}+i\frac{\sqrt{3}}{2}\right)$$
$$= \left(\frac{\sqrt{6}-\sqrt{2}}{4}-i\frac{\sqrt{6}+\sqrt{2}}{4}\right).$$

EXERCICE 194

1. Les racines cubiques de 1 sont 1, $j = -\frac{1}{2}+i\frac{\sqrt{3}}{2}$ et $j^2 = -\frac{1}{2}-i\frac{\sqrt{3}}{2}$.
2. $\omega^3 = (1+i)^3 = -2+2i$.
3. $z = -2+2i = \omega^3$ donc d'après les questions précédentes, les racines cubiques de z sont :
$z_1 = 1\times\omega = 1+i$
$z_2 = j\times\omega = -\frac{1+\sqrt{3}}{2}+i\frac{-1+\sqrt{3}}{2}$
$z_3 = j^2\times\omega = \frac{-1+\sqrt{3}}{2}-i\frac{1+\sqrt{3}}{2}$

EXERCICE 195

1. $1+i\sqrt{3} = 2\left(\frac{1}{2}+i\frac{\sqrt{3}}{2}\right) = 2e^{i\frac{\pi}{3}}$
$1-i\sqrt{3} = 2\left(\frac{1}{2}-i\frac{\sqrt{3}}{2}\right) = 2e^{-i\frac{\pi}{3}}$
On en déduit alors que $|\omega| = 1$ et $arg(\omega) = \frac{2\pi}{3}$.
2. Posons $z = \rho e^{i\theta}$ alors $z^3 = \rho^3 e^{3i\theta}$,
$z^3 = \omega \iff \left(\rho = 1 \text{ et } \theta = \frac{2\pi}{9}+\frac{2k\pi}{3}\right)$
Les solutions sont donc :
$z_1 = e^{i\frac{2\pi}{9}} = \cos\frac{2\pi}{9}+i\sin\frac{2\pi}{9}$
$z_2 = e^{i\frac{8\pi}{9}} = \cos\frac{8\pi}{9}+i\sin\frac{8\pi}{9}$
$z_3 = e^{i\frac{14\pi}{12}} = \cos\frac{14\pi}{9}+i\sin\frac{14\pi}{9}$

EXERCICE 196

1. Graphique en fin d'exercice.
2. **a.** $\left|\frac{z_C-z_A}{z_D-z_B}\right| = \frac{AC}{BD}$, $arg\left(\frac{z_C-z_A}{z_D-z_B}\right) = \left(\overrightarrow{BD};\overrightarrow{AC}\right)$.
b. $\frac{z_C-z_A}{z_D-z_B} = \frac{2+4i}{-4+2i} = -i$.
c. D'après les questions précédentes,
$AC = BD$ et $\left(\overrightarrow{BD};\overrightarrow{AC}\right) = -\frac{\pi}{2}$ ainsi les segments $[AC]$ et $[BD]$ sont perpendiculaires et de même longueur.
3. **a.** D'après les questions précédentes les diagonales AC et BD sont perpendiculaires et ont même longueur. Il reste à vérifier que ces deux diagonales ont même milieu ce qui prouvera que le quadrilatère $ABCD$ est un carré.
Soit E le milieu de $[AC]$, $z_E = \frac{z_A+z_C}{2} = 1+i$.
Soit F le milieu de $[BD]$,
$z_F = \frac{z_B+z_D}{2} = 1+i = z_E$ CQFD.
b. $AB = |z_B - z_A| = |3+i| = \sqrt{10}$ d'où
$s_0 = 2^2\times AB^2 = 40\ cm^2$.

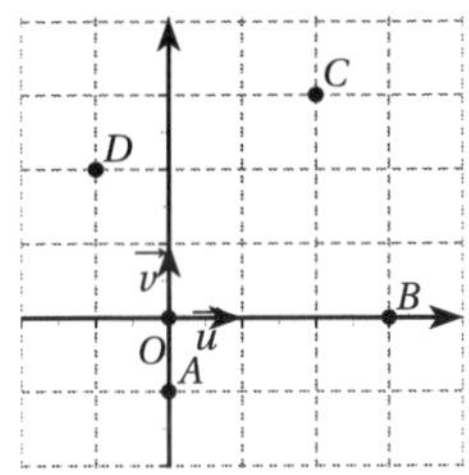

EXERCICE 197

1. Soit C le point d'affixe $z_C = 2-i$ et $z_D = a+ib$,
$f(D) = C \iff i\left(\frac{a+(b-3)i}{a+1+ib}\right) = 2-i$ ce qui implique l'égalité
$a+(b-3)i = a+1-2b+i(2a+2+b)$ par identification des parties réelles et des parties imaginaires nous obtenons $a = -\frac{5}{2}$ et $b = \frac{1}{2}$ ainsi $z_D = -\frac{5}{2}+\frac{1}{2}i$.
2. $\frac{z_B-z_A}{z_C-z_A} = \frac{1+3i}{3-i} = \frac{(1+3i)(3+i)}{10} = i$, le triangle ABC est donc isocèle rectangle en A.
3. D'après l'égalité (1), pour tout M distinct de A et de B : $OM' = |z'| = \frac{|z-3i|}{|z+1|} = \frac{BM}{AM}$
$\arg z' = \left(\vec{u}, \overrightarrow{OM'}\right)$
D'autre part
$\arg z' = \arg\left(i\frac{z-3i}{z+1}\right) = \arg i + \arg\frac{3i-z}{-1-z}$
$= \frac{\pi}{2}+\left(\overrightarrow{MA}, \overrightarrow{MB}\right)$.
Ainsi $\left(\vec{u}, \overrightarrow{OM'}\right) = \frac{\pi}{2}+\left(\overrightarrow{MA}, \overrightarrow{MB}\right)$ $[2\pi]$.
4. **a.** Le point M' est situé sur le cercle (F) de centre O, de rayon 1, donc $OM' = 1$ d'après la question 3 on en déduit que $AM = BM$, l'ensemble E est la médiatrice du segment $[AB]$.
b. Si l'affixe de M' est réelle alors $\left(\vec{u}, \overrightarrow{OM'}\right) = \pi$ $[\pi]$

D'après la question 3 on en déduit que $\left(\overrightarrow{MA}, \overrightarrow{MB}\right) = \dfrac{\pi}{2}$ $[\pi]$, l'ensemble F est le cercle de diamètre $[AB]$ privé des points A et B.

Exercice 198

Partie A

1. $A_0 \in \mathcal{C} \iff A_0\Omega = \dfrac{1}{2} \iff |\omega - a_0| = \dfrac{1}{2} \iff \left|\dfrac{1}{2}\mathrm{i}\right| = \dfrac{1}{2}$
CQFD.

2. a. $b' = a_0 b = \left(\dfrac{1}{2} + \dfrac{1}{2}i\right)(-1+2i) = -\dfrac{3}{2} + \dfrac{1}{2}i.$

b. On a $\arg\dfrac{0-b'}{b-b'} = \arg\dfrac{\frac{3}{2} - \frac{1}{2}i}{-1+2i+\frac{3}{2}-\frac{1}{2}i}$

$$= \arg\frac{3-i}{1+3i} = \arg(-i) = -\frac{\pi}{2}$$

ainsi $\left(\overrightarrow{B'B}, \overrightarrow{B'O}\right) = -\dfrac{\pi}{2}$ et $\dfrac{B'B}{B'O} = 1$, c'est-à-dire que le triangle OBB' est rectangle, isocèle en B'.

Partie B

1. a. $a \neq 0$ et $a \neq 1$, le quotient $\dfrac{a-1}{a}$ existe et est non nul.
On sait que $\dfrac{a-1}{a} = \arg\left(\overrightarrow{AO}, \overrightarrow{AI}\right)$ $[2\pi]$

b. Comme $z \neq 0$, $\left(\overrightarrow{M'O}, \overrightarrow{M'M}\right) = \arg\left(\dfrac{z-az}{0-az}\right)$
$= \arg\left(\dfrac{1-a}{-a}\right) = \arg\left(\dfrac{a-1}{a}\right)$.

c. Le triangle OMM' est rectangle en M'
$\iff \left(\overrightarrow{M'O}, \overrightarrow{M'M}\right) = \dfrac{\pi}{2}$ $[\pi]$
$\iff \arg\left(\dfrac{a-1}{a}\right) = \dfrac{\pi}{2}$ $[\pi]$.
Donc OMM' est rectangle en M' si et seulement si $\left(\overrightarrow{AO}, \overrightarrow{AI}\right) = \dfrac{\pi}{2}$ $[2\pi]$.
Finalement OMM' est rectangle en M' si et seulement si A appartient au cercle de de diamètre $[AI]$ privé des points O et I.

2. $\left(\overrightarrow{OA}, \overrightarrow{OM'}\right) = \arg\left(\dfrac{ax-0}{a-0}\right) = \arg x = 0[\pi]$.
Ceci montre que les points O, A et M' sont alignés.
D'après la question précédente le triangle OMM' est rectangle en M'. Donc (MM') est perpendiculaire à la droite (OM') ou encore à la droite (OA) : M' est donc le projeté orthogonal de M sur la droite (OA).

Exercice 199

1. a. On a $1^3 = 1$, $j^3 = e^{2i\pi} = 1$ et $(j^2)^3 = j^6 = 1$, 1, j et j^2 sont bien solutions de l'équation $z^3 = 1$.

b. $(1-j)(1+j+j^2) = 1-j^3 = 0$ comme $j \neq 1$ on en déduit que $1+j+j^2 = 0$.

c. $e^{i\frac{\pi}{3}} + j^2 = e^{i\frac{\pi}{3}} + e^{4i\frac{\pi}{3}} = e^{i\frac{\pi}{3}}\left(1+e^{i\pi}\right) = 0.$

2. a. Le triangle ABC est équilatéral direct si et seulement si $AB = AC$ et $\left(\overrightarrow{AB}, \overrightarrow{AC}\right) = \dfrac{\pi}{3}$ $[2\pi]$
soit $\dfrac{c-a}{b-a} = \mathrm{e}^{i\frac{\pi}{3}}$.

b. D'après la question précédente triangle ABC est équilatéral direct si et seulement si : $\dfrac{c-a}{b-a} = \mathrm{e}^{i\frac{\pi}{3}}$ et d'après **1.c** $e^{i\frac{\pi}{3}} = -j^2$ d'où $c-a = -j^2(b-a)$
ce qui s'écrit encore $a(1+j^2) - bj^2 - c = 0$
D'après **1.b** $1+j^2 = -j$ la relation précédente s'écrit $-aj - bj^2 - c = 0$ soit en multipliant cette relation par $-j^2$ et en utilisant les résultats de la question **1.a** on en déduit la relation : $a + bj + cj^2 = 0$.

3. a. Soit $z = x + iy$, l'affixe du point M. Les points M et M' sont confondus si et seulement si
$x + iy = x - iy \implies y = 0$ c'est-à-dire $z \in \mathbb{R}$. Ainsi, M et M' sont distincts si $z \notin \mathbb{R}$.

b. On suppose que le point M n'appartient pas à l'axe des réels, le triangle RMM' est équilatéral direct si
$1 + zj + \overline{z}j^2 = 0$
$\implies 1 + (j+j^2)x + (j-j^2)iy = 0$
$\implies 1 - x + i\sqrt{3}y = 0$
car $j + j^2 = -1$ et $j - j^2 = 1 + 2j = i\sqrt{3}$.
(Δ) est la droite d'équation $1 - x - \sqrt{3}y = 0$, privée du point R.

Exercice 200

1. a.

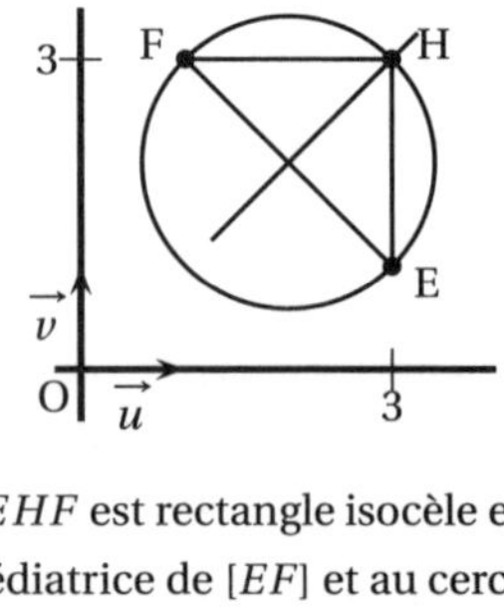

b. Puisque EHF est rectangle isocèle en H, H appartient à la médiatrice de $[EF]$ et au cercle de diamètre $[EF]$. On choisit entre les deux points communs à la droite et au cercle celui pour lequel EHF est un triangle rectangle isocèle direct.

c. EFH est isocèle en H, donc $HE = HF$ d'où

$$\frac{HE}{HF} = 1 \iff \frac{|z_E - z_H|}{|z_F - z_H|} = 1 \iff \left|\frac{3+i-z_H}{1+3i-z_H}\right| = 1.$$

On sait d'autre part que :
$\left(\overrightarrow{HF}, \overrightarrow{HE}\right) = \frac{\pi}{2}[2\pi]$ ce qui se traduit en terme d'argument par :
$\arg\left(\frac{z_E - z_H}{z_F - z_H}\right) = \frac{\pi}{2}[2\pi]$

$$\iff \arg\left(\frac{3+i-z_H}{1+3i-z_H}\right) = \frac{\pi}{2}[2\pi].$$

Les deux résultats précédents traduisent l'égalité :
$\frac{3+i-z_H}{1+3i-z_H} = i$
$\iff 3+i-z_H = i(1+3i-z_H)$
$\iff z_H(-1+i) = -6$
$\iff z_H = \frac{6}{1-i} = \frac{6(1+i)}{2} = 3+3i.$

2. A, B, C et D sont quatre points du plan $\mathcal{P}$.

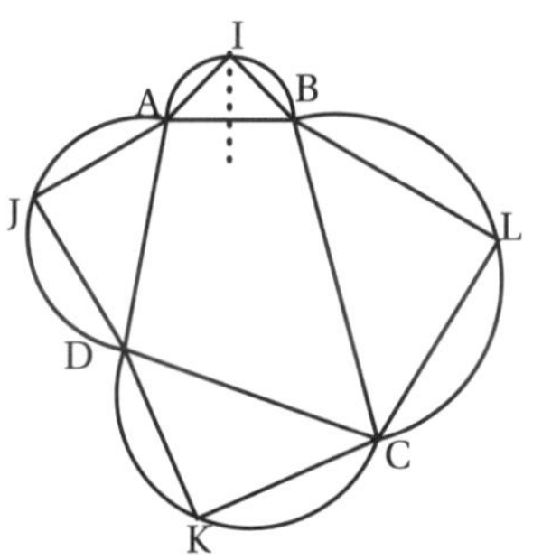

a. On construit ces points de la même façon que le point H. Voir ci-dessus.

b. Les droites (IK) et (LJ) semblent être perpendiculaires et il semble que $IK = LJ$.

3. **a.** De la même façon qu'à la question 1,
$\frac{IA}{IB} = \left|\frac{b-z_I}{a-z_I}\right| = 1.$
L'angle droit en I se traduit par
$\left(\overrightarrow{IA}, \overrightarrow{IB}\right) = \frac{\pi}{2} = \arg\left(\frac{b-z_I}{a-z_I}\right) \quad [2\pi].$
Ces deux informations se traduisent par l'égalité :
$\frac{b-z_I}{a-z_I} = i.$
L'égalité précédente est équivalente à :

$b - z_I = i(a - z_I) \iff b - ai = z_1(1-i)$

$$\iff z_I = \frac{b-ai}{1-i}.$$

b. En remplaçant dans la démonstration précédente les points B et A par les points C et B, on obtient $z_L = \frac{c-bi}{1-i}$.

c. De même on obtient : $z_K = \frac{d-ci}{1-i}$ et $z_J = \frac{a-di}{1-i}$.

d. $z_L - z_J = \frac{c-bi}{1-i} - \frac{a-di}{1-i} = \frac{c-a+(d-b)i}{1-i}$.
$z_K - z_I = \frac{d-ci}{1-i} - \frac{b-ai}{1-i} = \frac{d-b+(a-c)i}{1-i}$.
En multipliant cette dernière égalité par i, on obtient bien :
$i(z_K - z_I) = \frac{(d-b)i-(a-c)}{1-i} = \frac{c-a+(d-b)i}{1-i}$
$= z_L - z_J.$
Cette dernière égalité donne en modules :
$|z_L - z_J| = |i(z_K - z_I)| = 1$
$\iff |z_L - z_J| = |z_K - z_I| \iff JL = IK.$
$\frac{z_L - z_J}{z_K - z_I} = i \implies \left(\overrightarrow{IK}, \overrightarrow{JL}\right) = \frac{\pi}{2} \quad [2\pi]$, on a donc bien $(IK) \perp (JL)$.

Exercice 201

1. $z' = \frac{1}{i} = -i$ donc Le point B est l'image du point O par f.

2. L'affixe du point qui a pour image par l'application f le point C d'affixe $1+i$ vérifie : $\frac{1+iz}{z+i} = 1+i$
$\implies 1+iz = (1+i)(z+i) \implies z = 2-i.$

3. $\frac{1+iz}{z+i} = z \implies 1+iz = z^2+iz \implies z^2 = 1$, cette équation admet deux solutions 1 et -1.

4. $z' = \frac{i\left(\frac{1}{i}+z\right)}{z+i} = \frac{i(z-i)}{z+i}$, d'où
$OM' = |z'| = \left|\frac{i(z-i)}{z+i}\right| = \frac{|z-i|}{|z+i|} = \frac{AM}{BM}$ et
$\arg z' = \arg(i) + \arg\frac{z-i}{z-i}$
soit $\left(\vec{u}, \overrightarrow{OM'}\right) = \left(\overrightarrow{MB}, \overrightarrow{MA}\right) + \frac{\pi}{2} \ [2\pi].$

5. Les points de l'axe des abscisses sont sur la médiatrice du segment $[AB]$, on en déduit alors que $OM' = \frac{AM}{BM} = 1$, les points M' sont situées sur le cercle $(\mathcal{C})$ de centre O et de rayon 1.

6. Si un point M appartient au cercle de diamètre $[AB]$ différent de A et de B, alors $\left(\overrightarrow{MB}, \overrightarrow{MA}\right) = \frac{\pi}{2} \ [\pi]$ on en déduit alors que $\left(\vec{u}, \overrightarrow{OM'}\right) = \pi \ [\pi]$, le point M' est situé sur l'axe des abscisses.

Exercice 202

1. Si $z = x + iy$, alors $Z = \frac{(x-2)+i(y+1)}{x+i(y+2)}$

$$Z = \frac{\left((x-2)+i(y+1)\right)\left(x-i(y+2)\right)}{x^2+(y+2)^2}$$

$Z = \dfrac{x^2+y^2-2x+3y+2}{x^2+(y+2)^2} + i\dfrac{-x+2y-4}{x^2+(y+2)^2}$.

On a donc $\Re e(Z) = \dfrac{x^2+y^2-2x+3y+2}{x^2+(y+2)^2}$.

a. Z est un réel $\iff -x+2y-4=0$, l'ensemble E est donc la droite d'équation $y=\dfrac{1}{2}x+2$ privée du point de coordonnées $(0;-2)$.

b. Z est un imaginaire pur éventuellement nul si et seulement si $x^2+y^2-2x+3y+2=0$

donc si et seulement si $(x-1)^2+\left(y+\dfrac{3}{2}\right)^2=\dfrac{5}{4}$

L'ensemble F est le cercle de centre Ω de coordonnées $\left(1\ :\ -\dfrac{3}{2}\right)$ et de rayon $\dfrac{\sqrt{5}}{2}$, privé du point de coordonnées $(0;-2)$.

2. On remarque que $Z=\dfrac{z-z_A}{z-z_B}$.

$Z\in\mathbb{R} \iff \arg\left(\dfrac{z-z_A}{z-z_B}\right)=\pi\ [\pi]$

$\iff \left(\overrightarrow{MB},\overrightarrow{MA}\right)=\pi\ [\pi]$, les points A, B et M sont alignés.

L'ensemble E est la droite (AB) privée du point B.

$Z\in i\mathbb{R} \iff \arg\left(\dfrac{z-z_A}{z-z_B}\right)=\dfrac{\pi}{2}\ [\pi]$

soit $\left(\overrightarrow{MB},\overrightarrow{MA}\right)=\dfrac{\pi}{2}\ [\pi]$. L'ensemble F est le cercle de diamètre $[AB]$ privé du point B.

3. $|f(z)-1|\times|z+2i| = \left|\dfrac{-2-i}{z+2i}\right|\times|z+2i| = |-2-i| = \sqrt{5}$

lorsque le point M d'affixe z parcourt le cercle de centre B et de rayon $\sqrt{5}$ on a $|z+2i|=\sqrt{5}$ alors d'après le résultat que nous venons de trouver $\left|f(z)-1\right|=1$, d'où M' est sur le cercle de rayon 1 et de centre d'affixe 1.

EXERCICE 203

1. Le triangle OEF est rectangle isocèle en O si et seulement $\dfrac{z_F}{z_E}=i \iff z_F = ire^{i\theta}=re^{i(\theta+\frac{\pi}{2})}$.

2.

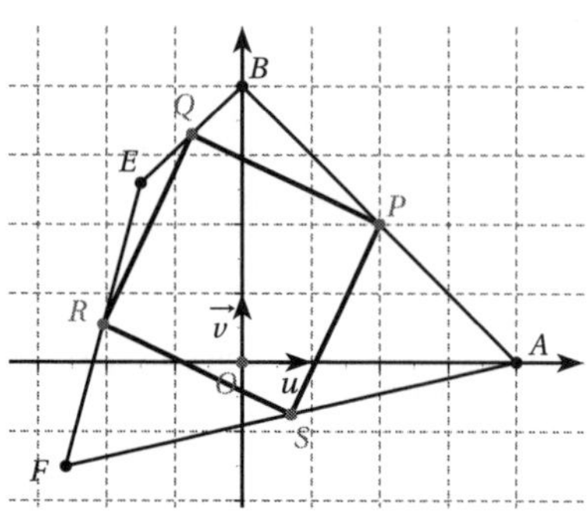

3. a. Dans le triangle ABF, P est le milieu de $[AB]$ et S est le milieu de $[AF]$ donc d'après le théorème des milieux $\overrightarrow{PS}=\dfrac{1}{2}\overrightarrow{BF}$.

Dans le triangle EBF, Q est le milieu de $[EB]$ et R est le milieu de $[EF]$ donc d'après le théorème des milieux $\overrightarrow{QR}=\dfrac{1}{2}\overrightarrow{BF}$.

On a donc $\overrightarrow{PS}=\overrightarrow{QR}$ ce qui prouve que $PQRS$ est un parallélogramme.

b. $Z=\dfrac{z_R-z_Q}{z_Q-z_P}=\dfrac{\frac{1}{2}(z_F-z_B)}{\frac{1}{2}(z_E-z_A)}=\dfrac{ire^{i\theta}-4i}{re^{i\theta}-4}=i$, d'où $|Z|=1$ et $\arg(Z)=\dfrac{\pi}{2}$, ainsi $RQ=QP$ et $(RQ)\perp(QP)$ ce qui prouve que le parallélogramme $PQRS$ est un carré.

4. a. $z_P=\dfrac{(z_A+z_B)}{2}=\dfrac{1}{2}(4+4i)=2+2i$

$z_Q=\dfrac{1}{2}(z_B+z_E)=\dfrac{1}{2}\left(re^{i\theta}+4i\right)$.

b. $QP=\left|\dfrac{1}{2}r\cos(\theta)-2+\dfrac{1}{2}ir\sin(\theta)\right|$

$=\sqrt{\dfrac{1}{4}r+4-2r\cos(\theta)}$.

L'aire du carré $PQRS$ est alors

$\mathcal{A}=2^2\times\dfrac{1}{4}r+4-2r\cos(\theta)=r+16-8r\cos\theta\ \text{cm}^2$.

c. r étant fixé, l'aire sera maximale si $\cos(\theta)$ est minimal, soit $\cos(\theta)=-1$ ce qui correspond à $\theta=\pi\ [2\pi]$.

L'affixe de E est alors $z_E=-r$.

EXERCICE 204

1. $g(x,y)=6xy\left(x^4-\dfrac{10}{3}x^2y^2+y^4\right)=0$

$\iff x=0$ ou $y=0$ ou $x^4-\dfrac{10}{3}x^2y^2+y^4=0$

• si $x=0$ alors $f(0,x)=-y^6<0$ donc quel que soit y réel $f(0,y)\neq 1$;

• si $y=0$ alors $f(x,0)=x^6=1 \iff x=1$ ou $x=-1$;

• si $x\neq 0$ et $y\neq 0$ alors

$x^4-\dfrac{10}{3}x^2y^2+y^4=0 \iff \left(\dfrac{x}{y}\right)^4-\dfrac{10}{3}\left(\dfrac{x}{y}\right)^2+1=0$

Posons $Z=\left(\dfrac{x}{y}\right)^2$,

l'équation s'écrit alors $Z^2-\dfrac{10}{3}Z+1=0$.

Cette équation admet deux solutions réelles $Z_1=3$ et $Z_2=\dfrac{1}{3}$.

On en déduit alors que $x^2=3y^2$ ou $y^2=3x^2$.

Si $x^2=3y^2$ alors $f(x,y)=-64y^6<0$ donc dans ce cas quel que soit y réel $f(x,y)\neq 1$.

Si $y^2 = 3x^2$ alors $f(x,y) = 64x^6 = (2x)^6$

donc $f(x,y) = 1 \iff x = \frac{1}{2}$ ou $x = -\frac{1}{2}$

on a alors $y^2 = \frac{3}{4}$ donc $y = \frac{\sqrt{3}}{2}$ ou $y = -\frac{\sqrt{3}}{2}$.

Les six couples solutions sont donc $(1\ ;\ 0)$, $(-1\ ;\ 0)$, $\left(\frac{1}{2}\ ;\ \frac{\sqrt{3}}{2}\right)$, $\left(\frac{1}{2}\ ;\ -\frac{\sqrt{3}}{2}\right)$, $\left(-\frac{1}{2}\ ;\ \frac{\sqrt{3}}{2}\right)$ et $\left(-\frac{1}{2}\ ;\ -\frac{\sqrt{3}}{2}\right)$.

2.
$$\begin{aligned}(x+iy)^6 &= x^6 + 6ix^5y - 15x^4y^2 - 20ix^3y^3 + 15x^2y^4 \\ &\quad +6ixy^5 - y^6 \\ &= \left(x^6 - 15x^4y^2 + 15x^2y^4 - y^6\right) \\ &\quad + i\left(6x^5y - 20x^3y^3 + 6xy^5\right) \\ &= f(x,y) + ig(x,y).\end{aligned}$$

$$\begin{cases} f(x,y) = 1 \\ g(x,y) = 0 \end{cases} \iff f(x,y) + ig(x,y) = 1$$

$$\iff (x+iy)^6 = 1$$

$$\iff z^6 = 1 \text{ avec } z = x + iy.$$

Posons $z = \rho e^{i\theta}$ alors $z^6 = \rho^6 e^{6i\theta}$

$z^6 = 1 \iff \left(\rho = 1 \text{ et } \theta = \frac{k\pi}{3}\right)$ avec $k \in \mathbb{Z}$.

Les solutions sont donc :

$z_1 = 1$, $z_2 = e^{i\frac{\pi}{3}} = \frac{1}{2} + i\frac{\sqrt{3}}{2}$

$z_3 = e^{i\frac{2\pi}{3}} = -\frac{1}{2} + i\frac{\sqrt{3}}{2}$, $z_4 = e^{i\pi} = -1$

$z_5 = e^{-i\frac{2\pi}{3}} = -\frac{1}{2} - i\frac{\sqrt{3}}{2}$, $z_6 = e^{-i\frac{\pi}{3}} = \frac{1}{2} - i\frac{\sqrt{3}}{2}$

EXERCICE 205

1. Posons $z = \rho e^{i\theta}$ alors $z^5 = \rho^5 e^{5i\theta}$,

d'autre part $-1 = e^{i\pi}$

$z^5 = -1 \iff \rho = 1$ et $\theta = \frac{\pi}{5} + \frac{2k\pi}{5}$

Les cinq solutions de l'équation $z^5 + 1 = 0$ sont donc $\omega_1 = e^{i\frac{\pi}{5}}$, $\omega_2 = e^{i\frac{3\pi}{5}}$, $\omega_3 = e^{i\pi} = -1$, $\omega_4 = e^{-i\frac{3\pi}{5}}$, et $\omega_5 = e^{-i\frac{\pi}{5}}$

Les solutions sont toutes de module 1

$arg(\omega_1) = \frac{\pi}{5}$, $arg(\omega_2) = \frac{3\pi}{5}$, $arg(\omega_3) = \pi$, $arg(\omega_4) = -\frac{3\pi}{5}$ et $arg(\omega_5) = -\frac{\pi}{5}$.

2. D'après la question précédente

$z^5 + 1 = (z-\omega_1)(z-\omega_2)(z-\omega_3)(z-\omega_4)(z-\omega_5)$.

3.
$$\begin{aligned}z^5 + 1 &= (z-\omega_1)(z-\omega_2)(z-\omega_3)(z-\omega_4)(z-\omega_5) \\ &= (z-\omega_3)(z-\omega_1)\left(z-\overline{\omega_1}\right)(z-\omega_2)\left(z-\overline{\omega_2}\right)\end{aligned}$$

On sait que :

$(z-\omega_1)\left(z-\overline{\omega_1}\right) = z^2 - \left(e^{i\frac{\pi}{5}} + e^{-i\frac{\pi}{5}}\right)z + e^{i\frac{\pi}{5}}e^{-i\frac{\pi}{5}}$

$(z-\omega_1)\left(z-\overline{\omega_1}\right) = z^2 - 2z\cos\frac{\pi}{5} + 1$

De même $(z-\omega_2)\left(z-\overline{\omega_2}\right) = z^2 - 2z\cos\frac{3\pi}{5} + 1$

d'où

$z^5 + 1 = (z+1)\left(z^2 - 2z\cos\frac{\pi}{5} + 1\right)\left(z^2 - 2z\cos\frac{3\pi}{5} + 1\right)$

4. En développant l'expression précédente, on en déduit alors que :

$$\begin{cases} 1 - 2\left(\cos\frac{\pi}{5} + \cos\frac{3\pi}{5}\right) = 0 \\ 1 + 2\cos\frac{\pi}{5}\cos\frac{3\pi}{5} - \cos\frac{\pi}{5} - \cos\frac{3\pi}{5} = 0 \end{cases}$$

soit en simplifiant :

$$\begin{cases} \cos\frac{\pi}{5} + \cos\frac{3\pi}{5} = \frac{1}{2} \\ \cos\frac{\pi}{5}\cos\frac{3\pi}{5} = -\frac{1}{4} \end{cases}$$

$\cos\frac{\pi}{5}$ et $\cos\frac{3\pi}{5}$ sont solutions de l'équation

$X^2 - \frac{1}{2}X - \frac{1}{4} = 0$

On en déduit alors que

$X = \frac{1+\sqrt{5}}{4} > 0$ ou $X = \frac{1-\sqrt{5}}{4} < 0$

D'autre part $0 < \frac{\pi}{5} < \frac{\pi}{2}$ et $\frac{\pi}{2} < \frac{3\pi}{5} < \pi$

donc $\cos\frac{\pi}{5} = \frac{1+\sqrt{5}}{4}$ et $\cos\frac{3\pi}{5} = \frac{1-\sqrt{5}}{4}$

EXERCICE 206

Posons $Z = z^n$,

l'équation s'écrit alors $Z^2 - 2Z\cos(n\theta) + 1 = 0$

$\Delta = 4\cos^2 n\theta - 4 = -4\sin^2 n\theta$, l'équation admet deux solutions complexes conjuguées :

$Z_1 = \cos n\theta + i\sin n\theta = e^{in\theta}$ et $Z_2 = e^{-in\theta}$.

Posons $z = \rho e^{i\varphi}$ alors $z^n = \rho^n e^{in\varphi}$

$z^n = e^{in\theta} \iff \left(\rho = 1 \text{ et } \varphi = \theta + \frac{2k\pi}{n}\right)$ avec $k \in \mathbb{Z}$

$z^n = e^{-in\theta} \iff \left(\rho = 1 \text{ et } \varphi = -\theta + \frac{2k\pi}{n}\right)$ avec $k \in \mathbb{Z}$

Les $2n$ solutions sont de la forme $\omega_k = e^{i\left(\theta + \frac{2k\pi}{n}\right)}$ et $\overline{\omega_k}$ avec $k \in [\![0\ ;\ n-1]\!]$.

EXERCICE 207

$1 + i\sqrt{3} = 2e^{i\frac{\pi}{3}}$ et $1 - i\sqrt{3} = 2e^{-i\frac{\pi}{3}}$ donc $\frac{1+i\sqrt{3}}{1-i\sqrt{3}} = e^{i\frac{2\pi}{3}}$.

Posons $Z = \frac{1-iz}{1+iz}$ et $Z = \rho e^{i\theta}$

$Z^n = \frac{1+i\sqrt{3}}{1-i\sqrt{3}} \iff \left(\rho = 1 \text{ et } \theta = \frac{2\pi}{3n} + \frac{2k\pi}{n}\right)$

$\frac{1-iz}{1+iz} = e^{i\left(\frac{2\pi}{3n} + \frac{2k\pi}{n}\right)} \iff z = i\frac{e^{i\left(\frac{2\pi}{3n} + \frac{2k\pi}{n}\right)} - 1}{e^{i\left(\frac{2\pi}{3n} + \frac{2k\pi}{n}\right)} + 1}$

$$\frac{1-iz}{1+iz}=e^{i\left(\frac{2\pi}{3n}+\frac{2k\pi}{n}\right)} \iff z=i\frac{e^{i\left(\frac{\pi}{3n}+\frac{k\pi}{n}\right)}-e^{-i\left(\frac{\pi}{3n}+\frac{k\pi}{n}\right)}}{e^{i\left(\frac{\pi}{3n}+\frac{k\pi}{n}\right)}+e^{-i\left(\frac{\pi}{3n}+\frac{k\pi}{n}\right)}}$$

$$\iff z=-\frac{\sin\left(\frac{\pi}{3n}+\frac{k\pi}{n}\right)}{\cos\left(\frac{\pi}{3n}+\frac{k\pi}{n}\right)}$$

$$\iff z=-tan\left(\frac{\pi}{3n}+\frac{k\pi}{n}\right).$$

Les n solutions de l'équation sont donc de la forme $\omega_k = -tan\left(\frac{\pi}{3n}+\frac{k\pi}{n}\right)$ avec $k\in [\![0\,;\,n-1]\!]$.

EXERCICE 208

1. $1+i=\sqrt{2}e^{i\frac{\pi}{4}}$ et $\sqrt{3}-i=2e^{-i\frac{\pi}{6}}$
   donc $\dfrac{1+i}{\sqrt{3}-i}=\dfrac{\sqrt{2}}{2}e^{i\frac{5\pi}{12}}$
   $\left|\dfrac{1+i}{\sqrt{3}-i}\right|=\dfrac{\sqrt{2}}{2}$ et $arg\left(\dfrac{1+i}{\sqrt{3}-i}\right)=\dfrac{5\pi}{12}$.
2. Posons $z=\rho e^{i\theta}$ alors $z^8=\rho^8e^{8i\theta}$
   $$z^8=\frac{1+i}{\sqrt{3}-i} \iff \left(\rho=\sqrt[8]{\frac{\sqrt{2}}{2}} \text{ et } \theta=\frac{5\pi}{96}+\frac{k\pi}{4}\right).$$
   Les huit solutions sont de la forme
   $z_k=\sqrt[8]{\dfrac{\sqrt{2}}{2}}e^{i\left(\frac{5\pi}{96}+\frac{k\pi}{4}\right)}$ avec $k\in [\![0\,;\,7]\!]$.

EXERCICE 209

$$\frac{1-\sqrt{3}}{3}=\frac{\sqrt{3}-1}{3}e^{i\pi}$$

Posons $z=\rho e^{i\theta}$ alors $z^4=\rho^4e^{4i\theta}$

$$z^4=\frac{1-\sqrt{3}}{3} \iff \left(\rho=\sqrt[4]{\frac{\sqrt{3}-1}{3}} \text{ et } \theta=\frac{\pi}{4}+\frac{k\pi}{2}\right).$$

Les quatre solutions sont donc $z_1=\sqrt[4]{\dfrac{\sqrt{3}-1}{3}}e^{i\frac{\pi}{4}}$,
$z_2=\sqrt[4]{\dfrac{\sqrt{3}-1}{3}}e^{i\frac{3\pi}{4}}$, $z_3=\sqrt[4]{\dfrac{\sqrt{3}-1}{3}}e^{-i\frac{3\pi}{4}}$,
$z_4=\sqrt[4]{\dfrac{\sqrt{3}-1}{3}}e^{-i\frac{\pi}{4}}$

EXERCICE 210

1. $z=9\sqrt{3}e^{-i\frac{\pi}{3}}$
2. On remarque que $9\sqrt{3}=\left(\sqrt{3}\right)^5$.
   Les racines cinquième de z sont $z_1=\sqrt{3}e^{-i\frac{\pi}{15}}$,
   $z_2=\sqrt{3}e^{i\frac{\pi}{3}}$, $z_3=\sqrt{3}e^{i\frac{11\pi}{15}}$, $z_4=\sqrt{3}e^{-i\frac{13\pi}{15}}$,
   $z_5=\sqrt{3}e^{-i\frac{7\pi}{15}}$,

EXERCICE 211

1. ABC est isocèle rectangle en B si et seulement si $\dfrac{z_B-z_C}{z_B-z_A}=i$ ou $\dfrac{z_B-z_C}{z_B-z_A}=-i$
   - $\dfrac{z_B-z_C}{z_B-z_A}=i \iff z_C=(1-i)z_B+iz_A$
     $\iff z_C=\left(2+\sqrt{3}\right)+i\left(2-\sqrt{3}\right)$
   - $\dfrac{z_B-z_C}{z_B-z_A}=-i \iff z_C=(1+i)z_B-iz_A$
     $\iff z_C=\left(-2+\sqrt{3}\right)+i\sqrt{3}$
2. ABC est isocèle rectangle en C si et seulement si $\dfrac{z_C-z_B}{z_C-z_A}=i$ ou $\dfrac{z_C-z_B}{z_C-z_A}=-i$
   - $\dfrac{z_C-z_B}{z_C-z_A}=i \iff z_C=\dfrac{z_B-iz_A}{1-i}$
     $\iff z_C=\dfrac{-1+\sqrt{3}}{2}+i\dfrac{-1+\sqrt{3}}{2}$
   - $\dfrac{z_C-z_B}{z_C-z_A}=-i \iff z_C=\dfrac{z_B+iz_A}{1+i}$
     $\iff z_C=\dfrac{3+\sqrt{3}}{2}+i\dfrac{1-\sqrt{3}}{2}$

EXERCICE 212

Posons $z=\rho e^{i\theta}$ alors $z^n=\rho^ne^{in\theta}$.

• Si n est pair alors $(-1)^n=1$

$$z^n=1 \iff \left(\rho=1 \text{ et } \theta=\frac{2k\pi}{n}\right) \text{ avec } k\in [\![0\,;\,n-1]\!].$$

• Si n est impair alors $(-1)^n=-1=e^{i\pi}$

$$z^n=-1 \iff \left(\rho=1 \text{ et } \theta=\frac{\pi}{n}+\frac{2k\pi}{n}\right) \text{ avec } k\in [\![0\,;\,n-1]\!].$$

EXERCICE 213

On remarque que si $z=1$ alors $(z-1)^5=0$ et $(z+1)^5=32$ donc 1 n'est pas solution de l'équation (E).

Pour $z\neq 1$, on pose $Z=\dfrac{z+1}{z-1}$, l'équation (E) s'écrit $Z^5=1$

Les racines cinquièmes de l'unité sont de la forme $\omega_k=e^{i\frac{2k\pi}{5}}$ avec $k\in [\![0\,;\,4]\!]$.

$$\frac{z+1}{z-1}=\omega_k \iff z=\frac{\omega_k+1}{\omega_k-1}=-i\frac{\cos\frac{k\pi}{5}}{\sin\frac{k\pi}{5}} \text{ avec } k\in [\![1\,;\,4]\!].$$

EXERCICE 214

1. Soit x la solution réelle alors $-ix+2i=0$ donc $x=2$.
   On en déduit alors que
   $z^3-z^2-(1+i)z-2+2i=(z-2)\left(z^2+az+b\right)$

En développant partiellement et en identifiant les coefficients des termes de même degré, on en déduit que $a = 1$ et $b = 1 - i$.
Résolution de l'équation : $z^2 + z + 1 - i = 0$
$\Delta = -3 + 4i = (1+2i)^2$, l'équation admet deux solutions complexes :
$z_1 = \dfrac{-1+1+2i}{2} = i$ et $z_2 = \dfrac{-1-1-2i}{2} = -1-i$

2. Soit A le point d'affixe $z_A = 2$, B le point d'affixe $z_B = i$ et C le point d'affixe $z_C = -1-i$
$\dfrac{z_B - z_A}{z_B - z_C} = \dfrac{-2+i}{1+2i} = i$
On en déduit alors que $\left|\dfrac{z_B - z_A}{z_B - z_C}\right| = 1$ et $arg\left(\dfrac{z_B - z_A}{z_B - z_C}\right) = \dfrac{\pi}{2}$
soit encore $BA = BC$ et $\left(\overrightarrow{BC}\ ;\ \overrightarrow{BA}\right) = \dfrac{\pi}{2}$
Le triangle ABC est donc isocèle rectangle en B.

EXERCICE 215

1. $\dfrac{1-u}{1+u} = \dfrac{1-e^{i\theta}}{1+e^{i\theta}} = \dfrac{e^{-i\frac{\theta}{2}} - e^{i\frac{\theta}{2}}}{e^{-i\frac{\theta}{2}} + e^{i\frac{\theta}{2}}} = -i tan\dfrac{\theta}{2}$.

2. $\dfrac{2+iz}{2-iz} = u \iff z = -\dfrac{2}{i} \times \dfrac{1-u}{1+u} = 2\tan\dfrac{\theta}{2}$

• si $\theta \in [2k\pi\ ;\ \pi + 2k\pi[$ alors $tan\dfrac{\theta}{2} \geqslant 0$
$|z| = 2tan\dfrac{\theta}{2}$ et $arg(z) = 0$

• si $\theta \in]\pi + 2k\pi\ ;\ 2\pi + 2k\pi[$ alors $tan\dfrac{\theta}{2} < 0$
$|z| = -2tan\dfrac{\theta}{2}$ et $arg(z) = \pi$

3. On remarque que $z = -2i$ n'est pas solution de l'équation, alors pour tout $z \neq -2i$
$(2-iz)^5 = (2-iz)^5 \iff u^5 = 1$
Les solutions de l'équation $u^5 = 1$ sont les racines de l'unité, c'est-à-dire $u_k = e^{i\frac{2k\pi}{5}}$ avec $k \in [\![1\ ;\ 5]\!]$.
si $k = 1$, $u_1 = e^{i\frac{2\pi}{5}}$ et $z_1 = 2tan\dfrac{\pi}{5}$
si $k = 2$, $u_2 = e^{i\frac{4\pi}{5}}$ et $z_2 = 2tan\dfrac{2\pi}{5}$
si $k = 3$, $u_3 = e^{i\frac{6\pi}{5}}$ et $z_3 = 2tan\dfrac{3\pi}{5}$
si $k = 4$, $u_4 = e^{i\frac{8\pi}{5}}$ et $z_4 = 2tan\dfrac{4\pi}{5}$
si $k = 5$, $u_5 = e^{2i\pi}$ et $z_5 = 2tan\pi = 0$

EXERCICE 216

1. Les n solutions de l'équation (1) sont de la forme $z_k = z_1^k$ avec $k \in [\![1\ ;\ n]\!]$.
Soit G, le point d'affixe ω, isobarycentre des points $A_1, A_2, \cdots, A_n$
$\omega = \dfrac{1}{n}\left(z_1 + z_1^2 + \cdots + z_1^n\right) = \dfrac{z_1}{n} \times \dfrac{z_1^n - 1}{z_1 - 1} = 0$
donc $G = O$.

2. En appliquant la relation de Chasles, $\forall k \in [\![1\ ;\ n]\!]$, $\overrightarrow{MA_k} = \overrightarrow{MO} + \overrightarrow{OA_k}$ et en se souvenant que $\sum\limits_{k=1}^{n} \overrightarrow{OA_k} = \overrightarrow{0}$ on en déduit que
$\left\|\overrightarrow{MA_1} + \overrightarrow{MA_2} + \cdots + \overrightarrow{MA_n}\right\| = n \iff \left\|\overrightarrow{MO}\right\| = 1$
donc M décrit le cercle de centre O et de rayon 1.

EXERCICE 217

1. Les racines douzièmes de l'unité sont de la forme $e^{i\frac{k\pi}{6}}$. avec $k \in [\![-5\ ;\ 6]\!]$.
$z_0 = 1$, $z_1 = e^{i\frac{\pi}{6}} = \dfrac{\sqrt{3}}{2} + i\dfrac{1}{2}$, $z_2 = e^{i\frac{\pi}{3}} = \dfrac{1}{2} + i\dfrac{\sqrt{3}}{2}$
$z_3 = e^{i\frac{\pi}{2}} = i$, $z_4 = e^{i\frac{2\pi}{3}} = -\dfrac{1}{2} + i\dfrac{\sqrt{3}}{2}$
$z_5 = e^{i\frac{5\pi}{6}} = -\dfrac{\sqrt{3}}{2} + i\dfrac{1}{2}$, $z_6 = e^{i\pi} = -1$
$z_7 = e^{-i\frac{5\pi}{6}} = -\dfrac{\sqrt{3}}{2} - i\dfrac{1}{2}$, $z_8 = e^{-i\frac{2\pi}{3}} = -\dfrac{1}{2} - i\dfrac{\sqrt{3}}{2}$
$z_9 = \overline{z_3} = -i$, $z_{10} = e^{-i\frac{\pi}{3}} = \dfrac{1}{2} - i\dfrac{\sqrt{3}}{2}$
$z_{11} = e^{-i\frac{\pi}{6}} = \dfrac{\sqrt{3}}{2} - i\dfrac{1}{2}$

2. $S = 1 + u + u^2 + \cdots + u^n = \dfrac{u^{n+1} - 1}{u - 1}$.

3. $z^8 + z^4 + 1 = \left(z^4\right)^2 + \left(z^4\right) + 1 = \dfrac{\left(z^4\right)^3 - 1}{z^4 - 1} = \dfrac{z^{12} - 1}{z^4 - 1}$
donc $z^8 + z^4 + 1 = 0 \iff \left(z^{12} = 1 \text{ et } z^4 \neq 1\right)$
D'après la question **1**, les solutions sont donc les solutions précédentes exceptées z_0, z_3, z_6 et z_9.

EXERCICE 218

1. **a.** $z_M = 2e^{-i\frac{\pi}{3}} = 2 \times \left(\dfrac{1}{2} - i\dfrac{\sqrt{3}}{2}\right) = 1 - i\sqrt{3}$.

b. $z_{M'} = -iz_M = -i(1 - i\sqrt{3}) = -\sqrt{3} - i$.
Calcul du module et d'un argument par la méthode algébrique :
$|z_{M'}| = \sqrt{(-\sqrt{3})^2 + (-1)^2} = 2$
et si l'on nomme θ un argument de $z_{M'}$ alors,

$$\begin{cases} \cos\theta = -\dfrac{\sqrt{3}}{2} \\ \sin\theta = -\dfrac{1}{2} \end{cases} \Longrightarrow \theta = -\frac{5\pi}{6}.$$

Calcul du module et d'un argument par la forme exponentielle :

$|z_{M'}| = |-i| \times |z_M| = 1 \times \left|2e^{-i\frac{\pi}{3}}\right| = 2$

$\arg(z_{M'}) = \arg(-i) + \arg(z_M) = -\dfrac{5\pi}{6}$

c.

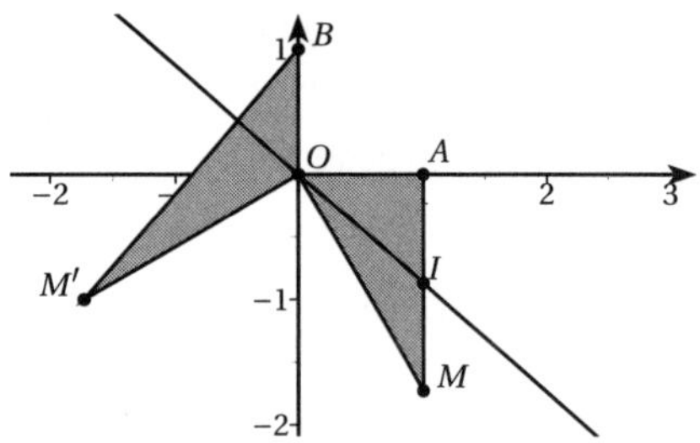

On vérifie graphiquement les propriétés 1 et 2.

2. **a.** $z_I = \dfrac{z_A + z_M}{2} = \dfrac{1+x}{2} + i\dfrac{y}{2}$.

b. $z_{M'} = -i(x+iy) = y - ix$.

c. D'après les questions précédentes : $I\left(\dfrac{1+x}{2}\ ;\ \dfrac{y}{2}\right)$, $B(0\ ;\ 1)$ et $M'(y\ ;\ -x)$.

d. $\overrightarrow{OI} \cdot \overrightarrow{BM'} = \left(\dfrac{x+1}{2}\right) \times y + \left(\dfrac{y}{2}\right) \times (-1-x)$

$= \dfrac{xy}{2} + \dfrac{1}{2} - \dfrac{xy}{2} - \dfrac{1}{2} = 0$

donc les droites (OI) et (BM') sont perpendiculaires.

e. $BM' = \sqrt{y^2 + (-1-x)^2} = \sqrt{(x+1)^2 + y^2}$ et d'autre part,

$2\ OI = 2\sqrt{\left(\dfrac{x+1}{2}\right)^2 + \left(\dfrac{y}{2}\right)^2} = \sqrt{(x+1)^2 + y^2}$

donc $2\ OI = BM'$.

EXERCICE 219

1. $M(z)$ est invariant si $M' = M \iff z' = z$

$\iff z^2 + 4z + 3 = z \iff z^2 + 3z + 3 = 0.$

$\Delta = 3^2 - 4 \times 3 = 9 - 12 = -3$. Cette équation a deux solutions complexes conjuguées :

$z_1 = \dfrac{-3 + i\sqrt{3}}{2}$ et $z_2 = \dfrac{-3 - i\sqrt{3}}{2}$.

On a $|z_1|^2 = \left(-\dfrac{3}{2}\right)^2 + \left(\dfrac{\sqrt{3}}{2}\right)^2 = 3 \Rightarrow |z_1| = \sqrt{3}$.

On a donc $z_1 = \dfrac{-3 + i\sqrt{3}}{2} = \sqrt{3}\left(-\dfrac{\sqrt{3}}{2} + i\dfrac{1}{2}\right)$

$= \sqrt{3}\left(\cos\left(\dfrac{5\pi}{6}\right) + i\sin\left(\dfrac{5\pi}{6}\right)\right)$

$z_1 = \sqrt{3}e^{i\frac{5\pi}{6}}$ et $z_2 = \overline{z_1} = \sqrt{3}e^{-i\frac{5\pi}{6}}$.

2. On a $z_A = z_2$, donc $|z_A| = OA = |z_2| = \sqrt{3}$.

Et $z_B = z_1$, donc $|z_B| = OB = |z_1| = \sqrt{3}$.

Enfin $\dfrac{z_B}{z_A} = \dfrac{\sqrt{3}e^{i\frac{5\pi}{6}}}{\sqrt{3}e^{-i\frac{5\pi}{6}}} = e^{-i\frac{5\pi}{3}} = e^{i\frac{\pi}{3}}$.

On a donc $\left(\overrightarrow{OA}, \overrightarrow{OB}\right) = \dfrac{\pi}{3}$. Le triangle OAB est un triangle équilatéral.

3. Soit M d'affixe $z = x + iy$ et M' son point associé d'affixe z'.

On sait que l'affixe du point M' vérifie : $z' = z^2 + 4z + 3$

donc $z' = (x+iy)^2 + 4(x+iy) + 3$

$= x^2 - y^2 + 4x + 3 + 2iy(x+2)$.

M' est sur l'axe des réels si $y' = 0$.

On a donc $y' = 0 \iff 2y(x+2) = 0$

$\iff \big(y = 0 \text{ ou } x = -2\big)$.

L'ensemble $\mathcal{E}$ est constitué des points d'ordonnée nulle donc de l'axe des abscisses et des points de la droite d'équation $x = -2$.

4.

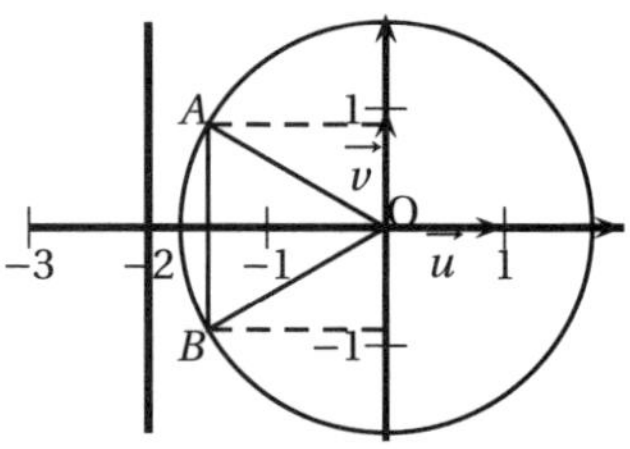

EXERCICE 220

1. Résolution de $z^2 - 2z + 5 = 0$

$\Delta = -16$, l'équation a deux solutions complexes conjuguées : $z_1 = \dfrac{2+4i}{2} = 1 + 2i$ et $z_2 = 1 - 2i$.

2. **a.**

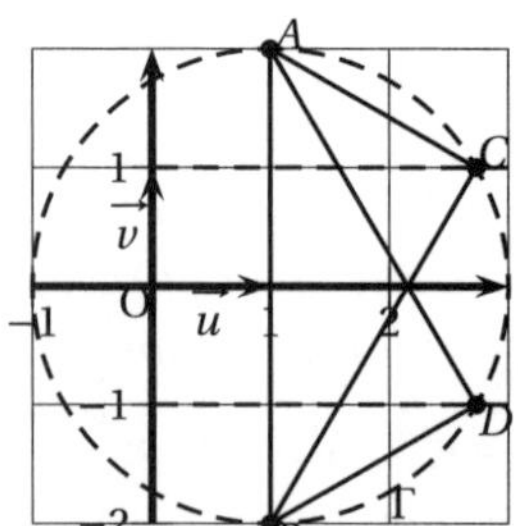

b. $\dfrac{z_B - z_C}{z_A - z_C} = \dfrac{1 - 2i - 1 - \sqrt{3} - i}{1 + 2i - 1 - \sqrt{3} - i} = \dfrac{-3i - \sqrt{3}}{i - \sqrt{3}}$

$= \dfrac{\left(-3i - \sqrt{3}\right)\left(i + \sqrt{3}\right)}{\left(i - \sqrt{3}\right)\left(i + \sqrt{3}\right)} = \dfrac{-4i\sqrt{3}}{-4} = i\sqrt{3}$.

c. $\dfrac{z_B - z_C}{z_A - z_C} = i\sqrt{3} = \sqrt{3}e^{i\frac{\pi}{2}}$, donc $\left(\overrightarrow{CB}, \overrightarrow{CA}\right) = \dfrac{\pi}{2}$.
Le triangle ABC est donc rectangle en C.

3. Le triangle ABC est rectangle d'hypoténuse $[AB]$, il est inscrit dans un cercle Γ de centre I le milieu de $[AB]$ d'affixe $z_I = \dfrac{z_A + z_B}{2} = 1$ et de rayon $\dfrac{1}{2}AB = 2$.
$IC = |z_C - z_I| = |\sqrt{3} + i| = \sqrt{3+1} = 2$
$ID = |z_D - z_I| = |\sqrt{3} - i| = \sqrt{3+1} = 2$
On en déduit ainsi que C et D sont sur le cercle Γ.

4. Le point C est le point de partie réelle positive, intersection du cercle Γ et de la droite d'équation $y = 1$. De même pour D avec la droite d'équation $y = -1$.

EXERCICE 221

Partie A

1. $\dfrac{z_B - z_A}{z_C - z_A} = \dfrac{-2+4i}{4+2i} = \dfrac{-1+2i}{2+i} = \dfrac{5i}{5} = i$.

2. Le résultat précédent $\dfrac{z_B - z_A}{z_C - z_A} = i$ équivaut à $AB = AC$ et $\left(\overrightarrow{AC}; \overrightarrow{AB}\right) = \dfrac{\pi}{2}[2\pi]$, le triangle ABC est donc rectangle et isocèle en A.

Partie B

1. $z_{D'} = \dfrac{i(1-i-2+3i)}{1-i-i} = \dfrac{i(2i-1)}{1-2i} = \dfrac{-i(1-2i)}{1-2i} = -i$.

2. a. Il faut résoudre dans $\mathbb{C} - \{i\}$, l'équation : $z' = 2i$

$z' = 2i \iff \dfrac{i(z-2+3i)}{z-i} = 2i$
$\iff \dfrac{z-2+3i}{z-i} = 2 \iff z-2+3i = 2(z-i)$
$\iff -2+3i+2i = z \iff z = -2+5i$.
Donc $z_E = -2+5i$.

b. $z_{\overrightarrow{AE}} = -2+5i-2+3i = -4+8i$.
$z_{\overrightarrow{AB}} = i-2+3i = -2+4i$.
On a la relation de colinéarité : $\overrightarrow{AE} = 2\overrightarrow{AB}$, donc les points A, B et E sont alignés.

3. Pour $z \neq i$, on a : $z' = \dfrac{i(z-2+3i)}{z-i}$
$\iff z' = \dfrac{i(z-z_A)}{z-z_B}$ (1), d'où en prenant les modules des deux membres $OM' = \dfrac{AM}{BM}$ avec $z \neq i$ ou encore M distinct de B.

4. De même en prenant les arguments des deux membres de l'équation (1), on obtient :
$\left(\overrightarrow{u}, \overrightarrow{OM'}\right) = \left(\overrightarrow{BM}, \overrightarrow{AM}\right) + \dfrac{\pi}{2}$ à 2π près.

5. Si le point M appartient à la médiatrice du segment [AB] alors AM = BM. Le résultat de la question **3** donne alors : $OM' = 1$ donc M' appartient au cercle de centre O et de rayon 1.

6. Si le point M' appartient à l'axe des imaginaires purs, privé du point B, alors $\left(\overrightarrow{u}, \overrightarrow{OM'}\right) = \dfrac{\pi}{2}$ et en utilisant le résultat de la question **4** on a alors :
$\dfrac{\pi}{2} = \left(\overrightarrow{BM}, \overrightarrow{AM}\right) + \dfrac{\pi}{2}$ $[2\pi]$
$\iff \left(\overrightarrow{BM}, \overrightarrow{AM}\right) = 0$ $[2\pi]$, ce qui signifie que les points A, B et M sont alignés. Ceci montre que l'image de la droite (AB) par f est l'axe des imaginaires privé du point B.

EXERCICE 222

Partie A : propriétés du nombre j

1. a. On résout l'équation : $z^2 + z + 1 = 0$;
$\Delta = -3 < 0$ donc cette équation admet deux solutions complexes conjuguées :
$z_1 = \dfrac{-1+i\sqrt{3}}{2} = -\dfrac{1}{2} + i\dfrac{\sqrt{3}}{2}$ et $z_2 = -\dfrac{1}{2} - i\dfrac{\sqrt{3}}{2}$.

b. $j = -\dfrac{1}{2} + i\dfrac{\sqrt{3}}{2} = z_1$ donc j est solution de l'équation $z^2 + z + 1 = 0$.

2. $|j| = \sqrt{\left(-\dfrac{1}{2}\right)^2 + \left(\dfrac{\sqrt{3}}{2}\right)^2} = \sqrt{\dfrac{1}{4} + \dfrac{3}{4}} = 1$.

On cherche θ tel que $\begin{cases} \cos\theta = -\dfrac{1}{2} \\ \sin\theta = \dfrac{\sqrt{3}}{2} \end{cases}$

$\Longrightarrow \theta = \dfrac{2\pi}{3}$ $[2\pi]$. Ainsi $j = e^{i\frac{2\pi}{3}}$

3. a. $j^3 = \left(e^{i\frac{2\pi}{3}}\right)^3 = e^{i\frac{2\pi\times 3}{3}} = e^{i2\pi} = 1$.

b. j est solution de l'équation $z^2 + z + 1 = 0$ donc $j^2 + j + 1 = 0$ et donc $j^2 = -1 - j$.

4. On note P, Q, R les images respectives des nombres complexes 1, j et j^2 dans le plan.

P a pour affixe 1 ; Q a pour affixe $j = -\dfrac{1}{2} + \imath\dfrac{\sqrt{3}}{2}$ et R pour affixe

$j^2 = -1 - j = -1 + \dfrac{1}{2} - i\dfrac{\sqrt{3}}{2} = -\dfrac{1}{2} - i\dfrac{\sqrt{3}}{2}$

$PQ^2 = \left|-\dfrac{1}{2} + i\dfrac{\sqrt{3}}{2} - 1\right|^2 = \left|-\dfrac{3}{2} + i\dfrac{\sqrt{3}}{2}\right|^2 = 3$
$\Longrightarrow PQ = \sqrt{3}$

$QR^2 = \left|-\dfrac{1}{2} - i\dfrac{\sqrt{3}}{2} + \dfrac{1}{2} - i\dfrac{\sqrt{3}}{2}\right|^2 = |-i\sqrt{3}|^2 = 3$
$\Longrightarrow QR = \sqrt{3}$

$RP^2 = \left|1+\frac{1}{2}+i\frac{\sqrt{3}}{2}\right|^2 = \left|\frac{3}{2}+i\frac{\sqrt{3}}{2}\right|^2 = 3$

$\Longrightarrow RP = \sqrt{3}$

$PQ = QR = RP$ donc le triangle PQR est équilatéral.

Partie B

1. On sait que $a+bj+cj^2=0$ donc $a=-jb-j^2c$.
   Or, d'après la question **A. 3. b.**, $j^2=-1-j$ donc :
   $a=-jb-j^2c=-jb-(-1-j)c=-jb+c+jc$
   $\Longleftrightarrow a-c=j(c-b)$
2. $a-c=j(c-b) \Longrightarrow |a-c|=|j(c-b)|$
   $\Longleftrightarrow |a-c|=|j|\times|c-b|$
   On a vu précédemment que $|j|=1$.
   De plus $|a-c|=AC$ et $|c-b|=BC$.
   On a donc démontré que $AC=BC$.
3. On sait que $a=-jb-j^2c$ et que $j=-1-j^2$.
   On a donc $a=-(-1-j^2)b-j^2c=b+j^2b-j^2c$ ce qui équivaut à $a-b=j^2(b-c)$.
4. On sait que $|j|=1$ donc $|j^2|=|j|^2=1$. De plus $|a-b|=AB$ et $|b-c|=CB$.
   On a vu dans la question précédente que $a-b=j^2(b-c) \Longrightarrow |a-b|=|j^2(b-c)|$ ou encore $|a-b|=|j^2|\times|b-c|$. Cette dernière égalité équivaut à $AB=CB$.
   Comme $AC=BC$ et $AB=CB$, on a démontré que le triangle ABC est équilatéral.

EXERCICE 223

Partie A

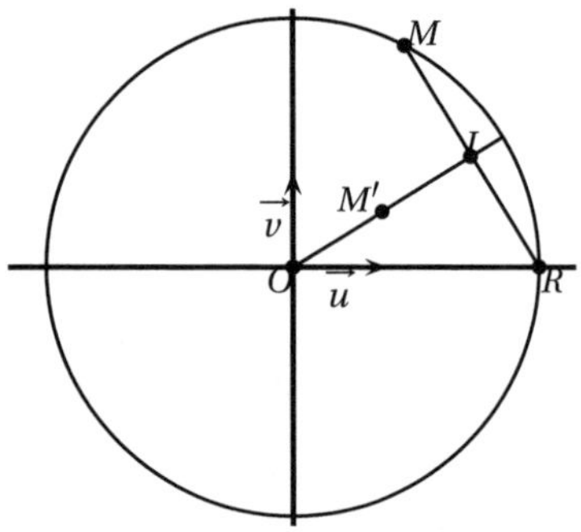

1. Puisque $OM=OR$, on a $|z_M|=|z_R|=|z|$.
   Comme R a un argument égal à 0 à 2π près on a $z_R=|z|$.
2. $z'=\frac{1}{2}\left(\frac{z+|z|}{2}\right)$. L'affixe de $\frac{z+|z|}{2}$ est égale à la demi-somme des affixes de celles de M et de R. Le point ayant cette affixe est donc le milieu I du segment $[MR]$.
   Finalement le point M' est le milieu de $[OI]$.

Partie B

1. Si z_0 est un nombre réel négatif, on a $|z_0|=-z_0$.
   D'où $z_1=\frac{z_0+|z_0|}{4}=\frac{z_0-z_0}{4}=0$ et tous les termes suivants de la suite sont nuls.
   La suite converge vers 0.
2. Si z_0 est un nombre réel positif, on a $|z_0|=z_0$.
   D'où $z_1=\frac{z_0+|z_0|}{4}=\frac{z_0+z_0}{4}=\frac{z_0}{2}$, puis
   $z_2=\frac{z_1+|z_1|}{4}=\frac{\frac{z_0}{2}+\frac{z_0}{2}}{4}=\frac{z_0}{4}$.

   Montrons par récurrence que $z_n=\frac{z_0}{2^n}$.
   Initialisation : On a vu que la relation est vraie pour $n=0$.
   Hérédité : Supposons que pour un certain $p\in\mathbb{N}$, $z_p=\frac{z_0}{2^p}$ alors
   $z_{p+1}=\frac{z_p+|z_p|}{4}=\frac{\frac{z_0}{2^p}+\frac{z_0}{2^p}}{4}=\frac{\frac{z_0}{2^{p-1}}}{2^2}=\frac{z_0}{2^{p+1}}$: la relation est vraie au rang $p+1$.
   Conclusion La propriété est vraie au rang 0 et est héréditaire. On a donc démontré par le principe de récurrence que pour tout entier naturel n, $u_n=\frac{z_0}{2^n}$.
   La suite (z_n) est donc une suite géométrique de premier terme z_0 et de raison $\frac{1}{2}$. Comme $-1<\frac{1}{2}<1$, cette suite converge vers 0.
3. **a.** D'après la première construction, le module de z'_M est inférieur à celui de z_M et son argument est égal à la moitié. On peut donc conjecturer que la suite $(|z_n|)$ va elle aussi converger vers 0.
   b. L'inégalité triangulaire permet d'écrire que pour tous complexes z_1 et z_2, $|z_1+z_2|\leqslant|z_1|+|z_2|$.
   En appliquant cette inégalité à $\frac{z_n}{4}$ et à $\frac{|z_n|}{4}$, on obtient :
   $|z_{n+1}|\leqslant\left|\frac{z_n}{4}\right|+\left|\frac{|z_n|}{4}\right|$ ou encore
   $|z_{n+1}|\leqslant\frac{2|z_n|}{4}$ soit $|z_{n+1}|\leqslant\frac{|z_n|}{2}$.
   On montre par récurrence que $|z_n|\leqslant\frac{|z_0|}{2^n}$.
   La suite $\left(\frac{|z_0|}{2^n}\right)$ est une suite géométrique de raison

$\frac{1}{2}$ qui converge vers 0. Donc d'après le théorème des gendarmes la suite $(|z_n|)$ converge elle aussi vers 0.

EXERCICE 224

1. $\frac{3}{4}+\frac{\sqrt{3}}{4}i=\frac{\sqrt{3}}{2}\left(\frac{\sqrt{3}}{2}+\frac{1}{2}i\right)=\frac{\sqrt{3}}{2}e^{i\frac{\pi}{6}}$

2. a. $r_{n+1}=|z_{n+1}|=\left|\left(\frac{3}{4}+\frac{\sqrt{3}}{4}i\right)z_n\right|$

$=\left|\frac{3}{4}+\frac{\sqrt{3}}{4}i\right|\times|z_n|=\frac{\sqrt{3}}{2}r_n.$

La suite (r_n) est géométrique de raison $q=\frac{\sqrt{3}}{2}$ et de premier terme $r_0=|z_0|=1$.

b. La suite (r_n) est géométrique donc, pour tout n, $r_n=r_0\times q^n$, soit $r_n=\left(\frac{\sqrt{3}}{2}\right)^n$.

c. $OA_n=|z_n|=r_n=\left(\frac{\sqrt{3}}{2}\right)^n$

(r_n) est une suite géométrique de raison $\frac{\sqrt{3}}{2}$ or $-1<\frac{\sqrt{3}}{2}<1$ donc la suite (r_n) converge vers 0. La longueur OA_n tend vers 0 quand n tend vers $+\infty$.

3. a. On fait tourner l'algorithme en prenant $P=0{,}5$:

n	R	P	$R>P$
0	1	0,5	Vrai
1	0,866	0,5	Vrai
2	0,75	0,5	Vrai
3	0,649 5	0,5	Vrai
4	0,562 5	0,5	Vrai
5	0,487	0,5	Faux

Pour $P=0{,}5$, $n=5$.

b. Cet algorithme s'arrête dès que $R\leqslant P$, il détermine la plus petite valeur de n pour laquelle R donc $r_n=OA_n$ est inférieur ou égal à P.

On peut donc dire que $OA_{32}>0{,}01$ et $OA_{33}\leqslant 0{,}01$.

4. a. On considère le triangle OA_nA_{n+1}.

$OA_n=r_n$ donc $OA_n^2=r_n^2$

$OA_{n+1}=r_{n+1}=\frac{\sqrt{3}}{2}r_n$ donc $OA_{n+1}^2=\frac{3}{4}r_n^2$

$A_nA_{n+1}=|z_{n+1}-z_n|=\left|\left(\frac{3}{4}+\frac{\sqrt{3}}{4}i\right)z_n-z_n\right|$

$=\left|-\frac{1}{4}+\frac{\sqrt{3}}{4}i\right|\times|z_n|$

$A_nA_{n+1}=\sqrt{\left(-\frac{1}{4}\right)^2+\left(\frac{\sqrt{3}}{4}\right)^2}\times r_n$

$=\sqrt{\frac{1}{16}+\frac{3}{16}}r_n=\sqrt{\frac{4}{16}}r_n=\frac{1}{2}r_n$

donc $(A_nA_{n+1})^2=\frac{1}{4}r_n^2$

$A_nA_{n+1}^2+OA_{n+1}^2=\frac{1}{4}r_n^2+\frac{3}{4}r_n^2=r_n^2=OA_n^2$

D'après la réciproque du théorème de Pythagore, le triangle OA_nA_{n+1} est rectangle en A_{n+1}.

b. On admet que $z_n=r_ne^{1\frac{n\pi}{6}}$.

Le point A_n, d'affixe z_n, appartient à l'axe des ordonnées si et seulement si son argument est $\frac{\pi}{2}$ ou $\frac{3\pi}{2}$ modulo 2π, c'est-à-dire $\frac{\pi}{2}$ modulo π, il peut donc s'écrire $\frac{\pi}{2}+k\pi$ où $k\in\mathbb{Z}$.

$\arg(z_n)=\frac{n\pi}{6}=\frac{\pi}{2}+k\pi \iff n=3+6k.$

Mais n est un entier naturel donc k doit être strictement positif donc appartenir à $\mathbb{N}$.

Donc si $n=3+6k$ avec $k\in\mathbb{N}$, alors le point A_n appartient à l'axe des ordonnées.

c. Le point A_6 a pour affixe z_6 qui a pour argument $\frac{6\pi}{6}=\pi$. Ce point est donc sur l'axe des abscisses.

Comme le triangle OA_5A_6 est rectangle en A_6, on trace le cercle de diamètre OA_5. Le point A_6 est à l'intersection de ce cercle et de l'axe des abscisses.

Le point A_7 a pour affixe z_7 qui a pour argument $\frac{7\pi}{6}$ donc les points A_1, O et A_7 sont alignés. Le point A_7 se trouve à l'intersection du cercle de diamètre OA_6 et de la droite (OA_1).

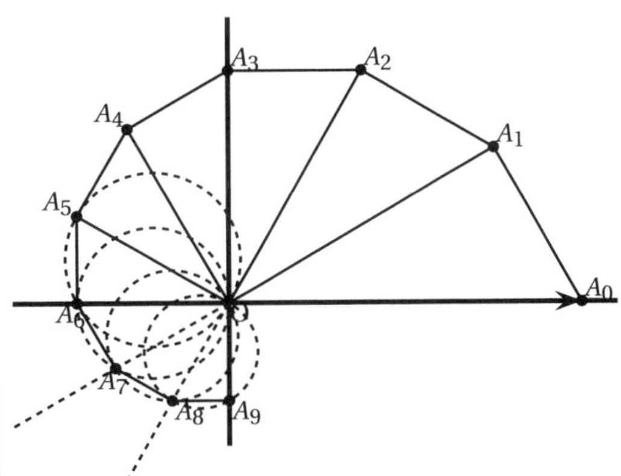

EXERCICE 225

1. Soit l'équation $z^2 - 8z + 64 = 0$, $\Delta = -192 < 0$.

L'équation a deux solutions complexes conjuguées :

$z_1 = \dfrac{8 + i\sqrt{192}}{2} = 4 + 4i\sqrt{3}$ et $z_2 = \overline{z_1} = 4 - 4i\sqrt{3}$.

2. a. $|a| = \left|4 + 4i\sqrt{3}\right| = \sqrt{16 + 48} = 8$.

On en déduit $a = 8\left(\dfrac{1}{2} + i\dfrac{\sqrt{3}}{2}\right) = 8e^{i\frac{\pi}{3}}$, donc $\arg(a) = \dfrac{\pi}{3}$.

b. On a $a = 8e^{i\frac{\pi}{3}}$ et $b = \overline{a} = 8e^{-i\frac{\pi}{3}}$.

c. $|a| = 8$; $|b| = 8$ et $|c| = |8i| = 8$. Les points A, B et C sont donc sur le cercle de centre O et de rayon 8.

d.

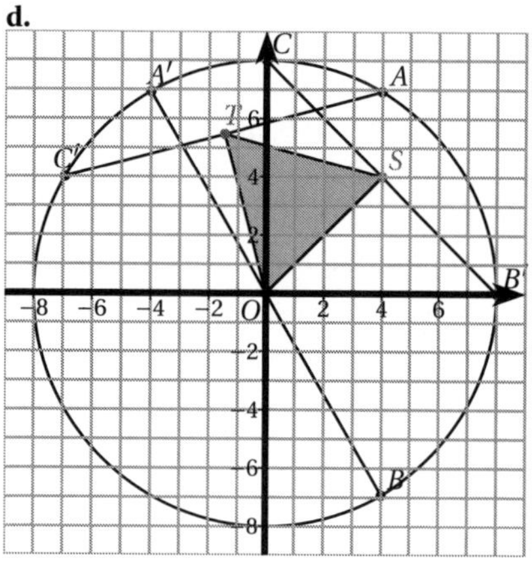

3. a. $b' = be^{i\frac{\pi}{3}} = 8e^{-i\frac{\pi}{3}} \times e^{i\frac{\pi}{3}} = 8e^0 = 8$.

b. $\left|a'\right| = \left|ae^{i\frac{\pi}{3}}\right| = |a| \times \left|e^{i\frac{\pi}{3}}\right| = 8$ car pour tout θ réel $\left|e^{i\theta}\right| = 1$.

$\arg(a') = \arg\left(ae^{i\frac{\pi}{3}}\right) = \arg(a) + \arg\left(e^{i\frac{\pi}{3}}\right) = \dfrac{2\pi}{3}$

4. a. $r = \dfrac{a' + b}{2} = \dfrac{-4 + 4i\sqrt{3} + 4 - 4i\sqrt{3}}{2} = 0$.

$s = \dfrac{b' + c}{2} = \dfrac{8 + 8i}{2} = 4 + 4i$.

On a admis que $t = 2 - 2\sqrt{3} + \mathrm{i}\left(2 + 2\sqrt{3}\right)$.

b. Il semble que RST soit un triangle équilatéral.

- $RS = |s - r| = |4 + 4i| = 4\sqrt{2}$.
- $ST = |t - s| = \left|-2 - 2\sqrt{3} + i\left(-2 + 2\sqrt{3}\right)\right|$
  $= 2\sqrt{\left(-1 - \sqrt{3}\right)^2 + \left(-1 + \sqrt{3}\right)^2} = 2\sqrt{8} = 4\sqrt{2}$.
- $RT = |t - r| = \left|2 - 2\sqrt{3} + i(2 + 2\sqrt{3})\right|$
  $= 2\left|1 - \sqrt{3} + i(1 + \sqrt{3})\right|$

$RT = 2\sqrt{1 - 2\sqrt{3} + 3 + 1 + 2\sqrt{3} + 3} = 2\sqrt{8} = 4\sqrt{2}$.

$RS = ST = RT = 4\sqrt{2}$ donc le triangle RST est équilatéral.

EXERCICE 226

1. La forme algébrique de z^2 est :

$z^2 = \left(-\sqrt{2 + \sqrt{2}} + i\sqrt{2 - \sqrt{2}}\right)^2$

$= 2 + \sqrt{2} - \left(2 - \sqrt{2}\right) - 2i\sqrt{(2 + \sqrt{2})(2 - \sqrt{2})}$

$= 2 + \sqrt{2} - 2 + \sqrt{2} - 2i\sqrt{2} = 2\sqrt{2} - 2i\sqrt{2}$. Réponse **B**

2. z^2 s'écrit sous forme exponentielle :

On a $\left|z^2\right| = \sqrt{8 + 8} = \sqrt{16} = 4$. Donc

$z^2 = 4\left(\dfrac{\sqrt{2}}{2} - i\dfrac{\sqrt{2}}{2}\right) = 4\left(\cos\left(-\dfrac{\pi}{4}\right) + i\sin\left(-\dfrac{\pi}{4}\right)\right)$

$z^2 = 4e^{-\frac{i\pi}{4}}$. Réponse **B.**

3. z s'écrit sous forme exponentielle :

Le module de z est 2. Un de ses arguments θ est tel que $2\theta = -\dfrac{\pi}{4} \quad [2\pi] \iff \theta = -\dfrac{\pi}{8} \quad [\pi]$.

L'énoncé montre que la partie réelle est négative : l'argument est donc $\theta = -\dfrac{\pi}{8} + \pi = \dfrac{7\pi}{8}$.

Conclusion : $z = 2e^{i\frac{7\pi}{8}}$. Réponse **A.**

4. On a trouvé que $z = 2\left(-\dfrac{\sqrt{2 + \sqrt{2}}}{2} + i\dfrac{\sqrt{2 - \sqrt{2}}}{2}\right)$, ces quotients étant le cosinus et le sinus de $\dfrac{7\pi}{8}$.

On sait que $\cos(\pi - \alpha) = -\cos\alpha$ et que $\sin(\pi - \alpha) = \sin\alpha$. Donc $\dfrac{\sqrt{2 + \sqrt{2}}}{2}$ et $\dfrac{\sqrt{2 - \sqrt{2}}}{2}$ sont les cosinus et sinus du supplément à π de $\dfrac{7\pi}{8}$, donc de $\dfrac{\pi}{8}$. Réponse **D.**

EXERCICE 227

Partie A

1. $u_0 = |z_0| = \left|\sqrt{3} - i\right| = 2$.

2. $\dfrac{u_{n+1}}{u_n} = \dfrac{|z_{n+1}|}{|z_n|} = \left|\dfrac{z_{n+1}}{z_n}\right| = |1 + i| = \sqrt{2}$

(u_n) est la suite géométrique de raison $\sqrt{2}$ et de premier terme $u_0 = 2$.

3. D'après le cours, pour tout entier naturel n, on a $u_n = 2\left(\sqrt{2}\right)^n$.

4. (u_n) est une suite géométrique de raison $\sqrt{2} > 1$ et de premier terme strictement positif, elle diverge donc vers $+\infty$.

Partie B

1. $z_1 = (1 + i) \times (\sqrt{3} - i) = 1 + \sqrt{3} + i(\sqrt{3} - 1)$.

2. $z_0 = 2\left(\dfrac{\sqrt{3}}{2} - \dfrac{1}{2}i\right) = 2e^{-i\frac{\pi}{6}}$

$1 + i = \sqrt{2}e^{i\frac{\pi}{4}}$.

$z_1 = 2e^{-i\frac{\pi}{6}} \times \sqrt{2}e^{i\frac{\pi}{4}} = 2\sqrt{2}e^{i\frac{\pi}{12}}$.

3. Des deux questions précédentes, on déduit que

$$1+\sqrt{3}+i\left(\sqrt{3}-1\right) = 2\sqrt{2}e^{i\frac{\pi}{12}} = 2\sqrt{2}\left(\cos\left(\frac{\pi}{12}\right)+i\sin\left(\frac{\pi}{12}\right)\right).$$

D'où $\cos\left(\frac{\pi}{12}\right) = \frac{1+\sqrt{3}}{2\sqrt{2}} = \frac{\sqrt{2}+\sqrt{6}}{4}$.

Exercice 228

1. $f\left(-1+i\sqrt{3}\right) = \left(-1+i\sqrt{3}\right)^2 + 2\left(-1+i\sqrt{3}\right)+9 = 1-2i\sqrt{3}-3-2+2i\sqrt{3}+9 = 5$

2. On résout dans $\mathbb{C}$ l'équation $f(z) = 5$:

$f(z) = 5 \iff z^2+2z+9 = 5 \iff z^2+2z+4 = 0$

$\Delta = 4-16 = -12 = -\left(2\sqrt{3}\right)^2$, l'équation admet deux racines complexes conjuguées :

$z_A = \frac{-2+2i\sqrt{3}}{2} = -1+i\sqrt{3}$ et $z_B = -1-i\sqrt{3}$

$|z_A| = \sqrt{1+3} = 2$

Soit θ_A un argument de z_A :

$$\begin{cases} \cos\theta_A = -\frac{1}{2} \\ \sin\theta_A = \frac{\sqrt{3}}{2} \end{cases} \Longrightarrow \theta_A = \frac{2\pi}{3} + k2\pi \text{ où } k \in \mathbb{Z}.$$

Donc $z_A = 2e^{\frac{2i\pi}{3}}$

Les nombres complexes z_A et z_B sont conjugués, ils ont donc le même module et des arguments opposés d'où $z_B = 2e^{-\frac{2i\pi}{3}}$

$|z_A| = 2$ donc le point A se trouve sur le cercle de centre O et de rayon 2. De plus la partie réelle de A vaut -1 donc A se trouve sur la droite d'équation $x = -1$.

Le raisonnement est identique pour le point B.

3. $f(z) = \lambda \iff z^2+2z+9-\lambda = 0$

Pour que l'équation $f(z) = \lambda$ admette deux solutions complexes conjuguées, il faut et il suffit que le discriminant du polynôme $z^2+2z+9-\lambda$ soit strictement négatif.

$\Delta = 4-4(9-\lambda) = 4-36+4\lambda = 4\lambda-32 < 0$

$\Longrightarrow 4\lambda - 32 < 0 \Longrightarrow \lambda < 8$

L'ensemble des valeurs de λ pour lesquelles l'équation $f(z) = \lambda$ admet deux solutions complexes conjuguées est l'intervalle $]-\infty; 8[$.

4. $f(z)-8 = z^2+2z+9-8 = z^2+2z+1 = (z+1)^2$

donc $\left|f(z)-8\right| = \left|(z+1)^2\right| = |z+1|^2$ car le module d'un carré est égal au carré du module.

Donc $\left|f(z)-8\right| = 3 \iff |z+1|^2 = 3 \iff |z+1| = \sqrt{3}$

Soit Ω le point d'affixe -1, si on appelle M le point d'affixe z, alors $|z+1| = \sqrt{3} \iff |z_M - z_\Omega| = \sqrt{3}$.

L'ensemble des points M vérifiant $|z_M - z_\Omega| = \sqrt{3}$ est le cercle de centre $\Omega(-1;0)$ et de rayon $\sqrt{3}$.

5. a. $f(z) = z^2+2z+9 = (x+iy)^2+2(x+iy)+9$
$= x^2+2ixy-y^2+2x+2iy+9$
$= x^2-y^2+2x+9+i(2xy+2y)$.

b. On note (E) l'ensemble des points du plan complexe dont l'affixe z est telle que $f(z)$ soit un nombre réel.

$f(z) \in \mathbb{R} \iff 2xy+2y = 0$
$\iff 2y(x+1) = 0$
$\iff y = 0$ ou $x = -1$.

(E) est la réunion des droites D_1 d'équation $y = 0$ (l'axe des abscisses) et D_2 d'équation $x = -1$.

6. Le cercle (F) est de centre Ω d'affixe -1 et de rayon $\sqrt{3}$. Donc les points d'intersection du cercle (F) avec l'axe des abscisses ont pour coordonnées $\left(-1-\sqrt{3}; 0\right)$ et $\left(-1+\sqrt{3}; 0\right)$.

Les points A et B ont pour affixes z_A et z_B dont les parties réelles sont égales à -1, donc A et B sont situés sur la droite D_2.

$\Omega A = |z_A - z_\Omega| = \left|-1+i\sqrt{3}+1\right| = \left|i\sqrt{3}\right| = \sqrt{3}$,le point A appartient donc au cercle (F).

$\Omega B = |z_B - z_\Omega| = \left|-1-i\sqrt{3}+1\right| = \left|-i\sqrt{3}\right| = \sqrt{3}$, le point B appartient donc au cercle (F).

Les coordonnées des quatre points d'intersection des ensembles (E) et (F) sont :

$\left(-1-\sqrt{3}; 0\right)$, $\left(-1+\sqrt{3}; 0\right)$, $\left(-1; \sqrt{3}\right)$ et $\left(-1; -\sqrt{3}\right)$

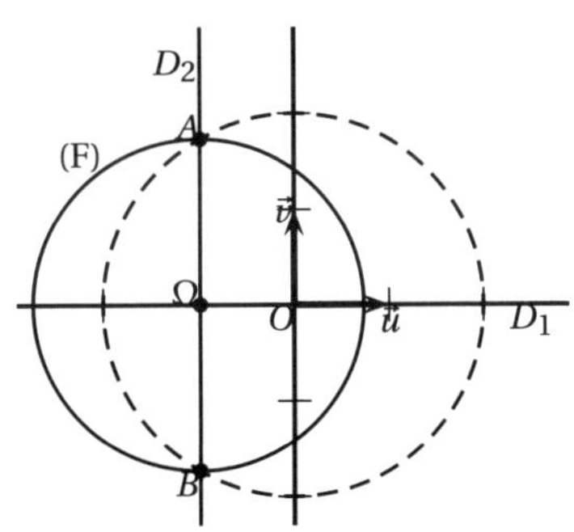

EXERCICE 229

Partie A

1. On a $a_0 = 1$ et $b_0 = 1$.
2. $z_1 = \dfrac{z_0 + |z_0|}{3} = \dfrac{1+i+\sqrt{2}}{3} = \dfrac{1+\sqrt{2}}{3} + i\dfrac{1}{3}$.

   On a alors $a_1 = \dfrac{1+\sqrt{2}}{3}$ et $b_1 = \dfrac{1}{3}$.
3. **a.** Pour $N = 2$, le tableau de l'état des variables dans l'algorithme est :

K	A	B
1	0,804 7	0,333 3
2	0,558 6	0,111 1

   b. Plus généralement, pour une valeur de N, A contient la valeur de a_N.

Partie B

1. On a, pour tout $n \in \mathbb{N}$, $z_{n+1} = a_{n+1} + ib_{n+1}$ et
$z_{n+1} = \dfrac{a_n + ib_n + \sqrt{a_n^2 + b_n^2}}{3}$, ainsi :
$$a_{n+1} = \frac{a_n + \sqrt{a_n^2 + b_n^2}}{3} \text{ et } b_{n+1} = \frac{b_n}{3}.$$
2. La suite (b_n) est géométrique de raison $\dfrac{1}{3}$ et de premier terme $b_0 = 1$, donc $\forall n \in \mathbb{N} : b_n = \left(\dfrac{1}{3}\right)^n$.

   Comme $-1 < \dfrac{1}{3} < 1$, on en déduit que la suite (b_n) converge vers 0.
3. **a.** $\forall n \in \mathbb{N}$, $|z_{n+1}| = \left|\dfrac{z_n + |z_n|}{3}\right|$
$= \dfrac{1}{3}|z_n + |z_n|| \leqslant \dfrac{1}{3}(|z_n| + |z_n|)$,
c'est-à-dire : $|z_{n+1}| \leqslant \dfrac{2|z_n|}{3}$.

   b. Montrons par récurrence que pour tout $n \in \mathbb{N}$, $u_n \leqslant \left(\dfrac{2}{3}\right)^n \sqrt{2}$.

   • *Initialisation :* On a $u_0 = |z_0| = \sqrt{2}$ et $\left(\dfrac{2}{3}\right)^0 \sqrt{2} = \sqrt{2}$, la propriété est donc vraie pour $n = 0$.

   • *Hérédité :* Supposons la propriété vraie jusqu'au rang $n \geqslant 0$, $u_n \leqslant \left(\dfrac{2}{3}\right)^n \sqrt{2}$, alors :
$$u_{n+1} = |z_{n+1}| \leqslant \frac{2}{3}u_n \leqslant \left(\frac{2}{3}\right)^{n+1} \sqrt{2},$$
la propriété est donc héréditaire.

   • *Conclusion :* La propriété est vraie au rang 0, et elle est héréditaire, donc d'après le principe de récurrence, pour tout entier naturel n la propriété est vraie.

   On a de plus, pour tout $n \in \mathbb{N}$, $u_n = |z_n| \geqslant 0$, donc $0 \leqslant u_n \leqslant \left(\dfrac{2}{3}\right)^n \sqrt{2}$.

   Comme $\lim\limits_{n\to+\infty} \left(\dfrac{2}{3}\right)^n \sqrt{2} = 0$, le théorème « des gendarmes » permet de conclure que la suite (u_n) converge vers 0.

   c. On a, pour tout $n \in \mathbb{N}$,
$u_n = |z_n| = \sqrt{a_n^2 + b_n^2} \geqslant \sqrt{a_n^2} = |a_n|$.
Ainsi, $\forall n \in \mathbb{N}$, $0 \leqslant |a_n| \leqslant u_n$. Comme (u_n) converge vers 0, le théorème « des gendarmes » permet de conclure que $(|a_n|)$ converge vers 0, donc que (a_n) converge vers 0.

EXERCICE 230

1. Calculons le discriminant du trinôme du second degré, $\Delta = -48 < 0$.

   L'équation admet deux solutions complexes conjuguées, qui sont :
$Z_1 = \dfrac{-4 - i\sqrt{48}}{2} = \dfrac{-4-4i\sqrt{3}}{2} = -2-2i\sqrt{3}$ et
$Z_2 = \overline{Z_1} = -2+2i\sqrt{3}$.

   Exprimons ces nombres sous leur forme exponentielle, en commençant par calculer le module de Z_1 et de Z_2 :
$|Z_1| = |Z_2| = \sqrt{(-2)^2 + \left(-2\sqrt{3}\right)^2} = \sqrt{4+12} = 4$.

   On a alors : $Z_1 = 4 \times \left(\dfrac{-1}{2} + i\dfrac{-\sqrt{3}}{2}\right) = 4e^{\frac{-2i\pi}{3}}$.
$Z_2 = \overline{Z_1} = 4e^{\frac{2i\pi}{3}}$.

   L'équation admet donc deux solutions :
$Z_1 = 4e^{\frac{-2i\pi}{3}}$ et $Z_2 = 4e^{\frac{2i\pi}{3}}$.
2. Si a a pour module 2 et pour argument $\dfrac{\pi}{3}$, alors $a = 2e^{\frac{i\pi}{3}}$ et donc, d'après les propriétés du module et des arguments, $a^2 = 2^2e^{2\times\frac{i\pi}{3}} = -2+2i\sqrt{3}$.

   Le nombre a est donc une solution de l'équation $z^2 = -2+2i\sqrt{3}$. L'autre solution sera donc $-a$, car $(-a)^2 = a^2$, donc si a est une solution, $-a$ sera aussi une solution.

   Les deux solutions sous forme algébrique, sont :
$a = 2e^{\frac{i\pi}{3}} = 2 \times \left(\dfrac{1}{2} + i\dfrac{\sqrt{3}}{2}\right) = 1 + i\sqrt{3}$

et $-a = -1 - i\sqrt{3}$.

3. Soient z_1 et z_2 deux nombres complexes. Il existe donc quatre nombres réels x_1, y_1, x_2 et y_2 tels que $z_1 = x_1 + iy_1$ et $z_2 = x_2 + iy_2$.

On a alors
$$\begin{aligned} z_1 z_2 &= (x_1 + iy_1)(x_2 + iy_2) \\ &= x_1x_2 + ix_1y_2 + iy_1x_2 + i^2 y_1 y_2 \\ &= (x_1x_2 - y_1y_2) + i(x_1y_2 + x_2y_1) \end{aligned}$$

Comme les nombres x_1, x_2, y_1 et y_2 sont réels, alors on peut définir les nombres $X = x_1x_2 - y_1y_2$ et $Y = x_1y_2 + x_2y_1$, qui sont réels également.

On a donc écrit le produit z_1z_2 sous la forme $X + iY$, où X et Y sont des nombres réels, donc le conjugué de z_1z_2 est :

$\overline{z_1z_2} = X - iY = (x_1x_2 - y_1y_2) - i(x_1y_2 + x_2y_1)$.

Par ailleurs, $\overline{z_1}\,\overline{z_2} = (x_1 - iy_1) \times (x_2 - iy_2)$
$$\begin{aligned} \overline{z_1}\,\overline{z_2} &= x_1x_2 - ix_1y_2 - iy_2x_1 + (-i)^2 y_1y_2 \\ &= (x_1x_2 - y_1y_2) - i(x_1y_2 + x_2y_1) = \overline{z_1z_2} \end{aligned}$$

Nous avons ainsi démontré que pour deux nombres complexes quelconques z_1 et z_2, on a : $\overline{z_1}\,\overline{z_2} = \overline{z_1z_2}$.

La seconde propriété sera démontrée par récurrence. Posons, la propriété $\mathcal{P}_n$: « pour tout complexe z et pour tout entier naturel n non nul, $\overline{z^n} = (\overline{z})^n$ ».

- *Initialisation :* Pour $n = 1$, on a $z^1 = z$, donc $\overline{z^1} = \overline{z} = (\overline{z})^1$: la propriété $\mathcal{P}_1$ est donc vraie.
- *Hérédité :* Supposons la propriété $\mathcal{P}_n$ vraie jusqu'au rang $n > 0$, c'est-à-dire que pour tout complexe z, on a $\overline{z^n} = (\overline{z})^n$. Démontrons qu'alors $\mathcal{P}_{n+1}$ est vraie. $\overline{z^{n+1}} = \overline{z^n \times z} = \overline{z^n} \times \overline{z} = (\overline{z})^n \times \overline{z} = (\overline{z})^{n+1}$ ce qui constitue la propriété $\mathcal{P}_{n+1}$.
- *Conclusion :* Nous avons donc démontré que la propriété $\mathcal{P}_1$ est vraie et que si la propriété $\mathcal{P}_n$ est vraie, cela implique que $\mathcal{P}_{n+1}$ l'est également. On peut donc dire par le principe de la récurrence que pour tout entier n naturel non nul, et pour tout nombre complexe z, on a $\overline{z^n} = (\overline{z})^n$.

4. Soit z une solution de l'équation (E), cela signifie que l'on a : $z^4 + 4z^2 + 16 = 0$. Vérifions maintenant que le conjugué de z est une solution de l'équation :
$$\begin{aligned} \overline{z}^4 + 4\overline{z}^2 + 16 &= \overline{z^4} + 4\overline{z^2} + 16 \\ &= \overline{z^4} + \overline{4z^2} + 16 \\ &= \overline{z^4 + 4z^2 + 16} = \overline{0} = 0 \end{aligned}$$

On a établi à la question **2.** que les nombres a et $-a$ sont tels que $a^2 = Z_2$ et $(-a)^2 = Z_2$.

Nous avons obtenu à la question **2.**, Z_2 est solution de l'équation $Z^2 + 4Z + 16 = 0$, cela signifie que $\left(a^2\right)^2 + 4\left(a^2\right) + 16 = 0$, donc que $a^4 + 4a^2 + 16 = 0$, ainsi a est solution de (E) et de manière analogue, $-a$ est aussi une solution de cette équation.

En appliquant la propriété démontrée au début de cette question, on en déduit que les nombres $\overline{a}$ et $\overline{-a}$ sont également des solutions de cette équation. L'équation (E) a donc 4 solutions : $a = 1 + i\sqrt{3}$; $-a = -1 - i\sqrt{3}$; $\overline{a} = 1 - i\sqrt{3}$ et $\overline{-a} = -1 + i\sqrt{3}$, donc puisqu'il y a au maximum 4 solutions à l'équation, celle-ci ne peut avoir d'autres solutions que celles que nous venons de trouver.

EXERCICE 231

1. **a.** $z_1 = \dfrac{1+i}{2} z_0 = \dfrac{1+i}{2} \times 16 = 8 + 8i$.

$z_2 = \dfrac{1+i}{2} z_1 = \left(\dfrac{1+i}{2}\right)(8+8i) = 8i$.

$z_3 = \dfrac{1+i}{2} z_2 = 8i\left(\dfrac{1+i}{2}\right) = -4 + 4i$.

b. Si $z = \dfrac{1+i}{2}$ alors $|z|^2 = \dfrac{1}{4} + \dfrac{1}{4} = \dfrac{2}{4}$, donc $|z| = \dfrac{\sqrt{2}}{2}$.

Donc $z = \dfrac{\sqrt{2}}{2}\left(\dfrac{\sqrt{2}}{2} + i\dfrac{\sqrt{2}}{2}\right) = \dfrac{\sqrt{2}}{2}\left(\cos\dfrac{\pi}{4} + i\sin\dfrac{\pi}{4}\right)$.

c. $\dfrac{z_0 - z_1}{0 - z_1} = \dfrac{8 - 8i}{-8 - 8i} = I$

On en déduit alors que $A_0A_1 = OA_1$ et $\left(\overrightarrow{OA_1}\,;\,\overrightarrow{A_1A_0}\right) = \dfrac{\pi}{2}$.

Le triangle OA_0A_1 est donc isocèle rectangle en A_1.

2. $r_{n+1} = |z_{n+1}| = \left|\dfrac{1+i}{2} z_n\right| = \left|\dfrac{1+i}{2}\right| \times |z_n| = \dfrac{\sqrt{2}}{2} r_n$

$r_{n+1} = \dfrac{\sqrt{2}}{2} r_n$ montre que la suite (r_n) est géométrique de raison $\dfrac{\sqrt{2}}{2}$.

On a alors $r_n = r_0\left(\dfrac{\sqrt{2}}{2}\right)^n = 16\left(\dfrac{\sqrt{2}}{2}\right)^n$.

Comme $0 < \dfrac{\sqrt{2}}{2} < 1$, alors $\lim\limits_{n\to+\infty}\left(\dfrac{\sqrt{2}}{2}\right)^n = 0$

donc $\lim\limits_{n\to+\infty} r_n = 0$.

La suite (r_n) converge vers 0.

$r_n = |z_n| = OA_n$, ce qui signifie la limite de la distance entre les points A_n et le point O tend vers 0.

3. **a.** Quel que soit le naturel n :

$$A_nA_{n+1} = |z_{n+1} - z_n| = \left|\frac{1+i}{2}z_n - z_n\right|$$

$$A_nA_{n+1} = \left|z_n\left(\frac{1+i}{2} - 1\right)\right|$$

$$= \left|z_n\left(\frac{-1+i}{2}\right)\right| = \left|\frac{-1+i}{2}\right| \times |z_n| = \frac{\sqrt{2}}{2}r_n$$

$A_nA_{n+1} = r_{n+1}$.

b. $L_n = \sum_{k=1}^{n} r_k = 8\sqrt{2}\sum_{k=1}^{n}\left(\frac{\sqrt{2}}{2}\right)^k = 8\sqrt{2}\dfrac{1-\left(\frac{\sqrt{2}}{2}\right)^n}{1-\frac{\sqrt{2}}{2}}$.

c. On sait que $\lim_{n\to+\infty}\left(\frac{\sqrt{2}}{2}\right)^n = 0$, donc

$$\lim_{n\to+\infty} L_n = \frac{8\sqrt{2}}{1-\frac{\sqrt{2}}{2}} = \frac{16}{\sqrt{2}-1} = \frac{16\left(\sqrt{2}+1\right)}{2-1}$$

$$= 16\left(\sqrt{2}+1\right).$$

Exercice 232

1. $(1+i)^{4n} = \left((1+i)^4\right)^n$ et
$(1+i)^4 = \left((1+i)^2\right)^2 = \left(1+2i+i^2\right)^2 = (2i)^2 = -4$
Ainsi $(1+i)^{4n} = (-4)^n$. **La proposition est vraie.**
2. Recherchons les solutions de l'équation (E) :
$(z-4)\left(z^2-4z+8\right) = 0$.
Il y a $z = 4$ qui annule $z-4$.
Pour $z^2-4z+8 = 0$, $\Delta = -16 < 0$.
L'équation admet deux solutions complexes conjuguées :
$z_1 = \dfrac{-(-4)+i\sqrt{16}}{2} = \dfrac{4+4i}{2} = 2+2i$ et $z_2 = 2-2i$
L'équation (E) admet pour solutions $\left\{4,\ 2+2i,\ 2-2i\right\}$
Le triangle ABC est isocèle en A car les points B et C sont symétriques par rapport à l'axe $\left(O, \vec{u}\right)$ et A appartient à cet axe. Donc le milieu H de $[BC]$ est aussi le pied de la hauteur issue de A dans le triangle.
H a pour affixe 2 donc $AH = 2$.
De plus $BC = |2+2i-2+2i| = |4i| = 4$.
L'aire de ce triangle vaut donc $\dfrac{BC \times AH}{2} = 4$.
La proposition est fausse.
3. Soit α un nombre réel quelconque;
$1+e^{2i\alpha} = E^{i\alpha}\left(e^{-i\alpha}+e^{i\alpha}\right) = 2e^{i\alpha}\cos\alpha$.
La proposition est vraie.
4. Le nombre complexe z_A a pour argument $\dfrac{\pi}{4}$ donc le nombre complexe $(z_A)^n$ a pour argument $n\dfrac{\pi}{4}$. Les points O, A et M_n sont alignés si et seulement si l'argument de l'affixe de M_n est $\dfrac{\pi}{4}$ ou $\pi+\dfrac{\pi}{4}$ à 2π près.
On suppose que $n-1$ est divisible par 4. Le nombre $n-1$ peut alors s'écrire $4k$ avec k entier et donc $n = 4k+1$.
$\arg(M_n) = n\dfrac{\pi}{4} = (4k+1)\dfrac{\pi}{4} = k\pi+\dfrac{\pi}{4}$ ce qui est bien équivalent à $\dfrac{\pi}{4}$ ou $\pi+\dfrac{\pi}{4}$ à 2π près.
Donc si $n-1$ est divisible par 4, alors les points O, A et M_n sont alignés.
La proposition est vraie.
5. $j = e^{i\frac{2\pi}{3}}$ donc
$j^3 = e^{2i\pi} = 1$, ainsi $1+j+j^2 = \dfrac{1-j^3}{1-j} = 0$.
La proposition est vraie.

Exercice 233

1. $\Delta = -4 < 0$. L'équation admet deux solutions complexes conjuguées :
$z_a = \dfrac{2\sqrt{3}+2i}{2} = \sqrt{3}+i$ et $z_b = \sqrt{3}-i$.
2. **a.** $z_1 = 2\left(\dfrac{\sqrt{3}}{2}+i\left(-\dfrac{1}{2}\right)\right) = \sqrt{3}-i = z_b$,
z_1 est donc solution de l'équation (E).
b. $z_2 = 4e^{i\frac{\pi}{6}} = 4\left(\cos\dfrac{\pi}{6}+i\sin\dfrac{\pi}{6}\right) = 2\sqrt{3}+2i$
$z_3 = 8e^{-i\frac{\pi}{6}} = 8\left(\cos\dfrac{-\pi}{6}+i\sin\dfrac{-\pi}{6}\right) = 4\sqrt{3}-4i$.
c. $|z_1| = 2$, le point M_1 d'affixe z_1 est donc situé sur le cercle de centre O et de rayon 2. De plus, la partie imaginaire de z_1 est -1 donc le point M_1 est situé sur la droite d'équation $y = -1$.
Pour placer le point M_2, on utilise $|z_2| = 4$ et $\Im m(z_2) = 2$.
Pour placer le point M_3, on utilise $|z_3| = 8$ et $\Im m(z_3) = -4$.
$z_4 = 16e^{i\frac{\pi}{6}}$. Pour placer le point M_4, on utilise le fait que $|z_4| = 16$ et $\arg(z_4) = \dfrac{\pi}{6} = \arg(z_2)$, les points O, M_2 et M_4 sont donc alignés.
Graphique en fin d'exercice.
3. Si $n \geqslant 1$ et n pair, $(-1)^n = 1$,
donc $e^{i(-1)^n\frac{\pi}{6}} = e^{i\frac{\pi}{6}} = \dfrac{\sqrt{3}}{2}+\dfrac{i}{2} = \dfrac{\sqrt{3}}{2}+\dfrac{(-1)^n i}{2}$.

Si n impair, $(-1)^n = -1$, donc
$e^{i(-1)^n\frac{\pi}{6}} = e^{-1\frac{\pi}{6}} = \dfrac{\sqrt{3}}{2}-\dfrac{1}{2} = \dfrac{\sqrt{3}}{2}+\dfrac{(-1)^n i}{2}$.
Ainsi $\forall n \geqslant 1$, $z_n = 2^n\left(\dfrac{\sqrt{3}}{2}+\dfrac{(-1)^n i}{2}\right)$.

4. $M_1M_2 = |z_2 - z_1| = \left|\sqrt{3}+3i\right| = \sqrt{12} = 2\sqrt{3}$
$M_2M_3 = |z_3 - z_2| = \left|2\sqrt{3} - 6\mathrm{i}\right| = \sqrt{48} = 2^2\sqrt{3}$

5. a. D'après la question 4, $\ell_n = \left(2+2^2+\cdots+2^n\right)\sqrt{3}$.
La suite $\left(2^n\right)$ définie pour $n \geqslant 1$ est géométrique de raison $q = 2$ et de premier terme 2. Ainsi, en utilisant la formule de la somme de termes consécutifs, on obtient $\ell_n = 2 \times \dfrac{1-2^n}{1-2}\sqrt{3} = 2\sqrt{3}\left(2^n - 1\right)$.

b. $\ell_n \geqslant 1\,000 \iff 2\sqrt{3}\left(2^n-1\right) \geqslant 1\,000$
$\Longrightarrow 2^n \geqslant \dfrac{1\,000}{2\sqrt{3}} + 1$.
La fonction ln est strictement croissante sur $]0\,,+\infty[$, donc

$$\ell_n \geqslant 1\,000 \Longrightarrow \ln\left(2^n\right) \geqslant \ln\left(\frac{1\,000}{2\sqrt{3}}+1\right)$$
$$\Longrightarrow n\ln 2 \geqslant \ln\left(\frac{1\,000}{2\sqrt{3}}+1\right)$$

Or $\ln 2 > 0$ donc

$$\ell_n \geqslant 1\,000 \Longrightarrow n \geqslant \frac{\ln\left(\dfrac{1\,000}{2\sqrt{3}}+1\right)}{\ln 2}$$
$$\Longrightarrow n \geqslant 8,18.$$

Le plus petit entier n tel que $\ell_n \geqslant 1\,000$ est 9.

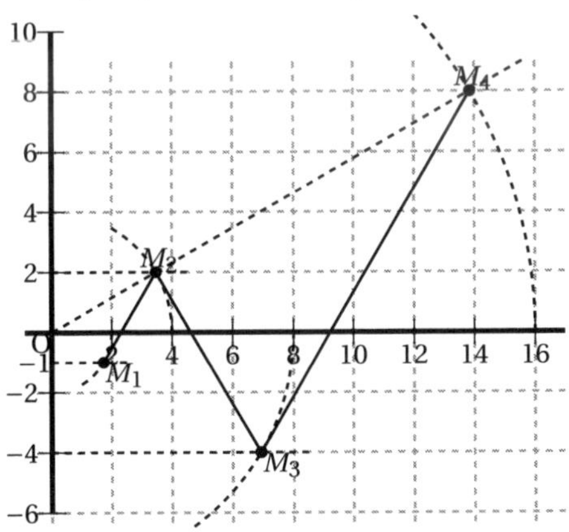

EXERCICE 234

Partie A

$$\left(\frac{z}{z'} \times z'\right) = \arg z \iff \arg\left(\frac{z}{z'}\right) + \arg z' = \arg z$$
$$\iff \arg\left(\frac{z}{z'}\right) = \arg z - \arg z'.$$

Partie B

1. a. Le point M d'affixe z (avec$z \neq -i$) est invariant par f si et seulement si $z = \dfrac{iz+3}{z+i}$
$\iff z^2 + iz = iz + 3 \iff z^2 = 3$.
Les points invariants sont donc les points J et K d'affixes respectives $\sqrt{3}$ et $-\sqrt{3}$.
Le cercle de diamètre $[AB]$ a pour rayon 2 et pour centre le point d'affixe i. Or la distance de ce point à J est égale à $\sqrt{(\sqrt{3})^2+1^2} = 2$, donc J appartient au cercle de diamètre $[AB]$. Par un calcul analogue, on vérifie que K appartient au cercle de diamètre $[AB]$.

b. Si c' est l'affixe de C', alors
$c' = \dfrac{i(-2+i)+3}{-2+i+i} = \dfrac{2-2i}{-2+2i} = -1$. Donc C' appartient à l'axe des abscisses.

2. On peut écrire $z' = \dfrac{iz+3}{z+i} = \dfrac{i(z-3i)}{z-(-i)}$. En prenant les arguments de ces deux complexes et en utilisant le résultat de la partie A, on obtient :
$\arg(z') = \arg i + \arg\left(\dfrac{z-3i}{z-(-i)}\right)$ $[2\pi]$
$\iff \arg(z') = \dfrac{\pi}{2} + \left(\overrightarrow{AM}, \overrightarrow{BM}\right)$ $[2\pi]$
soit $\arg(z') = \left(\overrightarrow{MA}, \overrightarrow{MB}\right) + \dfrac{\pi}{2}$ à 2π près.

3. a. z' est imaginaire pur si et seulement si son argument est $\dfrac{\pi}{2}$ ou $-\dfrac{\pi}{2}$. Les points M correspondants sont tous les points de la droite (AB) privé des points A et B.

b. Si M appartient au cercle de diamètre $[AB]$, son affixe s'écrit $z = i + 2e^{2i\theta}$, avec $\theta \in [0\,;\,2\pi]$.
On trouve alors que $z' = \dfrac{\cos\theta}{1+\sin\theta} \in \mathbb{R}$, le point M' appartient à l'axe des abscisses.

EXERCICE 235

1. Si $z \neq -1$, $z = \dfrac{z-1}{z+1} \iff z^2 + z = z - 1$
$\iff z^2 = -1 \iff z = i$ ou $z = -i$.
Les points invariants par f sont les deux points d'affixes i et $-i$

2. a. $z \neq -1$, $(z'-1)(z+1) = \left(\dfrac{z-1}{z+1} - 1\right)(z+1)$
$= z - 1 - z - 1 = -2$.

b. L'égalité de ces deux complexes entraîne :
- $\left(z'-1)(z+1)\right| = |-2|$
$\iff |z'-1| \times |z+1| = 2$
$\iff AM' \times BM = 2$.
- $\arg[(z'-1)(z+1)] = \arg(-2)$ $[2\pi]$
$\iff \arg(z'-1) + \arg(z+1) = \pi$ $[2\pi]$
$\iff \left(\overrightarrow{u}, \overrightarrow{AM'}\right) + \left(\overrightarrow{u}, \overrightarrow{BM}\right) = \pi$ $[2\pi]$.

3. M appartient au cercle (C) de centre B et de rayon 2 si et seulement si $BM = 2$
$BM = 2 \iff |z+1| = 2 \iff \left|z'-1\right| = 1$

$BM = 2 \iff AM' = 1$

ce qui signifie que M' appartient au cercle (C') de centre A et de rayon 1.

4. a. $p+1 = -1+i\sqrt{3} = 2\left(-\frac{1}{2}+i\frac{\sqrt{3}}{2}\right) = 2e^{\frac{2i\pi}{3}}$.

b. On vient de prouver que $|p+1| = 2$ soit $BP = 2$ c'est-à-dire P appartient au cercle (C).

c. $p'-a = p'-1 = -\frac{2}{p+1} = -e^{-\frac{2i\pi}{3}} = \frac{1}{2}\left(1+i\sqrt{3}\right)$

$p'-a = \frac{1}{2}(q-a)$.

Les vecteurs $\overrightarrow{AP'}$ et $\overrightarrow{AQ}$ sont colinéaires, les points A, P' et Q sont donc alignés.

d. On en déduit la construction simple de P' :

— Q symétrique de P autour de l'axe des ordonnées ;

— Le segment [AQ] coupe le cercle (C) en P'.

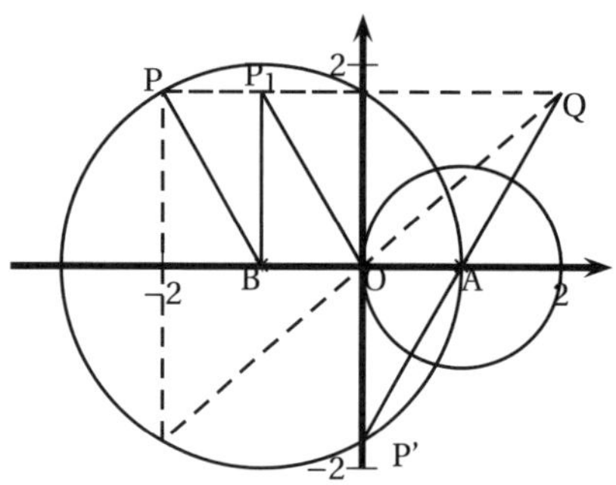

Exercice 236

1. $f(M) = M \iff z^2 = z \iff z^2 - z = 0$
$\iff z(z-1) = 0 \iff z \in \{0\,;\,1\}$. $\Gamma_1 = \{O\,;\,\Omega\}$

2. a. $a = 2\left(\frac{\sqrt{2}}{2} - i\frac{\sqrt{2}}{2}\right) = 2e^{-i\frac{\pi}{4}}$.

b. On cherche les antécédents de A, c'est-à-dire les points d'affixe z tels que $z^2 = a$.

Posons $z = re^{i\theta}$. Alors $z^2 = r^2e^{2i\theta}$.

- $r^2 = 2 \implies r = \sqrt{2}$ (car $r > 0$).
- $2\theta = -\frac{\pi}{4} + 2k\pi$, $k \in \mathbb{Z}$ donc $\theta = -\frac{\pi}{8} + k\pi$.

On prend $\theta = -\frac{\pi}{8}$ et $\theta = \frac{7\pi}{8}$ (seuls valeurs dans l'intervalle $]-\pi;\pi]$).

On trouve ainsi $z_1 = \sqrt{2}e^{-i\frac{\pi}{8}}$ et

$z_2 = \sqrt{2}e^{i\frac{7\pi}{8}} = -\sqrt{2}e^{-i\frac{\pi}{8}} = -z_1$.

Les deux points ont pour affixe

$z_1 = \sqrt{2}e^{-i\frac{\pi}{8}}$ et $z_2 = -z_1$.

3. On cherche z tel que $z' \in i\mathbb{R} \iff z^2 \in i\mathbb{R}$.

Posons $z = x+iy$ alors $z^2 = x^2 - y^2 + 2ixy$.

$z^2 \in i\mathbb{R} \iff x^2 - y^2 = 0 \iff (x+y)(x-y) = 0$

$y = -x$ ou $y = x$.

Γ_2 est la réunion des deux droites d'équation $y = -x$ et $y = x$.

4. a. Le triangle $\Omega MM'$ est rectangle isocèle direct en Ω si et seulement si $\frac{z'-1}{z-1} = i$, (avec $z \neq 1$, car $M \neq \Omega$)

$\frac{z'-1}{z-1} = i \iff z' = i(z-1)+1$. Or $z' = z^2$ donc $z^2 = i(z-1)+1$ d'où $z^2 - iz - 1 + i = 0$.

b. $\forall z \in \mathbb{C}$, $z^2 - iz - 1 + i = (z-1)(z+1) - i(z-1)$
$= (z-1)(z+1-i)$.

c. $z^2 - iz - 1 + i = 0 \iff (z-1)(z+1-i) = 0$
$\implies z = 1$ ou $z = -1+i$

Or $z \neq 1$ donc Γ_3 est constitué de l'unique point d'affixe $-1+i$.

5. a. Pour $z \neq 0$ et $z \neq 1$,

$\left(\overrightarrow{OM}, \overrightarrow{OM'}\right) = \arg\left(\frac{z'}{z}\right) = \arg\left(\frac{z^2}{z}\right) = \arg(z)$.

b. Les points O, M et M' sont alignés si, et seulement si, $\left(\overrightarrow{OM}, \overrightarrow{OM'}\right) = 0 + k\pi$, $k \in \mathbb{Z}$ donc $\arg(z) = k\pi$.

On en déduit que Γ_4 est l'axe des réels, privé des points de O et de Ω.

Exercice 237

Partie A

$|z_1z_2|^2 = z_1z_1\overline{z_1z_2} = z_1z_2\overline{z_1}\,\overline{z_2} = z_1\overline{z_1}z_2\overline{z_2} = |z_1|^2|z_2|^2$.

un module étant positif, on en déduit que

$|z_1z_2| = |z_1|^2|z_2|$.

Partie B

1. a. $z_{C'} = \frac{1-(-2+i)}{\overline{-2+i}-1} = \frac{3-i}{-3-i} = -\frac{4}{5} + i\frac{3}{5}$.

b. $OC' = |z_{C'}| = \sqrt{\left(\frac{4}{5}\right)^2 + \left(\frac{3}{5}\right)^2} = 1$, on déduit que le point C' appartient au cercle $\mathcal{C}$ de centre O et de rayon 1.

c. $\frac{z_C - z_A}{z_{C'} - z_A} = \frac{-2+i-1}{\frac{-4+3i}{5}-1} = \frac{-15+5i}{-9+3i}$
$= \frac{5(-3+i)}{3(-3+i)} = \frac{5}{3} \in \mathbb{R}$.

On en déduit que $\left(\overrightarrow{AC}, \overrightarrow{AC'}\right) = 0\ [2\pi]$, ce qui signifie que les points A, C et C' sont alignés.

2. Les points qui ont pour image le point A d'affixe 1 ont une affixe $z \neq 1$ telle que $z' = 1 = \dfrac{1-z}{\overline{z}-1}$.
En posant $z = x + iy$, l'équation précédente s'écrit $\dfrac{1-x-iy}{x-iy-1} = 1$
d'où $x - iy - 1 = 1 - x - iy \Longrightarrow 2x - 2 = 0$
$\Longrightarrow x = 1$. Les points solutions ont donc pour affixe $z = 1 + iy$ avec $y \neq 0$. Ce sont les points de la droite Δ d'équation $x = 1$ privée du point A.

3. On a pour $z \neq 1$, $OM' = |z'| = \left|\dfrac{1-z}{\overline{z}-1}\right|$
$= \dfrac{|1-z|}{|\overline{z}-1|} = \dfrac{|1-z|}{\left|\overline{z-1}\right|} = \dfrac{|1-z|}{|z-1|} = 1.$
Tous les points M' appartiennent au cercle $\mathcal{C}$.

4. Pour $z \neq 1$, $\dfrac{z'-1}{z-1} = \dfrac{\frac{1-z}{\overline{z}-1} - 1}{z-1} = \dfrac{1 - z - \overline{z} + 1}{(z-1)\left(\overline{z}-1\right)}$.
En posant $z = x + iy$, le numérateur s'écrit :
$1 - z - \overline{z} + 1 = 2 - \left(z + \overline{z}\right) = 2 - 2x \in \mathbb{R}$.
D'autre part,
$(z-1)\left(\overline{z}-1\right) = (z-1)\overline{z-1} = |z-1|^2 \in \mathbb{R}$
Finalement $\dfrac{z'-1}{z-1} \in \mathbb{R}$ signifie qu'il existe un réel k tel que $z' - 1 = k(z-1)$
ou encore $\overrightarrow{AM'} = k\overrightarrow{AM}$, ce qui signifie que les points A, M et M' sont alignés.

5. - D'après la question **3** D' appartient au cercle $\mathcal{C}$.
- D'après la question **4** D' est sur la droite (AD).

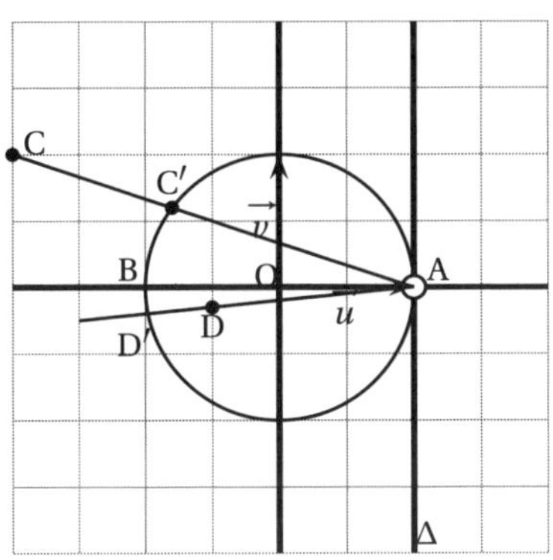

Exercice 238

1. **a.** Soit $arg(z) = \theta$
$z' = -\dfrac{1}{e^{-i\theta}} = -e^{i\theta} = e^{i(\pi+\theta)}$
donc $arg(z') = arg(z) + \pi$

b. $arg(z') = \left(\overrightarrow{u}\ ;\ \overrightarrow{OM'}\right)$
$arg(z) = \left(\overrightarrow{u}\ ;\ \overrightarrow{OM}\right)$
on en déduit alors que $\left(\overrightarrow{u}\ ;\ \overrightarrow{OM'}\right) = \pi + \left(\overrightarrow{u}\ ;\ \overrightarrow{OM}\right)$
ou encore $\left(\overrightarrow{OM}\ ;\ \overrightarrow{OM'}\right) = \pi$
Les points O, M et M' sont donc alignés.

2. $\overline{z'+1} = \overline{z'} + 1 = -\dfrac{1}{z} + 1 = \dfrac{1}{z}(z-1)$.

3. **a.** $M \in \mathcal{C}^\star \iff |z-1| = 1,\ z \neq 0$.
$|z'+1| = \left|\dfrac{1}{z}\right| \times |z-1| = \left|\dfrac{1}{z}\right| = \left|\dfrac{1}{\overline{z}}\right| = \left|-\dfrac{1}{\overline{z}}\right| = |z'|$
on en déduit que $BM' = OM'$, M' appartient à la médiatrice de $[OM]$.

b. D'après les questions précédentes, les points O, M, M' sont alignés et M' appartient à la médiatrice de $[OB]$
donc M' est l'intersection de la droite (OM) et de la médiatrice de $[OB]$.

4. **a.** $\dfrac{z'+1}{z'-1} = \dfrac{-\frac{1}{\overline{z}}+1}{-\frac{1}{\overline{z}}-1} = -\dfrac{1-\overline{z}}{-1-\overline{z}}$
$arg\left(\dfrac{z'+1}{z'-1}\right) = \pi + arg\left(\dfrac{\overline{z}-1}{\overline{z}+1}\right)$
$= \pi + \left(\overrightarrow{M_1B}\ ;\ \overrightarrow{M_1A}\right)$.
$= \pi - \left(\overrightarrow{M_1A}\ ;\ \overrightarrow{M_1B}\right)$.

b. Par définition de M_1,
$\left(\overrightarrow{M_1A}\ ;\ \overrightarrow{M_1B}\right) = -\left(\overrightarrow{MA}\ ;\ \overrightarrow{MB}\right)$

c. On a de plus $arg\left(\dfrac{z'+1}{z'-1}\right) = -\left(\overrightarrow{MA}\ ;\ \overrightarrow{MB}\right)$
donc $\left(\overrightarrow{M'A}\ ;\ \overrightarrow{M'B}\right) = \left(\overrightarrow{MA}\ ;\ \overrightarrow{MB}\right) + \pi$
on en conclut que les points M, M_1, A et B appartiennent au même cercle.
ou encore M' appartient au cercle circonscrit au triangle AMB.

Exercice 239

1. $\alpha = 1 + i = \sqrt{2}e^{i\frac{\pi}{4}}$ et $\overline{\alpha} = \sqrt{2}e^{-i\frac{\pi}{4}}$.
$\alpha^n = \left(\sqrt{2}\right)^n e^{i\frac{n\pi}{4}}$
$\alpha^n \in \mathbb{R} \iff \dfrac{n\pi}{4} = k\pi \iff n = 4k$ avec $k \in \mathbb{Z}$. De même $\overline{\alpha}^n \in \mathbb{R} \iff n = 4k$ avec $k \in \mathbb{Z}$.

2. • Si $n = 1$, $\alpha + \overline{\alpha} = 2\sqrt{2}$
• Si $n = 4$, $\alpha^4 + \overline{\alpha}^4 = -2\left(\sqrt{2}\right)^4 = -8$
• Si $n = 8$, $\alpha^8 + \overline{\alpha}^8 = 2\left(\sqrt{2}\right)^8 = 32$

EXERCICE 240

1. On utilise une démonstration par récurrence.
   Initialisation : $r_1 = |z_1| = \frac{1}{2}|1+i| = \frac{\sqrt{2}}{2} < 1$.
   La propriété est vraie au rang 1.
   Hérédité : Supposons la propriété vraie à un rang $n \geqslant 1$, on a alors $r_{n+1} = \frac{1}{2}|z_n + i| \leqslant \frac{1}{2}(|z_n| + |i|)$
   or $|i| = 1$ et par hypothèse de récurrence $|z_n| = r_n < 1$ alors $r_{n+1} < 1$.
   La propriété est vraie au rang $n+1$.
   Conclusion : La propriété est vraie au rang 1 et est héréditaire, elle est donc vraie pour tout $n \geqslant 1$.
2. $u_{n+1} = z_{n+1} - i = \frac{1}{2}(z_n - i) = \frac{1}{2}u_n$.
   (u_n) est une suite géométrique de raison $\frac{1}{2}$, elle converge donc vers 0.
   On en déduit alors que
   $x_{n+1} + i\left(y_{n+1} - 1\right) = \frac{1}{2}x_n + i\frac{1}{2}\left(y_n - 1\right)$ par identification des parties réelles, on obtient $x_{n+1} = \frac{1}{2}x_n$, la suite (x_n) est géométrique de raison $\frac{1}{2}$, elle converge donc vers 0.
   Par identification des parties imaginaires, on obtient $y_{n+1} - 1 = \frac{1}{2}\left(y_n - 1\right)$, la suite (v_n) de terme général $v_n = y_n - 1$ est géométrique, de raison $\frac{1}{2}$ donc converge vers 0, on en déduit alors que la suite $\left(y_n\right)$ converge vers 1.
   $r_n = \sqrt{x_n^2 + y_n^2}$ donc d'après ce qui précède, la suite (r_n) converge vers 1.
3. D'après la question précédente
   $u_n = \left(\frac{1}{2}\right)^n u_0 = (1-i)\left(\frac{1}{2}\right)^n$
   d'où $|u_n| = \sqrt{2}\left(\frac{1}{2}\right)^n$
   $$\begin{aligned} |z_n - i| < 10^{-5} &\iff |u_n| < 10^{-5} \\ &\iff \sqrt{2}\left(\frac{1}{2}\right)^n < 10^{-5} \\ &\iff n\ln\frac{1}{2} < \ln\frac{1}{\sqrt{2}\times 10^5} \\ &\iff n > \frac{\ln\sqrt{2}\times 10^5}{\ln 2} > 17,1 \end{aligned}$$
   on en déduit alors que $n_0 = 18$

EXERCICE 241

1. En effectuant un développement partiel, on obtient
   $20b = 260$ et $a + 4 = 0$
   d'où $P(z) = \left(z^2 - 4z + 13\right)\left(z^2 + 4z + 20\right)$
2. $P(z) = 0 \iff z^2 - 4z + 13 = 0$ ou $z^2 + 4z + 20 = 0$
   • $z^2 - 4z + 13 = 0$, $\Delta = -36$
   L'équation admet deux solutions complexes conjuguées
   $z_1 = 2 + 3i$ et $\overline{z_1} = 2 - 3i$
   • $z^2 + 4z + 20 = 0$, $\Delta = -64$
   L'équation admet deux solutions complexes conjuguées
   $z_2 = -2 + 4i$ et $\overline{z_2} = -2 - 4i$
   L'équation $P(z) = 0$ admet donc quatre solutions complexes : $z_1 = 2 + 3i$, $\overline{z_1} = 2 - 3i$, $z_2 = -2 + 4i$ et $\overline{z_2} = -2 - 4i$.
3.

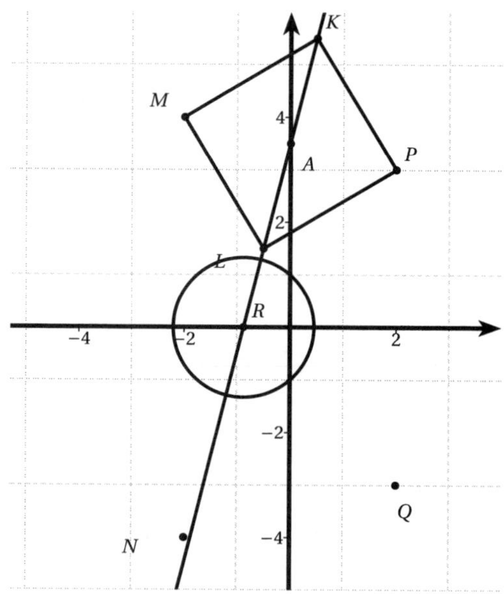

4. **a.** $\frac{z-p}{z-m} = i \iff z - 2 - 3i = i(z + 2 - 4i)$
   $\iff z = \frac{6+5i}{1-i} = \frac{1}{2} + i\frac{11}{2}$.
   b. $\frac{z-p}{z-m} = i \iff \left|\frac{z-p}{z-m}\right| = 1$ et $arg\left(\frac{z-p}{z-m}\right) = \frac{\pi}{2}$
   $\iff PK = MK$ et $\left(\overrightarrow{KM}\ ;\ \overrightarrow{KP}\right) = \frac{\pi}{2}$
   On en déduit alors que le triangle MPK est isocèle rectangle en K.
5. **a.** Soit A le centre du carré, A est le milieu de $[MP]$ donc $a = \frac{m+p}{2} = \frac{7}{2}i$
   A est le milieu de $[KL]$ donc $\frac{k+l}{2} = a$ d'où

$l = -\frac{1}{2} + i\frac{3}{2}$.

b. R est le point d'intersection de (KL) et de l'axe des abscisses, donc l'affixe de R, r est réel.

Les points R, K et L sont alignés donc il existe un réel λ tel que $r - k = \lambda(l - k)$

soit $r - \frac{1}{2} - \frac{11}{2}i = \lambda(-1-4i)$

Par identification des parties réelles et imaginaires, on en déduit

$\lambda = \frac{11}{8}$ puis $r = -\frac{7}{8}$.

c. $MR = |m - r| = \left|-\frac{9}{8} + 4i\right| = \frac{\sqrt{1105}}{8}$

$PR = |p - r| = \left|\frac{23}{8} + 3i\right| = \frac{\sqrt{1105}}{8}$

$QR = |q - r| = |\overline{q-r}| = |p - r| = PR$

$NR = |n - r| = |\overline{n-r}| = |m - r| = MR$

On a $MR = NR = PR = QR = \frac{\sqrt{1105}}{8}$

Les points M, N, P et Q sont sur le cercle de centre R et de rayon $\frac{\sqrt{1105}}{8}$.

EXERCICE 242

1. $z_0 \in \mathbb{R}$ est racine de f si et seulement si $-2iz_0 - 2i = 0$ donc $z_0 = -1$

   $z_0 = -1$ est racine de f alors il existe a, b et c complexes tels que $f(z) = (z+1)\left(z^3 + az^2 + bz + c\right)$.

   En développant et en identifiant les coefficients des termes de même degré, on obtient :

   $f(z) = (z+1)\left(z^3 + 3z^2 + 3z + 3 - 2i\right)$.

2. $Q(z) = z^3 + 3z^2 + 3z + 3 - 2i$

   $Q(i) = -i - 3 + 3i + 3 - 2i = 0$

   On en déduit alors qu'il existe α et β complexes tels que $Q(z) = (z-i)\left(z^2 + \alpha z + \beta\right)$.

   En développant et en identifiant les coefficients des termes de même degré, on obtient :

   $Q(z) = (z-i)\left(z^2 + (3+i)z + 2 + 3i\right)$.

   Résolution de l'équation $z^2 + (3+i)z + 2 + 3i = 0$

   $\Delta = -6i = (a+ib)^2 \Longrightarrow \begin{cases} a^2 - b^2 = 0 \\ 2ab = -6 \end{cases}$

   on en déduit alors que $\Delta = \left(\sqrt{3} - i\sqrt{3}\right)^2$

   d'où $z_2 = \frac{\sqrt{3}-3}{2} - i\frac{1+\sqrt{3}}{2}$

   et $z_3 = \frac{-3-\sqrt{3}}{2} + i\frac{-1+\sqrt{3}}{2}$

3. D'après les questions précédentes : $z_0 = -1$, $z_1 = i$, $z_2 = \frac{\sqrt{3}-3}{2} - i\frac{1+\sqrt{3}}{2}$ et $z_3 = \frac{-3-\sqrt{3}}{2} + i\frac{-1+\sqrt{3}}{2}$

   $\frac{z_2 - z_1}{z_3 - z_1} = \frac{\sqrt{3} - 3 - i\left(\sqrt{3}+3\right)}{-\sqrt{3} - 3 + i\left(\sqrt{3}-3\right)} = \frac{1}{2} + i\frac{\sqrt{3}}{2} = e^{i\frac{\pi}{3}}$

   ceci prouve que le triangle $M_1M_2M_3$ est équilatéral.

   D'autre part $M_1M_0 = |1+i| = \sqrt{2}$

   On montre de même que $M_2M_0 = \sqrt{2}$ et $M_3M_0 = \sqrt{2}$

   M_0 est donc le centre de cercle circonscrit au triangle $M_1M_2M_3$, ce triangle étant équilatéral, M_0 est aussi centre de gravité du triangle.

EXERCICE 243

1. $|b| = |c| = \sqrt{2}$

   $|c| = |e| = \sqrt{10}$

2. Γ est le cercle de centre O et de rayon $OB = \sqrt{2}$ donc d'équation : $x^2 + y^2 = 2$.

3. $QBFG$ est un carré donc

   $|Z| = \frac{|g-q|}{|b-q|} = \frac{QG}{QB} = 1$

   $arg(Z) = \left(\overrightarrow{QB}\ ;\ \overrightarrow{QG}\right) = \frac{\pi}{2}$.

   On en déduit alors que $Z = e^{i\frac{\pi}{2}} = i$

4. D'après la question précédente, $g - q = i(b - q)$

   soit $g = (1-i)q + ib = (1+x+y) + i(1-x+y)$.

5. $|g| = \sqrt{(1+x+y)^2 + (1-x+y)^2} = \sqrt{2 + 2x^2 + 2y^2 + 4y}$

   or $G \in \Gamma$ donc $x^2 + y^2 = 2$.

   On en déduit alors que $|g| = \sqrt{6+4y}$.

6. $QBFG$ est un carré, on a donc aussi $\frac{f-b}{q-b} = -i$.

   On en déduit alors que $f = (2+y) - ix$

   d'où $|f| = \sqrt{4 + x^2 + y^2 + 4y} = \sqrt{6+4y} = |g|$.

7. E, D, G et F sont sur le cercle de centre O si et seulement si $|e| = |d| = |g| = |f|$

   donc si et seulement si $6 + 4y = 10$ c'est-à-dire $y = 1$

   de plus $x^2 + y^2 = 2 \Longrightarrow x^2 = 1 \Longrightarrow x = 1$ ou $x = -1$

   or $Q \neq B$ donc $q = -1 + i$.

   Donc si $q = -1 + i$, E, D, G et F sont sur le cercle de centre O et de rayon $\sqrt{10}$.

   On a alors $\frac{c-q}{c-b} = i$ donc QBC est un triangle isocèle rectangle en C.

EXERCICE 244

1. $\Delta = -4u^2$, l'équation admet deux solutions complexes :

$z' = u+1-iu$ et $z" = u+1+iu$

2. $M'M" = |2iu|$
$M'M" = 2 \iff |u| = 1$
M décrit le cercle de centre O et de rayon 1.
Soit A le point d'affixe $z_A = 1$
$AM' = |z' - z_A| = |u + iu| = |u| \times |1+i| = \sqrt{2}$
De même $AM" = \sqrt{2}$.
Les points M' et $M"$ décrivent le cercle de centre A et de rayon $\sqrt{2}$.

EXERCICE 245

1. a. $|z'| = \dfrac{1}{|z|}$ et $arg(z') = \pi - arg(z)$.
b. M_1 est sur le cercle de centre O et de rayon 2 donc M_1' est sur le cercle de centre O et de rayon $\dfrac{1}{2}$.
On trace le symétrique de M_1 par rapport à l'axe imaginaire, on obtient un point N sur le cercle de centre O et de rayon 2, le point M_1 est le point d'intersection du segment $[ON]$ et du cercle de centre O et de rayon $\dfrac{1}{2}$.
Soit J le d'intersection de $[M_1N]$ avec l'axe imaginaire, par construction de N, J est le milieu de $[M_1N]$, en appliquant le théorème des milieux dans le triangle M_1NM_1', on trace la parallèle à (NM_1') passant par J, elle coupe $[M_1M_1']$ en I_1.

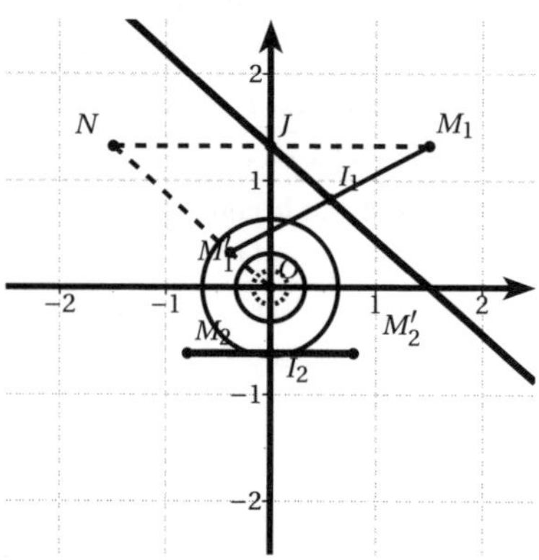

2. a. $z_I = \dfrac{1}{2}\left(e^{i\theta} - e^{-i\theta}\right) = i\sin\theta$.
I_2 est le projeté orthogonal de M_2 sur l'axe imaginaire.
b. Soit K le point d'affixe $-i$ et L le point d'affixe i. I décrit le segment $[KL]$ lorsque M d'écrit $\mathcal{C}$.

3. a. $M = I \iff z = \dfrac{1}{2}\left(z - \dfrac{1}{z}\right) \iff z^2 = -1$
donc $M = I$ si et seulement si $z = i$ ou $z = -i$.
b. $(z-2i)^2 + 3 = z^2 - 4iz - 1$
$\dfrac{1}{2}\left(z - \dfrac{1}{z}\right) = 2i \iff z^2 - 4iz - 1 = 0$
$\iff (z-2i)^2 - \left(i\sqrt{3}\right)^2 = 0$
$\iff \left(z - i(2+\sqrt{3})\right)\left(z - i(2-\sqrt{3})\right) = 0$
I est d'affixe $2i$ si M est d'affixe $z = i\left(2+\sqrt{3}\right)$ ou $z = i\left(2-\sqrt{3}\right)$.

4. a. $z_I = \dfrac{1}{2}\left(\dfrac{x\left(x^2+y^2-1\right) + iy\left(x^2+y^2+1\right)}{x^2+y^2}\right)$.
b. I appartient à l'axe des abscisses si et seulement si $y\left(x^2+y^2+1\right) = 0$
donc si et seulement si $y = 0$.
A est donc l'axe des abscisses privé de O.
c. I appartient à l'axe des ordonnées si et seulement si $x\left(x^2+y^2-1\right) = 0$
donc si et seulement si $x = 0$ ou $x^2 + y^2 = 1$
B est donc la réunion du cercle $\mathcal{C}$ et de l'axe des ordonnées, privé du point O.

EXERCICE 246

1. $\Delta = -\left(m + \sqrt{3}\right)^2$
(E) admet deux solutions complexes : $z' = 1 - i\sqrt{3}$ et $z" = 1 + im$.

2. a. $\dfrac{z"}{z'} = \dfrac{\left(1 - m\sqrt{3}\right) + i\left(m + \sqrt{3}\right)}{4}$
Le triangle $OM'M"$ sont rectangle en O si et seulement si $1 - m\sqrt{3} = 0$ c'est-à-dire $m = \dfrac{\sqrt{3}}{3}$.
b. $M'M" = \ell \iff |z" - z'| = \ell \iff |m - \sqrt{3}| = \ell$
Soit M le point d'affixe m et A le point d'affixe $\sqrt{3}$ on a alors $M'M" = \ell \iff AM = \ell$
M décrit le cercle de centre A et de rayon ℓ.

EXERCICE 247

1. a. $8^3 - 12 \times 8^2 + 48 \times 8 - 128 = 0$, 8 est bien une solution de l'équation.
b. En développant partiellement et en identifiant les coefficients des termes de même degré, on obtient : $z^3 - 12z^2 + 48z - 128 = (z-8)\left(z^2 - 4z + 16\right)$.
c. $z^3 - 12z^2 + 48z - 16 = 0$
$\iff z - 8 = 0$ ou $z^2 - 4z + 16 = 0$

Résolution de l'équation $z^2-4z+16=0$

$\Delta=-48$, l'équation admet deux solutions complexes conjuguées $z_1=2+2i\sqrt{3}$ et $z_2=2-2i\sqrt{3}$.

Les solutions de (E) sont donc $z_0=8$, $z_1=2+2i\sqrt{3}$ et $z_2=2-2i\sqrt{3}$.

2. **a.** $a=2-2i\sqrt{3}=4\left(\frac{1}{2}-i\frac{\sqrt{3}}{2}\right)$

On en déduit alors que $|a|=4$ et $arg(a)=-\frac{\pi}{3}$.

b. $q=\frac{a-c}{b-c}=\frac{1}{2}+i\frac{\sqrt{3}}{2}$

On en déduit alors que $|q|=1$ et $\varphi=\frac{\pi}{3}$.

Ainsi $AC=BC$ et $\left(\overrightarrow{CB}\ ;\ \overrightarrow{CA}\right)=\frac{\pi}{3}$.

Le triangle ABC est donc équilatéral.

c. $d=\frac{1}{16}(4a+4b+8c)=5$

d. Soit K le milieu du segment $[BA]$ donc d'affixe $k=2$

$\overrightarrow{MA}+\overrightarrow{MB}-2\overrightarrow{MC}=\overrightarrow{CA}+\overrightarrow{CB}=2\overrightarrow{CK}$

D'autre part $\overrightarrow{MA}+\overrightarrow{MB}+2\overrightarrow{MC}=4\overrightarrow{MD}$

On en déduit alors que

$$\left\|\overrightarrow{MA}+\overrightarrow{MB}+2\overrightarrow{MC}\right\|=\left\|\overrightarrow{MA}+\overrightarrow{MB}-2\overrightarrow{MC}\right\|$$
$$\iff 4\left\|\overrightarrow{MD}\right\|=2\left\|\overrightarrow{CK}\right\|$$
$$\iff \left\|\overrightarrow{MD}\right\|=3$$

Γ est le cercle de centre D et de rayon 3.

Exercice 248

1. $\Delta=-\frac{9}{25}$, l'équation admet deux solutions complexes conjuguées

$z_1=\frac{1}{10}+\frac{3}{10}i$ et $z_2=\frac{1}{10}-\frac{3}{10}i$.

2. Par définition de θ, $3=\frac{\sin\theta}{\cos\theta}$ d'où

$$z_1=\frac{1+i\frac{\sin\theta}{\cos\theta}}{10}=\frac{\cos\theta+i\sin\theta}{10\cos\theta}$$

On obtient de même $z_2=\frac{\cos\theta-i\sin\theta}{10\cos\theta}$

3. $$v_n=z_1^n+z_2^n=\left(\frac{1}{10\cos\theta}\right)^n\left(e^{in\theta}+e^{-in\theta}\right)$$
$$=\frac{2\cos n\theta}{(10\cos\theta)^n}$$

v_n est donc réel quel que soit $n\in\mathbb{N}$.

4. $|z_1|=\left|\frac{1}{10}+i\frac{3}{10}\right|=\frac{1}{\sqrt{10}}$

D'autre part $|z_1|=\frac{1}{10\cos\theta}$

On en déduit alors que $10\cos\theta=\sqrt{10}$.

On a alors $|v_n|=\frac{\cos n\theta}{\left(\sqrt{10}\right)^n}\leqslant\frac{1}{\left(\sqrt{10}\right)^n}$

$\lim\limits_{n\to+\infty}\frac{1}{\left(\sqrt{10}\right)^n}=0$

En appliquant le théorème de comparaison, on en déduit que la suite (v_n) converge donc vers 0.

Exercice 249

1. $P_1(z)=z^3-6z^2+12z-7$

On remarque que $P_1(1)=0$, on peut donc factoriser P_1, on obtient alors $P_1(z)=(z-1)\left(z^2-5z+7\right)$.

Les solutions de l'équation $P_1(z)=0$ sont $z_0=1$, $z_1=\frac{5}{2}+i\frac{\sqrt{3}}{2}$ et $z_2=\frac{5}{2}-i\frac{\sqrt{3}}{2}$.

2. On pose $Z=\frac{z}{a}$ soit $z=aZ$

On obtient alors $P_a(z)=a^3\left(Z^3-6z^2+12Z-7\right)$

$P_a(z)=0\iff Z^3-6z^2+12Z-7=0$

donc d'après la question précédente, on obtient :

$z_0=a$, $z_1=a\left(\frac{5}{2}+i\frac{\sqrt{3}}{2}\right)$ et $z_2=a\left(\frac{5}{2}-i\frac{\sqrt{3}}{2}\right)$.

3. $\frac{z_1-z_0}{z_2-z_0}=\frac{3+i\sqrt{3}}{3-i\sqrt{3}}=\frac{1}{2}+i\frac{\sqrt{3}}{2}=e^{i\frac{\pi}{3}}$

ce qui démontre que le triangle T_1 est équilatéral.

$\frac{az_1-az_0}{az_2-az_0}=\frac{z_1-z_0}{z_2-z_0}=e^{i\frac{\pi}{3}}$

Le triangle T_a est équilatéral, quel que soit $a\in\mathbb{C}^\star$.

Exercice 250

1. $\Delta=4r^2\left(\cos^2\alpha-1\right)=-4r^2\sin^2\alpha$

L'équation admet deux solutions complexes conjuguées :

$z_1=r\cos\alpha+ir\sin\alpha$ et $z_2=r\cos\alpha-ir\sin\alpha$.

2. $|z_1|=|z_2|=r$

$arg z_1=\alpha$ et $arg z_2=-\alpha$.

3. $z_1^n+z_2^n=r^n\left(e^{in\alpha}+e^{-in\alpha}\right)=2r^n\cos(n\alpha)$

ainsi $P_n=2r^n\cos(n\alpha)$.

4. $P_n=2^{1-n}\cos\left(\frac{2n\pi}{3}\right)$

$P_{n+3}=2^{-2-n}\cos\left(\frac{2n\pi}{3}\right)=\frac{1}{8}P_n$

On en déduit que la suite (P_n) tend vers 0 lorsque n tend vers $+\infty$.

Exercice 251

1. D'après l'énoncé $z_0=4e^{i\frac{3\pi}{4}}$

soit $z_1=\rho e^{i\theta}$ alors $z_1^4=z_0\iff\rho^4e^{i4\theta}=4e^{i\frac{3\pi}{4}}$

donc $\rho^4 = 4$ et $4\theta = \frac{3\pi}{4} + 2k\pi$

$z_1 \in \left[\frac{\pi}{2} ; \pi\right]$ on en déduit alors que

$\rho = \sqrt{2}$ et $\theta = \frac{11\pi}{16}$.

$|z_1| = \sqrt{2}$ et $arg(z_1) = \frac{11\pi}{16}$.

2. $v_{n+1} = \ln r_{n+1} = \ln|z_{n+1}|$
$= \ln\left|z_n^4\right| = \ln\left(|z_n|^4\right)$
$= 4\ln|z_n| = 4v_n$

La suite (v_n) est donc géométrique de raison 4 et de premier terme $v_0 = \ln 4$.

EXERCICE 252

1. Posons $u = e^{i\theta}$

a. $u^3 = e^{i\frac{2\pi}{3}} \iff e^{3i\theta} = e^{i\frac{2\pi}{3}} \iff \theta = \frac{2\pi}{9} + \frac{2k\pi}{3}$

on en déduit $u_1 = e^{i\frac{2\pi}{9}}$, $u_2 = e^{i\frac{8\pi}{9}}$ et $u_3 = e^{-i\frac{4\pi}{3}}$

b. On obtient de manière analogue les solutions de $u^3 = e^{-i\frac{2\pi}{3}}$

$u_4 = e^{-i\frac{2\pi}{9}}$, $u_5 = e^{-i\frac{8\pi}{9}}$ et $u_6 = e^{i\frac{4\pi}{3}}$

2. $1 + e^{i\alpha} = e^{i\frac{\alpha}{2}}\left(e^{i\frac{\alpha}{2}} + e^{-i\frac{\alpha}{2}}\right)$
$= 2e^{i\frac{\alpha}{2}}\cos\frac{\alpha}{2}$.

3. Posons $Z = (z-1)^3$, l'équation $(z-1)^6 + (z-1)^3 + 1 = 0$ s'écrit $Z^2 + Z + 1 = 0$

$\Delta = -3$, cette équation admet deux solutions complexes conjuguées $Z_1 = -\frac{1}{2} + i\frac{\sqrt{3}}{2}$ et $Z_2 = -\frac{1}{2} - i\frac{\sqrt{3}}{2}$

$Z_1 = e^{i\frac{2\pi}{3}}$ et $Z_2 = e^{-i\frac{2\pi}{3}}$ donc d'après les questions précédentes :

L'équation admet six solutions :

$z_1 = 1 + e^{i\frac{2\pi}{9}} = 2e^{i\frac{\pi}{9}}\cos\frac{\pi}{9}$

$z_2 = 1 + e^{i\frac{8\pi}{9}} = 2e^{i\frac{4\pi}{9}}\cos\frac{4\pi}{9}$

$z_3 = 1 + e^{-i\frac{4\pi}{3}} = 2e^{-i\frac{2\pi}{9}}\cos\frac{2\pi}{9}$

$z_4 = 1 + e^{-i\frac{2\pi}{9}} = 2e^{-i\frac{\pi}{9}}\cos\frac{\pi}{9}$

$z_5 = 1 + e^{-i\frac{8\pi}{9}} = 2e^{-i\frac{4\pi}{9}}\cos\frac{4\pi}{9}$

$z_6 = 1 + e^{i\frac{4\pi}{3}} = 2e^{i\frac{2\pi}{9}}\cos\frac{2\pi}{9}$

EXERCICE 253

1. Soit $z = \cos\theta + i\sin\theta = e^{i\theta}$,
on a alors $\overline{z} = \cos\theta - i\sin\theta = e^{-i\theta}$.
ainsi $z + \overline{z} = 2\cos\theta = e^{i\theta} + e^{-i\theta}$ et
$z - \overline{z} = 2i\sin\theta = e^{i\theta} - e^{-i\theta}$ d'où

$$\cos\theta = \frac{e^{i\theta} + e^{-i\theta}}{2} \text{ et } \sin\theta = \frac{e^{i\theta} - e^{-i\theta}}{2i}$$

2. $(\cos\theta + i\sin\theta)^n = \left(e^{i\theta}\right)^n = e^{in\theta}$
$= \cos(n\theta) + i\sin(n\theta)$.

3. **a.** $(a+b)^3 = a^3 + 3a^2b + 3ab^2 + b^3$ et
$(a-b)^3 = a^3 - 3a^2b + 3ab^2 - b^3$.

b. $\cos^3 x = \left(\frac{e^{ix} + e^{-ix}}{2}\right)^3$
$= \frac{1}{2^3}\left(e^{3ix} + 3e^{2ix}e^{-ix} + 3e^{ix}e^{-2ix} + e^{-3ix}\right)$
$= \frac{1}{8}\left(e^{3ix} + 3e^{ix} + 3e^{-ix} + e^{-3ix}\right)$.

$\sin^3 x = \left(\frac{e^{ix} - e^{-ix}}{2i}\right)^3$
$= \frac{1}{(2i)^3}\left(e^{3ix} - 3e^{2ix}e^{-ix} + 3e^{ix}e^{-2ix} - e^{-3ix}\right)$
$= -\frac{1}{8i}\left(e^{3ix} - 3e^{ix} + 3e^{-ix} - e^{-3ix}\right)$

c. $\cos^3 x = \frac{1}{4}\left(\frac{e^{3ix} + e^{-3ix}}{2} + 3\frac{e^{ix} + e^{-ix}}{2}\right)$
$= \frac{1}{4}\cos(3x) + \frac{3}{4}\cos(x)$

$\sin^3 x = -\frac{1}{4}\left(\frac{e^{3ix} - e^{-3ix}}{2i} - 3\frac{e^{ix} - e^{-ix}}{2i}\right)$
$= -\frac{1}{4}\sin(3x) + \frac{3}{4}\sin(x)$.

d. $I = \frac{1}{4}\int_0^{\frac{\pi}{4}}\cos(3x)\,dx + \frac{3}{4}\int_0^{\frac{\pi}{4}}\cos x\,dx$
$= \frac{1}{4}\left[\frac{1}{3}\sin(3x)\right]_0^{\frac{\pi}{4}} + \frac{3}{4}\left[\sin x\right]_0^{\frac{\pi}{4}}$
$= \frac{1}{12} \times \frac{\sqrt{2}}{2} + \frac{3}{4} \times \frac{\sqrt{2}}{2} = \frac{5\sqrt{2}}{12}$.

$J = -\frac{1}{4}\int_0^{\frac{\pi}{4}}\sin(3x)\,dx + \frac{3}{4}\int_0^{\frac{\pi}{4}}\sin x\,dx$
$= -\frac{1}{4}\left[-\frac{1}{3}\cos(3x)\right]_0^{\frac{\pi}{4}} + \frac{3}{4}\left[-\cos x\right]_0^{\frac{\pi}{4}}$
$= \frac{1}{12} \times \left(-\frac{\sqrt{2}}{2} - 1\right) - \frac{3}{4} \times \left(\frac{\sqrt{2}}{2} - 1\right) = \frac{8 - 5\sqrt{2}}{12}$.

4. En utilisant le triangle de Pascal, on obtient :
$(a+b)^5 = a^5 + 5a^4b + 10a^3b^2 + 10a^2b^3 + 5ab^4 + b^5$
d'où $\cos^5 x = \frac{1}{32}\left(e^{5ix} + 5e^{3ix} + 10e^{ix} + 10e^{-ix}\right.$
$\left.+5e^{-3ix} + e^{-5ix}\right)$

$\cos^5 x = \frac{1}{16}\left(\cos(5x) + 5\cos(3x) + 10\cos x\right)$

$K = \frac{1}{16}\int_0^{\frac{\pi}{3}}\left(\cos(5x) + 5\cos(3x) + 10\cos(x)\right)dx$

$= \dfrac{1}{16}\left[\dfrac{1}{5}\sin(5x)+\dfrac{5}{3}\sin(3x)+10\sin(x)\right]_0^{\frac{\pi}{3}}$
$= \dfrac{49\sqrt{3}}{160}$

EXERCICE 254

1. $Z = \dfrac{1+\cos\theta+i\sin\theta}{1-\left(\cos\theta-i\sin\theta\right)} = \dfrac{1+e^{i\theta}}{1-e^{-i\theta}}$
$= \dfrac{e^{i\frac{\theta}{2}}\left(e^{-i\frac{\theta}{2}}+e^{i\frac{\theta}{2}}\right)}{e^{-i\frac{\theta}{2}}\left(e^{i\frac{\theta}{2}}-e^{-i\frac{\theta}{2}}\right)} = e^{i\theta}\dfrac{2\cos\left(\frac{\theta}{2}\right)}{2i\sin\left(\frac{\theta}{2}\right)}$
$= e^{i(\theta-\frac{\pi}{2})}\dfrac{1}{\tan\frac{\theta}{2}}$
$= cotan\,\dfrac{\theta}{2}\left(\cos\left(\theta-\dfrac{\pi}{2}\right)+i\sin\left(\theta-\dfrac{\pi}{2}\right)\right).$

☞ La cotangente d'un angle $\theta \neq k\pi$ ($k\in\mathbb{Z}$) est définie par $cotan\,\theta = \dfrac{\cos\theta}{\sin\theta}$.

2. $Z = \dfrac{1+e^{i\theta}}{1-e^{i\theta}} = \dfrac{e^{i\frac{\theta}{2}}\left(e^{i\frac{\theta}{2}}+e^{-i\frac{\theta}{2}}\right)}{e^{i\frac{\theta}{2}}\left(e^{-i\frac{\theta}{2}}-e^{i\frac{\theta}{2}}\right)} = \dfrac{2\cos\left(\frac{\theta}{2}\right)}{-2i\sin\left(\frac{\theta}{2}\right)}$
$= i\dfrac{\cos\left(\frac{\theta}{2}\right)}{\sin\left(\frac{\theta}{2}\right)} = cotan\,\dfrac{\theta}{2}\left(\cos\left(\dfrac{\pi}{2}\right)+i\sin\left(\dfrac{\pi}{2}\right)\right).$

EXERCICE 255

1. On remarque que $z^4-1=\left(z^2-1\right)\left(z^2+1\right)$
$=(z-1)(z+1)(z-i)(z+i).$

Les solutions de l'équation sont donc $-1,\ 1,\ i,\ -i$.

2. En utilisant la somme des termes d'une suite géométrique de raison $z\neq 1$, on peut écrire
$1+z+z^2+z^3 = \dfrac{1-z^4}{1-z}$
$\Longrightarrow \forall z\in\mathbb{C}-\{1\},\quad z^4-1=(z-1)(z^3+z^2+z+1).$
D'autre part si $z=1$ alors
$z^4-1=0$ et $(z-1)(z^3+z^2+z+1)=0$.
L'égalité est donc vraie pour tout $z\in\mathbb{C}$.

3. D'après les questions précédentes les solutions de l'équation, les solutions de l'équation
$Z^3+Z^2+Z+1=0$ sont $-1,\ i,\ -i$.
Résoudre $\left(\dfrac{z+i}{z-i}\right)^3+\left(\dfrac{z+i}{z-i}\right)^2+\left(\dfrac{z+i}{z-i}\right)+1=0$ revient donc à résoudre les trois équations :
$\dfrac{z+i}{z-i}=-1,\ \dfrac{z+i}{z-i}=i$ et $\dfrac{z+i}{z-i}=-i$.

- $\dfrac{z+i}{z-i}=-1 \Longrightarrow z+i=-z+i \Longrightarrow z=0$
- $\dfrac{z+i}{z-i}=i \Longrightarrow z+i=iz+1 \Longrightarrow z=\dfrac{1-i}{1-i}=1$
- $\dfrac{z+i}{z-i}=-i \Longrightarrow z+i=-iz-1 \Longrightarrow z=\dfrac{-1-i}{1+i}=-1$

L'équation (E) a donc trois solutions : -1, 0 et 1.

EXERCICE 256

Soit (E) l'équation : $(4+2i)z^2+(i-7)z-1-3i=0$.

1. $\Delta=(i-7)^2-4(4+2i)(-1-3i)=40+42i$.

2. Soit $z=a+ib$ tel que $z^2=40+42i$.

a. $|40+42i|=\sqrt{40^2+42^2}=\sqrt{3364}=58$.

b. $a^2+b^2=58$.

c. $z^2=a^2+2iab-b^2$
$\Longrightarrow a^2-b^2=40$ et $2ab=42$.

d. $\begin{cases} a^2+b^2=58\\ a^2-b^2=40\\ ab=21\end{cases} \Longrightarrow \begin{cases} a^2=49\\ b^2=9\\ ab=21\end{cases}$
$\Longrightarrow \begin{cases} a=7\\ b=3\end{cases}$ ou $\begin{cases} a=-7\\ b=-3\end{cases}$
donc $z=7+3i$ ou $z=-7-3i$.

3. D'après les questions précédentes $\Delta=(7+3i)^2$, les solutions de (E) sont donc :
$z_1=\dfrac{-(i-7)+7+3i}{8+4i}=\dfrac{14+2i}{8+4i}=\dfrac{3}{2}-\dfrac{1}{2}i.$
$z_2=\dfrac{-(i-7)-7-3i}{8+4i}=\dfrac{-4i}{8+4i}=-\dfrac{1}{5}-\dfrac{2}{5}i$

EXERCICE 257

1. En utilisant la méthode de l'exercice précédent , on obtient
$\begin{cases} a^2+b^2=13\\ a^2-b^2=5\\ ab=-6\end{cases} \Longrightarrow \begin{cases} a^2=9\\ b^2=4\\ ab=-6\end{cases}$
$\Longrightarrow \begin{cases} a=3 \text{ et } b=-2\\ \text{ou}\\ a=-3 \text{ et} b=2\end{cases}$
donc $z=3-2i$ ou $z=-3+2i$.

2. Soit (E) : $z^3-(1+2i)z^2+3(1+i)z-10(1+i)=0$.

a. On remarque que $-2i$ est solution de l'équation (E), en effet $8i+4+8i-6i+6-10-10i=0$.

b. $(z+2i)(z^2+az+b)$
$=z^3+2iz^2+az^2+2iaz+bz+2ib$
$=z^3+(a+2i)z^2+(b+2ia)z+2ib$
Par identification, $\begin{cases} a+2i=-1-2i\\ b+2ia=3(1+i)\end{cases}$
$\Longrightarrow \begin{cases} a=-1-4i\\ b=-5+5i\end{cases}$

$z^3-(1+2i)z^2+3(1+i)z-10(1+i)$
$=(z+2i)\left(z^2-(1+4i)z+(-5+5i)\right).$

c. Résolution de l'équation $z^2-(1+4i)z+(-5+5i)=0$

$\Delta=(1+4i)^2-4(-5+5i)=5-12i=(3-2i)^2$,

les solutions de (E) sont donc :

$z_1=\dfrac{1+4i+3-2i}{2}=2+i$ et

$z_2=\dfrac{1+4i-3+2i}{2}=-1+3i.$

3. Soit M_0, M_1 et M_2 les points d'affixes respectives $z_0=-2i$, $z_1=2+i$ et $z_2=-1+3i$.

$\dfrac{z_0-z_1}{z_2-z_1}=\dfrac{-2-3i}{-3+2i}=i$

donc $|z_0-z_1|=|z_2-z_1|$ et $\arg\left(\dfrac{z_0-z_1}{z_2-z_1}\right)=\dfrac{\pi}{2}$

Ainsi le triangle $M_0M_1M_2$ est isocèle rectangle en M_1.

EXERCICE 258

Dans cet exercice nous utiliserons les techniques rencontrées dans les deux exercices précedents.

1. $\Delta=(3+4i)^2-4(7i-1)=-3-4i=(a+ib)^2$, les réels a et b vérifient :

$$\begin{cases} a^2+b^2=5 \\ a^2-b^2=-3 \\ ab<0 \end{cases} \Longrightarrow \begin{cases} a=1 \text{ et } b=-2 \\ \text{ou} \\ a=-1 \text{ et } b=2 \end{cases}.$$

On obtient alors $\Delta=(1-2i)^2$, l'équation admet deux solutions complexes :

$z_1=\dfrac{(3+4i)+(1-2i)}{2}=2+i$ et $z_2=1+3i$.

2. $\Delta=(5+i)^2-8(2+2i)=8-6i=(a+ib)^2$, les réels a et b vérifient :

$$\begin{cases} a^2+b^2=10 \\ a^2-b^2=8 \\ ab<0 \end{cases} \Longrightarrow \begin{cases} a=3 \text{ et } b=-1 \\ \text{ou} \\ a=-3 \text{ et } b=1 \end{cases}.$$

On obtient alors $\Delta=(3-i)^2$, l'équation admet deux solutions complexes :

$z_1=\dfrac{-(5+i)+(3-i)}{4}=\dfrac{1}{2}-\dfrac{1}{2}i$ et $z_2=-2$.

3. $\Delta=4\cos^2\theta-1=-4\sin^2\theta$ l'équation admet deux solutions complexes conjugées (Δ est réel)

$z_1=\cos\theta+i\sin\theta$ et $z_2=\overline{z_1}=\cos\theta-i\sin\theta$.

EXERCICE 259

1. $z_1^2=1+i=(a+ib)^2$, les réels a et b vérifient :

$$\begin{cases} a^2 + b^2 = \sqrt{2} \\ a^2 - b^2 = 1 \\ ab > 0 \end{cases}$$

$$\Longrightarrow \begin{cases} a=\sqrt{\dfrac{1+\sqrt{2}}{2}} \quad \text{et} \quad b=\sqrt{\dfrac{-1+\sqrt{2}}{2}} \\ \text{ou} \\ a=-\sqrt{\dfrac{1+\sqrt{2}}{2}} \quad \text{et} \quad b=-\sqrt{\dfrac{1+\sqrt{2}}{2}} \end{cases},$$

ainsi $z_1'=\sqrt{\dfrac{1+\sqrt{2}}{2}}+i\sqrt{\dfrac{-1+\sqrt{2}}{2}}$ et

$z_1''=-\sqrt{\dfrac{1+\sqrt{2}}{2}}-i\sqrt{\dfrac{-1+\sqrt{2}}{2}}.$

$z_2^2=1-i=(a+ib)^2$, les réels a et b vérifient :

$$\begin{cases} a^2 + b^2 = \sqrt{2} \\ a^2 - b^2 = 1 \\ ab < 0 \end{cases}$$

$$\Longrightarrow \begin{cases} a=\sqrt{\dfrac{1+\sqrt{2}}{2}} \quad \text{et} \quad b=-\sqrt{\dfrac{-1+\sqrt{2}}{2}} \\ \text{ou} \\ a=-\sqrt{\dfrac{1+\sqrt{2}}{2}} \quad \text{et} \quad b=\sqrt{\dfrac{1+\sqrt{2}}{2}} \end{cases},$$

ainsi $z_1'=\sqrt{\dfrac{1+\sqrt{2}}{2}}-i\sqrt{\dfrac{-1+\sqrt{2}}{2}}$ et

$z_1''=-\sqrt{\dfrac{1+\sqrt{2}}{2}}+i\sqrt{\dfrac{-1+\sqrt{2}}{2}}.$

2. $1+i=\sqrt{2}e^{i\frac{\pi}{4}}$ et $1-i=\sqrt{2}e^{-i\frac{\pi}{4}}$.

3. $z^2=r^2e^{2i\theta}=r^2(\cos 2\theta+i\sin 2\theta)$.

4. D'après les questions précédentes et remarquant que le sinus et le cosinus de $\dfrac{\pi}{8}$ sont positifs, on obtient $\cos\left(\dfrac{\pi}{8}\right)=\dfrac{\sqrt{\frac{1+\sqrt{2}}{2}}}{\sqrt{\sqrt{2}}}=\dfrac{\sqrt{2+\sqrt{2}}}{2}$ et

$\sin\left(\dfrac{\pi}{8}\right)=\dfrac{\sqrt{\frac{-1+\sqrt{2}}{2}}}{\sqrt{\sqrt{2}}}=\dfrac{\sqrt{2-\sqrt{2}}}{2}.$

EXERCICE 260

1. $\cos(3x)=\Re e\left(\cos(3x)+i\sin(3x)\right)$

$=\Re e\Big((\cos x+i\sin x)^3\Big)$ (formule de Moivre)

$=\Re e\left(\cos^3 x+3i\cos^2 x\sin x-3\cos x\sin^2 x-i\sin^3 x\right)$

(formule du binôme)

Ainsi $\cos(3x)=\cos^3 x-3\cos x\sin^2 x$

2. $\sin(3x) = \Im m(\cos(3x) + i\sin(3x))$
$= \Im m\left((\cos x + i\sin x)^3\right)$ (formule de Moivre)
$= \Im m\left(\cos^3 x + 3i\cos^2 x\sin x - 3\cos x\sin^2 x - i\sin^3 x\right)$
(formule du binôme)
Ainsi $\sin(3x) = -\sin^3 x + 3\cos^2 x\sin x$

EXERCICE 261

1. $\cos(5x) = \Re e(\cos(5x) + i\sin(5x))$
$= \Re e\left((\cos x + i\sin x)^5\right)$ (formule de Moivre)
$= \Re e\left(\cos^5 x + 5i\cos^4 x\sin x - 10\cos^3 x\sin^2 x - 10i\cos^2 x\sin^3 x + 5\cos x\sin^4 x + i\sin^5 x\right)$
Ainsi $\cos 5x) = \cos^5 x - 10\cos^3 x\sin^2 x + 5\cos x\sin^4 x$

$\sin(5x) = \Im m(\cos(5x) + i\sin(5x))$
$= \Im m\left((\cos x + i\sin x)^5\right)$ (formule de Moivre)
$= \Im m\left(\cos^5 x + 5i\cos^4 x\sin x - 10\cos^3 x\sin^2 x - 10i\cos^2 x\sin^3 x + 5\cos x\sin^4 x + i\sin^5 x\right)$
Ainsi $\sin 5x) = \sin^5 x - 10\cos^2 x\sin^3 x + 5\cos^4 x\sin x$

2. $\sin^2 x = 1 - \cos^2 x$ ou $\cos^2 x = 1 - \sin^2 x$,
on en déduit alors que :
$\cos(5x) = 16\cos^5 x - 20\cos^3 x + 5\cos x$
$\sin(5x) = 16\sin^5 x - 20\sin^3 x + 5\sin x$

EXERCICE 262

$z \in \mathbb{U}$ donc il existe $\theta \in [0 ; 2\pi[$ tel que $z = e^{i\theta}$.
Posons $Z = z^n + \dfrac{1}{z^n}$ et calculons son conjugué $\overline{Z}$

$$\overline{Z} = \overline{z}^n + \frac{1}{\overline{z}^n} = \left(e^{-i\theta}\right)^n + \frac{1}{\left(e^{-i\theta}\right)^n}$$
$$= e^{-ni\theta} + e^{ni\theta} = \frac{1}{e^{ni\theta}} + e^{ni\theta}$$
$$= \frac{1}{z^n} + z^n = Z$$

on a, pour tout $z \in \mathbb{U}$ et pour tout $n \in \mathbb{N}$, $\overline{Z} = Z$ donc $Z = z^n + \dfrac{1}{z^n}$ est réel.

EXERCICE 263

1. $z_{A'} = (1+i)\,z_A + 2 = -2$

$$F(B) = A \iff (1+i)\,z_B + 2 = -2 + 2i$$
$$\iff z_B = \frac{-4+2i}{1+i} = -1 + 3i$$

2. **a.** $z = (1+i)\,z + 2 \iff iz = -2 \iff z = \dfrac{-2}{i} = 2i$

Il n'existe qu'un seul point invariant par F : le point Ω d'affixe $\omega = 2i$.

b. Pour $z \neq \omega$, $\dfrac{z'-z}{\omega - z} = \dfrac{(1+i)\,z + 2 - z}{2i - z}$
$= \dfrac{iz+2}{2i-z} = -i.$

c. D'après la question précédente :
$\dfrac{MM'}{M\Omega} = \dfrac{|z'-z|}{|\omega - z|} = |-i| = 1$ donc $MM' = M\Omega$ et
$\left(\overrightarrow{M\Omega}; \overrightarrow{MM'}\right) = \arg(-i)\,[2\pi] = -\dfrac{\pi}{2}\,[2\pi]$
M' est l'intersection du cercle de centre M passant par Ω, car $MM' = M\Omega$ et de la demi-droite perpendiculaire à $(M\Omega)$ passant par M, car $\left(\overrightarrow{M\Omega}; \overrightarrow{MM'}\right) = -\dfrac{\pi}{2}\,[2\pi]$.

3. **a.** $|z + 2 - 2i| = \sqrt{2} \iff AM = \sqrt{2}$, Γ est le cercle de centre A et de rayon $\sqrt{2}$.

b. On a $AB = |z_B - z_A| = |1+i| = \sqrt{2}$ donc $B \in \Gamma$.

c. On a $z' + 2 = (1+i)\,z + 4 = (1+i)\,z + 4$
et $(1+i)\,(z + 2 - 2i) = z + 2 - 2i + iz + 2i + 2$
$= z + 4 + iz$
Ainsi, $z' + 2 = (1+i)\,(z + 2 - 2i)$.

d. Soit $M \in \Gamma$, alors : $AM = \sqrt{2} \implies |z + 2 - 2i| = \sqrt{2}$
$\implies \left|z' + 2\right| = |1+i|\sqrt{2} \implies \left|z' + 2\right| = 2$
$\implies A'M' = 2.$
Donc l'image par F de tout point de Γ appartient au cercle Γ' de centre A' et de rayon 2.

e.

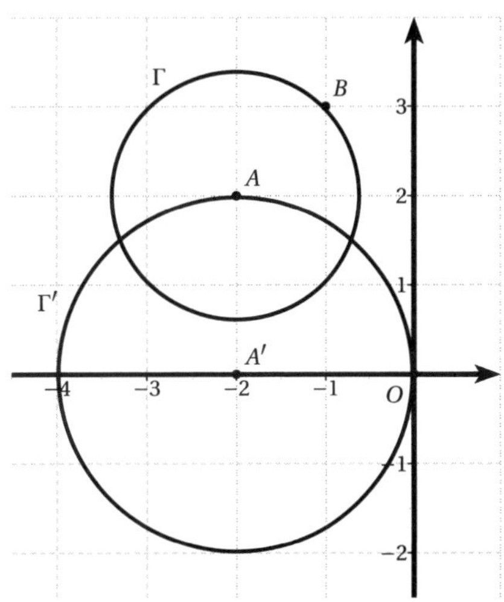

EXERCICE 264

1. $e^{2ik\pi} = \cos(2k\pi) + i\sin(2k\pi) = 1$.
2. $z^6 = \left(re^{i\theta}\right)^6 = r^6 e^{i6\theta}$.
3. En utilisant les questions précédentes et en remarquant que $64 = 2^6$, on peut écrire :
   $r^6 e^{i6\theta} = 2^6 e^{2ik\pi}$ ce qui implique $r^6 = 2^6$ et $6\theta = 2k\pi$.
   r étant un réel positif, nous obtenons : $r = 2$ et $\theta = \dfrac{k}{3}$.
4. Les solutions de (E) sont de la forme $z = 2e^{i\frac{k\pi}{3}}$ avec $k \in [\![-3\,;\,3]\!]$ ainsi :
   $S = \left\{-2,\ 2e^{-i\frac{2\pi}{3}},\ 2e^{-i\frac{\pi}{3}},\ 2,\ 2e^{i\frac{\pi}{3}},\ 2e^{i\frac{2\pi}{3}}\right\}$.

EXERCICE 265

1. $z_A = \sqrt{2}\left(\dfrac{\sqrt{2}}{2} + i\dfrac{\sqrt{2}}{2}\right) = \sqrt{2}\left(\cos\dfrac{\pi}{4} + i\sin\dfrac{\pi}{4}\right)$.
   $z_B = \dfrac{1}{\sqrt{2}}\left(-\dfrac{\sqrt{2}}{2} + i\dfrac{\sqrt{2}}{2}\right) = \dfrac{\sqrt{2}}{2}\left(\cos\dfrac{3\pi}{4} + i\sin\dfrac{3\pi}{4}\right)$.
2. **a.** $e^{2i\alpha} - 1 = e^{i\alpha}\left(e^{i\alpha} - e^{-i\alpha}\right)$
   $= e^{i\alpha}(\cos\alpha + i\sin\alpha - \cos\alpha - i\sin\alpha)$.
   Ainsi $e^{2i\alpha} - 1 = -2i\sin\alpha e^{i\alpha}$.
   b. $f(M) = |z_A - z| \times |z_B - z|$
   $= \left|z_A z_B - (z_A + z_B)z + z^2\right|$,
   d'autre part $z_A z_B = -1$ et $z_A + z_B = \dfrac{1}{2} + \dfrac{3}{2}i$,
   ainsi $f(M) = \left|-1 + e^{2i\alpha} - \left(\dfrac{1}{2} + \dfrac{3}{2}i\right)e^{i\alpha}\right|$.
   c. En utilisant les questions précédentes, on obtient
   $f(M) = \left|e^{i\alpha}\left(-\dfrac{1}{2} + i\left(-\dfrac{3}{2} + 2\sin\alpha\right)\right)\right|$
   $= \left|e^{i\alpha}\right| \times \left|-\dfrac{1}{2} + i\left(-\dfrac{3}{2} + 2\sin\alpha\right)\right|$.
   Soit $f(M) = \sqrt{\dfrac{1}{4} + \left(-\dfrac{3}{2} + 2\sin\alpha\right)^2}$.
3. **a.** $f(M)^2$ est une somme de deux carrés, elle est minimale si $\left(-\dfrac{3}{2} + 2\sin\alpha\right)^2 = 0 \iff \sin\alpha = \dfrac{3}{4}$.
   On a donc $\cos^2\alpha = 1 - \left(\dfrac{3}{4}\right)^2 = \dfrac{7}{16}$
   d'où $\cos\alpha = -\dfrac{\sqrt{7}}{4}$ ou $\cos\alpha = \dfrac{\sqrt{7}}{4}$.
   Il y a donc deux points pour lesquels $f(M)$ est minimale : M_1 d'affixe $z_1 = -\dfrac{\sqrt{7}}{4} + i\dfrac{3}{4}$ et M_2 d'affixe $z_2 = \dfrac{\sqrt{7}}{4} + i\dfrac{3}{4}$.
   Pour ces deux points la valeur minimale est
   $f(M) = \sqrt{\dfrac{1}{4}} = \dfrac{1}{2}$.

   b. $-1 \leqslant \sin\alpha \leqslant 1 \implies \dfrac{1}{2} \leqslant -\dfrac{3}{2} + 2\sin\alpha \leqslant -\dfrac{7}{2}$
   $\implies 0 \leqslant \left(-\dfrac{3}{2} + 2\sin\alpha\right)^2 \leqslant \dfrac{49}{4}$.
   La valeur maximale de $f(M)$ peut être $\dfrac{49}{4}$.
   Or $\left(-\dfrac{3}{2} + 2\sin\alpha\right)^2 = \dfrac{49}{4}$
   $\iff 2\sin^2\alpha - 3\sin\alpha - 5 = 0 \quad (1)$.
   En posant $X = \sin\alpha$, l'équation (1) devient :
   $2X^2 - 3X - 5 = 0$ cette équation admet deux solutions -1 et $\dfrac{5}{2}$.
   - $\sin\alpha = -1 \iff \alpha = \dfrac{3\pi}{2} + 2k\pi$ avec $k \in \mathbb{Z}$,
   - $\sin\alpha = \dfrac{5}{2} > 1$ ce qui est impossible.

   Il y a donc un point pour lequel $f(M)$ est maximale, le point d'affixe $z = -1$ et la valeur de ce maximum est $f(M) = \dfrac{5\sqrt{2}}{2}$.

EXERCICE 266

1. **a.**

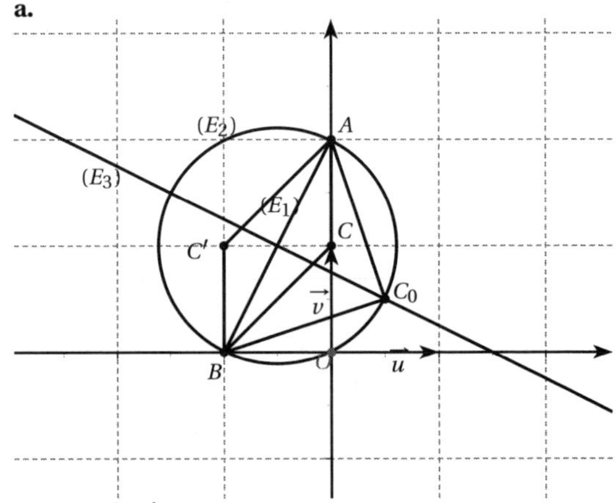

   b. $z_{C'} = \dfrac{1+i}{-i} = -1 + i$.
   $z_{\overrightarrow{BC'}} = z_{\overrightarrow{CA}} = i$, le quadrilatère $ACBC'$ est un parallélogramme.
   c. L'affixe de C_0 notée z_{C_0} vérifie
   $z_C = \dfrac{z_{C_0} + 1}{z_{C_0} - 2i}$. Par calcul, nous obtenons
   $z_{C_0} = \dfrac{1}{2} + i\dfrac{1}{2}$ ce qui prouve l'unité de l'antécédent de C par f.

2. $z' = \dfrac{z+1}{z-2I}$ $|z'| = \left|\dfrac{z+1}{z-2I}\right| = \dfrac{|z+1|}{|z-2i|}$
   et $\arg z' = \arg\left(\dfrac{z+1}{z-2I}\right) = \arg(z+1) - \arg(z-2i)$.

Soit géométriquement $OM' = \dfrac{BM}{AM}$ et $\left(\vec{u}\,;\overrightarrow{OM'}\right) = \left(\overrightarrow{MA}\,;\overrightarrow{MB}\right)$.

3. a. $z' \in \mathbb{R}^{*-} \Longrightarrow \left(\vec{u}\,;\overrightarrow{OM'}\right) = \pi\ [2\pi]$

$\Longrightarrow \left(\overrightarrow{MA}\,;\overrightarrow{MB}\right) = \pi[2\pi]$

On en déduit donc que $(E_1) =]AB[$.

b. $z' \in i\mathbb{R}^{*} \Longrightarrow \left(\vec{u}\,;\overrightarrow{OM'}\right) = \dfrac{\pi}{2}\ [\pi]$

$\Longrightarrow \left(\overrightarrow{MA}\,;\overrightarrow{MB}\right) = \dfrac{\pi}{2}[\pi]$.

On en déduit que (E_2) est le cercle de diamètre $[AB]$ privé des points A et B.

c. M' appartient au cercle trigonométrique si et seulement si $OM' = 1$ si et seulement si $AM = BM$.

(E_3) est donc la médiatrice du segment $[AB]$.

EXERCICE 267

1. a. • $z_1 = -1 = 1e^{i\pi}$.

• $z_2 = \dfrac{1-i\sqrt{3}}{2}$; $|z_2| = \sqrt{\dfrac{1}{4}+\dfrac{3}{4}} = 1$;

$z_2 = \cos\left(-\frac{\pi}{3}\right) + i\sin\left(-\frac{\pi}{3}\right) = e^{-i\frac{\pi}{3}}$.

• $z_3 = -1 - i\sqrt{3}$, donc $|z_3| = \sqrt{4} = 2$

$z_3 = 2\left(-\dfrac{1}{2} - i\dfrac{\sqrt{3}}{2}\right) = 2e^{-2i\frac{\pi}{3}}$.

b. • $z_1^3 = e^{3i\pi} = e^{i\pi} = -1$,

$\Re e\left(z_1^3\right) = -1$ et $\Im m\left(z_1^3\right) = 0$.

• $z_2^3 = e^{-i\pi} = -1$, $\Re e\left(z_2^3\right) = -1$ et $\Im m\left(z_2^3\right) = 0$.

• $z_3^3 = 2^3 e^{-2i\pi} = 8$, $\Re e\left(z_3^3\right) = 8$ et $\Im m\left(z_3^3\right) = 0$.

2. a. $(x+iy)^3 = x^3 - iy^3 + 3ix^2y - 3xy^2$

$= x^3 - 3xy^2 + i\left(y^3 + 3x^2y\right)$.

On a également $(x+iy)^3 = \left(\rho e^{i\theta}\right)^3 = \rho^3 e^{3i\theta}$.

Le module de z^3 est donc ρ^3 et un argument de z^3 est 3θ.

b. z^3 est un nombre réel si et seulement si un de ses arguments est égal à $0\ [\pi]$ soit si $3\theta = k\pi$ donc $\theta = \dfrac{k\pi}{3}$ avec $k \in \mathbb{Z}$.

L'ensemble (E) est donc constitué des trois droites définies par $\theta = 0$, $\theta = \dfrac{\pi}{3}$, $\theta = \dfrac{2\pi}{3}$.

c. $1 \leqslant z^3 \leqslant 8 \Longleftrightarrow 1 \leqslant \rho^3 \leqslant 8 \Longleftrightarrow 1 \leqslant \rho \leqslant 2$.

L'ensemble (E') est la partie de (E) comprise entre les cercles de centre O et de rayons 1 et 2.

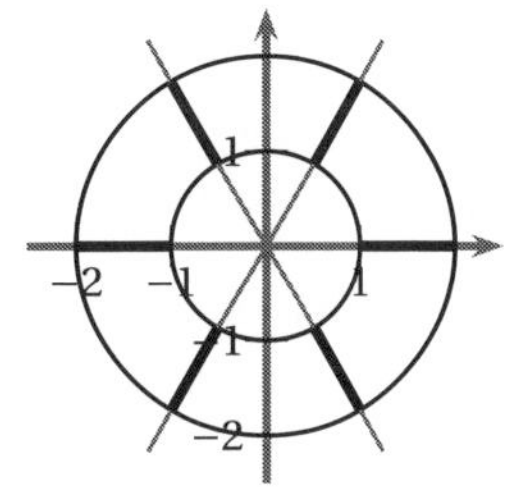

EXERCICE 268

1. $\dfrac{z-2}{z-1} = z \Longrightarrow z^2 - 2z + 2 = 0 \qquad \Delta = -4$.

L'équation (E_1) admet deux solutions complexes conjuguées :

$z_1 = 1 + i = \sqrt{2}e^{i\frac{\pi}{4}}$ et $z_2 = 1 - i = \sqrt{2}e^{-i\frac{\pi}{4}}$.

2. $\dfrac{z-2}{z-1} = i \Longrightarrow z - 2 = iz - i \Longrightarrow z = \dfrac{2-i}{1-i} = \dfrac{3}{2} + \dfrac{1}{2}i$.

3. a. $\left|\dfrac{z-2}{z-1}\right| = \dfrac{|z-z_B|}{|z-z_A|} = \dfrac{BM}{AM}$,

$\arg\left(\dfrac{z-2}{z-1}\right) = \arg\left(\dfrac{z-z_B}{z-z_A}\right) = \left(\overrightarrow{MA}\,;\overrightarrow{MB}\right)$.

b. $(E_2) \Longrightarrow \dfrac{BM}{AM} = 1$ et $\left(\overrightarrow{MA}\,;\overrightarrow{MB}\right) = \dfrac{\pi}{2}\ [2\pi]$, M est le point d'intersection de la médiatrice du segment $[AB]$ et du demi-cercle de diamètre $[AB]$ au-dessus de l'axe des réels.

4. a. $\left(\dfrac{z-2}{z-1}\right)^n = i \Longrightarrow \left|\dfrac{z-2}{z-1}\right|^n = 1 \Longrightarrow \left|\dfrac{z-2}{z-1}\right| = 1$

ce qui implique que $MA = MB$, le point M appartient à la médiatrice du segment $[AB]$, il a donc pour partie réelle $\dfrac{3}{2}$.

b. $\left(\dfrac{z-2}{z-1}\right)^2 = i \Longrightarrow MA = MB$.

D'autre part, $2\left(\overrightarrow{MA}\,;\overrightarrow{MB}\right) = \dfrac{\pi}{2}\ [2\pi]$

$\Longrightarrow \left(\overrightarrow{MA}\,;\overrightarrow{MB}\right) = \dfrac{\pi}{4}\ [\pi]$

On a donc deux solutions z_3 et z_4 :

$\dfrac{z_3-2}{z_3-1} = e^{i\frac{\pi}{4}} = \dfrac{\sqrt{2}}{2} + i\dfrac{\sqrt{2}}{2}$

$\Longrightarrow z_3 = \dfrac{4-\sqrt{2}-i\sqrt{2}}{2-\sqrt{2}-i\sqrt{2}} = \dfrac{3}{2} + i\dfrac{1+\sqrt{2}}{2}$.

$\dfrac{z_4-2}{z_4-1} = e^{i\frac{5\pi}{4}} = -\dfrac{\sqrt{2}}{2} - i\dfrac{\sqrt{2}}{2}$

$\Longrightarrow z_4 = \dfrac{4+\sqrt{2}=i\sqrt{2}}{2+\sqrt{2}+i\sqrt{2}} = \dfrac{3}{2} + i\dfrac{1-\sqrt{2}}{2}$.

EXERCICE 269

1. a. $P(Z) = \left(Z^2+1\right)\left(Z^2-1\right)$

$= (Z-i)(Z+i)(Z-1)(Z+1)$.

b. D'après la question précédente, les solutions de l'équation $P(Z)=0$ sont i; $-i$; 1 et -1.

c. En posant pour $z\neq 1$, $Z=\dfrac{2z+1}{z-1}$ résoudre l'équation $\left(\dfrac{2z+1}{z-1}\right)^4=1$ revient à résoudre $P(Z)=0$ donc d'après la question précédente, on obtient :

- $\dfrac{2z+1}{z-1}=i \Longrightarrow z=-\dfrac{1}{5}-i\dfrac{3}{5}$,
- $\dfrac{2z+1}{z-1}=1 \Longrightarrow z=-2$,
- $\dfrac{2z+1}{z-1}=-i \Longrightarrow z=-\dfrac{1}{5}+i\dfrac{3}{5}$,
- $\dfrac{2z+1}{z-1}=-1 \Longrightarrow z=0$.

2. a.

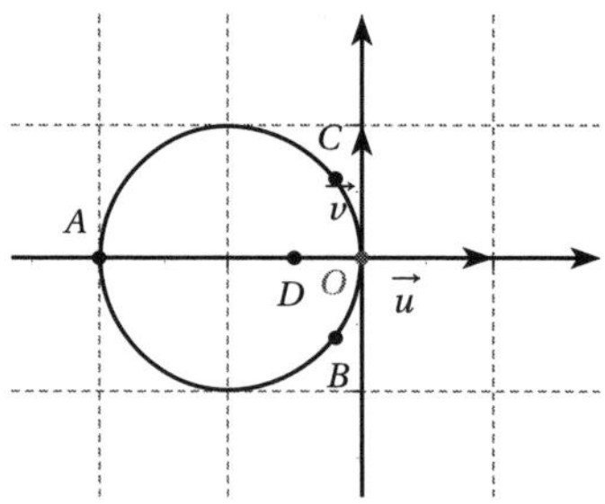

b. Démontrons que les triangles ACO et ABO sont rectangles respectivement en C et B.

$\dfrac{a-c}{-c}=\dfrac{-9-3i}{1-3i}=-3i=3e^{-i\frac{\pi}{2}}$

$\Longrightarrow \left(\overrightarrow{CO};\overrightarrow{CA}\right)=-\dfrac{\pi}{2}\ [2\pi]$,

$\dfrac{a-b}{-b}=\dfrac{-9+3i}{1+3i}=3i=3e^{i\frac{\pi}{2}}$

$\Longrightarrow \left(\overrightarrow{BO};\overrightarrow{BA}\right)=\dfrac{\pi}{2}\ [2\pi]$,

Les triangles ACO et ABO sont rectangles et d'hypoténuse commune $[OA]$, les quatre points O, A, B et C sont donc sur le cercle de diamètre $[AB]$.

3. a. $z'=\dfrac{a-c}{d-c}=\dfrac{-18-6i}{-3-6i}=2-2i$
$=2\sqrt{2}\left(\cos\left(-\dfrac{\pi}{4}\right)+i\sin\left(-\dfrac{\pi}{4}\right)\right)$.

b. On en déduit : $\dfrac{CA}{CD}=2\sqrt{2}$.

c. $\left(\overrightarrow{CD};\overrightarrow{CA}\right)=-\dfrac{\pi}{4}\ [2\pi]$ donc $\arg z'=-\dfrac{\pi}{4}\ [2\pi]$.

Exercice 270

1. a. $\omega^5=\left(e^{\frac{2i\pi}{5}}\right)^5=e^{2i\pi}=1$, ω est solution de l'équation $z^5=1$.

$\omega+\dfrac{1}{\omega}=e^{i\frac{2\pi}{5}}+e^{-i\frac{2\pi}{5}}=2\cos\frac{2\pi}{5}$.

b. Pour $z\neq 1$ on sait que $1+z+z^2+z^3+z^4=\dfrac{z^5-1}{z-1}$ on en déduit alors que :

$z^5-1=(z-1)\left(1+z+z^2+z^3+z^4\right)$.

$z^5-1=0 \Longrightarrow (z-1)\left(1+z+z^2+z^3+z^4\right)=0$

ω est solution de l'équation $z^5-1=0$ et $\omega\neq 1$ ce qui implique donc que ω est solution de l'équation $1+z+z^2+z^3+z^4=0$.

c. $P(0)=1$, 0 n'est donc pas solution de l'équation $P(z)=0$.

On a ainsi pour $z\neq 0$, $P(z)=0 \Longrightarrow \dfrac{P(z)}{z^2}=0$.

D'autre part $\dfrac{P(z)}{z^2}=0 \Longrightarrow P(z)=0$.

Ainsi $P(z)=0 \Longleftrightarrow \dfrac{P(z)}{z^2}=0$

2. a. $\dfrac{P(z)}{z^2}=z^2+z+1+\dfrac{1}{z}+\dfrac{1}{z^2}=\left(z+\dfrac{1}{z}\right)^2+\left(z+\dfrac{1}{z}\right)-1$
$=Z^2+Z-1$.

b. ω vérifie $1+\omega+\omega^2+\omega^3+\omega^4=0$ donc la somme des parties réelles est nulle c'est-à-dire :

$1+\cos\dfrac{2\pi}{5}+\cos\dfrac{4\pi}{5}+\cos\dfrac{6\pi}{5}+\cos\dfrac{8\pi}{5}=0$

$\Longrightarrow 2\cos\dfrac{4\pi}{5}+2\cos\dfrac{2\pi}{5}+1=0$

D'autre part, $4\cos^2\left(\dfrac{2\pi}{5}\right)+2\cos\left(\dfrac{2\pi}{5}\right)-1$
$=2\cos\left(\dfrac{4\pi}{5}\right)+2+2\cos\left(\dfrac{2\pi}{5}\right)-1$.

On en déduit alors que $4\cos^2\left(\dfrac{2\pi}{5}\right)+2\cos\left(\dfrac{2\pi}{5}\right)-1=0$, c'est-à-dire que $2\cos\left(\dfrac{2\pi}{5}\right)$ est solution de l'équation (E).

c. $\Delta=5$, l'équation admet deux solutions réelles :

$Z_1=\dfrac{-1+\sqrt{5}}{2}>0$ et $Z_2=\dfrac{-1-\sqrt{5}}{2}<0$.

d. $0<\dfrac{2\pi}{5}<\dfrac{\pi}{2}$ donc $\cos\dfrac{2\pi}{5}=\dfrac{-1+\sqrt{5}}{4}$.

3. a. $\omega^4=e^{\frac{8\pi}{5}}=e^{-\frac{2i\pi}{5}}=\overline{\omega}$, l'intersection de la droite (A_1A_4) avec l'axe réel est donc la partie réelle de ω, ainsi $z_H=\cos\dfrac{2\pi}{5}=\dfrac{-1+\sqrt{5}}{2}$.

b. $O'P=O'Q=O'J=\left|i+\dfrac{1}{2}\right|=\dfrac{\sqrt{5}}{2}$.

Les points O, P et O' sont alignés donc

$OP=O'P-O'O$

$OP=\dfrac{-1+\sqrt{5}}{2}=2OH$, H est donc le milieu de $[OP]$.

c. Les points A_0, A_1, A_2, A_3 et A_4 sont sur le cercle $\mathcal{C}$. On trace les cercles $\mathcal{C}$ et $\mathcal{C}'$, puis on place les points

A_0 et P.
On trace la médiatrice du segment $[OP]$, ce qui permet d'obtenir les points A_1 et A_4.
A l'aide du compas, on reporte la distance A_0A_1 en partant de A_1 ce qui permet d'obtenir A_2, puis en partant de A_2 ce qui permet d'obtenir A_3.

EXERCICE 271

1. $M' = t(M) \iff \overrightarrow{MM'} = \vec{w}$
$\iff z' - z = \beta$
$\iff z' = z + \beta.$
2. $a' = a + \beta$, $b' = b + \beta$ et $c' = c + \beta$.
3. On vérifie que $\dfrac{c'-a'}{b'-a'} = \dfrac{c-a}{b-a}$
On en déduit que $\dfrac{A'C'}{A'B'} = \dfrac{AC}{AB}$ et
$\left(\overrightarrow{A'B'}\ ;\ \overrightarrow{A'C'}\right) = \left(\overrightarrow{AB}\ ;\ \overrightarrow{AC}\right)$
Les triangles ABC et $A'B'C'$ sont donc semblables.
4. Soit M un point du cercle de centre A et de rayon R alors $AM = |z-a| = R$
soit M' l'image de M par t :
$A'M' = |z'-a'| = |z+\beta-a-\beta| = |z-a| = R$
donc M' appartient au cercle de centre A' (image de A par t) et de rayon R.
5. t conserve les angles et les distances.

EXERCICE 272

1. Soit $A' = T_{\vec{u}}(A)$, $B' = T_{\vec{u}}(B)$, $C' = T_{\vec{u}}(C)$
On a $a' = a+1$, $b' = b+1$ et $c' = c+1$
$a' + b'j + c'j^2 = a + bj + cj^2 + 1 + j + j^2 = a + bj + cj^2$
car $1 + j + j^2 = 0$
donc si le triplet $(A,\ B,\ C)$ a la propriété (E), il en est de même de $\left(T_{\vec{u}}(A), T_{\vec{u}}(B), T_{\vec{u}}(C)\right)$.
2. ABC équilatéral donc $\dfrac{c-a}{b-a} = e^{i\frac{\pi}{3}}$
$$\frac{c-a}{b-a} = e^{i\frac{\pi}{3}} \iff \left(1 - e^{i\frac{\pi}{3}}\right)a + e^{i\frac{\pi}{3}}b - c = 0$$
$$\iff a + \frac{\frac{1}{2}+i\frac{\sqrt{3}}{2}}{\frac{1}{2}-i\frac{\sqrt{3}}{2}}b - \frac{1}{\frac{1}{2}-i\frac{\sqrt{3}}{2}}c = 0$$
$$\iff a + jb + j^2c = 0$$
$(A,\ B,\ C)$ a donc la propriété (E).
3. Soit A, B et C les points d'affixes respectives a, b et c.
Si $(a,\ b,\ c)$ vérifie (E) alors ABC équilatéral.

EXERCICE 273

1. $M' = h(M) \iff \overrightarrow{\Omega M'} = k\overrightarrow{\Omega M}$
$\iff z' - \omega = k(z-\omega)$
$\iff z' = kz + (1-k)\omega.$
2. $a' = ka + (1-k)\omega$, $b' = kb + (1-k)\omega$, $c' = kc + (1-k)\omega$.
3. On vérifie que $\dfrac{c'-a'}{b'-a'} = \dfrac{c-a}{b-a}$
On en déduit que
$\dfrac{A'C'}{A'B'} = \dfrac{AC}{AB}$ et $\left(\overrightarrow{A'B'}\ ;\ \overrightarrow{A'C'}\right) = \left(\overrightarrow{AB}\ ;\ \overrightarrow{AC}\right)$
Les triangles ABC et $A'B'C'$ sont donc semblables.
4. Soit M un point du cercle de centre Ω et de rayon R
z vérifie donc $|z-\omega| = R$
$|h(z) - h(\omega)| = |z'-\omega| = |kz - k\omega|$
$= |k| \times |z-\omega| = |k|R$
L'image du cercle de centre Ω et de rayon R est le cercle de centre Ω et de rayon $|k|R$.
5. Soit M un point du cercle de centre A et de rayon R
z vérifie donc $|z-a| = R$
$|h(z) - h(a)| = |z'-a'| = |kz - ka| = |k|R.$
L'image du cercle de centre A et de rayon R est le cercle de centre A' et de rayon $|k|R$.
6. h conserve les angles et les rapports des longueurs.

EXERCICE 274

Soit M un point d'affixe z et M' d'affixe z' son image par h.
On utilisera les résultats de l'exercice précédent.

1. h est l'homothétie de centre O et de rapport $\sqrt{2}$
$z' = \sqrt{2}z$ d'où $a' = \sqrt{2} + i\sqrt{2}$, $b' = -\sqrt{2} + i\sqrt{2}$,
$c' = -\sqrt{2} - i\sqrt{2}$, $d' = \sqrt{2} - i\sqrt{2}$.
2. h est l'homothétie de centre O et de rapport $-\dfrac{\sqrt{2}}{2}$.
$z' = -\dfrac{\sqrt{2}}{2}z$ d'où $a' = -\dfrac{\sqrt{2}}{2} - i\dfrac{\sqrt{2}}{2}$, $b' = \dfrac{\sqrt{2}}{2} - i\dfrac{\sqrt{2}}{2}$,
$c' = \dfrac{\sqrt{2}}{2} + i\dfrac{\sqrt{2}}{2}$, $d' = -\dfrac{\sqrt{2}}{2} + i\dfrac{\sqrt{2}}{2}$.
3. h est l'hhomothétie de centre A et de rapport -1
$z' = -z + 2(1+i)$ d'où $a' = a$, $b' = 3+i$, $c' = 3+3i$,
$d' = 1+3i$.
4. h est l'homothétie de centre B et de rapport $-\dfrac{1}{2}$
$z' = -\dfrac{1}{2}z + \dfrac{3}{2}(-1+i)$ d'où $a' = -2+i$, $b' = b$,
$c' = -1+2i$, $d' = -2+2i$

EXERCICE 275

1. **a.** $Z = \dfrac{z_I - z_A}{z_I - z_B} = \dfrac{1+2i}{i-2} = -i$.
   On en déduit que
   • $|Z| = 1 \iff \dfrac{IA}{IB} = 1 \iff IA = IB$
   • $\arg Z = -\dfrac{\pi}{2} \quad [2\pi]$, soit $\left(\overrightarrow{BI}\ ;\ \overrightarrow{BI}\right) = -\dfrac{\pi}{2} \quad [2\pi]$.
   Le triangle IAB est rectangle et isocèle en I.
   b. Par définition de l'homothétie :
   $$\overrightarrow{AC} = 2\overrightarrow{AI} \iff z_C - z_A = 2(z_I - z_A)$$
   $$\iff z_C = 2z_I - z_A$$
   ainsi $z_C = 2(1-2i) - 3 - 2i = -1 - 6i$.
   c. Par définition du barycentre, qui existe puisque $1 - 1 + 1 \neq 0$, on a $\overrightarrow{\mathrm{DA}} - \overrightarrow{\mathrm{DB}} + \overrightarrow{\mathrm{DC}} = \overrightarrow{0}$
   donc $z_D = 5 - 4i$.
   d. $\overrightarrow{DA} - \overrightarrow{DB} + \overrightarrow{DC} = \overrightarrow{0} \implies \overrightarrow{AB} = \overrightarrow{DC}$ ce qui signifie que le quadrilatère $ABCD$ est un parallélogramme.
   D'autre part, $\dfrac{z_A - z_B}{z_C - z_B} = \dfrac{6+2i}{2-6i} = i$
   $\iff \dfrac{BA}{BC} = 1$ et $\left(\overrightarrow{BC}\,;\overrightarrow{BA}\right) = \dfrac{\pi}{2}\ [2\pi]$ ce qui signifie que le triangle ABC est isocèle rectangle en B, $ABCD$ est un parallélogramme ayant deux côtés adjacents de même longueur et un angle droit, c'est donc un carré.
2. $$\left\|\overrightarrow{MA} - \overrightarrow{MB} + \overrightarrow{MC}\right\| = \left\|\overrightarrow{MD} + \overrightarrow{DA} - \overrightarrow{DB} + \overrightarrow{DC}\right\|$$
   $= \left\|\overrightarrow{MD}\right\|$ obtenu en utilisant la relation de Chasles et la relation vectorielle du barycentre.
   D'autre part $\left\|\overrightarrow{MA} + \overrightarrow{MC}\right\| = \left\|2\overrightarrow{MI} + \overrightarrow{IA} + \overrightarrow{IC}\right\|$
   $= 2\left\|\overrightarrow{MI}\right\|$ obtenu en utilisant la relation de Chasles et le fait que I est milieu de $[AC]$.
   On a alors $\left\|\overrightarrow{MA} - \overrightarrow{MB} + \overrightarrow{MC}\right\| = \dfrac{1}{2}\left\|\overrightarrow{MA} + \overrightarrow{MC}\right\|$
   $\implies MD = MI$.
   Γ_1 est la médiatrice de $[DI]$.
3. **a.** On vérifie que :
   $\left\|\overrightarrow{BA} - \overrightarrow{BB} + \overrightarrow{BC}\right\| = \left\|2\overrightarrow{BI}\right\| = |-4-8i| = 4\sqrt{5}$,
   Le point B appartient à Γ_2.
   b. Nous avons montré précédemment que $\left\|\overrightarrow{MA} - \overrightarrow{MB} + \overrightarrow{MC}\right\| = MD$.
   Les points M cherchés vérifient donc la relation $MD = 4\sqrt{5}$.
   Γ_2 est le cercle de centre D passant par B.

EXERCICE 276

Soit M un point d'affixe z et M' d'affixe z' son image par h
alors $z' - \omega = a(z - \omega)$ soit encore $z' = az + (1-a)\omega$.

1. $M \in \mathcal{C}_1 \iff |z - \omega| = 2$
   $$|h(z) - h(\omega)| = |z' - \omega| = |az - a\omega|$$
   $$= |a| \times |z - \omega| = 2|a|.$$
   L'image de $\mathcal{C}_1$ par h est le cercle de centre Ω et de rayon $2|a|$.
2. $M \in \mathcal{C}_2 \iff |z| = 2$
   $h(O) = O'$ d'affixe $(1-a)\omega$.
   $|h(z) - h(0)| = |az| = 2|a|$.
   L'image de $\mathcal{C}_2$ par h est le cercle de centre O' et de rayon $2|a|$.
3. L'image d'un cercle par h est un cercle de centre l'image du centre par h et de rayon le rayon du premier cercle multiplié par la valeur absolue du rapport de h.

EXERCICE 277

1. $z_{A_1} = az_A + (1-a)\omega$, $z_{B_1} = az_B + (1-a)\omega$
   et $z_{C_1} = az_C + (1-a)\omega$
   $z_{A_2} = z_A$, $z_{B_2} = az_B + (1-a)z_A$
   et $z_{C_2} = az_C + (1-a)z_A$.
2. $A_1B_1 = \left|z_{B_1} - z_{A_1}\right| = \left|az_b - az_A\right| = |a|\,AB$
   On montre de même que $A_1C_1 = |a|\,AC$
   et $B_1C_1 = |a|\,BC$.
   $A_2B_2 = \left|z_{B_2} - z_{A_2}\right| = \left|az_b - az_A\right| = |a|\,AB$
   On montre de même que $A_2C_2 = |a|\,AC$
   et $B_2C_2 = |a|\,BC$.
3. $$\left(\overrightarrow{A_1B_1}\ ;\ \overrightarrow{A_1C_1}\right) = \arg\left(\frac{z_{C_1} - z_{A_1}}{z_{B_1} - z_{A_1}}\right) = \arg\left(\frac{z_C - z_A}{z_B - z_A}\right)$$
   $$= \left(\overrightarrow{AB}\ ;\ \overrightarrow{AC}\right)$$
   On démontre de même que
   $\left(\overrightarrow{A_2B_2}\ ;\ \overrightarrow{A_2C_2}\right) = \left(\overrightarrow{AB}\ ;\ \overrightarrow{AC}\right)$.
4. D'après les questions précédentes :
   si ABC est équilatéral alors $A_1B_1C_1$ et $A_2B_2C_2$ sont équilatéraux;
   si ABC est rectangle alors $A_1B_1C_1$ et $A_2B_2C_2$ sont rectangles;
   si ABC est isocèle alors $A_1B_1C_1$ et $A_2B_2C_2$ sont isocèles.

5. L'homothétie conserve les angles et les rapports des longueurs, elle conserve donc la nature du triangle.

Exercice 278

1. $M' = r(M) \iff \Omega M' = \Omega M$ et $\left(\overrightarrow{\Omega M}\ ;\ \overrightarrow{\Omega M'}\right) = \theta$
$\iff \dfrac{z'-\omega}{z-\omega} = e^{i\theta}$
$\iff z' = ze^{i\theta} + \omega\left(1-e^{i\theta}\right)$.
2. D'après la question précédente $a' = ae^{i\theta} + \omega\left(1-e^{i\theta}\right)$
$b' = be^{i\theta} + \omega\left(1-e^{i\theta}\right)$ et $c' = ce^{i\theta} + \omega\left(1-e^{i\theta}\right)$.
3. $A'B' = \left|(b-a)e^{i\theta}\right| = |b-a| = AB$
On démontre de même que $A'C' = AC$ et $B'C' = BC$
Les triangles ABC et $A'B'C'$ sont donc égaux.
4. Soit M un point du cercle de centre Ω et de rayon R alors $|z-\omega| = R$.
Par définition de r, $r(\Omega) = \Omega$
$\Omega M' = |z'-\omega| = \left|(z-\omega)e^{i\theta}\right| = |z-\omega| = R$.
L'image du cercle de centre Ω et de rayon R est lui-même.
☞ On dira que le cercle est globalement invariant.
5. Soit M un point du cercle de centre A et de rayon R alors $|z-a| = R$.
On a $r(A) = A'$
$A'M' = |z'-a'| = \left|(z-a)e^{i\theta}\right| = |z-a| = R$.
L'image du cercle de centre A et de rayon R est le cercle de centre A' et de rayon R.
6. r conserve les angles et les distances.

Exercice 279

1. r est la rotation de centre O et d'angle $\dfrac{\pi}{2}$
On a d'après l'exercice précédent : $z' = iz$ d'où
$z_{A'} = -1+i$, $z_{B'} = -1-i$, $z_{C'} = 1-i$ et $z_{D'} = 1+i$.
☞ On pourra remarquer que le carré $ABCD$ est globalement invariant par r.
2. r est la rotation de centre O et d'angle $-\dfrac{\pi}{3}$.
On a d'après l'exercice précédent : $z' = \left(\dfrac{1}{2} - i\dfrac{\sqrt{3}}{2}\right)z$ d'où
$z_{A'} = \dfrac{1+\sqrt{3}}{2} + i\dfrac{1-\sqrt{3}}{2}$, $z_{B'} = \dfrac{-1+\sqrt{3}}{2} + i\dfrac{1+\sqrt{3}}{2}$,
$z_{C'} = -\dfrac{1+\sqrt{3}}{2} - i\dfrac{1-\sqrt{3}}{2}$ et $z_{D'} = \dfrac{1-\sqrt{3}}{2} - i\dfrac{1+\sqrt{3}}{2}$.
3. r est la rotation de centre A et d'angle $\dfrac{\pi}{2}$.
On a d'après l'exercice précédent :
$z' = iz+2$ d'où
$z_{A'} = 1+i$, $z_{B'} = 1-i$, $z_{C'} = 3-i$ et $z_{D'} = 3+i$.
4. r est la rotation de centre B et d'angle $-\dfrac{\pi}{4}$
On a d'après l'exercice précédent :
$z' = \left(\dfrac{\sqrt{2}}{2} - i\dfrac{\sqrt{2}}{2}\right)z - 1 + \left(1-\sqrt{2}\right)i$ d'où
$z_{A'} = \left(-1+\sqrt{2}\right) + \left(1-\sqrt{2}\right)i$, $z_{B'} = z_B$,
$z_{C'} = \left(-1-\sqrt{2}\right) + \left(1-\sqrt{2}\right)i$ et $z_{D'} = -1 + \left(1-2\sqrt{2}\right)i$.

Exercice 280

1. $\Delta = -4$, l'équation admet deux solutions complexes conjuguées,
$z_1 = \dfrac{2\sqrt{3}+2i}{2} = \sqrt{3}+i = 2e^{i\frac{\pi}{6}} = a$ et $z_2 = 2e^{-i\frac{\pi}{6}} = b$.
2. **a.** $a' = 2e^{i\frac{\pi}{6}} \times e^{i\frac{\pi}{3}} = 2e^{i\frac{\pi}{2}} = 2i$.
b. $b' = -\dfrac{3}{2}b = -\dfrac{3}{2} \times 2e^{-i\frac{\pi}{6}} = -3e^{-i\frac{\pi}{6}} = 3e^{i\frac{5\pi}{6}}$.
3. **a.** Si C a pour affixe $z_C = c$, on a $|c| = OC = R$.
Or si $c = x+iy$,
alors $c\overline{c} = (x+iy)(x-iy) = x^2+y^2 = |c|^2 = R^2$.
$(c-2i)(\overline{c}+2i) = (c-a')(\overline{c}-\overline{a'}) = (c-a')\left(\overline{c-a'}\right)$
$= |c-a'|^2 = A'C^2 = R^2$
De même :
$\left(c + \dfrac{3\sqrt{3}}{2} - \dfrac{3}{2}i\right)\left(\overline{c} + \dfrac{3\sqrt{3}}{2} + \dfrac{3}{2}i\right) = (c-b')(\overline{c}-\overline{b'})$
$= (c-b')\left(\overline{c-b'}\right) = |c-b'|^2 = B'C^2 = R^2$.
b. En développant la deuxième égalité ci-dessus, on obtient :
$R^2 + 2i(c-\overline{c}) + 4 = R^2 \implies c-\overline{c} = -\dfrac{2}{i} = 2i$.
En développant la troisième égalité, on obtient :
$R^2 = c\overline{c} + \dfrac{3i}{2}(c-\overline{c}) + \dfrac{3\sqrt{3}}{2}(c+\overline{c}) + 9 \implies c+\overline{c} = -\dfrac{4}{\sqrt{3}}$.
c. On a donc le système $\begin{cases} c-\overline{c} &= 2i \\ c+\overline{c} &= -\dfrac{4}{\sqrt{3}} \end{cases}$
d'où $c = -\dfrac{2\sqrt{3}}{3} + i$.
Enfin $c\overline{c} = R^2 = \left(\dfrac{2\sqrt{3}}{3}+i\right)\left(\dfrac{2\sqrt{3}}{3}-i\right) = \dfrac{12}{9} + 1 = \dfrac{21}{9}$.
Donc $R = \dfrac{\sqrt{21}}{3}$.

Exercice 281

1. **a.** $z_{A'} = \left(\left(3\sqrt{3}-2\right) + i\left(3+2\sqrt{3}\right)\right)\left(-\dfrac{1}{2} - i\dfrac{\sqrt{3}}{2}\right) = 4-6i$.

b. Le point A est sur le cercle de centre O et de rayon OA_0, de plus $\left(\overrightarrow{OA_0}\,;\overrightarrow{OA}\right) = \dfrac{2\pi}{3}$.

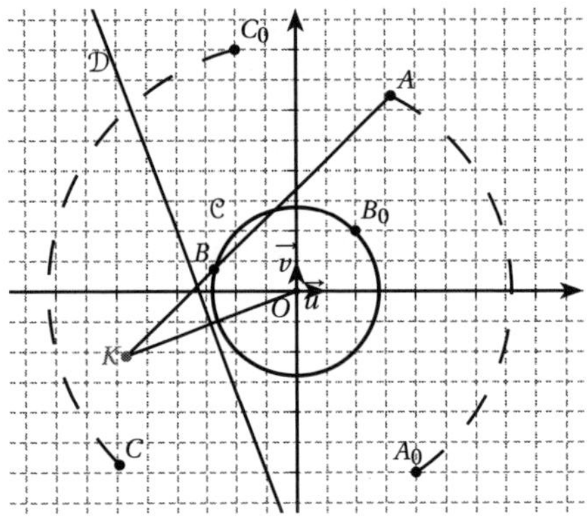

2. **a.** $z_A - z_B + z_C = 0$.

b. $z_A - z_B + z_C = 0 \iff \overrightarrow{OA} - \overrightarrow{OB} + \overrightarrow{OC} = \vec{0}$.

Ce qui prouve que O est le barycentre du système de points pondérés $\left\{(A,1);(B,-1);(C,1)\right\}$.

3. **a.** Si $M = B$

$$\left\|\overrightarrow{MA} - \overrightarrow{MB} + \overrightarrow{MC}\right\| = \left\|\overrightarrow{MA} - 2\overrightarrow{MB} + \overrightarrow{MC}\right\| = \left\|\overrightarrow{BA} + \overrightarrow{BC}\right\|,$$

le point B appartient bien à $\mathcal{C}$.

b. En utilisant la relation de Chasles et le résultat de la question **2.b**, on obtient :

$$\left\|\overrightarrow{MA} - \overrightarrow{MB} + \overrightarrow{MC}\right\| = \left\|\overrightarrow{MO} + \overrightarrow{OA} - \overrightarrow{OB} + \overrightarrow{OC}\right\| = \left\|\overrightarrow{OM}\right\|.$$

$$\left\|\overrightarrow{MA} - 2\overrightarrow{MB} + \overrightarrow{MC}\right\| = \left\|\overrightarrow{OA} - 2\overrightarrow{OB} + \overrightarrow{OC}\right\| = \left\|\overrightarrow{OB}\right\|.$$

Ainsi $\left\|\overrightarrow{MA} - \overrightarrow{MB} + \overrightarrow{MC}\right\| = \left\|\overrightarrow{MA} - 2\overrightarrow{MB} + \overrightarrow{MC}\right\| \iff OM = OB,$

$\mathcal{C}$ est donc le cercle de centre O passant par B.

4. Soit K le point tel que $\overrightarrow{KA} - 3\overrightarrow{KB} = \vec{0}$,

Remarque : K est le barycentre du système de points $\left\{(A,1);(B,-3)\right\}$, on a alors

$$\left\|\overrightarrow{MA} - 3\overrightarrow{MB}\right\| = \left\|\overrightarrow{KA} - 3\overrightarrow{KB} - 2\overrightarrow{MK}\right\| = \left\|-2\overrightarrow{MK}\right\| = 2MK$$

D'autre part : $2\left\|\overrightarrow{MA} - \overrightarrow{MB} + \overrightarrow{MC}\right\| = 2MO$

ainsi $2\left\|\overrightarrow{MA} - \overrightarrow{MB} + \overrightarrow{MC}\right\| = \left\|\overrightarrow{MA} - 3\overrightarrow{MB}\right\| \iff MO = MK,$

$\mathcal{D}$ est la médiatrice du segment $[OK]$.

Exercice 282

1. C est sur le cercle de centre O et de rayon 1, son abscisse étant égale à $\dfrac{1}{2}$ et son ordonnée négative.

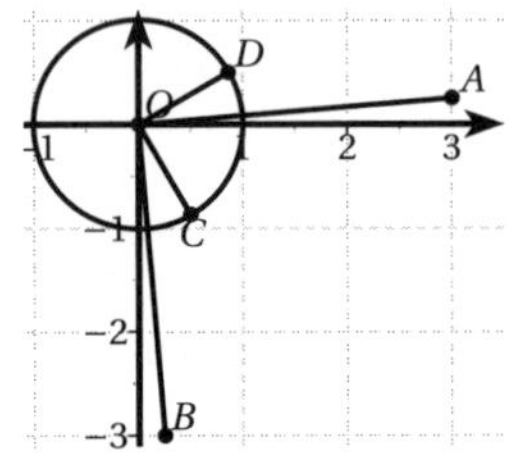

2. On a $b = -ia$ et $d = ic$, on en déduit alors :

$z_{\overrightarrow{AD}} = d - a = ic - a$

$z_{\overrightarrow{BC}} = c - b = c + ia = -i(ic - a)$.

Ainsi $\dfrac{d-a}{c-b} = -i$ donc $AD = BC$ et $(AD) \perp (BC)$.

3. $z_I = \dfrac{a+c}{2}$ d'où $z_{\overrightarrow{OI}} = \dfrac{a+c}{2}$

$z_{\overrightarrow{BD}} = d - b = i(a+c)$

d'où $\dfrac{d-b}{z_I} = -2i$

On en déduit alors que $BD = 2OI$ et $(OI) \perp (BD)$.

La médiane (OI) du triangle OAC est donc une hauteur du triangle ODB et que $BD = 2OI$.

4. Soit J le milieu de $[BD]$, $z_J = \dfrac{b+d}{2} = \dfrac{i}{2}(c-a)$

$z_{\overrightarrow{OJ}} = \dfrac{i}{2}(c-a) = \dfrac{i}{2} z_{\overrightarrow{AC}}$, on en déduit comme précédemment que la médiane issue de O dans le triangle ODB est une hauteur du triangle OAC.

Exercice 283

1.

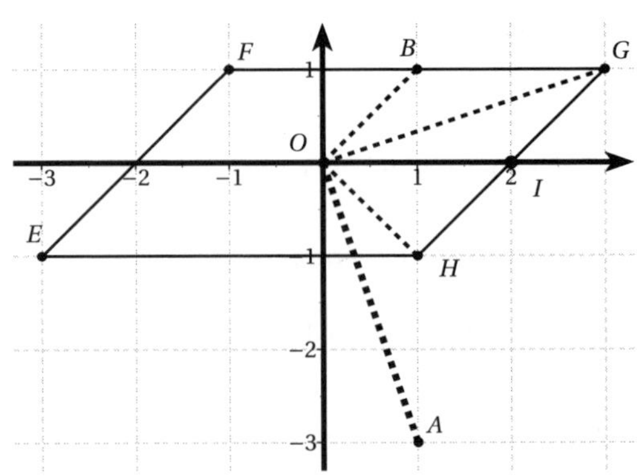

2. **Emploi des nombres complexes**

a. $z_A = -iz_G = -i$, $z_B = iz_H = iz$

$z_I = \dfrac{z+1}{2}$.

b. $O = I \Longrightarrow E = H$ ce qui contredit $EFGH$ parallélogramme, donc $O \neq I$

$A = B \Longrightarrow \left(\overrightarrow{OG}\ ;\ \overrightarrow{OH}\right) = \pi \Longrightarrow E = H$, ce qui contredit $EFGH$ parallélogramme, donc $A \neq B$.

c. $\dfrac{z_B - z_A}{z_I} = 2i$ donc $\left(\overrightarrow{OI}\ ;\ \overrightarrow{AB}\right) = \dfrac{\pi}{2}$

La droite (OI) est donc perpendiculaire à la droite (AB).

3. Emploi de transformations

a. $h(O) = E$ et $h(I) = H$.

b. $r'(E) = A$

c. $h(O) = E$ et $h(I) = H$ donc (OI) et (EH) sont parallèles

$r'(E) = A$ et $r'(H) = B$ donc (EH) et (AB) sont perpendiculaires.

On en déduit alors que (OI) et (AB) sont perpendiculaires.

Exercice 284

Partie A

1. a. $\Delta = -36\sin^2\dfrac{\pi}{6}$, l'équation admet deux solutions complexes conjuguées :

$z_1 = 3\cos\dfrac{\pi}{6} + 3i\sin\dfrac{\pi}{6}$ et $z_2 = 3\cos\dfrac{\pi}{6} - 3i\sin\dfrac{\pi}{6}$

b. $|z_1| = |z_2| = 3$, $arg(z_1) = \dfrac{\pi}{6}$ et $arg(z_2) = -\dfrac{\pi}{6}$

$z_1 = 3e^{i\frac{\pi}{6}}$ et $z_2 = 3e^{-i\frac{\pi}{6}}$.

2. $|z_1| = 3 \Longleftrightarrow OM_1 = 3$ de même $OM_2 = 3$, les points M_1 et M_2 sont situés sur le cercle Γ de centre O et de rayon 3.

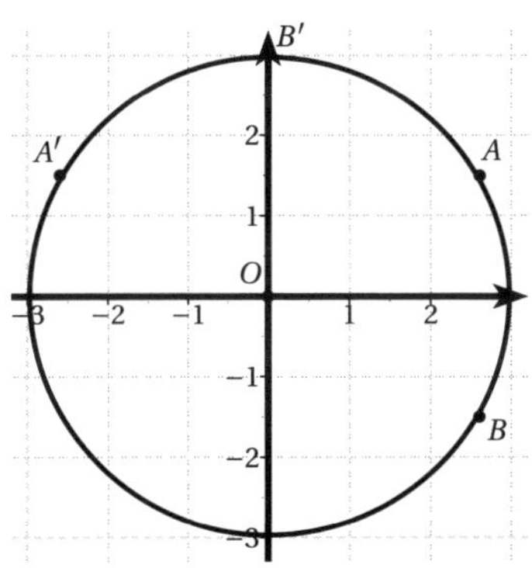

☞ $M_1 = A$ et $M_2 = B$

Partie B

1. $z' = \left(-\dfrac{1}{2} + i\dfrac{\sqrt{3}}{2}\right)z = e^{i\frac{2\pi}{3}}z$, f est une rotation de centre O et d'angle $\dfrac{2\pi}{3}$.

2. $z_{A'} = 3e^{i\frac{5\pi}{6}}$ et $z_{B'} = 3e^{i\frac{\pi}{2}}$

$OA' = |z_{A'}| = 3$ et $OB' = |z_{B'}| = 3$, on en déduit donc que les points A' et B' sont sur le cercle Γ.

3. $arg\left(\dfrac{z_{A'}}{z_B}\right) = arg\dfrac{3e^{i\frac{5\pi}{6}}}{3e^{-i\frac{\pi}{6}}} = \pi$

On en déduit alors que $\left(\overrightarrow{OB}\ ;\ \overrightarrow{OA'}\right) = \pi$

On sait de plus que $OB = OA'$ donc B et A' sont symétriques par rapport au point O.

A, B et A' sont trois points du cercle Γ, $[A'B]$ est un diamètre de Γ. Le triangle ABA' est donc rectangle en A.

Exercice 285

Posons z_1 l'image de z par h et z' l'image de z_1 par r.

1. r est la rotation de centre O et d'angle $\dfrac{\pi}{2}$ et h l'homothétie de centre O et de rapport 2.

$z_1 = 2z$ et $z' = iz_1 = 2iz$ d'où

$z_{A'} = -2+2i$, $z_{B'} = -2-2i$, $z_{C'} = 2-2i$ et $z_{D'} = 2+2i$.

2. r est la rotation de centre O et d'angle $-\dfrac{\pi}{3}$ et h l'homothétie de centre O et de rapport $-\dfrac{1}{2}$.

$z_1 = -\dfrac{1}{2}z$ et $z' = e^{-i\frac{\pi}{3}}z_1 = -\dfrac{1}{2}e^{-i\frac{\pi}{3}}z = \left(-\dfrac{1}{4} + i\dfrac{\sqrt{3}}{4}\right)z$

$z_{A'} = -\dfrac{1+\sqrt{3}}{4} + i\dfrac{-1+\sqrt{3}}{4}$, $z_{B'} = \dfrac{1-\sqrt{3}}{4} - i\dfrac{1+\sqrt{3}}{4}$,

$z_{C'} = \dfrac{1+\sqrt{3}}{4} + i\dfrac{1-\sqrt{3}}{4}$ et $z_{D'} = \dfrac{-1+\sqrt{3}}{4} + i\dfrac{1+\sqrt{3}}{4}$,

3. r est la rotation de centre A et d'angle $\dfrac{\pi}{2}$ et h l'homothétie de centre A et de rapport $\dfrac{\sqrt{2}}{2}$

$z_1 - z_A = \dfrac{\sqrt{2}}{2}(z - z_A)$

et $z' - z_A = i(z_1 - z_A) = i\dfrac{\sqrt{2}}{2}(z - z_A)$

soit $z' = i\dfrac{\sqrt{2}}{2}z + \dfrac{2+\sqrt{2}}{2} + i\dfrac{2-\sqrt{2}}{2}$

$z_{A'} = z_A = 1+i$, $z_{B'} = 1 + i\left(1-\sqrt{2}\right)$,

$z_{C'} = 1+\sqrt{2} + i\left(1-\sqrt{2}\right)$, $z_{D'} = 1+\sqrt{2}+i$

4. r est la rotation de centre B et d'angle $-\dfrac{\pi}{4}$ et h l'homothétie de centre B et de rapport $-\sqrt{2}$

$z_1 - z_B = -\sqrt{2}(z - z_B)$

et $z' - z_B = e^{-i\frac{\pi}{4}}(z_1 - z_B) = -\sqrt{2}e^{-i\frac{\pi}{4}}(z - z_B)$
soit $z' = (-1+i)z - 1 + 3i$, d'où
$z_{A'} = -3+3i$, $z_{B'} = z_B$, $z_{C'} = 1+3i$ et $z_{D'} = -1+5i$.

EXERCICE 286

1. Ω est un point fixe si $f(\omega) = \omega$
Par hypothèse $\rho \neq 1$ donc $a \neq 1$ alors
$f(\omega) = \omega \iff \omega = \dfrac{b}{1-a}$
ce qui prouve l'unicité de ω.
2. Soit z_r l'image de z par r :
$z_r - \omega = e^{i\theta}(z - \omega)$ soit $z_r = e^{i\theta}z + \omega\left(1 - e^{i\theta}\right)$.
3. Soit z_h l'image de z par h :
$z_h - \omega = \rho(z - \omega)$ d'où $z_h = \rho z + \omega(1-\rho)$.
4. $r \circ h(z) = r(z_h) = e^{i\theta}z_h + \omega\left(1 - e^{i\theta}\right)$
$= e^{i\theta}\left(\rho z + \omega(1-\rho)\right) + \omega\left(1 - e^{i\theta}\right)$
$= \rho e^{i\theta} + \omega\left(1 - \rho e^{i\theta}\right) = az + b$ avec
$a = \rho e^{i\theta}$ et $b = \omega\left(1 - \rho e^{i\theta}\right)$
Par définition de r et h, Ω est l'unique point fixe de $r \circ h$. On en déduit que $r \circ h = f$, la composée d'une rotation et d'une homothétie est une similitude.
5. Lorsque $a = 1$ et $b = 0$, $f(z) = z$, f est l'identité du plan.
6. Lorsque $a = -1$ et $b = 0$, $f(z) = -z$, f est la symétrie de centre O.
7. Lorsque $a \neq 1$ et $b = 0$, $f(z) = az$ avec a réel, f est une homothétie de centre O et de rapport a.
8. Lorsque $a = e^{i\theta}$, $f(z) = e^{i\theta}z$, f est la rotation de centre O et d'angle θ.

EXERCICE 287

1. A_0 et B_0 ont été choisis de façon quelconque avec $A_0B_0 = 8$.
On peut vérifier que pour tout $n \in \mathbb{N}^*$,
$A_0B_{n+1} = \dfrac{1}{2}A_0B_n$ et $\left(\overrightarrow{A_0B_n}\ ;\ \overrightarrow{A_0B_{n+1}}\right) = \dfrac{3\pi}{4}$.

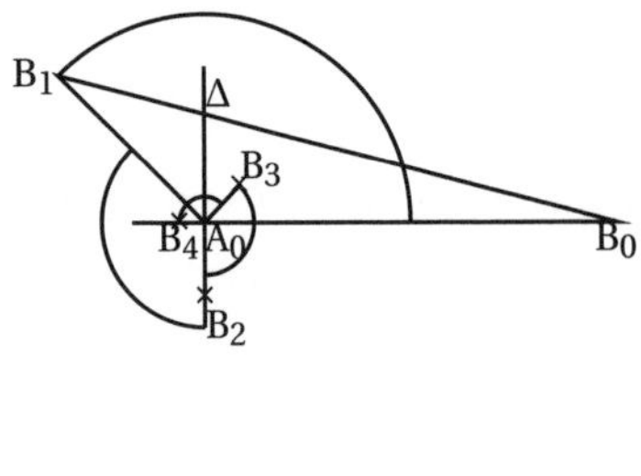

2. D'après la question précédente, on a
$\dfrac{A_0B_{n+1}}{A_0B_n} = \dfrac{A_0B_{n+2}}{A_0B_{n+1}} = \dfrac{1}{2}$ et
$\left(\overrightarrow{A_0B_n}\ ;\ \overrightarrow{A_0B_{n+1}}\right) = \left(\overrightarrow{A_0B_{n+1}}\ ;\ \overrightarrow{A_0B_{n+2}}\right) = \dfrac{3\pi}{4}\ [2\pi]$
ce qui prouve que les triangles $A_0B_{n+1}B_{n+2}$ et $A_0B_nB_{n+1}$ sont semblables.
3. **a.** $\ell_{n+1} = B_{n+1}B_{n+2} = s(B_n)s(B_{n+1})$. Par suite $\ell_{n+1} = \dfrac{1}{2}\ell_n$,
la suite (ℓ_n) est donc une suite géométrique de raison $\dfrac{1}{2}$ et de premier terme ℓ_0.
b. On obtient $\ell_n = \left(\dfrac{1}{2}\right)^n \ell_0$.
c. $S_n = \ell_0 \dfrac{-\left(\frac{1}{2}\right)^{n+1} + 1}{\dfrac{1}{2}} = 2\ell_0\left(1 - \left(\frac{1}{2}\right)^{n+1}\right)$.
Comme $\lim\limits_{n\to+\infty}\left(\dfrac{1}{2}\right)^{n+1} = 0$, on en déduit que $\lim\limits_{n\to+\infty} S_n = 2\ell_0$.
4. **a.** Les entiers 3 et 4 sont premiers entre eux d'après le théorème de Bézout, il existe des couples d'entiers relatifs $(u\ ;\ v)$ tels que $3u - 4v = 2$; $(2\ ;\ 1)$ est une solution particulière. On en déduit que les solutions de $3x - 4y = 2$ sont celles de
$3x - 4y = 3 \times 2 - 4 \times 1$,
soit encore celles de $3(x-2) = 4(y-1)$.
Le théorème de Gauss s'applique : 4 divise $3(x-2)$, 4 est premier avec 3 donc 4 divise $x-2$ c'est-à-dire qu'il existe un entier t tel que $x - 2 = 4t$ soit $x = 2 + 4t$.
On en déduit que $y - 1 = 3t$ soit $y = 1 + 3t$.
Les solutions de $3x - 4y = 2$ sont les couples d'entiers relatifs de la forme $(2+4t\ ;\ 1+3t)$, avec $t \in \mathbb{Z}$.
b. Comme par définition de la suite de points (B_n), on a $B_n = s^n(B_0)$, on en déduit que
$\left(\overrightarrow{A_0B_0}\ ;\ \overrightarrow{A_0B_n}\right) = n \times \dfrac{3\pi}{4}\ [2\pi]$, avec $n \in \mathbb{N}^*$.
Pour que le point B_n appartienne à Δ il est nécessaire et suffisant que $n \times \dfrac{3\pi}{4} = \dfrac{\pi}{2} + k\pi$, où $n \in \mathbb{N}^*$ et $k \in \mathbb{Z}$.
On en déduit que (n, k) est solution de $3n = 2 + 4k$ soit de $3n - 4k = 2$.
Il résulte du **a.** que n est du type $2 + 4t$, avec $t \in \mathbb{N}$. Les entiers naturels n pour lesquels $B_n \in \Delta$ sont donc du type $2 + 4t$ avec $t \in \mathbb{N}$.

EXERCICE 288

1. $f(z) = z \iff z + i\bar{z} = 1 + i \iff x + y = 1$
   Les points fixes de f sont les points de la droite $\mathcal{D}_f$ d'équation $y = -x + 1$
   ☞ f est une réflexion d'axe $\mathcal{D}_f$.
   $g(z) = z \iff z - i\bar{z} = -1 + i \iff -x + y = 1$
   Les points fixes de g sont les points de la droite $\mathcal{D}_g$ d'équation $y = x + 1$
   ☞ f est une réflexion d'axe $\mathcal{D}_g$.
2. $h(z) = f\big(g(z)\big) = -i\overline{\big(g(z)\big)} + 1 + i$
   $= -i\overline{\left(i\bar{z} - 1 + i\right)} + 1 + i$
   $= -i\,(-iz - 1 - i) + 1 + i$
   $= -z + 2i$
   On remarque que
   $h(z) - i = -(z - i) \iff \overrightarrow{M'\Omega} = \overrightarrow{\Omega M}$
   h est la symétrie de centre Ω d'affixe i.

EXERCICE 289

1. $z = -j^2 z + 1 + j^2 \iff z = \dfrac{1 + j^2}{1 + j^2} = 1$
   donc $\omega = 1$.
2. $z' - \omega = -j^2\,(z - 1)$ d'où
   $\dfrac{z' - \omega}{z - \omega} = -j^2 = e^{-i\pi} \times e^{i\frac{4\pi}{3}} = e^{i\frac{\pi}{3}}$.
3. D'après la question précédente r est une rotation de centre Ω, d'affixe 1 et l'angle $\dfrac{\pi}{3}$.
4. $s(\omega) = s(1) = -j^2 + 1 + j^2 = 1$, donc Ω est un point fixe de s.
5. On pose $z = x + iy$
   $s(z) = z \iff x + iy = -j^2\,(x - iy) + 1 + j^2$
   $\iff x\left(1 + j^2\right) + iy\left(1 - j^2\right) = 1 + j^2$
   $\iff x\left(\dfrac{1}{2} - i\dfrac{\sqrt{3}}{2}\right) + iy\left(\dfrac{3}{2} + i\dfrac{\sqrt{3}}{2}\right) = \dfrac{1}{2} - i\dfrac{\sqrt{3}}{2}$
   $\iff \left(\dfrac{1}{2}x - \dfrac{\sqrt{3}}{2}y\right) - i\sqrt{3}\left(\dfrac{1}{2}x - \dfrac{\sqrt{3}3}{2}y\right) = \dfrac{1}{2} - i\dfrac{\sqrt{3}}{2}$
   $\iff \left(\dfrac{1}{2} - i\dfrac{\sqrt{3}}{2}\right)(x - \sqrt{3}y) = \dfrac{1}{2} - i\dfrac{\sqrt{3}}{2}$
   $\iff x - \sqrt{3}y = 1$
   Les points fixes de s sont les points de la droite $\mathcal{D}$ d'équation $x - \sqrt{3}y - 1 = 0$.
   s est une réflexion d'axe $\mathcal{D}$.
6. $z'' = -j^2 z' + 1 + j^2 = -j^2\left(-j^2\bar{z} + 1 + j^2\right) + 1 + j^2$
   $z" = j^4\bar{z} - j^2 - j^4 + 1 + j^2 = j\bar{z} + 1 - j$
   Recherchons les points fixes par $r \circ s$:
   $z = j\bar{z} + 1 - j \iff x + iy - j(x - iy) = 1 - j$
   $\iff x + iy + \left(\dfrac{1}{2} - i\dfrac{\sqrt{3}}{2}\right)(x - iy) = \dfrac{3}{2} - i\dfrac{\sqrt{3}}{2}$
   $\iff \left(\dfrac{3}{2}x - y\dfrac{\sqrt{3}}{2}\right) + i\left(-\dfrac{\sqrt{3}}{2}x + \dfrac{1}{2}y\right) = \dfrac{3}{2} - i\dfrac{\sqrt{3}}{2}$
   $\iff \dfrac{\sqrt{3}}{2}\left(\sqrt{3}x - y\right) + i\dfrac{1}{2}\left(\sqrt{3}x - y\right) = \sqrt{3}\left(\dfrac{\sqrt{3}}{2} - i\dfrac{1}{2}\right)$
   $\iff \sqrt{3}x - y = \sqrt{3}$
   Les points fixes de $r \circ s$ sont les points de la droite $\mathcal{D}'$ d'équation $\sqrt{3}x - y - \sqrt{3} = 0$.
   $r \circ s$ est la réflexion d'axe $\mathcal{D}'$.

EXERCICE 290

1. $z = \left(-1 + i\sqrt{3}\right)z - i\sqrt{3} \iff z = \dfrac{-i\sqrt{3}}{2 - i\sqrt{3}} = \dfrac{3 - 2i\sqrt{3}}{7}$
   donc $\omega = \dfrac{3}{7} - i\dfrac{2\sqrt{3}}{7}$.
2. $\dfrac{z' - \omega}{z - \omega} = \dfrac{\left(-1 + i\sqrt{3}\right)z - \frac{3}{7} + i\frac{2\sqrt{3}}{7}}{z - \frac{3}{7} + i\frac{2\sqrt{3}}{7}}$
   $= \dfrac{\left(-1 + i\sqrt{3}\right)\left(z - \frac{3}{7} + i\frac{2\sqrt{3}}{7}\right)}{z - \frac{3}{7} + i\frac{2\sqrt{3}}{7}}$
   $= -1 + i\sqrt{3} = 2e^{i\frac{2\pi}{3}}$.
3. f est une similitude directe,de rapport 2, de centre Ω d'affixe $\omega = \dfrac{3}{7} - i\dfrac{2\sqrt{3}}{7}$ et d'angle $\dfrac{2\pi}{3}$.
4. f est la composée d'une homothétie de centre Ω et de rapport 2 et d'une rotation de centre Ω et d'angle $\dfrac{2\pi}{3}$.

EXERCICE 291

1. $z' = z + 3 - i \iff z' - z = 3 - i \iff \overrightarrow{MM'} = \overrightarrow{U}$
   avec $\overrightarrow{U}$ vecteur d'affixe $3 - i$
   f est la translation de vecteur $\overrightarrow{U}$.
2. $z' = -z + 4 - 2i$
   • Recherche des points fixes :
   $z = -z + 4 - 2i \iff z = 2 - i$
   f possède un unique point fixe Ω d'affixe $\omega = 2 - i$.
   • $\dfrac{z' - \omega}{z - \omega} = -1$
   f est l'homothétie de centre Ω d'affixe $\omega = 2 - i$ et de rapport -1 ou la symétrie de centre Ω.
3. $z' = 2z + i$
   • Recherche des points fixes :
   $z = 2z + i \iff z = -i$

f possède un unique point fixe Ω d'affixe $\omega = -i$.

- $\dfrac{z'+i}{z+i} = 2$

f est l'homothétie de centre Ω d'affixe $\omega = -i$ et de rapport 2.

4. $z' = -iz$

On remarque que O est un point fixe.

$z' = e^{-i\frac{\pi}{2}} z$,

f est la rotation de centre O et d'angle $-\dfrac{\pi}{2}$.

EXERCICE 292

1. $z' = \dfrac{\sqrt{3}+i}{2} z = e^{i\frac{\pi}{6}} z$

f est la rotation de centre O et d'angle $\dfrac{\pi}{6}$.

2. $z' = 2z + 1 - i$

- Recherche des points fixes :

$z = 2z + 1 - i \iff z = -1 + i$

f possède donc un unique point fixe Ω d'affixe $\omega = -1 + i$

$\dfrac{z'-\omega}{z-\omega} = \dfrac{2z+2-2i}{z+1-i} = 2$

f est l'homothétie de centre Ω et de rapport 2.

3. $z' = \dfrac{\sqrt{2}-i\sqrt{2}}{2} z = e^{-i\frac{\pi}{4}} z$

f est la rotation de centre O et d'angle $-\dfrac{\pi}{4}$.

4. $z' = (3+4i)z - 4 - 8i$

- Recherche des points fixes :

$z = (3-4i)z - 4 - 8i \iff z = 2$

f possède donc un unique point fixe Ω d'affixe $\omega = 2$

$\dfrac{z'-\omega}{z-\omega} = 3 + 4i = 5\left(\dfrac{3}{5} + i\dfrac{4}{5}\right) = 5e^{i\theta}$ avec θ tel que $\cos\theta = \dfrac{3}{5}$ et $\sin\theta = \dfrac{4}{5}$

f est la similitude de centre Ω d'affixe $\omega = 2$, de rapport 5 et d'angle θ.

EXERCICE 293

- Recherche des points fixes :

$z = (1 + i\tan\alpha) z + \tan\alpha \iff z = i$

f possède donc un unique point fixe Ω d'affixe $\omega = i$

$\dfrac{z'-\omega}{z-\omega} = 1 + i\tan\alpha = \dfrac{1}{\cos\alpha} e^{i\alpha}$

$0 < \alpha < \dfrac{\pi}{2}$ donc $\cos\alpha > 0$

f est la similitude de centre Ω d'affixe $\omega = i$, de rapport $\dfrac{1}{\cos\alpha}$ et d'angle α.

EXERCICE 294

1. $h(z) - z_A = 2(z - z_A)$ d'où $h(z) = 2z + 2 - i$

$r(z) - z_B = i(z - z_B)$ d'où $r(z) = iz + 1 - i$

$S(z) = r(h(z)) = ih(z) + 1 - i = 2iz + 2 + i$.

2. • Recherche des points fixes :

$z = 2iz + 2 + i \iff z = i$

S possède donc un unique point fixe Ω d'affixe $\omega = i$

$\dfrac{z'-\omega}{z-\omega} = 2i = 2e^{i\frac{\pi}{2}}$

S est la similitude de centre Ω d'affixe $\omega = i$, de rapport 2 et d'angle $\dfrac{\pi}{2}$.

EXERCICE 295

1. ABC est un triangle équilatéral direct et $\left(\overrightarrow{AB}\ ;\ \overrightarrow{AC}\right) = \dfrac{\pi}{3}$

alors $|c-a| = |b-a|$ et $arg\dfrac{c-a}{b-a} = \dfrac{\pi}{3}$

donc $\dfrac{c-a}{b-a} = e^{i\frac{\pi}{3}}$ soit encore $c - a = e^{i\frac{\pi}{3}}(b-a)$.

2. De même $f - d = e^{i\frac{\pi}{3}}(e-d)$.

3. $EDBG$ est un parallélogramme donc $\overrightarrow{BG} = \overrightarrow{DE}$.

On en déduit alors que $g = e - d + b$.

$CDFH$ est un parallélogramme donc $\overrightarrow{FH} = \overrightarrow{DC}$

d'où $h = c - d + f$.

4. $h - a = c - a + f - d = e^{i\frac{\pi}{3}}(b + e - d - a)$

$= e^{i\frac{\pi}{3}}(g-a)$

On en déduit alors que $|h-a| = |d-a|$ et $arg\left(\dfrac{h-a}{g-a}\right) = \dfrac{\pi}{3}$

Donc $AH = AD$ et $\left(\overrightarrow{AG}\ ;\ \overrightarrow{AH}\right) = \dfrac{\pi}{3}$.

Le triangle AGH est donc équilatéral.

EXERCICE 296

1. F est une translation si $u^2 = 1$

donc si $u = 1$ ou $u = -1$.

- Si $u = 1$, $z' = z$, F est l'identité du plan.
- Si $u = -1$, $z' = z - 2 \iff z' - z = -2$, F est la translation de vecteur d'affixe -2.

2. F est une rotation d'angle $\theta = \dfrac{\pi}{2}$ si $u^2 = i$

donc $u = \dfrac{\sqrt{2}}{2} + i\dfrac{\sqrt{2}}{2}$ ou $u = -\dfrac{\sqrt{2}}{2} - i\dfrac{\sqrt{2}}{2}$.

- Si $u = \dfrac{\sqrt{2}}{2} + i\dfrac{\sqrt{2}}{2}$

Recherche des points fixes par F :

$z = iz + \dfrac{\sqrt{2}}{2} - 1 + i\dfrac{\sqrt{2}}{2} \iff z = -\dfrac{1}{2} + i\dfrac{-1+\sqrt{2}}{2}$

F est la rotation de centre Ω, d'affixe
$\omega = -\frac{1}{2} + i\frac{-1+\sqrt{2}}{2}$ et d'angle $\frac{\pi}{2}$.

• Si $u = -\frac{\sqrt{2}}{2} - i\frac{\sqrt{2}}{2}$

Recherche des points fixes par F :
$z = iz - \frac{\sqrt{2}}{2} - 1 - i\frac{\sqrt{2}}{2} \iff z = -\frac{1}{2} - i\frac{1+\sqrt{2}}{2}$

F est la rotation de centre Ω, d'affixe
$\omega = -\frac{1}{2} - i\frac{1+\sqrt{2}}{2}$ et d'angle $\frac{\pi}{2}$.

3. F est une homothétie de rapport -2 si $u^2 = -2$ donc $u = i\sqrt{2}$ ou $u = -i\sqrt{2}$

• Si $u = i\sqrt{2}$

Recherche des points fixes par F :
$z = -2z - 1 + i\sqrt{2} \iff z = -\frac{1}{3} + i\frac{\sqrt{2}}{3}$

F est l'homothétie de centre Ω, d'affixe $\omega = -\frac{1}{3} + i\frac{\sqrt{2}}{3}$ et de rapport -2.

• Si $u = -i\sqrt{2}$

Recherche des points fixes par F :
$z = -2z - 1 - i\sqrt{2} \iff z = -\frac{1}{3} - i\frac{\sqrt{2}}{3}$

F est l'homothetie de centre Ω, d'affixe $\omega = -\frac{1}{3} - i\frac{\sqrt{2}}{3}$ et de rapport -2.

4. Lorsque $u = 1 - i$, $z' = -2iz - i$

Recherche des points fixes par F :
$z = -2iz - i \iff z = \frac{-i}{1+2i} = -\frac{2}{5} - \frac{1}{5}i$

F admet un unique point fixe Ω d'affixe $\omega = -\frac{2}{5} - \frac{1}{5}i$

$\frac{z'-\omega}{z-\omega} = -2i = 2e^{-i\frac{\pi}{2}}$.

F est la similitude de centre Ω, de rapport 2 et d'angle $-\frac{\pi}{2}$.

Exercice 297

1. $\Delta = -1$, l'équation admet deux solutions complexes conjuguées : $z_1 = \frac{\sqrt{3}+i}{2}$ et $z_2 = \frac{\sqrt{3}-i}{2}$.

2. $z_1 = \frac{\sqrt{3}+i}{2} = e^{i\frac{\pi}{6}}$ et $z_2 = \overline{z_1} = e^{-i\frac{\pi}{6}}$.
Graphique en fin d'exercice.

3. Soit r la rotation de centre O et d'angle $\frac{2\pi}{3}$
$z_3 = e^{i\frac{2\pi}{3}} z_2 = i$.

4. Soit t la translation dont le vecteur $\vec{w}$ a pour affixe $-\frac{\sqrt{3}+i}{2}$.
$z_4 = z_2 - \frac{\sqrt{3}+i}{2} = -i$

5. $z_5 = -\frac{\sqrt{3}}{2} + i\frac{1}{2} = e^{i\frac{5\pi}{6}}$
$z_6 = -\frac{\sqrt{3}}{2} - i\frac{1}{2} = e^{-i\frac{5\pi}{6}}$.

6. **a.** $z_1^6 = \left(e^{i\frac{\pi}{6}}\right)^6 = e^{i\pi} = -1$
On démontre de même que
$z_2^6 = z_3^6 = z_4^6 = z_5^6 = z_6^6 = -1$

b. D'après la question précédente, z_1, z_2, z_3, z_4, z_5 et z_6 sont racines du polynôme $P(z) = z^6 + 1$.
De plus $z_2 = \overline{z_1}$, $z_4 = \overline{z_3}$ et $z_6 = \overline{z_5}$
On peut alors écrire :
$P(z) = (z - z_1)\left(z - \overline{z_1}\right)(z - z_3)\left(z - \overline{z_3}\right)(z - z_5)\left(z - \overline{z_5}\right)$
$(z - z_1)\left(z - \overline{z_1}\right) = z^2 - 2\left(z_1 + \overline{z_1} + z_1\overline{z_1}\right) = z^2 - 2\sqrt{3} + 1$
$(z - z_2)\left(z - \overline{z_2}\right) = z^2 + 1$
$(z - z_3)\left(z - \overline{z_3}\right) = z^2 + 2\sqrt{3}z + 1$
On en déduit alors que :
$z^6 + 1 = \left(z^2 + 1\right)\left(z^2 - 2\sqrt{3}z + 1\right)\left(z^2 + 2\sqrt{3}z + 1\right)$.

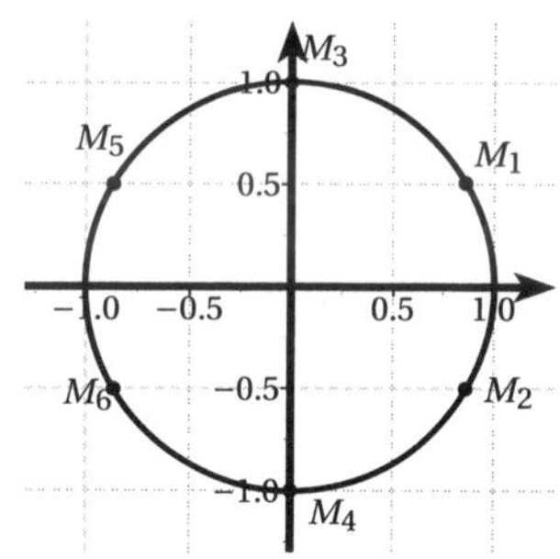

Exercice 298

1. $|(1+i)z - 2i| = 2 \iff \left|(x-y) + i(x+y-2)\right| = 2$
$\iff (x-y)^2 + (x+y-2)^2 = 4$
$\iff x^2 - 2x + y^2 - 2y = 0$
$\iff (x-1)^2 + (y-1)^2 = 2$
Il s'agit du cercle de centre A d'affixe $1+i$ et de rayon $\sqrt{2}$.

2. Recherche des points fixes :
$z = (1+i)z - 2i \iff z = 2$.
$\frac{z'-2}{z-2} = 1 + i = \sqrt{2}e^{i\frac{\pi}{4}}$
f est la similitude de centre Ω d'affixe $\omega = 2$, de rapport $\sqrt{2}$ et d'angle $\frac{\pi}{4}$.

3. $|(1+i)z - 2i| = 2 \iff \left|z'\right| = 2 \iff OM' = 2$
M' appartient au cercle de centre O et de rayon 2.

On remarque que $f(A) = O$, de plus une similitude est la composée d'une rotation et d'une homothétie donc l'image d'un cercle de centre B et de rayon R par une similitude est un cercle de centre $f(B)$ et de rayon $\sqrt{2}R$.
Ainsi si M' appartient au cercle de centre O et de rayon 2 son antécédent M appartient au cercle de centre A et de rayon $\sqrt{2}$.

EXERCICE 299

1. $f(yi) = 0$
$\iff (y^2-2y)+i(-y^3+14y^2-58y+68) = 0$
• $y^2-2y=0 \iff y=0$ ou $y=2$.
• $-0^3+14\times 0^2-58\times 0+68 = 68 \neq 0$
$-2^3+14\times 2^2-58\times 2+68 = 0$
On en déduit alors que $a = 2i$
$a = 2i$ est une racine de f donc il existe un nombre complexe α tel que
$f(z) = (z-2i)(z^2+\alpha z-34)$
En développant partiellement et en identifiant les coefficients des termes de même degré, on en déduit :
$f(z) = (z-2i)(z^2-(1+12i)z-34)$
• Résolution de l'équation $z^2-(1+12i)z-34 = 0$
$\Delta = -7+24i = (3+4i)^2$, l'équation admet deux solutions complexes :
$b = \dfrac{1+12i-3-4i}{2} = -1+4i$
et $c = \dfrac{1+12i+3+4i}{2} = 2+8i$
ainsi $f(z) = (z-2i)(z-2-8i)(z+1-4i)$.
2. $a = 2i$, $b = -1+4i$ et $c = 2+8i$.
$\dfrac{c-a}{b-a} = 2-2i = 2\sqrt{2}e^{-i\frac{\pi}{4}}$
Il s'agit de la similitude de centre A, de rapport $2\sqrt{2}$ et d'angle $-\dfrac{\pi}{4}$

EXERCICE 300

1. $p^2-1 = 2i\cos\varphi\sin\varphi = i\sin(2\varphi)$
$\varphi \in \left[0\,;\,\dfrac{\pi}{2}\right]$ donc $\sin(2\varphi) \geqslant 0$
On en déduit alors que $|p^2-1| = \sin(2\varphi)$
$\arg(p^2-1) = \dfrac{\pi}{2}$.
2. **a.** $z^2-2pz+1 = (z-p)^2-p^2+1$
donc $z^2-2pz+1 = 0 \iff (z-p)^2 = p^2-1$
z_1 et z_2 solutions de $z^2-2pz+1=0$ sont aussi solutions de $(z-p)^2 = p^2-1$.
b. Posons $z-p = \rho e^{i\theta}$
$(z-p)^2 = p^2-1 \iff \rho^2e^{2i\theta} = \sin(2\varphi)e^{i\frac{\pi}{2}}$
donc $\rho = \sqrt{\sin(2\varphi)}$ et $\theta = \dfrac{\pi}{4}+k\pi$, $k\in\mathbb{Z}$.
$|z_1-p| = \sqrt{\sin(2\varphi)}$
et $|z_2-p| = \sqrt{\sin(2\varphi)}$
$arg(z_1-p) = \dfrac{\pi}{4}$ et $arg(z_2-p) = -\dfrac{3\pi}{4}$.

EXERCICE 301

1. $1+\cos\alpha = 2\cos^2\dfrac{\alpha}{2}$
$\sin\alpha = 2\sin\dfrac{\alpha}{2}\cos\dfrac{\alpha}{2}$
$z = 2\cos\dfrac{\alpha}{2}\left(\cos\dfrac{\alpha}{2}-i\sin\dfrac{\alpha}{2}\right)$
$0<\alpha<\pi$ donc $2\cos\dfrac{\alpha}{2}>0$
d'où $|z| = 2\cos\dfrac{\alpha}{2}$ et $arg z = -\dfrac{\alpha}{2}$.
2. p et q sont réels donc si z est solution de l'équation, $\overline{z}$ est l'autre solution
On en déduit que $p = -(z+\overline{z}) = -2-2\cos\alpha = -4\cos^2\frac{\alpha}{2}$
$q = z\overline{z} = 4\cos^2\dfrac{\alpha}{2}$.
3. Pour obtenir deux solutions complexes il faut que
$\Delta = p^2-4q<0$ alors $z = -\dfrac{p}{2}-i\dfrac{\sqrt{4q-p^2}}{2}$
Il faut de plus que $-\dfrac{p}{2}>0$ donc $p<0$.
Il faut donc que $p<0$ et $p^2<4q$.

EXERCICE 302

1. $|3+2i| = \sqrt{13}$.
$z = 3+2i$ est solution de (E) si $a(3+2i)^2+13b+ic = 0$
$\iff 5a+13b+i(12a+c) = 0$
$\iff 5a+13b = 0$ et $12a+c = 0$
$\iff b = -\dfrac{5}{13}a$ et $c = -12a$.
2. $b\in\mathbb{Z}$ et $0<a<15$ donc $b = -5$, $a = 13$ et $c = -156$.

EXERCICE 303

1. $\Delta = 4$, l'équation admet deux solutions :
$z_1 = \cos u+1+i\sin u$ et $z_2 = \cos u-1+i\sin u$.
2. $z_1 = 2\cos^2\dfrac{u}{2}+2i\cos\dfrac{u}{2}\sin\dfrac{u}{2}$
$z_1 = 2\cos\dfrac{u}{2}\left(\cos\dfrac{u}{2}+i\sin\dfrac{u}{2}\right)$
$-\pi<u<\pi$ donc $-\dfrac{\pi}{2}<\dfrac{u}{2}<\dfrac{\pi}{2}$ alors $\cos\dfrac{u}{2}>0$

$|z_1| = 2\cos\frac{u}{2}$ et $arg(u) = \frac{u}{2}$.

$z_2 = -2\sin^2\frac{u}{2} + 2i\sin\frac{u}{2}\cos\frac{u}{2}$

$z_2 = 2i\sin\frac{u}{2}\left(\cos\frac{u}{2} + i\sin\frac{u}{2}\right)$

• Si $-\pi < u < 0$ alors $\sin\frac{u}{2} < 0$

$|z_2| = \left|\sin\frac{u}{2}\right|$ et $arg(z_2) = \frac{u}{2} - \frac{\pi}{2}$

• Si $u = 0$ alors $z_2 = 0$

• Si $0 < u < \pi$ alors $\sin\frac{u}{2} > 0$

$|z_2| = \sin\frac{u}{2}$ et $arg(z_2) = \frac{u}{2} + \frac{\pi}{2}$

EXERCICE 304

1. $(E_2)\ u^2 - (1+m)u + \frac{m^2+1}{2} = 0.$

$\Delta = -(1-m)^2$, l'équation (E_2) admet deux solutions complexes conjuguées

$u_1 = \frac{1+m}{2} + i\frac{1-m}{2}$ et $u_2 = \frac{1+m}{2} - i\frac{1-m}{2}$.

2. $u_2 = \overline{u_1}$ donc M_2 est le symétrique de M_1 par rapport à l'axe réel.

3. $z_1 = (1+i)u_1 = m + i$

$z_2 = (1+i)u_2 = 1 + im.$

EXERCICE 305

1. a. $(a+ib)^2 = 3+4i \iff \left\{\begin{array}{lcl} a^2-b^2 & = & 3 \\ a^2+b^2 & = & 5 \\ 2ab & = & 4 \end{array}\right.$

On en déduit alors que $a^2 = 4$, $b^2 = 1$ et $ab > 0$.

Les deux racines carrées de $3+4i$ sont donc $2+i$ et $-2-i$.

b. On remarque que 1 est solution de l'équation, il existe donc $a \in \mathbb{C}$ tel que

$$z^3 - (5+3i)z^2 + (5+8i)z - 1 - 5i = (z-1)\left(z^2 + az + (1+5i)\right)$$

En développant partiellement, on obtient

$(a-1)z^2 = -(5+3i)z^2$ donc $a = -4-3i$

$$z^3 - (5+3i)z^2 + (5+8i)z - 1 - 5i = 0 \iff (z-1)\left(z^2 - (4+3i)z + (1+5i)\right) = 0$$

• Résolution de l'équation $z^2 - (4+3i)z + (1+5i) = 0$

$\Delta = 3+4i = (2+i)^2$, l'équation admet deux solutions complexes :

$z_2 = \frac{4+3i-2-i}{2} = 1+i$ et $z_3 = \frac{4+3i+2+i}{2} = 3+2i$

Les trois solutions de l'équation de départ sont donc : $z_1 = 1$, $z_2 = 1+i$ et $z_3 = 3+2i$.

2. $\frac{z_3-z_1}{z_2-z_1} = 2-2i = 2\sqrt{2}e^{-i\frac{\pi}{4}}$

On en déduit qu'il s'agit de la similitude de centre M_1, de rapport $2\sqrt{2}$ et d'angle $-\frac{\pi}{4}$.

EXERCICE 306

1. $\Delta = 2^{2\theta+2}\left(\cos^2\theta - 1\right) = -2^{2\theta+2}\sin^2\theta$

L'équation admet deux solutions complexes conjuguées :

$z_A = 2^\theta(\cos\theta + i\sin\theta)$ et $z_B = 2^\theta(\cos\theta - i\sin\theta)$

2. D'après la question précédente $\frac{z_A}{z_B} = e^{2i\theta}$

Le triangle OAB est équilatéral si et seulement si $\frac{z_A}{z_B} = e^{i\frac{\pi}{3}}$ ou $\frac{z_A}{z_B} = e^{-i\frac{\pi}{3}}$.

• $\frac{z_A}{z_B} = e^{i\frac{\pi}{3}} \iff 2\theta = \frac{\pi}{3} + 2k\pi,\ k \in \mathbb{Z}$

$\iff \theta = \frac{\pi}{6} + k\pi$

• $\frac{z_A}{z_B} = e^{-i\frac{\pi}{3}} \iff 2\theta = -\frac{\pi}{3} + 2k\pi,\ k \in \mathbb{Z}$

$\iff \theta = -\frac{\pi}{6} + k\pi$

$\theta \in [0\,;\,2\pi[$ donc OAB est un triangle équilatéral si et seulement si $\theta \in \left\{\frac{\pi}{6}\,;\,\frac{5\pi}{6}\,;\,\frac{7\pi}{6}\,;\,\frac{11\pi}{6}\right\}$.

EXERCICE 307

Soit b et c les affixes respectives des points B et C dans un repère du plan complexe d'origine A.

M est milieu de $[BC]$ donc son affixe m est égale à $\frac{b+c}{2}$.

$z_{\overrightarrow{AM}} = \frac{b+c}{2}$

ABB' et ACC' sont isocèles rectangles en A donc

($b' = ib$ et $c' = -ic$) ou ($b' = -ib$ et $c' = ic$)

donc $z_{\overrightarrow{B'C'}} = -i(b+c)$ ou $z_{\overrightarrow{B'C'}} = i(b+c)$

On en déduit que $\left|z_{\overrightarrow{B'C'}}\right| = 2\left|z_{\overrightarrow{AM}}\right|$

donc $B'C' = 2AM$

$arg\left(\frac{z_{\overrightarrow{B'C'}}}{z_{\overrightarrow{AM}}}\right) = \frac{\pi}{2}$ ou $arg\left(\frac{z_{\overrightarrow{B'C'}}}{z_{\overrightarrow{AM}}}\right) = -\frac{\pi}{2}$

donc $(B'C')$ et (AM) sont perpendiculaires.

EXERCICE 308

1. $\sin^6 x = \left(\frac{e^{ix} - e^{-ix}}{2i}\right)^6$

$$= -\frac{1}{32}\left(\frac{e^{6ix} + e^{-6ix}}{2} - 6\frac{e^{4ix} + e^{-4ix}}{2} + 15\frac{e^{2ix} - e^{-2ix}}{2} - 10\right)$$

$$\sin^6 x = -\frac{1}{32}(\cos 6x - 6\cos 4x + 15\cos 2x - 10).$$

2. $\int_0^x \sin^5 t \cos t \, dt = \left[\frac{1}{6}\sin^6 t\right]_0^x$

donc $I = \frac{1}{6}\int_0^{\frac{\pi}{4}} \sin^6 x \, dx$

soit, en utilisant la linéarisation :

$I = -\frac{1}{192}\int_0^{\frac{\pi}{4}} (\cos 6x - 6\cos 4x + 15\cos 2x - 10)\, dx$

$I = -\frac{1}{192}\left[\frac{1}{6}\sin 6x - \frac{3}{2}\sin 4x + \frac{15}{2}\sin 2x - 10x\right]_0^{\frac{\pi}{4}}$

$I = \frac{5\pi}{384} - \frac{11}{288}.$

4.2 Arithmétique

EXERCICE 309

1. Dans $\mathbb{N}$:

$D(36) = \{1 ; 2 ; 3 ; 4 ; 6 ; 9 ; 12 ; 18 ; 36\}$.

$D(126) = \{1 ; 2 ; 3 ; 6 ; 7 ; 9 ; 14 ; 18 ; 21 ; 42 ; 63 ; 126\}$

2. Dans $\mathbb{Z}$:

$D(36) = \{-36 ; -18 ; -12 ; -9 ; -6 ; -4 ; -3 ; -2 ; -1 ; 1 ; 2 ; 3 ; 4 ; 6 ; 9 ; 12 ; 18 ; 36\}$.

$D(126) = \{-126 ; -63 ; -42 ; -21 ; -18 ; -14 ; -9 ; -7 ; -6 ; -3 ; -2 ; -1 ; 1 ; 2 ; 3 ; 6 ; 7 ; 9 ; 14 ; 18 ; 21 ; 42 ; 63 ; 126\}$.

EXERCICE 310

$$\begin{aligned} 3108 &= 1 \times 3108 = 2 \times 1554 = 3 \times 1036 \\ &= 4 \times 777 = 6 \times 518 = 7 \times 444 \\ &= 12 \times 259 = 14 \times 222 = 21 \times 148 \\ &= 28 \times 111 = 37 \times 84 = 42 \times 74 \end{aligned}$$

$D_{3108} = \{1 ; 2 ; 3 ; 4 ; 6 ; 7 ; 12 ; 14 ; 21 ; 28 ; 37 ; 42 ; 74 ; 84 ; 111 ; 148 ; 222 ; 259 ; 444 ; 518 ; 777 ; 1036 ; 1554 ; 3108\}$.

EXERCICE 311

$D(2520) = \{1, 2, 3, 4, 5, 6, 7, 8, 9, 10, 12, 14, 15, 18, 20, 21, 24, 28, 30, 35, 36, 40, 42, 45, 56, 60, 63, 70, 72, 84, 90, 105, 120, 126, 140, 168, 180, 210, 252, 280, 315, 360, 420, 504, 630, 840, 1260, 2520\}$

EXERCICE 312

1. Les diviseurs stricts de 220 sont : 1, 2, 4, 5,10, 11, 20 , 22 , 44 , 55, 110.

2. $1 + 2 + 4 + 5 + 10 + 11 + 20 + 22 + 44 + 55 + 110 = 284$

Les diviseurs stricts de 284 sont : 1, 2, 4, 71 , 142.

$142 + 71 + 4 + 2 + 1 = 220$

Les nombres 220 et 284 sont donc amiables.

EXERCICE 313

1. Soit n et $n+1$ deux entiers naturels consécutifs.

• Si n est pair alors il existe $p \in \mathbb{N}$ tel que $n = 2p$ ainsi $n(n+1) = 2p(2p+1) = 2\big(p(2p+1)\big)$.

• Si n est impair alors il existe $p \in \mathbb{N}$ tel que $n = 2p+1$ ainsi $n(n+1) = (2p+1)(2p+2) = 2\big((2p+1)(p+1)\big)$

Dans les deux cas le produit est divisible par 2 l'affirmation est donc vraie.

2. Soit n, $n+1$ et $n+2$ trois entiers naturels consécutifs.

• Si $n = 3p$ avec $p \in \mathbb{N}$ alors

$$\begin{aligned} n(n+1)(n+2) &= 3p(3p+1)(3p+2) \\ &= 3\big(p(3p+1)(3p+2)\big) \end{aligned}$$

• Si $n = 3p+1$ avec $p \in \mathbb{N}$ alors

$$\begin{aligned} n(n+1)(n+2) &= (3p+1)(3p+2)(3p+3) \\ &= 3\big((3p+1)(3p+2)(p+1)\big) \end{aligned}$$

• Si $n = 3p+2$ avec $p \in \mathbb{N}$ alors

$$\begin{aligned} n(n+1)(n+2) &= (3p+2)(3p+3)(3p+4) \\ &= 3\big((3p+2)(p+1)(3p+4)\big) \end{aligned}$$

Dans les trois cas, le produit est divisible par 3. l'affirmation est donc vraie.

EXERCICE 314

Démontrons par récurrence la propriété $\mathcal{P}_n$

$\forall n \in \mathbb{N}, \exists K \in \mathbb{N} \,/\, 2^{2n} + 2 = 3K$

Initialisation : $2^0 + 1 = 3 = 3 \times 1$, $\mathcal{P}_0$ est vraie.

Hérédité : Supposons $\mathcal{P}_n$ vraie à un rang n montrons qu'alors $\mathcal{P}_{n+1}$ sera vraie.

$$\begin{aligned} 2^{2(n+1)} + 2 = 4 \times 2^{2n} + 2 &= 4(3K-2) + 2 \\ &= 4 \times 3K - 8 + 2 \\ &= 3(4K-2) \end{aligned}$$

La propriété est donc vraie au rang $n+1$.

Conclusion : $\mathcal{P}_0$ est vraie et $\mathcal{P}_n$ est héréditaire, donc pour tout $n \in \mathbb{N}$, $2^{2n} + 2$ est divisible par 3.

EXERCICE 315

Démontrons par récurrence la propriété $\mathcal{P}_n$

$\forall n \in \mathbb{N}^\star, \exists K \in \mathbb{N} \ / \ 2^{2n} + 15n - 1 = 9K$

Initialisation : $2^{2\times 1} + 15 \times 1 - 1 = 18 = 9 \times 2$, $\mathcal{P}_1$ est vraie.

Hérédité : Supposons $\mathcal{P}_n$ vraie à un rang n montrons qu'alors $\mathcal{P}_{n+1}$ sera vraie.

$$\begin{aligned} 2^{2(n+1)} + 15(n+1) - 1 &= 4 \times 2^{2n} + 15n + 15 - 1 \\ &= 4(9K - 15n + 1) + 15n + 14 \\ &= 9 \times 4K - 3 \times 15n + 18 \\ &= 9(4K - 5n + 2) \end{aligned}$$

La propriété est donc vraie au rang $n+1$

Conclusion : $\mathcal{P}_1$ est vraie et $\mathcal{P}_n$ est héréditaire, donc pour tout $n \in \mathbb{N}^\star$, $2^{2n} + 15n - 1$ est divisible par 9.

EXERCICE 316

Démontrons par récurrence la propriété $\mathcal{P}_n$.

$\forall n \in \mathbb{N}^\star, \exists K \in \mathbb{N} \ / \ 3^n - 2n - 1 = 4K$

Initialisation : $3^1 - 2 \times 1 - 1 = 0 = 4 \times 0$, $\mathcal{P}_1$ est vraie.

Hérédité : Supposons $\mathcal{P}_n$ vraie à un rang n montrons qu'alors $\mathcal{P}_{n+1}$ sera vraie.

$$\begin{aligned} 3^{n+1} - 2(n+1) - 1 &= 3 \times 3^n - 2n - 3 \\ &= 3(4K + 2n + 1) - 2n - 3 \\ &= 4 \times 3K + 4n \\ &= 4(3K + n) \end{aligned}$$

La propriété est donc vraie au rang $n+1$.

Conclusion : $\mathcal{P}_1$ est vraie et $\mathcal{P}_n$ est héréditaire, donc pour tout $n \in \mathbb{N}^\star$ $3^n - 2n - 1$ est divisible par 4.

EXERCICE 317

$x^2 - y^2 = 24 \iff (x+y)(x-y) = 24$

x et y entiers naturels non nuls donc $x + y > x - y$

d'autre part $24 = 1 \times 24 = 2 \times 12 = 3 \times 8 = 4 \times 6$

- $\begin{cases} x - y = 1 \\ x + y = 24 \end{cases} \Longrightarrow \begin{cases} x = 12{,}5 \\ y = 11{,}5 \end{cases}$

ce qui contredit x et y entiers

- $\begin{cases} x - y = 2 \\ x + y = 12 \end{cases} \Longrightarrow \begin{cases} x = 7 \\ y = 5 \end{cases}$
- $\begin{cases} x - y = 3 \\ x + y = 8 \end{cases} \Longrightarrow \begin{cases} x = 5{,}5 \\ y = 2{,}5 \end{cases}$

ce qui contredit x et y entiers

- $\begin{cases} x - y = 4 \\ x + y = 6 \end{cases} \Longrightarrow \begin{cases} x = 5 \\ y = 1 \end{cases}$

Il n'existe donc que deux couples solutions : (7 ; 5) et (5 ; 1).

EXERCICE 318

1. $(k+1)^5 = k^5 + 5k^4 + 10k^3 + 10k^2 + 5k + 1$
2. D'après la question précédente :

   $13^5 = 12^5 + 5 \times 12^4 + 10 \times 12^3 + 10 \times 12^2 + 5 \times 12 + 1$

   Sachant de plus qu'en base 12, l'entier 10 s'écrit A, on en déduit :

   13^5 s'écrit $\overline{15AA51}$ en base 12.

EXERCICE 319

$k-5$ divise $3k+7$ et $k-5$ divise $k-5$ donc $k-5$ divise toute combinaison linéaire de $k-5$ et $3k+7$ donc en particulier $k-5$ divise $(3k+7) - 3(k-5)$ d'où $k-5$ divise 22. Les diviseurs de 22 dans $\mathbb{Z}$ sont -22, -11, -2, -1, 1, 2, 11, 22. Nous avons raisonné à l'aide de conditions nécessaires, s'il y a des solutions au problème, elles sont parmi les valeurs trouvées. Il reste à vérifier que les valeurs trouvées sont bien solutions.

valeur de $k-5$	valeur de k	valeur de $3k+7$	$k-5$ divise-t-il $3k+7$
-22	-17	-44	*oui*
-11	-6	-11	*oui*
-2	3	16	*oui*
-1	4	19	*oui*
1	6	25	*oui*
2	7	28	*oui*
11	16	55	*oui*
22	27	88	*oui*

d'où $\mathcal{S} = \left\{-17; -6; 3; 4; 6; 7; 16; 27\right\}$.

EXERCICE 320

1. $D(6) = \left\{1, 2, 3, 6\right\}$ et $1+2+3 = 6$, le nombre 6 est un nombre parfait.
2. $D(12) = \left\{1, 2, 3, 4, 6, 12\right\}$ et $1+2+3+4+6 = 15 \neq 12$, le nombre 12 n'est donc pas un nombre parfait.
3. $D(28) = \left\{1, 2, 4, 7, 14, 28\right\}$ et $1+2+4+7+14 = 28$, le nombre 28 est un nombre parfait.

   $D(64) = \left\{1, 2, 4, 8, 16, 32, 64\right\}$

   et $1+2+4+8+16+32 = 63 \neq 64$, le nombre 64 n'est donc pas un nombre parfait.

   $D(256) = \left\{1, 2, 4, 8, 16, 32, 64, 128, 256\right\}$

   et $1+2+4+8+16+32+64+128 = 255 \neq 256$, le nombre 256 n'est donc pas un nombre parfait.

   $D(496) = \left\{1, 2, 4, 8, 16, 31, 62, 124, 248, 496\right\}$

   et $1+2+4+8+16+31+62+124+248 = 496$, le nombre

496 est un nombre parfait.

EXERCICE 321

1. $D(100) = \{1, 2, 4, 5, 10, 20, 25, 50, 100\}$
La liste des multiples de 15 compris entre 0 et 100 est $M(15) = \{15, 30, 45, 60, 75, 90\}$. Aucun entier appartient aux deux ensembles, il n'existe pas de nombre qui soit multiple de 15 et diviseur de 100.
2. $D(1) = \{1\}$.
3. $D(2) = \{1, 2\}$.

EXERCICE 322

Raisonnons par disjonction des cas :

• $n = 5k$ avec $k \in \mathbb{Z}$
$25n^2 - 15n + 6 = 5\left(5k^2 - 3k + 1\right) + 1$

• $n = 5k + 1$ avec $k \in \mathbb{Z}$
$25n^2 - 15n + 6 = 5\left(5k^2 - k\right) + 4$

• $n = 5k + 2$ avec $k \in \mathbb{Z}$
$25n^2 - 15n + 6 = 5\left(5k^2 + k\right) + 4$

• $n = 5k + 3$ avec $k \in \mathbb{Z}$
$25n^2 - 15n + 6 = 5\left(5k^2 + 3k + 1\right) + 1$

• $n = 5k + 4$ avec $k \in \mathbb{Z}$
$25n^2 - 15n + 6 = 5\left(5k^2 + 5k + 2\right)$

Les solutions sont donc de la forme $n = 5k + 4$ avec $k \in \mathbb{Z}$.

EXERCICE 323

1. $D(63) = \{1; 3; 7; 9; 21; 63\}$.
2. Si $M(x; y) \in \mathscr{C}$ alors $M'(-x; y) \in \mathscr{C}$. On suppose alors que $x \geqslant 0$
$$y = 3\sqrt{x^2 + 7} \iff \left(y \geqslant 0 \text{ et } y^2 = 9(x^2 + 7)\right)$$
$$\iff \left(y \geqslant 0 \text{ et } (y - 3x)(y + 3x) = 63\right)$$
Comme $x \geqslant 0$ et $y \geqslant 0$ alors $y + 3x \geqslant 0$ par conséquent $y - 3x \geqslant 0$ donc $y + 3x$ et $(y - 3x)$ sont des diviseurs positifs de 63.
Comme $x \geqslant 0$ alors $y - 3x \leqslant y + 3x$ donc on ne peut avoir que :
$$\begin{cases} y - 3x = 1 \\ y + 3x = 63 \end{cases} \qquad \begin{cases} y - 3x = 3 \\ y + 3x = 21 \end{cases} \qquad \begin{cases} y - 3x = 7 \\ y + 3x = 9 \end{cases}$$
Seul le second système donne x et y entiers positifs avec $x = 3$ et $y = 12$.
Il n'y que deux points solutions $A(3; 12)$ et $A'(-3; 12)$.

EXERCICE 324

1. Soit n le premier entier, on a alors
$S = n + (n+1) + (n+2) = 3(n+1)$,
S est bien un multiple de 3.
2. Soit n le premier entier, on a alors
$S = n + (n+1) + (n+2) + (n+3) + (n+4) = 5(n+2)$,
S est bien un multiple de 5.
3. Soit n le premier entier, on a alors
$$S = n + (n+1) + (n+2) + \cdots + (n+2p)$$
$$S = (2p+1)n + \sum_{k=1}^{2p} k = (2p+1)n + \frac{2p(2p+1)}{2}$$
$= (2p+1)(n+p)$, S est bien un multiple de $2p+1$.
4. Soit $n-1$ le premier entier, on a alors
$S = (n-1)^3 + n^3 + (n+1)^3 = 3n\left(n^2 + 2\right)$.
   • Si $n = 3k$ alors $S = 9k^2\left(9k^2 + 2\right)$.
   • Si $n = 3k+1$ alors $n^2 + 2 = 3\left(3k^2 + 2k + 1\right)$ donc
$S = 9(3k+1)\left(3k^2 + 2k + 1\right)$.
   • Si $n = 3k+2$ alors $n^2 + 2 = 3\left(3k^2 + 6k + 2\right)$ donc
$S = 9(3k+2)\left(3k^2 + 6k + 2\right)$
S est bien un multiple de 9.

EXERCICE 325

1. Si a divise b et b divise c alors il existe $k \in \mathbb{Z}$ et $k' \in \mathbb{Z}$ tels que $b = ka$ et $c = k'b$ alors $c = kk'a$ c'est-à-dire a divise c.
2. Si a divise b et b divise a alors il existe $k \in \mathbb{Z}$ et $k' \in \mathbb{Z}$ tels que $b = ka$ et $a = k'b$ alors $b = kk'b$ ce qui implique $kk' = 1$ d'où $a = b$ ou $a = -b$.
3. Si a divise b et a divise c alors il existe $k \in \mathbb{Z}$ et $k' \in \mathbb{Z}$ tels que $b = ka$ et $c = k'a$ alors pour tous entiers relatifs u et v, $ub + vc = (ku + k'v)a$ c'est-à-dire a divise $ub + vc$.

EXERCICE 326

1. $N = n^3 - n = n(n-1)(n+1)$, N est le produit de trois entiers consécutifs, au-moins un des facteurs est pair. N est donc divisible par 2.
n peut prendre trois valeurs dans la division par 3 : $n = 3q$, $n = 3q+1$ ou $n = 3q+2$. Si $n = 3q$ alors N est divisible par 3, si $n = 3q+1$ alors $n - 1 = 3q$ alors N est encore divisible par 3, si $n = 3q+2$ alors $n + 1 = 3q + 3 = 3(q+1)$ alors n est encore divisible

par 3.

Ainsi N est divisible par 2 et par 3 donc par 6.

2. $N = n^2(n^2+1)(n+1)(n-1)$

Si n est pair, n^2 est divisible par 4.

Si n est impair alors $n-1$ et $n+1$ sont pairs donc $(n-1)(n+1)$ est divisible par 4.

On en déduit que N est toujours divisible par 4.

N est divisible par 3 d'après la question précédente.

Montrons que N est divisible par 5.

n	$n+1$	$n-1$	n^2+1
$5k$			
$5k+1$		$5k$	
$5k+2$			$5(5k^2+2k+1)$
$5k+3$			$5(5k^2+6k+2)$
$5k+4$	$5(k+1)$		

EXERCICE 327

$N = n(n^6-1) = n^2(n-1)(n^2+n+1)(n^3+1)$

N est divisible par 2 car n ou $n-1$ est pair.

Montrons qu'il est divisible par 3 et par 7.

n	$n-1$	n^2+n+1	n^3+1
$3k$			
$3k+1$	$3k$		
$3k+2$			$3(9k^3+17k^2+12k+3)$

$7k$			
$7k+1$	$7k$		
$7k+2$		$7(7k^2+5k+1)$	
$7k+3$			$7(49x^3+63k^2+27k+4)$
$7k+4$		$7(7k^2+9k+3)$	
$7k+5$			$7(49k^3+105k^2+75k+18)$
$7k+6$			$7(49k^3+126k^2+108k+31)$

N est divisible par 2, 3 et 7, N est donc divisible par 42.

EXERCICE 328

$N = n(n^2+5)$

N est divisible par 6 s'il est divisible par 2 et par 3 :

Raisonnons par disjonction des cas :

- si $n = 2p$ alors $N = 2p(4p^2+5)$
- si $n = 2p+1$ alors $N = 2(2p+1)(2p^2+2p+3)$

donc N est divisible par 2, quel que soit $n \in \mathbb{N}$

- si $n = 3p$ alors $N = 3p(9p^2+5)$
- si $n = 3p+1$ alors $N = 3(3p+1)(3p^2+2p+2)$
- si $n = 3p+2$ alors $N = 3(3p+2)(3p^2+4p+3)$

donc N est divisible par 2, quel que soit $n \in \mathbb{N}$.

On en déduit alors que, quel que soit $n \in \mathbb{N}$, $N = n(n^2+5)$ est divisible par 6.

EXERCICE 329

1. Un entier est divisible par 2, si son chiffre des unités est pair.

   Un entier est divisible par 5, si son chiffre des unités est égal à 0 ou à 5.

   Un entier est divisible par 9, si la somme de ses chiffres est un multiple de 9.

2. $N = n^2-1$ est divisible par 5 si le chiffre des unités de n^2 est égal à 1 ou à 6.

   Observons les chiffres des unités possibles pour n^2 :

n	0	1	2	3	4	5	6	7	8	9
n^2	0	1	4	9	6	5	6	9	4	1

D'après le tableau précédent, N sera divisible par 5 si n se termine par 1, 4, 6 ou 9.

$N = n^2-1$ est divisible par 9 si la somme des chiffres de n^2-1 est un multiple de 9 donc la somme des chiffres de n^2 est de la forme $9k+1$.

Observons la somme des chiffres de n, n^2 et N

n	1	2	3	4	5	6	7	8	9	10
n^2	1	4	9	16	25	36	49	64	81	100
N	0	3	8	6	6	8	3	9	8	9

Il faut donc que la somme des chiffres de n soit égale à 8 ou à 10.

EXERCICE 330

1. Supposons qu'il existe $k \in \mathbb{N}$ tel que $a^2+b^2 = 2k$

   alors $(a+b)^2 = a^2+b^2+2ab = 2(k+ab)$

   donc $(a+b)^2$ est divisible par 2.

2. Supposons qu'il existe $k \in \mathbb{N}$ tel que $a^3+b^3 = 3k$

   alors $(a+b)^3 = a^3+3a^2b+3ab^2+b^3$

   $= 3(k+a^2b+ab^2)$

   donc $(a+b)^3$ est divisible par 3.

EXERCICE 331

1. $A = 1\times 7^4 + x\times 7^3 + 4\times 7^2 + 1\times 7 + 6 = 2610 + 7^3x$.

   a. $A = 6\times 435 + 7^3x$, 7^3 n'est pas divisible par 6 donc A est divisible par 6 si et seulement si x est divisible par 6.

   Or $0 \leqslant x < 7$ donc $x = 0$ ou $x = 6$.

   b. $A = 5\times 522 + 7^3x$, 7^3 n'est pas divisible par 5 donc A est divisible par 5 si et seulement si x est divisible par 5.

Or $0 \leqslant x < 7$ donc $x = 0$ ou $x = 5$.

c. D'après les questions précédentes, 2610 est divisible par 5 et 6, premiers entre eux, donc 2610 est divisible par 30. A est divisible par 30 si et seulement si x est divisible par 5 et par 6 donc $x = 0$.

2. On donne à x la valeur 0.

a. $A = 2610$.

b. A a 24 diviseurs positifs.

Exercice 332

1. $N = 2^{13} + 2^{12} + 2^5 + 2^4 + 2^3 + 2^0 = \overline{11000000111001}$.

2. $N = 2^{10} + 2^7 + 2^5 + 2^3 + 2^1 + 2^0 = 1195$.

3.

+	0	1	10	11
0	0	1	10	11
1	1	10	11	100
10	10	11	100	101
11	11	100	101	110

×	0	1	10	11
0	0	0	0	0
1	0	1	10	11
10	0	10	100	101
11	0	11	110	1001

4. Si N s'écrit avec n chiffres en base b alors

$N = a_{n-1}b^{n-1} + a_{n-2}b^{n-2} + \cdots + a_1 b + a_0$

avec $a_{n-1} \neq 0$. On a donc $N \geqslant b^{n-1}$.

De plus tous les coefficients a_i avec $0 \leqslant i \leqslant n-1$ sont des entiers strictement inférieurs à b

donc $N < b\left(b^{n-1} + b^{n-2} + \cdots + b + 1\right)$.

Comme $b > 1$ on peut donc écrire

$$b^{n-1} + b^{n-2} + \cdots + b + 1 = \frac{b^n - 1}{b - 1}$$

on en déduit alors que $N < b^n$.

Exercice 333

$N = 3 \times 10^4 + 5 \times 10^3 + y \times 10^2 + 2 \times 10 + x$

Un nombre est divisible par 5 si le chiffre des unités est égal à 0 ou à 5.

Donc N est divisible par 5 si $x = 0$ ou $x = 5$ et $y \in [\![0\,;\,9]\!]$

$N = 7 \times 500 + 100y + 20 + x = 7\left(500 + 14y + 3\right) + 2y - 1 + x$

N est divisible par 7 si et seulement si $2y + x - 1$ est divisible par 7.

On a de plus $-1 \leqslant x + 2y - 1 \leqslant 26$

• $2y + x - 1 = 0 \iff x + 2y = 1$

Le couple solution est : (1 ; 0).

• $2y + x - 1 = 7 \iff x + 2y = 8$

Les couples solutions sont : (8 ; 0), (6 ; 1), (4 ; 2), (2 ; 3), (0 ; 4).

• $2y + x - 1 = 14 \iff x + 2y = 15$

Les couples solutions sont : (9 ; 3), (7 ; 4), (5 ; 5), (3 ; 6), (1 ; 7).

• $2y + x - 1 = 21 \iff x + 2y = 22$

Les couples solutions sont : (8 ; 7), (6 ; 8), (4 ; 9).

Exercice 334

$$\begin{aligned}
N &= x \times 7^3 + 4 \times 7^2 + 3 \times 7 + y \\
&= (6+1)^3 x + 4(6+1)^2 + 3(6+1) + y \\
&= \left(6^3 + 3 \times 6^2 + 3 \times 6 + 1\right)x + 4\left(6^2 + 2 \times 6 + 1\right) \\
&\qquad + 3 \times 6 + 3 + y \\
&= 6\left(6^2 + 18 + 3 + 4 \times 6 + 4 \times 2 + 3\right) + x + 4 + 3 + y \\
&= 6\left(6^2 + 18 + 3 + 4 \times 6 + 4 \times 2 + 3 + 1\right) + x + 1 + y
\end{aligned}$$

N est divisible par 6 si et seulement si $x + y + 1$ est divisible par 6.

On a de plus $1 \leqslant x + y + 1 \leqslant 19$.

• $x + y + 1 = 6 \iff x + y = 5$

Les couples solutions sont : (0 ; 5), (1 ; 4), (2 ; 3), (3 ; 2), (4 ; 1) et (5 ; 0).

• $x + y + 1 = 12 \iff x + y = 11$

Les couples solutions sont : (2 ; 9), (3 ; 8), (4 ; 7), (5 ; 6), (6 ; 5), (7 ; 4), (8 ; 3) et (9 ; 2).

• $x + y + 1 = 18 \iff x + y = 17$

Les couples solutions sont : (8 ; 9) et (9 ; 8).

Exercice 335

$$\begin{aligned}
N &= 7 \times 9^4 + x \times 9^3 + 6 \times 9^2 + y \times 9 + 4 \\
&= 46417 + 729x + 9y
\end{aligned}$$

Divisibilité par 7 :

$N = 7 \times \left(6631 + 104x + y\right) + x + 2y$

N est divisible par 7 si et seulement si $x + 2y$ est divisible par 7.

De plus $0 \leqslant x + 2y \leqslant 27$

• $x + 2y = 0$

Le couple solution est : (0 ; 0).

• $x+2y=7$

Les couples solutions sont : (7 ; 0), (5 ; 1), (3 ; 2), (1 ; 3).

• $x+2y=14$

Les couples solutions sont : (8 ; 3), (6 ; 4), (4 ; 5), (2 ; 6), (0 ; 7).

• $x+2y=21$

Les couples solutions sont : (9 ; 6), (7 ; 7), (5 ; 8), (3 ; 9).

Divisibilité par 8 :

$N=8(5802+91x+y)+x+y+1$

N est divisible par 8 si et seulement si $x+y+1$ est divisible par 8.

De plus $1 \leqslant x+y+1 \leqslant 19$.

• $x+y+1=8 \iff x+y=7$

Les couples solutions sont : (7 ; 0), (6 ; 1), (5 ; 2), (4 ; 3), (3 ; 4), (2 ; 5), (1 ; 6), (0 ; 7).

• $x+y+1=16 \iff x+y=15$

Les couples solutions sont : (6 ; 9), (7 ; 8), (8 ; 7), (9 ; 6).

EXERCICE 336

$$\begin{aligned}\overline{11\,0101\,0011}^2 &= 2^9+2^8+2^6+2^4+2+1\\ &= 8^3+4\times 8^2+8^2+2\times 8+3\times 8^0\\ &= 8^3+5\times 8^2+2\times 8+3\times 8^0\\ &= \overline{1523}^8.\end{aligned}$$

EXERCICE 337

1. $49x+7y+z=121z+11y+x \implies 12x-y-30z=0$ deux triplets sont solutions (3;6;1) et (5;0;2).
2. $81a+9b+c=64a+16b+4c \implies 17a-7b-3c=0$ $\implies a=1\ b=2\ c=1$

   ainsi $N=100$.

EXERCICE 338

1. **a.** $x>5$ et $y>7$.

   b. $A=5x+5=3y+7$ et $B=x^2+2x+1=5y+9$

   Il faut résoudre le système $\begin{cases}5x-3y=2\\(x+1)^2-5y=9\end{cases}$

   On obtient $x=7$ et $y=11$.
2. $A=40$ et $B=64$.

EXERCICE 339

1. $N=5242+13x=6\times(873+2x)+x+4$ donc N est divisible par 6 si $x+4$ est divisible par 6 sachant que $0\leqslant x<13$ on obtient deux solutions $x=2$ et $x=8$.
2. $N=5242+13x=4\times(1311+3x)+x+1$ donc N est divisible par 4 si $13x+1$ est divisible par 4 sachant que $0\leqslant x<13$ on obtient trois solutions $x=3$, $x=7$ et $x=11$.
3. D'après les questions précédentes, il n'existe pas de valeur de x telle que N soit divisible par 24.

EXERCICE 340

1. $n=1975+125x+5y=4(463+31x+y)+x+y+3$ donc n est divisible par 4 si $x+y+3$ est divisible par 4 sachant que $0\leqslant x\leqslant 3$ et $0\leqslant y\leqslant 3$.

   Rechercher les couples solutions revient à résoudre les équations $x+y=1$ et $x+y=5$. On obtient quatre couples solutions : (0;1), (1;0), (2;3) et (3;2).
2. $n=6(329+20x)+5x+5y+1$ donc n est divisible par 6 si $5(x+y)+1$ est divisible par 6 sachant que $0\leqslant x\leqslant 5$ et $0\leqslant y\leqslant 5$ rechercher les couples solutions revient à résoudre les équations $5(x+y)=6k-1$ avec $1\leqslant k\leqslant 7$. On obtient quatre couples solutions : (0;1), (1;0), (3;4) et (4;3).
3. D'après ce qui précède, il existe deux couples solutions : (0;1) et (1;0). Il n'existe donc qu'un couple tel que $x<y$, on a alors $n=1980$.

EXERCICE 341

1. $k^3-k=k(k-1)(k+1)$ produit de trois entiers consécutifs donc divisible par 3.
2. On déduit de la question précédente que $x^3+y^3+z^3-(x+y+z)$ est divisible par 3 donc si $x^3+y^3+z^3$ est divisible par 3 alors $x+y+z$ l'est aussi.
3. On utilise l'égalité :

   $(x+y+z)^3-(x^3+y^3+z^3)=3(x+y)(y+z)(z+x)$

   Par hypothèse $x^3+y^3+z^3$ est divisible par 9 donc par 3 et par conséquent $x+y+z$ est divisible par 3 donc $(x+y+z)^3$ est divisible par 3. Dans l'égalité, le membre de gauche étant divisible par 9, le membre de droite doit l'être aussi. On a donc $(x+y)(y+z)(z+x)$ divisible par 3. Ce produit est divisible par 3 si l'un au moins des facteurs est divisible par 3.

   Supposons que $x+y$ est divisible par 3 sachant que

$x+y+z$ est divisible par 3, une combinaison linéaire de ces deux expressions sera divisible par 3 donc z est divisible par 3.

EXERCICE 342

1. $xyz = x(x^2+3x+1)(x^2+1)$
$= x^5+3x^4+2x^3+3x^2+x = \overline{13231}.$
2. $x+y+z=50 \Longrightarrow x^2+2x-24=0$. Cette équation n'admet qu'une solution positive $x=4$.
On obtient alors $xyz = 1972$.

EXERCICE 343

1. On a $N = 1000a+100b+10c+d$ d'autre part on sait que $\exists k \in \mathbb{N}$ tel que $1000b+100c+10d+a = 7k$.
a. • Si $a=0$ alors $N = 100b+10c+d$ et
$1000b+100c+10d = 10N = 7k$ donc N est divisible par 7.
• Si $a=7$ alors $N = 7000+100b+10c+d$ et
$1000b+100c+10d+7 = 10(N-7000)+7 = 7k$
$\Longrightarrow 10N = 7(1000+k-1)$ donc N est divisible par 7.
b. $10N-3a = 10000a+7k-a-3a = 7(1428a+k)$, $10N-3a$ est donc divisible par 7.
$10N-3a$ est divisible par 7 donc N divisible par 7 implique a aussi divisible par 7 sachant que $0 \leqslant a \leqslant 9$ on en déduit alors $a=0$ ou $a=7$.
2. $N = 3(2333+33b)+(2b+1)$ donc N est divisible par 3 si $2b+1$ est divisible par 3. Il existe trois valeurs de b solutions 1, 4 et 7. On en déduit alors les trois solutions : 7101, 7404, 7707.

EXERCICE 344

$N = \overline{1a1bab} = 101000+10010a+101b$
$= 63\times1603+11+63\times158a+56a+63b+38b$
$= 63(1603+158a+b)+(56a+38b+11)$.

Posons $R = 56a+38b+11$. N est divisible par 63 si et seulement si R est divisible par 63 soit encore divisible par 7 et par 9.

$R = 7(8a+5b+1)+3b+4$ et $R = 9(6a+4b+1)+2a+2b+2$.
7 et 9 étant premiers entre eux, on a alors $3b+4$ divisible par 7 et $2(a+b+1)$ divisible par 9.

• On a $0 \leqslant b \leqslant 9$ donc $3b+4$ n'est divisible par 7 que pour $b=1$ et $b=8$.

• Si $b=1$ sachant que $0 \leqslant a \leqslant 9$ alors $2(a+2)$ est divisible par 9 pour $a=7$

Si $b=8$ alors $2(a+9)$ est divisible par 9 pour $a=0$ et $a=9$.

Les trois valeurs de N sont 171171, 101808 et 191898 (on vérifie que ces trois nombres sont divisibles par 63).

EXERCICE 345

1. • *Initialisation :* Pour $n=0$, $3^3-4^2=11$ la propriété est vraie au rang 0.
• *Hérédité :* Supposons la propriété vraie jusqu'au rang $n \geqslant 0$ c'est-à-dire qu'il existe un entier k tel que $3^{n+3}-4^{4n+2} = 11k$ ou encore $3^{n+3} = 4^{4n+2}+11k$.
On a alors $3^{n+4}-4^{4n+6} = 3(11k+4^{4n+2})-4^{4n+6}$
$= 11(3k-23\times4^{4n+2})$.
La propriété est vérifiée au rang $n+1$.
• *Conclusion :* La propriété est vraie au rang 0 et est héréditaire donc pour tout $n \in \mathbb{N}$, $3^{n+3}-4^{4n+2}$ est divisible par 11.
2. • *Initialisation :* Pour $n=0$, $3+2\times4=11$ la propriété est vraie au rang 0.
• *Hérédité :* Supposons la propriété vraie jusqu'au rang $n \geqslant 0$ c'est-à-dire qu'il existe un entier k tel que $3^{2n+1}+2\cdot4^{3n+1} = 11k$ ou encore
$3^{2n+1} = 11k-2\cdot4^{3n+1}$.
On a alors
$3^{2n+3}+2\cdot4^{3n+4} = 3(11k-2\cdot4^{3n+1})+2\cdot4^{3n+4}$
$= 11(9k+5\times4^{3n+1})$ la propriété est vérifiée au rang $n+1$.
• *Conclusion :* La propriété est vraie au rang 0 et est héréditaire donc pour tout $n \in \mathbb{N}$, $3^{2n+1}+2\cdot4^{3n+1}$ est divisible par 11.
3. Sachant que $3^{2n+1}+2\cdot4^{3n+1}$ est divisible par 11 par combinaison linéaire si $3^{2n+1}+a\cdot4^{3n+1}$ est divisible par 11 alors $(a-2)4^{3n+1}$ est divisible par 11 or 4^{3n+1} n'est pas divisible par 11 c'est donc que $a-2$ l'est. On a ainsi $a = 11p+2$ avec $P \in \mathbb{Z}$.

EXERCICE 346

$A = n^2(n+1)(n-1)$.

• A est le produit de trois entiers consécutifs, A est donc divisible par 3.

• Si n est pair alors n^2 est divisible par 4, sinon $n-1$ et

$n+1$ sont pairs donc leur produit est divisible par 4.
A et divisible par 3 et par 4, premiers entre eux, A est donc divisible par 12.

EXERCICE 347

1. $A = a\left(a^n+1\right)\left(a^n-1\right)$.
 • Si a est pair alors A est divisible par 2 sinon a^n est impair donc a^n+1 est pair, A est donc encore divisible par 2.
 • Si $a = 3k$ alors A est divisible par 3.
 • Si $a = 3k+1$ alors
 $a^n - 1 = \sum_{i=0}^{n} \binom{n}{i} (3k)^i - 1 = \sum_{i=1}^{n} \binom{n}{i} (3k)^i$.
 $\left(a^n-1\right)$ est divisible par 3 donc A est divisible par 3.
 • Si $a = 3k-1$ alors si n pair,
 $$\begin{aligned} a^n - 1 &= \sum_{i=0}^{n} \binom{n}{i} (3k)^i (-1)^{n-i} - 1 \\ &= \sum_{i=1}^{n} \binom{n}{i} (3k)^i (-1)^{n-i}, \end{aligned}$$
 $\left(a^n-1\right)$ est divisible par 3 donc A est divisible par 3.
 • Si $a = 3k-1$ alors si n impair,
 $$a^n + 1 = \sum_{i=0}^{n} \binom{n}{i} (3k)^i (-1)^{n-i} + 1$$
 $a^n + 1 = \sum_{i=1}^{n} \binom{n}{i} (3k)^i (-1)^{n-i}$, $\left(a^n+1\right)$ est divisible par 3 donc A est divisible par 3.

2. $A - B = a_1\left(a_1^{2n}-1\right) + \cdots + a_p\left(a_p^{2n}-1\right)$, d'après la question précédente le membre de droite est divisible par 6 donc $A - B$ est divisible par 6 ainsi A est divisible par 6 si et seulement si B est divisible par 6.

EXERCICE 348

$9y^2 - (x+1)^2 = 32 \iff (3y-x-1)(3y+x+1) = 32$
x et y sont entiers naturels donc $3y+x+1 \geqslant 3y-x-1$.
Le produit étant pair, les deux facteurs doivent être pairs.
On en déduit tous les cas possibles :

Cas 1 : $\begin{cases} 3y-x-1=2 \\ 3y+x+1=16 \end{cases} \implies \begin{cases} y=3 \\ x=7 \end{cases}$

Cas 2 : $\begin{cases} 3y-x-1=4 \\ 3y+x+1=8 \end{cases} \implies \begin{cases} y=2 \\ x=1 \end{cases}$

L'équation admet donc deux couples de solutions dans $\mathbb{N}$: (1 ; 2) et (7 ; 3).

EXERCICE 349

$x^2 - 4y^2 = 36 \iff (x-2y)(x+2y) = 36$
Le produit étant pair et positif, les deux facteurs doivent être pairs et de même signe.
On en déduit tous les cas possibles :

Cas 1 : $\begin{cases} x-2y=2 \\ x+2y=18 \end{cases} \implies \begin{cases} x=10 \\ y=4 \end{cases}$

Cas 2 : $\begin{cases} x-2y=-2 \\ x+2y=-18 \end{cases} \implies \begin{cases} x=-10 \\ y=-4 \end{cases}$

Cas 3 : $\begin{cases} x-2y=18 \\ x+2y=2 \end{cases} \implies \begin{cases} x=10 \\ y=-4 \end{cases}$

Cas 4 : $\begin{cases} x-2y=-18 \\ x+2y=-2 \end{cases} \implies \begin{cases} x=-10 \\ y=4 \end{cases}$

Cas 5 : $\begin{cases} x-2y=6 \\ x+2y=6 \end{cases} \implies \begin{cases} x=6 \\ y=0 \end{cases}$

Cas 6 : $\begin{cases} x-2y=-6 \\ x+2y=-6 \end{cases} \implies \begin{cases} x=-6 \\ y=0 \end{cases}$

L'équation admet six couples de solutions dans $\mathbb{Z}$: (6 ; 0), (−6 ; 0), (10 ; 4), (10 ; −4), (−10 ; 4) et (−10 ; −4).

EXERCICE 350

1. $N = \overline{1110}$, $2N = \overline{2220} \cdots$, $6N = \overline{6660}$
 D'autre part : $1+2+3+4+5+6 = 21 = 3\times 7+0$
 et $1+2+3+4+5+6+3 = 24 = 3\times 7+3$
 On en déduit alors que :
 $N+2N+3N+4N+5N+6N = \overline{33300}$.
2. $1+2+3+4+5+6+7+8 = 28 = 3\times 8+4$
 et $1+2+3+4+5+6+7+8+3 = 3\times 8+7$
 On en déduit alors que :
 $N+2N+3N+4N+5N+6N+7N+8N = \overline{37740}$.

EXERCICE 351

On remarque que le couple (0 ; 0) vérifie l'équation.
Si $a = 1$ alors $1+b = b$ n'admet pas de solution.
On suppose dans la suite que $a \neq 1$
$a+b = ab \iff a = b(a-1) \iff b = \dfrac{a}{a-1}$
$b \in \mathbb{Z}$ donc $a-1 = 1$ on en déduit alors que $a = b = 2$.
L'équation n'admet que deux couples solutions (0 ; 0) et (2 ; 2).

EXERCICE 352

1. $(\alpha+1)^4 = \alpha^4 + 4\alpha^3 + 6\alpha^2 + 4\alpha + 1$

2. On en déduit que $N = (\alpha+1)^4$, avec $\alpha > 6$, s'écrit $\overline{14641}$ dans la base α.

EXERCICE 353

1. On remarque que $6+3 = 9 = 1\times 7+2$
   $4+5+1 = 10 = 1\times 7+3$
   Il s'agit donc de la base 7.
2. On remarque que $6\times 3 = 18 = 2\times 7+4$
   $4\times 3+2 = 14 = 2\times 7+0$
   $6\times 5 = 30 = 4\times 7+2$
   $4\times 5+4 = 24 = 3\times 7+3$
   On a alors $\overline{46}\times\overline{3} = \overline{204}$
   $\overline{46}\times\overline{3} = \overline{332}$
   Il n'y a aucune retenue dans l'addition :
   $\overline{46}\times\overline{53} = \overline{3524}$.

EXERCICE 354

1. $N = 10101\times ab = 37\times 273\times ab$
   Tous les entiers N appartenant à E sont au moins divisibles par 37, 273 et 10101.
2. $10101 = 3\times 7\times 13\times 37$
   Les diviseurs communs aux 100 éléments de E sont les diviseurs de 10101.
   Soit 1, 3, 7, 13, 21, 37, 39, 91, 111, 259, 273, 481, 777, 1443, 3367, 10101.

EXERCICE 355

1. $D(504) = \{1, 2, 3, 4, 6, 7, 8, 9, 12, 14, 18, 21, 24, 28, 36, 42, 56, 63, 72, 84, 126, 168, 252, 504\}$.
2. On a $504 = 2^3\times 3^2\times 7$
   Il suffit de remplacer 7 par 5 pour obtenir un nombre inférieur à 504, ce nombre aura autant de diviseurs que 504.
   Le nombre cherché est $2^3\times 3^2\times 5 = 360$
3. $\Delta = 4\left(n^2-504\right)$
   On remarque que $22 < \sqrt{504} < 23$,
   puis que $23^2 - 504 = 25$
   Il suffit donc de choisir $n = 23$.

EXERCICE 356

$N = 10a+b = 7b+a$ donc $3a = 2b$ avec a et b strictement inférieurs à 7.
On en déduit alors les couples solutions :
$a = 0$ et $b = 0$
$a = 2$ et $b = 3$
$a = 4$ et $b = 6$.

EXERCICE 357

Les entiers sont de la forme $A = \overline{(n+1)n(n+2)(n+3)}$
donc $A = 10^3(n+1) + 10^2 n + 10(n+2) + (n+3)$
$A = 1111n + 1023 = 11\,(101n+93)$
donc quel que soit $n\in\mathbb{N}$, A est divisible par 11.
A est un carré parfait s'il existe $k\in\mathbb{N}$ tel que
$101n+93 = 11k^2$
On sait de plus que $1\leqslant n\leqslant 6$
Il reste à tester toutes les valeurs de n dans cet intervalle, seul $n = 3$ convient.
On en déduit alors que $N = 3456$.

EXERCICE 358

$n = 49x+7y+z = 81z+9y+z$.
On en déduit alors que $8\,(3x-5z) = y$
de plus $0\leqslant y\leqslant 6$ donc $y = 0$.
On en déduit alors que $3x-5z = 0$, or $0 < x\leqslant 6$ et $0 < z\leqslant 6$ donc $x = 5$ et $z = 3$.
Ainsi $n = 49\times 5+3 = 248$.

EXERCICE 359

1. $D(72) = \{1;\ 2;\ 3;\ 4;\ 6;\ 8;\ 9;\ 12;\ 18;\ 24;\ 36;\ 72\}$
2. En utilisant la forme canonique, on obtient :
   $p^2-6p-63 = (p-3)^2-72$.
   $$\begin{aligned} p^2-6p-63 = q^2 &\iff (p-3)^2-q^2 = 72\\ &\iff (p+q-3)(p-q-3) = 72\end{aligned}$$
   En utilisant la première question, on en déduit des systèmes, qu'il restera à résoudre.
   On restreint le travail en remarquant que $p+q-3$ et $p-q-3$ doivent être de même parité pour obtenir des solutions entières et que $p+q-3 > p-q-3$.
   - $\begin{cases} p+q-3 = 36\\ p-q-3 = 2\end{cases} \Longrightarrow \begin{cases} p = 22\\ q = 17\end{cases}$
   - $\begin{cases} p+q-3 = 18\\ p-q-3 = 4\end{cases} \Longrightarrow \begin{cases} p = 14\\ q = 7\end{cases}$

- $\begin{cases} p+q-3 = 12 \\ p-q-3 = 6 \end{cases} \Longrightarrow \begin{cases} p = 12 \\ q = 3 \end{cases}$

EXERCICE 360

$N = 3114 = 3108+6 = 259 \times 12+6$
$= (21 \times 12+7) \times 12+6$
$= ((1 \times 12+9) \times 12+7) \times 12+6$

d'où $N = 1 \times 12^3 + 9 \times 12^2 + 7 \times 12 + 6$
ainsi N s'écrit $\overline{1976}$ en base 12.

EXERCICE 361

1. $468 = 4 \times 117 = 9 \times 52 = 36 \times 13$.
   Les entiers relatifs recherchés sont donc : -6; -3; -2; 2; 3; 6.
2. En utilisant les résultats précédents, on en déduit que $x = 6$.
3. $942 = 936+5 = 26 \times 36+5$
   $= (4 \times 6+2) \times 6^2 + 5$
   $= 4 \times 6^3 + 2 \times 6^2 + 0 \times 6 + 5$
   On en déduit que 942 s'écrit $\overline{4205}$ en base 6.

EXERCICE 362

1. $25a+5b+c = 4(6a+b)+a+b+c$
   donc $\overline{abc}$ est divisible par 4 si et seulement si $a+b+c$ est divisible par 4.
2. $25a+5b+c = 6(4a+b)+a-b+c$
   donc $\overline{abc}$ est divisible par 6 si et seulement si $a-b+c$ est divisible par 6.

EXERCICE 363

1. $273 = 17 \times 16+1$
2. $327 = 19 \times 17+4$
3. $17 = -4 \times (-5)+3$
4. $-37 = -3 \times 13+2$

EXERCICE 364

D'après l'énoncé : $20511 = 314 \times 65+101$
$20511 = 315 \times 65+36$

EXERCICE 365

On commence par regarder ce qui se passe sur les premières puissances :

$8^0 = 0 \times 5+1$
$8 = 1 \times 5+3$
$8^2 = 12 \times 5+4$
$8^3 = 102 \times 5+2$
$8^4 = 819 \times 5+1$

Tout entier peut s'écrire sous la forme $4n+r$ avec $r \in [\![0\,;\,3]\!]$

On en déduit alors une généralisation $\forall n \in \mathbb{N}$

$$8^{4n} = \left(8^4\right)^n = (819 \times 5+1)^n$$
$$= \sum_{k=0}^{n} \binom{n}{k} (819 \times 5)^k = \left(\sum_{k=0}^{n-1} \binom{n}{k} (819 \times 5)^k\right) + 1$$
$$= 5P+1$$

avec $P = \sum_{k=0}^{n-1} \binom{n}{k} (819 \times 5)^{k-1}$

$$8^{4n+1} = \left(8^4\right)^n \times 8 = 1 \times 8$$
$$= (5P+1) \times 8$$
$$= (5 \times 8P) + 8$$
$$= (5 \times (8P+1)) + 3$$

$$8^{4n+2} = \left(8^4\right)^{n+1} \times 8$$
$$= \Big(5 \times (8P+1) + 3\Big) \times 8$$
$$= \Big(5 \times (8P+1)\Big) \times 8 + 3 \times 8$$
$$= \Big(5 \times (64P+8)\Big) + 5 \times 4 + 4$$
$$= \Big(5 \times (64P+12)\Big) + 4$$

$$8^{4n+3} = \left(8^4\right)^{n+2} \times 8$$
$$= \Big(5 \times (64P+12) + 4\Big) \times 8$$
$$= \Big(5 \times (64P+12)\Big) \times 8 + 4 \times 8$$
$$= \Big(5 \times (256P+96)\Big) + 5 \times 6 + 2$$
$$= \Big(5 \times (64P+102)\Big) + 2$$

D'autre part $2021 = 4 \times 505+1$
Le reste de la division par 5 de 8^{2021} est égal au reste de la division par 5 de 8^1 soit 3.

EXERCICE 366

1. $5^0 = 1 = 0 \times 13+1$
   $5^1 = 5 = 0 \times 13+5$
   $5^2 = 25 = 1 \times 13+12$
   $5^3 = 125 = 9 \times 13+8$
   $5^4 = 625 = 48 \times 13+1$
   On peut démontrer, par récurrence ou comme dans l'exercice précédent que, pour tout $n \in \mathbb{N}$, le reste de

la division par 13 est :

1 pour les nombres de la forme 5^{4n}

5 pour les nombres de la forme 5^{4n+1}

12 pour les nombres de la forme 5^{4n+2}

8 pour les nombres de la forme 5^{4n+3}

2. $2020 = 155 \times 13 + 5$

Le reste de la division par 13 de 2020^{2021} est égal au reste de la division par 13 de 5^{2021}

D'autre part $2021 = 4 \times 505 + 1$

On en déduit alors que le reste de la division par 13 de 5^{2021} est égal au reste de la division de 5 par 13 donc 5.

Le reste de la division de $2020^{2021} - 5$ par 13 est donc égal à 0.

Donc que $2020^{2021} - 5$ est divisible par 13.

EXERCICE 367

1. Voir la première question de l'exercice précédent.

2. $18 = 1 \times 13 + 5$

$44 = 3 \times 13 + 5$ et $96 = 7 \times 13 + 5$

On en déduit que le reste de la division de

$18^{4n+1} - 44^{4n-1} - 3 \times 96^{4n+2}$ par 13 est égal au reste de la division de $5^{4n+1} - 5^{4n-1} - 3 \times 5^{4n+2}$ par 13.

On remarque de plus que $4n - 1 = 4(n-1) + 3$.

D'après la première question :

le reste de la division de $5^{4n+1} - 5^{4n-1} - 3 \times 5^{4n+2}$ par 13 est égal au reste de la division de $5 - 8 - 3 \times 12$ par 13.

$5 - 8 - 3 \times 13 = -39 = -3 \times 13$

On en déduit alors que, quel que soit $n \in \mathbb{N}$,

$18^{4n+1} - 44^{4n-1} - 3 \times 96^{4n+2}$ est divisible par 13.

EXERCICE 368

1. Etablissons le tableau des restes de la division de 3^n par 11

n	0	1	2	3	4	5
reste	1	3	9	5	4	1

$670 = 5 \times 134$ donc $3^{670} = \left(3^5\right)^{134}$

Le reste de la division par 11 de 3^{670} est égal 1^{134} soit 1.

2. Etablissons le tableau des restes de la division de 3^n par 61

n	0	1	2	3	4	5
reste	1	3	9	27	20	61

n	6	7	8	9	10
reste	58	52	34	41	1

$670 = 10 \times 67$ donc $3^{670} = \left(3^{10}\right)^6 7$

Le reste de la division par 61 de 3^{670} est égal 1^{67} soit 1.

3. D'après les questions précédentes, le reste dans la division par 11 et dans la division par 61 de 3^{670} est 1.

De plus $671 = 11 \times 61$ donc le reste dans la division par 671 de 3^{670} est 1.

Comme $3^{671} = 3 \times 3^{670}$ son reste dans la division par 671 est donc 3.

EXERCICE 369

1. $3^0 = 1 = 0 \times 8 + 1$,

$3^1 = 3 = 0 \times 8 + 3$

$3^2 = 9 = 1 \times 8 + 1$

On démontre alors que si n est pair alors le reste est 1, si n est impair alors le reste est 3.

2. Posons $3^n \cdot n - 9n + 2 = N$.

D'après la question précédente :

• si n est pair, le reste de la division par 8 de N est le reste de la division par 8 de $2 - 8n$ soit 2

donc si n est pair N ne sera jamais divisible par 8

• si n est impair, le reste de la division par 8 de N est le reste de la division par 8 de $2 - 6n$.

n est impair, il peut s'écrire sous la forme $4p + 1$ ou $4p + 3$ avec $p \in \mathbb{N}$.

Si $n = 4p + 1$ alors $2 - 6n = -24p - 4 = 8 \times (-3p - 1) + 4$ le reste sera donc 4.

Si $n = 4p + 3$ alors $2 - 6n = -24p - 16 = 8 \times (-3p - 2)$ le reste est donc nul.

On en déduit que N est divisible par 8 si n est de la forme $4p + 3$ avec $p \in \mathbb{N}$.

EXERCICE 370

1. Etablissons le tableau des restes de la division de 4^n par 7

n	0	1	2	3
reste	1	4	2	1

On peut alors démontrer que $\forall n \in \mathbb{N}$:

Le reste de la division par 7 de 4^{3n} est 1

Le reste de la division par 7 de 4^{3n+1} est 4

Le reste de la division par 7 de 4^{3n+2} est 2.

2. $A = 1 \times 4^4 + 3 \times 4^3 + 3 \times 4^2 + 2 \times 4 + 1$

D'après la question précédente,

$$\begin{aligned} A &= (7 \times \alpha + 4) + 3 \times (7\beta + 1) + 3 \times (7\gamma + 2) + (7 \times 1 + 1) + 1 \\ &= 7 \times (\alpha + 3\beta + 3\gamma + 1) + 4 + 3 + 6 + 2 \\ &= 7 \times (\alpha + 3\beta + 3\gamma + 3) + 1 \end{aligned}$$

Le reste de la division de A par 7 est donc 1.

Exercice 371

Etablissons le tableau des restes de la division de 3^n par 11

n	0	1	2	3	4	5
reste	1	3	9	5	4	1

On peut démontrer que $\forall p \in \mathbb{N}$:

Le reste de la division par 11 de 3^{5p} est 1

Le reste de la division par 11 de 3^{5p+1} est 3

Le reste de la division par 11 de 3^{5p+2} est 9

Le reste de la division par 11 de 3^{5p+3} est 5

Le reste de la division par 11 de 3^{5p+4} est 4

On peut en déduire le reste de la division par 11 de N :

n	$5p$	$5p+1$	$5p+2$	$5p+3$	$5p+4$
reste de 3^n	1	3	9	5	4
reste de N	5	9	10	2	0

On en déduit que N est divisible par 11 si et seulement si $n = 5p + 4$ avec $p \in \mathbb{N}$.

Exercice 372

1. Etablissons le tableau des restes de la division de 2^n par 9

n	0	1	2	3	4	5	6
reste	1	2	4	8	7	5	1

On peut démontrer que $\forall p \in \mathbb{N}$:

Le reste de la division par 9 de 2^{6p} est 1

Le reste de la division par 9 de 2^{6p+1} est 2

Le reste de la division par 9 de 2^{6p+2} est 4

Le reste de la division par 9 de 2^{6p+3} est 8

Le reste de la division par 9 de 2^{6p+4} est 7

Le reste de la division par 9 de 2^{6p+5} est 5.

2. Etablissons le tableau des restes de la division de 2^{2n}, de $\left(2^{2n+1} - 1\right)$ puis de $N = 2^{2n}\left(2^{2n+1} - 1\right)$ par 9.

n	$6p$	$6p+1$	$6p+2$	$6p+3$	$6p+4$	$6p+5$
reste de 2^{2n}	1	4	7	1	4	7
reste de 2^{2n+1}	1	7	4	1	7	4
reste de N	1	1	1	1	1	1
reste de $N-1$	0	0	0	0	0	0

On en déduit que, quel que soit $n \in \mathbb{N}$, $2^{2n}\left(2^{2n+1} - 1\right) - 1$ est divisible par 9.

Exercice 373

1. $(n+2)^3 = n^3 + 6n^2 + 12n + 8$
$= n^2(n+6) + 12n + 8.$

Il faut que $0 \leqslant 12n + 8 < n^2$

soit $n^2 - 12n - 8 > 0$, en résolvant l'inéquation, nous obtenons $n \geqslant 13$.

2. $(n+1)^3 = n^3 + 3n^2 + 3n + 1$
$= n^2(n+3) + 3n + 1.$

Il faut que $0 \leqslant 3n + 1 < n^2$

soit $n^2 - 3n - 1 > 0$, en résolvant l'inéquation, nous obtenons $n \geqslant 4$.

Exercice 374

1. $(n+2)^2 = n(n+4) + 4$, le reste est 4 quel que soit $n > 0$.

2. $n^2 + 2 = n^2 - 1 + 3 = (n-1)(n+1) + 3$, le reste est 3 quel que soit $n > 0$.

Exercice 375

1. r peut prendre trois valeurs : 0, 1 et 2.

2. Si p n'est pas divisible par 3 alors il existe $n \in \mathbb{N}$ tel que $p = 3n + 1$ ou $p = 3n + 2$.

Si $p = 3n + 1$ alors $2p^2 + 1 = 3\left(6n^2 + 4n + 1\right)$.

Si $p = 3n + 2$ alors $2p^2 + 1 = 3\left(6n^2 + 8n + 4\right)$.

$2p^2 + 1$ est donc divisible par 3.

Exercice 376

Soit p un entier naturel tel que $N = 43p + 41$.

$0 \leqslant N < 2018 \iff -41 \leqslant 43p < 1977$.

D'autre part $1977 = 45 \times 43 + 42$ on a alors $0 \leqslant p \leqslant 45$.

Il y a donc 46 entiers naturels répondant à la question.

Exercice 377

$a = bq + r$ et $a' = bq' + r'$

• Si $r + r' < b$ alors $a + a' = b(q + q') + r + r'$. Le reste de la division de $a+a'$ par b est alors $r+r'$.

• Si $r+r' = b$ alors $a+a' = b(q+q')+r+r' = b(q+q'+1)$. Le reste de la division de $a+a'$ par b est alors 0.

• Si $r+r' > b$ alors $r+r' = b+R$ avec $0 < R < b$ on a alors $a+a' = b(q+q'+1)+R$. Le reste de la division de $a+a$ par b est alors $R = r+r'-b$.

EXERCICE 378

Si $b > 7$ alors $a = 5b+7$ le reste de la division de a par b est 7.

Si $b = 7$ le reste est nul.

Si $b < 7$ alors $7 = b+r$ et $a = 6b+r$ le reste de la division de a par b est $r = 7-b$.

EXERCICE 379

1. $(n+1)^2 = (n+3-2)^2 = (n+3)^2 - 4(n+3) + 4$
   $= (n+3)(n-1)+4.$
   Si $n > 1$ le reste sera 4.
   Si $n = 1$ alors $(n+1)^2 = n+3 = 4$ le reste sera alors nul.
2. $n^2+3 = n^2-1+4 = (n-1)(n+1)+4$.
   Si $n \geqslant 4$ le reste sera 4.
   Si $n < 4$ les restes sont donnés dans le tableau suivant :

n	n^2+3	$n+1$	reste
1	4	2	0
2	7	3	1
3	12	4	0

EXERCICE 380

Il existe un entier p tel que $a = 37p+27 = 39p+13$ ce qui implique $2p+13 = 27$ donc $p = 7$.

On en déduit alors $a = 286$.

On vérifie $286 = 7 \times 37 + 27 = 7 \times 39 + 13$.

EXERCICE 381

L'énoncé donne $96842 = 256 \times 375 + 842$, d'autre part $3 \times 256 = 768$ d'où $842 = 3 \times 256 + 74$.

On en déduit alors :

$96842 = 256 \times (375+3) + 74 = 256 \times 378 + 74$ ainsi $q = 378$ et $r = 74$.

EXERCICE 382

Puisque $b > 0$ alors les multiples positifs de b forment une suite croissante de termes successifs : $0, b, 2b, \cdots, qb, (q+1)b, \cdots, (a+1)b, \cdots$.

Comme $(a+1)b > a$, on a :

• a est l'un des multiples de b alors il existe un unique $q \in \mathbb{N}$ tel que $a = bq$.

• a n'est pas l'un des multiples de b, alors il est compris entre deux multiples consécutifs de b, ainsi il existe un unique $q \in \mathbb{N}$ tel que $bq < a < b(q+1)$.

Il existe donc un unique entier naturel q tel que $bq \leqslant a < b(q+1)$.

Posons $r = a - bq$, comme a, b, q sont des entiers naturels alors r est un entier naturel vérifiant, d'après la conclusion précédente, $0 \leqslant r < b$.

L'unicité de q entraîne l'unicité de r.

EXERCICE 383

On a $21685 = a \times n + 37$ et $33509 = b \times n + 53$

donc $a \times n = 21648$ et $b \times n = 33456$.

On recherche les décompositions de 21648 et 33509 en produits de 2 facteurs dont un à quatre chiffres :

$21648 = 2^4 \times 3 \times 11 \times 41 = 1968 \times 11$

$33456 = 2^4 \times 3 \times 17 \times 41 = 1968 \times 17$

On en déduit alors que $n = 1968$.

EXERCICE 384

On démontre facilement que, $\forall n \in \mathbb{N}$:

• dans la division de 12^{4n} par 5 le reste est 1

• dans la division de 12^{4n+1} par 5 le reste est 2

• dans la division de 12^{4n+2} par 5 le reste est 4

• dans la division de 12^{4n+3} par 5 le reste est 3.

D'autre part $1527 = 381 \times 4 + 3$

Le reste de la division de 12^{1527} par 5 est égal au reste de la division de 12^3 par 5 c'est-à-dire 3.

EXERCICE 385

1. Etablissons le tableau des restes de la division de 5^n par 6

n	0	1	2
reste	1	5	1

   Donc si n est pair, le reste de la division de 5^n par 6 sera égal à 1, si n est impair il sera égal à 5.
2. • Si n est impair alors il existe $p \in \mathbb{N}$ tel que $n = 2p+1$
   $A = 5 \times 5^{2p} + 10p + 6$

le reste de la division de A par 6 sera $4p+5$
le reste est impair quel que soit p, il n'est donc pas divisible par 6

• Si n est pair alors il existe $p \in \mathbb{N}$ tel que $n = 2p$
$A = 5^{2p} + 10p + 1$,
le reste de la division de A par 6 sera $4p+2$.
On remarque que : $4p+2 = 4p+2+6-6 = 4(p-1)+6$
A est divisible par 6 si et seulement si $p-1$ est divisible par 3, c'est-à-dire $p-1$ de la forme $3k$.
On en déduit alors que $n = 2p = 2(3k+1) = 6k+2$ avec $k \in \mathbb{N}$.

EXERCICE 386

1. Etablissons le tableau des restes de la division de 2, 2^2, 2^3 et 2^4 par 5

n	1	2	3	4
reste	2	4	3	1

On peut montrer que $\forall n \in \mathbb{N}$, le reste de la division de 2^{4n} par 5 est 1.

2. $17 = 3 \times 5 + 2$
$32 = 6 \times 5 + 2$
On en déduit que le reste de la division de $17^{4n+2} + 32^{4n-1} + 5$ par 5 est égal au reste de la division de $2^{4n+2} + 2^{4n-1} + 3$
D'après la question précédente :
Le reste de la division de 2^{4n+2} par 5 est égal à 4
Le reste de la division de 2^{4n-1} par 5 est égal à 3
Le reste de la division de 3 par 5 est égal à 3
La somme des restes est égale à 10,
donc divisible par 5.
On en déduit alors que, quel que soit $n \in \mathbb{N}^\star$, le nombre $17^{4n+2} + 32^{4n-1} + 3$ est divisible par 5.

EXERCICE 387

1. Etablissons le tableau des restes de la division de 5, 5^2, 5^3 et 5^4 par 13

n	1	2	3	4
reste	5	12	8	1

On peut montrer que $\forall n \in \mathbb{N}$, le reste de la division de 5^{4n} par 13 est 1.

2. $31 = 2 \times 13 + 5$
$18 = 1 \times 13 + 5$
On en déduit que le reste de la division de $31^{4n+1} + 18^{4n-1}$ par 13 est égal au reste de la division de $5^{4n+1} + 5^{4n-1}$
D'après la question précédente :
Le reste de la division de 5^{4n+1} par 13 est égal à 5
Le reste de la division de 5^{4n-1} par 13 est égal à 8
La somme des restes est égale à 13,
donc divisible par 13.
On en déduit alors que, quel que soit $n \in \mathbb{N}^\star$, le nombre $31^{4n+1} + 18^{4n-1}$ est divisible par 13.

EXERCICE 388

1. $7^0 = 0 \times 9 + 1$ $\quad 7^1 = 0 \times 9 + 7$ $\quad 7^2 = 5 \times 9 + 4$
$7^3 = 38 \times 9 + 1$
On démontre par récurrence que $\forall n \in \mathbb{N} : 7^{3n} = 9k+1$ avec $k \in \mathbb{N}$.
On en déduit alors que $7^{3n+1} = 7 \times 7^{3n} = 9 \times 7k + 7$ et $7^{3n+2} = 9 \times 54k + 4$.

2. • Si $n = 3p$ alors
$7^n + 12n - 1 = 9k + 1 + 36p - 1 = 9(k+4p)$.
• Si $n = 3p+1$ alors
$7^n + 12n - 1 = 9 \times 7k + 7 + 36p + 11 = 9(7k + 4n + 2)$.
• Si $n = 3p+2$ alors
$7^n + 12n - 1 = 9 \times 54k + 4 + 36p + 23 = 9(54k + p + 3)$.
On déduit alors que pour tout $n \in \mathbb{N}$, $7^n + 12n - 1$ est divisible par 9.

EXERCICE 389

1. $2^1 = 2$, $2^2 = 4$, $2^3 = 8$, $2^4 = 16$, $2^5 = 32$, $2^6 = 64$.
Le chiffre des unités est le reste de la division par 10 de 2^n.
Si $n = 4p+1$, le chiffre des unités sera 2.
Si $n = 4p+2$, le chiffre des unités sera 4.
Si $n = 4p+3$, le chiffre des unités sera 8.
Si $n = 4p$, le chiffre des unités sera 6.

2. $7^1 = 7$, $7^2 = 49$, $7^3 = 343$, $7^4 = 2401$, $7^5 = 16807$, $7^6 = 117649$.
Le chiffre des unités est le reste de la division par 10 de 7^n.
Si $n = 4p+1$, le chiffre des unités sera 7.

Si $n = 4p+2$, le chiffre des unités sera 9.

Si $n = 4p+3$, le chiffre des unités sera 3.

Si $n = 4p$, le chiffre des unités sera 1.

3. $3548 = 4 \times 887$ donc $3548^9 = 2^{18} \times 887^9$

Alors $N = 2^{18} \times 887^9 \times 2537^{31}$.

Seuls les chiffres des unités interviennent pour déterminer le chiffre des unités de N.

Soit $N' = 2^{18} \times 7^{40}$.

$18 = 4 \times 4 + 2$, le chiffre des unités de 2^{18} est donc 4.

$40 = 4 \times 10$, le chiffre des unités de 7^{40} est donc 1.

On en déduit alors que le chiffre des unités de N est 4.

EXERCICE 390

1. b est multiple de c donc il existe un entier naturel k tel que $b = kc$. De plus $a = pb + r$ avec $0 \leqslant r < c$ et $a = p'c + r'$ avec $0 \leqslant r' < c$ et $r' \geqslant r$.

On a alors $a = cpk + r$ d'où $c(pk - p') = r' - r$.

$pk - p'$ est un entier donc $r' - r$ est un multiple de c.

2. $r' \geqslant r$, $0 \leqslant r < c$ et $0 \leqslant r' < c$ on en déduit alors $0 \leqslant r' - r < c$.

$r' - r$ est multiple de c et $0 \leqslant r' - r < c$ donc $r' - r = 0$ c'est-à-dire $r' = r$.

EXERCICE 391

1. $7^0 = 1$, $7^1 = 7$, $7^2 = 49 = 10 \times 4 + 9$,

$7^3 = 7(10 \times 4 + 9) = 10 \times 28 + 63 = 10 \times 34 + 3$,

$7^4 = 7(10 \times 34 + 3) = 10 \times (7 \times 34) + 21$

$= 10 \times (7 \times 34 + 2) + 1$.

On démontre par récurrence que dans la division par 10, le reste de 7^{4n} est 1. Il en découle alors que le reste de 7^{4n+1} est 7, le reste de 7^{4n+2} est 9 et le reste de 7^{4n+3} est 3.

2. On remarque que $\forall p \in \mathbb{N}$ dans la division euclidienne par 10 : le reste de $7^{4p} + 7^{4p+1} + 7^{4p+2} + 7^{4p+3}$ est nul, le reste de$7^{4p} + 7^{4p+1} + 7^{4p+2}$ est 7, le reste de $7^{4p} + 7^{4p+1}$ est 8 et le reste de 7^{4p} est 1.

On en déduit alors le reste de la division de $A(4p)$ par 10 est 1, le reste de la division de $A(4p+1)$ par 10 est 8, le reste de la division de $A(4p+2)$ par 10 est 7 et le reste de la division de $A(4p+3)$ par 10 est 0.

EXERCICE 392

1. n peut s'écrire $n = 7p + r$ avec p, r entiers naturels et $0 \leqslant r < 7$. On a alors $A = 7\left(7p^2 - p + 2r\right) + r^2 - r + 1$.

2. A est divisible par 7 si et seulement si $r^2 - r + 1$ est divisible par 7 sachant que $0 \leqslant r < 7$ deux valeurs de r vérifient les conditions : $r = 3$ et $r = 5$.

On en déduit alors A est divisible par 7 si et seulement si $n = 7p + 3$ ou $n = 7p + 5$.

3. $2753 = 7 \times 393 + 2$ et $2^2 - 2 + 1 = 3$ d'après la question **1**, le reste de la division de B par 7 sera 3.

EXERCICE 393

1. Si n et p sont pairs alors n^2, np et p^2 sont pairs donc la somme des trois est paire.

On vient de démontrer que :

n et p pairs $\Longrightarrow$ $n^2 + np + p^2$ pair.

Pour la réciproque, raisonnons par contraposition : supposons que n et p ne sont pas tous les deux pairs :

• n pair et p impair alors

n^2 et np sont pairs, p^2 est impair, la somme des trois est donc impaire.

• n et p sont impairs alors

n^2, np et p^2 sont impairs, la somme des trois est donc impaire.

On vient de démontrer que si n et p ne sont tous deux pairs alors $n^2 + np + p^2$ n'est pas pair

donc par contraposition : si $n^2 + np + p^2$ pair alors n et p pairs.

2. D'après la question précédente, n et p sont pairs.

si $n = 2$ et $p = 4$ alors $n^2 + np + p^2 = 28$

Les solutions sont (2 ; 4) et (4 ; 2).

EXERCICE 394

1. Etablissons le tableau des restes de la division de 3^n par 7

n	0	1	2	3	4	5	6
reste	1	3	2	6	4	5	1

On peut montrer que $\forall n \in \mathbb{N}$, le reste de la division de 3^{6n} par 7 est 1.

2. $123 = 6 \times 20 + 3$

On en déduit que le reste de la division de 3^{123} par 7

est égal à 6.

3. Soit $N = 3^{123} + \overline{197x}$

$\overline{197x} = 10^3 + 9 \times 10^2 + 7 \times 10 + x$

$10^3 = 7 \times 142 + 6$

$9 \times 10^2 = 7 \times 128 + 4$

On en déduit alors que

$\overline{197x} = 7 \times (142 + 128 + 10) + 6 + 4 + x = 7 \times 281 + 3 + x$

On en déduit que le reste de la division de N par 7 est égal à $6 + 3 + x$ ou encore $x + 2$.

On sait de plus que $0 \leqslant x \leqslant 9$ donc $2 \leqslant x + 2 \leqslant 11$

N est divisible par 7 si et seulement $x + 2 = 7$ donc $x = 5$.

$N = 3^{123} + 1975$.

EXERCICE 395

1. $2k^2 - 3k + 1$ est donc divisible par 5.

Soit $k = 5p + r$ avec $p \in \mathbb{N}$ et $r \in [\![0\,;\,4]\!]$

$2k^2 - 3k + 1 = 5p(2p + 1) + 2r^2 - 3r + 1$

r	0	1	2	3	4
$2r^2 - 3r + 1$	1	0	3	0	1

(E) est donc l'ensemble des entiers k de la forme $5p + 1$ et $5p + 3$.

2. D'après la question précédente, en base 5, les entiers naturels de (E) ont un chiffre des unités égal à 1 ou à 3.

• Si p est pair alors $k = 5(2n) + 1 = 10n + 1$ ou $k = 5(2n) + 3 = 10n + 3$

• Si p est impair alors $k = 5(2n + 1) + 1 = 10n + 6$ ou $k = 5(2n + 1) + 3 = 10n + 8$

donc, en base 10, les entiers naturels de (E) ont un chiffre des unités égal à 1, 3, 6 ou 8.

EXERCICE 396

$13 = 1 \times 8 + 5$ et $27 = 3 \times 8 + 3$

On peut démontrer que le reste de la division de 5^n par 8 est égale à 1 si n est pair et à 5 si n est impair ;

de même le reste de la division de 3^n par 8 est égale à 1 si n est pair et à 3 si n est impair.

On en déduit que le reste de la division de A par 8 est le reste de la division de 15 par 8 c'est-à-dire 7.

EXERCICE 397

1. Etablissons le tableau des restes de la division de 2^n par 9

n	0	1	2	3	4	5	6
reste	1	2	4	8	7	5	1

On peut démontrer que, quel que soit $n \in \mathbb{N}$, le reste de la division de 2^{6n} par 9 est égal à 1. On en déduit alors que $A = 2^n - 1$ est divisible par 9 si et seulement si $n = 6p$ avec $p \in \mathbb{N}$.

2. $2^6 = 64 = 9 \times 7 + 1$, on en déduit alors que le reste de la division par 7 de 2^{6n} est égal à 1

A est donc divisible par 7.

Si A est divisible par 9 et par 7, il est divisible par 21, le reste de la division de A par 21 est donc nul.

EXERCICE 398

On sait que $a = 50b + r$ avec $0 \leqslant r < b$ et $a + b + r = 3025$.

donc $51b + 2r = 3025$

On remarque que b est obligatoirement impair, de plus $r < b$, en s'intéressant à la division euclidienne de 3025 par 51, on obtient : $3025 = 51 \times 59 + 16$

On en déduit que $b = 59$ et $r = 8$

alors $a = 2958 = 50 \times 59 + 8$.

EXERCICE 399

$1952 = 7 \times 278 + 6$ et $2341 = 7 \times 334 + 3$

$N = (7 \times 278 + 6)(7 \times 334 + 3)$

$= 7 \times (7 \times 278 \times 334 + 6 \times 334 + 3 \times 278) + 3 \times 6$

$= 7 \times (7 \times 278 \times 334 + 6 \times 334 + 3 \times 278) + 14 + 4$

$= 7 \times (7 \times 278 \times 334 + 6 \times 334 + 3 \times 278 + 2) + 4$

Le reste de la division de N par 7 est donc 4.

EXERCICE 400

1. Etablissons le tableau des restes de la division de 2^n par 3.

n	0	1	2
reste	1	2	1

On peut démontrer que le reste de la division de 2^n par 3 est égal à 1 si n est pair, à 2 si n est impair.

2. $275423 = 3 \times 91807 + 2$

Le reste de la division de 275423^n par 3 est égal au

reste de la division de 2^n par 3 donc 1 si n est pair, 2 si n est impair.

3. $372121 = 3 \times 124040 + 1$, le reste de la division de 372121^n par 3 est égal au reste de la division de 1^n par 3 c'est-à-dire 1.

N sera donc divisible par 3 si le reste de la division par 3 de 275423^n est égal à 2 c'est-à-dire si n est impair.

EXERCICE 401

Etablissons le tableau des restes de la division de 5^n et 4^n par 7

n	0	1	2	3	4	5	6
reste de 5^n	1	5	4	6	2	3	1
reste de 4^n	1	4	2	1	4	2	1

D'après le tableau précédent, $N = 5^n - 4^n$ sera divisible par 7 si et seulement si $n = 6p$ avec $p \in \mathbb{N}$.

EXERCICE 402

1. Etablissons le tableau des restes de la division de 6^n par 13

n	0	1	2	3	4	5	6
reste de 6^n	1	6	10	8	9	2	12

n	7	8	9	10	11	12
reste de 6^n	7	3	5	4	11	1

On en déduit que si $n = 12p$ alors le reste dans la division par 13 de 6^n sera 1.

Les autres restes découlent de ce résultat.

2. $2021 = 155 \times 13 + 6$ et $2020 = 168 \times 12 + 4$

Le reste dans la division par 13 de 2021^{2020} est égal au reste de la division par 13 de 6^4 soit 9.

3. Soit $n = 12p + r$ avec p et r entiers naturels et $0 \leqslant r < 12$.

Posons $N = 6^{12n} + 2 \times 6^n + 2$.

Etablissons le tableau des restes dans la division par 13 suivant la valeur de r.

r	0	1	2	3	4	5	6
reste de 6^{12n}	1	1	1	1	1	1	1
reste de 2×6^n	2	12	7	3	5	4	11
reste de N	5	2	10	6	8	5	0

r	7	8	9	10	11	12
reste de 6^{12n}	1	1	1	1	1	1
reste de 2×6^n	1	6	10	8	9	2
reste de N	4	9	0	11	12	5

Le nombre $6^{12n} + (2 \times 6^n) + 2$ est-il multiple de 13 si $n = 12p + 6$ ou $n = 12p + 9$ avec $p \in \mathbb{N}$.

EXERCICE 403

D'après l'énoncé $b > 542$.

En utilisant les restes partiels, on obtient :

$$\left\{\begin{array}{lcl} 5295 & = & bq_1 + 246 \\ 2466 & = & bq_2 + 222 \\ 2225 & = & bq_3 + 542 \end{array}\right. \Longrightarrow \left\{\begin{array}{lcl} bq_1 & = & 5049 \\ bq_2 & = & 2244 \\ bq_3 & = & 1683 \end{array}\right.$$

Il reste à chercher b dans la liste des diviseurs de 5049, 2244, 1683 sachant que $542 < b \leqslant 1683$.

Un seul entier répond aux critères : $b = 561$.

On en déduit alors $q = 943$.

EXERCICE 404

1. Etablissons le tableau des restes de la division de 5^n par 7

n	0	1	2	3	4	5	6
reste	1	5	4	6	2	3	1

On démontre que $\forall n \in \mathbb{N}$, le reste de la division par 7 de 5^{6n} est égal à 1.

2. Etablissons le tableau des restes de la division de A par 7

n	0	1	2	3	4	5	6
reste de $5^{6n} + 2$	3	3	3	3	3	3	3
reste de 5^n	1	5	4	6	2	3	1
reste de A	4	1	0	2	5	6	4

Donc A est divisible par 7 si et seulement si $n = 6p+2$ avec $p \in \mathbb{N}$.

EXERCICE 405

$n = 7p + 6$ avec $p \in \mathbb{N}$ alors

$n^2 = 49p^2 + 84p + 36 = 7(7p^2 + 12p + 5) + 1$

Le reste de la division de n^2 par 7 est donc 1

$n^3 = (7p)^3 + 3 \times (7p)^2 \times 6 + 3 \times 7p \times 6^2 + 6^3$

De plus $6^3 = 216 = 30 \times 7 + 6$ donc

$n^3 = 7\left(49p^3 + 126p^2 + 108p + 30\right) + 6$
Le reste de la division de n^3 par 7 est donc 6.

EXERCICE 406

$5^2 = 25 = 3 \times 7 + 4$ donc $5^2 \equiv 4$ [7], $4 \times 5 = 20 = 2 \times 7 + 6$ donc $5^3 \equiv 6$ [7]

$5^6 = 5^3 \times 5^3 \equiv 36 \equiv 1$ [7]

$5^{6n} = \left(5^6\right)^n \equiv 1^n \equiv 1$ [7]

Si n est pair, $n = 2p$ avec $p \in \mathbb{N}$

$5^{3n+2} = 5^{6p+2} \equiv 1 \times 4 \equiv 4$ [7]

alors $5^{6n+1} + 5^{3n+2} - 2 \equiv 5 + 4 - 2 \equiv 0[7]$

Si n est impair, $n = 2p + 1$ avec $p \in \mathbb{N}$

$5^{3n+2} = 5^{6p+5} \equiv 1 \times 3 \equiv 3$ [7]

alors $5^{6n+1} + 5^{3n+2} - 2 \equiv 5 + 3 - 2 \equiv 7[7]$.

EXERCICE 407

1. $1000 = 111 \times 9 + 1 \equiv 1$ [111].
2. $1000n = 111 \times 9n + n \equiv n$ [111].
3. $10^8 = 1000 \times 1000 \times 100 \equiv 100$ [111]
   $10^4 = 1000 \times 10 \equiv 10$ [111]
   on en déduit alors que $10^8 + 10^4 + 1 \equiv 111 \equiv 0$ [111]
   $10^8 + 10^4 + 1$ est donc divisible par 111.

EXERCICE 408

Tableau des congruences modulo 17 :

n	5^{2n-1}	$3 \times 5^{2n-1}$	2^{3n-2}	A
1	5	15	2	0
2	6	1	16	0
3	14	8	9	0
4	10	13	4	0
5	12	2	15	0
6	11	16	1	0
7	3	9	8	0
8	7	4	13	0
9	5	15	2	0

On en déduit que pour tout $n \in \mathbb{N}^\star$, $A = 3 \times 5^{2n-1} + 2^{3n-2}$ est divisible par 17.

EXERCICE 409

$65 \equiv 2$ [7]

d'autre part :

$2^3 = 8 \equiv 1$ [7] donc $\forall n \in \mathbb{N}$, $2^{3n} \equiv 1$ [7]

$346 = 3 \times 115 + 1$ donc $65^{346} \equiv 1 \times 2^1 \equiv 2$ [7].

EXERCICE 410

Etablissons un tableau de congruence modulo 5 :

n	0	1	2	3	4
3^{3n+2}	4	3	1	2	4
2^{n+4}	1	2	4	3	1
A	0	0	0	0	0

EXERCICE 411

Tableau des congruences modulo 7 :

n	n^2	$5n^2$	$3n$	A
0	0	0	0	6
1	1	5	3	1
2	4	6	6	6
3	2	3	2	0
4	2	3	5	4
5	4	6	1	4
6	1	5	4	0

On en déduit que A est divisible par 7 si et seulement si $n = 7p + 3$ ou $n = 7p + 6$ avec $p \in \mathbb{N}$.

EXERCICE 412

Tableau des congruences modulo 11

n	3^{n+3}	4^{4n+2}	A
0	5	5	0
1	4	4	0
2	1	1	0
3	3	3	0
4	9	9	0
5	5	5	0

On en déduit que quel que soit $n \in \mathbb{N}$, $A = 3^{n+3} - 4^{4n+2}$ est divisible pat 11.

EXERCICE 413

1. Tableau des congruences modulo 8

n	0	1	2	3	4	5	6	7
n^2	0	1	4	1	0	1	4	1

2. $(5x + 3)^2 - 1 \equiv 0$ [8] $\Longleftrightarrow$ $(5x + 3)^2 \equiv 1$ [8]

D'après la question précédente $5x = 8p + r$
avec $r \in \{1;\ 3;\ 5;\ 7\}$.

- Si $5x+3 = 8p+1$ alors $5x = 8p-2$

On remarque que $x = 6$ et $p = 4$ est une solution
$5(x-6) = 8p-32 = 8(p-4)$
donc $x-6$ est divisible par 8.
On en déduit alors que $x = 8k+6$ avec $k \in \mathbb{Z}$.
On obtient en procédant de même :
$x = 8k$, $x = 8k+2$ et $x = 8k+4$.

EXERCICE 414

$\overline{abca} = 1001a + 100b + 10c \equiv 2b+3c\ [7]$

$\overline{abca} = 1001a + 100b + 10c \equiv 11a + 10c + b\ [99]$

$$\begin{cases} \overline{abca} \equiv 0\ [7] \\ \overline{abca} \equiv 1\ [99] \end{cases} \Longleftrightarrow \begin{cases} 2b+3c \equiv 0\ [7] \\ 11a+10c+b\ [99] \equiv 1\ [99] \end{cases}$$

Le nombre recherché est un nombre à 4 chiffres donc $a > 0$, on a donc $0 \leqslant 2b+3c \leqslant 45$
et $11 \leqslant 11a+b+10c \leqslant 198$

- Si $2b+3c = 0$ et $11a+b+10c = 100$
alors $b = c = 0$ et $a \notin \mathbb{N}$.
- Si $2b+3c = 7$ et $11a+b+10c = 100$
alors $b = 2$, $c = 1$ et $a = 8$.
- Si $2b+3c = 14$ et $11a+b+10c = 100$
alors $b = 7$, $c = 0$ et $a \notin \mathbb{N}$
ou $b = 4$, $c = 2$ et $a \notin \mathbb{N}$
ou $b = 1$, $c = 4$ et $a \notin \mathbb{N}$.
- Si $2b+3c = 21$ et $11a+b+10c = 100$
alors $b = 0$, $c = 7$ et $a \notin \mathbb{N}$
ou $b = 3$, $c = 5$ et $a \notin \mathbb{N}$
ou $b = 6$, $c = 3$ et $a \notin \mathbb{N}$
ou $b = 9$, $c = 1$ et $a \notin \mathbb{N}$.
- Si $2b+3c = 28$ et $11a+b+10c = 100$
alors $b = 4$, $c = 8$ et $a \notin \mathbb{N}$
ou $b = 5$, $c = 6$ et $a \notin \mathbb{N}$
ou $b = 8$, $c = 4$ et $a \notin \mathbb{N}$.
- Si $2b+3c = 35$ et $11a+b+10c = 100$
alors $b = 4$, $c = 9$ et $a \notin \mathbb{N}$
ou $b = 7$, $c = 7$ et $a \notin \mathbb{N}$.
- Si $2b+3c = 42$ et $11a+b+10c = 100$
alors $b = 9$, $c = 8$ et $a = 1$.

Nous en déduisons qu'il n'y a que deux solutions :
8218 et 1981.

EXERCICE 415

Tableau des congruences modulo 11

n	1^n	2^n	3^n	4^n	A
0	1	1	1	1	4
1	1	2	3	4	0
2	1	4	4	1	0
3	1	3	2	4	0
4	1	1	1	1	4

Donc si $n = 4p$, $1^n+2^n+3^n+4^n \equiv 4\ [11]$
Si $n = 4p+r$ avec $1 \leqslant r \leqslant 3$, $1^n+2^n+3^n+4^n \equiv 0\ [11]$.

EXERCICE 416

1. $2017 \equiv 1[9]$. **2.** $876 \equiv 2[19]$.
3. $-1234 \equiv -8[23]$. **4.** $899 \equiv -1[45]$.

EXERCICE 417

1. $n+p \equiv 0[11]$. **4.** $n^2+p^2 \equiv -1[11]$.
2. $3n+2p \equiv 7[11]$. **5.** $n^2-3p^2 \equiv 1[11]$.
3. $5n-9p \equiv -1[11]$. **6.** $3n^2-2p^2 \equiv 5[11]$.

EXERCICE 418

1. $A_{n+3}-A_n = \left(2^3-1\right)2^n - \left(22^3-1\right)22^n + \left(23^3-1\right)23^n$.
$2^3-1 = 7 \equiv 0[7]$, $22 \equiv 1[7]$ d'où $22^3-1 \equiv 0[7]$
et $23 \equiv 2[7]$ d'où $23^3-1 \equiv 2^3-1 \equiv 0[7]$.
On en déduit que $A_{n+1}-A_n \equiv 0[7]$ donc
$A_{n+3} \equiv A_n[7]$.

2. $A_{3n+1} = A_1 = 3 \equiv 3[7]$ $\quad A_{3n+2} = A_2 = 49 \equiv 0[7]$
$A_{3n} = A_3 = 1527 \equiv 1[7]$
A_n est divisible par 7 si et seulement si $n \equiv 2[3]$.

EXERCICE 419

$13 \equiv 5[8]$ et $27 \equiv 3[8]$.
D'autre part $5^{2n} = \left(5^2\right)^n \equiv 1[8]$ et $5^{2n+1} = 5 \times 5^{2n} \equiv 5[8]$,
$3^{2n} = \left(3^2\right)^n \equiv 1[8]$ et $3^{2n+1} = 3 \times 3^{2n} \equiv 3$
d'où $13^{23} \equiv 5[8]$ et $27^{41} \equiv 3[8]$ ainsi $A \equiv 7[8]$.

EXERCICE 420

$5^{6n+1} \equiv 0[5]$ et 2^{3n+1} est une puissance de 2 donc n'est pas divisible par 5, N n'est donc pas divisible par 5 quel que soit $n \in \mathbb{N}$.

$5^{6n+1} = 5 \times (5^6)^n \equiv 5 \times 1[7] \equiv 5[7]$ et
$2^{3n+1} = 2 \times (2^3)^n \equiv 2 \times 1[7] \equiv 2[7]$.
Donc $\forall n \in \mathbb{N}$, $5^{6n+1} + 2^{3n+1} \equiv 0$ [7].

EXERCICE 421

$11 \equiv 4[7]$
d'autre part $4^{3n} = (4^3)^n \equiv 1$ [7],
$2021 \equiv 2[3]$ d'où $N = 11^{2021} \equiv 4^2 \equiv 2$ [7].
L'**affirmation est vraie**.

EXERCICE 422

1. $11 = 3 \times 3 + 2 \equiv 2[3]$ et $11 = 2 \times 5 + 1 \equiv 1[5]$, 11 est donc solution de (S).
2. Si n est solution de (S) alors il existe $p \in \mathbb{N}$ tel que $n = 3p + 2 \implies n - 11 = 3(p+3) \implies n - 11$ est divisible par 3.
3. On démontre de même que si n est solution de (S) alors $n - 11$ est divisible par 5. Puisque 3 et 5 sont premiers entre eux, on en déduit donc que si n est solution de (S) alors $n - 11$ est divisible par 15 donc $n = 11 + 15k$ avec $k \in \mathbb{Z}$.

EXERCICE 423

1. $6^{12n} = (6^{12})^n \equiv 1[13]$, $6^{12n+6} \equiv 12[13]$,
$6^{12n+1} \equiv 6[13]$, $6^{12n+7} \equiv 7[13]$,
$6^{12n+2} \equiv 10[13]$, $6^{12n+8} \equiv 3[13]$,
$6^{12n+3} \equiv 8[13]$, $6^{12n+9} \equiv 5[13]$,
$6^{12n+4} \equiv 9[13]$, $6^{12n+10} \equiv 4[13]$,
$6^{12n+5} \equiv 2[13]$, $6^{12n+11} \equiv 11[13]$.

2. $2021 \equiv 6[13]$ $\quad 2018 = 12 \times 168 + 2$
d'où $2021^{2018} \equiv 6^2[13] \equiv 10[13]$.
3. D'après la question **1**, $6^{12n} \equiv 1[13]$,
$6^{12n} + (2 \times 6^n) + 2$ est un multiple de 13 si et seulement si $6^n \equiv 5[13]$ si et seulement si $n = 12p + 9$.

EXERCICE 424

Les relations de division euclidienne par n s'écrivent : $a = nq + r$, $0 \leqslant r < n$ et $b = nq' + r'$, $0 \leqslant r' < n$.
On en déduit $a - b = n(q - q') + (r - r')$ et $-n < r - r' < n$.
Sens direct : Supposons que : $r = r'$ alors $a - b = n(q - q')$ avec $(q - q') \in \mathbb{Z}$, donc n divise $a - b$.
Réciproquement : Si n divise $a - b$, comme n divise $n(q - q')$ alors n divise $(a - b - n(q - q'))$ c'est-à-dire n divise $r - r'$.
Comme $-n < r - r' < n$, il faut que $r - r' = 0$ soit $r = r'$.

EXERCICE 425

$a \equiv b[n] \iff \exists p \in \mathbb{Z}\ /\ a = pn + b$ et $c \equiv d[n]$
$\iff \exists q \in \mathbb{Z}/\ c = qn + d$.

1. $a + c = n(p + q) + b + d$ or $(p + q) \in \mathbb{Z}$ donc $a + c \equiv b + d[n]$.
2. $ka = knp + kb$ or $kp \in \mathbb{Z}$ donc $ka \equiv kb[n]$.
3. $ac = n(npq + pd + qb) + bd$ or $(npq + pd + qb) \in \mathbb{Z}$ donc $ac \equiv bd[n]$.
4. Se démontre par récurrence en utilisant la relation ci-dessus.

EXERCICE 426

1. Tableau de congruence modulo 7 :

n	1	2	3	4	5	6	7
5^n	5	4	6	2	3	1	5

2. $19^n \equiv 5^n$ [7]
donc d'après la question précédente :
$19^n \equiv 2$ [7] $\iff n = 7p + 4$, $p \in \mathbb{N}$.

EXERCICE 427

Un nombre impair peut s'écrire $n = 4p + 1$ ou $n = 4p + 3$ avec $p \in \mathbb{N}$
• Si $n = 4p + 1$ alors
$n^2 = 16p^2 + 8p + 1 \equiv 1$ [8]
• Si $n = 4p + 3$ alors
$n^2 = 16p^2 + 24p + 9 \equiv 1$ [8]
Donc quel que soit n entier impair, n^2 est congru à 1 modulo 8.

EXERCICE 428

• $17 \equiv 2$ [5]
$2^4 \equiv 1$ [5] donc $2^{4n+1} \equiv 2$ [5]
• $3^4 \equiv 1$ [5] donc $3^{4n} \equiv 1$ [5]
On en déduit alors
$17^{4n+1} + 3 \times 9^{2n} \equiv 2^{4n+1} + 3^{4n+1} \equiv 0$ [5]

EXERCICE 429

1. $10^3 = 1000 = 27 \times 37 + 1 \equiv 1$ [37]
d'où $10^{3n} \equiv 1$ [37].

2. $N = 10^{10} + 10^{20} + 10^{30}$

- $10^{10} = 10^{3\times3+1} \equiv 10\ [37]$
- $10^{20} = 10^{3\times6+2} \equiv 26\ [37]$
- $10^{30} = 10^{3\times10} \equiv 1\ [37]$

On en déduit alors que $N \equiv 0\ [37]$.

Le reste de la division de N par 37 est donc nul.

EXERCICE 430

$A = 10^{2n+4} - 2\times 10^{n+2} + 1$

$10^2 = 9\times 11 + 1 \equiv 1\ [11]$

donc $10^{2n} \equiv 1\ [11]$ et $10^{2n+1} \equiv 10 \equiv -1\ [11]$.

- Si $n = 2p$

$A = 10^{4p+4} - 2\times 10^{2p+2} + 1 \equiv 1 - 2 + 1 \equiv 0\ [11]$

- Si $n = 2p+1$

$A = 10^{4p+6} - 2\times 10^{2p+3} + 1 \equiv 1 + 2 + 1 \equiv 4\ [11]$.

EXERCICE 431

1. Voir exercice 404 question 1.

On démontre alors que $\forall n \in \mathbb{N}$:

$5^{6n} \equiv 1\ [7]$ $\quad 5^{6n+1} \equiv 5\ [7]$

$5^{6n+2} \equiv 4\ [7]$ $\quad 5^{6n+3} \equiv 6\ [7]$

$5^{6n+4} \equiv 2\ [7]$ $\quad 5^{6n+5} \equiv 3\ [7]$.

2. $A = 5^{6n} + 5n + 2 \equiv 5n + 3\ [7]$ donc A est divisible par 7 si et seulement si $5n \equiv 4\ [7]$.

EXERCICE 432

1. Si $n = 2p$, $5^n = (5^2)^p \equiv 1\ [6]$.

Si $n = 2p+1$, $5^n = 5\times(5^2)^p \equiv 5\ [6]$.

2. Si $n = 2p$, alors $A \equiv 2(n+1)\ [6]$ donc A sera divisible par 6 si et seulement si $n+1$ est divisible par 3.

$n+1$ est impair et divisible par 3

donc $n = 6k+2$ avec $k \in \mathbb{N}$.

Si $n = 2p+1$, alors $A \equiv 5n\ [6]$ donc A sera divisible par 6 si et seulement si $5n$ est divisible par 6 or par hypothèse n est impair, donc $5n$ est impair, il ne peut donc pas être divisible par 6.

EXERCICE 433

1. $5^1 \equiv 5\ [13]$ $\quad 5^2 \equiv 12\ [13]$

$5^3 \equiv 8\ [13]$ $\quad 5^4 \equiv 1\ [13]$

2. $31 \equiv 5\ [13]$ et $18 \equiv 5\ [15]$,

d'après la question précédente :

$5^{4n+1} = 5\times(5^4)^n \equiv 5\ [13]$ et $5^{4n-1} \equiv 8\ [13]$

On en déduit alors $N = 31^{4n+1} + 18^{4n-1} \equiv 0\ [13]$.

N est donc divisible par 13.

EXERCICE 434

1. $(2p+1)^2 = 4p(p+1) + 1$, le produit $p(p+1)$ est pair car produit de deux entiers consécutifs, on en déduit alors $(2p+1)^2 \equiv 1[8]$.

2. D'après la question précédente, y est impair, il peut donc s'écrire sous la forme $y = 4p+1$ ou $y = 4p+3$ avec $p \in \mathbb{N}$.

- Si $y = 4p+1$, l'équation peut s'écrire

$y^2 - 1 = 8p(2p+1)$ alors $x = p(2p+1)$.

- Si $y = 4p+3$, l'équation peut s'écrire

$y^2 - 1 = 8(p+1)(2p+1)$.

Les solutions sont donc les couples $\big(p(p+1); 4p+1\big)$ et $\big((p+1)(2p+1); 4p+3\big)$ avec $p \in \mathbb{N}$.

EXERCICE 435

1. $10^3 - 1 = 9\times 111$ donc $10^3 \equiv 1\ [111]$

alors $10^{6n+2} = 10^2 \times (10^3)^{2n} \equiv 100\ [111]$.

$10^{3n+1} = 10\times(10^3)^n \equiv 10\ [111]$. On en déduit alors $A \equiv 0\ [111]$. A est donc divisible par 111.

$10^3 + 1 = 7\times 11\times 13$ donc $10^3 \equiv -1\ [7]$ et $10^3 \equiv -1\ [13]$.

Si $n = 2p+1$ alors

$A = 100(10^3)^{4p+2} + 10(10^3)^{2p+1} + 1$

$\equiv 2 - 3 + 1\ [7] \equiv 0\ [7]$

De même $A \equiv 9 - 10 + 1\ [13] \equiv 0\ [13]$.

2. $B = (10^3)^{3n} + (10^3)^{2n} + (10^3)^n + 1$.

- Si n est impair alors $B \equiv -1 + 1 - 1 + 1\ [7] \equiv 0\ [7]$ de même $B \equiv 0\ [11]$ et $B \equiv 0\ [13]$. Si n est impair, alors B est divisible par 7, 11 et 13.
- Si n est pair alors $B \equiv 4\ [7]$, $B \equiv 4\ [11]$ et $B \equiv 4\ [13]$.
- Pour tout $n \in \mathbb{N}$, $B \equiv 4\ [111]$.

EXERCICE 436

1. $u_1 = 64$ $u_2 = 314$, $u_3 = 1564$, $u_4 = 7814$

On peut conjecturer que $u_{2k} = \cdots 14$ et $u_{2k+1} = \cdots 64$.

2. $u_{n+2} = 5u_{n+1} - 6 = 5(5u_n - 6) - 6 = 25u_n - 36$

$= u_n + 24u_n + 36$.

Or $24u_n + 36 \equiv 0[4]$, donc $u_{2n} \equiv u_n[4]$.

On en déduit que $u_{2k} \equiv u_0[4] \equiv 2[4]$.

Donc $\forall k \in \mathbb{Z}$, $u_{2k} \equiv 2[4]$.

De même $u_{2k+1} \equiv u_1 \equiv 0[4]$.
Donc $\forall k \in \mathbb{Z}$, $u_{2k+1} \equiv 0[4]$.

3. Soit à démontrer la propriété : $2u_n = 5^{n+2} + 3$, pour tout n de $\mathbb{N}$.

a. *Initialisation* : $2u_0 = 28 = 5^2 + 3$: la relation est vraie au rang 0.

Hérédité : Soit un naturel n et supposons que l'on ait $2u_n = 5^{n+2} + 3$.

$$2u_{n+1} = 2(5u_n - 6) = 5 \times 2u_n - 12 = 5\left(5^{n+2} + 3\right) - 12 = 5^{n+3} + 3.$$

La relation est donc vraie au rang $(n+1)$.

Conclusion : La relation est vraie au rang 0 et si elle est vraie à un rang n quelconque, elle l'est aussi au rang $n+1$. On a donc démontré par récurrence que pour tout naturel n, $2u_n = 5^{n+2} + 3$.

b. $2u_n = 5^{n+2} + 3 = 5^2 \times 5^n + 3 = 25 \times 5^n + 28 - 25 = 25\left(5^n - 1\right) + 28.$

Or $5^n - 1$ est divisible par $5 - 1 = 4$.

Remarque : en général $x^n - 1$ est divisible par $x - 1$.

Il existe donc $k \in \mathbb{Z}$ tel que $5^n - 1 = 4k$ et finalement $2u_n = 100k + 28 \iff 2u_n \equiv 28[100]$.

4. D'après le résultat précédent le reste de la division de $2u_n$ par 100 est 28. Il en résulte que les deux derniers chiffres de l'écriture de u_n sont 14 ou 64.

• Si $n = 2p$ avec $p \in \mathbb{N}$, d'après la question **2** : $u_n \equiv 2[4]$. Or les deux derniers chiffres de u_n ne peuvent être 64, puisque $64 \equiv 0[4]$, donc les deux derniers chiffres de l'écriture décimale de u_{2p} sont 14.

• Si $n = 2p+1$ avec $p \in \mathbb{N}$, on a $u_{2p+1} \equiv 0[4]$. Or dans ce cas les deux derniers chiffres de l'écriture décimale de u_{2p+1} ne peuvent être 14 puisque $14 \equiv 2[4]$. Donc les deux derniers chiffres de u_{2p+1} sont 64.

EXERCICE 437

D'après l'énoncé : $A \equiv 5\ [8]$ et $A \equiv 4\ [11]$

On remarque que $A = 37$ est solution, en effet $37 = 8 \times 4 + 5 = 3 \times 11 + 4$.

Si n est solution du problème alors, il existe $p \in \mathbb{N}$ tel que $n = 8p + 5 \Longrightarrow n - 37 = 8p - 32 = 8(p-4)$ donc $n - 37$ est divisible par 8.

On montre de même que $n - 37$ est divisible par 11.

Puisque 8 et 11 sont premiers entre eux, on en déduit que si n est solution du problème $n - 37$ est divisible par 88 donc $A = 88k + 37$ avec $k \in \mathbb{Z}$.

EXERCICE 438

1. Le premier entier naturel n vérifiant $2^n \equiv 1[7]$ est 3.
Le premier entier naturel n vérifiant $3^n \equiv 1[7]$ est 6 car $3^6 = 729 = 7 \times 104 + 1$.

2. a. Soit $a \in \mathbb{N}, a \neq 7k, k \in \mathbb{N}$. Il existe $r \in \mathbb{N}$, $r < 7$ tel que $a = 7k + r$. On a donc $a \equiv r[7]$, donc $a^6 \equiv r^6[7]$.
Or : $1^6 \equiv 1[7]$; $2^3 \equiv 1[7]$; $3^6 \equiv 1[7]$; $4^6 = \left(2^3\right)^2 \equiv 1[7]$
$5^5 = 15625 = 7 \times 2232 + 1 \equiv 1[7]$ et $6^6 = 2^6 \times 3^6 \equiv 1[7]$.
Ainsi dans tous les cas : $a^6 \equiv 1[7]$.

b. On a $a^k \equiv 1[7]$, k étant le plus petit naturel vérifiant cette congruence.
D'autre part $6 = kq + r$ avec $r < k$.
On a donc $a^6 = a^{kq+r} = a^{kq} \times a^r = \left(a^k\right)^q \times a^r$.
Or $a^k \equiv 1[7]$, donc $a^6 \equiv a^r \equiv 1[7]$. Donc $a^r \equiv 1[7]$.
Or k étant le plus petit naturel vérifiant $a^k \equiv 1[7]$, il en résulte que $r = 0$, c'est-à-dire que k divise 6.
Les valeurs possibles pour k sont donc 1, 2, 3 et 6.

c. On a trouvé l'ordre de 2 est 3, donc l'ordre de 4 est aussi 3 et l'ordre de 3 est 6 et on a vu que l'ordre de 5 est 6.

3. $A_{2006} = 2^{2006} + 3^{2006} + 4^{2006} + 5^{2006} + 6^{2006}$.
On a $2\,006 = 6 \times 334 + 2$.
Donc $2^{2006} = 2^{6\times334+2} = 2^{6\times334} \times 2^2 = \left(2^6\right)^{334} \times 2^2$.
Or $2^6 \equiv 1[7]$, donc finalement $2^{2006} \equiv 2^2[7]$.
De même pour les autres puissances,
donc $A_n \equiv 2^2 + 3^2 + 4^2 + 5^2 + 6^2[7]$,
soit $A_n \equiv 90 \equiv 6[7]$.
Finalement $A_{2006} \equiv 6[7]$.

EXERCICE 439

1. On a $5^6 = 15625 = 7 \times 2232 + 1 \equiv 1[7]$ on en déduit alors $5^{6n} = \left(5^6\right)^n \equiv 1[7]$.
$5^{6n+1} = 5 \times 5^{6n} \equiv 5[7]$ $\quad 5^{6n+2} = 5 \times 5^{6n+1} \equiv 4[7]$
$5^{6n+3} = 5 \times 5^{6n+2} \equiv 6[7]$ $\quad 5^{6n+4} = 5 \times 5^{6n+3} \equiv 2[7]$
$5^{6n+5} = 5 \times 5^{6n+4} \equiv 3[7]$.

2. $1972 = 7 \times 281 + 5 \equiv 5[7]$ et $57 = 6 \times 9 + 3 \equiv 3[6]$ on en déduit alors $1972^{57} \equiv 5^3[7] \equiv 6[7]$.

3. $1972^n \equiv 4[7] \iff 5^n \equiv 4[7]$ donc d'après la première question, on en déduit que $n \equiv 2[6]$.

EXERCICE 440

$N = 5^3a + 5^2b + 5c = 12^2a + 12b + c$

donc $-19a + 13b + 4c = 0$

ou encore $4(-5a + 3b + c) + (a + b) = 0$

D'autre part $4(-5a + 3b + c) + (a + b) \equiv a + b$ [4]

De plus $1 \leqslant a + b \leqslant 8$

donc $a + b = 4$ ou $a + b = 8$.

- Si $a + b = 4$ et $4c = 19a - 13b$ alors

$b = 4 - a$ et $c = 8a - 13$ seul $a = 2$ convient on a alors $b = 2$, $c = 3$ et $N = 315$.

- Si $a + b = 8$ et $4c = 19a - 13b$ alors

$b = 8 - a$ et $c = 8a - 26$

$0 < c \leqslant 4 \Longrightarrow 3{,}25 < a \leqslant 3{,}75$ donc il n'existe aucun entier a répondant au problème.

La seule solution est donc $N = 315$.

EXERCICE 441 $A = 5^6 \equiv 1$ [7] et $B = 5^{6p} \equiv 1^n \equiv 1$ [7]

$33 \equiv 5$ [7] et $38 \equiv 2$ [6],

on en déduit alors que $C \equiv 5^2 \equiv 4$ [7].

EXERCICE 442

1. $24n^2 + 8n = 8n(3n + 1)$
   - si n est pair alors $8n$ est divisible par 16
   - si n est impair alors $3n + 1$ est pair donc divisible par 2

   On en déduit que dans les deux cas $24n^2 + 8n$ est divisible par 16.

   $(2n + 1)^4 = 16n^4 + 32n^3 + 24n^2 + 8n + 1$
   $= 16n^3(n + 2) + 24n^2 + 8n + 1 \equiv 1$ [16]
2. • Si $a = 2n$ ave $n \in \mathbb{N}$ alors $a^4 = 16n^4 \equiv 0$ [16].
   - Si $a = 2n + 1$ avec $n \in \mathbb{N}$ alors $a^4 = (2n + 1)^4 \equiv 1$ [16].

   On en déduit alors que $a^4 = 16p$ ou $a^4 = 16p + 1$.

   Il faut donc au minimum 15 puissances quatrièmes pour obtenir une somme de la forme $16n + 15$.

EXERCICE 443

1. Etablissons le tableau de congruence modulo 7

n	0	1	2	3	4	5	6
$n^3 + 1$	1	2	2	0	2	0	0

   On en déduit que $n^3 + 1$ est divisible par 7 s'il est de la forme $7p + 3$, $7p + 5$ ou $7p + 6$.
2. Etablissons le tableau de congruence modulo 7

n	0	1	2	3	4	5	6
$n^3 - 1$	-1	0	0	5	0	5	5

   On en déduit que $n^3 - 1$ est divisible par 7 s'il est de la forme $7p + 1$, $7p + 2$, $7p + 4$.
3. Soit $A = n\left(n^3 + 1\right)\left(n^3 - 1\right)$

   D'après les questions précédente A est divisible par 7 quel que soit $n \in \mathbb{Z}$.

   D'autre part $A = n(n - 1)\left(n^2 + n + 1\right)\left(n^3 + 1\right)$

   donc A est divisible par 2

   Etablissons le tableau de congruence modulo 3 :

n	0	1	2
$n^3 + 1$	1	2	0
$n^3 - 1$	1	0	1
A	0	0	0

   A est divisible par 2, 3 et 7, A est donc divisible par 42.

EXERCICE 444

1. $A_{n+3} = 2^{n+3} + 2^{2n+6} + 2^{3n+9}$
   $= 2^3 \times 2^n + 2^6 \times 2^{2n} + 2^9 \times 2^{3n}$

   $2^3 \equiv 1$ [7] donc $2^6 \equiv 1$ [7] et $2^9 \equiv 1$ [7]

   On en déduit que $A_{n+3} \equiv A_n$.
2. $A_0 = 3$, $\quad A_1 = 2 + 4 + 8 \equiv 0$ [7]

   $A_2 = 2^2 + 2^4 + 2^6 \equiv 4 + 2 + 1 \equiv 0$ [7]

   A_n est divisible par 7 si n est de la forme $3p + 1$ ou $3p + 2$ avec $p \in \mathbb{N}$.
3. $\overline{1110} = A_1 \equiv 0$ [7]

   $\overline{1010100} = A_2 \equiv 0$ [7]

   $\overline{1001001000} = A_3 \equiv 3$ [7].

EXERCICE 445

1. $a \equiv 10$ [23] et $b \equiv 15$ [23].

   On en déduit alors que $a + b \equiv 25 \equiv 2$ [23].

   Le plus petit entier naturel congru à $(a + b)$ modulo 23 est donc 2.
2. $a \equiv 10$ [23] et $b \equiv 15$ [23]

   On en déduit alors que $ab \equiv 150 \equiv 12$ [23].

   Le plus petit entier naturel congru à ab modulo 23 est donc 12.

EXERCICE 446

Démontrons que si $a \cdot b \cdot c$ n'est pas congru à 0 modulo 7 alors $a^3+b^3+c^3$ ne le sera pas non plus.
Dressons la table des congruences de n^3 modulo 7 :

n	0	1	2	3	4	5	6
n^3	0	1	1	6	1	6	6

Si $a \cdot b \cdot c$ n'est pas congru à 0 modulo 7 alors aucun des trois entiers n'est congru à 0 modulo 7.

• Si les trois entiers sont sont congrus à 1, 2 ou 4 modulo 7, leurs cubes sont congrus à 1 modulo 7
alors $a^3+b^3+c^3 \equiv 3\ [7]$.

• Si deux entiers sont congrus à 1, 2 ou 4 modulo 7, leurs cubes sont congrus à 1 modulo 7
le troisième étant congru à 3, 5 ou 6 modulo 7, son cube est congru à 6 modulo 7
alors $a^3+b^3+c^3 \equiv 1\ [7]$.

• Si un entier est congru à 1, 2 ou 4 modulo 7, son cube est congru à 1 modulo 7
les deux autres étant congrus à 3, 5 ou 6 modulo 7, leur cubes sont congrus à 6 modulo 7
alors $a^3+b^3+c^3 \equiv 6\ [7]$.

• Si les trois entiers sont sont congrus à 3, 5 ou 6 modulo 7, leurs cubes sont congrus à 6 modulo 7
alors $a^3+b^3+c^3 \equiv 4\ [7]$.

Dans aucun des cas possibles $a^3+b^3+c^3$ n'est congru à 0 modulo 7.
Par contraposition, on en déduit que
$a^3+b^3+c^3 \equiv 0\ [7] \Longrightarrow a \cdot b \cdot c \cdot \equiv 0\ [7]$.

EXERCICE 447

• Si les trois entiers sont congrus à 1 modulo 3 alors
$a^2+b^2+c^2 \equiv 3 \equiv 0\ [3]$

• Si deux entiers sont congrus à 1 et le troisième est congru à 2 modulo 3 alors
$a^2+b^2+c^2 \equiv 6 \equiv 0\ [3]$

• Si deux entiers sont congrus à 2 et le troisième est congru à 1 modulo 3 alors
$a^2+b^2+c^2 \equiv 9 \equiv 0\ [3]$

• Si les trois entiers sont congrus à 2 modulo 3 alors
$a^2+b^2+c^2 \equiv 12 \equiv 0\ [3]$

On en déduit donc que si aucun des entiers a, b, c n'est multiple de 3 alors $a^2+b^2+c^2$ est multiple de 3.

EXERCICE 448

1. **a.** $100 = 9 \times 11 + 1 \equiv 1\ [11]$
$1000 = 90 \times 11 + 10 \equiv 10\ [11]$.
b. $n \equiv 10\ [11] \iff n = 11k+10$ avec $k \in \mathbb{Z}$
$\iff n = 11(k+1)-1$
$\iff n \equiv -1\ [11]$
c. $\overline{abcd} = 1000a + 100b + 10c + d \equiv -a+b-c+d\ [11]$
donc $\overline{abcd} \equiv 0\ [11] \iff -a+b-c+d \equiv 0\ [11]$
c'est-à-dire que si $\overline{abcd}$ est divisible par 11 alors $-a+b-c+d$ est aussi divisible par 11.

2. **a.** $\overline{abba} \equiv -a+b-b+a \equiv 0\ [11]$
Les nombres du type $\overline{abba}$ sont donc divisibles par 11.
b. $\overline{11a} \equiv 1-1+a \equiv a\ [11]$
Le nombre $\overline{11a}$ est divisible par 11 si et seulement si $a = 0$.
c. $\overline{99a} \equiv a\ [11]$
Le nombre $\overline{99a}$ est divisible par 11 si et seulement si $a = 0$.

3. $\overline{aab} \equiv b\ [11]$, donc le nombre $\overline{aab}$ est divisible par 11 si $b = 0$ et a quelconque dans $[\![0\ ;\ 9]\!]$.

EXERCICE 449

1. **a.** $100 = 11 \times 9 + 1 \equiv 1\ [11]$
On en déduit alors que $10^4 = 100 \times 100 \equiv 1 \times 1 \equiv 1\ [11]$.
b. $10 = 1 \times 11 - 1 \equiv -1\ [11]$
$10^3 = 100 \times 10 \equiv 1 \times (-1) \equiv 1\ [11]$
$10^5 = 10 \times 10^4 \equiv -1 \times 1 \equiv -1\ [11]$.

2. **a.** $3729 = 37 \times 100 + 29 \equiv 37 + 29 \equiv 66 \equiv 0\ [11]$
donc 3729 est divisible par 11.
b. $9240 = 92 \times 100 + 40 \equiv 132 \equiv 0\ [11]$
donc 9240 est divisible par 11.

3. **a.** $3729 = 3 \times 10^3 + 7 \times 10^2 + 2 \times 10 + 9$
$\equiv -3+7-2+9 \equiv 0\ [11]$
b. $9240 \equiv -9+2-4 \equiv 0\ [11]$.

4. $197277 = 1 \times 10^5 + 9 \times 10^4 + 7 \times 10^3 + 2 \times 10^2 + 7 \times 10 + 7$
$\equiv -1+9-7+2-7+7 \equiv 3\ [11]$
197 277 n'est donc pas divisible par 11.

EXERCICE 450

1. Années bissextiles :
   2004, 2008, 2012, 2016, 2020, 2024, 2028.
2. **a.** $365 = 7 \times 52 + 1 \equiv 1$ [7]
   $366 = 7 \times 52 + 2 \equiv 2$ [7].
   b. L'année 2003 n'est pas bissextile, donc du 1er août 2002 au 1er août 2003, il y a 365 jours, donc d'après la question précédente il y aura un jour de décalage. Le 1er août 2003 était donc un vendredi.
   L'année 2004 est bissextile, donc du 1er août 2003 au 1er août 2004, il y a 366 jours, donc d'après la question précédente il y aura deux jours de décalage. Le 1er août 2004 était donc un dimanche.
   c. En procédant comme dans la question précédente, on obtient :
   lundi 1er août 2005, mardi 1er août 2006,
   mercredi 1er août 2007, vendredi 1er août 2008,
   samedi 1er août 2009, dimanche 1er août 2010, lundi 1er août 2011, mercredi 1er août 2012, jeudi 1er août 2013.
3. Le 1er août est un jeudi en 2013, 2019 et 2024.

EXERCICE 451

1. **a.** $1000 = 8 \times 125$
   b. $A = 1000 \times 8287592 + 115$
   $115 = 14 \times 8 + 3$, on en déduit alors que :
   $A \equiv 3$ [8].
   c. $B \equiv 516$ [8] et $516 = 8 \times 64 + 4$
   donc $B \equiv 4$ [8] on en déduit alors que $b = 4$.
2. $A \equiv 3$ [8] et $B \equiv 4$ [8] donc
   $A + B \equiv 7$ [8]
   $AB \equiv 12 \equiv 4$ [8].
3. **a.** $B \equiv 4$ [8] donc $B^2 \equiv 4^2$ [8] $\equiv 0$ [8]
   donc B^2 est divisible par 8.
   b. $A \equiv 3$ [8] donc $A^2 \equiv 3^2$ [8] $\equiv 1$ [8]
   donc A^2 n'est pas divisible par 8.
   c. $A^{100} = \left(A^2\right)^{50} \equiv 1^{50}$ [8] $\equiv 1$ [8]
   donc A^{100} n'est pas divisible par 8.

EXERCICE 452

1. **a.** « n est congru à 1 modulo 3 » signifie que le reste de la division de n par 3 est égal à 1.
   b. $10 \equiv 1$ [3], $100 \equiv 1$ [3], $1000 \equiv 1$ [3]
   On en déduit que $10^p \equiv 1^p \equiv 1$ [3].
   c. $4520 = 4 \times 1000 + 5 \times 100 + 2 \times 10 \equiv 4 + 5 + 2$ [3]
   donc $4520 \equiv 2$ [3].
   d. $5112 \equiv 5 \times 1000 + 1 \times 100 + 1 \times 10 + 2 \equiv 5 + 1 + 1 + 2$ [3]
   donc $5112 \equiv 0$ [3]
2. **a.** On a $10^p \equiv 1$ [3] donc $10^p n \equiv n$ [3] ainsi :
   $N = 1000a + 100b + 10c + d \equiv a + b + c + d$ [3]
   b. D'après la question précédente :
   $N \equiv 0$ [3] $\iff$ $a + b + c + d \equiv 0$ [3] soit
   « N est divisible par 3 si et seulement si $a + b + c + d$ est divisible par 3 ».

   c. « N est divisible par 9 si et seulement si $a + b + c + d$ est divisible par 9 ».
   $10 \equiv 1$ [9] donc pour tout $p \in \mathbb{N}$, $10^p \equiv 1$ [9]
   donc $N = 10^3 a + 10^2 b + 10c + d \equiv a + b + c + d$ [9].

☞ On remarquera que ces résultats ne se limitent pas aux nombres à quatre chiffres.

EXERCICE 453

1. **a.** $2003 - 1804 + 1 = 199$, il y a donc 199 années.
   b. $199 = 4 \times 49 + 3$, il faut enlever l'année 1900, il y a donc 48 années bissextiles.
2. Une année compte 365 jours, une année bissextile un jour de plus, le mois de décembre 1804 :
   $199 \times 365 + 48 + 31 = 72714$.
3. $72714 \equiv 5$ [7].
4.

Rang du jour	Jour de la semaine
$7k$	samedi
$7k+1$	dimanche
$7k+2$	lundi
$7k+3$	mardi
$7k+4$	mercredi
$7k+5$	jeudi
$7k+6$	vendredi

5. Le 2 décembre 1804 est le jour de rang 1, c'était donc un dimanche.

EXERCICE 454

1. $365 = 7 \times 52 + 1$ donc $365 \equiv 1$ [7] et $366 \equiv 2$ [7].

2. a. D'après la question précédente, une année non bissextile est composée de 52 semaines et un jour, c'est ce jour en plus qui explique le décalage.

b. Dans une année bissextile, d'après la question précédente, il y aura un décalage de deux jours, donc si le premier janvier d'une année bissextile est un lundi, l'année suivante le premier janvier sera un mercredi.

3. $365 \equiv 1$ [7] et $366 \equiv 2$ [7] donc $N \equiv 3 \times 1 + 1 \times 2$ [7] soit $N \equiv 5$ [7].

4. Sur une période de 4 ans, il y a trois années non bissextiles et une année bissextile soit N jours, d'après la question précédente, il y a aura cinq jours de décalage,

Quatre ans plus tard, le premier janvier sera donc un samedi.

5.

Nombre de périodes de quatre années	J = nombre de jours de décalage dans le cycle des jours de la semaine	Reste de la division de J par 7
0	0	0
1	5	5
2	10	3
3	15	1
4	20	6
5	25	4
6	30	2
7	35	0

6. a. 2004 n'est pas un siècle et $2004 = 4 \times 501$ donc 2004 est une année bissextile.

b. Du 29 février 2004 au 29 février 2008, il y a une période de quatre années, soit un décalage de 5 jours.

Le 29 février 2008 était donc un vendredi.

Du 29 février 2004 au 29 février 2012, il y a deux périodes de quatre années, soit un décalage de 3 jours.

Le 29 février 2012 était donc un mercredi.

c. On recherche la première période correspondant à un reste nul dans la division par 7 soit 7 périodes donc en 2032.

EXERCICE 455

1. $1+2\times9+3\times0+4\times1+5\times9+6\times0+7\times3+8\times4+9\times0$ $= 121 \equiv 0$ [11]. la clé est donc correcte.

2. $1+2\times0+3\times3+4\times2+5\times4+6\times1+7\times0+8\times5+9\times2$ $= 102 \equiv 3$ [11]

la clé est donc 3.

3. a. $1\times3+2\times2+3\times9+4\times d+5\times1+6\times2+7\times5+$ $8\times6+9\times0 = 134+4d \equiv 2+4d$ [11]

or $r = 4$ donc $2+4d \equiv 4$ [11] $\iff 4d \equiv 2$ [11].

b. Etablissons la table des congruences modulo 11 :

d	0	1	2	3	4	5	6	7	8	9
$4d$	0	4	8	1	5	9	2	6	10	3

On en déduit alors que $d = 6$.

4. a. $1\times a+2\times3+3\times2+4\times1+5\times0+6\times0+7\times5+8\times 1+9\times i = 51+a+9i$

$51+a+9i \equiv 9$ [11] $\iff 7+a+9i \equiv 9$ [11]

$\iff a \equiv 2-9i$ [11].

b. Si $i = 0$ alors $a = 2$

si $i = 1$ alors $a = 4$.

EXERCICE 456

1. $10^3 = 1000 = 13\times77-1 \equiv -1$ [13].

2. a. $10^6 = \left(10^3\right)^2 \equiv (-1)^2 \equiv 1$ [13]

b. $10^9 = 10^3 \times 10^6 \equiv -1\times1 \equiv -1$ [13]

$10^{12} = 10^6 \times 10^6 \equiv 1\times1 \equiv 1$ [13].

3. a. $N \equiv 5-292+729-824+628$ [13] d'où $N \equiv 246$ [13].

b. $246 = 13\times18+12$ donc N n'est pas divisible par 13.

c. $2010 = 335\times6$ donc $10^{2010} \equiv 1$ [13]

On en déduit alors que $10^{2010}+12 \equiv 0$ [13].

Le nombre $10^{2010}+12$ est donc divisible par 13.

EXERCICE 457

1. a. Si $A = 5$ alors $N = 0$

si $A = 8$ alors $N = 2$

si $A = 9$ alors $N = 0$.

b.

```
N ← A² − 3A + 6
N ← N%4
afficher N
```

2. a. Les restes possibles dans la division euclidienne par 4 sont 0, 1, 2, 3.

b. • Si $A \equiv 0$ [4], $A^2 - 3A + 6 \equiv 6 \equiv 2$ [4]
• si $A \equiv 1$ [4], $A^2 - 3A + 6 \equiv 1 - 3 + 6 \equiv 0$ [4]
• si $A \equiv 2$ [4], $A^2 - 3A + 6 \equiv 4 - 6 + 6 \equiv 0$ [4]
• si $A \equiv 3$ [4], $A^2 - 3A + 6 \equiv 5 - 5 + 6 \equiv 2$ [4]
c. D'après la question précédente,
$A = 4N + 1$ et $A = 4N + 2$ sont les seules familles appartenant à S.

EXERCICE 458

1. **a.** D'après le petit théorème de Fermat, comme p impair est premier avec 2, on sait que $2^{p-1} - 1$ est divisible par p ou encore $2^{p-1} - 1 = \alpha p$, avec $\alpha \in \mathbb{N}$, soit $2^{p-1} \equiv 1[p]$.
b. Inversement soit $k \neq 0$ tel que $2^k \equiv 1[p]$ (1).
Si k divise n, il existe $\alpha \in \mathbb{N}$ tel que $n = \alpha k$.
(1) $\Longrightarrow \left(2^k\right)^\alpha \equiv 1^\alpha[p]$ ou $2^{k\alpha} \equiv 1[p]$ et finalement : $2^n \equiv 1[p]$.
c. La division euclidienne de n par b montre l'existence des entiers α et β tels que
$n = \alpha b + \beta$, avec $\beta < b$.
Si $2^n \equiv 1[p]$, alors $2^{\alpha b+\beta} \equiv 1 \quad [p]$
$\iff 2^{\alpha b} \times 2^\beta \equiv 1[p]$.
Or $2^b \equiv 1[p] \implies 2^{\alpha b} \equiv 1[p]$, donc $2^\beta \equiv 1[p]$, ce qui contredit l'hypothèse relative à b. Donc $\beta = 0$ et par conséquent b divise n.
2. **a.** A est un multiple de p,
alors $2^q - 1 \equiv 0[p] \iff 2^q \equiv 1[p]$.
b. p ne peut être pair, puisque le seul pair premier est 2 et A impair n'est pas multiple de 2.
c. D'après le résultat de la question **1. c**, on sait que b divise q, mais q premier impair n'a pour diviseur que 1 et q :
si $b = 1$ alors $2^1 \equiv 1[p]$ ce qui est faux car $p \geqslant 3$ donc $b = q$.
d. p nombre premier impair est premier avec 2, donc le petit théorème de Fermat permet d'écrire :
$2^{p-1} - 1 \equiv 0[p] \iff 2^{p-1} \equiv 1[p]$.
q étant le plus petit entier tel que $2^q \equiv 1[p]$, on en déduit que $q \leqslant p - 1$ et d'après le résultat de la question **1. c**, q divise $p - 1$.
Or p impair implique que $p - 1$ est pair. Iil existe donc $\alpha \in \mathbb{N}$ tel que $p - 1 = 2\alpha$.
Donc q divise 2α et comme q est impair donc premier avec 2, il divise α (théorème de Gauss qui sera vu au chapitre 2.5). Il existe donc $k \in \mathbb{N}$ tel que $\alpha = kq$.
On a donc $p - 1 = 2kq = 2(kq) \iff p - 1 \equiv 0[2q]$
$\iff p \equiv 1[2q]$.
3. On a $A_1 = 2^{17} - 1$
D'après le résultat précédent 17 étant un impair premier, tout facteur premier p de A_1 vérifie
$p \equiv 1 \quad [2 \times 17] \iff p \equiv 1 \quad [34]$
$\iff p = 34\alpha + 1$, avec $\alpha \in \mathbb{N}$.
Les entiers 103, 137, 239 et 307 sont les entiers premiers inférieurs à 400 de la forme $34\alpha + 1$. Aucun d'eux ne divise A_1 et comme $400^2 > A_1$, on en déduit que A_1 est premier.

EXERCICE 459

1. **a.** Soit a pair et tel que $a^2 + 9 = 2^n \iff 9 = 2^n - a^2$.
Cette égalité est impossible puisque la différence de deux pairs est paire. Donc si a existe, a est impair.
b. On a donc $a = 2k + 1$, $k \in \mathbb{N}$,
donc $a^2 + 9 = 2^n \iff 4k^2 + 4k + 10 = 2^n$.
Or $4k^2 + 4k + 10 \equiv 2[4]$ et $2^n \equiv 0[4]$, puisque $n \geqslant 4$.
Il n'existe donc pas de solution à l'équation
$a^2 + 9 = 2^n$.
2. **a.** Pour $n \geqslant 3$, $3 \equiv -1[4]$, donc $3^n \equiv (-1)^n[4]$.
Si n est pair $3^n \equiv 1[4]$ et
si n est impair $3^n \equiv -1[4] \equiv 3[4]$.
b. Soit a tel que $a^2 + 9 = 3^n$.
Si a est impair, son carré est impair donc $a^2 + 9$ est pair, or 3^n est impair pour tout n. Donc si a existe, il est pair.
Puisque a est pair il existe $p \in \mathbb{N}$ tel que $a = 2p$, d'où $a^2 = 4p^2$. Donc $a^2 \equiv 0[4]$.
Il en résulte que $a^2 + 9 \equiv 9[4] \equiv 1[4]$.
Ainsi $a^2 + 9 = 3^n$ seulement si $3^n \equiv 1[4]$, mais ceci n'est vrai que si n est pair.
Si $a^2 + 9 = 3^n$, alors n est pair.
c. On pose donc $n = 2p$, $p \in \mathbb{N}$ supérieur à 1.
Si $a = 0$, alors $a^2 + 9 = 9 = 3^{2p}$, d'où $p = 1$ ce qui est impossible car $p > 1$.
Donc $a \neq 0$.
L'équation s'écrit :

$$a^2+9=3^{2p} \iff 9=(3^p)^2-a^2$$
$$\iff (3^p+a)(3^p-a)=9.$$

Les diviseurs de 9 sont 1, 3 et 9.

Sachant que $3^p+a>3^p-a$, il n'y a qu'une possibilité :

$$\begin{cases} 3^p+a &= 9 \\ 3^p-a &= 1 \end{cases} \implies 2\times 3^p=10 \iff 3^p=5$$ qui n'a pas de solution car 5 n'est pas une puissance de 3.

L'équation $a^2+9=3^n$ n'a donc pas de solution.

3. **a.** Supposons n impair, alors il existe $k\in\mathbb{N}$ tel que $n=2k+1$.

$5^n=5^{2k+1}=5^{2k}\times 5$, donc puisque $5\equiv 2[3]$ et $5^2\equiv 1\ [3]$ on a $5^n\equiv 2[3]$.

Donc s'il existe une solution a, alors $a^2+9\equiv 2[3]$.

Comme a est congru à 0, 1, ou 2 modulo 3, son carré est congru à 0 ou 1 modulo 3, et comme 9 est congru à 0 modulo 3, a^2+9 est congru à 0 ou 1 modulo 3, alors que 5^n est congru à 2 modulo 3.

Ces deux nombres ne sont donc pas égaux.

Donc si n est impair l'équation $a^2+9=5^n$, $n\geqslant 2$ n'a pas de solution.

b. On suppose donc n pair. Alors il existe $k\in\mathbb{N}$ tel que $n=2k$ avec $k\geqslant 1$. L'équation s'écrit :

$$a^2+9=5^{2k} \iff a^2+9=\left(5^k\right)^2$$
$$\iff 9=\left(5^k\right)^2-a^2$$
$$\iff \left(5^k+a\right)\left(5^k-a\right)=9,$$

Il y a deux possibilités :

- $$\begin{cases} 5^k+a &= 3 \\ 5^k-a &= 3 \end{cases} \implies 2a=0 \iff a=0,$$

mais on aurait alors $a^2+9=9=5^n$ ce qui n'est pas possible puisque 9 n'est pas une puissance de 5.

- $$\begin{cases} 5^k+a &= 9 \\ 5^k-a &= 1 \end{cases} \implies 2\times 5^k=10 \iff 5^k=5$$
$$\iff k=1 \text{ et donc } a=4.$$

L'équation $a^2+9=5^n$, $n\geqslant 2$ a donc une seule solution : 4.

EXERCICE 460

1. **a.** $7^{3n}=\left(7^3\right)^n\equiv 1[9]$, $\quad 7^{3n+1}=7\times 7^{3n}\equiv 7[9]$

$7^{3n+2}=7\times 7^{3n+1}\equiv 4[9]$.

b. $2005\equiv 7[9]$ donc $(2005)^{2005}\equiv 7^{2005}\ [9]$.

D'autre part $2005\equiv 1[3]$ donc $7^{2005}\equiv 7\ [9]$

d'où $(2005)^{2005}\equiv 7\ [9]$.

2. **a.** $10\equiv 1[9]$ donc $\forall n\in\mathbb{N} : 10^n\equiv 1\ [9]$.

b. $N=a_n\times 10^n+a_{n-1}\times 10^{n-1}+\cdots+a_1\times 10+a_0$
$\equiv a_n+a_{n-1}+\cdots+a_1+a_0\equiv S\ [9]$.

c. N est divisible par 9 $\iff N\equiv 0[9]$
$\iff S\equiv 0[9]$
$\iff S$ est divisible par 9.

3. **a.** D'après la question **2.b**, $A\equiv B[9]$, $B\equiv C[9]$ et $C\equiv D[9]$. Par transitivité de la relation d'équivalence, $A\equiv D[9]$.

b. $2005<10000 \implies 2005^{2005}<10000^{2005}$
$\implies A<10^{4\times 2005}$ soit $A<10^{8020}$.

Ceci prouve que que A s'écrit en numération décimale avec au plus 8020 chiffres.

Si chacun des chiffres de A était 9, B vaudrait $9\times 8020=72180$. Donc $B\leqslant 72180$.

c. Comme $B\leqslant 72180$, alors B s'écrit en numération décimale avec au plus 5 chiffres.

Si chacun des chiffres de B était 9, C vaudrait $9\times 5=45$. Donc $C\leqslant 45$.

d. Parmi tous les entiers inférieurs ou égaux à 45, celui qui a la plus grande somme de ses chiffres est 39. Donc $D\leqslant 12$.

e. Comme $A\equiv D[9]$ d'après la question **3.a** et $A\equiv 7[9]$ d'après la question **1.b**,

alors $D\equiv 7[9]$. De plus $0<D\leqslant 12$, alors $D=7$.

EXERCICE 461

1. **a.** $3^1\equiv 3\ [7]$ $\quad 3^2\equiv 2\ [7]$ $\quad 3^3\equiv 6\ [7]$

$3^4\equiv 4\ [7]$ $\quad 3^5\equiv 5\ [7]$ $\quad 3^6\equiv 1\ [7]$.

b. $3^{n+6}-3^n=3^n\left(3^6-1\right)\equiv 0\ [7]$ car $3^6-1\equiv 0\ [7]$.

On en déduit alors $3^{n+6}\equiv 3^n\ [7]$ c'est-à-dire 3^{n+6} et 3^n ont même reste dans la division par 7.

c. $1000=6\times 166+4$

On en déduit alors $3^{1000}\equiv 3^4\ [7]\equiv 4\ [7]$.

d. Tout entier naturel peut s'écrire sous la forme $n=6p+r$ avec p, r entiers naturels et $0\leqslant r<6$.

Alors $3^n=\left(3^6\right)^p\times 3^r\equiv 3^r\ [7]$.

e. D'après la question précédente $3^n\equiv 3^r\ [7]$ avec $0\leqslant r<6$ et d'après la question **1.a** 3^r n'est jamais nul.

On en déduit donc que 3^n n'est pas divisible par 7.

2. **a.** $U_n = \frac{1}{2}\left(3^n - 1\right)$ soit encore $2U_n = 3^n - 1$.
   Si $U_n \equiv 0$ [7] alors $3^n - 1 = 2U_n \equiv 0$ [7].
   b. Réciproquement si $3^n - 1 \equiv 0$ [7] alors $2U_n \equiv 0$ [7] or $2 \equiv 2$ [7] donc $U_n \equiv 0$ [7].
   U_n divisible par 7 si et seulement si $3^n \equiv 1$ [7] si et seulement si n est divisible par 6.

EXERCICE 462

1. Si N est divisible par 19 alors il existe $k \in \mathbb{N}$ tel que
   $$\begin{aligned} 10D + u = 19k &\Longrightarrow u = 19k - 10D \\ &\Longrightarrow N' = 19(2k - D) \end{aligned}$$
   N' est donc divisible par 19.
   Réciproquement : Si N' est divisible par 19 alors il existe $k' \in \mathbb{N}$ tel que $D + 2u = 19k'$
   $$\begin{aligned} D + 2u = 19k' &\Longrightarrow 10D + 20u = 19 \times 10k' \\ &\Longrightarrow 10D + u = 19\left(10k' - u\right) \end{aligned}$$
   N est donc divisible par 19.
2. $29431 = 2943 \times 10 + 1$ est divisible par 19 si et seulement si $2943 + 2 = 2945$ est divisible par 19
   $2945 = 294 \times 10 + 5$ est divisible par 19 si et seulement si $294 + 10 = 304$ est divisible par 19
   $304 = 30 \times 10 + 4$ est divisible par 19 si et seulement si $30 + 8 = 38$ est divisible par 19.
   Comme $38 = 2 \times 19$, 38 est divisible par 19 donc 29431 est divisible par 19.
3. N n'est pas divisible par 19 il existe donc un couple d'entiers $(q; r)$ avec $0 < r < 19$ tel que
   $N = 10D + u = 19q + r$.
   Alors $u = 19q + r - 10D$ d'où $N' = 19\left(2q - D\right) + 2r$ donc $N \equiv N'[19] \iff 2r \equiv r[19]$ ce qui est impossible car $0 < r < 19$.
   N et N' ne peuvent pas être congrus modulo 19.
   Le reste dans la division par 19 de N' est $2r[19]$.

EXERCICE 463

87, 147 et 183 sont divisibles par 3, seul 113 est premier.

EXERCICE 464

$33 = 3 \times 11$, $1234 = 2 \times 617$ et $1357 = 23 \times 59$.
Les nombres premiers sont : 19 ; 41 et 89.

EXERCICE 465

$45 = 3^2 \times 5$
$398 = 2 \times 199$
$1600 = 2^6 \times 5^2$.

EXERCICE 466

$12400 = 2^4 \cdot 5^2 \cdot 31$.

EXERCICE 467

1. $24 = 2^3 \times 3$; $76 = 2^2 \times 19$
   $1785 = 3 \times 5 \times 7 \times 17$; $3045 = 3 \times 5 \times 7 \times 29$.
2. $\dfrac{24}{76} = \dfrac{2^3 \times 3}{2^2 \times 19} = \dfrac{6}{19}$
   $\dfrac{3045}{1785} = \dfrac{3 \times 5 \times 7 \times 29}{3 \times 5 \times 7 \times 17} = \dfrac{29}{17}$

EXERCICE 468

Le crible d'Eratosthène consiste éliminer d'une table des entiers de 2 à N, ranger par ordre croissant tous les multiples d'un entier de la table.
On entoure 2 et on raye tous ses multiples, puis on entoure 3 et on raye ses multiples, puis 5 (puisque 4 est rayé), ⋯
On obtient :

2	3	~~4~~	5	~~6~~	7	~~8~~	~~9~~
~~10~~	11	~~12~~	13	~~14~~	~~15~~	~~16~~	17
~~18~~	19	~~20~~	~~21~~	~~22~~	23	~~24~~	~~25~~
~~26~~	~~27~~	~~28~~	29	~~30~~	31	~~32~~	~~33~~
~~34~~	~~35~~	~~36~~	37	~~38~~	~~39~~	~~40~~	41
~~42~~	43	~~44~~	~~45~~	~~46~~	47	~~48~~	~~49~~
~~50~~	~~51~~	~~52~~	53	~~54~~	~~55~~	~~56~~	~~57~~
~~58~~	59	~~60~~	61	~~62~~	~~63~~	~~64~~	~~65~~
~~66~~	67	~~68~~	~~69~~	~~70~~	71	~~72~~	73
~~74~~	~~75~~	~~76~~	~~77~~	~~78~~	79	~~80~~	~~81~~
~~82~~	83	~~84~~	~~85~~	~~86~~	~~87~~	~~88~~	89
~~90~~	~~91~~	~~92~~	~~93~~	~~94~~	~~95~~	~~96~~	97
~~98~~	~~99~~	~~100~~					

EXERCICE 469

On a $44 < \sqrt{2017} < 45$, il suffit de tester tous les nombres premiers inférieurs à 43 (44 n'étant pas premier).
Aucun ne divise 2017 donc 2017 est un nombre premier.

EXERCICE 470

$(3+1) \times (2+1) \times (1+1) = 24$ donc a a 24 diviseurs.

$(1+1)\times(1+1)\times(3+1) = 16$ donc b a 16 diviseurs.

EXERCICE 471

1. 2 et 3 sont premiers et consécutifs.
2. S'il y avait trois nombres premiers consécutifs, au moins un serait pair or seul 2 est pair et premier, 3 est premier mais 1 ne l'est pas.
   Il n'existe donc pas trois entiers consécutifs premiers.

EXERCICE 472

1. $D(28) = \left\{1;\ 2; 4;\ 7;\ 14;\ 28\right\}$
   $1+2+4+7+14 = 28$ donc 28 est parfait.
   $D(2^4 p) = \left\{1;\ 2;\ 4;\ 8;\ 16;\ p;\ 2p;\ 4p;\ 8p;\ 16p\right\}$
   la somme des diviseurs stricts est égale à $31+15p$
   $2^4 p$ est parfait si et seulement si $31+15p = 16p$ donc $p = 31$.
2. $D\left(2^n \cdot p\right) = \left\{1;\ 2;\ 2^2; \cdots;\ 2^{n-1};\ 2^n;\ p;\ 2p;\ 2^2 p;\ \cdots;\ 2^{n-1}p;\ 2^n p\right\}$
   La somme des diviseurs stricts est égale à
   $$\frac{2^{n+1}-1}{2-1} + p\frac{2^n-1}{2-1} = 2^{n+1} - 1 + 2^n p - p$$
   $2^n \cdot p$ est parfait si et seulement si
   $2^{n+1} - 1 + 2^n p - p = 2^n p$
   donc si $p = 2^{n+1} - 1$.
   - si $n = 1$ alors $p = 3$ et $N = 6$
   - si $n = 2$ alors $p = 7$ et $N = 28$
   - si $n = 3$ alors $p = 15$, p n'est pas premier
   - si $n = 4$ alors $p = 31$ et $N = 496$
   - si $n = 5$ alors $p = 63$, p n'est pas premier
   - si $n = 6$ alors $p = 127$ et $N = 8128$
   - si $n = 7$ alors $p = 255$, p n'est pas premier
   - si $n = 8$ alors $p = 511$, p n'est pas premier
   - si $n = 9$ alors $p = 1023$, p n'est pas premier

   Les quatre premiers nombres parfaits sont : 6; 28; 496 et 1023.

EXERCICE 473

Si $n = 5$ alors $u_5 = 35 = 5\times 7$, u_5 n'est pas premier.

EXERCICE 474

$A = n^2 + 2n - 3 = (n+3)(n-1)$ donc si $n \geqslant 3$.

A est factorisable, il n'est donc jamais premier.

EXERCICE 475

1.

```
Entrer N
p ⟵ 2
Tant que p < √N
    d ⟵ N/p
    b ⟵ E(d)
    si b − d = 0
        afficher p
    FinSi
    p ⟵ p+1
Fin Tant que
```

Avec $E(d)$ partie entière de d.

2. Le programme n'affiche aucun diviseur, 15 485 863 n'a pas de diviseur autre que 1 et lui-même, il est donc premier.

EXERCICE 476

$$\begin{aligned}245\,754 = 245\times 1000 + 754 &= 999\times 245 + (245+754)\\ &= 999\times 246.\end{aligned}$$

EXERCICE 477

1. $N = (2\times 5)\times 3^2 \times 2^3 \times 7 \times (2\times 3)\times 5 \times 2^2 \times 3 \times 2$
   $= 2^8 \times 3^4 \times 5^2 \times 7.$
2. $N = (2\times 5)^2 \times \left(2^6 \times 3^4 \times 7\right)$, N se termine donc par deux zéros.

EXERCICE 478

1. Il suffit de développer l'expression
   $\left(n^2 + 2m^2 + 2mn\right)\left(n^2 + 2m^2 - 2mn\right)$.
2. On utilise l'identité de « Sophie Germain » avec
   $m = 1 : n^4 + 4 = \left(n^2 + 2n + 2\right)\left(n^2 - 2n + 2\right)$.
   $n^4 + 4$ est premier si et seulement si
   $$\left(n^2 + 2n + 2 = 1 \text{ ou } n^2 - 2n + 2 = 1\right)$$
   si et seulement si
   $$\left((n+1)^2 = 0 \text{ ou } (n-1)^2 = 0\right).$$
   $n^4 + 4$ est premier si et seulement si $n = 1$ ou $n = -1$.

EXERCICE 479

$n^2 - 3n - 10 = (n-1)(n-2) - 8$,
$(n-1)(n-2)$ est un nombre pair donc $n^2 - 3n - 10$ l'est aussi, l'**affirmation est donc vraie**.

EXERCICE 480

Si l'on excepte 2, tous les nombres premiers sont impairs.

Supposons que $30n+7$ peut s'écrire comme la somme de deux nombres premiers tous les deux différents de 2. La somme de deux nombres impairs est un nombre pair et $30n+7$ est impair pour tout $n \in \mathbb{N}$. Une telle décomposition n'est donc pas possible.

Si pour tout $n \geqslant 1$, il existe p premier ($p \geqslant 35$), tel que $30n+7 = 2+p$ alors $p = 30n+5$ qui est divisible par 5. On aboutit à une contradiction puisque p est premier.

Donc quel que soit $n \geqslant 1$, $30n+7$ n'est jamais la somme de deux nombres premiers.

EXERCICE 481

$56 = 7 \times 2^3$

Un nombre répondant à la question comporte trois chiffres et s'écrit sous la forme $7^{2x} \times 2^{2y} = \left(2^y \times 7^x\right)^2$.

Si $x = 1$ et $y = 2$ alors $7^2 \times 2^4 = 784 = 28^2$ nous avons bien obtenu un carré parfait divisible par 56.

EXERCICE 482

$84 = 2^2 \times 3 \times 7$ donc 84 possède $3 \times 2 \times 2 = 12$ diviseurs.

$\mathcal{D}_{84} = \{1, 2, 3, 4, 6, 7, 12, 17, 21, 28, 42, 84\}$

S'il existe x entier naturel tel que $x(x+1)(2x+1) = 84$ alors x, $x+1$ et $2x+1$ sont des diviseurs de 84.

Il ne reste plus qu'à chercher parmi des diviseurs de 84 le triplet d'entiers qui conviennent.

x et $x+1$ sont deux entiers consécutifs : 2 et 3 ou 3 et 4.

Seule la solution $x = 3$ fonctionne. Ainsi $84 = 3 \times 4 \times 7$.

EXERCICE 483

1. n possède $(a+1)(b+1)$ diviseurs et
   $n^2 = 2^{2a}3^{2b}$ admet $(2a+1)(2b+1)$ diviseurs.
   On a donc $(2a+1)(2b+1) = 3(a+1)(b+1)$
   $\iff ab-a-b+1 = 3$
   $\iff (a-1)(b-1) = 3.$
2. Les deux seuls couples $(a\,;\,b)$ possibles sont $(2\,;\,4)$ et $(4\,;\,2)$.
   - Si $a = 2$ et $b = 4$ alors $n = 2^2 \times 3^4 = 324$
   - Si $a = 4$ et $b = 2$ alors $n = 2^4 \times 3^2 = 144$

EXERCICE 484

1. $n = p_1^{\alpha_1} \times \cdots \times p_k^{\alpha_k}$, avec $\alpha_I \in \mathbb{N}^\star$, $\forall i \in [\![1, k]\!]$.
   Le nombre de diviseurs de n s'écrit
   $\prod_{i=1}^{k}\left(\alpha_i+1\right) = 5 = 1 \times 5.$
   Il existe un seul nombre premier p et un seul α tel que $n = p^\alpha$ avec $\alpha+1 = 5$ d'où $\alpha = 4$.
2. $n-16 = p^4-2^4 = \left(p^2-2^2\right)\left(p^2+2^2\right)$
   $= (p-2)(p+2)\left(p^2+4\right).$
3. $n-16$ est le produit de deux nombres premiers, $n = p_1p_2$ avec $(p_1 < p_2)$, donc $n-16$ n'admet que 4 diviseurs 1, p_1, p_2, p_1p_2.
   D'après la question précédente, $p-2$, $p+2$, p^2+4 sont des diviseurs de $n-16$. Aucun d'eux ne peut être égal à p_1p_2 car cela remettrait en cause la décomposition de $n-16$ en produit de deux facteurs premiers.

   $$\text{On a donc } \left[\begin{array}{rcl} p-2 & = & 1 \\ p+2 & = & p_1 \\ p^2+4 & = & p_2 \end{array}\right.$$
   $\Longrightarrow p = 3,\ p_1 = 5,\ p_2 = 13,$
   ainsi $n = 3^4 = 81$ et $n-16 = 65 = 5 \times 13$.

EXERCICE 485

1. $756 = 2^2 \times 3^3 \times 7 = 2^2 \times 3^3 \times 7 \times 13^0$
   $504 = 2^3 \times 3^2 \times 7 = 2^3 \times 3^2 \times 7 \times 13^0$
   $468 = 2^2 \times 3^2 \times 13 = 2^2 \times 3^3 \times 7^0 \times 13$
   On peut donc choisir comme dénominateur commun : $2^3 \times 3^3 \times 7 \times 13 = 19656$
   On peut alors écrire :
   $$\frac{1}{756} = \frac{1}{2^2 \times 3^3 \times 7} = \frac{2 \times 13}{2^3 \times 3^3 \times 7 \times 13} = \frac{26}{2^3 \times 3^3 \times 7 \times 13}$$
   $$\frac{1}{504} = \frac{1}{2^3 \times 3^2 \times 7} = \frac{3 \times 13}{2^3 \times 3^3 \times 7 \times 13} = \frac{39}{2^3 \times 3^3 \times 7 \times 13}$$
   $$\frac{1}{468} = \frac{1}{2^2 \times 3^2 \times 13} = \frac{2 \times 3 \times 7}{2^3 \times 3^3 \times 7 \times 13} = \frac{42}{2^3 \times 3^3 \times 7 \times 13}.$$
2. $$\frac{1}{756} + \frac{1}{504} - \frac{1}{468} = \frac{26+39-42}{2^3 \times 3^3 \times 7 \times 13} = \frac{23}{2^3 \times 3^3 \times 7 \times 13}$$
   23 étant un nombre premier, la fraction $\frac{23}{2^3 \times 3^3 \times 7 \times 13}$ est irréductible.

EXERCICE 486

1. $120 = 2^3 \times 3 \times 5 = 2^3 \times 3 \times 5^0 \times 7^0 \times 11^0$
   $140 = 2^2 \times 5 \times 7 = 2^2 \times 3^0 \times 5 \times 7 \times 11^0$
   $792 = 2^3 \times 3^2 \times 11 = 2^3 \times 3^2 \times 5^0 \times 7^0 \times 11^1$
   On peut donc choisir comme dénominateur commun : $2^3 \times 3^2 \times 5 \times 7 \times 11 = 27720$
   On peut alors écrire :
   $$\frac{1}{120} = \frac{1}{2^3 \times 3 \times 5} = \frac{3 \times 7 \times 11}{2^3 \times 3^2 \times 5 \times 7 \times 11} = \frac{231}{2^3 \times 3^2 \times 5 \times 7 \times 11}$$
   $$\frac{1}{140} = \frac{1}{2^2 \times 5 \times 7} = \frac{2 \times 3^2 \times 11}{2^3 \times 3^2 \times 5 \times 7 \times 11} = \frac{198}{2^3 \times 3^2 \times 5 \times 7 \times 11}$$
   $$\frac{1}{792} = \frac{1}{2^3 \times 3^2 \times 11} = \frac{5 \times 7}{2^3 \times 3^2 \times 5 \times 7 \times 11} = \frac{35}{2^3 \times 3^2 \times 5 \times 7 \times 11}.$$
2. $$\frac{1}{792} - \frac{1}{120} + \frac{1}{140} = \frac{35 - 231 + 198}{2^3 \times 3^3 \times 7 \times 13} = \frac{-2}{2^3 \times 3^3 \times 7 \times 13} = \frac{-1}{2^2 \times 3^3 \times 7 \times 13}$$
   La fraction $-\dfrac{1}{2^2 \times 3^3 \times 7 \times 13}$ est irréductible.

EXERCICE 487

1. $a^{31} - a = a\left(a^{30} - 1\right)$.
   Si a est pair $a^{31} - a$ est divisible par 2.
   Si a est impair alors $a^{30} - 1$ est pair donc $a^{31} - a$ est divisible par 2.
   D'autre part 31 est premier donc d'après le petit théorème de Fermat, pour tout a non multiple de 31, $a^{31} \equiv a\ [31]$
   Si $a = 31k$ alors $a \equiv 0\ [31]$ et $a^{31} \equiv 0\ [31]$ donc $a^{31} - a \equiv 0\ [31]$.
   Ainsi, pour tout $a \in \mathbb{Z}$, $a^{31} - a$ est divisible par 2 et par 31 donc $a^{31} - a$ est divisible par 62.
2. $a^{30+n} - a^n = a^{n-1}\left(a^{31} - a\right)$
   D'après la question précédente $a^{31} - a \equiv 0\ [62]$ donc $a^{30+n} - a \equiv 0\ [62]$.

EXERCICE 488

$$(a+b)^p = \sum_{k=0}^{p} \binom{p}{k} a^{p-k} b^k = a^p + \sum_{k=1}^{p-1} \binom{p}{k} a^{p-k} b^k + b^p.$$

D'autre part $\dbinom{p}{k} = \dfrac{p(p-1)\cdots(p-k+1)}{k!}$

donc $k!\dbinom{p}{k} = p(p-1)\cdots(p-k+1)$

p divise $k!\dbinom{p}{k}$ or p ne divise pas $k!$ donc p divise $\dbinom{p}{k}$.

On en déduit alors que $\displaystyle\sum_{k=1}^{p-1} \binom{p}{k} a^{p-k} b^k \equiv 0\ [p]$

D'où $(a+b)^p \equiv a^p + b^p\ [p]$.

EXERCICE 489

1. $469 = 7 \times 67$.
2. $x^3 - y^3 = 469 \iff (x-y)\left(x^2+xy+y^2\right) = 7 \times 67$ ce qui implique
   $$\begin{cases} x-y=1 \\ x^2+xy+y^2=469 \end{cases} \text{ ou } \begin{cases} x-y=7 \\ x^2+xy+y^2=67 \end{cases}$$
   $$\text{ou } \begin{cases} x-y=67 \\ x^2+xy+y^2=7 \end{cases} \text{ ou } \begin{cases} x-y=469 \\ x^2+xy+y^2=7 \end{cases}$$
   Seul le premier système admet des solutions entières positives $(13;12)$.

EXERCICE 490

Soit n un entier naturel supérieur ou égal à 2.

• Si n est un nombre premier, il est un diviseur premier de lui-même.

• Si n n'est pas premier, il admet un diviseur positif autre que 1 et lui-même. L'ensemble $\mathcal{D}$ des diviseurs propres de n est donc un ensemble d'entiers naturels non vide. Il a donc un plus petit élément noté p.

Si p n'est pas premier alors il existe un diviseur propre d de p inférieur à p. Comme d divise p et p divise n alors d divise n ce qui contredit l'hypothèse p plus petit élément. Donc p est premier et par suite il existe un entier q tel que $n = pq$ avec $1 < q < n$. Donc q est un diviseur propre de n et par conséquent $p \leqslant q$.

On en déduit que $p^2 \leqslant pq$ soit $p^2 \leqslant n$ et donc $p \leqslant \sqrt{n}$.

EXERCICE 491

On raisonne par l'absurde : supposons qu'il existe un nombre fini n de nombres premiers et notons $p_1, p_2, \cdots, p_n$ ces n nombres premiers avec $p_1 < p_2 < \cdots < p_n$.

Soit le nombre $A = p_1 p_2 \cdots p_n + 1$. Puisque tous les entiers sont strictement supérieurs à 1, on a $A > p_n$. Donc A n'est pas premier et admet un diviseur premier. Il

existe donc un entier k ($1 \leqslant k \leqslant n$) tel que p_k divise A.
Or p_k divise A et p_k divise $p_1 p_2 \cdots p_n$ donc p_k divise la combinaison linéaire $A - p_1 p_2 \cdots p_n$ ce qui prouve que p_k divise 1 ce qui est impossible car le seul diviseur de 1 est 1 qui n'est pas premier.
L'hypothèse de départ est donc fausse, il existe donc une infinité de nombres premiers.

Exercice 492

1. $P = \{2;\ 3;\ 5;\ 7; 11;\ 13;\ 17;\ 19;\ 23;\ 29;\ 31;\ 37;\ 41;\ 43;\ 47\}$
2. $\sqrt{1517} < 41$, 1517 n'est divisible par aucun nombre de la liste précédente, il est donc premier.
3. $a^2 = b^2 + 1517 \iff (a+b)(a-b) = 1517$ or 1517 est un nombre premier donc $a+b=1$ ou $a-b=1$.
   a et b étant deux entiers naturels, la première égalité est impossible. On en déduit alors que $a = b+1$ et donc $2b+1 = 1517$ d'où $b = 758$ et $a = 759$.

Exercice 493

On remarque que $4^{545} = 4 \times \left(4^{136}\right)^4$, l'égalité de « Sophie Germain » vue à l'exercice 478 donne :

$$545^4 + 4^{545} = \left(545^2 + 2\times 4^{136} + 2\times 545\times 4\right) \times \left(545^2 + 2\times 4^{136} - 2\times 545\times 4\right).$$

Exercice 494

Notons P_i une décomposition de 36 et S_i la somme correspondant.

$P_1 = 1\times 1\times 36$ et $S_1 = 38$ $\quad$ $P_2 = 1\times 2\times 18$ et $S_2 = 21$
$P_3 = 1\times 3\times 12$ et $S_3 = 16$ $\quad$ $P_4 = 1\times 4\times 9$ et $S_4 = 14$
$P_5 = 1\times 6\times 6$ et $S_5 = 13$ $\quad$ $P_6 = 2\times 2\times 9$ et $S_6 = 13$
$P_7 = 2\times 3\times 6$ et $S_7 = 11$.

Deux sommes sont égales à 13, c'est donc le numéro de la maison car sinon, la première information aurait suffi. Il y a une aînée, la décomposition est donc P_6. Les filles ont 2 ans, 2 ans et 9 ans.

Exercice 495

$$\begin{aligned} n^5 + n^4 + 1 &= n^3\left(n^2+n+1\right) + \left(1-n^3\right) \\ &= n^3\left(n^2+n+1\right) + (1-n)\left(n^2+n+1\right) \\ &= \left(n^2+n+1\right)\left(n^3-n+1\right). \end{aligned}$$

P est premier si et seulement si

$$\left(n^2+n+1 = 1 \text{ et } n^3-n+1 \neq 1\right) \text{ ou } \left(n^3-n+1 = 1 \text{ et } n^2+n+1 \neq 1\right).$$

- $n^2+n+1 = 1 \implies n(n+1) = 0 \implies n = 0$ or si $n = 0$ alors $n^3 - n + 1 = 1$ ce qui n'est pas possible.
- $n^3 - n + 1 = 1 \implies n(n+1)(n-1) = 0 \implies (n = 0 \text{ ou } n = 1)$.

Nous avons vu précédemment que $n = 0$ est impossible et que $n = 1$ n'était pas solution de l'équation $n^2 + n + 1 = 1$.
En conclusion, P n'est premier que pour $n = 1$.

Exercice 496

$F_1 = 2^2 + 1 = 5$ est bien premier
$F_2 = 2^4 + 1 = 17$ est bien premier
$F_3 = 2^8 + 1 = 257$ et $F_4 = 2^{16} + 1 = 65537$.
On vérifie par exemple avec le programme écrit à l'exercice 475 que les nombres F_3 et F_4 sont premiers.
$F_5 = 2^{32} + 1 = 4\,294\,967\,297 = 641 \times 6\,700\,417$.
F_5 n'est donc pas un nombre premier.

Exercice 497

1. Supposons $p_1, p_2, \cdots, p_i, \cdots, p_n$ des nombres premiers (pas nécessairement ordonnés) tels que $N = p_1^{2\alpha_1+1} \cdot p_2^{2\alpha_2+1} \cdots p_i^{2\alpha_i+1} \cdot p_{i+1}^{2\alpha_{i+1}} \cdots p_n^{2\alpha_n} = \left(p_1^{\alpha_1} \cdot p_1^{\alpha_2} \cdot p_n^{\alpha_n}\right)^2 \left(p_1 \cdot p_2 \cdot p_i\right)$.
   N est un carré parfait si et seulement si $\left(p_1 \cdot p_2 \cdot \cdots \cdot p_i\right) = 1$ ce qui contredit l'hypothèse.
   Donc tous les facteurs sont d'exposants pairs.
2. D'après la question précédente il faut qu'au moins un facteur premier ait un exposant impair.

Exercice 498

1. $x^4 + 4 = \left(x^2 + 2x + 2\right)\left(x^2 - 2x + 2\right)$.
2. Voir exercice 478.
3. Si n n'est pas divisible par 5 alors il existe deux entiers p et r tels que $n = 5p + r$ avec $1 \leqslant r \leqslant 4$.
   On a alors :
   $n^2 + 2n + 2 = 25p^2 + 20pr + \left(r^2 + 2r + 2\right)$
   $n^2 - 2n + 2 = 25p^2 + \left(r^2 - 2r + 2\right)$.
   - si $r = 1$ alors $r^2 + 2r + 2 = 5$
   - si $r = 2$ alors $r^2 + 2r + 2 = 10$
   - si $r = 3$ alors $r^2 - 2r + 2 = 5$
   - si $r = 4$ alors $r^2 - 2r + 2 = 10$.

   On en déduit donc que pour tout r ($1 \leqslant r \leqslant 4$), $n^4 + 4$ est divisible par 5.

EXERCICE 499

Partie A

1. $n = a^2 - b^2 = (a+b)(a-b)$
   Si $a = 2p$ et $b = 2q$, alors $N = 4(p+q)(p-q)$ est pair.
   Si $a = 2p+1$ et $b = 2q+1$, alors $N = 4(p+q+1)(p-q)$ est pair.
   Conclusion a et b n'ont pas la même parité.
2. On a par définition de N, $a > b$, or $N = (a+b)(a-b)$, donc N est le produit de deux naturels.
   En posant $a+b = p$ et $a-b = q$, $N = p \times q$.
3. D'après la question **1**, a et b sont de parités contraires, donc $a+b = p$ et $a-b = q$ sont impairs et leur produit aussi.

Partie B

1. **a.** Les restes de X sont les naturels de 0 à 8. On calcule les restes de X^2 :

X	0	1	2	3	4	5	6	7	8
X^2	0	1	4	0	7	7	0	4	1

   b. On a $250507 = 9 \times 27834 + 1$,
   donc $250507 \equiv 1 \pmod 9$.
   D'après la question précédente et puisque $a^2 - 250507 = b^2$, les restes modulo 9 de b^2 sont 0, 1, 4 ou 7.
   On en déduit que les restes modulo 9 de $a^2 = 250507 + b^2$ sont 1, 2, 5 ou 8. Mais ces trois dernières valeurs sont interdites d'après la question **B.1.a**. Donc le reste modulo 9 de a^2 est égal à 1.
   c. On en déduit que les restes dans la division par 9 de a sont 1 ou 8.
2. **a.** Si $(a\,;\,b)$ vérifie l'équation $a^2 - 250507 = b^2$, alors
   $$a^2 = 250507 + b^2 \geqslant 250507 \iff a \geqslant \sqrt{250507}$$
   $$\iff a \geqslant 501.$$
   b. $(501\,;\,b)$ solution de (E) si $501^2 - 250507 = b^2$
   $$\iff 494 = b^2$$
   qui n'a pas de solution dans $\mathbb{N}$, car $22^2 = 484$ et $23^2 = 529$.
   Il n'y a pas de couple solution de la forme $(501\,;\,b)$.
3. **a.** On a $503 \equiv 8\ [9]$ et $505 \equiv 1\ [9]$. D'après la question précédente, on peut dire que a est congru à 503 ou à 505 modulo 9.
   b. $(505+9k\,;\,b)$ solution de (E)
   $$\iff 505^2 + 81k^2 + 9090k - 250507 = b^2$$
   $$\iff 255025 + 81k^2 + 9090k - 250507 = b^2$$
   $$\iff 4518 + 81k^2 + 9090k = b^2.$$
   Pour $k = 0$, 4518 n'est pas un carré ;
   Pour $k = 1$, $4518 + 81 + 9090 = 13689 = 117^2 = b^2$
   Soit $b = 117$. Donc le couple (514 ; 117) est un couple solution.

Partie C

1. D'après la question précédente :
   $$250507 = 514^2 - 117^2 = (514+117)(514-117)$$
   $$= 631 \times 397.$$
   250507 n'est donc pas premier.
2. 631 n'est pas divisible par 2, 3, 5, 7, 11, 13, 17, 19, 23, 29 : il est premier et 397 n'est pas divisible par 2, 3, 5, 7, 11, 13, 17, 19, 23 : il est premier.
   Conclusion : 631 et 397 sont premiers entre eux.
3. D'après la question précédente la seule écriture sous forme de deux facteurs premiers de 250507 est 631×397. L'écriture précédente est donc unique.

EXERCICE 500

1. $2^{11} - 1 = 2047 = 23 \times 89$.
   $2^{11} - 1$ n'est donc pas premier.
2. $2^{pq} = 2^p\left(2^q - 1\right) + 2^q$
   On en déduit alors que
   $$2^{pq} - 1 = 2^p\left(2^q - 1\right) + 2^q - 1 = \left(2^q - 1\right)\left(2^p - 1\right)$$
   $2^{pq} - 1$ est donc divisible par $\left(2^p - 1\right)$ et par $\left(2^q - 1\right)$.
3. D'après la question précédente si n n'est pas premier alors $2^n - 1$ n'est pas premier
   donc par contraposition si $2^n - 1$ est premier alors n est premier.
   La réciproque est fausse, voir la première question.

EXERCICE 501

1. $S = \dfrac{1 - (-1)^{p+1}x^{p+1}}{1+x}$.
2. D'après la question précédente :
   $$\frac{x^{2n+1}+1}{x+1} = 1 - x + x^2 - \cdots + (-1)^{2n}x^{2n}.$$
   donc $x^{2n+1} + 1$ est divisible par $x+1$.
3. Si k impair alors il existe $n \in \mathbb{N}$ tel que $k = 2n+1$ donc d'après la question précédente, en posant $x = 2^{(2^p)}$, on en déduit que $\left(2^{(2^p)}\right)^k + 1$ est divisible par $2^{(2^p)}$ quel que soit $p \in \mathbb{N}$.

4. Supposons que m ne soit pas une puissance de 2 alors m admet un diviseur impair $q \geqslant 3$ et donc
$a^m+1 = a^{q^k}+1 = \left(a^k\right)^q - (-1)^q$ avec $k \in \mathbb{N}$. Or
$\left(a^k\right)^q-(-1)^q = \left(a^k+1\right)\left(\left(a^k\right)^{q-1}-\left(a^k\right)^{q-2}+\cdots-1\right)$
ainsi a^m+1 est divisible par $a^k+1 \neq 1$ donc a^m+1 n'est pas premier.
Il est clair que a^m+1 est un nombre premier impair, et que donc a^m est un nombre pair, ce qui revient à dire que a est pair.

EXERCICE 502

1. $M_2 = 3$, $M_3 = 7$, $M_5 = 31$ sont premiers. $M_4 = 15$ et $M_6 = 63$ ne le sont pas.

2. Pour tout $x \neq 1$,
$1+x+\cdots+x^{n-1} = \dfrac{x^n-1}{x-1}$ d'où
$x^n-1 = \left(x^{n-1}+\cdots+x+1\right)(x-1)$.

3. Supposons n non premier, alors il existe p et q entiers strictement supérieurs à 1 tels que $n = pq$.
Donc $M_n = 2^n-1 = 2^{pq}-1$
$= \left(2^p-1\right)\left(2^q+2^{q-1}+\cdots+1\right)$ M_n est donc divisible par 2^p-1, il n'est donc pas premier.
Par la contraposée, on en déduit que si M_n est premier alors n est premier.

4. La réciproque est fausse, voir la première question.

5. Supposons $a > 2$ alors
$a^n-1 = (a-1)\left(a^{n-1}+a^{n-2}+\cdots+1\right)$
donc a^n-1 est divisible par $a-1 > 1$, a^n-1 n'est donc pas premier.
Pour que a^n-1 soit premier il faut donc de $a = 2$ donc d'après la question **3.**, si a^n-1 est premier alors $a = 2$ et n est premier.

EXERCICE 503

1.

n	2^n	$2^{n+1}-1$	a
1	2	3	6
2	4	7	28
3	8	15	**X**
4	16	31	496
5	32	63	**X**
6	64	127	8128

2. Soit $a = 2^n\left(2^{n+1}-1\right)$ avec $2^{n+1}-1$ premier.
a. 2 et $2^{n+1}-1$ sont premiers donc $2^n\left(2^{n+1}-1\right)$ est une décomposition en a en facteurs premiers.
b. a possède $2(n+1)$ diviseurs : $1, 2, 2^2, \cdots, 2^n$, $\left(2^{n+1}-1\right), 2\left(2^{n+1}-1\right), \cdots, 2^n\left(2^{n+1}-1\right)$.
c. $1+2+2^2+\cdots+2^n = \dfrac{2^{n+1}-1}{2-1} = 2^{n+1}-1$
et $1+2+\cdots+2^{n-1} = 2^n-1$ d'où
$S = \left(2^{n+1}-1\right)+\left(2^{n+1}-1\right)\left(2^n-1\right) = 2^n\left(2^{n-1}-1\right)$
donc $S = a$.

EXERCICE 504

1. $N_2 = 11$ est premier
$N_3 = 111$ est divisible par 3 donc n'est pas premier
$N_4 = 1111$ est divisible par 11 donc n'est pas premier.

2. $N_p = 1+10+10^2+\cdots+10^{p-1} = \dfrac{10^p-1}{10-1} = \dfrac{10^p-1}{9}$.

3. **a.** Supposons $p = 2q$
$N_p = \dfrac{10^p-1}{9} = \dfrac{10^{2q}-1}{9}$
$10^2 \equiv 1\ [11]$ donc $10^{2q} \equiv 1\ [11]$ et $N_p \equiv 0\ [11]$.
N_p est donc divisible par 11.
b. Supposons $p = 3q$
$N_p = \dfrac{10^p-1}{9} = \dfrac{10^{3q}-1}{9}$
$10^3 \equiv 1\ [111]$ donc $10^{3q} \equiv 1\ [111]$ et $N_p \equiv 0\ [111]$.
N_p est donc divisible par 111.
c. Supposons $p = kq$
$N_p = \dfrac{10^{kq}-1}{9}$
$10^k-1 = 9\left(10^{k-1}+10^{k-2}+\cdots+10+1\right) = 9N_k$
donc $10^k-1 \equiv 0\ \left[N_k\right]$ ou encore $10^k \equiv 1\ \left[N_k\right]$
On en déduit alors que $10^{kq} \equiv 1\ \left[N_k\right]$ et $N_p \equiv 0\ \left[N_k\right]$
N_p est donc divisible par N_k.
d. D'après les questions précédentes, N_p ne peut être premier que si p est premier.
Cette condition n'est pas suffisante, en effet 5 est premier mais $N_5 = 41 \times 271$.

EXERCICE 505

1. D'après la formule du binôme :
$$(a+1)^p = \sum_{k=0}^{p}\binom{p}{k}a^k = 1+\binom{p}{1}a+\cdots+\binom{p}{k}a^k$$
$$+\cdots+\tbinom{p}{p-1}a^{p-1}+a^p$$
Or, pour $k \in [\![1\ ;\ p-1]\!]$, $\binom{p}{k} = \dfrac{p(p-1)\cdots(p-k+1)}{k!}$

donc $p(p-1)\cdots(p-k+1)=\binom{p}{k}k!$

Ceci prouve que p divise $\binom{p}{k}k!$

or p est premier avec $k!$ donc p divise $\binom{p}{k}$

(théorème de Gauss qui sera vu ultérieurement)

On a alors $\binom{p}{k}\equiv 0\ [p]$

et donc $(a+1)^p\equiv a^p+1\ [p]$.

2. Soit p un nombre premier.

Démontrons par récurrence sur a la propriété

$\mathcal{P}_a$: « $a^p\equiv a\ [p]$.

Initialisation : Pour $a=1$, on a $1^{p-1}=1\equiv 1\ [p]$ donc $\mathcal{P}_1$ est vraie.

Hérédité : Supposons la propriété vraie au rang a, démontrons qu'alors $\mathcal{P}_{a+1}$ est vraie.

$(a+1)^p\equiv a^p+1\ [p]$ d'après la question précédente

de plus $a^p+1\equiv a+1\ [p]$ par hypothèse de récurrence

donc $(a+1)^p\equiv a+1\ [p]$ c'est-à-dite P_{a+1} vraie.

Conclusion : $\mathcal{P}_1$ est vraie et $\mathcal{P}_a$ est héréditaire, $\mathcal{P}_a$ est donc vraie pour tout $a\in\mathbb{N}^\star$.

3. 7 est un nombre premier et 3 n'est pas un multiple de 7, donc, d'après le petit théorème de Fermat, on a $3^6\equiv 1\ [7]$ donc $3^{6n}\equiv 1^n\equiv 1\ [7]$.

Ainsi $\forall n\in\mathbb{N}$, $3^{6n}-1$ est divisible par 7.

EXERCICE 506

1. Raisonnons par contraposition :

Si n est premier et impair, alors 2 n'est pas un multiple de n, d'après le théorème de Fermat, on a $2^{n-1}\equiv 1\ [n]$.

La contraposée est vérifiée.

2. $2^{10}=1024$ et $1024=341\times 3+1$, donc $1024\equiv 1\ [341]$

$2^{340}=\left(2^{10}\right)^{34}\equiv 1\ [341]$.

$341=11\times 31$ donc 341 n'est pas premier.

341 est un nombre de Poulet.

3. $n=336\,408\,382=m\times 2089$.

et $n-1=(m-1)2089+2088$

or $2088=2^3\times 9\times 29$.

9 et 29 divisent $(m-1)$ et 2088, ils divisent donc $(n-1)$.

or $2^9-1=7\times 73$

73 divise 2^9-1 donc 73 divise $\left(2^{n-1}-1\right)$

$2^{29}-1=233\times 1103\times 2089$

1103 divise $2^{29}-1$ donc 1103 divise $\left(2^{n-1}-1\right)$

comme 2089 divise $2^{29}-1$ il divise $\left(2^{n-1}-1\right)$.

Etant donné la factorisation de n, on en déduit que n divise $\left(2^n-2\right)$

n est donc un nombre de Poulet.

4. $341=11\times 31$

D'autre part :

$2^{10}=1024=93\times 11+1\equiv 1\ [11]$

$2^{10}=1024=33\times 31+1\equiv 1\ [31]$

On en déduit alors :

$2^{341}=2\times 2^{340}\equiv 2\times 1\equiv 2\ [11]$

De même $2^{341}\equiv 2\ [31]$.

11 et 31 divise $2^{341}-2$

De plus 11 et 31 sont premiers donc 341 divise $2^{341}-2$ soit encore $2^{341}-2\equiv 0\ [341]$.

EXERCICE 507

1. **a.** $1+a+a^2+\cdots+a^{n-1}=\dfrac{a^n-1}{a-1}$ avec $a\neq 1$.

b. On en déduit alors que

$P(a)=a^n-1=(a-1)\left(1+a+a^2+\cdots+a^{n-1}\right)$

soit $P(a)=k(a-1)$ avec $k=1+a+a^2+\cdots+a^{n-1}$.

2. **a.** En utilisant la formule précédente avec $n=2\times 280$, on obtient :

$a^{2\times 280}-1=\left(a^2-1\right)\left(1+a^2+\cdots+a^{558}\right)=k\left(a^2-1\right)$

avec $k=1+a^2+a^4+\cdots+a^{558}$.

$a^{561}-a=a\left(a^{2\times 280}-1\right)=k\times a\left(a^2-1\right)$.

b. • Si $a\equiv 0\ [3]$ alors $a^{561}-a\equiv 0\ [3]$

• Si $a\equiv 1\ [3]$ alors $a^2\equiv 1\ [3]$ donc $a^{561}-a\equiv 0\ [3]$

• Si $a\equiv 2\ [3]$ alors $a^2\equiv 1\ [3]$ donc $a^{561}-a\equiv 0\ [3]$

On en déduit alors que $a^{561}-a\equiv 0\ [3]$.

3. **a.** En utilisant la formule avec $n=10\times 56$, on obtient :

$a^{10\times 56}-1=\left(a^{10}-1\right)\left(1+a^{10}+\cdots+a^{550}\right)$

$=k'\left(a^{10}-1\right)$

avec $k'=1+a^{10}+\cdots+a^{550}$

On en déduit alors que $a^{561}-a=k'\times a\left(a^{10}-1\right)$.

b. Si $a\equiv 0\ [11]$ alors $a^{561}-a\equiv 0\ [11]$.

On vérifie que pour tout reste non nul dans la division par 11, $a^{10}\equiv 1\ [11]$, on en déduit alors que $a^{561}-a\equiv 0\ [11]$

$a^{561} - a$ est donc divisible par 11.

4. **a.** En utilisant la formule avec $n = 16 \times 35$, on obtient :
$$a^{16\times 35} - 1 = \left(a^{16} - 1\right)\left(1 + a^{16} + \cdots + a^{544}\right)$$
$$= k"\left(a^{16} - 1\right)$$
avec $k" = 1 + a^{16} + \cdots + a^{544}$
On en déduit alors que $a^{561} - a = k" \times a\left(a^{16} - 1\right)$.
b. Si $a \equiv 0$ [17] alors $a^{561} - a \equiv 0$ [17]
On vérifie que pour tout reste non nul dans la division par 17, $a^{16} \equiv 1$ [17], on en déduit alors que $a^{561} - a \equiv 0$ [17]
$a^{561} - a$ est donc divisible par 17.
5. $561 = 3 \times 11 \times 17$ donc d'après les résultats précédents $a^{561} - a \equiv 0$ [561]
donc $a^{561} \equiv a$ [561].
6. D'après a question précédente 561 divise $a^{561} - a$ et 561 n'est pas premier, c'est donc un nombre de Carmichaël.

EXERCICE 508

1. $n = p_1^{\alpha_1} p_2^{\alpha_2} \cdots p_k^{\alpha_k}$
• Soit $d = p_1^{\beta_1} p_2^{\beta_2} \cdots p_k^{\beta_k}$ avec $\beta_1, \beta_2, \cdots, \beta_k$ des entiers naturels tels que $0 \leqslant \beta_1 \leqslant \alpha_1$, $0 \leqslant \beta_2 \leqslant \alpha_2$, $\cdots$, $0 \leqslant \beta_k \leqslant \alpha_k$.
On peut alors écrire $n = p_1^{\alpha_1} p_2^{\alpha_2} \cdots p_k^{\alpha_k}$
$$n = \left(p_1^{\beta_1} p_2^{\beta_2} \cdots p_k^{\beta_k}\right)\left(p_1^{\alpha_1-\beta_1} p_2^{\alpha_2-\beta_2} \cdots p_k^{\alpha_k-\beta_k}\right)$$
Donc $n = d \times q$ avec $q = p_1^{\alpha_1-\beta_1} p_2^{\alpha_2-\beta_2} \cdots p_k^{\alpha_k-\beta_k}$
On sait que $\beta_1, \beta_2, \cdots, \beta_k$ sont des entiers naturels tels que $0 \leqslant \beta_1 \leqslant \alpha_1, 0 \leqslant \beta_2 \leqslant \alpha_2, \cdots, 0 \leqslant \beta_k \leqslant \alpha_k$.
donc $\alpha_1 - \beta_1$, $\alpha_2 - \beta_2$, $\cdots$, $\alpha_k - \beta_k$ sont des entiers naturels.
Par conséquent $q = p_1^{\alpha_1-\beta_1} p_2^{\alpha_2-\beta_2} \cdots p_k^{\alpha_k-\beta_k} \in \mathbb{N}$
d est donc un diviseur de n.
• Considérons un entier d diviseur de n.
Si $d = 1$, d peut s'écrire sous la forme
$d = p_1^{\beta_1} p_2^{\beta_2} \cdots p_k^{\beta_k}$ avec $\beta_1 = \beta_2 = \cdots = \beta_k = 0$
Si $d > 1$, soit $d = d_1^{\gamma_1} d_2^{\gamma_2} \cdots d_r^{\gamma_r}$ la décomposition de d en produit de facteurs premiers.
Alors $d_1, d_2, \cdots, d_r$ sont des diviseurs premiers de d, donc des diviseurs premiers de n, certains sont donc des nombres $p_1, p_2, \cdots, p_k$.
On peut donc écrire $d = p_1^{\beta_1} p_2^{\beta_2} \cdots p_k^{\beta_k}$ avec $\beta_1, \beta_2, \cdots, \beta_k$ des entiers naturels.
Il reste à démontrer que $\beta_1 \leqslant \alpha_1$:
d divise n, et $P_1^{\beta_1}$ divise d , donc $p_1^{\beta_1}$ divise n , donc $p_1^{\beta_1}$ divise $p_1^{\alpha_1} p_2^{\alpha_2} \cdots p_k^{\alpha_k}$.
Si $\beta_1 > \alpha_1$, alors $p_1^{\beta_1-\alpha_1}$ diviserait $p_2^{\alpha_2} \cdots p_k^{\alpha_k}$
donc p_1 diviserait $p_2^{\alpha_2} \cdots p_k^{\alpha_k}$, ce qui n'est pas possible puisque p_1 est premier avec les nombres p_2 , $\cdots$, p_k.
On a donc $\beta_1 \leqslant \alpha_1$
On montre de même que $\beta_2 \leqslant \alpha_2, \cdots, \beta_k \leqslant \alpha_k$.
Donc d s'écrit sous la forme $d = p_1^{\beta_1} p_2^{\beta_2} \cdots p_k^{\beta_k}$ avec $\beta_1, \beta_2, \cdots, \beta_k$ des entiers naturels tels que $0 \leqslant \beta_1 \leqslant \alpha_1, 0 \leqslant \beta_2 \leqslant \alpha_2, \cdots, 0 \leqslant \beta_k \leqslant \alpha_k$.

Conclusion : L'ensemble des diviseurs naturels de n est l'ensemble des entiers naturels d s'écrivant sous la forme $d = p_1^{\beta_1} p_2^{\beta_2} \cdots p_k^{\beta_k}$, où $\beta_1, \beta_2, \cdots, \beta_k$ sont des entiers naturels tels que $\forall i \in [\![1 ; k]\!], 0 \leqslant \beta_i \leqslant \alpha_i$.
2. $504 = 2^3 \times 3^2 \times 7$.
Les diviseurs de 504 sont donc :

$2^0 \times 3^0 \times 7^0 = 1$	$2^1 \times 3^0 \times 7^0 = 2$
$2^2 \times 3^0 \times 7^0 = 4$	$2^3 \times 3^0 \times 7^0 = 8$
$2^0 \times 3^1 \times 7^0 = 3$	$2^0 \times 3^2 \times 7^0 = 9$
$2^0 \times 3^0 \times 7^1 = 7$	$2^1 \times 3^1 \times 7^0 = 6$
$2^2 \times 3^1 \times 7^0 = 12$	$2^3 \times 3^1 \times 7^0 = 24$
$2^1 \times 3^2 \times 7^0 = 18$	$2^2 \times 3^2 \times 7^0 = 36$
$2^3 \times 3^2 \times 7^0 = 72$	$2^1 \times 3^0 \times 7^1 = 14$
$2^2 \times 3^0 \times 7^1 = 28$	$2^3 \times 3^0 \times 7^1 = 56$
$2^0 \times 3^1 \times 7^1 = 21$	$2^1 \times 3^2 \times 7^1 = 63$
$2^1 \times 3^1 \times 7^1 = 42$	$2^2 \times 3^1 \times 7^1 = 84$
$2^3 \times 3^1 \times 7^1 = 168$	$2^1 \times 3^2 \times 7^1 = 126$
$2^2 \times 3^2 \times 7^1 = 252$	$2^3 \times 3^2 \times 7^1 = 505$

EXERCICE 509

$6732 = 19 \times 342 + 234$
$342 = 1 \times 234 + 108$
$234 = 2 \times 108 + 18$
$108 = 6 \times 18 + 0$
On en déduit que $PGCD(6732 ; 342) = 18$

EXERCICE 510

$18\,459 = 4 \times 3\,809 + 3\,223$
$3\,809 = 1 \times 3\,223 + 586$

$3223 = 5 \times 586 + 293$

$586 = 2 \times 293 + 0$

On en déduit que $PGCD(18459\ ;\ 3809) = 293$.

EXERCICE 511

1. $D(240) = \{1;\ 2;\ 3;\ 4;\ 5;\ 6;\ 8;\ 10;\ 12;\ 15;\ 16;\ 20;\ 24;\ 30;\ 40;\ 48;\ 60;\ 80;\ 120;\ 240\}$.
2. $D(36) = \{1;\ 2;\ 3;\ 4;\ 6;\ 9;\ 12;\ 18;\ 36\}$.
3. $PGCD(240\ ;\ 36) = 12$.

EXERCICE 512

1. $5400 = 2^3 \times 3^3 \times 5^2$.
2. $4200 = 2^3 \times 3 \times 5^2 \times 7$.
3. $PGCD(5400\ ;\ 4200) = 2^3 \times 3 \times 5^2 = 600$.

EXERCICE 513

$12345 = 21 \times 567 + 438$

$$PGCD(12345\ ;\ 567) = PGCD(567\ ;\ 438)$$

$567 = 1 \times 438 + 129$

$$PGCD(567\ ;\ 438) = PGCD(438\ ;\ 129)$$

$438 = 3 \times 129 + 51$

$$PGCD(438\ ;\ 129) = PGCD(129\ ;\ 51)$$

$129 = 2 \times 51 + 27$

$$PGCD(129\ ;\ 51) = PGCD(51\ ;\ 27)$$

$51 = 1 \times 27 + 24$

$$PGCD(51\ ;\ 27) = PGCD(27\ ;\ 24)$$

$27 = 1 \times 24 + 3$

$$PGCD(27\ ;\ 24) = PGCD(24\ ;\ 3)$$

$24 = 8 \times 3 \qquad PGCD(24\ ;\ 3) = 3$

Ainsi $PGCD(12345\ ;\ 567) = 3$

EXERCICE 514

$1234 = 2 \times 617$ et $56789 = 109 \times 521$. Les nombres 1234 et 56789 n'ont aucun facteur premier commun, ils sont donc premiers entre eux.

EXERCICE 515

La fraction est irréductible si $2n+3$ et $n+1$ sont premiers entre eux donc si $PGCD(2n+3\ ;\ n+1) = 1$.

$$\begin{aligned} PGCD(2n+3\ ;\ n+1) &= PGCD(2n+3-2(n+1)\ ;\ n+1) \\ &= PGCD(1\ ;\ n+1) = 1. \end{aligned}$$

Donc $\forall n \in \mathbb{N}$, $\dfrac{n+1}{2n+3}$ est irréductible.

EXERCICE 516

$PGCD(a\ ;\ b) = 9$ donc $a = ka'$ et $b = k'b'$ avec $PGCD(a'\ ;\ b') = 1$.

$a + b = 72 \implies a' + b' = 8$, les couples $(a';b')$ solutions sont $(1;7)$, $(3;5)$, $(5;3)$ et $(7;1)$.

Les couples $(a;b)$ solutions sont $(9;63)$, $(27;45)$, $(45;27)$ et $(63;9)$.

EXERCICE 517

$PGCD(a\ ;\ b) = 11$ donc $a = 11a'$ et $b = 11b'$ avec $PGCD(a'\ ;\ b') = 1$.

$ab = 10164 = 11^2 \times 84 \implies a'b' = 84 = 2^2 \times 3 \times 7$, les couples $(a';b')$ solutions sont $(3;28)$, $(4;21)$, $(7;12)$, $(12;7)$, $(21;4)$, $(28;3)$, $(84;1)$ et $(1;84)$.

Les couples $(a;b)$ solutions sont $(33;308)$, $(44;231)$, $(77;132)$, $(132;77)$, $(231;44)$, $(308;33)$, $(11;924)$ et $(924;11)$.

EXERCICE 518

$a^2 - b^2 = (a+b)(a-b)$

D'autre part $PGCD(a\ ;\ b) = 17$ donc il existe a' et b' appartenant à $\mathbb{N}$ tels que $a = 17a'$ et $b = 17b'$.

De plus $1445 = 17^2 \times 5$

Dn en déduit alors que :

$17^2 (a' + b')(a' - b') = 17^2 \times 5$

donc $(a' + b')(a' - b') = 5$

a' et b' étant des entiers naturels, $a' + b' \geqslant 0$ donc $a' - b' \geqslant 0$ (car le produit est positif)

On en déduit alors que $\begin{cases} a' + b' = 5 \\ a' - b' = 1 \end{cases}$

$\implies \begin{cases} a' = 3 \\ b' = 2 \end{cases}$

Ainsi $a = 3 \times 17 = 51$ et $b = 2 \times 17 = 34$.

EXERCICE 519

• Si d divise a et b alors d divise b et $a - bq$ c'est-à-dire d divise b et r.

• Réciproquement si d divise $a - qb$ et b alors d divise $(a - qb) + qb$ et b c'est-à-dire d divise a et b.

Ainsi $PGCD(a\ ;\ b) = PGCD(b\ ;\ r)$.

EXERCICE 520

• Si $d = PGCD(a\,;\,b)$, il existe des entiers a' et b' tels que $a = da'$ et $b = db'$ alors $PGCD(a\,;\,b) = PGCD\big(da'\,;\,db'\big) = d\ PGCD\big(a'\,;\,b'\big)$. Comme $PGCD(a\,;\,b) = d$ on en déduit que $PGCD\big(a'\,;\,b'\big) = 1$ c'est-à-dire a' et b' premiers entre eux.

• Réciproquement, si $a = da'$, $b = db'$ avec a' et b' premiers entre eux et d entier naturel.

Alors $d \neq 0$ car a et b sont non nuls donc $PGCD(a\,;\,b) = d\ PGCD\big(a'\,;\,b'\big) = d \times 1 = d$.

EXERCICE 521

1. d divise a et b donc d divise a et $2b-3a$ c'est-à-dire d divise $2n+8$ et 6.
2. On remarque que $a = 2n+8 = 2(n+1)+6$ et $b = 3(n+1)+12$ donc
   • a est divisible par 6 si et seulement si $n+1$ est divisible par 3
   • b est divisible par 6 si et seulement si $n+1$ est divisible par 2
   n est donc de la forme $6p+5$ avec $p \in \mathbb{N}$.

EXERCICE 522

1. $5929 = 7^2 \times 11^2$,
   $D(5929) = \big\{1;\ 7;\ 11;\ 49;\ 77;\ 121;\ 539;\ 847;\ 5929\big\}$.
2. Résolution de l'équation $x^2 - 91x + 588 = 0$
   $\Delta = 5929 = 77^2$
   L'équation admet deux solutions $x_1 = 7$ et $x_2 = 84$.
   On en déduit alors que $PGCD(a\,;\,b) = 7$ et $PPCM(a\,;\,b) = 84$.
   De plus $ab = PGCD(a\,;\,b) \times PPCM(a\,;\,b) = 588$.
   $PGCD(a\,;\,b) = 7$ on a donc $a = 7a'$ et $b = 7b'$ avec $PGCD(a'\,;\,b') = 1$ on en déduit alors que $a'b' = 12$
   a' et b' premiers entre eux, les décompositions possibles sont donc 1×12 et 3×4.
   On en déduit alors les couples $(a\,;\,b)$ solutions :
   $(7\,;\,84)$, $(21\,;\,28)$, $(28\,;\,21)$ et $(84\,;\,7)$.

EXERCICE 523

1. On effectue les divisions euclidiennes successives :
   $3n^2 - 7n - 8 = 3n(n-2) - n - 8$ et $n-2 = -1(n-2) - 10$,
   on en déduit alors
   $PGCD(a\,,\,b) = PGCD(b\,,\,-10) = PGCD(b\,;\,10)$.
2. D'après la question précédente
   $PGCD(a\,,\,b) = 5 \iff PGCD(b\,;\,10) = 5$ or $10 = 2 \times 5$
   donc b est divisible par 5 mais pas par 2.
   Donc $n-2 = 5(2p+1)$ soit $n = 10p+7$.
3. a et b sont premiers entre eux si et seulement si b et 10 premiers entre eux si et seulement si b n'est divisible ni par 2, ni par 5.
   b est divisible par 2 si n est pair et d'après la question précédente b est divisible par 5 si n est de la forme $10p+7$
   Il faut donc que n soit impair et ne soit pas de la forme $10p+7$ avec $p \in \mathbb{Z}$.

EXERCICE 524

1. **a.** $PGCD(2\,;\,9) = 1$, $PPCM(2\,;\,9) = 18$,
   $ab - PPCM(a\,;\,b) \times PGCD(a\,;\,b) = 18 - 18 = 0$.
   b. $a = 15 = 3 \times 5$ et $b = 21 = 3 \times 7$, alors
   $PGCD(15\,;\,21) = 3$, $PPCM(15\,;\,21) = 105$,
   $ab - PPCM(a\,;\,b) \times PGCD(a\,;\,b) = 315 - 315 = 0$.
   c. $a = 210 = 2 \times 3 \times 5 \times 7$ et $b = 330 = 2 \times 3 \times 5 \times 11$, alors
   $PGCD(210\,;330) = 2 \times 3 \times 5 = 30$,
   $PPCM(240\,;\,330) = 2 \times 3 \times 5 \times 7 \times 11 = 2310$,
   $$ab - PPCM(a\,;\,b) \times PGCD(a\,;\,b) = 69300 - 69300 = 0.$$
   d. $a = 2018 = 2 \times 1009$ alors
   $PGCD(2018\,;\,1009) = 1009$,
   $PPCM(2018\,;\,1009) = 2018$,
   $$ab - PPCM(a\,;\,b) \times PGCD(a\,;\,b) = 2018 \times 1009 - 1009 \times 2018 = 0.$$
   Il semble pour tous entiers a et b,
   $PPCM(a\,;\,b) \times PGCD(a\,;\,b) = ab$.
2. Si a et b sont premiers entre eux alors
   $PGCD(a\,;\,b) = 1$ et $PPCM(a\,;\,b) = ab$
   alors $PGCD(a\,;\,b) \times PPCM(a\,;\,b) = ab$.
   Supposons a et b non premiers entre eux, alors il existe d tel que $a = da'$, $b = db'$ avec a' et b' premiers entre eux.
   On a alors $PGCD(a\,;\,b) = d$ et $PPCM(a\,;\,b) = da'b'$ donc
   $PGCD(a\,;\,b) \times PPCM(a\,;\,b) = d^2a'b' = (da')(db')$

$PGCD(a\,;\,b) \times PPCM(a\,;\,b) = ab.$

EXERCICE 525

On sait que $a+b=240$ et $PPCM(a\,;\,b)=540$

On a $504 = 2^3 \times 3^2 \times 7$ et $240 = 2^4 \times 3 \times 5$.

On remarque que : $240 = 2^3 \times 3 \times (7+3)$.

On en déduit alors $a = 2^3 \times 3 \times 7 = 168$

$b = 2^3 \times 3^2 = 72$.

EXERCICE 526

On sait que $PGCD(a\,;\,b)=21$ et $PPCM(a\,;\,b)=420$ donc il existe $a=21a'$ et $b=21b'$, les entiers a' et b' vérifient alors

$PGCD(a'\,;\,b')=1$ et $PPCM(a'\,;\,b')=20$.

Etablissons la liste des diviseurs de 20 :

$D(20) = \{1;\ 2;\ 4;\ 5;\ 10;\ 20\}$

Il suffit de choisir deux éléments premiers entre eux dans cette liste, par exemple 4 et 5.

on obtient alors $a = 4 \times 21 = 84$ et $b = 5 \times 21 = 105$.

EXERCICE 527

On sait que $a-b=22932$ et $PPCM(a\,;\,b)=98280$.

Soit $d=PGCD(a\,;\,b)$ alors par définition d divise a et b donc d divise $a-b$ c'est-à-dire 22932.

D'autre part d divise $PPCM(a\,;\,b)$ c'est-à-dire 98280

d est donc un diviseur commun à 22932 et 98280

On a $PGCD(22932\,;\,98280) = 3276$

si $d = 3276$ alors

$ab = 321965280$ de plus $a-b = 22932$

On en déduit alors que a est solution de l'équation :

$a^2 - 22932a - 321965280 = 0$

Cette équation admet deux solutions $a_1 = 32760$ et $a_2 = -9828$

$a_2 \notin \mathbb{N}$, donc $a = 32760$ et $b = 32760 - 22932 = 9828$.

EXERCICE 528

On sait que $PGCD(a\,;\,b)=5$ et $PPCM(a\,;\,b)=81600$

on a donc $ab = PGCD(a\,;\,b) \times PPCM(a\,;\,b) = 408000$

$PGCD(a\,;\,b)=5$ donc il existe $a=5a'$ et $b=5b'$, avec $PGCD(a'\,;\,b')=1$.

On a alors $a'b' = 16320 = 2^6 \times 3 \times 5 \times 17$

a' et b' étant premiers entre eux, les couples $(a'\,;\,b')$ possibles sont donc :

$(2^6\,;\,3\times5\times17)$, $(2^6\times3\,;\,5\times17)$, $(2^6\times5\,;\,3\times17)$, $(2^6\times17\,;\,3\times5)$, $(2^6\times3\times5\,;\,17)$, $(2^6\times3\times17\,;\,5)$, $(2^6\times5\times17\,;\,3)$, $(2^6\times3\times5\times17\,;\,1)$, $(3\times5\times17\,;\,2^6)$, $(3\times5\,;\,2^6\times17)$, $(3\times17\,;\,2^6\times5)$, $(5\times17\,;\,2^6\times3)$, $(3\,;\,2^6\times5\times17)$, $(5\,;\,2^6\times3\times17)$, $(17\,;\,2^6\times3\times5)$, $(1\,;\,2^6\times3\times5\times17)$.

On en déduit alors les couples (a,b) solutions du problème :

(5 ; 81600), (320 ; 1275), (960 ; 425), (1600 ; 255) (5440 ; 75), (4800 ; 85), (16320 ; 25), (27200 ; 15), (81600 ; 5), (1275 ; 320), (425 ; 960), (255 ; 1600), (75 ; 5440), (85 ; 4800), (25 ; 16320), (15 ; 27200).

EXERCICE 529

Posons $m = PPCM(a\,;\,b)$ et $d = PGCD(a\,;\,b)$.

On sait que $md = ab$ et $m - d = 77$.

Par définition d divise a et b donc d divise m et par suite d divise $m-d$ c'est-à-dire 77.

$77 = 1 \times 77 = 7 \times 11$.

• Si $d=1$ alors $m=78$ et $ab=78$

les décompositions de 78 sachant que a et b sont premiers entre eux, sont :

$78 = 1\times78 = 2\times39 = 3\times26 = 6\times13$

On en déduit alors les couples solutions, sachant que $a<b$:

(1 ; 78), (2 ; 39), (3 ; 26), (6 ; 13)

• Si $d=7$ alors $m=84$ et $ab=588$

Soit $a=7a'$ et $b=7b'$ alors a' et b' premiers entre eux et $a'b'=12$

$12 = 1\times12 = 3\times4$, $a<b$ donc $a'<b'$

Deux solutions : $a'=1$, $b'=12$ et $a'=3$, $b'=4$

Les couples solutions sont donc (7 ; 84) et (21 ; 28).

• Si $d=11$ alors $m=88$ et $ab=968$

Soit $a=11a'$ et $b=11b'$ alors a' et b' premiers entre eux et $a'b'=8$

$a<b$ donc $a'<b'$

Une seule solution possible $a'=1$ et $b'=8$,

le couple solution est donc (11 ; 88).

• Si $d=77$ alors $m=154$ et $ab=11858$

Soit $a=77a'$ et $b=77b'$ alors a' et b' premiers entre eux et $a'b'=2$

Une seule solution possible $a'=1$ et $b'=2$,

le couple solution est donc (77 ; 154).

Les solutions du problème sont donc les 8 couples :

(1 ; 78), (2 ; 39), (3 ; 26), (6 ; 13), (7 ; 84), (21 ; 28), (11 ; 88) et (77 ; 154).

EXERCICE 530

$2690545 = 5 \times 500479 + 188150$
$500479 = 2 \times 188150 + 124179$
$188150 = 1 \times 124179 + 63971$
$124179 = 1 \times 63971 + 60208$
$63971 = 1 \times 60208 + 3763$
$60208 = 16 \times 3763$
donc $PGCD(2690545\ ;\ 500479) = 3763$
$PGCD(a,b) \times PPCM(a,) = a \times b$
Ainsi $PPCM(2690545\ ;\ 500479) = 357842485$.

EXERCICE 531

$57715 = 1 \times 29100 + 28615$
$29100 = 1 \times 28615 + 485$
$28615 = 59 \times 485$
D'où $PGCD(57715\ ;\ 29100) = 485$
$57715 = 485 \times 119$ et $29100 = 485 \times 60$
$PPCM(57715\ ;\ 29100) = 485 \times 119 \times 60 = 3462900$

EXERCICE 532

1. $1980 = 2^2 \times 3^2 \times 5 \times 11$, les entiers recherchés sont donc 1, 2, 3 et 6.
2. $PGCD(a;b) = d$ et $PPCM(a;b) = m$. Il existe deux entiers naturels a' et b' tels que $a = da'$, $b = db'$ et $PGCD(a'\ ;\ b') = 1$.
   $m^2 - 5d^2 = 1980 \iff d^2\left((a'b')^2 - 5\right) = 1980$.
   Quatre systèmes sont possibles :
   - $\begin{cases} d = 1 \\ (a'b')^2 = 1985 \end{cases}$ or $1985 = 5 \times 597$,
   le système n'admet pas de solutions entières.
   - $\begin{cases} d = 2 \\ (a'b')^2 = 500 \end{cases}$ or $500 = 2^2 \times 5^3$,
   le système n'admet pas de solutions entières.
   - $\begin{cases} d = 3 \\ (a'b')^2 = 225 \end{cases}$ et $225 = 1 \times 15^2 = 3^2 \times 5^2$,
   le système admet quatre couples solutions :
   $\begin{cases} a' = 1 \\ b' = 15 \end{cases}$ $\begin{cases} a' = 3 \\ b' = 5 \end{cases}$ $\begin{cases} a' = 5 \\ b' = 3 \end{cases}$ $\begin{cases} a' = 15 \\ b' = 1 \end{cases}$
   - $\begin{cases} d = 6 \\ a'b' = 60 \end{cases}$ or $60 = 2^3 \times 3 \times 5$, le système n'admet pas de solutions entières.

Les couples $(a;b)$ solutions sont donc : (3;45), (9;15), (15;9), (45;3).

EXERCICE 533

1. $a = n(n-4)(n+3)$ et $b = (2n+1)(n-4)$, donc a et b sont divisibles par $n-4$.
2. **a.** $2\beta - \alpha = 2n + 6 - 2n - 1 = 5$.
   b. d est un diviseur de α et de β donc d est un diviseur de toute combinaison linéaire de α et β, d est donc un diviseur de $2\beta - \alpha$, c'est-à-dire d est un diviseur de 5.
   c. α et β sont multiples de 5 si et seulement si $\alpha - \beta$ est un multiple de 5 c'est-à-dire $n-2$ est multiple de 5.
3. $2n+1 = 2 \times n + 1$ donc
   $PGCD(2n+1\ ;\ n) = PGCD(n\ ;\ 1) = 1$, les entiers $2n+1$ et n sont donc premiers entre eux.
4. **a.** D'après les questions précédentes, pour $n \geqslant 5$,
   $a = n(n+3)(n-4)$, $b = (2n+1)(n-4)$,
   $\forall n \in \mathbb{N} : PGCD(n; 2n+1) = 1$,
   si $n \equiv 2[5]$, $PGCD(2n+1; n+3) = 5$
   sinon $PGCD(2n+1; n+3) = 1$.
   On en déduit alors que :
   - si $n \equiv 2[5]$ alors $PGCD(a;b) = 5(n-4)$,
   - sinon $PGCD(a;b) = n-4$.

   b. $n = 11 \equiv 1[5]$, $a = 11 \times 7 \times 14 = 2 \times 7^2 \times 11$
   et $b = 7 \times 23$ alors $PGCD(a;b) = 7 = 11 - 4$.
   $n = 12 \equiv 2[5]$, $a = 12 \times 8 \times 15 = 2^5 \times 3^2 \times 5$ et $b = 2^3 \times 5^2$ alors
   $PGCD(a;b) = 2^3 \times 5 = 40 = 5 \times (12-4)$.
   Les résultats sont bien vérifiés dans les deux cas.

EXERCICE 534

1. **a.** p divise $a+b$ et ab, p divise donc toute combinaison linéaire de $a+b$ et ab, p divise donc $a(a+b) - ab$ c'est-à-dire p divise a^2.
   b. p divise $a^2 = a \times a$ donc p divise a.
   c. p divise a et b donc il existe a' et b' tels que $a = pa'$ et $b = pb'$
   alors $PGCD(a;b) = pPGCD\left(a';b'\right)$.
   D'autre part $PGCD(a+b;ab) = pPGCD\left(a'+b';a'b'\right)$
   Ce qui implique que $PGCD\left(a'+b';a'b'\right) = 1$

Donc d'après la question précédente :
$PGCD(a';b') = 1$ d'où $PGCD(a;b) = p$.

2. On désigne par a et b des entiers naturels tels que $a \leqslant b$.

a.

$$\begin{cases} PGCD(a,\ b) = 5 \\ PPCM(a,\ b) = 170 \end{cases} \Longrightarrow \begin{cases} a = 5a' \\ b = 5b' \\ PGCD(a';b') = 1 \\ ab = 5 \times 170 \end{cases}$$

On en déduit alors $a'b' = 34$ cette équation admet deux couples de solutions $\begin{cases} a' = 1 \\ b' = 34 \end{cases}$ et $\begin{cases} a' = 2 \\ b' = 17 \end{cases}$.

Les couples de solutions sont donc $(5;170)$ et $(10;85)$.

b.

$$\begin{cases} PGCD(a+b,\ ab) = 5 \\ PPCM(a,\ b) = 170 \end{cases} \Longrightarrow \begin{cases} PGCD(a,\ b) = 5 \\ PPCM(a,\ b) = 170 \end{cases}$$

Les solutions sont donc à rechercher parmi les solutions précédentes.

$5 + 170 = 175 = 5^2 \times 7$ et $5 \times 170 = 2 \times 5^2 \times 17$

donc $PGCD(5+170; 5\times 170) = 25$ le couple $(5;170)$ ne convient pas.

$10 + 85 = 95 = 5 \times 19$ et $10 \times 85 = 2 \times 5^2 \times 17$

donc $PGCD(10+85; 10\times 85) = 5$ le couple $(10;85)$ convient.

Le système n'a donc qu'un couple solution : $(10;85)$.

EXERCICE 535

1. $a = 2n^3 + 5n^2 + 4n + 1 = (2n+1)(n+1)^2$
$b = 2n^2 + n = n(2n+1)$ donc $2n+1$ divise a et b.

2. n et $n+1$ sont premiers entre eux donc n et $(n+1)^2$ le sont aussi. L'affirmation est donc vraie.

EXERCICE 536

1. $4^5 - 1 = (4-1)\left(4^4 + 4^3 + 4^2 + 4 + 1\right)$
$4^6 - 1 = 2^{12} - 1 = (4-1)\left(4^5 + 4^4 + 4^3 + 4^2 + 4 + 1\right)$
De plus $PGCD\left(\sum_{i=0}^{5} 4^i ; \sum_{i=0}^{4} 4^i\right) = PGCD\left(4^5;1\right) = 1$.
On a donc $PGCD\left(4^5 - 1\ ;\ 4^6 - 1\right) = 3$.

2. $u_2 = 5u_1 - 4u_0 = 5$,
$u_3 = 5u_2 - 4u_1 = 25 - 4 = 21$
$u_4 = 5u_3 - 4u_2 = 105 - 20 = 85$.

3. a. Démontrons par récurrence que pour tout entier naturel n, $u_{n+1} = 4u_n + 1$.

• *Initialisation :* $u_1 = 1$ et $4u_0 + 1 = 0 + 1$: la relation est vraie au rang 0.

• *Hérédité :* Supposons qu'il existe un entier naturel $p \geqslant 0$ tel que : $u_{p+1} = 4u_p + 1$.
On a alors $u_{p+2} = 5u_{p+1} - 4u_p = 5u_{p+1} + 1 - u_{p+1}$
$= 4u_{p+1} + 1$. La relation est vraie au rang $p+1$.

• *Conclusion :* La propriété est vrai pour $n = 0$ et est héréditaire. On a donc $\forall n \in \mathbb{N} : u_{n+1} = 4u_n + 1$.

b. D'après la relation de récurrence précédente, u_n est obtenu par somme et produit d'entiers naturels, u_n est donc un entier naturel.

c. $PGCD(u_{n+1}; u_n) = PGCD(u_n; 1) = 1$.

4. a. $v_{n+1} = u_{n+1} + \dfrac{1}{3} = 4u_n + \dfrac{4}{3} = 4\left(u_n + \dfrac{1}{3}\right) = 4v_n$, la suite (v_n) est une suite géométrique de raison 4 et de premier terme $v_0 = \dfrac{1}{3}$.

b. $v_n = v_0 q^n = \dfrac{4^n}{3}$ et $u_n = v_n - \dfrac{1}{3} = \dfrac{1}{3}\left(4^n - 1\right)$.

c. $PGCD\left(4^{n+1} - 1\ ;\ 4^n - 1\right) = PGCD\left(3u_{n+1}\ ;\ 3u_n\right)$
$= 3PGCD(u_n;1) = 3 \times 1 = 3$.

EXERCICE 537

1. $2n + 1 = 2 \times n + 1$
$PGCD(2n+1\ ;\ n) = PGCD(n;1) = 1$ c'est-à-dire n et $2n+1$ sont premiers entre eux.

2. a. $2\alpha - \beta = 2n + 6 - 2n - 1 = 5$.
Comme δ divise α et β, il divise $2\alpha - \beta$ c'est-dire 5.
Donc δ est égal à 1 ou à 5.

b. Si α multiple de 5 et β multiple de 5 alors $\beta - \alpha$ est lui aussi un multiple de 5 c'est-à-dire $n - 2$ est multiple de 5.
Réciproquement : si $n - 2$ est multiple de 5 alors $n \equiv 2[5]$ d'où $a = n + 3 \equiv 0[5]$ et $b = 2n + 1 \equiv 0[5]$, c'est-à-dire a et b sont multiples de 5.

3. $n^3 + 2n^2 - 3n = n\left(n^2 + 2n - 3\right) = n(n+3)(n-1)$ et
$b = 2n^2 - n - 1 = 2n(n-1) + n - 1 = (n-1)(2n+1)$.

4. a. δ divise $n+3$ et $2n+1$,
donc δ divise $n(n+3)$ et $2n+1$,
donc δ divise $d = PGCD(n(n+3)\ ;\ 2n+1)$.
Or n et $2n+1$ sont premiers entre eux,
donc $d = PGCD(n(n+3)\ ;\ 2n+1)$
$= PGCD(n+3\ ;\ 2n+1) = \delta$.

b. D'après la question précédente :

- si $n \equiv 2[5]$, alors $\delta = 5(n-1)$
- si n n'est pas congru à 2 modulo 5, alors $\delta = n-1$.

c. Application :

- Si $n = 2021 \equiv 1[5]$, donc $\delta = 2021 - 1 = 2020$.
- Si $n = 2022 \equiv 2[5]$, donc $\delta = 5 \times 2021 = 10105$.

Exercice 538

1. Soit d un diviseur commun de a, b et c.
Alors d divise $PGCD(a;b)$ et $PGCD(b;c)$ donc d divise 3 et 4 donc $d = 1$.
2. • Soit $d = PGCD(ac;b)$.
3 divise a et 4 divise c donc 12 divise ac.
3 et 4 sont premiers entre eux et divisent b donc 12 divise b.
• Soit p un diviseur premier de $\frac{ac}{12} = \frac{a}{3} \times \frac{c}{4}$ et de $\frac{b}{12}$, alors
p divise $\frac{a}{3}$ et $\frac{b}{3}$ ou bien p divise $\frac{c}{4}$ et $\frac{b}{4}$ ce qui est impossible donc $PGCD\left(\frac{ac}{12}; \frac{b}{12}\right) = 1$ et $d = 12$.
• Par hypothèse a et c sont premiers entre eux donc
$PPCM(a;b;c) = PPCM(ac;b) = \frac{acb}{d} = \frac{abc}{12}$
d'où
$$\begin{aligned} abc &= 12PPCM(a;b;c) \\ &= PPCM(a;b;c) \times PGCD(a;b) \times PGCD(b;c) \\ &\qquad \times PGCD(c;a). \end{aligned}$$
3. On recherche d'abord les solutions dans $\mathbb{N}$.
Par hypothèse 3 divise a, 12 divise b et 4 divise c.
$12096 = 3 \times 12 \times 4 \times (2^2 \times 3 \times 7)$, il reste à répartir les facteurs entre parenthèses entre a, b et c.
a est impair donc $a \in \{3;9;21;63\}$.
$PGCD(b;c) = 4$, on ne peut pas lui ajouter de facteur 2 ou 3, donc $c \in \{4;16;28;112\}$.
De plus, si a est divisible par 7 alors c ne l'est pas donc $c \in \{4;16\}$. Il y a donc douze solutions dans $\mathbb{N}$:
$(3;1008;4)$, $(3;252;16)$, $(3;144;28)$, $(3;36;112)$, $(9;336;4)$, $(9;84;16)$, $(9;48;28)$, $(9;12;112)$, $(21;144;4)$, $(21;144;4)$, $(21;36;16)$, $(63;48;4)$, $(63;12;16)$.
Toute solution dans $\mathbb{Z}$ est telle que $(|a|\ ;\ |b|\ ;\ |c|)$ est solution dans $\mathbb{N}$. Le produit abc étant positif alors soit tous les entiers sont positifs, soit deux sont négatifs. On en déduit alors les 48 solutions dans $\mathbb{Z}$.

Exercice 539

Si $PPCM(a\ ;\ 34) = 102$ alors a est un diviseur de 102.
$D(102) = \left\{1;\ 2;\ 3;\ 6;\ 17;\ 34;\ 51;\ 102\right\}$.
$PPCM(1\ ;\ 34) = 34$
$PPCM(2\ ;\ 34) = 34$
$PPCM(3\ ;\ 34) = 3 \times 34 = 102$ (car 3 et 34 sont premiers entre eux).
$PPCM(6\ ;\ 34) = 2 \times PPCM(3\ ;\ 17) = 2 \times 3 \times 17 = 102$
$PPCM(17\ ;\ 34) = 34$
$PPCM(34\ ;\ 34) = 34$
$PPCM(51\ ;\ 34) = 17 \times PPCM(3\ ;\ 2) = 17 \times 6 = 102$
$$\begin{aligned} PPCM(102\ ;\ 34) &= PPCM(3 \times 34\ ;\ 34) \\ &= 3 \times PPCM(34\ ;\ 34) \end{aligned}$$
$PPCM(102\ ;\ 34) = 3 \times 34 = 102$
ainsi $PPCM(a\ ;\ 34) = 102 \iff n \in \left\{3\ ;\ 6\ ;\ 51\ ;\ 102\right\}$.

Exercice 540

Partie A

1. $(x^2+2)^2 - 4x^2 = x^4 + 4x^2 + 4 - 4x^2 = x^4 + 4$.
2. $x^4 + 4 = (x^2+2)^2 - 4x^2 = (x^2+2x+2)(x^2-2x+2)$.

Partie B

1. D'après la question précédente
$n^4 + 4 = (n^2+2n+2)(n^2-2n+2)$, n^4+4 n'est donc pas premier.
2. Si δ divise A et δ divise n alors δ divise $A - n(n-2)$ c'est-à-dire δ divise 2.
3. Si δ divise A et B, alors δ divise $B - A$ c'est-à-dire δ divise $4n$.
4. **a.** Posons $n = 2p+1$ avec $p \in \mathbb{N}$,
on a alors $A = 4p^2 + 1$ et $B = 4(p^2+2p+1) + 1$ donc A et B sont impairs.
A et B ne sont pas divisible par 2 donc leur $PGCD$ n'est pas non plus divisible par 2. On en déduit donc que d est impair.
b. D'après la question **B.3** d divise $4n$ or d'après la question précédente d est impair donc d divise n.
c. $A = n(n-2) + 2$ de plus d divise A et divise n donc d divise $A - n(n-2)$ c'est-à-dire d divise 2.
d divise 2 et est impair donc $d = 1$ c'est-à-dire A et B sont premiers entre eux.
5. **a.** Posons $n = 2k$ avec $k \in \mathbb{N}$,
on a alors $n^2 - 2n + 2 = 4k(k-1) + 2$ donc 4 ne divise

pas n^2-2n+2.

b. $A=n^2-2n+2=2\Big(2k(k-1)+1\Big)=2A'$

$B=n^2+2n+2=2\Big(2k(k+1)+1\Big)=2B'$

Les entiers A' et B' sont impairs, ils ne peuvent être décomposés qu'en produit de facteurs impairs donc si A et B ont un diviseur commun autre que 2 il sera impair. d est donc de la forme $d=2p$, avec p impair.

c. p divise A et B donc p divise $B-A$ c'est-à-dire p divise $4n$ or p est impair donc p divise n. n et p ne sont pas de même parité donc $p=1$, on en déduit alors que $d=2$.

EXERCICE 541

1. $a=4420=2^2\times5\times13\times17$ et $b=2772=2^2\times3^2\times7\times11$ on en déduit alors que $d=2^2=4$.
2. $12^4\equiv1\ [5]$ donc $\forall n\in\mathbb{N}$, $12^{4n}\equiv1\ [5]$ d'après la question précédente $12^a\equiv1\ [5]$, $12^b\equiv1\ [5]$ et $12^d\equiv1\ [5]$

EXERCICE 542

On applique le lemme d'Euclide :

$13a+5b=2(5a+2b)+3a+b$

donc $PGCD(a'\ ;\ b')=PGCD(b'\ ;\ 3a+b)$

$5a+2b=(3a+b)+2a+b$

$PGCD(b'\ ;\ 3a+b)=PGCD(3a+b\ ;\ 2a+b)$

$3a+b=(2a+b)+a$

$PGCD(3a+b\ ;\ 2a+b)=PGCD(2a+b\ ;\ a)$

$2a+b=2\times a+b$

$PGCD(2a+b\ ;\ a)=PGCD(a\ ;\ b)$

donc $PGCD(a'\ ;\ b')=PGCD(a\ ;\ b)=d$

EXERCICE 543

1. Soit $d=PGCD(a;b)$ alors il existe deux entiers naturels a' et b' tels que $a=da'$, $b=db'$ et $PGCD\left(a';b'\right)=1$
   Alors $a-bq=d\left(a'-qb'\right)$.
   $PGCD\left(a';b'\right)=1$ donc $PGCD\left(a';a'-b'q\right)=1$
   On en déduit alors que $PGCD\left(a\ ;\ a-bq\right)=d=PGCD(a;b)$.
2. $\left(5n^3-n\right)-5n^2(n+2)=-10n^2-n$
   donc $\left(5n^3-n\right)\wedge(n+2)=(n+2)\wedge\left(-10n^2-n\right)$
   $10n^2+n=10n(n+2)-19n$
   donc $(n+2)\wedge\left(10n^2+n\right)=(n+2)\wedge19n$
   $19n-19(n+2)=-38$
   donc $(n+2)\wedge19n=(n+2)\wedge38$.
3. D'après la question précédente $n+2$ divise $5n^3-n$ si et seulement si
   $n+2\in\Big\{-38;\ -19;\ -2;\ -1;\ 1;\ 2;\ 19;\ 38\Big\}$
   donc $n\in\Big\{-40;\ -21;\ -4;\ -3;\ -1;\ 0;\ 17;\ 36\Big\}$.
4. D'après la question **2**, $\left(5n^3-n\right)\wedge(n+2)$ prend ses valeurs dans $\Big\{-38;\ -19;\ -2;\ -1;\ 1;\ 2;\ 19;\ 38\Big\}$
   $\left(5n^3-n\right)\wedge(n+2)=19\iff n+2=\pm19$
   donc $n=17$ ou $n=-21$.

EXERCICE 544

La fraction est irréductible si $2n-5$ et $n+2$ sont premiers entre eux donc si $PGCD(2n-5\ ;\ n+2)$.

$$\begin{aligned}PGCD(2n-5\ ;\ n+2)&=PGCD(2n-5-2(n+2)\ ;\ n+2)\\&=PGCD(9\ ;\ n+2)\end{aligned}$$

Le PGCD de $2n-5$ et $n+2$ sera différent de 1 si $n+2$ est divisible par 3 donc si $n=3k-2$ avec $k\in\mathbb{N}^\star$.

La fraction sera un entier si et seulement si $n+2=-9$ ou $n+2=9$

$n\in\mathbb{N}$ donc la seule solution sera $n=7$.

EXERCICE 545

1. On a $n(n+1)-(n-1)(n+2)=2$ donc
   $$\begin{aligned}&PGCD(n(n+1)\ ;\ (n-1)(n+2))\\&\quad=PGCD((n-1)(n+2)\ ;\ 2).\end{aligned}$$
   On remarque que, $\forall n>1$, $(n-1)(n+2)$ est un entier pair, on en déduit alors que $PGCD(n(n+1)\ ;\ (n-1)(n+2))=2$.
   Les nombres a et b sont donc entiers.
2. • Si $n=4k$ alors $b=(2k+1)(4k-1)$ et $c=(2k-1)(4k+3)$
   $b-c=2$ donc $PGCD(b\ ;\ c)=PGCD(c\ ;\ 2)$ or c est impair donc $PGCD(b\ ;\ c)=1$.
   • Si $n=4k+1$ alors $b=2k(4k+3)$ et $c=2(k+1)(4k-1)$
   $PGCD(k(4k+3)\ ;\ (k+1)(4k-1))=1$
   donc $PGCD(b\ ;\ c)=2$.
   • Si $n=4k+2$ alors $b=2(k+1)(4k+1)$ et $c=2k(4k+5)$
   $PGCD(k(4k+5)\ ;\ (k+1)(4k+1))=1$
   donc $PGCD(b\ ;\ c)=2$.
   • Si $n=4k+3$ alors $b=(2k+1)(4k+5)$ et

$c = (4k+1)(2k+3)$

$PGCD((2k+1)(4k+5)\ ;\ (4k+1)(2k+3)) = 1$

donc $PGCD(b\ ;\ c) = 1$.

EXERCICE 546

1. $\overline{132} = B^2+3B+2 = (B+1)(B+2)$, n est donc divisible par $B+1$ et par $B+2$.
   $B+1$ et $B+2$ sont deux entiers consécutifs, l'un des deux est donc pair, n est donc divisible par 2.
   n sera divisible par 6 si $B+1$ ou $B+2$ est divisible par 3 donc si B n'est pas divisible par 3.
2. $A = \overline{1320} = B^3+3B^2+2B = B(B+1)(B+2)$, A se décompose en produit de trois entiers consécutifs, il est donc divisible par 2 et par 3 donc par 6.
3. $C = \overline{1430} = B^3+4B^2+3B = B(B+1)(B+3)$
   $B+2$ et $B+3$ sont premiers entre eux, on en déduit alors que $PGCD(A\,;\,C) = B(B+1)$.

EXERCICE 547

1. $n^2-3n+6 = (n-2)(n-1)+4$
   d'où $PGCD(A\ ;\ B) = PGCD(n-1\ ;\ 4)$.
2. Si $n-1 = 4k$
   alors $PGCD(n-1\ ;\ 4) = PGCD(4k\ ;\ 4) = 4$.
   Si $n-1 = 4k+r$ avec $k \in \mathbb{Z}$ et $r \in [\![1\ ;\ 3]\!]$ alors
   $PGCD(n-1\ ;\ 4) = PGCD(4k+r\ ;\ 4)$
   $= PGCD(r\ ;\ 4) = 1$.
   En résumé si $n \equiv 1\ [4]$ alors $PGCD(A\ ;\ B) = 4$
   si $n \not\equiv 1\ [4]$ alors $PGCD(A\ ;\ B) = 1$.
3. $\dfrac{n^2-3n+6}{n-1}$ est un entier relatif si et seulement si $n-1 \in \left\{-4;\ -2;\ -1;\ 1;\ 2;\ 4\right\}$
   donc si $n \in \left\{-3;\ -1;\ 0;\ 2;\ 3;\ 5\right\}$.

EXERCICE 548

1. En identifiant les coefficients de k, on obtient $a = 4$ et $b = 2$.
2. D'après la question précédente :
   $PGCD(9k+4\ ;\ 2k-1) = PGCD(k+8\ ;\ 17)$.
   a. Si $k \equiv 9\ [17]$ alors $k = 17p+9$ avec $p \in \mathbb{Z}$, d'où
   $PGCD(9k+4\ ;\ 2k-1) = PGCD(17p+17\ ;\ 17)$
   $= PGCD(17\ ;\ 17) = 17$.
   b. Si $k \not\equiv 9\ [17]$ alors $k = 17p+8+r$ avec $p \in \mathbb{Z}$ et r entier naturel inférieur strictement à 17 et différent de 9.
   alors $PGCD(9k+4\ ;\ 2k-1) = PGCD(17p+8+r\ ;\ 17)$
   $= PGCD(8+r\ ;\ 17)$
   17 est un nombre premier et $8 \leqslant 8+r \leqslant 16$ ou $18 \leqslant 8+r \leqslant 24$
   donc $8+r$ et 17 sont premiers entre eux, on en déduit alors que
   $PGCD(9k+4\ ;\ 2k-1) = 1$.

EXERCICE 549

1. $PGCD(2;7) = 1$ donc d'après le théorème de Bézout il existe un couple d'entiers relatifs $(u\ ,\ v)$ tel que $2u+7v = 1$.
2. $PGCD(17;29) = 1$ donc d'après le théorème de Bézout il existe un couple d'entiers relatifs $(u\ ,\ v)$ tel que $17u-29v = 1$.
3. $PGCD(5;19) = 1$ donc d'après le théorème de Bézout il existe un couple d'entiers relatifs $(u\ ,\ v)$ tel que $19u+5v = 1$.

EXERCICE 550

1. $8x-6y = 5$, $PGCD(8\ ;\ 6) = 2$ qui n'est pas multiple de 5, l'équation n'admet pas de solution entière.
2. $12x+9y = 3$ le couple $(1\ ;\ -1)$ est solution.
3. $8x+7y = 9$ le couple $(9\ ;\ -9)$ est solution.

EXERCICE 551

1. $63m = 45n \iff 7m = 5n$, 5 et 7 sont premiers donc d'après le théorème de Gauss $\begin{cases} 5 \text{ divise } m \\ 7 \text{ divise } n \end{cases}$
   $\Longrightarrow$ il existe $k,\ k'$ entier relatifs tels que $\begin{cases} m = 5k \\ n = 7k' \end{cases}$
   $7m = 5n \iff 35k = 35k' \iff k = k'$. On en déduit alors $m = 5k$ et $n = 7k$ avec $k \in \mathbb{Z}$.
2. $19m = 29n$ en procédant de manière analogue, $m = 29k$ et $n = 19k$ avec $k \in \mathbb{Z}$.
3. $21m = 19n$ en procédant de manière analogue, $m = 19k$ et $n = 21k$ avec $k \in \mathbb{Z}$.

EXERCICE 552

1. $PGCD(18;23) = 1$ donc d'après le théorème de Bézout il existe un couple d'entiers relatifs $(x\,;\,y)$ tel que $23x - 18y = 1$.
2. Algorithme d'Euclide :
   $23 = 1\times 18 + 5$
   $18 = 3\times 5 + 3$
   $5 = 1\times 3 + 2$
   $3 = 1\times 2 + 1$
   Ecriture des restes pas à pas :
   $1 = 3 - 1\times 2$
   $1 = 3 - 1\times(5 - 1\times 3) = 2\times 3 - 1\times 5$
   $1 = 2\times(18 - 3\times 5) - 1\times 5 = 2\times 18 - 7\times 5$
   $1 = 2\times 18 - 7\times(23 - 18) = -7\times 23 + 9\times 18$.
   On obtient ainsi $x_0 = -7$ et $y_0 = -9$.
3. **a.** $(x\,;\,y)$ est solution de l'équation
   $23x - 18y = 1 \iff 23x - 18y = 23x_0 - 18y_0$
   $\iff 23(x - x_0) = 18(y - y_0)$.
   b. 23 divise $18(y - y_0)$, 23 et 18 sont premiers entre eux donc d'après le théorème de Gauss 23 divise $y - y_0$ donc il existe un entier k' tel que $y - y_0 = 23k'$. De même, il existe un entier k tel que $x - x_0 = 18k$.
   c. Réciproquement, le couple $(x_0 + 18k\,;\,y_0 + 23k')$ est solution si $23(x_0 + 18k) - 18\left(y_0 + 23k'\right) = 1$
   $\implies 23\times 18k - 18\times 23k' = 0 \implies k = k'$.
   d. Les couples solutions sont donc de la forme $(-7 + 18k\,;\,-9 + 23k)$ avec $K \in \mathbb{Z}$.

EXERCICE 553

Si a et b sont premiers entre eux, il existe deux entiers u' et v' tels que $au' + bv' = 1 \implies 3(au') + 3(bv') = 3$
$\iff a(3u') + b(3v') = 3$.

En posant $u = 3u'$ et $v = 3v'$, on a bien $au + bv = 3$ et PGCD$(a\,;\,b) = 1$. L'**affirmation est fausse**.

EXERCICE 554

1. On a $11\times 4 - 5\times 6 = 44 - 30 = 14$, donc le couple $(4\,;\,6)$ est solution de (E).
2. Soit $(x\,;\,y)$ une solution de (E),
   alors $11x - 5y = 14 = 11\times 4 - 5\times 6$, donc :
   $11(x - 4) = 5(y - 6)$ (E')
   5 divise $11(x - 4)$ et $PGCD(5\,,\,11) = 1$, donc, d'après le théorème de Gauss, 5 divise $x - 4$, c'est-à-dire qu'il existe un entier $k \in \mathbb{Z}$ tel que : $x - 4 = 5k$. En remplaçant dans (E') $x - 5$ par $5k$ on a alors, après simplification par 5 : $11k = y - 6$, ce qui donne finalement $(x\,;\,y) = (4 + 5k\,;\,6 + 11k)$.
   Réciproquement, pour tout $k \in \mathbb{Z}$ les couples $(4 + 5k\,;\,6 + 11k)$ sont solutions de (E) car :
   $11(4 + 5k) - 5(6 + 11k) = 44 + 55k - 30 - 55k = 14$.
   L'ensemble des solutions de (E) est :
   $\left\{(4 + 5k\,;\,6 + 11k) \text{ où } k \in \mathbb{Z}\right\}$.

EXERCICE 555

1. $x_0 = 5$ et $y_0 = -8$.
2. $x = 23k + 5$ et $y = 37k - 8$ avec $k \in \mathbb{Z}$.

EXERCICE 556

1. $x_0 = 2$ et $y_0 = 1$.
2. $x = 3k + 2$ et $y = 5k + 1$.

EXERCICE 557

1. $x_0 = 2$ et $y_0 = -3$.
2. $x = 7k + 2$, $y = -13k - 3$ avec $k \in \mathbb{Z}$.

EXERCICE 558

1. $x_0 = 7$ et $y_0 = 10$
2. $x = 100k + 7$ et $y = 143k + 10$ avec $k \in \mathbb{Z}$.

EXERCICE 559

1. $PGCD(a;b) = 11$ et $ab = 10164$
   donc il existe a' et b' tels que $a = 11a'$, $b = 11b'$ et $PGCD\left(a';b'\right) = 1$.
   On en déduit alors que $a'b' = 84$.
   D'autre part $84 = 2^2\times 3\times 7$.ăa' et b' étant premiers entre eux, on en déduit alors les couples $(a';b')$ solutions :
   $(1;84)$, $(4;21)$, $(12;7)$ $(3;28)$, $(7;12)$, $(28;3)$, $(21;4)$ et $(84;1)$.
   Les couples $(a;b)$ solutions sont donc $(11;924)$, $(44;231)$, $(132;77)$ $(33;308)$, $(77;132)$, $(308;33)$, $(231;44)$ et $(924;11)$.
2. Les solutions de l'équation $77x - 132y = 44$ sont $x = 132k + 4$ et $y = 77k + 2$ avec $k \in \mathbb{Z}$.

EXERCICE 560

Si a et b sont premiers entre eux, $d = PGCD(a;b) = 1$ donc d'après l'identité de Bézout il existe u et v entiers tels que $au + bv = 1$.

Réciproquement, s'il existe u et v entiers tels que $au + bv = 1$, un diviseur commun à a et b divise $au + bv$ donc divise 1.

Par suite $d = 1$ ou $d = -1$ c'est-à-dire a et b premiers entre eux.

EXERCICE 561

a divise bc donc il existe un entier k tel que $bc = ka$.

Or a et b sont premiers entre eux, donc il existe u et v entiers tels que $au + bv = 1$ donc en multipliant par c, non nul, cette égalité, on obtient $auc + bvc = c$ soit $a(cu + k) = c$ avec $cu + k$ entier. Donc a divise c.

EXERCICE 562

Si b divise a, alors il existe un entier p tel que $a = pb$.

Si c divise a, alors il existe un entier p' tel que $a = p'c$ d'où $pb = p'c$ donc b divise $p'c$

or b et c sont premiers entre eux donc d'après le théorème de Gauss b divise p'.

Si b divise p' alors il existe un entier p'' tel que $p' = p''b$.

On en déduit alors que $pb = p''bc$ donc $p = p''c$ car b est un entier non nul.

Ainsi $a = pb = p''bc$ avec p'' entier, donc bc divise a.

EXERCICE 563

1. Il s'agit du théorème de Gauss (voir exercice 561)
2. Soit $(x\,;\,y)$ une solution de (E),
   alors $4x - 3y = 5 = 4 \times 5 - 3 \times 5$, donc :
   $4(x-5) = 3(y-5)$ (E')
   3 divise $4(x-5)$ et $PGCD(3\,,\,4) = 1$, donc, d'après le théorème de Gauss, 3 divise $x-5$, c'est-à-dire qu'il existe un entier $k \in \mathbb{Z}$ tel que : $x - 5 = 3k$. En remplaçant dans (E') $x-5$ par $3k$ on a alors, après simplification par 3 : $4k = y - 5$, ce qui donne finalement $(x\,;\,y) = (5+3k\,;\,5+4k)$.
   Réciproquement, pour tout $k \in \mathbb{Z}$ les couples $(5+3k\,;\,5+4k)$ sont solutions de (E) car :
   $4(5+3k) - 3(5+4k) = 20 + 12k - 15 - 12k = 5$.
   L'ensemble des solutions de (E) est :
   $\left\{(5+3k\,;\,5+4k) \text{ où } k \in \mathbb{Z}\right\}$.

EXERCICE 564

1. $3u = 5v$, $PGCD(3\,;\,5) = 1$ donc, d'après le théorème de Gauss, 3 divise v, c'est-à-dire qu'il existe un entier $k \in \mathbb{Z}$ tel que : $v = 3k$. En remplaçant dans l'équation v par $3k$ on a alors, après simplification par 3 : $u = 5k$, ce qui donne finalement $(u\,;\,v) = (5k\,;\,3k)$.
   Réciproquement, pour tout $k \in \mathbb{Z}$ les couples $(5k\,;\,3k)$ sont solutions de l'équation car :
   $3(5k) - 5(3k) = 15k - 15k = 0$.
   L'ensemble des solutions de (E) est :
   $\left\{(5k\,;\,3k) \text{ où } k \in \mathbb{Z}\right\}$.
2. On a $3 \times 6 - 5 \times 0 = 18$ donc le couple $(6\,;\,0)$ est solution de l'équation.
   En posant $u = x - 6$ et $v = y$, nous retrouvons l'équation de la première question, on en déduit alors que $(x\,;\,y) = (5k+6\,;\,3k)$, avec $k \in \mathbb{Z}$.

EXERCICE 565

1. On a $23 \times 1 - 17 \times 1 = 6$, donc le couple $(1\,;\,1)$ est solution de l'équation (E). Soit $(x\,;\,y)$ une solution de (E), alors $23x - 17y = 6 = 23 \times 1 - 17 \times 1$, donc :
   $23(x-1) = 17(y-1)$ (E')
   17 divise $23(x-1)$ et $PGCD(17\,,\,23) = 1$, donc, d'après le théorème de Gauss, 17 divise $x-1$, c'est-à-dire qu'il existe un entier $k \in \mathbb{Z}$ tel que $x - 1 = 17k$. En remplaçant dans (E') $x-1$ par $17k$ on a alors, après simplification par 17 : $23k = y - 1$, ce qui donne finalement $(x\,;\,y) = (1+17k\,;\,1+23k)$.
   Réciproquement, pour tout $k \in \mathbb{Z}$ les couples $(1+17k\,;\,1+23k)$ sont solutions de (E) car :
   $23(1+17k) - 17(1+23k) = 23 + 391k - 17 - 391k = 6$.
   L'ensemble des solutions de (E) est :
   $\left\{(1+17k\,;\,1+23k) \text{ où } k \in \mathbb{Z}\right\}$.
2. D'après l'énoncé $A = 23x + 2$ et $A = 17y + 8$.
   On en déduit de la question précédente que
   $A = 391k + 25$ avec $k \in \mathbb{Z}$
   $$0 \leqslant A \leqslant 1000 \iff -25 \leqslant 391k \leqslant 975 \implies -\frac{25}{391} \leqslant k \leqslant \frac{975}{391}$$
   Or $k \in \mathbb{Z}$ donc $0 \leqslant k \leqslant 2$.
   Donc $A \in \left\{25\,;\,416\,;\,807\right\}$.

EXERCICE 566

1. Il s'agit du théorème de Gauss voir exercice 561.
2. Par hypothèse a est divisible par b, a est divisible par c et $b \wedge c = 1$.
   Il existe donc deux entiers non nuls k et k' tels que $a = kb = k'c$
   $kb = k'c$ et $b \wedge c = 1$ donc b divise k' il existe donc $k"$ entier non nul tel que $k' = k"b$
   On obtient alors $a = k'c = k"bc$ c'est-à-dire a est divisible par bc.

EXERCICE 567

1. $17a - 19b = 2$ en opérant comme dans l'exercice 554
   $\mathcal{S} = \left\{(19k-1\ ;\ 17k-1) \text{ où } k \in \mathbb{Z}\right\}$.
2. $17a - 19b = -2$,
   $\mathcal{S} = \left\{(19k+1\ ;\ 17k+1) \text{ où } k \in \mathbb{Z}\right\}$.

EXERCICE 568

1. $1683 = 3^2 \times 11 \times 17$ et $969 = 3 \times 17 \times 19$ d'où $PGCD(1683\ ;\ 969) = 3 \times 17 = 51$.
2. **a.** $969x - 1683y = 51 \iff 19x - 33y = 1$,
   $\mathcal{S}_1 = \left\{(33k+7\ ;\ 19k+4) \text{ où } k \in \mathbb{Z}\right\}$.
   b. $102 = 2PGCD(969; 1683)$, l'équation admet des solutions.
   $969x - 1683y = 102 \iff 19x - 33y = 2$,
   $\mathcal{S}_2 = \left\{(33k+14\ ;\ 19k+8) \text{ où } k \in \mathbb{Z}\right\}$.
   c. 84 n'est pas multiple du $PGCD$ de 969 et 1683, $969x - 1683y = 84$ n'a pas de solution.

EXERCICE 569

1. $(a;b)$ solution de (1) $\iff 11a + 7b = 11 \times 180$
   $\iff 7b = 11(180 - a)$ or 7 et 11 sont premiers entre eux donc 11 divise b.
2. b est divisible par 11 donc il existe b' entier tel que $b = 11b'$. L'équation (1) s'écrit alors $a + 7b' = 180$ $(1')$. Le couple (40;20) est solution de l'équation $(1')$. Les couples solutions de $(1')$ sont $\left(a_0 + 7k\ ;\ b'_0 - k\right)$, avec $k \in \mathbb{Z}$.
   On a $b' = b'_0 - k$ donc $b = 11b' = 11b'_0 - 11k$. On en déduit alors les couples solutions de (1) : $(40 + 7k\ ;\ 220 - 11k)$ avec $k \in \mathbb{Z}$.

EXERCICE 570

1. Le couple $(x, y) = (1, 1)$ est une solution particulière évidente. L'équation (E) est donc équivalente à l'équation $(E') : 8(x-1) = 5(y-1)$.
   $\mathcal{S}_{(E)} = \left\{(1+5k\ ,\ 1+8k),\quad k \in \mathbb{Z}\right\}$
2. $8p - 5q = (m-1) - (m-4) = 3$ donc (p, q) est une solution de (E).Il existe donc k dans $\mathbb{Z}$ tel que $p = 1 + 5k$, et donc $m = 8p + 1 = 40k + 9$
   donc on a bien $m \equiv 9\ [40]$.
   Ce nombre est $m_0 = 2009$, pour lequel $p_0 = 251$ et $q_0 = 401$.

EXERCICE 571

Soit h le nombre d'hommes et f le nombre de femmes.
D'après l'énoncé, $h > f$ et $19h + 13f = 1000$ (E).
19 et 13 sont premiers entre eux donc l'équation (E) admet des solutions.

• Recherche d'une solution particulière de l'équation $(E') : 19h + 13f = 1$.
$19 \times (-2) + 13 \times 3 = -38 + 39 = 1$, le couple $h'_0 = -2$ et $f'_0 = 3$ est une solution de (E').

• $19 \times 1000h'_0 + 13 \times 1000f'_0 = 1000$, le couple $h_0 = -2000$ et $f_0 = 3000$ est une solution de (E).

• En raisonnant comme dans l'exercice 554, on obtient $h = 13k - 2000$ et $f = -19k + 3000$.

• Les contraintes du problème impliquent

$$\begin{cases} 13k - 2000 > 0 \\ -19k + 3000 > 0 \\ 13k - 2000 > -19k + 3000 \end{cases} \Longrightarrow \begin{cases} k > \frac{2000}{13} \geqslant 154 \\ k < \frac{3000}{19} \leqslant 157 \\ k > \frac{5000}{32} \geqslant 157 \end{cases}$$

On en déduit alors que $k = 157$. Il y avait donc 41 hommes et 17 femmes.

EXERCICE 572

1. $23 = 3 \times 3 + 2 \times 7$ d'où un couple solution $(3\ ;\ -2)$. L'ensemble des solutions est $\left\{(7k+3\ ;\ 3k-2) \text{ où } k \in \mathbb{Z}\right\}$.
2. On utilise l'algorithme d'Euclide :
   $7k + 3 = 2(3k-2) + k + 7$ et $3k - 2 = 3(k+7) - 23$
   On en déduit alors
   $PGCD(7k+3\ ;\ 3k-2) = PGCD(k+7\ ;\ 23)$.
3. D'après les questions précédentes,
   $PGCD\left(x\ ;\ y\right) \neq 1 \iff PGCD(k+7\ ;\ 23) \neq 1$. Or 23 est un nombre premier donc $k+7$ est un multiple de 23, il existe donc un entier α tel que $k = 23\alpha - 7$.

On en déduit alors $x = 161\alpha - 46$ et $y = 69\alpha - 23$ avec $\alpha \in \mathbb{Z}$.

EXERCICE 573

1. Ligne (1) : Pour Y variant de -5 à 10 et ligne (2) Si $7X - 3Y = 1$
2. **a.** Une solution particulière de l'équation (E) est $X_0 = 1$ et $Y_0 = 2$.
   b. L'ensemble des couples d'entiers relatifs solutions de l'équation (E) est $(3k+1\ ;\ 7k+2)$ où $k \in \mathbb{Z}$.
   c. $\begin{cases} -5 \leqslant x \leqslant 10 \\ -5 \leqslant y \leqslant 10 \end{cases} \Longrightarrow \begin{cases} -2 \leqslant k \leqslant 3 \\ -1 \leqslant k \leqslant 1 \end{cases}.$
   Les solutions sont donc $(-2;-5)$, $(1;2)$ et $(4;9)$.

EXERCICE 574

1. $J_1 = J_0 + 105u = J_0 + 6 + 81v \iff 105u - 81v = 6$
   $\iff 35u - 27v = 2.$
2. **a.** On a $35 = 5 \times 7$ et $27 = 3^3$, donc 35 et 27 sont premiers entre eux, l'équation (E_2) admet des solutions. Le couple $(-10\ ;\ -13)$ est solution de (E_2).
   b. On déduit du résultat précédent en multipliant par 2 que le couple $(-20\ ;\ -26)$ est une solution de l'équation (E_1).
   c. Les solutions de (E_1) sont tous les couples d'entiers $(27k - 20\ ;\ 35k - 26)$ avec $k \in \mathbb{Z}$.
   d. Il faut trouver les entiers u et v les plus petits possibles. Ils sont obtenus pour $k = 1$ qui donne le couple $(7\ ;\ 9)$.
3. **a.** $J_1 = J_0 + 105 \times 7 = J_0 + 735$. Il s'écoulera 735 jours.
   b. Jusqu'au 31 décembre 1999, il s'écoulera 24 jours, en 2000, 366 jours soit 390 jours. il s'écoulera en 2001 $735 - 390 = 345$ soit une année moins 20 jours, donc le 11 décembre 2001 qui sera aussi un mardi puisque $735 = 700 + 35 = 7 \times 105$ soit un nombre entier de semaines.
   c. Les prochains jours de conjonction seront :
   $J_0 + 105u = J_0 + 105(27k - 20) = J_0 - 2100 + 2835k$.
   Le prochain jour sera obtenu pour $k = 2$ qui donne : $J_0 - 2100 + 2835 \times 2$.
   Il devra donc attendre 2 835 jours de plus.

EXERCICE 575

1. **a.** Le couple $(-2\ ;\ 1)$ vérifie l'équation $3u + 7v = 1$.
   $3 \times (-2) + 7 \times 1 = 1$ donne en multipliant par 10^{2n},
   $3 \times \left(2 \times 10^{2n}\right) + 7 \times 10^{2n} = 10^{2n}$.
   Le couple $\left(-2 \times 10^{2n}\ ;\ 10^{2n}\right)$ est donc une solution particulière de l'équation (E).
   b. $\mathscr{S} = \left\{k \in \mathbb{Z} : \left(7k - 2 \times 10^{2n}\ ;\ 10^{2n} - 3k\right)\right\}$.
2. **a.** $100 = 7 \times 14 + 2 \iff 100 \equiv 2\ [7]$.
   $(x\ ;\ y)$ solution de (G) signifie $3x^2 + 7y^2 = 10^{2n}$
   $\iff 3x^2 + 7y^2 = 100^n$.
   Or $100 \equiv 2\ [7] \Longrightarrow 100^n \equiv 2^n\ [7]$.
   Donc $3x^2 + 7y^2 \equiv 2^n\ [7]$.
   Mais $7y^2 \equiv 0\ [7]$, donc finalement $3x^2 \equiv 2^n\ [7]$.
   b.

Reste de la division euclidienne de x par 7	0	1	2	3	4	5	6
Reste de la division euclidienne de $3x^2$ par 7.	0	3	5	6	6	5	3

   c. Trois possibilités :
   - $n = 3p, p \in N$ alors $2^{3p} = \left(2^3\right)^p = 8^p$.
   Or $8 \equiv 1[7] \Longrightarrow 8^p \equiv 1[7]$;
   - $n = 3p + 1$ alors $2^{3p+1} = 8^p \times 2$ et $2^{3p} \times 2 \equiv 2[7]$;
   - $n = 3p + 2$ alors $2^{3p+2} = 4 \times 8^p$ et $4 \times 8^p \equiv 4[7]$.

   Donc 2^n est congru à 1, 2 ou 4 modulo 7.
   Les restes dans la division par 7 de 2^n ne sont pas les mêmes que ceux de la division de $3x^2$ par 7. Donc $3x^2$ et 2^n ne peuvent être congrus modulo 7. D'après la question **2. a**, il n'y a donc pas de solution pour l'équation (G).

EXERCICE 576

1. $13n - 1 = 1 \times (11n + 3) + 2n - 4$
   $11n + 3 = 5(2n - 4) + n + 23$
   $2n - 4 = 2(n + 23) - 50$
   Donc $PGCD(a;b) = PGCD(n + 23; 50)$.
   Donc tout diviseur de a et de b divise 50.
2. $x_0 = 6$ et $y_0 = 27$ est un couple solution de l'équation.
   Solution générale : $x = 11k + 6$ et $y = 50k + 27$ avec $k \in \mathbb{Z}$.
   $PGCD(a;b) = 50 \iff a = 50k \iff 50p - 11n = 3$

Donc $n = 50k + 27$.

3. $25x - 11y = 3$

$x_0 = 1$ et $y_0 = 2$ est un couple solution de l'équation.

Solution générale : $x = 11k + 1$ et $y = 25k + 2$ avec $k \in \mathbb{Z}$.

$PGCD(a;b) = 25 \iff a = 25k \iff 25k - 11n = 3$.

On en déduit alors que $n = 25k + 2$ avec k pair.

EXERCICE 577

1. $3 \times 661 - 2 \times 991 = 1$ donc $x_0 = 3$ et $y_0 = 2$ est une solution particulière.

$x = 991k + 3$ et $y = 661k + 2$ avec $k \in \mathbb{Z}$.

2. $u_p = 3 + 991p$ et $v_q = 2 + 661q$

Donc $u_p = v_q \iff 661q - 991p = 1$

D'après la question précédente $p = 661k + 2$ et $q = 991k + 3$ avec $k \in \mathbb{Z}$.

$$\begin{cases} 0 \leqslant p \leqslant 1000 \\ 0 \leqslant p \leqslant 1000 \end{cases} \iff \begin{cases} -2 \leqslant 661k \leqslant 998 \\ -3 \leqslant 991k \leqslant 997 \end{cases}$$

$\implies 0 \leqslant k \leqslant 1$.

Les couples solutions sont donc $(2;3)$ et $(663;994)$.

EXERCICE 578

1. $a = \overline{111}^n = n^2 + n + 1$

$b = \overline{114}^n = n^2 + n + 4$

On en déduit alors que :

$$\begin{aligned} ab &= \left(n^2 + n + 1\right)\left(n^2 + n + 4\right) \\ &= n^4 + 2n^3 + 6n^2 + 5n + 4 \end{aligned}$$

D'autre part $ab = c = n^4 + 3n^3 + 5n + 4$

n étant strictement supérieur à 4, on en dédit alors que $n = 6$.

Ainsi $a = 43$, $b = 46$ et $c = 1978$.

2. $46 = 1 \times 43 + 3$

$43 = 14 \times 3 + 1$ d'où $PGCD(46;43) = 1$.

Les entiers 43 et 46 sont premiers entre eux, l'équation $43x + 46y = 1$ admet donc des solutions.

$1 = 43 - 14 \times 3 = 43 - 14 \times (46 - 1 \times 43)$

$1 = 15 \times 43 - 14 \times 46$.

Le couple $(15;-14)$ est donc solution de l'équation (E).

Soit $(x\,;\,y)$ une solution de l'équation,

alors $43x + 46y = 1 = 43 \times 15 - 46 \times 14$, donc :

$43(x - 15) = 46(-y - 14)$ (E')

46 divise $43(x - 15)$ et $PGCD(43\,,\,46) = 1$, donc, d'après le théorème de Gauss, 46 divise $x - 15$, c'est-à-dire qu'il existe un entier $k \in \mathbb{Z}$ tel que : $x - 15 = 46k$.

En remplaçant dans (E') $x - 15$ par $46k$ on a alors, après simplification par 46 : $43k = -y - 14$, ce qui donne finalement $(x\,;\,y) = (15 + 46k\,;\,-14 - 43k)$.

Réciproquement, pour tout $k \in \mathbb{Z}$ les couples $(15 + 46k\,;\,-14 - 46k)$ sont solutions de (E) car :

$43(15 + 46k) + 46(-14 - 43k) = 645 + 1978k - 644 - 1978k = 1$.

L'ensemble des solutions de (E) est :

$\left\{(15 + 46k\,;\,-14 - 43k) \text{ où } k \in \mathbb{Z}\right\}$.

EXERCICE 579

1. $21\,590 = 2 \times 5 \times 17 \times 127$ et $9\,525 = 3 \times 5^2 \times 127$

D'où $PGCD(21\,590;9\,525) = 5 \times 127 = 635$.

2. $$\begin{aligned} 34x \equiv 2\ [15] &\iff 34x = 15y + 2 \\ &\iff 34x - 15y = 2. \end{aligned}$$

En procédant comme dans l'exercice précédent, on obtient $x = 15k + 8$ et $y = -34k - 18$ avec $k \in \mathbb{Z}$.

3. $21\,590x + 9\,525y = 1\,270 \iff 34x + 15y = 2$

Donc d'après la question précédente $x = 15k + 8$ et $y = -34k - 18$ avec $k \in \mathbb{Z}$.

EXERCICE 580

1. $319 = 11 \times 29$.

2. $3x + 5y = 3 \times (x + 2y) - y$

$x + 2y = 2 \times y + x$

$$\begin{aligned} \text{Donc } PGCD(3x + 5y; x + 2y) &= PGCD(x + 2y; y) \\ &= PGCD(x; y). \end{aligned}$$

$$\begin{aligned} \text{On en déduit alors que } PGCD(x;y) = 1 \\ \iff PGCD(3x + 5y; x + 2y) = 1. \end{aligned}$$

C'est-à-dire que si x et y sont premier entre eux, il en est de même pour $3x + 5y$ et $x + 2y$.

3. $ab = 2m$ avec $m = PPCM(a;b)$

donc $PGCD(a;b) = 2$.

Il existe donc deux entiers naturels a' et b' tels que $a = 2a'$, $b = 2b'$ et $PGCD(a'b') = 1$.

$$\begin{aligned} (3a + 5b)(a + 2b) = 1276 \\ \iff \left(3a' + 5b'\right)\left(a' + 2b'\right) = 319 = 11 \times 29. \end{aligned}$$

a' et b' sont deux entiers naturels non nuls donc $3a' + 5b' > a' + 2b'$

On en déduit alors que

$\begin{cases} 3a' + 5b' = 29 \\ a' + 2b' = 11 \end{cases}$ ou $\begin{cases} 3a' + 5b' = 319 \\ a' + 2b' = 1 \end{cases}$

Seul le premier système a des solutions positives : $a' = 3$ et $b' = 4$.

On en déduit alors $a = 2a' = 6$ et $b = 2b' = 8$

Vérification : $(3a + 5b)(a + 2b) = 58 \times 22 = 1276$ et $ab = 48 = 2 \times 24$.

Exercice 581

1. $5\,145 = 3 \times 5 \times 7^3$
   $4\,410 = 2 \times 5 \times 3^2 \times 7^2$
   $3\,675 = 3 \times 5^2 \times 7^2$. Le plus grand diviseur commun à ces trois nombres est donc $735 = 3 \times 5 \times 7^2$.
2. $3675x - 5145y = 4410 \iff 5x - 7y = 6$ On a $11 \times 4 - 5 \times 6 = 44 - 30 = 14$, donc le couple (4 ; 6) est solution de (E).
   Soit $(x\,;\,y)$ une solution de l'équation,
   alors $5x - 7y = 6 = 5 \times 18 - 7 \times 12$, donc :
   $5(x - 18) = 7(y - 12)$ (E')
   7 divise $5(x - 18)$ et $PGCD(5\,,\,7) = 1$, donc, d'après le théorème de Gauss, 7 divise $x - 18$, c'est-à-dire qu'il existe un entier $k \in \mathbb{Z}$ tel que : $x - 18 = 7k$. En remplaçant dans (E') $x - 18$ par $7k$ on a alors, après simplification par 7 : $5k = y - 12$, ce qui donne finalement $(x\,;\,y) = (18 + 7k\,;\,12 + 5k)$. x et y sont éléments de $\mathbb{N}$ donc $k \geqslant -2$.

   Réciproquement, pour tout $k \in \mathbb{Z}$, $k \geqslant -2$, les couples $(18 + 7k\,;\,12 + 5k)$ sont solutions de l'équation car :
   $3675(18 + 7k) - 5145(12 + 5k) = 66150 + 25725k - 61740 - 25725k = 4410$.
   L'ensemble des solutions de l'équation est :
   $\left\{(18 + 7k\,;\,12 + 5k) \text{ où } k \in \mathbb{Z} \text{ et } k \geqslant -2\right\}$.

Exercice 582

1. **a.** $239 = 13 \times 18 + 5 \equiv 5[13]$ et $239 = 17 \times 14 + 1 \equiv 1[17]$, donc 239 est solution du système.
   b. $N \equiv 5[13]$ signifie : $\exists y \in \mathbb{Z} /\ N = 13y + 5$;
   De même $N \equiv 1\quad[17]$ signifie : $\exists x \in \mathbb{Z} /\ N = 17x + 1$.
   Toute solution N du système peut donc s'écrire
   $13y + 5 = 17x + 1$. Soit $17x - 13y = 4$, avec $x \in \mathbb{Z}$, $y \in \mathbb{Z}$.
   c. Le couple (1 ; 1) est solution.
   Les couples solutions s'écrivent sous la forme $(13k + 1\,;\,17k + 1)$, $k \in \mathbb{Z}$.
   d. $N = 17x + 1 = 17(13k + 1) + 1 = 221k + 17 + 1$
   $= 221k + 18$.
   e. On a démontré ci-dessus que
   $\begin{cases} N \equiv 5 \quad [13] \\ N \equiv 1 \quad [17] \end{cases} \implies N \equiv 18 \quad [221]$.
   Réciproquement :
   $N \equiv 18 \quad [221] \iff N = 221q + 18 = 17(13q + 1) + 1$
   $\iff N \equiv 1[17]$.
   De même on peut écrire
   $N = 221q + 18 = 13(17q + 1) + 5 \iff N \equiv 5[13]$.
2. **a.** Il existe un entier naturel k tel que $10^k \equiv 1[7]$ s'il existe un nombre N de la forme 10^k.
   D'après le petit théorème de Fermat : 17 est premier et 10 est un entier non divisible par 17.
   On sait qu'alors $10^{17-1} \equiv 1[17] \iff 10^{16} \equiv 1 \quad [17]$.
   b. $10^\ell \equiv 18[221] \implies \begin{cases} 10^\ell \equiv 5[13] \\ 10^\ell \equiv 1[17] \end{cases}$
   Or $10 \equiv -3[13]$, $10^2 \equiv 9[13]$, $10^3 \equiv -1[13]$, $10^4 \equiv 3[13]$, $10^5 \equiv 4[13]$ et $10^6 \equiv 1\,[13]$
   Dans la division par 13, aucun nombre 10^ℓ n'est congru à 5.
   Il n'existe donc pas d'entier ℓ tel que $10^\ell \equiv 18[221]$.

Exercice 583

1. **a.** On a $17 \times 9 - 24 \times 6 = 9$ qui est vraie.
   b. L'ensemble des solutions de l'équation $(\mathcal{E})$ est : $\left\{(9 + 24k\,;\,6 + 17k),\ k \in \mathbb{Z}\right\}$.
2. **a.** Si Jean a effectué y tours avant d'attraper le pompon à l'instant t, alors que le pompon a effectué x tours, alors $t = 17x$ (le pompon), et comme Jean met $\frac{3}{8} \times 24 = 9$ secondes pour aller de H à A, alors pour lui $t = 9 + 24y$, soit en égalant :
   $17x = 9 + 24y \iff 17x - 24y = 9, x \in \mathbb{N},\ y \in \mathbb{N}$.
   Le couple $(x\,;\,y)$ doit donc être une solution de l'équation résolue à la question **1.**
   Or d'après l'ensemble des solutions, le plus petit couple de nombres positifs vérifiant cette équation est le couple (9; 6).
   Donc le temps nécessaire à Jean pour attraper le pompon est $t = 17 \times 9 = 9 + 24 \times 6 = 153$ secondes soit 2 minutes et 33 secondes.

b. En deux minutes Jean n'a pas le temps d'attraper le pompon.

c. En raisonnant comme à la question **2.a**

• Si Jean attrape le pompon au point B, on doit avoir : $t = \frac{17}{4} + 17x = \frac{5}{8} \times 24 + 24y \iff 68x - 96y = 43$.
Or $PGCD(68\,;\,96) = 4$ qui ne divise pas 43, donc cette équation n'a pas de solutions entières.

• Si Jean attrape le pompon au point C, on doit avoir $t = \frac{17}{2} + 17x = \frac{7}{8} \times 24 + 24y \iff 34x - 48y = 25$.
Or $PGCD(34\,;\,48) = 2$ qui ne divise pas 25, donc cette équation n'a pas de solutions entières.

• Si Jean attrape le pompon au point D, on doit avoir $t = \frac{51}{4} + 17x = \frac{1}{8} \times 24 + 24y \iff 68x - 96y = -39$.
Or $PGCD(68\,;\,96) = 4$ qui ne divise pas 39, donc cette équation n'a pas de solutions entières.

Jean ne peut donc attraper le pompon qu'au point A.

d. Si Jean part de E, on a toujours $t = 17x$ et pour Jean $t = \frac{1}{8} \times 24 + 24y = 3 + 24y$,
d'où $17x = 3 + 24y \iff 17x - 24y = 3$.
Or $17 \times 3 - 24 \times 2 = 3$, donc le couple $(3\,;\,2)$ est solution de cette équation.
Le temps nécessaire à Jean pour attraper le pompon est $t = 17 \times 3 = 51$ secondes ce qui est inférieur aux deux minutes payées.

EXERCICE 584

1. **a.** 17 et 5 sont premiers entre eux, donc, d'après le théorème de Bézout, il existe u et v entiers relatifs tels que $17u + 5v = 1$.

   b. Soit $(u\,;\,v)$ un couple solution, donc $17u + 5v = 1$.
   On en déduit que $17u \equiv 1\ [5]$ et $5v \equiv 1\ [17]$.
   Alors $n_0 = 3 \times 17u + 9 \times 5v \equiv 9 \times 5v\ [17] \equiv 9 \times 1\ [17]$
   $\equiv 9\ [17]$.
   De même : $n_0 = 3 \times 17u + 9 \times 5v \equiv 3 \times 17u\ [5]$
   $n_0 \equiv 3 \times 1\ [5] \equiv 3\ [5]$. Par conséquent, $n_0 \in \mathscr{S}$.

   c. On peut prendre $(u\,;\,v) = (-2\,;\,7)$. On obtient alors $n_0 = 213$.

2. **a.** Soit n un entier relatif appartenant à $\mathcal{S}$. $n \equiv 9\ [17]$ et $n_0 \equiv 9\ [17]$ donc $n - n_0 \equiv 0\ [17]$.
   De même, $n \equiv 3\ [5]$ et $n_0 \equiv 3\ [5]$ donc $n - n_0 \equiv 0\ [5]$.
   17 et 5 sont premiers entre eux, donc, $n - n_0 \equiv 0\ [85]$.

   b. On en déduit que, si $n \in \mathscr{S}$, $n \equiv n_0\ [85]$ donc $n \equiv 213\ [85]$.
   Or $213 = 170 + 43 = 2 \times 85 + 43 \equiv 43\ [85]$
   donc $213 \equiv 43\ [85]$.
   Par conséquent : $n \in \mathscr{S} \iff n \equiv 43\ [85]$
   donc $n = 43 + 85k$, $k \in \mathbb{Z}$.
   Réciproquement, si $n \equiv 43 + 85k$, $k \in \mathbb{Z}$,
   alors $n \equiv 9\ [17]$ et $n \equiv 3\ [5]$.

3. Soit n le nombre de jetons. On a : $n \equiv 9\ [17]$ et $n \equiv 3\ [5]$.
   D'après ce qui précède, on a : $n = 43 + 85k$. On sait que $300 \leqslant n \leqslant 400$,
   donc $300 \leqslant 43 + 85k \leqslant 400$. On en déduit que $k = 4$ et que Zoé a 383 jetons.

EXERCICE 585

1. **a.** 11 et 24 sont premiers entre eux d'après le théorème de Bézout il existe des entiers relatifs u et v tels que $11u + 24v = 1$.

   b. On applique l'algorithme d'Euclide à 24 et 11 :
   $24 = 2 \times 11 + 2$
   $11 = 5 \times 2 + 1$, soit en remontant : $1 = 11 - 5 \times 2$
   $1 = 11 - 5 \times (24 - 2 \times 11) = 11 - 5 \times 24 + 10 \times 11$ et enfin
   $1 = 11 \times 11 - 5 \times 24$.
   Le couple $(11\,;\,5)$ est une solution particulière de l'équation (1).

   c. Les solutions de l'équation (1) sont les couples $(n\,;\,m)$ tels que :
   $n = 11 + 24k \quad$ et $\quad m = 5 + 11k$.

2. **a.** $10 \equiv 1[9]$ donc quel que soit $n \in \mathbb{N}$: $10^n - 1 \equiv 0[9]$ ce qui montre que 9 divise $10^n - 1$, donc en particulier $10^{11} - 1$ et $10^{24} - 1$.

   b. Puisque $(n\,;\,m)$ est solution de l'équation (1) : $11n - 24m = 1$ ou encore $11n = 24m + 1$.
   Alors $\left(10^{11n} - 1\right) - 10\left(10^{24m} - 1\right)$
   $= \left(10^{24m+1} - 1\right) - 10\left(10^{24m} - 1\right)$
   $= \left(10^{24m} \times 10 - 1\right) - 10\left(10^{24m} - 1\right)$
   $= -1 + 10 = 9$.

   c. On a $10^{11n} - 1 = \left(10^{11}\right)^n - 1$
   $= \quad \left(10^{11} - 1\right)\left(10^{11(n-1)} + 10^{11(n-2)} + \ldots + 1\right)$,
   donc $10^{11} - 1$ divise $10^{11n} - 1$.
   Il existe donc un entier α tel que
   $10^{11n} - 1 = \alpha\left(10^{11} - 1\right)$.

On démontrerait de la même façon que $10^{24}-1$ divise $10^{24n}-1$ et qu'il existe donc un entier β tel que $10^{24n}-1=\beta\left(10^{24}-1\right)$.

L'égalité trouvée à la question **2.b** peut donc s'écrire : $\alpha\left(10^{11}-1\right)-10\times\beta\left(10^{24}-1\right)=9$.

On a donc deux entiers $N=\alpha$ et $M=10\beta$ tels que : $N\left(10^{11}-1\right)-M\left(10^{24}-1\right)=9$.

d. Tout diviseur commun à $10^{11}-1$ et à $10^{24}-1$ divise les produits $N\left(10^{11}-1\right)$ et $M\left(10^{24}-1\right)$ et aussi leur différence et par conséquent 9.

e. On vient de voir que tout diviseur commun à $10^{11}-1$ et à $10^{24}-1$ et donc en particulier leur $PGCD$ divise 9, mais on a vu inversement que 9 divise $10^{11}-1$ et $10^{24}-1$.

Donc $PGCD\left(10^{11}-1\,;\,10^{24}-1\right)=9$.

Exercice 586

1. Si $a=0$ toutes les lettres seront codées par la même lettre correspondant au reste de la division de b par 26.

2. Si $a=13$.

A correspond à $n=0$, donc $an+b=b$. A est codée par la lettre qui correspond au reste de la division de b par 26.

C correspond à $n=2$, donc $an+b=26\times2+b\equiv b[26]$. Donc C est codé de la même façon que A.

3. **a.** Si $\begin{cases}5n+2 \equiv r[26]\\ 5p+2 \equiv r[26]\end{cases}$, alors par différence $5(n-p)\equiv 0[26] \Longrightarrow n-p\equiv 0[26]$ (car 5 ne divise pas 26), donc finalement $n\equiv p[26]$. Or m et p sont inférieurs à 26 donc $n=p$.

b. $A\to 0\to 2\to C$ $\quad M\to 12\to 10\to K$

$I\to 8\to 16\to Q$ d'où AMI est codé « CKQ ».

4. **a.** D'après le tableau E correspond à 4. Donc la lettre codée E correspond à un nombre n tel que

$5n+2\equiv 4[26] \Longleftrightarrow 5n-2\equiv 0[26]$

$\Longleftrightarrow 5n-2=26y$, avec $y\in\mathbb{Z}$.

b. i. Solution particulière de l'équation $5x-26y=2$. On remarque que $50-52=2$ on en déduit alors $5\times(-10)-26\times(-2)=2$. Le couple $(-10\,;\,-2)$ est solution de l'équation.

ii. On a le système :

$$\begin{cases}5x-26y = 2\\ 5\times(-10)-26\times(-2) = 2\end{cases}$$

d'où par différence :

$5(x+10)-26(y+2)=0 \Longleftrightarrow 5(x+10)=26(y+2)$.

5 et 26 étant premiers entre eux, il en résulte d'après le théorème de Gauss qu'il existe $k\in\mathbb{Z}$ tel que $x+10=26k$, d'où en substituant dans la dernière égalité : $y+2=5k$. On obtient donc : les couples solutions sont les couples $(x\,;\,y)$ tels que

$$\begin{cases}x = 26k-10\\ y = 5k-2\end{cases}$$

iii. $0\leqslant x\leqslant 25 \Longleftrightarrow 0\leqslant 26k-10\leqslant 25$

$\Longleftrightarrow 10\leqslant 26k\leqslant 35 \Longrightarrow k=1$.

Finalement $x=16$ et $y=3$. Le seul couple solution est $(16\,;\,3)$.

c. La lettre codée E correspond à $x=n=16$. D'après le tableau c'est Q.

Exercice 587

1. $\begin{cases}x\equiv a[m]\\ x\equiv b[n]\end{cases} \Longleftrightarrow$ il existe k et k' entiers tels que

$$\begin{cases}x=km+a\\ x=k'n+b\end{cases} \Longleftrightarrow \begin{cases}xvn=vnkm+avn\\ xum=umk'n+bum\end{cases}$$

$\Longrightarrow x(vn+mu)=(vk+uk')mn+avn+bum$

$\Longrightarrow x=(vk+uk')mn+avn+bum$

$\Longrightarrow x\equiv avn+bum[nm]$.

Réciproquement : Si $x\equiv avn+bum[mn]$ alors $x\equiv avn[m]$.

D'autre part u et v vérifient $mu+nv=1$ alors $nv=1-mu$ ainsi $x\equiv(1-mu)a[m]$ donc $x\equiv a[m]$.

On montre de même que $x\equiv b[n]$.

2. **a.** 7 et 4 sont premiers entre eux donc d'après le lemme chinois : $x\equiv 5\times4v+2\times7u[28]$ avec $7u+4v=1$.

La résolution de l'équation $7u+4v=1$ donne les solutions $u=4k-1$ et $v=-7k+2$ avec $k\in\mathbb{Z}$.

On en déduit alors $x\equiv 26-84k[28]$ donc $x\equiv 26[28]$.

b. 7 et 9 sont premiers entre eux donc d'après le lemme chinois : $x\equiv 2\times7v+5\times9u[63]$ avec $9u+7v=1$.

La résolution de l'équation $9u+7v=1$ donne les solutions $u=7k+4$ et $v=-9k-5$ avec $k\in\mathbb{Z}$.

On en déduit alors $x\equiv 110+189k[63]$ donc $x\equiv 47[63]$.

EXERCICE 588

1. D'après le lemme chinois :
$\begin{cases} x \equiv a\ [9] \\ x \equiv b\ [11] \end{cases} \iff x \equiv 11av + 9bu\ [99]$ où u et v sont deux entiers relatifs satisfaisant l'identitié de Bézout $9u + 11v = 1$.
2. Résolution de l'équation $9u + 11v = 1$.
$u = 11k + 5$ et $v = -9k - 4$ avec $k \in \mathbb{Z}$.
On en déduit alors que
$x = 11a(-9k-4) + 9b(11k+5)$
$= 99k(b-a) + 45b - 44a$ avec $k \in \mathbb{Z}$.

EXERCICE 589

1.

Lettre	A	B	C	D	E	F	G	H	I
x	1	2	3	4	5	6	7	8	9
y	11	12	13	14	15	16	17	18	19
Codage	K	L	M	N	O	P	Q	R	S

Lettre	J	K	L	M	N	O	P	Q	R
x	10	11	12	13	14	15	16	17	18
y	20	21	22	23	24	25	0	1	2
Codage	T	U	V	W	X	Y	Z	A	B

Lettre	S	T	U	V	W	X	Y	Z	
x	19	20	21	22	23	24	25	0	
y	3	4	5	6	7	8	9	10	
Codage	C	D	E	F	G	H	J	K	

2. « ARITHMETIOUE » se code « KBSDRWODSAEO ».
3. « OEBY » est le codage de « EURO ».

EXERCICE 590

1. $L = \{2004; 2008; 2012; 2016; 2020; 2024; 2028\}$.
2. **a.** $365 = 7 \times 52 + 1$ et $366 = 7 \times 52 + 2$
ce qui peut s'écrire $365 \equiv 1\ [7]$ et $366 \equiv 2\ [7]$.
b. 2003 n'est pas une année bissextile et $365 \equiv 1\ [7]$, le 1er août 2002 étant un jeudi, l'année suivante le 1er août sera un vendredi.
2004 est une année bissextile et $366 \equiv 2\ [7]$, il y aura donc un décalage de 2 jours, le 1er août est donc un dimanche.
c.

Année	1er août	Année	1er août
2005	lundi	2006	mardi
2007	mercredi	2008	vendredi
2009	samedi	2010	dimanche
2011	lundi	2012	mercredi
2013	jeudi		

3. En 2013, 2019 et 2022, le 1er août est un jeudi.

EXERCICE 591

Partie A

1. $(x\,;\,y) = (11\,;\,29)$ est un couple d'entiers premiers solution de $40 = x + y$.
2. Le couple d'entiers relatifs $(x\,;\,y) = (40\,;\,-40)$ est une solution de $(E) : 20x + 19y = 40$.
Soit $(x\,;\,y)$ un couple de solution de (E) alors on a : $20x + 19y = 40$.
Or on a $20 \times 40 + 19 \times (-40) = 40$.
Par soustraction membre à membre de ces équations on obtient $20(x-40) + 19(y+40) = 0$
$20(x-40) + 19(y+40) = 0 \iff 20(40-x) = 19(y+40)$
On en déduit que 20 divise $19(y+40)$ or 20 et 19 sont premiers entre eux donc d'après le théorème de Gauss, 20 divise $(y+40)$.
Il existe donc un entier relatif k tel que $y + 40 = 20k$.
Alors $19(y+40) = 19 \times 20k$ donc $20(40-x) = 19 \times 20k$ soit $40 - x = 19k$.
Il existe donc un entier relatif k tel que
$\begin{cases} 40 - x = 19k \\ y + 40 = 20k \end{cases}$
Les couples solutions de (E) sont de la forme $(40 - 19k\,;\,-40 + 20k)$ avec $k \in \mathbb{Z}$.
3. **a.** $40 = 2^3 \times 5$
b. • Supposons que $x - y$ est pair alors il existe un entier relatif k tel que $x - y = 2k$.
$x - y = 2k \iff x = y + 2k$
$\iff x + y = 2y + 2k = 2(y+k)$ or $(y+k) \in \mathbb{Z}$
Donc si $x - y$ est pair alors $x + y$ est pair aussi.

• Supposons que $x - y$ est impair alors il existe un entier relatif k tel que $x - y = 2k + 1$.

$x-y=2k+1 \iff x=y+2k+1$

$\iff x+y=2y+2k+1=2(y+k)+1$ or

$(y+k)\in\mathbb{Z}$

Donc si $x-y$ est impair alors $x+y$ est impair aussi.

On en déduit donc que $x-y$ et $x+y$ ont la même parité.

c. $x^2-y^2=40 \iff (x-y)(x+y)=40$

D'après la question précédente on sait que $(x-y)$ et $(x+y)$ ont la même parité.

40 ne peut pas être le produit de deux nombres impairs, on cherche donc à écrire 40 comme produit de deux entiers pairs.

D'après la question **3. a** on en déduit qu'il n'y a que deux solutions : $40=2\times 20=4\times 10$.

x et y étant des entiers naturels, on a $x+y\geqslant x-y\geqslant 0$.

On a donc deux solutions possibles :

$$\begin{cases}x+y=20\\x-y=2\end{cases}\iff\begin{cases}x=11\\y=9\end{cases}$$

$$\begin{cases}x+y=10\\x-y=4\end{cases}\iff\begin{cases}x=7\\y=3\end{cases}$$

Finalement les couples $(x\,;\,y)$ solutions sont $(7\,;\,3)$ et $(11\,;\,9)$.

Partie B

1. **a.** $40=13+27$ or $27=3^3$ on en déduit une décomposition de 40 en « somme » de 5 cubes :

$40=1^3+3^3+7^3+10^3-11^3$

b. En posant $n=8$ dans l'égalité on obtient :

$48=9^3+7^3-8^3-8^3$

Or $40=48-8=48-2^3$

On en déduit une décomposition de 40 en « somme » de 5 cubes :

$40=-2^3+7^3-8^3-8^3+9^3$

2. **a.**

Reste n par 9	0	1	2	3	4	5	6	7	8
Reste n^3 par 9	0	1	8	0	1	8	0	1	8

b. Supposons que 40 peut être décomposé en « somme » de 3 cubes. Donc, supposons qu'il existe trois entiers relatifs a, $b$et c tels que $40=a^3+b^3+c^3$

On sait que chacun de ces cubes est congru à 1, 0 ou -1 modulo 9.

Alors $\left(a^3+b^3+c^3\right)\equiv d$ [9] avec $d\in\left\{-3\,;\,-2\,;\,-1\,;\,0\,;\,1\,;\,2\,;\,3\right\}$

Or on sait que $40\equiv 4$ [9] ce qui contredit la supposition.

Finalement, 40 ne peut pas être décomposé en « somme » de 3 cubes.

EXERCICE 592

1. • $a_2=\dfrac{4^5+1}{5}=\dfrac{1025}{5}=205$;

• $a_3=\dfrac{4^7+1}{5}=\dfrac{16384+1}{5}=3277$

2. Pour tout entier naturel n,

$$\begin{aligned}a_{n+1}&=\frac{4^{2n+3}+1}{5}=\frac{4^{(2n+1)+2}+1}{5}\\&=\frac{4^{2n+1}\times4^2+1}{5}=\frac{4^{2n+1}\times4^2+16-15}{5}\\&=\frac{4^{2n+1}\times4^2+16-15}{5}=16\frac{4^{2n+1}+1}{5}-\frac{15}{5}\\&=16a_n-3.\end{aligned}$$

3. Les puissances paires de 4 se terminent par 6 et les puissances impaires par 4, donc quel que soit $n\in\mathbb{N}$, 4^{2n+1} se termine par 4 et donc $4^{2n+1}+1$ se termine par 5 et est donc multiple de 5 : a_n est donc un naturel pour tout $n\in\mathbb{N}$.

4. **a.** Tout diviseur commun à a_n et à a_{n+1} et un diviseur commun à $16a_n$ et à a_{n+1}, donc est un diviseur de la différence $16a_n-a_{n+1}=3$. Or 3 a deux diviseurs 1 et 3.

Tout diviseur commun à a_n et à a_{n+1} et en particulier d_n est un diviseur de 3, donc d_n est égal à 1 ou à 3.

b. $\forall n\in\mathbb{N}$, on a $16\equiv 1\,[3]$ et $-3\equiv 0\,[3]$, donc $16a_n\equiv a_n\,[3]$ finalement $16a_n-3=a_{n+1}\equiv a_n[3]$.

c. On a $a_0=1$ et on a bien $1\equiv 1\,[3]$.

Initialisation : $a_0\equiv 1$ [3] donc a_0 n'est pas divisible par 3.

Hérédité : Supposons que pour $n\in\mathbb{N}$, a_n n'est pas divisible par 3, alors $16a_n$ n'est pas divisible par 3 (puisque 16 ne l'est pas) et comme 3 est divisible 3, $16a_n-3=a_{n+1}$ n'est pas divisible par 3.

Conclusion : La propriété est vraie au rang zéro, et elle est héréditaire.

D'après le principe de récurrence a_n n'est pas un multiple de 3 pour $n\in\mathbb{N}$.

d. D'après la question **4. a.**, d_n est égal à 1 ou à 3. D'après la question précédente, il ne peut être égal à 3, donc $d_n = 1$: les naturels a_n et a_{n+1} sont premiers entre eux.

5. a. On a pour $n \geqslant 2$, $5a_n = b_n c_n$. Deux possibilités :

- 5 ne divise pas b_n

Comme 5 est premier et donc premier avec b_n, 5 divise le produit $b_n c_n$ et est premiers avec b_n. Donc d'après le théorème de Gausse 5 divise c_n ;

- 5 divise b_n.

b. $b_n = 2^{n+1}\left(2^n - 1\right) + 1$,
donc $n \geqslant 2 \Rightarrow 2^n \geqslant 2^2 \Rightarrow 2^n - 1 \geqslant 3$.
D'autre part $n \geqslant 2 \Rightarrow n+1 \geqslant 3 \Rightarrow 2^{n+1} \geqslant 2^3$, d'où par produit
$2^{n+1}\left(2^n - 1\right) \geqslant 3 \times 8$ et enfin $b_n \geqslant 25 > 5$.
De même $c_n = 2^{n+1}\left(2^n + 1\right) + 1$
$n \geqslant 2 \Rightarrow 2^n \geqslant 2^2 \Rightarrow 2^n + 1 \geqslant 5$.
D'autre part $n \geqslant 2 \Rightarrow n+1 \geqslant 3 \Rightarrow 2^{n+1} \geqslant 2^3$, d'où par produit
$2^{n+1}\left(2^n - 1\right) \geqslant 5 \times 8$ et enfin $c_n \geqslant 40 > 5$.

c. On a $a_n = \dfrac{b_n c_n}{5}$.
Donc $a_n = \dfrac{b_n}{5} \times c_n$ ou $a_n = \dfrac{c_n}{5} \times b_n$.
D'après les questions précédentes $\dfrac{b_n}{5}$ ou $\dfrac{c_n}{5}$ est un naturel au moins égal à 2 puisque b_n et c_n sont supérieurs à 5 et que l'un au moins est un multiple de 5.
a_n est donc le produit de deux naturels différents de 1. Il n'est donc pas premier.

EXERCICE 593

Partie A : Cryptage

1. Dans l'alphabet la lettre « N » est associée à $x = 13$ alors $x(x+B) = 13 \times 26 = 338 = 33 \times 10 + 8 \equiv 8\,[33]$
Bob code la lettre « N » avec le nombre $y = 8$.
2. Dans l'alphabet la lettre « O » est associée à $x = 14$ alors $x(x+B) = 14 \times 27 = 378 = 33 \times 11 + 15 \equiv 15[33]$
Bob code la lettre « O » avec le nombre $y = 15$.

Partie B : Décryptage

1. Soit x un entier tel que $x(x+13) \equiv 3 \quad [33]$
$\iff x^2 + 13x \equiv 3\ [33]$.
$\iff x^2 + 13x + 33x \equiv 3\ [33]$ car $33x \equiv 0\ [33]$
$\iff x^2 + 46x + 529 \equiv 3 + 1\ [33]$ car $529 = 16 \times 33 + 1$
$\iff (x+23)^2 \equiv 4\ [33]$.

2. **a.** Soit x un entier tel que $(x+23)^2 \equiv 4\ [33]$ alors il existe un entier k tel que $(x+23)^2 = 33k + 4$.
Alors $(x+23)^2 = 33k + 4 = 3 \times 11k + 4 \equiv 4\ [3]$
$(x+23)^2 = 33k + 4 = 11 \times 3k + 4 \equiv 4\ [11]$
Finalement si $(x+23)^2 \equiv 4\ [33]$ alors le système d'équations
$\begin{cases} (x+23)^2 \equiv 4\ [3] \\ (x+23)^2 \equiv 4\ [11] \end{cases}$ est vérifié.
b. 3 et 11 divisent $(x+23)^2 - 4$. Or 3 et 11 sont premiers entre eux donc leur produit $3 \times 11 = 33$ divise $(x+23)^2 - 4$, d'où $(x+23)^2 \equiv 4\ [33]$.
c. $(x+23)^2 \equiv 4\ [3] \iff (x+23)^2 \equiv 1\ [3]$ car $4 \equiv 1\ [3]$.
Dans la question **2.a** on a montré que
$$x(x+13) \equiv 3\ [33] \implies \begin{cases} (x+23)^2 \equiv 1\ [3] \\ (x+23)^2 \equiv 4\ [11] \end{cases}$$
Dans la question **2. b** on a montré que
$$\begin{cases} (x+23)^2 \equiv 1\ [3] \\ (x+23)^2 \equiv 4\ [11] \end{cases} \implies x(x+13) \equiv 3\ [33]$$
On a donc bien
$$x(x+13) \equiv 3\ [33] \iff \begin{cases} (x+23)^2 \equiv 1\ [3] \\ (x+23)^2 \equiv 4\ [11] \end{cases}$$

3. **a.**

a	0	1	2
a^2	0	1	4
$a^2\,[3]$	0	1	1

Les entiers naturels a tels que $0 \leqslant a < 3$ et $a^2 \equiv 1\ [3]$ sont 1 et 2.

b.

b	0	1	2	3	4	5	6	7	8	9	10
$b^2\,[11]$	0	1	4	9	5	3	3	5	9	4	1

Les entiers naturels b tels que $0 \leqslant b < 11$ et $b^2 \equiv 4\,[11]$ sont 2 et 9.

4. **a.** On sait que
$$x(x+13) \equiv 3 \quad [33] \iff \begin{cases} (x+23)^2 \equiv 1\ [3] \\ (x+23)^2 \equiv 4\ [11] \end{cases}$$
D'après ce qui précède on a

$$(x+23)^2 \equiv 1\ [3] \iff \begin{cases} x+23 \equiv 1\ [3] \\ \text{ou} \\ x+23 \equiv 2\ [3] \end{cases}$$

$$\iff \begin{cases} x \equiv -22\ [3] \\ \text{ou} \\ x \equiv -21\ [3] \end{cases} \iff \begin{cases} x \equiv 2\ [3] \\ \text{ou} \\ x \equiv 0\ [3] \end{cases}$$

$$(x+23)^2 \equiv 4 \quad [11] \iff \begin{cases} x+23 \equiv 2\ [11] \\ \text{ou} \\ x+23 \equiv 9\ [11] \end{cases}$$

$$\iff \begin{cases} x \equiv -21\ [11] \\ \text{ou} \\ x \equiv -14\ [11] \end{cases} \iff \begin{cases} x \equiv 1 \quad [11] \\ \text{ou} \\ x \equiv 8\ [11] \end{cases}$$

$$x(x+13) \equiv 3 \quad [33] \iff \begin{cases} (x+23)^2 & \equiv & 1\ [3] \\ (x+23)^2 & \equiv & 4\ [11] \end{cases}$$

ce qui est équivalent aux quatre systèmes donnés

b. Avec x entier et $0 \leqslant x < 33$

$$\begin{cases} x & \equiv & 2\ [3] \\ x & \equiv & 8\ [11] \end{cases} \iff x = 8.$$

$$\begin{cases} x & \equiv & 0\ [3] \\ x & \equiv & 1\ [11] \end{cases} \iff x = 12$$

$$\begin{cases} x & \equiv & 2\ [3] \\ x & \equiv & 1\ [11] \end{cases} \iff x = 23$$

$$\begin{cases} x & \equiv & 0\ [3] \\ x & \equiv & 8\ [11] \end{cases} \iff x = 30.$$

5.

```
Pour x allant de 0 à 32
  Si le reste de la division de x(x+13) par 33
est égal à 3 alors
    Afficher x
  Fin Si
Fin Pour
```

6. La première lettre du message de Bob a été codée par 3, d'après ce qui précède cela signifie que cette première lettre peut être I, M, X.
Il est donc impossible pour Alice d'utiliser le « chiffre de RABIN » pour décoder un message lettre par lettre.

EXERCICE 594

1. **a.** • $8^3 = 512 = 9 \times 55 + 17$ donc $8^3 \equiv 17\ [55]$
• $8^6 = \left(8^3\right)^2 \equiv 17^2\ [55]$;
$17^2 = 289 = 5 \times 55 + 14 \equiv 14\ [55]$
Donc $8^6 \equiv 14\ [55]$
• $8^7 = 8^6 \times 8 \equiv 14 \times 8\ [55]$
$14 \times 8 = 112 = 2 \times 55 + 2 \equiv 2\ [55]$
On a donc $8^7 \equiv 2\ [55]$.
$8^{21} = \left(8^7\right)^3 \equiv 2^3\ [55]$ donc $8^{21} \equiv 8\ [55]$
b. $8^2 = 64 = 1 \times 55 + 9 \equiv 9[55]$
$8^{23} = 8^{21} \times 8^2 \equiv 8 \times 9\ [55]$;
$8 \times 9 = 72 = 1 \times 55 + 17 \equiv 17\ [55]$.
Donc $8^{23} \equiv 17\ [55]$.
Or $0 \leqslant 17 < 55$ donc 17 est le reste de la division de 8^{23} par 55.

2. **a.** 23 est un nombre premier et 40 n'est pas un multiple de 23 donc les nombres 23 et 40 sont premiers entre eux donc, d'après le théorème de Bézout, l'équation $23x - 40y = 1$ admet au moins un couple solution.
b. $23 \times 7 - 40 \times 4 = 1$.
Le couple $(7, 4)$ est solution de l'équation (E).
c. • Si le couple (x, y) est solution de (E), on a $23 \times x - 40 \times y = 1$
Le couple $(7, 4)$ est solution de (E), donc $23 \times 7 - 40 \times 4 = 1$
On déduit alors que $23(x-7) = 40(y-4)$, donc que 23 divise $40(y-4)$.
Or 23 et 40 sont premiers entre eux donc, d'après le théorème de Gauss, 23 divise $y-4$.
On a donc $y - 4 = 23k$ avec $k \in \mathbb{Z}$ c'est-à-dire $y = 4 + 23k$.
$23(x-7) = 40(y-4)$ et $y - 4 = 23k$, donc $23(x-7) = 40 \times 23k$ et donc $x - 7 = 40k$, c'est-à-dire $x = 7 + 40k$.
• Réciproquement, si $x = 7 + 40k$ et $y = 4 + 23k$ avec $k \in \mathbb{Z}$,
$23x - 40y = 23(7 + 40k) - 40(4 + 23k)$
$= 161 + 23 \times 40 \times k - 160 = 40 \times 23 \times k = 1$.
Donc le couple $(7 + 40k\ ,\ 4 + 23k)$ avec $k \in \mathbb{Z}$ est solution de (E).
L'ensemble des solutions de l'équation (E) est donc $\left\{\left(7 + 40k\ ,\ 4 + 23k\right)\right\}$ avec $k \in \mathbb{Z}$.

d. $23d \equiv 1\ [40] \iff 23d = 1 + 40y,\ y \in \mathbb{Z}$
$\iff 23d - 40y = 1$ avec $y \in \mathbb{Z}$ ce qui équivaut à « le couple (d, y) est solution de (E) ».
Donc d s'écrit $7 + 40k$ avec $k \in \mathbb{Z}$.
Pour satisfaire à la condition $0 \leqslant d < 40$, il faut que $0 \leqslant 7 + 40k < 40$, ce qui n'est possible que si $k = 0$, ce qui donne $d = 7$.
Il existe donc un unique entier $d = 7$ vérifiant les conditions $0 \leqslant d < 40$ et $23d \equiv 1\ [40]$.

3. Cryptage dans le système RSA

a. $N = pq = 5 \times 11 = 55$
$n = (p-1)(q-1) = 4 \times 10 = 40$
Or 23 et 40 étaient premiers entre eux, donc l'entier naturel $c = 23$ vérifie la condition voulue.

b. Un émetteur souhaite envoyer à la personne A le nombre $a = 8$.
Le nombre crypté b est le reste dans la division par N du nombre a^c, donc le reste dans la division par 55 du nombre 8^{23}.
D'après la question **1.b**, le nombre crypté b vaut 17.

4. Décryptage dans le système RSA

a. Le nombre d est l'unique entier tel que $0 \leqslant d < n$ et $cd \equiv 1 \mod n$, c'est-à-dire $0 \leqslant d < 40$ et $23d \equiv 1 \mod 40$.
D'après la question **2.d** on peut dire que $d = 7$.

b. Le nombre crypté étant $b = 17$, le nombre en clair est le nombre a, reste de la division de b^d par N, c'est-à-dire le reste de la division de 17^7 par 55.

- $17^3 = 4913 = 89 \times 55 + 18$
  donc $17^3 \equiv 18\ [55]$
- $17^6 = (17^3)^2 \equiv 18^2\ [55]$;
  $18^2 = 324 = 4 \times 55 + 49$ donc $18^2 \equiv 49\ [55]$
  On en déduit que $17^6 \equiv 49\ [55]$.
- $17^7 = 17^6 \times 17 \equiv 49 \times 17\ [55]$;
  $49 \times 17 = 833 = 15 \times 55 + 8$ donc $49 \times 17 \equiv 8\ [55]$
  On en déduit que $17^7 \equiv 8\ [55]$ et comme $0 \leqslant 8 < 55$, on peut dire que 8 est le reste de la division de 17^7 par 55.

Le nombre qui se crypte en 17 est donc 8.

Exercice 595

1. $\forall n \in \mathbb{N}^\star,\ u_{n+1} = 3u_n + 1 \iff 1u_{n+1} - 3u_n = 1$.
Cette égalité montre que les entiers u_n et u_{n+1} sont premiers entre eux.

2.
- Si u_n est pair, $3u_n$ l'est aussi et $3u_n + 1$ est impair donc u_{n+1} est impair;
- si u_n est impair, $3u_n$ l'est aussi et $3u_n + 1$ est pair donc u_{n+1} est pair.

Donc u_0 est pair, u_1 est impair, u_2 est pair, *etc.*

3. $u_0 = 0,\quad u_1 = 1,\quad u_2 = 4,\quad u_3 = 13,\quad u_4 = 40,\quad u_5 = 121.$
5 est premier et $u_5 = 11^2$ n'est pas premier. L'affirmation est fausse.

4. a. *Initialisation* : $3^0 - 1 = 1 - 1 = 0 = 2u_0$: la relation est vraie au rang 0.
Hérédité : Supposons que pour $n \in \mathbb{N}$, on ait $2u_n = 3^n - 1$, alors $u_{n+1} = 3u_n + 1$,

$$\begin{aligned} \text{donc } 2u_{n+1} &= 2(3u_n + 1) = 2 \times 3u_n + 2 \\ &= 3 \times 2u_n + 2 = 3 \times (3^n - 1) + 2 \\ &= 3^{n1} - 3 + 2 = 3^{n+1} - 1. \end{aligned}$$

La relation est vraie au rang $n + 1$.
Conclusion : La relation est vraie au rang 0 et elle est héréditaire.
D'après le principe de récurrence on a donc montré que pour tout entier naturel n, $2u_n = 3^n - 1$.

b.

n	3^n	$3^n \equiv \ldots [7]$
1	3	3
2	9	2
3	27	6
4	81	4
5	243	5
6	729	1

Le plus petit naturel non nul tel que $3^n \equiv 1[7]$ est donc 6.

c. $2022 = 6 \times 337$.
On a donc d'après la relation démontrée par récurrence : $2u_{2022} = 3^{2022} - 1 = 3^{6 \times 337} - 1 = (3^6)^{337}$.
D'après la question précédente $3^6 \equiv 1[7]$, donc $2u_{2022} \equiv 1^{337} - 1[7]$ ou $2u_{2022} \equiv 1 - 1[7]$, d'où $2u_{2022} \equiv 0[7]$, donc $2u_{2022}$ est un multiple de 7 et comme 2 est premier avec 7, u_{2022} est un multiple

de 7.

5. **a.** $u_0 = 0 \equiv 0\,[5]$ $u_1 = 1 \equiv 1\,[5]$

$u_2 = 4 \equiv 4\,[5]$ $u_3 = 13 \equiv 3\,[5]$

$u_4 = 40 \equiv 0\,[5]$

b.

m [5]	0	1	2	3	4
$3m+1$ [5]	1	4	2	0	3

c. Si pour tout entier naturel n, u_n est congru à 4 modulo 5, $3u_n$ est aussi congru à 2 modulo 5

et $3u_n + 1 = u_{n+1}$ est congru à 3 modulo 5.

De même d'après le tableau de la question précédente :

u_{n+2} est congru à 0 modulo 5;

u_{n+3} est congru à 1 modulo 5;

u_{n+4} est congru à 4 modulo 5 et ainsi de suite.

d. D'après la question précédente les restes des divisions euclidiennes de u_n par 5 sont de façon cyclique : 4, 3, 0, 1.

On ne peut donc avoir comme reste 2.

Exercice 596

1. **a.** Quand ils les partagent en trois parts égales il reste 2 pièces d'or s'écrit $x \equiv 2$ [3].

b. Quand ils les partagent en cinq parts égales, Jambe-De-Bois s'adjugeant 3 parts et les deux autres pirates une part chacun, « il reste 3 pièces » s'écrit $x \equiv 3$ [5].

2. **a.**

$y \pmod 5$	0	1	2	3	4
$3y+2 \pmod 5$	2	0	3	1	4

b. D'après le tableau précédent $y = 5k+2$ avec $k \in \mathbb{N}$.

$$\begin{cases} x \equiv 2\ [3] \\ x \equiv 3\ [5] \end{cases} \iff \begin{cases} x = 3u+2 \\ x = 5v+3 \end{cases}$$

$\Longrightarrow 3u - 5v = 1$.

Les couples $(u; v)$ solutions sont de la forme $(5z+2\,;\,3z+1)$ avec $z \in \mathbb{N}$

On en déduit alors $x = 3(5z+2) + 2 = 15z + 8$ avec $z \in \mathbb{N}$.

c. Soit $x = 15z+8$ avec z entier.

$x = 3(5z+2)+2 \equiv 2$ [3]

$x = 5(3z+1)+3 \equiv 3$ [5]

On en déduit que $x = 15z+8$ est une solution du système (S).

3. D'après l'énoncé $70 \leqslant 15z+8 \leqslant 90$

Donc $4 < \dfrac{62}{15} \leqslant z \leqslant \dfrac{82}{15} < 6$.

$z \in \mathbb{N}$ donc $z = 5$.

On en déduit alors que $x = 83$.

Le trésor contient donc 83 pièces d'or.

Exercice 597

1. $123130 = 10260 \times 12 + 10$, $R = 10$ le dernier chiffre devrait être un A.

Le nombre 1231309 n'est donc pas un numéro de compte possible.

2. $425629 = 35469 \times 12 + 1$ donc $R = 1$.

La clé est donc 1.

3. **a.** $55 = 4 \times 12 + 7 \equiv 7$ [12].

b. $10^2 = 100 = 8 \times 12 + 4 \equiv 4$ [12].

$10^3 \equiv 40$ [12] $\equiv 4$ [12].

c. D'après la question précédente, $10^4 \equiv 4$ [12] et $10^5 \equiv 4$ [12].

d. D'après les questions précédentes :

$124a55 = 10^5 + 2 \times 10^4 + 4 \times 10^3 + a \times 10^2 + 55$

$124a55 \equiv 4+8+16+4a+7$ [12] $\equiv 4a+11$ [12].

D'autre part la clé est B donc $R = 11$

On a donc $11 + 4a \equiv 11$ [12].

e. $11 + 4a \equiv 11$ [12] $\iff 4a \equiv 0$ [12].

a peut être égal à 3, 6 ou 9.

Exercice 598

1. n est congru à 3 modulo 10 signifie que dans la division euclidienne de n par 10 le reste sera égal à 3.

2. $347 = 34 \times 10 + 7$ donc $347 \equiv 7$ [10].

3. **a.** Pour $n = 11$, on obtient $u = 1$.

b. Pour $n = 35$, on obtient $u = 5$.

c. Pour un entier naturel n quelconque, le nombre entier naturel affiché en sortie par cet algorithme est son chiffre des unirés.

4. **a.** $11 \equiv 1$ [10] donc $11^{2011} \equiv 1^{2011} \equiv 1$ [10].

Le chiffre des unités de 11^{2011} est donc 1.

b. $9 \equiv -1$ [10] donc $9^{2011} \equiv (-1)^{2011} \equiv -1$ [10]

soit encore $9^{2011} \equiv 9$ [10]

Le chiffre des unités de 9^{2011} est donc 9.

EXERCICE 599

1. **a.** $10 \equiv 1$ [9] donc $10^n \equiv 1^n$ [9] $\equiv 1$ [9].
   b. D'après la question précédente :
   $10^3 a \equiv 1 \times a \equiv a$ [9]
   $10^2 b \equiv 1 \times b \equiv b$ [9]
   $10c \equiv 1 \times c \equiv c$ [9]
   On en déduit alors que $N \equiv a+b+c+d$ [9].
2. $321\,765 \equiv 24$ [9] $\equiv 6$ [9]
   $415\,283 \equiv 23$ [9] $\equiv 5$ [9].
3. $321\,765 \times 415\,283 \equiv 5 \times 6$ [9] $\equiv 3$ [9].
4. La somme des chiffres de $133\,623\,534\,485$ est égale à 47 et $47 \equiv 2$ [9].
   Le résultat de Jules est donc faux.

EXERCICE 600

1. **a.** Si $n = 1$ alors $3^2 - 2 = 7$
   La propriété est donc vraie pour $n = 1$.
   b. $3^2 = 9 \equiv 2$ [7].
2. **a.** Pour tout nombre entier naturel n,
   $9(3^{2n} - 2^n) + 7 \times 2^n = 3^2 \times 3^{2n} - 3^2 \times 2^n + 7 \times 2^n$
   $9(3^{2n} - 2^n) + 7 \times 2^n = 3^{2n+2} + 2^n \times (7-9)$
   $= 3^{2(n+1)} - 2^{n+1}$.
   b. Supposons $3^{2n} - 2^n$ divisible par 7,
   alors il existe $k \in \mathbb{N}$ tel que $3^{2n} - 2^n = 7k$
   On en déduit alors que
   $3^{2(n+1)} - 2^{n+1} = 9 \times 7k + 7 \times 2^n$
   $= 7 \times (9k + 2^n)$
   $3^{2(n+1)} - 2^{n+1}$ est donc divisible par 7.
3. D'après les deux questions précédentes la propriété est vraie au rang 1 et elle est héréditaire. Donc d'après le principe de la récurrence, le nombre $3^{2n} - 2^n$ est divisible par 7, quel que soit $n \in \mathbb{N}$.

EXERCICE 601

Partie A

1. $3^2 \equiv -1$ [10] donc $3^8 \equiv (-1)^4$ [10] $\equiv 1$ [10].
   $2008 = 502 \times 4$
   On en déduit alors que $3^{2008} \equiv 1^{502}$ [10] $\equiv 1$ [10].
2. D'après la question précédente, le chiffre des unités de 3^{2008} est 1.

Partie B

1. $0{,}4771 < \log 3 < 0{,}4772$
   $\iff 2008 \times 0{,}4771 < 2008 \times \log 3 < 2008 \times 0{,}4772$
   $\iff 958 < \log(3^{2008}) < 959$.
2. $\log(10^{958}) 958 \times \log 10 = 958 \times 1 = 958$
   $\log(10^{959}) = 959$.
3. D'après les questions précédentes
   $958 < \log(3^{2008}) < 959$
   $\iff \log(10^{958}) < \log(3^{2008}) < \log(10^{959})$.
   $\iff 10^{958} < 3^{2008} < 10^{959}$
   Car la fonction log est strictement croissante.
4. 10^{958} est composé de 959 chiffres et 10^{959} est composé de 960 chiffres.
   3^{2008} est strictement inférieur à 10^{959} qui les le plus petit entier composé de 960 chiffres.
   On en déduit donc que l'écriture décimale de 3^{2008} contient 959 chiffres.

EXERCICE 602

1. **a.** $2^3 = 8 = 1 \times 7 + 1$.
   b. D'après la question précédente $2^3 \equiv 1$ [7]
   $2^6 = (2^3)^2 \equiv 1^2 \equiv 1$ [7]
   2^3 et 2^6 sont donc congrus modulo 7.
   c. $\forall n \in \mathbb{N}$, $2^{3n} = (3^2)^n \equiv 1^n \equiv 1$ [7].
   $2007 = 3 \times 669$ donc $2^{2007} \equiv 1$ [7].
2. **a.** Pour $n = 25$ on obtient $u = 4$.
   b. $n = 12$ et $n = 19$ affichent 5 en sortie.
   c. $11 \geqslant 7$, l'algorithme ne s'arête donc pas. On ne peut donc pas obtenir le nombre 11 en sortie.
   d. $2^{2007} \equiv 1$ [7], donc si on fait fonctionner cet algorithme avec le nombre 2^{2007}, on obtiendra 1 en sortie.
   $2^{2008} = 2^{2007} \times 2 \equiv 2$ [7]. Si on fait fonctionner cet algorithme avec le nombre 2^{2008}, on obtiendra 2 en sortie.
   e. D'après l'énoncé $a \equiv 3$ [7] et $b \equiv 5$ [7]
   donc $3a + b \equiv 9 + 5 \equiv 0$ [7].
   Si on fait fonctionner cet algorithme avec le nombre $3 \times a + b$, on obtiendra en sortie 0.

EXERCICE 603

1. Il y a 2^{12}, soit 4 096 codes possibles.

2. **a.** $(AB)_{\text{douze}} = 12 \times 10 + 11 = 131$.
   b. $131 = 2 \times 53 + 25$ donc $R = 25$.
3. $(21)_{\text{douze}} = 2 \times 12 + 1 = 25$ donc $R = 25$. peut être le code de ce digicode.
4. **a.** Pour $R = 25$, on obtient $L = [25 ; 78 ; 131]$.
   b. D'après la question précédente, les trois codes possibles de ce digicode sont 25, 78 et 131.
5. Si $R = 40$ le tant que ne fera que deux boucles. L'algorithme ne donnera alors que deux codes.

EXERCICE 604

1. **a.** u_1=6, $u_2 = 18$, $u_3 = 54$ et $u_4 = 162$.
   b. $u_2 = 2 \times 7 + 4 = \overline{24}^7$.
   c. $u_3 = 2 \times 7^2 + 0 \times 7 + 5 = \overline{105}^7$.
   d. $3 \times 5 = 15 = 2 \times 7 + 1$ la retenue est donc 2 et non 1.

2. **a.** $u_5 = 3 \times u_4 = 3 \times 162 = 486$.

   b.

	r	L	x
Initialisation		vide	486
Fin étape 1	3	[3]	69
Fin étape 2	6	[3,6]	9
Fin étape 3	2	[3,6,2]	1
Fin étape 4	1	[3,6,2,1]	0

   $L[i]$ est le $i^{\text{ème}}$ chiffre de u_5 en base 7. Ainsi $u_5 = \overline{1263}^7$.
3. **a.** $v_0 + v_1 + v_2 = 0,72 + 0,0072 + 0,000072$
   $= 0,727272$.
   b. $S_n = 0,72\dfrac{1-0,01^{n+1}}{1-0,01} = \dfrac{72}{99}\left(1-0,01^{n+1}\right)$.
   $\lim\limits_{n\to+\infty} 0,01^{n+1} = 0$ d'où $\lim\limits_{n\to+\infty} S_n = \dfrac{72}{99}$.
   c. D'après la question précédente $0,727272\ldots = \dfrac{72}{99}$.
   d. Soit A l'entier recherché.
   $u_{10} = 2 \times 3^{10}$.
   D'autre part $\dfrac{u_{10}}{A} = 14 + \dfrac{72}{99}$
   D'où $A = 2 \times 3^{10} \times \dfrac{99}{14 \times 99 + 72} = 8019$

EXERCICE 605

Première méthode

1. Dans la division euclidienne par 6, le reste appartient à l'intervalle $[\![0 ; 5]\!]$.
   Donc tout nombre entier naturel n est congru, modulo 6, à 0, 1, 2, 3, 4 ou 5.
2.

$n \equiv \ldots [6]$	0	1	2	3	4	5
$n^3 \equiv \ldots [6]$	0	1	2	3	4	5
$5n \equiv \ldots [6]$	0	5	4	3	2	1
$n^3 + 5n \equiv \ldots [6]$	0	0	0	0	0	0

3. D'après le tableau précédent, pour tout nombre entier naturel n, $n^3 + 5n \equiv 0$ [6]. Le nombre $n^3 + 5n$ est divisible par 6.

Deuxième méthode

1. Si n est pair alors il existe $p \in \mathbb{N}$ tel que $n = 2p$. On a alors $n(n+1) = 2p(2p+1)$.
   Si n est impair alors il existe $p \in \mathbb{N}$ tel que $n = 2p + 1$.
   On a alors $n(n+1) = (2p+1)(2p+2) = 2(2p+1)(p+1)$
   Donc pour tout nombre entier naturel n, $n(n+1)$ est pair.
   Pour tout nombre entier naturel n, $3n(n+1)$ est divisible par 2 et par 3, de plus 2 et 3 sont premiers entre eux donc $3n(n+1)$ est divisible par 6.
2. Supposons que $n^3 + 5n$ est divisible par 6, alors il existe $k \in \mathbb{N}$ tel que $n^3 + 5n = 6k$.
   D'après la question précédente, il existe $k' \in \mathbb{N}$ tel que $3n(n+1) = 6k'$
   D'où $(n+1)^3 + 5(n+1) = (n^3 + 5n) + 3n(n+1) + 6$
   $= 6k + 6k' + 6 = 6\left(k + k' + 1\right)$
   $(n+1)^3 + 5(n+1)$ est donc divisible par 6.
3. Il reste à vérifier que la propriété est vrai pour $n = 0$.
   $0^3 + 5 \times 0 = 0 \equiv 0$ [6].
   La propriété est vrai pour $n = 0$ et elle est héréditaire.
   Donc pour tout $n \in \mathbb{N}$, $n^3 + 5n$ est divisible par 6.

EXERCICE 606

1. **a.** Le rang de u est 21
   On obtient le nombre 2101308937097.
   b. $2+1+0+1+3+0+8+9+3+7+0+9+7 = 50 \equiv 1$ [9].
   c. Le reste n'est pas égal à 8, le billet n'est pas authentique.

2. Le code s0216644810x correspond au nombre 190216644810x

La somme des chiffres est égale à $42+x$.

Le billet est authentique donc $x+42 \equiv 8$ [9]. $42 \equiv 6$ [9] donc $x+42 \equiv x+6$ [9].

Donc x vérifie $x+6 \equiv 8$ [9] et $0 \leqslant x \leqslant 9$.

D'où $x=2$.

3. **a.** La somme des chiffres du code est $n+29 \equiv n+2$ [9].

Le billet est authentique donc $n+2 \equiv 8$ [9].

La somme des chiffres de n est égal à 6. Il y a trois possibilités : 6, 15 et 24.

b. Les lettres possibles sont f, o et x.

EXERCICE 607

1. **a.** $3 \times 7 = 21$ et $4 \times 7 = 28 > 24$.

Donc le dernier bip du 1^er^janvier 2005 est émis à 21 heures.

b. $28 = 24+4 \equiv 4$ [24] donc le premier bip du 2 janvier 2005 est émis à 4 heures.

c. $4+2 \times 7 = 18$ et $4+3 \times 7 = 25 > 24$.

Le dernier bip du 2 janvier 2005 est émis à 18 heures.

d. $25 \equiv 1$ [24], le premier bip du 3 janvier 2005 est émis à 1 heure.

2. **a.** $24 = 3 \times 7+3 \equiv 3$ [7].

b. D'après la question précédente :

$2 \times 24 \equiv 2 \times 3 \equiv 6$ [7]

$3 \times 24 \equiv 3 \times 3 \equiv 2$ [7].

n	1	2	3	4	5	6	7	8	9	10
$24n$[7]	3	6	2	5	1	4	0	3	6	2

c. D'après le tableau précédent :

$24n \equiv 0$ [7] $\Longleftrightarrow n=7$.

L'horloge émet donc un bip à minuit tous les 7 jours et tout les 7 jours seulement.

3. **a.** $365 = 52 \times 7+1 \equiv 1$ [7] donc $a=1$.

b. D'après la question précédente $364 \equiv 0$ [7], le 364e jour de l'année est le 30 décembre 2005.

Donc d'après la question **2.c**, c'est le jour où l'horloge émettra un bip à minuit pour la dernière fois en 2005.

EXERCICE 608

1.

lettre	A	B	C	D	E	F	G	H	I
n	1	2	3	4	5	6	7	8	9
p	10	13	16	19	22	25	2	5	8
forme cryptée	J	M	P	S	V	Y	B	E	H

lettre	J	K	L	M	N	O	P	Q	R
n	10	11	12	13	14	15	16	17	18
p	11	14	17	20	23	26	3	6	9
forme cryptée	K	N	Q	T	W	Z	C	F	I

lettre	S	T	U	V	W	X	Y	Z
n	19	20	21	22	23	24	25	26
p	12	15	18	21	24	1	4	7
forme cryptée	L	O	R	U	X	A	D	G

2. Arthur a envoyé le message suivant à Wilson : BRAVO POUR TA REUSSITE.

3. Wilson lui répond : TVIPH.

EXERCICE 609

1. **a.** La lettre E est au rang $x=5$ alors $y = 3 \times 5+5 = 20$.

b. La lettre P est au rang $x=16$ alors $y = 53 \equiv 1$ [26] ce qui correspond à la lettre A.

2.

lettre	A	B	C	D	E	F	G
rang x dans l'alphabet	1	2	3	4	5	6	7
nombre y associé	8	11	14	17	20	23	0
lettre envoyée	H	K	N	Q	T	W	Z

lettre	H	I	J	K	L	M	N
rang x dans l'alphabet	8	9	10	11	12	13	14
nombre y associé	3	6	9	12	15	18	21
lettre envoyée	C	F	I	L	O	R	U

lettre	O	P	Q	R	S	T	U
rang x dans l'alphabet	15	16	17	18	19	20	21
nombre y associé	24	1	4	7	10	13	16
lettre envoyée	X	A	D	G	J	M	P

lettre	V	W	X	Y	Z
rang x dans l'alphabet	22	23	24	25	26
nombre y associé	19	22	25	2	5
lettre envoyée	S	V	Y	B	E

3. Le message décrypté est :

VIVE LES MATHEMATIQUES.

EXERCICE 610

1. **a.** $S = 110 \equiv 0$ [10].

Le code A est accepté.

b. $S_B = 109 \equiv 9$ [10].

Le code B est refusé.

c. $S_C = 100 \equiv 0$ [10].

Le code C est accepté.

$S_D = 102 \equiv 0$ [10].

Le code D est refusé.

2. **a.** $S_E = 110 + 3n \equiv 3n$ [10].

Le code E est accepté si $3n \equiv 0$ [10] sachant de plus que $0 \leqslant n \leqslant 9$, seul $n = 0$ est possible.

b. Une seule valeur est possible pour n, une erreur de saisie sur le quatrième chiffre du code A est donc toujours détectée.

EXERCICE 611

1. **a.** $469 = 1 \times 256 + 213$.

Le nouveau code de la lettre C est donc 213.

b. $7 \times 76 = 532 = 2 \times 256 + 20$.

Le nouveau code de la lettre L est donc 20.

$7 \times 69 = 483 = 1 \times 256 + 227$.

Le nouveau code de la lettre E est donc 227.

Le codage du mot CLE est alors 213-20-227.

2. **a.** $x = 7n$ et $7 \equiv 7$ [256] on a donc $x \equiv 7n$ [256].

b. D'après la question précédente :

$183x \equiv 183 \times 7n$ [256].

D'autre part $183 \times 7 = 1281 = 5 \times 256 + 1$

On en déduit alors que $183x \equiv n$ [256].

c. $183 \times 206 = 37698 = 147 \times 256 + 66$.

Donc $n = 66$ qui correspond à la lettre B.

d. $206 \to 66 \to B$

$199 \to 65 \to A$

$213 \to 67 \to C$.

EXERCICE 612

1. **a.** $N = (2+4+5) + 7(3+1+4) = 67 \equiv 7$ [10].

b. $N = (9+3+5) + 7(2+4+1) = 66 \equiv 6$ [10].

La clé du code est donc 6.

c. Soit a le chiffre effacé.

$N = (1+2+7) + 7(1+a+7) = 66 + 7a \equiv 6 + 7a$ [10].

La clé étant égale à 4, on en déduit que $7a \equiv 8$ [10].

D'autre part $0 \leqslant a \leqslant 9$ donc $a = 3$.

2. **a.** $N_1 = (x_1 + x_3 + x_5) + 7(x_2 + x_4 + x_6)$.

$N_2 = (x_1 + x_3 + x_5) + 7(x_2 + y + x_7)$.

$N_1 - N_2 = 7(x_4 - y)$

b. Etablissons le tableau des restes modulo 10 :

a	0	1	2	3	4	5	6	7	8	9
$7a$	0	7	4	1	8	5	2	9	6	3

D'après le tableau, $7a \equiv 0$ [10] uniquement si $a = 0$.

c. D'après la question précédente $N_1 - N_2 \equiv 0$ [10] si et seulement si $x_4 - y = 0$ donc si et seulement si $y = x_4$.

L'erreur de frappe sera donc détectée.

3. **a.** $N_1 = (x_1 + x_3 + x_5) + 7(x_2 + x_4 + x_6)$

$N_2 = (x_1 + x_2 + x_5) + 7(x_3 + x_4 + x_6)$.

$N_1 - N_2 = (x_3 - x_2) + 7(x_2 - x_3) = 6(x_2 - x_3)$.

b. $6a \equiv 0$ [10] si $a = 0$ ou $a = 5$.

Donc si $x_2 - x_3 = 5$ la clé de contrôle ne détectera pas l'erreur.

Par exemple i $x_2 = 9$ et $x_3 = 4$.

EXERCICE 613

1. $784\,503 = 30173 \times 26 + 5$.

La lettre de contrôle correspondant à cette référence est donc E.

2. **a.** $n37\,254 = n00000 + 37254 = n \times 100\,000 + 37\,254$.

b. $100\,000 = 3846 \times 26 + 4$ donc $100\,000 \equiv 4$ [26].

$37\,254 = 1432 \times 26 + 22$ donc $37\,254 \equiv 22$ [26].

c. D'après les deux questions précédentes :

$n37254 \equiv 4n + 22$ [26].

D'autre part la lettre de contrôle est H qui correspond à 8, d'où $4n + 22 \equiv 8$ [26]

d. $4n + 22 \equiv 8$ [26] $\iff$ $4n \equiv 12$ [26].

Sachant que $1 \leqslant n \leqslant 9$, seul $n = 3$ est possible.

EXERCICE 614

1. Le mois de l'année de naissance de Sophie est 07 soit juillet.

2. **a.** $A = 2850786 \times 10^6 + 183048$.

b. $100 \equiv 3$ [97] donc $10^6 = 100^3 \equiv 3^3$ [97].

Soit $10^6 \equiv 27$ [97].

c. D'après la question précédente $A \equiv 27 + b$ [97].

D'autre part $b \equiv 9$ [97] et $a \equiv 53$ [97].

$53 \times 27 + 9 \equiv 82$ [97] donc $A \equiv 82$ [97].

Ainsi $r = 82$.

3. $K = 97 - 82 = 15$.

4. **a.** $B - A = -36 \equiv 61$ [97]

On sait que $A \equiv 82$ [97]. On en déduit alors que

$B \equiv 82 - 61\ [97] \equiv 21\ [97]$.

b. La clé de B est $K = 76$. L'erreur faite par Sophie peut donc être détectée.

EXERCICE 615

1. Il y a 10 chiffres possibles pour chacune des cinq lettres soit 10^5 possibilités. La société peut identifier au maximum 100 000 clients par ce système.
2. **a.** Dans la division euclidienne par 87 le reste est un entier compris entre 0 et 86.
   Il y a donc 87 valeurs possibles pour la clé de contrôle.
   b. $12345 = 141 \times 87 + 78$.
   La clé du client dont le numéro d'identification est (1 2 3 4 5) est donc 78.
3. **a.** Il y a 9 valeurs possibles pour f et 8 pour g soit au total 72 clés de contrôle possibles.
   b. $12345 \equiv 6\ [9]$ et $12345 \equiv 1\ [8]$
   La clé du client dont le numéro est (1 2 3 4 5) est alors 61.
4. Le premier mode de calcul possède un plus grand nombre la clé de contrôle.

EXERCICE 616

1. **a.** $1000 = 125 \times 8$ donc 1000 est divisible par 8.
   b. $A = 8387592 \times 1000 + 115$.
   D'après la question précédente :
   $8387592 \times 1000 \equiv 0\ [8]$.
   D'autre $115 = 14 \times 8 + 3$
   On en déduit alors que $A =\equiv 3\ [8]$.
   c. En utilisant la technique précédente, on obtient $B \equiv 516\ [8] \equiv 4\ [8]$.

2. $A \equiv 3\ [8]$ et $B \equiv 4\ [8]$.
   On en déduit alors que $A + B \equiv 7\ [8]$
   $AB \equiv 12\ [8] \equiv 4\ [8]$.
3. **a.** $B \equiv 4\ [8]$ donc $B^2 \equiv 4^2\ [8] \equiv 0\ [8]$
   B^2 est donc divisible par 8.
   b. $A \equiv 3\ [8]$ donc $A^2 \equiv 3^2\ [8] \equiv 1\ [8]$
   A^2 n'est donc pas divisible par 8.
   c. $A^{100} = \left(A^2\right)^{50} \equiv 1^{50}\ [8] \equiv 1\ [8]$
   A^{100} n'est donc pas divisible par 8.

EXERCICE 617

1. Le terme $8x^4$ implique $a = 4$
   Le terme de degré nul implique $c = 2$.
   Le développement partiel permet d'obtenir $(2b+4)x^3 = 0$ donc $b = -2$
   Ainsi $8x^4 + 6x^2 + 2 = \left(2x^2 + x + 1\right)\left(4x^2 - 2x + 2\right)$.
2. $\overline{80602}^9 = 8 \times 9^4 + 2 \times 9^2 + 2$
   D'après la question précédente :
   $$\begin{aligned}\overline{80602}^9 &= \left(2 \times 9^2 + 1 \times 9 + 1\right)\left(4 \times 9^2 - 2 \times 9 + 2\right)\\ &= \left(2 \times 9^2 + 1 \times 9 + 1\right)\left(3 \times 9^2 + 7 \times 9 + 2\right)\\ &= \overline{211}^9 \times \overline{372}^9\end{aligned}$$
   $\overline{80602}^9$ est donc divisible par $\overline{211}^9$
   Et $\dfrac{\overline{80602}^9}{\overline{211}^9} = \overline{372}^9$.

EXERCICE 618

1. On pose $X = x^2$, l'équation $8x^4 + 3x^2 + 1 = 0$ s'écrit $4X^2 + 3X + 1 = 0$.
   $\Delta = -7$, l'équation admet deux solutions complexes conjuguées :
   $X_1 = -\dfrac{3}{2} + i\dfrac{\sqrt{7}}{2}$ et $X_2 = -\dfrac{3}{2} - i\dfrac{\sqrt{7}}{2}$.
   $$x^2 = (a+ib)^2 = -\frac{3}{2} + i\frac{\sqrt{7}}{2} \Longrightarrow \begin{cases} a^2 + b^2 = 2 \\ a^2 = b^2 = -\frac{3}{2} \\ ab > 0 \end{cases}$$
   On en déduit alors $x'_1 = \dfrac{1}{2} + i\dfrac{\sqrt{7}}{2}$ et $x"_1 = -\dfrac{1}{2} - i\dfrac{\sqrt{7}}{2}$.
   $$x^2 = (a+ib)^2 = -\frac{3}{2} - i\frac{\sqrt{7}}{2} \Longrightarrow \begin{cases} a^2 + b^2 = 2 \\ a^2 = b^2 = -\frac{3}{2} \\ ab < 0 \end{cases}$$
   On en déduit alors $x'_2 = \dfrac{1}{2} - i\dfrac{\sqrt{7}}{2}$ et $x"_2 = -\dfrac{1}{2} + i\dfrac{\sqrt{7}}{2}$.
   On remarque que $x'_2 = \overline{x'_1}$ et $x"_2 = \overline{x"_1}$.
2. D'après la question précédente :
   $$\begin{aligned}4x^4 + 3x^2 + 1 &= 4\left(x - x'_1\right)\left(x - \overline{x'_1}\right)\left(x - x"_1\right)\left(x - \overline{x"_1}\right)\\ &= 4\left(x^2 + \frac{1}{2}x + \frac{1}{2}\right)\left(x^2 - \frac{1}{2}x + \frac{1}{2}\right)\\ &= \left(2x^2 + x + 1\right)\left(x^2 - x + 1\right).\end{aligned}$$
3. $\overline{40301}^b = 4b^4 + 3b^2 + 1$
   D'après la question précédente :
   $$\begin{aligned}\overline{40301}^b &= \left(2b^2 + b + 1\right)\left(2b^2 - b + 1\right).\\ &= K \times \overline{211}^b \text{ avec } K \in \mathbb{N}.\end{aligned}$$
   $\overline{40301}^b$ est donc multiple de $\overline{211}^b$.
   On prend $b = 7$ alors

$$\overline{40301}^7 = \left(2\times 7^2+1\times 7+1\right)\left(2\times 7^2-1\times 7+1\right)$$
$$= \left(2\times 7^2+1\times 7+1\right)\left(1\times 7^2+6\times 7+1\right)$$

Ainsi $\dfrac{\overline{40301}^7}{\overline{211}^7} = \overline{161}^7$.

Exercice 619

Partie A

1. a.

n	0	1	2	3	4	5	6	7	8	9	10
u_n	0	1	1	2	3	5	8	13	21	34	55

b. $\text{PGCD}(u_0, u_1) = \text{PGCD}(0,1) = 1$

$\text{PGCD}(u_1, u_2) = \text{PGCD}(1,1) = 1$

$\text{PGCD}(u_2, u_3) = \text{PGCD}(1,2) = 1$

$\text{PGCD}(u_3, u_4) = \text{PGCD}(2,3) = 1$

$\text{PGCD}(u_4, u_5) = \text{PGCD}(3,5) = 1$

$\text{PGCD}(u_5, u_6) = \text{PGCD}(5,8) = 1$

$\text{PGCD}(u_6, u_7) = \text{PGCD}(8,13) = 1$ car 13 est un nombre premier.

$\text{PGCD}(u_7, u_8) = \text{PGCD}(13,21) = 1$ car 13 est un nombre premier.

$\text{PGCD}(u_8, u_9) = \text{PGCD}(21,34) = 1$ car $21 = 3\times 7$ et $34 = 2\times 17$.

$\text{PGCD}(u_9, u_{10}) = \text{PGCD}(34,55) = 1$ car $34 = 2\times 17$ et $55 = 5\times 11$.

On peut conjecturer que le $PGCD(u_n\ ;\ u_{n+1}) = 1$.

2. a. On utilise dans ce calcul les égalités :

$u_{n+2} = u_{n+1} + u_n$

$u_{n+1} = u_n + u_{n-1}$ soit encore $u_{n+1} - u_n = u_{n-1}$.

Pour tout entier naturel n non nul :

$$\begin{aligned} v_{n+1} &= u_{n+1}^2 - u_{n+2}\times u_n \\ &= u_{n+1}^2 - (u_{n+1}+u_n)\times u_n \\ &= u_{n+1}(u_{n+1}-u_n) - u_n^2 \\ &= u_{n+1}\times u_{n-1} - u_n^2 \\ &= -\left(u_n^2 - u_{n+1}\times u_{n-1}\right) \\ &= -v_n \end{aligned}$$

b. D'après la question précédente, la suite (v_n) est géométrique de raison $q = -1$ et de premier terme $v_1 = u_1^2 - u_2\times u_0 = 1^2 - 1\times 0 = 1$.

Donc $\forall n \in \mathbb{N}^\star$, $v_n = v_1 \times q^{n-1} = (-1)^{n-1}$.

Et donc $\forall n \in \mathbb{N}^\star$, $u_n^2 - u_{n+1}\times u_{n-1} = (-1)^{n-1}$.

c. Pour tout entier naturel n non nul, soit $d = PGCD(u_n\ ;\ u_{n+1})$.

Alors d divise toute combinaison linéaire de u_n et u_{n+1} donc d divise $u_n\times u_n - u_{n+1}\times u_{n-1}$.

On en déduit que d divise $(-1)^{n-1}$ et comme le PGCD est un nombre positif, on peut déduire que $d = 1$.

Pour $n = 0$, on a vu que le PGCD de u_0 et u_1 était 1.

On peut donc dire que, pour tout entier naturel n, le PGCD de u_n et u_{n+1} est 1.

Partie B

1. $F^2 = \begin{pmatrix} 2 & 1 \\ 1 & 1 \end{pmatrix}$ et $F^3 = \begin{pmatrix} 3 & 2 \\ 2 & 1 \end{pmatrix}$.

2. Soit $\mathcal{P}_n$ la propriété $F^n = \begin{pmatrix} u_{n+1} & u_n \\ u_n & u_{n-1} \end{pmatrix}$.

Initialisation : Pour $n = 1$,

$F^n = F^1 = F = \begin{pmatrix} 1 & 1 \\ 1 & 0 \end{pmatrix} = \begin{pmatrix} u_2 & u_1 \\ u_1 & u_0 \end{pmatrix}$

d'après la question **A.1.a.**

Donc la propriété est vraie au rang 1

Hérédité : Soit k un entier naturel non nul tel que la propriété soit vraie au rang k.

On a donc $F^k = \begin{pmatrix} u_{k+1} & u_k \\ u_k & u_{k-1} \end{pmatrix}$ (hypothèse de récurrence).

$$\begin{aligned} F^{k+1} &= F^k \times F \\ &= \begin{pmatrix} u_{k+1} & u_k \\ u_k & u_{k-1} \end{pmatrix} \times \begin{pmatrix} 1 & 1 \\ 1 & 0 \end{pmatrix} \\ &= \begin{pmatrix} u_{k+1}+u_k & u_{k+1}+0 \\ u_k+u_{k-1} & u_k+0 \end{pmatrix} \\ &= \begin{pmatrix} u_{k+2} & u_{k+1} \\ u_{k+1} & u_k \end{pmatrix} \end{aligned}$$

Donc la propriété est vraie au rang $k+1$.

Conclusion : La propriété est vraie au rang 1 et elle est héréditaire. D'après le principe de récurrence, la propriété est vraie pour tout $n \geqslant 1$.

On a donc démontré que, $\forall n \in \mathbb{N}^\star$,

$F^n = \begin{pmatrix} u_{n+1} & u_n \\ u_n & u_{n-1} \end{pmatrix}$.

3. a. Soit n un entier naturel non nul.

$F^{2n+2} = F^{n+2}\times F^n$ équivaut à

$$\begin{pmatrix} u_{2n+3} & u_{2n+2} \\ u_{2n+2} & u_{2n+1} \end{pmatrix} = \begin{pmatrix} u_{n+3} & u_{n+2} \\ u_{n+2} & u_{n+1} \end{pmatrix} \times \begin{pmatrix} u_{n+1} & u_n \\ u_n & u_{n-1} \end{pmatrix}$$

En développant le membre de droite de l'égalité et en identifiant les termes situés sur la 1re colonne 2e ligne, on obtient :

$u_{2n+2} = u_{n+2}\times u_{n+1} + u_{n+1}\times u_n$.

b. On sait que $u_{n+2} = u_{n+1} + u_n$ donc

$u_{n+1} = u_{n+2} - u_n$.

De $u_{2n+2} = u_{n+2} \times u_{n+1} + u_{n+1} \times u_n$

on déduit donc que

$u_{2n+2} = u_{n+2}(u_{n+2} - u_n) + (u_{n+2} - u_n)u_n$ donc que

$u_{2n+2} = u_{n+2}^2 - u_{n+2} \times u_n + u_{n+2} \times u_n - u_n^2$.

Donc $\forall n \in \mathbb{N}^\star$, $u_{2n+2} = u_{n+2}^2 - u_n^2$.

4. $u_{2n+2} = u_{n+2}^2 - u_n^2$.

Pour $n = 5$, $u_{12} = u_7^2 - u_5^2$ donc $u_5^2 + u_{12} = u_7^2$.

$u_{12} = 144 = 12^2$; $u_5 = 5$ et $u_7 = 13$

On a donc $5^2 + 12^2 = 13^2$.

D'après la réciproque du théorème de Pythagore, on peut affirmer qu'il existe un triangle rectangle dont les longueurs des côtés sont 5, 12 et 13.

EXERCICE 620

Partie A

1. a. $F_0 = 2^{2^0} + 1 = 2^1 + 1 = 3$ est premier.

$F_1 = 2^{2^1} + 1 = 2^2 + 1 = 5$ est premier.

$F_2 = 2^{2^2} + 1 = 2^4 + 1 = 17$ est premier.

$F_3 = 2^{2^3} + 1 = 2^8 + 1 = 257$ est premier.

b. On peut en déduire que les 4 premiers nombres de Fermat sont premiers mais on ne sait rien des suivants.

2. On sort de l'algorithme dès que le nombre N est diviseur du nombre $F = F_5$. Donc on peut affirmer que 641 est un diviseur de F_5.

$F_5 > F_4$ et $F_4 = 2^{2^4} + 1 = 2^{16} + 1 = 65\,537 > 641$.

Donc on peut dire que $F_5 > 641$ donc que 641 est un diviseur strict de F_5.

On en déduit que F_5 n'est pas premier.

Partie B

1. Pour tout entier naturel n non nul on a

$$\begin{aligned}(F_{n-1} - 1)^2 + 1 &= \left(2^{2^{n-1}} + 1 - 1\right)^2 + 1 \\ &= \left(2^{2^{n-1}}\right)^2 + 1 \\ &= 2^{2\times 2^{n-1}} + 1 \\ &= 2^{2^n} + 1 = F_n.\end{aligned}$$

2. Soit $\mathcal{P}_n$ la propriété $\prod_{i=0}^{n-1} F_i = F_n - 2$.

Démontrons par récurrence que cette propriété est vraie pour tout entier n non nul.

Initialisation : Pour $n = 1$, on a :

$\prod_{i=0}^{n-1} F_i = \prod_{i=0}^{0} F_i = F_0 = 3$

et $F_n - 2 = F_1 - 2 = 5 - 2 = 3$.

$\mathcal{P}_n$ est vraie au rang $n = 1$.

Hérédité : Soit k un entier naturel non nul tel que $\mathcal{P}_k$ soit vraie.

On a donc $\prod_{i=0}^{k-1} F_i = F_k - 2$.

Or $\prod_{i=0}^{k} F_i = \prod_{i=0}^{k-1} F_i \times F_k$.

D'après l'hypothèse de récurrence, $\prod_{i=0}^{k-1} F_i = F_k - 2$

Donc $\prod_{i=0}^{k} F_i = (F_k - 2) \times F_k$.

D'après la question **B.1** en prenant $n = k+1$, on a :

$$\begin{aligned}F_{k+1} &= (F_k - 1)^2 + 1 = (F_k)^2 - 2F_k + 1 + 1 \\ &= (F_k - 2) \times F_k + 2.\end{aligned}$$

Donc $F_{k+1} - 2 = (F_k - 2) \times F_k$.

On en déduit que $\prod_{i=0}^{k} F_i = F_{k+1} - 2$ et donc que la propriété est vraie au rang $k+1$.

Conclusion : La propriété est vraie au rang 1 et elle est héréditaire pour tout $n \geqslant 1$ donc, d'après le principe de récurrence, elle est vraie pour tout $n \geqslant 1$.

On a donc démontré que, $\forall n \in \mathbb{N}^\star$, $\prod_{i=0}^{n-1} F_i = F_n - 2$.

3. Soient m et n deux entiers naturels tels que $n > m$.

$$\prod_{i=0}^{n-1} F_i = F_n - 2 \iff \prod_{\substack{i=0 \\ i\neq m}}^{n-1} F_i \times F_m = F_n - 2$$

Posons $q = \prod_{\substack{i=0 \\ i\neq m}}^{n-1} F_i$.

Le nombre q est le produit d'entiers naturels donc c'est un entier naturel.

On a donc $qF_m = F_n - 2$ soit $F_n - qF_m = 2$.

Donc, pour tous m et n tels que $n > m$, il existe un entier naturel q tel que $F_n - qF_m = 2$.

4. De l'égalité $F_n - qF_m = 2$ on déduit, d'après le théorème de Bézout, que le nombre 2 est un multiple du PGCD de F_n et de F_m.

Mais un nombre de Fermat est une puissance de 2 augmentée de 1, donc est un nombre impair. On en déduit que le PGCD de F_m et F_n est 1 donc que deux nombres de Fermat (distincts) sont toujours premiers entre eux.

EXERCICE 621

1. a.

k	0	1	2	3	4	5	6	7
a_{2k+1}	5	3	4	0	9	6	3	1
$2a_{2k+1}$	10	6	8	0	18	12	6	2
R	1	6	8	0	0	3	6	2
I	1	7	15	15	15	18	24	26

b. P est la somme des 7 premiers chiffres de rang pair
$P = 6+5+0+2+5+1+4 = 23$
$S = I + P + c = 26 + 23 + 1 = 50$ est un multiple de 10 donc le numéro de carte est correct.
c. Le changement du premier chiffre change la valeur de I qui devient 28.
P prendra la valeur $17 + a$. $S = 28 + 17 + a + 1 = 46 + a$ sera un multiple de 10 si et seulement si $a = 4$.

2. Soit u le chiffre des unités de la somme $I + P$
Si $u = 0$ alors seul $c = 0$ convient pour que S soit multiple de 10
Si $u > 0$ alors seul $c = 10 - u$ convient pour que S soit multiple de 10
Il existe bien une unique clé c rendant le numéro de carte correct.

3. Soit a le chiffre qui apparaît 10 fois dans le numéro de carte bancaire.
• Si $0 \leqslant a < 5$, on a : $I = 8 \times 2a = 16a$, $P = 7a$ et $c = a$.
Le numéro est correct si : $I + P + c \equiv 0[10]$
$$\iff 24a \equiv 0[10] \iff a \equiv 0[10] \implies a = 0.$$
• Si $5 \leqslant a < 9$, on a : $I = 8 \times (2a-9) = 16a - 72$, $P = 7a$ et $c = a$.
Le numéro est correct si : $I + P + c \equiv 0\ [10]$
$$\iff 24a - 72 \equiv 0\ [10] \iff 24a \equiv 2\ [10].$$
Ce qui n'est vrai que si $a \equiv 8\ [10]$, c'est-à-dire $a = 8$.
• Si $a = 9$, on a : $I = 8 \times 0 = 0$, $P = 7 \times 9 = 63$ et $c = 9$.
Le numéro n'est pas correct car $I+P+c = 72$ n'est pas un multiple de 10.
Il y a 2 numéros de cartes corrects : 0000 0000 0000 0000 et 8888 8888 8888 8888.

4. Soit a le chiffre voisin de 1 avec lequel l'échange se fait.
On conserve les notations de l'algorithme pour le numéro correct initial. Soit I' et P' les sommes obtenues pour le numéro obtenu après permutation.
Le numéro obtenu après permutation est correct si et seulement si : $I + P \equiv I' + P'\ [10]$.
• Si $0 \leqslant a < 5$ le chiffre que l'on permute avec le 1 doit être différent de 1 donc $a \neq 1$.

- Si le chiffre 1 que l'on permute se trouve à un rang impair, le chiffre a est donc à un rang pair. On a donc $P' - P = 1 - a$ et $I' - I = 2a - 2$.
Ce qui implique : $I' + P' \equiv I + P + a - 1\ [10]$ donc $I' + P' \equiv I + P\ [10] \iff a \equiv 1\ [10]$ ce qui n'est pas possible.
- Si le chiffre 1 que l'on permute se trouve à un rang pair, le chiffre a est donc à un rang impair. On a donc $P' - P = a - 1$ et $I' - I = 2 - 2a$.
Ce qui implique : $I' + P' \equiv I + P - a + 1\ [10]$ donc $I' + P' \equiv I + P\ [10] \iff a \equiv 1\ [10]$ ce qui n'est pas possible.

Après permutation, le numéro obtenu n'est pas correct.
• Si $5 \leqslant a < 9$, on démontre de la même façon qu'après permutation, le numéro obtenu n'est pas correct.
• Si $a = 9$

- Si le chiffre 1 que l'on permute se trouve à un rang impair, le chiffre a est donc à un rang pair. On a donc $P' - P = 1 - 9$ et $I' - I = 0 - 2$.
Ce qui implique : $I' + P' \equiv I + P - 10\ [10]$ donc $I' + P' \equiv I + P\ [10]$.
- Si le chiffre 1 que l'on permute se trouve à un rang pair, le chiffre a est donc à un rang impair. On a donc $P' - P = 9 - 1$ et $I' - I = 2 - 0$.
Ce qui implique : $I' + P' \equiv I + P + 10\ [10]$ donc $I' + P' \equiv I + P\ [10]$.

Après permutation, le numéro obtenu est correct.
Comme le numéro obtenu après permutation est supposé incorrect, on en déduit que le chiffre a ne doit être ni 1 ni 9.

EXERCICE 622

Partie A

1. D'après le tableau, E est codé par O et A par E.

2. • La lettre E (4) est codée par O(14) donc $4a + b \equiv 14\ [26]$.

• La lettre A(0) est codé par E(4) donc $a \times 0 + b \equiv 4\ [26]$

On obtient le système : $\begin{cases} 4a + b \equiv 14\ [26] \\ b \equiv 4\ [26] \end{cases}$

3. Ce système s'écrit encore $\begin{cases} 4a \equiv 10\ [26] \\ b \equiv 4\ [26] \end{cases}$

On cherche toutes les valeurs de a telle que $4a \equiv 10\ [26]$:

a	0	1	2	3	4	5	6	7	8
$4a$	0	4	8	12	16	20	24	28	32
$4a$ [26]	0	4	8	12	16	20	24	2	6

a	9	10	11	12	13	14	15	16	17
$4a$	36	40	44	48	52	56	60	64	68
$4a$ [26]	**10**	14	18	22	4	8	12	16	20

a	18	19	20	21	22	23	24	25
$4a$	72	76	80	84	88	92	96	100
$4a$ [26]	0	24	2	6	**10**	14	18	22

On trouve deux valeurs possibles pour a : 9 ou 22.

Les deux couples possibles sont (9 ; 4) et (22 ; 4).

Partie B

1. a. Pour K, on a $n = 10$.

Alors $an + b = 22 \times 10 + 4 = 224 \equiv 16\ [26]$,

K est codé par Q.

Pour X, on a $n = 23$.

Alors $an + b = 22 \times 23 + 4 = 510 \equiv 16\ [26]$

X est aussi codé par Q.

b. Ce codage n'est pas envisageable, car deux lettres différentes sont codées par la même lettre.

2. a. • $m \equiv 9n + 4\ [26] \Longrightarrow 3m \equiv 27n + 12\ [26]$

$\Longrightarrow 3m \equiv n + 12\ [26]$

$\Longrightarrow 3m \equiv n - 14\ [26]$

$\Longrightarrow 3m + 14 \equiv n\ [26]$.

• Réciproquement :

$n = 3m + 24\ [26] \Longrightarrow 9n \equiv 27m + 126\ [26]$

$\Longrightarrow 9n \equiv m + 22\ [26]$

$\Longrightarrow 9n + 4 \equiv m + 26\ [26]$

$\Longrightarrow 9n + 4 \equiv m\ [26]$.

On en déduit que :

$m \equiv 9n + 4\ [26] \Longleftrightarrow n \equiv 3m + 14\ [26]$.

b. D'après la question **B.2.a**, si la lettre associée à l'entier n est codée en la lettre associée à m, alors : $m \equiv 9n + 4[26] \Longleftrightarrow n \equiv 3m + 14[26]$.

• A est associé au nombre $m_1 = 0$

donc : $n_1 \equiv 3m_1 + 14\ [26] \Longleftrightarrow n_1 \equiv 3 \times 0 + 14\ [26]$

$\Longleftrightarrow n_1 \equiv 14[26]$.

Donc O a été codé en A.

• Q est associé au nombre $m_2 = 16$ donc :

$n_2 \equiv 3m_2 + 14\ [26] \Longleftrightarrow n_2 \equiv 3 \times 16 + 14[26]$

$\Longleftrightarrow n_2 \equiv 10\ [26]$.

Donc K a été codé en Q.

• Le décodage du mot AQ est le mot OK.

EXERCICE 623

1. Soit $w_n = u_n + 6$ alors

$w_{n+1} = u_{n+1} + 6 = 2u_n + 12$

$= 2(u_n + 6) = 2w_n$.

La suite (w_n) est donc une suite géométrique de raison 2 et de premier terme $w_0 = 9$.

On en déduit alors que $w_n = 9 \times 2^n$ et

$u_n = w_n - 6 = 9 \times 2^n - 6$.

2. Pour tout $n \geqslant 1$, $u_n = 9 \times 2^n - 6 = 18 \times 2^{n-1} - 6 \equiv 0[6]$.

3. $u_6 = 9 \times 2^6 - 6 = 570$ et $v_6 = \dfrac{570}{6} = 95$ qui n'est pas un nombre premier. L'affirmation est donc fausse.

4. a. $\forall n \in \mathbb{N}^*$, $v_{n+1} - 2v_n = \dfrac{u_{n+1}}{6} - \dfrac{2u_n}{6}$

$= \dfrac{2u_n + 6 - 2u_n}{6} = 1$

b. On a deux entiers relatifs $a = 1$ et $b = -2$ tels que $av_{n+1} + bv_n = 1$ on peut conclure d'après le théorème de Bézout que v_{n+1} et v_n sont premiers entre eux

c. $\forall n \in \mathbb{N}^*$, $u_n = 6v_n$ donc

$PGCD(u_n\ ;\ u_{n+1}) = PGCD(6v_n\ ;\ 6v_{n+1})$

$= 6 \times PGCD(v_n\ ;\ v_{n+1}) = 6$

5. a. $2^4 = 16 = 15 + 1 \equiv 1[5]$

b. Si $n = 4k+2$ alors $u_n = 9 \times 2^{4k+2} - 6 = 36 \times \left(2^4\right)^k - 6$

$2^4 \equiv 1[5] \Longrightarrow \left(2^4\right)^k \equiv 1[5]$

$\Longrightarrow 36 \times \left(2^4\right)^k \equiv 36[5]$

$\Longrightarrow 36 \times \left(2^4\right)^k - 6 \equiv 30[5] \equiv 0[5]$

Donc si $n = 4k + 2$ alors u_n est divisible par 5.

c. Tout entier naturel n s'écrit $n = 4k$ ou $n = 4k + 1$ ou $n = 4k + 2$ ou $n = 4k + 3$ avec k un entier naturel

En procédant comme à la question précédente, on montre que

• Si $n = 4k$ alors $u_n = 9 \times 2^{4k} - 6 \equiv 3[5]$

• Si $n = 4k + 1$

alors $u_n = 9 \times 2^{4k+1} - 6 = 18 \times 2^{4k} - 6 \equiv 2[5]$

• Si $n = 4k+3$
alors $u_n = 9\times 2^{4k+3} - 6 = 72\times 2^{4k} - 6 \equiv 1[5]$
donc si $n \neq 4k+2$, u_n n'est pas divisible par 5.

EXERCICE 624

1. **a.** Soit $(x,\ y)$ un couple d'entiers relatifs alors $15x-12y = 3(5x-4y)$ et $5x-4y\in\mathbb{Z}$ donc $15x-12y$ est divisible par 3.
b. Supposons qu'un point de Δ_1 ait des coordonnées entières notées $(x_1,\ y_1)$, alors on aurait
$y_1 = \frac{5}{4}x_1 - \frac{2}{3} \iff 15x_1 - 12y_1 = 8.$
Or on a vu à la question précédente que $15x_1 - 12y_1$ est divisible par 3, on en conclurait donc que 8 est divisible par 3.
Ce qui est faux, la supposition est donc fausse. Aucun point de Δ_1 n'a des coordonnées entières.
2. **a.** D'après l'énoncé on sait que la droite Δ d'équation $y = \frac{m}{n}x - \frac{p}{q}$ comporte un point de coordonnées $(x_0,\ y_0)$ où x_0 et y_0 sont des entiers relatifs donc ces coordonnées vérifient l'équation de la droite donc
$$y_0 = \frac{m}{n}x_0 - \frac{p}{q} \iff ny_0 = mx_0 - \frac{np}{q}$$
$$\iff ny_0 - mx_0 = \frac{np}{q}.$$
On remarque que $ny_0 - mx_0$ est un entier, par conséquent $\frac{np}{q}$ est aussi un entier donc q divise np.
b. q divise np et q est premier avec p donc, d'après le théorème de Gauss, q divise n.
3. **a.** D'après l'énoncé, $PGCD(m;n) = 1$ et $n = qr$ donc $PGCD(m;qr) = 1$, donc $PGCD(qr;-m) = 1$ donc, d'après le théorème de Bézout, il existe un couple (u,v) d'entiers relatifs tels que $qru - mv = 1$.
b. On sait qu'il existe un couple (u,v) d'entiers relatifs tels que $qru - mv = 1$.
On a donc $nu - mv = 1$ d'où en multipliant les deux membres de cette égalité par rp on obtient
$n(rpu) - m(rpv) = -rp$.
En posant $x_0 = rpv$ et $y_0 = rpu$,
on obtient $ny_0 - mx_0 = -rp \iff y_0 = \frac{m}{n}x_0 - \frac{rp}{n}$
et comme $n = qr$, on en déduit que $y_0 = \frac{m}{n}x_0 - \frac{p}{q}$.
4. On a ici $m = 3$, $n = 8$, $p = 7$ et $q = 4$. On a bien $PGCD(m;n) = PGCD(p;q) = 1$ et $n = 8 = 2\times 4 = 2q$ donc q divise n.
D'après la question **3.b** on peut affirmer que la droite Δ possède un point dont les coordonnées sont des entiers relatifs.
5. **a.** Pour toute entrée de M, N, P, Q, entiers relatifs non nuls tels que $PGCD(M;\ N) = PGCD(P;\ Q) = 1$, si Q divise N, d'après la question **3.b**, la droite Δ possède un point de coordonnées entières que la boucle « Tant que » recherche de manière systématique (en parcourant toutes les abscisses entières positives et négatives par paire $\pm X$). Cette boucle va s'arrêter au bout d'un nombre fini d'itérations.
b. L'algorithme permet de savoir si une droite Δ d'équation $y = \frac{M}{N}x - \frac{P}{Q}$ possède un point à coordonnées entières (résultat du « Si ») et si tel est le cas, l'algorithme recherche et affiche les coordonnées d'un tel point (résultat en sortie de la boucle « Tant que »). On peut d'ailleurs remarquer que le point affiché sera celui qui a l'abscisse la plus petite en valeur absolue

EXERCICE 625

Partie A

1. Le chiffre des unités de N_p est 1 donc N_p est impair donc il n'est pas divisible par 2. Et comme le chiffre des unités n'est ni 0 ni 5, le nombre N_p n'est pas divisible par 5.
2. **a.** $10 = 3\times 3 + 1 \equiv 1[3]$ et donc, pour tout j de $\mathbb{N}$, $10^j \equiv 1^j[3]$ donc $10^j \equiv 1[3]$.
b. N_p est la somme de p termes de la forme 10^j avec $j\in\mathbb{N}$, et pour tout j de $\mathbb{N}$, $10^j \equiv 1[3]$. Donc $N_p \equiv p[3]$.
c. On peut donc dire que N_p est divisible par 3 si et seulement si p est divisible par 3.
3. **a.**

m	0	1	2	3	4	5	6
a	1	3	2	−1	−3	−2	1

b. La division euclidienne de p par 6 permet d'écrire $p = 6q + r$ avec $q\in\mathbb{N}$ et $r\in\{0\ ;\ 1\ ;\ 2\ ;\ 3\ ;\ 4\ ;\ 5\}$.
$10^p = 10^{6q+r} = 10^{6q}\times 10^r = \left(10^6\right)^q \times 10^r$
Or d'après la question précédente, $10^6 \equiv 1[7]$ donc $\left(10^6\right)^q \equiv 1^q[7]$ et donc $10^{6q} \equiv 1[7]$.
On en déduit que $10^p \equiv 10^r[7]$.
• Si p est un multiple de 6, alors $r = 0$ et $10^r = 10^0 \equiv 1[7]$. Donc $10^p \equiv 1 \mod 7$.

• Si p vérifie $10^p \equiv 1[7]$, alors $10^r \equiv 1[7]$ où r est le reste de la division de p par 6.

D'après le tableau de la question précédente, la seule valeur possible de r dans $\{0\,;1\,;2\,;3\,;4\,;5\}$ pour que $10^r \equiv 1[7]$ est $r = 0$. On en déduit que p est un multiple de 6.

On a donc démontré que $10^p \equiv 1[7]$ si et seulement si p est un multiple de 6.

c. • $N_p = \sum_{k=0}^{p-1} 10^k = 1 + 10 + 10^2 + \ldots + 10^{p-1}$ est la somme des p premiers termes de la suite géométrique de premier terme 1 et de raison 10.

$$N_p = \text{premier terme} \times \frac{1-\text{raison}^{\text{nombre de termes}}}{1-\text{raison}} = 1 \times \frac{1-10^p}{1-10} = \frac{10^p-1}{9}.$$

d. • Si 7 divise N_p, alors 7 divise tout multiple de N_p donc 7 divise $9N_p$.

• On suppose que 7 divise $9N_p$. On sait que 7 et 9 sont premiers entre eux donc, d'après le théorème de Gauss, 7 divise N_p.

On a démontré que « 7 divise N_p » est équivalent à « 7 divise $9N_p$ ».

e. D'après la question précédente$N_p = \dfrac{10^p-1}{9}$ ce qui équivaut à $9N_p = 10^p - 1$.

$$\begin{aligned} N_p \text{ est divisible par 7} &\overset{\textbf{3.d}}{\iff} 9N_p \text{ est divisible par 7} \\ &\iff 9N_p \equiv 0\ [7] \\ &\iff 10^p - 1 \equiv 0\ [7] \\ &\iff 10^p \equiv 1\ [7] \\ &\overset{\textbf{3.b}}{\iff} p \text{ est multiple de 6.} \end{aligned}$$

Partie B

1. a.

$n \equiv \ldots$ [10]	0	1	2	3	4	5	6	7	8	9
$n^2 \equiv \ldots$ [10]	0	1	4	9	6	5	6	9	4	1

b. D'après le tableau de la question précédente, pour avoir $n^2 \equiv 1[10]$ il faut

• soit $n \equiv 1[10]$ donc $n = 10m + 1$ avec $m \in \mathbb{N}$;

• soit $n \equiv 9[10]$ donc $n = 10m' + 9$ ou $n = 10m - 1$ avec $m \in \mathbb{N}$.

c. • Si $n = 10m + 1$,

alors $n^2 = 100m^2 + 20m + 1$
$= 20(5m^2 + m) + 1 \equiv 1[20]$;

• Si $n = 10m - 1$,

alors $n^2 = 100m^2 - 20m + 1$
$= 20(5m^2 - m) + 1 \equiv 1[20]$.

2. $N_p = \sum_{k=0}^{p-1} 10^k$.

Pour tout $k \geqslant 2$,

$10^k = 100 \times 10^{k-2} = 20\left(5 \times 10^{k-2}\right) \equiv 0[20]$.

Donc $\sum_{k \geqslant 2} 10^k \equiv 0[20]$.

Donc $N_p \equiv 1 + 10[20]$ c'est-à-dire $N_p \equiv 11[20]$.

3. $n^2 \equiv 1[10] \implies n^2 \equiv 1[20]$ donc tout nombre qui a pour reste 1 dans la division par 10 et qui est un carré parfait, a pour reste 1 dans la division par 20.

Le nombre N_p a pour reste 1 dans la division par 10 et pour reste 11 dans la division par 20.

N_p ne peut donc pas être le carré d'un entier.

EXERCICE 626

1. Voir exercice 512.

2. On considère le nombre de Mersenne $2^{33} - 1$.

a. Si 3 divise $2^{33} - 1$ et 4 divise $2^{33} - 1$, comme 3 et 4 sont premiers entre eux, d'après le **1.** 12 devrait diviser $2^{33} - 1$ ce qui est contradictoire avec ce que dit l'élève : il a donc tort.

b. 2^{33} est un naturel pair donc $2^{33} - 1$ est impair donc 4 ne peut le diviser.

c. $2 \equiv -1[3] \implies 2^3 \equiv (-1)^3[3] \implies 2^3 \equiv -1[3]$
$\implies \left(2^3\right)^{11} \equiv (-1)^{11}[3] \implies 2^{33} \equiv -1[3]$

3 ne divise donc pas $2^{33} - 1$.

d. $S = 1 + 2^3 + \left(2^3\right)^2 + \left(2^3\right)^3 + \cdots + \left(2^3\right)^{10}$;

$2^3 S = 2^3 + 2^4 + \left(2^3\right)^3 + \left(2^3\right)^3 + \cdots + \left(2^3\right)^{11}$,

d'où par différence :

$$7S = \left(2^3\right)^{11} - 1 \iff S = \frac{\left(2^3\right)^{11} - 1}{7}.$$

e. S est une somme d'entiers naturel donc est un entier naturel. Le résultat précédent montre que $\left(2^3\right)^{11} - 1$ est donc un multiple de 7.

Finalement $2^{33} - 1$ est divisible par 7.

3. $2^7 - 1 = 128 - 1 = 127$.

Ce nombre n'est divisible ni par 2, ni par 3, ni par 5, ni par 7 (dans la division reste 1), ni par 11 (dans la division reste 7), ni par 13 (dans la division reste 10) et comme $13^2 = 169$, il est inutile de continuer : 127 est premier.

4. a. Comme on vient de le voir pour 127, l'algorithme cherche le reste de la division de $2^{33}-1$ par les naturels 2, 3, 4, etc., $k \leqslant \sqrt{2^n-1}$ tant que le reste est non nul.

On a vu que $2^{33}-1$ n'était divisible ni par 2 ni par 3, donc ce nombre n'est divisible ni par 4 ni par 6. Il faut regarder s'il est divisible par 5.

$2^{11} = 2048$ et $2048 \equiv 3[5] \implies \left(2^{11}\right)^3 \equiv 3^3[5]$,

mais $3^3 = 27 \equiv 2[5]$, donc $2^{33} \equiv 2[5] \implies 2^{33}-1 \equiv 1[5]$.

On en déduit que $2^{33}-1$ n'est pas divisible par 5.

On a vu que le nombre $2^{33}-1$ est divisible par 7, donc l'algorithme va afficher ce diviseur 7 et « CAS 2 ».

Si on entre $n = 7$, l'algorithme affiche 12 et « CAS 1 ».

b. Le CAS 2 concerne donc les nombres de Mersenne non premiers et le nombre k est le plus petit de ses diviseurs (différent de 1).

c. Le CAS 1 concerne les nombres de Mersenne premiers comme 2^7-1.

EXERCICE 627

Partie A

1. Soit $(x,\ y,\ z)$ un TP, alors $x^2+y^2=z^2$.

Soit p un entier naturel non nul. Alors

$p^2\times x^2+p^2\times y^2 = p^2\times z^2 \iff (px)^2+(py)^2=(pz)^2$.

Donc $(px,\ py,\ pz)$ est aussi un TP.

2. Soit $(x,\ y,\ z)$ un TP. On utilise deux résultats : un nombre et son carré ont la même parité, et la somme de deux nombres impairs est un nombre pair.

$$\left.\begin{array}{l} x \text{ impair} \iff x^2 \text{ impair} \\ y \text{ impair} \iff y^2 \text{ impair}\end{array}\right\} \implies x^2+y^2 \text{ pair}$$

$$\iff z^2 \text{ pair} \iff z \text{ pair.}$$

Donc x, y et z ne peuvent pas être tous les trois impairs.

3. a. $192 = 2^6\times 3$.

b. $x = 2^\alpha\times k \implies x^2 = 2^{2\alpha}\times k^2$

$\implies 2x^2 = 2^{2\alpha+1}\times k^2$.

$z = 2^\beta\times m \implies z^2 = 2^{2\beta}\times m^2$.

c. Pour que les deux nombres $2x^2$ et z^2 soient égaux, il faut et il suffit que leurs décompositions soient les mêmes (puisque cette décomposition est unique). L'un a pour décomposition $2^{\alpha+1}\times k^2$

et l'autre $2^\beta\times m^2$.

Ces deux décompositions ne peuvent être les mêmes car $2\alpha+1$ est impair et 2β est pair.

Il n'existe donc pas de couple d'entiers naturels non nuls $(x,\ z)$ tels que $2x^2=z^2$.

Partie B

1. $2015 = 5\times 13\times 31$. On en déduit que $2015 = 5\times 403$.

On sait que (3, 4, 5) est un TP donc, d'après la question **1.** $(3\times 403,\ 4\times 403,\ 5\times 403)$ est aussi un TP.

Donc (1209, 1612, 2015) est un TP.

2. Si $2n+1 = 2015$, alors $n = 1007$.

Pour $n = 1007$, on a : $(2n^2+2n)^2 = 2030112$

et $(2n^2+2n+1)^2+1 = 2030113$.

Donc (2015, 2030112, 2030113) est un TP.

3. a. On cherche deux entiers x et z tels que

$z^2-x^2 = 403^2 \iff (z-x)(z+x) = 403^2$;

or $403^2 = 169\times 961$.

Donc $z^2-x^2=403^2 \iff (z-x)(z+x) = 169\times 961$.

Les nombres x et z tels que $\begin{cases} z-x = 169 \\ z+x = 961\end{cases}$

répondent à la question.

$$\begin{cases} z-x = 169 \\ z+x = 961\end{cases} \iff \begin{cases} 2x = 961-169 \\ 2z = 169+961\end{cases} \iff \begin{cases} 2x = 792 \\ 2z = 1130\end{cases} \iff \begin{cases} x = 396 \\ z = 565\end{cases}$$

donc $565^2-396^2 = 403^2$.

b. D'après la question **B 3.a** $396^2+403^2=565^2$.

On en déduit que (396, 403, 565) est un TP.

En multipliant par 5 on obtient le TP recherché :

$(5\times 396,\ 5\times 403,\ 5\times 565) = (1980,\ 2015,\ 2825)$.

EXERCICE 628

Partie A

1.

valeur de a	26	9	8
valeur de b	9	8	1
valeur de c	8	1	0
Affichage			1

2.

```
c ⟶ r(a, b)
Tant que c ≠ 0
        a ⟶ b
        b ⟶ c
        c ⟶ r(a, b)
Fin Tant que
Si b = 1
      Afficher « les nombres entrés sont premiers entre eux »
Sinon
      Afficher « les nombres entrés ne sont pas premiers entre eux »
Fin de Si
```

Partie B

1. **a.** Dans le tableau V correspond à 21,
   or $9\times21+2=189+2=191$ et $191=26\times7+9$ donc $x'\equiv9[26]$.
   Dans le tableau 9 correspond à la lettre J.
   b. 9 et 26 étant premiers entre eux, le théorème de Bézout permet d'affirmer l'existence de deux entiers relatifs u et v tels que $9u+26v=1$.
   Le couple (3 ; −1) est un couple solution de cette équation.
   c. $x'\equiv9x+2[26] \iff \exists k\in\mathbb{Z}/\ x'=26k+9x+2$
   $\iff 3x'=26k'+27x+6$
   $\iff 3x'=26k'+26x+x+6$
   $\iff 3x'=26r''+x+6$
   $x'\equiv9x+2[26] \iff x=26(-r'')+3x'-6$
   $\iff x=26(-r'')+3x'+20,$
   soit $x\equiv3x'+20[26]$.
   d. R correspond à $x'=17$, donc $3x'+20=51+20=71$ et $71=26\times2+19$, soit $71\equiv19[26]$.
   On a donc $x=19$ qui correspond à la lettre T.
2. J correspond à $x=9$ et D correspond à $x'=3$. de plus $q=2$. On a donc : $3=9p+2[26] \iff 9p\equiv1[26]$ ou encore $27p\equiv3[26]$,
   mais on sait que $27\equiv1[26]$. On a donc $p\equiv3[26]$ et comme p est compris entre 0 et 25, on a donc $p=3$.
3. B correspond à $x=1$, d'où $x'=13x+2\equiv15[26]$ et 15 correspond à la lettre P.
   D correspond à $x=3$, d'où $x'=13x+2\equiv41[26]$ et $41\equiv15[26]$ et 15 correspond à la lettre P.
   Deux lettres différentes sont codées par la même lettre. Ce codage n'est pas bon puisque le décryptage donnera plusieurs solutions.

EXERCICE 629

Partie A

1. $15=3\times5$ et $26=2\times13$; les deux nombres 15 et 26 sont donc premiers entre eux.
   D'après le théorème de Bézout, on peut déduire qu'il existe un couple d'entiers relatifs $(u;\ v)$ tel que $15u-26v=1$.
   Le couple (7; 4) est solution de l'équation $15u-26v=1$.
2. $15\times7-26\times4=1$ donc $15\times(7m)-26\times(4m)=m$
   Le couple $(7m;4m)$ est une solution particulière de l'équation (E) : $15x-26k=m$.
3. • On suppose que $15(x-x_0)-26(k-k_0)=0$ avec $x_0=7m$ et $k_0=4m$,
   donc $15(x-7m)-26(k-4m)=0$.
   Alors $15x-15\times7m-26k+26\times4m=0$, ce qui implique $15x-26k=15\times7m-26\times4m$ ou encore $15x-26k=m$.
   Donc le couple $(x;\ k)$ est solution de (E).
   • On suppose que le couple $(x;\ k)$ solution donc tel que $15x-26k=m$. d'autre part le couple $(x_0;k_0)$ est solution. On a donc :
   $$\begin{array}{rcrcl} 15x & - & 26k & = & m\\ 15x_0 & - & 26k_0 & = & m\\ \hline 15(x-x_0) & - & 26(k-k_0) & = & 0\end{array}$$
   Donc $15(x-x_0)-26(k-k_0)=0$
   On peut dire que $(x\ ;\ k)$ est solution de l'équation (E) si et seulement si $15(x-x_0)-26(k-k_0)=0$.
4. • Si le couple $(x;k)$ vérifie le système $\left\{\begin{array}{rcl} x &=& 26q+7m\\ k &=& 15q+4m\end{array}\right.$ où $q\in\mathbb{Z}$, alors
   $$\begin{aligned}15x-26k &= 15(26q+7m)-26(15q+4m)\\ &= 15\times26q+105m-26\times15q-104m\\ &= m.\end{aligned}$$
   Donc le couple $(x;\ k)$ est solution de (E).
   • Si le couple $(x;\ k)$ est solution de (E), on sait que $15(x-7m)-26(k-4m)=0$
   $\iff 15(x-7m)=26(k-4m)$
   Donc 15 divise $26(k-4m)$. Or 15 et 26 sont premiers entre eux donc, d'après le théorème de Gauss, 15 divise $k-4m$; donc il existe un entier relatif q tel que $k-4m=15q$ et donc $k=15q+4m$.
   $\left\{\begin{array}{l} 15(x-7m)=26(k-4m)\\ k-4m=15q\end{array}\right.$

$$\Longrightarrow 15(x-7m) = 26 \times 15q$$
$$\Longrightarrow x-7m = 26q \text{ donc } x = 26q+7m.$$

Donc, si $(x; k)$ est solution de l'équation (E), on a : $\begin{cases} x = 26q+7m \\ k = 15q+4m \end{cases}$

Les solutions de l'équation (E) sont donc les couples $(x\ ;\ k)$ d'entiers relatifs tels que : $\begin{cases} x = 26q+7m \\ k = 15q+4m \end{cases}$ où $q \in \mathbb{Z}$.

Partie B

1.

lettre	x	$15x+7$	reste	lettre
M	12	187	5	F
A	0	7	7	H
T	19	292	6	G
H	7	112	8	I
S	18	277	17	R

Donc le mot **MATHS** se code en **FHGIR**.

2. a. Si y est le reste de la division de $15x+7$ par 26, cela signifie que $(15x+7)-y$ est un multiple de 26, donc qu'il existe un entier relatif k tel que $(15x+7)-y = 26k$, soit encore $15x-26k = y-7$

b. $15x-26k = y-7$

$$\Longleftrightarrow 7\times 15x - 7\times 26k = 7\times y - 7\times 7$$
$$\Longleftrightarrow 105x - 7\times 26k = 7y-49$$

$$\left.\begin{array}{r} 105 = 4\times 26+1 \Longrightarrow 105 \equiv 1[26] \Longrightarrow 105x \equiv x[26] \\ 7\times 26 \equiv 0[26] \Longrightarrow 7\times 26k \equiv 0[26] \\ -49 = -2\times 26+3 \equiv 3[26] \end{array}\right\}$$
$$\Longrightarrow x \equiv 7y+3[26]$$

c. Système de décodage d'une lettre :

- à cette lettre, on associe l'entier y correspondant,
- on associe ensuite à y l'entier x qui est le reste de la division euclidienne de $7y+3$ par le nombre 26,
- on associe à x la lettre correspondante.

3.

lettre	y	$7y+3$	reste	lettre
W	22	157	1	B
H	7	52	0	A
L	11	80	2	C

Donc le mot **WHL** se décode en **BAC**.

4. A chaque lettre de l'alphabet, on fait correspondre une seule lettre de l'alphabet par le système de codage décrit dans le texte, celui qui fait passer de la lettre correspondant au nombre entier x à la lettre correspondant au nombre entier y.

Réciproquement, chaque lettre de l'alphabet est l'image d'une unique lettre de l'alphabet que l'on obtient par le système de décodage expliqué précédemment.

Donc deux lettres différentes sont codées par deux lettres différentes.

EXERCICE 630

Partie A

1. $51 = 3\times 17$ et $26 = 2\times 13$ donc les deux nombres 51 et 26 sont premiers entre eux. D'après le théorème de Bézout, on peut en déduire que l'équation $51x-26y = 1$ admet des solutions.

2. a. On a $(-1)\times 51 - (-2)\times 26 = 1$ donc le couple $(x_0\ ;\ y_0) = (-1\ ;\ -2)$ est solution de l'équation.

b. On cherche un couple $(x; y)$ solution donc tel que $51x-26y = 1$; or le couple $(x_0\ ;\ y_0)$ est solution. On a donc :

$$\begin{array}{rcrcl} 51x & - & 26y & = & 1 \\ 51x_0 & - & 26y_0 & = & 1 \\ \hline 51(x-x_0) & - & 26(y-y_0) & = & 0 \end{array}$$

$51(x-x_0)-26(y-y_0) = 0 \Longleftrightarrow 51(x-x_0) = 26(y-y_0)$

51 divise $26(y-y_0)$; or 51 et 26 sont premiers entre eux, donc, d'après le théorème de Gauss, 51 divise $y-y_0$. On peut donc écrire $y-y_0 = 51k$ avec $k \in \mathbb{Z}$.

$51(x-x_0) = 26(y-y_0)$ et $y-y_0 = 51k$ donc $51(x-x_0) = 26\times 51k$ et donc $x-x_0 = 26k$.

Si $(x; y)$ est solution, alors $x = x_0+26k = -1+26k$ et $y = y_0+51k = -2+51k$, avec $k \in \mathbb{Z}$.

Réciproquement, si $x = -1+26k$ et $y = -2+51k$, où $k \in \mathbb{Z}$, alors $51x-26y = 1$ donc le couple $(x; y)$ est solution de l'équation $51x-26y = 1$.

$\mathcal{S} = \left\{(-1+26k; -2+51k),\ k \in \mathbb{Z}\right\}$.

Partie B

1. La lettre N correspond à $x = 13$

$51x+2 = 51\times 13+2 = 665 = 25\times 26+15$, le reste de la division de 665 par 26 est 15 ainsi $f(13) = 15$.

Le nombre 15 correspond à la lettre P donc la lettre N est codée en P.

2. $51a \equiv 1[26]$ signifie que $51a$ s'écrit $1+26b$ avec $b \in \mathbb{Z}$. $51a = 1+26b \iff 51a-26b = 1$ donc, d'après la **partie A**, $a = -1+26k$ avec $k \in \mathbb{Z}$. On cherche k de $\mathbb{Z}$ pour que $0 \leqslant a \leqslant 25$ en prenant $k = 1$ on obtient $a = 25$.
L'entier a tel que $0 \leqslant a \leqslant 25$ et $51a \equiv 1[26]$ est $a = 25$.
3. On suppose que la lettre correspondant à un entier x est codée par la lettre correspondant à un entier y ; alors y es le reste de la division de $51x+2$ par 26 ce qui signifie que $y \equiv 51x+2\ [26]$ et $0 \leqslant y \leqslant 15$.
$a = 25$ donc $ay+2 = 25y+2$
$y \equiv 51x+2\ [26] \implies 25y \equiv 25\times 51x + 25\times 2\ [26]$
On sait que $51a \equiv 1\ [26]$ donc $51\times 25 \equiv 1\ [26]$ et donc $25\times 51x \equiv x\ [26]$
On peut donc dire que $25y \equiv x+50\ [26]$ donc que $25y+2 \equiv x+52\ [26]$.
Or $52 = 2\times 26$ donc $52 \equiv 0\ [26]$.
Donc $25y+2 \equiv x\ [26]$.
On sait que x est le nombre correspondant à une lettre donc $0 \leqslant x \leqslant 25$.
$\begin{cases} 25y+2 \equiv x\ [26] \\ 0 \leqslant x \leqslant 25 \end{cases}$

$\implies x$ est le reste de la division de $25y+2$ par 26
4. La lettre N correspond au nombre 13. On cherche donc le nombre x tel que $y = f(x)$ soit égal à 13.
Si $y = 13$, alors x est le reste de la division de $25y+2$ par 26.
$25\times 13+2 = 327$ et $327 = 26\times 12+15$ donc $x = 15$.
La lettre qui est codée N correspond au nombre 15 c'est donc P.
5. Soit une lettre Ω correspondant au nombre x.
Elle se code en une lettre Ω_1 correspondant au nombre x_1, reste de la division de $51x+2$ par 26, donc $x_1 \equiv 51x+2\ [26]$. Si on cherche à coder Ω_1, on aura la lettre Ω_2 correspondant au reste x_2 de la division de $51x_1+2$ par 26 donc $x_2 \equiv 51x_1+2\ [26]$.
$$\begin{cases} x_1 \equiv 51x+2\ [26] \\ x_2 \equiv 51x_1+2\ [26] \end{cases} \implies x_2 \equiv 51(51x+2)+2\ [26]$$
$$\implies x_2 \equiv 2601x+104\ [26].$$
$$2601 = 26\times 100+1 \implies 2601 \equiv 1\ [26]$$
$$\implies 2601x \equiv x\ [26]$$
$104 = 26\times 4 \equiv 0\ [26]$.
Donc $x_2 \equiv 2601x+104\ [26] \equiv x\ [26]$.
Et comme x et x_2 sont tous les deux des restes dans la division par 26, $x_2 = x$.
Cela veut dire que si on applique deux fois la fonction de codage f à un nombre correspondant à une certaine lettre, on retrouve ce nombre : $f(f(x)) = x$.
Ce sera encore vrai si on applique un nombre pair de fois la fonction de codage.
Donc si on applique 100 fois de suite la fonction de codage f à un nombre correspondant à une certaine lettre, on obtient la lettre du départ.

EXERCICE 631

1. Le nombre 6 a pour diviseurs positifs 1, 2, 3 et 6 donc $S(6) = 1+2+3+6 = 12$.
Le nombre 7 n'a que 2 diviseurs, 1 et 7 donc
$S(7) = 1+7 = 8$.
2. **a.**Tout nombre entier n supérieur ou égal à 2 a au moins 2 diviseurs, 1 et lui-même donc $S(n) \geqslant 1+n$.
b. Les entiers naturels n tels que $S(n) = 1+n$ sont les entiers qui ont exactement 2 diviseurs : 1 et n. Ce sont donc tous les nombres premiers.
3. **a.** Si $n = p\times q$ où p et q sont deux nombres premiers distincts, alors les seuls diviseurs de n sont : 1, p, q et $p\times q$.
Donc $S(n) = 1+p+q+pq = (1+p)+q(1+p)$
$S(n) = (1+p)(1+q)$.
b. Les diviseurs de 4 sont 1 ; 2 ; 4
d'où $S(4) = 1+2+4 = 7$.
On a vu précédemment que $S(6) = 12$.
Les diviseurs de 24 sont 1, 2, 3, 4, 6, 8, 12 et 24, donc $S(24) = 1+2+3+4+6+8+12+24 = 60$.
$S(4)\times S(6) = 7\times 12 = 84$ est différent de $S(4\times 6) = 60$.
La proposition est donc fausse.
4. **a.** Les diviseurs de $n = p^k$ sont 1, p, p^2,..., p^k.
b. La suite $(1, p, p^2, \dots, p^k, \dots)$ est une suite géométrique de premier terme 1 et de raison p ; on en déduit que $s(n) = 1+p+p^2+\ldots+p^k = \dfrac{1-p^{k+1}}{1-p}$ d'après la formule qui donne la somme des premiers termes d'une suite géométrique.
5. **a.** • On suppose que l'entier naturel m s'écrit $p^s\times q^t$ avec $0 \leqslant s \leqslant 13$ et $0 \leqslant t \leqslant 7$.
$\left(p^s\times p^{13-s}\right)\left(q^t\times q^{7-t}\right) = p^{13}\times q^7$

$$\iff (p^s \times q^t)(p^{13-s} \times q^{7-t}) = n$$
$$\iff m(p^{13-s} \times q^{7-t}) = n.$$

On peut donc dire que m est un diviseur de n.

• Soit m est un diviseur de n. On décompose m en produit de facteurs premiers ; si r est un facteur premier de la décomposition de m, alors r divise $p^{13}q^7$ donc, d'après le théorème de Gauss, r divise p^{13} ou r divise q^7, donc $r = p$ ou $r = q$.

Donc m s'écrit $p^s \times q^t$ avec $s \in \mathbb{N}$ et $t \in \mathbb{N}$.

Comme m est un diviseur de n, on peut écrire $n = m \times m'$ où m' est un autre diviseur de n qui peut donc s'écrire $m' = p^{s'} \times q^{t'}$. Or $n = p^{13} \times q^7$ et $n = m \times m'$. On a donc $p^{13}q^7 = p^s q^t \times p^{s'} q^{t'}$ ce qui équivaut à $p^{13}q^7 = p^{s+s'}q^{t+t'}$.

D'après l'unicité de la décomposition en produit de facteurs premiers, on peut dire que $s + s' = 13$ et que $t + t' = 7$ et comme s, s', t et t' sont des entiers naturels, on peut en déduire que $s \leqslant 13$ et que $t \leqslant 7$.

Donc tout diviseur m de n s'écrit $p^s \times q^t$ avec $0 \leqslant s \leqslant 13$ et $0 \leqslant t \leqslant 7$.

Tous les diviseurs de n sont :

1	p	p^2	$\dots$	p^i	$\dots$	p^{13}
q	pq	p^2q	$\dots$	p^iq	$\dots$	$p^{13}q$
$\dots$	$\dots$	$\dots$	$\dots$	$\dots$	$\dots$	$\dots$
q^j	pq^j	p^2q^j	$\dots$	p^iq^j	$\dots$	$p^{13}q^j$
$\dots$	$\dots$	$\dots$	$\dots$	$\dots$	$\dots$	$\dots$
q^7	pq^7	p^2q^7	$\dots$	p^iq^7	$\dots$	$p^{13}q^7$

b. La somme des $14 \times 8 = 112$ diviseurs de n est :

$$\begin{aligned} S(n) &= (1+p+\ldots+p^{13}) + (q+pq+p^2q+\ldots+p^{13}q) \\ &\quad +\ldots+(q^7+pq^7+p^2q^7+\ldots+p^{13}q^7) \\ &= (1+p+\ldots+p^{13}) + (1+p+\ldots+p^{13})q+\ldots \\ &\quad +(1+p+\ldots+p^{13})q^7 \\ &= (1+p+p^2+\ldots+p^{13})(1+q+q^2+\ldots+q^7) \\ &= \frac{1-p^{14}}{1-p} \times \frac{1-p^8}{1-p}. \end{aligned}$$

EXERCICE 632

Partie A

1. La lettre L correspond à $x = 11$; $7 \times 11 + 5 = 82$ qui a pour reste 4 dans la division par 26.
Le nombre 4 correspond à E donc la lettre L est codée E.

2. **a.** Soit $k \in \mathbb{Z}, k \equiv 7x[26] \Longrightarrow 15k \equiv 15 \times 7x[26]$
Or $15 \times 7 = 105 = 4 \times 26 + 1$ donc $105 \equiv 1[26]$
et $105x \equiv x[26]$
On en déduit $k \equiv 7x[26] \Longrightarrow 15k \equiv x[26]$
b. Soit $k \in \mathbb{Z}, 15k \equiv x[26] \Longrightarrow 7 \times 15k \equiv 7x[26]$
Or, on a vu que $7 \times 15 = 105 \equiv 1[26]$ donc $105k \equiv k[26]$
donc $15k \equiv x[26] \Longrightarrow k \equiv 7x[26]$
On a donc démontré $15k \equiv x[26] \iff k \equiv 7x[26]$
c. $$\begin{aligned} y \equiv 7x+5[26] &\iff y-5 \equiv 7x[26] \\ &\iff 15(y-5) \equiv x[26] \quad \text{d'après } \mathbf{2.b} \\ &\iff 15y-75 \equiv x[26] \end{aligned}$$
Or $-75 = 26 \times (-3) + 3$ donc $-75 \equiv 3[26]$ et donc $15y - 75 \equiv 15y + 3[26]$
On en déduit que $15y-75 \equiv x[26] \iff 15y+3 \equiv x[26]$
et donc que $y \equiv 7x+5[26] \iff 15y+3 \equiv x[26]$

3. D'après les questions précédentes, pour décoder une lettre, on cherche à quel nombre y elle correspond, puis on détermine x entre 0 et 25 tel que $y \equiv 7x+5[26]$ donc tel que $x \equiv 15y+3[26]$.
La lettre F correspond à $y = 5$; $15y + 3 = 78 \equiv 0[26]$.
Le nombre 0 correspond à la lettre A donc le décodage de la lettre F donne la lettre A.

Partie B

Soit P_n la propriété : $a_n = \left(a_0 + \dfrac{5}{6}\right) \times 7^n - \dfrac{5}{6}$

• *Initialisation :* Pour $n = 0$,
$\left(a_0 + \dfrac{5}{6}\right) \times 7^0 - \dfrac{5}{6} = a_0 + \dfrac{5}{6} - \dfrac{5}{6} = a_0$. P_0 est vérifiée.

• *Hérédité :* On suppose la propriété vraie au rang $p \geqslant 0$ c'est-à-dire $a_p = \left(a_0 + \dfrac{5}{6}\right) \times 7^p - \dfrac{5}{6}$

$$\begin{aligned} a_{p+1} = 7a_p + 5 &= 7\left(\left(a_0+\frac{5}{6}\right) \times 7^p - \frac{5}{6}\right) + 5 \\ &= \left(a_0+\frac{5}{6}\right) \times 7^{p+1} - 7 \times \frac{5}{6} + 5 \\ &= \left(a_0+\frac{5}{6}\right) \times 7^{p+1} - \frac{35}{6} + \frac{30}{6} \\ &= \left(a_0+\frac{5}{6}\right) \times 7^{p+1} - \frac{5}{6} \end{aligned}$$

Donc la propriété est vraie au rang $p + 1$.

• *Conclusion :* La propriété est vraie au rang 0 et elle est héréditaire, donc elle est vraie pour tout $n \geqslant 0$.

Partie C

On veut décoder la lettre Q dans le mot IYYQ.
On peut utiliser les résultats de la partie **B.**

On doit appliquer 6 fois la fonction $x \longmapsto 15x+3$ successivement au nombre 16 (correspondant à Q), puis à son image, puis à l'image de l'image, etc.

On cherche donc, avec les notations de la partie **B**, le nombre b_6 sachant que $b_0 = 16$.

$b_6 = \left(16 + \dfrac{3}{14}\right) \times 15^6 - \dfrac{3}{14} = 184\,690\,848 \equiv 4[26]$ qui correspond bien à E.

EXERCICE 633

Partie A

1. Le numéro du jour de naissance multiplié par 12 : $1 \times 12 = 12$. Le numéro du mois de naissance multiplié par 37 : $8 \times 37 = 296$. $12 + 296 = 308$.
2. **a.** $z = 12j + 37m$, or $12j \equiv 0\ [12]$, donc $z = 12j + 37m \equiv 37m\ [12]$.

   b. $\begin{cases} z = 474 = 39 \times 12 + 6 \\ z \equiv 37m\ [12] \end{cases}$

   $\Longrightarrow z = (3 \times 12 + 1)m \equiv 6\ [12] \Longrightarrow m \equiv 6\ [12]$.

   Ce qui correspond au mois de juin.

   $z = 474 = 12j + 37 \times 6$

   $\Longrightarrow 12j = 474 - 37 \times 6 = 252 = 21 \times 12 \Longrightarrow j = 21$.

   Le spectateur est donc né un 21 juin.

Partie B

1. Algorithme modifié :

```
Pour m allant de 1 à 12 faire :
    Pour j allant de 1 à 31 faire :
        z ⟵ 12j + 31m
        Si z = 503 alors
            Afficher j et m
        Fin Si
    Fin Pour
Fin Pour
```

   Le spectateur est donc né un 29 mai.

2. **a.** $12a \equiv 0[12]$ pour tout a entier, donc $z = 12j + 31m \equiv 31m\ [12] = (2 \times 12 + 7)m \equiv 7m[12]$. $7m$ et z ont donc le même reste dans la division euclidienne par 12.

   b.

m	1	2	3	4	5	6
reste	7	2	9	4	11	6

m	7	8	9	10	11	12
reste	1	8	3	10	5	0

   c.
   $\begin{cases} z = 503 = 41 \times 12 + 11 \\ z \equiv 7m\ [12] \end{cases} \Longrightarrow 7m \equiv 11\ [12]$

   $\Longrightarrow m = 5$.

   Il s'agit du mois de mai.

   $z = 503 = 12j + 31 \times 5$

   $\Longrightarrow 12j = 503 - 31 \times 5 = 29 \times 12 \Longrightarrow j = 29$.

   Le spectateur est donc né un 29 mai.

3. **a.** $12 \times (-2) + 31 \times (17) = 503$. Le couple $(-2\ ;\ 17)$ est bien solution de l'équation $12x + 31y = 503$.

   b. Si un couple d'entiers relatifs $(x\ ;\ y)$ est solution de l'équation $12x + 31y = 503$ alors $12x + 31y = 12 \times (-2) + 31 \times (17)$ soit encore $12(x+2) = 31(17-y)$ (E).

   c. • $12x + 31y = 503 \Longrightarrow \begin{cases} 12(x+2) = 31(17-y) \\ PGCD(12;31) = 1 \end{cases}$

   $\overset{\text{Gauss}}{\Longrightarrow}$ 31 divise $x+2$.

   Ainsi, il existe un entier relatif k vérifiant $x + 2 = 31k \Longleftrightarrow x = -2 + 31k$.

   En remplaçant dans (E), on obtient

   $\begin{cases} 12(x+2) = 31(17-y) \\ x + 2 = 31k \end{cases} \Longrightarrow 12 \times 31k = 31(17-y)$

   $\Longrightarrow 12k = 17 - y \Longrightarrow y = 17 - 12k$.

   • Réciproquement : pour tout k de $\mathbb{Z}$, on a $12(-2+31k) + 31(17-12k) = 12 \times (-2) + 31 \times (17) = 503$.

   • $\forall k \in \mathbb{Z}$, le couple $(x; y) = (-2 + 31k; 17 - 12k)$ est solution de $12x + 31y = 503$.

   d. $1 \leqslant y \leqslant 12 \Longleftrightarrow 1 \leqslant 17 - 12k \leqslant 12$

   $\Longleftrightarrow -16 \leqslant -12k \leqslant -5$

   $\Longleftrightarrow 5 \leqslant 12k \leqslant 16$

   $\Longleftrightarrow \frac{5}{12} \leqslant k \leqslant \frac{16}{12}$.

   $k = 1$ est l'unique entier compris entre $\dfrac{5}{12}$ et $\dfrac{16}{12}$.

   L'unique couple recherché est donc :

   $(-2 + 31 \times 1; 17 - 12 \times 1) = (29; 5)$

   Le spectateur est donc né un 29 mai.

EXERCICE 634

Partie A

1. Le nombre 2 est premier donc il est dans la liste $\{p_1, p_2, \ldots, p_n\}$ donc le produit de ces nombres premiers est supérieur ou égal à 2 et donc E est supérieur ou égal à 2.

Soit i un entier de l'intervalle $[1\,;\,n]$. Le reste de la division de E par p_i est 1 ; donc E n'est pas divisible par p_i. Comme p_i est un nombre premier, et que E n'est pas divisible par p_i, alors E et p_i sont premiers entre eux.

Donc E est premier avec chacun des nombres p_1, p_2, $\dots, p_n$.

2. Tout nombre supérieur à 1 admet au moins un diviseur premier, donc E admet un diviseur premier. Ce diviseur premier ne peut être ni p_1, ni p_2, ni ..., ni p_n. Il existe donc un autre nombre premier qui n'est ni p_1, ni p_2, ni ..., ni p_n, ce qui contredit l'hypothèse faite au départ.

   Il existe donc une infinité de nombres premiers.

Partie B

1. **a.**

k	2	3	4	5	6	7	8	9	10
M_k	3	7	15	31	63	127	255	511	1023

   b. D'après ce tableau, on peut conjecturer que si k est premier, alors M_k est premier.

2. **a.** $1+2^p+(2^p)^2+(2^p)^3+\dots+(2^p)^{q-1}$ est la somme des q premiers termes de la suite géométrique de premier terme 1 et de raison 2^p.

   Cette somme est égale à :

$$S = \text{premier terme} \times \frac{1-\text{raison}^{\text{nombre de termes}}}{1-\text{raison}}$$
$$= 1 \times \frac{1-(2^p)^q}{1-2^p} = \frac{(2^p)^q-1}{2^p-1}.$$

   b. Le nombre $1+2^p++(2^p)^2+(2^p)^3+\cdots(2^p)^{q-1}$ est entier et, d'après la question précédente, $\left(1+2^p++(2^p)^2+(2^p)^3+\cdots(2^p)^{q-1}\right)\times(2^p-1)$ $= 2^{pq}-1$ donc $2^{pq}-1$ est divisible par 2^p-1.

   c. Soit k un nombre non premier alors il existe deux entiers strictement supérieurs à 1 tels que $k = pq$.

   $M_k = 2^k-1 = 2^{pq}-1$ est divisible par 2^p-1 qui est strictement supérieur à 1 donc M_k n'est pas premier.

3. **a.** $M_{11} = 2^{11}-1 = 2047 = 23\times 89$ donc M_{11} n'est pas premier.

   b. La conjecture de la question **B.1.b** est donc fausse : 11 et premier et M_{11} ne l'est pas.

Partie C

Soit (u_n) la suite définie sur $\mathbb{N}$ par : $\begin{cases} u_0 = 4 \\ u_{n+1} = u_n^2-2 \end{cases}$

1. D'après le test de Lucas-Lehmer, M_5 est premier si et seulement si $u_3 \equiv 0$ modulo M_5.

   $M_5 = 31$; $u_0 = 4$; $u_1 = u_0^2-2 = 14$; $u_2 = u_1^2-2 = 194$;
   $u_3 = u_2^2-2 = 37634 = 31\times 1214$

   Donc u_3 est divisible par M_5, le test de Lucas-Lehmer est vérifié pour $k = 5$.

2.

```
u ⟵ 4
M ⟵ 2^n − 1
Pour i allant de 1 à n−2 faire
    u ⟵ u^2 − 2
Fin Pour
Si M divise u alors afficher « M est premier »
sinon afficher « M n'est pas premier »
```

EXERCICE 635

1. **a.** x et y sont des entiers naturels tels que $24x+45y = 438$, par conséquent :

   - $24x \leqslant 438$ d'où $x \leqslant \frac{438}{24} = 18{,}25$, donc $x \leqslant 18$;
   - $45y \leqslant 438$ d'où $y \leqslant \frac{438}{45} \approx 9{,}73$, donc $y \leqslant 9$.

   b. Lignes complétées de l'algorithme :

   Pour x variant de 0 à 18 (1)

   Pour y variant de 0 à 9l (2)

   Si $24x+45y = 438$ (3).

2. Le coût total de réservation étant de 438 €, et $438 = 146\times 3$, ce montant est multiple de 3.

3. **a.**. Les entiers 8 et 15 étant premiers entre eux, d'après le théorème de Bézout entraîne il existe des couples $(x\,;\,y)$ d'entiers relatifs tels que $8x+15y = 1$.

   b. $8\times 2+15\times(-1) = 1$, le couple $(2\,;\,-1)$ est donc une solution particulière.

   c. $\mathscr{S}_E = \left\{(292+15k\,;\,-146-8k) \text{ où } k\in\mathbb{Z}\right\}$.

4. Soit x et y le nombre de nuitées passées respectivement dans les hébergements A et B, alors $24x+45y = 438 \iff 8x+15y = 146$.

   Il existe alors un entier relatif k tel que $x = 292+15k$, et par ailleurs $x \geqslant 0$ et $x \leqslant 13$,

   d'où $0 \leqslant 292+15k \leqslant 13 \iff -\frac{292}{15} \leqslant k \leqslant -\frac{279}{15}$.

   Comme $-\frac{292}{15} \approx -19{,}47$ et $-\frac{279}{15} = -18{,}6$, la seule possibilité est $k = -19$.

   On en déduit alors que $x = 292+15\times(-19) = 7$ et $y = -146-8\times(-19) = 6$.

   Ce randonneur a donc passé 7 nuits en hébergement A et 6 nuits en hébergement B.

EXERCICE 636

1.

A	B	D
12	14	2
2	12	10
10	2	8
8	10	2
2	8	6
6	2	4
4	6	2
2	4	2
2	2	0

$A = 2$.

2. a. On a fait tourner l'algorithme pour $A = 221$ et $B = 331$ donc le PGCD de 221 et 331 est 1. Ces deux nombres sont donc premiers entre eux, d'après le théorème de Bézout, il existe des entiers relatifs x et y tels que $221x - 331y = 1$.

b. $221 \times 3 - 331 \times 2 = 663 - 662 = 1$ donc le couple (3 ; 2) est une solution de (E).

$\mathscr{S}_E = \left\{\left(3+331k;\ 2+221k\right) \text{avec} k \in \mathbb{Z}\right\}$

3. a. La suite (v_n) est arithmétique de raison $r = 331$ et de premier terme $v_0 = 3$; donc, pour tout entier naturel n, $v_n = v_0 + n \times r = 3 + 331n$.

b. $u_p = v_q \iff 2 + 221p = 3 + 331q$

$\iff 221p - 331q = 1$.

D'après les questions précédentes, on a :

$(p, q) = (3 + 331k, 2 + 221k)_{k\in\mathbb{Z}}$

$0 \leqslant p \leqslant 500 \iff 0 \leqslant 3 + 331k \leqslant 500 \Longrightarrow k \in \left\{0, 1\right\}$

$0 \leqslant q \leqslant 500 \iff 0 \leqslant 2 + 221k \leqslant 500 \Longrightarrow k \in \left\{0, 1, 2\right\}$

ce qui implique alors $k \in \left\{0, 1\right\}$

Pour $k = 0$, $(p, q) = (3, 2)$ donc $u_3 = v_2 = 665$.

Pour $k = 1$, $(p, q) = (334, 223)$

donc $u_{334} = v_{223} = 73816$.

EXERCICE 637

1. On cherche tous les entiers x de E tels que $g(x) = x$:

$g(x) = x \iff 4x + 3 \equiv x[27] \iff 3x \equiv -3[27]$

ce qui veut dire que $3x$ s'écrit $-3 + 27k$ où $k \in \mathbb{Z}$.

$x \in E \iff 0 \leqslant x \leqslant 26 \iff 0 \leqslant 3x \leqslant 78$

$\iff 0 \leqslant -3 + 27k \leqslant 78 \iff \dfrac{3}{27} \leqslant k \leqslant \dfrac{81}{27}$

Or k est entier donc $k \in \left\{1, 2, 3\right\}$.

Pour $k = 1$, $3x = -3 + 27 = 24$ donc $x = 8$;

pour $k = 2$, $3x = -3 + 54 = 51$ donc $x = 17$;

pour $k = 3$, $3x = -3 + 81 = 78$ donc $x = 26$.

Les éléments de E invariants par g sont 8, 17 et 26.

Les caractères invariants dans ce codage sont alors i, r et $\star$.

2. Soient x et y deux éléments de E tels que $y \equiv 4x + 3[27]$.

$y \equiv 4x + 3[27] \Longrightarrow 7y \equiv 28x + 21[27]$

or $21 \equiv -6[27]$ et $28 \equiv 1[27]$ donc $28x \equiv x\ [27]$

$7y \equiv 28x + 21[27] \iff 7y \equiv x - 6[27]$

$\iff 7y + 6 \equiv x[27]$

$\iff x \equiv 7y + 6[27]$.

On suppose qu'il existe deux caractères x et x' de E qui se codent par le même caractère y de E.

On a donc $x \equiv 7y + 6[27]$ et $x' \equiv 7y + 6[27]$ ce qui entraîne $x \equiv x'[27]$, on peut donc écrire $x = x' + 27k$ où $k \in \mathbb{Z}$.

Or $0 \leqslant x \leqslant 26$ et $0 \leqslant x' \leqslant 26$ donc $k = 0$ et $x = x'$.

Deux caractères distincts ne sont pas codés par un même caractère, donc deux caractères distincts sont codés par deux caractères distincts.

3. Une méthode de décodage peut suivre le même principe que la méthode de codage, en remplaçant la fonction g par la fonction f qui, à chaque élément y de E, associe le reste de la division euclidienne de $7y + 6$ par 27.

4. On sait que la lettre s se code en la lettre v, donc la lettre v se décode en s.

La lettre f correspond au nombre $y = 5$.

$7y + 6 = 7 \times 5 + 6 = 35 + 6 = 41$. Or $41 = 27 \times 1 + 14$ donc 14 est le reste de la division de 41 par 27.

Le nombre 14 correspond à la lettre o.

Donc $v\,f\,v$ se décode en $s\,o\,s$.

EXERCICE 638

1. a. 91 et 10 sont premiers entre eux donc d'après le théorème de Bézout, il existe des couples d'entiers solutions de l'équation $91x + 10y = 1$.

b. $91 \times 1 + 10 \times (-9) = 1$, le couple $(1; -9)$ est une solution particulière de (E). On en déduit alors que le couple $(412; -3708)$ est une solution particulière de l'équation $91x + 10y = 412$.

c. L'ensemble des solutions de (E') est $\left\{(10k+412\ ;\ -91k-3708)\ ;\ k \in \mathbb{Z}\right\}$.

2. $3^{2n} = 9^n \equiv 1[8]$ d'où $A_n = 3^{2n} - 1 \equiv 0[8]$, les entiers A_n sont donc divisibles par 8 quelque sont $n \in \mathbb{N}$.

3. **a.** $A_3 = 728 = 8 \times 91$, $A_2 = 80 = 8 \times 10$ et $3296 = 8 \times 412$.

On en déduit alors $(E") \iff (E')$.

L'ensemble des solutions de $(E")$ est alors $\left\{(10k+412\ ;\ -91k-3708)\ ;\ k \in \mathbb{Z}\right\}$.

b. x et y sont des entiers naturels donc
$$\begin{cases} 10k+412 \geqslant 0 \\ -91k-3708 \geqslant 0 \end{cases} \Longrightarrow -\frac{412}{10} \leqslant k \leqslant -\frac{3708}{91}.$$
La seule valeur entière de k est donc $k = -41$. On en déduit l'unique couple d'entiers naturels solution de $(E")$: $(2;23)$.

EXERCICE 639

Partie A

1. On a : $2009 = 125 \times 16 + 9 \equiv 9[16]$ et $81 = 5 \times 16 + 1$ donc $2009^2 \equiv 9^2[16] \equiv 1[16]$. Le reste de la division euclidienne de 2009^2 par 16 est donc 1.

2.
$$2009^{8001} = \left(2009^2\right)^{4000} \times 2009 \equiv 1^{4000} \times 2009[16] \equiv 1 \times 2009[16] \equiv 2009[16].$$

Partie B

1. **a.** On a $u_0 = 4036081 - 1 = 4036080 = 807216 \times 5$, u_0 est donc bien divisible par 5.

b. D'après la formule du binôme de Newton, on a :
$$(a+b)^5 = \sum_{i=0}^{5} \binom{5}{i} \times a^i \times b^{5-i} = a^5 + 5a^4b + 10a^3b^2 + 10a^2b^3 + 5ab^4 + b^5.$$
En prenant $a = u_n$ et $b = 1$, alors on obtient : $(u_n+1)^5 = u_n^5 + 5u_n^4 + 10u_n^3 + 10u_n^2 + 5u_n^1 + 1$

On a alors :
$$\begin{aligned} u_{n+1} &= (u_n+1)^5 - 1 \\ &= u_n^5 + 5u_n^4 + 10u_n^3 + 10u_n^2 + 5u_n \\ &= u_n \times \left[u_n^4 + 5 \times \left(u_n^3 + 2u_n^2 + 2u_n + 1\right)\right]. \end{aligned}$$

c. Pour tout entier naturel n, soit P_n la propriété : u_n est divisible par 5^{n+1}.

• *Initialisation* : P_0, c'est-à-dire u_0 est divisible par 5 : ceci a été démontré au **B. 1. a**. La propriété P_0 est donc vraie.

• *Hérédité* : Supposons que la propriété vraie au rang $n \geqslant 0$, c'est-à-dire que u_n est divisible par 5^{n+1}, donc il existe un entier k tel que $u_n = 5^{n+1}k$.

D'après la question **B. 1. b.**, on a
$u_{n+1} = u_n \times \left[u_n^4 + 5 \times \left(u_n^3 + 2u_n^2 + 2u_n + 1\right)\right]$.

En posant $l = u_n^3 + 2u_n^2 + 2u_n + 1 \in \mathbb{Z}$.

Enfin, en appliquant l'hypothèse de récurrence :
$$\begin{aligned} u_{n+1} &= 5^{n+1}k \times \left[\left(5^{n+1}k\right)^4 + 5l\right] \\ &= 5^{n+1}k \times \left[5^{4n+4}k^4 + 5l\right] \\ &= 5^{n+1}k \times \left[5^{4n+4}k^4 + 5l\right] \\ &= 5^{n+2}k \times \left[5^{4n+3}k^4 + l\right]. \end{aligned}$$
$5^{4n+3}k^4 + l$ est une somme de produits et puissances de nombres entiers, donc ce nombre est entier et on en déduit que u_{n+1} est divisible par 5^{n+2}. La propriété P_{n+1} est vérifiée.

Si P_n est vraie, P_{n+1} l'est également : la propriété est héréditaire.

• *Conclusion* : P_0 est vraie et la propriété est héréditaire, donc la propriété est vraie pour tout n : pour tout entier naturel n, u_n est divisible par 5^{n+1}.

2. **a.** On a $u_0 = 2009^2 - 1$,

$u_1 = \left(2009^2 - 1 + 1\right)^5 - 1 = \left(2009^2\right)^5 - 1 = 2009^{10} - 1$.

$u_2 = \left(2009^{10} - 1 + 1\right)^5 - 1 = \left(2009^{10}\right)^5 - 1 = 2009^{50} - 1$.

$u_3 = \left(2009^{50} - 1 + 1\right)^5 - 1 = \left(2009^{50}\right)^5 - 1 = 2009^{250} - 1$.

D'après la question précédente, u_3 est divisible par 5^4 donc $2009^{250} - 1$ est divisible par $5^4 = 625$, ce qui donne : $2009^{250} \equiv 1 \pmod{625}$.

b.
$$2009^{8001} = \left(2009^{250}\right)^{32} \times 2009 \equiv 1^{32} \times 2009[625] \equiv 2009[625].$$

Partie C

1. La **partie A** a permis de montrer que $2009^{8001} - 2009$ est divisible par 16, il existe donc un entier m tel que $2009^{8001} - 2009 = 16m$.

La **partie B** a permis de montrer que $16m$ est divisible par 625.

Puisque $16 = 2^4$ et que $625 = 5^4$: ces deux nombres n'ont aucun facteur premier commun, ils sont donc premiers entre eux, on peut donc appliquer le théorème de Gauss, et on en déduit que 625 doit diviser m il existe donc un entier m' tel que $m = 625m'$ et ainsi $2009^{8001} - 2009 = 16 \times 625m' = 10000m'$.

m' étant entier, on vient de démontrer que 10000 divise $2009^{8001}-2009$.

2. On a $2009^{8001} \equiv 2009[10000]$ et donc, comme $2009^{8001} = \left(2009^{2667}\right)^3$, on peut affirmer que 2009^{2667} est un entier dont le cube est un entier s'écrit sous forme décimale en se terminant par 2009.

EXERCICE 640

Partie A

1. $11\times(-7)-26\times(-3) = -77+78 = 1$, donc le couple $(-7\,;\,-3)$ est solution de (E).
2. Les solutions de (E) sont les couples de la forme $(-7+26k\,;\,-3+11k)$ où $k\in\mathbb{Z}$.
3. $(u;v)$ est solution de (E) avec $0\leqslant u\leqslant 25$ si et seulement s'il existe un entier relatif k tel que $u=-7+26k$, $v=-3+11k-$ et $0\leqslant -7+26k\leqslant 25$. Cela conduit à $7\leqslant 26k\leqslant 32$, et $k=1$ est la seule possibilité. L'unique couple répondant à la question est donc $(19;8)$.

Partie B

1. La lettre W est chiffrée par $x=22$.
Or $11\times 22+8\equiv 16[26]$, donc $y=16$ qui correspond à la lettre Q.
2. **a.** • Soit x et j deux entiers relatifs tels que $11x\equiv j[26]$. Alors, $19\times 11x\equiv 19j[26]$.
Or $19\times 11=209$ et $209\equiv 1[26]$, donc $x\equiv 19j[26]$.
• Réciproquement, si $x\equiv 19j[26]$,
alors $11x\equiv 11\times 19j[26]$, d'où $11x\equiv j[26]$.
L'équivalence est donc démontrée.
b. Soit y un entier compris entre 0 et 25, il s'agit de trouver un entier x compris entre 0 et 25 tel que : $11x+8\equiv y$ (modulo 26). Nécessairement on doit avoir : $11x\equiv y-8[26]$, ce qui équivaut, d'après la question précédente, à $x\equiv 19(y-8)[26]$. Le procédé de décodage est donc :
• on chiffre la lettre à décoder par un nombre entier y compris entre 0 et 25 ;
• on calcule le reste x de la division euclidienne de $19(y-8)$ par 26 ;
• on déchiffre alors x pour obtenir la lettre décodée.
c. W est chiffré par $y=22$. Or $19\times(22-8)\equiv 6[26]$, donc $x=6$, ce qui correspond à la lettre G.

EXERCICE 641

Soit b la base de numération recherché.
$\overline{123}^b = b^2+2b+3$
$\overline{140}^b = b^2+4b$
$\overline{156}^b = b^2+5b+6$.
Les nombres sont en progression arithmétique donc :
$\overline{140}^b-\overline{123}^b = \overline{156}^b-\overline{140}^b$
donc $2b-3=b+6$
On en déduit alors que $b=9$.

EXERCICE 642

1. La fonction f est une fonction polynôme donc définie, continue et dérivable sur $\mathbb{R}$ de dérivée
$f'(x)=12x^2+2x+1>0$ (car le discriminant est négatif).
La fonction f est donc strictement croissante sur $\mathbb{R}$.
$f(0)=-3$ et $f(1)=3$.
En appliquant le théorème des valeurs intermédiaires dans le cas d'une fonction strictement monotone, on en déduit qu'il existe un unique α réelle, plus précisément dans $]0\,;\,1[$ tel que $f(x)=0$.
2. Soit $\dfrac{p}{q}$ une solution de (1) où $p\in\mathbb{Z}$, $q\in\mathbb{Z}^\star$, p et q sont premiers entre eux.
$$4\left(\frac{p}{q}\right)^3+\left(\frac{p}{q}\right)^2+\left(\frac{p}{q}\right)-3=0 \iff 4p^3=q\left(3q^2-pq-p^2\right).$$
Or p et q sont premiers entre eux donc d'après le théorème de Gauss q divise 4.
De même $4\left(\dfrac{p}{q}\right)^3+\left(\dfrac{p}{q}\right)^2+\left(\dfrac{p}{q}\right)-3=0$
$$\iff 3q^3=p\left(3q^2+qp+q^2\right).$$
Or p et q sont premiers entre eux donc d'après le théorème de Gauss p divise 3.
Les rationnels vérifiant p divise 3 et q divise 4 sont :
$\frac{1}{1},\frac{1}{2},\frac{1}{4},\frac{3}{1},\frac{3}{2},\frac{3}{4},-\frac{1}{1},-\frac{1}{2},-\frac{1}{4},-\frac{3}{1},-\frac{3}{2},-\frac{3}{4}$.
3. Soit $q=1$ alors p divise 3 or ni 3, ni (-3), ni 1, ni (-1) ne sont racines de f donc $q\neq 1$.
Soit $q=2$ alors p divise 3, seul le rationnel $\dfrac{1}{2}$ appartient à l'intervalle $]0\,;\,1[$ mais $f\left(\dfrac{1}{2}\right)\neq 0$.
Donc $q=4$ et $p\left(p^2+p+4\right)=48$ d'où p divise 48. On en déduit alors que $p=3$ et $\dfrac{3}{4}$ est racine de f.
On peut alors factoriser : $f(x)=(4x-3)\left(x^2-x+1\right)$.

$x^2 - x + 1 = 0 \iff x = \dfrac{-1+i\sqrt{3}}{2}$ ou $x = \dfrac{-1-i\sqrt{3}}{2}$.

f admet trois racines dans $\mathbb{C}$: $\dfrac{3}{4}$; $\dfrac{-1+i\sqrt{3}}{2}$; $\dfrac{-1-i\sqrt{3}}{2}$.

EXERCICE 643

Partie A

1. $4 \equiv 1[3]$, donc $4^n \equiv 1^n[3] \equiv 1[3]$.
2. 4 est premier avec 29, donc d'après le petit théorème de Fermat $4^{29-1} - 1 \equiv 0[29]$ ou encore $4^{28} - 1$ est divisible par 29.
3. $4 = 0 \times 17 + 4$; $4^2 = 0 \times 17 + 16$; $4^3 = 3 \times 17 + 13$;
   $4^4 = 15 \times 17 + 1$.
   On a alors $4^{4k} = \left(4^4\right)^k \equiv 1^k[17] \equiv 1[17]$ ou encore $4^{4k} - 1 \equiv 0[17]$, c'est-à-dire $4^{4k} - 1$ est divisible par 17.
4. On a $4^{2k} = \left(4^2\right)^k \equiv 1^k[5] \equiv 1[5]$ soit $4^{2k} - 1 \equiv 0[5]$.
   $4^{2k+1} - 1 = 4 \times 4^{2k} - 1 \equiv 4 - 1[5] \equiv 3[5]$.
   On en déduit que $4^n - 1$ est divisible par 5 si et seulement si n est pair.
5. Nous avons déjà 29 (d'après la question **2**), 17 (d'après le question **3**) et 5 (d'après la question **4**).
   D'autre part, $4 \equiv 1[3]$ entraîne $4^n - 1$ est divisible par 3 qui est premier. Un quatrième diviseur est donc 3.

Partie B

1. $4 = 2^2$; si p est premier différent de 2, il est premier avec 4, donc d'après le petit théorème de Fermat $4^{p-1} - 1 \equiv 0[p]$ ou $4^{p-1} \equiv 1[p]$. Le premier nombre premier différent de 2 est 3, donc $n = p - 1 \geqslant 1$.
2. **a.** On a donc : $4^n \equiv 1[p]$, $4^b \equiv 1[p]$ et il existe un unique couple de naturels $(q\ ;\ r)$ tel que $n = bq + r$ avec $r < b$.
   On a donc $4^n = 4^{bq+r} = 4^{bq} \times 4^r = \left(4^b\right)^q \times 4^r$.
   On déduit de la seconde congruence que
   $\left(4^b\right)^q \equiv 1^q[p] \equiv 1[p]$.
   Donc $\left(4^b\right)^q \times 4^r \equiv 4^r[p]$ et donc que $4^n \equiv 4^r[p]$.
   Finalement comme $4^n \equiv 1[p]$ on en déduit $4^r \equiv 1[p]$.
   b. D'après la question précédente si $4^n \equiv 1[p]$, alors n est multiple de b, b étant le plus naturel positif tel que $4^b \equiv 1[p]$.
   Inversement si $n = kb$, de $4^b \equiv 1[p]$, on déduit que $\left(4^b\right)^k \equiv 1^k[p]$ soit $4^n \equiv 1[p]$.
   L'équivalence est donc démontrée.
   c. D'après la question **B.1** : $4^{p-1} \equiv 1[p]$.
   Soit b le plus petit entier tel que $4^b \equiv 1[p]$.
   D'après la question **B.2.b** il en résulte que $p - 1$ est multiple de b ou encore b divise $p - 1$.

EXERCICE 644

Partie A

1. Si $n = 2$: $1^2 + 3^2 + 5^2 = 35 = 8 \times 4 + 3 = 8 \times 4 + 2^2$, c'est-dire que $1^2 + 3^2 + 5^2 \equiv 3[3]$. Le triplet $(1\ ;3\ ;5)$ est donc solution.
2. **a.** Si $n = 3$

r	0	1	2	3	4	5	6	7
R	0	1	4	1	0	1	4	1

   b. Les seuls restes possibles sont donc 0, 1 et 4. Avec trois carrés la somme des restes ne peut être que 0, 1, 2, 3, 4, 5, 6, mais pas 7.
   Il n'existe donc pas d'entier x, y, z tels que
   $x^2 + y^2 + z^2 \equiv 7[8]$.

Partie B

1. S'il existe trois entiers naturels x, y et z tels que
   $x^2 + y^2 + z^2 \equiv 2^n - 1\ [2^n]$
   alors $x^2 + y^2 + z^2 = 2^n q + 2^n - 1 = 2^n(q+1) - 1$, donc cette somme est impaire.
   Or la somme de nombres pairs est un nombre pair et la somme de deux nombres impairs est un nombre pair. Donc soit les trois entiers sont impairs, soit un seul est impair.
2. $x = 2q$, $y = 2r$, $z = 2s + 1$.
   a. Alors $x^2 + y^2 + z^2 = 4q^2 + 4r^2 + 4s^2 + 4s + 1$
   $= 4 \times \left(q^2 + r^2 + s^2 + s\right) + 1$.
   Conclusion $x^2 + y^2 + z^2 \equiv 1\ [4]$
   b. On a supposé que $x^2 + y^2 + z^2 \equiv 2^n - 1\ [2^n]$ soit $x^2 + y^2 + z^2 = 2^n \times q + 2^n - 1 = 4\alpha - 1$ (car $n \geqslant 3$).
   Ceci est impossible : un multiple de 4 plus 1 ne peut être égal à un multiple de 4 moins 1.
   En effet s'il existe α et β tels que : $8\alpha - 1 = 8\beta + 1$ alors $8\alpha - 8\beta = 2 \iff 4\alpha - 4\beta = 1$. La différence de deux multiples de 4 ne peut être égale à 1.
   Il n'existe donc pas de triplet solution avec un seul impair.
3. On suppose que x, y, z sont impairs.

a. Pour tout naturel k non nul, $k^2 + k = k \times (k+1)$ produit de deux naturels consécutifs, l'un des deux facteurs est pair donc le produit est divisible par 2.

b. Posons : $x = 2q+1$, $y = 2r+1$ et $z = 2s+1$, alors

$$\begin{aligned}x^2+y^2+z^2 &= 4q^2+4q+1+4r^2+4r+1+4s^2+4s+1\\ &= \left(4q^2+4q\right)+\left(4r^2+4r\right)+\left(4s^2+4s\right)+3\\ &= 4\left[\left(q^2+q\right)+\left(r^2+r\right)+\left(s^2+s\right)\right]+3.\end{aligned}$$

Or d'après la question précédente chaque parenthèse est un nombre pair, donc

$x^2+y^2+z^2 = 4\times(2\alpha+2\beta+2\gamma)+3 = 8(\alpha+\beta+\gamma)+3$

c'est-à-dire que

$x^2+y^2+z^2 \equiv 3\ [8]$.

c. Puisque $n \geqslant 3$ on peut écrire

$$\begin{aligned}x^2+y^2+z^2 &= 2^3\times 2^{n-3}q+2^3\times 2^{n-3}-1\\ &= 2^3a-1 = 8a-1.\ (\text{avec } a\in\mathbb{N})\end{aligned}$$

Donc il existe α et β tels que $8\alpha-1 = 8\beta+3$ alors $8\alpha-8\beta = 4 \iff 2\alpha-2\beta = 1$. Or la différence de deux pairs ne peut être égale à 1.

Donc un multiple de 8 plus 3 ne peut être égal à un multiple de 8 moins 1.

Finalement pour $n > 2$ le problème proposé n'a pas de solution.

Exercice 645

1. **a.** On a $6^2 = 36 \equiv 3[11]$, donc $\left(6^2\right)^5 \equiv 3^5[11]$ or $3^5 = 243 = 11\times 22+1$ on en déduit $6^{10}\equiv 1[11]$.
Le reste de la division euclidienne de 6^{10} par 11 est donc 1.
b. $6\equiv 1[5]$, donc $6^4\equiv 1[5]$.
Le reste de la division euclidienne de 6^4 par 5 est 1.
c. On a vu que $6^{10}\equiv 1[11]$,
donc $\left(6^{10}\right)^4 \equiv 1^4[11]\equiv 1[11]$.
De même $6^4\equiv 1[5]$, donc $\left(6^4\right)^{10} = 6^{40}\equiv 1^{10}[5]\equiv 1\ [5]$.
d. D'après les questions précédentes $6^{40}-1$ est un multiple de 11 et de 5, donc de $11\times 5 = 55$ (car 5 et 11 sont premiers entre eux).

2. **a.** 65 et 40 sont multiples de 5, donc $65x-40y$ l'est aussi, alors que 1 ne l'est pas. L'équation $65x-40y = 1$ n'a donc pas de solution dans $\mathbb{Z}$.
b. 17 et 40 sont premiers entre eux. Il existe donc au moins un couple $(u\,;\,v)$ tel que $17u-40v = 1$.
c. On a $40 = 17\times 2+6$
$17 = 6\times 2+5$ et $6 = 5\times 1+1$.
D'où $1 = 6-5$
$1 = 6-(17-2\times 6) = -17+3\times 6$
$1 = -17+3(40-2\times 17) = 3\times 40-7\times 17.$
La dernière égalité peut s'écrire
$17\times(-7)-3\times(-40) = 1$, ce qui montre que le couple $(-7\,;\,-3)$ est solution de l'équation (E').
d. Les solutions de (E') sont donc tous les couples $(-7+40k\,;\,-3+17k)$ avec $k\in\mathbb{Z}$.
Soit un couple $(x\,;\,y)$ solution de (E').
Si $x\in\mathbb{N}$ et $x<40$, alors $0<-7+40k<40$
$\iff 7<40k<47 \implies 0<k<2.$
Il y a une seule solution $k=1$ qui donne $x_0 = 33$.
En effet $17\times 33 = 561 = 40\times 14+1$.

3. $a^{17}\equiv b[55] \implies \left(a^{17}\right)^{33}\equiv b^{33}[55]$
$\implies a^{17\times 33}\equiv b^{33}[55].$
D'après la question précédente :
$17\times 33-1 = 40\times 14$, donc
$a^{17\times 33} = a^{40\times 14+1}[55] \iff a^{40\times 14}\times a\equiv b^{33}[55].$
Or $a^{40}\equiv 1[55] \implies a^{40\times 14}\equiv 1[55]$ donc $a\equiv b^{33}[55]$.

Exercice 646

1. On a $d(M,\,P) = \dfrac{\left|z+\frac{1}{4}\right|}{\sqrt{1^2}} = \left|z+\frac{1}{4}\right|.$
Or $d(M,\,P) = MF \iff d^2(M,\,P) = MF^2$
$\iff \left(z+\frac{1}{4}\right)^2 = x^2+y^2+\left(z-\frac{1}{4}\right)^2$
$\iff x^2+y^2 = z.$
Ainsi $M(x\,;\,y\,;\,z)\in(S) \iff x^2+y^2 = z.$

2. **a.** Il faut résoudre le système :

$$\begin{cases} x^2+y^2 &= z\\ z &= 2\end{cases} \iff \begin{cases} x^2+y^2 &= 2\\ z &= 2\end{cases}$$

On reconnaît l'équation d'un cercle centré en $(0;\,0;\,2)$, de rayon $\sqrt{2}$ situé dans le plan horizontal d'équation $z = 2$.
b. On résout de même le système :

$$\begin{cases} x^2+y^2 &= z\\ x &= 0\end{cases} \iff \begin{cases} y^2 &= z\\ x &= 0\end{cases}$$

On reconnaît l'équation d'une parabole passant par l'origine située dans le plan vertical dont une équation est $x = 0$.

3. Dans cette question, x et y désignent des nombres entiers naturels.

a. On a :

x [7]	0	1	2	3	4	5	6
x^2 [7]	0	1	4	2	2	4	1

Les restes dans la division euclidienne de x^2 par 7 peuvent être : 0, 1, 2 ou 4.

b. D'après la question **1** : $x^2 \equiv \alpha[7]$ et $y^2 \equiv \beta[7]$ avec α et β appartenant à l'ensemble $\{0 ; 1 ; 2 ; 4\}$.

Il en résulte que $x^2 + y^2 \equiv \alpha + \beta[7]$, les valeurs possibles pour $\alpha + \beta$ étant 0, 1, 2, 3, 4, 5, 6 et 8.

Ainsi 7 divise $x^2 + y^2$ si et seulement si $\alpha + \beta = 0$, ce qui n'est possible que si $\alpha = 0$ et $\beta = 0$, c'est-à-dire si 7 divise x et y.

4. Comme dans les questions précédentes, il s'agit de trouver dans le plan horizontal $z = 98$ des points dont les coordonnées vérifient $x^2 + y^2 = 98$.

Comme $98 = 70 + 28 = 7 \times 10 + 7 \times 4 = 7 \times 14$. $x^2 + y^2$ est donc divisible par 7 et d'après la question précédente ceci n'est possible que si x et y sont divisibles par 7.

D'autre part l'équation $x^2 + y^2 = 98$ entraîne $0 \leqslant x \leqslant 9$ et $0 \leqslant y \leqslant 9$.

Le seul multiple de 7 dans cet intervalle est 7.

Il y a donc un seul point solution : $M_1\ (7 ; 7 ; 98)$.

EXERCICE 647

1. **a.** On a $3 \times (-3)^3 - 11 \times (-3) + 48 = -81 + 33 + 48 = 0$.

On peut donc factoriser $3n^3 - 11n + 48$ par $n+3$ et par identification on trouve

$3n^3 - 11n + 48 = (n+3)\left(3n^2 - 9n + 16\right)$.

b. En utilisant la forme canonique, on obtient :

$$3n^2 - 9n + 16 = 3\left(n^2 - 3n + \frac{16}{3}\right) = 3\left[\left(n - \frac{3}{2}\right)^2 + \frac{37}{12}\right] \geqslant \frac{37}{4}.$$

Le trinôme est une somme de deux carrés, comme c'est un entier naturel non nul.

2. Soit d un diviseur commun à a et b alors il existe k et k' entiers tels que $a = kd$ et $b = k'd$.

On a donc $bc = ck'd$, puis

$bc - a = ck'd - kd = d(ck' - k) = ck''$ avec $k'' = ck' - k$ entier.

Donc d est un diviseur commun à $bc - a$ et à b.

Ceci est vrai en particulier pour le plus petit diviseur commun à a et b.

Réciproquement : soit d un diviseur commun à $bc - a$ et à b. Il existe donc deux entiers k et l tels que $bc - a = kd$ et $b = ld$, soit

$a = bc - kd = ldc - kd = d(lc - k)$ donc d divise a.

D'où $PGCD(bc - a\ ;\ b) = PGCD(a\ ;\ b)$.

3. On utilise le résultat précédent avec $a = 3n^3 - 11n$, $b = n + 3$ et $c = 3n^2 - 9n + 16$.

On a $bc - a = (n+3)\left(3n^2 - 9n + 16\right) - \left(2n^3 - 11n\right) = 48$.

Donc d'après la question précédente

$PGCD\left(3n^3 - 11n\ ;\ n+3\right) = PGCD(48\ ;\ n+3)$.

4. **a.** $D(48) = \{1 ; 2 ; 3 ; 4 ; 6 ; 8 ; 12 ; 16 ; 24 ; 48\}$.

b. Si $n \geqslant 2$ alors $3n^3 - 11n > 0$.

D'après la question précédente

$$PGCD\left(3n^3 - 11n\ ;\ n+3\right) = n+3 \iff PGCD(48\ ;\ n+3) = n+3 \iff n+3 \text{ divise } 48.$$

Donc $n \in \{0 ; 3 ; 5 ; 9 ; 13 ; 21 ; 45\}$.

EXERCICE 648

1. • *Initialisation :* Pour $n = 0$, $x_0 = 3 = 2^1 + 1$.

La relation est vraie au rang 0.

• *Hérédité :* Supposons la relation vraie pour $n \geqslant 0$, on a alors $x_{n+1} = 2x_n + 1 = 2^n + 2 + 1 = 2^{n+1} + 1$.

La relation est encore vraie au rang $n + 1$.

• *Conclusion :* La relation est vraie au rang 0 et si elle est héréditaire. Donc d'après le principe de récurrence, quel que soit le naturel n, $x_n = 2^{n+1} + 1$.

2. **a.** $x_8 = 2^9 + 1 = 513$ et $x_9 = 2^{10} + 1 = 1025$, x_8 et x_9 sont premiers entre eux donc $PGCD(x_8\ ;\ x_9) = 1$.

$x_{2002} = 2 \times 2^{2002} + 1$

$x_{2003} = 2 \times 2^{2003} + 1 = 2^{2003} + 2^{2003} + 1 = x_{2002} + 2^{2003}$.

Comme $2^{2003} = x_{2002} - 1 < x_{2003}$,

l'égalité montre que le reste de la division de x_{2003} par x_{2002} est 2^{2003}.

D'autre part $x_{2002} = x_{2002} - 1 + 1$ d'où $PGCD(x_{2002}\ ;\ x_{2003}) = 1$.

b. La première définition peut s'écrire :

$2x_n - x_{n+1} = 1$.

D'après la relation de Bézout ceci signifie que x_n et

x_{n+1} sont premiers entre eux.

3. **a.** • *Initialisation :* Pour $n = 0$, $2x_0 - y_0 = 6 - 1 = 5$.
La relation est vraie au rang 0.
• *Hérédité :* Supposons la relation vraie jusqu'au rang $p \geqslant 0$. Alors

$$2x_{p+1} - y_{p+1} = 2(2x_p - 1) - (2y_p + 3)$$
$$= 2(2x_p - y_p) - 2 - 3 = 2 \times 5 - 5 = 5.$$

L'hérédité est démontrée.
• *Conclusion :* La relation est vraie au rang 0 et si elle est héréditaire. Donc quel que soit le naturel n, $2x_n - y_n = 5$.

b. D'après les questions **1** et **3**,
on a $y_n = 2x_n - 5 = 2(2^{n+1} + 1) - 5 = 2^{n+2} - 3$.

c. On a successivement : $2^0 \equiv 1\ [5]$; $2^1 \equiv 2\ [5]$; $2^2 \equiv 4\ [5]$; $2^3 \equiv 3\ [5]$ et $2^4 \equiv 1\ [5]$.
On a alors
• Si $p = 4k$ avec $k \in \mathbb{N}$, $2^p = (2^4)^k \equiv 1\ [5]$;
• Si $p = 4k+1$ avec $k \in \mathbb{N}$, $2^p = 2 \times 2^{4k} \equiv 2\ [5]$
• Si $p = 4k+2$ avec $k \in \mathbb{N}$, $2^p = 2^2 \times 2^{4k} \equiv 4\ [5]$
• Si $p = 4k+3$ avec $k \in \mathbb{N}$, $2^p = 2^3 \times 2^{4k} \equiv 3\ [5]$

d. $d_n = PGCD(x_n\ ;\ y_n) = PGCD(2x_n - y_n\ ;\ x_n)$
$= PGCD(5\ ;\ x_n)$.
d_n est donc diviseur de 5. Donc $d_n \in \{1\ ;\ 5\}$.
D'après ce qui précède $d_n = 5$ si et seulement si x_n est multiple de 5.
Or 5 divise x_n si et seulement si
$x_n \equiv 0[5] \iff 2^{n+1} + 1 \equiv 0\ [5] \iff 2^{n+1} \equiv 4[5]$.
D'autre part $2^p \equiv 4[5]$ si $p = 4k+2$, soit $n = 4k+1$.
Conclusion : $d_n = 5$ si et seulement si n est congru à 1 modulo 4.
$d_n = 1$, soit x_n et y_n sont premiers entre eux si et seulement si $n \neq 4k+1$, donc si n n'est pas congru à 1 modulo 4.

EXERCICE 649

Partie A

1. **a.** $1001 = 7 \times 11 \times 13$.
b. On a $\overline{abba} = a \times 10^3 + b \times 10^2 + b \times 10 + a$
$= 1001a + 110b = 11(7 \times 13a + 10b)$.
Tout élément de (E) est donc divisible par 11.

2. **a.** $a \geqslant 2$, on a 8 choix possibles pour a, puis 10 choix.
On aura $8 \times 10 \times 1 \times 1 = 80$ choix possibles pour a et b.
(E) contient donc 80 éléments.
b. $\overline{abba}$ n'est divisible ni par 2, ni par 5, si $a \in \{3, 7, 9\}$.
On a $3 \times 10 = 30$ éléments de (E) qui ne sont divisibles ni par 2, ni par 5.

3. **a.** $n = \overline{abba}$ est divisible par 3 si et seulement si $a + b + b + a = 2(a+b)$ est divisible par 3.
Donc 3 divise $2(a+b)$, et comme 3 est premier avec 2, 3 divise $(a+b)$, d'après le théorème de Gauss.
Réciproquement, si 3 divise $(a+b)$, 3 divise $2(a+b) = a+b+b+a$ et donc 3 divise n.
Donc « n est divisible par 3 » équivaut à « $a+b$ est divisible par 3 ».
b. n est divisible par 7 si et seulement si $11(7 \times 13a + 10b) = 7q$ avec $q \in \mathbb{N}$.
Comme 7 est premier avec 11 d'après le théorème de Gauss, 7 divise $7 \times 13a + 10b$.
Donc $7 \times 13a + 10b = 7q'$, donc $10b = 7(q' - 13a)$.
7 divise $10b$ et est premier avec 10 : donc 7 divise b.
Réciproquement, si 7 divise b alors $b = 7k$ et
$n = 11(7 \times 13a + 10 \times 7k) = 11 \times 7(13a + 10k)$ est divisible par 7.
Donc « n est divisible par 7 » équivaut à « b est divisible par 7 ».

4. n ne doit être divisible ni par 2, ni par 3, ni par 5, ni par 7.
Donc $a \in \{3\ ;\ 7\ ;\ 9\}$, $a+b$ non multiple de 3 et $b \neq 7$.
On obtient :

$3113 = 11 \times 283$	$7667 = 11 \times 17 \times 41$
$3223 = 11 \times 293$	$7997 = 11 \times 727$
$3443 = 11 \times 313$	$9119 = 11 \times 829$
$3553 = 11 \times 17 \times 19$	$9229 = 11 \times 839$
$3883 = 11 \times 353$	$9449 = 11 \times 859$
$7117 = 11 \times 647$	$9559 = 11^2 \times 79$
$7337 = 11 \times 23 \times 29$	$9889 = 11 \times 29 \times 31$
$7447 = 11 \times 677$	

Partie B

1. On a $4 \times 6 - 11 \times 2 = 2$.
Le couple $(6, 2)$ est solution de (e).
L'ensemble des solutions de (e) est
$\mathscr{S}_{(e)} = \left\{(6 + 11k, 2 + 4k)\ ;\ k \in \mathbb{Z}\right\}$.

2. On a $n = 2000 + 4p = 2002 + 11q$, donc $4p - 11q = 2$.
D'où $p = 6 + 11k$; $k \in \mathbb{Z}$, et

$2000 + 4(6 + 11k) = 2024 + 44k = n ; k \in \mathbb{Z}$

3. 2112, 2332, 2552, 2772, 2992 et 4004.

EXERCICE 650

Partie A

1. $x \equiv 2[3]$ et $y \equiv 1[3]$

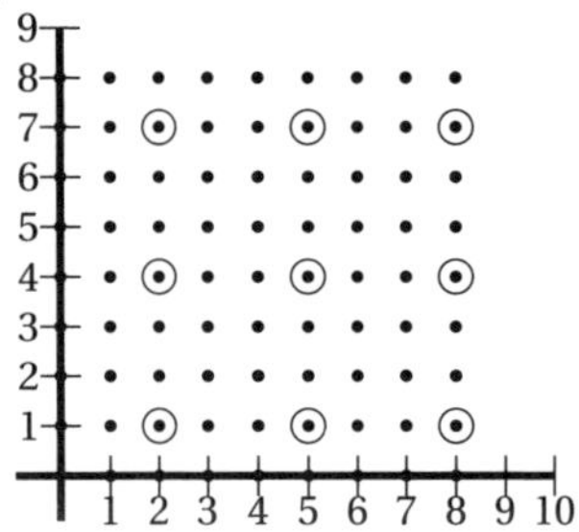

2. $x + y \equiv 1[3]$

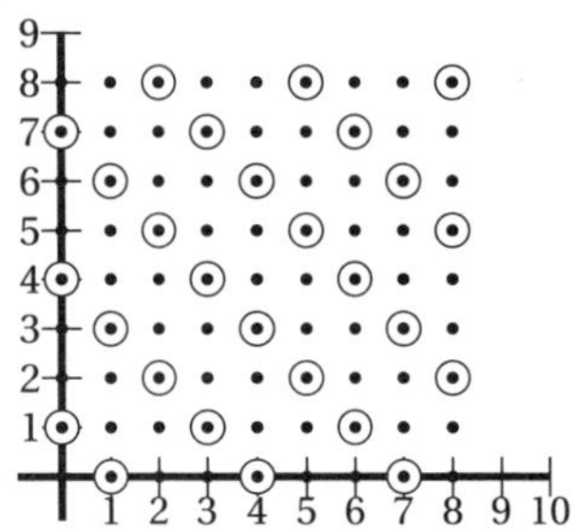

3. $x \equiv y[3]$

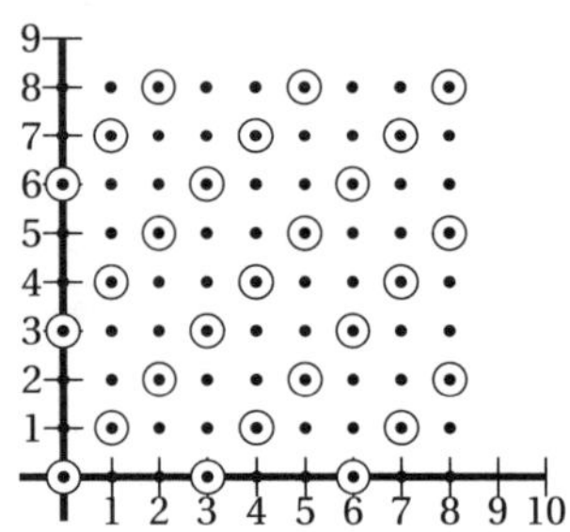

Partie B

1. Le couple $(-1 ; -2)$ est un couple solution.

2. Les couples solutions sont de la forme $(4k-1 ; 7k-2)$, $k \in \mathbb{Z}$.

3. $(x ; y) \in R_{4,7} \iff \begin{cases} 0 \leqslant 4k-1 \leqslant 4 \\ 0 \leqslant 7k-2 \leqslant 7 \end{cases}$

$\iff \begin{cases} 1 \leqslant 4k \leqslant 5 \\ 2 \leqslant 7k \leqslant 9 \end{cases} \iff k = 1$

Il y a donc une seule solution : le couple $(3 ; 5)$.

Partie C

1. $M(x ; y) \in [OA] \iff \overrightarrow{OM} = k\overrightarrow{OA}$, avec $k \in [0 ; 1]$

$\iff \begin{cases} x = ka \\ y = kb \end{cases}$ avec $0 \leqslant k \leqslant 1$

$\iff 0 \leqslant x \leqslant a ; 0 \leqslant y \leqslant b,\ k = \dfrac{x}{a} = \dfrac{y}{b}$

$\iff 0 \leqslant x \leqslant a ; 0 \leqslant y \leqslant b ; ay = bx.$

2. D'après la question précédente a divise bx mais a est premier avec b, a divise donc x et de même b divise y.

Or $0 \leqslant x \leqslant a$ ce qui implique que $x = 0$ ou $x = a$ et de même $y = 0$ ou $y = b$.

Les points solutions sont donc $O(0;0)$ et $A(a ; b)$.

3. Soit $d = PGCD(a ; b)$, on a $a = da'$ et $b = db'$ avec $0 < a' < a$ et $0 < b' < b$.

L'égalité $d = \dfrac{a}{a'} = \dfrac{b}{b'}$ entraîne $a'b = ab'$.

Le point de coordonnées $(a' ; b')$ appartient donc au segment $[OA]$.

Il existe donc au moins un autre point du réseau sur le segment $[OA]$.

EXERCICE 651

1. **a.** $N_1 = \overline{\beta 1 \alpha}^{12} = 11 \times 12^2 + 1 \times 12^1 + 10 = 1\,606.$

b. $N_2 = 1\,131 = 7 \times 144 + 123 = 7 \times 12^2 + 10 \times 12 + 3$
$= \overline{7\alpha 3}^{12}.$

2. **a.** On a pour $1 \leqslant i \leqslant n, a_i \times 12^i \equiv 0[3]$,

donc $a_i \times 12^i \equiv 0[3]$. Donc $N \equiv a_0[3]$.

On en déduit que si a_0 est un multiple de 3, N l'est aussi ou encore N est multiple de 3 s'il se termine par 0, 3 ,6 ou 9.

b. Comme $N_2 = \overline{7\alpha 3}^{12}$, il est donc multiple de 3.

On vérifie : $\overline{7\alpha 3}^{12} = 1131$ et $1+1+3+1 = 6$ est multiple de 3, donc 1 131 l'est aussi.

3. **a.** On a $N = \sum_{i=0}^{n} a_i \times 12^i$ et quel que soit i tel que $a_i \times 12^i \equiv a_i \times 1^i [11] \equiv a_i [11]$.

Ainsi $N \equiv a_n + \cdots + a_1 + a_0 [11]$.

Conclusion : Un nombre écrit en base 12 est un multiple de 11 si la somme des nombres représentant ses chiffres est elle-même un multiple de 11.

b. Cas N_1 :

comme $\beta + 1 + \alpha = 11 + 1 + 10 = 22 = 2 \times 11$, N_1 est un multiple de 11.

En écriture décimale $1606 = 146 \times 11$, montre bien que N_1 est un multiple de 11.

4. Des questions **2.** et **3.** on déduit que $N = \overline{x4y}^{12}$ est un multiple de 3 et de 11 et donc de 3×11, si :
$$\begin{cases} y &= 0[3] \\ x+4+y &= 11k \end{cases}$$
Il y a quatre couples de solutions : $y = 0$ et $x = 7$; $y = 3$ et $x = 4$; $y = 6$ et $x = 1$; $y = 9$ et $x = 9$
Les solutions sont donc les nombres :
$\overline{740}^{12}$, $\overline{443}^{12}$, $\overline{146}^{12}$, $\overline{949}^{12}$.

Exercice 652

1. **a.** En utilisant l'algorithme d'Euclide, on obtient $PGCD(109 ; 226) = 1$. 109 et 226 sont premiers entre eux donc d'après le théorème de Bézout, l'équation (E) admet au moins une solution.
b. En remontant les égalités obtenus dans l'algorithme d'Euclide, on obtient : le couple $(-85 ; -41)$ est une solution particulière de l'équation (E).
En utilisant la méthode habituelle on démontre que les couples solutions de l'équation (E) sont les couples d'entiers $(141 + 226k ; 68 + 109k)$ avec $k \in \mathbb{Z}$.
Si $x = d$ avec $0 < d \leqslant 226$ il existe un entier k tel que $0 < 141 + 226k \leqslant 226 \iff -\frac{141}{226} < k \leqslant \frac{85}{226}$.
Or $-\frac{141}{226} \approx -0,6$ et $\frac{85}{226} \approx 0,4$.
Conclusion $k = 0$ et donc $d = 141$ et par conséquent $e = 68$.
2. 227 n'est pas divisible par 2, 3, 5, 7, 11, 13, 17 et $17^2 > 227$. Donc 227 est un nombre premier.
3. On a $\mathrm{A} = \{a \in \mathbb{N} : 0 \leqslant a \leqslant 226\}$.
Par définition f, $\quad a^{109} \equiv f(a)[227]$.
Par définition g, $\quad a^{141} \equiv g(a)[227]$.
a. On a bien $f(0) = 0$ et $g(0) = 0$
donc $g[f(0)] = g(0) = 0$.
b. 227 étant premier, d'après le petit théorème de Fermat, $a^{226} \equiv 1[227]$.
c. On sait déjà que $g[f(0)] = 0$.
Si $a \neq 0$,
$$g[f(a)] \equiv (f(a))^{141}\,[227] \equiv \left(a^{109}\right)^{141}\,[227]$$
$$\equiv \left(a^{109\times 141}\right) \quad [227].$$
Or $109 \times 141 = 1 + 226 \times 68$.
Donc $g[f(a)] \equiv a^{1+226\times 68}[227]$
$$\iff g[f(a)] \equiv a \times a^{226\times 68}[227]$$
$$\iff g[f(a)] \equiv a \times \left(a^{226}\right)^{68}[227] \equiv a \quad 227$$
car d'après le **b.** $a^{226} \equiv 1[227]$.
Donc finalement $g[f(a)] = a$ si $a \in \mathrm{A}$.
La même démonstration permet de montrer que $f[g(a)] = a$.

Exercice 653

1. **a.** Supposons que x et $x + y$ ont un diviseur commun celui-ci divise x et leur différence $x + y - x$ c'est-à-dire x et y. Or par hypothèse x et y sont premiers entre eux donc x et S sont premiers entre eux.
On démontre de même que y et S.
b. D'après la question précédente : x et S sont premiers entre eux, il existe donc deux entiers u et v tels que $ux + vS = 1$.
De même y et S sont premiers entre eux, il existe donc deux entiers u' et v' tels que $u'y + v'S = 1$.
En faisant le produit membre à membre on a :
$(ux + vS)(u'y + v'S) = 1$
$$\iff uu'P + \left(uv'x + uv'x + vv'S\right)S = 1,$$
ce qui montre par réciproque du théorème de Bézout que P et S sont premiers entre eux.
c. Si x et y sont pairs ils ne sont pas premiers entre eux : impossible.
Si x et y sont impairs, leur somme S est paire et leur produit P est impair.
Si x et y sont de parités différentes, S est impaire et P est pair.
Donc S et P sont de parités différentes.
2. $D(84) = \{1 ; 2 ; 3 ; 4 ; 6 ; 7 ; 12 ; 14 ; 21 ; 28 ; 42 ; 84\}$.
3. Il suffit de trouver dans la liste deux diviseurs de 84 premiers entre eux.
On ne peut pas prendre $S = 2$, $S = 3$, $S = 4$, $S = 6$ car les nombres seraient trop petits.
On ne peut pas prendre $S = 42$, $S = 28$, $S = 21$ car alors les produits sont trop grands.
Reste $S = 7$ qui peut provenir de $x = 3$ et $y = 4$ ou $x = 4$ et $y = 3$, le produit étant égal à $P = 12$. Ce sont les deux solutions.
4. En posant $a = dx$ et $b = dy$ avec x et y premiers entre eux, donc $d = PGCD(a; b)$,

on a donc : $a+b=84 \iff dx+dy=84$
$\iff d(x+y)=84$
$\iff dS=84$

d'autre part : $ab=d^2 \iff dx\times dy=d^3$
$\iff xy=d$
$\iff P=d,$

soit en reportant dans la première équation :
$PS=84$:nous retrouvons la question précédente, donc $xy=3\times 4=12=d$, d'où les deux nombres sont $a=12\times 3=36$ et $b=12\times 4=48$.
On a bien $36+48=84$ et
$36\times 48=12\times 3\times 12\times 4=12\times 12\times 12=12^3$.

Exercice 654

1. On démontre par récurrence que pour tout $n>0$, $\sum_{p=1}^{n} p^3=\left[\frac{n(n+1)}{2}\right]^2$.
2. **a.** D'après la question précédente :
$S_{2k}=\left[\frac{2k(2k+1)}{2}\right]^2=k^2(2k+1)^2$
$S_{2k+1}=\left[\frac{(2k+1)(2k+2)}{2}\right]^2=(k+1)^2(2k+1)^2$.
Les deux sommes ont donc au moins comme diviseur commun $(2k+1)^2$.
Donc
$PGCD\left(S_{2k}\ ;\ S_{2k+1}\right)=(2k+1)^2PGCD\left(k^2\ ;\ (k+1)^2\right)$.
b. Comme $(k+1)-k=1$,
$PGCD(k\ ;\ k+1)=PGCD(k\ ;\ 1)=1$.
c. D'après la question précédente
$PGCD(k\ ;\ k+1)=1$, donc en utilisant la propriété admise au début, $PGCD\left(k^2\ ;\ (k+1)^2\right)=1$.
Donc en reprenant le résultat de la question **2. a**, $PGCD\left(S_{2k}\ ;\ S_{2k+1}\right)=(2k+1)^2$.
3. **a.** Tout diviseur de $2k+1$ et $2k+3$ est un diviseur de leur différence 2. Donc les seuls diviseurs de $2k+1$ et $2k+3$ sont 1 ou 2. Or ces deux nombres sont impairs donc le seul diviseur possible est 1.
Ainsi $PGCD(2k+1;2k+3)=1$. Ces deux nombres sont premiers entre eux.
b. On a $S_{2k+1}=(k+1)^2(2k+1)^2$
et $S_{2k+2}=(k+1)^2(2k+3)^2$.
Donc $PGCD\left(S_{2k+1}\ ;\ S_{2k+2}\right)$
$=(k+1)^2PGCD\left((2k+1)^2\ ;\ (2k+3)^2\right)$.
Or $PGCD(2k+1;2k+3)=1$
$\implies PGCD\left((2k+1)^2;(2k+3)^2\right)=1$.
Donc finalement $PGCD\left(S_{2k+1}\ ;\ S_{2k+2}\right)=(k+1)^2$.
4. Si $n=2k$ alors $(k+1)^2=1 \iff k=0$: ceci est impossible puisque S_0 n'existe pas.
Si $n=2k+1$ alors $(k+1)^2=1 \iff k=0$: il existe donc un seul couple solution $(S_1\ ;\ S_2)$ ou encore le couple $(1\ ;\ 9)$.

Exercice 655

1. **a.** $\frac{14}{39}$ est solution de l'équation signifie
$78\left(\frac{14}{39}\right)^3+u\left(\frac{14}{39}\right)^2+v\left(\frac{14}{39}\right)-14=0$
$\iff 2\times 14^2+14u+39v-39^2=0$
$\iff 14u+39v=39^2-2\times 14^2$
$\iff 14u+39v=1129.$
b. En utilisant l'algorithme d'Euclide,
on obtient $x=14,\ y=-5$.
On a $-25\times 14+9\times 39=-350+351=1$.
Donc le couple $(-25\ ;\ 9)$ est aussi solution de l'équation.
c. $\mathscr{S}=\left\{(39k-28225\ ;\ 10161-14k),\ k\in\mathbb{Z}\right\}$.
d. On veut $u=39k-28225\geqslant 0 \iff k\geqslant \frac{28225}{39}$
donc le plus petit u sera obtenu pour $k=724$.
Le couple solution avec le plus petit premier terme naturel est $(11\ ;\ 25)$.
2. **a.** $78=2\times 3\times 13$ et $14=2\times 7$.
On a alors $D(78)=\{1\ ;\ 2\ ;\ 3\ ;\ 6\ ;\ 13\ ;\ 26\ ;\ 39\ ;\ 78\}$
et $D(14)=\{1\ ;\ 2\ ;\ 7\ ;\ 14\}$.
b. $\frac{P}{Q}$ solution de l'équation (1)
$$\iff 78\frac{P^3}{Q^3}+u\frac{P^2}{Q^2}+v\frac{P}{Q}-14=0$$
$$\iff P\left(78P^2+uPQ+vQ^2\right)=14Q^3.$$
Comme P divise $14Q^3$ et est premier avec Q, alors P divise 14.
On montre de même que Q divise 78.
c. On a donc $P\in\mathcal{D}_{14}$ ainsi que leurs opposés et $Q\in\mathcal{D}_{78}$ et leurs opposés.
En théorie il y a $4\times 8=32$ possibilités avec des termes positifs, mais comme P et Q doivent être premiers entre eux, si P est pair Q ne peut l'être et inversement. Il faut donc enlever $2\times 4=8$ couples. Il

faut également enlever les 4 couples avec $Q = 1$ qui donnent une solution entière.

Il reste donc 20 couples positifs et autant de négatifs, soit 40 couples possibles.

Les 20 rationnels positifs non entiers possibles sont : $\frac{1}{2}$; $\frac{1}{3}$; $\frac{1}{6}$; $\frac{1}{13}$; $\frac{1}{26}$; $\frac{1}{39}$; $\frac{1}{78}$; $\frac{2}{3}$; $\frac{2}{13}$; $\frac{2}{39}$; $\frac{7}{2}$; $\frac{7}{3}$; $\frac{7}{6}$

$\frac{7}{13}$; $\frac{7}{26}$; $\frac{7}{39}$; $\frac{7}{78}$; $\frac{14}{3}$; $\frac{14}{13}$; $\frac{14}{39}$.

EXERCICE 656

1. $1 + x + x^2 + \cdots + x^{k-1}$ est la somme des k premiers termes de la suite géométrique de premier terme 1 et de raison x. Pour $x \neq 1$, elle est donc égale à : $\dfrac{x^k - 1}{x - 1}$ (pour $x \neq 1$).

Donc $(x-1)\left(1 + x + x^2 + \cdots + x^{k-1}\right)$

$$= (x-1) \times \frac{x^k - 1}{x - 1} = x^k - 1.$$

Pour $x = 1$, l'égalité est évidente.

2. a. D'après la question **1**

$a^n - 1 = (a-1)\left(1 + a + a^2 + \cdots + a^{n-1}\right) = a^{dk} - 1$

$= \left(a^d\right)^k - 1 = \left(a^d - 1\right)(1 + a + \cdots)$, la parenthèse est un entier, car c'est une somme d'entiers.

$a^n - 1 = \left(a^d - 1\right)(1 + a + \cdots)$, ce qui signifie que $\left(a^d - 1\right)$ est un diviseur de $a^n - 1$.

b. On a donc

— 2 004 est multiple de 3, donc d'après le **a.** $2^{2\,004} - 1$ est divisible par $2^3 - 1 = 7$;

— 2 004 est multiple de 3 et de de 2, donc de 6 ; d'où $2^{2\,004} - 1$ est divisible par $2^6 - 1 = 63$:

— On vient de voir que $2^{2\,004} - 1 = 63k = 9 \times (7k)$, donc $2^{2\,004} - 1$ est divisible par 9.

3. a. $m = dm'$ et $n = dn'$. Puisque $d = PGCD(m;n)$, alors m' et n' sont premiers entre eux. D'après le théorème de Bézout il existe $(u,\ v)$ entiers tel que $m'u - n'v = 1 \iff m'ud - n'vd = d$

$\iff mu - nv = d.$

b. Avec u et v positifs, l'égalité précédente peut s'écrire $mu = nv + d$.

D'où : $\left(a^{mu} - 1\right) - \left(a^{nv} - 1\right)a^d$

$= a^{nv+d} - 1 - a^{nv+d} + a^d = a^d - 1.$

Le PGCD de $a^{mu} - 1$ et $a^{nv} - 1$ divise aussi $a^{mu} - 1$ et $\left(a^{nv} - 1\right)a^d$ (et c'est le plus grand diviseur) il divise donc leur différence qui est $a^d - 1$.

Donc $PGCD\left(\left(a^{mu} - 1\right) - \left(a^{nv} - 1\right)a^d\ ;\ a^{np} - 1\right)$

$= PGCD\left(a^d - 1\ ;\ a^{np} - 1\right).$

D'après la question précédente comme d divise n, $a^d - 1$ divise $a^{nv} - 1$.

On en déduit alors

$PGCD\left(a^{mu} - 1\ ;\ a^{nv} - 1\right) = a^d - 1.$

c. Application : $m = 63$, $n = 60$.

$63 = 3^2 \times 7$ et $60 = 2 \times 3 \times 5$, donc $PGCD(63\ ;\ 60) = 3$.

On a $m = 63 = 3 \times 21 = 3m'$, $n = 60 = 3 \times 20 = 3n'$, 21 et 20 sont premiers . On trouve $u = 1$, $v = 1$ tels que $21 \times 1 - 20 \times 1 = 1$.

Donc $mu - nv = 63 - 60 = 3 = PGCD(63\ ;\ 60)$.

En appliquant le résultat de la question précédente : $PGCD\left(2^{63} - 1\ ;\ 2^{60} - 1\right) = 2^3 - 1 = 7.$

EXERCICE 657

1. a. Les entiers 11 et 7 sont premiers entre eux, donc, d'après le théorème de Bézout, il existe un couple $(u\ ;\ v)$ d'entiers relatifs tels que $11u - 7v = 1$. Par ailleurs $11 \times 2 - 7 \times 3 = 1$, le couple (2 ; 3) répond alors à la question.

b. On a, en multipliant chaque membre de la dernière égalité par 5, $11 \times 10 - 7 \times 15 = 5$. Le couple (10 ; 15) est donc une solution particulière de (E).

c. Les solutions de (E) sont de la forme $(10 + 7k\ ;\ 15 + 11k)$ avec $k \in \mathbb{Z}$.

d. Un point de D à coordonnées entières appartient à $\mathcal{C}$ si et seulement si $\begin{cases} x \in \mathbb{Z}\ ;\ y \in \mathbb{Z} \\ 11x - 7y = 5 \\ 0 \leqslant x \leqslant 50\ ;\ 0 \leqslant y \leqslant 50 \end{cases}$

$$\iff \begin{cases} 0 \leqslant 10 + 7k \leqslant 50 \\ 0 \leqslant 15 + 11k \leqslant 50 \end{cases} \implies -1 \geqslant k \leqslant 3.$$

Il y a donc cinq points de $\mathcal{C}$ donc les coordonnées sont entières : $A(3\ ;\ 4)$ $B(10\ ;\ 15)$ $C(17\ ;\ 26)$ $D(24\ ;\ 37)$ $E(31\ ;\ 48)$.

2. a. On a $11 \equiv 1\ [5]$, $7 \equiv 2\ [5]$ et $5 \equiv 0\ [5]$, par conséquent, si le couple $(x\ ;\ y)$ est solution de (F), alors $11x^2 - 7y^2 = 5 \iff x^2 - 2y^2 \equiv 0\ [5]$, c'est-à-dire $x^2 \equiv 2y^2\ [5]$.

b. On a

Modulo 5, x est congru à	0	1	2	3	4
Modulo 5, x^2 est congru à	0	1	4	4	1

Modulo 5, y est congru à	0	1	2	3	4
Modulo 5, $2y^2$ est congru à	0	2	3	3	2

Les valeurs possibles du reste de la division euclidienne de x^2 par 5 sont donc 0, 1 et 4. De même, les valeurs possibles du reste de la division euclidienne de $2y^2$ par 5 sont 0, 2 et 3.

c. Si $(x\,;\,y)$ est solution de (F), alors $x^2 \equiv 2y^2\ [5]$ ce qui n'est possible que si $x \equiv 0\ [5]$ et $y \equiv 0\ [5]$, c'est-à-dire si x et y sont des multiples de 5.

3. Supposons que x et y sont deux entiers multiples de 5, alors il existe des entiers a et b tels que $x = 5a$ et $y = 5b$. On a alors : $11 \times 25a^2 - 7 \times 25b^2 = 5$, c'est-à-dire $25(11a^2 - 7b^2) = 5$, ce qui est impossible.

L'équation (F) ne possède donc aucune solution.

EXERCICE 658

1. p étant premier et supérieur à 3, ne peut être multiple de 3, donc $p = 3k+1$ ou $p = 3k+2$, c'est-à-dire $p \equiv 1[3]$ ou $p \equiv 2[3] \equiv -1[3]$.

On en déduit alors $p^4 \equiv 1[3]$ donc $n \equiv 0[3]$ c'est-à-dire n divisible par 3.

2. p impair est de la forme $p = 2k+1,\ k \in \mathbb{N}$ et donc $p-1 = 2k$ et $p+1 = 2(k+1)$.

Il en résulte :

$(p-1)(p+1) = p^2 - 1 = 2k \times 2(k+1) = 4k(k+1)$.

D'autre part $p^2 = 4k^2 + 4k + 1$

$$\Longrightarrow p^2 + 1 = 4k^2 + 4k + 2 = 2\left(2k^2 + 2k + 1\right).$$

Enfin $p^4 - 1 = \left(p^2 - 1\right)\left(p^2 + 1\right)$

$$= 8k(k+1)\left(2k^2 + 2k + 1\right).$$

Or quel que soit k, $k(k+1)$ est pair puisque k et $k+1$ sont deux entiers consécutifs, donc $k(k+1) = 2\alpha$ et finalement $p^4 - 1 = 16\alpha\left(2k^2 + 2k + 1\right)$.

n est donc divisible par 16.

3. p est supérieur à 5, donc ne peut être multiple de 5.

Si $p \equiv 1[5]$, $p^2 \equiv 1[5] \iff p^2 - 1 \equiv 0[5]$

$$\Longrightarrow n = \left(p^2 - 1\right)\left(p^2 + 1\right) \equiv 0[5].$$

Si $p \equiv 2[5]$, $p^2 \equiv 4[5] \iff p^2 + 1 \equiv 0[5]$

$$\Longrightarrow n = \left(p^2 - 1\right)\left(p^2 + 1\right) \equiv 0[5].$$

Si $p \equiv 3[5]$, $p^2 \equiv 4[5] \iff p^2 + 1 \equiv 0[5]$

$$\Longrightarrow n = \left(p^2 - 1\right)\left(p^2 + 1\right) \equiv 0[5].$$

Si $p \equiv 4[5]$, $p^2 \equiv 1[5] \iff p^2 - 1 \equiv 0[5]$

$$\Longrightarrow n = \left(p^2 - 1\right)\left(p^2 + 1\right) \equiv 0[5].$$

Dans tous les cas n est un multiple de 5.

4. a. Voir exercice 562.

b. On a vu que n est multiple de 3, de 16 et de 5 qui sont premiers entre eux, donc n est multiple de $3 \times 16 \times 5 = 240$.

5. On peut écrire :

$A = p_1^4 + p_2^4 + \ldots + p_{15}^4$

$= \left(p_1^4 - 1\right) + \left(p_2^4 - 1\right) + \ldots + \left(p_{15}^4 - 1\right) + 15.$

D'après la question précédente chacun des nombres $n_i = p_i^4 - 1$ est multiple de 240, donc en particulier de 15.

Donc A multiple de 15 n'est pas premier.

EXERCICE 659

1. $x^2 + y^2 = 4 \iff x^2 = 4 - y^2 = (2+y)(2-y)$.

La seule possibilité pour avoir un carré est que $2 + y = 2 - y$ donc $2y = 0$ ce qui n'est pas possible.

L'équation (E) n'a donc pas de solution.

2. a. On a $x^2 + y^2 = p^2$.

- Si x et y sont pairs leurs carrés et la somme $x^2 + y^2$ sont pairs, ce n'est pas possible puisque p est premier supérieur à 2, donc p et p^2 sont impairs ;
- Si x et y sont impairs leurs carrés sont impairs et la somme $x^2 + y^2$ est paire ce qui n'est pas possible puisque p^2 est impair.

x et y sont donc de parités différentes.

b. x et y sont non nuls donc

$x^2 + y^2 = p^2 \Longrightarrow 0 < x^2 < p^2 \Longrightarrow 0 < x < p$,

x ne peut donc pas diviser p qui est premier.

De même y n'est pas divisible par p.

c. Soit $d = PGCD(x\,;\,y)$. Il existe donc deux entiers naturels k et k' tels que $x = kd$ et $y = k'd$.

On a donc $k^2d^2 + k'^2d^2 = p^2 \iff d^2\left(k^2k'^2\right) = p^2$.

Ceci signifie que d^2 divise p^2. p étant premier les seuls diviseurs de p^2 sont 1, p et p^2 ;

- si $d^2 = p^2$, alors $d = p$, donc x et y sont des multiples de p ce qui n'est pas possible d'après la question précédente ;
- si $d^2 = p$, alors p aurait trois diviseurs 1, p et p^2, ce qui n'est pas possible puisque p est premier ;

- donc $d = 1$, ce qui signifie que x et y sont premiers entre eux.

3. **a.** On a $x^2 + y^2 = \left|u^2 - v^2\right|^2 + (2uv)^2$
$= u^4 + v^4 + 2u^2v^2$
$= \left(u^2 + v^2\right)^2 = p.$

Le couple $\left(\left|u^2 - v^2\right| ; 2uv\right)$ est donc solution de l'équation (E).

b. • Si $p = 5 = 1 + 4 = 1^2 + 2^2$, on peut prendre $u = 1$ et $v = 2$.

Le couple solution est donc
$\left(\left|1^2 - 2^2\right| ; 2 \times 1 \times 2\right) = (3 ; 4)$.

On retrouve le triplet pythagoricien $(3 ; 4 ; 5)$:
$3^2 + 4^2 = 5^2$.

- Si $p = 13 = 4 + 9 = 2^2 + 3^2$,

on peut prendre $u = 2$, $v = 3$.

Le couple solution est donc
$\left(\left|2^2 - 3^2\right| ; 2 \times 2 \times 3\right) = (5 ; 12)$.
$5^2 + 12^2 = 25 + 144 = 169 = 13^2$.

4. **a.** • $p = 3 = 1 + 2 = 2 + 1$ donc p n'est pas la somme de deux carrés.

- $p = 7 = 1 + 6 = 4 + 3$ donc p n'est pas la somme de deux carrés.

b. • $x^2 + y^2 = 9$; on a donc $x^2 < 9$ et $y^2 < 9$ ou encore $0 < x < 3$ et $0 < y < 3$.

Or x et y sont de parités différentes. Les couples solutions peuvent être $(1 ; 2)$ ou $(2 ; 1)$, mais ils ne vérifient pas $x^2 + y^2 = 9$. L'équation $x^2 + y^2 = 9$ n'a donc pas de solution dans $\mathbb{N}^\star$.

- $x^2 + y^2 = 49$ on a donc $x^2 < 49$ et $y^2 < 49$ ou encore $0 < x < 7$ et $0 < y < 7$.

Compte tenu de la parité différente de x et de y les couples solutions peuvent être :

$(1 ; 2)$, $(1 ; 4)$, $(1 ; 6)$, $(2 ; 1)$, $(2 ; 3)$, $(2 ; 5)$, $(3 ; 2)$, $(3 ; 4)$, $(3 ; 6)$, $(4 ; 1)$, $(4 ; 3)$,
$(4 ; 5)$, $(5 ; 2)$, $(5 ; 4)$, $(5 ; 6)$, $(6 ; 1)$, $(6 ; 3)$, $(6 ; 5)$.

Aucun de ces couples ne vérifie $x^2 + y2 = 49$, donc l'équation $x^2 + y^2 = 49$ n'a pas de solution dans $\mathbb{N}^\star$.

Exercice 660

1. **a.** $P(x) = ax^2 + bx + c$ avec a, b et c entiers naturels. En développant et en identifiant les coefficients des termes de mêmes degrés, nous obtenons
$P(x) = x^2 + 3x + 1$.

b. D'après la question précédente
$A = 10 \times 11 \times 12 \times 13 + 1 = (10 + 3 \times 10 + 1)^2 = N^2$,
d'où $N = \overline{131}^x$.

2. Soit $C = \overline{11}^x = x + 1$ d'où $C^2 = x^2 + 2x + 1 = \overline{121}^x$ et $C^3 = x^3 + 3x^2 + 3x + 1 = \overline{1331}^x$.

3. $B = \overline{1320} = x^3 + 3x^2 + 2x = x(x+1)(x+2)$
$= \overline{10}^x \times \overline{11}^x \times \overline{12}^x$.

Exercice 661

1. $3^6 \equiv 4\ [5]$ donc $3^{6n} \equiv 4^n\ [5]$
$2^6 \equiv 4\ [5]$ donc $2^{6n} \equiv 4^n\ [5]$
On en déduit alors que $3^{6n} - 2^{6n} \equiv 0\ [5]$.
$3^{6n} - 2^{6n}$ est donc divisible par 5 quel que soit $n \in \mathbb{N}$.
$3^6 \equiv 1\ [7]$ donc $3^{6n} \equiv 1^n\ [7] \equiv 1\ [7]$
$2^6 \equiv 1\ [7]$ donc $2^{6n} \equiv 1^n\ [7] \equiv 1\ [7]$
On en déduit alors que $3^{6n} - 2^{6n} \equiv 0\ [7]$.
$3^{6n} - 2^{6n}$ est donc divisible par 7 quel que soit $n \in \mathbb{N}$.

$3^{6n} - 2^{6n}$ est divisible par 5 et par 7, qui sont premiers entre eux, donc quel que soit $n \in \mathbb{N}$, $3^{6n} - 2^{6n}$ est divisible par 35.
L'affirmation est donc vraie.

2. $3^{2n+1} = 3 \times 9^n \equiv 3 \times 2^n\ 7$
$2^{n+2} = 4 \times 2^n \equiv 4 \times 2^n\ [7]$
Donc $3^{2n+1} + 2^{n+2} \equiv (3+4) \times 2^n\ [7] \equiv 0\ [7]$.
L'affirmation est donc vraie.

3. D'après la formule du binôme :

$$(n+1)^n = \sum_{k=0}^{n} \binom{n}{k} n^{n-k} = \sum_{k=0}^{n-1} \binom{n}{k} n^{n-k} + 1$$

D'où

$$(n+1)^n - 1 = \sum_{k=0}^{n-1} \binom{n}{k} n^{n-k} = \sum_{k=0}^{n-2} \binom{n}{k} n^{n-k} + \binom{n}{n-1} n.$$

$0 \leqslant k \leqslant n-2$ donc $n^{n-k} = n^2 \times n^{n-k-2}$
avec $n - k - 2 \geqslant 0$

n^2 divise n^{n-k} donc n^2 divise $\displaystyle\sum_{k=0}^{n-2} \binom{n}{k} n^{n-k}$.

D'autre part $\displaystyle\binom{n}{n-1} = n$ donc $\displaystyle\binom{n}{n-1} n = n^2$.

On en déduit alors que, $\forall n \in \mathbb{N}^\star$, n^2 divise $(n+1)^n - 1$.
L'affirmation est vraie.

Exercice 662

$3456 \equiv 5\ [7]$.

D'autre part $5^2 \equiv 4\ [7]$, $5^3 \equiv 6\ [7]$
$5^4 \equiv 2\ [7]$, $5^5 \equiv 3\ [7]$, $5^6 \equiv 1\ [7]$.
$789 = 6 \times 131 + 3$
On en déduit alors que $3456^{789} \equiv 5^3\ [7] \equiv 6\ [7]$.
Le reste de la division euclidienne de 3456^{789} par 7 est donc égal à 6.

EXERCICE 663

1. $5n^3 + n = n(5n^2 + 1)$.
Raisonnons par disjonction des cas :
• Divisibilité par 2.
Si n pair alors $5n^3 + n$ est pair donc divisible par 2.
Si n impair alors il existe $p \in \mathbb{N}$ tel que $n = 2p + 1$.
$5n^2+1 = 5(4p^2 + 4p + 1)+1 = 2(10p^2 + 10p + 3)$ donc $5n^3 + n$ est divisible par 2.
Donc quel que soit $n \in \mathbb{N}$, $5n^3 + n$ est divisible par 2.
• Divisibilité par 3.
Si $n = 3p$ alors n donc $5n^3 + n$ est divisible par 3.
Si $n = 3p + 1$ alors
$5n^2 + 1 = 5(9p^2 + 6p + 1) + 1 = 3(15p^2 + 10p + 2)$
Si $n = 3p + 2$ alors
$5n^2 + 1 = 5(9p^2 + 12p + 4) + 1 = 3(15p^2 + 20p + 7)$
Donc quel que soit $n \in \mathbb{N}$, $5n^3 + n$ est divisible par 3.
2 et 3 étant premiers entre eux, on en déduit que $\forall n \in \mathbb{N}$, 6 divise $5n^3 + n$.
2. $n^3 + (n+1)^3 + (n+2)^3 = 3n(n^2 + 5) + 9$.
$n^3 + (n+1)^3 + (n+2)^3$ est donc divisible par 3.
Il reste à montrer que $n(n^2 + 5)$ est divisible par 3.
Si $n = 3p$ c'est vrai.
Si $n = 3p + 1$ alors
$n^2 + 5 = 9p^2 + 6p + 6 = 3(3p^2 + 2p + 2)$.
Si $n = 3p + 2$ alors
$n^2 + 5 = 9p^2 + 12p + 9 = 3(3p^2 + 4p + 3)$.
donc pour tout $n \in \mathbb{N}$, $n(n^2 + 5)$ est divisible par 3.
Donc, $\forall n \in \mathbb{N}$, 9 divise $n^3 + (n+1)^3 + (n+2)^3$.

EXERCICE 664

1. Le chiffre des unités de N est le chiffre des unités de 4^{4444}.
D'autre part :
Si n pair alors $4^n \equiv 6\ [10]$.
Si n impair alors $4^n \equiv 4\ [10]$.
4444 étant pair, on en déduit que le chiffre des unités de N est 6.
2. Soit $n = \overline{a_k a_{k-1} \cdots a_1 a_0}^{10}$ avec $0 \leqslant a_i \leqslant 9$ pour $i \in [\![0\ ;\ k]\!]$.
Alors $n = 10^k a_k + 10^{k-1} a_{k-1} + \cdots + 10a_1 + a_0$.
D'autre part $\forall n \in \mathbb{N}$, $10^n \equiv 1\ [9]$ donc $10^i a_i \equiv a_i$.
On en déduit alors que $n \equiv a_k + a_{k-1} + \cdots + a_1 + a_0\ [9]$.
Si $n < 10^k$ alors n est constitué de strictement moins de k chiffres, tous inférieurs ou égaux à 9 donc $\varphi(n) \leqslant 9k$.
3. D'après la question précédente $4444 \equiv 16 \equiv 7\ [9]$.
$7^2 = 49 \equiv 13 \equiv 4\ [9]$
$7^3 \equiv 4 \times 7 \equiv 1\ [9]$.
donc pour tout $k \in \mathbb{N}$, $7^{3k} \equiv 1\ [9]$.
D'autre part $4444 = 3 \times 1481 + 1$
Donc $N \equiv 7^{4444} \equiv 7\ [9]$.
On en déduit par application répété du résultat de la question **2**, que :
$C \equiv B \equiv A \equiv N \equiv 7\ [9]$.
D'autre part, en utilisant le second résultat de la question 2 :
$N \leqslant 10000^{4444}$ donc $N \leqslant 10^{25000}$
$A \leqslant 9 \times 25000$ donc $A \leqslant 225000$
$B \leqslant 2 + 5 \times 9$ donc $B \leqslant 47$
$C \leqslant 4 + 9$ donc $C \leqslant 13$.
Il n'existe qu'un entier compris entre 1 et 13 et congru à 7 modulo 9.
On en déduit que $C = 7$.

EXERCICE 665

Soit $N = 111\,111\,111$ dans le système décimal.

$$N^2 = 111\,111\,111 + 1\,111\,111\,110 + 11\,111\,111\,100 + \cdots + 11\,111\,111\,100\,000\,000$$

$$\begin{aligned} N^2 = &\left(10^9 + 10^8 + 10^7 + 10^6 + 10^5 + 10^4 + 10^3 + 10^2 + 10 + 1\right) \\ &+ \left(10^{10} + 10^9 + 10^8 + 10^7 + 10^6 + 10^5 + 10^4 + 10^3 + 10^2 + 10\right) \\ &+ \left(10^{11} + 10^{10} + 10^9 + 10^8 + 10^7 + 10^6 + 10^5 + 10^4 + 10^3 + 10^2\right) \\ &+ \cdots\cdots\cdots \\ &+ \left(10^{16} + 10^{15} + 10^{14} + 10^{13} + 10^{12} + 10^{11} + 10^{10} + 10^9 + 10^8 + 10^7\right) \end{aligned}$$

$$\begin{aligned} N^2 = &10^{16} + 2 \times 10^{15} + 3 \times 10^{14} + 4 \times 10^{13} + 5 \times 10^{12} \\ &+ 6 \times 10^{11} + 7 \times 10^{10} + 8 \times 10^9 + 9 \times 10^8 + 8 \times 10^7 + 7 \times 10^6 \\ &+ 6 \times 10^5 + 5 \times 10^4 + 4 \times 10^3 + 3 \times 10^2 + 2 \times 10 + 1 \end{aligned}$$

D'où $N^2 = 12\,345\,678\,987\,654\,321$.

EXERCICE 666

$N = \overline{28x75y}^{10} = 280750 + 1000x + y$

$280750 \equiv 1\ [3]$ et $1000 \equiv 1\ [3]$

Donc $N \equiv x + y + 1\ [3]$.

$280750 \equiv 8\ [11]$ et $1000 \equiv -1\ [11]$

Donc $N \equiv -x + y + 8\ [11]$.

On a donc $y - x + 8$ multiple de 11 et $x + y + 1$ multiple de 3.

x et y sont deux entiers compris entre 0 et 9.

Donc $y - x + 8 = 0$ ou $y - x + 8 = 11$.

• Si $y - x + 8 = 0$ donc $x = y + 8$

de plus $x + y + 1 = 3k$ donc $2y + 9 = 3k$

Il n'y a qu'une solution $y = 0$ alors $x = 8$.

• Si $y - x + 8 = 11$ donc $x = y - 3$

de plus $x + y + 1 = 3k$ donc $2y = 3k + 2 \leqslant 18$

k est pair et compris entre 2 et 5.

$k = 2$ alors $y = 4$ et $x = 1$

$k = 4$ alors $y = 7$ et $x = 4$.

Il y a donc au final 3 solutions.

288750; 281754 et 284757

EXERCICE 667

1. $x = ab^2c$, $y = a^2bd$ et $z = a^2b^2e$.

$m = y \circ z = a^2b$	$s = y \star x = a^2b^2cd$
$n = x \circ z = ab^2$	$t = r \circ s = a^2b^2c^2$
$p = y \circ x = ab$	$u = x \circ q = ab^2$
$q = y \star z = a^2b^2de$	$v = x \star m = a^2b^2c$
$r = x \star z = a^2b^2ce$	$w = p \star n = ab2$

2. On a immédiatement $v = t$ et $w = u$.
3. On vient de vérifier que $(z \star x) \circ (x \star y) = x \star (y \circ z)$ et $x \circ (y \star z) = (x \circ y) \star (z \circ x)$.
   Les opérations $\circ$ et $\star$ sont distributives.

EXERCICE 668

• Si $n = 0$ alors $a^n - b^n = 0$

donc $(a^p - b^p)$ divise $(a^n - b^n)$.

• Si $n > 0$, par hypothèse p divise n donc il existe $k \in \mathbb{N}^\star$ tel que $n = kp$.

Ainsi $a^n - b^n = a^{kp} - b^{kp} = (a^p)^k - (b^p)^k$

$$= (a^p - b^p) \sum_{i=0}^{k-1} (a^p)^i (b^p)^{k-i-1}.$$

Ce qui démontre que $(a^p - b^p)$ divise $(a^n - b^n)$.

EXERCICE 669

Soient x et y entiers relatifs non nuls.

$$\frac{1}{x} + \frac{1}{3y} = \frac{1}{6} \iff \frac{6y+2x}{6xy} = \frac{xy}{6xy}$$
$$\iff xy - 2x - 6y = 0$$
$$\iff (x-6)(y-2) = 12$$

Utilisons les diviseurs de 12 dans $\mathbb{Z}$:

• Si $x - 6 = 1$ et $y - 2 = 12$ alors $x = 7$ et $y = 14$.

• Si $x - 6 = 2$ et $y - 2 = 6$ alors $x = 8$ et $y = 8$.

• Si $x - 6 = 3$ et $y - 2 = 4$ alors $x = 9$ et $y = 6$.

• Si $x - 6 = 4$ et $y - 2 = 3$ alors $x = 10$ et $y = 5$.

• Si $x - 6 = 6$ et $y - 2 = 2$ alors $x = 12$ et $y = 4$.

• Si $x - 6 = -12$ et $y - 2 = -1$ alors $x = -6$ et $y = 1$.

• Si $x - 6 = -1$ et $y - 2 = -12$ alors $x = 5$ et $y = -10$.

• Si $x - 6 = -2$ et $y - 2 = -6$ alors $x = 4$ et $y = -4$.

• Si $x - 6 = -3$ et $y - 2 = -4$ alors $x = 3$ et $y = -2$.

• Si $x - 6 = -4$ et $y - 2 = -3$ alors $x = 2$ et $y = -1$.

• Si $x - 6 = -6$ et $y - 2 = -2$ alors $x = 0$ et $y = 0$

ne convient pas car x et y sont éléments de $\mathbb{Z}^\star$.

• Si $x - 6 = -12$ et $y - 2 = -1$ alors $x = -6$ et $y = 1$.

Les couples solutions sont donc $(7,14)$, $(8;8)$, $(9;6)$, $(10;5)$, $(12;4)$, $(-6;1)$, $(5;-10)$, $(4;-4)$, $(3;-2)$, $(2;-1)$ et $(-6;1)$.

EXERCICE 670

Soit $p \in [\![2;n]\!]$, alors k divise $n!$ donc k divise $n! + k$.

Par conséquent $n! + k$ n'est pas premier.

Pour obtenir 1000 entiers consécutifs, il faut que $n - 2 + 1 = 1000$ donc $n = 1001$.

Les 1000 entiers recherchés sont donc $1001!+1$, $1001!+2$, $1001!+3$, ..., $1001!+1001$.

EXERCICE 671

Soit N le nombre recherché. N a une écriture décimale ne comportant que des 3 si et seulement si il existe $n \in \mathbb{N}$ tel que $N = \sum\limits_{k=0}^{n} 3 \times 10^k$

$$\sum_{k=0}^{n} 3 \times 10^k = 3 \sum_{k=0}^{n} 10^k = 3\frac{10^{n+1}-1}{10-1} = \frac{10^{n+1}-1}{3}.$$

$2019 = 3 \times 673$ est la décomposition en produit de facteurs premiers de 2019.

D'après le petit théorème de Fermat, $10^{672} \equiv 1\ [673]$ donc 673 divise $10^{672}-1$.
Mais 9 est premier avec 673 donc d'après le lemme de Gauss, puisque 673 divise $10^{672}-1 = 9\dfrac{10^{672}-1}{9}$,
673 divise $\dfrac{10^{672}-1}{9}$.
$\dfrac{10^{672}-1}{9}$ est donc un multiple de 673.
En multipliant par 3, $\dfrac{10^{672}-1}{3}$ est un multiple de 2019, dont tous les chiffres de l'écriture décimale sont des 3.

EXERCICE 672

1. On considère l'ensemble $\mathbb{Z}/5\mathbb{Z} = \{\dot{0},\ \dot{1},\ \dot{2},\ \dot{3},\ \dot{4}\}$.
On peut raisonner avec des tableaux.

Tableau des valeurs prises par $\dot{3}x + \dot{2}y$

$y\backslash x$	$\dot{0}$	$\dot{1}$	$\dot{2}$	$\dot{3}$	$\dot{4}$
$\dot{0}$	$\dot{0}$	$\dot{3}$	$\dot{1}$	$\dot{4}$	$\dot{2}$
$\dot{1}$	$\dot{2}$	$\dot{0}$	$\dot{3}$	$\dot{1}$	$\dot{4}$
$\dot{2}$	$\dot{4}$	$\dot{2}$	$\dot{0}$	$\dot{3}$	$\dot{1}$
$\dot{3}$	$\dot{1}$	$\dot{4}$	$\dot{2}$	$\dot{0}$	$\dot{3}$
$\dot{4}$	$\dot{3}$	$\dot{1}$	$\dot{4}$	$\dot{2}$	$\dot{0}$

Tableau des valeurs prises par $x + \dot{2}y$

$y\backslash x$	$\dot{0}$	$\dot{1}$	$\dot{2}$	$\dot{3}$	$\dot{4}$
$\dot{0}$	$\dot{0}$	$\dot{1}$	$\dot{2}$	$\dot{3}$	$\dot{4}$
$\dot{1}$	$\dot{2}$	$\dot{3}$	$\dot{4}$	$\dot{0}$	$\dot{1}$
$\dot{2}$	$\dot{4}$	$\dot{0}$	$\dot{1}$	$\dot{2}$	$\dot{3}$
$\dot{3}$	$\dot{1}$	$\dot{2}$	$\dot{3}$	$\dot{4}$	$\dot{0}$
$\dot{4}$	$\dot{3}$	$\dot{4}$	$\dot{0}$	$\dot{1}$	$\dot{2}$

Un seul couple vérifie donc le système, le couple $(\dot{3}\ ;\ \dot{3})$. En d'autres termes x et y sont congrus à 3 modulo 5.

2. On considère l'ensemble $\mathbb{Z}/6\mathbb{Z} = \{\dot{0},\ \dot{1},\ \dot{2},\ \dot{3},\ \dot{4},\ \dot{5}\}$. On peut raisonner encore avec des tableaux.

Tableau des valeurs prises par $\dot{3}x + \dot{2}y$

$y\backslash x$	$\dot{0}$	$\dot{1}$	$\dot{2}$	$\dot{3}$	$\dot{4}$	$\dot{5}$
$\dot{0}$	$\dot{0}$	$\dot{3}$	$\dot{0}$	$\dot{3}$	$\dot{0}$	$\dot{3}$
$\dot{1}$	$\dot{2}$	$\dot{5}$	$\dot{2}$	$\dot{5}$	$\dot{2}$	$\dot{5}$
$\dot{2}$	$\dot{4}$	$\dot{1}$	$\dot{4}$	$\dot{1}$	$\dot{4}$	$\dot{1}$
$\dot{3}$	$\dot{0}$	$\dot{3}$	$\dot{0}$	$\dot{3}$	$\dot{0}$	$\dot{3}$
$\dot{4}$	$\dot{2}$	$\dot{5}$	$\dot{2}$	$\dot{5}$	$\dot{2}$	$\dot{5}$
$\dot{5}$	$\dot{4}$	$\dot{1}$	$\dot{4}$	$\dot{1}$	$\dot{4}$	$\dot{1}$

Tableau des valeurs prises par $x + \dot{2}y$

$y\backslash x$	$\dot{0}$	$\dot{1}$	$\dot{2}$	$\dot{3}$	$\dot{4}$	$\dot{5}$
$\dot{0}$	$\dot{0}$	$\dot{1}$	$\dot{2}$	$\dot{3}$	$\dot{4}$	$\dot{5}$
$\dot{1}$	$\dot{2}$	$\dot{3}$	$\dot{4}$	$\dot{5}$	$\dot{0}$	$\dot{1}$
$\dot{2}$	$\dot{4}$	$\dot{5}$	$\dot{0}$	$\dot{1}$	$\dot{2}$	$\dot{3}$
$\dot{3}$	$\dot{0}$	$\dot{1}$	$\dot{2}$	$\dot{3}$	$\dot{4}$	$\dot{5}$
$\dot{4}$	$\dot{2}$	$\dot{3}$	$\dot{4}$	$\dot{5}$	$\dot{0}$	$\dot{1}$
$\dot{5}$	$\dot{4}$	$\dot{5}$	$\dot{0}$	$\dot{1}$	$\dot{2}$	$\dot{3}$

Deux couples vérifient le système : $(\dot{4}\ ;\ \dot{0})$ et $(\dot{4}\ ;\ \dot{3})$.

EXERCICE 673

1.

n	1	2	3	4	5	6	7	8	9	10	11
$\varphi(n)$	1	1	2	2	4	2	6	4	6	4	10

2. • Supposons que n est premier, alors $k\forall \in [\![1; n-1]\!]$, on a $n \wedge k = 1$.
Mais $0 \wedge n = p \neq 1$ donc $\varphi(n) = n-1$.
• Réciproquement, supposons que $\varphi(n) = n-1$ avec $n \in \mathbb{N}^\star$.
On peut remarque que $n > 1$ car $\varphi(1) = 1$.
On a alors pour tout $k \in [\![1; n-1]\!]$, $n \wedge k = 1$ donc n n'a pas de diviseur positif autre que 1 et lui-même. n est donc premier.
Ainsi n premier $\iff \varphi(n) = n-1$.

3. **a.** • Supposons que k et n^α ne sont pas premiers entre eux, il existe alors un entier $p \geqslant 2$ tel que p divise k et p divise n^α.
Les seuls diviseurs positifs de n^α sont les n^i où $i \in [\![0; \alpha]\!]$, ainsi $p = n^\beta$ avec $1 \leqslant \beta \leqslant \alpha$.
Et donc n divise p.
Par transitivité de la relation de divisibilité, on a donc n divise k.
• Réciproquement, supposons que n divise k alors il est clair que k et n^α ne sont pas premiers entre eux, puisque tous deux sont divisibles par n.
Ainsi $k \wedge n^\alpha \neq 1 \iff p|k$.
b. Les multiples de n compris entre 0 et $n^\alpha - 1$ sont les cn où c est un entier compris entre 0 et $n^{\alpha-1} - 1$.
Il est clair que ces entiers sont au maximum $n^\alpha - 1$ puisque :
$\left(n^{\alpha-1} - 1\right) n = n^\alpha - n \leqslant n^\alpha - 1$.
Ce sont les seuls car $n^{\alpha-1} n > n^\alpha - 1$.

On en déduit alors qu'il y a $n^{\alpha-1}$ multiples de n entre 0 et $n^{\alpha}-1$.

c. Parmi les n^{α} entiers $k \in [\![0;n^{\alpha}-1]\!]$, ceux qui ne sont pas premiers avec n^{α} sont les multiples de n (d'après la question **3.a**), il y en a $n^{\alpha-1}$ (d'après la question **3.b**.

Les entiers $k \in [\![0;n^{\alpha}-1]\!]$ premiers avec n^{α} sont donc $n^{\alpha}-n^{\alpha-1}$.

On en déduit alors que

$\varphi(n) = n^{\alpha}-n^{\alpha-1} = n^{\alpha-1}(n-1)$.

d. $4096 = 2^{12}$, d'après la question précédente $\varphi(4096) = 2^{11}(2-1) = 2048$.

4. Par une récurrence immédiate sur le nombre de diviseurs premiers de n, on trouve :

$$\varphi(n) = \varphi\left(\prod_{i=1}^{r} p_i^{r}\right) = \prod_{i=1}^{r}(p_i-1)\,p^{\alpha_i-1}$$
$$= n\prod_{i=1}^{r}\left(\frac{p_i-1}{p_i}\right) = n\prod_{i=1}^{r}\left(1-\frac{1}{p_i}\right).$$

5. • $1806 = 2\times3\times7\times43$

On en déduit alors que $\varphi(1806) = 504$

• $2021 = 43\times47$

On en déduit alors que $\varphi(2021) = 1932$.

4.3 Graphes et matrices

EXERCICE 674

$$I_4 = \begin{pmatrix} 1&0&0&0\\0&1&0&0\\0&0&1&0\\0&0&0&1 \end{pmatrix} \quad I_6 = \begin{pmatrix} 1&0&0&0&0&0\\0&1&0&0&0&0\\0&0&1&0&0&0\\0&0&0&1&0&0\\0&0&0&0&1&0\\0&0&0&0&0&1 \end{pmatrix}$$

EXERCICE 675

Les matrices D, E et F sont carrées, D et E sont symétriques.

EXERCICE 676

$$M = \begin{pmatrix} 1&1&1&1&1\\2&2&2&2&2\\3&3&3&3&3\\4&4&4&4&4 \end{pmatrix}.$$

EXERCICE 677

$$M = \begin{pmatrix} 1&2\\1&2\\1&2 \end{pmatrix}.$$

EXERCICE 678

Les formats respectives de A, B, C et D sont 3×1, 1×3, 3×2 et 2×3.

EXERCICE 679

Les formats respectives de A, B, C et D sont 3×2, 1×2, 3×1 et 3×4.

EXERCICE 680

$a_{12} = 2$, $a_{31} = -2$ et $a_{21} = 4$.

EXERCICE 681

$a_{11} = 1$, $a_{13} = 3$, $a_{31} = -2$, $a_{23} = 9$ et $a_{32} = 0$.

EXERCICE 682

$a_{14} = 8$, $a_{32} = 0$, $a_{31} = 12$, $a_{23} = 9$ et $a_{13} = -2$.

EXERCICE 683

$$A = \begin{pmatrix} 1&1&1&0&1\\0&1&0&1&1\\1&1&1&1&0 \end{pmatrix}$$

EXERCICE 684

$$A = \begin{pmatrix} 0&-1&-2\\1&0&-1\\2&1&0 \end{pmatrix}$$

EXERCICE 685

1. La matrice A a cinq lignes et deux colonnes, elle est donc de dimension 5×2.

2. $A = \begin{pmatrix} 0&-3\\3&0\\8&5\\15&12\\24&21 \end{pmatrix}$.

EXERCICE 686

1. A est de format 3×4.

2. $A = \begin{pmatrix} 1&1&1&1\\1&2&2&2\\1&2&3&3 \end{pmatrix}$.

EXERCICE 687

1. $A=\begin{pmatrix}1&2&3&4\\2&2&3&4\\3&3&3&4\\4&4&4&4\end{pmatrix}$.

2. Quels que soient i et j,

$a_{ij}=max(i;j)=max(j;i)=a_{ji}$,

la matrice A est donc symétrique.

EXERCICE 688

$A+B=\begin{pmatrix}6&0\\-4&7\end{pmatrix}$ $\quad 2A=\begin{pmatrix}2&4\\6&14\end{pmatrix}$

$3B=\begin{pmatrix}15&-6\\-21&0\end{pmatrix}$ $\quad 3A-5B=\begin{pmatrix}-22&16\\44&21\end{pmatrix}$.

EXERCICE 689

$B=\begin{pmatrix}-1&4\\-2&-15\end{pmatrix}$.

EXERCICE 690

$A+B=\begin{pmatrix}0&7&1\\-3&5&9\\16&6&9\end{pmatrix}$ $\quad A-B=\begin{pmatrix}2&-3&5\\11&5&3\\-2&10&9\end{pmatrix}$

$2A-3B=\begin{pmatrix}5&-11&12\\29&10&3\\13&22&18\end{pmatrix}$.

EXERCICE 691

$A^T=\begin{pmatrix}1&4\\2&6\\3&9\end{pmatrix}$ $\quad B^T=\begin{pmatrix}-1&2&3&6\\3&7&-9&5\end{pmatrix}$

$C^T=\begin{pmatrix}1&3&5&7\end{pmatrix}$.

${}^tA$ est de dimension 3×2, ${}^tB$ de dimension 2×4 et ${}^tC$ de dimension 1×4.

EXERCICE 692

$Tr(A)=1-9=-8$

$Tr(B)=1+6-1=6$

$Tr(C)=1+6+7-1=13$.

EXERCICE 693

1. $A_2=\begin{pmatrix}1&1,5\\1,5&2\end{pmatrix}$ et $Tr(A_2)=3$.

2. $A_3=\begin{pmatrix}1&1,5&2\\1,5&2&2,5\\2&2,5&3\end{pmatrix}$ et $Tr(A_2)=6$.

3. $A_4=\begin{pmatrix}1&1,5&2&2,5\\1,5&2&2,5&3\\2&2,5&3&3,5\\2,5&3&3,5&4\end{pmatrix}$ et $Tr(A_2)=10$.

4. $Tr(A_n)=\sum_{i=1}^{n}a_{i,i}=\sum_{i=1}^{n}i=\frac{n(n+1)}{2}$.

EXERCICE 694

1. Soit $A=\begin{pmatrix}a_{1,1}&a_{1,2}&\cdots&\cdots&a_{1,n}\\a_{2,1}&a_{2,2}&\cdots&\cdots&a_{2,n}\\\vdots&\vdots&\vdots&\vdots&\vdots\\\vdots&\vdots&\cdots&\vdots&\vdots\\a_{n,1}&a_{n,2}&\cdots&\cdots&a_{n,n}\end{pmatrix}$

alors $\lambda A=\begin{pmatrix}\lambda a_{1,1}&\lambda a_{1,2}&\cdots&\cdots&\lambda a_{1,n}\\\lambda a_{2,1}&\lambda a_{2,2}&\cdots&\cdots&\lambda a_{2,n}\\\vdots&\vdots&\vdots&\vdots&\vdots\\\vdots&\vdots&\cdots&\vdots&\vdots\\\lambda a_{n,1}&\lambda a_{n,2}&\cdots&\cdots&\lambda a_{n,n}\end{pmatrix}$

$Tr(\lambda A)=\sum_{i=1}^{n}\lambda a_{i,i}=\lambda\sum_{i=1}^{n}a_{i,i}=\lambda Tr(A)$.

2. Soit $A=\begin{pmatrix}a_{1,1}&a_{1,2}&\cdots&\cdots&a_{1,n}\\a_{2,1}&a_{2,2}&\cdots&\cdots&a_{2,n}\\\vdots&\vdots&\vdots&\vdots&\vdots\\\vdots&\vdots&\cdots&\vdots&\vdots\\a_{n,1}&a_{n,2}&\cdots&\cdots&a_{n,n}\end{pmatrix}$

et $B=\begin{pmatrix}b_{1,1}&b_{1,2}&\cdots&\cdots&b_{1,n}\\b_{2,1}&b_{2,2}&\cdots&\cdots&b_{2,n}\\\vdots&\vdots&\vdots&\vdots&\vdots\\\vdots&\vdots&\cdots&\vdots&\vdots\\b_{n,1}&b_{n,2}&\cdots&\cdots&b_{n,n}\end{pmatrix}$

alors

$$A+B=\begin{pmatrix}a_{1,1}+b_{1,1}&a_{1,2}+b_{1,2}&\cdots&\cdots&a_{1,n}+b_{1,n}\\a_{2,1}+b_{2,1}&a_{2,2}+b_{2,2}&\cdots&\cdots&a_{2,n}+b_{2,n}\\\vdots&\vdots&\vdots&\vdots&\vdots\\\vdots&\vdots&\cdots&\vdots&\vdots\\a_{n,1}+b_{n,1}&a_{n,2}+b_{n,2}&\cdots&\cdots&a_{n,n}+b_{n,n}\end{pmatrix}$$

$Tr(A+B)=\sum_{i=1}^{n}\left(a_{i,i}+b_{i,i}\right)=\sum_{i=1}^{n}a_{i,i}+\sum_{i=1}^{n}b_{i,i}=Tr(A)+Tr(B).$

EXERCICE 695

1. $A=\begin{pmatrix}1&0&0&0&0\\2&2&0&0&0\\3&3&3&0&0\\4&4&4&4&0\\5&5&5&5&5\end{pmatrix}.$

2. ${}^tA=\begin{pmatrix}1&2&3&4&5\\0&2&3&4&5\\0&0&3&4&5\\0&0&0&4&5\\0&0&0&0&5\end{pmatrix}.$

3. $Tr(A)=Tr\left({}^tA\right)=1+2+3+4+5=15.$

EXERCICE 696

$A=\begin{pmatrix}\ln a&\ln a^3&\ln a^{-1}\\\ln a^4&\ln a^2&\ln a^{-2}\\\ln a&\ln a^3&\ln a^{-3}\end{pmatrix}$

$A=\begin{pmatrix}\ln a&3\ln a&-\ln a\\4\ln a&2\ln a&-2\ln a\\\ln a&3\ln a&-3\ln a\end{pmatrix}=\ln a\begin{pmatrix}1&3&-1\\4&2&-2\\1&3&-3\end{pmatrix}$

donc $B=\begin{pmatrix}1&3&-1\\4&2&-2\\1&3&-3\end{pmatrix}$

EXERCICE 697

$a=3$ et $b=-2$.

EXERCICE 698

$B=\begin{pmatrix}0&-3&-8\\2&1&-5\\-2&2&1\end{pmatrix}$

EXERCICE 699

$B=\begin{pmatrix}-1&-3&-8\\2&0&-5\\-2&2&0\end{pmatrix}=-A$

EXERCICE 700

$B=\frac{1}{2}(I_3-A)=\begin{pmatrix}-1&-\frac{9}{2}&\frac{1}{2}\\-2&-\frac{1}{2}&-\frac{5}{2}\\-4&-\frac{1}{2}&-\frac{1}{2}\end{pmatrix}.$

EXERCICE 701

Soit $A=\left(a_{i,j}\right)$, $B=\left(b_{i,j}\right)$ et $C=\left(c_{i,j}\right)$ avec $1\leqslant i\leqslant n$ et $1\leqslant j\leqslant p$.

1. $A+B=\left(a_{i,j}+b_{i,j}\right)=\left(b_{i,j}+a_{i,j}\right)=B+A.$

2. $(A+B)+C=\left(a_{i,j}+b_{i,j}\right)+\left(c_{i,j}\right)$

$=\left((a_{i,j}+b_{i,j})+c_{i,j}\right)=\left(a_{i,j}+(b_{i,j}+c_{i,j})\right)$

$=\left(a_{i,j}\right)+\left(b_{i,j}+c_{i,j}\right)=A+(B+C).$

EXERCICE 702

1. α et β vérifient : $\begin{cases}\alpha+\beta&=&2\\2\alpha+3\beta&=&3\end{cases}$

En résolvant le système, on obtient $\alpha=0$ et $\beta=1$.

2. α et β vérifient : $\begin{cases}\alpha-2\beta&=&0\\2\alpha-6\beta&=&1\end{cases}$

En résolvant le système, on obtient $\alpha=-1$ et $\beta=-\frac{1}{2}$.

EXERCICE 703

1. $\alpha=-1$ et $\beta=3$.

2. $\alpha=2$ et $\beta=-2$.

EXERCICE 704

$C=2A+3B$

EXERCICE 705

$C=3A+5B$

EXERCICE 706

1. $L_1=\begin{pmatrix}90&78\\80&82\end{pmatrix}$ et $L_2=\begin{pmatrix}120&103\\141&137\end{pmatrix}.$

2. $L_1+L_2=\begin{pmatrix}210&181\\221&219\end{pmatrix}$

Cette matrice correspond à la répartition des élèves de premières et terminales de la ville.

EXERCICE 707

AC est de format 2×2 :

$a_{11}=0\times(-5)+1\times 2+3\times 0=2$

$a_{12}=0\times 9+1\times(-4)+3\times 1=-1$

$a_{21}=5\times(-5)+0\times 2+6\times 0=-25$

$a_{22}=5\times 9+0\times(-4)=6\times 1=51.$

$AC=\begin{pmatrix}2&-1\\-25&51\end{pmatrix}\qquad AE=\begin{pmatrix}8\\43\end{pmatrix}$

$AB = \begin{pmatrix} 8 & 9 & -4 \\ 17 & 33 & 34 \end{pmatrix}$ $B^2 = \begin{pmatrix} 23 & 27 & -3 \\ 0 & 3 & 17 \\ 6 & 3 & 14 \end{pmatrix}$

$BC = \begin{pmatrix} 1 & 5 \\ -10 & 17 \\ -4 & 5 \end{pmatrix}$ $BE = \begin{pmatrix} 26 \\ 7 \\ 4 \end{pmatrix}$

$CA = \begin{pmatrix} 45 & -5 & 39 \\ -20 & 2 & -18 \\ 5 & 0 & 6 \end{pmatrix}$ $ED = \begin{pmatrix} 10 & -15 & 20 \\ -2 & 3 & -4 \\ 6 & -9 & 12 \end{pmatrix}$

$DC = \begin{pmatrix} -16 & 34 \end{pmatrix}$ $DB = \begin{pmatrix} 4 & 18 & 15 \end{pmatrix}$ $DE = \begin{pmatrix} 25 \end{pmatrix}$.

EXERCICE 708

1. $AB = \begin{pmatrix} 0 & 0 \\ 0 & 0 \end{pmatrix}$ et $BA = \begin{pmatrix} 0 & 0 \\ 0 & 0 \end{pmatrix}$.

2. AB n'est défini, $BA = \begin{pmatrix} 1 & 2 & 1 \\ -3 & -7 & -4 \end{pmatrix}$.

3. $AB = \begin{pmatrix} 5 & 5 & -2 \\ 7 & 8 & -3 \\ 4 & 6 & -2 \end{pmatrix}$ et $BA = \begin{pmatrix} 0 & -1 \\ 5 & 11 \end{pmatrix}$.

EXERCICE 709

$AB = \begin{pmatrix} 9 & 5 \\ 27 & 34 \end{pmatrix}$ $BA = \begin{pmatrix} 43 & 57 \\ -3 & 0 \end{pmatrix}$

$AC = \begin{pmatrix} 1 & -3 \\ -13 & 21 \end{pmatrix}$ $CA = \begin{pmatrix} 40 & 39 \\ -18 & -18 \end{pmatrix}$

$ABC = \begin{pmatrix} -35 & 61 \\ -67 & 107 \end{pmatrix}$.

EXERCICE 710

$AB = \begin{pmatrix} 25 \\ 64 \end{pmatrix}$ $AC = \begin{pmatrix} 1 \\ 1 \end{pmatrix}$.

EXERCICE 711

$AB = \begin{pmatrix} 25 & 1 \\ 64 & 1 \end{pmatrix}$.

EXERCICE 712

$AB = \begin{pmatrix} 6 & 6 & 6 \\ 15 & 15 & 15 \\ 24 & 24 & 24 \end{pmatrix}$ $BA = \begin{pmatrix} 12 & 15 & 18 \\ 12 & 15 & 18 \\ 12 & 15 & 18 \end{pmatrix}$

$AC = \begin{pmatrix} -8 & -2 & 15 \\ -17 & -5 & 36 \\ -26 & -8 & 57 \end{pmatrix}$ $CA = \begin{pmatrix} 16 & 17 & 18 \\ 5 & 7 & 9 \\ 21 & 21 & 21 \end{pmatrix}$

$ABC = \begin{pmatrix} -18 & -6 & 42 \\ -45 & -15 & 105 \\ -72 & -24 & 168 \end{pmatrix}$.

EXERCICE 713

${}^tA \cdot A = \begin{pmatrix} 30 \end{pmatrix}$ et $A \cdot {}^tA = \begin{pmatrix} 1 & 2 & 3 & 4 \\ 2 & 4 & 6 & 8 \\ 3 & 6 & 9 & 12 \\ 4 & 8 & 12 & 16 \end{pmatrix}$.

EXERCICE 714

1. $AB = \begin{pmatrix} 0 & 0 \\ 0 & 0 \end{pmatrix}$

2. $BA = \begin{pmatrix} -1 & -4 \\ 1 & -2 \end{pmatrix}$ on a bien $AB \neq BA$.

EXERCICE 715

$A^3 + 2A^2 - 12A = \begin{pmatrix} -8 & 0 & 0 \\ 0 & -8 & 0 \\ 0 & 0 & -8 \end{pmatrix} = -8I_3$.

EXERCICE 716

$M^2 = \begin{pmatrix} 1 & a & a \\ 0 & 1 & 0 \\ 0 & 1 & 0 \end{pmatrix}$.

EXERCICE 717

L'affirmation est fausse, voir l'exercice 714.

EXERCICE 718

Soient $A = \begin{pmatrix} 3500 & 360 \\ 2200 & 550 \end{pmatrix}$ et $P = \begin{pmatrix} 0,12 & 0,15 \\ 3,10 & 3 \end{pmatrix}$

$AP = \begin{pmatrix} 1536 & 1605 \\ 1969 & 1980 \end{pmatrix}$.

Le montant des ventes en janvier est égal à 1536 € au prix actuel et 1605 € au prix modifié.

Le montant des ventes en janvier est égal à 1969 € au prix actuel et 1980 € au prix modifié.

EXERCICE 719

1. a. $MA = \begin{pmatrix} 51 & 69 & 97 \\ 2140 & 2820 & 4050 \end{pmatrix}$.

b. $a_{1,1} = 51$, l'article a_1 pèse 51 kg

$a_{2,3} = 4050$, l'article a_3 coûte 4 050 €

2. a. $AF = \begin{pmatrix} 197 \\ 149 \\ 206 \end{pmatrix}$

b. La demande ne peut être satisfaite, en effet il manque 6 modules m_3.

3. Soit $F_2 = \begin{pmatrix} 15 \\ 25 \\ 30 \end{pmatrix}$.

a. $AF_2 = \begin{pmatrix} 420 \\ 330 \\ 440 \end{pmatrix}$

b. $MAF_2 = \begin{pmatrix} 5400 \\ 224100 \end{pmatrix}$, la commande pèse 5,4 tonnes et coûte 224 100 €

EXERCICE 720

1. $R_1 = \begin{pmatrix} \frac{1}{2} & -\frac{\sqrt{3}}{2} \\ \frac{\sqrt{3}}{2} & \frac{1}{2} \end{pmatrix}$.

2. $R_2 = \begin{pmatrix} 0 & 1 \\ -1 & 0 \end{pmatrix}$.

3. $H_1 = \begin{pmatrix} \sqrt{2} & 0 \\ 0 & \sqrt{2} \end{pmatrix}$.

4. $R_2 = \begin{pmatrix} -3 & 0 \\ 0 & -3 \end{pmatrix}$.

EXERCICE 721

1. $R = \begin{pmatrix} -1 & 0 \\ 0 & -1 \end{pmatrix}$.

2. $M' = RM = \begin{pmatrix} -x \\ -y \end{pmatrix}$.

3. $S_a = \begin{pmatrix} 1 & 0 \\ 0 & -1 \end{pmatrix}$ et $S_o = \begin{pmatrix} -1 & 0 \\ 0 & 1 \end{pmatrix}$.

4. $M_a = S_aM = \begin{pmatrix} x \\ -y \end{pmatrix}$ et $M_o = S_oM = \begin{pmatrix} -x \\ y \end{pmatrix}$.

5. $S_oS_a = \begin{pmatrix} -1 & 0 \\ 0 & 1 \end{pmatrix}\begin{pmatrix} 1 & 0 \\ 0 & -1 \end{pmatrix} = \begin{pmatrix} -1 & 0 \\ 0 & -1 \end{pmatrix}$

$S_aS_o = \begin{pmatrix} 1 & 0 \\ 0 & -1 \end{pmatrix}\begin{pmatrix} -1 & 0 \\ 0 & 1 \end{pmatrix} = \begin{pmatrix} -1 & 0 \\ 0 & -1 \end{pmatrix}$

On en déduit que $S_oS_a = S_aS_o = R$, en d'autre termes la rotation de centre O et d'angle π est la composée des symétries d'axes (Ox) et (Oy).

EXERCICE 722

1. Rotation de centre O et d'angle $\frac{\pi}{3}$.

2. Homothétie de centre O et de rapport $\frac{1}{2}$.

3. Rotation de centre O et d'angle $-\frac{\pi}{4}$.

4. Homothétie de centre O et de rapport 3.

EXERCICE 723

1. $A+B = \begin{pmatrix} 3 & 0 \\ 6 & 5 \end{pmatrix}$ d'où $(A+B)^2 = \begin{pmatrix} 9 & 0 \\ 48 & 25 \end{pmatrix}$.

2. $A^2+2AB+B^2 = \begin{pmatrix} 7 & 10 \\ 15 & 22 \end{pmatrix} + 2\begin{pmatrix} 8 & 0 \\ 18 & -2 \end{pmatrix} + \begin{pmatrix} -2 & -6 \\ 9 & -5 \end{pmatrix}$

$= \begin{pmatrix} 21 & 4 \\ 60 & 13 \end{pmatrix}$.

$A^2+AB+BA+B^2$

$= \begin{pmatrix} 7 & 10 \\ 15 & 22 \end{pmatrix} + \begin{pmatrix} 8 & 0 \\ 18 & -2 \end{pmatrix} + \begin{pmatrix} -4 & -4 \\ 6 & 10 \end{pmatrix} + \begin{pmatrix} -2 & -6 \\ 9 & -5 \end{pmatrix}$

$= \begin{pmatrix} 9 & 0 \\ 48 & 25 \end{pmatrix}$.

3. D'après les questions précédentes :
$(A+B)^2 = A^2+AB+BA+B^2$.

EXERCICE 724

1. $A^2 = \begin{pmatrix} 1 & 0 & 0 \\ 0 & 1 & 0 \\ 0 & 0 & 4 \end{pmatrix}$ $\quad A^3 = \begin{pmatrix} -1 & 0 & 0 \\ 0 & 1 & 0 \\ 0 & 0 & 8 \end{pmatrix}$

$A^4 = \begin{pmatrix} 1 & 0 & 0 \\ 0 & 1 & 0 \\ 0 & 0 & 16 \end{pmatrix}$.

2. On peut démontrer par récurrence que
$A^n = \begin{pmatrix} (-1)^n & 0 & 0 \\ 0 & 1 & 0 \\ 0 & 0 & 2^n \end{pmatrix}$.

EXERCICE 725

1. $PP' = \begin{pmatrix} 1 & 0 \\ 0 & 1 \end{pmatrix} = I_2$.

2. $P'BP = \begin{pmatrix} \frac{1}{2} & -\frac{1}{2} \\ \frac{1}{2} & \frac{1}{3} \end{pmatrix}\begin{pmatrix} \frac{4}{5} & \frac{6}{5} \\ -\frac{1}{5} & \frac{1}{5} \end{pmatrix} = \begin{pmatrix} \frac{1}{2} & \frac{1}{2} \\ \frac{1}{3} & \frac{2}{3} \end{pmatrix} = A$.

3. Démontrons par récurrence que, pour tout $n \in \mathbb{N}$, $A^n = P'B^nP$.

• *Initialisation :* $A^0 = I_2$,
or $P'B^0P = P'I_2P = P'P = I_2$,
la propriété est donc vraie pour $n = 0$.

• *Hérédité :* Supposons la propriété vraie jusqu'au rang n, $A^n = P'B^nP$, alors

$$A^{n+1} = AA^n = P'BPP'B^nP = P'BI_2B^nP = P'BB^nP = P'B^{n+1}P$$

la propriété est donc vraie au rang $n+1$.

• *Conclusion :* La propriété est vraie au rang 0, et elle est héréditaire, donc d'après le principe de récurrence, $\forall n \in \mathbb{N} : A^n = P'B^nP$.

4. Démontrons par récurrence la propriété « $\forall n \in \mathbb{N}^\star : B^n = \begin{pmatrix} 1 & 0 \\ 0 & \left(\frac{1}{6}\right)^n \end{pmatrix}$ ».

• *Initialisation :* La propriété est vraie pour $n = 1$.

• *Hérédité :* Supposons la propriété vraie jusqu'au rang $n > 0$, $B^n = \begin{pmatrix} 1 & 0 \\ 0 & \left(\frac{1}{6}\right)^n \end{pmatrix}$

alors $B^{n+1} = BB^n = \begin{pmatrix} 1 & 0 \\ 0 & \left(\frac{1}{6}\right)^{n+1} \end{pmatrix}$.

La propriété est donc héréditaire.

• *Conclusion :* La propriété est vraie au rang 1, et elle est héréditaire, d'après le principe de récurrence, $\forall n \in \mathbb{N}^\star : B^n = \begin{pmatrix} 1 & 0 \\ 0 & \left(\frac{1}{6}\right)^n \end{pmatrix}$.

5. On a, pour tout $n \in \mathbb{N}$:

$$A^n = \begin{pmatrix} \frac{1}{2} & -\frac{1}{2} \\ \frac{1}{2} & \frac{1}{3} \end{pmatrix} \begin{pmatrix} 1 & 0 \\ 0 & \left(\frac{1}{6}\right)^n \end{pmatrix} \begin{pmatrix} \frac{4}{5} & \frac{6}{5} \\ -\frac{6}{5} & \frac{6}{5} \end{pmatrix}$$

$$= \begin{pmatrix} \frac{1}{2} & -\frac{1}{2}\left(\frac{1}{6}\right)^n \\ \frac{1}{2} & \frac{1}{3}\left(\frac{1}{6}\right)^n \end{pmatrix} \begin{pmatrix} \frac{4}{5} & \frac{6}{5} \\ -\frac{6}{5} & \frac{6}{5} \end{pmatrix}$$

$$= \begin{pmatrix} \frac{2}{5} - \frac{3}{5}\left(\frac{1}{6}\right)^n & \frac{3}{5} - \frac{3}{5}\left(\frac{1}{6}\right)^n \\ \frac{2}{5} - \frac{2}{5}\left(\frac{1}{6}\right)^n & \frac{3}{5} + \frac{2}{5}\left(\frac{1}{6}\right)^n \end{pmatrix}.$$

EXERCICE 726

1. $PP' = I_3$.

2. $B^2 = \begin{pmatrix} 4 & 0 & 0 \\ 0 & 1 & 0 \\ 0 & 0 & 9 \end{pmatrix}$ et $B^3 = \begin{pmatrix} 8 & 0 & 0 \\ 0 & 1 & 0 \\ 0 & 0 & 27 \end{pmatrix}$.

3. On démontre par récurrence (voir exercice précédent question 4) que pour tout entier $n > 0$,

$$B^n = \begin{pmatrix} 2^n & 0 & 0 \\ 0 & 1 & 0 \\ 0 & 0 & 3^n \end{pmatrix}.$$

4. Par un simple calcul matriciel, on obtient l'égalité $P'BP = A$.

5. On démontre par récurrence (voir exercice précédent question 3) que pour tout entier n, $A^n = P'B^nP$.

6. On a pour tout $n > 0$,

$$A^n = \begin{pmatrix} -\frac{43}{24} & -\frac{11}{12} & -\frac{1}{8} \\ \frac{19}{12} & \frac{5}{6} & \frac{1}{4} \\ -\frac{1}{8} & \frac{1}{4} & -\frac{1}{8} \end{pmatrix} \begin{pmatrix} 2^n & 0 & 0 \\ 0 & 1 & 0 \\ 0 & 0 & 3^n \end{pmatrix} \begin{pmatrix} 1 & 2 & 3 \\ 4 & 5 & 6 \\ 7 & 8 & 1 \end{pmatrix}$$

$$= \begin{pmatrix} -\frac{43}{24}\times 2^n - \frac{7}{8}\times 3^n - \frac{11}{3} & -\frac{43}{12}\times 2^n - 3^n - \frac{55}{12} & -\frac{43}{8}\times 2^n - \frac{1}{8}\times 3^n - \frac{11}{2} \\ \frac{19}{12}\times 2^n + \frac{7}{4}\times 3^n + \frac{10}{3} & \frac{19}{6}\times 2^n + 2\times 3^n + \frac{25}{6} & \frac{19}{4}\times 2^n + \frac{1}{4}\times 3^n + 5 \\ -\frac{1}{8}\times 2^n - \frac{7}{8}\times 3^n + 1 & -\frac{1}{4}\times 2^n - 3^n + \frac{5}{4} & -\frac{3}{8}\times 2^n - \frac{1}{8}\times 3^n + \frac{3}{2} \end{pmatrix}.$$

EXERCICE 727

1. On montre par récurrence que $\forall k \in \mathbb{N}$,

$$A^k = \begin{pmatrix} 2^k & 0 & 0 \\ 0 & 2^k & 0 \\ 0 & 0 & 2^k \end{pmatrix}.$$

$$B^2 = \begin{pmatrix} 0 & 0 & 0 \\ 0 & 0 & 0 \\ 2 & 0 & 0 \end{pmatrix} \text{ et } \forall k \geqslant 3,\ B^k = 0.$$

2. $AB = BA = \begin{pmatrix} 0 & 0 & 0 \\ 4 & 0 & 0 \\ 6 & 2 & 0 \end{pmatrix}$.

3. Les matrices A et B commutent, on peut donc appliquer la formule du binôme :

$$(A+B)^k = \sum_{p=0}^{k} \binom{k}{p} A^p B^{k-p}$$

$$= A^k + kA^{k-1}B + \frac{k(k-1)}{2}A^{k-2}B^2$$

$$= 2^k \begin{pmatrix} 1 & 0 & 0 \\ k & 1 & 0 \\ \frac{k(k+5)}{4} & \frac{k}{2} & 1 \end{pmatrix}.$$

EXERCICE 728

$$A^2 = \begin{pmatrix} 0 & 0 & 2 & 3 \\ 0 & 0 & 0 & 4 \\ 0 & 0 & 0 & 0 \\ 0 & 0 & 0 & 0 \end{pmatrix} \qquad A^3 = \begin{pmatrix} 0 & 0 & 0 & 4 \\ 0 & 0 & 0 & 0 \\ 0 & 0 & 0 & 0 \\ 0 & 0 & 0 & 0 \end{pmatrix}$$

$$A^4 = \begin{pmatrix} 0 & 0 & 0 & 0 \\ 0 & 0 & 0 & 0 \\ 0 & 0 & 0 & 0 \\ 0 & 0 & 0 & 0 \end{pmatrix}.$$

La matrice A est donc nilpotente.

EXERCICE 729

1. $N=\begin{pmatrix}0&2&3\\0&0&2\\0&0&0\end{pmatrix}$, $N^3=0$.
   La matrice N est donc nilpotente.
2. Les matrices N et I_3 commutent, on peut donc appliquer la formule du binôme :
   $(I+N)^p=\sum_{k=0}^{p}\binom{p}{k}I^kN^{p-k}=I^0+pN+\frac{p(p-1)}{2}N^2$
3. $A^p=(I+N)^p=\begin{pmatrix}1&2p&p(2p+1)\\0&1&2p\\0&0&1\end{pmatrix}$.

EXERCICE 730

$$A^2=\begin{pmatrix}0&1&0&0&0\\0&0&0&0&0\\0&2&0&1&1\\0&0&0&0&0\\0&0&0&0&0\end{pmatrix}\text{ et }A^4=\begin{pmatrix}0&0&0&0&0\\0&0&0&0&0\\0&0&0&0&0\\0&0&0&0&0\\0&0&0&0&0\end{pmatrix}.$$

EXERCICE 731

1. $Tr(A)=a+d$.
2. $A\cdot{}^tA=\begin{pmatrix}a&b\\c&d\end{pmatrix}\begin{pmatrix}a&c\\b&d\end{pmatrix}=\begin{pmatrix}a^2+b^2&ac+bd\\ac+bd&c^2+d^2\end{pmatrix}$,
   $Tr\left(A\cdot{}^tA\right)=a^2+b^2+c^2+d^2$.
   ${}^tA\cdot A=\begin{pmatrix}a&c\\b&d\end{pmatrix}\begin{pmatrix}a&b\\c&d\end{pmatrix}=\begin{pmatrix}a^2+c^2&ab+cd\\ab+cd&b^2+d^2\end{pmatrix}$,
   $Tr\left({}^tA\cdot A\right)=a^2+b^2+c^2+d^2$.

EXERCICE 732

On remarque que $A-I_2=4\begin{pmatrix}1&-1\\1&-1\end{pmatrix}$. Soit $B=\begin{pmatrix}1&-1\\1&-1\end{pmatrix}$, on a $\forall p\geqslant 2,\ B^p=0$.

Les matrices B et I_2 commutent, on peut alors appliquer la formule du binôme :

$A^{100}=(I_2+4B)^{100}=I_2+100\times 4B=\begin{pmatrix}401&-400\\400&-399\end{pmatrix}$.

EXERCICE 733

1. $A^2=\begin{pmatrix}a^2&0\\2ab&a^2\end{pmatrix}$.
2. D'après la question précédente
   $A^2-2aA+a^2I_2=\begin{pmatrix}a^2-2a^2+a^2&0\\2ab-2ab&a^2-2a^2+a^2\end{pmatrix}$
   $=O$.
3. On peut démontrer par récurrence que
   $A^n=\begin{pmatrix}a^n&0\\na^{n-1}b&a^n\end{pmatrix}$.
4. Si $a=0$ et $b\neq 0$ alors $A=\begin{pmatrix}0&0\\b&0\end{pmatrix}$ et $A^2=O$.

EXERCICE 734

1. Soient les matrices $A_1=\begin{pmatrix}a_1&b_1\\c_1&d_1\end{pmatrix}$
   avec $a_1d_1-b_1c_1=1$
   $A_2=\begin{pmatrix}a_2&b_2\\c_2&d_2\end{pmatrix}$ avec $a_2d_2-b_2c_2=0$.
   $A_1A_2=\begin{pmatrix}a_1a_2+b_1c_2&a_1b_2+b_1d_2\\c_1a_2+d_1c_2&c_1b_2+d_1d_2\end{pmatrix}$
   $$\begin{aligned}det(A_1A_2)&=(a_1a_2+b_1c_2)(c_1b_2+d_1d_2)\\&\quad-(c_1a_2+d_1c_2)(a_1b_2+b_1d_2)\\&=a_2d_2(a_1d_1-b_1c_1)+b_2c_2(b_1c_1-a_1d_1)\\&=a_2d_2-b_2c_2=1\end{aligned}$$
   On obtient de même $det(A_2A_1)=1$.
   Le produit de deux matrices de E est une matrice de E.
2. $det(I_2)=1$ donc $I_2\in E$.
3. Si $M\in E$ alors $det(M)=1$ donc M est inversible et
   $M^{-1}=\begin{pmatrix}d&-b\\-c&a\end{pmatrix}$.
   $det\left(M^{-1}\right)=da-cb=1$ donc $M^{-1}\in E$.
4. On a $M=\begin{pmatrix}22&17\\c&d\end{pmatrix}$ avec $22d-17c=1$.
   En appliquant l'algorithme d'Euclide, on obtient
   $c=9$ et $d=7$ ainsi $M=\begin{pmatrix}22&17\\9&7\end{pmatrix}$.

EXERCICE 735

1. Soit M_1 et M_2 deux éléments de $\mathcal{M}'$ alors il existe α_1, α_2, β_1 et β_2 réels tels que $M_1=\alpha_1I+\beta_1J$,
   $M_2=\alpha_2I+\beta_2J$.
   $$\begin{aligned}M_1M_2&=\left(\alpha_1I+\beta_1J\right)\left(\alpha_2I+\beta_2J\right)\\&=\alpha_1\alpha_2I^2+\alpha_1\beta_2IJ+\beta_1\alpha_2JI+\beta_1\beta_2J^2.\end{aligned}$$
   d'autre part $I^2=I$, $IJ=JI=J$ et $J^2=O$, on a alors :
   $M_1M_2=\alpha_1\alpha_2I+\left(\alpha_1\beta_2+\beta_1\alpha_2\right)J$.
   de même $M_2M_1=\alpha_1\alpha_2I+\left(\alpha_1\beta_2+\beta_1\alpha_2\right)J$.
   Ainsi le produit de deux éléments de $\mathcal{M}'$ est un élément de $\mathcal{M}'$.
2. Pour tout $n\geqslant 2$, $J^n=O$.

3. Soit $A = \alpha I + \beta J$, les matrices I et J commutent, on peut donc appliquer la formule du binôme :

$$A^n = (\alpha I + \beta J)^n = \sum_{k=0}^{n} \binom{n}{k} \alpha^{n-k} \beta^k J^k$$
$$= \alpha^n I + n\alpha^{n-1}\beta J.$$

4. a. $\begin{pmatrix} x_n \\ y_n \end{pmatrix} = A \begin{pmatrix} x_{n-1} \\ y_{n-1} \end{pmatrix} = A^n \begin{pmatrix} x_0 \\ y_0 \end{pmatrix}$

$$= \begin{pmatrix} \alpha^n & n\alpha^{n-1}\beta \\ 0 & \alpha^n \end{pmatrix} \begin{pmatrix} 1 \\ 1 \end{pmatrix} = \begin{pmatrix} \alpha^n + n\alpha^{n-1}\beta \\ \alpha^n \end{pmatrix}.$$

Ainsi $x_n = \alpha^n + n\alpha^{n-1}\beta$ et $y_n = \alpha^n$.

b. $|\alpha| < 1$, donc $\lim\limits_{n \to +\infty} \alpha^n = 0$ d'où $\lim\limits_{n \to +\infty} y_n = 0$

En utilisant les croissances comparées, on montre que $\lim\limits_{n \to +\infty} n\alpha^{n-1} = 0$ d'où $\lim\limits_{n \to +\infty} x_n = 0$.

EXERCICE 736

Soient les matrices $A = \begin{pmatrix} a_1 & b_1 \\ c_1 & d_1 \end{pmatrix}$ et $B = \begin{pmatrix} a_2 & b_2 \\ c_2 & d_2 \end{pmatrix}$

$$AB = \begin{pmatrix} a_1a_2 + b_1c_2 & a_1b_2 + b_1d_2 \\ c_1a_2 + d_1c_2 & c_1b_2 + d_1d_2 \end{pmatrix}$$

d'où $^t(BA) = \begin{pmatrix} a_1a_2 + b_1c_2 & c_1a_2 + d_1c_2 \\ a_1b_2 + b_1d_2 & c_1b_2 + d_1d_2 \end{pmatrix}$

d'autre part $^tB^tA = \begin{pmatrix} a_2 & c_2 \\ b_2 & d_2 \end{pmatrix} \begin{pmatrix} a_1 & c_1 \\ b_1 & d_1 \end{pmatrix}$

$$= \begin{pmatrix} a_1a_2 + b_1c_2 & c_1a_2 + d_1c_2 \\ a_1b_2 + b_1d_2 & c_1b_2 + d_1d_2 \end{pmatrix}$$

ainsi $^t(AB) = {}^tB^tA$.

EXERCICE 737

1. $A^2 = \begin{pmatrix} 2 & -2 \\ -2 & 2 \end{pmatrix}$, $A^3 = \begin{pmatrix} 4 & -4 \\ -4 & 4 \end{pmatrix}$.

2. On peut conjecturer que, pour tout $n \geqslant 1$,
$$A^n = \begin{pmatrix} 2^{n-1} & -2^{n-1} \\ -2^{n-1} & 2^{n-1} \end{pmatrix}.$$

3. Récurrence très simple en remarquant que $2^{n-1} + 2^{n-1} = 2^n$.

EXERCICE 738

$A^2 = \begin{pmatrix} 1 & 3 \\ 0 & 4 \end{pmatrix}$ et $A^3 = \begin{pmatrix} 1 & 7 \\ 0 & 8 \end{pmatrix}$

On démontre alors par récurrence que, pour tout $n \in \mathbb{N}^\star$,
$$A^n = \begin{pmatrix} 1 & 2^n - 1 \\ 0 & 2^n \end{pmatrix}$$

EXERCICE 739

On peut choisir $A = \begin{pmatrix} 0 & 1 \\ 0 & 0 \end{pmatrix}$ et $B = \begin{pmatrix} 1 & 0 \\ 0 & 0 \end{pmatrix}$.

$AB = O$ et $BA = \begin{pmatrix} 0 & 1 \\ 0 & 1 \end{pmatrix}$.

EXERCICE 740

1. $A = 2I_3 + B$.

2. $B^2 = \begin{pmatrix} 0 & 0 & ab \\ 0 & 0 & 0 \\ 0 & 0 & 0 \end{pmatrix}$

$$\forall n \geqslant 3,\ B^3 = \begin{pmatrix} 0 & 0 & 0 \\ 0 & 0 & 0 \\ 0 & 0 & 0 \end{pmatrix}.$$

3. On remarque que $I_3B = BI_3$, on peut alors appliquer la formule binôme de Newton.

$$A^n = (2I_3 + B)^n = \sum_{k=0}^{n} \binom{n}{k} (2I_3)^{n-k} B^k$$
$$= \binom{n}{0} 2^n I_3 + \binom{n}{1} 2^{n-1} B + \binom{n}{2} 2^{n-2} B^2$$
$$= 2^n I_3 + n2^{n-1} B + n(n-1)2^{n-3} B^2$$

D'où $A^n = 2^{n-3} \begin{pmatrix} 8 & 4na & n(n-1)ab \\ 0 & 8 & 4nb \\ 0 & 0 & 8 \end{pmatrix}$.

EXERCICE 741

Soit $B = \begin{pmatrix} c & d \\ e & f \end{pmatrix}$.

On a $AB = \begin{pmatrix} ac + be & ad + bf \\ ae & af \end{pmatrix}$

et $BA = \begin{pmatrix} ac & bc + da \\ ae & be + af \end{pmatrix}$

$$AB = BA \iff \begin{cases} ac + be & = ac \\ ad + bf & = bc + da \\ af & = be + af \end{cases}$$

La résolution de ce système permet de trouver que $e = 0$ et $c = f$.

Ainsi $B = \begin{pmatrix} c & d \\ 0 & c \end{pmatrix}$ avec c et d deux réels quelconques.

EXERCICE 742

1. $R = \begin{pmatrix} \cos\theta & -\sin\theta \\ \sin\theta & \cos\theta \end{pmatrix}$ et $H = \begin{pmatrix} k & 0 \\ 0 & k \end{pmatrix}$.

2. $S = RH = \begin{pmatrix} k\cos\theta & -k\sin\theta \\ k\sin\theta & k\cos\theta \end{pmatrix}$.

EXERCICE 743

1. $R=\begin{pmatrix} \frac{\sqrt{3}}{2} & -\frac{1}{2} \\ \frac{1}{2} & \frac{\sqrt{3}}{2} \end{pmatrix}$ et $H=\begin{pmatrix} \sqrt{3} & 0 \\ 0 & \sqrt{3} \end{pmatrix}$.
2. $S=RH=\begin{pmatrix} \frac{3}{2} & -\frac{\sqrt{3}}{2} \\ \frac{\sqrt{3}}{2} & \frac{3}{2} \end{pmatrix}$.
3. $A'=SA=\begin{pmatrix} 3-\sqrt{3} \\ 3+\sqrt{3} \end{pmatrix}$, $B'=SB=\begin{pmatrix} -3-\sqrt{3} \\ -3+\sqrt{3} \end{pmatrix}$

   $C'=SC=\begin{pmatrix} -3+\sqrt{3} \\ -3-\sqrt{3} \end{pmatrix}$, $B'=SB=\begin{pmatrix} 3+\sqrt{3} \\ 3-\sqrt{3} \end{pmatrix}$

EXERCICE 744

1. $\overrightarrow{OM"}=k\overrightarrow{OM}$

   on a $M"=HM$ avec $H=\begin{pmatrix} k & 0 & 0 \\ 0 & k & 0 \\ 0 & 0 & k \end{pmatrix}$.
2. x est invariant, seuls y et z sont modifiés, en utilisant le résultat pour la rotation dans le plan (Oyz), on obtient $R=\begin{pmatrix} 1 & 0 & 0 \\ 0 & \cos\theta & -\sin\theta \\ 0 & \sin\theta & \cos\theta \end{pmatrix}$.
3. $H=\begin{pmatrix} 3 & 0 & 0 \\ 0 & 3 & 0 \\ 0 & 0 & 3 \end{pmatrix}$ et $A"\left(6\,;\,-12\,;\,3\sqrt{2}\right)$

   $R=\begin{pmatrix} 1 & 0 & 0 \\ 0 & \frac{\sqrt{2}}{2} & -\frac{\sqrt{2}}{2} \\ 0 & \frac{\sqrt{2}}{2} & \frac{\sqrt{2}}{2} \end{pmatrix}$ et $A'\left(2\,;\,-1-2\sqrt{2}\,;\,1-2\sqrt{2}\right)$

EXERCICE 745

1. $A^2=\begin{pmatrix} 1 & 3 \\ 0 & 4 \end{pmatrix}$, $A^3=\begin{pmatrix} 1 & 7 \\ 0 & 8 \end{pmatrix}$

   $A^4=\begin{pmatrix} 1 & 15 \\ 0 & 16 \end{pmatrix}$

   On peut démontrer par récurrence que

   $A^n=\begin{pmatrix} 1 & 2^n-1 \\ 0 & 2^n \end{pmatrix}$.
2. **a.** $\alpha_n=\sum_{k=0}^{n}\frac{1}{k!}$ $\qquad \beta_n=0$

   $\gamma_n=\sum_{k=0}^{n}\frac{2^k-1}{k!}=\delta_n-\alpha_n \qquad \delta_n=\sum_{k=0}^{n}\frac{2^k}{k!}$

   b. On a alors $\lim\limits_{n\to+\infty}\alpha_n=e$, $\lim\limits_{n\to+\infty}\beta_n=0$, $\lim\limits_{n\to+\infty}\delta_n=e^2$ et $\lim\limits_{n\to+\infty}\gamma_n=e^2-e$.

EXERCICE 746

1. $PQ=I_3$ donc $Q=P^{-1}$.
2. $A=P\cdot D\cdot Q \iff Q\cdot A\cdot P=Q\cdot P\cdot D\cdot Q\cdot P$

   or $PQ=QP=I_3$ d'où $D=Q\cdot A\cdot P=\begin{pmatrix} 1 & 0 & 0 \\ 0 & -2 & 0 \\ 0 & 0 & -1 \end{pmatrix}$.
3. $D^n=\begin{pmatrix} 1 & 0 & 0 \\ 0 & (-2)^n & 0 \\ 0 & 0 & (-1)^n \end{pmatrix}$.
4. Montrons par récurrence la propriété

   $\mathcal{P}_n$: « $\forall n\in\mathbb{N},\ A^n=P\cdot D^n\cdot Q$ ».

   • *Initialisation :* $A^0=I_3$ et $P\cdot D^0\cdot Q=P\cdot Q=I_3$, $\mathcal{P}_0$ est donc vraie.

   • *Hérédité :* Supposons la propriété vraie au rang n, montrons qu'alors $\mathcal{P}_{n+1}$ est vraie.

   $A^{n+1}=A\cdot A^n=P\cdot D\cdot Q\cdot P\cdot D^n\cdot Q$

   or $Q\cdot P=I_3$ donc $A^{n+1}=P\cdot D\cdot D^n\cdot Q=P\cdot D^{n+1}\cdot Q$

   La propriété est donc vraie au rang $n+1$.

   • *Conclusion :* $\mathcal{P}_0$ est vraie et $\mathcal{P}_n$ est héréditaire, la propriété est donc vraie pour tout $n\in\mathbb{N}$.
5. $A^n=\begin{pmatrix} 1 & -3 & -2 \\ 0 & -2 & -1 \\ 2 & -3 & -2 \end{pmatrix}\begin{pmatrix} 1 & 0 & 0 \\ 0 & (-2)^n & 0 \\ 0 & 0 & (-1)^n \end{pmatrix}\begin{pmatrix} -1 & 0 & 1 \\ 2 & -2 & -1 \\ -4 & 3 & 2 \end{pmatrix}$

   $=\begin{pmatrix} a & b & c \\ d & e & f \\ g & h & i \end{pmatrix}$

   avec $a=-1+3(-2)^{n+1}+8(-1)^n$

   $b=-3(-2)^{n+1}-6(-1)^n$

   $c=1+3(-2)^n-4(-1)^n$

   $d=2(-2)^{n+1}+4(-1)^n$

   $e=(-2)^{n+2}-3(-1)^n$

   $f=2(-2)^n-2(-1)^n$

   $g=-2+3(-2)^{n+1}+8(-1)^n$

   $h=-3(-2)^{n+1}-6(-1)^n$

   $i=2+3(-2)^n-4(-1)^n$.

EXERCICE 747

1. Le graphe contient 5 sommets, il est donc d'ordre 5.
2.

Sommet	A	B	C	D	E
Degré	4	4	3	2	3

3. La somme des degrés des sommets est égale à 18, G

a donc 9 arêtes.

4. G n'est pas complet (il n'y a pas d'arête entre les sommets D et E par exemple)
   G est connexe, car tous les sommets sont reliés par une chaîne.
5. Exemple de chaîne de longueur 5 : $A–B–C–E–B–D$.
6. G contient deux sommets de degré impair, il admet donc une chaîne eulérienne, mais pas un cycle eulérien.

Exercice 748

$$M = \begin{pmatrix} 0 & 1 & 1 & 1 & 1 \\ 1 & 0 & 1 & 1 & 1 \\ 1 & 1 & 0 & 1 & 1 \\ 1 & 1 & 1 & 0 & 0 \\ 1 & 1 & 1 & 0 & 0 \end{pmatrix}.$$

Exercice 749

1. G contient 7 sommets, il est donc d'ordre 7.
2.

Sommet	A	B	C	D	E	F	G
Degré	6	6	6	6	6	6	6

3. La somme des degrés des sommets est égale à 42, G a donc 21 arêtes.
4. G est complet et connexe.
5. Exemple de chaîne fermée de longueur 6 : $A-B-C-D-E-F-A$.
6. Tous les sommets de G sont de degré pair, G admet donc un cycle eulérien.
   Par exemple : $A-B-C-D-E-F-G-A$.

Exercice 750

$$M = \begin{pmatrix} 0 & 1 & 1 & 1 & 1 & 1 & 1 \\ 1 & 0 & 1 & 1 & 1 & 1 & 1 \\ 1 & 1 & 0 & 1 & 1 & 1 & 1 \\ 1 & 1 & 1 & 0 & 1 & 1 & 1 \\ 1 & 1 & 1 & 1 & 0 & 1 & 1 \\ 1 & 1 & 1 & 1 & 1 & 0 & 1 \\ 1 & 1 & 1 & 1 & 1 & 1 & 0 \end{pmatrix}.$$

Exercice 751

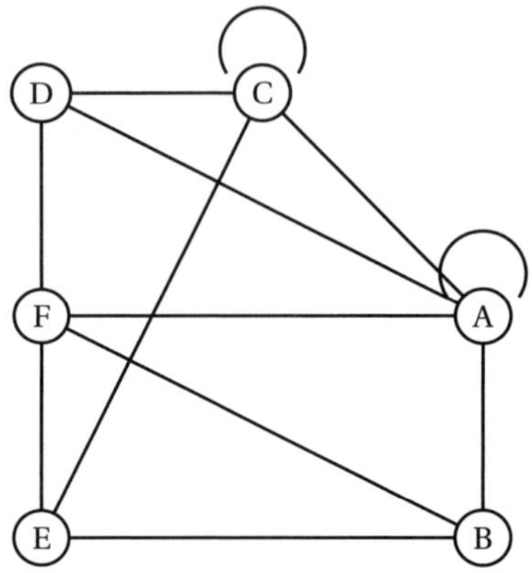

Exercice 752

$$M_1 = \begin{pmatrix} 0 & 1 & 0 \\ 0 & 0 & 1 \\ 1 & 0 & 0 \end{pmatrix}$$

$$M_2 = \begin{pmatrix} 0 & 0 & 1 & 1 \\ 1 & 0 & 1 & 0 \\ 0 & 1 & 0 & 1 \\ 0 & 0 & 1 & 0 \end{pmatrix}.$$

Exercice 753

1.

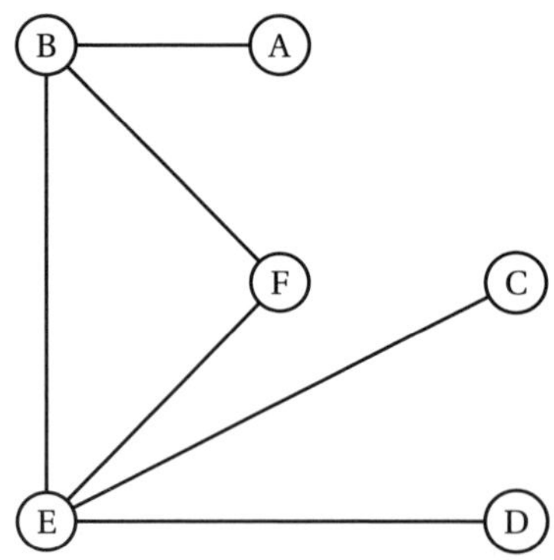

2.

Sommet	A	B	C	D	E	F
Degré	1	3	1	1	4	2

3. La somme des degrés des sommets est égale à 12, G a donc 6 arêtes.
4. On peut inviter au maximum 4 personnes : A, C, D et F.

Exercice 754

1. Les commissions étant représentées par les sommets, il y aura 7 sommets.
   Deux commissions quelconques ont exactement un conseiller commun, donc tous les sommets sont reliés aux autres sommets par une arête.
   On obtient le graphe de l'exercice 749.
2. Tous les sommets sont de degré 6, on en déduit alors que le graphe a 21 arêtes.
3. D'après les questions précédentes, il y a 21 conseillers et chaque commission comprend 6 membres.

Exercice 755

1. M. Dupont constate que les cinq autres personnes ont échangé des poignées de main en nombres tous distincts, sachant qu'il y a 6 personnes et qu'une personne ne se sert pas la main, une personne sert au maximum la main à 5 personnes. Les nombres de poignées étant tous distincts, hormis M. Dupont, il y aura 0, 1, 2, 3, 4 et 5 poignées de mains.
   Les personnes étant les sommets du graphes, les sommets, sauf celui représentant M. Dupont, seront de degrés 0, 1, 2, 3, 4 et 5.
2. **a.** Tous les sommets, excepté S_0, sont adjacents à S_4. Le conjoint de S_4 est donc S_0.
   b. S_3 est adjacent à S, S_4 et S_2. S_3 n'est pas adjacent à S_0 et S_1 mais S_0 est le conjoint de S_4, le conjoint de S_3 est donc S_1.
3.

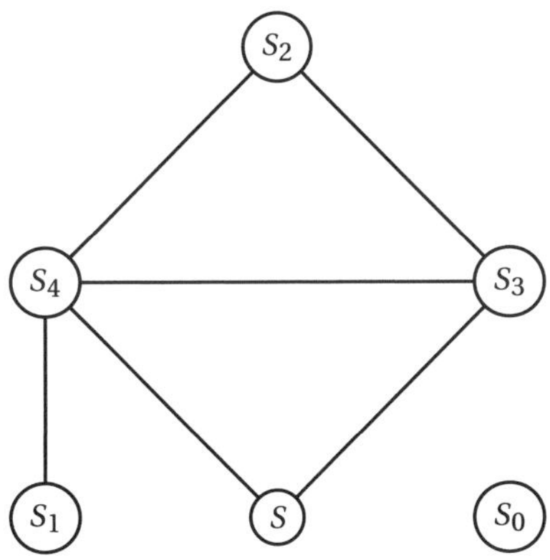

Les couples sont donc $(S_0\ ;\ S_4)$, $(S_3\ ;\ S_1)$ et $(S\ ;\ S_2)$.

Exercice 756

1. $A=\begin{pmatrix}0&1&1&0&1\\0&0&0&0&0\\0&1&0&1&0\\1&0&0&0&1\\0&0&0&0&0\end{pmatrix}$.
2. La matrice A n'est pas symétrique, en effet par exemple $a_{12}\neq a_{21}$.

Exercice 757

1. $A=\begin{pmatrix}0&1&1&0&0\\1&0&1&1&0\\1&1&0&0&1\\0&1&0&0&1\\0&0&1&1&0\end{pmatrix}$.
2. La matrice A est symétrique car le graphe n'est pas orienté. De plus, si i est ami avec j alors on a aussi j est ami avec i, si i nest pas ami avec j alors j n'est pas non plus ami avec i.

Exercice 758

1. Le graphe est composé de 7 sommets, il est donc d'ordre 7.

Sommet	A	B	C	D	E	F	G
Degré	3	3	3	2	4	3	2

2. Tableau des distances entre deux sommets de G :

Distance	A	B	C	D	E	F	G
A	×	1	2	3	2	1	1
B	×	×	1	2	2	1	2
C	×	×	×	1	1	2	2
D	×	×	×	×	1	2	2
E	×	×	×	×	×	1	1
F	×	×	×	×	×	×	2
G	×	×	×	×	×	×	×

   Ce graphe est donc de diamètre 3.
3. Sous-graphe complet d'ordre 3 de G, par exemple $A-B-F$.

4. $M = \begin{pmatrix} 0 & 1 & 0 & 0 & 0 & 1 & 1 \\ 1 & 0 & 1 & 0 & 0 & 1 & 0 \\ 0 & 1 & 0 & 1 & 1 & 0 & 1 \\ 0 & 0 & 1 & 0 & 1 & 0 & 0 \\ 0 & 0 & 1 & 1 & 0 & 1 & 1 \\ 1 & 1 & 0 & 0 & 1 & 0 & 0 \\ 1 & 0 & 0 & 0 & 1 & 0 & 0 \end{pmatrix}$.

5. $M^2 = \begin{pmatrix} 3 & 1 & 1 & 0 & 2 & 1 & 0 \\ 1 & 3 & 0 & 1 & 2 & 1 & 1 \\ 1 & 0 & 3 & 1 & 1 & 2 & 1 \\ 0 & 1 & 1 & 2 & 1 & 1 & 1 \\ 2 & 2 & 1 & 1 & 4 & 0 & 0 \\ 1 & 1 & 2 & 1 & 0 & 3 & 2 \\ 0 & 1 & 1 & 1 & 0 & 2 & 2 \end{pmatrix}$

La somme des coefficients de la première ligne, sauf le premier, est égale à 5. Il y a donc cinq chaînes de longueur 2 partant de A sans y revenir.

Exercice 759

On peut représenter le polygone convexe comme un graphe complet à n sommets.
Le graphe est complet donc chaque sommet est de degré $n-1$, donc $n-1$ arêtes partent de chaque sommet, dont 2 sont des côtés et $n-3$ des diagonales.
Le polygone a donc n côtés et $\dfrac{n(n-3)}{2}$ diagonales.
D'après l'énoncé $\dfrac{n(n-3)}{2} = 13n$ soit $n^2 - 29n = 0$.
Cette équation admet les solutions 0 et 29.
Le polygone a donc 29 côtés.

Exercice 760

1. Le mot *abab* est reconnu par cet automate. Il correspond au chemin $1 \to 2 \to 3 \to 3 \to 4$.
   Le mot *abc* n'est pas reconnu par cet automate.
   Le mot *abbcbb* est reconnu par cet automate. C'est le chemin $1 \to 2 \to 3 \to 4 \to 2 \to 3 \to 4$.
2. $M = \begin{pmatrix} 0 & 2 & 1 & 0 \\ 1 & 0 & 1 & 0 \\ 0 & 0 & 1 & 1 \\ 0 & 1 & 0 & 0 \end{pmatrix}$
3. Pour trouver le nombre de chemins de longueur 4 reliant le sommet 1 au sommet 4, il faut connaître le coefficient à l'intersection de la ligne 1 et la colonne 4 de la matrice M^4. On lit 5, il y a donc 5 chemins de longueur 4 reliant les sommets 1 et 4.
   Le chemin $1 \xrightarrow{a} 2 \xrightarrow{b} 3 \xrightarrow{a} 3 \xrightarrow{b} 4$
   donne le mot *abab*
   Le chemin $1 \xrightarrow{b} 2 \xrightarrow{b} 3 \xrightarrow{a} 3 \xrightarrow{b} 4$
   donne le mot *bbab*
   Le chemin $1 \xrightarrow{a} 2 \xrightarrow{c} 1 \xrightarrow{b} 3 \xrightarrow{b} 4$
   donne le mot *acbb*
   Le chemin $1 \xrightarrow{b} 2 \xrightarrow{c} 1 \xrightarrow{b} 3 \xrightarrow{b} 4$
   donne le mot *bcbb*
   Le chemin $1 \xrightarrow{b} 3 \xrightarrow{a} 3 \xrightarrow{a} 3 \xrightarrow{b} 4$
   donne le mot *baab*

Exercice 761

Partie A

1. Le graphe contient 6 sommets, il est donc d'ordre 6.

Sommet	A	B	C	D	E	F
Degré	4	3	4	3	3	3

2. Le graphe contient 4 sommets de degré impair, il n'admet donc aucune chaîne eulérienne, le piéton ne peut donc parcourir toutes les avenues sans emprunter plusieurs fois la même avenue.

Partie B

1. $M = \begin{pmatrix} 0 & 1 & 0 & 0 & 1 & 0 \\ 0 & 0 & 0 & 0 & 0 & 1 \\ 1 & 1 & 0 & 0 & 0 & 0 \\ 1 & 0 & 1 & 0 & 0 & 0 \\ 0 & 0 & 0 & 1 & 0 & 0 \\ 0 & 0 & 1 & 0 & 1 & 0 \end{pmatrix}$.
2. **a.** Il y a 2 trajets de longueur 2 allant de D à B : $D-A-B$, $D-C-B$.
   b. On aurait pu calculer M^2 et lire le coefficient à l'intersection de la quatrième ligne et deuxième colonne.

Exercice 762

1. Le plus court trajet est : $K-F-H-S-B$, d'une distance de 1 890 km.
2. Il faudra au minimum 4 hôtels soit la répartition : $A-R$, $G-C-E$, P et Q étant seuls.

EXERCICE 763

1.

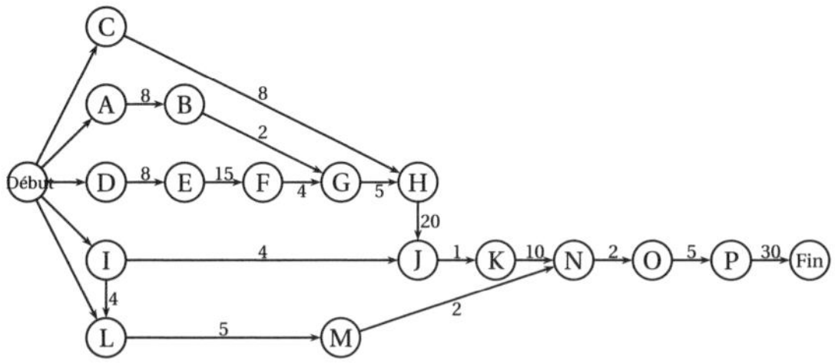

2. Calculons le temps minimum pour réaliser cette recette : on ajoute les temps des tâches pour parcourir les différents chemins puisque certaines tâches peuvent être effectuer par un autre ou simultanément.

D-E : 8+15+4+5+20+1+10+2+5+30=100

A-B 8+2+5+20+1+10+2+5+30=83

C-H 8+20+1+10+2+5+30=76

I-J 4+1+10+2+5+30=52

I-L 4+5+2+2+5+30=48

Il faudra au minimum 100 min soit 1 h 40 pour réaliser la recette.

EXERCICE 764

1. Parcours possible : $A-B-C-F-G-E-H-D-A$.
2. $A-H-C-E-G$, durée totale 18 minutes.

EXERCICE 765

1.

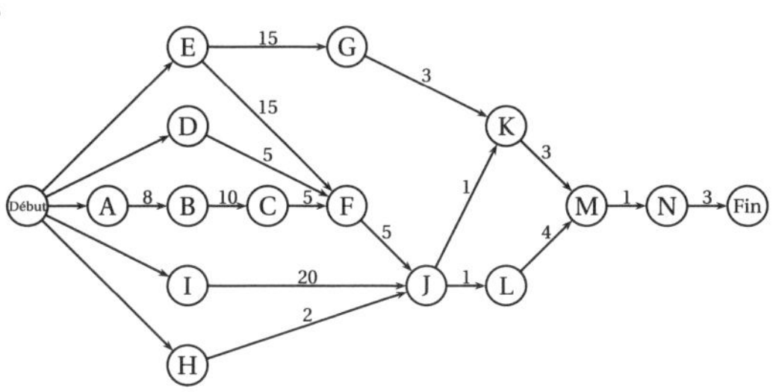

2. Le chemin le plus long soit A-B-C-F-J-M-N nécessite $8+10+5+5+1+4+1+3$ soit 37 minutes. En supposant que c'est la première commande et que rien n'est prêt, la commande sera servie au plus tôt à 20 heures 07.

EXERCICE 766

1. Hôtel → C → D → B → Hôtel → A → B→ F → D → E → F → Hôtel
2. Déterminons le plus court chemin menant de l'hôtel au site E ainsi que la distance à parcourir :

Chemin	distance
Hôtel → F → E	1 200+120=1 320
Hôtel → A → B → D → E	360+320+280+360=1 320
Hôtel → B → D → E	800+280+360=1 440
Hôtel → C → D → E	480+520+360=1 360

Le touriste a donc le choix entre deux chemins, les deux premiers de la liste précédente. Dans les deux cas, il parcourra 1 320 m mètres.

EXERCICE 767

1. Du = durée en minutes et Ant = antécédent immédiat

Tâche		Du	Ant
Monter les blancs d'œuf en neige et ajouter le sucre.	A	15	
Dans un bol à part, verser la poudre d'amande et parsemer de sucre glace.	B	5	
Mélanger les blancs en neige et la poudre d'amande et placer le tout dans une poche à douille.	C	5	B et A
Façonner les macarons et laisser reposer.	D	20	C

2. Graphe de cette recette :

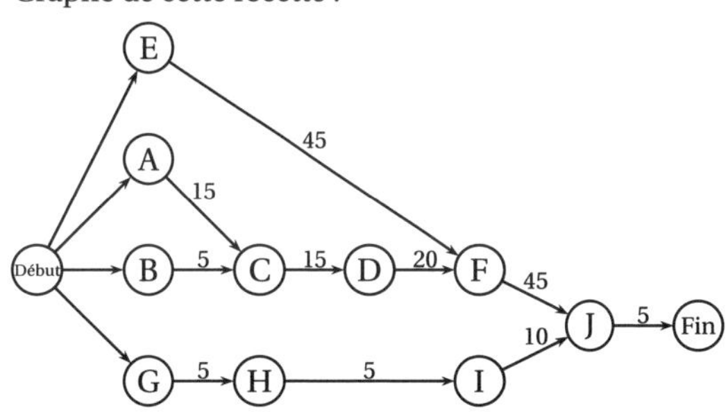

3. Déterminons le temps incompressible de cette recette, c'est-à-dire le temps minimum nécessaire pour la réaliser.

En ajoutant les différents temps pour parcourir les différents chemins puisque certaines tâches peuvent être effectuées par un autre ou simultanément

— de A à Fin : 15+15+20+45+5=100

— de B à Fin : 5+15+20+45+5=95

— de E à Fin : 45+45+5=95

— de G à Fin : 5+5+10+5=25

Toutes les tâches étant nécessaires, il faut donc 100 minutes ou 1 h 40 min pour réaliser la recette.

EXERCICE 768

1.

Sommet	A	B	C	D	E	F
Degré	4	2	4	2	2	4

La somme des degrés des sommets est égale à 18, G a donc 9 arêtes.

Il faudra donc donner au minimum 9 jetons à chaque candidat.

2. Le candidat peut parcourir $A-B-F-D-C-E$, donc le graphe est connexe.

On a un graphe connexe dont tous les sommets ont un degré pair : il existe donc un cycle eulérien.

3. a.

$$M=\begin{pmatrix}0&1&1&0&1&1\\1&0&0&0&0&1\\1&0&0&1&1&1\\0&0&1&0&0&1\\1&0&1&0&0&0\end{pmatrix}.$$

b. Dans la matrice M^2 le terme situé à l'intersection de la quatrième ligne et deă la deuxième colonne est égal à 1 : il y a donc une seule chaîne de longueur 2 reliant D à B : D-F-B.

Dans la matrice M^3 le terme situé à l'intersection de la quatrième ligne et de la deuxième colonne est égal à 3 : il y a donc trois chaînes de longueur 3 reliant D à B : D-C-A-B, D-C-F-B, D-F-A-B.

Il y a donc quatre chemins au total.

c. Les chemins précédents ont pour longueur respective : 16; 10; 14; 14.

La distance la plus courte est donc de 10 km.

EXERCICE 769

1. a. Ce graphe comporte 9 sommets. Il est donc d'ordre 9.

b. Chacune des villes est reliée par autoroute à n'importe quelle autre ville. Le graphe est donc connexe.

c. Il n'existe pas, par exemple, d'autoroute reliant directement Bordeaux à Clermont-Ferrand. Le graphe n'est donc pas complet.

2. Il y a quatre sommets d'ordre impair (B; R; C; V). D'après le théorème d'Euler, il n'est donc pas possible de trouver une chaîne passant une fois et une seule par chaque arête.

3. a. $5\times0+3\times1+0\times0+1\times0+1\times0+2\times0+6\times0+1\times1+2\times0=4$

b. Il y a quatre trajets qui permettent d'aller de Lyon à Biarritz en 4 étapes.

EXERCICE 770

1. Le graphe a 8 sommets de degré impair, il n'admet donc aucune chaîne eulérienne.

2. a. $a=0$, $b=1$, $c=1$ et $d=0$.

b. Le nombre de chemins de longueur 3 reliant A à J est le nombre à l'intersection de la première ligne et de la 10e colonne. Il y a donc 5 chemins de longueur 3 reliant A à J : $A-D-G-J$; $A-D-F-J$; $A-C-G-J$; $A-C-F-J$ et $A-B-F-J$.

EXERCICE 771

1. Le graphe, connexe, a deux sommets de degré impair, il existe donc une chaîne eulérienne commençant par A ou D et finissant par D ou A.

Comme il y a deux sommets de degré impair il n'existe pas de cycle eulérien; il est donc impossible d'emprunter une seule fois chaque voie en revenant au point de départ.

2. a. IL y a deux chaînes de longueur 3 reliant E et G. Or les termes de la matrice T à l'intersection de la cinquième ligne septième colonne et de la septième colonne est nul, donc T ne peut être égale à M^3. Donc $M^3=N$.

b. De F à E en passant par deux sommets exactement est un chemin de longueur 3 : le nombre de chemins est situé dans M^3 à l'intersection de la cinquième ligne et de la sixième colonne, soit 11 chemins différents.

3. Le chemin le plus court est A–B–D–G. Il prendra 28 minutes.

EXERCICE 772

1. Le graphe, connexe, a exactement deux sommets de degré impair, il existe donc au-moins une chaîne eulérienne, un enfant pourra parcourir chaque chemin pédestre du circuit une fois et une seule.
   Par exemple : $A - E - D - A - B - D - C - B - F - C - H - G - F$.
2. La valeur à l'intersection de la 5e ligne et de la dernière colonne est 3, il y a donc 3 parcours allant de E à H en 4 chemins pédestres : $E - A - D - C - H$, $E - D - B - C - H$ et $E - A - B - C - H$.

EXERCICE 773

1. Si chaque équipe joue 5 matchs, chaque sommet du graphe sera de degré 5. Il y a 7 équipes donc 7 sommets, la somme des degrés des sommets sera égal à 35 ce qui est impossible (la somme est toujours paire). Il n'est donc pas possible de ne faire jouer que cinq matchs à chaque équipe.
2.

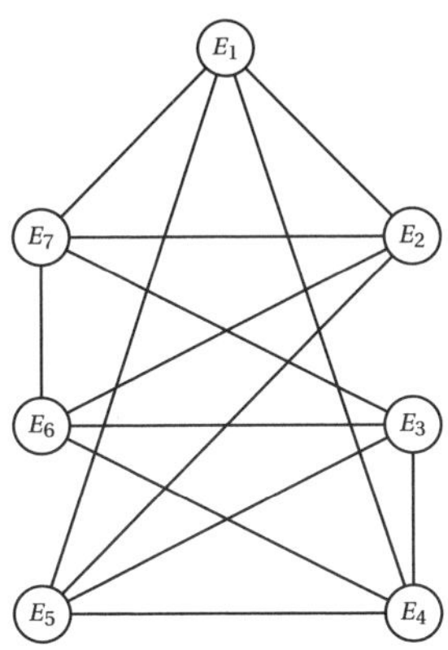

EXERCICE 774

1.

sommets	A	B	C	D	E	F	G
degres	2	4	5	5	4	4	2

2. a.

$$M = \begin{pmatrix} 0 & 1 & 1 & 0 & 0 & 0 & 0 \\ 1 & 0 & 1 & 1 & 1 & 0 & 0 \\ 1 & 1 & 0 & 1 & 1 & 1 & 0 \\ 0 & 1 & 1 & 0 & 1 & 1 & 1 \\ 0 & 1 & 1 & 1 & 0 & 1 & 0 \\ 0 & 0 & 1 & 1 & 1 & 0 & 1 \\ 0 & 0 & 0 & 1 & 0 & 1 & 0 \end{pmatrix}$$

b. Les chemins de longueur 3 qui relient un sommet à un autre sont comptés dans M^3, on prend le nombre à l'intersection de la première ligne et de la sixième colonne, il y a donc 5 chemins de longueur 3 reliant A et F :
$A - B - C - F$; $A - B - E - F$;
$A - B - D - F$; $A - C - E - F$;
$A - C - D - F$.

3. Il y a exactement deux sommets de degré impair, il y a une chaîne eulérienne commençant et finissant par ces deux sommets C et D,
   par exemple :
   $C - D - G - F - D - E - F - C - E - B - A - C - B - D$.
4. Le candidat mettra 28 minutes par le trajet : $A - C - E - F - G$.

EXERCICE 775

1. Le graphe, convexe, a 4 sommets de degré impair : B (de degré 3), C (de degré 3), D (de degré 5) et G (de degré 3), il n'y a donc aucune chaîne eulérienne.
   Donc il n'y a pas de trajet d'un lycée à un autre permettant de parcourir toutes les rues une fois et une seule.
2. Le trajet le plus rapide reliant A à G est
   $A \xrightarrow{16} B \xrightarrow{40} F \xrightarrow{28} G$
   Il a une durée de $16+40+28 = 84$ minutes soit 1 heure et 24 minutes.

EXERCICE 776

Le problème posé est un problème de coloration du graphe, deux sommets reliés entre eux devant être colorés par des couleurs différentes.

On établit un tableau dans lequel on range les sommets dans l'ordre décroissant de leurs degrés.

On colorie ces sommets dans l'ordre précédemment défini avec pour règle de donner à chaque sommet la couleur la plus petite, en fonction des sommets voisins qui sont déjà colorés : le sommet G est relié au sommet E donc il lui faut une autre couleur que celle de E; le sommet A est relié à E donc il ne peut avoir la couleur 1, il est relié à G donc il ne peut pas avoir la couleur 2, il lui faut donc une troisième couleur, etc.

Degrés	6	6	5	4	4	3	2	2
Sommets	E	G	A	F	H	B	C	D
Couleurs	1	2	3	4	5	1	3	2

Il faut donc 5 couleurs, donc 5 lots différents qui sont : {E , B}, {G , D}, {A , C}, {F} et {H}.

EXERCICE 777

Le trajet le plus rapide de V vers F dure 9 heures :
$V \xrightarrow{2} B \xrightarrow{2} M \xrightarrow{1} L \xrightarrow{4} F$

EXERCICE 778

1. Parmi les trois codes suivants :
   SUCCES SCENES SUSPENS
   le seul reconnu par le graphe est SUSPENS.
2. $$A = \begin{pmatrix} 0 & 1 & 0 & 0 \\ 1 & 2 & 1 & 0 \\ 0 & 0 & 1 & 1 \\ 0 & 0 & 0 & 0 \end{pmatrix}$$
3. Le nombre 3 situé à l'intersection de la première ligne et de la quatrième colonne de la matrice A^4, représente le nombre de mots de 4 lettres allant du sommet 1 au sommet 4, c'est-à-dire le nombre de codes reconnus par le graphe.
   Il y a donc 3 codes de 4 lettres reconnus par ce graphe : SPES, SCES et SENS.

EXERCICE 779

Partie A

1. **a.** Dans le graphe $\mathcal{G}$, les sommets A et E, par exemple, ne sont pas reliés par une arête, donc le graphe $\mathcal{G}$ n'est pas complet.
   b. Deux sommets quelconques du graphe $\mathcal{G}$ sont reliés par un chemin, donc le graphe $\mathcal{G}$ est connexe.
2. **a.**

Sommet	A	B	C	D	E	F	G	H	I
Degré	4	5	4	4	2	2	3	4	2

   b. Le graphe $\mathcal{G}$ a deux sommets de degré impair, il admet donc une chaîne eulérienne, mais pas un cycle eulérien.
   Exemple de chaîne eulérienne :
   $B-F-D-B-E-D-A-B-C-A-H-C-G-I-H-G$.
3. **a.**
$$M = \begin{pmatrix} 0 & 1 & 1 & 1 & 0 & 0 & 0 & 1 & 0 \\ 1 & 0 & 1 & 1 & 1 & 1 & 0 & 0 & 0 \\ 1 & 1 & 0 & 0 & 0 & 0 & 1 & 1 & 0 \\ 1 & 1 & 0 & 0 & 1 & 1 & 0 & 0 & 0 \\ 0 & 1 & 0 & 1 & 0 & 0 & 0 & 0 & 0 \\ 0 & 1 & 0 & 1 & 0 & 0 & 0 & 0 & 0 \\ 0 & 0 & 1 & 0 & 0 & 0 & 0 & 1 & 1 \\ 1 & 0 & 1 & 0 & 0 & 0 & 1 & 0 & 1 \\ 0 & 0 & 0 & 0 & 0 & 0 & 1 & 1 & 0 \end{pmatrix}$$
   b. $M^3 = M^2 \times M$ donc le coefficient situé à la 7e ligne et 4e colonne de la matrice M^3 s'obtient en faisant le produit de la 7e ligne de la matrice M^2 par la 4e colonne de la matrice M, c'est-à-dire :
$$\begin{pmatrix} 2 & 1 & 1 & 0 & 0 & 0 & 3 & 2 & 1 \end{pmatrix} \times \begin{pmatrix} 1 \\ 1 \\ 0 \\ 0 \\ 1 \\ 1 \\ 0 \\ 0 \\ 0 \end{pmatrix} =$$
$$2\times1+1\times1+1\times0+0\times0+0\times1+0\times1+3\times0+2\times0+1\times0 = 3$$

Partie B

1. Le graphe $\mathcal{G}$ donné en partie A modélise cette situation.
   En utilisant les degrés de chaque sommet du graphe $\mathcal{G}$, on peut établir la correspondance entre ce graphe et le plan. Le degré de chaque sommet correspond au nombre de portes de chaque lieu du lycée.

Sommet	Lieu correspondant dans le lycée
A	ADMINISTRATION
B	HALL 1
C	HALL 2
D	SALLE DES PROFESSEURS
E	C.D.I.
F	CANTINE
G	BÂTIMENT 1
H	VIE SCOLAIRE ET INFIRMERIE
I	BÂTIMENT 2

2. Un élève a cours de mathématiques dans le bâtiment 1. A la fin du cours, il doit rejoindre la salle des professeurs pour un rendez vous avec ses parents.

Le lieu « BÂTIMENT 1 » correspond au sommet G, et le lieu « salle des professeurs » correspond au sommet D. Il s'agit donc de déterminer le nombre de chemins de longueur 3 reliant le sommet G au sommet D. C'est le nombre que l'on trouvera dans la matrice M^3 à l'intersection deă la 7e ligne et de la 4e colonne. D'après la question A.3.b. ce nombre vaut 3. Il y a donc trois chemins de longueur 3 reliant le bâtiment 1 à la salle des professeurs.

Ce sont les chemins :

G – H – A – D :

BÂTIMENT 1– VIE SCOLAIRE – ADMINISTRATION– SALLE DES PROFESSEURS

G – C – A – D :

BÂTIMENT 1– HALL 2 –ADMINISTRATION – SALLE DES PROFESSEURS

G – C – B – D :

BÂTIMENT 1 – HALL 2 – HALL 1 – SALLE DES PROFESSEURS

EXERCICE 780

1.

Sommet	E	H	L	O	P	T	W
Degré	2	3	4	2	4	4	3

Le graphe, connexe, a deux sommets de degré impair, il admet donc au-moins une chaîne eulérienne. Par exemple : le chemin :

$W - H - L - W - O - P - L - T - P - E - T - H$.

☞ Le graphe a 11 arêtes, une chaîne eulérienne sera de longueur 12, partira d'un sommet de degré impair et finira à l'autre sommet de degré impair.

2. Le graphe, connexe, a deux sommet de degré impair, il n'admet donc pas de cycle eulérien.

3.

$$M = \begin{pmatrix} 0 & 0 & 0 & 0 & 1 & 1 & 0 \\ 0 & 0 & 1 & 0 & 0 & 1 & 1 \\ 0 & 1 & 0 & 0 & 1 & 1 & 1 \\ 0 & 0 & 0 & 0 & 1 & 0 & 1 \\ 1 & 0 & 1 & 1 & 0 & 1 & 0 \\ 1 & 1 & 1 & \mathbf{0} & 1 & 0 & 0 \\ 0 & 1 & 1 & 1 & 0 & 0 & 0 \end{pmatrix}$$

4.

$$M^2 = \begin{pmatrix} 2 & 1 & 2 & 1 & 1 & 1 & 0 \\ 1 & 3 & 2 & 1 & 2 & 1 & 1 \\ 2 & 2 & 4 & 2 & 1 & 2 & 1 \\ 1 & 1 & 2 & 2 & 0 & 1 & 0 \\ 1 & 2 & 1 & 0 & 4 & 2 & 2 \\ 1 & 1 & 2 & \mathbf{1} & 2 & 4 & 2 \\ 0 & 1 & 1 & 0 & 2 & 2 & 3 \end{pmatrix}$$

$$M^3 = \begin{pmatrix} 2 & 3 & 3 & 1 & 6 & 6 & 4 \\ 3 & 4 & 7 & 3 & 5 & 8 & 6 \\ 3 & 7 & 6 & 2 & 10 & 9 & 8 \\ 1 & 3 & 2 & 0 & 6 & 4 & 5 \\ 6 & 5 & 10 & 6 & 4 & 8 & 3 \\ 6 & 8 & 9 & \mathbf{4} & 8 & 6 & 4 \\ 4 & 6 & 8 & 5 & 3 & 4 & 2 \end{pmatrix}$$

$$M^4 = \begin{pmatrix} 12 & 13 & 19 & 10 & 12 & 14 & 7 \\ 13 & 21 & 23 & 11 & 21 & 19 & 14 \\ 19 & 23 & 34 & 18 & 20 & 26 & 15 \\ 10 & 11 & 18 & 11 & 7 & 12 & 5 \\ 12 & 21 & 20 & 7 & 30 & 25 & 21 \\ 14 & 19 & 26 & \mathbf{12} & 25 & 31 & 21 \\ 7 & 14 & 15 & 5 & 21 & 21 & 19 \end{pmatrix}.$$

5. Pour répondre à la question, il faut ajouter les valeurs à l'intersection de la 6e ligne et de la 4e colonne des quatre matrices.

Soit $0 + 1 + 4 + 12 = 17$

Il y a donc 17 chemins de longueur strictement inférieure à 5 permettant d'aller de O à T.

EXERCICE 781

1.

A	B	C	D	E	F	G
0	∞	∞	∞	∞	∞	∞
	$0+2$ 2(A)	$0+1$ 1(A)	∞ ∞	∞ ∞	∞ ∞	∞ ∞
	1+2 3>2 2(A)		1+4 = 5(C)	1+3 = 4(C)	1+5 = 6(C)	∞ ∞ ∞
			$2+1$ = 3 (B)	$2+3$ $5>4$ 4 (C)	6 (C) 6 (C)	∞ ∞ ∞
				$3+3$ $6>4$ 4 (C)	$3+6$ $9>6$ 6 (C)	$3+5$ = 8 (D)
					$4+1$ 5 (E)	8(D) 8(D)
						7 (F)

Le trajet à l'envers est G-F-E-C-A.

2. Le trajet est donc $G - F - E - C - A$.
3. Il y aura sept feux tricolores sur le parcours.

EXERCICE 782

1. ABCDEF est une chaîne contenant tous les sommets ; il existe donc une chaîne reliant deux points quelconques. Le graphe est connexe.
2. **a.** On utilise l'algorithme de Dijkstra :

A	B	C	D	E	F
0	∞	∞	∞	∞	∞
	7(A)	∞	15(A)	∞	∞
		19(B)	15(A)	11(B)	23(B)
		19(B)	13(E)		23(B)
		18(D)			23(B)
					21(C)

Le sommet F étant choisi on remonte la chaîne en passant par tous les prédécesseurs, soit $F - C - D - E - B - A$

Le chemin le plus court est donc A → B → E → D → C → F.

b. En suivant ce chemin il faut 21 heures.

3. Le graphe contient 4 sommets de degré 3 : C, D, E, F. Il n'existe donc pas de chaîne eulérienne.

Il n'existe donc pas de parcours empruntant toutes les routes proposées une et une seule fois.

EXERCICE 783

On utilise l'algorithme de Dijskra :

A	B	C	D	E	F	G
0	∞	∞	∞	∞	∞	∞
	5(A)	∞	10(A)	6 (A)	∞	∞
		10(B)	10(A)	6(A)	∞	∞
		10(B)	9(E)		11(E)	∞
		10(B)			10(D)	13(D)
					10(D)	13(D)
						12(F)

Le chemin comportant le moins d'obstacles est donc : $A - E - D - F - G$ soit 12 obstacles.

EXERCICE 784

1. On utilise l'algorithme de Dijkstra :

E	A	B	C	D	G	S
0	∞	∞	∞	∞	∞	∞
	4(E)	7(E)	∞	∞	∞	∞
		6(A)	12(A)	13(A)	∞	∞
			11(B)	12(B)	∞	∞
				12(B)	15(C)	19(C)
					15(C)	19(C)
						19(C)

En remontant les sommets on obtient le chemin le plus rapide : $E - A - B - C - S$ qui dure 19 minutes.

2. **a.** Arrivé en C il ne reste plus que l'itinéraire vers D puis le chemin menant à S : D–S.

Le trajet est donc : $E - A - B - C - D - S$ qui dure 22 minutes.

b. En supprimant les chemins CG et CS, on trouve que le chemin le plus rapide est $E - A - B - D - S$ qui prend 20 minutes.

EXERCICE 785

L'algorithme de Dijkstra va donner tous les trajets les plus courts partant du sommet A :

A	B	C	D	E	F	G	H
0	∞	∞	∞	∞	∞	∞	∞
	100A	175A	158A	∞	∞	∞	∞
		175A	158A		∞	∞	∞
		175A		250B	265D	∞	∞
				240C	245C	∞	∞
					245C	322E	353E
						276F	353E
							325G

L'itinéraire le plus court pour aller de A à H est : $A - C - F - G - H$.
Il a une longueur de 325 kilomètres.

EXERCICE 786

On détermine, à l'aide de l'algorithme de Dijkstra, la distance minimale permettant de relier le sommet A au sommet I.

A	B	C	D	E	F	G	H	I
0	∞	∞	∞	∞	∞	∞	∞	∞
	7A	16A	∞	21A	∞	∞	∞	∞
		20B	25B	21A	15B	∞	∞	∞
		20B	25B	20F		∞	22F	∞
			25B	20F		∞	22F	∞
			25B			∞	22F	38E
			25B			35H		38E
						30D		38E
								37G

Le plus court trajet est donc $A - B - D - G - I$, il a une longueur de 3,7 km.

EXERCICE 787

En utilisant l'algorithme de Dijkstra, on obtient le trajet le plus court $A - C - E - H - F$ a une longueur de 1 200 km.

EXERCICE 788

1. En appliquant l'algorithme de Dijkstra, on obtient le chemin Lyon, Clermont-Ferrand, Brive, Bordeaux, Biarritz.
2. Le coût de ce trajet est égal à 38,10 €.

EXERCICE 789

1. • Si p sommets de G sont adjacents deux à deux, c'est-à-dire s'ils engendrent un sous-graphe complet de G, toute coloration valide de G leur attribuera des couleurs différentes deux à deux. La coloration de G nécessitera au-moins p couleurs.
En notant ω le plus grand nombre de sommets d'un sous-graphe complet de G, on a donc $\omega \leqslant \chi$.
• Supposons qu'une coloration valide de G utilise l'ensemble des couleurs $\left\{1; \cdots; p\right\}$ avec $p > \Delta + 1$.
Soit x le sommet coloré par la couleur p. Comme ses voisins utilisent au maximum Δ couleurs différentes, l'une au moins des couleurs autres que p n'est utilisée par aucun d'entre eux. On peut donc colorer x de cette couleur-là, tout en conservant une coloration valide.
On peut procéder de même pour tous les sommets de G colorés de la couleur p, pour finalement obtenir une coloration valide de G sans utiliser la couleur p.
Ceci montre que la coloration initiale de G n'était pas optimale, ainsi $\chi \leqslant \Delta + 1$.
2. $\Delta = 4$ et $\omega = 3$ donc $3 \leqslant \chi \leqslant 5$.
3. Etape 1 :

Sommet	A	B	C	D	E	F	G
Degré	4	3	3	2	2	2	1

Etape 2 : On colore A en C_1.
Etape 3 : On colore en C_1 les sommets D et F.
Etape 2(bis) : On colore B en C_2.
Etape 3(bis) : On colore en C_2 les sommets E et G.
Etape 2(ter) : On colore C en C_3.
Donc $\chi = 3$.

EXERCICE 790

Partie A : Etude d'un graphe

1. **a.** Le graphe est connexe car la chaîne $Z - A - B - F - E - H - G - D - C - Y$ contient tous les sommets : il existe donc toujours un chemin reliant deux points quelconques du graphe.
b. On a le tableau suivant

sommets	A	B	C	D	E	F	G	H	Y	Z
degré	4	4	4	4	4	2	4	2	3	1

c. Le graphe, connexe, a deux sommets (Y et Z) de degré impair, donc il existe une chaîne eulérienne.

2. a. Soit χ le nombre chromatique.
Comme le plus haut degré est 4, on a $\chi \leqslant 5$.
De plus {A, C, Y} est un sous-graphe complet d'ordre 3, donc $\chi \geqslant 3$.
Ainsi $3 \leqslant \chi \leqslant 5$.
b. On peut en fait trouver une coloration avec trois couleurs :
Couleur 1 : Z, B, C .
Couleur 2 : A, E, G .
Couleur 3 : D, F, Y. Donc $\chi = 3$.

Partie B

1. Il s'agit du graphe de la partie A avec la boutique au sommet Z et l'accueil au sommet Y.

2. a. On a vu qu'il existe une chaîne eulérienne, donc il est possible de passer chaque porte une seule fois.
b. *Accueil* – *C* – *G* – *Accueil* – *A* – *B* – *F* – *E* – *B* – *D* – *G* – *H* – *E* – *D* – *C* – *A* – *Boutique*.

3. On a $3 \leqslant \chi \leqslant 5$. On applique l'algorithme, on obtient :
Couleur 1 : *Boutique* – *B* – *C* – *H*.
Couleur 2 : *A* – *E* – *G*.
Couleur 3 : *Accueil* – *D* – *F*.
On a donc $\chi = 3$.

EXERCICE 791

1.

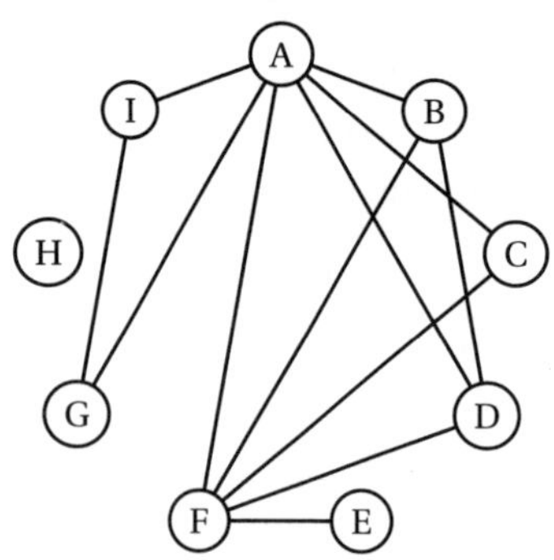

2. Le point H est isolé, donc le graphe n'est pas connexe.

3. Le sous graphe A-B-D-F est complet d'ordre 4, donc le nombre chromatique du graphe G est supérieur ou égal à 4.

4. On range les sommets dans l'ordre de leurs degrés décroissants et on leur attribue les couleurs suivantes :
couleur 1 : A, E et H ;
couleur 2 : F, G;
couleur 3 : B, C et I ;
couleur 4 : D.
Si χ est le nombre chromatique de G, on sait que $\chi \geqslant 4$, mais on vient de voir qu'une coloration en 4 couleurs est possible, donc $\chi = 4$.

5. La question précédente nous donne une répartition possible :
{A, E H}, {F, G}, {B, C, I}, {D} mais il y a un isolé; comme on peut le mettre avec H qui est dans un groupe de trois, on peut faire les groupes suivants :
{A, E}, {F, G}, {B, C, I}, {D, H}.

EXERCICE 792

1. a. Il y a 6 sommets : l'ordre de $\mathcal{G}$ est donc 6.
Les degrés sont dans l'ordre alphabétique : 3; 4; 2; 4; 4; 3.
b. Il s'agit de trouver une chaîne eulérienne. En classant les sommets dans l'ordre alphabétique la matrice M associée au graphe est

$$M = \begin{pmatrix} 0 & 0 & 0 & 1 & 1 & 1 \\ 0 & 0 & 1 & 1 & 1 & 1 \\ 0 & 1 & 0 & 0 & 1 & 0 \\ 1 & 1 & 0 & 0 & 1 & 1 \\ 1 & 1 & 1 & 1 & 0 & 0 \\ 1 & 1 & 0 & 1 & 0 & 0 \end{pmatrix}.$$

On en déduit que $M^2 = \begin{pmatrix} 3 & 3 & 1 & 2 & 1 & 1 \\ 3 & 4 & 1 & 2 & 2 & 1 \\ 1 & 1 & 2 & 2 & 1 & 1 \\ 2 & 2 & 2 & 4 & 2 & 2 \\ 1 & 2 & 1 & 2 & 4 & 3 \\ 1 & 1 & 1 & 2 & 3 & 3 \end{pmatrix}$.

Il n'y a dans cette matrice aucun terme nul, donc il existe au moins entre deux sommets quelconques une chaîne de longueur 2 : ce graphe est connexe.
Il y a deux sommets de degré impair A et F : il existe donc une chaîne eulérienne.
Par exemple : A-D-B-C-E-D-F-A-E-B-F

2. a. Il y a plusieurs sous-graphes complets d'ordre 3. Par contre il ne possède pas de sous-graphe complet d'ordre 4. Le nombre chromatique χ du graphe $\mathcal{G}$ est donc compris entre 3 et 5.

b. On peut trouver une coloration du graphe avec trois couleurs :
couleur 1 : A et B ;
couleur 2 : C et D ;
couleur 3 : E et F.

EXERCICE 793

1. a. Soit χ le nombre chromatique de ce graphe.
Comme il y a un sommet de plus haut degré 3, on a $\chi \leqslant 4$.
Mais {B, C, D} est un sous-graphe complet d'ordre 3, donc $\chi \geqslant 3$.
Ainsi $3 \leqslant \gamma \leqslant 4$.
On peut trouver une coloration du graphe avec trois couleurs :
couleur 1 : A et D ;
couleur 2 : B et E ;
couleur 3 : C. Donc $\chi = 3$.
b. La chaîne $A - B - C - D - E$ contient tous les sommets. Pour toute paire de sommets distincts il existe une chaîne les reliant, le graphe est donc connexe.
Il y a deux sommets de degré impair donc d'après le théorème d'Euler il existe une chaîne eulérienne.
Exemple de parcours : $D - B - C - D - E - A - B$.

2. a.

$$M = \begin{pmatrix} 0 & 1 & 0 & 0 & 1 \\ 0 & 0 & 1 & 1 & 0 \\ 0 & 1 & 0 & 1 & 0 \\ 0 & 0 & 1 & 0 & 1 \\ 1 & 0 & 0 & 1 & 0 \end{pmatrix}.$$

b. Le nombre de chemins de longueur 5 permettant de se rendre du sommet D au sommet B est la valeur à l'intersection de la ligne 5 et de la colonne 2 : il y a donc 5 chemins :
$D-C-B-D-C-B$; $D-C-D-E-A-B$; $D-E-D-E-A-B$; $D-E-A-E-A-B$; $D-E-A-B-C-B$.
c. Il faut trouver un cycle partant de A. D'après M^5 il n'existe qu'un chemin fermé de longueur 5 partant de A et arrivant en A, le chemin : $A-B-C-D-E-A$. C'est bien un cycle et c'est le seul.
Le même raisonnement pour B donne 5 chemins passant par B et parmi ceux-ci $B-C-D-E-A-B$ et $B-D-E-D-C-B$ ont des arcs orientés distincts : il y a donc pour B deux cycles de longueur 5.

EXERCICE 794

1.

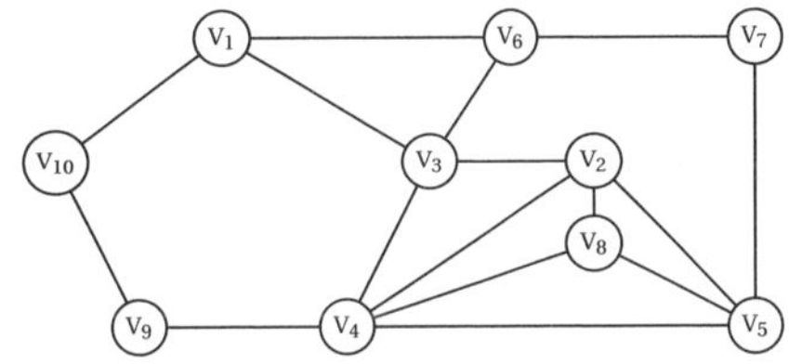

2. a. Un sous-graphe complet d'ordre 4 est V_2, V_4, V_5, V_8.

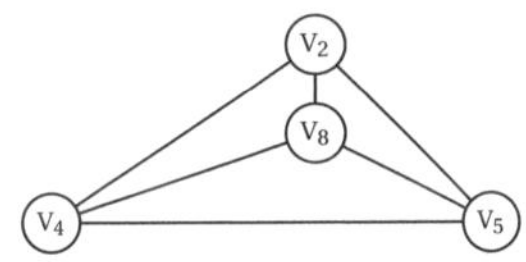

b. Le graphe ayant un sous-graphe complet d'ordre 4, son nombre chromatique est supérieur ou égal à 4.
Le jardinier doit donc décorer au moins 4 parterres.

3. a.

sommets	V_4	V_2	V_3	V_5	V_1	V_6	V_8
degré	5	4	4	4	3	3	3

sommets	V_7	V_9	V_{10}
degré	2	2	2

b. Le plus grand degré est 5, donc $C \leqslant 6$.
On a finalement : $4 \leqslant C \leqslant 6$.

4. a. On peut trouver une coloration du graphe avec quatre couleurs :
couleur 1 : V_4, V_1 et V_7 ;
couleur 2 : V_5, V_3 et V_{10} ;
couleur 3 : V_2, V_6 et V_9 ;
couleur 4 : V_8.
b. On a pu utiliser un minimum de quatre couleurs, donc $C = 4$.
c. D'après la coloration précédente, on peut proposer les quatre parterres suivants :
V_1, V_4, V_7 ; V_2, V_6, V_9 ; V_3, V_5, V_{10} et V_8.

EXERCICE 795

Question préliminaire : Il y a 11 arêtes, donc 11 questionnaires.

Partie A

1. En respectant l'ordre alphabétique on a :

$$G=\begin{pmatrix}0&1&1&1&1&0\\1&0&1&1&1&1\\1&1&0&1&0&0\\1&1&1&0&1&0\\0&1&0&1&0&0\\1&1&0&0&0&0\end{pmatrix}.$$

2. Il n'y a pas d'arête entre E et F : le graphe n'est pas complet.
Il existe au moins une chaîne passant par tous les sommets, par exemple $A-F-B-C-D-E$, le graphe est donc connexe.
3. **a.** Le graphe est connexe, deux sommets sont de degré impair : il n'existe donc pas de cycle eulérien. On ne peut donc parcourir le jardin et répondre à tous les questionnaires en partant de n'importe quelle zone.
b. Le graphe est connexe, deux sommets sont de degré impair : il existe donc une chaîne eulérienne. On peut donc parcourir le jardin et répondre à tous les questionnaires en partant d'un sommet de degré impair et en terminant au second sommet de degré imapir. La zone C est l'un des sommets d'ordre impair, donc la visite se terminera par l'autre sommet de degré impair soit B.

Partie B

1. Soit χ le nombre chromatique de ce graphe. Le plus haut degré est égal à 5, donc $\chi \leqslant 6$. De plus le sous-graphe {A ; B ; C ;D} est complet, donc $\chi \geqslant 4$.
Ainsi $4 \leqslant \chi \leqslant 6$.
2. En rangeant les sommets par degrés décroissants on peut obtenir :
la couleur C_1 à B ;
la couleur C_2 à A et E ;
la couleur C_3 à D et F ;
la couleur C_4 à C.
On peut donc faire un coloriage à 4 couleurs : on a donc $\gamma = 4$.

EXERCICE 796

1. **a.**

Sommets	B	C	D	F	N	T
Degré	2	4	4	5	3	4

b. Il existe une chaîne qui contient tous les sommets par exemple : $B-C-D-N-T-F$, le graphe est connexe. Il existe un chemin reliant deux sommets quelconques.
2. Le graphe, connexe, a deux sommets de degré impair F et N, il existe donc une chaîne eulérienne.
Il est possible de passer par les six sommets en empruntant chacun des dix chemins une seule fois : $F-B-C-F-D-C-T-F-N-T-D-N$.
3. **a.** Le plus haut degré est 5, donc $n \leqslant 6$.
Le sous-graphe {C, D, F, T} est complet donc $4 \leqslant n$.
Ainsi $4 \leqslant n \leqslant 6$.
b. Coloriage possible :
Couleur 1 : F ;
Couleur 2 : C et N ;
Couleur 3 : B et T ;
Couleur 4 : D.
On en déduit alors que $n = 4$.
4. En utilisant l'algorithme de Dijskra, on obtient le plus court chemin $B-C-T-N$ qui fait 24 km.

EXERCICE 797

1. Il y a une chaîne contenant tous les sommets : $B-F-D-E-C-A$ par exemple, donc le graphe est connexe.
2. Le graphe, connexe, a deux sommets de degré impair, il existe donc une chaîne eulérienne partant de l'un des deux et finissant à l'autre, par exemple la chaîne $A-B-C-D-E-F$.
3. Comme il existe deux sommets de degré impair il n'existe pas de cycle eulérien.
Pour que tous les sommets soient de degré pair il suffit d'ajouter un chemin de A à F. On aura alors un cycle eulérien.
4. Soit χ le nombre chromatique, comme le plus haut degré est 4 on a $\chi \leqslant 5$.
Le sous-graphe {A ; B ; C} est complet, donc $\chi \geqslant 3$.
Ainsi $3 \leqslant \chi \leqslant 5$.

5. On utilise l'algorithme de Welsh-Powell : on part de sommets de plus haut degré par exemple B et D à qui on donne la même couleur, on donne une seconde couleur à C et F et enfin une troisième couleur à A et E.
On peut donc faire une coloration à trois couleurs : le nombre chromatique est égal à 3.

6. On a $M = \begin{pmatrix} 0 & 1 & 1 & 1 & 0 & 0 \\ 1 & 0 & 1 & 0 & 1 & 1 \\ 1 & 1 & 0 & 1 & 1 & 0 \\ 1 & 0 & 1 & 0 & 1 & 1 \\ 0 & 1 & 1 & 1 & 0 & 1 \\ 0 & 1 & 0 & 1 & 1 & 0 \end{pmatrix}$.

7. D'après M^5, il y a 5 chemins reliant A à F : $ABEF$; $ACBF$; $ACDF$; $ACEF$; $ADEF$.

Exercice 798

Partie A

1. A, B, C, D est un sous-graphe complet d'ordre 4 du graphe G.
2. Le plus haut degré est 4, le nombre chromatique χ vérifie donc $4 \leqslant \chi \leqslant 5$.
3. En utilisant l'algorithme Welsh-Powell, on commence par colorer en C_1 le sommet de plus haut degré, par exemple A, tous les sommets étant adjacent à A, on colore B en C_2, puis D en C_3 et enfin C et E en C_4.
4. D'après la question précédente, le nombre chromatique de G est donc 4.

Partie B

1. Le graphe est connexe, mais n'est pas complet (il n' y a pas d'arête entre C et E).
2. Le graphe, connexe, a deux sommets de degré impair, il contient donc une chaîne eulérienne.
3. Si on ajoute une arête entre C et E, tous les sommets seront de degré pair, le graphe obtenu contiendra alors un cycle eulérien.

Partie C

1. Le nombre chromatique étant égal à 4, il faudra au minimum 4 couleurs pour peindre les plates-formes.
2. Chemin possible : $C-D-A-C-B-A-E-D-B-E$.
3. D'après la question B.3, il faut placer la rampe entre C et E.

Exercice 799

1. Il n'y a pas d'arête entre B et C donc le graphe n'est pas complet.
Cela signifie qu'il n'y a pas de vol direct entre l'aéroport B et l'aéroport C.

2. $M = \begin{pmatrix} 0 & 1 & 0 & 0 & 1 & 0 & 1 & 0 & 1 \\ 1 & 0 & 0 & 0 & 0 & 0 & 1 & 1 & 1 \\ 0 & 0 & 0 & 1 & 0 & 0 & 1 & 0 & 0 \\ 0 & 0 & 1 & 0 & 1 & 1 & 0 & 1 & 0 \\ 1 & 0 & 0 & 1 & 0 & 0 & 0 & 1 & 0 \\ 0 & 0 & 0 & 1 & 0 & 0 & 1 & 0 & 0 \\ 1 & 1 & 1 & 0 & 0 & 1 & 0 & 0 & 0 \\ 0 & 1 & 0 & 1 & 1 & 0 & 0 & 0 & 1 \\ 1 & 1 & 0 & 0 & 0 & 0 & 0 & 1 & 0 \end{pmatrix}$

3. Dans la matrice M^3 le coefficient qui se trouve à l'intersection de la ligne 4 et de la colonne 2 est 5 donc il y a 5 trajets répondant à la question.

4. **a.** On détermine le degré de chaque sommet du graphe :

Sommet	A	B	C	F	G	L	M	P	V
Degré	4	4	2	4	3	2	4	4	3

Il y a exactement deux sommets de degrés impairs, G et V, donc, d'après le théorème d'Euler, il existe des trajets qui partent de l'un de ces deux aéroports et qui effectuent toutes les liaisons pour arriver à l'autre.

b. Le sommet P est de degré 4 donc lors de ce trajet l'avion passera 2 fois par le sommet P : cet avion va donc se poser 2 fois sur l'aéroport P.

Exercice 800

1. Il n'y a pas d'arête entre A et G : le graphe n'est pas complet.
Le graphe contient 7 sommets, il est donc d'ordre 7.

2. a.

Sommet	B	E	C	D	A	G	F
Ordre	5	5	4	4	3	3	2
Couleur	R	B	V	J	B	V	R

b. D'après la question précédente le nombre chromatique est inférieur ou égal à 4.

3. a. Le sous graphe formé par les sommets A, B, C et D est lui complet.

b. Si χ est le nombre chromatique du graphe, comme celui-ci a 5 sommets, on a $\chi \leqslant 6$.

Comme le sous graphe formé par les sommets A, B, C et D est complet, on a $\chi \geqslant 4$, donc $4 \leqslant \chi \leqslant 6$.

Mais d'après la question 2 que le nombre chromatique est inférieur ou égal à 4. On en déduit alors qu'il est égal à 4. Le nombre minimal de couleurs est 4.

4. a.

$$M = \begin{pmatrix} 0 & 1 & 1 & 1 & 0 & 0 & 0 \\ 1 & 0 & 1 & 1 & 1 & 0 & 1 \\ 1 & 1 & 0 & 1 & 1 & 0 & 0 \\ 1 & 1 & 1 & 0 & 1 & 0 & 0 \\ 0 & 1 & 1 & 1 & 0 & 1 & 1 \\ 0 & 0 & 0 & 0 & 1 & 0 & 1 \\ 0 & 1 & 0 & 0 & 1 & 1 & 0 \end{pmatrix}.$$

b. Le nombre de chemins de longueurs 8 qui relient B à D est dans la matrice M^8 le terme situé à l'intersection de la ligne 2 et de la colonne 4, soit 2 636.

5. a. Il y a deux quatre sommets de degré impair; d'après le théorème d'Euler il n'existe pas de chaîne eulérienne, donc pas d'itinéraire utilisant chaque liaison une et une seule fois.

b. Tous les termes de M^8 sont positifs, donc le graphe est connexe. Pour avoir une chaîne eulérienne, il suffit d'ajouter une liaison de façon à n'avoir que deux sommets de degré impair. B et E sont de degré impair mais adjacents, alors que A et G de degré impair ne le sont pas : il suffit donc de rajouter une liaison entre A et G. On aura ainsi la liaison : $A-B-C-D-E-F-G$.

EXERCICE 801

Tous les sommets sont de degré 4, on établit la liste des sommets dans l'ordre alphabétique.

— On passe à la couleur 1 que l'on attribue au sommet A. Le sommet C n'est relié à aucun sommet de couleur 1, on lui affecte donc cette couleur. Le sommet F n'est relié à aucun sommet de couleur 1, on lui affecte donc cette couleur. Le sommet L n'est relié à aucun sommet de couleur 1, on lui affecte donc cette couleur.

— On passe à la couleur 2 que l'on attribue au sommet B. Le sommet D n'est relié à aucun sommet de couleur 2, on lui affecte donc cette couleur. Le sommet G n'est relié à aucun sommet de couleur 2, on lui affecte donc cette couleur. Le sommet K n'est relié à aucun sommet de couleur 2, on lui affecte donc cette couleur.

— On passe à la couleur 3 que l'on attribue au sommet E. Le sommet H n'est relié à aucun sommet de couleur 3, on lui affecte donc cette couleur. Le sommet I n'est relié à aucun sommet de couleur 3, on lui affecte donc cette couleur.

— On passe à la couleur 4 que l'on attribue au sommet J.

Résultat de la coloration :

Sommet	A	B	C	D	E	F
Degré	4	4	4	4	4	4
Couleur	1	2	1	2	3	1

Sommet	G	H	I	J	K	L
Degré	4	4	4	4	4	4
Couleur	2	3	3	4	2	1

EXERCICE 802

$det(A) = -2$ $det(B) = 6$

$det(C) = 3$ $det(D) = 3$.

EXERCICE 803

$det(A) = 13$ $det(B) = 18$

$det(C) = -13$ $det(D) = -25$.

EXERCICE 804

Les quatre déterminants ont été calculés dans l'exercice précédent, ils ne sont pas nuls, les quatre matrices inverses existent.

$$A^{-1} = \begin{pmatrix} \frac{7}{13} & -\frac{2}{13} \\ \frac{3}{13} & \frac{1}{13} \end{pmatrix} \qquad B^{-1} = \begin{pmatrix} \frac{2}{9} & \frac{1}{9} \\ -\frac{5}{18} & \frac{1}{9} \end{pmatrix}$$

$C^{-1} = \begin{pmatrix} \frac{3}{13} & \frac{2}{13} \\ \frac{2}{13} & -\frac{3}{13} \end{pmatrix} \qquad D^{-1} = \begin{pmatrix} -\frac{4}{25} & -\frac{\sqrt{3}}{25} \\ \frac{\sqrt{3}}{25} & \frac{7}{25} \end{pmatrix}$

EXERCICE 805

$det(A) = -6$, la matrice A est inversible

$$A^{-1} = -\frac{1}{6}\begin{pmatrix} 1 & -4 \\ -2 & 2 \end{pmatrix} = \begin{pmatrix} -\frac{1}{6} & \frac{2}{3} \\ \frac{1}{3} & -\frac{1}{3} \end{pmatrix}.$$

$det(B) = 1$, la matrice B est inversible et $B^{-1} = B$.

$det(C) = 0$, la matrice C n'est pas inversible.

$det(D) = 1$, la matrice D est inversible

$$D^{-1} = \begin{pmatrix} -\frac{\sqrt{2}}{2} & -\frac{\sqrt{2}}{2} \\ -\frac{\sqrt{2}}{2} & \frac{\sqrt{2}}{2} \end{pmatrix}.$$

$det(E) = -2$, la matrice E est inversible

$$E^{-1} = \begin{pmatrix} -\frac{1}{2} & -\frac{1}{2} \\ -\frac{1}{2} & \frac{1}{2} \end{pmatrix}.$$

EXERCICE 806

$det(A) = 0$, la matrice A n'est pas inversible.

$$det(B) = -4 \text{ et } B^{-1} = \begin{pmatrix} \frac{3}{4} & -\frac{1}{4} & -\frac{1}{4} \\ -1 & 0 & 1 \\ \frac{9}{4} & \frac{1}{4} & -\frac{7}{4} \end{pmatrix}.$$

$$det(C) = 2 \text{ et } C^{-1} = \begin{pmatrix} \frac{1}{2} & 0 & \frac{1}{2} \\ 0 & -1 & 0 \\ \frac{1}{2} & 0 & -\frac{1}{2} \end{pmatrix}.$$

EXERCICE 807

1. $$A^2 - 2A = \begin{pmatrix} 12 & 4 & -4 \\ 6 & 10 & 6 \\ -2 & 2 & 14 \end{pmatrix} - \begin{pmatrix} 4 & 4 & -4 \\ 6 & 2 & 6 \\ -2 & 2 & 6 \end{pmatrix} = \begin{pmatrix} 8 & 0 & 0 \\ 0 & 8 & 0 \\ 0 & 0 & 8 \end{pmatrix} = 8I_3.$$

2. D'après la question précédente $A\left(\frac{1}{8}A - \frac{1}{4}I_3\right) = I_3$, la matrice A est donc inversible et

$$A^{-1} = \left(\frac{1}{8}A - \frac{1}{4}I_3\right) = \begin{pmatrix} 0 & \frac{1}{4} & -\frac{1}{4} \\ \frac{3}{8} & -\frac{1}{8} & \frac{3}{8} \\ -\frac{1}{8} & \frac{1}{8} & \frac{1}{8} \end{pmatrix}.$$

EXERCICE 808

1. $$A^3 + 2A^2 - 12A = \begin{pmatrix} -8 & 0 & 0 \\ 0 & -8 & 0 \\ 0 & 0 & -8 \end{pmatrix} = -8I_3.$$

2. D'après la question précédente,

$$A\left(-\tfrac{1}{8}A^2 - \frac{1}{4}A + \frac{3}{2}I_3\right) = I_3,$$

la matrice A est donc inversible et

$$A^{-1} = -\tfrac{1}{8}A^2 - \frac{1}{4}A + \frac{3}{2}I_3 = \begin{pmatrix} 1 & 0 & \frac{1}{2} \\ 0 & \frac{1}{2} & 0 \\ \frac{1}{2} & -1 & 0 \end{pmatrix}.$$

EXERCICE 809

1. $$\begin{cases} 2x - 3y = 7 \\ 3x + y = 5 \end{cases} \iff \begin{pmatrix} 2 & -3 \\ 3 & 1 \end{pmatrix}\begin{pmatrix} x \\ y \end{pmatrix} = \begin{pmatrix} 7 \\ 5 \end{pmatrix} \iff AX = B.$$

2. $det(A) = 11 \neq 0$, la matrice A admet donc une matrice inverse A^{-1}.

$AX = B \iff A^{-1}AX = A^{-1}B \iff X = A^{-1}B.$

3. $A^{-1} = \begin{pmatrix} \frac{1}{11} & \frac{3}{11} \\ -\frac{3}{11} & \frac{2}{11} \end{pmatrix}$ et $A^{-1}B = \begin{pmatrix} 2 \\ -1 \end{pmatrix}$.

4. D'après les questions précédentes, $X = \begin{pmatrix} 2 \\ -1 \end{pmatrix}$

Le système (S) admet un unique coupe de solutions : $x = 2$ et $y = -1$.

EXERCICE 810

$(S_1) \iff AX = B$ avec $A = \begin{pmatrix} 9 & -4 \\ 3 & 8 \end{pmatrix}$, $X = \begin{pmatrix} x \\ y \end{pmatrix}$ et $B = \begin{pmatrix} 0 \\ 7 \end{pmatrix}$.

$det(A) = 84$, la matrice A est donc inversible et

$$A^{-1} = \begin{pmatrix} \frac{8}{84} & \frac{4}{84} \\ -\frac{3}{84} & \frac{9}{84} \end{pmatrix}.$$

$$AX = B \iff X = A^{-1}B = \begin{pmatrix} \frac{8}{84} & \frac{4}{84} \\ -\frac{3}{84} & \frac{9}{84} \end{pmatrix}\begin{pmatrix} 0 \\ 7 \end{pmatrix} = \begin{pmatrix} \frac{1}{3} \\ \frac{3}{4} \end{pmatrix}.$$

Donc $x = \frac{1}{3}$ et $y = \frac{3}{4}$.

$(S_2) \iff AX = B$

avec $A = \begin{pmatrix} 8 & -5 \\ 1 & 1 \end{pmatrix}$, $X = \begin{pmatrix} x \\ y \end{pmatrix}$ et $B = \begin{pmatrix} 0 \\ 13 \end{pmatrix}$.

$det(A) = 13$, la matrice A est donc inversible et

$$A^{-1} = \begin{pmatrix} \frac{1}{13} & \frac{5}{13} \\ -\frac{1}{13} & \frac{8}{13} \end{pmatrix}.$$

$$AX = B \iff X = A^{-1}B = \begin{pmatrix} \frac{1}{13} & \frac{5}{13} \\ -\frac{1}{13} & \frac{8}{13} \end{pmatrix}\begin{pmatrix} 0 \\ 13 \end{pmatrix} = \begin{pmatrix} 5 \\ 8 \end{pmatrix}.$$

Donc $x = 5$ et $y = 8$.

EXERCICE 811

$(S_1) \iff AX = B$ avec $A = \begin{pmatrix} \sqrt{3} & -\sqrt{2} \\ \sqrt{2} & \sqrt{3} \end{pmatrix}$, $X = \begin{pmatrix} x \\ y \end{pmatrix}$ et $B = \begin{pmatrix} 0 \\ 7 \end{pmatrix}$.

$det(A) = 5$, la matrice A est donc inversible et
$$A^{-1} = \begin{pmatrix} \frac{\sqrt{3}}{5} & \frac{\sqrt{2}}{5} \\ -\frac{\sqrt{2}}{5} & \frac{\sqrt{3}}{5} \end{pmatrix}.$$

$$AX = B \iff X = A^{-1}B = \begin{pmatrix} \frac{\sqrt{3}}{5} & \frac{\sqrt{2}}{5} \\ -\frac{\sqrt{2}}{5} & \frac{\sqrt{3}}{5} \end{pmatrix}\begin{pmatrix} 0 \\ 7 \end{pmatrix} = \begin{pmatrix} \frac{7\sqrt{2}}{5} \\ \frac{7\sqrt{3}}{5} \end{pmatrix}.$$

Donc $x = \dfrac{7\sqrt{2}}{5}$ et $y = \dfrac{7\sqrt{3}}{5}$.

$(S_2) \iff AX = B$
avec $A = \begin{pmatrix} 2 & 3 \\ -1 & 4 \end{pmatrix}$, $X = \begin{pmatrix} x \\ y \end{pmatrix}$ et $B = \begin{pmatrix} -1 \\ 17 \end{pmatrix}$.

$det(A) = 11$, la matrice A est donc inversible et
$$A^{-1} = \begin{pmatrix} \frac{4}{11} & -\frac{3}{11} \\ \frac{1}{11} & \frac{2}{11} \end{pmatrix}.$$

$$AX = B \iff X = A^{-1}B = \begin{pmatrix} \frac{4}{11} & -\frac{3}{11} \\ \frac{1}{11} & \frac{2}{11} \end{pmatrix}\begin{pmatrix} -1 \\ 17 \end{pmatrix} = \begin{pmatrix} -5 \\ 3 \end{pmatrix}.$$

Donc $x = -5$ et $y = 3$.

EXERCICE 812

1. $det(A) = 29$, la matrice A est donc inversible
$$A^{-1} = \begin{pmatrix} \frac{2}{29} & \frac{3}{29} & \frac{7}{29} \\ \frac{16}{29} & -\frac{5}{29} & -\frac{2}{29} \\ \frac{11}{29} & \frac{2}{29} & -\frac{5}{29} \end{pmatrix}.$$
2. $(S) \iff AX = B$
avec $A = \begin{pmatrix} 1 & 1 & 1 \\ 2 & -3 & 4 \\ 3 & 1 & -2 \end{pmatrix}$, $X = \begin{pmatrix} x \\ y \\ z \end{pmatrix}$ et $B = \begin{pmatrix} 6 \\ 8 \\ -1 \end{pmatrix}$.
$$AX = B \iff X = A^{-1}B = \begin{pmatrix} 1 \\ 2 \\ 3 \end{pmatrix}.$$
Ainsi $x = 1$, $y = 2$ et $z = 3$.

EXERCICE 813

1. $(S) \iff y = -3x + 2$. Le système (S) admet une infinité de solutions : tous les points de la droite d'équation $y = -3x + 2$.
2. $(S) \iff AX = B$
avec $A = \begin{pmatrix} 3 & 1 \\ 6 & 2 \end{pmatrix}$, $X = \begin{pmatrix} x \\ y \end{pmatrix}$ et $B = \begin{pmatrix} 2 \\ 4 \end{pmatrix}$.
D'après la question précédente, le système (S) n'a pas une unique solution, la matrice A n'est donc pas inversible.

EXERCICE 814

Si $ad - bc \neq 0$, la matrice A est inversible, d'inverse A^{-1}, vérifiant $AA^{-1} = I_2$.

Soit $A^{-1} = \begin{pmatrix} \alpha & \beta \\ \gamma & \delta \end{pmatrix}$

$$AA^{-1} = I_2 \iff \begin{cases} a\alpha + b\gamma = 1 \\ a\beta + b\delta = 0 \\ c\alpha + d\gamma = 0 \\ c\beta + d\delta = 1 \end{cases}$$
$$\iff \begin{cases} \alpha = -\frac{d}{c}\gamma \\ \beta = -\frac{b}{a}\delta \\ -ad\gamma + bc\gamma = c \\ -bc\delta + ad\delta = a \end{cases}$$
$$\iff \begin{cases} \alpha = \frac{d}{ad-bc} \\ \beta = \frac{-b}{ad-bc} \\ \gamma = \frac{-c}{ad-bc} \\ \delta = \frac{a}{ad-bc} \end{cases}.$$

Ainsi $A^{-1} = \dfrac{1}{ad - bc}\begin{pmatrix} d & -b \\ -c & a \end{pmatrix}$.

EXERCICE 815

1. $R = \begin{pmatrix} \cos\theta & -\sin\theta \\ \sin\theta & \cos\theta \end{pmatrix}$.
$det(R) = \cos^2\theta + \sin^2\theta = 1$.
2. $R^{-1} = \begin{pmatrix} \cos\theta & \sin\theta \\ -\sin\theta & \cos\theta \end{pmatrix}$
3. On peut remarquer que

$R^{-1} = \begin{pmatrix} \cos(-\theta) & -\sin(-\theta) \\ \sin(-\theta) & \cos(-\theta) \end{pmatrix}$

La transformation réciproque de r est donc la rotation de centre O et d'angle $-\theta$.

EXERCICE 816

1. $H = \begin{pmatrix} k & 0 \\ 0 & k \end{pmatrix}$.
   $det(H) = k^2$.
2. $H^{-1} = \begin{pmatrix} \frac{1}{k} & 0 \\ 0 & \frac{1}{k} \end{pmatrix}$
3. La transformation réciproque de h est donc l'homothétie de centre O et de rapport $\frac{1}{k}$.

EXERCICE 817

1.
$$A^2 = \begin{pmatrix} 3 & -1 & -1 \\ -1 & 3 & -1 \\ -1 & -1 & 3 \end{pmatrix}$$
$$A^2 = \begin{pmatrix} 2 & 0 & 0 \\ 0 & 2 & 0 \\ 0 & 0 & 2 \end{pmatrix} + \begin{pmatrix} 1 & -1 & -1 \\ -1 & 1 & -1 \\ -1 & -1 & 1 \end{pmatrix}$$
On en déduit donc que $A^2 = 2I_3 - A$.

2. D'après la question précédente :
$\frac{1}{2}\left(A^2 + A\right) = A \times \frac{1}{2}(A + I_3) = I_3$
On en déduit alors que A est inversible et
$A^{-1} = \frac{1}{2}(A + I_3)$.
Ainsi $A^{-1} = \begin{pmatrix} 0 & \frac{1}{2} & \frac{1}{2} \\ \frac{1}{2} & 0 & \frac{1}{2} \\ \frac{1}{2} & \frac{1}{2} & 0 \end{pmatrix}$.

EXERCICE 818

1.
$$A^2 = \begin{pmatrix} 3 & -4 & 2 \\ 1 & -1 & -1 \\ 1 & 2 & 0 \end{pmatrix} \text{ et } A^3 = \begin{pmatrix} 5 & 0 & 2 \\ 0 & 3 & 1 \\ 1 & -2 & 4 \end{pmatrix}$$

2.
$$A^3 = \begin{pmatrix} 5 & 0 & 2 \\ 0 & 3 & 1 \\ 1 & -2 & 4 \end{pmatrix}$$
$$A^3 = \begin{pmatrix} 4 & 0 & 0 \\ 0 & 4 & 0 \\ 0 & 0 & 4 \end{pmatrix} + \begin{pmatrix} 1 & 0 & 2 \\ 0 & -1 & 1 \\ 1 & -2 & 0 \end{pmatrix}$$
On en déduit donc que $A^3 = 4I_3 + A$.

3. D'après la question précédente :
$\frac{1}{4}\left(A^3 - A\right) = A \times \frac{1}{4}\left(A^2 - I_3\right) = I_3$
On en déduit alors que A est inversible et
$A^{-1} = \frac{1}{4}\left(A^2 - I_3\right)$.
Ainsi $A^{-1} = \begin{pmatrix} \frac{1}{2} & -1 & \frac{1}{2} \\ \frac{1}{4} & -\frac{1}{2} & -\frac{1}{4} \\ \frac{1}{4} & \frac{1}{2} & -\frac{1}{4} \end{pmatrix}$.

EXERCICE 819

1.
$$A^2 = \begin{pmatrix} -2 & 3 & -3 \\ -3 & 4 & -3 \\ 3 & -3 & 4 \end{pmatrix}$$
$$A^2 = \begin{pmatrix} -2 & 0 & 0 \\ 0 & -2 & 0 \\ 0 & 0 & -2 \end{pmatrix} + \begin{pmatrix} 0 & 3 & -3 \\ -3 & 6 & -3 \\ 3 & -3 & 6 \end{pmatrix}$$
On en déduit donc que $A^2 = 3A - 2I_3$.

2. D'après la question précédente :
$\frac{1}{2}\left(3A - A^2\right) = A \times \frac{1}{2}(3I_3 - A) = I_3$
On en déduit alors que A est inversible et
$A^{-1} = \frac{1}{2}(3I_3 - A)$.
Ainsi $A^{-1} = \begin{pmatrix} \frac{3}{2} & -\frac{1}{2} & \frac{1}{2} \\ \frac{1}{2} & \frac{1}{2} & \frac{1}{2} \\ -\frac{1}{2} & \frac{1}{2} & \frac{1}{2} \end{pmatrix}$.

EXERCICE 820

Démontrons par récurrence que, pour tout $n \in \mathbb{N}^\star$, $\left(P \times A \times P^{-1}\right)^n = P \times A^n \times P^{-1}$.

• *Initialisation :* La propriété est vraie pour $n = 1$.

• *Hérédité :* Supposons la propriété vraie jusqu'au rang n, $\left(P \times A \times P^{-1}\right)^n = P \times A^n \times P^{-1}$, alors

$$\begin{aligned}\left(P \times A \times P^{-1}\right)^{n+1} &= P \times A \times P^{-1}\left(P \times A \times P^{-1}\right)^n \\ &= P \times A \times P^{-1} \times P \times A^n \times P^{-1} \\ &= P \times A^{n+1} \times P^{-1}\end{aligned}$$

La propriété est donc vraie au rang $n+1$.

• *Conclusion :* La propriété est vraie au rang 1, et elle est héréditaire, donc d'après le principe de récurrence, $\forall n \in \mathbb{N}^\star$, $\left(P \times A \times P^{-1}\right)^n = PA^nP^{-1}$.

EXERCICE 821

Partie A

1. $AX = Y$

2. $Y = \begin{pmatrix} 6 & 8 \\ 1 & 1,5 \end{pmatrix} \begin{pmatrix} 200 \\ 800 \end{pmatrix} = \begin{pmatrix} 7600 \\ 1400 \end{pmatrix}$.
   Le coût total pour la production de la semaine sera de 7600 € et nécessitera 1400 heures.

Partie B

1. $B \times A = I_2$.
2. $Y = A \times X \implies B \times Y = B \times A \times X = I_2 \times X = X$.
3. $X = \begin{pmatrix} 1,5 & -8 \\ -1 & 6 \end{pmatrix} \begin{pmatrix} 8400 \\ 1450 \end{pmatrix} = \begin{pmatrix} 1000 \\ 300 \end{pmatrix}$.
   L'entreprise fabriquera 1000 calculatrices C_1 et 300 calculatrices C_2.

EXERCICE 822

1. Soit $A = \begin{pmatrix} 5 & 2 \\ -1 & 3 \end{pmatrix}$, $X = \begin{pmatrix} a \\ b \end{pmatrix}$ et $Y = \begin{pmatrix} 4 \\ -10 \end{pmatrix}$.
   $det(A) = 17$, la matrice A est donc inversible
   $A^{-1} = \begin{pmatrix} \frac{3}{17} & -\frac{2}{17} \\ \frac{1}{17} & \frac{5}{17} \end{pmatrix}$.
   $X = A^{-1}Y = \begin{pmatrix} \frac{32}{17} \\ -\frac{46}{17} \end{pmatrix}$, d'où $a = \dfrac{32}{17}$ et $b = -\dfrac{46}{17}$.
2. En procédant de manière analogue, nous obtenons $a = 5$ et $b = 1$.

EXERCICE 823

1. En procédant comme dans l'exercice précédent, on obtient $a = 1$, $b = 2$ et $c = 0$.
2. $a = 2$, $b = 1$ et $c = -1$.

EXERCICE 824

1. $PQ = QP = \begin{pmatrix} 6 & 0 \\ 0 & 6 \end{pmatrix} = 6I_2$,
   d'où $P^{-1} = \dfrac{1}{6}Q = \begin{pmatrix} \frac{1}{6} & \frac{1}{6} \\ -\frac{5}{6} & \frac{1}{6} \end{pmatrix}$.
2. $P^{-1}AP = \begin{pmatrix} 1 & 0 \\ 0 & 0,94 \end{pmatrix}$.
3. Démontrons par récurrence que, pour tout $n \in \mathbb{N}^\star$, $A^n = PD^nP^{-1}$.
   • *Initialisation :* La propriété est vraie pour $n = 1$.
   • *Hérédité :* Supposons la propriété vraie jusqu'au rang n, $A^n = PD^nP^{-1}$, alors
   $A^{n+1} = AA^n = PDP^{-1}PD^nP^{-1} = PD^{n+1}P^{-1}$
   La propriété est donc vraie au rang $n+1$.
   • *Conclusion :* La propriété est vraie au rang 1, et elle est héréditaire , donc d'après le principe de récurrence, pour tout entier naturel $n > 0$: $A^n = PD^nP^{-1}$.

EXERCICE 825

1. $PQ = I_3$ on en déduit alors que $Q = P^{-1}$.
2. $P \cdot D \cdot Q = A \iff D = P^{-1} \cdot A \cdot P = \begin{pmatrix} 2 & 0 & 0 \\ 0 & -1 & 0 \\ 0 & 0 & 3 \end{pmatrix}$.
3. $D^n = \begin{pmatrix} 2^n & 0 & 0 \\ 0 & (-1)^n & 0 \\ 0 & 0 & 3^n \end{pmatrix}$.
4. Voir exercice précédent.
5. $A^n = \begin{pmatrix} -3\cdot 2^n + 2\cdot(-1)^n - 2\cdot 3^n & 2^n - 3^n & -5\cdot 2^n + 2\cdot(-1)^n + 3\cdot 3^n \\ 3\cdot 2^n + (-1)^n - 4\cdot 3^n & 2\cdot 3^n - 2^n & 5\cdot 2^n + (-1)^n - 6\cdot 3^n \\ 3\cdot 2^n - \cdot(-1)^n - 2\cdot 3^n & 3^n - 2^n & 5\cdot 2^n - (-1)^n - 3\cdot 3^n \end{pmatrix}$.

EXERCICE 826

1. $M^2 = \begin{pmatrix} 6 & 2 & 3 \\ 4 & 4 & 1 \\ 10 & 4 & 7 \end{pmatrix}$.
2. $M^2 + 8M + 6I$
   $$= \begin{pmatrix} 6 & 2 & 3 \\ 4 & 4 & 1 \\ 10 & 4 & 7 \end{pmatrix} + \begin{pmatrix} 8 & 8 & 8 \\ 8 & -8 & 8 \\ 32 & 16 & 8 \end{pmatrix} + \begin{pmatrix} 6 & 0 & 0 \\ 0 & 6 & 0 \\ 0 & 0 & 6 \end{pmatrix}$$
   $$= \begin{pmatrix} 20 & 10 & 11 \\ 12 & 2 & 9 \\ 42 & 20 & 21 \end{pmatrix} = M^3.$$
3. D'après la question précédente,
   $M \times \dfrac{1}{6}\left(M^2 - M - 8I\right) = I$,
   la matrice M est donc inversible
   $M^{-1} = \dfrac{1}{6}\left(M^2 - M - 8I\right) = \dfrac{1}{6}\begin{pmatrix} -3 & 1 & 2 \\ 3 & -3 & 0 \\ 6 & 2 & -2 \end{pmatrix}$.

EXERCICE 827

$det(A) = 1$, la matrice A est donc inversible.

Posons $A^{-1} = \begin{pmatrix} x_{11} & x_{12} & x_{13} \\ x_{21} & x_{22} & x_{23} \\ x_{31} & x_{32} & x_{33} \end{pmatrix}$.

$AA^{-1} = I_3$

$$\Longrightarrow \begin{cases} x_{11} - ax_{21} = 1 \\ x_{12} - ax_{22} = 0 \\ x_{13} - ax_{23} = 1 \\ x_{21} - ax_{31} = 0 \\ x_{22} - ax_{32} = 1 \\ x_{23} - ax_{33} = 0 \\ x_{31} = 0 \\ x_{32} = 0 \\ x_{33} = 1 \end{cases} \Longrightarrow \begin{cases} x_{31} = 0 \\ x_{32} = 0 \\ x_{33} = 1 \\ x_{21} = ax_{31} = 0 \\ x_{22} = 1 + ax_{32} = 1 \\ x_{23} = ax_{33} = a \\ x_{11} = 1 + ax_{21} = 1 \\ x_{12} = ax_{22} = a \\ x_{13} = ax_{23} = a^2 \end{cases}$$

ainsi $A^{-1} = \begin{pmatrix} 1 & a & a^2 \\ 0 & 1 & a \\ 0 & 0 & 1 \end{pmatrix}$.

EXERCICE 828

1. $\begin{cases} x+y+z &= a & (L_1) \\ 2x+y+3z &= b & (L_2) \\ x-y+2z &= c & (L_3) \end{cases}$

$$\Longleftrightarrow \begin{cases} x+y+z &= a & (L_1) \\ -y+z &= b-2a & (L_2-2L_1 \longrightarrow L_2) \\ 2y-z &= a-c & (L_1-L_3 \longrightarrow L_3) \end{cases}$$

$$\Longleftrightarrow \begin{cases} x+y+z &= a & (L_1) \\ -y+z &= b-2a & (L_2) \\ y &= -a+b-c & (L_2+L_3 \longrightarrow L_3) \end{cases}$$

$$\Longleftrightarrow \begin{cases} x+y+z &= a & (L_1) \\ z &= y+b-2a & (L_2) \\ y &= -a+b-c & (L_3) \end{cases}$$

$$\Longleftrightarrow \begin{cases} x &= a-y-z & (L_1) \\ z &= -3a+2b-c & (L_2) \\ y &= -a+b-c & (L_3) \end{cases}$$

$$\Longleftrightarrow \begin{cases} x &= 5a-3b+2c & (L_1) \\ y &= -a+b-c & (L_3) \\ z &= -3a+2b-c & (L_2) \end{cases}$$

2. $(S) \Longleftrightarrow AX = B$ avec $X = \begin{pmatrix} x \\ y \\ z \end{pmatrix}$ et $B = \begin{pmatrix} a \\ b \\ c \end{pmatrix}$.

Puisque $\begin{cases} x+y+z &= a \\ 2x+y+3z &= b \\ x-y+2z &= c \end{cases}$

$$\Longleftrightarrow \begin{cases} x &= 5a-3b+2c \\ y &= -a+b-c \\ z &= -3a+2b-c \end{cases}$$

En posant $C = \begin{pmatrix} 5 & -3 & 2 \\ -1 & 1 & -1 \\ -3 & 2 & -1 \end{pmatrix}$,

on obtient $AX = B \Longleftrightarrow X = CB$

Or si A est inversible, on a $AX = B \Longleftrightarrow X = A^{-1}B$, on en déduit alors que A est inversible et que

$$A^{-1} = C = \begin{pmatrix} 5 & -3 & 2 \\ -1 & 1 & -1 \\ -3 & 2 & -1 \end{pmatrix}.$$

EXERCICE 829

1. $\begin{cases} x+y+z &= a & (L_1) \\ 3x-y+5z &= b & (L_2) \\ 2x-3y+2z &= c & (L_3) \end{cases}$

$$\Longleftrightarrow \begin{cases} x+y+z &= a & (L_1) \\ -4y+2z &= b-3a & (L_2-3L_1 \longrightarrow L_2) \\ -5y &= c-2a & (L_3-2L_1 \longrightarrow L_3) \end{cases}$$

$$\Longleftrightarrow \begin{cases} x+y+z &= a & (L_1) \\ 2z &= 4y+b-3a & (L_2) \\ y &= \frac{2}{5}a-\frac{1}{5}c & (-\frac{1}{5}L_3 \longrightarrow L_3) \end{cases}$$

$$\Longleftrightarrow \begin{cases} x &= a-y-z & (L_1) \\ 2z &= -\frac{7}{5}a+b-\frac{2}{5}c & (L_2) \\ y &= \frac{2}{5}a-\frac{1}{5}c & (L_3) \end{cases}$$

$$\Longleftrightarrow \begin{cases} x &= \frac{13}{10}a-\frac{1}{2}b+\frac{3}{5}c & (L_1) \\ z &= -\frac{7}{10}a+\frac{1}{2}b-\frac{2}{5}c & (L_2) \\ y &= \frac{2}{5}a-\frac{1}{5}c & (L_3) \end{cases}$$

$$\Longleftrightarrow \begin{cases} x &= \frac{13}{10}a-\frac{1}{2}b+\frac{3}{5}c & (L_1) \\ y &= \frac{2}{5}a-\frac{1}{5}c & (L_3) \\ z &= -\frac{7}{10}a+\frac{1}{2}b-\frac{2}{5}c & (L_2) \end{cases}$$

2. $(S) \Longleftrightarrow AX = B$ avec $X = \begin{pmatrix} x \\ y \\ z \end{pmatrix}$ et $B = \begin{pmatrix} a \\ b \\ c \end{pmatrix}$.

Puisque $\begin{cases} x+y+z &= a \\ 3x-y+5z &= b \\ 2x-3y+2z &= c \end{cases}$

$$\Longleftrightarrow \begin{cases} x &= \frac{13}{10}a-\frac{1}{2}b+\frac{3}{5}c \\ y &= \frac{2}{5}a-\frac{1}{5}c \\ z &= -\frac{7}{10}a+\frac{1}{2}b-\frac{2}{5}c \end{cases}$$

En posant $C = \begin{pmatrix} \frac{13}{10} & -\frac{1}{2} & \frac{3}{5} \\ \frac{2}{5} & 0 & -\frac{1}{5} \\ -\frac{7}{10} & \frac{1}{2} & \frac{2}{5} \end{pmatrix}$,

on obtient $AX = B \Longleftrightarrow X = CB$.

Or si A est inversible, on a $AX = B \Longleftrightarrow X = A^{-1}B$, on en déduit alors que A est inversible et que

$$A^{-1}=\begin{pmatrix}\frac{13}{10} & -\frac{1}{2} & \frac{3}{5}\\ \frac{2}{5} & 0 & -\frac{1}{5}\\ -\frac{7}{10} & \frac{1}{2} & -\frac{2}{5}\end{pmatrix}=\frac{1}{10}\begin{pmatrix}13 & -5 & 6\\ 4 & 0 & -2\\ -7 & 5 & -4\end{pmatrix}$$

EXERCICE 830

$$\left(\begin{array}{cc|cc}1 & 5 & 1 & 0\\ 3 & 2 & 0 & 1\end{array}\right)$$

On veut faire apparaître un « 0 » en bas à gauche :

$$3L_1\longrightarrow L_1\quad\left(\begin{array}{cc|cc}3 & 15 & 3 & 0\\ 3 & 2 & 0 & 1\end{array}\right)$$

$$L_1-L_2\longrightarrow L_2\quad\left(\begin{array}{cc|cc}3 & 15 & 3 & 0\\ 0 & 13 & 3 & -1\end{array}\right)$$

On veut un « 1 » en bas à droite :

$$\frac{1}{13}L_2\longrightarrow L_2\quad\left(\begin{array}{cc|cc}3 & 15 & 3 & 0\\ 0 & 1 & \frac{3}{13} & -\frac{1}{13}\end{array}\right)$$

On veut un « 0 » en haut à droite :

$$L_1-15L_2\longrightarrow L_1\quad\left(\begin{array}{cc|cc}3 & 0 & -\frac{6}{13} & \frac{15}{13}\\ 0 & 1 & \frac{3}{13} & -\frac{1}{13}\end{array}\right)$$

On veut un « 1 » en haut à gauche :

$$\frac{1}{3}L_1\longrightarrow L_1\quad\left(\begin{array}{cc|cc}1 & 0 & -\frac{2}{13} & \frac{5}{13}\\ 0 & 1 & \frac{3}{13} & -\frac{1}{13}\end{array}\right)$$

On obtient ainsi $A^{-1}=\dfrac{1}{13}\begin{pmatrix}-2 & 5\\ 3 & -1\end{pmatrix}$

$$\left(\begin{array}{cc|cc}3 & -2 & 1 & 0\\ 4 & 5 & 0 & 1\end{array}\right)$$

On veut faire apparaître un « 0 » en bas à gauche :

$$\begin{array}{l}4L_1\longrightarrow L_1\\ 3L_2\longrightarrow L_2\end{array}\quad\left(\begin{array}{cc|cc}12 & -8 & 4 & 0\\ 12 & 15 & 0 & 3\end{array}\right)$$

$$L_2-L_1\longrightarrow L_2\quad\left(\begin{array}{cc|cc}12 & -8 & 4 & 0\\ 0 & 23 & -4 & 3\end{array}\right)$$

On veut un « 0 » en bas à droite :

$$\frac{1}{23}L_2\longrightarrow L_2\quad\left(\begin{array}{cc|cc}12 & -8 & 4 & 0\\ 0 & 1 & -\frac{4}{23} & \frac{3}{23}\end{array}\right)$$

On veut un « 0 » en haut à droite :

$$L_1+8L_2\longrightarrow L_1\quad\left(\begin{array}{cc|cc}12 & 0 & \frac{60}{23} & \frac{24}{23}\\ 0 & 1 & -\frac{4}{23} & \frac{3}{23}\end{array}\right)$$

On veut un « 1 » en haut à gauche :

$$\frac{1}{12}L_1\longrightarrow L_1\quad\left(\begin{array}{cc|cc}1 & 0 & \frac{5}{23} & \frac{2}{23}\\ 0 & 1 & -\frac{4}{23} & \frac{3}{23}\end{array}\right)$$

On obtient ainsi $A^{-1}=\dfrac{1}{23}\begin{pmatrix}5 & 2\\ -4 & 3\end{pmatrix}$

EXERCICE 831

$$\left(\begin{array}{ccc|ccc}1 & 2 & 3 & 1 & 0 & 0\\ 2 & 5 & -2 & 0 & 1 & 0\\ 0 & 1 & 1 & 0 & 0 & 1\end{array}\right)$$

On veut faire apparaître un « 0 » en bas à gauche :

$$2L_1\longrightarrow L_1\quad\left(\begin{array}{ccc|ccc}2 & 4 & 6 & 2 & 0 & 0\\ 2 & 5 & -2 & 0 & 1 & 0\\ 0 & 1 & 1 & 0 & 0 & 1\end{array}\right)$$

$$L_2-L_1\longrightarrow L_2\quad\left(\begin{array}{ccc|ccc}2 & 4 & 6 & 2 & 0 & 0\\ 0 & 1 & -8 & -2 & 1 & 0\\ 0 & 1 & 1 & 0 & 0 & 1\end{array}\right)$$

On veut un « 0 » sur la ligne 3 au centre :

$$L_3-L_2\longrightarrow L_3\quad\left(\begin{array}{ccc|ccc}2 & 4 & 6 & 2 & 0 & 0\\ 0 & 1 & -8 & -2 & 1 & 0\\ 0 & 0 & 9 & 2 & -1 & 1\end{array}\right)$$

On veut un « 1 » sur la ligne 3 à droite :

$$\frac{1}{9}L_3\longrightarrow L_3\quad\left(\begin{array}{ccc|ccc}2 & 4 & 6 & 2 & 0 & 0\\ 0 & 1 & -8 & -2 & 1 & 0\\ 0 & 0 & 1 & \frac{2}{9} & -\frac{1}{9} & \frac{1}{9}\end{array}\right)$$

On veut un « 0 » sur la ligne 2 à droite :

$$L_2+8L_3\longrightarrow L_2\quad\left(\begin{array}{ccc|ccc}2 & 4 & 6 & 2 & 0 & 0\\ 0 & 1 & 0 & -\frac{2}{9} & \frac{1}{9} & \frac{8}{9}\\ 0 & 0 & 1 & \frac{2}{9} & -\frac{1}{9} & \frac{1}{9}\end{array}\right)$$

On veut un « 0 » sur la ligne 1 au centre :

$$L_1-4L_2\longrightarrow L_1\quad\left(\begin{array}{ccc|ccc}2 & 0 & 6 & \frac{26}{9} & -\frac{4}{9} & -\frac{32}{9}\\ 0 & 1 & 0 & -\frac{2}{9} & \frac{1}{9} & \frac{8}{9}\\ 0 & 0 & 1 & \frac{2}{9} & -\frac{1}{9} & \frac{1}{9}\end{array}\right)$$

On veut un « 0 » sur la ligne 1 à droite :

$$L_1-6L_3\longrightarrow L_1\quad\left(\begin{array}{ccc|ccc}2 & 0 & 0 & \frac{14}{9} & \frac{2}{9} & -\frac{38}{9}\\ 0 & 1 & 0 & -\frac{2}{9} & \frac{1}{9} & \frac{8}{9}\\ 0 & 0 & 1 & \frac{2}{9} & -\frac{1}{9} & \frac{1}{9}\end{array}\right)$$

On veut un « 1 » sur la ligne 1 à gauche :

$$\frac{1}{2}L_1\longrightarrow L_1\quad\left(\begin{array}{ccc|ccc}1 & 0 & 0 & \frac{7}{9} & \frac{1}{9} & -\frac{19}{9}\\ 0 & 1 & 0 & -\frac{2}{9} & \frac{1}{9} & \frac{8}{9}\\ 0 & 0 & 1 & \frac{2}{9} & -\frac{1}{9} & \frac{1}{9}\end{array}\right)$$

On obtient ainsi $A^{-1} = \frac{1}{9}\begin{pmatrix} 7 & 1 & -19 \\ -2 & 1 & 8 \\ 2 & -1 & 1 \end{pmatrix}$.

EXERCICE 832

$$\left(\begin{array}{ccc|ccc} 3 & 1 & 1 & 1 & 0 & 0 \\ 1 & 3 & 1 & 0 & 1 & 0 \\ 1 & 1 & 3 & 0 & 0 & 1 \end{array}\right)$$

On veut faire apparaître un « 0 » sur les lignes 2 et 3 à gauche :

$$\begin{array}{l} \\ L_1-3L_2 \longrightarrow L_2 \\ L_1-3L_3 \longrightarrow L_3 \end{array} \left(\begin{array}{ccc|ccc} 3 & 1 & 1 & 1 & 0 & 0 \\ 0 & -8 & -2 & 1 & -3 & 0 \\ 0 & -2 & -8 & 1 & 0 & -3 \end{array}\right)$$

On veut un « 0 » sur la ligne 3 au centre :

$$\begin{array}{l} \\ \\ L_2-4L_3 \longrightarrow L_3 \end{array} \left(\begin{array}{ccc|ccc} 3 & 1 & 1 & 1 & 0 & 0 \\ 0 & -8 & -2 & 1 & -3 & 0 \\ 0 & 0 & 30 & -3 & -3 & 12 \end{array}\right)$$

On veut un « 1 » sur la ligne 3 à droite :

$$\begin{array}{l} \\ \\ \frac{1}{30}L_3 \longrightarrow L_3 \end{array} \left(\begin{array}{ccc|ccc} 3 & 1 & 1 & 1 & 0 & 0 \\ 0 & -8 & -2 & 1 & -3 & 0 \\ 0 & 0 & 1 & -\frac{1}{10} & -\frac{1}{10} & \frac{2}{5} \end{array}\right)$$

On veut un « 0 » sur la ligne 2 à droite :

$$L_2+2L_3 \longrightarrow L_2 \quad \left(\begin{array}{ccc|ccc} 3 & 1 & 1 & 1 & 0 & 0 \\ 0 & -8 & 0 & \frac{8}{10} & -\frac{32}{10} & \frac{8}{10} \\ 0 & 0 & 1 & -\frac{1}{10} & -\frac{1}{10} & \frac{2}{5} \end{array}\right)$$

On veut un « 1 » sur la ligne 2 au centre :

$$-\frac{1}{8}L_2 \longrightarrow L_2 \quad \left(\begin{array}{ccc|ccc} 3 & 1 & 1 & 1 & 0 & 0 \\ 0 & 1 & 0 & -\frac{1}{10} & \frac{2}{5} & -\frac{1}{10} \\ 0 & 0 & 1 & -\frac{1}{10} & -\frac{1}{10} & \frac{2}{5} \end{array}\right)$$

On veut un « 0 » sur la ligne 1 au centre :

$$L_1-L_2 \longrightarrow L_1 \quad \left(\begin{array}{ccc|ccc} 3 & 0 & 1 & \frac{11}{10} & -\frac{2}{5} & \frac{1}{10} \\ 0 & 1 & 0 & -\frac{1}{10} & \frac{2}{5} & -\frac{1}{10} \\ 0 & 0 & 1 & -\frac{1}{10} & -\frac{1}{10} & \frac{2}{5} \end{array}\right)$$

On veut un « 0 » sur la ligne 1 à droite :

$$L_1-L_3 \longrightarrow L_1 \quad \left(\begin{array}{ccc|ccc} 3 & 0 & 0 & \frac{6}{5} & -\frac{3}{10} & -\frac{3}{10} \\ 0 & 1 & 0 & -\frac{1}{10} & \frac{2}{5} & -\frac{1}{10} \\ 0 & 0 & 1 & -\frac{1}{10} & -\frac{1}{10} & \frac{2}{5} \end{array}\right)$$

On veut un « 1 » sur la ligne 1 à gauche :

$$\frac{1}{3}L_1 \longrightarrow L_1 \quad \left(\begin{array}{ccc|ccc} 1 & 0 & 0 & \frac{2}{5} & -\frac{1}{10} & -\frac{1}{10} \\ 0 & 1 & 0 & -\frac{1}{10} & \frac{2}{5} & -\frac{1}{10} \\ 0 & 0 & 1 & -\frac{1}{10} & -\frac{1}{10} & \frac{2}{5} \end{array}\right)$$

On obtient ainsi $A^{-1} = \frac{1}{10}\begin{pmatrix} 4 & -1 & -1 \\ -1 & 4 & -1 \\ -1 & -1 & 4 \end{pmatrix}$.

EXERCICE 833

$$\left(\begin{array}{ccc|ccc} 1 & 1 & 0 & 1 & 0 & 0 \\ 1 & 1 & 1 & 0 & 1 & 0 \\ 0 & -1 & 1 & 0 & 0 & 1 \end{array}\right)$$

On veut faire apparaître un « 0 » sur les lignes 2 au centre :

$$L_2-L_1 \longrightarrow L_2 \quad \left(\begin{array}{ccc|ccc} 1 & 1 & 0 & 1 & 0 & 0 \\ 0 & 0 & 1 & -1 & 1 & 0 \\ 0 & -1 & 1 & 0 & 0 & 1 \end{array}\right)$$

On veut faire apparaître un « 0 » sur les lignes 3 à gauche :

$$\begin{array}{l} \\ \\ L_2-L_3 \longrightarrow L_3 \end{array} \left(\begin{array}{ccc|ccc} 1 & 1 & 0 & 1 & 0 & 0 \\ 0 & 0 & 1 & -1 & 1 & 0 \\ 0 & 1 & 0 & -1 & 1 & -1 \end{array}\right)$$

On veut permuter les lignes 2 et 3 :

$$\begin{array}{l} \\ L_3 \longrightarrow L_2 \\ L_2 \longrightarrow L_3 \end{array} \left(\begin{array}{ccc|ccc} 1 & 1 & 0 & 1 & 0 & 0 \\ 0 & 1 & 0 & -1 & 1 & -1 \\ 0 & 0 & 1 & -1 & 1 & 0 \end{array}\right)$$

On veut un « 0 » sur la ligne 1 au centre :

$$L_1-L_2 \longrightarrow L_1 \quad \left(\begin{array}{ccc|ccc} 1 & 0 & 0 & 2 & -1 & 1 \\ 0 & 1 & 0 & -1 & 1 & -1 \\ 0 & 0 & 1 & -1 & 1 & 0 \end{array}\right)$$

On obtient ainsi $A^{-1} = \begin{pmatrix} 2 & -1 & 1 \\ -1 & 1 & -1 \\ -1 & 1 & 0 \end{pmatrix}$.

EXERCICE 834

$$det(A) = 1\begin{vmatrix} 5 & 6 \\ 8 & 9 \end{vmatrix} - 4\begin{vmatrix} 2 & 3 \\ 8 & 9 \end{vmatrix} + 7\begin{vmatrix} 2 & 3 \\ 5 & 6 \end{vmatrix}$$
$$= -3+24-21 = 0$$

$$det(B) = -2\begin{vmatrix} 1 & 2 \\ 3 & 0 \end{vmatrix} - 3\begin{vmatrix} 1 & 1 \\ 3 & 0 \end{vmatrix} + 3\begin{vmatrix} 1 & 1 \\ 1 & 2 \end{vmatrix}$$
$$= 12+9+3 = 24$$

$$det(C) = 1\begin{vmatrix} 2 & 1 \\ 1 & 1 \end{vmatrix} - 1\begin{vmatrix} 3 & 1 \\ 1 & 1 \end{vmatrix} + 1\begin{vmatrix} 3 & 1 \\ 2 & 1 \end{vmatrix}$$
$$= 1-2+1 = 0$$

☞ Les matrices A et C ne sont pas inversibles.

EXERCICE 835

1. D'après la définition donnée dans l'exercice précédent, on a :
$$det(A) = a_1b_2c_3 - a_1b_3c_2 - a_2b_1c_3 + a_2b_3c_1 + a_3b_1c_2 - a_3b_2c_1$$
a. En développant par rapport à la première ligne :
$$a_1\begin{vmatrix} b_2 & c_2 \\ b_3 & c_3 \end{vmatrix} - b_1\begin{vmatrix} a_2 & c_2 \\ a_3 & c_3 \end{vmatrix} + c_1\begin{vmatrix} a_2 & b_2 \\ a_3 & b_3 \end{vmatrix}$$
$$= a_1(b_2c_3 - b_3c_2) - b_1(a_2c_3 - a_3c_2) + c_1(a_2b_3 - a_3b_2)$$
En développant, on retrouve l'expression développée de $det(A)$.
b. On procède de même pour le développement par rapport à la troisième ligne.
2. L'idée est de choisir la ligne ou la colonne contenant les plus de « 0 ».
Pour A, on développe par rapport à la troisième ligne, on obtient alors
$$det(A) = -2\times\begin{vmatrix} 1 & 2 \\ 2 & 3 \end{vmatrix} = 2$$
Pour B, on développe par rapport à la première ligne :
$$det(B) = 9\times\begin{vmatrix} 25 & 2 \\ 1 & 1 \end{vmatrix} = 207$$
Pour C, on développe par rapport à la troisième colonne :
$$det(C) = 1\times\begin{vmatrix} 1 & 2 \\ 1 & 1 \end{vmatrix} = -1$$

EXERCICE 836

$$\begin{aligned} det(A) &= 1\times5\times9+2\times6\times7+3\times4\times8 \\ &\quad -2\times4\times9-1\times6\times8-3\times5\times7 \\ &= 45+84+96-72-48-105 = 0 \end{aligned}$$

$$\begin{aligned} det(B) &= (-2)\times1\times0+1\times2\times3+1\times3\times3 \\ &\quad -1\times3\times0-(-2)\times2\times3-1\times1\times3 \\ &= 0+6+9-0+12-3 = 24. \end{aligned}$$

$$\begin{aligned} det(C) &= 1\times2\times1+3\times1\times1+1\times1\times1 \\ &\quad -3\times1\times1-1\times1\times1-1\times2\times1 \\ &= 2+3+1-3-1-2 = 0. \end{aligned}$$

EXERCICE 837

$$\begin{vmatrix} 1 & -2 \\ 3 & 7 \end{vmatrix} = 13$$

L'aire du parallélogramme est donc égale à 13 unités d'aire.

EXERCICE 838

1. On a $\overrightarrow{AB}\begin{pmatrix} -3 \\ 4 \end{pmatrix}$ et $\overrightarrow{AD}\begin{pmatrix} 2 \\ -6 \end{pmatrix}$
$$\begin{vmatrix} -3 & 2 \\ 4 & -6 \end{vmatrix} = 10$$
L'aire du parallélogramme $ABCD$ est égale à 10 cm^2.
2. L'aire du triangle ABD est alors égale à 5 cm^2.

EXERCICE 839

1. $$\begin{vmatrix} 1 & -2 & 0 \\ 2 & 7 & -1 \\ 3 & 4 & 1 \end{vmatrix} = 21.$$
Le volume du parallélogramme est égal à 21 unités de volume.
2. Le déterminant est la somme de produits d'entiers, il est donc entier. Le volume étant la valeur absolue du déterminant, il sera lui aussi entier.

EXERCICE 840

1. D'après l'énoncé :
$f(-1) = -a+b-c+d = -1$
$f(0) = d = 1$
$f(1) = a+b+c+d = 0$
$f(2) = 8a+4b+2c+d = 2$
On a $d = 1$ que l'on peut remplacer dans les trois autres équations, on en déduit le système (S) :
$$\begin{cases} -a+b-c &= -2 \\ a+b+c &= -1 \\ 8a+4b+2c &= 1 \end{cases}$$
2. $(S) \iff AX = B$ avec
$$A = \begin{pmatrix} -1 & 1 & -1 \\ 1 & 1 & 1 \\ 8 & 4 & 2 \end{pmatrix}, X = \begin{pmatrix} a \\ b \\ c \end{pmatrix} \text{ et } B = \begin{pmatrix} -2 \\ -1 \\ 1 \end{pmatrix}.$$
3. Si A est inversible alors $AX = B \iff X = A^{-1}B$
Par la méthode de son choix, on obtient
$$A^{-1} = \begin{pmatrix} -\frac{1}{6} & -\frac{1}{2} & \frac{1}{6} \\ \frac{1}{2} & \frac{1}{2} & 0 \\ -\frac{1}{3} & 1 & -\frac{1}{6} \end{pmatrix}$$

On en déduit alors $X = \begin{pmatrix} 1 \\ -\frac{3}{2} \\ -\frac{1}{2} \end{pmatrix}$.

Ainsi $f(x) = x^3 - \frac{3}{2}x^2 - \frac{1}{2}x + 1$.

EXERCICE 841

1. D'après l'énoncé :

$f(-3) = -27a + 9b - 3c + d = 0$

$f(0) = d = 2$

$f(1) = a + b + c + d = 0$

$f(2) = 8a + 4b + 2c + d = 1$

On a $d = 2$ que l'on peut remplacer dans les trois autres équations, on en déduit le système (S) :

$$\begin{cases} -27a + 9b - 3c &= -2 \\ a + b + c &= -2 \\ 8a + 4b + 2c &= -1 \end{cases}$$

2. $(S) \iff AX = B$ avec

$A = \begin{pmatrix} -27 & 9 & -3 \\ 1 & 1 & 1 \\ 8 & 4 & 2 \end{pmatrix}$, $X = \begin{pmatrix} a \\ b \\ c \end{pmatrix}$ et $B = \begin{pmatrix} -2 \\ -2 \\ -1 \end{pmatrix}$.

3. Si A est inversible alors $AX = B \iff X = A^{-1}B$

Par la méthode de son choix, on obtient

$$A^{-1} = \begin{pmatrix} -\frac{1}{60} & -\frac{1}{4} & \frac{1}{10} \\ \frac{1}{20} & -\frac{1}{4} & \frac{1}{5} \\ -\frac{1}{30} & \frac{3}{2} & -\frac{3}{10} \end{pmatrix}$$

On en déduit alors $X = \begin{pmatrix} 1 \\ -\frac{3}{2} \\ -\frac{1}{2} \end{pmatrix}$.

Ainsi $f(x) = \frac{13}{30}x^3 + \frac{1}{5}x^2 - \frac{79}{30}x + 2$.

EXERCICE 842

1. D'après l'énoncé :

$f(1) = a + b + c + d = 1$

$f(-2) = -8a + 4b - 2c + d = -2$

$f(2) = 8a + 4b + 2c + d = -1$

$f(4) = 64a + 16b + 4c + d = 0$

On en déduit le système (S) :

$$\begin{cases} a + b + c + d &= 1 \\ -8a + 4b - 2c + d &= -2 \\ 8a + 4b + 2c + d &= -1 \\ 64a + 16b + 4c + d &= 0 \end{cases}$$

2. $(S) \iff AX = B$ avec $A = \begin{pmatrix} 1 & 1 & 1 & 1 \\ -8 & 4 & -2 & 1 \\ 8 & 4 & 2 & 1 \\ 64 & 16 & 4 & 1 \end{pmatrix}$,

$X = \begin{pmatrix} a \\ b \\ c \\ d \end{pmatrix}$ et $B = \begin{pmatrix} 1 \\ -2 \\ -1 \\ 0 \end{pmatrix}$.

3. Si A est inversible alors $AX = B \iff X = A^{-1}B$

En utilisant la calculatrice, on obtient

$$A^{-1} = \begin{pmatrix} \frac{1}{9} & -\frac{1}{72} & -\frac{1}{8} & \frac{1}{36} \\ -\frac{4}{9} & \frac{7}{72} & \frac{3}{8} & -\frac{1}{36} \\ -\frac{4}{9} & -\frac{7}{36} & \frac{3}{4} & -\frac{1}{9} \\ \frac{16}{9} & \frac{1}{9} & -1 & \frac{1}{9} \end{pmatrix}$$

On en déduit alors $X = \begin{pmatrix} \frac{19}{72} \\ -\frac{73}{72} \\ -\frac{29}{36} \\ \frac{23}{9} \end{pmatrix}$.

Ainsi $f(x) = \frac{19}{72}x^3 - \frac{73}{72}x^2 - \frac{29}{36}x + \frac{23}{9}$.

EXERCICE 843

1. a. $det(P) = -2 \neq 0$, la matrice P est donc inversible,

d'inverse $P^{-1} = \begin{pmatrix} \frac{1}{2} & \frac{1}{2} \\ \frac{1}{2} & -\frac{1}{2} \end{pmatrix}$.

b. Calcul immédiat.

c. Voir la récurrence de l'exercice 820.

d. $X_n = A^n X_0 = PD^nP^{-1}X_0 = \begin{pmatrix} \frac{(2p-1)^n+1}{2} \\ \frac{-(2p-1)^n+1}{2} \end{pmatrix}$

d'où $q_n = \frac{-(2p-1)^n + 1}{2}$.

2. On cherche n tel que $q_n \leqslant 0,25$ avec $p = 0,98$ soit $q_n = \frac{1 - 0,96^n}{2}$.

On résout l'inéquation $\frac{1 - 0,96^n}{1} \leqslant 0,25$

$\iff 0,75 \leqslant 0,96^n$

$\iff n \leqslant \frac{\ln(0,75)}{\ln(0,96)}$.

$\frac{\ln(0,75)}{\ln(0,96)} \approx 7,04$, on peut donc aligner au maximum 7 lignes de transmission pour que la probabilité que le bit reçu ait pour valeur 0 soit inférieure ou égale à 0,25.

EXERCICE 844

1. En cryptant par cette méthode le mot « PION », on obtient « LZWH ».
On veut crypter le mot « ESPION ».
Les lettres ES correspondent à la matrice colonne $\begin{pmatrix}4\\18\end{pmatrix}$;
$\begin{pmatrix}9 & 4\\7 & 3\end{pmatrix}\times\begin{pmatrix}4\\18\end{pmatrix}=\begin{pmatrix}36+72\\28+54\end{pmatrix}=\begin{pmatrix}108\\82\end{pmatrix}$
$\begin{cases}108=4\times 26+4 \text{ donc } 108\equiv 4\ [26]\\ 82=3\times 26+4 \text{ donc } 82\equiv 4\ [26]\end{cases}$
donc
$\begin{pmatrix}108\\82\end{pmatrix}\equiv\begin{pmatrix}4\\4\end{pmatrix}$ [26] ce qui correspond à EE.
Le mot ESPION se code donc en EELZWH.
2. **Méthode de décryptage**
a. $A=\begin{pmatrix}9 & 4\\7 & 3\end{pmatrix}$.
$\det(A)=9\times 3-4\times 7=-1\neq 0$ donc la matrice A est inversible et $A^{-1}=\begin{pmatrix}-3 & 4\\7 & -9\end{pmatrix}$
b. Au cryptage, une matrice colonne X correspondant à deux lettres, est d'abord transformée en la matrice Y telle que $AX=Y$. Puis on cherche la matrice Y' composée de nombres entiers entre 0 et 25 et telle que $Y'\equiv Y$ modulo 26.
Au décryptage, on cherche la matrice colonne Y correspondant aux deux lettres à décrypter. Puis on détermine la matrice X telle que $AX=Y$, autrement dit telle que $X=A^{-1}Y$. Enfin on détermine la matrice colonne X' composée des restes des éléments de X modulo 26.
Comme $X\equiv X'$ modulo 26, d'après le texte $AX\equiv AX'$ modulo 26 et donc AX et AX' correspondent à la même matrice colonne Y modulo 26 ce qui valide le processus de décryptage.
Pour décrypter les lettres XQ, on cherche la matrice colonne correspondant à ces deux lettres : $\begin{pmatrix}23\\16\end{pmatrix}$ puis on multiplie à gauche par la matrice A^{-1}
$\begin{pmatrix}-3 & 4\\7 & -9\end{pmatrix}\times\begin{pmatrix}23\\16\end{pmatrix}=\begin{pmatrix}-5\\17\end{pmatrix}\equiv\begin{pmatrix}21\\17\end{pmatrix}$ [26] ce qui correspond à VR.
On fait de même avec GY représenté par $\begin{pmatrix}6\\24\end{pmatrix}$:
$\begin{pmatrix}-3 & 4\\7 & -9\end{pmatrix}\times\begin{pmatrix}6\\24\end{pmatrix}=\begin{pmatrix}78\\-174\end{pmatrix}\equiv\begin{pmatrix}0\\8\end{pmatrix}$ [26] ce qui correspond à AI.
Le mot XQGY se décode en VRAI.

EXERCICE 845

$P_0=\begin{pmatrix}-4\\3\end{pmatrix}$, $\quad P_2=\begin{pmatrix}0\\7\end{pmatrix}$ et $P_5=\begin{pmatrix}121\\13\end{pmatrix}$.

EXERCICE 846

$M_1=AM_0=\begin{pmatrix}0,3 & 0,8\\0,2 & 1,3\end{pmatrix}\begin{pmatrix}1\\3\end{pmatrix}=\begin{pmatrix}2,7\\4,1\end{pmatrix}$

$M_2=AM_1=\begin{pmatrix}0,3 & 0,8\\0,2 & 1,3\end{pmatrix}\begin{pmatrix}2,7\\4,1\end{pmatrix}=\begin{pmatrix}4,09\\5,87\end{pmatrix}$

$M_3=AM_2=\begin{pmatrix}0,3 & 0,8\\0,2 & 1,3\end{pmatrix}\begin{pmatrix}4,09\\5,87\end{pmatrix}=\begin{pmatrix}5,923\\8,449\end{pmatrix}$

EXERCICE 847

1. $\begin{cases}x_{n+1}=x_n+0,5y_n\\ y_{n+1}=2x_n+y_n\end{cases} \iff \begin{pmatrix}x_{n+1}\\y_{n+1}\end{pmatrix}=\begin{pmatrix}1 & 0,5\\2 & 1\end{pmatrix}\begin{pmatrix}x_n\\y_n\end{pmatrix}$
$\iff X_{n+1}=AX_n$
avec $A=\begin{pmatrix}1 & 0,5\\2 & 1\end{pmatrix}$.
2. $A^2=\begin{pmatrix}2 & 1\\4 & 2\end{pmatrix}$ et $A^3=\begin{pmatrix}4 & 2\\8 & 4\end{pmatrix}$.
Il semblerait que $A^n=\begin{pmatrix}2^{n-1} & 2^{n-2}\\2^n & 2^{n-1}\end{pmatrix}$
3. Démontrons par récurrence que, pour tout $n\in\mathbb{N}^\star$, $A^n=\begin{pmatrix}2^{n-1} & 2^{n-2}\\2^n & 2^{n-1}\end{pmatrix}$.
• *Initialisation :* La propriété est vraie pour $n=1$.
• *Hérédité :* Supposons la propriété vraie jusqu'au rang n, alors
$A^{n+1}=A\times A^n=\begin{pmatrix}1 & 0,5\\2 & 1\end{pmatrix}\begin{pmatrix}2^{n-1} & 2^{n-2}\\2^n & 2^{n-1}\end{pmatrix}$
$=\begin{pmatrix}2^n & 2^{n-1}\\2^{n+1} & 2^n\end{pmatrix}$.
La propriété est donc vraie au rang $n+1$.
• *Conclusion :* La propriété est vraie au rang 1, et elle est héréditaire, donc d'après le principe de récurrence, pour tout entier naturel $n>0$:

$A^n = \begin{pmatrix} 2^{n-1} & 2^{n-2} \\ 2^n & 2^{n-1} \end{pmatrix}$.

4. $X_n = A^n X_0 = \begin{pmatrix} 2^{n-1} & 2^{n-2} \\ 2^n & 2^{n-1} \end{pmatrix}\begin{pmatrix} 0 \\ 1 \end{pmatrix} = \begin{pmatrix} 2^{n-1} \\ 2^n \end{pmatrix}$.

5. $\lim_{n\to+\infty} x_n = \lim_{n\to+\infty} 2^{n-1} = +\infty$

$\lim_{n\to+\infty} y_n = \lim_{n\to+\infty} 2^n = +\infty$.

La suite de matrices (X_n) est donc divergente.

EXERCICE 848

Si la suite (X_n) converge vers une limite $X = \begin{pmatrix} x \\ y \end{pmatrix}$ alors $X = AX$ c'est-à-dire $\begin{cases} 0,2x + 0,6y = x \\ 0,9x + 0,3y = y \end{cases}$.

La résolution de ce système donne $x = y = 0$.

La suite (X_n) converge donc vers $X = \begin{pmatrix} 0 \\ 0 \end{pmatrix}$.

EXERCICE 849

1. La suite constante $C = \begin{pmatrix} a \\ b \end{pmatrix}$ vérifie $C = AC + B$

soit le système $\begin{cases} a = 0,3a + 0,5b + 2 \\ b = 0,7b + 5 \end{cases}$.

En résolvant ce système, nous obtenons $a = \dfrac{310}{21}$ et $b = \dfrac{50}{3}$ soit $C = \begin{pmatrix} \frac{310}{21} \\ \frac{50}{3} \end{pmatrix}$.

2. On démontre par récurrence que

$\forall n > 0,\ A^n = \begin{pmatrix} 0,3^n & 0,5 \sum_{k=1}^{n} 0,3^{n-1-k} 0,7^k \\ 0 & 0,7^n \end{pmatrix}$

3. D'après la propriété 2, on peut écrire

$X_n = A^n (X_0 - C) + C$.

Chaque coefficient de la matrice A^n converge vers 0, la suite $\left(A^n\right)$ est converge donc vers la matrice nulle. On en déduit que la suite (X_n) converge vers $C = \begin{pmatrix} \frac{310}{21} \\ \frac{50}{3} \end{pmatrix}$.

EXERCICE 850

1.

$A = \begin{pmatrix} 3 & -1 & 1 \\ 1 & 2 & 0 \\ 0 & 1 & 1 \end{pmatrix}$.

2. On a $X_{n+1} = AX_n$, on en déduit alors que $X_n = A^n X_0$.

3. $X_3 = A^3 X_0 = \begin{pmatrix} 20 \\ 18 \\ 6 \end{pmatrix}$

$X_6 = A^6 X_0 = \begin{pmatrix} 256 \\ 432 \\ 240 \end{pmatrix}$

EXERCICE 851

1.

$A = \begin{pmatrix} 2 & 1 & -1 \\ 3 & -1 & 0 \\ 0 & 1 & 2 \end{pmatrix}$.

2. On a $X_{n+1} = X_n A$, la suite (X_n), on en déduit alors que $X_n = X_0 A^n$.

3. $X_3 = X_0 A^3 = \begin{pmatrix} -5 & 3 & 20 \end{pmatrix}$

$X_6 = X_0 A^6 = \begin{pmatrix} 164 & 93 & 148 \end{pmatrix}$

EXERCICE 852

Soit (U_n) une suite de matrices colonnes de taille p telle que, pour tout entier naturel n : $U_{n+1} = AU_n$ où A est une matrice carrée d'ordre p.

Démontrons par récurrence que $\forall n \in \mathbb{N}$, $U_n = A^n U_0$.

• *Initialisation :* La propriété est vraie pour $n = 0$, car $A^0 = I_p$ et $I_p U_0 = U_0$.

• *Hérédité :* Supposons la propriété vraie pour un entier naturel n, $U_{n+1} = AU_n = A \times A^n U_0 = A^{n+1} U_0$.

La propriété est donc vraie au rang $n + 1$.

• *Conclusion :* La propriété est vraie au rang 1, et elle est héréditaire , donc d'après le principe de récurrence, pour tout entier naturel n : $U_n = A^n U_0$.

EXERCICE 853

Soit (U_n) une suite de matrices colonnes de taille p telle que, pour tout entier naturel n :

$U_{n+1} = AU_n + B$ où A est une matrice carrée d'ordre p et B une matrice colonne de taille p.

On suppose qu'il existe une matrice C telle que

$C = AC + B$,

alors $U_{n+1} - C = AU_n - AC = A(U_n - C)$.

La suite (V_n) telle que $V_n = U_n - C$ vérifie $V_{n+1} = AV_n$, donc $V_n = A^n V_0$ (d'après la propriété 1). On en déduit alors que $U_n - C = A^n (U_0 - C)$, soit pour tout $n \in \mathbb{N}$, $U_n = A^n(U_0 - C) + C$.

EXERCICE 854

1. $P^{-1} = \begin{pmatrix} \frac{1}{2} & \frac{1}{2} & -\frac{1}{2} \\ \frac{1}{2} & -\frac{1}{2} & \frac{1}{2} \\ -\frac{1}{2} & \frac{1}{2} & \frac{1}{2} \end{pmatrix}$.

2. $P^{-1}AP = \begin{pmatrix} 1 & 0 & 0 \\ 0 & -1 & 0 \\ 0 & 0 & 2 \end{pmatrix}$.

3. On démontre par récurrence que $\forall n > 0$,

$D^n = \begin{pmatrix} 1 & 0 & 0 \\ 0 & (-1)^n & 0 \\ 0 & 0 & 2^n \end{pmatrix}$ et que $D^n = P^{-1}A^nP$.

D'autre part $PD^nP^{-1} = PP^{-1}A^nPP^{-1} = A^n$, d'où

$$A^n = \frac{1}{5}\begin{pmatrix} -2^n + 10\cdot 20^n - 3\cdot 15^n & 15^n - 10^n & 5\cdot 10^n - 10\cdot 20^n + 5\cdot 15^n \\ 4\cdot 10^n + 5\cdot 20^n - 9\cdot 15^n & 2\cdot 10^n + 3\cdot 15^n & -10^{n+1} - 5\cdot 20^n + 15^{n+1} \\ -2\cdot 10^n + 5\cdot 20^n - 3\cdot 15^n & 15^n - 10^n & 5\cdot 10^n - 5\cdot 20^n + 5\cdot 15^n \end{pmatrix}$$

4. $X_n = A^nX_0 = \frac{1}{2}\begin{pmatrix} 3(-1)^n - 1 \\ -1 - 3\cdot 2^n \\ 3(-1)^n + 2^n \end{pmatrix}$.

5. La suite $y_n = \frac{1}{2}(-1 - 3\cdot 2^n)$ tend vers $-\infty$ lorsque n tend vers $+\infty$, la suite (X_n) est donc divergente.

EXERCICE 855

1. $\begin{pmatrix} u_{n+1} \\ v_{n+1} \\ w_{n+1} \end{pmatrix} = \begin{pmatrix} 27 & 1 & -15 \\ 1 & 13 & 5 \\ 7 & 1 & 5 \end{pmatrix}\begin{pmatrix} u_n \\ v_n \\ w_n \end{pmatrix}$.

Ainsi $A = \begin{pmatrix} 27 & 1 & -15 \\ 1 & 13 & 5 \\ 7 & 1 & 5 \end{pmatrix}$.

2. $P^{-1} = \begin{pmatrix} -\frac{2}{5} & -\frac{1}{5} & 1 \\ 1 & 0 & -1 \\ -\frac{3}{5} & \frac{1}{5} & 1 \end{pmatrix}$.

3. $P^{-1}AP = \begin{pmatrix} 10 & 0 & 0 \\ 0 & 20 & 0 \\ 0 & 0 & 15 \end{pmatrix}$.

4. On démontre par récurrence que $\forall n > 0$,

$D^n = \begin{pmatrix} 10^n & 0 & 0 \\ 0 & 20^n & 0 \\ 0 & 0 & 15^n \end{pmatrix}$ et que $D^n = P^{-1}A^nP$.

D'autre part $PD^nP^{-1} = PP^{-1}A^nPP^{-1} = A^n$, d'où

$$A^n = \frac{1}{2}\begin{pmatrix} 1 + (-1)^n & 1 - (-1)^n & -1 + (-1)^n \\ 1 - 2^n & 1 + 2^n & 2^n - 1 \\ (-1)^n - 2^n & 2^n - (-1)^n & (-1)^n + 2^n \end{pmatrix}.$$

5. $X_n = A^nX_0 = \frac{1}{15}\begin{pmatrix} 2\cdot 10^n + 3\cdot 15^n \\ 4\cdot 10^n + 9\cdot 15^n \\ 2\cdot 10^n + 3\cdot 15^n \end{pmatrix}$.

6. Les suites (u_n), (v_n) et (w_n) tendent vers $+\infty$ lorsque n tend vers $+\infty$, la suite (X_n) est donc divergente.

EXERCICE 856

1. $det(P) = 5 \neq 0$, la matrice P est donc inversible, d'inverse $P^{-1} = \begin{pmatrix} \frac{1}{5} & -\frac{3}{5} \\ \frac{1}{5} & \frac{2}{5} \end{pmatrix}$.

2. $D = P^{-1}AP = \begin{pmatrix} 0,25 & 0 \\ 0 & 0,5 \end{pmatrix}$.

3. On démontre par récurrence que

$D^n = \begin{pmatrix} 0,25^n & 0 \\ 0 & 0,5^n \end{pmatrix}$.

$$\begin{aligned} A^n &= PD^nP^{-1} \\ &= \frac{1}{5}\begin{pmatrix} 2\cdot 0,25^n + 3\cdot 0,5^n & 6\cdot 0,5^n - 6\cdot 0,25^n \\ 0,5^n - 0,25^n & 3\cdot 0,25^n + 2\cdot 0,5^n \end{pmatrix}. \end{aligned}$$

4. Soit $C = \begin{pmatrix} a \\ b \end{pmatrix}$. $C = AC + B \iff \begin{cases} a = 0,4a + 0,3b + 1 \\ b = 0,05a + 0,35b + 1 \end{cases}$

La résolution de ce système donne $a = \frac{70}{81}$ et $b = -\frac{130}{81}$ d'où $C = \begin{pmatrix} \frac{70}{81} \\ -\frac{130}{81} \end{pmatrix}$.

5. D'après la propriété 2,

$$\begin{aligned} X_n &= A^n(X_0 - C) + C \\ &= \frac{1}{405}\begin{pmatrix} -1774\cdot 0,25^n + 1719\cdot 0,5^n + 350 \\ 865\cdot 0,25^n + 595\cdot 0,5^n - 650 \end{pmatrix}. \end{aligned}$$

6. $\lim\limits_{n\to+\infty} \frac{-1774\cdot 0,25^n + 1719\cdot 0,5^n + 350}{405} = \frac{350}{405} = \frac{70}{81}$

$\lim\limits_{n\to+\infty} \frac{865\cdot 0,25^n + 595\cdot 0,5^n - 650}{405} = -\frac{650}{405} = -\frac{130}{81}$.

La suite (X_n) converge donc vers $C = \begin{pmatrix} \frac{70}{81} \\ -\frac{130}{81} \end{pmatrix}$.

EXERCICE 857

1. On a $u_{n+1} = 0u_n + 1u_{n+1}$ et $u_{n+2} = -\frac{1}{2}u_n + \frac{3}{2}u_{n+1}$,

on en déduit alors que $A = \begin{pmatrix} 0 & 1 \\ -\frac{1}{2} & \frac{3}{2} \end{pmatrix}$.

2. Ce démontre par récurrence (exercice 852).

3. a.

$J+K=\begin{pmatrix} 0 & 1 \\ -\frac{1}{2} & \frac{3}{2} \end{pmatrix}=A.$

b. $J^2=J$, $K^2=\frac{1}{2}K$, $JK=KJ=O$.

c. Les matrices J et K commutent, donc d'après la formule du binôme :

$A^n=\sum_{k=0}^{n}\binom{n}{k}J^{n-k}K^k=\binom{n}{0}J^n+\binom{n}{n}K^n$

car $JK=O$

De plus $J^2=J$ donc pour tout $n\in\mathbb{N}$, $J^n=J$

$K^2=\frac{1}{2}K$, on peut donc démontrer par récurrence que $K^n=\frac{1}{2^{n-1}}K$

On en déduit alors que $A^n=J+\frac{1}{2^{n-1}}K$.

4. D'après la question précédente :

$A=\begin{pmatrix} -1+\frac{1}{2^{n-1}} & 2-\frac{1}{2^{n-1}} \\ -1+\frac{1}{2^n} & 2-\frac{1}{2^n} \end{pmatrix}.$

On en déduit alors que

$u_n=\left(-1+\frac{1}{2^{n-1}}\right)u_0+\left(2-\frac{1}{2^{n-1}}\right)u_1.$

EXERCICE 858

Proposition 1 : VRAI $\forall n\in\mathbb{N}$, $X_{n+1}=M\times X_n$

donc $\begin{pmatrix} a_{n+1} \\ b_{n+1} \end{pmatrix}=\begin{pmatrix} 0,55 & 0,3 \\ 0,45 & 0,7 \end{pmatrix}\times\begin{pmatrix} a_n \\ b_n \end{pmatrix}$

donc $P(B_{n+1})=b_{n+1}=0,45\times a_n+0,7\times b_n$

$=0,45\times P(A_n)+0,7\times P(B_n)$

Or d'après la formule des probabilités totales,

$P(B_{n+1})=P_{A_n}(B_{n+1})\times P(A_n)+P_{B_n}(B_{n+1})\times P(B_n)$

On a donc $P_{A_n}(B_{n+1})=0,45$.

Proposition 2 : FAUX

$\begin{pmatrix} a_1 \\ b_1 \end{pmatrix}=X_1=M\times X_0=\begin{pmatrix} 0,55\times a_0+0,3\times b_0 \\ 0,45\times a_0+0,7\times b_0 \end{pmatrix}$

$b_1=3a_1 \iff 0,45\times a_0+0,7\times b_0=1,65\times a_0+0,9\times b_0$

donc $b_1=3a_1 \iff 1,2a_0=-0,2b_0$

Ce résultat est absurde puisque a_0 et b_0 sont des probabilités donc des nombres positifs.

EXERCICE 859

1. a. $MX_n=\begin{pmatrix} -\frac{13}{2} & 3 \\ -\frac{35}{2} & 8 \end{pmatrix}\times\begin{pmatrix} x_n \\ y_n \end{pmatrix}=\begin{pmatrix} -\frac{13}{2}x_n+3y_n \\ -\frac{35}{2}x_n+8y_n \end{pmatrix}$

$=\begin{pmatrix} x_{n+1} \\ y_{n+1} \end{pmatrix}=X_{n+1}$

b. D'après la propriété 1, $X_n=M^nX_0$.

2. a. $P^{-1}MP=\begin{pmatrix} 7 & -3 \\ -5 & 2 \end{pmatrix}\begin{pmatrix} -\frac{13}{2} & 3 \\ -\frac{15}{2} & 8 \end{pmatrix}\begin{pmatrix} -2 & -3 \\ -5 & -7 \end{pmatrix}$

$=\begin{pmatrix} 1 & 0 \\ 0 & \frac{1}{2} \end{pmatrix}.$

b. On a, pour tout $n\in\mathbb{N}$, $D^n=\begin{pmatrix} 1 & 0 \\ 0 & \frac{1}{2^n} \end{pmatrix}$.

c. Voir démonstration par récurrence, exercice 820.

3. Soit $n\in\mathbb{N}$, alors

$X_n=M^nX_0=\begin{pmatrix} -14+\frac{15}{2^n} & 6-\frac{6}{2^n} \\ -35+\frac{35}{2^n} & 15-\frac{14}{2^n} \end{pmatrix}\begin{pmatrix} 1 \\ 2 \end{pmatrix}$

$=\begin{pmatrix} -14+\frac{15}{2^n}+12-\frac{12}{2^n} \\ -35+\frac{35}{2^n}+30-\frac{28}{2^n} \end{pmatrix}=\begin{pmatrix} -2+\frac{3}{2^n} \\ -5+\frac{7}{2^n} \end{pmatrix}$

On a donc, $\forall n\in\mathbb{N}$, $x_n=-2+\frac{3}{2^n}$ et $y_n=-5+\frac{7}{2^n}$.

4. Soit $n\in\mathbb{N}$, alors $A_n\left(-2+\frac{3}{2^n}\ ;\ -5+\frac{7}{2^n}\right)$ et

$7\left(-2+\frac{3}{2^n}\right)-3\left(-5+\frac{7}{2^n}\right)-1=-14+\frac{21}{2^n}+15-\frac{21}{2^n}-1$

$=-15+15=0$

ce qui prouve bien que $A_n\in\mathcal{D}$.

EXERCICE 860

1. a. $det(P)=5\neq 0$, la matrice P est donc inversible, d'inverse $P^{-1}=\frac{1}{5}\begin{pmatrix} 2 & -3 \\ 1 & 1 \end{pmatrix}$.

b. $X_n=Q_nP^{-1}X_0=\frac{1}{5}\begin{pmatrix} (-1)^{n+1}+3\times 2^{2n+1} \\ (-1)^n+2^{2n+2} \end{pmatrix}$

On a donc bien pour tout entier naturel n, on a

$\begin{cases} u_n &= \dfrac{(-1)^n+3\times 2^{2n+1}}{5} \\ v_n &= \dfrac{(-1)^n+2^{2n+2}}{5} \end{cases}$

2. a. $\forall n\in\mathbb{N}$, on a $\frac{u_n}{v_n}=\frac{(-1)^{n+1}+3\times 2^{2n+1}}{(-1)^n+2^{2n+2}}$

$=\dfrac{2^{2n+1}\left(\frac{(-1)^{n+1}}{2^{2n+1}}+3\right)}{2^{2n+1}\left(\frac{(-1)^n}{2^{2n+1}}+2\right)}=\dfrac{\frac{(-1)^{n+1}}{2^{2n+1}}+3}{\frac{(-1)^n}{2^{2n+1}}+2}.$

b. $-\frac{1}{2^{2n+1}}\leqslant\frac{(-1)^{n+1}}{2^{2n+1}}\leqslant\frac{1}{2^{2n+1}}$ et $\lim_{x\to+\infty}\frac{1}{2^{2n+1}}=0$

On a donc, d'après le théorème des gendarmes,

$\lim_{x\to+\infty}\frac{(-1)^{n+1}}{2^{2n+1}}=\lim_{n\to+\infty}\frac{(-1)^n}{2^{2n+1}}=0$

On en déduit, par opération sur les limites, $\lim_{x\to+\infty} \frac{u_n}{v_n} = \frac{3}{2}$.

EXERCICE 861

1. D'après l'énoncé le nombre de personnes quittant l'association à la fin de l'année n est donné par $0,4a_n + 0,4b_n$.
D'une année sur l'autre le programme A récupère 20% des ses anciens inscrits et les nouveaux inscrits correspondants au nombre des personnes ayant quitté l'association à la fin de l'année précédente. On a donc $a_{n+1} = 0,2a_n + 0,4a_n + 0,4b_n = 0,6a_n + 0,4b_n$.
De même $b_{n+1} = 0,4a_n + 0,6b_n$.
La situation est donc résumée par le système
$$(S) : \begin{cases} a_{n+1} = 0,6a_n + 0,4b_n \\ b_{n+1} = 0,4a_n + 0,6b_n \end{cases}$$
$$(S) \iff U_{n+1} = U_n M \text{ avec } M = \begin{pmatrix} 0,6 & 0,4 \\ 0,4 & 0,6 \end{pmatrix}$$
2. On démontre la propriété par récurrence.
• *Initialisation*: $U_0 = (150\ \ 0)$ et
$\begin{pmatrix} 75 + 75 \times 0,2^0 & 75 - 75 \times 0,2^0 \end{pmatrix} = (150\ \ 0)$.
La propriété est donc vérifiée au rang 0.
• *Hérédité* : Supposons la propriété vraie jusqu'au rang $n \geqslant 0$,
alors $U_{n+1} = U_n M$
$= \begin{pmatrix} 75 + 75 \times 0,2^{p+1} & 75 - 75 \times 0,2^{p+1} \end{pmatrix}$
• *Conclusion* : La propriété est vraie au rang 0 et est héréditaire ,
donc $\forall n \in \mathbb{N}$, $U_n = \begin{pmatrix} 75 + 75 \times 0,2^n & 75 - 75 \times 0,2^n \end{pmatrix}$.
3. $\lim_{n\to+\infty} 0,2^n = 0$ car $-1 < 0,2 < 1$,
on en déduit que $\lim_{n\to+\infty} U_n = \begin{pmatrix} 75 & 75 \end{pmatrix}$
A long terme les effectifs s'équilibreront entre les deux programmes.

EXERCICE 862

1. **a.** $\begin{pmatrix} x' \\ y' \end{pmatrix} = A \begin{pmatrix} x \\ y \end{pmatrix} + B$
$$\iff \begin{pmatrix} x' \\ y' \end{pmatrix} = \begin{pmatrix} 3 & 2 \\ 4 & 3 \end{pmatrix} \times \begin{pmatrix} x \\ y \end{pmatrix} + \begin{pmatrix} 1 \\ 2 \end{pmatrix} = \begin{pmatrix} 3x + 2y + 1 \\ 4x + 3y + 2 \end{pmatrix}$$
donc $\begin{cases} x' = 3x + 2y + 1 \\ y' = 4x + 3y + 2 \end{cases}$

b. $y'^2 - 2x'\left(x' + 1\right)$
$= \left(4x + 3y + 2\right)^2 - 2\left(3x + 2y + 1\right)\left(3x + 2y + 2\right)$
$= y^2 - 2x(x + 1)$

c. On suppose que le couple $(x\ ;\ y)$ définit un TRPI, c'est-à-dire $y^2 = 2x(x + 1) + 1$.
$\Longrightarrow y'^2 - 2x'(x' + 1) = y^2 - 2x(x + 1) = 1$
$\Longrightarrow y'^2 = 2x'\left(x' + 1\right) + 1$
c'est-à-dire $\left(x'\ ;\ y'\right)$ définit un TRPI.

2. Montrons par récurrence que, pour tout entier naturel n, le couple $\left(x_n\ ;\ y_n\right)$ définit un TRPI.
• *Initialisation* : Pour $n = 0$, $\begin{pmatrix} x_0 & y_0 \end{pmatrix} = \begin{pmatrix} 3 & 5 \end{pmatrix}$ qui définit un TRPI.
• *Hérédité* : On suppose la propriété vraie au rang n c'est-à-dire $\begin{pmatrix} x_n & y_n \end{pmatrix}$ définit un TRPI.
$\begin{pmatrix} x_{n+1} & y_{n+1} \end{pmatrix} = A\begin{pmatrix} x_n & y_n \end{pmatrix} + B$
$$\iff \begin{cases} x_{n+1} = 3x_n + 2y_n + 1 \\ y_{n+1} = 4x_n + 3y_n + 2 \end{cases}$$
La propriété est donc vraie au rang $n + 1$.
• *Conclusion :* La propriété est vrai en 0 et est héréditaire. D'après l'axiome de récurrence, la propriété est vraie pour tout $n \in \mathbb{N}$.
3. D'après la question 1. de la partie B on a
$\begin{cases} x_{n+1} = 3x_n + 2y_n + 1 \\ y_{n+1} = 4x_n + 3y_n + 2 \end{cases}$
On programme les deux suites définies par
$\begin{cases} x_0 = 3 \\ x_{n+1} = 3x_n + 2y_n + 1 \end{cases}$ et $\begin{cases} y_0 = 5 \\ y_{n+1} = 4x_n + 3y_n + 2 \end{cases}$
On trouve alors $\left(x_3\ ;\ y_3\right) = (696\ ;\ 985)$
$\left(x_4\ ;\ y_4\right) = (4059\ ;\ 5741)$
Donc un triangle dont les côtés mesurent 4 059, 4 060 et 5 741 est un TPRI dont les côtés ont des longueurs supérieurs à 2017.
Vérification : $4059^2 + 4060^2 = 32959081$
et $5741^2 = 32959081$

EXERCICE 863

1. $A = \begin{pmatrix} 3 & 1 & 0 \\ 0 & 3 & 1 \\ 0 & 0 & 3 \end{pmatrix}$.
On vérifie aisément que $X_{n+1} = AX_n$, on en déduit alors par récurrence que $X_n = A^n X_0$.

2. $N^2 = \begin{pmatrix} 0 & 0 & 1 \\ 0 & 0 & 0 \\ 0 & 0 & 0 \end{pmatrix}$ et $N^3 = O$ (matrice nulle).

On en déduit alors que pour tout $p \geqslant 3$, $N^p = O$.

3. On remarque que $A = N + 3I_3$, de plus $3I$ et A commutent, on peut donc appliquer la formule du binôme, on en déduit alors que

$$A^n = (3I+N)^n = 3^n I_3 + 3^{n-1} nN + 3^{n-2}\frac{n(n-1)}{2} n^2.$$

4. D'après la question précédente

$$A^n = \begin{pmatrix} 3^n & 3^{n-1}n & 3^{n-2}\times\dfrac{n(n-1)}{2} \\ 0 & 3^n & 3^{n-1}n \\ 0 & 0 & 3^n \end{pmatrix}.$$

On en déduit alors :

$$\begin{cases} a_n = 3^n + 2\times 3^{n-1}n + 7\times 3^{n-2}\times\dfrac{n(n-1)}{2} \\ b_n = 2\times 3^n + 7\times 3^{n-1}n \\ c_n = 7\times 3^n \end{cases}$$

EXERCICE 864

1. Au bout d'un an, puisque le bassin B contenait 100 poissons (car $b_0 = 100$), la vente de ces poissons permettra d'en acheter deux fois plus à mettre dans le bassin A, soit 200. A cela, il faut ajouter les 200 poissons que le pisciculteur achète pour le bassin A. On a donc $a_1 = 200 + 200 = 400$.

Pour le bassin B, on va commencer par y transférer les 200 poissons qui étaient dans le bassin A (car $a_0 = 200$), auxquels on ajoute les 100 poissons supplèmentaires que le pisciculteur achète pour le bassin B. On a donc $b_1 = 200 + 100 = 300$.

On aura $a_2 = 2\times b_1 + 200 = 800$ et $b_2 = a_1 + 100 = 500$.

2. **a.** On généralise le raisonnement établi à la question précédente : pour tout entier naturel n, on a :

— $a_{n+1} = 2\times b_n + 200$: le double du nombre de poissons dans le bassin B l'année précédente, auxquels on ajoute 200 poissons.

— $b_{n+1} = a_n + 100$: les poissons transférés du bassin A l'année précédente, auxquels on ajoute 100 poissons.

On calcule le produit matriciel AX_n :

$$AX_n = \begin{pmatrix} a_n \\ b_n \end{pmatrix}\begin{pmatrix} 0 & 2 \\ 1 & 1 \end{pmatrix} = \begin{pmatrix} 2b_n \\ a_n \end{pmatrix}$$

On a donc la somme :

$$AX_n + B = \begin{pmatrix} 2b_n \\ a_n \end{pmatrix} + \begin{pmatrix} 200 \\ 100 \end{pmatrix} = \begin{pmatrix} 2b_n + 200 \\ a_n + 100 \end{pmatrix} = \begin{pmatrix} a_{n+1} \\ b_{n+1} \end{pmatrix} = X_{n+1}.$$

b. On a : $\begin{pmatrix} x \\ y \end{pmatrix} = A\begin{pmatrix} x \\ y \end{pmatrix} + B \iff \begin{pmatrix} x \\ y \end{pmatrix} - A\begin{pmatrix} x \\ y \end{pmatrix} = B \iff (I_2 - A)\times\begin{pmatrix} x \\ y \end{pmatrix} = B$

donc $C = (I_2 - A) = \begin{pmatrix} 1 & -2 \\ -1 & 1 \end{pmatrix}$ est une matrice de déterminant non nul (il vaut -1), la matrice est donc inversible et $C^{-1} = \begin{pmatrix} -1 & -2 \\ -1 & -1 \end{pmatrix}$. On a donc :

$$\begin{pmatrix} x \\ y \end{pmatrix} = A\begin{pmatrix} x \\ y \end{pmatrix} + B \iff C\begin{pmatrix} x \\ y \end{pmatrix} = B \iff \begin{pmatrix} x \\ y \end{pmatrix} = C^{-1}\times B$$

$S = C^{-1}\times B = \begin{pmatrix} -400 \\ -300 \end{pmatrix}$, donc les nombres x et y sont respectivement -400 et -300.

c. Pour tout entier $n \in \mathbb{N}$, en posant $Y_n = \begin{pmatrix} a_n + 400 \\ b_n + 300 \end{pmatrix}$, on pose en fait $Y_n = X_n - S$, où S est la matrice déterminée à la question précédente, solution de l'équation $AX + B = X$, donc telle que $AS + B = S$, ou bien $AS = S - B$. On a donc, pour $n \in \mathbb{N}$:

$AY_n = A\times(X_n - S)$

$= AX_n - AS = AX_n - (S - B)$

car S est solution de l'équation $AX + B = X$.

$= AX_n + B - S = X_{n+1} - S$

d'après la relation de récurrence du **2. a.**

$= Y_{n+1}$ par définition de la matrice Y_n.

On a donc démontré que, $\forall n \in \mathbb{N}$, $Y_{n+1} = AY_n$.

3. **a.** Soit n un entier naturel. On a :

$Z_{n+1} = Y_{2\times(n+1)} = Y_{2n+2} = AY_{2n+1} = A\times(AY_{2n})$

$= A^2 Y_{2n} = A^2 Z_n$.

$A^2 = 2I_2$ donc $Z_{n+1} = A^2 Z_n = 2I_2 Z_n = 2Z_n$.

b. On admet que pour tout $n \in \mathbb{N}$ on a $Y_{2n} = 2^n Y_0$.

En multipliant à gauche par la matrice A, cette égalité devient :

$AY_{2n} = 2^n AY_0$ et, en utilisant la relation de récurrence établie à la question **2. c**,

on obtient $Y_{2n+1} = 2^n Y_1$.

On en déduit donc, en utilisant $Y_{2n} = 2^n Y_0$, que pour tout entier n, on a :
$\begin{pmatrix} a_{2n}+400 \\ b_{2n}+300 \end{pmatrix} = 2^n \begin{pmatrix} a_0+400 \\ b_0+300 \end{pmatrix} = \begin{pmatrix} 600\times 2^n \\ 400\times 2^n \end{pmatrix}$, donc en particulier :

$a_{2n}+400 = 600\times 2^n$, soit $a_{2n} = 600\times 2^n - 400$.

Puis, en utilisant $Y_{2n+1} = 2^n Y_1$, que pour tout entier n, on a :

$\begin{pmatrix} a_{2n+1}+400 \\ b_{2n+1}+300 \end{pmatrix} = 2^n \begin{pmatrix} a_1+400 \\ b_1+300 \end{pmatrix} = \begin{pmatrix} 800\times 2^n \\ 600\times 2^n \end{pmatrix}$.

Donc en particulier $a_{2n+1}+400 = 800\times 2^n$,
soit $a_{2n} = 800\times 2^n - 400$.

4. a. Pour une valeur de p donnée, l'algorithme renvoie dans la variable a le nombre de poissons dans le bassin A au bout de p années. En effet :

• Si p est un nombre pair, alors on affecte à n la valeur $\frac{p}{2}$, qui sera donc entière et on a $p = 2n$. On affecte àă a la valeur qui est le résultat de la formule pour a_{2n}, c'est-à-dire a_p, formule établie à la question précédente. Donc si p est pair, à la fin de l'algorithme, a contient le nombre de poissons au bout de p années.

• Si p est un nombre impair, alors $p-1$ est pair et n est l'entier $\frac{p-1}{2}$ et donc $2n = p-1$, soit $p = 2n+1$. Et comme on affecte à a la valeur obtenue en appliquant la formule obtenue à la question précédente pour calculer a_{2n+1}, la valeur de a sera a_p.

b. On peut modifier l'algorithme précédant pour l'inclure dans une boucle :

```
a ← 200
p ← 0
Tant que a ⩽ 10000 :
    p ← p+1
    Si p est pair
        n ← p/2
        a ← 600 × 2^n − 400.
    Sinon
        n ← (p−1)/2
        a ← 800 × 2^n − 400.
    Fin de Si.
Fin de Tant que
p ← p−1
retourner p.
```

EXERCICE 865

1. a. Lors de la première ouverture des portes il reste dans A 80 % des souris présentes soit une proportion de $0,5\times 0,8 = 0,40$ et il rentre 10 % de souris venant de B soit $0,5\times 0,1 = 0,05$. Donc il y aura dans A au total $0,40+0,05 = 0,45$ comme proportion de souris.
Il en reste donc $1-0,45 = 0,55$ pour B.

Ainsi $U_1 = \begin{pmatrix} 0,45 \\ 0,55 \end{pmatrix}$.

b. Lors de la $(n+1)$−ième ouverture de porte, il restera dans A 80 % des souris présentes, soit $0,8\,a_n$ et il en vient 10 % de B soit $0,10\,b_n$.

Donc $a_{n+1} = 0,8\,a_n + 0,1\,b_n$.

Lors de la $(n+1)$−ième ouverture de porte, il restera dans B 90 % des souris présentes, soit $0,9\,b_n$ et il en vient 20 % de A soit $0,20\,a_n$.

Donc $b_{n+1} = 0,2\,a_n + 0,9\,b_n$.

c. D'après la question précédente :

$U_{n+1} = \begin{pmatrix} 0,8\,a_n+0,1\,b_n \\ 0,2\,a_n+0,9\,b_n \end{pmatrix}$

On cherche une matrice carrée d'ordre 2
$M = \begin{pmatrix} \alpha & \beta \\ \gamma & \delta \end{pmatrix}$ telle que $MU_n = U_{n+1}$.

$$MU_n = U_{n+1} \iff \begin{pmatrix} \alpha & \beta \\ \gamma & \delta \end{pmatrix} \times \begin{pmatrix} a_n \\ b_n \end{pmatrix} = \begin{pmatrix} a_{n+1} \\ b_{n+1} \end{pmatrix}$$
$$\iff \begin{pmatrix} \alpha a_n+\beta b_n \\ \gamma a_n+\delta b_n \end{pmatrix} = \begin{pmatrix} 0,8\,a_n+0,1\,b_n \\ 0,2\,a_n+0,9\,b_n \end{pmatrix}$$

Donc $M = \begin{pmatrix} 0,8 & 0,1 \\ 0,2 & 0,9 \end{pmatrix}$

d. La répartition des souris dans les compartiments A et B au bout de 3 jours est donnée par U_3.

A la calculatrice, on trouve $M^3 = \begin{pmatrix} 0,562 & 0,219 \\ 0,438 & 0,781 \end{pmatrix}$

$U_3 = M^3 \times U_0 = \begin{pmatrix} 0,562 & 0,219 \\ 0,438 & 0,781 \end{pmatrix} \times \begin{pmatrix} 0,5 \\ 0,5 \end{pmatrix} = \begin{pmatrix} 0,3905 \\ 0,6095 \end{pmatrix}$

Au bout de 3 jours, il y aura 39,05 % de souris dans le compartiment A et 60,95 % dans le compartiment B.

2. a. $P^2 = \begin{pmatrix} 3 & 0 \\ 0 & 3 \end{pmatrix} = 3I_2$

Donc $\frac{1}{3}P^2 = I_2$ ce qui entraîne que
$P \times \frac{1}{3}P = \frac{1}{3}P \times P = I_2$.

La matrice P est donc inversible et son inverse est $P^{-1} = \frac{1}{3}P = \frac{1}{3}\begin{pmatrix} 1 & 1 \\ 2 & -1 \end{pmatrix}$.

b. $P^{-1}M = \frac{1}{3}\begin{pmatrix} 1 & 1 \\ 1,4 & -0,7 \end{pmatrix}$ et $P^{-1}MP = \begin{pmatrix} 1 & 0 \\ 0 & 0,7 \end{pmatrix}$

Donc $P^{-1}MP$ est la matrice diagonale $D = \begin{pmatrix} 1 & 0 \\ 0 & 0,7 \end{pmatrix}$.

c. Soit $\mathcal{P}_n$ la propriété $M^n = PD^nP^{-1}$.

Initialisation :

$P^{-1}MP = D \iff PP^{-1}MP = PD$

$$\begin{aligned} P^{-1}MP = D &\iff MP = PD \\ &\iff MPP^{-1} = PDP^{-1} \\ &\iff M = PDP^{-1} \end{aligned}$$

La propriété $\mathcal{P}_n$ est donc vraie au rang 1.

Hérédité : On suppose $n > 1$ tel que la propriété est vraie, c'est-à-dire que $M^n = PD^nP^{-1}$.

D'après l'hypothèse de récurrence

$M^n = PD^nP^{-1}$ et on sait que $M = PDP^{-1}$ donc

$$\begin{aligned} M^{n+1} &= M \times M^n = PDP^{-1} \times PD^nP^{-1} \\ &= PDP^{-1}PD^nP^{-1} = PDD^nP^{-1} = PD^{n+1}P^{-1} \end{aligned}$$

La propriété est donc vraie au rang $n+1$.

Conclusion : La propriété est vraie au rang 1 ; elle est héréditaire donc d'après le principe de récurrence la propriété est vraie $\forall n \in \mathbb{N}^\star$.

Donc, pour tout $n \geqslant 1$, $M^n = PD^nP^{-1}$.

3. Pour avoir la répartition à long terme des souris dans les compartiments A et B de la cage, il faut chercher $\lim_{n\to+\infty} U_n$.

$$U_n = M^nU_0 = \begin{pmatrix} \frac{1+2\times 0,7^n}{3} & \frac{1-0,7^n}{3} \\ \frac{2-2\times 0,7^n}{3} & \frac{2+0,7^n}{3} \end{pmatrix} \times \begin{pmatrix} \frac{1}{2} \\ \frac{1}{2} \end{pmatrix}$$

$$= \begin{pmatrix} \frac{1+2\times 0,7^n+1-0,7^n}{6} \\ \frac{2-2\times 0,7^n+2+0,7^n}{6} \end{pmatrix} = \begin{pmatrix} \frac{2+0,7^n}{6} \\ \frac{4-0,7^n}{6} \end{pmatrix}$$

La suite $(0,7^n)$ est géométrique de raison 0,7.

Or $-1 < 0,7 < 1$ donc $\lim_{n\to+\infty} 0,7^n = 0$.

On en déduit que

$\lim_{n\to+\infty} 2+0,7^n = 2$ et $\lim_{n\to+\infty} 4-0,7^n = 4$

et donc que $\lim_{n\to+\infty} U_n = \begin{pmatrix} \frac{2}{6} \\ \frac{4}{6} \end{pmatrix} = \begin{pmatrix} \frac{1}{3} \\ \frac{2}{3} \end{pmatrix}$

A long terme $\frac{1}{3}$ des souris seront dans le compartiment A et $\frac{2}{3}$ dans le compartiment B.

EXERCICE 866

1. a. D'après l'énoncé, le nombre d'avancés au début du mois $n+1$ sera composé de la moitié des débutants du mois précédent passant au niveau avancé soit $\frac{1}{2}d_n$, de la moitié du nombre des avancés ne s'étant pas désinscrits soit $\frac{1}{2}a_n$ et des 70 personnes qui se sont inscrites en début du mois.

On obtient donc $a_{n+1} = \frac{1}{2}d_n + \frac{1}{2}a_n + 70$

b. En posant $U_n = \begin{pmatrix} d_n \\ a_n \end{pmatrix}$, $A = \begin{pmatrix} \frac{1}{2} & 0 \\ \frac{1}{2} & \frac{1}{2} \end{pmatrix}$ et $B = \begin{pmatrix} 100 \\ 70 \end{pmatrix}$, le système s'écrit sous la forme matricielle

$U_{n+1} = Au_n + B$.

2. *Initialisation :* Pour $n = 1$,

on a $A = \begin{pmatrix} \frac{1}{2} & 0 \\ \frac{1}{2} & \frac{1}{2} \end{pmatrix} = \frac{1}{2}\begin{pmatrix} 1 & 0 \\ 1 & 1 \end{pmatrix} = \frac{1}{2}(I_2 + T)$.

La propriété est vraie au rang 1.

• *Hérédité :* Supposons que la relation soit vérifiée pour un entier $n > 0$.

En multipliant l'expression $A^n = \left(\frac{1}{2}\right)^n (I_2 + nT)$ par $A = \frac{1}{2}(I_2 + T)$ à gauche ou à droite car I_2 et T commutent, on obtient :

$$\begin{aligned} A^{n+1} &= \left(\frac{1}{2}\right)^n (I_2 + nT) \times \frac{1}{2}(I_2 + T) \\ &= \left(\frac{1}{2}\right)^{n+1} (I_2 + T + nT + nT^2). \end{aligned}$$

Or, $T^2 = O$, donc $A^{n+1} = \left(\frac{1}{2}\right)^{n+1} (I_2 + (n+1)T)$ et la relation est héréditaire.

Conclusion : La propriété est initialisée et héréditaire, elle est donc vraie pour tout $n \in \mathbb{N}^*$.

3. a. Comme $det(I_2 - A) = \begin{vmatrix} \frac{1}{2} & 0 \\ -\frac{1}{2} & \frac{1}{2} \end{vmatrix} = \frac{1}{4} \neq 0$, la matrice $I_2 - A$ est inversible et on a $(I_2 - A)^{-1} = \begin{pmatrix} 2 & 0 \\ 2 & 2 \end{pmatrix}$.

D'où $C = AC + B \iff (I_2 - A)C = B$

$\iff C = (I_2 - A)^{-1}B = \begin{pmatrix} 2 & 0 \\ 2 & 2 \end{pmatrix}\begin{pmatrix} 100 \\ 70 \end{pmatrix} = \begin{pmatrix} 200 \\ 340 \end{pmatrix}$.

b. En utilisant les résultats de la question précédente et en remarquant que $\begin{pmatrix} 200 \\ 340 \end{pmatrix} = C = AC + B$.

On obtient :

$V_{n+1} = U_{n+1} - C \iff V_{n+1} = AU_n + B - (AC + B)$

$V_{n+1} = U_{n+1} - C \iff U_{n+1} = A(U_n - C) = AV_n$.

c. On a $V_0 = U_0 - C = \begin{pmatrix}300\\450\end{pmatrix} - \begin{pmatrix}200\\340\end{pmatrix} = \begin{pmatrix}100\\110\end{pmatrix}$.

Par définition de V_n, on a aussi :

$U_n = A^n\begin{pmatrix}100\\110\end{pmatrix} + \begin{pmatrix}200\\340\end{pmatrix}$.

En utilisant le résultat de la question, on obtient, par calcul matriciel :

$$U_n = \left(\frac{1}{2}\right)^n (I_2 + nT)\begin{pmatrix}100\\110\end{pmatrix} + \begin{pmatrix}200\\340\end{pmatrix}$$

$$= \begin{pmatrix}\left(\frac{1}{2}\right)^n & 0\\ n\left(\frac{1}{2}\right)^n & \left(\frac{1}{2}\right)^n\end{pmatrix}\begin{pmatrix}100\\110\end{pmatrix} + \begin{pmatrix}200\\340\end{pmatrix}$$

$$= \begin{pmatrix}100\left(\frac{1}{2}\right)^n + 200\\ 100n\left(\frac{1}{2}\right)^n + 110\left(\frac{1}{2}\right)^n + 340\end{pmatrix}.$$

4. a. En admettant que pour $n \geqslant 4$, $2^n \geqslant n^2 > 0$, en composant par la fonction inverse, décroissante sur $\mathbb{R}_+^*$, on obtient $0 < \frac{1}{2^n} \leqslant \frac{1}{n^2}$.

En multipliant les membres de l'inégalité par $100n$, on obtient, après simplification :

$0 \leqslant 100n\left(\frac{1}{2}\right)^n \leqslant \frac{100}{n}$.

b. D'après les théorèmes d'encadrement, comme $\lim\limits_{n\to+\infty} \frac{100}{n} = 0$, on obtient $\lim\limits_{n\to+\infty} 100n\left(\frac{1}{2}\right)^n = 0$.

D'après les résultats sur les limites de suites géométriques de raison $\frac{1}{2}$, on sait aussi que $\lim\limits_{n\to+\infty} 100\left(\frac{1}{2}\right)^n = 0$.

Enfin, d'après les théorèmes sur les limites de sommes, on obtient :

$$\lim_{n\to+\infty} U_n = \begin{pmatrix}\lim\limits_{n\to+\infty} 100\left(\frac{1}{2}\right)^n + 200\\ \lim\limits_{n\to+\infty} 100n\left(\frac{1}{2}\right)^n + 110\left(\frac{1}{2}\right)^n + 340\end{pmatrix}$$

Ainsi $\lim\limits_{n\to+\infty} U_n = \begin{pmatrix}200\\340\end{pmatrix}$.

A long terme, la fréquentation se stabilise autour de 200 internautes débutants et 340 internautes avancés.

EXERCICE 867

1. 95 % des cellules à l'état A, à l'instant n, reste dans cet état à l'instant $n+1$, donc 5 % passe à l'état B

De même 80 % des cellules à l'état B, à l'instant n, reste dans cet état à l'instant $n+1$, donc 20 % passe à l'état A

On en déduit alors le système :

$$\begin{cases} a_{n+1} = 0,95a_n + 0,2b_n \\ b_{n+1} = 0,05a_n + 0,8b_n \end{cases}.$$

2. a. Fonction en Python :

```
def population(n) :
    a = 375
    b = 500 - a
    for i in range(n) :
        c = a
        a = 0.95 × a + 0.2 × b
        b = 0.05 × c + 0.8 × b
    print(a)
    print(b)
```

On obtient $a_{15} \approx 399,666$ et $b_{15} \approx 100,334$

$a_{20} \approx 399,921$ et $b_{20} \approx 100,079$

$a_{30} \approx 399,995$ et $b_{30} \approx 100,004$

b. Les suites semblent se stabiliser à 400 pour (a_n) et 100 pour (b_n).

c. Programme modifié en prenant deux arguments en entrée :

```
def population2(a, n) :
    b = 500 - a
    for i in range(n) :
        c = a
        a = 0.95 × a + 0.2 × b
        b = 0.05 × c + 0.8 × b
    print(a)
    print(b)
```

Pour $a_0 = 450$, on obtient :

$a_{30} \approx 400,009$ et $b_{30} \approx 99,991$

Pour $a_0 = 50$, on obtient :

$a_{30} \approx 399,937$ et $b_{30} \approx 100,063$

d. Les limites des suites (a_n) et (b_n) ne semble pas être influencée par leurs valeurs initiales.

3. a. Le système de la première question peut s'écrire matriciellement $U_{n+1} = AU_n$

avec $A = \begin{pmatrix}0,95 & 0,2\\ 0,05 & 0,8\end{pmatrix}$

b. On en déduit alors que $U_n = A^n U_0$.

4. **a.** Récurrence immédiate.

b. $\begin{pmatrix} a_{n+1} \\ b_{n+1} \end{pmatrix} = \frac{1}{5}\begin{pmatrix} 4+0{,}75^n & 4-4\times 0{,}75^n \\ 1-0{,}75^n & 1+4\times 0{,}75^n \end{pmatrix}\begin{pmatrix} a_0 \\ b_0 \end{pmatrix}$

En prenant $b_0 = 500 - a_0$, on obtient :

$a_n = 0{,}75^n (a_{à} - 400) + 400$

$b_n = 0{,}75^n (400 - a_0) + 100$.

c. On a $0 < 0{,}75 < 1$ donc $\lim\limits_{n\to+\infty} 0{,}75^n = 0$

On en déduit alors que :

$\lim\limits_{n\to+\infty} a_n = 400$ et $\lim\limits_{n\to+\infty} b_n = 100$.

Quel que soit l'état initial, les suites (a_n) et (b_n) convergent respectivement vers 400 et 100 soit respectivement 400000 et 100000 cellules.

EXERCICE 868

1.

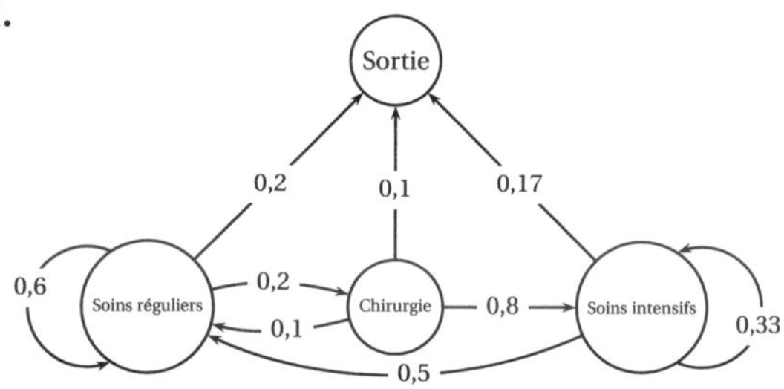

2. $X_{j+1} = X_j M = \begin{pmatrix} 10{,}7 & 2{,}4 & 5{,}98 & 3{,}92 \end{pmatrix}$.

3. $X_{n+1} = X_n M + A$ avec $A = \begin{pmatrix} 10 & 0 & 0 & 0 \end{pmatrix}$.

4. On obtient $X_{15} = \begin{pmatrix} 36{,}911 & 7{,}319 & 8{,}585 & 9{,}481 \end{pmatrix}$

$X_{30} = \begin{pmatrix} 38{,}296 & 7{,}656 & 9{,}133 & 9{,}973 \end{pmatrix}$

$X_{50} = \begin{pmatrix} 38{,}372 & 7{,}674 & 9{,}163 & 9{,}999 \end{pmatrix}$

La situation semble se stabiliser.

5. Si la suite de matrice (X_n) converge, elle converge vers X tel que : $X = XM + A$.

Alors $X(I_4 - M) = A \iff X = A(I_4 - M)^{-1}$.

Grâce à la calculatrice, on obtient

$X = \begin{pmatrix} 38{,}373 & 7{,}675 & 9{,}164 & 10 \end{pmatrix}$.

EXERCICE 869

1. $A - I_3 = \begin{pmatrix} 1 & 0 & 0 \\ 0 & 2 & -1 \\ 0 & 0 & 1 \end{pmatrix}$.

$det(A - I_3) = 2 \neq 0$, la matrice $A - I_3$ est donc inversible.

$$A^{-1} = \begin{pmatrix} 1 & 0 & 0 \\ 0 & \frac{1}{2} & \frac{1}{2} \\ 0 & 0 & 1 \end{pmatrix}.$$

2. Récurrence triviale.

3. Soit $C = \begin{pmatrix} a & b & c \end{pmatrix}$ tel que $C = AC + B$

On en déduit alors que $\begin{cases} a = 2a+2 \\ b = 3b-6 \\ c = -b+2c+1 \end{cases}$

donc $a = -2$, $b = 3$ et $c = 2$ soit $C = \begin{pmatrix} -2 & 3 & 2 \end{pmatrix}$.

On en déduit alors que $U_n = (U_0 - C)A^n + B$

Donc $U_n = \begin{pmatrix} 2^n - 2 & 3^n + 3 & 2^{n+1} - 3^n + 2 \end{pmatrix}$.

EXERCICE 870

1. On a $u_1 = \dfrac{u_0 + v_0}{2} = \dfrac{1}{2}$ et $v_1 = \dfrac{u_0 + 2v_0}{3} = \dfrac{2}{3}$.

2. **a.** Pour $N = 2$, le tableau de l'état des variables dans l'algorithme est :

k	w	u	v
1	0	0,5	0,667
2	0,5	0,583	0,611

(valeurs approchées à 10^{-3} près)

b. Plus généralement, pour un entier N saisi par l'utilisateur, l'algorithme calculera u_N et v_N.

3. **a.** $AX_n = \begin{pmatrix} \frac{1}{2} & \frac{1}{2} \\ \frac{1}{3} & \frac{2}{3} \end{pmatrix}\begin{pmatrix} u_n \\ v_n \end{pmatrix} = \begin{pmatrix} \frac{u_n+v_n}{2} \\ \frac{u_n+2v_n}{3} \end{pmatrix} = X_{n+1}$.

b. Récurrence vue à l'exercice 852.

4. **a.** On a :

$$\begin{pmatrix} \frac{4}{5} & \frac{6}{5} \\ -\frac{6}{5} & \frac{6}{5} \end{pmatrix}\begin{pmatrix} \frac{1}{2} & -\frac{1}{2} \\ \frac{1}{2} & \frac{1}{3} \end{pmatrix} = \begin{pmatrix} 1 & 0 \\ 0 & 1 \end{pmatrix} = I_2$$

en d'autres termes la matrice P est inversible et son inverse est P'.

Démontrons par récurrence que, pour tout $n \in \mathbb{N}$, $A^n = P'B^nP$.

Initialisation : $A^0 = I_2$, or

$P'B^0P = P'I_2P = P'P = I_2$.

La propriété est donc vraie pour $n = 0$.

Hérédité : Supposons que, pour n, $A^n = P'B^nP$, alors

$A^{n+1} = AA^n = P'BPP'B^nP = P'BI_2B^nP$

$= P'BB^nP = P'B^{n+1}P$

La propriété est donc vraie au rang $n+1$.

Conclusion : La propriété est vraie au rang 0 et elle est héréditaire, donc d'après le principe de récurrence, pour tout entier naturel n : $A^n = P'B^nP$.

b. On a, pour tout $n \in \mathbb{N}$:

$$A^n = \begin{pmatrix} \frac{1}{2} & -\frac{1}{2} \\ \frac{1}{2} & \frac{1}{3} \end{pmatrix} \begin{pmatrix} 1 & 0 \\ 0 & \left(\frac{1}{6}\right)^n \end{pmatrix} \begin{pmatrix} \frac{4}{5} & \frac{6}{5} \\ -\frac{6}{5} & \frac{6}{5} \end{pmatrix}$$

$$A^n = \begin{pmatrix} \frac{1}{2} & -\frac{1}{2}\left(\frac{1}{6}\right)^n \\ \frac{1}{2} & \frac{1}{3}\left(\frac{1}{6}\right)^n \end{pmatrix} \begin{pmatrix} \frac{4}{5} & \frac{6}{5} \\ -\frac{6}{5} & \frac{6}{5} \end{pmatrix}$$

$$A^n = \begin{pmatrix} \frac{2}{5} - \frac{3}{5}\left(\frac{1}{6}\right)^n & \frac{3}{5} - \frac{3}{5}\left(\frac{1}{6}\right)^n \\ \frac{2}{5} - \frac{2}{5}\left(\frac{1}{6}\right)^n & \frac{3}{5} + \frac{2}{5}\left(\frac{1}{6}\right)^n \end{pmatrix}.$$

5. a. En multipliant la matrice A^n précédente à droite par le vecteur colonne $X_0 = \begin{pmatrix} 0 \\ 1 \end{pmatrix}$, on obtient

$$X_n = A^n X_0 = \begin{pmatrix} \frac{3}{5} - \frac{3}{5}\left(\frac{1}{6}\right)^n \\ \frac{3}{5} + \frac{2}{5}\left(\frac{1}{6}\right)^n \end{pmatrix}.$$

D'où $u_n = \dfrac{3}{5} - \dfrac{3}{5}\left(d\frac{1}{6}\right)^n$ et $v_n = \dfrac{3}{5} + \dfrac{2}{5}\left(d\frac{1}{6}\right)^n$.

b. Comme $\lim n \to +\infty \left(\dfrac{1}{6}\right)^n = 0$ (car $-1 < \frac{1}{6} < 1$), on obtient par opérations que les suites (u_n) et (v_n) convergent toutes deux vers $\dfrac{3}{5}$.

EXERCICE 871

Partie A

1. Tant que $i < n$ faire
   - $i \longleftarrow i+1$
   - Afficher i
   - $c \longleftarrow (0,8a + 0,3b)$
   - Afficher c
   - $b \longleftarrow (0,2a + 0,7b)$
   - Afficher b
   - $a \longleftarrow c$

   Fin du Tant que
2. Au vu de ces résultats, la suite (a_n) semble décroître vers 18 et la suite (b_n) semble croître vers 12.

Partie B

1. a_n et b_n étant les nombres respectifs d'oiseaux présents sur les îles A et B au début de l'année 203 + n, on a l'année suivante :

   • Sur l'île A, 80 % des oiseaux de l'île A de l'année précédente et 30 % des oiseaux de l'île B de l'année précédente, soit :

   $a_{n+1} = 0,8a_n + 0,3b_n$,

   • Sur l'île B, 20 % des oiseaux de l'île A de l'année précédente et 70 % des oiseaux de l'île B de l'année précédente, soit :

   $b_{n+1} = 0,2a_n + 0,7b_n$.

   Donc avec $M = \begin{pmatrix} 0,8 & 0,3 \\ 0,2 & 0,7 \end{pmatrix}$, on a bien $U_{n+1} = MU_n$.
2. *Initialisation* :

   $$M^1 = \begin{pmatrix} 0,6 + 0,4 \times 0,5^1 & 0,6 - 0,6 \times 0,5^1 \\ 0,4 - 0,4 \times 0,5^1 & 0,4 + 0,6 \times 0,5^1 \end{pmatrix}$$

   $$M^1 = \begin{pmatrix} 0,8 & 0,3 \\ 0,2 & 0,7 \end{pmatrix} = M.$$

   La propriété est vraie au rang 1.

   Hérédité : On suppose que pour $n \in \mathbb{N}$, on a

   $$M^n = \begin{pmatrix} 0,6 + 0,4 \times 0,5^n & 0,6 - 0,6 \times 0,5^n \\ 0,4 - 0,4 \times 0,5^n & 0,4 + 0,6 \times 0,5^n \end{pmatrix}.$$

   Alors $M^{n+1} = M \times M^n$

   $$= \begin{pmatrix} 0,8 & 0,3 \\ 0,2 & 0,7 \end{pmatrix} \times \begin{pmatrix} 0,6 + 0,4 \times 0,5^n & 0,6 - 0,6 \times 0,5^n \\ 0,4 - 0,4 \times 0,5^n & 0,4 + 0,6 \times 0,5^n \end{pmatrix}.$$

   Le premier coefficient de cette matrice est :

   $0,8 \times (0,6 + 0,4 \times 0,5^n) + 0,3 \times (0,4 - 0,4 \times 0,5^n)$

   $= 0,48 + 0,32 \times 0,5^n + 0,12 - 0,2 \times 0,5^n$

   $= 0,6 + 0,2 \times 0,5^n$

   $= 0,6 + (0,4 \times 0,5) \times 0,5^n = 0,6 + 0,4 \times 0,5^{n+1}$.

   On démontrerait de la même façon que :

   $$M^{n+1} = \begin{pmatrix} 0,6 + 0,4 \times 0,5^{n+1} & 0,6 - 0,6 \times 0,5^{n+1} \\ 0,4 - 0,4 \times 0,5^{n+1} & 0,4 + 0,6 \times 0,5^{n+1} \end{pmatrix}.$$

   La propriété est donc vraie au rang $n+1$.

   Conclusion : La propriété est vraie au rang 1 et est héréditaire à partir du rang 1. D'après le principe de récurrence elle est donc vraie quel que soit $n \in \mathbb{N}^{\star}$.
3. On admet donc que pour $n \in \mathbb{N}, n \geqslant 1$, $\quad U_n = M^n U_0$ soit :

   $$\begin{pmatrix} a_n \\ b_n \end{pmatrix} = \begin{pmatrix} 0,6 + 0,4 \times 0,5^n & 0,6 - 0,6 \times 0,5^n \\ 0,4 - 0,4 \times 0,5^n & 0,4 + 0,6 \times 0,5^n \end{pmatrix} \begin{pmatrix} a_0 \\ b_0 \end{pmatrix}$$

   $$\begin{pmatrix} a_n \\ b_n \end{pmatrix} = \begin{pmatrix} 20(0,6 + 0,4 \times 0,5^n) + 10(0,6 - 0,6 \times 0,5^n) \\ 20(0,4 - 0,4 \times 0,5^n) + 10(0,4 + 0,6 \times 0,5^n) \end{pmatrix}.$$

   Finalement quel que soit $n \in \mathbb{N}, n \geqslant 1$:

   $a_n = 20(0,6 + 0,4 \times 0,5^n) + 10(0,6 - 0,6 \times 0,5^n)$

   $a_n = 12 + 8 \times 0,5^n + 6 - 6 \times 0,5^n$

   $a_n = 18 + 2 \times 0,5^n$.
4. Comme $-1 < 0,5 < 1$, on sait que $\lim\limits_{n \to +\infty} 0,5^n = 0$.

   Alors $\lim\limits_{n \to +\infty} 2 \times 0,5^n = 0$ et donc $\lim\limits_{n \to +\infty} a_n = 18$.

   Au bout de quelques années la population sur l'île A va tendre vers 18 millions.

EXERCICE 872

1. Pour tout $n \in \mathbb{N}$,
$v_{n+1} = 0{,}95 \times v_n + 0{,}01 \times c_n$ et $c_{n+1} = 0{,}05 v_n + 0{,}99 c_n$.
2. Si $A = \begin{pmatrix} 0{,}95 & 0{,}01 \\ 0{,}05 & 0{,}99 \end{pmatrix}$ et $X = \begin{pmatrix} a \\ b \end{pmatrix}$ alors
$AX = \begin{pmatrix} 0{,}95 & 0{,}01 \\ 0{,}05 & 0{,}99 \end{pmatrix} \times \begin{pmatrix} a \\ b \end{pmatrix} = \begin{pmatrix} 0{,}95a + 0{,}01b \\ 0{,}05a + 0{,}99b \end{pmatrix}$
Les réels c et d tels que $A \times X = Y$ sont :
$c = 0{,}95a + 0{,}01b$ et $d = 0{,}05a + 0{,}99b$
3. **a.** $P \times Q = \begin{pmatrix} 1 & -1 \\ 5 & 1 \end{pmatrix} \begin{pmatrix} 1 & 1 \\ -5 & 1 \end{pmatrix} == \begin{pmatrix} 6 & 0 \\ 0 & 6 \end{pmatrix}$
$Q \times P = \begin{pmatrix} 1 & 1 \\ -5 & 1 \end{pmatrix} \begin{pmatrix} 1 & -1 \\ 5 & 1 \end{pmatrix} = \begin{pmatrix} 6 & 0 \\ 0 & 6 \end{pmatrix}$
$PQ = QP = 6I_2$ ou encore $P \times \frac{1}{6} Q = I$
P est donc inversible et $P^{-1} = \frac{1}{6} Q$.
b. Calculons $P^{-1} AP = \frac{1}{6} QAP$
$QA = \begin{pmatrix} 1 & 1 \\ -4{,}7 & 0{,}94 \end{pmatrix}$
$(QA)P = \begin{pmatrix} 1 & 1 \\ -4{,}7 & 0{,}94 \end{pmatrix} \begin{pmatrix} 1 & -1 \\ 5 & 1 \end{pmatrix} = \begin{pmatrix} 6 & 0 \\ 0 & 5{,}64 \end{pmatrix}$
D'où $P^{-1} AP = \begin{pmatrix} 1 & 0 \\ 0 & 0{,}94 \end{pmatrix}$ qui est bien une matrice diagonale D.
c. Récurrence vue dans l'exercice 820.
4. Les résultats des questions précédentes permettant d'établir que
$v_n = \frac{1}{6} \left(1 + 5 \times 0{,}94^n\right) v_0 + \frac{1}{6} \left(1 - 0{,}94^n\right) c_0$.
et comme $\lim\limits_{n \to +\infty} \left(0{,}94^n\right) = 0$
La suite (v_n) tend vers $\frac{1}{6} (1 + 5 \times 0)\, v_0 + \frac{1}{6} (1 - 0)\, c_0$
donc vers $\frac{1}{6} (v_0 + c_0) = \frac{250\,000}{6}$.
Par stabilité de la population totale, la suite (v_n) tend donc vers $\frac{5}{6} (v_0 + c_0) = \frac{1\,250\,000}{6}$.

EXERCICE 873

1. On a $A \leftarrow B$ et $B \leftarrow C$.
2. Soit la matrice $A = \begin{pmatrix} 1 & 1 \\ 1 & 0 \end{pmatrix}$.
$A^2 = \begin{pmatrix} 2 & 1 \\ 1 & 1 \end{pmatrix}$ $A^3 = \begin{pmatrix} 3 & 2 \\ 2 & 1 \end{pmatrix}$ $A^4 = \begin{pmatrix} 5 & 3 \\ 3 & 2 \end{pmatrix}$
$A^5 = A^4 \times A = \begin{pmatrix} 1 & 1 \\ 1 & 0 \end{pmatrix} \times \begin{pmatrix} 5 & 3 \\ 3 & 2 \end{pmatrix} = \begin{pmatrix} 5+3 & 5 \\ 3 & 2 \end{pmatrix} = \begin{pmatrix} 8 & 5 \\ 3 & 2 \end{pmatrix}$
3. **a.** $A^p \times A^q = \begin{pmatrix} a_{p+1} & a_p \\ a_p & a_{p-1} \end{pmatrix} \times \begin{pmatrix} a_{q+1} & a_q \\ a_q & a_{q-1} \end{pmatrix}$
$= \begin{pmatrix} a_{p+1} \times a_{q+1} + a_p \times a_q & a_{p+1} - \times a_q + a_p \times a_{q-1} \\ a_p \times a_{q+1} + a_{p-1} \times a_q & a_p \times a_q + a_{p-1} \times a_q \end{pmatrix}$
Or $A^p \times A^q = \begin{pmatrix} a_{p+q+1} & a_{p+q} \\ a_{p+q} & a_{p+q-1} \end{pmatrix}$
Donc $a_{p+q} = a_p \times a_{q+1} + a_{p-1} \times a_q$.
b. Si r divise a_p et a_q, r divise $a_p \times a_{q+1}$ et $a_{p-1} \times a_q$ donc leur somme qui est a_{p+q}, donc r divise a_{p+q}.
c. Démontrons par récurrence que pour tout entier naturel n non nul, a_p divise a_{np}.
Initialisation : Pour $n = 1$, il est évident que a_p divise $a_{1 \times p} = a_p$.
Hérédité : On suppose que pour n entier naturel non nul, a_n divise a_{np}.
D'après la question précédente, a_n divise a_n et a_{np} donc a_{n+np}, c'est-à-dire $a_{(n+1)p}$
La propriété est donc héréditaire.
Conclusion : La propriété est vraie au rang 1 et est héréditaire. La propriété est vraie pour tout $n \geqslant 1$.
4. **a.** On suppose que n n'est pas premier. Il existe p et q strictement supérieurs à 1 tels que $n = pq$.
Comme $n \geqslant 5$, l'un au moins des deux nombres p ou q est supérieur à 2.
Supposons que ce soit p, donc $2 < p < n$.
D'après la question 3. c, a_p divise $a_{pq} = a_n$ avec $1 = a_2 < a_p < a_n$, la suite (a_n) étant strictement croissante à partir du rang 2, donc, comme $a_p > 1$, a_n n'est pas premier.
b. $a_{19} = 37 \times 113$ donc n'est pas premier. Or $n = 19$ est premier, donc la réciproque de la propriété obtenue dans la question **4.a** est fausse.

EXERCICE 874

1. $u_2 = 5u_1 - 6u_0 = 40 - 18 = 22$
$u_3 = 5u_2 - 6u_1 = 110 - 48 = 62$
2. **a.** « b prend la valeur $5a - 6c$ »
b. La suite semble être croissante.
3.
$A = \begin{pmatrix} 5 & -6 \\ 1 & 0 \end{pmatrix}$

Prouvons par récurrence que $C_n = A^n C_0$.

• *Initialisation* : Pour $n = 0$, $A^0 = I_2$.

La propriété est vraie au rang 0.

• *Hérédité* : Soit $n \in \mathbb{N}$, tel que $C_n = A^n C_0$, alors
$C_{n+1} = AC_n = A(A^n C_0) = A \times A^n C_0 = A^{n+1} C_0$.

• *Conclusion* : La propriété est vraie au rang 0 et elle est héréditaire. Par le principe de récurrence que pour tout $n \in \mathbb{N}$, $C_n = A^n C_0$.

4. $QP = \begin{pmatrix} -1 & 3 \\ 1 & -2 \end{pmatrix} \begin{pmatrix} 2 & 3 \\ 1 & 1 \end{pmatrix} = \begin{pmatrix} -2+3 & -3+3 \\ 2-2 & 3-2 \end{pmatrix}$

$QP = \begin{pmatrix} 1 & 0 \\ 0 & 1 \end{pmatrix}$

5. Démonstration par récurrence vue dans l'exercice 820.

Puisque $C_n = A^n C_0$, alors :

$$\begin{aligned} u_n &= 8(-2^n + 3^n) + 3(3 \times 2^n - 2 \times 3^n) \\ &= -8 \times 2^n + 8 \times 3^n + 9 \times 2^n - 6 \times 3^n \\ &= 2^n + 2 \times 3^n. \end{aligned}$$

Les deux suites de terme général 2^n et 3^n ayant pour limite $+\infty$, il en résulte que la suite (u_n) n'a pas de limite finie, elle diverge vers $+\infty$.

EXERCICE 875

1. a.

$J = \begin{pmatrix} 1 & 1 & 1 \\ 1 & 1 & 1 \\ 1 & 1 & 1 \end{pmatrix}$ et $J^2 = 3J$.

b. • *Initialisation :* $M^0 = I_3 = I_3 + 0 \times J$.

La relation est vraie au rang 0 en posant $u_0 = 0$.

• *Initialisation :* Supposons la relation vraie au rang $n \geqslant 0$, alors

$M^{n+1} = M^n M = (I_3 + u_n J)(I_3 + J)$

$M^{n+1} = I_3 + u_n J + J + u_n J^2$

$M^{n+1} = I_3 + (4u_n + 1) J$.

• *Conclusion :* La relation est vraie au rang 0 et elle est héréditaire. Donc par le principe de récurrence, la relation est vraie pour tout $n \in \mathbb{N}$.

c. D'après la question précédente $u_0 = 0$ et $\forall n \in \mathbb{N}$, $u_{n+1} = 4u_n + 1$.

d. $v_{n+1} = u_{n+1} + \dfrac{1}{3} = 4\left(u_n + \dfrac{1}{3}\right) = 4v_n$.

La suite (v_n) est géométrique de raison 4 et de premier terme $v_0 = \dfrac{1}{3}$.

On en déduit alors que $v_n = \dfrac{4^n}{3}$ et $u_n = \dfrac{4^n}{3} - \dfrac{1}{3}$.

2. On en déduit alors

$M^n = \dfrac{1}{3} \begin{pmatrix} 4^n & 4^n - 1 & 4^n - 1 \\ 4^n - 1 & 4^n & 4^n - 1 \\ 4^n - 1 & 4^n - 1 & 4^n \end{pmatrix}$.

EXERCICE 876

Pour chaque sommet, la somme des poids des arêtes issues de ce sommet doit être égale à 1.

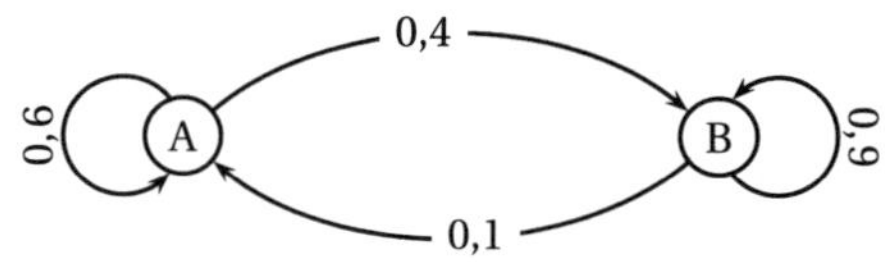

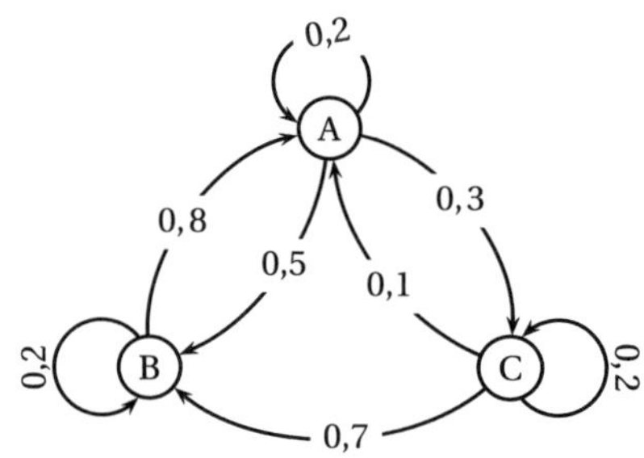

EXERCICE 877

$x = 0,3$, $y = 0,6$ et $z = 0,8$.

EXERCICE 878

$\pi_5 = \pi_0 T^5 = \begin{pmatrix} 0,28482 & 0,20893 & 0,50625 \end{pmatrix}$.

EXERCICE 879

Graphe de gauche :

La matrice de transition T est égale à

$T = \begin{pmatrix} 0,3 & 0,2 & 0,5 \\ 0,4 & 0 & 0,6 \\ 0 & 0,7 & 0,3 \end{pmatrix}$.

On a alors $P_1 = P_0 T = \begin{pmatrix} 0,3 & 0,2 & 0,5 \end{pmatrix}$

$P_2 = P_1 T = \begin{pmatrix} 0,17 & 0,41 & 0,42 \end{pmatrix}$

$P_5 = P_0 T^5 = \begin{pmatrix} 0,20387 & 0,34812 & 0,44801 \end{pmatrix}$

Graphe de droite :

La matrice de transition T est égale à

$$T=\begin{pmatrix} \frac{4}{5} & 0 & \frac{1}{5} \\ \frac{3}{4} & \frac{1}{4} & 0 \\ 0 & \frac{2}{3} & \frac{1}{3} \end{pmatrix}.$$

On a alors $P_1 = P_0 T = \begin{pmatrix} 0 & \frac{2}{3} & \frac{1}{3} \end{pmatrix}$

$P_2 = P_1 T = \begin{pmatrix} 0,5 & \frac{7}{18} & \frac{1}{9} \end{pmatrix}$

$P_5 = P_0 T^5 = \begin{pmatrix} 0,646 & 0,156 & 0,198 \end{pmatrix}$ (à 10^{-3} près).

EXERCICE 880

1. $P_0 = \begin{pmatrix} 0,3 & 0,7 \end{pmatrix}$.
2. La matrice de transition T est égale à
   $T = \begin{pmatrix} 0,8 & 0,2 \\ 0,25 & 0,75 \end{pmatrix}$.
   On a alors $\pi_4 = \pi_0 T^4 = \begin{pmatrix} 0,532 & 0,468 \end{pmatrix}$ (à 10^{-3} près).
   Au bout de 4 ans, l'entreprise A possédera 53,2 % des parts de marché.

EXERCICE 881

1. **a.**

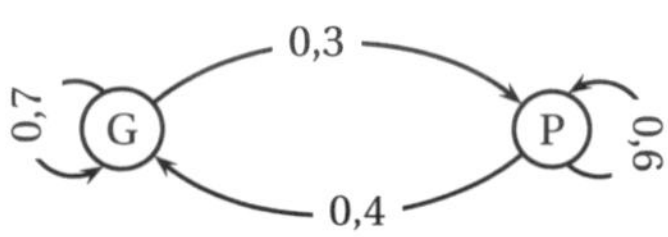

   b. Les sommets sont classés par ordre alphabétique, on obtient la matrice de transition :
   $T = \begin{pmatrix} 0,7 & 0,3 \\ 0,4 & 0,6 \end{pmatrix}$.
2. D'après l'énoncé $\pi_1 = \begin{pmatrix} 1 & 0 \end{pmatrix}$.
   $\pi_4 = \pi_1 T^3 = \begin{pmatrix} 0,583 & 0,417 \end{pmatrix}$.
   Le pilote a 58,3 % de chances de gagner la quatrième course de la saison.

EXERCICE 882

1.

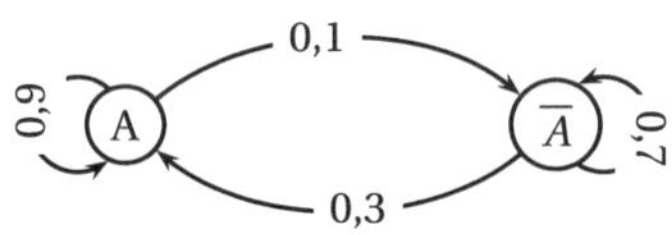

   Les sommets sont A puis $\overline{A}$, on obtient la matrice de transition :
   $T = \begin{pmatrix} 0,9 & 0,1 \\ 0,3 & 0,7 \end{pmatrix}$.
2. La matrice ne contient aucun « 0 », il existe donc un état stable π tel que $\pi = \pi T$.
   On vérifie par le calcul que
   $\begin{pmatrix} 0,75 & 0,25 \end{pmatrix}\begin{pmatrix} 0,9 & 0,1 \\ 0,3 & 0,7 \end{pmatrix} = \begin{pmatrix} 0,75 & 0,25 \end{pmatrix}$.
3. A long terme 75 % de la population de l'île vivra dans la ville A.

EXERCICE 883

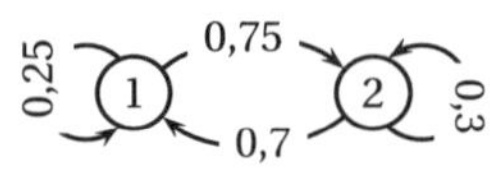

$$A=\begin{pmatrix} 0,25 & 0,75 \\ 0,7 & 0,3 \end{pmatrix}$$

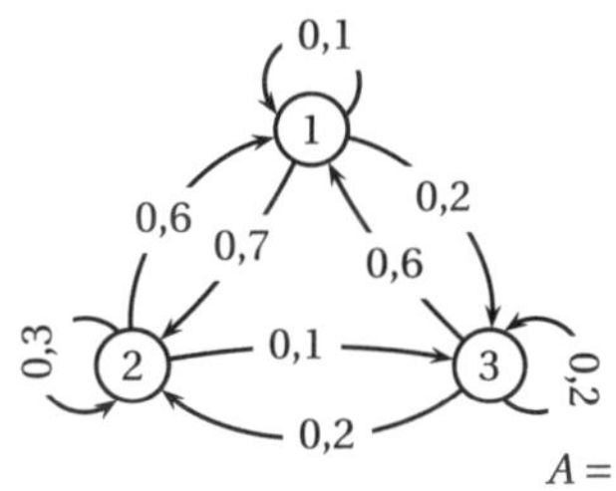

$$A=\begin{pmatrix} 0,1 & 0,7 & 0,2 \\ 0,6 & 0,3 & 0,1 \\ 0,6 & 0,2 & 0,2 \end{pmatrix}$$

$$A=\begin{pmatrix} 0,35 & 0,55 \\ 0,35 & 0,55 \end{pmatrix}$$

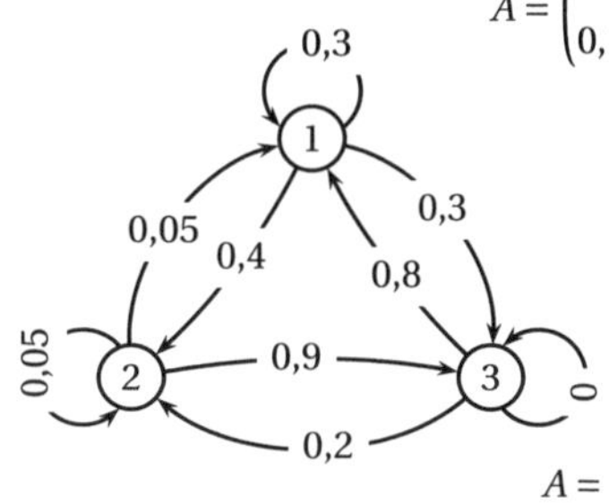

$$A=\begin{pmatrix} 0,3 & 0,4 & 0,3 \\ 0,05 & 0,05 & 0,9 \\ 0,8 & 0,2 & 0 \end{pmatrix}$$

EXERCICE 884

1. Les réels a et b vérifient $\begin{cases} 0,2+a=1 \\ b+0,7=1 \end{cases}$
   d'où $a = 0,8$ et $b = 0,3$.
2. La probabilité de transition de l'état 1 à l'état 2 est égale à 0,8.
3. La probabilité de transition de l'état 2 à l'état 1 est égale à 0,3.

4.

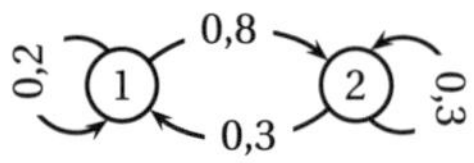

5. $P_1 = P_0 A = \begin{pmatrix} 1 & 0 \end{pmatrix} \begin{pmatrix} 0,2 & 0,8 \\ 0,3 & 0,7 \end{pmatrix} = \begin{pmatrix} 0,2 & 0,8 \end{pmatrix}$

$P_2 = P_1 A = \begin{pmatrix} 0,2 & 0,8 \end{pmatrix} \begin{pmatrix} 0,2 & 0,8 \\ 0,3 & 0,7 \end{pmatrix} = \begin{pmatrix} 0,28 & 0,72 \end{pmatrix}$.

6. La matrice A est une matrice carrée de dimension 2 dont aucun coefficient n'est égal à 0, il existe donc un état stable P vérifiant $P = PA$.

Soit $P = \begin{pmatrix} x & y \end{pmatrix}$ avec $x + y = 1$, alors

$$P = PA \iff \begin{cases} 0,2x + 0,3y = x \\ 0,8x + 0,7y = y \\ x + y = 1 \end{cases} \implies \begin{cases} x = \frac{3}{11} \\ y = \frac{8}{11} \end{cases}$$

Ainsi l'état stable est $P = \begin{pmatrix} \dfrac{3}{11} & \dfrac{8}{11} \end{pmatrix}$.

Exercice 885

1. $M = \begin{pmatrix} 0,3 & 0,2 & 0,5 \\ 0,4 & 0 & 0,6 \\ 0 & 0,7 & 0,3 \end{pmatrix}$.

2. La puce part du sommet A donc $P_0 = \begin{pmatrix} 1 & 0 & 0 \end{pmatrix}$.

Au bout de 4 sauts, la matrice des états probabilistes est $P_4 = P_0 M^4 = \begin{pmatrix} 0,196 & 0,363 & 0,441 \end{pmatrix}$.

La probabilité que la puce revienne au sommet A au bout de 4 sauts est égale à $0,196$.

Au bout de 6 sauts, la matrice des états probabilistes est $P_6 = P_0 M^6 = \begin{pmatrix} 0,20 & 0,354 & 0,446 \end{pmatrix}$.

La probabilité que la puce revienne au sommet A au bout de 6 sauts est égale à $0,2$.

Exercice 886

1. La somme de chaque line doit être égale à 1, d'où $a = 0,4$, $b = 0,2$ et $c = 0$.

2. La probabilité de transition de l'état 1 à l'état 3 est égale à $0,4$.

3. La probabilité de transition de l'état 2 à l'état 1 est égale à $0,2$.

4.

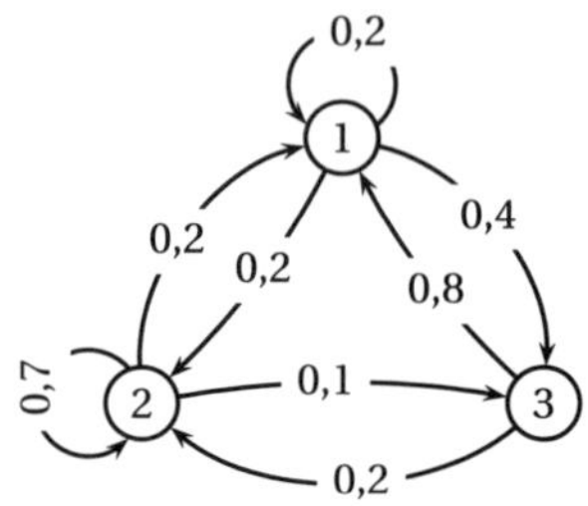

5. $P_1 = P_0 A = \begin{pmatrix} 1 & 0 & 0 \end{pmatrix} \begin{pmatrix} 0,2 & 0,4 & 0,4 \\ 0,2 & 0,7 & 0, \\ 0,8 & 0,2 & 0 \end{pmatrix}$

$P_1 = \begin{pmatrix} 0,2 & 0,4 & 0,4 \end{pmatrix}$.

$P_2 = P_1 A = \begin{pmatrix} 0,2 & 0,4 & 0,4 \end{pmatrix} \begin{pmatrix} 0,2 & 0,4 & 0,4 \\ 0,2 & 0,7 & 0, \\ 0,8 & 0,2 & 0 \end{pmatrix}$

$P_2 = \begin{pmatrix} 0,44 & 0,44 & 0,12 \end{pmatrix}$.

6. $A^2 = \begin{pmatrix} 0,44 & 0,44 & 0,12 \\ 0,26 & 0,59 & 0,15 \\ 0,2 & 0,46 & 0,34 \end{pmatrix}$.

Puisque A^2 ne contient pas de 0, il existe un état stable $P = \begin{pmatrix} x & y & z \end{pmatrix}$, avec $x + y + z = 1$.

On résout l'équation matricielle $P = PA$ soit le système $\begin{cases} 0,2x + 0,4y + 0,4z = x \\ 0,2x + 0,7y + 0,1z = y \\ 0,8x + 0,2y = z \\ x + y + z = 1 \end{cases}$

On obtient $x = y = z = \dfrac{1}{3}$.

Au bout d'un certain temps, la répartition entre les trois états sera $\begin{pmatrix} \dfrac{1}{3} & \dfrac{1}{3} & \dfrac{1}{3} \end{pmatrix}$.

Exercice 887

• Si $a = b = 0$ alors $M = I_2$. La suite des états est constante, elle converge donc vers son état initial.

• Si $a = b = 1$ alors $M = \begin{pmatrix} 0 & 1 \\ 1 & 0 \end{pmatrix}$.

$M^2 = M^4 = \cdots = M^{2n} = I_2$

$M^3 = M^5 = \cdots = M^{2n+1} = M$.

La suite des états prend successivement deux valeurs différentes, elle ne converge donc pas. Il n'y a pas d'état stable.

EXERCICE 888

1. **a.**

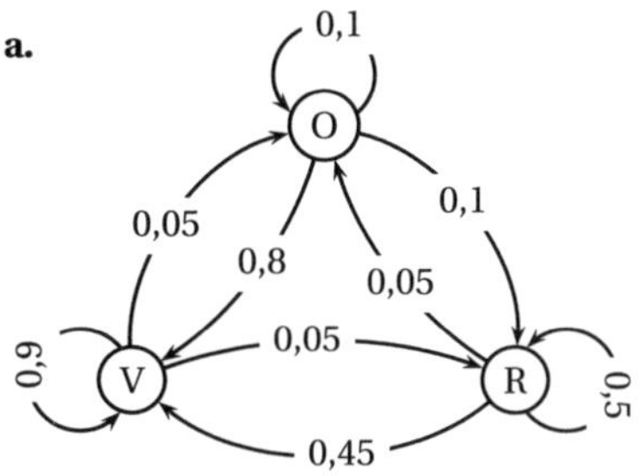

b. $T = \begin{pmatrix} 0,9 & 0,05 & 0,05 \\ 0,8 & 0,1 & 0,1 \\ 0,45 & 0,05 & 0,5 \end{pmatrix}$.

2. **a.** $P_1 = \begin{pmatrix} 1 & 0 & 0 \end{pmatrix}$.
   $P_2 = P_1 T = \begin{pmatrix} 0,9 & 0,05 & 0,05 \end{pmatrix}$.
   b. Il faut calculer P_4 à partir de P_3 donnée.
   $P_4 = P_3 T = \begin{pmatrix} 0,859 & 0,0525 & 0,0885 \end{pmatrix}$.
   Il y a donc 85,9 % de chance que le quatrième feu soit vert.
3. On a maintenant $P_1 = \begin{pmatrix} 0 & 0 & 1 \end{pmatrix}$.
   $P_2 = P_1 T = \begin{pmatrix} 0,45 & 0,05 & 0,5 \end{pmatrix}$.
4. Quelle que soit la couleur du premier feu rencontré, au bout d'un nombre n de feux, la probabilité de rencontrer un feu vert sera d'environ 0,85, celle de rencontrer un feu orange de 0,05 et celle de rencontrer un feu rouge de 0,1.

EXERCICE 889

1.

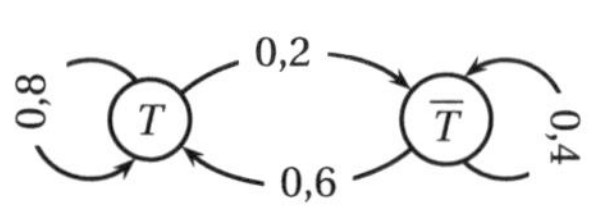

2. $M = \begin{pmatrix} 0,8 & 0,2 \\ 0,6 & 0,4 \end{pmatrix}$.
3. $P_2 = P_1 \times M = \begin{pmatrix} 0,5 & 0,5 \end{pmatrix} \times \begin{pmatrix} 0,8 & 0,2 \\ 0,6 & 0,4 \end{pmatrix} = \begin{pmatrix} 0,7 & 0,3 \end{pmatrix}$.
4. $P_n = P_1 \times M^{n-1}$
   On en déduit alors $P_8 = P_1 M^7 = \begin{pmatrix} 0,75 & 0,25 \end{pmatrix}$.
   Il y a 75 % de changes que Basile réussisse sa huitième transformation.

EXERCICE 890

1. La traversée de Parme est modélisée par deux états probabilistes « Le feu est vert » (V) et « Le feu est rouge » (R), et les probabilités de transition de l'un vers l'autre de ces états. Cette situation est représentée par le graphe probabiliste suivant :

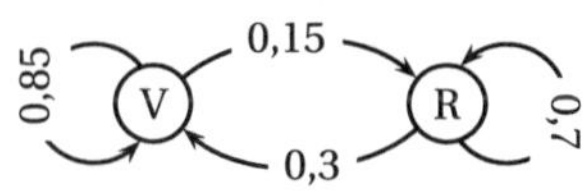

2. $M = \begin{pmatrix} 0,85 & 0,15 \\ 0,30 & 0,70 \end{pmatrix}$
3. **a.** Le premier feu rencontré est vert,
   donc $P_1 = \begin{pmatrix} 1 & 0 \end{pmatrix}$

   $P_2 = P_1 \times M = \begin{pmatrix} 0,85 & 0,15 \end{pmatrix}$
   $P_3 = P_2 \times M = \begin{pmatrix} 0,7675 & 0,2325 \end{pmatrix}$
   b. La probabilité p de l'évènement « Le chauffeur doit s'arrêter au troisième feu » est indiquée par l'élément de la deuxième colonne de P_3, soit 23,25 %.

EXERCICE 891

1. En un clic, il ne peut aller que sur la page 2
   En deux clics, il ne peut aller que sur la page 3.
2. $T = \begin{pmatrix} 0 & \frac{1}{2} & \frac{1}{2} & 0 \\ 0 & 0 & 1 & 0 \\ \frac{1}{3} & \frac{1}{3} & 0 & \frac{1}{3} \\ 0 & 1 & 0 & 0 \end{pmatrix}$

   $t_{32} = \dfrac{1}{3}$, lorsque l'employé est sur la page 3, il y a une chance sur 3 qu'il clic sur la page 2.
3. **a.** $T^3 = \begin{pmatrix} \frac{1}{6} & \frac{5}{12} & \frac{1}{4} & \frac{1}{6} \\ 0 & \frac{1}{2} & \frac{1}{2} & 0 \\ \frac{1}{6} & \frac{1}{6} & \frac{1}{2} & \frac{1}{6} \\ \frac{1}{3} & \frac{1}{3} & 0 & \frac{1}{3} \end{pmatrix}$

   $T^4 = \begin{pmatrix} \frac{1}{12} & \frac{1}{3} & \frac{1}{2} & \frac{1}{12} \\ \frac{1}{6} & \frac{1}{6} & \frac{1}{2} & \frac{1}{6} \\ \frac{1}{6} & \frac{5}{12} & \frac{1}{4} & \frac{1}{6} \\ 0 & \frac{1}{2} & \frac{1}{2} & 0 \end{pmatrix}$

$$T^8 = \begin{pmatrix} \frac{7}{48} & \frac{1}{3} & \frac{3}{8} & \frac{7}{48} \\ \frac{1}{8} & \frac{3}{8} & \frac{3}{8} & \frac{1}{8} \\ \frac{1}{8} & \frac{5}{16} & \frac{7}{16} & \frac{1}{8} \\ \frac{1}{6} & \frac{7}{24} & \frac{3}{8} & \frac{1}{6} \end{pmatrix}$$

b. En utilisant les matrices précédentes, les probabilités qu'un employé se rende en cliquant au hasard :

- de la page 2 à la page 3 en trois clics : $\frac{1}{2}$;
- de la page 3 à la page 4 en quatre clics : $\frac{1}{6}$;
- de la page 4 à la page 3 en huit clics : $\frac{3}{8}$.

4. a. On peut démontrer que $X_n = X_0 \times T^n$.

b. $X_4 = X_0 \times T = \begin{pmatrix} \frac{1}{6} & \frac{1}{6} & \frac{1}{5} & \frac{1}{6} \end{pmatrix}$.

c.

$$T^{20} = \begin{pmatrix} 0,133 & 0,333 & 0,400 & 0,133 \\ 0,133 & 0,333 & 0,400 & 0,133 \\ 0,133 & 0,333 & 0,399 & 0,133 \\ 0,133 & 0,333 & 0,400 & 0,133 \end{pmatrix}$$

d. Pour les quatre matrices X_0 possibles, on obtient (en arrondissant au centième) :

$X_{20} = \begin{pmatrix} 0,133 & 0,333 & 0,400 & 0,133 \end{pmatrix}$

X_n semble donc se stabiliser quand n devient grand autour de $X = \begin{pmatrix} \frac{2}{15} & \frac{1}{3} & \frac{2}{5} & \frac{2}{15} \end{pmatrix}$.

Les classement de pertinence est donc $2-3-1-4$ ou $2-3-4-1$.

EXERCICE 892

1. $r_{n+1} = (1-p)r_n + qv_n$

$v_{n+1} = pr_n + (1-q)v_n$.

2. $\begin{pmatrix} r_{n+1} & v_{n+1} \end{pmatrix} = \begin{pmatrix} r_n & v_n \end{pmatrix} A$

avec $A = \begin{pmatrix} 1-p & p \\ q & 1-q \end{pmatrix}$.

On montre par récurrence que

$\begin{pmatrix} r_n & v_n \end{pmatrix} = \begin{pmatrix} r_0 & v_0 \end{pmatrix} A^n$.

3. a. $C = \frac{1}{p+q}(I-A) = \frac{1}{p+q}\begin{pmatrix} p & -p \\ -q & q \end{pmatrix}$

$B = I - C = \frac{1}{p+q}\begin{pmatrix} q & q \\ p & p \end{pmatrix}$

b. $BC = CB = O$, $B^2 = B$ et $C^2 = C$.

c. Les matrices B et C commutent, on peut donc appliquer la formule du binôme :

$A^n = \sum_{k=0}^{n} \binom{n}{k} B^{n-k}(1-p-q)^k C^k$

D'après la question précédente= $BC = O$ et pour tout $k > 0$, $B^k = B$, $C^k = C$

On obtient alors $A^n = \binom{n}{0} B^n + \binom{n}{n}(1-p-q)^n C^n$

d'où $A^n = B + (1-p-q)^n C$

$A^n = \frac{1}{p+q}\begin{pmatrix} q+(1-p-q)^n p & p-(1-p-q)^n p \\ q-(1-p-q)^n q & p+(1-p-q)^n q \end{pmatrix}$.

4. D'après la question précédente :

$r_n = \frac{1}{p+q}\left[\left(q+(1-p-q)^n p\right) r_0 + \left(q-(1-p-q)^n q\right)\right]$

$v_n = \frac{1}{p+q}\left[\left(p-(1-p-q)^n p\right) r_0 + \left(p+(1-p-q)^n q\right)\right]$

$-1 < 1-p-q < 1$ donc $\lim_{n\to+\infty}(1-p-q)^n = 0$, on en déduit alors que :

$\lim_{n\to+\infty} r_n = \frac{q}{p+q}(r_0+v_0)$

$\lim_{n\to+\infty} v_n = \frac{p}{p+q}(r_0+v_0)$

EXERCICE 893

1. $M = \begin{pmatrix} 0,8 & 0,15 & 0,05 \\ 0,2 & 0,7 & 0,1 \\ 0,3 & 0,2 & 0,5 \end{pmatrix}$.

2. $P_0 = \begin{pmatrix} \frac{1}{3} & \frac{1}{3} & \frac{1}{3} \end{pmatrix}$.

3. $P_1 = P_0 M = \begin{pmatrix} 0,433 & 0,35 & 0,217 \end{pmatrix}$

$P_2 = P_1 M = \begin{pmatrix} 0,482 & 0,353 & 0,165 \end{pmatrix}$.

4. $P_3 = P_0 M^3 = \begin{pmatrix} 0,506 & 0,353 & 0,141 \end{pmatrix}$.

Au 1er janvier 2020, 50% des abonnements concerneront le journal A.

5. La matrice A ne contient aucun coefficient nul, il existe donc un état stable $P = \begin{pmatrix} x & y & z \end{pmatrix}$ vérifiant $P = PM$.

$$P = PM \iff \begin{cases} 0,8x + 0,2y + 0,3z = x \\ 0,15x + 0,7y + 0,2z = y \\ 0,05x + 0,1y + 0,5z = z \\ x + y + z = 1 \end{cases}$$

En résolvant ce système, nous obtenons

$x = \frac{26}{49} \approx 0,53$, $y = \frac{17}{49} \approx 0,35$ et $z = \frac{6}{49} \approx 0,12$.

A long terme, 53% des abonnements concerneront le journal A, 35% le journal B et 12% le journal C.

EXERCICE 894

Partie A

1. On a :

$$\begin{cases} x_{E'} &= \frac{5}{4}\times 2+\frac{3}{4}\times 2 \\ y_{E'} &= \frac{3}{4}\times 2+\frac{5}{4}\times 2 \end{cases} \iff \begin{cases} x_{E'} &= 4 \\ y_{E'} &= 4 \end{cases}$$

$$\begin{cases} x_{F'} &= \frac{5}{4}\times(-1)+\frac{3}{4}\times 5 \\ y_{F'} &= \frac{3}{4}\times(-1)+\frac{5}{4}\times 5 \end{cases} \iff \begin{cases} x_{F'} &= \frac{5}{2} \\ y_{F'} &= \frac{11}{2} \end{cases}$$

$$\begin{cases} x_{G'} &= \frac{5}{4}\times(-3)+\frac{3}{4}\times 3 \\ y_{G'} &= \frac{3}{4}\times(-3)+\frac{5}{4}\times 3 \end{cases} \iff \begin{cases} x_{G'} &= -\frac{3}{2} \\ y_{G'} &= \frac{3}{2} \end{cases}$$

2. $OE^2 = 2^2+2^2 = 8$, donc $OE = 2\sqrt{2}$.
$OE'^2 = 4^2+4^2 = 32$, donc $OE' = 4\sqrt{2}$.

Ainsi $OE' = 2OE$.
$OG^2 = (-3)^2+3^2 = 9+9 = 18$, donc $OG = 3\sqrt{2}$;
$OG'^2 = \left(-\frac{3}{2}\right)^2+\left(\frac{3}{2}\right)^2 = \frac{18}{4}$, donc $OG' = \frac{3\sqrt{2}}{2}$.

Ainsi $OG' = \frac{1}{2}OG$.

3. On a $A = \begin{pmatrix} \frac{5}{4} & \frac{3}{4} \\ \frac{3}{4} & \frac{5}{4} \end{pmatrix}$.

Partie B

1. • *Initialisation* : Pour $n = 1$, on a bien $A^1 = \begin{pmatrix} \frac{5}{4} & \frac{3}{4} \\ \frac{3}{4} & \frac{5}{4} \end{pmatrix}$

et $\alpha_1 = 2^0+\frac{1}{2^2}$ et $\beta_1 = 2^0-\frac{1}{2^2}$.

• *Hérédité* : Supposons un entier $n \geqslant 1$ tel que :

$A^n = \begin{pmatrix} \alpha_n & \beta_n \\ \beta_n & \alpha_n \end{pmatrix}$ avec

$\alpha_n = 2^{n-1}+\frac{1}{2^{n+1}}$ et $\beta_n = 2^{n-1}-\frac{1}{2^{n+1}}$.

La relation $A^{n+1} = A\times A^n$ entraîne :

$$\begin{aligned}\alpha_{p+1} &= \frac{5}{4}\alpha_n+\frac{3}{4}\beta_n \\ &= \frac{5}{4}\left(2^{n-1}+\frac{1}{2^{n+1}}\right)+\frac{3}{4}\left(2^{n-1}-\frac{1}{2^{n+1}}\right) \\ &= \frac{8}{4}2^{n-1}+\frac{2}{4}\cdot\frac{1}{2^{n+1}} = 2^n+\frac{1}{2^{n+2}}\end{aligned}$$

$$\beta_{n+1} = \frac{3}{4}\alpha_n+\frac{5}{4}\beta_n$$

$$\frac{3}{4}\left(2^{n-1}+\frac{1}{2^{n+1}}\right)+\frac{5}{4}\left(2^{n-1}-\frac{1}{2^{n+1}}\right)$$

$$\beta_{n+1} = \frac{8}{4}2^{n-1}-\frac{2}{4}\cdot\frac{1}{2^{n+1}} = 2^n-\frac{1}{2^{n+2}}.$$

Les relations sont donc vraies au rang $n+1$.

• *Conclusion* : La propriété est vraie au rang 1 et elle est héréditaire, par le principe de récurrence,
$\forall n\in\mathbb{N}^\star$, $\alpha_n = 2^{n-1}+\frac{1}{2^{n+1}}$ et $\beta_n = 2^{n-1}-\frac{1}{2^{n+1}}$.

2. a. L'égalité $\begin{pmatrix} x_n \\ y_n \end{pmatrix} = A^n\begin{pmatrix} 2 \\ 2 \end{pmatrix}$ se traduit par :

$$\begin{cases} x_n &= 2\alpha_n+2\beta_n \\ y_n &= 2\beta_n+2\alpha_n \end{cases}$$

On a quel que soit le naturel n, $x_n = y_n$.

b. $OE_n^2 = x_n^2+y_n^2 = 2x_n^2$;
d'autre part $x_n = 2\alpha_n+2\beta_n = 2(\alpha_n+\beta_n)$

et $\alpha_n+\beta_n = 2^n$, on en déduit :
$OE_n^2 = 2\times 4(2^n)^2 = 2^{2n+3}$.
D'autre part $\lim\limits_{n\to+\infty} 2^{2n+3} = +\infty$,
On en déduit alors que $\lim\limits_{n\to+\infty} \mathrm{OE}_n = +\infty$.

EXERCICE 895

Affirmation 1 : L'affirmation est fausse. En effet, l'affectation de a dans la boucle est fausse.
La lecture du graphe permet d'affirmer que $a_{n+1} = 0,3a_n+0,8b_n$ et non $a_{n+1} = 0,8a_n+0,3b_n$.

Affirmation 2 : L'affirmation est vraie.
Soit M la matrice de transition des états probabilistes, $M = \begin{pmatrix} 0,3 & 0,7 \\ 0,8 & 0,2 \end{pmatrix}$ et soit $X_n = \begin{pmatrix} a_n & b_n \end{pmatrix}$ de sorte que, pour tout n, $X_{n+1} = X_nM$.

$$X_4 = X_0M^4 = \begin{pmatrix} 0 & 1 \end{pmatrix}\begin{pmatrix} 0,3 & 0,7 \\ 0,8 & 0,2 \end{pmatrix}^4 = \begin{pmatrix} 0,5 & 0,5 \end{pmatrix}.$$

EXERCICE 896

1. $a_n+b_n = a_0+b_0 = 2200$.

2. $$MS = \begin{pmatrix} 0,9 & 0,15 \\ 0,1 & 0,85 \end{pmatrix}\times\begin{pmatrix} 1300 \\ 900 \end{pmatrix} = \begin{pmatrix} 0,9\times 1300+0,15\times 900 \\ 0,1\times 1300+0,85\times 900 \end{pmatrix} = \begin{pmatrix} 1305 \\ 895 \end{pmatrix}$$

$$MS+R = \begin{pmatrix} 1305 \\ 895 \end{pmatrix}+\begin{pmatrix} -5 \\ 5 \end{pmatrix} = \begin{pmatrix} 1300 \\ 900 \end{pmatrix} = S$$

On a $X_{n+1} = MX_n+R$ et $S = MS+R$

Alors $X_{n+1}-S = MX_n+R-MS-R = MX_n-MS$
$= M(X_n-S)$

$X_0 = \begin{pmatrix} 1100 \\ 1100 \end{pmatrix}$ et $S = \begin{pmatrix} 1300 \\ 900 \end{pmatrix}$ donc $X_0 - S = \begin{pmatrix} -200 \\ 200 \end{pmatrix}$

$$M^n \times (X_0 - S) = \begin{pmatrix} 0,6+0,4\times 0,75^n & 0,6-0,6\times 0,75^n \\ 0,4-0,4\times 0,75^n & 0,4+0,6\times 0,75^n \end{pmatrix} \times \begin{pmatrix} -200 \\ 200 \end{pmatrix} = \begin{pmatrix} -200\times 0,75^n \\ 200\times 0,75^n \end{pmatrix}$$

Donc $X_n = M^n \times (X_0 - S) + S$

$$= \begin{pmatrix} -200\times 0,75^n \\ 200\times 0,75^n \end{pmatrix} + \begin{pmatrix} 1300 \\ 900 \end{pmatrix} = \begin{pmatrix} 1320 - 200\times 0,75^n \\ 900 + 200\times 0,75^n \end{pmatrix}$$

3. $X_n = \begin{pmatrix} 1320 - 200\times 0,75^n \\ 900 + 200\times 0,75^n \end{pmatrix}$ et $X_n = \begin{pmatrix} a_n \\ b_n \end{pmatrix}$

donc $\begin{cases} a_n = 1300 - 200\times 0,75^n \\ b_n = 900 + 200\times 0,75^n \end{cases}$

4. La suite $(0,75^n)$ est géométrique de raison $0,75$ donc est décroissante. On multiplie par un nombre négatif, donc la suite $(-200\times 0,75^n)$ est croissante et donc la suite (a_n) est croissante.

De plus, $-1 < 0,75 < 1$ donc $\lim\limits_{n\to+\infty} (0,75^n) = 0$.

On en déduit que la suite (a_n) est convergente et a pour limite 1300.

$a_n + b_n = 2200$, on en déduit que la suite (b_n) est décroissante, et convergente vers 900.

5. $1300 - a_n < 1,5 \iff a_n > 1298,5$

En utilisant la calculatrice, on obtient

$a_{17} \approx 1298,4966$ donc $1300 - a_{17} > 1,5$

et $a_{18} \approx 1298,8724$ donc $1300 - a_{18} < 1,5$.

Comme $a_n + b_n = 2200$,

$b_n = 2200 - a_n \iff b_n - 900 = 1300 - a_n$ donc

$1300 - a_n < 1,5 \iff b_n - 900 < 1,5$.

Le processus est stabilisé à partir de $n = 18$.

EXERCICE 897

1. a. $\begin{cases} a_1 = 0,7a_0 + 0,2b_0 + 60 = 330 \\ b_1 = 0,1a_0 + 0,6b_0 + 70 = 280 \end{cases}$.

Ainsi $U_1 = \begin{pmatrix} 330 \\ 280 \end{pmatrix}$.

b. Pour tout entier naturel n,

$$M \times U_n + P = \begin{pmatrix} 0,7 & 0,2 \\ 0,1 & 0,6 \end{pmatrix} \times \begin{pmatrix} a_n \\ b_n \end{pmatrix} + \begin{pmatrix} 60 \\ 70 \end{pmatrix} = \begin{pmatrix} 0.7a_n + 0.2b_n + 60 \\ 0.1a_n + 0.6b_n + 70 \end{pmatrix} = \begin{pmatrix} a_{n+1} \\ b_{n+1} \end{pmatrix}$$

Ainsi, pour tout $n \in \mathbb{N}$, $U_{n+1} = M \times U_n + P$.

2. a. $(I - M) = \begin{pmatrix} 1-0,7 & -0,2 \\ -0,1 & 1-0,6 \end{pmatrix} = \begin{pmatrix} 0,3 & -0,2 \\ -0,1 & 0,4 \end{pmatrix}$

d'où

$$(I - M) \times \begin{pmatrix} 4 & 2 \\ 1 & 3 \end{pmatrix} = \begin{pmatrix} 4\times 0,3 - 0,2 & 2\times 0,3 - 3\times 0,2 \\ -0,1\times 4 + 0,4 & -0,1\times 2 + 3\times 0,4 \end{pmatrix} = \begin{pmatrix} 1 & 0 \\ 0 & 1 \end{pmatrix} = I.$$

b. D'après la question précédente $\begin{pmatrix} 4 & 2 \\ 1 & 3 \end{pmatrix} \times (I - M) = I$. Donc $I - M$ est inversible et son inverse est $\begin{pmatrix} 4 & 2 \\ 1 & 3 \end{pmatrix}$.

c. $U = M \times U + P \iff U - M \times U = P$

$\iff (I - M) \times U = P$

$\iff U = (I - M)^{-1} P$

d'où $U = \begin{pmatrix} 4 & 2 \\ 1 & 3 \end{pmatrix} \times \begin{pmatrix} 60 \\ 70 \end{pmatrix} = \begin{pmatrix} 380 \\ 270 \end{pmatrix}$.

3. a. Pour tout entier naturel n,

$V_{n+1} = U_{n+1} - U = MU_n + P - (MU + P)$

$= M(U_n - U) = M \times V_n$.

b. Démontrons par récurrence la propriété $\mathscr{P}_n$: « $\forall n \in \mathbb{N}$, $V_n = M^n \times V_0$ ».

• *Initialisation* : Si $n = 0$ alors $M^0 = I$ et $V_0 = M^0 V_0$. $\mathscr{P}_0$ est vraie.

• *Hérédité* : Supposons la propriété vraie au rang n montrons qu'alors $\mathscr{P}_{n+1}$ est vraie aussi.

$V_{n+1} = MV_n = M \times (M^n \times V_0) = M^{n+1} \times V_0$ donc $\mathscr{P}_{k+1}$ est vraie.

• *Conclusion :* $\mathscr{P}_0$ est vraie et $\mathscr{P}_n$ est héréditaire, par le principe de récurrence on a pour tout entier naturel n, $V_n = M^n \times V_0$.

4. a. Pour tout entier naturel n,

$V_n = U_n - U \iff U_n = V_n + U$

$$\iff U_n = \begin{pmatrix} \frac{-100}{3} \times 0,8^n - \frac{140}{3} \times 0,5^n \\ \frac{-50}{3} \times 0,8^n + \frac{140}{3} \times 0,5^n \end{pmatrix} + \begin{pmatrix} 380 \\ 270 \end{pmatrix}$$

$$\iff U_n = \begin{pmatrix} \dfrac{-100}{3} \times 0,8^n - \dfrac{140}{3} \times 0,5^n + 380 \\ \dfrac{-50}{3} \times 0,8^n + \dfrac{140}{3} \times 0,5^n + 270 \end{pmatrix}$$

On en déduit $a_n = \dfrac{-100}{3} \times 0,8^n - \dfrac{140}{3} \times 0,5^n + 380$

Si $-1 < q < 1$, alors $\lim\limits_{n \to +\infty} q^n = 0$,

donc $\lim\limits_{n \to +\infty} a_n = 380$

b. A long terme, le nombre d'abonnés de l'opérateur A sera donc de 380 000.

Exercice 898

1. a.

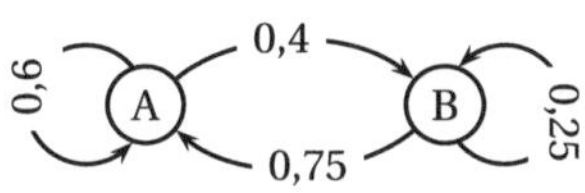

b. En considérant les sommets dans l'ordre alphabétique la matrice de transition est

$M = \begin{pmatrix} 0,6 & 0,4 \\ 0,75 & 0,25 \end{pmatrix}$.

2. On a $T_2 = T_1 \times M = \begin{pmatrix} 0,6 & 0,4 \end{pmatrix}$

$T_3 = T_2 \times M = \begin{pmatrix} 0,66 & 0,34 \end{pmatrix}$.

Ce qui signifie qu'à la troisième séance 66 % des spectateurs voient un film français.

3. La matrice de transition ne contient pas de terme nul, donc l'état T_n converge vers un état stable $T = \begin{pmatrix} x & y \end{pmatrix}$ tel que

$$T = T\times = \begin{pmatrix} x & y \end{pmatrix} \times \begin{pmatrix} 0,6 & 0,4 \\ 0,75 & 0,25 \end{pmatrix}$$

$$\iff \begin{cases} x &= 0,6x + 0,75y \\ y &= 0,4x + 0,25y \\ x + y &= 1 \end{cases}$$

$$\iff \begin{cases} 0,4x - 0,75y &= 0 \\ x + y &= 1 \end{cases}$$

$$\iff \begin{cases} 0,4 &= 1,15y \\ x + y &= 1 \end{cases}$$

$$\iff \begin{cases} y &= \frac{8}{23} \\ x &= 1 - \frac{8}{23} = \frac{15}{23} \end{cases}$$

Donc $T = \begin{pmatrix} \frac{15}{23} & \frac{8}{23} \end{pmatrix}$.

Soit en arrondissant à 10^{-2}, $T \approx \begin{pmatrix} 0,65 & 0,35 \end{pmatrix}$.

Au bout d'un certain nombre de semaines 65 % verront un film français.

Exercice 899

1. $a_0 = 0,2$ donc $b_0 = 1 - 0,2 = 0,8$ et $P_0 = \begin{pmatrix} 0,2 & 0,8 \end{pmatrix}$.

2.

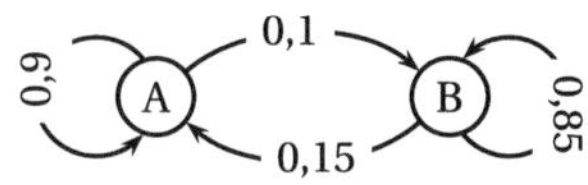

3. a. $M = \begin{pmatrix} 0,9 & 0,1 \\ 0,15 & 0,85 \end{pmatrix}$.

b. $P_1 = P_0 M$ donc $a_1 = 0,9a_0 + 0,15b_0 = 0,3$ et $b_1 = 0,1a_0 + 0,85b_0 = 0,7$.

4. a. $P_n = P_0 M^n$.

b. $P_3 = P_0 M^3 = \begin{pmatrix} 0,43125 & 0.56875 \end{pmatrix}$

5. a. a et b sont les solutions de

$(a \quad b) = (a \quad b) \begin{pmatrix} 0.9 & 0.1 \\ 0.15 & 0.85 \end{pmatrix}$ avec $a + b = 1$,

donc $\begin{cases} a = 0,9a + 0,15b \\ b = 0,1a + 0,85b \\ a + b = 1 \end{cases}$

soit $\begin{cases} a - 1,5b = 0 \\ a + b = 1 \end{cases}$ d'où $\begin{cases} a = 1,5b \\ 2,5b = 1 \end{cases}$

et finalement $a = \dfrac{1,5}{2,5} = 0,6$ et $b = \dfrac{1}{2,5} = 0,4$.

b. On a montré à la question précédente qu'à partir d'un « certain nombre » de semaines, la probabilté que le parfum Aurore soit préféré se stabilisait à 0,6. Donc la parfum Aurore finira par être préféré au parfum Boréale.

Exercice 900

1.

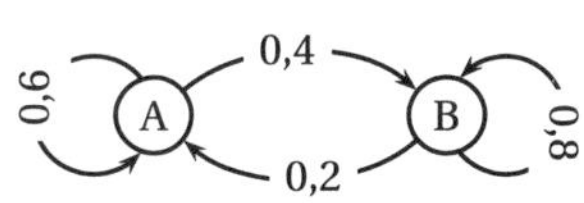

On en déduit en restant l'ordre alphabétique des sommets la matrice de transition :

$M = \begin{pmatrix} 0,6 & 0,4 \\ 0,2 & 0,8 \end{pmatrix}$.

2. a. On a $P_1 = P_0 \times M = (0,24 \quad 0,76)$.

$P_2 = P_1 \times M = \begin{pmatrix} 0,296 & 0,704 \end{pmatrix}$.

b. La probabilité qu'il joue est d'après la question précédente 0,296 soit 0,30 au centième près.

3. a. On a pour tout entier n,

$v_{n+1} = a_{n+1} - \dfrac{1}{3} = 0,4a_n + 0,2 - \dfrac{1}{3} = 0,4a_n + \dfrac{0,6 - 1}{3}$

$v_{n+1} = 0,4a_n - 0,4\frac{1}{3} = 0,4\left(a_n - \frac{1}{3}\right) = 0,4v_n$.
La suite (v_n) est géométrique de raison 0,4 et de premier terme $v_0 = u_0 - \frac{1}{3} = -\frac{7}{30}$.

b. $a_n = v_n + \frac{1}{3} = \frac{1}{3}\left(1 - 0,7\times 0,4^n\right)$.

c. Comme $0 < 0,4 < 1$, $\lim\limits_{n\to+\infty} 0,4^n = 0$,
donc $\lim\limits_{n\to+\infty} a_n = \frac{1}{3}$.

La matrice de transition ne contenant pas de terme nul, l'étant $P_n = \begin{pmatrix} a_n & b_n \end{pmatrix}$ converge vers un état stable $P = \begin{pmatrix} a & b \end{pmatrix}$ (avec $a + b = 1$) indépendant de l'état initial.

On a donc $a = \frac{1}{3}$ et par conséquent $b = \frac{2}{3}$.

$P = \begin{pmatrix} \frac{1}{3} & \frac{2}{3} \end{pmatrix}$.

EXERCICE 901

1. a.

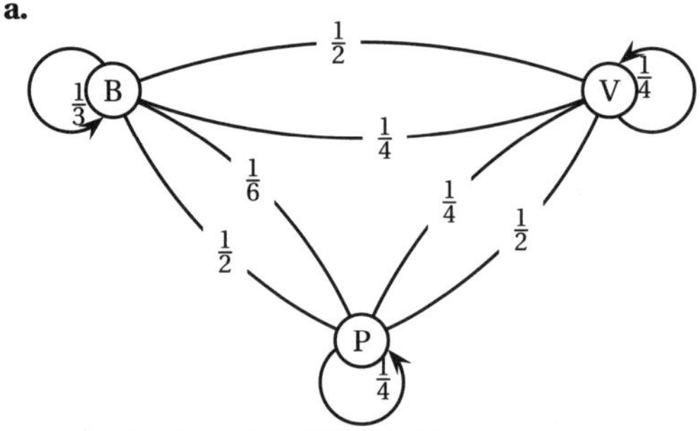

b. $M = \begin{pmatrix} \frac{1}{3} & \frac{1}{2} & \frac{1}{6} \\ \frac{1}{4} & \frac{1}{4} & \frac{1}{2} \\ \frac{1}{2} & \frac{1}{4} & \frac{1}{4} \end{pmatrix}$.

c. L'état probabiliste dans deux jours est représenté par la matrice ligne $P_2 = P_0 \times M^2$ soit
$P_2 = \begin{pmatrix} \frac{23}{72} & \frac{1}{3} & \frac{25}{72} \end{pmatrix}$.

Dans deux jours, la probabilité qu'il fasse est $\frac{23}{72}$. La probabilité qu'il pleuve est $\frac{25}{72}$. La probabilité que le temps soit variable est $\frac{1}{3}$.

2. a. La matrice de transition T de ce graphe est $\begin{pmatrix} \frac{1}{3} & \frac{2}{3} \\ \frac{3}{4} & \frac{1}{4} \end{pmatrix}$.

b. $Q = QT \iff \begin{pmatrix} x & y \end{pmatrix} = \begin{pmatrix} x & y \end{pmatrix} \times \begin{pmatrix} \frac{1}{3} & \frac{2}{3} \\ \frac{3}{4} & \frac{1}{4} \end{pmatrix}$
avec $x + y = 1$

$$\iff \begin{cases} x = \frac{1}{3}x + \frac{3}{4}y \\ y = \frac{2}{3}x + \frac{1}{4}y \\ x + y = 1 \end{cases}$$

donc $\begin{cases} 8x - 9y = 0 \\ x + y = 1 \end{cases} \iff \begin{cases} x = \frac{9}{17} \\ y = \frac{8}{17} \end{cases}$

La matrice $Q = \begin{pmatrix} \frac{9}{17} & \frac{8}{17} \end{pmatrix}$ est l'état stable du système.

Donc $p(B) = \frac{9}{17}$ et $p\left(\overline{B}\right) = \frac{8}{17}$.

EXERCICE 902

1. Un site étant sain la probabilité de contaminer le site suivant est nulle : $p_S(V) = 0$ et donc $p_S(S) = 1$.

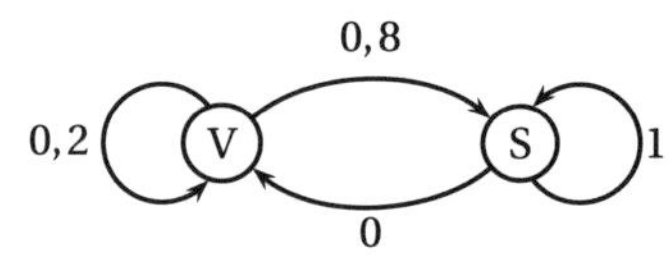

2. La matrice de transition est $M = \begin{pmatrix} 0,2 & 0,8 \\ 0 & 1 \end{pmatrix}$.

3. a. $X_{n+1} = X_n M$

$\iff \begin{pmatrix} P_{n+1} & Q_{n+1} \end{pmatrix} = \begin{pmatrix} P_n & Q_n \end{pmatrix} \times \begin{pmatrix} 0,2 & 0,8 \\ 0 & 1 \end{pmatrix}$

$= \begin{pmatrix} 0,2P_n & 0,8P_n + Q_n \end{pmatrix}$.

Donc en particulier $P_{n+1} = 0,2P_n$.

b. Le résultat précédent montre que la suite (P_n) est une suite géométrique de raison 0,2, donc quel que soit le naturel n non nul , $P_n = 0,2^{n-1}$.

c. Comme $0 < 0,2 < 1$, on sait que $\lim\limits_{n\to+\infty} 0,2^{n-1} = 0$, donc $\lim\limits_{n\to+\infty} P_n = 0$.

Pour n assez grand la probabilité de propager le virus se rapproche de zéro.

EXERCICE 903

1.

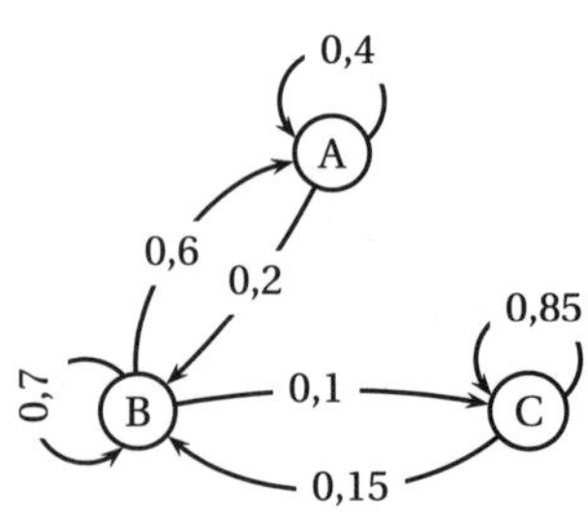

2. En respectant l'ordre alphabétique des sommets,
on a $M = \begin{pmatrix} 0,4 & 0,6 & 0 \\ 0,2 & 0,7 & 0,1 \\ 0 & 0,15 & 0,85 \end{pmatrix}$.

3. Il suffit de vérifier que la matrice R correspond à l'état stable :

$$\begin{pmatrix} \frac{1}{6} & \frac{1}{2} & \frac{1}{3} \end{pmatrix} \times \begin{pmatrix} 0,4 & 0,6 & 0 \\ 0,2 & 0,7 & 0,1 \\ 0 & 0,15 & 0,85 \end{pmatrix} = \begin{pmatrix} \frac{1}{6} & \frac{1}{2} & \frac{1}{3} \end{pmatrix}.$$

Le président a raison.

EXERCICE 904

Partie A

1.

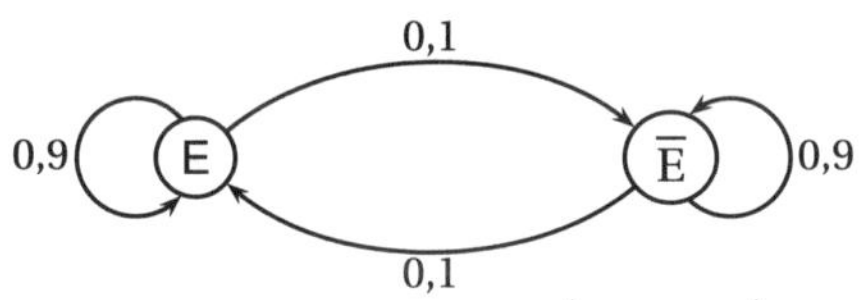

2. La matrice de transition est $M = \begin{pmatrix} 0,9 & 0,1 \\ 0,1 & 0,9 \end{pmatrix}$.

3. On a successivement :
$P_1 = P0 \times M = \begin{pmatrix} 0,9 & 0,1 \end{pmatrix}$;
$P_2 = P0 \times M^2 = \begin{pmatrix} 0,82 & 0,18 \end{pmatrix}$;
$P_3 = P0 \times M^3 = \begin{pmatrix} 0,756 & 0,244 \end{pmatrix}$.
Donc le plus petit entier naturel n tel que $p_n < 0,8$ est $n = 3$.

4. Les termes de la matrice étant non nuls il y a un état stable $P = \begin{pmatrix} p & q \end{pmatrix}$ tel que $p + q = 1$.

De $P = P \times M \iff \begin{pmatrix} p & q \end{pmatrix} = \begin{pmatrix} p & q \end{pmatrix} \times \begin{pmatrix} 0,9 & 0,1 \\ 0,1 & 0,9 \end{pmatrix}$.

On en déduit que :

$$\begin{cases} p &= 0,9p + 0,1q \\ q &= 0,1p + 0,9q \\ p + q &= 1 \end{cases} \iff \begin{cases} p - q &= 0 \\ p + q &= 1 \end{cases}$$

Donc $p = q = 0,5$.
Ainsi $P = \begin{pmatrix} 0,5 & 0,5 \end{pmatrix}$.

Partie B

1.

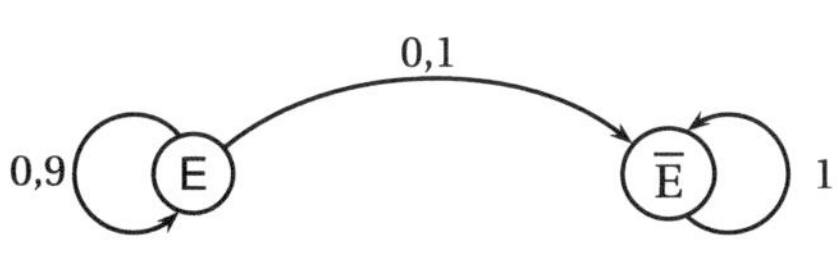

2. On a $N = \begin{pmatrix} 0,9 & 0,1 \\ 0 & 1 \end{pmatrix}$.

3. $\begin{pmatrix} p_{n+1} & q_{n+1} \end{pmatrix} = \begin{pmatrix} p_n & q_n \end{pmatrix} \times \begin{pmatrix} 0,9 & 0,1 \\ 0 & 1 \end{pmatrix}$
$= \begin{pmatrix} 0,9p_n & 0,1p_n + q_n \end{pmatrix}$.
Donc $p_{n+1} = 0,9p_n$, la suite (p_n) est géométrique de raison 0,9.

4. Comme $p_0 = 1$, on sait que $p_n = p_0 \times 0,9^n = 0,9^n$.

5. $p_n < 0,5 \iff 0,9^n < 0,5 \iff n \ln 0,9 < \ln 0,5$
$\iff n > \dfrac{\ln 0,5}{\ln 0,9}$ (car $\ln 0,9 < 0$).
Comme $\dfrac{\ln 0,5}{\ln 0,9} \approx 6,6$, le plus petit entier naturel n tel que $p_n < 0,5$ est $n = 7$.

6. $0 < 0,9 < 1$, donc $\lim\limits_{n \to +\infty} 0,9^n = 0$.
Conclusion : Sur le long terme seule la fausse rumeur sera transmise.

EXERCICE 905

1. On sait qu'en 2 000, 40 % de la population habite la zone A et 60 % la zone B. Par conséquent la matrice P_0 de l'état initial est : $P_0 = \begin{pmatrix} 0,4 & 0,6 \end{pmatrix}$

2.

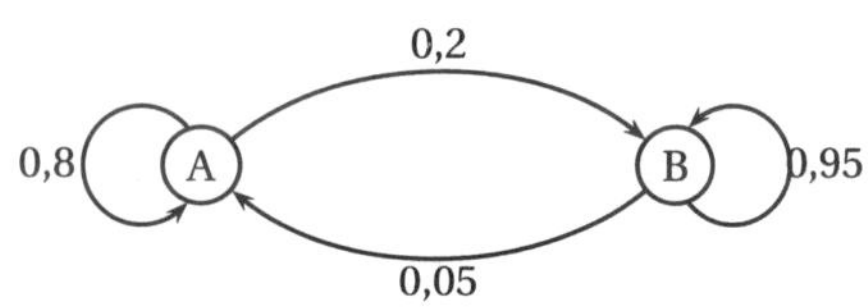

3. a. $M = \begin{pmatrix} 0,8 & 0,2 \\ 0,05 & 0,95 \end{pmatrix}$

b. La répartition de la population en 2 022 est donnée par la matrice P_2 : $P_2 = P_0 \times M^2 = \begin{pmatrix} 0,3125 & 0,6875 \end{pmatrix}$.
En 2 022, 31,25 % de la population habitera la zone A, alors que 68,75 % habitera la zone B.

4. a. $P = PM \iff \begin{pmatrix} a & b \end{pmatrix} = \begin{pmatrix} a & b \end{pmatrix} \begin{pmatrix} 0,8 & 0,2 \\ 0,05 & 0,95 \end{pmatrix}$

soit $\begin{pmatrix} a & b \end{pmatrix} = \begin{pmatrix} 0,8a + 0,05b & 0,2a + 0,95b \end{pmatrix}$.
On en déduit que $a = 0,8a + 0,05b$ et on résout le système :

$$\begin{cases} a + b = 1 \\ a = 0,8a + 0,05b \end{cases} \iff \begin{cases} a + b = 1 \\ 4a - b = 0 \end{cases} \iff \begin{cases} a = 0,2 \\ b = 0,8 \end{cases}$$

Ainsi $P = \begin{pmatrix} 0,2 & 0,8 \end{pmatrix}$

b. Dans la question précédente, on a établi l'état stable. Par conséquent, on peut prévoir que dans un certain temps 20 % de la population habitera la zone

A et 80 % la zone B.

Le maire a raison de vouloir prévoir de nouvelles infrastructures.

EXERCICE 906

1. D'après la formule des probabilités totales :

$a_{n+1} = P(A_{n+1})$

$= P(A_n \cap A_{n+1}) + P(B_n \cap A_{n+1}) + P(C_n \cap A_{n+1})$

$= P(A_n) \times P_{A_n}(A_{n+1}) + P(B_n) \times P_{B_n}(A_{n+1}) + P(C_n) \times P_{C_n}(A_{n+1})$

Si, après la n-ième navigation, l'internaute est sur la page n° 1 (évènement A_n), il ne reste pas sur cette page donc $P_{A_n}(A_{n+1}) = 0$.

Si, après la n-ième navigation, l'internaute est sur la page n° 2 (évènement B_n), il ira sur la page n° 1 avec une probabilité de $\frac{1}{2}$ donc $P_{B_n}(A_{n+1}) = \frac{1}{2}$.

Si, après la n-ième navigation, l'internaute est sur la page n° 3 (évènement C_n), il ira sur la page n° 1 avec une probabilité de $\frac{1}{2}$ donc $P_{C_n}(A_{n+1}) = \frac{1}{2}$.

De plus $P(A_n) = a_n$, $P(B_n) = b_n$ et $P(C_n) = c_n$.

Donc $a_{n+1} = a_n \times 0 + b_n \times \frac{1}{2} + c_n \times \frac{1}{2} = \frac{1}{2}b_n + \frac{1}{2}c_n$

On admet que, de même, $b_{n+1} = \frac{1}{4}a_n + \frac{1}{4}b_n + \frac{1}{4}c_n$ et $c_{n+1} = \frac{3}{4}a_n + \frac{1}{4}b_n + \frac{1}{4}c_n$.

2. D'après la question précédente :

$$\begin{cases} a_{n+1} = 0 \times a_n + \frac{1}{2}b_n + \frac{1}{2}c_n \\ b_{n+1} = \frac{1}{4}a_n + \frac{1}{4}b_n + \frac{1}{4}c_n \\ c_{n+1} = \frac{3}{4}a_n + \frac{1}{4}b_n + \frac{1}{4}c_n \end{cases}$$

$$\iff \begin{pmatrix} a_{n+1} \\ b_{n+1} \\ c_{n+1} \end{pmatrix} = \begin{pmatrix} 0 & \frac{1}{2} & \frac{1}{2} \\ \frac{1}{4} & \frac{1}{4} & \frac{1}{4} \\ \frac{3}{4} & \frac{1}{4} & \frac{1}{4} \end{pmatrix} \begin{pmatrix} a_n \\ b_n \\ c_n \end{pmatrix}$$

$$\iff U_{n+1} = MU_n \text{ avec } M = \begin{pmatrix} 0 & \frac{1}{2} & \frac{1}{2} \\ \frac{1}{4} & \frac{1}{4} & \frac{1}{4} \\ \frac{3}{4} & \frac{1}{4} & \frac{1}{4} \end{pmatrix}$$

on a $U_{n+1} = MU_n$.

On démontre par récurrence que pour tout $n \in \mathbb{N}$, $U_n = M^n U_0$.

3. Soit la matrice colonne $U = \begin{pmatrix} x \\ y \\ z \end{pmatrix}$ telle que : $x+y+z = 1$ et $MU = U$.

$$MU = U \iff \begin{pmatrix} 0 & \frac{1}{2} & \frac{1}{2} \\ \frac{1}{4} & \frac{1}{4} & \frac{1}{4} \\ \frac{3}{4} & \frac{1}{4} & \frac{1}{4} \end{pmatrix} \begin{pmatrix} x \\ y \\ z \end{pmatrix} = \begin{pmatrix} x \\ y \\ z \end{pmatrix}$$

$$\iff \begin{cases} \frac{1}{2}y + \frac{1}{2}z = x \\ \frac{1}{4}x + \frac{1}{4}y + \frac{1}{4}z = y \\ \frac{3}{4}x + \frac{1}{4}y + \frac{1}{4}z = z \\ x+y+z = 1 \end{cases} \iff \begin{cases} y+z = 2x \\ x+y+z = 4y \\ 3x+y+z = 4z \\ x+y+z = 1 \end{cases}$$

Des lignes 2 et 4, on déduit $4y = 1$ d'où $y = \frac{1}{4}$.

La ligne 1 devient $x + y + z = 3x$ ce qui donne en utilisant la ligne 4 : $1 = 3x \iff x = \frac{1}{3}$.

La ligne 4 devient $z = 1 - x - y \Longrightarrow z = 1 - \frac{1}{3} - \frac{1}{4} = \frac{5}{12}$.

Il reste à vérifier que pour les trois valeurs de x, y et z trouvées, les quatre lignes du système sont vérifiées, ce qui se fait sans problème.

Ainsi $U = \begin{pmatrix} \frac{1}{3} \\ \frac{1}{4} \\ \frac{5}{12} \end{pmatrix}$

4. $U_n = M^n U_0 \iff$

$$\begin{cases} a_n = \left(\frac{1}{3} + \frac{\left(\frac{-1}{2}\right)^n \times 2}{3}\right)a_0 + \left(\frac{1}{3} + \frac{\left(\frac{-1}{2}\right)^n}{-3}\right)b_0 + \left(\frac{1}{3} + \frac{\left(\frac{-1}{2}\right)^n}{-3}\right)c_0 \\ b_n = \frac{1}{4}a_0 + \frac{1}{4}b_0 + \frac{1}{4}c_0 \\ c_n = \left(\frac{5}{12} + \frac{\left(-\left(\frac{-1}{2}\right)^n\right) \times 2}{3}\right)a_0 + \left(\frac{5}{12} + \frac{-\left(\frac{-1}{2}\right)^n}{-3}\right)b_0 + \left(\frac{5}{12} + \frac{-\left(\frac{-1}{2}\right)^n}{-3}\right)c_0 \end{cases}$$

On constate que

$b_n = \frac{1}{4}a_0 + \frac{1}{4}b_0 + \frac{1}{4}c_0 = \frac{1}{4}(a_0 + b_0 + c_0)$;

or $a_0 + b_0 + c_0 = 1$ donc $b_n = \frac{1}{4}$.

On sait qu'une suite géométrique de raison q avec

$-1 < q < 1$ est convergente vers 0

donc $\lim\limits_{n\to+\infty}\left(-\frac{1}{2}\right)^n = 0$; on en déduit que $\lim\limits_{n\to+\infty}\frac{\left(\frac{-1}{2}\right)^n\times 2}{3} = 0$ et $\lim\limits_{n\to+\infty}\frac{\left(\frac{-1}{2}\right)^n}{-3} = 0$.

D'après les théorèmes sur les limites, on peut dire :

$\lim\limits_{n\to+\infty} a_n = \frac{1}{3}a_0 + \frac{1}{3}b_0 + \frac{1}{3}c_0 = \frac{1}{3}$.

$\lim\limits_{n\to+\infty} c_n = \frac{5}{12}a_0 + \frac{5}{12}b_0 + \frac{5}{12}c_0 = \frac{5}{12}$.

5. $\lim\limits_{n\to+\infty} a_n = \frac{1}{3}$ donc, à long terme, la page 1 du site sera consultée $100\times\frac{1}{3} \approx 33,33\,\%$ du temps de visite.

$\lim\limits_{n\to+\infty} b_n = \frac{1}{4}$ donc, à long terme, la page 2 du site sera consultée $100\times\frac{1}{4} = 25\,\%$ du temps de visite.

$\lim\limits_{n\to+\infty} c_n = \frac{5}{12}$ donc à long terme, la page 3 du site sera consultée $100\times\frac{5}{12} \approx 41,67\,\%$ du temps de visite.

EXERCICE 907

1. En utilisant un arbre de probabilités, on obtient :

$$\begin{cases} a_{n+1} = \frac{1}{2}a_n + \frac{1}{4}b_n + \frac{1}{4}c_n \\ b_{n+1} = \frac{1}{4}a_n + \frac{1}{2}b_n + \frac{1}{4}c_n \\ c_{n+1} = \frac{1}{4}a_n + \frac{1}{4}b_n + \frac{1}{2}c_n \end{cases}$$

On en déduit alors la matrice $U = \begin{pmatrix} \frac{1}{2} & \frac{1}{4} & \frac{1}{4} \\ \frac{1}{4} & \frac{1}{2} & \frac{1}{4} \\ \frac{1}{4} & \frac{1}{4} & \frac{1}{2} \end{pmatrix}$.

2. Le premier œuf pondu est de calibre C donc $X_1 = \begin{pmatrix} 0 & 0 & 1 \end{pmatrix}$.

$X_6 = X_1U^5 = \begin{pmatrix} 0,33 & 0,33 & 0,33 \end{pmatrix}$.

La probabilité que la poule ponde le sixième jour un œuf de calibre A est $\frac{1}{3}$, un œuf de calibre C également $\frac{1}{3}$.

3. On vérifie que si $X = \begin{pmatrix} \frac{1}{3} & \frac{1}{3} & \frac{1}{3} \end{pmatrix}$ vérifie $X = XU$

X est donc l'état stable de U.

EXERCICE 908

Partie A

1.

$$A = \begin{pmatrix} \frac{1}{3} & \frac{1}{3} & \frac{1}{3} \\ 0 & \frac{1}{2} & \frac{1}{2} \\ 0 & 0 & 1 \end{pmatrix}$$

2. Récurrence très simple.

3. $P_4 = P_0A^4\begin{pmatrix} 0,01 & 0,10 & 0,89 \end{pmatrix}$

$S_4 \simeq 0,01$, il y a une chance sur cent qu'un individu soit sain au bout de quatre semaines.

Partie B

1. $Q_{n+1} = Q_n \times B$

d'où

$$\begin{cases} S_{n+1} = \frac{5}{12}S_n + \frac{5}{12}I_n + \frac{1}{6}S_n \\ I_{n+1} = \frac{1}{4}S_n + \frac{1}{4}I_n + \frac{1}{2}S_n \\ M_{n+1} = \frac{1}{3}S_n + \frac{1}{3}I_n + \frac{1}{3}M_n \end{cases}$$

2. Pour faire des calculs sur des entiers, on calcule $(12B)^2$:

$12B = \begin{pmatrix} 5 & 3 & 4 \\ 5 & 3 & 4 \\ 2 & 6 & 4 \end{pmatrix}$ et alors

alors $(12B)^2 = \begin{pmatrix} 48 & 48 & 48 \\ 48 & 48 & 48 \\ 48 & 48 & 48 \end{pmatrix}$

Donc $(12B)^2 = 48J$, $144B^2 = 48J$ donc $B^2 = \frac{1}{3}J$

Par calcul, on obtient que $B^3 = B^2$.

On peut par récurrence prouver que pour tout n de $\mathbb{N}$, $n \geqslant 2$, on a $B^n = B^2 = \frac{1}{3}J$

3. a. On peut montrer, comme dans la partie A que $\forall n \in \mathbb{N}$

$Q_{n+1} = Q_n \times B \Longrightarrow Q_n = Q_0 \times B^n$

Si $n \geqslant 2$, $Q_n = Q_0 \times B^n$ et comme $B^n = B^2$,

on a $Q_n = Q_0 \times B^2$, donc $Q_n = Q_2$.

On calcule $Q_2 = Q_0 \times \left(\frac{1}{3}J\right)$

on obtient $Q_2 = \left(\frac{1}{3}\right)\begin{pmatrix} 1 & 1 & 1 \end{pmatrix}$,

donc $Q_n = \begin{pmatrix} \frac{1}{3} & \frac{1}{3} & \frac{1}{3} \end{pmatrix}$.

b. On peut dire qu'avec ce vaccin l'évolution de la maladie va donner des groupes équitablement répartis : autant de chance d'être malade ou sain ou infecté; le vaccin n'éradique pas la maladie. Toutefois sans vaccin, on pourrait montrer que la répartition limite serait : tous malades.

EXERCICE 909

1. a. $7\times3-5\times4 = 21-20 = 1$ donc $(3;4)$ est solution de (E).

b. • Le couple $(x\,;\,y)$ est solution de (E) donc $7\times x-5\times y=1$.

Le couple $(3\,;\,4)$ est solution de (E) donc $7\times 3-5\times 4=1$.

Par soustraction membre à membre, on en déduit que $7(x-3)=5(y-4)$.

• Réciproquement, si le couple $(x\,;\,y)$ est tel que $7(x-3)=5(y-4)$.

• Donc $7(x-3)-5(y-4)=0$

$\iff 7x-21-5y+20=0$

$\iff 7x-5y=1$, et donc que le couple $(x\,;\,y)$ est solution de (E).

Donc le couple d'entiers $(x\,;\,y)$ est solution de (E) si et seulement si $7(x-3)=5(y-4)$.

c. • Soit $(x\,;\,y)$ un couple d'entiers solution de (E), ce qui équivaut à $7(x-3)=5(y-4)$.

$7(x-3)=5(y-4)$ entraîne que 7 divise $5(y-4)$; or 7 et 5 sont premiers entre eux, donc, d'après le théorème de Gauss, 7 divise $y-4$. Donc il existe un entier relatif k tel que $y-4=7k$ ce qui équivaut à $y=7k+4$ avec $k\in\mathbb{Z}$.

Comme $7(x-3)=5(y-4)$ et $y-4=7k$, cela implique que $7(x-3)=5\times 7k$ ce qui équivaut à $x-3=5k$ ou encore $x=5k+3$.

Donc si $(x\,;\,y)$ est solution de (E), alors $\left\{\begin{array}{rcl} x &=& 5k+3\\ y &=& 7k+4\end{array}\right.$ où$k\in\mathbb{Z}$

• Réciproquement, si le couple d'entiers $(x\,;\,y)$ est tel que

$\left\{\begin{array}{rcl} x &=& 5k+3\\ y &=& 7k+4\end{array}\right.$ où $k\in\mathbb{Z}$,

alors $7x-5y=35k+21-35k-20=1$

donc $(x\,;\,y)$ est solution de (E).

• Donc les solutions entières de l'équation (E) sont exactement les couples $(x\,;\,y)$ d'entiers relatifs tels que

$\left\{\begin{array}{rcl} x &=& 5k+3\\ y &=& 7k+4\end{array}\right.$ où $k\in\mathbb{Z}$

2. Une boîte contient 25 jetons, des rouges, des verts et des blancs. Sur les 25 jetons il y a x jetons rouges et y jetons verts. On sait que $7x-5y=1$.

D'après la question **1**, on peut dire que $x=5k+3$ et $y=7k+4$ avec k entier relatif. Le nombre de jetons est un nombre positif, et ne doit pas dépasser 25 qui est le nombre total de jetons dans la boîte.

Pour $k=0$, $x=3$ et $y=4$; il peut donc y avoir 3 jetons rouges, 4 jetons verts et 18 jetons blancs.

Pour $k=1$, $x=8$ et $y=11$; il peut donc y avoir 8 jetons rouges, 11 jetons verts et 6 jetons blancs.

Les autres valeurs de k ne donnent pas de résultats répondant au problème.

3. Comme au départ c'est-à-dire pour $n=0$, le pion est en A, on peut dire que $X_0=\begin{pmatrix}1 & 0 & 0\end{pmatrix}$.

D'après l'énoncé, on tire au hasard un pion dans la boîte, donc il y a équiprobabilité. Il y a 3 pions rouges sur 25 donc la probabilité de tirer un pion rouge est $\dfrac{3}{25}=0,12$. On calcule de même la probabilité de tirer un pion vert : $\dfrac{4}{25}=016$ et la probabilité de tirer un pion blanc : $\dfrac{18}{25}=0,72$.

On cherche la probabilité a_{n+1} qu'à l'étape $n+1$ le pion soit en A.

S'il était en A à l'étape n, il faut tirer une boule blanche pour qu'il y reste, ce qui se fait avec une probabilité de 0,72. Comme il avait une probabilité égale à a_n d'être en A à l'étape n, on retient $0,72a_n$.

S'il était en B à l'étape n, il faut tirer une boule rouge pour qu'il passe en A, ce qui se fait avec une probabilité de 0,12. Comme il avait une probabilité égale à b_n d'être en B àă l'étape n, on retient $0,12b_n$.

S'il était en C à l'étape n, il faut tirer une boule rouge pour qu'il passe en A, ce qui se fait avec une probabilité de 0,12. Comme il avait une probabilité égale à c_n d'être en C à l'étape n, on retient $0,12c_n$.

On peut donc dire que :

$a_{n+1}=0,72a_n+0,12b_n+0,12c_n$.

On justifie de la même façon b_{n+1} et c_{n+1} et l'on a :

$$\left\{\begin{array}{rcl} a_{n+1} &=& 0,72a_n + 0,12b_n + 0,12c_n\\ b_{n+1} &=& 0,12a_n + 0,72b_n + 0,16c_n\\ c_{n+1} &=& 0,16a_n + 0,16b_n + 0,72c_n\end{array}\right.$$

ce qui donne sous forme matricielle

$$\begin{pmatrix}a_{n+1} & b_{n+1} & c_{n+1}\end{pmatrix} = \begin{pmatrix}a_n & b_n & c_n\end{pmatrix}\times\begin{pmatrix}0,72 & 0,12 & 0,16\\ 0,12 & 0,72 & 0,16\\ 0,12 & 0,16 & 0,72\end{pmatrix}$$

soit $X_{n+1} = X_n T$ où $T = \begin{pmatrix} 0,72 & 0,12 & 0,16 \\ 0,12 & 0,72 & 0,16 \\ 0,12 & 0,16 & 0,72 \end{pmatrix}$

4. a. On sait que $P = \left(P^{-1}\right)^{-1}$.

On cherche donc à la calculatrice l'inverse de la matrice P^{-1} et on trouve : $P = \begin{pmatrix} 1 & 7 & 4 \\ 1 & -3 & 4 \\ 1 & -3 & -7 \end{pmatrix}$

b. Démonstration par récurrence très simple (vue à l'exercice 820).

c. La matrice D est une matrice diagonale;

$$D^n = \begin{pmatrix} 1 & 0 & 0 \\ 0 & 0,6^n & 0 \\ 0 & 0 & 0,56^n \end{pmatrix}$$

5. a. $X_n = \begin{pmatrix} a_n & b_n & c_n \end{pmatrix}$ et $X_0 = \begin{pmatrix} 1 & 0 & 0 \end{pmatrix}$

$X_n = X_0 T^n$

$$\iff \begin{pmatrix} a_n & b_n & c_n \end{pmatrix} = \begin{pmatrix} 1 & 0 & 0 \end{pmatrix} \times \begin{pmatrix} \alpha_n & \beta_n & \gamma_n \\ \dots & \dots & \dots \\ \dots & \dots & \dots \end{pmatrix}$$

$$\iff \begin{pmatrix} a_n & b_n & c_n \end{pmatrix} = \begin{pmatrix} \alpha_n & \beta_n & \gamma_n \end{pmatrix}$$

Donc $a_n = \alpha_n$ et $b_n = \beta_n$.

Or comme à chaque étape, le pion est soit en A, soit en B, soit en C,

$a_n + b_n + c_n = 1$ et donc $c_n = 1 - a_n - b_n = 1 - \alpha_n - \beta_n$.

b. $a_n = \dfrac{3}{10} + \dfrac{7}{10} \times 0,6^n$; or $-1 < 0,6 < 1$ donc $\lim\limits_{n\to+\infty} 0,6^n = 0$ d'où l'on déduit que $\lim\limits_{n\to+\infty} a_n = \dfrac{3}{10}$.

$b_n == \dfrac{37 - 77 \times 0,6^n + 40 \times 0,56^n}{110}$; or $-1 < 0,56 < 1$ donc $\lim\limits_{n\to+\infty} 0,56^n = 0$ et comme $\lim\limits_{n\to+\infty} 0,6^n = 0$, on peut en déduire que $\lim\limits_{n\to+\infty} b_n = \dfrac{37}{110}$.

$c_n = 1 - a_n - b_n$ donc $\lim\limits_{n\to+\infty} c_n = 1 - \dfrac{3}{10} - \dfrac{37}{110} = \dfrac{4}{11}$.

c. $\lim\limits_{n\to+\infty} a_n = \dfrac{3}{10} = \dfrac{33}{110}$; $\lim\limits_{n\to+\infty} b_n = \dfrac{37}{110}$ et $\lim\limits_{n\to+\infty} c_n = \dfrac{4}{11} = \dfrac{40}{110}$

Le sommet sur lequel on a le plus de chance de se retrouver après un grand nombre d'itérations est le sommet qui a la plus grande probabilité au rang n ; c'est donc le sommet C.

EXERCICE 910

Partie A

1.

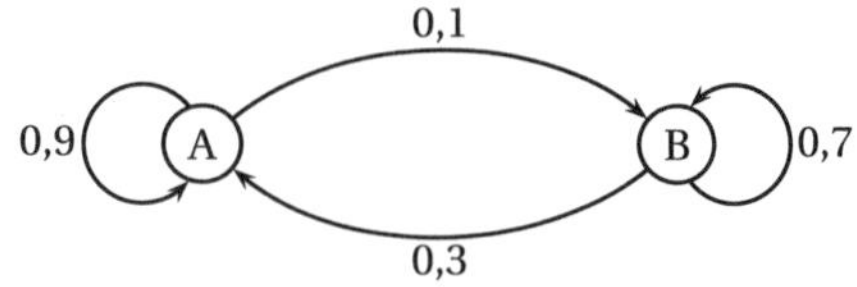

2. La matrice M de transition est $M = \begin{pmatrix} 0,9 & 0,1 \\ 0,3 & 0,7 \end{pmatrix}$.

3. a. On a $\begin{pmatrix} a_0 & b_0 \end{pmatrix} = \begin{pmatrix} 0,2 & 0,8 \end{pmatrix}$.

Alors $\begin{pmatrix} a_2 & b_2 \end{pmatrix} = \begin{pmatrix} a_0 & b_0 \end{pmatrix} M^2 = \begin{pmatrix} 0,552 & 0,448 \end{pmatrix}$.

On en déduit : $a_2 = 0,552$ et $b_2 = 0,448$.

b. Cela signifie qu'en 2022, 55,2 % des 12-18 ans posséderont la carte.

4. a. On doit avoir $P = PM$ avec $a + b = 1$

donc $\begin{pmatrix} a & b \end{pmatrix} = \begin{pmatrix} a & b \end{pmatrix} \times \begin{pmatrix} 0,9 & 0,1 \\ 0,3 & 0,7 \end{pmatrix}$ avec $a + b = 1$

$$\iff \begin{cases} a = 0,9a + 0,3b \\ b = 0,1a + 0,7b \\ a + b = 1 \end{cases} \iff \begin{cases} -0,1a + 0,3b = 0 \\ 0,1a - 0,3b = 0 \\ a + b = 1 \end{cases}$$

$$\iff \begin{cases} 0,1a - 0,3b = 0 \\ a + b = 1 \end{cases}$$

b. La résolution du système précédent donne :

$a = \dfrac{3}{4} = 0,75$ et $b = 0,25$.

A long terme, 75 % des 12-18 ans posséderont la carte, donc la mairie peut espérer qu'à l'avenir au moins 70 % de la population des 12-18 ans possèdent la carte.

Partie B

1.

```
A ← 0,2
N ← 0
Tant que A < 0,7 faire
    A ←— A = 0.6 * A + 0,3
    N ←— N + 1
```

2. La calculatrice donne :

$a_4 = 0,67872 < 7$ et $a_5 = 0,707232 > 7$ donc $n = 5$

L'objectif sera atteint en 2025.

EXERCICE 911

1. a.

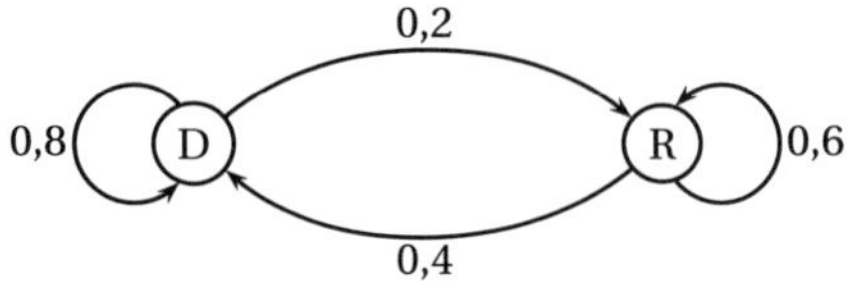

b. On a $M = \begin{pmatrix} 0,8 & 0,2 \\ 0,4 & 0,6 \end{pmatrix}$.

2. a. $P_1 = \begin{pmatrix} 0 & 1 \end{pmatrix}$

b. $M^2 = \begin{pmatrix} 0,8 & 0,2 \\ 0,4 & 0,6 \end{pmatrix} \times \begin{pmatrix} 0,8 & 0,2 \\ 0,4 & 0,6 \end{pmatrix} = \begin{pmatrix} 0,72 & 0,28 \\ 0,56 & 0,44 \end{pmatrix}$.

On a donc $P_3 = P_1 \times M^2 = \begin{pmatrix} 0,56 & 0,44 \end{pmatrix}$.

La probabilité que Julie emprunte les routes départementales le 3e jour est égale à 0,44.

3. a. Pour tout $n \in \mathbb{N}^\star$, $P_{n+1} = P_n \times M$ soit

$$\begin{pmatrix} d_{n+1} & r_{n+1} \end{pmatrix} = \begin{pmatrix} d_n & r_n \end{pmatrix} \times \begin{pmatrix} 0,8 & 0,2 \\ 0,4 & 0,6 \end{pmatrix}$$
$$= \begin{pmatrix} 0,8d_n + 0,4r_n & 0,2d_n + 0,6r_n \end{pmatrix}.$$

Donc quel que soit n naturel non nul,

$$\begin{cases} d_{n+1} = 0,8d_n + 0,4r_n \\ r_{n+1} = 0,2d_n + 0,6r_n \end{cases}.$$

b. L'algorithme 1 ne calcule ni d_3 ni r_3, utilise la nouvelle valeur de D pour calculer R (ligne 5).

L'algorithme 2 calcule d_4 et r_4 (trois étapes).

Seul l'algorithme 3 calcule d_3 et r_3.

4. On a démontré que quel que soit n naturel non nul, $r_{n+1} = 0,2d_n + 0,6r_n$.

Or on sait que $d_n + r_n = 1 \iff d_n = 1 - r_n$, soit en remplaçant dans la première égalité :

$$r_{n+1} = 0,2(1 - r_n) + 0,6r_n = 0,2 - 0,2r_n + 0,6r_n$$
$$= 0,2 + 0,4r_n.$$

On a donc quel que soit $n \in \mathbb{N}^\star$: $r_{n+1} = 0,4r_n + 0,2$.

5. a. Au rang $n+1$, on a $v_{n+1} = r_{n+1} - \dfrac{1}{3}$ et en utilisant le résultat de la question précédente :

$$v_{n+1} = 0,4r_n + 0,2 - \frac{1}{3} = 0,4r_n + \frac{1}{5} - \frac{1}{3}$$
$$= 0,4r_n + \frac{3-5}{15} = 0,4r_n - \frac{2}{15}$$
$$= \frac{2}{5}\left(r_n - \frac{1}{3}\right).$$

Conclusion : Quel que soit $n \in \mathbb{N}^\star$, $v_{n+1} = \dfrac{2}{5} v_n$,

la suite (v_n) est une suite géométrique de raison $\dfrac{2}{5}$, de premier terme $v_1 = r_1 - \dfrac{1}{3} = \dfrac{2}{3}$.

b. D'après la question précédente, quel que soit le naturel $n \geqslant 1$, $v_n = v_1 \times \left(\dfrac{2}{5}\right)^{n-1}$,

soit $v_n = \dfrac{2}{3} \times \left(\dfrac{2}{5}\right)^{n-1}$

et $r_n = v_n + \dfrac{1}{3} = \dfrac{1}{3} + \dfrac{5}{3} \times \left(\dfrac{2}{5}\right)^n$,

ce qui donne bien $r_n = \dfrac{1}{3} + \dfrac{2}{3} \times 0,4^{n-1} = \dfrac{1}{3} + \dfrac{5}{3} \times 0,4^n$.

c. Comme $0 < \dfrac{2}{5} < 1$, $\displaystyle\lim_{n\to+\infty} \left(\frac{2}{5}\right)^{n-1} = 0$.

On en déduit que $\displaystyle\lim_{n\to+\infty} r_n = \frac{1}{3}$.

EXERCICE 912

1.

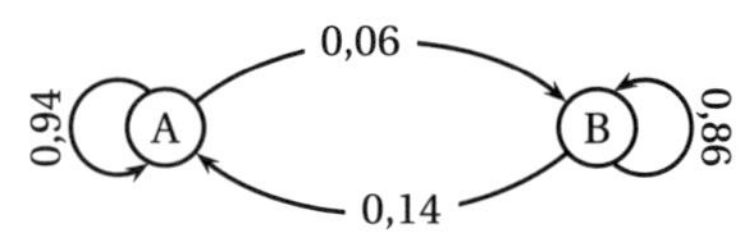

2. a. D'après l'énoncé :

$$\begin{cases} a_{n+1} = 0,94\,a_n + 0,14\,b_n \\ b_{n+1} = 0,06\,a_n + 0,86\,b_n \end{cases}$$

$$\iff \begin{pmatrix} a_{n+1} & b_{n+1} \end{pmatrix} = \begin{pmatrix} a_n & b_n \end{pmatrix} \begin{pmatrix} 0,94 & 0,06 \\ 0,14 & 0,86 \end{pmatrix}$$

Donc $T = \begin{pmatrix} 0,94 & 0,06 \\ 0,14 & 0,86 \end{pmatrix}$

b. L'année 2020 correspond à $n = 3$.

On cherche donc $P_3 = P_0 \times T^3$

A l'aide de la calculatrice, on trouve

$P_3 = \begin{pmatrix} 0,572 & 0,428 \end{pmatrix}$

donc en 2020 il y aura 57,2 % pour le grossiste A et 42,8 % pour le grossiste B.

3. a. On pose pour tout naturel n : $u_n = a_n - 0,7$. Donc $a_n = u_n + 0,7$.

$$u_{n+1} = a_{n+1} - 0,7 = 0,8a_n + 0,14 - 0,7$$
$$= 0,8(u_n + 0,7) - 0,56$$
$$= 0,8u_n + 0,56 - 0,56 = 0,8u_n$$

et $u_0 = a_0 - 0,7 = -0,25$

Donc la suite (u_n) est géométrique de raison $q = 0,8$ et de premier terme $u_0 = -0,25$.

b. La suite (u_n) est géométrique de raison $q = 0,8$ et de premier terme $u_0 = -0,25$ donc, pour tout n, $u_n = u_0 \times q^n = -0,25 \times 0,8^n$.

Comme $a_n = u_n + 0,7$, on déduit que, pour tout n, $a_n = -0,25 \times 0,8^n + 0,7$.

c. $0 < 0,8 < 1$ donc la suite (u_n) qui est géométrique de raison 0,8 a pour limite 0 quand n tend vers $+\infty$. On en déduit que $\lim\limits_{n \to +\infty} a_n = 0,7$ et donc que le grossiste A peut espérer 70% de part de marché à long terme.

d. Le grossiste A détiendra t-il plus de 65 % du marché quand n sera tel que $a_n > 0,65$; on résout cette inéquation :

$$\begin{aligned} a_n > 0,65 &\iff -0,25 \times 0,8^n + 0,7 > 0,65 \\ &\iff 0,7 - 0,65 > 0,25 \times 0,8^n \\ &\iff \frac{0,05}{0,25} > 0,8^n \\ &\iff 0,2 > 0,8^n \\ &\iff \ln(0,2) > \ln\left(0,8^n\right) \\ &\iff \ln(0,2) > n \ln(0,8) \\ &\iff \frac{\ln(0,2)}{\ln(0,8)} < n \end{aligned}$$

Or $\dfrac{\ln(0,2)}{\ln(0,8)} \approx 7,2$ donc c'est en $2017 + 8 = 2025$ que le grossiste A dépassera 65 % de part de marché.

Exercice 913

1.

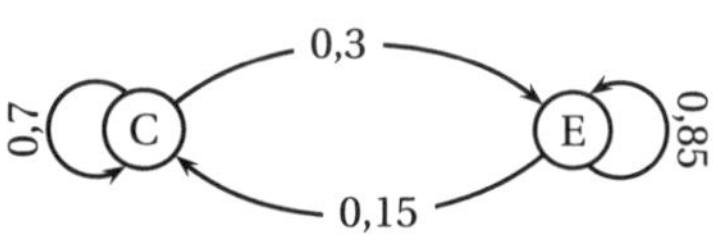

2. En 2018 10% des clients ont loué des vélos électriques donc $e_0 = 0,1$ et donc $c_0 = 0,9$.
On en déduit que $P_0 = \begin{pmatrix} 0,9 & 0,1 \end{pmatrix}$

D'après l'énoncé on a : $\begin{cases} c_{n+1} = 0,7c_n + 0,15e_n \\ e_{n+1} = 0,3c_n + 0,85e_n \end{cases}$

Ce qui s'écrit sous forme matricielle :

$$\begin{pmatrix} c_{n+1} & e_{n+1} \end{pmatrix} = \begin{pmatrix} c_n & e_n \end{pmatrix} \begin{pmatrix} 0,7 & 0,3 \\ 0,15 & 0,85 \end{pmatrix}$$

Donc $M = \begin{pmatrix} 0,7 & 0,3 \\ 0,15 & 0,85 \end{pmatrix}$

3. $P_1 = P_0 \times M = \begin{pmatrix} 0,645 & 0,355 \end{pmatrix}$

4. L'état stable du graphe probabiliste est l'état $P = \begin{pmatrix} c & e \end{pmatrix}$ tel que $P \times M = P$ avec $c + e = 1$.

$$P \times M = P \iff \begin{pmatrix} c & e \end{pmatrix} \times \begin{pmatrix} 0,7 & 0,3 \\ 0,15 & 0,85 \end{pmatrix} = \begin{pmatrix} c & e \end{pmatrix}$$

avec $c + e = 1$

$$P \times M = P \iff \begin{cases} 0,7c + 0,15e = c \\ 0,3c + 0,85e = e \\ c + e = 1 \end{cases} \iff \begin{cases} 0,3c - 0,15e = 0 \\ c + e = 1 \end{cases} \iff \begin{cases} 2c - e = 0 \\ c + e = 1 \end{cases}$$

Donc $c = \dfrac{1}{3}$ et $e = \dfrac{2}{3}$.

L'état stable est donc $P = \begin{pmatrix} \frac{1}{3} & \frac{2}{3} \end{pmatrix}$.

Cela veut dire qu'à terme, il y aura en location un tiers de vélos classiques et deux tiers de vélos électriques.

Exercice 914

1. a.

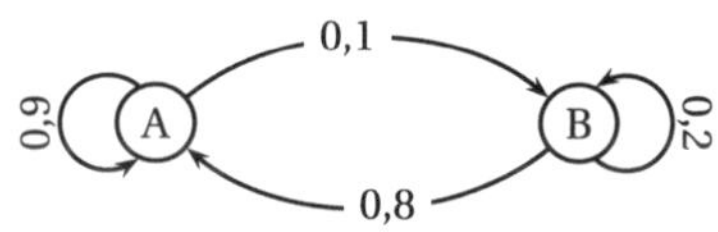

b. La matrice de transition M de ce graphe vérifiant $(a_{n+1}\ b_{n+1}) = (a_n\ b_n) \times M$ est : $M = \begin{pmatrix} 0,90 & 0,1 \\ 0,80 & 0,20 \end{pmatrix}$.

c. Le 1er jour, Léa ne s'est pas connectée donc l'état initial est $P_1 = (0\ 1)$.
L'état P_3 au jour 3 est $P_3 = P_1 \times M^2 = (0,88\ 0,12)$.
La probabilité que Léa se connecte le troisième jour est égale à 0,88.

2. Pour tout entier $n \geqslant 1$,

$$P_{n+1} = P_n \times M$$

$$\iff \begin{pmatrix} a_{n+1} & b_{n+1} \end{pmatrix} = \begin{pmatrix} a_n & b_n \end{pmatrix} \times \begin{pmatrix} 0,9 & 0,1 \\ 0,8 & 0,2 \end{pmatrix}$$

$$\iff \begin{pmatrix} a_{n+1} & b_{n+1} \end{pmatrix} = \begin{pmatrix} 0,9a_n + 0,8b_n & 0,1a_n + 0,2b_n \end{pmatrix}.$$

D'où $a_{n+1} = 0,9a_n + 0,8b_n$
D'autre part, pour tout entier $n \geqslant 1$, $a_n + b_n = 1$.
D'où $a_{n+1} = 0,9a_n + 0,8 \times (1 - a_n) = 0,1a_n + 0,8$.
Ainsi, pour tout entier $n \geqslant 1$, $a_{n+1} = 0,1a_n + 0,8$.

3. a. Pour tout entier $n \geqslant 1$,

$$u_{n+1} = a_{n+1} - \frac{8}{9}$$

$$\iff u_{n+1} = 0,1a_n + 0,8 - \frac{8}{9} u_{n+1} = 0,1a_n - \frac{4}{45}$$

$$\iff u_{n+1} = 0,1 \times \left(a_n - \frac{8}{9}\right) u_{n+1} = 0,1u_n.$$

Donc, pour tout entier $n \geqslant 1$, $u_{n+1} = 0,1u_n$ donc (u_n) est une suite géométrique de raison 0,1 et de premier terme $u_1 = a_1 - \frac{8}{9} = -\frac{8}{9}$.

b. D'après la question précédente, $u_n = u_1 \times q^{n-1}$, soit $u_n = -\frac{8}{9} \times 0,1^{n-1}$.

Or pour tout entier $n \geqslant 1$, $u_n = a_n - \frac{8}{9}$

donc $a_n = u_n + \frac{8}{9} = -\frac{80}{9} \times 0,1^n + \frac{8}{9}$.

4. a. Comme $0 < 0,1 < 1$, on a $\lim\limits_{n\to+\infty} 0,1^n = 0$

d'où par opérations sur les limites $\lim\limits_{n\to+\infty} a_n = \frac{8}{9}$.

Conclusion : La suite (a_n) converge vers $\frac{8}{9}$.

b. La suite (a_n) convergeant vers $\frac{8}{9}$, àä partir d'un certain nombre de jours, la probabilité que Léa se connecte chaque jour est égale à $\frac{8}{9}$.

EXERCICE 915

1.

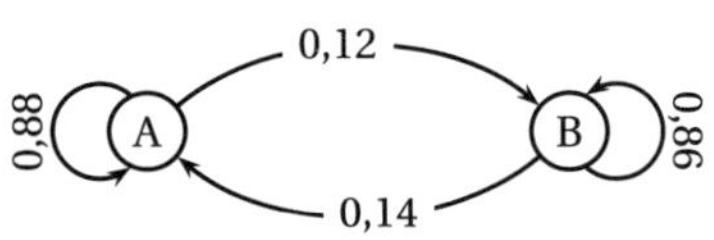

2. En 2015, l'opérateur Alpha possède 30 % du marché et le reste appartient à l'opérateur Bravo donc $a_0 = 0,3$ et $b_0 = 0,7$.

3. On cherche a_3 car $2018 = 2015 + 3$

$P_3 = P_0 \times M^3$ soit $P_3 \approx \begin{pmatrix} 0,4418 & 0,5582 \end{pmatrix}$

On a donc bien $a_3 \approx 0,442$.

4. a. L'état $P = \begin{pmatrix} x & y \end{pmatrix}$ est l'état stable si et seulement si $PM = P$ et $x + y = 1$

$$PM = P \iff \begin{cases} 0,88x + 0,14y = x \\ 0,12x + 0,86y = y \end{cases}$$

$$\iff \begin{cases} -0,12x + 0,14y = 0 \\ 0,12x - 0,14y = 0 \end{cases}$$

$$\iff 0,12x - 0,14y = 0$$

Finalement $P = \begin{pmatrix} x & y \end{pmatrix}$ est l'état stable si et seulement si $\begin{cases} 0,12x - 0,14y = 0 \\ x + y = 1 \end{cases}$

b.

$$\begin{cases} 0,12x - 0,14y = 0 \\ x + y = 1 \end{cases} \iff \begin{cases} 0,12x - 0,14(1-x) = 0 \\ y = 1 - x \end{cases}$$

D'où $x = \frac{7}{13}$ et $y = \frac{6}{13}$

c. $x \approx 0,538$ et $y \approx 0,462$

Au bout d'un grand nombre d'années la répartition des abonnés sera d'environ 53,8% pour l'opérateur Alpha et 46,2% pour Bravo.

EXERCICE 916

1. • $A = G \times D = \begin{pmatrix} 1 & 1 \\ 1 & 2 \end{pmatrix}$ et $B = D \times G = \begin{pmatrix} 2 & 1 \\ 1 & 1 \end{pmatrix}$

On peut alors compléter l'arbre de Stern-Brocot.

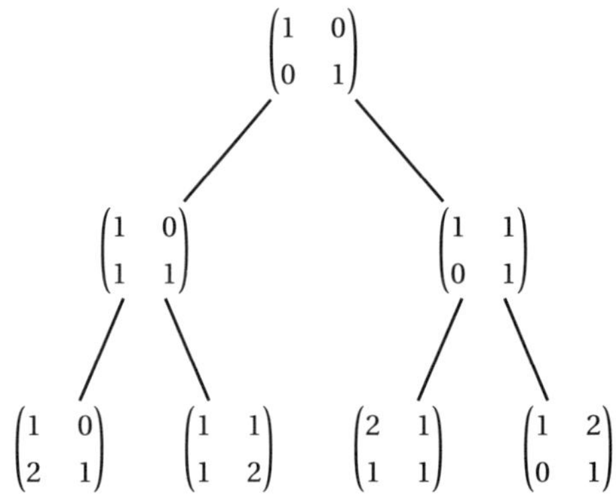

2. Le trajet « gauche-droite-gauche » à partir de la matrice initiale dans l'arbre, aboutit à une matrice :

$C = \begin{pmatrix} 1 & 1 \\ 1 & 2 \end{pmatrix} \times \begin{pmatrix} 1 & 0 \\ 1 & 1 \end{pmatrix} = \begin{pmatrix} 2 & 1 \\ 3 & 2 \end{pmatrix}$.

La fraction associée est $\frac{2+1}{3+2} = \frac{3}{5}$.

3. a. $d(a+c) - c(b+d) = ad + cd - bc - cd = ad - bc$ donc, si $ad - bc = 1$ alors $d(a+c) - c(b+d) = 1$.

b. On suppose que $M = \begin{pmatrix} a & c \\ b & d \end{pmatrix}$ est une matrice de l'arbre de Stern-Brocot telle que $\Delta_M = ad - bc = 1$.

Alors $M \times G = \begin{pmatrix} a & c \\ b & d \end{pmatrix} \times \begin{pmatrix} 110 & \\ 1 & 1 \end{pmatrix} = \begin{pmatrix} a+c & D \\ b+d & d \end{pmatrix}$.

Alors : $\Delta_{M\times G} = d(a+c) - c(b+d) = 1$ d'après la question précédente.

On admet de même que $\Delta_{M\times D} = 1$, et que toutes les autres matrices N de l'arbre de Stern-Brocot vérifient l'égalité $\Delta_N = 1$.

4. Soit N une matrice de l'arbre de Stern-Brocot.

On a : $\Delta_N = d(a+c) + (-c)(b+d) = 1$.

D'après le théorème de Bézout, les entiers $(a+c)$ et $(b+d)$ sont premiers entre eux; la fraction associée $\frac{a+c}{b+d}$ est donc irréductible.

5. a.

Affichage		Gauche	Droite	Gauche	Gauche
m	4	4	1	1	1
n	7	3	3	2	1

b. « L'algorithme semble fournir le chemin à suivre à partir de la matrice unité pour obtenir une fraction $\frac{m}{n}$ donnée ».

Pour obtenir la fraction associée $\frac{4}{7}$, il faut suivre le chemin : « Gauche-Droite-Gauche-Gauche »

Vérification : $\begin{pmatrix} 2 & 1 \\ 3 & 2 \end{pmatrix} \times \begin{pmatrix} 1 & 0 \\ 1 & 1 \end{pmatrix} = \begin{pmatrix} 3 & 1 \\ 5 & 2 \end{pmatrix}$

La fraction associée est bien $\frac{4}{7}$.

EXERCICE 917

Partie A

1. $MN = \begin{pmatrix} a & b \\ 5 & 3 \end{pmatrix} \times \frac{1}{\det(M)} \begin{pmatrix} 3 & -b \\ -5 & a \end{pmatrix}$

$= \frac{1}{3a-5b} \begin{pmatrix} 3a-5b & -ab+ab \\ 15-15 & -5b+3a \end{pmatrix} = \begin{pmatrix} 1 & 0 \\ 0 & 1 \end{pmatrix}$

$NM = \frac{1}{\det(M)} \begin{pmatrix} 3 & -b \\ -5 & a \end{pmatrix} \times \begin{pmatrix} a & b \\ 5 & 3 \end{pmatrix}$

$= \frac{1}{3a-5b} \begin{pmatrix} 3a-5b & 3b-3b \\ -5a+5a & -5b+3a \end{pmatrix} = \begin{pmatrix} 1 & 0 \\ 0 & 1 \end{pmatrix}$

Donc N est la matrice inverse de la matrice M.

2. a. $\det(M) = 3 \iff 3a-5b = 3$

$3 \times 6 - 5 \times 3 = 18 - 15 = 3$ donc le couple (6 ; 3) est une solution de (E).

b. • Supposons le couple $(a; b)$ solution de (E).

	$3a$	$-$	$5b$	$=$	3
(6; 3) est solution	3×6	$-$	5×3	$=$	3
par soustraction	$3(a-6)$	$-$	$5(b-3)$	$=$	0

$\iff 3(a-6) = 5(b-3)$.

• Réciproquement, si $(a; b)$ vérifie $3(a-6) = 5(b-3)$ alors :

$3a - 18 = 5b - 15 \iff 3a - 5b = 3$ donc $(a; b)$ est solution de (E).

Donc $(a; b)$ est solution de (E) si et seulement si $3(a-6) = 5(b-3)$.

On cherche les solutions de l'équation (E).

• Si $3(a-6) = 5(b-3)$, alors 3 divise $5(b-3)$.

Or 3 et 5 sont premiers entre eux, donc d'après le théorème de Gauss, 3 divise $b-3$.

Cela veut dire que $b-3 = 3k$ avec k entier relatif.

$3(a-6) = 5(b-3)$ et $b-3 = 3k$ donc $3(a-6) = 5 \times 3k$ ce qui équivaut à $a-6 = 5k$

$a-6 = 5k \iff a = 6+5k$ et $b-3 = 3k \iff b = 3+3k$, $k \in \mathbb{Z}$

Les solutions de (E) sont donc dans l'ensemble $\{(6+5k; 3+3k),\ k \in \mathbb{Z}\}$

• Réciproquement, si $a = 6+5k$ et $b = 3+3k$ avec $k \in \mathbb{Z}$, $3a-5b = 3(6+5k)-5(3+3k) = 18+15k-15-15k = 3$ donc $(a; b)$ est solution de (E).

$\mathcal{S}_E = \{(6+5k; 3+3k),\ k \in \mathbb{Z}\}$

Partie B

1. $\det(Q) = 6 \times 3 - 5 \times 3 = 18 - 15 = 3 \neq 0$ donc la matrice Q est inversible, de matrice inverse

$Q^{-1} = \frac{1}{\det(Q)} \begin{pmatrix} 3 & -3 \\ -5 & 6 \end{pmatrix} = \frac{1}{3} \begin{pmatrix} 3 & -3 \\ -5 & 6 \end{pmatrix}$.

2. *Codage avec la matrice Q*

$\text{DO} \to X = \begin{pmatrix} 3 \\ 14 \end{pmatrix} \to Y$

$Y = \begin{pmatrix} 6 & 3 \\ 5 & 3 \end{pmatrix} \begin{pmatrix} 3 \\ 14 \end{pmatrix} = \begin{pmatrix} 6 \times 3 + 3 \times 14 \\ 5 \times 3 + 3 \times 14 \end{pmatrix} = \begin{pmatrix} 60 \\ 57 \end{pmatrix} \to R$

$R = \begin{pmatrix} 8 \\ 5 \end{pmatrix} \to \text{IF}$

3. *Procédure de décodage*

a. $Y = QX \implies Q^{-1}Y = Q^{-1}QX \implies Q^{-1}Y = X$

$\implies 3Q^{-1}Y = 3X \implies 3X = 3Q^{-1}Y$

$X = \begin{pmatrix} x_1 \\ x_2 \end{pmatrix}$, $Y = \begin{pmatrix} y_1 \\ y_2 \end{pmatrix}$, $Q^{-1} = \frac{1}{3} \begin{pmatrix} 3 & -3 \\ -5 & 6 \end{pmatrix}$

donc $3Q^{-1} = \begin{pmatrix} 3 & -3 \\ -5 & 6 \end{pmatrix}$

$$3X = 3Q^{-1}Y \iff 3\begin{pmatrix} x_1 \\ x_2 \end{pmatrix} = \begin{pmatrix} 3 & -3 \\ -5 & 6 \end{pmatrix} \begin{pmatrix} y_1 \\ y_2 \end{pmatrix}$$

$$\iff \begin{pmatrix} 3x_1 \\ 3x_2 \end{pmatrix} = \begin{pmatrix} 3y_1 - 3y_2 \\ -5y_1 + 6y_2 \end{pmatrix}$$

$$\iff \begin{cases} 3x_1 = 3y_1 - 3y_2 \\ x_2 = -5y_1 + 6y_2 \end{cases}$$

Or $y_1 \equiv r_1 \quad [26]$ et $y_2 \equiv r_2 \quad [26]$ donc on en déduit que $\begin{cases} 3x_1 \equiv 3r_1 - 3r_2 & [26] \\ 3x_2 \equiv -5r_1 + 6r_2 & [26] \end{cases}$

b. $9 \times 3 = 27$ et $27 \equiv 1 \quad [26]$ donc $9 \times 3 \equiv 1 \quad [26]$

$$\begin{cases} 3x_1 \equiv 3r_1 - 3r_2 & [26] \\ 3x_2 \equiv -5r_1 + 6r_2 & [26] \end{cases}$$

$$\implies \begin{cases} 9 \times 3x_1 \equiv 9 \times 3r_1 - 9 \times 3r_2 & [26] \\ 9 \times 3x_2 \equiv 9 \times (-5)r_1 + 9 \times 6r_2 & [26] \end{cases}$$

$$\Longrightarrow \left\{\begin{array}{lcll} x_1 & \equiv & r_1 - r_2 & [26] \\ x_2 & \equiv & -45r_1 + 54r_2 & [26] \end{array}\right.$$

$$\Longrightarrow \left\{\begin{array}{lcll} x_1 & \equiv & r_1 - r_2 & [26] \\ x_2 & \equiv & 7r_1 + 2r_2 & [26] \end{array}\right.$$

car $-45 = -2 \times 26 + 7 \equiv 7 \quad [26]$

et $54 = 2 \times 26 + 2 \equiv 2 \quad [26]$

c. Le mot SG correspond à $R = \begin{pmatrix} 18 \\ 6 \end{pmatrix}$

donc $\left\{\begin{array}{lcl} r_1 & = & 18 \\ r_2 & = & 6 \end{array}\right.$

$$\left\{\begin{array}{lcll} x_1 & \equiv & r_1 - r_2 & [26] \\ x_2 & \equiv & 7r_1 + 2r_2 & [26] \end{array}\right. \Longleftrightarrow \left\{\begin{array}{lcll} x_1 & \equiv & 12 & [26] \\ x_2 & \equiv & 138 & [26] \end{array}\right. \Longleftrightarrow \left\{\begin{array}{lcll} x_1 & \equiv & 12 & [26] \\ x_2 & \equiv & 8 & [26] \end{array}\right.$$

ce qui correspond au mot MI.

EXERCICE 918

1. a. $P_{(X_n=1)}(X_{n+1} = 1) = \dfrac{1}{2}$ car il s'agit de choisir une blanche dans chaque urne avec une probabilité $\dfrac{1}{4}$ ou de choisir une boule noire dans chaque urne avec une probabilité de $\dfrac{1}{4}$ pour que la situation reste inchangée.

$P_{(X_n=0)}(X_{n+1} = 1) = 1$ car cela signifie que U ne contient que des boules noires et que l'on cherche la probabilité que l'urne V nous redonne une blanche.

$P_{(X_n=2)}(X_{n+1} = 1) = 1$ car cela signifie que U ne contient que des boules blanches et que l'on cherche la probabilité que l'urne V nous redonne une noire.

b. $(X_n = 0)$, $(X_n = 1)$ et $(X_n = 2)$ forment une partition de l'univers de départ du $(n+1)$−ième tirage on a donc

$$\begin{aligned} P(X_{n+1} = 1) &= P\Big((X_{n+1} = 1) \cap (X_n = 0)\Big) \\ &\quad + P\Big((X_{n+1} = 1) \cap (X_n = 1)\Big) \\ &\quad + P\Big((X_{n+1} = 1) \cap (X_n = 2)\Big) \\ &= P_{(X_n=0)}(X_{n+1} = 1) \times P(X_n = 0) \\ &\quad + P_{(X_n=1)}(X_{n+1} = 1) \times P(X_n = 1) \\ &\quad + P_{(X_n=2)}(X_{n+1} = 1) \times P(X_n = 2) \\ &= P(X_n = 0) + \frac{1}{2} P(X_n = 1) + P(X_n = 2). \end{aligned}$$

2. $R_1 = R_0 \times M = \begin{pmatrix} 0 & 0 & 1 \end{pmatrix} \times \begin{pmatrix} 0 & 1 & 0 \\ \frac{1}{4} & \frac{1}{2} & \frac{1}{4} \\ 0 & 1 & 0 \end{pmatrix}$

$R_1 = \begin{pmatrix} 0 & 1 & 0 \end{pmatrix}$.

Démontrons par récurrence que

$\forall n \in \mathbb{N},\ R_n = R_0 \times M^n$

• *Initialisation* : $M^0 = I_3$ et $R_0 \times I_3 = R_0$

• *hérédité* : Supposons qu'il existe entier naturel k tel que $R_k = R_0 \times M^k$

Alors $R_{k+1} = R_k \times M = R_0 \times M^k \times M = R_0 \times M^{k+1}$.

• *Conclusion :* La propriété est vrai au rang 0 et est héréditaire donc d'après le principe de récurrence : $\forall n \in \mathbb{N},\ R_n = R_0 \times M^n$.

3. Démontrons par récurrence que

$\forall n \in \mathbb{N}, M^n = P \times D^n \times P^{-1}$.

• *Initialisation* : $M^0 = I_3$ et

$P \times D^0 \times P^{-1} = P \times I_3 \times P = P \times P^{-1} = I_3$

• *Hérédité* : Supposons qu'il existe un entier naturel k, tel que $M^k = P \times D^k \times P^{-1}$

$$\begin{aligned} \text{Alors } M^{k+1} &= M^k \times M = R_k \times M = P \times D^k \times P^{-1} \times M \\ &= P \times D^k \times P^{-1} \times P \times D \times P^{-1} \\ &= P \times D^k \times D \times P^{-1} = P \times D^{k+1} \times P^{-1}. \end{aligned}$$

• *Conclusion :* La propriété est vraie au rang 0 et est héréditaire donc d'après le principe de récurrence : $\forall n \in \mathbb{N},\ M^n = P \times D^n \times P^{-1}$.

4. a.
$$D^n \times P^{-1} = \begin{pmatrix} \left(-\frac{1}{2}\right)^n & 0 & 0 \\ 0 & 0 & 0 \\ 0 & 0 & 1 \end{pmatrix} \times \begin{pmatrix} 1 & -2 & 1 \\ 1 & 0 & -1 \\ 1 & 4 & 1 \end{pmatrix} = \begin{pmatrix} \left(-\frac{1}{2}\right)^n & \left(-\frac{1}{2}\right)^{n-1} & \left(-\frac{1}{2}\right)^n \\ 0 & 0 & 0 \\ 1 & 4 & 1 \end{pmatrix}$$

b. $R_n = R_0 \times M^n = R_0 \times P \times D^n \times P^{-1}$
$$= \begin{pmatrix} \frac{1}{3} & -\frac{1}{2} & \frac{1}{6} \end{pmatrix} \times \begin{pmatrix} \left(-\frac{1}{2}\right)^n & \left(-\frac{1}{2}\right)^{n-1} & \left(-\frac{1}{2}\right)^n \\ 0 & 0 & 0 \\ 1 & 4 & 1 \end{pmatrix}$$

$$R_n = \begin{pmatrix} \frac{1}{3}\left(-\frac{1}{2}\right)^n + \frac{1}{6} & \frac{1}{3}\left(-\frac{1}{2}\right)^{n-1} + \frac{2}{3} & \frac{1}{3}\left(-\frac{1}{2}\right)^n + \frac{1}{6} \end{pmatrix}$$

5. $\displaystyle\lim_{n\to+\infty} \left(-\frac{1}{2}\right)^n = \lim_{n\to+\infty} \left(-\frac{1}{2}\right)^{n+1} = 0$

Donc par produit et somme des limites

$\lim\limits_{n\to+\infty} P(X_n=0) = \lim\limits_{n\to+\infty} P(X_n=2) = \dfrac{1}{6}$
et $\lim\limits_{n\to+\infty} P(X_n=1) = \dfrac{2}{3}$.
La probabilité que les urnes se retrouvent dans la situation initiale se stabilise vers $\dfrac{1}{6}$ lorsque n devient grand.

EXERCICE 919

Partie A – Chiffrement de Hill

HI donne $X=\begin{pmatrix}7\\8\end{pmatrix}$, $AX=\begin{pmatrix}5&2\\7&7\end{pmatrix}\begin{pmatrix}7\\8\end{pmatrix}=\begin{pmatrix}51\\105\end{pmatrix}$

Mais $51\equiv 25[26]$ et $105\equiv 1[26]$.

On en déduit que HI est codé par $Y=\begin{pmatrix}25\\1\end{pmatrix}$, c'est à dire ZB.

LL donne $X=\begin{pmatrix}11\\11\end{pmatrix}$, $AX=\begin{pmatrix}5&2\\7&7\end{pmatrix}\begin{pmatrix}11\\11\end{pmatrix}=\begin{pmatrix}77\\154\end{pmatrix}$

Mais $77\equiv 25[26]$ et $154\equiv 24[26]$.

On en déduit que LL est codé par $Y=\begin{pmatrix}25\\24\end{pmatrix}$, c'est-à-dire ZY.

Ainsi HILL est codé ZBZY.

Partie B - Quelques outils mathématiques nécessaires au déchiffrement

1. Comme a un entier relatif premier avec 26, d'après le théorème de Bézout, il existe deux entiers relatifs u et v tels que $au+26v=1$ et alors $au\equiv 1[26]$

2. **a.** On a le tableau suivant :

u	0	1	2	3	4	5
r	0	21	16	11	6	1

b. L'algorithme affiche 5, qui est donc le plus petit entier u tel que $a\times u\equiv 1$ modulo 26.
Par suite : $5\times 21\equiv 1$ modulo 26.

3. **a.** $12A-A^2=12\begin{pmatrix}5&2\\7&7\end{pmatrix}-\begin{pmatrix}5&2\\7&7\end{pmatrix}\begin{pmatrix}5&2\\7&7\end{pmatrix}$

$$=\begin{pmatrix}60&24\\84&84\end{pmatrix}-\begin{pmatrix}39&24\\84&63\end{pmatrix}$$

$$=\begin{pmatrix}21&0\\0&21\end{pmatrix}=21I.$$

b. D'après la question précédente $12A-A^2=21I$.
D'autre part $12A-A^2=(12I-A)\times A$

En posant $B=12I-A=\begin{pmatrix}7&-2\\-7&5\end{pmatrix}$

on obtient $BA=21I$.

c. $AX=Y \Longrightarrow BAX=BY \Longrightarrow 21IX=BY$
$\Longrightarrow 21X=BY$

Partie C - Déchiffrement

1. D'après la question précédente si $AX=Y$, alors $21X=BY$.
Or $X=\begin{pmatrix}x_1\\x_2\end{pmatrix}$, $B=\begin{pmatrix}7&-2\\-7&5\end{pmatrix}$ et $Y=\begin{pmatrix}y_1\\y_2\end{pmatrix}$

Si $21X=BY$ alors $21\begin{pmatrix}x_1\\x_2\end{pmatrix}=\begin{pmatrix}7&-2\\-7&5\end{pmatrix}\begin{pmatrix}y_1\\y_2\end{pmatrix}$

soit encore $\begin{cases}21x_1=7y_1-2y_2\\21x_2=-7y_1+5y_2\end{cases}$

2.
$$\begin{cases}21x_1=7y_1-2y_2\\21x_2=-7y_1+5y_2\end{cases}\Rightarrow\begin{cases}5\times 21x_1=35y_1-10y_2\\5\times 21x_2=-35y_1+25y_2\end{cases}$$

Mais d'après la question **B. 2** : $21\times 5\equiv 1[26]$.

$35\equiv 9[26]$ $\quad -10\equiv 16[26]$ $\quad -35\equiv 17[26]$

$25\equiv 25[26]$ $\quad y_1\equiv r_1\,[26]$ $\quad y_2\equiv r_2\,[26]$

$$\begin{cases}21x_1=7y_1-2y_2\\21x_2=-7y_1+5y_2\end{cases}\Longrightarrow\begin{cases}x_1\equiv 9r_1+16r_2\,[26]\\x_2\equiv 17r_1+25r_2\,[26]\end{cases}$$

3. VL est associé à la matrice $\begin{pmatrix}21\\11\end{pmatrix}$.

On a : $y_1=21=r_1$ et $y_2=11=r_2$. On en déduit :

$$\begin{cases}x_1\equiv 9\times 21+16\times 11\,[26]\\x_2\equiv 17\times 21+25\times 11\,[26]\end{cases}\Longrightarrow\begin{cases}x_1\equiv 1\,[26]\\x_2\equiv 8\,[26]\end{cases}$$

VL était le code BI

UP est associé à la matrice $\begin{pmatrix}20\\15\end{pmatrix}$.

On a : $y_1=20=r_1$ et $y_2=15=r_2$. On en déduit :

$$\begin{cases}x_1\equiv 9\times 20+16\times 15\,[26]\\x_2\equiv 17\times 20+25\times 15\,[26]\end{cases}\Longrightarrow\begin{cases}x_1\equiv 4\,[26]\\x_2\equiv 13\,[26]\end{cases}$$

UP était le code EN

VLUP est le code de BIEN.

EXERCICE 920

Partie A

1. On décrit la situation précédente à l'aide d'un graphe en appelant S l'état « être sain » et D l'état « être défaillant » :

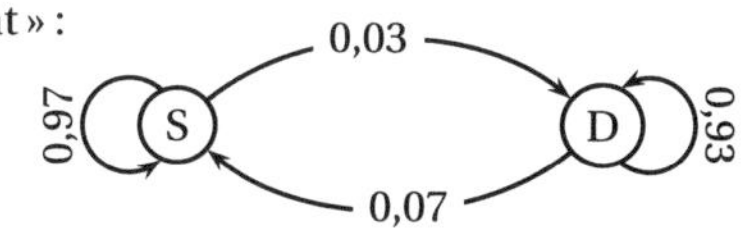

2. $a_1=0,97a_0+0,07b_0=0,97\times 0,4+0,07\times 0,6=0,43$
$b_1=0,03a_0+0,93b_0=0,03\times 0,4+0,93\times 0,6=0,57$

3. D'après le texte, $\left\{\begin{array}{lll} a_{n+1} & = & 0,97\,a_n+0,07\,b_n \\ b_{n+1} & = & 0,03\,a_n+0,93\,b_n \end{array}\right.$

4. Soit la matrice $A=\begin{pmatrix}0,97 & 0,07\\0,03 & 0,93\end{pmatrix}$.

On pose $X_n=\begin{pmatrix}a_n\\b_n\end{pmatrix}$.

a. La traduction matricielle du système précédent, est :
$\begin{pmatrix}a_{n+1}\\b_{n+1}\end{pmatrix}=\begin{pmatrix}0,97 & 0,07\\0,03 & 0,93\end{pmatrix}\begin{pmatrix}a_n\\b_n\end{pmatrix}$
soit encore $X_{n+1}=AX_n$.

b. Soit la propriété : $\forall n\in\mathbb{N},\ X_n=A^nX_0$.

• *Initialisation :* Pour $n=0$, $A^0=I_2$ et $A^0\times X_0=I_2\times X_0=X_0$ donc la propriété est vraie pour $n=0$.

• *Hérédité :* Supposons la propriété vraie jusqu'au rang $n\geqslant 0$. Montrons qu'alors qu'elle est vraie au rang $n+1$.

$$X_{n+1}=A\times X_n=A\times\left(A^nX_0\right)=\left(A\times A^n\right)\times X_0 = A^{n+1}X_0$$

Donc la propriété est démontrée pour le rang $n+1$.

• *Conclusion :* La propriété est vraie au rang 0 et elle est héréditaire, elle est donc vraie pour tout n.

On a donc démontré que, pour tout entier naturel n, $X_n=A^nX_0$.

c. $X_{30}=A^{30}X_0\approx\begin{pmatrix}0,687\\0,313\end{pmatrix}$

Au bout de 30 jours, il y a 68,7 % d'appareils sains, et 31,3 % d'appareils défectueux.

Partie B

1. a. Au bout de $n+1$ jours, un appareil est soit sain soit défectueux; la proportion d'appareils sains est a_{n+1} et la proportion d'appareil défectueux est b_{n+1} donc $a_{n+1}+b_{n+1}=1$.

b. D'après les questions précédentes
$\left\{\begin{array}{lll} a_{n+1} & = & 0,97\,a_n+0,07\,b_n \\ b_{n+1} & = & 0,03\,a_n+0,93\,b_n \end{array}\right.$;
or, pour tout n, $a_n+b_n=1$, donc
$\left\{\begin{array}{lll} a_{n+1} & = & 0,97\,a_n+0,07\,(1-a_n) \\ b_{n+1} & = & 0,03\,(1-b_n)+0,93\,b_n \end{array}\right.$

ce qui équivaut à $\left\{\begin{array}{lll} a_{n+1} & = & 0,9\,a_n+0,07 \\ b_{n+1} & = & 0,9\,b_n+0,03 \end{array}\right.$

$$\begin{aligned}DX_n+B&=\begin{pmatrix}0,9 & 0\\0 & 0,9\end{pmatrix}\times\begin{pmatrix}a_n\\b_n\end{pmatrix}+\begin{pmatrix}0,07\\0,03\end{pmatrix}\\&=\begin{pmatrix}0,9a_n\\0,9b_n\end{pmatrix}+\begin{pmatrix}0,07\\0,03\end{pmatrix}\\&=\begin{pmatrix}0,9a_n+0,07\\0,9b_n+0,03\end{pmatrix}=\begin{pmatrix}a_{n+1}\\b_{n+1}\end{pmatrix}\\&=X_{n+1}\end{aligned}$$

2. a.
$$\begin{aligned}Y_{n+1}&=X_{n+1}-10B=DX_n+B-10B\\&=D(Y_n+10B)-9B=DY_n+10DB-9B\end{aligned}$$

D'autre part $10D=\begin{pmatrix}9 & 0\\0 & 9\end{pmatrix}=9I_2$

donc $10DB-9B=9I_2B-9B=9B-9B=0$

D'où $Y_{n+1}=DY_n$.

b. On admet que pour tout $n\in\mathbb{N}$, $Y_n=D^nY_0$,
donc
$$\begin{aligned}X_n&=Y_n+10B=D^nY_0+10B\\&=D^n\left(X_0-10B\right)+10B.\end{aligned}$$

c. $D=\begin{pmatrix}0,9 & 0\\0 & 0,9\end{pmatrix}=0,9I_2$;

on a donc $D^n=0,9^nI_2^n=0,9^nI_2=\begin{pmatrix}0,9^n & 0\\0 & 0,9^n\end{pmatrix}$

$X_0=\begin{pmatrix}0,4\\0,6\end{pmatrix}$ et $B=\begin{pmatrix}0,07\\0,03\end{pmatrix}$ donc $10B=\begin{pmatrix}0,7\\0,3\end{pmatrix}$

$X_n=D^n\left(X_0-10B\right)+10B$

$\iff X_n=\begin{pmatrix}0,9^n & 0\\0 & 0,9^n\end{pmatrix}\times\left[\begin{pmatrix}0,4\\0,6\end{pmatrix}-\begin{pmatrix}0,7\\0,3\end{pmatrix}\right]+\begin{pmatrix}0,7\\0,3\end{pmatrix}$

$\iff X_n=\begin{pmatrix}0,9^n & 0\\0 & 0,9^n\end{pmatrix}\times\begin{pmatrix}-0,3\\0,3\end{pmatrix}+\begin{pmatrix}0,7\\0,3\end{pmatrix}$

$\iff X_n=\begin{pmatrix}-0,3\times0,9^n\\0,3\times0,9^n\end{pmatrix}+\begin{pmatrix}0,7\\0,3\end{pmatrix}$

$\iff X_n=\begin{pmatrix}-0,3\times0,9^n+0,7\\0,3\times0,9^n+0,3\end{pmatrix}$

$\iff\left\{\begin{array}{lll} a_n & = & -0,3\times0,9^n+0,7 \\ b_n & = & 0,3\times0,9^n+0,3 \end{array}\right.$

3. La proportion d'ordinateurs défaillants est b_n et on cherche $\lim\limits_{n\to+\infty}b_n$.

$-1<0,9<1$ donc $\lim\limits_{n\to+\infty}0,9^n=0$, on en déduit que $\lim\limits_{n\to+\infty}b_n=0,3$.

Sur le long terme, la proportion d'ordinateurs défaillants va tendre vers 30 %.

EXERCICE 921

1. D'après l'énoncé, $u_2-u_1=0,9(u_1-u_0)$ donc

$u_2 = 0,9(5,1-5)+5,1 = 0,9\times 0,1+5,1 = 5,19$

2. **a.** $u_{n+2}-u_{n+1} = 0,9(u_{n+1}-u_n)$

$\iff u_{n+2} = 0,9\,u_{n+1} - 0,9\,u_n + u_{n+1}$

$\iff u_{n+2} = 1,9\,u_{n+1} - 0,9\,u_n$

On a : $\begin{cases} u_{n+2} = 1,9u_{n+1} - 0,9u_n \\ u_{n+1} = u_{n+1} + 0\times u_n \end{cases}$,
système qui s'écrit sous la forme matricielle :

$\begin{pmatrix} u_{n+2} \\ u_{n+1}\end{pmatrix} = \begin{pmatrix} 1,9 & -0.9 \\ 1 & 0\end{pmatrix}\begin{pmatrix} u_{n+1} \\ u_n\end{pmatrix} \iff V_{n+1} = AV_n$,

avec $A = \begin{pmatrix} 1,9 & -0.9 \\ 1 & 0\end{pmatrix}$.

b. Avec la calculatrice, on trouve $P^{-1} = \begin{pmatrix} -10 & 10 \\ 10 & -9\end{pmatrix}$.

$$P^{-1}AP = \begin{pmatrix} -10 & 10 \\ 10 & -9\end{pmatrix}\begin{pmatrix} 1,9 & -0,9 \\ 1 & 0\end{pmatrix}\begin{pmatrix} 0,9 & 1 \\ 1 & 1\end{pmatrix}$$
$$= \begin{pmatrix} -9 & 9 \\ 10 & -9\end{pmatrix}\begin{pmatrix} 0,9 & 1 \\ 1 & 1\end{pmatrix}\begin{pmatrix} 0,9 & 0 \\ 0 & 1\end{pmatrix} = D$$

c. Soit la propriété $A^n = PD^nP^{-1}$.

• *Initialisation :* $A^0 = I_2$ et $D^0 = I_2$
donc $PD^0P^{-1} = PI_2P^{-1} = PP^{-1} = I_2$,
la propriété est vraie au rang 0.

• *Hérédité :* Supposons que la propriété est vraie au rang n, c'est-à -dire que $A^n = PD^nP^{-1}$ (hypothèse de récurrence).
Montrons qu'alors la propriété est vraie au rang $n+1$.

$$A^{n+1} = A\times A^n = (PDP^{-1})(PD^nP^{-1})$$
$$= PD(P^{-1}P)D^nP^{-1} = PD^{n+1}P^{-1}$$

La propriété est donc vraie au rang $n+1$.

• *Conclusion :* La propriété est vraie au rang 0 ; elle est héréditaire à partir du rang 0, donc, d'après le principe de récurrence, elle est vraie pour tout entier naturel n.

On a donc démontré que, pour tout entier naturel n, $A^n = PD^nP^{-1}$.

d. Pour tout entier n, on a $V^n = A^nV_0$ c'est-à -dire $\begin{pmatrix} u_{n+1} \\ u_n\end{pmatrix} = A^n\begin{pmatrix} u_1 \\ u_0\end{pmatrix}$.

D'où : $u_n = (-10\times 0,9^n+10)\times u_1 + (10\times 0,9^n-9)\times u_0$
$= (-10\times 0,9^n+10)\times 5,1 + (10\times 0,9^n-9)\times 5$
$= -52\times 0,9^n + 51 + 50\times 0,9^n - 45$
$= 6-0,9^n$.

3. La taille de la colonie au bout du 10e jour est $u_{10} = 6-0,9^{10} \approx 5,651$.
Au bout du dixième jour, il y aura donc environ 5 651 fourmis.

4. Comme $0 < 0,9 < 1$, $\lim\limits_{n\to+\infty} 0,9^n = 0$.
D'après les théorèmes sur les sommes de limites de suites, la suite (u_n) converge donc vers 6.
Le nombre de fourmis dans la colonie tendra 6000 individus.

EXERCICE 922

1. On a $q_1 = 0,6$ et donc $p_1 = 1-0,6 = 0,4$.

2.

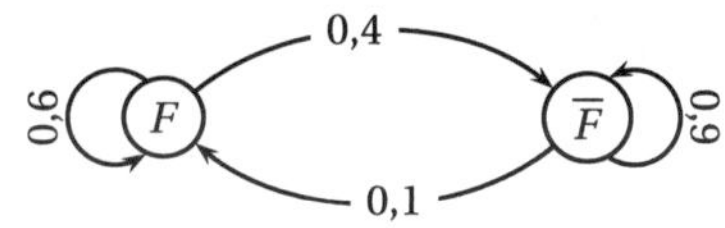

Le jour $n+1$, on a donc pour tout naturel n,
$p_{n+1} = 0,9p_n + 0,4q_n$ et par conséquent :
$q_{n+1} = 1-p_{n+1} = 1-(0,9p_n+0,4q_n)$
$= 0,1p_n + 0,6q_n$.

Il faut donc écrire dans le tableur :
en B3 : $= 0,9 * B2 + 0,4 * C2$;
en C3 : $= 0,1 * B2 + 0,6 * C2$ ou $= 1 - B3$.

3. **a.** $A + 0,5B = \begin{pmatrix} 0,8 & 0,8 \\ 0,2 & 0,2\end{pmatrix} + \begin{pmatrix} 0,8 & 0,1 \\ -0,4 & -0,1 & 0,4\end{pmatrix}$

$= \begin{pmatrix} 0,9 & 0,4 \\ 0,1 & 0,6\end{pmatrix} = M$.

b. $A^2 = A\times A = \begin{pmatrix} 0,8 & 0,8 \\ 0,2 & 0,2\end{pmatrix}\times\begin{pmatrix} 0,8 & 0,8 \\ 0,2 & 0,2\end{pmatrix}$

$A^2 = \begin{pmatrix} 0,8 & 0,8 \\ 0,2 & 0,2\end{pmatrix} = A$.

$$A\times B = \begin{pmatrix} 0,8 & 0,8 \\ 0,2 & 0,2\end{pmatrix}\times\begin{pmatrix} 0,2 & -0,8 \\ -0,2 & 0,8\end{pmatrix}$$
$$= \begin{pmatrix} 0,16-0,16 & -0,64+0,64 \\ 0,04-0,04 & -0,16+0,16\end{pmatrix} = \begin{pmatrix} 0 & 0 \\ 0 & 0\end{pmatrix}.$$

$$B\times A = \begin{pmatrix} 0,2 & -0,8 \\ -0,2 & 0,8\end{pmatrix}\times\begin{pmatrix} 0,8 & 0,8 \\ 0,2 & 0,2\end{pmatrix}$$
$$= \begin{pmatrix} 0,16-0,16 & 0,16-0,16 \\ -0,16+0,16 & -0,16+0,16\end{pmatrix} = \begin{pmatrix} 0 & 0 \\ 0 & 0\end{pmatrix}.$$

c. On a pour tout naturel n, $A^n = A$ et $B^n = B$.
Démontrons par récurrence la propriété :
« $\forall n > 0,\ M^n = A + 0,5^nB$ ».

• *Initialisation :* Pour $n = 1$, $M = A + 0{,}5B$,
la propriété est vraie au rang 1.

• *Hérédité :* Supposons la propriété vraie jusqu'au rang $n \geqslant 1$, montrons qu'alors la propriété est vraie au rang $n+1$.

$$M^{n+1} = M \times M^n = (A+0{,}5B) \times \left(A + 0{,}5^n B\right)$$
$$= A^2 + 0{,}5^n AB + 0{,}5BA + 0{,}5^{n+1} B^2$$
$$= A + 0{,}5^{n+1} B$$ puisque d'après la question précédente : $A^2 = A$, $B^2 = B$ et $AB = BA = \begin{pmatrix} 0 & 0 \\ 0 & 0 \end{pmatrix}$.

$M^{n+1} = A + 0{,}5^{n+1} B$ montre que la relation est vraie au rang $n+1$.

• *Conclusion* : La propriété est vraie au rang 1 et est héréditaire donc d'après le principe de récurrence pour tout naturel $n \geqslant 1$: $M^n = A + 0{,}5^n B$.

d. On sait que $X_{n+1} = M \times X_n$ et $X_n = M^n \times X_0$, avec $X_n = \begin{pmatrix} p_n \\ q_n \end{pmatrix}$.

On vient de montrer que pour tout naturel n supérieur ou égal à 1 :

$$M^n = A + 0{,}5^n B = \begin{pmatrix} 0{,}8 & 0{,}8 \\ 0{,}2 & 0{,}2 \end{pmatrix} + 0{,}5^n \begin{pmatrix} 0{,}2 & -0{,}8 \\ -0{,}2 & 0{,}8 \end{pmatrix}$$
$$= \begin{pmatrix} 0{,}8 + 0{,}2 \times 0{,}5^n & 0{,}8 - 0{,}8 \times 0{,}5^n \\ 0{,}2 - 0{,}2 \times 0{,}5^n & 0{,}2 + 0{,}8 \times 0{,}5^n \end{pmatrix}.$$

D'où $X_n = M^n \times X_0$

$$\iff \begin{pmatrix} p_n \\ q_n \end{pmatrix} = \begin{pmatrix} 0{,}8 & 0{,}8 \\ 0{,}2 & 0{,}2 \end{pmatrix} + 0{,}5^n \begin{pmatrix} 0{,}2 & -0{,}8 \\ -0{,}2 & 0{,}8 \end{pmatrix}$$
$$= \begin{pmatrix} 0{,}8 + 0{,}2 \times 0{,}5^n & 0{,}8 - 0{,}8 \times 0{,}5^n \\ 0{,}2 - 0{,}2 \times 0{,}5^n & 0{,}2 + 0{,}8 \times 0{,}5^n \end{pmatrix} \times \begin{pmatrix} p_0 \\ q_0 \end{pmatrix}$$

$$\begin{pmatrix} p_n \\ q_n \end{pmatrix} = \begin{pmatrix} 0{,}8 & 0{,}8 \\ 0{,}2 & 0{,}2 \end{pmatrix} + 0{,}5^n \begin{pmatrix} 0{,}2 & -0{,}8 \\ -0{,}2 & 0{,}8 \end{pmatrix}$$
$$= \begin{pmatrix} 0{,}8 + 0{,}2 \times 0{,}5^n & 0{,}8 - 0{,}8 \times 0{,}5^n \\ 0{,}2 - 0{,}2 \times 0{,}5^n & 0{,}2 + 0{,}8 \times 0{,}5^n \end{pmatrix} \times \begin{pmatrix} 0 \\ 1 \end{pmatrix}$$
$$= \begin{pmatrix} 0{,}8 - 0{,}8 \times 0{,}5^n \\ 0{,}2 + 0{,}8 \times 0{,}5^n \end{pmatrix}.$$

On a donc pour tout naturel n, $p_n = 0{,}8 - 0{,}8 \times 0{,}5^n$.

e. Comme $-1 < 0{,}5 < 1$, on sait que $\lim\limits_{n \to +\infty} 0{,}5^n = 0$, donc $\lim\limits_{n \to +\infty} p_n = 0{,}8$.

A long terme, on ne peut pas affirmer avec certitude que le fumeur arrêtera de fumer.

Exercice 923

1. $A^2 = \begin{pmatrix} -2 & 6 \\ -3 & 7 \end{pmatrix} = \begin{pmatrix} -4 & 6 \\ -3 & 5 \end{pmatrix} + \begin{pmatrix} 1 & 0 \\ 0 & 1 \end{pmatrix} = A + 2I.$

2. $A^3 = A(A+2I) = A^2 + 2 = 3A + 2I$

$A^4 = A(3A+2I) = 3A^2 + 2A = 5A + 6I.$

$A^3 = A(A+2I) = A^2 + 2A = A + 2I + 2A = 3A + 2I$

et on recommence :

$$A^4 = A \times A^3 = A(3A+2I) = 3A^2 + 2A$$
$$= 3(A+2I) + 2A = 5A + 6I$$

3. Démontrons par récurrence, pour tout entier naturel n, $A^n = r_n A + s_n I$.

• *Initialisation :* Pour $n = 0$,
$A^0 = I = 0A + 1I = r_0 A + s_0 I$.
La relation est vraie au rang 0.

• *Hérédité :* Supposons la propriété vraie jusqu'au rang $n \geqslant 0$, c'est-à-dire $A^n = r_n A + s_n I$. En multipliant chaque membre par A, on obtient :

$$A \times A^n = A(r_n A + s_n I)$$
$$\iff A^{n+1} = r_n A^2 + s_n A = r_n(A+2I) + s_n A$$
$$= (r_n + s_n) A + 2 r_n I = r_{n+1} A + s_{n+1} I$$: la relation est donc vraie au rang $n+1$.

• *Conclusion :* La propriété est vraie au rang 0 et est héréditaire. Donc $\forall n \in \mathbb{N}$, $A^n = r_n A + s_n I$.

4. On a pour tout entier naturel n non nul :

$$k_{n+1} = r_{n+1} - s_{n+1} = r_n + s_n - 2r_n = s_n - r_n$$
$$= -(r_n - s_n) = -k_n.$$

La suite (k_n) est géométrique de raison -1. On a alors $k_n = k_0(-1)^n = -(-1)^n$.

5. $r_1 = r_0 + s_0 = 1$ donc $t_1 = r_1 + \dfrac{(-1)^1}{3} = 1 - \dfrac{1}{3} = \dfrac{2}{3}$

Alors pour tout $n \geqslant 1$, $t_n = t_1 \times q^{n-1} = \dfrac{2}{3} 2^{n-1} = \dfrac{1}{3} 2^n$

6. On a donc $r_n = t_n - \dfrac{(-1)^n}{3} = \dfrac{1}{3}(-1)^n - \dfrac{(-1)^n}{3}$

$$s_n = r_n - k_n = r_n + (-1)^n = \frac{1}{3} 2^n - \frac{1}{3}(-1)^n + (-1)^n$$
$$= \frac{1}{3} 2^n + \frac{2}{3}(-1)^n$$

7. $A_n = r_n A + s_n I$ donc

$$A_n = \begin{pmatrix} -4r_n & 6r_n \\ -3r_n & 5r_n \end{pmatrix} + \begin{pmatrix} s_n & 0 \\ 0 & s_n \end{pmatrix}$$
$$= \begin{pmatrix} -4r_n + s_n & 6r_n \\ -3r_n & 5r_n + s_n \end{pmatrix}$$

• $$-4r_n + s_n = -\frac{4}{3} 2^n + \frac{4}{3}(-1)^n + \frac{1}{3} 2^n + \frac{2}{3}(-1)^n$$
$$= -2^n + 2(-1)^n$$

• $6r_n = \frac{6}{3}2^n - \frac{6}{3}(-1)^n = 2^{n+1} - 2(-1)^n$

• $-3r_n = -3\left(\frac{1}{3}2^n - \frac{1}{3}(-1)^n\right) = -2^n + (-1)^n$

• $5r_n + s_n = \frac{5}{3}2^n - \frac{5}{3}(-1)^n + \frac{1}{3}2^n + \frac{2}{3}(-1)^n$
$= 2\times 2^n - (-1)^n = 2^{n+1} - (-1)^n$

Conclusion : $A^n = \begin{pmatrix} -2^n + 2(-1)^n & 2^{n+1} - 2(-1)^n \\ -2^n + (-1)^n & 2^{n+1} - (-1)^n \end{pmatrix}$.

EXERCICE 924

1. a. D'après le texte : $\begin{cases} R_{n+1} = 0,9R_n + 0,05C_n \\ C_{n+1} = 0,1R_n + 0,95C_n \end{cases}$
ce qui s'écrit sous forme matricielle :
$\begin{pmatrix} R_{n+1} \\ C_{n+1} \end{pmatrix} = \begin{pmatrix} 0,9 & 0,05 \\ 0,1 & 0,95 \end{pmatrix} \times \begin{pmatrix} R_n \\ C_n \end{pmatrix}$
ou encore $U_{n+1} = MU_n$.

b. $U_0 = \begin{pmatrix} R_0 \\ C_0 \end{pmatrix} = \begin{pmatrix} 90 \\ 30 \end{pmatrix}$

donc $U_1 = MU_0 = \begin{pmatrix} 0,9 & 0,05 \\ 0,1 & 0,95 \end{pmatrix} \times \begin{pmatrix} 90 \\ 30 \end{pmatrix} = \begin{pmatrix} 82,5 \\ 37,5 \end{pmatrix}$

Donc il y a 87,5 millions de ruraux et 37,5 de citadins en 2011.

2. D'après le cours, on sait que si, pour tout $n \geqslant 0$, $U_{n+1} = MU_n$ alors $U_n = M^n U_0$.

3. On remarque que $P' = \frac{1}{3}P$.

$P' \times P = \frac{1}{3}P \times P = \begin{pmatrix} 1 & 1 \\ 2 & -1 \end{pmatrix} \times \begin{pmatrix} 1 & 1 \\ 2 & -1 \end{pmatrix} = \begin{pmatrix} 1 & 0 \\ 0 & 1 \end{pmatrix} = I.$

Donc la matrice P' est l'inverse de la matrice P. On l'appelle alors P^{-1}.

4. a. On pose $\Delta = P^{-1}MP = \begin{pmatrix} 1 & 0 \\ 0 & 0,85 \end{pmatrix}$

b. $\Delta = P^{-1}MP \iff P\Delta P^{-1} = P(P^{-1}MP)P^{-1}$
$\iff P\Delta P^{-1} = (PP^{-1})MPP^{-1}$
$\iff P\Delta P^{-1} = IMI$
$\iff P\Delta P^{-1} = M.$

c. Voir l'exercice 820.

5. a. Pour tout $n \geqslant 1$, $U_n = M^n U_0$ donc

$$\begin{pmatrix} R_n \\ C_n \end{pmatrix} = \begin{pmatrix} \frac{1}{3} + \frac{2}{3}\times 0,85^n & \frac{1}{3} - \frac{1}{3}\times 0,85^n \\ \frac{2}{3} - \frac{2}{3}\times 0,85^n & \frac{2}{3} + \frac{1}{3}\times 0,85^n \end{pmatrix} \times \begin{pmatrix} 90 \\ 30 \end{pmatrix}$$

$$\begin{pmatrix} R_n \\ C_n \end{pmatrix} = \begin{pmatrix} 40 + 50\times 0,85^n \\ 80 - 50\times 0,85^n \end{pmatrix}$$

Donc $R_n = 40 + 50\times 0,85^n$ et $C_n = 80 - 50\times 0,85^n$.

b. La suite $(0,85^n)$ est géométrique de raison 0,85 ; or $-1 < 0,85 < 1$ donc $\lim\limits_{n\to+\infty} 0,85^n = 0$ et donc $\lim\limits_{n\to+\infty} 50\times 0,85^n = 0$

On en déduit que $\lim\limits_{n\to+\infty} R_n = 40$ et $\lim\limits_{n\to+\infty} C_n = 80$.

6. On résout l'inéquation d'inconnue n,
$50\times 0,85^n + 40 < 80 - 50\times 0,85^n$

$R_n < C_n \iff 50\times 0,85^n + 40 < 80 - 50\times 0,85^n$
$\iff \ln(0,85^n) < \ln 0,4$
$\iff n\times \ln 0,85 < \ln 0,4$
$\iff n > \frac{\ln 0,4}{\ln 0,85}$ car $\ln 0,85 < 0$

$\frac{\ln 0,4}{\ln 0,85} \approx 5,6$. La population urbaine dépassera la population rurale au bout de 6 ans.

EXERCICE 925

1. a. D'après le texte, les acheteurs de la marque X le mois $n+1$ sont formés de 50 % des acheteurs de X le mois n, de 50 % des acheteurs de Y le mois n et de 10 % des acheteurs de Z le mois n. On a donc $x_{n+1} = 0,5x_n + 0,5y_n + 0,1z_n$.

b. D'après le texte, pour tout n, $x_n + y_n + z_n = 1$ donc $z_n = 1 - x_n - y_n$.

$x_{n+1} = 0,5x_n + 0,5y_n + 0,1(1 - x_n - y_n)$
$= 0,4x_n + 0,4y_n + 0,1$

$y_{n+1} = 0,4x_n + 0,3y_n + 0,2(1 - x_n - y_n)$
$= 0,2x_n + 0,1y_n + 0,2$

2. a. Pour $n = 1$, la valeur affichée en sortie est : $\begin{pmatrix} 0,42 \\ 0,33 \end{pmatrix}$

L'affichage obtenu pour $n = 3$ est $\begin{pmatrix} 0,3868 \\ 0,3117 \end{pmatrix}$.

b. Le mois de janvier correspond à $n = 0$, donc le mois d'avril correspond à $n = 3$.

La matrice U_3 est la matrice $\begin{pmatrix} x_3 \\ y_3 \end{pmatrix} = \begin{pmatrix} 0,3868 \\ 0,3117 \end{pmatrix}$.

Donc la probabilité d'utiliser la marque X au mois d'avril est $x_3 = 0,3868$.

3. a. $C = A\times C + B \iff I\times C - A\times C = B$
$\iff (I - A)\times C = B$
$\iff N\times C = B.$

b. $N \times C = B \iff C = N^{-1} \times B = \begin{pmatrix} \frac{45}{23} & \frac{20}{23} \\ \frac{10}{23} & \frac{30}{23} \end{pmatrix} \times \begin{pmatrix} 0,1 \\ 0,2 \end{pmatrix}$

$\iff C = \begin{pmatrix} \frac{17}{46} \\ \frac{7}{23} \end{pmatrix}$

4. a. $V_{n+1} = U_{n+1} - C = A \times U_n + B - C$ or la matrice C est définie par $C = A \times C + B$.

Donc $V_{n+1} = A \times U_n + B - A \times C - B = A \times (U_n - C)$
$= A \times V_n$

b. Le mois de janvier correspond à $n = 0$ donc le mois de mai correspond à $n = 4$. Les probabilités d'utiliser les marques X, Y et Z au mois de mai sont respectivement x_4, y_4 et z_4.

On cherche donc U_4 qui donnera x_4 et y_4 ; puis on calculera $z_4 = 1 - x_4 - y_4$.

$U_4 = A^4 \times (U_0 - C) + C = \begin{pmatrix} 0,3794 \\ 0,30853 \end{pmatrix}$

De plus, $1 - 0,3794 - 0,30853 = 0,31207$.

Donc les probabilités d'utiliser les marques X, Y et Z au mois de mai sont respectivement $x_4 = 0,3794$, $y_4 = 0,30853$ et $z_4 = 0,31207$.

EXERCICE 926

1. $a_1 = 0,95$, $b_1 = 0,05$ et $c_1 = 0$.

2. **a.** 95% des individus restent sains d'un jour au jour suivant d'où $a_{n+1} = 0,95a_n$.

b. Au jour $n+1$, 5% des individus sains (a_n) deviennent malades et 80% des individus malades b_n d'où $b_{n+1} = 0,05a_n + 0,8b_n$.

3. **a.** Pour tout entier naturel n,

$$A \times U_n = \begin{pmatrix} 0,95 & 0 & 0 \\ 0,05 & 0,8 & 0 \\ 0 & 0,2 & 1 \end{pmatrix} \times \begin{pmatrix} a_n \\ b_n \\ c_n \end{pmatrix} = \begin{pmatrix} 0,95a_n \\ 0,05a_n + 0,08b_n \\ 0,2b_n + c_n \end{pmatrix} = U_{n+1}.$$

b. • *Initialisation* : La propriété est vraie pour $n = 0$

car $D^0 = \begin{pmatrix} 1 & 0 & 0 \\ 0 & 1 & 0 \\ 0 & 0 & 1 \end{pmatrix}$

• *Hérédité* : Supposons la propriété vraie jusqu'au rang $n \geqslant 0$

$D^n = \begin{pmatrix} 0,95^n & 0 & 0 \\ 0 & 0,8^n & 0 \\ 0 & 0 & 1 \end{pmatrix}$ alors :

$$D^{n+1} = D \times D^n = \begin{pmatrix} 0,95 & 0 & 0 \\ 0 & 0,8 & 0 \\ 0 & 0 & 1 \end{pmatrix} \times \begin{pmatrix} 0,95^n & 0 & 0 \\ 0 & 0,8^n & 0 \\ 0 & 0 & 1 \end{pmatrix} = \begin{pmatrix} 0,95^{n+1} & 0 & 0 \\ 0 & 0,8^{n+1} & 0 \\ 0 & 0 & 1 \end{pmatrix}.$$

La propriété est donc vraie au rang $n+1$.

• *Conclusion :* La propriété est vraie au rang 0 et est héréditaire. Par le principe de récurrence, on a donc démontré que pour tout entier naturel n,

$$D^n = \begin{pmatrix} 0,95^n & 0 & 0 \\ 0 & 0,8^n & 0 \\ 0 & 0 & 1 \end{pmatrix}.$$

4. **a.** $U_n = A^n \times U_0$, Soit

$$\begin{pmatrix} a_n \\ b_n \\ c_n \end{pmatrix} = \begin{pmatrix} 0,95^n & 0 & 0 \\ \frac{1}{3}(0,95^n - 0,8^n) & 0,8^n & 0 \\ \frac{1}{3}(3 - 4 \times 0,95^n + 0,8^n) & 1 - 0,8^n & 1 \end{pmatrix} \times \begin{pmatrix} 1 \\ 0 \\ 0 \end{pmatrix} = \begin{pmatrix} 0,95^n \\ \frac{1}{3}(0,95^n - 0,8^n) \\ \frac{1}{3}(3 - 4 \times 0,95^n + 0,8^n) \end{pmatrix}$$

d'où $b_n = \frac{1}{3}(0,95^n - 0,8^n)$.

b. (b_n) est la somme de deux suites géométriques de raisons comprises entre 0 et 1 qui convergent vers 0, il en est donc de même de (b_n).

c.

```
| b' ← 1/3 (x − y)
Fin Tant que
```

k	b	x	y	b'	Test : $b < b'$
7	0,1628	0,6634	0,1678	0,1652	VRAI
8	0,1652	0,6302	0,1342	0,1653	VRAI
9	0,1653	0,5987	0,1073	0,1637	FAUX

Pour chaque ligne du tableau, b désigne b_k et b' désigne b_{k+1}. On a donc :

k	7	8	9	10
b_k	0,1628	0,1652	0,1653	0,1637

Le rang du jour où le pic épidémique est atteint est donc le 9.

EXERCICE 927

Partie A : préliminaires

1. **a.** $n^2 \equiv N-1\ [N] \Rightarrow \left(n^2\right)^2 \equiv (N-1)^2\ [N]$

Or $(N-1)^2 = N^2-2N+1 \equiv 1\ [N]$

car $N^2 \equiv 0\ [N]$ et $-2N \equiv 0\ [N]$

ainsi $n^4 = n \times n^3 \equiv 1\ [N]$.

b. On a $5^2 = 25 = 26-1$, donc $5^2 \equiv -1\ [26]$.

d'après la question précédente $5 \times 5^3 \equiv 1\ [26]$.

Donc $k_1 = 5^3 = 125$.

2. **a.** $6A = \begin{pmatrix} 24 & 6 \\ 18 & 12 \end{pmatrix}$ et $A^2 = \begin{pmatrix} 19 & 6 \\ 18 & 7 \end{pmatrix}$,

donc $6A - A^2 = \begin{pmatrix} 5 & 0 \\ 0 & 5 \end{pmatrix} = 5I$.

b. On a $6A - A^2 = A(6I-A) = 5I$

ou encore $A \times \dfrac{1}{5}(6I-A) = I$.

Cette égalité montre que la matrice A est inversible et que son inverse est $A^{-1} = \dfrac{1}{5}(6I-A) = \dfrac{6}{5}I - \dfrac{1}{5}A$.

c. $A^{-1} = \dfrac{6}{5}I - \dfrac{1}{5}A \iff 5A^{-1} = 6I - A$

$$= \begin{pmatrix} 2 & -1 \\ -3 & 4 \end{pmatrix} = B.$$

Ainsi $B = 5A^{-1}$.

d. $B = 5A^{-1} \iff BAX = 5A^{-1}AX$

$$\iff BAX = 5IX \iff BY = 5X.$$

Partie B : procédure de codage

« ET » est codé par la matrice $X = \begin{pmatrix} 4 \\ 19 \end{pmatrix}$.

$Y = AX = \begin{pmatrix} 35 \\ 50 \end{pmatrix}$, puis $R = \begin{pmatrix} 9 \\ 24 \end{pmatrix}$

d'après le tableau « ET » est codé « JY ».

Partie C : procédure de décodage

1. On a $Y = AX \iff 5A^{-1}Y = 5X = BY$

soit $Y = AX \iff \begin{cases} 5x_1 = 2y_1 - y_2 \\ 5x_2 = -3y_1 + 4y_2 \end{cases}$

2. D'après la question **A.1.b**, $5 \times 21 \equiv 1\ [26]$. Donc en reprenant le système de la question précédente et en multipliant par 21, on obtient :

$$\begin{cases} 21 \times 5x_1 = 42y_1 - 21y_2 \\ 21 \times 5x_2 = -63y_1 + 84y_2 \end{cases}$$

$$\iff \begin{cases} x_1 \equiv 16y_1 + 5y_2\ [26] \\ x_2 \equiv 15y_1 + 6y_2\ [26] \end{cases}$$

3. « QP » est associé à la matrice $\begin{pmatrix} 16 \\ 15 \end{pmatrix}$.

En utilisant le résultat précédent :

$$\begin{cases} x_1 \equiv 16y_1 + 5y_2\ [26] \\ x_2 \equiv 15y_1 + 6y_2\ [26] \end{cases}$$

$$\iff \begin{cases} x_1 \equiv 256+75\ [26] \\ x_2 \equiv 240+90\ [26] \end{cases}$$

$$\iff \begin{cases} x_1 \equiv 331\ [26] \\ x_2 \equiv 330\ [26] \end{cases}$$

$$\iff \begin{cases} x_1 = 19 \\ x_2 = 18 \end{cases}$$

Le mot décodé est donc « TS ».

EXERCICE 928

1. $U_{n+1} = AU_n + B$

$$\iff \begin{pmatrix} x_{n+1} \\ y_{n+1} \end{pmatrix} = \begin{pmatrix} 0,6 & 0,15 \\ 0,2 & 0,4 \end{pmatrix} \times \begin{pmatrix} x_n \\ y_n \end{pmatrix} + \begin{pmatrix} 1 \\ 3 \end{pmatrix}$$

$$\iff \begin{cases} x_{n+1} = 0,6x_n + 0,15y_n + 1 \\ y_{n+1} = 0,2x_n + 0,4y_n + 3 \end{cases}$$

Le coefficient 0,6 de la matrice A correspond au pourcentage de la somme qui reste d'une année sur l'autre à l'agence X.

Le coefficient 3 de la matrice B correspond à la somme (en millions d'euros) qui est rajoutée chaque année à l'agence Y.

2. D'après le texte, $U_0 = \begin{pmatrix} 50 \\ 10 \end{pmatrix}$

La quantité de fonds dans chaque agence en 2015 est donnée par la matrice $U_1 = AU_0 + B$:

$$\begin{pmatrix} x_1 \\ y_1 \end{pmatrix} = \begin{pmatrix} 0,6 & 0,15 \\ 0,2 & 0,4 \end{pmatrix} \times \begin{pmatrix} 50 \\ 10 \end{pmatrix} + \begin{pmatrix} 1 \\ 3 \end{pmatrix}$$

$$= \begin{pmatrix} 0,6 \times 50 + 0,15 \times 10 + 1 \\ 0,2 \times 50 + 0,4 \times 10 + 3 \end{pmatrix} = \begin{pmatrix} 32,5 \\ 17 \end{pmatrix}$$

En 2015, il y a donc 32,5 millions d'euros dans l'agence X et 17 millions d'euros dans l'agence Y.

3. **a.** $PDQ = \begin{pmatrix} 0,6 & 0,15 \\ 0,2 & 0,4 \end{pmatrix} = A$.

b. $QP = \begin{pmatrix} 0,25 & -0,375 \\ 0,25 & 0,125 \end{pmatrix} \times \begin{pmatrix} 1 & 3 \\ -2 & 2 \end{pmatrix}$

Le coefficient situé sur la première ligne et la deuxième colonne de la matrice QP est donc :

$0,25 \times 3 + (-0,375) \times 2 = 0,75 - 0,75 = 0$

4. **a.** $V_{n+1} = U_{n+1} - \begin{pmatrix} 5 \\ \frac{20}{3} \end{pmatrix} = AU_n + B - \begin{pmatrix} 5 \\ \frac{20}{3} \end{pmatrix}$

$$= A\left(V_n + \begin{pmatrix} 5 \\ \frac{20}{3} \end{pmatrix}\right) + \begin{pmatrix} 1 \\ 3 \end{pmatrix} - \begin{pmatrix} 5 \\ \frac{20}{3} \end{pmatrix}$$
$$= AV_n + \begin{pmatrix} 0,6 & 0,15 \\ 0,2 & 0,4 \end{pmatrix} \times \begin{pmatrix} 5 \\ \frac{20}{3} \end{pmatrix} + \begin{pmatrix} 1 \\ 3 \end{pmatrix} - \begin{pmatrix} 5 \\ \frac{20}{3} \end{pmatrix}$$
$$= AV_n + \begin{pmatrix} 0,6 \times 5 + 0,15 \times \frac{20}{3} + 1 - 5 \\ 0,2 \times 5 + 0,4 \times \frac{20}{3} + 3 - \frac{20}{3} \end{pmatrix} = AV_n$$

b. $V_0 = U_0 - \begin{pmatrix} 5 \\ \frac{20}{3} \end{pmatrix} = \begin{pmatrix} 50 \\ 10 \end{pmatrix} - \begin{pmatrix} 5 \\ \frac{20}{3} \end{pmatrix} = \begin{pmatrix} 45 \\ \frac{10}{3} \end{pmatrix}$

Ainsi, pour tout n, $V_n = A^n \times V_0$.

5. a. D'après les questions précédentes, $V_n = A^n \times V_0$ donc le coefficient de la première ligne de V_n est :

$$\left(0,25 \times 0,3^n + 0,75 \times 0,7^n\right) \times 45 + \left(0,375\left(-0,3^n + 0,7^n\right)\right) \times \frac{10}{3}$$
$$= 11,25 \times 0,3^n + 33,75 \times 0,7^n + 1,25\left(-0,3^n + 0,7^n\right)$$
$$= 10 \times 0,3^n + 35 \times 0,7^n$$

b. $U_n = V_n + \begin{pmatrix} 5 \\ \frac{20}{3} \end{pmatrix}$ et $U_n = \begin{pmatrix} x_n \\ y_n \end{pmatrix}$ Donc $x_n = 10 \times 0,3^n + 35 \times 0,7^n + 5$.

c. La suite $(0,3^n)$ est une suite géométrique de raison 0,3 ; or $-1 < 0,3 < 1$ donc $\lim\limits_{x \to +\infty} 0,3^n = 0$.

Pour la même raison, $\lim\limits_{x \to +\infty} 0,7^n = 0$.

D'après les théorèmes sur les limites de suites, on peut déduire que $\lim\limits_{x \to +\infty} x_n = 5$.

Cela signifie que la quantité de fonds disponibles dans l'agence X va tendre vers 5 millions d'euros.

EXERCICE 929

1. a. Lors de la première ouverture des portes il reste dans A 80 % des souris présentes soit une proportion de $0,5 \times 0,8 = 0,40$ et il rentre 10 % de souris venant de B soit $0,5 \times 0,1 = 0,05$. Donc il y aura dans A au total $0,40 + 0,05 = 0,45$ comme proportion de souris. Il en reste donc $1 - 0,45 = 0,55$ pour B.

Donc $U_1 = \begin{pmatrix} 0,45 \\ 0,55 \end{pmatrix}$.

b. Lors de la $n+1$-ième ouverture de porte, il restera dans A 80 % des souris présentes, soit $0,8\,a_n$ et il en vient 10 % de B soit $0,10\,b_n$.

Donc $a_{n+1} = 0,8\,a_n + 0,1\,b_n$.

Lors de la $n+1$-ième ouverture de porte, il restera dans B 90 % des souris présentes, soit $0,9\,b_n$ et il en vient 20 % de A soit $0,20\,a_n$.

Donc $b_{n+1} = 0,2\,a_n + 0,9\,b_n$.

c. D'après la question précédente,

$U_{n+1} = \begin{pmatrix} 0,8\,a_n + 0,1\,b_n \\ 0,2\,a_n + 0,9\,b_n \end{pmatrix}$

On cherche une matrice carrée d'ordre 2 $M = \begin{pmatrix} \alpha & \beta \\ \gamma & \delta \end{pmatrix}$ telle que $MU_n = U_{n+1}$.

$$MU_n = U_{n+1} \iff \begin{pmatrix} \alpha & \beta \\ \gamma & \delta \end{pmatrix} \times \begin{pmatrix} a_n \\ b_n \end{pmatrix} = \begin{pmatrix} a_{n+1} \\ b_{n+1} \end{pmatrix}$$
$$\iff \begin{pmatrix} \alpha a_n + \beta b_n \\ \gamma a_n + \delta b_n \end{pmatrix} = \begin{pmatrix} 0,8\,a_n + 0,1\,b_n \\ 0,2\,a_n + 0,9\,b_n \end{pmatrix}$$

Donc $M = \begin{pmatrix} 0,8 & 0,1 \\ 0,2 & 0,9 \end{pmatrix}$.

d. La répartition des souris dans les compartiments A et B au bout de 3 jours est donnée par U_3.

$M^3 = \begin{pmatrix} 0,562 & 0,219 \\ 0,438 & 0,781 \end{pmatrix}$

$U_3 = M^3 \times U_0 = \begin{pmatrix} 0,562 & 0,219 \\ 0,438 & 0,781 \end{pmatrix} \times \begin{pmatrix} 0,5 \\ 0,5 \end{pmatrix} = \begin{pmatrix} 0,3905 \\ 0,6095 \end{pmatrix}$

Au bout de 3 jours, il y a 39,05% des souris dans le compartiment A et 60,95% dans le compartiment B.

2. a. $P^2 = \begin{pmatrix} 1 & 1 \\ 2 & -1 \end{pmatrix} \times \begin{pmatrix} 1 & 1 \\ 2 & -1 \end{pmatrix}$

$$= \begin{pmatrix} 1 \times 1 + 1 \times 2 & 1 \times 1 + 1 \times (-1) \\ 2 \times 1 + (-1) \times 2 & 2 \times 1 + (-1) \times (-1) \end{pmatrix}$$
$$= \begin{pmatrix} 3 & 0 \\ 0 & 3 \end{pmatrix} = 3I$$

$\frac{1}{3}P^2 = I \implies P \times \frac{1}{3}P = \frac{1}{3}P \times P = I.$

La matrice P est donc inversible et son inverse est $P^{-1} = \frac{1}{3}P = \frac{1}{3}\begin{pmatrix} 1 & 1 \\ 2 & -1 \end{pmatrix}$.

b. $P^{-1}M = \frac{1}{3}\begin{pmatrix} 1 & 1 \\ 2 & -1 \end{pmatrix} \times \begin{pmatrix} 0,8 & 0,1 \\ 0,2 & 0,9 \end{pmatrix}$

$$P^{-1}M = \frac{1}{3}\begin{pmatrix} 1 \times 0,8 + 1 \times 0,2 & 1 \times 0,1 + 1 \times 0,9 \\ 2 \times 0,8 + (-1) \times 0,2 & 2 \times 0,1 + (-1) \times 0,9 \end{pmatrix}$$
$$= \frac{1}{3}\begin{pmatrix} 1 & 1 \\ 1,4 & -0,7 \end{pmatrix}$$

$$\left(P^{-1}M\right)P = \frac{1}{3}\begin{pmatrix} 1 & 1 \\ 1,4 & -0,7 \end{pmatrix} \times \begin{pmatrix} 1 & 1 \\ 2 & -1 \end{pmatrix}$$
$$= \frac{1}{3}\begin{pmatrix} 3 & 0 \\ 0 & 2,1 \end{pmatrix} = \begin{pmatrix} 1 & 0 \\ 0 & 0,7 \end{pmatrix}$$

Donc $P^{-1}MP$ est la matrice diagonale $\begin{pmatrix}1 & 0\\ 0 & 0,7\end{pmatrix}$ que l'on appelle D.

c. La démonstration a été faite dans l'exercice 820.

3. Pour avoir la répartition à long terme des souris dans les compartiments A et B de la cage, il faut chercher $\lim\limits_{n\to+\infty} U_n$.

$$U_n = M^n U_0 = \begin{pmatrix}\dfrac{1+2\times 0,7^n}{3} & \dfrac{1-0,7^n}{3}\\ \dfrac{2-2\times 0,7^n}{3} & \dfrac{2+0,7^n}{3}\end{pmatrix} \times \begin{pmatrix}\dfrac{1}{2}\\ \dfrac{1}{2}\end{pmatrix}$$

$$= \begin{pmatrix}\dfrac{1+2\times 0,7^n+1-0,7^n}{6}\\ \dfrac{2-2\times 0,7^n+2+0,7^n}{6}\end{pmatrix} = \begin{pmatrix}\dfrac{2+0,7^n}{6}\\ \dfrac{4-0,7^n}{6}\end{pmatrix}$$

La suite $(0,7^n)$ est géométrique de raison 0,7.

Or $-1<0,7<1$ donc $\lim\limits_{n\to+\infty} 0,7^n = 0$.

On en déduit que $\lim\limits_{n\to+\infty} 2+0,7^n = 2$ et $\lim\limits_{n\to+\infty} 4-0,7^n = 4$

et donc $\lim\limits_{n\to+\infty} U_n = \begin{pmatrix}\frac{2}{6}\\ \frac{4}{6}\end{pmatrix} = \begin{pmatrix}\frac{1}{3}\\ \frac{2}{3}\end{pmatrix}$

A long terme il y aura $\dfrac{1}{3}$ des souris dans le compartiment A et $\dfrac{2}{3}$ dans le compartiment B.

Exercice 930

Partie A

1. D'après l'énoncé, on peut dire que, pour tout n : $\begin{cases} a_{n+1} = 0,2\,a_n + 0,1\,b_n\\ b_{n+1} = 0,6\,a_n + 0,3\,b_n\end{cases}$ avec $\begin{cases} a_0 = 50\\ b_0 = 60\end{cases}$

Donc

$$\begin{pmatrix}a_{n+1}\\ b_{n+1}\end{pmatrix} = \begin{pmatrix}0,2 & 0,1\\ 0,6 & 0,3\end{pmatrix} \times \begin{pmatrix}a_n\\ b_n\end{pmatrix} \iff U_{n+1} = M \times U_n$$

où $M = \begin{pmatrix}0,2 & 0,1\\ 0,6 & 0,3\end{pmatrix}$

2. $U_1 = M \times U_0 = \begin{pmatrix}0,2 & 0,1\\ 0,6 & 0,3\end{pmatrix} \times \begin{pmatrix}50\\ 60\end{pmatrix}$

$$= \begin{pmatrix}0,2\times 50+0,1\times 60\\ 0,6\times 50+0,3\times 60\end{pmatrix} = \begin{pmatrix}16\\ 48\end{pmatrix}$$

$U_2 = M \times U_1 = \begin{pmatrix}0,2 & 0,1\\ 0,6 & 0,3\end{pmatrix} \times \begin{pmatrix}16\\ 48\end{pmatrix}$

$$= \begin{pmatrix}0,2\times 16+0,1\times 48\\ 0,6\times 16+0,3\times 48\end{pmatrix} = \begin{pmatrix}8\\ 24\end{pmatrix}$$

3. On trouve successivement : $U_3 = \begin{pmatrix}4\\ 12\end{pmatrix}$, $U_4 = \begin{pmatrix}2\\ 6\end{pmatrix}$ et $U_5 = \begin{pmatrix}1\\ 3\end{pmatrix}$

C'est donc au bout de 5 heures qu'il ne reste qu'un seul vélo dans la station A.

Partie B

1. On note I la matrice $\begin{pmatrix}1 & 0\\ 0 & 1\end{pmatrix}$ et N la matrice $I-M$.

a.
$$\begin{aligned} V = M\times V + R &\iff V - M\times V = R\\ &\iff I\times V - M\times V = R\\ &\iff (I-M)\times V = R\\ &\iff N\times V = R\end{aligned}$$

b. On admet que N est une matrice inversible et que $N^{-1} = \begin{pmatrix}1,4 & 0,2\\ 1,2 & 1,6\end{pmatrix}$.

$$\begin{aligned} N\times V = R &\iff N^{-1}\times N\times V = N^{-1}\times R\\ &\iff V = \begin{pmatrix}1,4 & 0,2\\ 1,2 & 1,6\end{pmatrix} \times \begin{pmatrix}30\\ 10\end{pmatrix}\\ &\iff V = \begin{pmatrix}1,4\times 30+0,2\times 10\\ 1,2\times 30+1,6\times 10\end{pmatrix}\\ &\iff V = \begin{pmatrix}44\\ 52\end{pmatrix}.\end{aligned}$$

2. a. $W_{n+1} = V_{n+1} - V$.

Or $V_{n+1} = M\times V_n + R$ et $V = M\times V + R$

donc, pour tout entier n :

$$\begin{aligned} W_{n+1} &= M\times V_n + R - (M\times V + R)\\ &= M\times V_n + R - M\times V - R\\ &= M\times (V_n - V) = M\times W_n\end{aligned}$$

b. On admet que :

- $\forall n\in\mathbb{N}$, $W_n = M^n \times W_0$,
- $\forall n \geqslant 1$, $M^n = \dfrac{1}{2^{n-1}}\begin{pmatrix}0,2 & 0,1\\ 0,6 & 0,3\end{pmatrix}$.

$$W_0 = V_0 - V = \begin{pmatrix}50\\ 60\end{pmatrix} - \begin{pmatrix}44\\ 52\end{pmatrix} = \begin{pmatrix}6\\ 8\end{pmatrix}$$

Pour tout n, $W_n = M^n \times W_0$

et pour tout $n \geqslant 1$, $M^n = \dfrac{1}{2^{n-1}}\begin{pmatrix}0,2 & 0,1\\ 0,6 & 0,3\end{pmatrix}$,

donc $W_n = \dfrac{1}{2^{n-1}}\begin{pmatrix}0,2 & 0,1\\ 0,6 & 0,3\end{pmatrix} \times \begin{pmatrix}6\\ 8\end{pmatrix} = \dfrac{1}{2^{n-1}}\begin{pmatrix}2\\ 6\end{pmatrix}$

On sait que, pour tout n, $W_n = V_n - V$

donc $V_n = W_n + V$.

Donc, pour tout $n \geqslant 1$, $V_n = \dfrac{1}{2^{n-1}}\begin{pmatrix}2\\ 6\end{pmatrix} + \begin{pmatrix}44\\ 52\end{pmatrix}$

c. $\lim_{n\to+\infty} 2^{n-1} = +\infty$ donc $\lim_{n\to+\infty} \frac{1}{2^{n-1}} = 0$ et donc $\lim_{n\to+\infty} V_n = \begin{pmatrix} 44 \\ 52 \end{pmatrix}$

Le nombre de vélos va se stabiliser à 44 dans la station A et à 52 dans la station B.

Exercice 931

1. a. On a $A \times U_n = \begin{pmatrix} 0,125 j_n + 0,525 a_n \\ 0,625 j_n + 0,625 a_n \end{pmatrix} = U_{n+1}$.

b. $U_1 = A \times U_0 = \begin{pmatrix} 0,125 & 0,525 \\ 0,625 & 0,625 \end{pmatrix} \times \begin{pmatrix} 200 \\ 500 \end{pmatrix}$

$= \begin{pmatrix} 25 + 262,5 \\ 125 + 312,5 \end{pmatrix} = \begin{pmatrix} 287,5 \\ 437,5 \end{pmatrix}$.

Au bout de 1 an il y aura 287 jeunes et 437 adultes.

$U_2 = A \times U_1 = \begin{pmatrix} 0,125 & 0,525 \\ 0,625 & 0,625 \end{pmatrix} \times \begin{pmatrix} 287,5 \\ 437,5 \end{pmatrix}$

$= \begin{pmatrix} 35,9375 + 229,688 \\ 179,688 + 273,438 \end{pmatrix} = \begin{pmatrix} 265,625 \\ 453,125 \end{pmatrix}$.

Au bout de 2 ans il y aura 265 jeunes et 453 adultes.

c. On montre par récurrence que quel que soit le naturel n, $U_n = A^n \times U_0$.

2. a. $Q \times D = \begin{pmatrix} -1.75 & 3 \\ 1,25 & 5 \end{pmatrix}$,

$(Q \times D) \times Q^{-1} = \begin{pmatrix} -0,175 + 0,3 & 0,105 + 0,42 \\ 0,125 + 0,5 & -0,075 + 0,7 \end{pmatrix}$

$= \begin{pmatrix} 0,125 & 0,525 \\ 0,625 & 0,625 \end{pmatrix} = A$.

b. voir la démonstration par récurrence faite à l'exercice 820.

c. La matrice D est diagonale, donc :

$D^n = \begin{pmatrix} -0,25 & 0 \\ 0 & 1 \end{pmatrix}^n = \begin{pmatrix} (-0,25)^n & 0 \\ 0 & 1 \end{pmatrix}$.

3. a. Quel que soit le naturel n :

$U_n = A^n \times U_0$

$= \begin{pmatrix} 60 + 140 \times (-0,25)^n + 210 - 210 \times (-0,25)^n \\ 100 + -100 \times (-0,25)^n + 350 + 150 \times (-0,25)^n \end{pmatrix}$

$= \begin{pmatrix} 270 - 70 \times (-0,25)^n \\ 450 + 50 \times (-0,25)^n \end{pmatrix}$.

Conclusion : $\begin{cases} j_n = 270 - 70 \times (-0,25)^n \\ a_n = 450 + 50 \times (-0,25)^n \end{cases}$

b. Comme $-1 < -0,25 < 1$, alors $\lim_{n\to+\infty} (-0,25)^n = 0$, donc :

$\lim_{n\to+\infty} j_n = 270$ et $\lim_{n\to+\infty} a_n = 450$.

Le nombre d'animaux jeunes va tendre vers 270 et celui des adultes vers 450 au bout de quelques années.

Exercice 932

1. D'après l'énoncé, on a

$\begin{cases} a_{n+1} = \frac{1}{2} a_n + \frac{3}{4} b_n + 2 \\ b_{n+1} = \frac{1}{4} b_n + 3 \end{cases}$

$\iff \begin{cases} a_{n+1} = 0,5 a_n + 0,75 b_n + 2 \\ b_{n+1} = 0,25 b_n + 3 \end{cases}$

Ce système se traduit par $U_{n+1} = MU_n + C$

où $M = \begin{pmatrix} 0,5 & 0,75 \\ 0 & 0,25 \end{pmatrix}$ et $C = \begin{pmatrix} 2 \\ 3 \end{pmatrix}$.

2. a. $P^2 = \begin{pmatrix} 1 & 0 \\ 0 & 1 \end{pmatrix} = I_2$ avec I_2 la matrice identité d'ordre 2.

On en déduit que P est inversible et $P^{-1} = P$

b. $PMP = \begin{pmatrix} 1 & 3 \\ 0 & -1 \end{pmatrix} \begin{pmatrix} 0,5 & 0,75 \\ 0 & 0,25 \end{pmatrix} \begin{pmatrix} 1 & 3 \\ 0 & -1 \end{pmatrix}$

$= \begin{pmatrix} 0,5 & 1,5 \\ 0 & -0,25 \end{pmatrix} \begin{pmatrix} 1 & 3 \\ 0 & -1 \end{pmatrix}$

$= \begin{pmatrix} 0,5 & 0 \\ 0 & 0,25 \end{pmatrix}$

Donc $PMP = D$ avec D la matrice diagonale $\begin{pmatrix} 0,5 & 0 \\ 0 & 0,25 \end{pmatrix}$

c. $PDP = P(PMP)P = P^2 M P^2 = M$

d. • *Initialisation* : $M^0 = I_2$ et $PD^0P = PI_2P = P^2 = P$ d'après la question **2.a.**

• *Hérédité* : Soit $n \geqslant 0$ tel que $M^n = PD^nP$

$M^{n+1} = PD^nP \times M$ d'après l'hypothèse de récurrence

$= PD^nP \times PDP$ d'après la question précédente

$= PD^n I_2 DP$ d'après la question **2.a.**

$= PD^{n+1}P$.

La propriété est vérifiée au rang $n+1$.

• *Conclusion :* La propriété est vrai au rang 0 et est héréditaire la propriété est héréditaire, par le principe de récurrence $\forall n \in \mathbb{N}$, $M^n = PD^nP$.

3. $MX + C = \begin{pmatrix} 0,5 & 0,75 \\ 0 & 0,25 \end{pmatrix} \begin{pmatrix} 10 \\ 4 \end{pmatrix} + \begin{pmatrix} 2 \\ 3 \end{pmatrix} = \begin{pmatrix} 8 \\ 1 \end{pmatrix} + \begin{pmatrix} 2 \\ 3 \end{pmatrix} = \begin{pmatrix} 10 \\ 4 \end{pmatrix}$

On a donc bien $X = MX + C$.

4. a. $\forall n \in \mathbb{N}$, $V_{n+1} = U_{n+1} - X$

$= MU_n + C - X$ d'après la question **1.**

$= MU_n - MX$ d'après la question **3.**

$= M(U_n - X) = MV_n$

b. $\forall n \in \mathbb{N}$, $V_n = U_n - X \iff U_n = V_n + X$

$$U_n = V_n + X$$
$$= M^n V_0 + X \quad \text{avec } V_0 = U_0 - X = \begin{pmatrix} -9 \\ -3 \end{pmatrix}$$
$$= \begin{pmatrix} 0,5^n & 3 \times 0,5^n - 3 \times 0,25^n \\ 0 & 0,25^n \end{pmatrix} \times \begin{pmatrix} -9 \\ -3 \end{pmatrix} + \begin{pmatrix} 10 \\ 4 \end{pmatrix}$$
$$= \begin{pmatrix} -18 \times 0,5^n + 9 \times 0,25^n + 10 \\ -3 \times 0,25^n + 4 \end{pmatrix}$$

5. a. $\forall n \in \mathbb{N}$, $b_n = -3 \times 0,25^n + 4$

donc $b_{n+1} - b_n = -3 \times 0,25^{n+1} + 3 \times 0,25^n$

$= 3 \times 0,25^n (1 - 0,25) = 9 \times 0,25^{n+1} > 0$

On en déduit que (b_n) est croissante.

De plus, $\forall n \in \mathbb{N}$, $4 - 3 \times 0,25^n < 4$ donc (b_n) est majorée par 4.

$|0,25| < 1$ donc $\lim\limits_{n \to +\infty} 0,25^n = 0$ et par opération sur les limites on a $\lim\limits_{n \to +\infty} b_n = 4$.

b. $\lim\limits_{n \to +\infty} 0,25^n = \lim\limits_{n \to +\infty} 0,5^n = 0$ et par opération sur les limites on a $\lim\limits_{n \to +\infty} a_n = 10$.

c. $\lim\limits_{n \to +\infty} a_n = 10$ et (a_n) est croissante donc elle est majorée par 10. On sait d'autre part que (b_n) est majorée par 4.

Finalement il suffit de prévoir une contenance de 1 000 litres pour le bassin A et 400 litres pour le B.

EXERCICE 933

1. a. L'arbre est après la question 1.b.

Par la formule des probabilités totales, on a, pour tout entier naturel n,

$p(A_{n+1}) = p(A_n \cap A_{n+1}) + p(B_n \cap A_{n+1}) + p(C_n \cap A_{n+1}) \iff a_{n+1} = 0,5a_n + 0,1b_n + 0,2c_n$

b. On sait que $a_n + b_n + c_n = 1 \iff c_n = 1 - a_n - b_n$.

En remplaçant cette dernière égalité dans l'équation de la question précédente, on obtient, pour tout entier naturel n,

$$a_{n+1} = 0,5a_n + 0,1b_n + 0,2c_n \iff a_{n+1}$$
$$= 0,5a_n + 0,1b_n + 0,2 \times (1 - a_n - b_n)$$
$$= 0,3a_n - 0,1b_n + 0,2$$

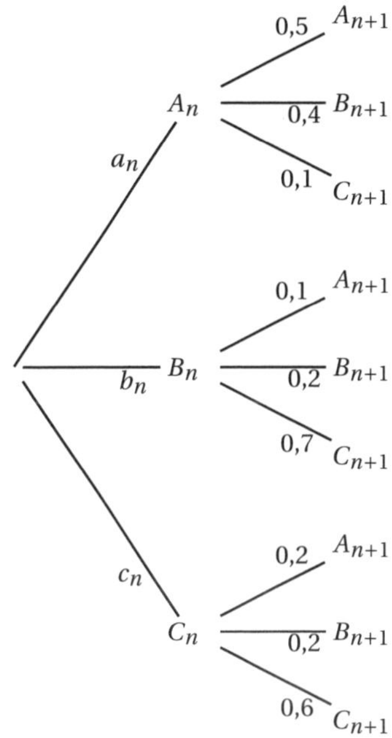

2. a. On calcule le produit matricielle

$$MU_n + R = \begin{pmatrix} 0,3 & -0,1 \\ 0,2 & 0 \end{pmatrix} \begin{pmatrix} a_n \\ b_n \end{pmatrix} + \begin{pmatrix} 0,2 \\ 0,2 \end{pmatrix}$$
$$= \begin{pmatrix} 0,3a_n - 0,1b_n + 0,2 \\ 0,2a_n + 0,2 \end{pmatrix} = \begin{pmatrix} a_{n+1} \\ b_{n+1} \end{pmatrix} = U_{n+1}$$

b. Soit $Y = \begin{pmatrix} \alpha \\ \beta \end{pmatrix}$ tel que $Y = MY + R$.

$$Y = MY + R \iff \begin{pmatrix} \alpha \\ \beta \end{pmatrix} = \begin{pmatrix} 0,3 & -0,1 \\ 0,2 & 0 \end{pmatrix} \begin{pmatrix} \alpha \\ \beta \end{pmatrix} + \begin{pmatrix} 0,2 \\ 0,2 \end{pmatrix}$$
$$\iff \begin{cases} \alpha = 0,3\alpha - 0,1\beta + 0,2 \\ \beta = 0,2\alpha + 0,2 \end{cases}$$

La résolution du système permet d'obtenir $\alpha = 0,25$ et $\beta = 0,25$.

3. a. Pour tout entier naturel n, on a :

$V_{n+1} = U_{n+1} - Y = MU_n + R - Y = MU_n - MY$

$= M(U_n - Y) = MV_n$

car $Y = MY + R \iff R - Y = -MY$ et en utilisant deux fois la relation $V_n = U_n - Y$.

b. Voir question **4.b** de l'exercice précédent.

4. a. Puisque $V_n = M^n V_0$, on en déduit que $U_n = M^n V_0 + Y = M^n(V_0 - Y) + Y$, soit

$$\begin{pmatrix} a_n \\ b_n \end{pmatrix} = \begin{pmatrix} 2 \times 0,2^n - 0,1^n & 0,1^n - 0,2^n \\ 2 \times 0,2^n - 2 \times 0,1^n & 2 \times 0,1^n - 0,2^n \end{pmatrix}$$

$$\times\left[\begin{pmatrix}1\\0\end{pmatrix}-\begin{pmatrix}0,25\\0,25\end{pmatrix}\right]+\begin{pmatrix}0,25\\0,25\end{pmatrix}$$

On en déduit que, pour tout entier naturel n,

$a_n = 1,75\times 0,2^n - 0,1^n + 0,25$.

b. Puisque $\lim\limits_{n\to+\infty} 0,2^n = 0$ et $\lim\limits_{n\to+\infty} 0,1^n = 0$ par somme de limites, on en déduit que

$\lim\limits_{n\to+\infty} a_n = 0,25$

c. $c_n > 0,5 \iff 3\times 0,1^n - 3,5\times 0,2^n > 0$

$\iff \left(\frac{0,1}{0,2}\right)^n > \frac{3,5}{3}$

$\iff n\ln\left(\frac{0,1}{0,2}\right) > \ln\left(\frac{3,5}{3}\right)$ par croissance de la fonction logarithme.

Or, $\ln\left(\frac{0,1}{0,2}\right) = -\ln(2) < 0$ et $\ln\left(\frac{3,5}{3}\right) = \ln(7)-\ln(6) > 0$, donc $c_n > 0,5 \iff n < \dfrac{\ln(7)-\ln(6)}{-\ln(2)} < 0$: ceci est impossible car n est un entier naturel, donc positif.

Ainsi, la probabilité que le temps soit pluvieux au bout de n jours ne peut pas dépasser 0,5.

EXERCICE 934

1. a. $X = aU + bV \iff \begin{cases}2a+b=10\\ a+2b=10\end{cases}$

$\iff \begin{cases}2a+b=10\\ 2a+4b=20\end{cases} \iff \begin{cases}2a+b=10\\ 3b=10\end{cases}$

donc b n'est pas entier.

X ne peut pas s'écrire sous la forme $aU+bV$ avec a et b entiers relatifs.

b. Le couple $(U\ ;\ V)$ n'est donc pas une base de r puisque $C = \begin{pmatrix}10\\10\end{pmatrix}$ ne peut pas s'écrire sous la forme $aU+bV$.

2. a. $d(A) = 1 \iff 6v_2 + 11v_1 = 1 \iff 11v_1 + 6v_2 = 1$.

b. $11\times(-1)+6\times 2 = 1$ donc le couple $(-1\ ;\ 2)$ est une solution particulière de cette équation.

c. $(E) \iff 11x+6y=1 \iff 11x+6y = 11\times(-1) + 6\times 2 \iff 11(x+1) = 6(2-y)$.

11 divise $11(x+1)$ donc 11 divise 6(2-y) ; 11 et 6 sont premiers entre eux.

D'après le théorème de Gauss, 11 divise $2-y$ donc $2-y = 11k$, $k\in\mathbb{Z}$ d'où $y = 2-11k$, $k\in\mathbb{Z}$.

On remplace dans l'équation : $11(x+1) = 6\times 11k$ d'où, en divisant par 11 non nul, $x+1 = 6k$ qui donne $x = -1+11k$.

$\mathcal{S} = \left\{(-1+6k\ ;\ 2-11k),\ k\in\mathbb{Z}\right\}$.

d. Pour $k=1$, on trouve $x=5$ donc $0\leqslant x\leqslant 10$ et $y=-9$.

La matrice $V = \begin{pmatrix}v_1\\v_2\end{pmatrix} = \begin{pmatrix}5\\-9\end{pmatrix}$ vérifie $d(A)=1$ et $0\leqslant v_1\leqslant 10$.

3. a. On pose $B = \begin{pmatrix}-9 & -5\\ 11 & 6\end{pmatrix}$.

$$A\times B = \begin{pmatrix}6 & 5\\ -11 & -9\end{pmatrix}\times\begin{pmatrix}-9 & -5\\ 11 & 6\end{pmatrix}$$
$$= \begin{pmatrix}6\times(-9)+5\times 11 & 6\times(-5)+5\times 6\\ -11\times(-9)+(-9)\times 11 & -11\times(-5)+(-9)\times 6\end{pmatrix}$$
$$= \begin{pmatrix}1 & 0\\ 0 & 1\end{pmatrix} = I_2.$$

De même : $B\times A = I_2$. $AB = BA = I_2$ donc A est inversible et $A^{-1} = B = \begin{pmatrix}-9 & -5\\ 11 & 6\end{pmatrix}$.

b. $X = aU+bV \iff \begin{pmatrix}x\\y\end{pmatrix} = a\begin{pmatrix}6\\-11\end{pmatrix} + b\begin{pmatrix}5\\-9\end{pmatrix}$

$\iff \begin{cases}x = 6a+5b\\ y = -11a-9b\end{cases} \iff X = A\begin{pmatrix}a\\b\end{pmatrix}$.

c. $X = a\begin{pmatrix}a\\b\end{pmatrix} \iff A^{-1}X = \begin{pmatrix}a\\b\end{pmatrix}$.

Ainsi, pour une matrice X de r donnée, il existe une unique matrice $\begin{pmatrix}a\\b\end{pmatrix}$ telle que $X = A\begin{pmatrix}a\\b\end{pmatrix}$.

d. Si $X = \begin{pmatrix}2\\3\end{pmatrix}$,

$$\begin{pmatrix}a\\b\end{pmatrix} = A^{-1}\begin{pmatrix}2\\3\end{pmatrix} = \begin{pmatrix}-9 & -5\\ 11 & 6\end{pmatrix}\times\begin{pmatrix}2\\3\end{pmatrix} = \begin{pmatrix}-33\\40\end{pmatrix}.$$

On en déduit $a=-33$ et $b=40$

EXERCICE 935

1. D'après le tableau il semble que les chiffres des unités de v_n soient de façon cyclique : 0, 1 4, 5, 6, 9.

2. a. On a $M^2 = \begin{pmatrix}4+3 & 6+6\\ 2+2 & 3+4\end{pmatrix} = \begin{pmatrix}7 & 12\\ 4 & 7\end{pmatrix}$, puis

$$M^3 = M^2\times M = \begin{pmatrix}14+12 & 21+24\\ 8+7 & 12+14\end{pmatrix} = \begin{pmatrix}26 & 45\\ 15 & 26\end{pmatrix}.$$

L'égalité (admise) $\begin{pmatrix}u_{n+3}\\v_{n+3}\end{pmatrix} = M^3\begin{pmatrix}u_n\\v_n\end{pmatrix}$ se traduit donc par

$$\begin{cases}u_{n+3} = 26u_n + 45v_n\\ v_{n+3} = 15u_n + 26v_n\end{cases}\quad\text{quel que soit } n\in\mathbb{N}.$$

b. Du dernier résultat précédent on déduit que $15u_n \iff 0\,[5]$
et par conséquent que $v_{n+3} \iff 26v_n\,[5]$
et enfin que $v_{n+3} \iff v_n\,[5]$.

3. • *Initialisation*: Pour $q = 0$, on a $v_r \iff v_r\,[5]$, l'équivalence est vraie au rang 0.

• *Hérédité* : Supposons que pour $q \in \mathbb{N}$, on ait $v_{3q+r} \iff v_r\,[5]$.

Alors $v_{3(q+1)+r} = v_{3q+3+r} = v_{3q+r+3} \iff v_{3q+r}\,[5]$ d'après la question précédente.

On a donc $v_{3(q+1)+r} \iff v_{3q+r}\,[5]$: l'équivalence est vraie au rang $q+1$.

• *Conclusion :* L'équivalence est vraie au rang 0 et est héréditaire, d'après le principe de récurrence on a donc pour tout naturel q : $v_{3q+r} \iff v_r\,[5]$.

4. • Avec $r = 0$, l'équivalence précédente donne $v_{3q} \iff v_0\,[5]$, soit $v_{3q} \iff 0\,[5]$.

• Avec $r = 1$, l'équivalence précédente donne $v_{3q+1} \iff v_1\,[5]$, soit $v_{3q} \iff 1\,[5]$.

• Avec $r = 2$, l'équivalence précédente donne $v_{3q+2} \iff v_2\,[5]$, soit $v_{3q} \iff 4\,[5]$.

5. On a donc montré que pour tout naturel n, u_n est congru àà 0 ou 1 ou 4 modulo 5.

On a donc $v_n = 5p+0$ ou $v_n = 5p+1$, ou $v_n = 5p+4$.

• Si p est pair, $p = 2q$, alors :
$v_n = 10q+0$, ou $v_n = 10q+1$, ou $v_n = 10q+4$, ce qui signifie que v_n est congru à 0, 1 ou 4 modulo 5;

• Si p est impair, $p = 2q+1$, alors :
$v_n = 10q+5$, ou $v_n = 10q+6$, ou $v_n = 10q+9$, ce qui signifie que v_n a pour chiffre des unités 5, 6 ou 9.

Finalement le chiffre des unités de v_n prend ses valeurs dans $\{0\,;\,1\,;\,4\,;\,5\,;\,6\,;\,9\}$

Partie B

1. On sait que $1 < \sqrt{3} < 2$,
donc $1 < \dfrac{p}{q} < 2 \iff q < p < 2q$.

2. Si $M^{-1} = \begin{pmatrix} a & b \\ c & d \end{pmatrix}$, on a

$$M = M^{-1} = \begin{pmatrix} 1 & 0 \\ 0 & 1 \end{pmatrix} \iff \left\{\begin{array}{lcl} 2a+3c & = & 1 \\ 2b+3d & = & 0 \\ 2a+2c & = & 0 \\ 2b+2d & = & 1 \end{array}\right. .$$

On obtient de la première et de la troisième équation par différence $c = 1$, puis $a = -1$ et de même $d = 2$ et $b = -3$.

Donc $M = \begin{pmatrix} -1 & -3 \\ 1 & 2 \end{pmatrix}$

3. a. $\begin{pmatrix} p' \\ q' \end{pmatrix} = M^{-1}\begin{pmatrix} p \\ q \end{pmatrix} \Longrightarrow p' = 2p-3q$ et $q' = -p+2q$.

b. Puisque p et q sont des entiers naturels non nuls les relations de la question précédente montrent que p' et q' sont des entiers. relatifs.

c. Soit $\alpha \in \mathbb{R}$ tel que $p' = \alpha q'$.

$$\begin{aligned} p' = \alpha q' &\iff 2p-3q = \alpha(-p+2q) \\ &\iff (2+\alpha)p = (3+2\alpha)q. \end{aligned}$$

Mais $\dfrac{p}{q} = \sqrt{3} \iff p = q\sqrt{3}$, donc

$$\begin{aligned} (2+\alpha)q\sqrt{3} = (3+2\alpha)q &\iff \sqrt{3}(2+\alpha) = 3+2\alpha \\ &\iff \alpha(2-\sqrt{3}) = 2\sqrt{3}-3 \\ &\iff \alpha(2-\sqrt{3}) = \sqrt{3}(2-\sqrt{3}) \\ &\iff \alpha = \sqrt{3}. \end{aligned}$$

On a donc $p' = q'\sqrt{3}$.

d. On a vu à la question **1.** que

$$\begin{aligned} q < p < 2q &\iff 2q < 2p < 4q \\ &\iff -q < 2p-3q < q \\ &\iff -q < p' < q. \end{aligned}$$

De plus $q' = -p+2q = -\sqrt{3}q+2q = \left(2-\sqrt{3}\right)q$: q' est le produit de deux facteurs strictement positifs, donc $q' > 0$.

Finalement : $0 < q' < q$.

e. On a supposé que $\dfrac{p}{q} = \sqrt{3}$, la fraction étant irréductible et q le plus petit possible et on trouvé que dans ce cas $\sqrt{3} = \dfrac{p'}{q'}$ donc un autre quotient avec $q' < q$: ceci est contradictoire : l'hypothèse initiale est fausse.

Conclusion : $\sqrt{3}$ n'est pas un rationnel.

EXERCICE 936

1.

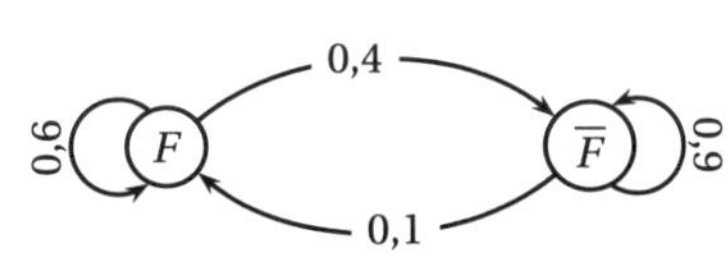

2. Au rang $n+1$, les fumeurs viennent des 60 % de fumeurs de l'année n et de 10 % des non-fumeurs de l'année n, soit $f_{n+1} = 0{,}6f_n + 0{,}1g_n$.

De même les non-fumeurs viennent des 40 % de fumeurs de l'année n et de 90 % des non-fumeurs de l'année n, soit $g_{n+1} = 0,4f_n + 0,9g_n$.

Ce qui se traduit matriciellement par :

$$\begin{pmatrix} f_{n+1} & g_{n+1} \end{pmatrix} = \begin{pmatrix} f_n & g_n \end{pmatrix} \times \begin{pmatrix} 0,6 & 0,4 \\ 0,1 & 0,9 \end{pmatrix}$$

3. On a donc $f_1 = 0,6f_0 + 0,1g_0 = 0,35$ et donc $g_1 = 0,65$. Puis $f_2 = 0,6f_1 + 0,1g_1 = 0,275$.

4. La matrice de transition ne contenant pas de 0, il existe un état stable $P = \begin{pmatrix} x & y \end{pmatrix}$ (avec $x + y = 1$) tel que :

$$P = P \times M \iff \begin{pmatrix} x & y \end{pmatrix} = \begin{pmatrix} x & y \end{pmatrix} \begin{pmatrix} 0,6 & 0,4 \\ 0,1 & 0,9 \end{pmatrix} \iff \begin{cases} x = 0,6x + 0,1y \\ y = 0,4x + 0,9y \end{cases}$$

On a donc

$$\begin{cases} x = 0,6x + 0,1y \\ x + y = 1 \end{cases} \iff \begin{cases} 0,4x - 0,1y = 0 \\ x + yy = 1 \end{cases} \iff \begin{cases} 4x - y = 0 \\ x + y = 1 \end{cases} \iff \begin{cases} x = 0,2 \\ y = 0,8 \end{cases}$$

Donc $P = \begin{pmatrix} 0,2 & 0,8 \end{pmatrix}$.

A terme il y aura donc 20 % de fumeurs.

5. On a pour tout $n \in \mathbb{N}$, $f_{n+1} = 0,6f_n + 0,1g_n$;
or $g_n = 1 - f_n$, donc :
$f_{n+1} = 0,6f_n + 0,1(1 - f_n) = 0,6f_n + 0,1 - 0,1f_n$
$f_{n+1} = 0,5f_n + 0,1$.

6. **a.** On a pour tout entier naturel n,
$u_{n+1} = f_{n+1} - 0,2 = 0,5f_n + 0,1 - 0,2 = 0,5f_n - 0,1$
$u_{n+1} = 0,5(f_n - 0,2) = 0,5u_n$.
L'égalité vraie pour tout $n \in \mathbb{N}$, $u_{n+1} = 0,5u_n$ montre que la suite (u_n) est une suite géométrique de raison $q = 0,5$ et de premier terme $u_0 = f_0 - 0,2 = 0,3$.

b. On sait que pour tout $n \in \mathbb{N}$, $u_n = u_0 \times q^n = 0,3 \times 0,5^n$.

c. $u_n = f_n - 0,2 \iff f_n = u_n + 0,2 = 0,3 \times 0,5^n + 0,2$.

d. Comme $0 < 0,5 < 1$, alors $\lim\limits_{n \to +\infty} 0,5^n = 0$, donc $\lim\limits_{n \to +\infty} 0,3 \times 0,5^n = 0$ et enfin $\lim\limits_{n \to +\infty} f_n = 0,2$.
On retrouve le fait qu'à terme le nombre de fumeurs va tendre vers les 20 %.

EXERCICE 937

1. **a.** La lettre « T » est remplacée par $\begin{pmatrix} 4 \\ 3 \end{pmatrix}$.

$$M\begin{pmatrix} 4 \\ 3 \end{pmatrix} = \begin{pmatrix} 1 & 2 \\ 3 & 4 \end{pmatrix} \times \begin{pmatrix} 4 \\ 3 \end{pmatrix} = \begin{pmatrix} 10 \\ 24 \end{pmatrix} \equiv \begin{pmatrix} 0 \\ 4 \end{pmatrix} [5].$$

On en déduit donc que la lettre « T » du message initial est codée par la lettre « U ».

La lettre « E » est remplacée par $\begin{pmatrix} 4 \\ 0 \end{pmatrix}$.

$$M\begin{pmatrix} 4 \\ 0 \end{pmatrix} = \begin{pmatrix} 1 & 2 \\ 3 & 4 \end{pmatrix} \times \begin{pmatrix} 4 \\ 0 \end{pmatrix} = \begin{pmatrix} 4 \\ 12 \end{pmatrix} \equiv \begin{pmatrix} 4 \\ 2 \end{pmatrix} [5].$$

On en déduit donc que la lettre « E » du message initial est codée par la lettre « O ».

Finalement, le message « TE » est codé par « UO ».

b. $PM = \begin{pmatrix} 3 & 1 \\ 4 & 2 \end{pmatrix} \times \begin{pmatrix} 1 & 2 \\ 3 & 4 \end{pmatrix} = \begin{pmatrix} 6 & 10 \\ 10 & 16 \end{pmatrix} \equiv \begin{pmatrix} 1 & 0 \\ 0 & 1 \end{pmatrix} [5]$.

On a donc bien $PM \equiv I$ [5].

c. Posons $A = \begin{pmatrix} a & c \\ b & d \end{pmatrix}$ et $A' = \begin{pmatrix} a' & c' \\ b' & d' \end{pmatrix}$

$$AZ = \begin{pmatrix} a & c \\ b & d \end{pmatrix} \times \begin{pmatrix} x \\ y \end{pmatrix} = \begin{pmatrix} ax + cy \\ bx + dy \end{pmatrix}$$

De même $A'Z' = \begin{pmatrix} a'x' + c'y' \\ b'x' + d'y' \end{pmatrix}$

On sait que $\begin{cases} a \equiv a' \ [5] \\ b \equiv b' \ [5] \\ c \equiv c' \ [5] \\ d \equiv d' \ [5] \end{cases}$ et $\begin{cases} x \equiv x' \ [5] \\ y \equiv y' \ [5] \end{cases}$

Les congruences étant compatibles avec la multiplication et l'addition, on en déduit que :

$$\begin{cases} ax + cy \equiv a'x' + c'y' \ [5] \\ bx + dy \equiv b'x' + d'y' \ [5] \end{cases}$$

Finalement, on a bien $AZ \iff A'Z'$ [5].

d. MX ≡ Y [5] $\implies$ PMX ≡ PY [5]

Or on a vu dans la question **1.c.** que PM ≡ I [5] avec I la matrice identité d'ordre 2.

On en déduit que PMX ≡ IX [5] ≡ X [5].

Finalement on a bien MX ≡ Y [5] $\implies$ X ≡ PY [5].

e. La lettre « D » est remplacée par $\begin{pmatrix} 3 \\ 0 \end{pmatrix}$.

$$P\begin{pmatrix} 3 \\ 0 \end{pmatrix} = \begin{pmatrix} 3 & 1 \\ 4 & 2 \end{pmatrix} \times \begin{pmatrix} 3 \\ 0 \end{pmatrix} = \begin{pmatrix} 9 \\ 12 \end{pmatrix} \equiv \begin{pmatrix} 4 \\ 2 \end{pmatrix} [5].$$

On en déduit donc que la lettre « D » du message codé est décodée par la lettre « O ».

2. **a.** $RS = \begin{pmatrix} 1 & 2 \\ 4 & 3 \end{pmatrix} \times \begin{pmatrix} 2 & 2 \\ 4 & 4 \end{pmatrix} = \begin{pmatrix} 10 & 10 \\ 20 & 20 \end{pmatrix} \equiv \begin{pmatrix} 0 & 0 \\ 0 & 0 \end{pmatrix} [5]$.

b. S ≡ S [5], on en déduit alors que TR ≡ I [5] entraîne TRS ≡ IS [5] ≡ S [5] d'après le résultat admis avant la question **2. d.**

c. Supposons qu'il existe une matrice T telle que les matrices TR et I soient congrues modulo 5.

$$\begin{cases} \mathrm{RS} \equiv \begin{pmatrix} 0 & 0 \\ 0 & 0 \end{pmatrix} [5] \\ \mathrm{T} \equiv \mathrm{T}\ [5] \end{cases} \Longrightarrow \mathrm{TRS} \equiv T \times \begin{pmatrix} 0 & 0 \\ 0 & 0 \end{pmatrix} [5]$$

donc $TRS \equiv \begin{pmatrix} 0 & 0 \\ 0 & 0 \end{pmatrix}$ [5].

Or on a prouvé dans la question précédente que TRS ≡ S [5].

Finalement s'il existe une matrice T telle que les matrices TR et I soient congrues modulo 5 alors

S ≡ $\begin{pmatrix} 0 & 0 \\ 0 & 0 \end{pmatrix}$ [5] ce qui est absurde.

On en déduit qu'il n'existe pas de matrice carrée d'ordre 2 à coefficients entiers telle que TR et I soient congrues modulo 5. Cela signifie que le codage à l'aide de la matrice R ne pourra pas être décodé.

Exercice 938

Partie A

1. Soit $A = \begin{pmatrix} 6 & 5 \\ -5 & -4 \end{pmatrix}$.

Or $6 \times (-4) - (-5) \times 5 = -24 + 25 = 1$ donc $A \in S$.

2. Soit $A = \begin{pmatrix} a & 2 \\ 3 & d \end{pmatrix}$ une matrice.

$A \in S \iff ad - 6 = 1 \iff ad = 7$.

Le nombre 7 se décompose ainsi :

$7 = 7 \times 1 = 1 \times 7 = (-7) \times (-1) = (-1) \times (-7)$.

Les quatre matrices sont donc $\begin{pmatrix} 7 & 2 \\ 3 & 1 \end{pmatrix}$, $\begin{pmatrix} -7 & 2 \\ 3 & -1 \end{pmatrix}$, $\begin{pmatrix} 1 & 2 \\ 3 & 7 \end{pmatrix}$ et $\begin{pmatrix} -1 & 2 \\ 3 & -7 \end{pmatrix}$.

3. a. Le couple (1;2) est une solution particulière de l'équation $5x - 2y = 1$.

Puisque le couple (1 ; 2) est une solution de cette équation, on a :

$5x - 2y = 5 \times 1 - 2 \times 2$

Donc $5(x - 1) = 2(y - 2)$

5 divise $2(y - 2)$ et est premier avec 2 donc, d'après le théorème de Gauss, 5 divise $y - 2$: $y - 2 = 5k$, $k \in \mathbb{Z}$ d'où $y = 2 + 5k$.

On remplace y par $5 + 2k$ dans l'équation. On obtient $5(x - 1) = 2 \times 5k$ d'où $x - 1 = 2k$ qui donne $x = 1 + 2k$.

Réciproquement, les couples $(1 + 2k\ ;\ 2 + 5k)$ sont solutions car $5(1 + 2k) - 2(2 + 5k) = 5 + 10k - 4 - 10k = 1$.

L'ensemble des solutions est donc

$$\mathcal{S} = \left\{ \left(1 + 2k\ ;\ 2 + 5k\right)_{k \in \mathbb{Z}} \right\}$$

b. Une matrice de la forme $A = \begin{pmatrix} a & b \\ 2 & 5 \end{pmatrix}$ appartient à S si, et seulement si, $5a - 2b = 1$, donc si, et seulement si, $a = 1 + 2k$ et $b = 2 + 5k$, $k \in \mathbb{Z}$.

Ces matrices sont de la forme $\begin{pmatrix} 1 + 2k & 2 + 5k \\ 2 & 5 \end{pmatrix}$, avec $k \in \mathbb{Z}$.

Partie B

1. Puisque $A \in S$, $ad - bc = 1 \iff ad + b \times (-c) = 1$; alors, d'après le théorème de Bézout, a et b sont premiers entre eux.

2. a. $AB = \begin{pmatrix} a & b \\ c & d \end{pmatrix} \times \begin{pmatrix} d & -b \\ -c & a \end{pmatrix} = \begin{pmatrix} ad - bc & 0 \\ 0 & ad - bc \end{pmatrix}$

donc $AB = \begin{pmatrix} 1 & 0 \\ 0 & 1 \end{pmatrix} = I$.

On admet que $BA = AB$ donc $BA = I$.

b. $AB = BA = I$ donc A est inversible et $A^{-1} = B$.

c. $A^{-1} = B = \begin{pmatrix} d & -b \\ -c & a \end{pmatrix}$:

$da - (-c) \times (-b) = ad - bc = 1$ donc $A^{-1} \in S$.

3. a. $\begin{pmatrix} x' \\ y' \end{pmatrix} = A \begin{pmatrix} x \\ y \end{pmatrix}$.

On en déduit, en multipliant à gauche par B :

$B \begin{pmatrix} x' \\ y' \end{pmatrix} = BA \begin{pmatrix} x \\ y \end{pmatrix} = \begin{pmatrix} x \\ y \end{pmatrix}$ puisque $BA = I$.

Alors : $\begin{pmatrix} x \\ y \end{pmatrix} = B \begin{pmatrix} x' \\ y' \end{pmatrix} = \begin{pmatrix} d & -b \\ -c & a \end{pmatrix} \begin{pmatrix} x' \\ y' \end{pmatrix}$.

On en déduit $\begin{cases} x = dx' - by' \\ y = -cx' + ay' \end{cases}$.

b. D' divise donc x' et y' donc divise $x = dx' - by'$ et $y = -cx' + ay'$; D' divise donc D.

De même : $\begin{cases} x' = ax + by \\ y' = cx + dy \end{cases}$ donc D qui divise x et y divise aussi x' et y' et divise alors aussi leur PGCD D'.

D divise D' et D' divise D donc $D = D'$.

4. On a $\begin{pmatrix} x_{n+1} \\ y_{n+1} \end{pmatrix} = A \begin{pmatrix} x_n \\ y_n \end{pmatrix}$ avec $A = \begin{pmatrix} 2 & 3 \\ 1 & 2 \end{pmatrix} \in S$ car $2 \times 2 - 1 \times 3 = 1$.

Nous sommes donc dans la situation précédente.

On en déduit que $\text{PGCD}(x_{n+1} ; y_{n+1}) = \text{PGCD}(x_n ; y_n)$.

En cascade, on en déduit que ce PGCD est celui de $x_0 = 2019$ et de $y_0 = 673$.

Or $2019 = 3 \times 673$ donc leur PGCD est 673.

On en déduirait par récurrence que, pour tout n, $\text{PGCD}(x_n ; y_n) = 673$.

EXERCICE 939

1. a.

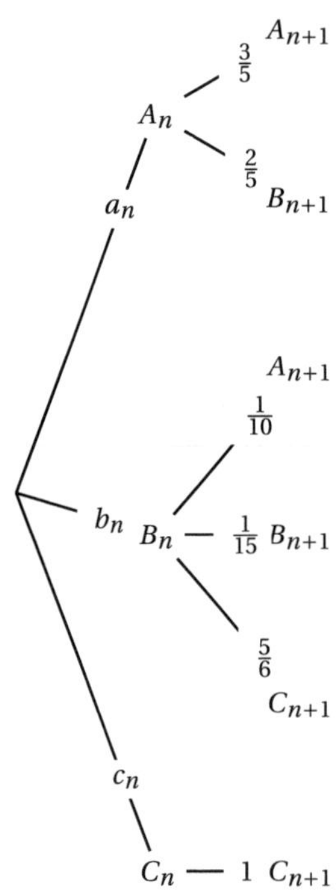

b. D'après la formule des probabilités totales :

$$\begin{aligned} a_{n+1} = P(A_{n+1}) &= P(A_n \cap A_{n+1}) + P(B_n \cap A_{n+1}) \\ &= P(A_n) \times P_{A_n}(A_{n+1}) + P(B_n) \times P_{B_n}(A_{n+1}) \\ &= a_n \times \frac{3}{5} + b_n \times \frac{1}{10} \end{aligned}$$

De même :

$$\begin{aligned} b_{n+1} = P(B_{n+1}) &= P(A_n \cap B_{n+1}) + P(B_n \cap B_{n+1}) \\ &= P(A_n) \times P_{A_n}(B_{n+1}) + P(B_n) \times P_{B_n}(B_{n+1}) \\ &= a_n \times \frac{2}{5} + b_n \times \frac{1}{15} \end{aligned}$$

On a donc : $\begin{cases} a_{n+1} = \frac{3}{5} a_n + \frac{1}{10} b_n \\ b_{n+1} = \frac{2}{5} a_n + \frac{1}{15} b_n \end{cases}$

c. Le système $\begin{cases} a_{n+1} = \frac{3}{5} a_n + \frac{1}{10} b_n \\ b_{n+1} = \frac{2}{5} a_n + \frac{1}{15} b_n \end{cases}$ s'écrit sous forme matricielle :

$$\begin{pmatrix} a_{n+1} \\ b_{n+1} \end{pmatrix} = \begin{pmatrix} \frac{3}{5} & \frac{1}{10} \\ \frac{2}{5} & \frac{1}{15} \end{pmatrix} \times \begin{pmatrix} a_n \\ b_n \end{pmatrix}$$

ou encore $\begin{pmatrix} a_{n+1} \\ b_{n+1} \end{pmatrix} = \begin{pmatrix} \frac{18}{30} & \frac{3}{30} \\ \frac{12}{30} & \frac{2}{30} \end{pmatrix} \times \begin{pmatrix} a_n \\ b_n \end{pmatrix}$

c'est-à-dire $U_{n+1} = MU_n$.

On démontrer par récurrence que, pour tout entier naturel n, $U_n = M^n U_0$.

2. a. D'après l'énoncé, $a_0 = 1$ et $b_0 = 0$, donc $U_0 = \begin{pmatrix} a_0 \\ b_0 \end{pmatrix} = \begin{pmatrix} 1 \\ 0 \end{pmatrix}$.

b. $$\begin{aligned} M^2 &= \frac{1}{30} \begin{pmatrix} 18 & 3 \\ 12 & 2 \end{pmatrix} \times \frac{1}{30} \begin{pmatrix} 18 & 3 \\ 12 & 2 \end{pmatrix} \\ &= \frac{1}{900} \begin{pmatrix} 18 \times 18 + 3 \times 12 & 18 \times 3 + 3 \times 2 \\ 12 \times 18 + 2 \times 12 & 12 \times 3 + 2 \times 2 \end{pmatrix} \\ &= \frac{1}{900} \begin{pmatrix} 360 & 60 \\ 240 & 40 \end{pmatrix} \\ &= \frac{1}{45} \begin{pmatrix} 18 & 3 \\ 12 & 2 \end{pmatrix} = \frac{2}{3} \times \frac{1}{30} \begin{pmatrix} 18 & 3 \\ 12 & 2 \end{pmatrix} = \frac{2}{3} M \end{aligned}$$

c. On démontre par récurrence que, pour tout entier n strictement positif, $M^n = \left(\frac{2}{3}\right)^{n-1} M$.

d. Pour tout entier n strictement positif,

$$\begin{aligned} U_n = M^n U &= \left(\frac{2}{3}\right)^{n-1} MU \\ &= \left(\frac{2}{3}\right)^{n-1} \times \frac{1}{30} \begin{pmatrix} 18 & 3 \\ 12 & 2 \end{pmatrix} \times \begin{pmatrix} 1 \\ 0 \end{pmatrix} \\ &= \left(\frac{2}{3}\right)^{n-1} \times \frac{1}{30} \begin{pmatrix} 18 \\ 12 \end{pmatrix} \\ &= \left(\frac{2}{3}\right)^{n-1} \times \begin{pmatrix} \frac{3}{5} \\ \frac{2}{5} \end{pmatrix} \end{aligned}$$

$$U_n = \begin{pmatrix} \frac{3}{5} \times \left(\frac{2}{3}\right)^{n-1} \\ \frac{2}{5} \times \left(\frac{2}{3}\right)^{n-1} \end{pmatrix}.$$

On en déduit que $\begin{cases} a_n = \dfrac{3}{5}\times\left(\dfrac{2}{3}\right)^{n-1} \\ b_n = \dfrac{2}{5}\times\left(\dfrac{2}{3}\right)^{n-1} \end{cases}$.

3. a. La probabilité que la bouteille soit dans l'océan au bout de n heures est égale à

$$c_n = 1-a_n-b_n = 1-\frac{3}{5}\times\left(\frac{2}{3}\right)^{n-1}-\frac{2}{5}\times\left(\frac{2}{3}\right)^{n-1} = 1-\left(\frac{3}{5}+\frac{2}{5}\right)\left(\frac{2}{3}\right)^{n-1} = 1-\left(\frac{2}{3}\right)^{n-1}.$$

b.

Pour $n=6$, on a $1-\left(\dfrac{2}{3}\right)^{n-1} \approx 0,87 < 0,9$ et pour $n=7$, on a $1-\left(\dfrac{2}{3}\right)^{n-1} \approx 0,91 > 0,9$ donc le nombre contenu dans la variable n de cet algorithme à la fin de son exécution est 7.

Donc au bout de 7 heures, la probabilité que la bouteille se trouve dans l'océan est strictement supérieure à 0,9.

EXERCICE 940

Partie A

1. Chaque semaine :

• chaque adulte donne naissance à 2 larves, donc la part de larves la semaine $n+1$ provenant des adultes de la semaine n est $2\times a_n$;

• 25 % des larves meurent et 50 % des larves deviennent adultes, donc il reste 25 % de larves quand on passe de la semaine n à la semaine $n+1$. La part de larves la semaine $n+1$ provenant des larves de la semaine n est $0,25\ell_n$.

On a donc $\ell_{n+1} = 0,25\ell_n + 2a_n$.

Chaque semaine :

• 75 % des adultes meurent donc il en reste 25 % : la part des adultes la semaine $n+1$ provenant des adultes de la semaine n est $0,25a_n$;

• 50 % des larves deviennent adultes donc la part des adultes la semaine $n+1$ provenant des larves de la semaine n est $0,5\ell_n$.

On a donc $a_{n+1} = 0,5\ell_n + 0,25a_n$.

Le système $\begin{cases} \ell_{n+1} = 0,25\ell_n + 2a_n \\ a_{n+1} = 0,5\ell_n + 0,25a_n \end{cases}$ s'écrit sous forme matricielle

$$\begin{pmatrix}\ell_{n+1}\\ a_{n+1}\end{pmatrix} = \begin{pmatrix}0,25 & 2\\ 0,5 & 0,25\end{pmatrix}\times\begin{pmatrix}\ell_n\\ a_n\end{pmatrix}$$

ou encore $X_{n+1} = AX_n$ où $A = \begin{pmatrix}0,25 & 2\\ 0,5 & 0,25\end{pmatrix}$.

2. a. $AU = \begin{pmatrix}0,25 & 2\\ 0,5 & 0,25\end{pmatrix}\times\begin{pmatrix}2\\1\end{pmatrix} = \begin{pmatrix}0,25\times2+2\times1\\ 0,5\times2+0,25\times1\end{pmatrix} = \begin{pmatrix}2,5\\1,25\end{pmatrix} = 1,25\times\begin{pmatrix}2\\1\end{pmatrix} = 1,25U.$

b. $AV = -0,75V \iff \begin{pmatrix}0,25 & 2\\ 0,5 & 0,25\end{pmatrix}\times\begin{pmatrix}a\\1\end{pmatrix} = -0,75\begin{pmatrix}a\\1\end{pmatrix}$

$\iff \begin{pmatrix}0,25a+2\\ 0,5a+0,25\end{pmatrix} = \begin{pmatrix}-0,75a\\ -0,75\end{pmatrix}$

$\iff \begin{cases} 0,25a+2 = -0,75a \\ 0,5a+0,25 = -0,75 \end{cases}$

$\iff a=-2$

3. a. Soit $\mathcal{P}_n$ l'égalité $X_n = \alpha(1,25)^n U + \beta(-0,75)^n V$.

On va démontrer par récurrence sur n que $\mathcal{P}_n$ est vraie pour tout n.

• *Initialisation :* On sait que $X_0 = \alpha U + \beta V$ donc $X_0 = \alpha(1,25)^0 U + \beta(-0,75)^0 V$ donc la propriété est vraie pour $n=0$.

• *Hérédité :* On suppose la propriété vraie au rang n, et on va démontrer qu'elle est vraie au rang $n+1$.

$X_n = \alpha(1,25)^n U + \beta(-0,75)^n V$ donc

$X_{n+1} = AX_n = A\left(\alpha(1,25)^n U + \beta(-0,75)^n V\right)$
$= \alpha(1,25)^n AU + \beta(-0,75)^n AV$

Or $AU = 1,25U$ et $AV = -0,75V$ donc

$X_{n+1} = \alpha(1,25)^n(1,25)U + \beta(-0,75)^n(-0,75)V$
$= \alpha(1,25)^{n+1}U + \beta(-0,75)^{n+1}V$

La propriété est donc vraie au rang $n+1$.

• *Conclusion :* La propriété est vraie au rang 0, et elle est héréditaire pour tout n, elle est donc vraie pour tout $n\in\mathbb{N}$.

Pour tout n, on a $X_n = \alpha(1,25)^n U + \beta(-0,75)^n V$.

b. $X_n = \alpha(1,25)^n U + \beta(-0,75)^n V$

donc $\begin{pmatrix}\ell_n\\ a_n\end{pmatrix} = \alpha(1,25)^n\begin{pmatrix}2\\1\end{pmatrix} + \beta(-0,75)^n\begin{pmatrix}-2\\1\end{pmatrix}$ ce qui

équivaut à $\begin{cases} \ell_n = 2\alpha(1,25)^n - 2\beta(-0,75)^n \\ a_n = \alpha(1,25)^n + \beta(-0,75)^n \end{cases}$

ou encore $\begin{cases} \ell_n = 2(1,25)^n\left(\alpha-\beta\left(\dfrac{-0,75}{1,25}\right)^n\right) \\ a_n = (1,25)^n\left(\alpha+\beta\left(\dfrac{-0,75}{1,25}\right)^n\right) \end{cases}$

c'est-à-dire $\begin{cases} \ell_n = 2(1,25)^n\left(\alpha-\beta(-0,6)^n\right) \\ a_n = (1,25)^n\left(\alpha+\beta(-0,6)^n\right) \end{cases}$

4. $\dfrac{\ell_n}{a_n} = \dfrac{2(1,25)^n\left(\alpha-\beta(-0,6)^n\right)}{(1,25)^n\left(\alpha+\beta(-0,6)^n\right)}$
$= \dfrac{2\left(\alpha-\beta(-0,6)^n\right)}{\left(\alpha+\beta(-0,6)^n\right)}$

Or $-1 < 0,6 < 1$ donc $\lim\limits_{n\to+\infty} (0,6)^n = 0$;

On en déduit alors que

$\lim\limits_{n\to+\infty} 2\left(\alpha-\beta(-0,6)^n\right) = 2\alpha$

et $\lim\limits_{n\to+\infty} \left(\alpha+\beta(-0,6)^n\right) = \alpha$.

Donc $\lim\limits_{n\to+\infty} \dfrac{\ell_n}{a_n} = \lim\limits_{n\to+\infty} \dfrac{2\alpha}{\alpha} = 2$.

On en déduit, qu'à long terme, le nombre de larves sera le double du nombre d'adultes.

Partie B

1. 19 et 6 sont premiers entre eux donc, d'après le théorème de Bézout, l'équation $19x-6y=1$ admet des couples d'entiers relatifs $(a\,;\,b)$ solutions.

$19\times1-6\times3=1$ donc le couple $(1\,;\,3)$ est solution de (E).

• Soit $(a\,;\,b)$ un couple d'entier solutions de (E) ; on a donc $19\times a-6\times b=1$.

$19\times1-6\times3 = 19\times a-6\times b$ donc $19(1-a)=6(3-b)$

$19(1-a)=6(3-b)$ donc 19 divise $6(3-b)$. Or 19 et 6 sont premiers entre eux donc, d'après le théorème de Gauss, 19 divise $3-b$.

Donc $3-b$ peut s'écrire $19k$ où k est un entier relatif, ce qui entraîne $b=3-19k$.

$19(1-a)=6(3-b)$ et $3-b=19k$ donc $19(1-a) = 6\times19k$ donc $1-a=6k$, ce qui entraîne $a=1-6k$.

On peut donc dire que si $(a\,;\,b)$ est une solution de (E), alors $(a\,;\,b)$ s'écrit sous la forme $(1-6k\,;\,3-19k)$ où $k\in\mathbb{Z}$.

• Réciproquement, pour tout k de $\mathbb{Z}$,

$19(1-6k)-6(3-19k) = 19-114k-18+114k = 1$ donc tout couple $(1-6k\,;\,3-19k)$ où $k\in\mathbb{Z}$ est solution de (E).

L'ensemble des solutions de (E) est donc $\left\{(1-6k\,;\,3-19k)\right\}$ avec $k\in\mathbb{Z}$.

On cherche les couples d'entiers $(x\,;\,y)$ solutions de l'équation (E) et vérifiant $2000\leqslant x\leqslant 2100$.

Ce qui revient à chercher k de $\mathbb{Z}$

tel que $2000\leqslant 1-6k\leqslant 2100$

autrement dit $1999\leqslant -6k\leqslant 2099$

ou encore $-\dfrac{2099}{6}\leqslant k\leqslant -\dfrac{1999}{6}$.

$-\dfrac{2099}{6}\approx -349,8$ et $-\dfrac{1999}{6}\approx -332,2$ et comme k est entier, on a $-349\leqslant k\leqslant -334$ ce qui fait 16 valeurs de k donc 16 couples solutions de (E) vérifiant la condition imposée.

2. Un nombre d qui divise deux nombres a et b divise toute combinaison linéaire de ces deux nombres.

Soit d un diviseur commun à $(n+3)$ et $(2n+3)$, alors d divise $(2(n+3)-(2n+3))$ donc d divise 3. Les seuls diviseurs communs possibles de $(n+3)$ et $(2n+3)$ sont donc les diviseurs de 3, c'est-à-dire 1 et 3.

• Si n est multiple de 3, alors $2n+3$ et $n+3$ sont aussi multiples de 3 donc les deux nombres $(n+3)$ et $(2n+3)$ ne sont pas premiers entre eux.

• Si n n'est pas multiple de 3, alors n s'écrit $3q+r$ avec $r=1$ ou $r=2$.

- $2n+3 = 2(3q+r)+3 = 3(2q+1)+2r$ n'est pas multiple de 3.
- $n+3 = 3q+r+3 = 3(q+1)+r$ n'est pas multiple de 3.

3 n'est pas un diviseur commun à $(n+3)$ et $(2n+3)$ donc le seul autre diviseur commun possible est 1 ce qui prouve que $(n+3)$ et $(2n+3)$ sont premiers entre eux.

On a donc démontré que les entiers $(2n+3)$ et $(n+3)$ sont premiers entre eux si et seulement si n n'est pas un multiple de 3.

EXERCICE 941

Partie A

1. • Tout diviseur commun de a et de b est un diviseur commun de $a-b$ et de b;

• Tout diviseur commun de $a-b$ et de b est un diviseur commun de $(a-b)+b=a$

Les diviseurs communs de a et b sont donc les diviseurs communs de $a-b$ et de b, donc leur plus grand diviseur est le même.

2. On a donc d'après le résultat précédent :

$$PGCD\left(4^3-1,\ 4^2-1\right) = PGCD\left(4^3-4^2\,;\,4^2-1\right)$$
$$= PGCD(48\,;\,15)$$
$$= PGCD(33\,;\,15)$$

$= PGCD(18\ ;\ 15)$
$= PGCD(3\ ;\ 15) = 3.$

3.

```
A ← 4^3 − 1
B ← 4^2 − 1
Tant que A ≠ B :
    Si A > B, alors :
        A ← A − B
    Sinon :
        B ← B − A
    Fin Si
Fin Tant que
```

Partie B

1. $V_{n+1} = \begin{pmatrix} u_{n+2} \\ u_{n+1} \end{pmatrix} = \begin{pmatrix} 5u_{n+1} - 4u_n \\ u_{n+1} \end{pmatrix} = \begin{pmatrix} 5u_{n+1} - 4u_n \\ u_{n+1} + 0u_n \end{pmatrix}$
$= \begin{pmatrix} 5 & -4 \\ 1 & 0 \end{pmatrix} \begin{pmatrix} u_{n+1} \\ u_n \end{pmatrix} = AU_n,$
avec $A = \begin{pmatrix} 5 & -4 \\ 1 & 0 \end{pmatrix}$.

2. a. On a $\det(P) = 1 \times -1 \times 4 = -3 \neq 0$,
donc P est inversible.
Soit $P^{-1} = \begin{pmatrix} x & y \\ z & t \end{pmatrix}$.
On sait que $P \times P^{-1} = I_2 = P^{-1} \times P$.
Donc les nombres x, y, z et t vérifient le système :

$$\begin{cases} x + 4z = 1 \\ y + 4t = 0 \\ x + z = 0 \\ y + t = 1 \end{cases}$$

Par différence des équations 1 et 3,
on obtient $3z = 1 \iff z = \dfrac{1}{3}$.
Par différence des équations 2 et 4,
on obtient $3t = -1 \iff t = -\dfrac{1}{3}$.
D'où $x = -\dfrac{1}{3}$ et $y = -\dfrac{4}{3}$.
On a donc $x = -\dfrac{1}{3}$, $y = \dfrac{4}{3}$, $z = \dfrac{1}{3}$ et $t = \dfrac{1}{3}$.
Donc $P^{-1} = \begin{pmatrix} -\frac{1}{3} & \frac{4}{3} \\ \frac{1}{3} & -\frac{1}{3} \end{pmatrix}$.

b. On a $AP = \begin{pmatrix} 5 & -4 \\ 1 & 0 \end{pmatrix} \times \begin{pmatrix} 1 & 4 \\ 1 & 1 \end{pmatrix} = \begin{pmatrix} 1 & 16 \\ 1 & 4 \end{pmatrix}$, puis

$P^{-1}AP = \begin{pmatrix} -\frac{1}{3} & \frac{4}{3} \\ \frac{1}{3} & -\frac{1}{3} \end{pmatrix} \times \begin{pmatrix} 1 & 16 \\ 1 & 4 \end{pmatrix} = \begin{pmatrix} 1 & 0 \\ 0 & 4 \end{pmatrix}$.

3. Voir exercice 820.

4. $D = \begin{pmatrix} 1 & 0 \\ 0 & 4 \end{pmatrix}$ et $D^2 = \begin{pmatrix} 1 & 0 \\ 0 & 4^2 \end{pmatrix}$.

Démontrons par récurrence que $D^n = \begin{pmatrix} 1 & 0 \\ 0 & 4^n \end{pmatrix}$.

• *Initialisation* : $D^1 = \begin{pmatrix} 1 & 0 \\ 0 & 4 \end{pmatrix}$. La relation est vraie au rang 1.

• *Hérédité* : Supposons $n \geqslant 1$tel que $D^n = \begin{pmatrix} 1 & 0 \\ 0 & 4^n \end{pmatrix}$.

Alors $D^{n+1} = D^n \times D = \begin{pmatrix} 1 & 0 \\ 0 & 4^n \end{pmatrix} \times \begin{pmatrix} 1 & 0 \\ 0 & 4 \end{pmatrix}$
$= \begin{pmatrix} 1 & 0 \\ 0 & 4^{n+1} \end{pmatrix}$.
La relation est vraie au rang $n+1$.
La relation est vraie au rang 1 et elle est héréditaire.
Donc d'après le principe de récurrence $\forall n \in \mathbb{N}^\star$,
$D^n = \begin{pmatrix} 1 & 0 \\ 0 & 4^n \end{pmatrix}$.
On a donc $A^n = PD^nP^{-1}$.
$PD^n = \begin{pmatrix} 1 & 4 \\ 1 & 1 \end{pmatrix} \times \begin{pmatrix} 1 & 0 \\ 0 & 4^n \end{pmatrix} = \begin{pmatrix} 1 & 4^{n+1} \\ 1 & 4^n \end{pmatrix}$, puis

$PD^nP^{-1} = A^n = \begin{pmatrix} 1 & 4^{n+1} \\ 1 & 4^n \end{pmatrix} \times \begin{pmatrix} -\frac{1}{3} & \frac{4}{3} \\ \frac{1}{3} & -\frac{1}{3} \end{pmatrix}$
$= \begin{pmatrix} -\frac{1}{3} + \frac{4^{n+1}}{3} & \frac{4}{3} - \frac{4^{n+1}}{3} \\ -\frac{1}{3} + \frac{4^n}{3} & \frac{4}{3} - \frac{4^n}{3} \end{pmatrix}$.

5. On admettra que pour tout entier naturel n non nul,
$V_n = A^nV_0$.
$V_n = A^nV_0$ ou encore
$\begin{pmatrix} u_{n+1} \\ u_n \end{pmatrix} = \begin{pmatrix} -\frac{1}{3} + \frac{4^{n+1}}{3} & \frac{4}{3} - \frac{4^{n+1}}{3} \\ -\frac{1}{3} + \frac{4^n}{3} & \frac{4}{3} - \frac{4^n}{3} \end{pmatrix} \times \begin{pmatrix} u_1 \\ u_0 \end{pmatrix}$
$= \begin{pmatrix} -\frac{1}{3} + \frac{4^{n+1}}{3} & \frac{4}{3} - \frac{4^{n+1}}{3} \\ -\frac{1}{3} + \frac{4^n}{3} & \frac{4}{3} - \frac{4^n}{3} \end{pmatrix} \times \begin{pmatrix} 1 \\ 0 \end{pmatrix}$
$= \begin{pmatrix} -\frac{1}{3} + \frac{4^{n+1}}{3} \\ -\frac{1}{3} + \frac{4^n}{3} \end{pmatrix}$. Donc $u_n = -\dfrac{1}{3} + \dfrac{4^n}{3}$.

6. a. D'après le résultat précédent :
$4u_n + 1 = 4\left(-\dfrac{1}{3} + \dfrac{4^n}{3}\right) + 1 = -\dfrac{4}{3} + 1 + \dfrac{4^{n+1}}{3}$
$4u_n + 1 = -\dfrac{1}{3} + \dfrac{4^{n+1}}{3} = u_{n+1}$.
On a donc pour tout entier naturel n, $u_{n+1} = 4u_n + 1$.

b. D'après la partie A :

$$\begin{aligned}PGCD(u_{n+1}, u_n) &= PGCD(4u_n+1\ ;\ u_n)\\ &= PGCD(3u_n+1\ ;\ u_n)\\ &= PGCD(2u_n+1\ ;\ u_n)\\ &= PGCD(u_n+1\ ;\ u_n)\\ &= PGCD(1\ ;\ u_n) = 1.\end{aligned}$$

u_n et u_{n+1} sont premiers entre eux.

c. On a démontré à la question **5.** que $u_n = -\frac{1}{3} + \frac{4^n}{3}$ soit en multipliant chaque membre par 3 :

$3u_n = -1 + 4^n$ et par conséquent $3u_{n1} = -1 + 4^{n+1}$.

Donc $\text{PGCD}\left(4^{n+1}-1, 4^n-1\right) = \text{PGCD}\,(3u_{n+1}\ ;\ 3u_n)$.

Comme $\text{PGCD}(u_{n+1}, u_n) = 1$,

$\text{PGCD}\,(3u_{n+1}\ ;\ 3u_n) = 3 \times \text{PGCD}\,(u_{n+1}, u_n) = 3$.

Deux termes consécutifs de la suite $\left(4^n - 1\right)$ ont pour PGCD 3.

EXERCICE 942

Partie A

1. a. $A = \begin{pmatrix} 1,1 & -2000 \\ 2\times 10^{-5} & 0,6 \end{pmatrix}$

La matrice U_0 est donc $U_0 = \begin{pmatrix} u_0 \\ v_0 \end{pmatrix} = \begin{pmatrix} 2\,000\,000 \\ 120 \end{pmatrix}$.

b. Le premier juillet de l'année 2018, c'est-à-dire $2012+6$, l'estimation est donc contenue dans le vecteur U_6.

$U_6 = A \times U_5 = A^2 \times U_4 = \cdots = A^6 \times U_0$.

A la calculatrice, on obtient $U_6 \approx \begin{pmatrix} 1\,882\,353,2 \\ 96,47 \end{pmatrix}$, cela donne donc, une estimation de 96 renards et 1 882 353 campagnols (on arrondit à l'entier près, puisque le nombre de campagnols comme celui de renards doit être un entier naturel).

2. a. • *Initialisation :* Pour $n = 0$, on a, $D^0 = I_2$.

Donc $P \times I_2 \times P^{-1} \times U_0 = P \times P^{-1} \times U_0 = I_2 \times U_0 = U_0$

On a donc bien $U_0 = P \times D^0 \times P^{-1} \times U_0$.

La propriété est vraie au rang 0.

• *Hérédité :* Supposons $k \in \mathbb{N}$ tel que $\mathcal{P}_k$ vraie. On a alors :

$$U_{k+1} = A \times U_k = P \times D \times P^{-1} \times U_k$$

$$\begin{aligned}U_{k+1} &= P \times D \times P^{-1} \times P \times D^k \times P^{-1} \times U_0\\ &= P \times D \times I_2 \times D^k \times P^{-1} \times U_0\\ U_{k+1} &= P \times D \times D^k \times P^{-1} \times U_0\\ &= P \times D^{k+1} \times P^{-1} \times U_0\end{aligned}$$

La propriété $\mathcal{P}_{k+1}$ est vraie.

• *Conclusion :* La propriété $\mathcal{P}_0$ est vraie, et elle est héréditaire. D'après le principe de récurrence, on peut confirmer que, pour tout entier naturel n, on a bien $U_n = P \times D^n \times P^{-1} \times U_0$.

b. Comme la matrice D est diagonale, alors on a $D^n = \begin{pmatrix} 1^n & 0 \\ 0 & 0,7^n \end{pmatrix} = \begin{pmatrix} 1 & 0 \\ 0 & 0,7^n \end{pmatrix}$.

c. Les deux suites sont la somme d'une constante et d'une suite géométrique de premier terme positif $\frac{2\times 10^6}{15}$ pour (u_n) et $\frac{400}{15}$ pour (v_n) et de raison 0,7 (donc strictement comprise entre 0 et 1).

Ces suites géométriques seront donc strictement décroissantes et convergentes vers 0, donc en ajoutant une constante :

– La monotonie n'est pas affectée, on peut donc dire que les suites (u_n) et (v_n) sont décroissantes.

– La limite est modifiée de cette constante, ce qui veut dire que (u_n) converge vers $\frac{2,8\times 10^7}{15}$ soit environ 1 866 667 campagnols et (v_n) converge vers $\frac{1400}{15} = \frac{280}{3}$, soit environ 93 renards.

Partie B

1. Dans la cellule B4, la relation de récurrence de la suite (u_n) donne : =1,1*B3 - 0,001*B3*C3 .

Dans la cellule C4, on écrit :

= 2*10^(-7)*B3*C3 + 0,6*C3.

2. On constate la baisse des prédateurs et la hausse des proies en 2021 (pour $n = 9$, et $2012 + 9 = 2021$).

Partie C

$$\begin{aligned}u_{n+1} = u_n &\iff 0,1u_n - 0,001u_n \times v_n = 0\\ &\iff u_n\,(0,1 - 0,001v_n) = 0\\ &\iff u_n = 0 \text{ ou } v_n = 100.\end{aligned}$$

De même : $v_{n+1} = v_n \iff v_n = 0$ ou $u_n = 2\times 10^6$.

Si l'on suppose que les populations sont présentes, alors $u_n = u_0 = 2\times 10^6$ et $v_n = v_0 = 100$ pour tout n est le seul exemple de suites constantes selon ce modèle. Cela correspond à 2 millions de campagnols et 100 renards.

Si on ne suppose pas que les deux populations sont présentes, on peut prendre une suite constante égale à 0 pour u ou pour v, mais cela rend caduc le modèle (s'il y a 0 campagnols, que mangent les renards? ou s'il n'y a pas de renards pour manger les campagnols, qui limitera la croissance de la population de campagnols?).

EXERCICE 943

1. – Chaque année, 65 % des possesseurs de la carte de pêche libre achètent de nouveau une carte de pêche libre, et 45 % de possesseurs de la carte de pêche avec quota achètent une carte de pêche libre l'année suivante. En supposant qu'il n'y a ni départ ni arrivée de nouveaux pêcheurs, on a donc :
$\ell_{n+1} = 0{,}65\ell_n + 0{,}45q_n$.
– Le nombre de pêcheurs étant constant d'année en année : $\ell_{n+1} + q_{n+1} = \ell_n + q_n$, donc :
$q_{n+1} = \ell_n + q_n - \ell_{n+1} = \ell_n + q_n - 0{,}65\ell_n - 0{,}45q_n$
$= 0{,}35\ell_n + 0{,}55q_n$.
On a donc : $P_{n+1} = \begin{pmatrix} \ell_{n+1} \\ q_{n+1} \end{pmatrix} = \begin{pmatrix} 0{,}65\ell_n + 0{,}45q_n \\ 0{,}35\ell_n + 0{,}55q_n \end{pmatrix}$
$= \begin{pmatrix} 0{,}65 & 0{,}45 \\ 0{,}35 & 0{,}55 \end{pmatrix} \begin{pmatrix} \ell_n \\ q_n \end{pmatrix}$
D'où $P_{n+1} = MP_n$
2. 2019=2017+2, il s'agit donc de calculer P_2 :
$P_2 = MP1 = MMP_0 = M^2P_0 = \begin{pmatrix} 0{,}56 \\ 0{,}44 \end{pmatrix}$
En 2019, la proportion de pêcheurs achetant une carte de pêche avec quota est donc de 0,44.
3. **a.** $TQ = I$ et $QT = I$, la matrice Q est donc inversible et son inverse est la matrice T.
b. $D = TMQ$ donc, en multipliant à gauche par Q et à droite par Q^{-1} :
$$QDQ^{-1} = QTMQQ^{-1} = (QT)M(QQ^{-1}) = IMI = M.$$
On montre par récurrence que, pour tout $n \in \mathbb{N}^*$: $M^n = QD^nQ^{-1}$.
4. **a.** Pour tout $n \in \mathbb{N}$, $P_{n+1} = MP_n$, la suite de matrices (P_n) est donc géométrique de raison M. Une récurrence immédiate prouve alors que $P_n = M^nP_0$.
b. Soit $n \in \mathbb{N}$, alors :
$$\begin{aligned} P_n &= M^nP_0 \\ &= \frac{1}{16}\begin{pmatrix} 9+7\times 0{,}2^n & 9-9\times 0{,}2^n \\ 7-7\times 0{,}2^n & 7+9\times 0{,}2^n \end{pmatrix}\begin{pmatrix} 0{,}4 \\ 0{,}6 \end{pmatrix} \\ &= \frac{1}{16}\begin{pmatrix} 3{,}6+2{,}8\times 0{,}2^n+5{,}4-5{,}4\times 0{,}2^n \\ 2{,}8-2{,}8\times 0{,}2^n+4{,}2+5{,}4\times 0{,}2^n \end{pmatrix} \\ &= \frac{1}{16}\begin{pmatrix} 9-2{,}6\times 0{,}2^n \\ 7+2{,}6\times 0{,}2^n \end{pmatrix} \end{aligned}$$
Comme $P_n = \begin{pmatrix} \ell_n \\ q_n \end{pmatrix}$, on en déduit que :
$\ell_n = \frac{1}{16}(9 - 2{,}6\times 0{,}2^n)$
$= \frac{9}{16} - \frac{1}{16}\times 2{,}6\times 0{,}2^n = \frac{9}{16} - \frac{13}{80}\times 0{,}2^n$
5. La suite (ℓ_n) est croissante, en effet, pour tout $n \in \mathbb{N}$:
$\ell_{n+1} - \ell_n = \left(\frac{9}{16} - \frac{13}{80}\times 0{,}2^{n+1}\right) - \left(\frac{9}{16} - \frac{13}{80}\times 0{,}2^n\right)$
$= \frac{13}{80}(-0{,}2^{n+1} + 0{,}2^n)$
$= \frac{13}{80}\times 0{,}2^n(-0{,}2+1) = \frac{13}{80}\times 0{,}2^n\times 0{,}8 > 0$
$-1 < 0{,}2 < 1$ donc $\lim\limits_{n\to+\infty} 0{,}2^n = 0$.
On en déduit, par opérations sur les limites, que $\lim\limits_{n\to+\infty} \ell_n = \frac{9}{16}$.
La suite (ℓ_n) est croissante, de limite $\frac{9}{16}$, donc, pour tout $n \in \mathbb{N}$, $u_n \leqslant \frac{9}{16}$. Or $\frac{9}{16} < 0{,}6$, on peut donc conclure que la proportion de pêcheurs achetant la carte de pêche libre ne dépassera jamais 60 %.

EXERCICE 944

Partie A

1. Il n'y a que deux états qui s'excluent mutuellement donc, pour tout n, $a_n + b_n = 1$.
D'après le système :
$a_1 = 0{,}995a_0 + 0{,}6b_0 = 0{,}995\times 1 + 0{,}6\times 0 = 0{,}995$ et
$b_1 = 1 - a_1 = 1 - 0{,}995 = 0{,}005$
$a_2 = 0{,}995a_1 + 0{,}6b_1 = 0{,}995\times 0{,}995 + 0{,}6\times 0{,}005 = 0{,}993\,025$ et
$b_2 = 1 - a_2 = 1 - 0{,}993\,025 = 0{,}006\,975$
2. Le système précédent s'écrit sous forme matricielle :
$\begin{pmatrix} a_{n+1} & b_{n+1} \end{pmatrix} = \begin{pmatrix} a_n & b_n \end{pmatrix}\begin{pmatrix} 0{,}995 & 0{,}005 \\ 0{,}6 & 0{,}45 \end{pmatrix}$.
La matrice de transition dans le milieu 1 est donc :

$A = \begin{pmatrix} 0,995 & 0,005 \\ 0,6 & 0,45 \end{pmatrix}$

On admet alors que, pour tout $n \in \mathbb{N}$, $X_n = X_0 A^n$.

3. On définit la matrice $P = \begin{pmatrix} 1 & -1 \\ 1 & 120 \end{pmatrix}$; On admet que P est inversible et que $P^{-1} = \dfrac{1}{121}\begin{pmatrix} 120 & 1 \\ -1 & 1 \end{pmatrix}$.

A la calculatrice, on obtient
$D = P^{-1}AP = \begin{pmatrix} 1 & 0 \\ 0 & 0,395 \end{pmatrix}$

4. Voir exercice 820.

5. On sait que $X_n = X_0 A^n$ donc
$X_n = \begin{pmatrix} 1 & 0 \end{pmatrix} \times \dfrac{1}{121}\begin{pmatrix} 120+0,395^n & 1-0,395^n \\ 120(1-0,395^n) & 1+120\times 0,395^n \end{pmatrix}$
$X_n = \dfrac{1}{121}\begin{pmatrix} 120+0,395^n & 1-0,395^n \end{pmatrix}$.
Or $X_n = \begin{pmatrix} a_n & b_n \end{pmatrix}$ donc, pour tout n,
$a_n = \dfrac{120+0,395^n}{121}$.

6. $-1 < 0,395 < 1$ donc $\lim\limits_{n\to+\infty} 0,395^n = 0$ on en déduit alors que $\lim\limits_{n\to+\infty} a_n = \dfrac{120}{121}$.
La probabilité sur le long terme que l'atome soit dans un état stable est donc égale à $\dfrac{120}{121}$.

Partie B

1. On a pour tout n, $\begin{cases} a_{n+1} = 0,99\,a_n + a\,b_n \\ b_{n+1} = 0,01\,a_n + (1-a)\,b_n \end{cases}$
Ce qui s'écrit sous forme matricielle
$\begin{pmatrix} a_{n+1} & b_{n+1} \end{pmatrix} = \begin{pmatrix} a_n & b_n \end{pmatrix}\begin{pmatrix} 0,99 & 0,01 \\ a & 1-a \end{pmatrix}$.
La matrice de transition dans le milieu 2 est donc
$M = \begin{pmatrix} 0,99 & 0,01 \\ a & 1-a \end{pmatrix}$.

2. $XM = X$
$\iff \begin{pmatrix} 0,98 & 0,02 \end{pmatrix}\begin{pmatrix} 0,99 & 0,01 \\ a & 1-a \end{pmatrix} = \begin{pmatrix} 0,98 & 0,02 \end{pmatrix}$
$\iff \begin{cases} 0,98\times 0,99 + 0,02a = 0,98 \\ 0,98\times 0,01 + 0,02(1-a) = 0,02 \end{cases}$
$\iff 0,98 \times 0,01 = 0,02a$
$\iff a = 0,49$
La valeur de a cherchée est $0,49$.

EXERCICE 945

1. Dans le triangle rectangle, on applique le théorème de Pythagore : $a^2 = 1^2 + 1^2 = 2$.
En appliquant le théorème dans les deux autres triangles rectangles on peut écrire :
$b^2 = 1^2 + u^2 = 1 + u^2$ et $c^2 = 1^2 + v^2 = 1 + v^2$.
a, b et c sont 3 longueurs donc sont des nombres positifs donc $ab = c \iff a^2b^2 = c^2$;
ainsi $2(1+u^2) = 1 + v^2$ c'est-à-dire $2 + 2u^2 = 1 + v^2$ donc $v^2 - 2u^2 = 1$.
Les solutions du problème sont donc les solutions $(u\ ;\ v)$ de l'équation (E) : $v^2 - 2u^2 = 1$ où u et v sont des entiers naturels non nuls.

2. Partie complétée de l'algorithme :

```
Pour u allant de 1 à 1000 faire
    Pour v allant de 1 à 1000
        Si v² − 2u² = 1
```

3. **a.** Supposons que le couple (u, v) est une solution de l'équation (E) et que $u \geqslant v$.
On a alors : $u^2 \geqslant v^2$ et comme $2u^2 \geqslant u^2$,
on a $2u^2 \geqslant v^2$ ce qui implique $v^2 - 2u^2 \leqslant 0$.
C'est impossible car $v^2 - 2u^2 = 1$.
Conclusion : $u < v$.
b. On suppose que n est pair. Il existe alors un entier naturel k tel que $n = 2k$.
On a alors $n^2 = (2k)^2 = 4k^2 = 2(2k^2)$. Ainsi n^2 est pair.
On suppose que n est impair. Il existe alors une entier naturel q tel que $n = 2q + 1$.
Alors $n^2 = (q+1)2 = 4q^2 + 4q + 1 = 2(2q^2 + 2q) + 1$.
Ainsi n^2 est impair.
Conclusion : n et n^2 ont la même parité.
c. Soit un couple solution (u, v) du problème. On a $v^2 - 2u^2 = 1 \iff v^2 = 2u^2 + 1$.
Ainsi v^2 est impair. D'après la question précédente v est aussi impair.
d. On a $v^2 - 2u^2 = 1 \iff 2u^2 = v^2 - 1$
$\iff 2u^2 = (v-1)(v+1)$.
Or v est impair donc $v - 1$ et $v + 1$ sont pairs : il existe ainsi un entier naturel k tel que $v - 1 = 2k$ et $v + 1 = 2(k+1)$.
Alors $2u^2 = 2k \times 2(k+1) \iff u^2 = 2k(k+1)$.
u^2 est donc pair. D'après la question **3.b.**, u est donc pair.

4. **a.** Soit $X = \begin{pmatrix} u \\ v \end{pmatrix}$ une solution de l'équation (E).

$AX = \begin{pmatrix} 3 & 2 \\ 4 & 3 \end{pmatrix} \times \begin{pmatrix} u \\ v \end{pmatrix} = \begin{pmatrix} 3u+2v \\ 4u+3v \end{pmatrix}$.

On a $(4u+3v)^2 - 2(3u+2v)^2 = 16u^2 + 24uv + 9v^2$
$-18u^2 - 24uv - 8v^2 = v^2 - 2u^2 = 1$.

Ainsi AX est aussi solution de (E).

b. Montrons par récurrence que pour tout entier naturel n, $A^n X$ est une solution de l'équation (E).

• *Initialisation* : $n = 0$.

$A^0 X = I_2 X = X$. Et X est solution de (E). L'affirmation est donc vraie pour $n = 0$.

• *Hérédité* : Supposons $n \geqslant 0$ tel que $A^n X$ est une solution de (E).

$A^{n+1} X = A \times A^n X$ est une solution de (E) d'après la question précédente.

• *Conclusion* : La propriété est vraie pour $n = 0$ et est héréditaire pour tout $n \geqslant 0$. D'après le principe de récurrence, la propriété est vraie pour tout $n \geqslant 0$.

On a donc démontré que, si X est une solution de (E), alors, pour tout entier naturel n, $A^n X$ est aussi une solution de (E).

c. On a : $3^2 - 2 \times 2^2 = 9 - 8 = 1$ donc le couple $(2;3)$ est solution de (E).

$A^5 \times X = \begin{pmatrix} 13\,860 \\ 19\,601 \end{pmatrix}$.

Donc le couple (13 860 ; 19 601) est une solution de (E) telle que $v > 10\,000$.

EXERCICE 946

1.	**a.** Faux	**b.** Faux	**c.** Vrai
2.	**a.** Faux	**b.** Vrai	**c.** Faux
3.	**a.** Faux	**b.** Vrai	**c.** Faux
4.	**a.** Faux	**b.** Vrai	**c.** Faux

EXERCICE 947

1. **a.** $\begin{cases} b_{n+1} = 0{,}3b_n + 0{,}5c_n \\ c_{n+l} = -0{,}5b_n + 1{,}3c_n \end{cases}$

donc $\begin{cases} b_1 = 0{,}3b_0 + 0{,}5c_0 = 1\,050 \\ c_1 = -0{,}5b_0 + 1{,}3c_0 = 1\,450 \end{cases}$

Donc $U_1 = \begin{pmatrix} 1\,050 \\ 1\,450 \end{pmatrix}$.

$\begin{cases} b_2 = 0{,}3b_1 + 0{,}5c_1 = 1\,040 \\ c_2 = -0{,}5b_1 + 1{,}3c_1 = 1\,360 \end{cases}$

donc $U_2 = \begin{pmatrix} 1\,040 \\ 1\,360 \end{pmatrix}$.

b. On sait que $\begin{cases} b_{n+1} = 0{,}3b_n + 0{,}5c_n \\ c_{n+l} = -0{,}5b_n + 1{,}3c_n \end{cases}$ ce qui s'écrit sous forme matricielle :

$$\begin{pmatrix} b_{n+1} \\ c_{n+1} \end{pmatrix} = \begin{pmatrix} 0{,}3 & 0{,}5 \\ -0{,}5 & 1{,}3 \end{pmatrix} \times \begin{pmatrix} b_n \\ c_n \end{pmatrix}$$

c'est-à-dire $U_{n+1} = AU_n$.

2. **a.** On doit déterminer le réel a pour que $PQ = QP = I$.

$PQ = \begin{pmatrix} 1 & 0 \\ 1 & 1 \end{pmatrix} \times \begin{pmatrix} 1 & 0 \\ a & 1 \end{pmatrix} = \begin{pmatrix} 1 & 0 \\ 1+a & 1 \end{pmatrix}$

$PQ = I \iff 1 + a = 0 \iff a = -1$.

Donc $Q = \begin{pmatrix} 1 & 0 \\ -1 & 1 \end{pmatrix}$

On vérifie : $QP = \begin{pmatrix} 1 & 0 \\ -1 & 1 \end{pmatrix} \times \begin{pmatrix} 1 & 0 \\ 1 & 1 \end{pmatrix} = \begin{pmatrix} 1 & 0 \\ 0 & 1 \end{pmatrix}$

Donc la matrice $Q = P^{-1}$.

b. On démontre par récurrence que $A^n = PT^nQ$.

c. Démonstration par récurrence très simple.

3. Pour $N = 40$ donc au bout de 40 ans, on a à la fois $B \leqslant 2$ et $C \leqslant 2$, donc le nombre de buses et de campagnols devient dangereusement réduit.

4. **a.** D'après la matrice U_n, on a pour tout $n \in \mathbb{N}$

$b_n = 1000 \times 0{,}8^n + \dfrac{625}{2} n \times 0{,}8^n$

et $c_n = 1500 \times 0{,}8^n + \dfrac{625}{2} n \times 0{,}8^n$, pour tout n.

De plus, b_n et c_n correspondent respectivement aux nombres de buses et de campagnols donc ce sont des nombres positifs : $0 \leqslant b_n$ et $0 \leqslant c_n$.

On sait que $n \leqslant 10 \times 1{,}1^n$, donc

$1\,000 \times 0{,}8^n + \dfrac{625}{2} n \times 0{,}8^n \leqslant 1\,000 \times 0{,}8^n + \dfrac{625}{2} \times 10 \times 1{,}1^n \times 0{,}8^n$

donc $b_n \leqslant 1\,000 \times 0{,}8^n + 3\,125 \times 0{,}88^n$.

D'après les propriétés des limites des suites géométriques, comme $-1 < 0{,}8 < 1$, alors $\lim\limits_{n \to +\infty} (0{,}8)^n = 0$, et comme $-1 < 0{,}88 < 1$, alors $\lim\limits_{n \to +\infty} (0{,}88)^n = 0$.

Donc $\lim\limits_{n \to +\infty} \left(1\,000 \times 0{,}8^n + 3\,125 \times 0{,}88^n\right) = 0$.

On sait que $0 \leqslant b_n \leqslant 1\,000 \times 0{,}8^n + 3\,125 \times 0{,}88^n$.

D'après le théorème des gendarmes, on peut déduire que $\lim\limits_{n \to +\infty} b_n = 0$.

Par un raisonnement similaire, on démontre que $\lim_{n\to+\infty} c_n = 0$.

b. Des mesures effectuées dans des territoires comparables montrent que la population de campagnols reste toujours supérieure à au moins 50 individus, ce qui veut dire que $c_n > 50$.

Avec le modèle étudié, le nombre de campagnols tend vers 0 donc deviendra plus petit que 50 à partir d'un certain rang.

A la lumière de ces informations, le modèle proposé ne paraît donc pas cohérent.

EXERCICE 948

1. On note p la probabilité qu'un joueur solitaire un jour donné passe dans l'équipe A le jour suivant.

D'après l'énoncé, un joueur solitaire garde ce statut avec une probabilité de $\frac{1}{7}$ donc il change de statut avec une probabilité de $1-\frac{1}{7}=\frac{6}{7}$.

On sait de plus qu'il rejoint l'équipe B avec une probabilité 3 fois plus élevée que celle de rejoindre l'équipe A; la probabilité de changer d'équipe se répartit donc en $\frac{3}{4}$ pour rejoindre l'équipe B et $\frac{1}{4}$ pour rejoindre l'équipe A.

La probabilité de rejoindre l'équipe A est donc de $\frac{1}{4}\times\frac{6}{7}=\frac{3}{14}$.

Celle de rejoindre l'équipe B est 3 fois plus élevée donc égale à $\frac{9}{14}$.

2. a.

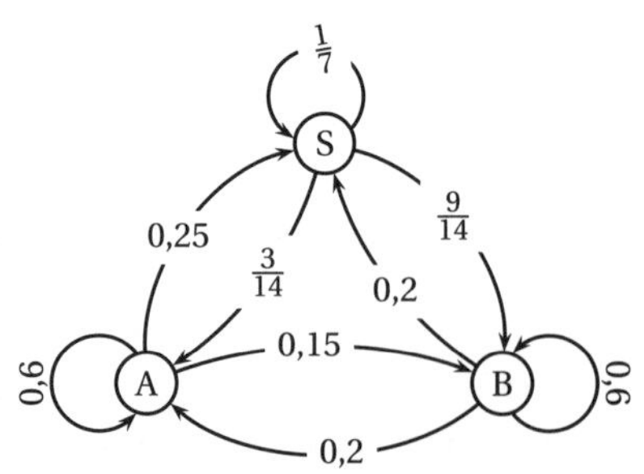

b. Démonstration déjà rencontrée.

c. Au bout d'une semaine, c'est-à-dire de 7 jours, l'état probabiliste est

$U_7 = U_0 T^7 \approx \begin{pmatrix} 0{,}338 & 0{,}457 & 0205\end{pmatrix}$.

3. a. En utilisant la calculatrice, on trouve que $VT = V$.

b. Un état stable est une matrice $S=\begin{pmatrix} a & b & s\end{pmatrix}$ qui vérifie à la fois $a+b+s=1$ et $ST=S$.

D'après la question précédente, on peut dire que la matrice

$S=\dfrac{1}{300+405+182}\begin{pmatrix}300 & 405 & 182\end{pmatrix}$

$S=\begin{pmatrix}\dfrac{300}{887} & \dfrac{405}{887} & \dfrac{182}{887}\end{pmatrix}$ est la matrice correspondant à l'état stable du système.

4. a. La valeur numérique arrondie au millième affichée en sortie de l'algorithme est le coefficient de la 1re colonne de U_7 soit $0{,}338$ (voir question 2.c.).

Ce nombre de $0{,}338$ correspond à la fréquence des joueurs dans l'équipe A au bout de 7 jours.

b. On modifie l'algorithme pour qu'il affiche la fréquence de joueurs solitaires au bout de 13 jours :

$U \longleftarrow \begin{pmatrix}0 & 0 & 1\end{pmatrix}$ $T \longleftarrow \begin{pmatrix}\frac{3}{5} & \frac{3}{20} & \frac{1}{4}\\ \frac{1}{5} & \frac{3}{5} & \frac{1}{5}\\ \frac{3}{14} & \frac{9}{14} & \frac{1}{7}\end{pmatrix}$ Pour k allant de 1 à 13 $U \longleftarrow UT$ Fin Pour
Afficher $U[3]$

EXERCICE 949

Partie A

1. Soit la matrice $M=\begin{pmatrix}1 & 5 & -2\\ 7 & -1 & 3\\ -2 & 7 & -2\end{pmatrix}$.

Si le plan (ABC) a pour équation $ax+by+cz=73$, alors les coordonnées des points A, B et C vérifient l'équation du plan, c'est-à-dire :

$$\begin{cases} ax_A+by_A+cz_A = 73\\ ax_B+by_B+cz_B = 73\\ ax_C+by_C+cz_C = 73\end{cases}$$

$$\iff \begin{cases} a+5b-2c = 73\\ 7a-b+3c = 73\\ -2a+7b-2c = 73\end{cases}$$

$$MX=\begin{pmatrix}1 & 5 & -2\\ 7 & -1 & 3\\ -2 & 7 & -2\end{pmatrix}\times\begin{pmatrix}a\\ b\\ c\end{pmatrix}=\begin{pmatrix}a+5b-2c\\ 7a-b+3c\\ -2a+7b-2c\end{pmatrix}$$

$$MX = \begin{pmatrix} 73 \\ 73 \\ 73 \end{pmatrix} = 73 \begin{pmatrix} 1 \\ 1 \\ 1 \end{pmatrix} = 73Y.$$

2. Si on appelle I la matrice unité d'ordre 3, la calculatrice montre que $MN = NM = 73I$ donc que $M\left(\frac{1}{73}N\right) = \left(\frac{1}{73}N\right)M = I$.
Cela prouve que la matrice M est inversible et que son inverse est $M^{-1} = \frac{1}{73}N$.

3. $MX = 73Y \iff M^{-1}MX = M^{-1} \times 73Y$

$$\iff X = \frac{1}{73}N \times 73Y \iff X = NY$$

$$X = NY \iff \begin{pmatrix} a \\ b \\ c \end{pmatrix} = \begin{pmatrix} 19 & 4 & -13 \\ -8 & 6 & 17 \\ -47 & 17 & 36 \end{pmatrix} \begin{pmatrix} 1 \\ 1 \\ 1 \end{pmatrix}$$

$$\iff \begin{pmatrix} a \\ b \\ c \end{pmatrix} = \begin{pmatrix} 19+4-13 \\ -8+6+17 \\ -47+17+36 \end{pmatrix}$$

$$\iff \begin{pmatrix} a \\ b \\ c \end{pmatrix} = \begin{pmatrix} 10 \\ 15 \\ 6 \end{pmatrix}$$

Le plan $\mathcal{P}$ a donc pour équation $10x + 15y + 6z = 73$.

Partie B

1. a. Si $z = 3$ et $10x + 15y + 6z = 73$,
alors $10x + 15y + 6 \times 3 = 73$,
donc $10c + 15y = 55 \iff 2x + 3y = 11$.
Donc $(x\,;\,y)$ est solution de l'équation $2x + 3y = 11$.

b. L'ensemble des solutions de (E) est donc l'ensemble des couples $(7 + 3k\,;\,-1 - 2k)$ où $k \in \mathbb{Z}$.

c. D'après les questions précédentes, les points appartenant au plan $\mathcal{P}$ et au plan d'équation $z = 3$ et dont les coordonnées appartiennent à l'ensemble $\mathbb{N}$ des entiers naturels sont à chercher parmi les couples $(7 + 3k\,;\,-1 - 2k)$ où $k \in \mathbb{Z}$.
On cherche donc k de $\mathbb{Z}$ tel que $7+3k$ et $-1-2k$ soient des entiers naturels.
Il faut donc que $7 + 3k \geqslant 0$ et que $-1 - 2k \geqslant 0$, c'est-à-dire $k \geqslant -\frac{7}{3}$ et $k \leqslant -\frac{1}{2}$. Les deux seules valeurs possibles sont donc

- $k = -2$ alors $x = 7 + 3(-2) = 1$ et $y = -1 - 2(-2) = 3$ donc le couple $(1\,;\,3)$;
- $k = -1$ alors $x = 7 + 3(-1) = 4$ et $y = -1 - 2(-1) = 1$ donc le couple $(4\,;\,1)$.

2. a. $10x + 15y + 6z = 73$ donc $15y = 73 - 10x - 6z$
73 est un nombre impair, $10x$ et $6z$ sont deux nombres pairs, donc $73 - 10x - 6z$ est un nombre impair. On en déduit que $15y$ est un nombre impair ; il faut pour cela que y soit impair sinon $15y$ serait pair.

b.
$10x + 15y + 6z = 73$ donc $10x = 73 - 15y - 6z$
$10 = 3 \times 3 + 1 \equiv 1\ [3] \implies 10x \equiv x\ [3]$

$73 = 3 \times 24 + 1 \implies 73 \equiv 1\ [3]$
$15 = 5 \times 3 \equiv 0\ [3] \implies 15y \equiv 0\ [3]$
$6 = 2 \times 3 \equiv 0\ [3] \implies 6z \equiv 0\ [0]$
Donc $73 - 15y - 6z \equiv 1\ [3]$
On en déduit alors que $x \equiv 1\ [3]$

c. On pose alors : $x = 1 + 3p$, $y = 1 + 2q$ et $z = 3 + 5r$, où p, q et r sont des entiers naturels.

$M(x\,;\,y\,;\,z) \in \mathcal{P} \iff 10x + 15y + 6y = 73$
$\iff 10(1 + 3p) + 15(1 + 2q) + 6(3 + 5r) = 73$
$\iff 10 + 30p + 15 + 30q + 18 + 30r = 73$
$\iff 30p + 30q + 30r = 30$
$\iff p + q + r = 1.$

d. On cherche les triplets $(1+3p\,;\,1+2q\,;\,3+5r)$ où p, q et r sont des entiers naturels tels que $p + q + r = 1$.
Il existe trois solutions :

- $p = 1$, $q = 0$ et $r = 0$, donc $(x\,;\,y\,;\,z) = (4\,;\,1\,;\,3)$;
- $p = 0$, $q = 1$ et $r = 0$, donc $(x\,;\,y\,;\,z) = (1\,;\,3\,;\,3)$;
- $p = 0$, $q = 0$ et $r = 1$, donc $(x\,;\,y\,;\,z) = (1\,;\,1\,;\,8)$.

Ce sont les coordonnées des trois points de $\mathcal{P}$ à coordonnées dans $\mathbb{N}$.

EXERCICE 950

Partie A

1. L'énoncé se traduit par le graphe probabiliste suivant :

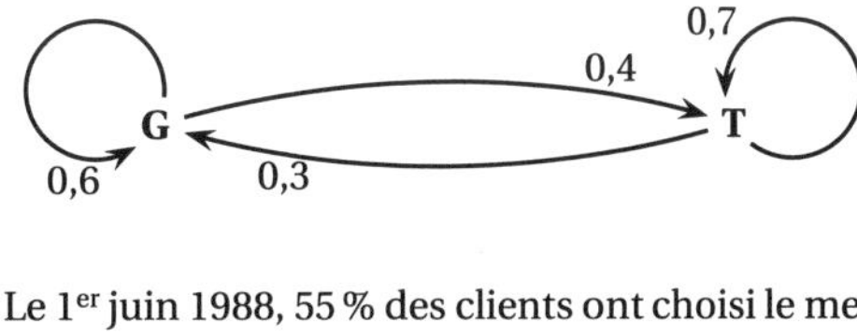

2. a. Le 1er juin 1988, 55 % des clients ont choisi le menu gastronomique. Ll'état initial est traduit par la matrice $P_0 = \begin{pmatrix} 0,55 & 0,45 \end{pmatrix}$.

b. De $P_1 = P_0 \times M$, $P_2 = P_1 \times M$ et $P_3 = P_2 \times M$.
On déduit $P_3 = P_0 \times M^3$.
On obtient $P_3 \approx \begin{pmatrix} 0{,}43190 & 0{,}5682 \end{pmatrix}$.
La probabilité que le 4 juin 2015 un client choisisse le menu gastronomique est environ 0,43 au centième près.

3. a. On sait que l'état stable $P = \begin{pmatrix} g & t \end{pmatrix}$ vérifie l'équation : $P = P \times M$.
On en déduit le système :

$$\begin{cases} g = 0,6g + 0,3t \\ t = 0,4g + 0,7t \\ g + t = 1 \end{cases} \iff \begin{cases} 0,4g - 0,3t = 0 \\ g + t = 1 \end{cases}$$

$$\iff \begin{cases} 4g - 3t = 0 \\ g + t = 1 \end{cases} \implies \begin{cases} t = \frac{4}{7} \\ g = \frac{3}{7} \end{cases}$$

On a donc $P = \begin{pmatrix} \frac{3}{7} & \frac{4}{7} \end{pmatrix}$.

b. Le résultat précédent signifie qu'au bout d'un certain nombre de jours la probabilité qu'un client choisisse le menu gastronomique est $\frac{3}{7}$.

Partie B

1. On établit le degré de chaque sommet :

Sommet	C	G	L	M	P	R	S	U
Degré	3	4	3	2	2	2	4	4

Il y a donc uniquement 2 sommets de degré impair, il existe donc une chaîne eulérienne, c'est-à-dire que l'on peut inspecter tous les canaux en passant une seule fois dans chacun d'eux.
On peut partir soit de Ca'Pesaro soit de Palazzo Labia comme points de départ et d'arrivée.
Par exemple : L–R–U–S–G–U–M–G–P–C–S–L–C.

2. La durée de ce parcours est égale à la somme de tous les temps du graphe soit :
$5 + 7 + 4 + 2 + 5 + 10 + 6 + 4 + 3 + 3 + 4 + 6 = 59$ (min).

EXERCICE 951

Partie A

1. Graphe probabiliste représentant la situation :

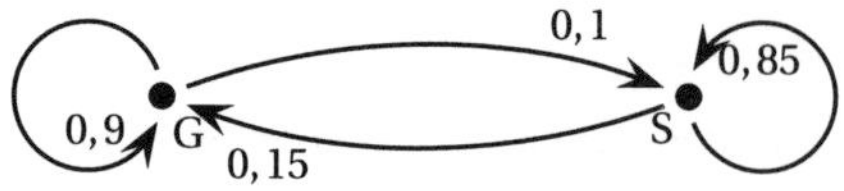

2. La matrice de transition est $M = \begin{pmatrix} 0,9 & 0,1 \\ 0,15 & 0,85 \end{pmatrix}$.

3. $P_0 = \begin{pmatrix} 0,42 & 0,58 \end{pmatrix}$

$P_1 = P_0 M = \begin{pmatrix} 0,42 & 0,58 \end{pmatrix} \begin{pmatrix} 0,9 & 0,1 \\ 0,15 & 0,85 \end{pmatrix}$

$P_1 = \begin{pmatrix} 0,465 & 0,535 \end{pmatrix}$.
Donc 46,5 % des cyclistes participeront au grand parcours en 2019.

4. **a.** Si P est l'état stable, alors $P = PM$, soit

$$\begin{cases} 0,9x + 0,15y = x \\ 0,1x + 0,85y = y \end{cases} \iff \begin{cases} -0,1x + 0,15y = 0 \\ 0,1x - 0,15y = 0 \end{cases}$$

On a donc $0,1x - 0,15y = 0$ ou $x - 1,5y = 0$ avec $x + y = 1$,
on a $1 - y - 1,5y = 0 \iff 1 = 2,5y \iff y = \dfrac{1}{2,5}$
Donc $y = 0,4$ et $x = 1 - y = 0,6$.
L'état stable est donc $P = \begin{pmatrix} 0,6 & 0,4 \end{pmatrix}$.

b. D'après ce modèle c'est à long terme le grand parcours qui sera le plus choisi.

Partie B

1. Ce graphe n'est pas complet, il n'y a pas d'arête entre A et B.
Ce graphe est connexe car il existe au moins une chaîne entre deux sommets quelconques : la chaîne A - C - H - B - R - T contient tous les sommets.

2. Les degrés des sommets sont respectivement :
A : 4 B : 2 C : 3 H : 4 R : 4 T : 3
Tous les sommets sont de degré pair sauf 2, donc ce graphe connexe admet, d'après le théorème d'Euler, une chaîne eulérienne.
Les sommets C et T de degré impair sont les extrémités de la chaîne; par exemple la chaîne :
C – R – T – A – H – C – A – R – B – H – T.

EXERCICE 952

1. Le chemin F – E – G – J – N – M – L – H – I – K passe par tous les sommets du graphe Γ donc deux sommets quelconques peuvent être reliés par une chaîne; le graphe Γ est donc connexe.

2. Pour trouver un itinéraire permettant d'emprunter chaque allée une et une seule fois, il faudrait, d'après le théorème d'Euler, qu'il y ait 0 ou 2 sommets de degrés impairs. Or il y a 6 sommets de degrés impairs, F,

E, G, L, N, K, donc un tel itinéraire n'est pas possible; Louisa a raison.

3. **a.** $a = 0$, $b = 1$, $c = 1$.

b. Le nombre de chemins de longueur 3 reliant un sommet à un autre est donné par la matrice M^3. Le sommet F est le 2e, le sommet L est le 8e donc le nombre de chemins reliant F et L est le coefficient de la matrice M^3 situé sur la 2e ligne et la 8e colonne : c'est 4.

Les chemins sont : F - E - H - L; F - J - M - L; F - E - M - L et F - G - H - L.

c. Les nombres de chemins de longueur 3 partant de E sont situés sur la ligne 1 de la matrice M^3 ; il y en a en tout : $4+7+8+7+1+4+2+2+5+3 = 43$.

d. $S = M+M^2+M^3$ donc les coefficients de la matrice S donnent le nombre de chemins de longueur 1, 2 ou 3, reliant deux sommets du graphe.

Le coefficient à l'intersection de la première ligne (sommet E) et de la troisième colonne (sommet G) de S est 11; donc il y a 11 chemins de longueurs 1, 2 ou 3, reliant E et G.

4. **a.** Le trajet le plus rapide est : $E \xrightarrow{3} G \xrightarrow{2} H \xrightarrow{4} L \xrightarrow{1} M \xrightarrow{5} N$; sa durée est de 15 minutes.

b. Le trajet le plus court dure 15 minutes, donc Louisa et Antoine doivent partir au plus tard à 13 h 45 de E pour être à 14 h au défilé.

Exercice 953

1. Le chasse-neige part de la station G. On détermine le degré des sommets de ce graphe :

Sommet	A	B	C	D	E	F	G
Degré	5	4	4	2	4	5	2

Tous les sommets ne sont pas de degré pair, donc, d'après le théorème d'Euler, il n'existe pas de cycle eulérien, c'est-à-dire de trajet qui part d'un sommet et qui y revienne en étant passé une et une seule fois par chaque arête.

2. Une saleuse doit de même parcourir l'ensemble des routes du secteur après déblaiement de la neige. Elle est garée à la station A et, après son travail, peut se garer dans n'importe quelle station.

Le chemin G - A - B - C - E - D - F permet de relier deux sommets quelconques du graphe, donc ce graphe est connexe.

De plus ce graphe possède exactement deux sommets de degrés impairs, A et F de degré 5, donc, d'après le théorème d'Euler, il existe des chaînes eulériennes partant de A et arrivant à F, c'est-à-dire des trajets partant de A et rejoignant F en passant une et une seule fois par chaque arête.

La saleuse peut donc parcourir une et une seule fois chacune des routes pour traiter l'ensemble du secteur en partant de A; et en fin de parcours, elle sera au sommet F.

3. On appelle M la matrice d'adjacence associée au graphe, les sommets étant rangés dans l'ordre alphabétique et on donne :

$$M^4 = \begin{pmatrix} 61 & 48 & 52 & 28 & 45 & 55 & 24 \\ 48 & 44 & 41 & 21 & 42 & 45 & 20 \\ 52 & 41 & 50 & 25 & 41 & 52 & 25 \\ 28 & 21 & 25 & 15 & 20 & 24 & 10 \\ 45 & 42 & 41 & 20 & 44 & 48 & 21 \\ 55 & 45 & 52 & 24 & 48 & 61 & 28 \\ 24 & 20 & 25 & \boxed{10} & 21 & 28 & 15 \end{pmatrix}.$$

La matrice M^4 donne le nombre de chemins allant d'un sommet à un autre. Le nombre 10 est situé sur la ligne 7 correspondant au sommet G, et sur la colonne 4 correspondant au sommet D : il y a donc 10 chemins de longueur 4 reliant le sommet G au sommet D.

4. Le chemin le plus rapide pour aller de G à D est : $G \xrightarrow{14} A \xrightarrow{35} E \xrightarrow{23} F \xrightarrow{17} D$; sa durée est de 89 minutes.

5. Le conducteur du chasse-neige part de la station G et va directement à la station A.

Il apprend alors que la route allant de la station E à la station F est barrée.

Le chemin le plus rapide est alors $G \xrightarrow{14} A \xrightarrow{35} E \xrightarrow{62} D$; sa durée est de 111 minutes.

Exercice 954

1. **a.** Ce graphe n'est pas complet car tous les sommets ne sont pas reliés entre eux : par exemple les sommets M et P ne sont pas reliés.

b. Ce graphe est connexe car on peut relier, directement ou non, n'importe quel sommet à n'importe quel autre sommet du graphe par une chaîne.

2. Le tableau suivant donne les degrés des différents sommets :

Sommet	E	F	M	P	R	V
Degré	4	4	2	4	3	3

Il y a donc deux sommets de degré impair : il existe donc une chaîne eulérienne ayant comme point de départ et point d'arrivée les points R et V (ou V et R).
Exemple : R – E – M – F – E – P – R – V – P – F – V.

3. **a.** La matrice d'adjacence est une matrice carré de dimension 6 et symétrique car le graphe n'est pas orienté.

On obtient donc : $N = \begin{pmatrix} 0 & 1 & 1 & 1 & 1 & 0 \\ 1 & 0 & 1 & 1 & 0 & 1 \\ 1 & 1 & 0 & 0 & 0 & 0 \\ 1 & 1 & 0 & 0 & 1 & 1 \\ 1 & 0 & 0 & 1 & 0 & 1 \\ 0 & 1 & 0 & 1 & 1 & 0 \end{pmatrix}$

b. La matrice N^3 permet de déterminer le nombre de chemins de longueur 3 reliant les différents sommets. Si on veut relier les sommets E et V, on lit le coefficient ligne 1 colonne 6 (ou ligne 6 colonne 1) : ici on trouve 5. Il y a donc 5 chemins de longueur 3 reliant E et V.

4. Pour déterminer le trajet le plus rapide pour aller de R vers M, on utilise l'algorithme de Dijkstra.
On obtient : le trajet le plus court de R à M est de longueur 12 : $R \xrightarrow{4} P \xrightarrow{5} V \xrightarrow{1} F \xrightarrow{2} M$.

EXERCICE 955

Partie A

1.

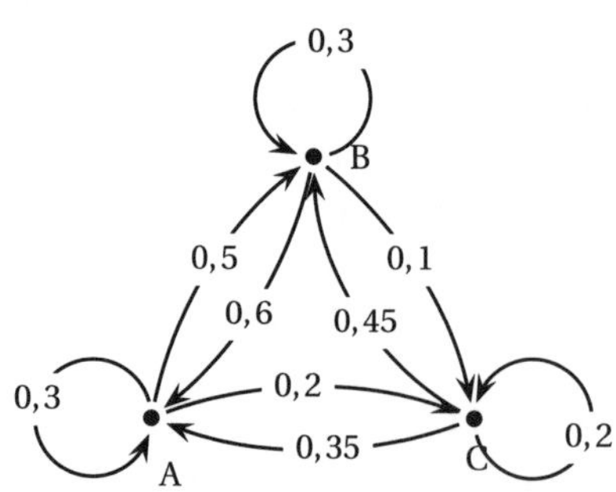

2. Du système $\begin{cases} a_{n+1} = 0,3a_n + 0,6b_n + 0,35c_n \\ b_{n+1} = 0,5a_n + 0,3b_n + 0,45c_n \\ c_{n+1} = 0,2a_n + 0,1b_n + 0,2c_n \end{cases}$
on en déduit que la matrice de transition est

$$M = \begin{pmatrix} 0.3 & 0.5 & 0.2 \\ 0.6 & 0.3 & 0.1 \\ 0.35 & 0.45 & 0.2 \end{pmatrix}$$

3. Comme $P_1 = \begin{pmatrix} a_1 & b_1 & c_1 \end{pmatrix} = \begin{pmatrix} 0,355 & 0,405 & 0,24 \end{pmatrix}$, on a ensuite
$P_2 = P_1 \times M = \begin{pmatrix} 0,4335 & 0,407 & 0,1595 \end{pmatrix}$

4. $\forall n \geqslant 1$, $P_{n+1} = P_n \times M$, donc $P_n = P_1 \times M^{n-1}$.
Le douzième jour correspond à $n = 11$; le treizième à $n = 12$. Donc $P_{12} = P_1 \times M^{11}$ et $P_{13} = P_1 \times M^{12}$.
A la calculatrice, on trouve :
$P_{12} \approx \begin{pmatrix} 0,431 & 0,410 & 0,159 \end{pmatrix}$
et $P_{13} \approx \begin{pmatrix} 0,431 & 0,410 & 0,159 \end{pmatrix}$.
$P_{12} \approx P_{13}$. L'état d'équilibre est atteint. Les valeurs a_n, b_n et c_n n'évolueront presque plus.
Comme $c_{12} \approx c_{13}$, le restaurateur a raison d'affirmer que la proportion des clients qui choisiront le plat C sera d'environ 15,9 % les douzième et treizième jours.

Partie B

1. Le tableau suivant donne les degrés des différents sommets :

Sommet	H_1	H_2	H_3	H_4	H_5	H_6	H_7	H_8
Degré	3	4	6	2	2	3	4	2

a. Deux sommets sont de degré impair, les sommets H_1 et H_6. Par conséquent, d'après le théorème d'Euler, ce graphe connexe admet une chaîne eulérienne. Il existe un parcours qui emprunte toutes les rues une et une seule fois.

b. Un graphe connexe contient un cycle eulérien si et seulement si il ne possède aucun sommet de degré impair (tous ses sommets sont de degré pair). Donc ce graphe n'admet pas de cycle eulérien.

2. Pour déterminer le trajet le plus rapide pour aller de B vers A, on utilise l'algorithme de Dijkstra.
On obtient : le trajet le plus court de H_4 à H_8 est de longueur 35 : $H_4 \xrightarrow{15} H_5 \xrightarrow{7} H_3 \xrightarrow{4} H_7 \xrightarrow{9} H_8$.

EXERCICE 956

1.

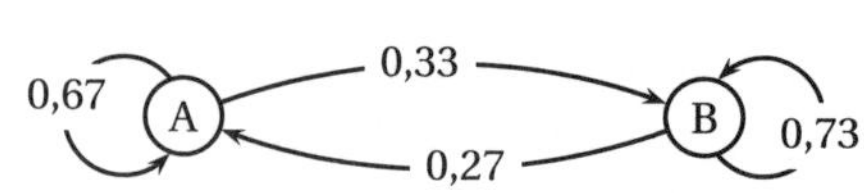

2. **a.** On a $P_1 = P_0 \times M = \begin{pmatrix} 0,67 & 0,33 \end{pmatrix}$.

En 2015, 67 % des malades achètent le produit A.

b. De même $P_2 = P_1 \times M = \begin{pmatrix} 0,538 & 0,462 \end{pmatrix}$.

En 2016, 53,8 % des malades achètent le produit A.

3. **a.** On a $P_{n+1} = P_n \times M$

$$\iff \begin{pmatrix} a_{n+1} & b_{n+1} \end{pmatrix} = \begin{pmatrix} a_n & b_n \end{pmatrix} \begin{pmatrix} 0,67 & 0,33 \\ 0,27 & 0,73 \end{pmatrix}$$

$$\iff \begin{cases} a_{n+1} = 0,67a_n + 0,27b_n \\ b_{n+1} = 0,33a_n + 0,73b_n \end{cases}$$

On a donc en particulier $a_{n+1} = 0,67a_n + 0,27b_n$ mais comme $a_n + b_n = 1 \iff b_n = 1 - a_n$, on en déduit que :

$a_{n+1} = 0,67a_n + 0,27(1 - a_n) = 0,4a_n + 0,27$.

On a donc la relation de récurrence :

$a_{n+1} = 0,4a_n + 0,27$.

b. Quel que soit le naturel n,

$$u_{n+1} = a_{n+1} - 0,45 = 0,4a_n - 0,18 = 0,4\left(a_n - \frac{0,18}{0,4}\right) = 0,4(a_n - 0,45) = 0,4u_n.$$

La relation $u_{n+1} = 0,4u_n$ vraie pour tout naturel n montre que la suite (u_n) est géométrique de raison $q = 0,4$ et de premier terme $u_0 = a_0 - 0,45 = 0,55$.

c. Pour tout naturel n, $u_n = u_0 \times q^n = 0,55 \times 0,4^n$.

D'où $a_n = u_n + 0,45 = 0,55 \times 0,4^n + 0,45$.

Quel que soit le naturel n, $a_n = 0,45 + 0,55 \times 0,4^n$ et par conséquent :

$$b_n = 1 - a_n = 1 - \left(0,45 + 0,55 \times 0,4^n\right) = 0,55 - 0,55 \times 0,4^n = 0,55\left(1 - 0,4^n\right).$$

4. **a.** Comme $0 < 0,4 < 1$, alors $\lim\limits_{n\to+\infty} 0,4^n = 0$, donc $\lim\limits_{n\to+\infty} 0,55 \times 0,4^n = 0$

Par conséquent $\lim\limits_{n\to+\infty} a_n = 0,45$ et $\lim\limits_{n\to+\infty} b_n = 0,55$.

A terme 45 % des malades achèteront le produit A et 55 % le produit B.

b. On a donc $P = \begin{pmatrix} 0,45 & 0,55 \end{pmatrix}$.

$$P \times M = \begin{pmatrix} 0,45 & 0,55 \end{pmatrix} \begin{pmatrix} 0,67 & 0,33 \\ 0,27 & 0,73 \end{pmatrix} = \begin{pmatrix} 0,45 & 0,55 \end{pmatrix} = P.$$

P est donc l'état stable et il est normal qu'il existe puisque la matrice de transition ne contient pas de 0. Cet état ne dépend pas de l'état initial P_0.

EXERCICE 957

Partie A

1. L'affirmation est fausse. L'ordre d'un graphe correspond au nombre de sommets. Soit 8 ici.
2. L'affirmation est vraie, par exemple abc. Mais il y a un sous-graphe d'ordre 4.
3. L'affirmation est fausse, il y a un sous-graphe complet d'ordre 4, Il faudra donc au minium 4 couleurs différentes.
4. L'affirmation est fausse, il y a 4 sommets de degré impair (a, d, e et h), le graphe n'admet donc pas de chaîne eulérienne.
5. L'affirmation est vraie, la matrice M^3, contient deux zéros mais sur la diagonale, donc deux chemins reliant un sommet à lui-même.
6. L'affirmation est vraie. Il suffit d'additionner toutes les valeurs de la cinquième ligne de la matrice M^3.

Partie B

La durée minimum est de 25 minutes, par le trajet : $a - b - c - e - f - h$

EXERCICE 958

1.

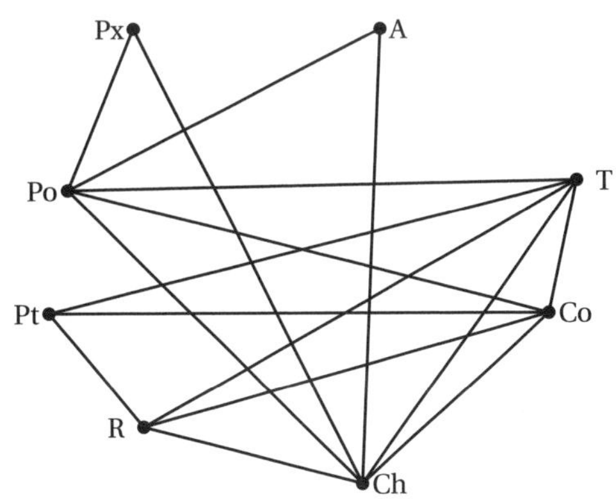

2.

A	T	Co	Ch	R	Pt	Po	Px
2	5	5	6	4	3	5	2

La somme des degrés est égale à 32. Il y a donc 16 arêtes.

3. R-T-Co-Ch est un sous-graphe complet d'ordre 4. C'est le sous-graphe de plus grand ordre, donc $\chi \geqslant 4$.

4. $\chi = 4$, il faut donc au minimum 4 parcelles pour tenir compte des incompatibilités.

5. Répartition possible : Ch - Pt, R-Po, T-Px et A-Co.

EXERCICE 959

1. $A(s)A(t) = \begin{pmatrix} 1+\frac{1}{2}(s+t)^2 & -\frac{1}{2}(s+t)^2 & s+t \\ \frac{1}{2}(s+t)^2 & 1-\frac{1}{2}(s+t)^2 & s+t \\ s+t & -s-t & 1 \end{pmatrix}$
$= A(s+t)$.

2. $\left(A(t)-I_3\right)^3 = O_3$.

3. D'après la question précédente,
$\forall k \geqslant 3,\ \left(A(t)-I_3\right)^k = O_3$,
de plus $A(t) = I_3 + (A(t)-I_3)$.
On en déduit donc en utilisant la formule di binôme :

$$A(t)^n = I_3^2 + \binom{n}{1} I_3 (A(t)-I_3) + \binom{n}{2} (A(t)-I_3)^2$$
$$= I_3 + n(A(t)-I_3) + \frac{n(n-1)}{2}\left(A(t)^2 - 2A(t) + I_3\right)$$

Ainsi $A(t)^n = \dfrac{n(n-1)}{2} A(t)^2 + n(2-n)A(t) + \dfrac{(n-1)(n-2)}{2} I_3$.

EXERCICE 960

1. Soit $\mathcal{P}_n$ la propriété : « $\forall n \geqslant 1, A^n = \begin{pmatrix} 1 & 0 & n \\ 0 & 1 & 0 \\ 0 & 0 & 1 \end{pmatrix}$.

Initialisation : $A^1 = A$, $\mathcal{P}_1$ est vraie.

Hérédité : Supposons la propriété vraie jusqu'au rang $n \geqslant 1$, montrons qu'alors $\mathcal{P}_{n+1}$ est vraie.

$$A^{n+1} = A^n \times A = \begin{pmatrix} 1 & 0 & n \\ 0 & 1 & 0 \\ 0 & 0 & 1 \end{pmatrix} \times \begin{pmatrix} 1 & 0 & 1 \\ 0 & 1 & 0 \\ 0 & 0 & 1 \end{pmatrix}$$
$$= \begin{pmatrix} 1 & 0 & n+1 \\ 0 & 1 & 0 \\ 0 & 0 & 1 \end{pmatrix},\ \mathcal{P}_{n+1} \text{ est vraie.}$$

Conclusion : La propriété est vraie au rang 1 et est héréditaire donc d'après le principe de récurrence :

$$\forall n \geqslant 1,\ A^n = \begin{pmatrix} 1 & 0 & n \\ 0 & 1 & 0 \\ 0 & 0 & 1 \end{pmatrix}.$$

2. $S_n = \begin{pmatrix} n & 0 & \frac{n(n+1)}{2} \\ 0 & n & 0 \\ 0 & 0 & n \end{pmatrix}$.

EXERCICE 961

1. $M^2 = \begin{pmatrix} 1 & 2 & 2 & 1 \\ 1 & 1 & 1 & 1 \\ 1 & 1 & 1 & 1 \\ 1 & 0 & 0 & 1 \end{pmatrix}$ $\quad M^3 = \begin{pmatrix} 3 & 3 & 3 & 3 \\ 2 & 2 & 2 & 2 \\ 2 & 2 & 2 & 2 \\ 1 & 1 & 1 & 1 \end{pmatrix}$

$$M^4 = \begin{pmatrix} 6 & 6 & 6 & 6 \\ 4 & 4 & 4 & 4 \\ 4 & 4 & 4 & 4 \\ 2 & 2 & 2 & 2 \end{pmatrix} = 2M^3.$$

2. $M^3 = a_3 M^3$ et $M^4 = a_4 M^3$ d'où $a_3 = 1$ et $a_4 = 2$.
$M^{n+1} = M^n \times M = a_n M^3 \times M = a_n M^4 = 2a_n M^3$, d'autre part $M^{n+1} = a_{n+1} M^3$, on en déduit que $a_{n+1} = 2a_n$, la suite (a_n) est une suite géométrique de raison 2 et de premier terme $a_3 = 1$.

3. D'après la question précédente, $a_n = a_3 2^{n-3} = 2^{n-3}$.

4. On en déduit alors que

$$\forall N \geqslant 3,\ M^n = a_n M^3 = 2^{n-3} \begin{pmatrix} 3 & 3 & 3 & 3 \\ 2 & 2 & 2 & 2 \\ 2 & 2 & 2 & 2 \\ 1 & 1 & 1 & 1 \end{pmatrix}.$$

EXERCICE 962

1. $M^2 = \begin{pmatrix} \alpha^2 & 0 & 2\alpha & 0 \\ 2\alpha & \alpha^2 & 1 & 0 \\ 0 & 0 & \alpha^2 & 0 \\ 2\alpha & 0 & 1 & \alpha^2 \end{pmatrix}$

$$B = \begin{pmatrix} \alpha^2-1 & 0 & 2\alpha-1 & 0 \\ 2\alpha-1 & \alpha^2-1 & 1 & 1 \\ 0 & 0 & \alpha^2-1 & 0 \\ 2\alpha-1 & 0 & 1 & \alpha^2-1 \end{pmatrix}.$$

2. En prenant $\alpha = 1$, on obtient $B = \begin{pmatrix} 0 & 0 & 1 & 0 \\ 1 & 0 & 1 & 1 \\ 0 & 0 & 0 & 0 \\ 1 & 0 & 1 & 0 \end{pmatrix}$.

3. $B^2 = \begin{pmatrix} 0 & 0 & 0 & 0 \\ 1 & 0 & 2 & 0 \\ 0 & 0 & 0 & 0 \\ 0 & 0 & 1 & 0 \end{pmatrix}$.

EXERCICE 963

1. $A^2 = \begin{pmatrix} 1 & 2 & 1 \\ 0 & 1 & 0 \\ 1 & 3 & 2 \end{pmatrix}$ et $A^3 = \begin{pmatrix} 1 & 4 & 2 \\ 0 & 1 & 0 \\ 2 & 6 & 3 \end{pmatrix}$.

2. On vérifie facilement que $2A^2 - I = A^3$.

3. Daprès la question précédente, on peut écrire $A(2A - A^3) = I$, la matrice A est donc inversible, d'inverse $A^{-1} = 2A - A^2 = \begin{pmatrix} -1 & 0 & 1 \\ 0 & 1 & 0 \\ 1 & -1 & 0 \end{pmatrix}$.

Exercice 964

1. $A(A - 2I_3)^2 = 0$

2. $AU = 0$ et $AV = 2V$.

Exercice 965

1. $T = \begin{pmatrix} 0 & 0 & 0 \\ 0 & 2 & 1 \\ 0 & 0 & 2 \end{pmatrix}$.

2. $N^2 = 0$. On en déduit alors que $\forall n \geqslant 2,\ N^n = 0$. La formule du binôme s'écrit alors :
$T^n = (D+N)^n = \sum_{k=0}^{n} \binom{n}{k} D^k N^{n-k} = nD^{n-1}N + D^n$.

3. On montre par récurrence que
$\forall n > 0,\ D^n = \begin{pmatrix} 0 & 0 & 0 \\ 0 & 2^n & 0 \\ 0 & 0 & 2^n \end{pmatrix}$.

On a alors $D^{n-1}N = \begin{pmatrix} 0 & 0 & 0 \\ 0 & 0 & 2^{n-1} \\ 0 & 0 & 0 \end{pmatrix}$.

Ainsi, $\forall n > 0,\ T^n = \begin{pmatrix} 0 & 0 & 0 \\ 0 & 2^n & n2^{n-1} \\ 0 & 0 & 2^n \end{pmatrix}$.

Exercice 966

1. $JK = L \qquad KL = J \qquad LJ = K$.

2. $J^2 = K^2 = L^2 = -I$

On en déduit alors $KJ = K^2L = -IL = -L$,
$LK = L^2J = -IJ = -J$
$JL = J^2K = -IK = -K$.

3. $A^2 = (J+K)^2 = J^2 + JK + KJ + K^2 = -2I + L - L = 2I$.
On en déduit alors $\frac{1}{2}A \times A = I$, la matrice A est donc inversible, d'inverse $A^{-1} = \frac{1}{2}A$.

Exercice 967

1. $I = 0 \times A + 1 \times I$ et $\theta = 0 \times A + 0 \times I$
donc I et θ sont deux éléments de E.

2. $M_1 \in E$ donc il existe deux réels a_1 et b_1 tels que $M_1 = a_1A + b_1I$
$M_2 \in E$ donc il existe deux réels a_2 et b_2 tels que $M_2 = a_2A + b_2I$
On a alors $M_1 + M_2 = (a_1 + a_2)A + (b_1 + b_2)I$, a_1, a_2, b_1 et b_2 sont réels donc $a_1 + a_2$ et $b_1 + b_2$ le sont aussi.
$M_1 + M_2$ est donc élément de E.

3. $M_1M_2 = (a_1A + b_1I)(a_2A + b_2I)$
$= a_1a_2A^2 + a_1b_2AI + b_1a_2IA + b_1b_2I$
Or $A^2 = A$, $AI = IA = A$ et $I^2 = I$
donc $M_1M_2 = (a_1a_2 + a_1b_2 + a_2b_1)A + b_1b_2I$.
$a_1a_2 + a_1b_2 + a_2b_1$ et b_1b_2 sont réels
$M_1 \times M_2$ est donc élément de E.

4. Immédiat.

5. $M_1 \times (M_2 + M_3) = (a_1A + b_1I)((a_2 + a_3)A + (b_2 + b_3)I)$
$= (a_1(a_2 + a_3) + a_1(b_2 + b_3) +$
$b_1(a_2 + a_3))A + b_1(b_2 + b_3)I$
$= (a_1a_2 + a_1b_2 + a_2b_1)A +$
$b_1b_2I + (a_1a_3 + a_1b_3 + a_3b_1)A + b_1b_3I$
$= M_1 \times M_2 + M_1 \times M_3$.

6. $M + N = \theta \iff aA + bI + N = \theta \iff N = -aA - bI$.

7. Démonstration par récurrence :

- *Initialisation* : Pour $n = 0$, $M^0 = I$ et $\left((a+b)^0 - b^0\right)A + b^0I = I$
La propriété est vraie au rang 0.
- *Hérédité :* Supposons la propriété vraie pour $n \geqslant 0$, montrons qu'alors elle est vraie au rang $n+1$.
$M^{n+1} = M^nM = \left(\left((a+b)^n - b^n\right)A + b^nI\right)(aA + bI)$
$= \left(a(a+b)^n - ab^b + b(a+b)^n - b^{n+1} + ab^n\right)1 +$
$b^{n+1}I$
$= \left((a+b)^{n+1} - b^{n+1}\right)A + b^{n+1}I$
La propriété est donc vérifiée au rang $n+1$.
- *Conclusion* : La propriété est vraie pour $n = 0$ et est héréditaire, elle est donc vraie pour tout $n \in \mathbb{N}$.

Exercice 968

1. $A^2 = \begin{pmatrix} 9 & 8 \\ -8 & -7 \end{pmatrix}$
On en déduit alors que $A^2 - 2A + I = O$.

2. D'après la question précédente $2A - A^2 = I$

soit encore $A(2I - A) = I$, la matrice A est donc inversible et $A^{-1} = 2I - A$ de la forme $aA + bI$ avec $a = -1$ et $b = 2$ donc A^{-1} appartient à E.

$M = O$ appartient à E ($a = 0$ et $b = 0$) et n'est pas inversible. Donc toute matrice M de E n'est pas inversible.

3. a. $M^2 = 2a(a+b)A + (b-a)(a+b)I$.

$$M^2 = M \iff \begin{cases} 2a(a+b) = a \\ (a+b)(b-a) = b \end{cases}$$

$$\Longrightarrow \begin{cases} a = 0 \\ b^2 = b \end{cases} \text{ou} \begin{cases} a+b = \frac{1}{2} \\ b-a = 2b \end{cases}$$

• $\begin{cases} a = 0 \\ b^2 = b \end{cases}$

$$\Longrightarrow \begin{cases} a = 0 \\ b = 0 \end{cases} \text{ou} \begin{cases} a = 0 \\ b = 1 \end{cases}$$

• $\begin{cases} a+b = \frac{1}{2} \\ b-a = 2b \end{cases} \Longrightarrow \begin{cases} a+b = \frac{1}{2} \\ a+b = 0 \end{cases}$

Ce système n'a pas de solution.

L'équation $M^2 = M$ n'admet que deux solutions : $M = I$ et $M = O$.

b. M est inversible si son déterminant est non nul.

$$det(M) = \begin{vmatrix} 5a+b & 4a \\ -'a & -3a+b \end{vmatrix} = (a+b)^2.$$

Donc M non inversible si et seulement si $a + b = 0$.

D'après la question précédente

$M^2 = 2a(a+b)A + (a+b)(b-a)I$

donc si M n'est pas inversible, $M^2 = O$.

4. a. $A^2 = 2A - I$,

$A^3 = A(2A - I) = 2A^2 - A = 3A - 2I$,

$A^4 = A(3A - 2I) = 3A^2 - 2A = 4A - 3I$.

b. On démontre sans problème par récurrence que $\forall n \in \mathbb{N},\ A^n = nA + (n-1)I$.

c. $B_n = \sum_{i=1}^{n} A^i = \sum_{i=1}^{n} iA - \sum_{i=1}^{n} (i-1)I$

$$= \sum_{i=1}^{n} iA - \sum_{i=0}^{n} (i)I = \frac{n(n+1)}{2}A - \frac{n(n-1)}{2}I.$$

EXERCICE 969

1. $A\begin{pmatrix} x \\ y \end{pmatrix} = \begin{pmatrix} 0 \\ 0 \end{pmatrix} \iff \begin{cases} -ax + y = 0 \\ -a^2x + ay = 0 \end{cases}$

Ce système admet une infinité de solutions, tous les points de la droite d'équation $y = ax$.

Les solutions sont les couples $(x\,;\,ax)$ avec x réel.

2. $A^2 = O$.

3. $AI = IA = A$, les matrices A et I commutent, on peut donc appliquer la formule du binôme de Newton.

$$(aI + A)^n = \sum_{k=0}^{n} \binom{n}{k} (aI)^{n-k} A^k$$

D'après la question précédente, pour tout $k \geqslant 2$, $A^k = O$

De plus pour tout $k \in \mathbb{N}$, $I^k = I$ donc

$$(aI + A)^n = \binom{n}{0}(aI)^n + \binom{n}{1}(aI)^{n-1}A = a^nI + a^{n-1}A.$$

EXERCICE 970

Pivot de Gauss sur M_1 :

$$\left\{ \quad \left(\begin{array}{ccc|ccc} 1 & 2 & 3 & 1 & 0 & 0 \\ 4 & 5 & 6 & 0 & 1 & 0 \\ 7 & 8 & 9 & 0 & 0 & 1 \end{array}\right) \right.$$

$$\left\{ \begin{array}{l} \\ L_2 - 4L_1 \longrightarrow L_2 \\ L_3 - 7L_1 \longrightarrow L_3 \end{array} \right. \left(\begin{array}{ccc|ccc} 1 & 2 & 3 & 1 & 0 & 0 \\ 0 & -3 & -6 & -4 & 1 & 0 \\ 0 & -6 & -12 & -7 & 0 & 1 \end{array}\right)$$

$$\left\{ \begin{array}{l} \\ \\ L_3 - L_2 \longrightarrow L_3 \end{array} \right. \left(\begin{array}{ccc|ccc} 1 & 2 & 3 & 1 & 0 & 0 \\ 0 & -3 & -6 & -4 & 1 & 0 \\ 0 & 0 & 0 & -3 & -1 & 1 \end{array}\right)$$

La matrice M_1 n'est donc pas inversible.

Pivot de Gauss sur M_2 :

$$\left\{ \quad \left(\begin{array}{ccc|ccc} 0 & 1 & 2 & 1 & 0 & 0 \\ 1 & 1 & 2 & 0 & 1 & 0 \\ 2 & 2 & 2 & 0 & 0 & 1 \end{array}\right) \right.$$

$$\left\{ \begin{array}{l} L_3 \longrightarrow L_1 \\ \\ L_1 \longrightarrow L_3 \end{array} \right. \left(\begin{array}{ccc|ccc} 2 & 2 & 2 & 0 & 0 & 1 \\ 1 & 1 & 2 & 0 & 1 & 0 \\ 0 & 1 & 2 & 1 & 0 & 0 \end{array}\right)$$

$$\left\{ \begin{array}{l} \\ L_1 - 2L_2 \longrightarrow L_2 \\ \\ \end{array} \right. \left(\begin{array}{ccc|ccc} 2 & 2 & 2 & 0 & 0 & 1 \\ 0 & 0 & -2 & 0 & -1 & 1 \\ 0 & 1 & 2 & 1 & 0 & 0 \end{array}\right)$$

$$\left\{ \begin{array}{l} \\ \\ L_2 + L_3 \longrightarrow L_3 \end{array} \right. \left(\begin{array}{ccc|ccc} 2 & 2 & 2 & 0 & 0 & 1 \\ 0 & 0 & -2 & 0 & -1 & 1 \\ 0 & 1 & 0 & 1 & -2 & 1 \end{array}\right)$$

$$\left\{ \begin{array}{l} L_1 + L_2 \longrightarrow L_1 \\ \\ \\ \end{array} \right. \left(\begin{array}{ccc|ccc} 2 & 2 & 0 & 0 & -2 & 2 \\ 0 & 0 & -2 & 0 & -1 & 1 \\ 0 & 1 & 0 & 1 & -2 & 1 \end{array}\right)$$

$$\left\{ L_1 - 2L_3 \longrightarrow L_1 \right. \quad \left(\begin{array}{ccc|ccc} 2 & 0 & 0 & -2 & 2 & 0 \\ 0 & 0 & -2 & 0 & -1 & 1 \\ 0 & 1 & 0 & 1 & -2 & 1 \end{array}\right)$$

$$\left\{ \begin{array}{r} \frac{1}{2}L_1 \longrightarrow L_1 \\ L_3 \longrightarrow L_2 \\ -\frac{1}{2}L_2 \longrightarrow L_3 \end{array} \right. \quad \left(\begin{array}{ccc|ccc} 1 & 0 & 0 & -1 & 1 & 0 \\ 0 & 1 & 0 & 1 & -2 & 1 \\ 0 & 1 & 0 & 0 & 1 & -\frac{1}{2} \end{array}\right)$$

donc M_2 est inversible et $M_2 = \begin{pmatrix} -1 & 1 & 0 \\ 1 & -2 & 1 \\ 0 & 1 & -\frac{1}{2} \end{pmatrix}$

EXERCICE 971

$$\left(\begin{array}{cccc|cccc} 1 & 2 & 3 & 0 & 1 & 0 & 0 & 0 \\ 0 & 1 & 2 & 3 & 0 & 1 & 0 & 0 \\ 3 & 0 & 1 & 2 & 0 & 0 & 1 & 0 \\ 2 & 3 & 0 & 1 & 0 & 0 & 0 & 1 \end{array}\right)$$

On fait apparaître un « 0 » sur les lignes 3 et 4 à gauche :

$L_3 - 3L_1 \longrightarrow L_3$ et $L_4 - 2L_2 \longrightarrow L_4$

$$\left(\begin{array}{cccc|cccc} 1 & 2 & 3 & 0 & 1 & 0 & 0 & 0 \\ 0 & 1 & 2 & 3 & 0 & 1 & 0 & 0 \\ 0 & -6 & -8 & 2 & -3 & 0 & 1 & 0 \\ 0 & -1 & -6 & 1 & -2 & 0 & 0 & 1 \end{array}\right)$$

On fait apparaître des « 0 » sur la seconde colonne :

$6L_2 + L_3 \longrightarrow L_3$ et $L_4 + L_2 \longrightarrow L_4$

$$\left(\begin{array}{cccc|cccc} 1 & 2 & 3 & 0 & 1 & 0 & 0 & 0 \\ 0 & 1 & 2 & 3 & 0 & 1 & 0 & 0 \\ 0 & 0 & 4 & 20 & -3 & 6 & 1 & 0 \\ 0 & 0 & -4 & 4 & -2 & 1 & 0 & 1 \end{array}\right)$$

$L_4 + L_3 \longrightarrow L_4$

$$\left(\begin{array}{cccc|cccc} 1 & 2 & 3 & 0 & 1 & 0 & 0 & 0 \\ 0 & 1 & 2 & 3 & 0 & 1 & 0 & 0 \\ 0 & 0 & 4 & 20 & -3 & 6 & 1 & 0 \\ 0 & 0 & 0 & 24 & -5 & 7 & 1 & 1 \end{array}\right)$$

$L_3 - \frac{20}{24}L_4 \longrightarrow L_3$ et $\frac{1}{24}L_4 \longrightarrow L_4$

$$\left(\begin{array}{cccc|cccc} 1 & 2 & 3 & 0 & 1 & 0 & 0 & 0 \\ 0 & 1 & 2 & 3 & 0 & 1 & 0 & 0 \\ 0 & 0 & 4 & 0 & \frac{28}{24} & \frac{4}{24} & \frac{4}{24} & -\frac{20}{24} \\ 0 & 0 & 0 & 1 & -\frac{5}{24} & \frac{7}{24} & \frac{1}{24} & \frac{1}{24} \end{array}\right)$$

$L_2 - 2L_3 - 3L_4 \longrightarrow L_2$ et $\frac{1}{4}L_3 \longrightarrow L_3$

$$\left(\begin{array}{cccc|cccc} 1 & 2 & 3 & 0 & 1 & 0 & 0 & 0 \\ 0 & 1 & 0 & 0 & \frac{1}{24} & \frac{1}{24} & -\frac{5}{24} & \frac{7}{24} \\ 0 & 0 & 1 & 0 & \frac{7}{24} & \frac{1}{24} & \frac{1}{24} & -\frac{5}{24} \\ 0 & 0 & 0 & 1 & -\frac{5}{24} & \frac{7}{24} & \frac{1}{24} & \frac{1}{24} \end{array}\right)$$

$L_1 - 2L_2 - 3L_3 \longrightarrow L_1$

$$\left(\begin{array}{cccc|cccc} 1 & 0 & 0 & 0 & \frac{1}{24} & -\frac{5}{24} & \frac{7}{24} & \frac{1}{24} \\ 0 & 1 & 0 & 0 & \frac{1}{24} & \frac{1}{24} & -\frac{5}{24} & \frac{7}{24} \\ 0 & 0 & 1 & 0 & \frac{7}{24} & \frac{1}{24} & \frac{1}{24} & -\frac{5}{24} \\ 0 & 0 & 0 & 1 & -\frac{5}{24} & \frac{7}{24} & \frac{1}{24} & \frac{1}{24} \end{array}\right)$$

A est inversible et $A^{-1} = \dfrac{1}{24}\begin{pmatrix} 1 & -5 & 7 & 1 \\ 1 & 1 & -5 & 7 \\ 7 & 1 & 1 & -5 \\ -5 & 7 & 1 & 1 \end{pmatrix}$.

EXERCICE 972

1. $(S) \iff AX = B$ avec $X = \begin{pmatrix} x \\ y \\ z \\ t \end{pmatrix}$, $B = \begin{pmatrix} 1 \\ 2 \\ 0 \\ 3 \end{pmatrix}$

$$A = \begin{pmatrix} 4 & -1 & 1 & -2 \\ 1 & 2 & 0 & -1 \\ 5 & -6 & 2 & -1 \\ 0 & -2 & 5 & -1 \end{pmatrix}$$

2. $A^{-1} = \dfrac{1}{22}\begin{pmatrix} -32 & 45 & 21 & -2 \\ -22 & 22 & 11 & 0 \\ -24 & 31 & 13 & 4 \\ -76 & 89 & 43 & -2 \end{pmatrix}$

3. A est inversible donc $AX = B$

$$\iff X = A^{-1}B = \frac{1}{22}\begin{pmatrix} 52 \\ 44 \\ 50 \\ 96 \end{pmatrix}$$

On en déduit alors $x = \dfrac{26}{11}$, $y = 2$, $z = \dfrac{25}{11}$ et $t = \dfrac{48}{11}$.

EXERCICE 973

1. $A^2 = \begin{pmatrix} 0 & 0 & 1 & 0 \\ 0 & 0 & 0 & 1 \\ 1 & 0 & 0 & 0 \\ 0 & 1 & 0 & 0 \end{pmatrix}$

$$A^3 = \begin{pmatrix} 0 & 1 & 0 & 0 \\ 0 & 0 & 1 & 0 \\ 0 & 0 & 0 & 1 \\ 1 & 0 & 0 & 0 \end{pmatrix}$$

$A^4 = I_4$.

2. $M = aI_4 + bA + cA^2 + dA^3$

3. On a $M = aI_4 + bA + cA^2 + dA^3$ et

$M' = a'I_4 + b'A + c'A^2 + d'A^3$

On sait de plus que quel que soit $k \in \mathbb{N}$,

$A^k I_4 = I_4 A^k = A^k$

$A^5 = A^4 A = A$, $A^6 = A^4 A^2 = A^2$

En développant, on obtient :

$$\begin{aligned} MM' = & \left(aa' + bd' + cc' + db'\right) I \\ & + \left(ab' + ba' + cd' + dc'\right) A \\ & + \left(ac' + bb' + ca' + dd'\right) A^2 \\ & + \left(ad' + bc' + cb' + da'\right) A^3 \end{aligned}$$

donc MM' est un élément de E.

4. $$\begin{pmatrix} 1 & 0 & 0 & 1 \\ 1 & 1 & 0 & 0 \\ 0 & 1 & 1 & 0 \\ 0 & 0 & 1 & 1 \end{pmatrix}^6 = (I_4 + A)^6$$

Puisque A et I commutent $(I + A)^6 = \sum_{k=0}^{6} \binom{a}{k} A^k$

d'où $(I+A)^6 = I_4 + 6A + 15A^2 + 20A^3 + 15A^4 + 6A^5 + A^6$

$= 16I_4 + 12A + 16A^2 + 20A^3$

ainsi $(I+A)^6 = \begin{pmatrix} 16 & 20 & 16 & 12 \\ 12 & 16 & 20 & 16 \\ 16 & 12 & 16 & 20 \\ 20 & 16 & 12 & 16 \end{pmatrix}$

EXERCICE 974

1. On sait que $X^n = \left(X^2 - 3X + 2\right) Q_n + a_n X + b_n$, où $a_n X + b_n$ est le reste de la division euclidienne de X^n par $X^2 - 3X + 2$.

Les racines de $X^2 - 3X + 2$ sont 1 et 2.

Pour trouver a_n et b_n, on remplace X par 1 puis par 2 dans l'égalité précédente.

On obtient alors le système $\begin{cases} a_n + b_n & = & 1 \\ 2a_n + b_n & = & 2^n \end{cases}$

On en déduit alors que $a_n = 2^n - 1$ et $b_n = 2 - 2^n$.

2. Il suffit de remarquer que $A^2 - 3A + 2I_3 = O$.

On en déduit alors que $A^n = \left(2^n - 1\right) A + \left(2 - 2^n\right) I_3$.

EXERCICE 975

1. On sait que $X^n = \left(X^2 - 2X - 3\right) Q_n + a_n X + b_n$, où $a_n X + b_n$ est le reste de la division euclidienne de X^n par $X^2 - 2X - 3$.

Les racines de $X^2 - 2X - 3$ sont -1 et 3.

Pour trouver a_n et b_n, on remplace X par -1 puis par 3 dans l'égalité précédente.

On obtient alors le système $\begin{cases} -a_n + b_n & = & (-1)^n \\ 3a_n + b_n & = & 3^n \end{cases}$

On en déduit alors que $a_n = \dfrac{3^n - (-1)^n}{4}$ et

$b_n = \dfrac{3^n + 3(-1)^n}{4}$.

2. $A^2 = \begin{pmatrix} 3 & 2 & 2 & 2 \\ 2 & 3 & 2 & 2 \\ 2 & 2 & 3 & 2 \\ 2 & 2 & 2 & 3 \end{pmatrix}$

On a donc $A^2 = 2A + 3I$ ou encore $A^2 - 2A - 3I_4 = O$.

3. D'après la première question, on en déduit que $A^n = a_n A + b_n I_4$

donc, pour tout $n \in \mathbb{N}$, $A^n = \begin{pmatrix} b_n & a_n & a_n & a_n \\ a_n & b_n & a_n & a_n \\ a_n & a_n & b_n & a_n \\ b_n & b_n & b_n & a_n \end{pmatrix}$.

EXERCICE 976

1. $(I_n - A)\left(I_n + A + \cdots + A^{p-1}\right) = I_n - A + A - A^2 + \cdots - A^{p-1} + A^{p-1} - A^p$

Les termes s'annulent deux à deux sauf le premier et le dernier, de plus $A^p = O$

d'où $(I_n - A)\left(I_n + A + \cdots + A^{p-1}\right) = I_n$

2. D'après la question précédente, $I_n - A$ est inversible et $(I_n - A)^{-1} = \left(I_n + A + \cdots + A^{p-1}\right)$.

EXERCICE 977

$M = \begin{pmatrix} a & 0 & c \\ 0 & b & 0 \\ c & 0 & a \end{pmatrix}$ avec a, b et c trois réels.

1. Soit k un réel et M un élément de E.

$kM = k \begin{pmatrix} a & 0 & c \\ 0 & b & 0 \\ c & 0 & a \end{pmatrix} = \begin{pmatrix} ka & 0 & kc \\ 0 & kb & 0 \\ kc & 0 & ka \end{pmatrix}$

ka, b et kc sont réels, on en déduit que kM est un élément de E.

2. Soit M_1 et M_2 deux éléments de E,

$$M_1 \times M_2 = \begin{pmatrix} a_1 & 0 & c_1 \\ 0 & b_1 & 0 \\ c_1 & 0 & a_1 \end{pmatrix}\begin{pmatrix} a_2 & 0 & c_2 \\ 0 & b_2 & 0 \\ c_2 & 0 & a_2 \end{pmatrix}$$
$$= \begin{pmatrix} a_1a_2 + c_1c_2 & 0 & a_1c_2 + c_1a_2 \\ 0 & b_1b_2 & 0 \\ a_1c_2 + c_1a_2 & 0 & a_1a_2 + c_1c_2 \end{pmatrix}$$
$$= \begin{pmatrix} a & 0 & c \\ 0 & b & 0 \\ c & 0 & a \end{pmatrix}$$

avec $a = a_1a_2 + c_1c_2$, $b = b_1b_1$ et $c = a_1c_2 + c_1a_2$ On en déduit que $M_1 \times M_2$ est un élément de E.

EXERCICE 978

$$\Delta_n = \begin{vmatrix} 3 & 1 & 0 & 0 & \cdots & \cdots & 0 \\ 2 & 3 & 1 & 0 & 0 & \cdots & 0 \\ 0 & 2 & 3 & 1 & 0 & \cdots & 0 \\ 0 & 0 & \ddots & \ddots & \ddots & 0 & \cdots \\ \vdots & \vdots & \ddots & \ddots & \ddots & \ddots & \ddots \\ \vdots & \cdots & \cdots & 0 & 2 & 3 & 1 \\ 0 & \cdots & \cdots & \cdots & \cdots & 2 & 3 \end{vmatrix}$$

1. On développe suivant la première colonne. On obtient :

$$\Delta_{n+2} = 3\begin{vmatrix} 3 & 1 & 0 & 0 & \cdots & \cdots & 0 \\ 2 & 3 & 1 & 0 & 0 & \cdots & 0 \\ 0 & 2 & 3 & 1 & 0 & \cdots & 0 \\ 0 & 0 & \ddots & \ddots & \ddots & 0 & \cdots \\ \vdots & \vdots & \ddots & \ddots & \ddots & \ddots & \ddots \\ \vdots & \cdots & \cdots & 0 & 2 & 3 & 1 \\ 0 & \cdots & \cdots & \cdots & \cdots & 2 & 3 \end{vmatrix}$$
$$-2\begin{vmatrix} 1 & 0 & 0 & \cdots & \cdots & \cdots & 0 \\ 2 & 3 & 1 & 0 & 0 & \cdots & 0 \\ 0 & 2 & 3 & 1 & 0 & \cdots & 0 \\ 0 & 0 & \ddots & \ddots & \ddots & 0 & \cdots \\ \vdots & \vdots & \ddots & \ddots & \ddots & \ddots & \ddots \\ \vdots & \cdots & \cdots & 0 & 2 & 3 & 1 \\ 0 & \cdots & \cdots & \cdots & \cdots & 2 & 3 \end{vmatrix}$$

Le premier déterminant est Δ_{n+1}. Pour le second, en développant par rapport à la première ligne, on retrouve Δ_n.

ainsi $\forall n \in \mathbb{N}^\star$, on a $\Delta_{n+2} = 3\Delta_{n+1} - 2\Delta_n$.

2. La suite (Δ_n) est une suite récurrente linéaire d'ordre 2, d'équation caractéristique $x^2 = 3x - 2$.
   Ses solutions sont 1 et 2.
   On en déduit qu'il existe λ et μ réels tels que $\Delta_n = \lambda 1^n + \mu 2^n$.
   On a de plus $\Delta_1 = 3$ et $\Delta_2 = 7$ on en déduit alors que λ et μ vérifient le système :
   $$\begin{cases} \lambda + 2\mu &= 3 \\ \lambda + 4\mu &= 7 \end{cases} \Longrightarrow \begin{cases} \lambda = -1 \\ \mu = 2 \end{cases}$$
   Ainsi $\Delta = 2^{n+1} - 1$.

EXERCICE 979

Sans calculs, en remarquant la troisième colonne de la matrice, on obtient $det(A_1) = 0$, A_1 n'est donc pas inversible.

Dans la matrice A_2, on remarque que les lignes 3 et 4 sont identiques, donc on faisant un pivot de Gauss, il apparaît immédiatement une ligne de « 0 ». A_2 n'est donc pas inversible.

EXERCICE 980

1. $M_a^2 = \begin{pmatrix} 1-4a+6a^2 & 2a-3a^2 & 2a-3a^2 \\ 2a-3a^2 & 1-4a+6a^2 & 2a-3a^2 \\ 2a-3a^2 & 2a-3a^2 & 1-4a+6a^2 \end{pmatrix}$.
2. $M_a^2 = M_a \Longleftrightarrow 2a - 3a^2 = a$ et $6a^2 - 4a + 1 = 1 - 2a$.
   Les deux équations se ramène à l'équation $a(3a-1) = 0$ soit $a = 0$ ou $a = \dfrac{1}{3}$
   or $a_0 \neq 0$ donc $a_0 = \dfrac{1}{3}$.
3. $P = M_{a_0} = \dfrac{1}{3}\begin{pmatrix} 1 & 1 & 1 \\ 1 & 1 & 1 \\ 1 & 1 & 1 \end{pmatrix}$
   $$Q = I - P = \frac{1}{2}\begin{pmatrix} 2 & -1 & -1 \\ -1 & 2 & -1 \\ -1 & -1 & 2 \end{pmatrix}$$
   $$P + \alpha Q = \frac{1}{3}\begin{pmatrix} 1+2\alpha & 1-\alpha & 1-\alpha \\ 1-\alpha & 1+2\alpha & -\alpha \\ 1-\alpha & 1-\alpha & 1+2\alpha \end{pmatrix}$$
   On en déduit que $P + \alpha Q = M_a$ si $\dfrac{1}{3}(1-\alpha) = a$ et

$\frac{1}{3}(1+2\alpha) = 1-2a$ c'est-à-dire $\alpha = 1-3a$.
Ainsi $M_a = P + (1-3a)Q$.

4. Par définition de P on a $P^2 = P$,
$Q^2 = (I-P)^2 = I - 2P + P = I - P = Q$,
$PQ = P(I-P) = P - P^2 = P - P = O$
$QP = (I-P)P = P - P^2 = O$.

5. Les matrices P et Q commutent, on peut donc appliquer la formule du binôme :
$M_a^n = (P + (1-3a)Q)^n = \sum_{k=0}^{n} \binom{n}{k} P^{n-k} ((1-3a)Q)^k$.
$PQ = QP = O$ donc tous les produits de P et Q sont nuls.
De plus $P^2 = P$ et $Q^2 = Q$ donc on peut démontrer par récurrence que pour tout $n \in \mathbb{N}^\star$, $P^n = P$ et $Q^n = Q$, d'où :
$$M_a^n = P^n + (1-3a)^n Q^n = P + (1-3a)^n Q = \frac{1}{3}\begin{pmatrix} 1+(1-3a)^n & 1-(1-3a)^n & 1-(1-3a)^n \\ 1-(1-3a)^n & 1+(1-3a)^n & 1-(1-3a)^n \\ 1-(1-3a)^n & 1-(1-3a)^n & 1+(1-3a)^n \end{pmatrix}$$

EXERCICE 981

1. **a.** Puisque la mutation touche A à la première génération, elle va toucher B ou C à la deuxième génération avec la même probabilité. Donc $a_2 = 0$, $b_2 = 0{,}5$ et $c_2 = 0{,}5$.
b. En utilisant un arbre de probabilités et la formule des probabilités totales, on obtient $a_{n+1} = \frac{1}{2}b_n$ et $b_{n+1} = \frac{1}{2}a_n$.
c. $c_{n+1} = \frac{1}{2}a_n + \frac{1}{2}b_n + c_n$.
d. D'après les questions précédentes :
$$\begin{cases} a_{n+1} = \frac{1}{2}b_n \\ b_{n+1} = \frac{1}{2}a_n \\ c_{n+1} = \frac{1}{2}a_n + \frac{1}{2}b_n + c_n \end{cases} \iff \begin{pmatrix} a_{n+1} \\ b_{n+1} \\ c_{n+1} \end{pmatrix} = L \begin{pmatrix} a_n \\ b_n \\ c_n \end{pmatrix}$$
avec $L = \begin{pmatrix} 0 & \frac{1}{2} & 0 \\ \frac{1}{2} & 0 & 0 \\ \frac{1}{2} & \frac{1}{2} & 1 \end{pmatrix} = \frac{1}{2}M$.
e. Récurrence très simple.

2. **a.** En utilisant le pivot de Gauss, on obtient
$$P^{-1} = \begin{pmatrix} \frac{1}{2} & -\frac{1}{2} & 0 \\ \frac{1}{2} & \frac{1}{2} & 0 \\ 0 & 0 & \frac{1}{2} \end{pmatrix}.$$
b. $P^{-1}MP = \begin{pmatrix} -1 & 0 & 0 \\ 0 & 1 & 0 \\ 0 & 1 & 2 \end{pmatrix} = \begin{pmatrix} -1 & 0 & 0 \\ 0 & 1 & 0 \\ 0 & 0 & 2 \end{pmatrix} + \begin{pmatrix} 0 & 0 & 0 \\ 0 & 0 & 0 \\ 0 & 1 & 0 \end{pmatrix}$
Donc $P^{-1}MP = D + N$ avec
$D = \begin{pmatrix} -1 & 0 & 0 \\ 0 & 1 & 0 \\ 0 & 0 & 2 \end{pmatrix}$ et $N = \begin{pmatrix} 0 & 0 & 0 \\ 0 & 0 & 0 \\ 0 & 1 & 0 \end{pmatrix}$
c. $DN = 2N$, $ND = N$ et $N^2 = O$.
☞ Les matrices ne commutent pas, on ne pourra pas utiliser la formule du binôme dans la suite.
d. On démontre l'égalité par récurrence.
• *Initialisation :*
$(D+N)^0 = I_3 = I_3 + O = I_3 + 0N = D^0 + (2^0 - 1)N$.
L'égalité est donc vraie pour $n = 0$.
• *Hérédité :* Supposons l'égalité vraie au rang n, on a :
$(D+N)^{n+1} = (D+N)^n(D+N)$
$= \left(D^n + (2^n-1)N\right)(D+N)$ (hypothèse de récurrence)
$= D^{n+1} + D^nN + (2^n-1)ND + (2^n-1)N^2$
De plus $ND = N$, $N^2 = O$ et $D^nN = 2^nN$ (récurrence)
Par conséquent :
$(D+N)^{n+1} = D^{n+1} + 2^nN + (2^n-1)N + (2^n-1)O$
$= D^{n+1} + \left(2^{n+1}-1\right)N$. L'égalité est vérifiée au rang $n+1$.
• *Conclusion :* L'égalité est vraie au rang 0 et la propriété est héréditaire, on en déduit que l'égalité est vraie pour tout $n \in \mathbb{N}$.
e. $\left(P^{-1}MP\right)^n = P^{-1}M^nP$ (car $P^{-1}P = I_3$).
On en déduit d'après les résultats des questions précédentes que :
$$\begin{aligned} M^n &= I_3M^nI_3 = \left(PP^{-1}\right)M^n\left(PP^{-1}\right) \\ &= P\left(P^{-1}M^nP\right)P^{-1} \\ &= P\left(P^{-1}MP\right)^nP^{-1} = P(D+N)^nP^{-1} \\ &= P\left(D^n + (2^n-1)N\right)P \\ &= P\begin{pmatrix} (-1)^n & 0 & 0 \\ 0 & 1 & 0 \\ 0 & 2^n-1 & 2^n \end{pmatrix}P^{-1} \end{aligned}$$

$$= \begin{pmatrix} \frac{1}{2}+\frac{(-1)^n}{2} & \frac{1}{2}-\frac{(-1)^n}{2} & 0 \\ \frac{1}{2}-\frac{(-1)^n}{2} & \frac{1}{2}+\frac{(-1)^n}{2} & 0 \\ 2^n-1 & 2^n-1 & 2^n \end{pmatrix}$$

3. $$\begin{pmatrix} a_n \\ b_n \\ c_n \end{pmatrix} = L^{n-1}\begin{pmatrix} a_1 \\ b_1 \\ c_1 \end{pmatrix} = \left(\frac{1}{2}M\right)^{n-1}\begin{pmatrix} 1 \\ 0 \\ 0 \end{pmatrix} = \frac{1}{2^{n-1}}M^{n-1}\begin{pmatrix} 1 \\ 0 \\ 0 \end{pmatrix}$$

On en déduit alors que :

$$a_n = \frac{1-(-1)^n}{2^n},\ b_n = \frac{1+(-1)^n}{2^n} \text{ et } c_n = 1-\frac{1}{2^{n-1}}.$$

4. $\forall n \in \mathbb{N}^\star, 0 \leqslant 1-(-1)^n \leqslant 2$ et $0 \leqslant 1+(-1)^n \leqslant 2$

donc $0 \leqslant a_n \leqslant \frac{1}{2^{n-1}}$ et $0 \leqslant b_n \leqslant \frac{1}{2^{n-1}}$

Puisque $\lim_{n\to+\infty} \frac{1}{2^{n-1}} = 0$, d'après le théorème des gendarmes, on en déduit :

$\lim_{n\to+\infty} a_n = 0$, $\lim_{n\to+\infty} b_n = 0$ et $\lim_{n\to+\infty} c_n = 1$.

Au long terme, la mutation va toucher la partie C du génome avec une quasi-certitude.

EXERCICE 982

$$det(A) = 1\times\begin{vmatrix} 3 & 4 & 5 \\ 4 & 5 & 6 \\ 5 & 6 & 7 \end{vmatrix} - 2\times\begin{vmatrix} 2 & 3 & 4 \\ 4 & 5 & 6 \\ 5 & 6 & 7 \end{vmatrix} + 3\times\begin{vmatrix} 2 & 3 & 4 \\ 3 & 4 & 5 \\ 5 & 6 & 7 \end{vmatrix} - 4\times\begin{vmatrix} 2 & 3 & 4 \\ 3 & 4 & 5 \\ 4 & 5 & 6 \end{vmatrix}$$

- $\begin{vmatrix} 3 & 4 & 5 \\ 4 & 5 & 6 \\ 5 & 6 & 7 \end{vmatrix} = 0$
- $\begin{vmatrix} 2 & 3 & 4 \\ 4 & 5 & 6 \\ 5 & 6 & 7 \end{vmatrix} = 0$
- $\begin{vmatrix} 2 & 3 & 4 \\ 3 & 4 & 5 \\ 5 & 6 & 7 \end{vmatrix} = 0$
- $\begin{vmatrix} 2 & 3 & 4 \\ 3 & 4 & 5 \\ 4 & 5 & 6 \end{vmatrix} = 0$

On en déduit alors que $det(A) = 0$

EXERCICE 983

$$det(A - XI_2) = \begin{vmatrix} 1-X & 2 \\ 3 & 4-X \end{vmatrix} = X^2 - 5X - 2.$$

Les valeurs propres sont $X_1 = \frac{5+\sqrt{33}}{2}$ et $X_2 = \frac{5-\sqrt{33}}{2}$.

$$det(B - XI_2) = \begin{vmatrix} 2-X & -1 \\ 1 & 7-X \end{vmatrix} = X^2 - 9X + 15.$$

Les valeurs propres sont $X_1 = \frac{9+\sqrt{21}}{2}$ et $X_2 = \frac{9-\sqrt{21}}{2}$.

$$det(C - XI_3) = \begin{vmatrix} -X & 0 & 1 \\ 1 & -X & 0 \\ 0 & 1 & -X \end{vmatrix}$$
$$= -X\begin{vmatrix} -X & 0 \\ 1 & -X \end{vmatrix} - 1\times\begin{vmatrix} 0 & 1 \\ 1 & -X \end{vmatrix}$$
$$= 1 - X^3 = (1-X)\left(X^2+X+1\right).$$

Dans $\mathbb{R}$: il n'y a qu'une valeur propre : $X_1 = 1$.

Dans $\mathbb{C}$: il y a cette fois trois valeurs propres $X_1 = 1$, $X_2 = \frac{-1+i\sqrt{3}}{2}$ et $X_3 = \frac{-1-i\sqrt{3}}{2}$.

$$det(D - XI_3) = \begin{vmatrix} 1-X & 0 & 2 \\ 0 & 2-X & 0 \\ 2 & 0 & 1-X \end{vmatrix}$$
$$det(D - XI_3) = (1-X)\begin{vmatrix} 2-X & 0 \\ 0 & 1-X \end{vmatrix} + 2\times\begin{vmatrix} 0 & 2 \\ 2-X & 0 \end{vmatrix}$$
$$= (1-X)^2(2-X) + 2(-4+2X)$$
$$= (2-X)\left((1-X)^2-4\right)$$
$$= (2-X)(-1-X)(3-X).$$

Les valeurs propres sont $X_1 = -1$, $X_2 = 2$ et $X_3 = 3$.

EXERCICE 984

$$det(A - XI_3) = \begin{vmatrix} 3-X & 0 & -1 \\ 2 & 4-X & 2 \\ -1 & 0 & 3-X \end{vmatrix}$$
$$= (3-X)\begin{vmatrix} 4-X & 2 \\ 0 & 3-X \end{vmatrix} - 1\times\begin{vmatrix} 2 & 4-X \\ -1 & 0 \end{vmatrix}$$
$$= (3-X)^2(4-X) - (4-X) = (2-X)(4-X)^2.$$

Les valeurs propres sont $X_1 = 2$ et $X_2 = 4$.

$$det(B - XI_3) = \begin{vmatrix} 1-X & 1 & 1 \\ 1 & 1-X & 1 \\ 1 & 1 & 1-X \end{vmatrix}$$
$$= (1-X)\begin{vmatrix} 1-X & 1 \\ 1 & 1-X \end{vmatrix} - 1 \times\begin{vmatrix} 1 & 1 \\ 1 & 1-X \end{vmatrix} + 1\times\begin{vmatrix} 1 & 1 \\ 1-X & 1 \end{vmatrix}$$
$$= (1-X)\left(X^2-2X\right) + X + X = 3X^2 - X^3$$
$$= X^2(3-X).$$

Les valeurs propres sont $X_1 = 0$ et $X_2 = 3$.

$$det(C - XI_4) = \begin{vmatrix} 3-X & 0 & -1 & 1 \\ 2 & 4-X & 2 & -1 \\ -1 & 0 & 3-X & -2 \\ 0 & 0 & 0 & 2-X \end{vmatrix}$$
$$= (2-X) \times det(A - XI_3)$$
$$= (2-X)^2(4-X)^2.$$

Les valeurs propres sont $X_1 = 2$ et $X_2 = 4$.

EXERCICE 985

1.

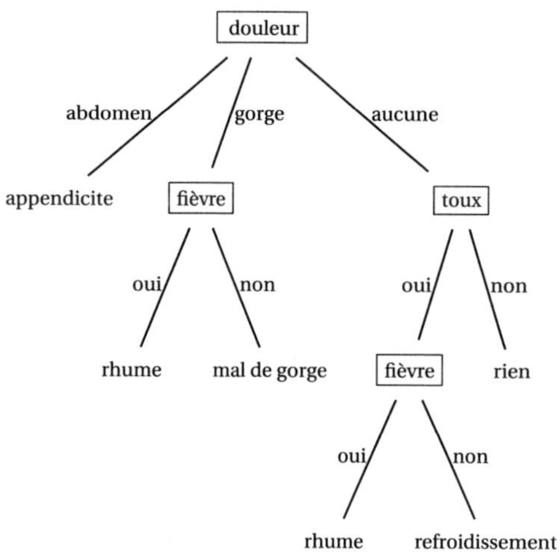

2. **a.** Marie a peut-être un rhume.

b. Ali a peut-être une appendicite.

c. Tom a peut-être un rhume.

EXERCICE 986

1. Graphe de cette recette :

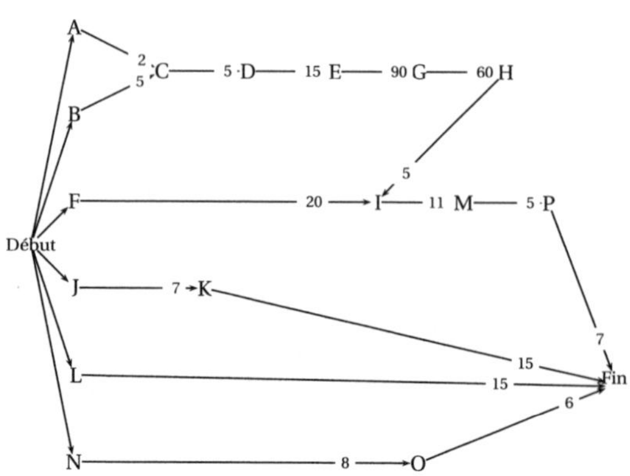

2. Le plus long chemin pour aller du début à la fin est :

$$\boxed{\text{Début}} \longrightarrow \text{B} \xrightarrow{5} \text{C} \xrightarrow{5} \text{D} \xrightarrow{15} \text{E} \xrightarrow{90} \text{G} \xrightarrow{60} \text{H} \xrightarrow{5} \text{I}$$
$$\xrightarrow{11} \text{M} \xrightarrow{5} \text{P} \xrightarrow{7} \boxed{\text{Fin}}$$

Il est d'un longueur totale de 203 minutes, donc le temps incompressible de cette recette est de 3 heures et 23 minutes.

3. Le restaurateur souhaite pouvoir servir les premiers burgers à 19h30.

Il doit allumer le four en F. Le trajet contenant F est

$$\boxed{\text{Début}} \longrightarrow \text{F} \xrightarrow{20} \text{I} \xrightarrow{11} \text{M} \xrightarrow{5} \text{P} \xrightarrow{7} \boxed{\text{Fin}}$$

La tâche F est située $20+11+5+7 = 43$ minutes avant la fin, donc doit être effectuée 43 minutes avant la fin. Il faut donc allumer le four 43 minutes avant 19h30 soit à 18h47 au plus tard.

EXERCICE 987

1. **a.** Soit A_λ et A_μ sont deux éléments de $\mathcal{M}$,

$$A_\lambda \cdot A_\mu = \begin{pmatrix} 1 - \frac{\lambda}{\mu} & \mu - \lambda \\ \frac{1}{\mu} - \frac{1}{\lambda} & 1 - \frac{\mu}{\lambda} \end{pmatrix}.$$

$$A_\mu \cdot A_\lambda = \begin{pmatrix} 1 - \frac{\mu}{\lambda} & \lambda - \mu \\ \frac{1}{\lambda} - \frac{1}{\mu} & 1 - \frac{\lambda}{\mu} \end{pmatrix}.$$

$$A_\lambda \cdot A_\mu = A_\mu \cdot A_\lambda \iff \left(\frac{\lambda}{\mu} = \frac{\mu}{\lambda} \text{ et } \lambda - \mu = \mu - \lambda\right)$$
$$\iff \lambda = \mu.$$

b. $A_\lambda \cdot A_\mu + A_\mu \cdot A_\lambda = \left(2 - \frac{\mu}{\lambda} - \frac{\lambda}{\mu}\right) I_2.$

On remarque que

$$2 - \frac{\mu}{\lambda} - \frac{\lambda}{\mu} = \frac{2\lambda\mu - \lambda^2 - \mu^2}{\lambda\mu} = -\frac{(\lambda-\mu)^2}{\lambda\mu}$$

c. $h(\lambda\,;\,\mu) = 0 \iff (\lambda - \mu)^2 = 0$
$\iff \lambda = \mu.$

d. D'après la question précédente $A_\lambda^2 = 0$ (on est dans le cas $\lambda = \mu$).

e. $(A_\lambda + A_\mu)^2 = A_\lambda^2 + A_\lambda A_\mu + A_\mu A_\lambda + A_\mu^2$
$= -\frac{(\lambda-\mu)^2}{\lambda\mu} I_2.$

2. **a.** Récurrence très simple, l'initialisation vient d'être faite à la question précédente.

b. $(A_\lambda + A_{2\lambda})^{2n} = (-1)^n \frac{(-\lambda)^{2n}}{2^n \lambda^{2n}} I_2 = \frac{(-1)^n}{2^n} I_2$. Cette expression ne dépend pas de λ.

EXERCICE 988

1. $A^2 = \begin{pmatrix} -\frac{1}{2} & -\frac{\sqrt{3}}{2} \\ \frac{\sqrt{3}}{2} & -\frac{1}{2} \end{pmatrix} \qquad A^3 = -I_2$

On en déduit alors que :
$A^4 = A\cdot A^3 = -A$, $A^5 = A^2\cdot A^3 = -A^2$
et $A^6 = A^3\cdot A^3 = I_2$
On obtient la relation de récurrence : $A^{6p} = I_2$.
Si $n = 6p$ alors $A^n = I_2$
Si $n = 6p+1$ alors $A^n = A$
Si $n = 6p+2$ alors $A^n = A^2$
Si $n = 6p+3$ alors $A^n = -I_2$
Si $n = 6p+4$ alors $A^n = -A$
Si $n = 6p+5$ alors $A^n = -A^2$

2. A est la matrice de la rotation de centre O et d'angle $\frac{\pi}{3}$.
En composant six fois la rotation on revient au point de départ.

Exercice 989

1. $M = a\begin{pmatrix} 1 & 0 \\ 0 & 1 \end{pmatrix} + b\begin{pmatrix} 1 & 1 \\ 1 & -1 \end{pmatrix} = aI + bJ$.

2. $J^2 = 2I$.
On en déduit alors que :

$$\begin{aligned} M_1M_2 &= (a_1 I + b_1 J)(a_2 + b_2 J) \\ &= (a_1a_2 + 2b_1b_2) I + (a_1b_2 + a_2b_1) J \end{aligned}$$

M_1M_2 est donc une matrice de E.

3. Soient M_1, M_2 et M_3 trois matrices de E.
a. $M_1 + M_2 = (a_1+a_2)I + (b_1+b_2)J$ donc M_1+M_2 est un élément de E.
b. Immédiat.
c. Seule la matrice nulle O vérifie $A+M = M+A = M$.
d. Soit $N = \begin{pmatrix} \alpha & \beta \\ \gamma & \delta \end{pmatrix}$

$$M+N = O \iff \begin{pmatrix} a+b+\alpha & b+\beta \\ b+\gamma & a-b+\delta \end{pmatrix} = \begin{pmatrix} 0 & 0 \\ 0 & 0 \end{pmatrix}$$

$$\iff \begin{cases} a+b+\alpha = 0 \\ b+\beta = 0 \\ b+\gamma = 0 \\ a-b+\delta = 0 \end{cases}$$

$$\iff \begin{cases} \alpha = -a-b \\ \beta = -b \\ \gamma = -b \\ \delta = -a+b \end{cases}$$

On en déduit alors que l'opposé de M est $-M$, élément de E.
e. D'après la question **3.a** , l'opération + est commutative dans E.

4. a. Le résultat est immédiat.
b. Développons le coefficient de la première ligne et première colonne de $M_1 \times (M_2 + M_3)$

$$\begin{aligned} c_{11} &= (a_1+b_1)(a_2+b_2+a_3+b_3) + b_1(b_2+b_3) \\ &= \Big((a_1+b_1)(a_2+b_2) + b_1b_3\Big) \\ &\quad + \Big((a_1+b_1)(a_3+b_3)b_1b_3\Big). \end{aligned}$$

Nous retrouvons le coefficient de la première ligne et première colonne de $M_1 \times M_2 + M_1 \times M_3$.
On procède de la même manière pour les trois autres coefficients.
Ainsi $M_1 \times (M_2+M_3) = M_1 \times M_2 + M_1 \times M_3$
De manière analogue,on montre que :
$(M_2+M_3) \times M_1 = M_2 \times M_1 + M_3 \times M_1$.

c. On vérifie que $I_2 \in E$ en prenant $a = 1$ et $b = 0$, $M \times I_2 = I_2 \times M = M$ et que c'est la seule matrice possible.
d. On vérifie facilement que $M_1 \times M_2 \neq M_2 \times M_1$.
L'anneau n'est pas commutatif.

Exercice 990

1. $A^2 = \begin{pmatrix} 0 & 0 & 1 \\ 0 & 0 & 0 \\ 0 & 0 & 0 \end{pmatrix}$ et $A^3 = O$.
On en déduit alors que $\forall n > 3$, $A^n = O$.

2. a. $M(0) = I$, $B = M(4) = \begin{pmatrix} 1 & 4 & 8 \\ 0 & 1 & 4 \\ 0 & 0 & 1 \end{pmatrix}$.

b.
$$\begin{aligned} M(x)\times M(y) &= \left(I + xA + \frac{x^2}{2}A^2\right) \times \left(I + yA + \frac{y^2}{2}A^2\right) \\ &= I + (x+y)A + \left(\frac{x^2}{2} + xy + \frac{y^2}{2}\right)A^2 \\ &\quad + \left(\frac{xy^2}{2} + \frac{x^2y}{2}\right)A^3 + \frac{x^2y^2}{4}A^4. \end{aligned}$$

c. D'après les questions précédentes,
$M(x)\times M(y) = I + (x+y)A + \dfrac{(x+y)^2}{2}A^2 = M(x+y)$.

3. $M(x) = I + xA + \dfrac{x^2}{2}A^2 = \begin{pmatrix} 1 & x & \frac{x^2}{2} \\ 0 & 1 & x \\ 0 & 0 & 1 \end{pmatrix}$.

4. $M(x)\times M(x') = I \iff M(x+x') = I$

$$M(x)\times M(x')=I \iff \begin{cases} x+x'=0\\ (x+x')^2=0\end{cases} \implies x'=-x.$$

Par définition $B=M(4)$,
on en déduit alors $B'=M(-4)$.

EXERCICE 991

1. $B=\begin{pmatrix}0&0&1\\1&0&1\\0&0&0\end{pmatrix}$ $\quad B^2=\begin{pmatrix}0&0&0\\0&0&1\\0&0&0\end{pmatrix}$ et $B^3=O$.

2. D'après la question précédente, $\forall n\geqslant 3,\ B^n=O$.

3. **a.** Etant donné que $\forall n\geqslant 3,\ B^n=O$, la formule du binôme s'écrit $A^n=I+\binom{n}{1}\cdot B+\binom{n}{2}\cdot B^2$.

b. $\forall n\geqslant 3$

$$A^n=\begin{pmatrix}1&0&0\\0&1&0\\0&0&1\end{pmatrix}+n\begin{pmatrix}0&0&1\\1&0&1\\0&0&0\end{pmatrix}+\frac{n(n+1)}{2}\begin{pmatrix}0&0&0\\0&0&1\\0&0&0\end{pmatrix}$$
$$=\begin{pmatrix}1&0&n\\n&1&\frac{n(n+1)}{2}\\0&0&1\end{pmatrix}.$$

EXERCICE 992

$$A^2=\begin{pmatrix}\sin^2\theta-1&-\sin\theta\cos\theta&\cos\theta\\-\sin\theta\cos\theta&\cos^2\theta-1&\sin\theta\\-\cos\theta&-\sin\theta&\cos^2\theta+\sin^2\theta\end{pmatrix}$$
$$=\begin{pmatrix}-\cos^2\theta&-\sin\theta\cos\theta&\cos\theta\\-\sin\theta\cos\theta&-\sin^2\theta&\sin\theta\\-\cos\theta&-\sin\theta&1\end{pmatrix}.$$

$A^3=O$ donc $\forall n\geqslant 3,\ A^n=O$.

EXERCICE 993

1. $M^2=\begin{pmatrix}3&1&1\\1&1&1\\1&1&1\end{pmatrix}$

$M^3=\begin{pmatrix}5&3&3\\3&1&1\\3&1&1\end{pmatrix}=M^2+2M.$

2. Démontrons qu'il existe deux suites réelles (a_n) et (b_n) telles que $\forall n\in\mathbb{N}^\star,\ M^n=a_nM^2+b_nM$.

• *Initialisation :* Si $n=1$ alors $M=0M2+1M$ avec $a_1=0$ et $b_1=1$.

La propriété est vraie au rang 1.

• *Hérédité :* Supposons $n>0$ tel que $M^n=a_nM^2+b_nM$ alors

$$M^{n+1}=M^nM=\left(a_nM^2+b_nM\right)M$$
$$=a_nM^3+b_nM^2$$
$$=(a_n+b_n)M^2+2a_nM$$
$$M^{n+1}=a_{n+1}M^2+b_{n+1}M$$

avec $a_{n+1}=a_n+b_n$ et $b_{n+1}=2a_n$.

La propriété est vérifiée au rang $n+1$

• *Conclusion :* La propriété est vraie au rang 1 et est héréditaire, elle est donc vraie pour tout $n\in\mathbb{N}^\star$.

3. D'après la question précédente

$\forall n\in\mathbb{N}^\star, a_{n+1}=a_n+b_n$ et $b_{n+1}=2a_n$

$a_{n+2}=a_{n+1}+b_{n+1}=a_{n+1}+2a_n$.

(a_n) est donc une suite récurrence d'ordre deux.

Equation caractéristique : $x^2-x-2=0$ de solutions -1 et 2

donc $a_n=\lambda(-1)^n+\mu 2^n$.

On a de plus $a_1=0$ et $a_2=1$ donc

$$\begin{cases}-\lambda+2\mu&=&0\\ \lambda+4\mu&=&1\end{cases}\implies\begin{cases}\mu&=&\frac{1}{6}\\ \lambda&=&\frac{1}{3}\end{cases}$$

Ainsi $\forall n\in\mathbb{N}^\star,\ a_n=\dfrac{(-1)^n}{3}+\dfrac{2^n}{6}$.

4. De la question précédente, on déduit que

$$b_n=2a_{n-1}=\frac{2\times(-1)^{n-1}}{3}+\frac{2\times 2^{n-1}}{6}$$

soit $b_n=\dfrac{2\times(-1)^{n-1}}{3}+\dfrac{2^n}{6}$

$$M^n=\left(\frac{(-1)^n}{3}+\frac{2^n}{6}\right)M^2+\left(\frac{2\times(-1)^{n-1}}{3}+\frac{2^n}{6}\right)M.$$

EXERCICE 994

$$M^2=\begin{pmatrix}1-a^2&-ab&-ac\\-ab&1-b^2&-bc\\-ac&-bc&1-c^2\end{pmatrix}=-M$$

on alors $M^3=M^2\times M=-M\times M=-M^2=M$.

On démontre par récurrence que $\forall n>0,\ M^n=(-1)^nM$.

EXERCICE 995

$$A^2=\begin{pmatrix}4&0&0&-2\\0&4&0&2\\0&0&4&2\\-2&2&2&4\end{pmatrix}\text{ et }A^3=\begin{pmatrix}2&6&6&6\\6&2&-6&-6\\6&-6&2&-6\\6&-6&-6&-10\end{pmatrix}.$$

EXERCICE 996

On démontre que $\forall x \in \mathbb{R},\ ch^2x + sh^2x = ch(2x)$ et $2shx\ chx = sh(2x)$.

$$A^2 = \begin{pmatrix} ch(2x) & sh(2x) \\ sh(2x) & ch(2x) \end{pmatrix}.$$

On démontre par récurrence que $\forall n > 0$,

$$A^n = \begin{pmatrix} ch(nx) & sh(nx) \\ sh(nx) & ch(nx) \end{pmatrix}.$$

EXERCICE 997

1. $Q^2 = \begin{pmatrix} 0 & 6 & 0 \\ -10 & 14 & -2 \\ -2 & 4 & 2 \end{pmatrix}$

$$Q^3 = \begin{pmatrix} -12 & 24 & 0 \\ -40 & 44 & -8 \\ -8 & 16 & -4 \end{pmatrix} = 4Q^2 - 12I_3.$$

2. D'après la question précédente,
$Q\left(\frac{1}{3}Q - \frac{1}{12}Q^2\right) = I_3$,
la matrice Q est inversible, de matrice inverse

$$Q^{-1} = \frac{1}{3}Q - \frac{1}{12}Q^2 = \begin{pmatrix} \frac{1}{3} & -\frac{1}{6} & \frac{1}{3} \\ \frac{1}{6} & \frac{1}{6} & \frac{1}{6} \\ \frac{1}{2} & 0 & -\frac{1}{2} \end{pmatrix}.$$

EXERCICE 998

Posons $B = \begin{pmatrix} 0 & 1 & 0 & 0 \\ 0 & 0 & 1 & 0 \\ 0 & 0 & 0 & 1 \\ 0 & 0 & 0 & 0 \end{pmatrix}$

On a alors $B^2 = \begin{pmatrix} 0 & 0 & 1 & 0 \\ 0 & 0 & 0 & 1 \\ 0 & 0 & 0 & 0 \\ 0 & 0 & 0 & 0 \end{pmatrix}$

$B^3 = \begin{pmatrix} 0 & 0 & 0 & 1 \\ 0 & 0 & 0 & 0 \\ 0 & 0 & 0 & 0 \\ 0 & 0 & 0 & 0 \end{pmatrix}$ et $B^4 = O$.

$$I_4 = I_4 - a^4B^4 = (I_4 - aB)\left(I_4 + aB + a^2B^2 + a^3B^3\right) = A\left(I + aB + a^2B^2 + a^3B^3\right)$$

ce qui prouve que la matrice A est inversible et

$$A^{-1} = I_4 + aB + a^2B^2 + a^3B^3 = \begin{pmatrix} 1 & a & a^2 & a^3 \\ 0 & 1 & a & a^2 \\ 0 & 0 & 1 & a \\ 0 & 0 & 0 & 1 \end{pmatrix}$$

EXERCICE 999

1. $A = \begin{pmatrix} 1 & 1 & 1 \\ 1 & \omega & \omega^2 \\ 1 & \omega^2 & \omega \end{pmatrix} \qquad B = \begin{pmatrix} 1 & 1 & 1 \\ 1 & \omega^{-1} & \omega^{-2} \\ 1 & \omega^{-2} & \omega^{-1} \end{pmatrix}.$

2. En remarquant que $1 + \omega + \omega^2 = \dfrac{\omega^3 - 1}{\omega - 1} = 0$ et
$1 + \omega^{-1} + \omega^{-2} = \omega^{-2}\dfrac{\omega^3 - 1}{\omega - 1} = 0$, on obtient :

$$A^2 = B^2 = \begin{pmatrix} 3 & 0 & 0 \\ 0 & 0 & 3 \\ 0 & 3 & 0 \end{pmatrix} \qquad AB = BA = \begin{pmatrix} 3 & 0 & 0 \\ 0 & 3 & 0 \\ 0 & 0 & 3 \end{pmatrix}.$$

3. D'après la question précédente $AB = 3I_3$
d'où $A \times \frac{1}{3}B = I_3$ ce qui prouve que la matrice A est inversible, de matrice inverse $A^{-1} = \frac{1}{3}B$.

EXERCICE 1000

1. En posant $A = \begin{pmatrix} a_{11} & a_{12} & a_{13} \\ a_{21} & a_{22} & a_{23} \\ a_{31} & a_{32} & a_{33} \end{pmatrix}$
et $B = \begin{pmatrix} b_{11} & b_{12} & b_{13} \\ b_{21} & b_{22} & b_{23} \\ b_{31} & b_{32} & b_{33} \end{pmatrix}$,
on obtient $tr(A) = a_{11} + a_{22} + a_{33}$
et $tr(B) = b_{11} + b_{22} + b_{33}$. Le calcul des matrices $A+B$, AB et BA permet d'obtenir immédiatement les égalités :
$tr(A) + tr(B) = tr(A+B)$ et $tr(AB) = tr(BA)$
2. $tr(AB - BA) = tr(AB) - tr(BA) = 0$ et $tr\,(I_3) = 3$
L'égalité $AB - BA = I_3$ est donc impossible.

EXERCICE 1001

On cherche une expression de A^3 en fonction de A et A^2 :

Par hypothèse : $\begin{cases} A = \lambda(U + V) \\ A^2 = \lambda^2(U + 2V) \\ A^3 = \lambda^3(U + 3V) \end{cases}$

On obtient ainsi $2\lambda A^2 - \lambda^2 A = \lambda^3(U + 3V) = A^3$.

Démontrons par récurrence la propriété :
« $\forall n \geqslant 1 : A^n = \lambda^n(U + nV)$ ».

Initialisation : La propriété est vraie aux rangs $n = 1$ et $n = 2$.

Hérédité : Supposons la propriété vraie jusqu'au rang $n + 1 \geqslant 2$, on a alors

$$\begin{aligned} A^{n+2} &= \lambda\left(2A^{n+1} - \lambda A^n\right) \\ &= \lambda\left(2\lambda^{n+1}(U + (n+1)V) - \lambda^{n+1}(U + nV)\right) \\ &= \lambda^{n+2}\left(U + (n+2)V\right) \end{aligned}$$

La propriété est vraie au rang $n+2$.

Conclusion : La propriété est initialisée et héréditaire, ainsi $\forall n \in \mathbb{N}^\star,\ A^n = \lambda^n (U + nV)$.

Cet ouvrage a été achevé d'imprimer en octobre 2020
dans les ateliers de Normandie Roto Impression s.a.s.
61250 Lonrai (Orne)
N° d'imprimeur : 2004133
Dépôt légal : novembre 2020

Imprimé en France